细腻隽永的情感故事　　感人至深的心灵慰藉

人生因爱而完满

王品绮　主编

百花洲文艺出版社

图书在版编目（CIP）数据

人生因爱而完满／王品绮主编. —南昌：百花洲
文艺出版社，2013.6
ISBN 978-7-5500-0694-2

Ⅰ. ①人…　Ⅱ. ①王…　Ⅲ. ①散文集-中国-当代
Ⅳ. ①I267

中国版本图书馆 CIP 数据核字（2013）第 141078 号

敬启

　　本书在编写过程中，参阅和使用了一些报刊、著述和图片。由于联系上的
困难，和部分作品的作者（或译者）未能取得联系，对此谨致深深的歉意。敬
请原作者（或译者）见到本书后，及时与本书编者联系，以便我们按照国家有
关规定支付稿酬并赠送样书。联系电话：010-84853028　松雪。

RENSHENG YINAI ERWANMAN
人生因爱而完满
王 品 绮　主编

出 版 人　姚雪雪
总 策 划　杨建峰
责任编辑　刘　云
美术编辑　松　雪＋王　进
制　　作　吴书利
出版发行　百花洲文艺出版社
社　　址　南昌市阳明路 310 号
邮　　编　330008
经　　销　全国新华书店
印　　刷　大厂回族自治县正兴印务有限公司
开　　本　1020mm×1200mm　1/10　印张　44
版　　次　2013 年 7 月第 1 版第 2 次印刷
字　　数　793 千字
书　　号　ISBN 978-7-5500-0694-2
定　　价　29.80 元

赣版权登字 05-2013-196

邮购联系　0791-86895108
网　　址　http://www.bhzwy.com
图书若有印装错误，影响阅读，可向承印厂联系调换。

前　言

　　爱是春天里的丝丝细雨,滋润人们干渴的心田;爱是仲夏里的汩汩清泉,抚慰人们燥热的心境;爱是初秋的微风,轻抚人们惬意的心情;爱是深冬的一缕阳光,温暖人们寂寞的心灵。人的生活历程,本质上其实是一个丰富的情感体验过程。

　　每个人都怀揣美好的愿望和无限爱心,将人生视为一幅徐徐展开的纯净画卷,不断期待这幅美丽的人生画卷有出人意料的惊喜。在这段虽不长久的人生历程中,亲情、友情、爱情……伴随我们一生的旅程。

　　父亲对儿女的帮扶,让我们知道父爱的宽广无边、深厚沉重;母亲对孩子的关心和爱护,让我们知道母爱为什么是天底下最无私、最伟大的爱;兄弟姐妹的相依为命,让我们知道了什么是手足之情;子女对父母的精心照顾,让我们知道了什么是孝心;朋友之间的关爱,让我们知道了什么是真正的友情;夫妻情侣间的缠绵爱情,让我们知道什么是至死不渝;恩师的谆谆教诲,让我们知道什么是师生真情;上学路上与我们并肩而行的伙伴,让我们知道什么是同窗之情;援助素昧平生的人,让我们知道了什么是人间大爱……

　　《人生因爱而完满》选取了许多感人肺腑的小故事,集合了古今中外那些纯真、美好的情感,设置了"慈母手中线,游子身上衣""乌鸦知反哺,百善孝为先""海内存知己,天涯若比邻""只愿君心似我心,定不负相思意""多一份爱心,多一份温暖"等十个章节,有"把笑脸带回家"的父爱;有"梦里依稀慈母泪"的母爱;有"爱到地老天荒"的爱情;有"打弹珠的朋友"的友情……书中立体丰满的人物、真切感人的故事情节、发人深省的寓意,为真爱做了全面而生动的诠释。

　　读故事、品人生、悟哲理,阅读的过程也是启迪心智、陶冶性情的过程!这本《人生因爱而完满》是你闲暇之余的益友,是你修养身心的良师,是为你指点迷津的人生顾问。一路走来,你的人生将洒满阳光,一帆风顺,在爱中完成华美蜕变。

目 录

第一章 父爱似山，高直伟岸

把笑脸带回家 / 昝金锦 …………… 1

半张钱 / 宋新华 …………… 2

父亲的恩惠 / 姜夔 …………… 3

父亲的秘密 / 周海亮 …………… 4

父亲的那只小箱子 / 李军 …………… 5

父亲的眼泪是我人生的救赎 / 尹衍梁 …… 6

你懂得什么叫父亲吗 / 方冠晴 …………… 7

我将继续挡下去 / 刘路 …………… 8

五十个布娃娃 / 英涛 …………… 9

鲜花中的爱 / [美]迪·库尔特 …………… 10

特殊营养品 / 夏艳平 …………… 10

寻找·颗善良的心 / 施佳鹏 译 …………… 11

愿望 / [澳大利亚]路易莎·巴特勒 ……… 12

谁能守候你一生 / 佚名 …………… 13

父爱深深 / 佚名 …………… 15

我和父亲的战争 / 佚名 …………… 16

我那"窝囊"的父亲 / 佚名 …………… 18

送别的站台 / 佚名 …………… 19

29 条蜈蚣 / 方冠晴 …………… 20

父爱是把铁锹 / 马云 …………… 22

父亲的推荐信 / 佚名 …………… 24

父亲的心 / 黄之舟 …………… 24

父亲最珍贵的宝贝 / 佚名 …………… 26

关于父亲的故事 / 范春歌 …………… 28

麻袋里的父爱 / 曾丽蓉 …………… 30

他曾打折我青春的翅膀 / 徐立新 …………… 31

哑父 / 佚名 …………… 33

用你爱我的方式去爱你 / 卫宣利 ……… 35

父亲的油坊 / 张利文 …………… 37

父亲曾为我做"贼" / 闫荣霞 …………… 38

每一份父爱都值得尊重 / 蒋诗经 …………… 39

歌声中的父爱 / 红颜添乱 …………… 41

父亲的五个角色 / 冯晓慧 …………… 43

最先接电话的人 / 胡明宝 …………… 45

慈父 / 佚名 …………… 45

未捅破的秘密 / 佚名 …………… 46

我写春联卖给了父亲 / 佚名 …………… 47

月光下的父亲 / 佚名 …………… 48

丢钱的父亲 / 佚名 …………… 49

父亲的脚步声 / 佚名 …………… 50

父亲 / 张运涛 …………… 51

雨幕中的那个背影 / 佚名 …………… 52

无法弥补的时候 / 杨牧之 …………… 53

父爱昼夜无眠 / 尤天晨 …………… 55

给父亲的借条 / 银存 …………… 56

默读父爱 / 佚名 …………… 58

吊在井桶里的苹果 / 丁立梅 …………… 59

奇迹的名字叫父亲 / 叶倾城 …………… 60

父亲的信念 / 佚名 …………… 61

父亲只需要一声问候 / 佚名 …………… 62

你是我最笨的学生 / 佚名 …………… 63

第二章　慈母手中线,游子身上衣

从此,你是我们的小女人 / 童话 …… 65
来生,我还要做你的女儿 / 江边 …… 68
梅花毛线衣 / 毛汉珍 …… 69
梦里依稀慈母泪 / 苗棚 …… 71
母爱没有具体的内容 / 胥加山 …… 72
母亲的声音 / 卫宣利 …… 73
母亲的心 / 刘戊戌 …… 74
闹钟里的母爱 / 黄江洋 …… 75
生命的奇迹 / 子鱼 …… 76
喜欢冬天的母亲 / 邵昌玺 …… 77
有爱不觉天涯远 / 卫宣利 …… 77
粽娘 / 张以进 …… 78
母爱是一剂药 / 罗西 …… 80
樱桃树下的母爱 / 檀小鱼 译 …… 81
紫竹鞭子 / 张燕阳 …… 82
眼泪这么近,背影那么远 / 包利民 …… 83
臭脚少年 / 李兴海 …… 85
永远在你身边 / 陈志宏 …… 85
我知道你没那么坚强 / 徐立新 …… 86
不要倒下 / 张运涛 …… 87
镌刻在地下500米的母爱 / 佚名 …… 88
59美元的尊严 / 佚名 …… 90
超凡的母爱 / 佚名 …… 91
妈妈的绝活 / 张丽钧 …… 92
母亲的味道 / 燕利 …… 93
母亲和那口老掉的井 / 谢云 …… 95

女儿掉进了游泳池 / [美]杰伊·斯图勒 …… 97
圣诞节的母亲 / [美]约翰·杜尔 …… 98
我那顽皮妈妈的爱 / 李开复 …… 100
远去了,母亲放飞的手 / 刘心武 …… 101
母亲的榨菜 / 何孝素 …… 102
写在墙上的母爱 / 佚名 …… 104
一生的职业 / 佚名 …… 104
母爱如粥 / 佚名 …… 105
一只手的力量 / 佚名 …… 106
感恩慈母心 / 若荷 …… 106
母爱,幸福的源泉 / 佚名 …… 108
用生命诠释母爱 / 张馨雨 …… 109
血色母爱 / 王帛 …… 110
母亲的唠叨 / 佚名 …… 111
母亲 / 陈江平 …… 112
麦当劳的礼物 / 叶倾城 …… 113
母爱无畏 / 佚名 …… 114
永恒的母爱 / 王竹君 …… 116
走近母亲 / 叶倾城 …… 117
十万分之一的概率 / 佚名 …… 119
全都因为爱 / 杨晓兰 …… 119
绿鹦鹉 / 邵宝健 …… 121
别欺负那个爱你的人 / 佚名 …… 122
有一种幸福叫相依为命 / 佚名 …… 123
母亲,我怎么让你等了那么久 / 佚名 …… 125

第三章　同根连枝,血浓于水

好兄妹,一生是爱 / 安宁 …… 127
两粒花生米的相亲相爱 / 小醉 …… 129
亲爱的逃兵 / 宁子 …… 131
手心手背的另一种诠释 / 蝶舞沧海 …… 134
姐弟连 / 王月冰 …… 136

哥,我是小贝 / 妩媚儿 …… 137
姐姐没有坐在我身旁 / 小黑手 …… 139
兄弟与弟兄的另一种诠释 / 艾妃 …… 140
从来未曾遗忘过 / 艾妃 …… 142
我为弟弟哭六次 / 佚名 …… 144

弟弟的眼泪 / 佚名 ………………… 146
妹妹的信 / 刘贤冰 ………………… 147
不能淡漠的亲情 / 索彩红 ………… 148
大我两个小时的哥哥 / 燕赵公主 … 150
二妹 / 缁衣 ………………………… 152
姐姐 / 双瞳剪水 …………………… 154
弟弟 / 林子 ………………………… 157
弟弟的冰糖 / 昂格图(蒙古族) … 158
你给我的爱有多长 / 童馨儿 ……… 161
姐姐,是什么挡住了我爱你的眼睛 /
　　欧阳夏单 ……………………… 164
有一种情我永远记在心底 / 佚名 … 167
姐,我不想让你出嫁 / 佚名 ……… 168
姐姐的辫子 / 佚名 ………………… 169
妹妹 15 岁 / 佚名 ………………… 170
三弟的储蓄罐 / 佚名 ……………… 171
心中的泪滴 / 佚名 ………………… 173

一只香蕉 / 佚名 …………………… 175
与姐姐永别 / 佚名 ………………… 176
红樱桃白樱桃 / 佚名 ……………… 179
姐姐 / 佚名 ………………………… 180
爱的礼物 / 佚名 …………………… 181
爱要了解 / 佚名 …………………… 182
车门上的痕迹 / 高振桥 …………… 183
疯姐 / 陈永林 ……………………… 183
伏天的罪孽 / [美]L·海沃德 …… 184
哥哥的心愿 / [美]丹·克拉克 …… 185
购买奇迹 / 佚名 …………………… 186
归去来兮 / [美]苏珊娜·帕利 …… 186
姐姐 / [美]詹·赫莱 …………… 187
姐姐的呵护 / 佚名 ………………… 188
平分生命 / 佚名 …………………… 188
兄弟 / 梅子 ………………………… 189
已经很好 / 莫小米 ………………… 189

第四章　乌鸦知反哺,百善孝为先

爱父如子 / 赵铁 …………………… 191
打错电话的"妈妈" / 黄斌 ……… 192
第一百个顾客 / 黄岳 ……………… 193
父亲的节日 / 金鑫 ………………… 193
寄钱 / 白旭初 ……………………… 194
拍拍我的脸 / 方冠晴 ……………… 195
送母亲一束康乃馨 / 枝上柳绵 …… 196
我比别人更在乎 / 马德 …………… 197
孝心就是美德 / [美]乔·科比 … 198
有一种欺骗叫真爱 / 刘平 ………… 199
撑开幸福 / 包利民 ………………… 200
爸爸的田鸡腿 / 何立伟 …………… 201
楼梯上的扶手 / [美]爱德华·齐格勒
　　任晓林　译 …………………… 202
母亲的需要 / 落花无声 …………… 203
生年 / 闫文盛 ……………………… 205
暖脚 / 吴培利 ……………………… 205
为爱种一片森林 / 沉石 …………… 206

青青的三蛇酒 / 陶诗秀 …………… 207
孝顺的关门声 / 陶诗秀 …………… 208
回报父爱那滋味 / 岩石 …………… 209
回家 / 楚横声 ……………………… 210
背着硬币回家 / 苏霁虹 …………… 211
背着妈妈上大学 / 佚名 …………… 212
争夺倒数第一 / 佚名 ……………… 214
手心里的温暖 / 佚名 ……………… 214
一个鱼头七种味 / 佚名 …………… 215
父母不会在原地等你 / 佚名 ……… 216
让儿子背您一次 / 佚名 …………… 217
把爱搂进怀里 / 张兰允 …………… 218
娘过生日那一天 / 凤仙草 ………… 220
把妈妈画在眼睛里 / 章子 ………… 221
我要陪您去西藏 / 王一民　俞贤民 … 223
逾越一盆水的距离 / 永心 ………… 225
最美丽的烟花 / 徐连祥 …………… 226
母亲,请让我再帮您洗一次澡 / 佚名 … 227

第五章　只愿君心似我心，定不负相思意

爱到地老天荒 / 施立松 …………… 229

爱情的频率对了 / 吴淡如 ………… 230

白开水和糖水 / 尤今 ……………… 231

半个世纪的爱 / 王国民 …………… 232

半生守望，一世情缘 / 邓琼　马志丹 …… 233

黑白爱 / 丁立梅 …………………… 235

护岛恋人 / 波波 …………………… 237

人生若只如初见 / 梁阁亭 ………… 239

如果爱情记得青海湖 / 素猫 ……… 240

如果你曾奋不顾身，爱过一个人 / 王夕 …… 243

无夏之年 / 夏初激 ………………… 245

限量版爱情 / 流嘉 ………………… 248

有关青春的演奏 / [蒙古]策·图门巴雅尔

　照日格图　译 ………………… 250

再一次的遇见 / 一江春水 ………… 252

永远的爱情玫瑰 / 陈善浒 ………… 252

最新一碗羊汤面 / 丁立梅 ………… 254

转身的深爱 / 羽毛 ………………… 255

有一种幸福叫守候 / 晓黄 ………… 256

爱她，所以离开她 / 李菁 ………… 257

假如右耳听见爱 / 南山剑士 ……… 258

今生就是这样结束的 / 叶倾城 …… 260

失去的不只是戒指 / 张福龙 ……… 263

给咖啡里加盐 / 刘名远 …………… 263

爱，现在进行时 / 张兰允 ………… 264

"流氓"爱情 / 南在南方 …………… 265

谁说真爱不在下一个路口 / 陈麒凌 …… 267

我怕伤害你 / 魏剑美 ……………… 268

高三之恋 / 至尊红颜 ……………… 270

牛奶里的爱情秘密 / 戴西洲 ……… 271

带你去听演唱会 / 苏恨歌 ………… 273

把秘密说成是玩笑 / 林大雪 ……… 279

爱情钥匙 / 佚名 …………………… 280

刹那的爱情 / 佚名 ………………… 281

因为爱你 / 佚名 …………………… 282

那一年，我在你的橱窗里 / 佚名 …… 283

你查字典了吗 / 佚名 ……………… 285

第六章　结发为夫妻，恩爱两不疑

爱到最后一分钟 / 尹玉生　译 …… 287

爱的谎言 / 钟南　王进良 ………… 288

爱的浴衣 / [美]佩吉·文森特

　汪新华　编译 ………………… 290

爱你，才走在你左边 / 游泳的鱼 … 291

背影 / 晏屏 ………………………… 292

独自爱 / 莫小米 …………………… 292

和你一起心痛 / 蒋平 ……………… 293

静默地守候 / 曾晓文 ……………… 294

两枚针穿起两个枣 / 杨锁亮 ……… 295

美妙的私奔 / [美]海云 …………… 295

那一天我种完了所有的树 / 戚振国 …… 297

男人爱女人的最好方式 / 后来 …… 298

七年四个月十二天 / 谢沁立 ……… 299

妻子的最后一条短信 / 菲你不可 … 300

让我为你解鞋带 / 邓博文 ………… 301

生长在心中的向日葵 / 杨立平 …… 302

生命的礼物 / 李愚 ………………… 305

世上最完美的妻子 / 祁连月 ……… 305

戏比天大情比海深 / 梅寒 ………… 307

幸福的底子是一碗白粥 / 岳明莹 … 309

幸福是一种明白 / 罗西 …………… 310

雪地里的迎春花 / 一路开花 ……… 311

一根油条的爱情 / 蔡成 …………… 312

有一种感动叫守口如瓶 / 周海亮 … 313

找一个能理解死的人 / 陈美春 …… 314

最后一次爱你 / 舒庸 …………………… 315
最深沉的爱情 / 伊哲 …………………… 315
你在天堂快乐吗 / 赵德斌 ……………… 316
最后一个魔术的秘密 / 王小艾 ………… 319
爱的字笺 / 吉文·罗梅罗 ……………… 320
一生一世的等待 / 王新龙 ……………… 321
十五步光 / 周海亮 ……………………… 323

父亲的那件衣服 / 刘墉 ………………… 323
绽放如花的谎言 / 端木子 ……………… 324
3600 秒的守候 / 佚名 …………………… 325
不系扣的爱 / 佚名 ……………………… 326
我是你的手啊 / 佚名 …………………… 327
用牙咬住的生命 / 佚名 ………………… 327

第七章 海内存知已,天涯若比邻

重修旧好 / [美]爱德华·齐格勒 ……… 329
打弹珠的朋友 / 谢无双 ………………… 330
球约 / 佚名 ……………………………… 331
那个等你穿鞋的朋友 / 从容 …………… 332
生死跳伞 / 苏景义 ……………………… 335
谁是朋友 / 佚名 ………………………… 336
朋友应该做的事 / [美]T·苏珊·艾尔 …… 336
有一种友情叫永恒 / 紫陌香尘 ………… 338
跟在你身后的朋友 / 佚名 ……………… 339
悔恨的泪水 / 佚名 ……………………… 340
朋友:结伴而行的鱼 / 孙文达 ………… 340
300 美元的价值 / [美]贝蒂·扬斯 …… 341
忘记邀请的朋友 /
　[美]朱迪思·伯奈特·施耐德 ……… 342
需要资金吗,今天? / 木同 …………… 343
一根负重的稻草 / 石竹 ………………… 344

与上帝互换的礼物 / [美]迪亚娜·瑞讷
　…………………………………………… 345
真正的友谊 / 佚名 ……………………… 346
朋友是碗阳春面 / 陈文芬 ……………… 347
生命的药方 / 胡建国 …………………… 348
杰克的圣诞柚子 / [美]劳拉·马丁布罗
　…………………………………………… 348
用一生注释友谊 / 佚名 ………………… 349
起死回生的友情 / 方冠晴 ……………… 352
尘封的友谊 / 谢云鹏 …………………… 354
真正的朋友 / 佚名 ……………………… 355
意外中奖 / 佚名 ………………………… 356
银行劫案 / 佚名 ………………………… 357
一美元的友谊 / 佚名 …………………… 358
分享 / 佚名 ……………………………… 360
远去的歌 / 素玉 ………………………… 361

第八章 校园情深,同窗情重

毕业的礼物 / 吴跃明 …………………… 363
女孩子的花期 / 四夕羽 ………………… 364
错过 / 争平 ……………………………… 365
八年的承诺 / 佚名 ……………………… 366
我很快乐,因为有你 / 红高粱 ………… 367
室友和睦的公式 / 邓笛 ………………… 368
螺蛳——见证我们的友情 / 佚名 ……… 368
汤姆的午餐 / 李荷卿 …………………… 369

凯尔的故事 / [阿根廷]何塞·罗德里格斯
　…………………………………………… 370
曾经同桌的你 / 三六 …………………… 371
沉默是金 / 秦文君 ……………………… 372
美丽的谎言 / 王伶俐 …………………… 372
睡在我下铺的兄弟 / 阿湘 ……………… 373
迟到的还款 / 佚名 ……………………… 374
难忘的同桌 / 佚名 ……………………… 375

书架下的书 / 佚名 ·············· 377
同桌情 / 佚名 ·············· 378
补考 / 佚名 ·············· 379

我亲爱的亲人 / 佚名 ·············· 380
珍贵的笔记 / 佚名 ·············· 381
友情经过的时候 / 千小若 ·············· 382

第九章　桃李满天下,恩情似海深

你一点也不笨 / 张玉庭 ·············· 385
女教师的 47 个吻 / 高兴 ·············· 386
温暖一生的棉鞋 / 马国福 ·············· 387
温柔的征服 / 张丽钧 ·············· 388
一束鲜花 / 陈永林 ·············· 388
一位差生的老师 / 一路开花 ·············· 389
因为我是老师 / 万安峰 ·············· 390
老师无法拒绝美 / 李树彬 ·············· 391
惩罚 / 江继峰 ·············· 392
嵌在心灵深处的一课 / 胡子宏 ·············· 393
理解的幸福 / 叶尹茶 ·············· 394
宽厚的师爱 / 王佳佳 ·············· 396

给美丽做道加法 / 高汉武 ·············· 397
我们来了,蚊子就走 / 葛闪 ·············· 398
有种水果叫香蕉 / 杨国华 ·············· 399
报复与报答 / 冯玥 ·············· 400
如果感到幸福你就跺跺脚 / 冯俊杰 ·············· 403
雨伞超市 / 顾婉艳 ·············· 404
掌声里的自信 / 杨洪芳 ·············· 405
教育,是一种感动! / 郑凌彬 ·············· 406
一包润喉糖 / 王磊 ·············· 407
她改了自己的分数 / 赵芬梅 ·············· 408
我听到了"你真棒" / 覃玲 ·············· 409
欣赏孩子的"发现" / 钱莉 ·············· 409

第十章　多一份爱心,多一份温暖

爱的节制 / 王新 ·············· 411
恩重如山 / 鲁先圣 ·············· 412
那年那温暖的灯光 / 陈志宏 ·············· 413
平凡的震颤 / 佚名 ·············· 415
我们都愿意爱他 / 张翔 ·············· 415
一杯温开水 / 赵彬 ·············· 416
一篮子金黄的感恩 / 古保祥 ·············· 417
最人性的关怀 / 江浸月 ·············· 417
幸福已经满满的 / 郭霞 ·············· 418
破鳝鱼片的姑娘 / 蒋平 ·············· 419

当空难发生时 / 管小敏 ·············· 420
敲响生命 / 张丽钧 ·············· 421
小男孩的爸爸 / 李家同 ·············· 421
不期而遇的温暖 / 初雪 ·············· 423
不要轻视信任的力量 / 札吉娜 ·············· 425
请帮助别人吧 / 金铃子 ·············· 426
搓搓你的手 / 孙道荣 ·············· 427
圣诞夜的皇后玫瑰 / 金名 ·············· 428
一个日耳曼男人的眼泪 / 佚名 ·············· 429

第一章
父爱似山，高直伟岸

把笑脸带回家

昝金锦

　　三年前的一天，我考高中，分数不够，要交八千元。正在发愁时，父亲回家笑着对母亲说："我下岗了。"母亲听了就哭了，我跑过来问怎么了，母亲哭着说："你爸爸下岗了。"父亲傻乎乎地笑个不停。我气愤地说："你还能笑得出来，高中我不上了！"母亲哭得更凶了，说："不上学，你爸就是没有文化才下岗的。"我说："没有文化的人多的是，怎么就他下岗，无能！"

　　父亲失去工作的第二天就去找工作。他骑着一辆破自行车，每天早晨出发，晚上回来，进门笑嘻嘻的。母亲问他怎么样。他笑着说："差不多了。"母亲说："天天都说差不多了，行就行，不行就重找。"父亲道："人家要研究研究嘛。"一天，父亲进门笑着说："研究好了，明天就上班。"第二天，父亲穿了一身破衣服走了，晚上回来蓬头垢面，浑身都是泥浆。我一看父亲的样子，端着碗离开了饭桌。父亲笑了笑说："这孩子！"第二天，父亲回家时穿得干干净净，脏衣服夹在自行车后面。

　　两个月下来，工程完了，工程队解散了，父亲又骑个自行车早出晚归找工作，每天早晨准时出发。我指着父亲的背影对母亲说："他现在的工作就是找工作，你看他忙乎的。"母亲叹道："你爸爸是个好人，可惜他太无能了。连找工作都这么认真负责，还能下岗，难道真的是'点背不能怪社会'？"

　　一天，父亲骑着一辆旧三轮车回来，说是要当老板，给自己打工。我对母亲说："就他这样的，还当老板？"我对父亲的蔑视发展到了仇恨，因为父亲整天骑着他的破三轮车拉着货，像个猴子一样到处跑。我们小区里回荡着他的身影，他还经常去我的学校送货，让我很是难堪。在路上碰见骑三轮车的父亲，他就冲我笑一下，我装作没有看见，不理他。

　　有一次我在上学路上捡到一块老式手表，手表的链子断了，我觉得有点熟悉。放学路上，我看见父亲车骑得很慢，低着头找东西，这一次父亲从我面前经过却没有看见我。中午父亲没有回家吃

· 1 ·

饭,下午上学时我又看见父亲在路上寻找。晚上父亲笑嘻嘻地进门,母亲问:"中午怎么没有回家吃饭?"父亲说:"有一批货等着送。"我看了父亲一眼,对他突然产生了一种从没有过的同情。后来才知道,那块表是母亲送给父亲的唯一礼物。

有一天,我在放学路上看见前面围了好多人,上前一看,是父亲的三轮车翻了,车上的电冰箱摔坏了,父亲一手摸着电冰箱,一手抹眼泪。我从没有见父亲哭过,看到父亲悲伤的样子,慌忙往家跑。等我带着母亲来到出事地点时,父亲已经不在了。晚上父亲进门笑嘻嘻的,像什么事也没发生一样。母亲问:"伤着哪没有?"父亲说:"什么伤着哪没有?"母亲说:"别装了!"父亲忙笑嘻嘻地说:"没事,没事!处理好了,吃饭。"第二天一早,父亲又骑三轮车走了。母亲说:"孩子,你爸爸虽然没本事,可他心好,要尊敬你爸爸。"我点了点头,第一次觉得他是那么可敬。

我和爸爸不讲话已经成了习惯,要改变很难,好多次想和他说话,就是张不开口。父亲倒不在乎我理不理他,他每天都在外面奔波。我暗暗下决心一定要考上大学,报答父亲。每当学习遇到困难或者夜里困了,我就想起父亲进门时那张笑嘻嘻的脸。

离开家上大学的那一天,别人家的孩子都是"打的"或有专车送到火车站,我和母亲则坐着父亲的三轮车去。父亲就是用这辆三轮车,挣够了我上大学的学费。当时我真想让我的同学看到我坐在父亲的三轮车上,我要骄傲地告诉他们这就是我的父亲。

父亲把我送上火车,放好行李。火车要开了,告别时我再也忍不住了,终于大声喊道:"爸爸!"除了大声地哭,我一句话也说不出来。父亲笑嘻嘻地说:"这孩子,哭什么!"

半张钱

宋新华

达娃在城里上大学,达娃大名叫李达,家在遥远的大别山深处。开学有日子了,李达的学费还没有交,学校知道李达的情况,没有催他交款。可李达心气高,总觉得像偷了别人东西似的,浑身毛刺刺的难受,上课也不入心,人蔫蔫的。家里穷,李达其实不想念书,可拗不过父亲。父亲狠着哩,从小就逼李达念书,一直逼到现在。李达已经高过父亲一个脑袋,可父亲照样揍他,当然是为了念书。

这天晚上,李达在宿舍无心看书,便早早蒙头睡下了。一会儿,同学将他捅醒,说李达,宿舍门口有人找你,门卫不让进。李达一愣,在这座城里,除了同学还会有人认识自己?莫不是父亲来了?给咱送学费来了?李达哧溜下床,连鞋也顾不得穿就向门口奔去。

果然是父亲,昏暗的灯光下,灰蒙蒙、矮小的一个山里人,肩上背着一只蛇皮口袋。李达心一紧,泪蛋蛋就从眼皮底下往外拱。李达上前接过口袋,说:爹你多会儿来的?咋不说一声?我好去接你啊?父亲摸了一把脸上的泥汗说,我不缺胳膊不少腿的要你接啥?耽误你念书哩。再一看李达身上披着衣服,光着脚,就黑了脸说,你这么早就躺下了?我就知道离了我你不会正经念书。李达赶紧说,我……这是躺在床上看书,不是睡大觉。胡扯!父亲说,我从小就对你说,床是懒地儿、盐坑坑,撒啥好种子,都只长野花野草。李达不敢顶嘴。

李达给父亲泡了一碗方便面。李达不是不想领着父亲去外面吃夜宵,像那些城里学生一样。可李达不敢,他怕说出口就遭父亲骂,父亲的口头禅是:你别一进城就变"修"了。可睡觉得给父亲安排好,因为父亲这一路少说有三天没歇脚的奔波。李达每次回家也是那样。学校的招待所在地下室,很便宜,李达说,爹,我送你去招待所睡觉。父亲眉毛一竖,说,你真变修了,发财了?你不是这铺吗?我先睡,你念书。夜里我起,你睡。李达不敢吱声。

学费是父亲和李达一块去财务室交的,父亲不停地向涂着口红的会计小姐点头赔不是:大姐对不住!晚了,地里头庄稼正长草哩,耽搁了……没误事吧?我这娃嘴笨,不识礼,有不周到的地方,你可劲骂，可劲打。年轻的会计不知所云，但因为李达在一旁又不敢笑。

第二天正好是礼拜天，李达想留父亲在城里玩两天，说爹我领你去看过去皇帝住过的地方。父亲这回没说他变修了，笑的满脸皱褶开花，说，达娃，我知道你想孝顺爹，你爹我还真想去看看皇帝老儿快活的地儿……可现在还不是时候，等你出头了，在城里扎了根了、落了窝了，我和你娘来享享福也不晚。你要过意不去，就上你们食堂给我买一碗红烧肉来，我晚上喝二两，然后可劲睡一宿，明天你送我上火车。

吃饭时，父亲却不动那香喷喷的红烧肉，李达说，爹，你不是爱吃吗？父亲突然抹起泪来，哽咽道：达娃，爹要看你吃下去……李达和父亲谁都吃不下。

第二天送父亲上火车时，人特多，父亲刚挤上去，列车就启动了。李达没有像城里人那样向父亲挥手，而是在站台上和列车一同往前走着，两眼盯着父亲，一眨不眨地盯着父亲。突然，父亲趴在窗户上向李达招手。李达以为父亲有话要说，就迎上去，却见父亲手上攥着一张十元的票子，说，达娃，我算错了，这路上只要四十七块钱就够了，多出十块来，你拿着！李达浑身一颤，说，爹，你带着，路上买点好吃的。爹却吼道：我算过了，多出十块，你拿不拿？李达见父亲要扔下来，忙说，风大，你别扔下来，你留着用。父亲脸紫了，狠命地挥着手。李达紧跑几步将父亲的手往回推，可父亲的手就像山里的柞树一样坚硬，往李达手心里塞那张票子。这时，一个车站警察一把将李达揪住，危险！火车走远了。李达低头发现手里攥着被撕坏的半张十元的票子，李达两眼模糊地看着远方。

几天后，李达准备将那半张票子寄回家里，因为另外半张也许在父亲手里。可信刚要寄出去，李达就收到父亲的来信和半截票子，拆开一看，上面就一行字：我达娃，用饭糊糊粘一下，能用……

父亲的恩惠

姜夔

他从来不相信算命、预测之类的玩意儿，但他还是来到这个号称"明镜长老"的僧人面前。这个老僧虽然瘸着一条腿，却是家乡县城颇有名气的人物。

他沉重地叹息着，诉说自己的不幸：几乎打懂事时起，就没人关心他、爱护他、帮助他。长大后高考落榜、恰遇下岗、妻子离异……世界对他来说冷得像个冰窖。他愤世嫉俗，悲观厌世，看破了红尘。

老僧静静地听着，微眯着的老眼满含玄机。他讲完了，眼巴巴地等待着老僧为他指点迷津。老僧慢悠悠地将着胡须问道："这世上真的没谁在意你、关爱你吗？"

"没有。"他坚定地摇着头。

老僧似乎失望了，眼中凝滞着一层悲哀，良久，才举起指头提出三个疑问。

第一问："打从儿时上学到18岁高中毕业，这期间真的没人照顾你、负担你的生活费和学杂费吗？"

他一怔，想到自己蹬三轮车的父亲。上小学六年，不论风霜雨雪，都是父亲呵护接送。母亲早早去世，父亲又当爹来又当娘，为他洗衣做饭，把他拉扯大。父亲十年没添新衣，寒冬腊月里，双脚冻得红肿流血还在蹬车为他挣学费。父亲说："再苦也不能误了孩子读书……"

第二问："人吃五谷杂粮，难免有病有灾。你生病的时候，难道也没人坐在你的床边？"

他脸红了，仍然想到自己的父亲。那年上高二，他得了急性肾炎，在医院躺了一个月，父亲日夜守护在他的身边。为了凑齐住院费，老人家还偷偷地去卖了血，当医生怀疑他是肾衰竭时，父亲哀求医生说："只要能治好我儿子，我愿意捐肾……"

第三问："当你落榜、下岗、婚姻变异遭受挫折磨难时，真的没人与你共渡难关？"

我低头无语，还是想到自己的父亲。落榜时，他在家躺了三天，父亲硬在他的身旁坐了三天，好言好语宽慰他,好茶好饭送到他手边。下岗那年,父亲掏出自己积攒的两千元钱,帮他租了一间书报亭……

他抬起头迟疑地对老僧人说:"可是……他、他是我的父亲呀!"

老僧问:"父亲的恩惠就可以不算恩惠吗?"

这一问,像重锤敲击他的心灵。是呀,他真的从没把父爱当一回事儿,在他的心目中,父亲对儿子的恩惠似乎是天经地义的。他想起自己读初一时同父亲拌嘴负气出走的事。那天,他在街上游逛了一天,饿得眼冒金星,他向卖馍的街坊大伯讨了一个馍,居然感激涕零地说:"我一辈子忘不了您的恩情……"父亲的养育之恩难道还不如一个馍?

老僧人说:"孩子,学会感恩吧——一个连父恩都不记得的人,怎会记得苍天给你的雨露、大地给你的五谷? 怎会记得朋友移到你头顶的伞、路人给你的笑容? 还有小鸟对你的歌唱、微风给你的爱抚……"

他面红耳赤,惭愧地向老僧作一长揖,告辞而去。

父亲的秘密

周海亮

假期里,父亲和他八岁的儿子去森林里游玩。他们往密林深处不停地走,不知不觉迷了路。四周的古树遮天蔽日,像一只巨大的笼子将他们困在中间。父亲背起疲惫的儿子,试图走出去。可是他无奈地发现,自己能够做的,只是每隔一段时间,重新回到原地。

那里有一个废弃的木屋。木屋里也许住过守林员,也许住过伐木工人,现在它空着,破烂不堪,仿佛随时可能倒塌。可它毕竟是一间屋子,这给他们父子俩带来了一些安全感。晚上他们挤在里面,生起一堆火。外面传来野兽的叫声,似乎距他们很遥远,又似乎近在咫尺。儿子呜呜地哭起来,他说我们会不会死在这里? 父亲用力拍拍他的肩膀,说儿子别怕,我们会走出去的。

可是第二天,他们仍然围着木屋不停地绕着圈子。让父亲稍感欣慰的是,木屋外面有一口水井,水井里面有干净的水。他小心地踩着井内壁的缝隙下去,用随身携带的军用水壶打上一壶水。可是他们已经没有任何可吃的东西了,恐惧的乌云笼罩着他们。

第三天,父亲放弃了那种徒劳的尝试。他对儿子说,这里有木屋,有水井,这很可能是一些过路人的临时驿站。我们只要等在这里,就肯定会遇到人……你留在这里等我回来,我到附近找些吃的。儿子问附近有什么吃的? 父亲就笑了,说森林里还能饿死人吗? 你难道忘了野生蘑菇很有营养吗? 他为儿子打上一壶水,然后一个人离开了木屋。他一边走一边回头对儿子说,守着屋子,千万不要乱走……等我回来,我们一起吃晚饭。

父亲并没有马上去寻找蘑菇。他把衣服撕成布条,系在木屋周围的树干上。系完,仔细检查一番,调整了几个布条的位置。他想如果有人经过,就会发现这些布条,再发现小屋,再发现小屋里的他们,并将他们带出森林。他想这可能是他们唯一的机会了,他不敢有丝毫马虎。

那天父亲很晚才回来,他拣回了一小把蘑菇。虽然仍然走不出去,仍然没人发现他们,可是有了蘑菇,他们就有了活下去的希望。儿子问这蘑菇不会有毒吧? 父亲说不会……在走出去之前,我们天天喝鲜蘑菇汤。儿子问这附近蘑菇多吗? 父亲说不多,也不少。儿子说明天我也去捡。

父亲说不行,你得守在这里,万一有人经过怎么办? 我们的目的是走出森林,不是在这里吃蘑菇宴。父亲朝儿子做了一个鬼脸,儿子发现父亲的脸有些水肿。

父亲出去的时间一天比一天长,拣回的蘑菇却一天比一天少。每一次回来,他都是筋疲力尽,脸色蜡黄,像大病初愈的样子。儿子问怎么了?

父亲说没事,有些累。儿子害怕地哭起来,他说爸爸,我们是不是真的走不出去了? 父亲说不会的，只要我们坚持住，就会有人发现我们……

终于有人经过，是一位猎人，是父亲的布条把他引到了小屋。猎人把他们带出森林，他们再一次回到了城市。那以后，每次谈起这次经历，父子俩都心有余悸。

家里的饭桌上，从此没有蘑菇。甚至，儿子说，哪怕在菜市场见到了蘑菇，他都想吐。

可是时间会改变一切。十几年过去了，有一天，儿子回家时，竟提回一小袋蘑菇。他告诉父亲，这是真正的野生蘑菇，是近郊的农民在大山里采的，刚才在街边叫卖，他看着不错，就买来一袋。10多年没吃蘑菇了吧？

儿子对父亲说，我想您可能都忘记蘑菇是什么味了。

父亲笑笑，没说话。他似乎对蘑菇并不反感。

父亲把蘑菇倒在水池里仔细清洗。突然，他低下头，从那些蘑菇里挑出两个，扔进旁边的垃圾桶里。儿子问爸您干什么？父亲说，这两个蘑菇有毒。

有毒？儿子怔了一下，您怎么知道？父亲得意地笑了。他说，还记得15年前我们的那次历险吗？那几天，我可能尝遍了世界上所有的蘑菇……

父亲的那只小箱子

李军

当我忧郁的眼神，在父亲的那只小箱子里停落的一个瞬间，心便碎了。

那只小箱子遗留在父亲的故居。庭院深深，又已然荒芜了四季，北风过处布满着刺骨的苍凉。父亲是在春天离世的，此前几十年这里是花果遍地生的百草园吧?! 至于十几间堂屋，正如想象，而今是四处盘结着蛛网，于是父亲的那只小箱子也似乎尘封过了一个世纪。

父亲曾亲手打制过许多那样的小箱子，这在他根本不算难事。木器、机械、农具、土建、编织、电工，诸如此类传统的行业和工种，父亲几乎无一不通。在我的记忆里，从来没有父亲修理不了的家什。但现在角角落落里散落的家什和工具没有人再去动一动了，如同一度被蛛网封存的那只小箱子一样。

我是为母亲寻找父亲遗留下来的一样东西才想到打开那只小箱子的。箱子并未加锁，我拿父亲用过几十年的一只鸡毛掸子拂去灰尘和蛛网，然后轻轻将箱盖掀开来。

实际上，那只小箱子同其他箱子柜子一样，父亲生前是不允许我们随意打开的。父亲所有的箱子总是分门别类，条理而规整。直到当整理父亲遗物的时候，母亲和姐姐们打开了那些箱子，我想她们一定是得到了父亲的"默许"。多年来，大家习惯于父亲的沉默，如今只能权当我们的生活中仍在继续着父亲的沉默了。

父亲曾经不允许别人随意打开他的箱子，是因为箱子里都是他自己的东西。我不知道要打开的那只小箱子里还会有父亲的什么遗物，而我无论如何都不情愿打开储藏在其中的任何记忆！物是人非，情何以堪啊！

箱盖到底是掀开了。我开始翻捡着其中的每一件东西，尔后又禁不住失声哭出来。

父亲的那只小箱子里居然都是我的东西，我的曾经自以为永远不再有用或者有用而以为永远丢失的东西。小学时获得的奖状，中学时创办的校报，大学时发表的文章，近年来废弃不用的旧版记者证，更多的是各个时期的各种证章，甚至还有我在早年从外地发回的几封函件。

这是父亲那只小箱子里所有的秘密；原来被父亲视为财富而珍藏在自己箱底的就是小儿子多年来无意留存的一张奖状、一篇习作、一个证章。而现在，父亲那只小箱子足以成为他的小儿子一生一世无上的财富。

父亲的眼泪是我人生的救赎

尹衍梁

我终于了解，父亲对我的责骂，都是出自真心的期盼。

父亲寡言，但很严肃，在同乡与朋友之间深受尊敬、信任。他有很多想法和别人不太一样，一个就是他喜欢人前教子，在别人面前打骂、教导儿子；第二是相信棒头出孝子，因为我爷爷当年就是用打的，而且打得很严重。

七八岁开始，我每天都挨打。父亲白天工作很忙，晚上才回来吃饭，吃完饭下了桌，就开始问我今天做错什么事。妈妈告状、姐姐告状，他就用皮带抽我，手臂上一条一条的瘀血痕。所以小时候，我一直喜欢穿长袖。

这造成我10岁开始就不平衡，"你打我，我就去打别人。"那时候住在眷区附近，跟里面的孩子去附近打闹，父亲就越打越重。

但是"棒头出孝子"不是每个孩子都适用，如果父亲用疏导的方法，或许我就不会误入歧途了。结果就是，我根本没办法念书，一天到晚打架闹事，初三连英文字母都写不全，数学也不会，小太保哪里会念书嘛！于是念到进德中学（感化院）去了，一共待了两年半。

在进德的头一年，我还是一样跟人家打闹，后来出事了，跟别人打架肚子被划破。过了一周，父亲来看我，我们就坐在花园的石凳上，周边很多人在玩，他却哭起来了。我说："你干吗哭？不要哭了，不好看。"我没看过他哭，这是第一次。

他流着忏悔的眼泪对我说："我不是不爱你，我一定要你的未来好。"我也很难过，说："你一副我就是坏人的样子，你跟我讲这个不是很奇怪吗？"后来我想一想：对，他一定爱我的，只是表达方式不同而已。

从那天起，我就不再打架了，开始好好读书。原本我是全校最后一名，在进德的后一年半，我是全校第一。后来，我插班进成功中学夜间部，感化院能插班进公立学校夜间部，以前没有过的。

当兵回来后，他给我一万美元，叫我去环游世界，还给我一张去意大利的机票。我把一万美元的支票贴身藏在内衣裤里，怕被偷走，就这样流浪了半年，坐火车、睡火车站，从欧洲跑到中南美洲，再到美国，回来身上只剩下50美元。很有意思吧？

回来以后，他就说，读万卷书不如行万里路，现在你游历了世界，从今天开始劳动。我说：好。于是，就进入润泰纺织，从科长、经理、副总经理一直做到现在。

26岁时，我创办了润华机械厂，这个厂倒闭了；后来又开个染料工厂，这个工厂爆炸了。这两个工厂加起来花了三四千万元（新台币，下同），那时候这是一笔大钱，我父亲只说了一句话："衍梁啊！恭喜你得到可贵的失败经验，你以后比别人更不会犯错了。"恭喜我，没有骂我，所以我后来比别人更相信可以在失败中站起来。

大学毕业那年，爸爸的好朋友郑作恒突然打电话给我，要请我吃饭。他先带我去舞厅跳舞，我那时候不知道有这么漂亮的地方，舞池里那些舞女像热带鱼一样游来游去。

接着带我到五月花酒家，他就换了一叠10元纸钞，放在桌子上，小姐来敬酒，亲一下就给10元，几十位小姐涌上来亲，我在旁边看，目不暇接！

结账后，他对我说了几句话："衍梁啊，我必须跟你说，今天是你爸爸请求我带你出来的，因为他不方便带你出来，而且你父亲也不来这种场合，所以找我带你来见识见识。总之，要我送你几句话：第一，你永远不要赌博，就算你有亿万家财，到明天也可能一无所有；第二，你有没有看到那些小姐，她们不是真的喜欢你，她们爱的是钱，你如果笨到被女人骗，那是活该。"我父亲是很通情达理的人，但他自己很严谨，一开始就用这种震撼式的洗礼，让我了解人生：原来这么美丽的事情，其实是虚假的。

政大企研所毕业典礼那天,我父母来参加。企研所博士班就我一个毕业,我排在第一个,带领其他班的人领毕业证书。父亲不赞美我,就是自己在那边哭。我也是百感交集,红着眼眶站在台上想:当时你对我哭,是因为我是不良少年;现在你对我哭,是因为我是博士。

父亲有几句话我是永远记得的,他说:"你记住,你爸爸没有欠任何人的钱,只有人欠你爸爸的债。"爸爸走后即使有找到证据,也只有两个字:宽免。

他还告诉我:"商人的招牌就是信誉。小商人贩卖的是货品,大商人贩卖的是信誉。"

我到现在也是和爸爸一样,盖房子不偷工减料,卖东西只卖真东西,这是贩售信用。他叫我把事情做好,不要先想赚钱;把事情做好,钱就会来追你。乍听之下,这个逻辑很奇怪,但这个逻辑是对的。

另外,就是在我不成器的时候他讲过一句话,他说:"像你这样的孩子,有你不多,没有也不少。"我常常咀嚼这句话,我就想,以后一定要让你不能没有我。

我没有打过我的孩子,因为我是被打坏的。女儿现在34岁,政大会研所毕业,在会计事务所工作,做事认真负责。儿子28岁,在英国牛津大学读政治经济学博士。打骂教育这招,有些人是不吃的。我都和孩子讲道理,虽然他们会回嘴说:"哎哟!老生常谈啊。"我常会跟孩子说:"你做得很正确、很棒,爸爸鼓励你。"因为我以前没有得到认同,父亲从没有夸奖过我,他只说:"还可以更好嘛。"

你懂得什么叫父亲吗

方冠晴

一个乡下老汉,他的儿子因为与人发生口角,被人打伤了。儿子的伤势很重,送到医院后,一直处于昏迷状态。这可是他唯一的儿子呀,老汉寸步不离地守在儿子的身边,终日以泪洗面,心急如焚。他恨不得将凶手抓到面前来,生撕了。

三日三夜的紧张抢救之后,儿子总算悠悠地醒过来。但就在这时,派出所那边传来消息,凶手逃跑了,没能抓住。

想想儿子险些丧生,再看看儿子满身触目惊心的伤痕,老汉愤怒了。他说,凶手就是逃到天边,他也要抓回来,让凶手伏法。

老汉开始追寻凶手。他四处打听,百般奔波,终于功夫不负有心人,半个月后,他打听到了凶手藏匿的地方。于是通知了派出所,与警察一起去抓。但凶手实在太机敏了,居然从警察的合围中逃脱了。这时警察一路追赶凶手,老汉留了个心眼,他一个人抄近路到前面去拦截。

在一条宽阔的河边,老汉终于拦住了凶手。凶手见只有老汉一个人,就一拳砸倒老汉,向河对岸跑去。

此时正是隆冬季节,河面上的冰层厚可逾尺,足以任人在上面奔跑。但惊慌失措的凶手忽视了致命的一点,那就是钓者在上面凿了好些窟窿,用以钓鱼。慌不择路的凶手在奔逃中,一头扎进了冰窟窿,瞬间便无影无踪。

看到这一情景,老汉显然也被吓呆了,但他略一迟疑,还是跳下冰窟窿去救那个凶手。当警察赶到时,老汉刚刚将那个凶手拖出水面,而老汉浑身均已湿透,冻得嘴唇发紫,瑟瑟发抖。

经过这一冻,老汉病倒了,整整卧床一个月。

一时间,这件事在当地传开了,人们议论纷纷,说什么的都有。

有的说,这老汉刚烈;有的说,这老汉善良。而说得最多的,是说这老汉糊涂。你拼命抓凶手是为了什么?不还是为儿子报仇吗?凶手掉进冰窟窿淹死才好呢,你居然冒着生命危险去救?救自己的仇人?值得吗?这不是糊涂蛋是什么?

当地的电视台也听说了这件事,于是派了个采访组去采访他。镜头里的老汉斜躺在病床上,满脸病容。记者问他:"是什么力量促使你一连奔波半个月,誓死也要抓住凶手呢?"

老汉说:"我是父亲啊。"

记者又问:"那,为什么凶手落水后,你又要救凶手呢?难道你不恨凶手吗?"

老汉还是说:"我是父亲啊。"

所有的人都以为老汉出了毛病,因为,他答非所问。

记者也不懂了,一时间,有了空白的间歇。然后,记者费尽口舌,不断提问,想弄清楚老汉真实的想法。

而老汉的想法如此简单,他说:"我的儿子差点就没了,他在医院三天三夜没有苏醒的那段时间里,你能体会得到,一个父亲心中是怎样的滋味吗?凶手也是人呀,也是爹妈生父母养的,他犯的也不是死罪呀,他要是死了,他的父母心中又是什么滋味?"

简短的几句话,使看到这个节目的人都感动了,人们也才真正明白了这个老汉举动的含义。他抓凶手,是因为他是父亲,他爱他的儿子,他要让害他儿子的人受到法律制裁;他救凶手,也是因为他是父亲,他懂得,失去儿子对父亲来说是多大的打击和痛苦。

生命是宝贵的,哪怕是一个罪犯,生命也值得怜惜。爱,是能够互通的,真正富有爱心的人,自己尝过的痛苦,就不忍再让别人品尝。这与法与理无关,关乎的是父亲的称谓和父亲的柔情。

我将继续挡下去

刘路

秋日里的那个星期天,男人难得有了空闲,他带着自己七岁的女儿去动物园玩。他们看了猴子、孔雀、狗熊、长颈鹿……感觉比较累,开始往回走。经过狮子洞的时候,女儿突然叫嚷着要看狮子。男人笑笑说,好。灾难就是这样降临的。

他们倚着狮子洞上方的铁栏杆逗着狮子。那个位置,只能看到狮子的后背。七岁的女儿咯咯笑着,把脑袋探得很远。男人想提醒女儿小心,来不及张嘴,就看见女儿一头栽了进去。父亲慌忙伸手去抓,可是他什么也没抓到。那段铁栏杆,突然断了。女儿是抓着那段铁栏杆掉下去的。半空中她惊恐地叫了一声:"爸爸!"后来动物园的负责人说,那几天连绵的秋雨,让那段陈旧的铁栏杆,加快了腐蚀的速度。

掉下去的女儿似被摔昏,她躺在那里,紧闭着双眼。男人大叫:"妞妞你没事吧,妞妞你没事吧?"他的喊声并没有叫醒女儿,反而惊动了狮子。狮子懒洋洋地站起来,先是看一眼落在它不远处的不速之客,然后,它突然兴奋起来,直奔小女孩而去。周围的人急了,有人慌忙拨打110,有人跑去找动物园的驯兽师,还有人高叫着,试图赶开正一步一步逼近女孩的狮子……没有用。现在狮子距离那个昏过去的女孩,仅一步之遥。

正在这时,男人突然做了一个让所有人都目瞪口呆的举动:他纵身一跃,跳了下去……

男人重重地摔倒,可是他马上爬起来。他正好落在女儿与狮子中间。他没有看自己的女儿,而是狠狠地盯着狮子。周围一下子安静了下来,人们甚至可以清晰地听到男人和狮子怦怦的心跳。

或许是他的镇定让狮子不安,也或许是他的样子让狮子恐惧,总之,在对视了几秒钟之后,狮子竟然慢慢地转过身,快快而去。

所有人都长舒一口气。剩下的事,就是他们静静地等在那儿,直到动物园来人把他们救出去。可是,故事在这里并没有结束。事实上,这个故事才刚刚开始……

女孩突然醒了。醒后的女孩看着陌生和恐怖的一切,竟"哇"地大哭起来,于是,刚刚躺下的狮子再一次被激怒,它慢慢站起来,然后,向女孩直扑过去!

狮子的血盆大口，此时距女孩的头，只剩分毫，父亲看到狮子暗红的舌头和闪着寒光的牙齿……男人迅速推开自己的女儿！他伸出自己的右臂，挡在狮子面前。其实这时他更像是把胳膊友好地递到狮子嘴里，也许那时男人在想，只要狮子的嘴里咬了什么东西，那么，它就会静下来吧！那么，它就不会继续伤害他的女儿了吧！那么，当它啃噬自己胳膊的时候，动物园的驯兽师们，也许就会赶过来了吧！

他能够感觉狮子的利齿深深地扎进他的骨头。狮子咬着他的右臂，兴奋地甩着头，男人被抛起，然后重重地跌落。

狮子再一次盯着他的女儿。此时女孩已经退出很远，脸色苍白，似乎已经吓得忘记了哭泣。狮子一步步紧逼过去……

男人再一次爬起来，再一次扑向狮子，再一次在狮子张着腥气的血盆大口距女儿仅剩分毫的时候，伸出胳膊挡在狮子面前。

这次是左臂。他的右臂已经动弹不得。他就那样伸出左臂，似乎要友好地送给狮子一顿美妙的晚餐。狮子愣了一下，再一次咬住了他的胳膊，开始了疯狂地撕咬……

动物园的驯兽师终于赶来。他们用两个麻醉枪，才将狮子击倒。

男人躺在医院里，他两只胳膊的肌肉都被狮子撕乱，鲜血淋漓，并且严重骨折。

有人问他，那个时刻，为什么要用你的胳膊阻挡狮子？男人认真地想想，说，不知道。那时由不得多想，大概只剩下本能吧……父亲保护女儿的本能吧？

是的。那时仅剩下父亲的本能，而不必去细想，为女儿挡住的是一抹刺眼的阳光、一粒微小的灰尘、一辆飞驰的汽车，还是一头凶猛的狮子……

可是，假如动物园的人没有及时赶到，你还将怎么办呢？那个人继续问他。

那么，我将继续挡下去，用左腿、用右腿、用胸膛，以及脑袋……男人轻描淡写地说。

五十个布娃娃

英涛

从懂事的时候起，她就好像没有过童年的快乐，连想拥有一个布娃娃的愿望都没能实现。儿时，父亲答应等她过六岁生日时送她一个的，但她生日还没到，父亲就跟随国民党部队去了台湾。父亲去台后，母亲不曾改嫁，和母亲相依为命的她，跟着受苦，从小就学会了承受诸多人生的艰辛。只是，偶尔看到有钱人家的孩子怀抱布娃娃的时候，她那总是显得阴郁的目光里，才会闪烁出一些光亮来。这个时候，她会注视着人家怀中的布娃娃，直到人家走远，才往家里走。就这样，过了50年，在她心里，没有父爱，没有温暖的苍白的50年，在海峡这边守望了一生的母亲早已带着满腹的遗憾去了，而她自己，也快要做人家的婆婆了。

没有想到，在母亲走后不久，一个满头白发、步履蹒跚的老人，出现在她家门口。面对着这个自称是她父亲的人，她心里竟没有多少激动，也许，50年的时光，就像一剂长效的麻醉剂，早已把她心中原本对父爱的渴望给麻醉了。不管父亲多么想表达，她都有一种本能的抗拒，在她心里，总是觉得，这50年，你把我们丢在这里，现在再怎样表现，也只不过是因为心里有愧疚，在补偿愧疚而已。

费了一番周折，她办好了一切手续，到台北来接孤独的父亲回大陆定居。她找到父亲的单身公寓，却叫不开门，等她找人把门打开，才发现老人已死去多时。父亲的遗物很少，在他的房间里，只有好多个樟木大箱子，她还以为，可能是父亲这一生积蓄下来的贵重物品吧。可是当她打开这些箱子的时候，她一下子惊呆了——这么多的箱子里，放着的，全是小女孩造型的布娃娃，总共有50个。每个布娃娃的身上，都放着一张字条，上面的落款日期显示着它们全是父亲在她每年的生日那天买的,它们的个子按年份的排序一个比一个高。

她打开一张泛黄的纸条:"亲爱的女儿,今天又是你的生日,爸爸还是不能和你一起过。只有又买一个布娃娃给你,从你六岁起,我就一直欠你布娃娃……"最后一个,也是最大的一个——几乎有真人那么高的布娃娃身上的纸条上写着:"……过几天我就要回大陆了,我这一生剩下的时间要和你在一起,直到你妈妈来召唤我,我要把这些布娃娃全带回去,带给你,我的女儿……"看到这里,她已泪如泉涌。

她终于明白,自己一直没有失去父爱,海峡那边的父爱,一直被父亲用心地储存在布娃娃的身上,一年比一年多,一年比一年浓。她带回了父亲的骨灰和那些大木箱。每当有人问起,那些木箱里都是你父亲留下的金银财宝吧?她总是说,是的,是我父亲留给我的最珍贵的东西。这个时候,她的脸上总是阳光灿烂。

鲜花中的爱

[美]迪·库尔特

父亲头一次送鲜花给我是我九岁那年。那时,我参加了六个月的踢踏舞学习班,准备迎接学校一年一度的音乐会。作为新生合唱队的一员,我感到激动、兴奋。但我也知道,自己貌不出众,毫无动人之处。

真叫人大吃一惊,就在表演结束来到舞台边上时,我听见有人喊我的名字,而且往我怀里放了一束芬芳的长梗红玫瑰。我站在舞台上的情景至今历历在目,脸儿通红通红的,注视着脚灯的另一边。那儿,我父母笑吟吟地望着我,使劲儿鼓掌。

一束束鲜花伴随着我跨过人生的一个个里程碑,而这些花是所有花中的第一束。

快到我16岁生日了。但这对我并不是一件值得快乐的事。我身材肥胖,没有男朋友。可是好心的父母要给我办个生日晚会,这给我的心情愈发增加了痛苦。

当我走进餐厅时,桌上的生日蛋糕旁边有一大束鲜花,比以前的任何一束都大。我想躲起来,我没有男朋友送花,只有自己的父亲送了这些花。16岁是迷人的,可我却想哭。若不是我最要好的朋友弗丽丝小声说:"呃,有这样的好父亲,真运气!"我真就哭了。

时光荏苒,父亲的鲜花陪伴着我的生日、音乐会、授奖仪式、毕业典礼。

大学毕业了,我将从事一项新的事业,并且马上就要做新娘了。父亲的鲜花标志着他的自豪,标志着我的成功。这些花带给我欢乐和喜悦,伴随我成长、成熟。父亲在感恩节送来艳丽的黄菊花,圣诞节送来茂盛的圣诞红,复活节送来洁白的百合,生日送来鲜红的玫瑰。父亲将四季鲜花扎为一束,祝贺我孩子的生日和我们搬进自己的新居。

我的好运与日俱增,父亲的健康却每况愈下,但直到因心脏病与世长辞,他的鲜花礼物从不曾间断过。父亲从我的生活中失去了,我买了最大最红的一束玫瑰花放在他的灵柩上。

在以后的十几年里,我时常感到有一股力量催促我去买花来装点客厅,然而我终于没有去买。我想,这花再也没有过去的那种意义了。

特殊营养品

夏艳平

自从一对双胞胎儿女考进了县一中,王子龙就成了供需处长,每月1号都要上一趟县城,给儿女送给养。转眼到了高三下学期,离高考还剩不到半年的时间,这可是最后的冲刺阶段,他哪敢马虎?

刚到1号就收拾好东西往县城赶。

以往王子龙送给养，儿子小俊的那一份总比女儿小玉的那一份多，小俊肚子大，能吃。可这次却反了过来，儿子小俊的那份只有基本生活费，而女儿小玉的那份除了生活费外，还有补脑的、补血的各种营养品。

看到老爸将一大包营养品全部给了姐姐小玉，小俊急了，说："我的呢?"王子龙冷冷地回答："你没有。"小俊问："我怎么没有?"王子龙说："姐姐学习成绩好，吃了好考重点。你吃了搞么事? 像你这样读书，我还不如把东西往河里丢哩。"

王子龙的话像一条鞭子，重重地抽打在小俊的身上。小俊做梦也没有想到，一向疼爱他的老爸竟说出这样的话来。东西不给他没什么，这话太伤他的自尊心了。姐姐小玉见他一张英俊的小脸变成了猪肝色，忙将营养品往他手上塞，小俊一把推开小玉的手，扭头愤愤地对王子龙说："我不稀罕! 你看好了，没有你的营养品，我一样考上重点大学!"

自此以后，小俊像变了个人似的，一心扑在学习上。他再也不和班上那几个小哥们儿到网吧上网聊天了，有时连饭也忘了吃，幸好有姐姐小玉的照料。

功夫不负有心人。经过近半年的拼搏，小俊和姐姐小玉一样，以优异的成绩考取了北京大学。接到通知书那天，小俊有点扬眉吐气的感觉，忍不住提起了那天爸爸送营养品的事。见他仍然愤愤的样子，小玉问："此刻你最想感谢的人是谁?"小俊说："当然是咱老爸啦，如果不是他那天给我送来了'特殊营养品'，我能有今天吗?"小玉知道小俊心里还在怨恨爸爸，就装起了糊涂，顺着他的话说："看来我的弟弟不傻呀，懂得知恩图报。"接着，小玉就告诉了小俊爸爸这样做的原因。

小俊读初中时，成绩并不比姐姐小玉差，而且接受能力比姐姐小玉还要强，很被老师看好，王子龙也对他寄予了厚望。但考进县一中后，小俊学习却不那么用心了，经常和班上几个小哥们儿偷偷跑到网吧去聊天打游戏，这样，成绩就慢慢降下来了。王子龙知道这个情况后，心里很着急，每次上县城总要苦口婆心地对小俊讲一番大道理，要他好好读书，但小俊自制能力差，当面说晓得，转个背就忘得一干二净。眼看着高考一天天临近了，王子龙无计可施，就向一位高人讨了这个对策。

听了姐姐小玉的述说，小俊如梦初醒，他说："知子莫若父，看来我还真得感谢老爸那份'特殊的营养品'。"

寻找一颗善良的心

施佳鹏 译

我越是一天天地长大，就越是害怕让别人看见我和父亲在一起。父亲身材矮小，有严重的残疾。当我们一起走路时，他总要挽着我的身体才能保持平衡，这时总招来路人的异样眼光，令我无地自容。即使父亲在意这些，内心也非常痛苦，但他从来不表现出来。

我和父亲走路时，总是很难相互协调。因为他步履蹒跚，我又缺乏耐性，所以一路上我们很少交谈。尽管如此，每次出行前，父亲总是对我说："你走你的，我想法儿跟上你。"

每天都是如此，我们常常往返于从家到父亲上班乘坐的地铁站。尽管父亲有病，但他还是坚持要上班，不管刮风下雨，天气如何恶劣，他都没有误过一天工。即使别人不能去，他也要千方百计地准时去上班。

每当遇到天寒地冻的时候，如果没有人帮忙，父亲就寸步难行。每当这个时候，我或我的姐妹们就用儿童雪橇从纽约布鲁克林区的街道将他拉到地铁入口处。一到那儿，他便手扶栏杆走下台阶，因为在那里通道的空气暖和，地面都没有结冰。曼哈顿地铁站的地下一层就是他的办公楼。上班期间，他不需要出来。我们每天都在布鲁克林接父亲回家。

尽管如此，他从不怨天尤人，从不羡慕别人的幸运和能力，以常人未有的勇气去面对各种屈辱和压力，没有任何痛苦和丝毫的埋怨。他在认真寻找一颗"善良的心"，如果他得到了，人家会真心地对待他。

由于父亲残疾，很多活动都不能参加，但他仍然想方设法以某种方式参与进来。当一个地方棒球队缺少一个领队时，他便自告奋勇当领队。他是一个棒球迷，具有丰富的棒球知识。以前，他经常带我去埃比斯棒球场观看布鲁克林的鬼精灵队比赛。他喜欢参加舞会和晚会，在那儿坐着看，他很开心。

记得有一次，在一个海边晚会上有人打架了。他们都动起了拳头，相互推挤。父亲实在看不下去了，但又无法从松软的沙滩上站起来。失望之下，他大声地吼了起来："谁要坐下来和我单挑？"

在场的人都沉默了，没有人和他打。到了第二天，人们都戏称，比赛还没开始，挑战者就认输了，对于父亲来说，这还是头一回。

我作为父亲的独生子，很多活动父亲都是和我一起参与的。当我打球时（尽管我打得很差），他也在"打球"。后来我参加了海军，他也去"参加"了。有一次，我回家休息，他非要带我去他的办公室，在介绍我时，他真真切切地小声说："这是我儿子，如果我不残疾的话，我也一定会去参加海军。"

父亲离开我们已经很多年了，我也已经长大成人。我相信有一个恰当的标准去判断一个人是否具有"善良的心"，尽管我仍不很清楚它的确切含义，但我却知道自己什么时候缺乏善心。我经常想起父亲，我不知道他是否意识到我以前不愿意让人看到和他走在一起的感觉。如果他真的能意识到这一切，我感到很遗憾。因为我从来没告诉他我是多么愧疚、多么不孝、多么悔恨。这些年来，每当我为一些琐事而抱怨时，为别人的好运而妒忌时，为我自己缺乏"善心"而自责时，我就会想起我的父亲，想起他挽着我的身体保持平衡时说的那句话："你走你的，我想法儿跟上你。"

愿望

[澳大利亚] 路易莎·巴特勒

这是一个关于父爱的故事，是一个令人心酸的故事。

妇人身着一件已经有 20 年历史的粉红色花裙子，沿着河堤向他走过去。她那灰白的卷发被一顶带面纱的礼帽遮盖住了。在他的眼里，她在雨中磕磕绊绊地向前行走的样子，就像一幅未干的水彩画。

她走得很慢。她每走几米，就会停一下，凝视着河面。河已经被雨水吞没，水也变成棕色。接着，她将手放到右耳旁，好像是在倾听什么似的。她听到她自己疯狂的喊声："我来了！我听到你了！我来了！"

妇人疯了，疯得很厉害。名叫罗兰的男人知道这一点。因为老妇人是他的母亲。

小时候，罗兰的父亲自战争开始以来就从未回过家，钢琴上的像框里，年轻帅气的上尉总是笑着往下看。后来，战争结束，他们在火车站见到的父亲，已然那样疲倦、老态龙钟，而且郁郁寡欢。罗兰在这个郁郁寡欢的男人脸上轻轻吻了一下，但他弟弟亨利很害羞地跑开了，把头埋在他母亲的裙褶中。

"给他一点时间吧，查理斯，"母亲对父亲说，"他只有三岁，他还不认识你。"

几个月过去了。母亲似乎又成了一位年轻姑娘，她经常哈哈大笑，在房子里走动时总是唱着那首《灯又亮时》。父亲的体重逐渐增加，脸上的阴影也开始消失。除了亨利，家里的每一个人都有了变化。只有亨利，仍然拒绝靠近陌生的父亲。

父亲常常被噩梦困扰，无法入睡。在那次野餐的前一个晚上，罗兰躺在床上，听着父母坐在厨房里聊天。

"亲爱的，给他点时间，他迟早会接受你。"

"我以为他现在不会再怕我了呢。"

"这需要时间。你看罗兰是怎样慢慢才爱你的。事情都是这样的……"

"男孩子是需要父亲的。"

"其他所有的男孩子都需要，好像亨利除外。我希望，就那么一次，我能把小亨利抱在我怀里，而且我抱他的时候他会高兴……"

罗兰一定是打了个瞌睡。他再次醒过来的时候，他父亲正在说着战争方面的事情。

"我们也没有什么办法，只能像苍蝇一样死去……"

一阵长时间的停顿。罗兰知道，他父亲的思绪又回到了他在泰国的那个时期。

"但是我们肯定不会让任何人独自等死。没有谁死时身边没有战友的。"

罗兰听到他父亲哭了起来，他只能猜测父亲的痛苦。

"我没有对你讲过这件事，但是，曾经有一次，那是在投降前不久，我可以放弃然后去死。我已经被痢疾折磨了一个多星期，腿已多处腐烂，烂的部位大到可以将两个拳头都放进去。当时，死是那么容易。"

罗兰没有听清楚母亲的回答。他紧紧地咬住手指，硬是把眼泪忍回去，听父亲继续说下去。

"但是我没有死。你知道是为什么吗？我一直在想着你和我的两个儿子。我看到我将你们三个全部拥抱在怀里，我的胸膛充满了温暖。这种温暖以一种神奇的方式给了我每天早上睁开眼睛的能量。我只有一个愿望，那就是我能够把小亨利抱在怀里，而且他很开心地让我抱。"

第二天早上，罗兰的父亲划船带一家人去霍米尼海湾野餐。那是一段很完美的时间，他父母手牵着手，一家人一起唱起《男孩丹尼》和《玛吉之歌》等歌曲，母亲高昂的声音领着他们的调子。他们一家人爬到一个小峭壁上，在上面相互追逐，然后在枯草地上打滚。

"过来孩子们，我们得去踏浪。"他父亲叫道。

两点钟的时候，他们回到了船上，划船回家。罗兰根本不知道那场事故是怎样发生的。亨利刚站起来，就倒向船外掉了下去。他父亲立即跳入水中。他浮出水面一会儿，大声叫妻子把船锚抛下来。那是罗兰最后一次见到他。

当地的渔民找到了这两具尸体。他们说，他们找到了上尉的时候，他怀里还抱着那个小孩。

罗兰的父亲抱着那个孩子往水面上游的时候，被船锚击中，失去了知觉。那个可怕的愿望终于实现了。

谁能守候你一生

佚名

她两岁的时候，有一次突然发高烧，昏迷不醒。父亲连夜抱着她去医院，路上，已经昏迷了一天的她突然睁开眼睛，清楚地叫了声："爸爸！"

父亲后来常常和她提起这件事。那些微小的细节，在父亲一次次的重复中，被雕刻成一道暖人的风景。每次父亲说完，都会感叹道："你说，昏迷了那么久，怎么就突然清醒了呢？"这时候，父亲的眼睛里，总会充斥着满满的温柔和怜爱。父亲跟她说的次数多了，她便嫌父亲烦，拿话呛他，父亲对此毫不在意，只"嘿嘿"地笑，很是快乐和满足。而她骄横和霸道的性格，则在父亲的纵容中潜滋暗长。

父亲其实并不是个好脾气的人，暴躁易怒，常常为了一些鸡毛蒜皮的生活小事和母亲大吵一场，而且每一次都吵得惊天动地。父亲嗜酒，每喝必醉，醉后必吵。从她开始记事起，家里很少有过温馨平和的时候，家里的里里外外，总是弥漫着一股火药的味道。

可是，父亲的温柔和宠爱，却独独只给了她一个人。他很少当着她的面和母亲吵架，如果碰巧让她遇到,不管他们当时吵得多凶,只要她喊一声"别吵了",气势汹汹的父亲便马上低了头,偃旗息鼓。以致后来,只要父母一吵架,哥哥便马上把她叫来,因为大家都知道,她才是制伏父亲的唯一法宝。

她对父亲的感情是复杂的。她曾经一度替母亲感到悲哀,甚至想过,如果以后找男朋友,她绝不会找父亲这样的男人——暴躁、挑剔、小心眼儿,为一点小事就把家里闹得鸡犬不宁。她找男朋友第一要性格温柔宽容,第二便是不嗜烟酒。

可是,做他的女儿,她是幸福的。

她以为这样的幸福会持续一生,直到有一天,父亲突然郑重地告诉她,以后你跟爸爸一起生活。她才知道,父母离婚了,是母亲先提出来的。母亲说,过了这么多年争来吵去的生活,厌倦了。父亲跟母亲僵持了很久,最终选择了妥协。他提出的唯一一个条件,就是一定要带着她。

父母离异这件事对她打击很大。虽然是母亲提出的离婚,可她还是固执地把这笔账算到了父亲的头上。她从此变成了一个冷漠孤傲的孩子,拒绝父亲的照顾,自己搬到学校去住。父亲到学校找她,保温饭盒里装得满满的都是她爱吃的红烧排骨。她低着头,看也不看,使劲往嘴里扒米饭,一口接一口,直到两眼憋出泪水。父亲叹息着,求她回家去,可她却冷着脸沉默。父亲抬手去摸她的头,怜惜地说:"看,这才几天,你就瘦成这样。"

她"啪"地用手中的书挡住父亲的手,歇斯底里地喊:"不要你管!"说完又猛地一扫,桌子上的饭盒"哐当"落地,酱红色的排骨撒了一地,浓浓的香味弥漫了整个宿舍。

父亲抬起的手尴尬地停在半空。依他的脾气,若是换作别人,只怕他的巴掌早落下来了。他脸上的肌肉猛烈地抽搐了几下,说:"不管怎样,爸爸永远爱你!"

父亲临出门的时候,回头深深地看了她一眼。她看着父亲远走的背影,心底坚守的防线轰然倒塌,一个人躲在冷清的宿舍里,看着满地的排骨号啕大哭。

她只是个被父亲惯坏了的孩子啊。

秋天才到,夜风已经有些凉意。下了晚自习,她刚走出教室,便看见一个黑影立在窗前,她心里一紧,对着阴影大叫道:"谁啊?"话音刚落,那人马上就应了声:"丫丫,别怕,是爸爸。"

父亲走到她面前,把一卷东西交到她手上,叮嘱她说:"天凉了,你从小睡觉就爱蹬被子,小心别冻着。"

她回到宿舍把那包东西打开一看,原来是一条新棉被。她把头埋进去,深深吸了口气,被子里满是阳光的味道。她知道,父亲一定是晒了一天,又赶着晚上给她送来的。

那天,她回家拿东西。推开门,她看到父亲蜷缩在沙发上,人睡着了,电视还开着:他的头发都变成了灰白色,面色憔悴。不过一年的时间,意气风发的父亲便老了这么多。她突然发现,其实父亲是如此孤寂。她呆呆地站了好久,等她意识到自己该给父亲盖点被子的时候,父亲却猛然醒了。

看见她,父亲有些紧张,慌忙起身去整理沙发上被丢得乱七八糟的东西。忽然他又像想起了什么似的,放下手中的东西,语无伦次地说:"还没吃饭吧? 等着,我去做你爱吃的红烧排骨……"她本想说不吃了,可是看见父亲期待紧张的表情,心中不忍,便坐了下来。父亲兴奋得像个孩子,一溜小跑进了厨房。突然,厨房传来一阵清脆的响声,她匆忙走进去一看,原来是父亲把勺子掉在了地上,还打碎了一个碗。她走过去动手帮父亲收拾碎片,父亲不好意思地对她说:"手太滑了……"泪水忽然模糊了她的双眼,瞬间她有些后悔,她为什么要这样伤害深爱自己的父亲呢?

她读大三那年,父亲又结婚了,电话里小心翼翼地说:"对方是个退休的小学老师,心思细,脾气也好……你要是没时间来参加婚礼,就不要回来了……"她那时也交了男朋友,明白有些事情是要靠缘分的。她也知道,这些年父亲一个人有多孤寂。

她在电话这端沉默良久,才轻轻地说:"以后,别再跟人吵架了。"父亲连声地应着:"嗯,不吵了,不吵了。"

暑假她带着男友一起回去,家里新添了家具,阳台上的花开得正艳。父亲穿着得体,神采奕奕。

她对着那个微胖的女人，腼腆地叫了声："阿姨。"

阿姨受宠若惊，欢天喜地地去厨房做饭，一会儿跑出来一趟，问她喜欢吃甜的还是辣的，口味要淡些还是重些。一会儿又指挥着父亲剥葱、洗青菜。她没想到，脾气暴躁的父亲现在居然像个孩子一样，被阿姨调教得服服帖帖。她听着父亲和阿姨在厨房里小声说笑，油锅滋滋地作响，油烟的味道从厨房里溢出来……她的眼睛湿润了，这才是真正的家的味道啊。

那天晚上大家都睡了后，父亲来到她的房里，认真地对她说："丫丫，这男孩子不适合你。"

她的倔强劲儿又上来了，冲父亲发脾气说："怎么不适合？至少他不喝酒，比你脾气要好得多，从来不跟我吵架。"

父亲有些尴尬，仍劝她说："你还小，经历的事太少，这种人他不会跟你吵架，可是一点一滴都在他心里记着呢。"

她固执地坚持自己的选择，工作第二年便跟男友结了婚。事情果然不出父亲所料，她传承了父亲的急脾气，火气上来，经常对丈夫大吼大叫；而丈夫从不跟她吵架，但他的那种沉默和决不退让，更让她难以承受。后来，夫妻俩开始冷战、分居，孩子两岁的时候，他们终于离了婚。

离婚后，她一个人带着孩子，整夜失眠，头发大把大把地掉，工作也不如意，人一下子苍老了好多。有一次，孩子突然问她说："爸爸不要我们了吗？"她忍着泪说："不管怎样，妈妈永远爱你。"话一出口她就愣住了，当年父亲不也对她说过一模一样的话吗？可是她，何曾体会过父亲的心情？

父亲在电话里说："如果过得不好，就回来吧，孩子让你阿姨带，老爸还养不活你？"她沉默着不说话，眼泪一滴滴落下。

隔天，父亲突然来了，不由分说地收拾好她的东西，抱起孩子，对孩子说："走，跟姥爷回家喽。"

还是她的房间，阿姨早已收拾得一尘不染。父亲喜欢下厨，一日三餐，变着花样给她做菜。父亲老了，脑子很健忘，菜里经常放双份的盐。可是她小时候的事情，父亲却一件件记得清清楚楚。父亲把她小时候发烧的事情讲给她的孩子听，还说："就是你妈那一声'爸爸'，把姥爷的心给牵住了……"她在旁边听着，突然想起那句诗："老来多健忘，唯不忘相思。"

初春时节，看到她穿着一身灰暗的衣服，父亲执意要去给她买新衣。他牛气地打开自己的钱包，里面露出一沓新钞——那是父亲刚领的退休金。她笑着上前挽住父亲的胳膊，调皮地说："原来傍大款的感觉这么好！"父亲昂首挺胸地站着，像个绅士似的，她和阿姨都忍不住笑了。

走在街上，父亲抽出了自己的胳膊，对她说："你前面走，我在后面跟着。"

她笑问："怎么，不好意思了？"

父亲说："你走前面，万一有什么意外，我好提醒你躲一下。"她停住脚步，阳光从身后照过来，她忽然发现，从什么时候开始，父亲的腰已经佝偻起来了？她印象中，父亲是那样高大强壮的一个人啊！这样一个老人，还要走在她的后面，希望时刻提醒她可能遇到的危险……

于是，她走在父亲前面，心想：这一生，还有谁会像父亲一样一生守候在她身边？这样想着，泪便止不住地涌了出来，她也不敢去擦，怕被身后的父亲看到，只是挺直了腰，一直往前走下去。

父爱深深

佚名

"很抱歉，儿子，我们没钱。"

这句话真是字字如雷，似乎瞬间便击碎了我的心灵：那是1964年，当时的我只有13岁，正是崇拜偶像的年纪，而我的偶像，是当时美国最流行的乐队组合——甲壳虫乐队。为了向偶像致敬，我决定像他们一样，组建一支属于自己的乐队。我剪了个跟他们一样的发型，又配了一把上好的吉他，唯独缺了个音箱。如果要组建自己的乐队，就必须有一个音箱。无奈之下，我只好向爸爸求助。

"很抱歉,儿子,我们没钱。"

爸爸的话刚出口,我立马想起了甲壳虫乐队的那首《失落者》,那首歌仿佛专门为我而唱。

不过,爸爸总有办法满足我的请求,他说:"咱们自己做!"

自己做? 我满心疑虑,但别无选择。爸爸牺牲了所有的休息时间,为了帮我制作音箱而挑选木材、喇叭,以及蒙在音箱上的软海绵,甚至是微不足道的黏胶。

半个月后,音箱终于做好了,我也将组队参加学校组织的歌唱比赛。可是,我心底始终有着一个挥之不去的疑问:用来买材料制作音箱的钱,几乎可以直接买下一个音箱。既然如此,为什么我们要花工夫自己做呢?

不久后,比赛的日子到了。当我在后台做着准备工作之时,竞争者们陆续来观看我的家当,这个别致的自制音箱引起了他们的注意。一个人问:"这个音箱是什么牌子的? 是你自己做的吗?"我当时窘得无言以对,只能坦白承认道:"是的,我爸爸和我一起做的。"

出乎我的意料,他的表情由不屑变成羡慕,甚至带着一丝嫉妒,"唉,我的爸爸从来不和我一起做这些事。"

羞愧之情顿时烟消云散,我感到无比自豪和幸福——我有一个多么了不起的爸爸! 他可以无私奉献他的时间和精力,只为了让我美梦成真。这时,我看到爸爸在一个不起眼的角落,正对着我微笑。

我的乐队演奏的曲目最终没能获奖,因为自制音箱的音质不够流畅、华美。可我并没有因此感到沮丧,我知道自己已经获得真正的荣誉。

多年后,我也如愿以偿地当上了父亲。想起当年的往事,我再度向父亲提起了那个困扰我多年的疑团,他的回答则证实了我的猜测——他并不是没钱买音箱。父亲微笑着说:"我真的只想和你一起分享一些快乐的时光。那些夜晚制作音箱的过程,使我们父子俩的心贴得更近,靠得更拢,彼此的情感也更加融洽,我很享受这个过程,希望你也是如此。"

的确,父亲给我的,不单是物质上的东西,更多的是精神上的财富。有的夫妻或许只是简单地满足孩子的物质需求,但我的父亲教会我专注、耐心和爱;别的孩子或许期待着父亲买的礼物有多么精美昂贵,可这一份真诚的父爱让我获益匪浅。

由于种种原因,那个自制的音箱已经遗失很久。可是时至今日,我依然能回想起那个音箱的模样,它身上散发出的淡淡的黏胶味,以及第一次用它播放音乐时,父亲那张微笑着的脸——特别是那双充满爱意的眼睛。这份厚重而深沉的父爱,让我一生铭记。

我和父亲的战争

佚名

我和父亲的战争一打就是十几年。

战争的初级阶段写满了我的屈辱。那时,我像一只小鸡一样,被他那双练过举重的、长满肌肉疙瘩的胳膊架起来,打得呼天喊地。父亲打我的"英雄事迹",在我们那条街上众所周知,晚上,邻居们隔好几幢楼都能听见我的哭喊声,不知情的还以为是哪个集中营搬过来了。

父亲本着"不打不成才"的教育思想,心安理得地殴打着他唯一的亲生儿子。我估摸着如果当时有摄像机的话,那我挨打的视频一定会被国家列入不可公映的限制级影像资料。在我的记忆中,衣架、电缆、皮鞋、皮带、竹竿、球拍……都和我的宝贝臀部有过亲密的接触。而我"获罪"的名目也很多,考试没有考好要打,练球不认真要打,连吃饭说句话脑门上也要挨一筷子。我整天如履薄冰,担惊受怕,害怕一个不小心就要挨打。关于这事我还曾经闹过一个笑话,一次我到医院看眼科,医生告诫我,看书的时候眼睛要离书本一尺远。我苦笑着说这个距离没法量,我家的尺子的唯一用途就是用来打我。

　　当然，哪里有压迫哪里就有反抗。我曾经用毛笔在报纸上歪歪扭扭地写了"打倒法西斯"几个字，贴在父亲的办公室里。这一举动充分体现了我与生俱来的谦谦君子风度，动口——不，动笔不动手，因为那时的我还没有胆大到敢当面跟父亲"动口"的地步。

　　最让我感到屈辱的不是皮肉之苦，而是每次"行刑"完毕，父亲都要瞪眼呵斥："知道错了没有？"

　　我除了声如蚊蝇地回答"知……知道了"，却不敢跟他顶嘴。不过，父亲接下来会给我讲韩信受胯下之辱和勾践卧薪尝胆的故事：故事中的人物让我佩服不已，于是乎，我每挨一次打就在日历上画一个圈，大有结绳记事之意。毛主席说过，这世界归根到底是我们的，我从小就会用辩证发展的眼光看问题，料定了战争的最终结局。

　　自我上初中以后，战局开始有了新的转机：虽然父亲对我依然照打不误，但我已气势十足，输阵不输人。每每开战，我必先断喝一声"不准打人"，奈何每次话音未落，就会先吃父亲一耳光——我挨打是有经验的，巴掌下来时我会顺势将头一甩，动作拿捏得恰到好处，父亲的巴掌打在我脸上就好像指甲在脸上挠痒痒。

　　我不喜欢上课，不喜欢做作业，但这并不代表我不爱学习。王朔在《动物凶猛》里面说："我们心安理得地在学校学习那些将来注定要忘记的东西。"可我觉得我很幸运，我初中学的东西至今依然记得清清楚楚。语文教师时常拿我的空白作业本和上课时偷看的《诗词格律》去父亲那里告我的恶状，可这时的父亲却分外开明，不仅不惩罚，待我回来后还把东西原封不动地还给我。但每次考试成绩公布后，我的成绩单都会让父亲觉得脸上挂不住，之后又少不了挨一顿饱打。那时的我已经长得人高马大，将父亲的严刑拷打视若小菜一碟。我的脾气如同父亲打我的棒子一样坚硬，父亲有时心情不顺施刑于我，我依旧一脸大义凛然，绝不屈服，常常气得他吃头痛药。

　　上高中以后，我已经很少挨打了，也许是因为父亲觉得他昂起头打我不很方便，也许是因为我已经能一把抓住他扇过来的巴掌——我常常这样遐想，过瘾得很。总之，我们采用了比较公平的较量方式——吵架。在吵架方面，父亲的优势是嗓门大，而且声音里带着一种毫无根由的居高临下感，我的武器则是"三段论"：大前提、小前提和结论。举个简单的例子：高二选择文理科时，父亲一直以莫须有的理由坚持要我读理科，我的反驳推论如下：

　　大前提：一个聪明且对文科感兴趣的人，读文科绝对可以在人文领域开疆拓土，其将来成就绝不比理科生差。

　　小前提：我完全符合聪明和感兴趣两个条件。（这一点父亲不能推翻）

　　结论：我当然可以而且必须读文科。

　　就这样，我一次又一次地在之后的战役中，一点点地占据优势地位。当然，父亲的反抗从来没有停止过，他是中文系的研究生，也读过几本圣贤或非圣贤的书，这给我们之间的战争掺了些许文化含量。我们常常在吃饭的时候争得脸红脖子粗，然后两人一起丢下饭碗各自冲进自己的书房搬救兵、找依据。一声"吱呀"的书橱门响之后，我俩各持一卷资料冲杀过来。我在历史方面不如父亲，不过我偏执地认为有些东西不知亦不为耻。而父亲的劣势在于知识面过于单一，对西方文化和近现代文学的认知和理解远不及其他，而且理论基础较为薄弱，这让我有了"耀武扬威"的天地。有一次，父亲在饭桌上说起余杰批评余秋雨写文章这件事，一边摇头作惋惜状一边感叹道："蚍蜉撼大树，可笑不自量！"父亲是喜欢余秋雨的，但他不知道他的儿子却是余杰的狂热崇拜者。我问："你有没有看过余杰的书？"父亲说："没有。"我说："没有看过就不要轻易下结论！"这种辩驳得胜的感觉，至今想来仍然不胜快哉。

　　后来，我们把笔作为枪和矛，激扬文字，这种"战斗方式"一直延续到现在。最有戏剧色彩的那场战役，是我和父亲同题相竞，结果两篇文章发表在同一报纸的同一版面上。当父子俩拿着同一天寄到的同一价格的稿费，我们互相得意地对望一眼。以致我现在在外求学，父亲也常寄他发表的文章给我，以示挑衅。

我暑假回家才得知，父亲原来已经身患重病，卧床多日。来到病床前，父亲劈头就问我："这半年读了什么书？稿件全部拿出来！"

我打开包，摸出厚厚的一沓稿件递给他说："凶啥子凶！就你现在这样还能打赢我？"

父亲说："来嘛，你还嫩得很！想当年我练举重的时候……"母亲在一旁默默地看着血压计，笑了。

我端着可口的午饭坐在父亲的床边，父亲趁母亲不在悄悄地对我说："给我吃口辣椒，你妈不准我吃，馋得慌。"

我用勺子把盘子里的辣椒舀出来扔掉，盛起一个嫩肉丸子塞到父亲的嘴里，笑着说："你也有今天！"

我那"窝囊"的父亲

佚名

父亲大半生没得过什么荣誉，没有做过一件值得大家称赞的事，也没有一段让儿女们觉得骄傲的经历。从小到大，我和弟弟妹妹都有意无意地冷落着父亲。有时候，我们甚至对父亲充满了不屑和轻视，因为，父亲在村里是出了名的"窝囊"。他不善言辞，老实巴交，胆小怕事，遇到困难就爱流泪。

小时候，我是个非常顽劣的孩子，天天逃学，从没有一天静下心来好好学习过。每到期末考试结束后，父亲总是抄着手站在家门口，眼巴巴地望着邻家的孩子捧回一张张三好学生奖状，而我总是低着头，两手空空地回家。为此，父亲很是失望。

上四年级的时候，有一次年终考试，我的数学考了个"大鸭蛋"，语文也不及格。班主任老师怕我拖了班里的后腿，劝我留级。学校则给我下了通告，告诉我不用再回学校，让家人前来办理转学手续。当我将这个消息告诉没有一点思想准备的父亲时，他顿时惊呆了。继而便一言不发地蹲在地上"吧嗒吧嗒"地抽起了旱烟。

第二天，父亲提着一篮子鸡蛋领着我来到校长家里，希望校长能重新给我一个上学的机会。可父亲磨尽了嘴皮子，校长还是坚持让我转学。

"这孩子学习太差，跟不上其他同学的进度。"校长被父亲求得有点不耐烦了，劝我们回去。

这时，令我震惊的一幕出现了：父亲突然"扑通"一声跪下，流着泪说："校长，您就看在我这张老脸的份上，把这娃留下吧！如果下学期他拿不到'三好学生'的奖状，您再开除他，行吗？"

父亲这一"壮举"，虽然使我避免了被退学的厄运，但那时的我却认为父亲这一举动给家人丢尽了脸。父亲下跪的事很快就像长了翅膀一样，传遍了整个校园，我成了被同学们嘲笑的"跪读生"。那一段时间，我发了疯地学习，但我并不感激父亲，认为父亲是个窝囊透顶的人。

第二年，当我把自上学来第一个获得的"三好学生"奖状交给父亲时，他竟像喝醉了酒似的，在那两间简陋的、巴掌大的小草房里转来转去，对母亲不停地唠叨着："贴在哪里好呢？"

最后，父亲决定贴在他炕头的墙上。他用图钉钉好奖状后，反复摸着我的头问："儿子，要等到什么时候，你的奖状才能把这面墙贴满呢？"

后来，我每年都能带回几张"三好学生""优秀团员"之类的奖状。父亲总会按照时间顺序，庄重地把它们一一贴好。土墙上的奖状，成为那两间穷得连一张年画都没有的小草房里唯一的风景。每逢家里来了客人，父亲总是把人领到那面土墙前"参观"，并摇头晃脑地大声念出来；有时候，他还把奖状拿到村上去，向他人炫耀。看到父亲的这些"表演"，我心里感到滑稽可笑。

高一那年，我在全县语文竞赛中获得了一等奖。当我将奖状交给父亲时，一向不善言辞的父亲竟像着了魔一样，疯疯癫癫地跑到街上，到处跟人炫耀道："看，我儿子得了全县一等奖，将来他绝对能考上大学!"

"别吹牛了,你忘了为儿子上学下跪的事吗?"有人趁机揭父亲的疮疤。

"我儿子已经改过自新,而且有这个奖状为证,你儿子有吗?"父亲不服气,举起奖状想和人家理论,最后双方动手打了起来。想不到,一生谨慎、胆小怕事的父亲,这次竟和人家动起武来。这是他有生以来第一次和外人打架。结果可想而知,老实的父亲被人家打得肋骨断了几根,最后住进了医院。

事后,我不但不同情父亲,反而认为父亲是自作自受。

父亲出院回家后,我压在心头多年的火终于爆发,冲着父亲大声吼道:"爹,你往后不要再这样丢人现眼了行不行?这些破奖状有什么值得炫耀的?被人家打成这样,还不都是你吹牛惹的祸!"

父亲低着头一声不吭,表情像是一个做错了事的孩子。我越说越气,随手从墙上撕下几张奖状撕得粉碎,边撕边数落父亲的不是。这时,我发现父亲的眼里噙满了泪水……

第二天,令我惊异的事情发生了——昨天被我撕碎的奖状,今天又被人一点点地粘了起来,重新贴在原来的位置上。母亲告诉我说:"你别跟你爹过不去了,为了这几张撕碎的奖状,你爹流着泪整整拼了一个晚上。"

听了母亲的话后,我心里很不是滋味。父亲"窝囊"了大半生,从来没得过什么荣誉,大概他是借着儿女的奖状,来满足自己的虚荣心吧!

数年后,我如愿考上了大学,父亲收集奖状的劲头也就更足了。待我参加工作后,那面黑乎乎的土墙已被花花绿绿的奖状和证书贴满。每次看到这面土墙,我心里都在想,这些年来,父亲辛辛苦苦地摆弄这些奖状到底是为了什么?难不成他有点心理变态?

真正促使我了解父亲的,是家里发生的一场火灾。

那天,邻家的孩子玩火不小心点着了自家的房子,我家的房子也连带着一起遭了殃。当时,父亲刚从地里回来,看到此情景后二话不说,扔下锄头,闯入了那两间烈焰腾腾、浓烟滚滚的小草房里。母亲和邻居们都惊呆了,父亲窝囊了大半辈子,这次怎么会这么勇敢、果断,连命都不要?难道这几间破屋里,藏着比他生命还重要的宝贝不成?

大约过了八九分钟,父亲摇摇晃晃地跑了出来:他浑身的衣服都着了火,手臂紧紧地护着胸口,好像怀里揣着一件稀世珍宝似的父亲跑出来没几秒钟后,忽然身后传来"轰隆"一声闷响,那两间草房轰然倒下,父亲也忽然昏厥过去……待母亲和周围的邻居把父亲抬到安全的地方时,父亲已不省人事,唯有额头上血管凸起,恰似一条条蠕动的蚯蚓。母亲小心翼翼地挪开父亲那双瘦骨嶙峋的胳膊,发现父亲怀里揣着的竟是一摞发黄的奖状——那是我从小到大获得的全部荣誉。

我永远忘不了在医院见到父亲时的情景。父亲那道浓浓的眉毛,稀疏的头发,乱蓬蓬的胡子全都被烧焦,身上也多处被烧伤,原来的肺病更重了,不停地咳嗽。他睁开那双苍老无神的眼睛,慈爱地注视着我,用微弱但坚定的声音告诉我说:"孩子,你的那些奖状一张也没被烧着,待我们房子盖好后再重新贴上去……"

我的眼泪"吧嗒吧嗒"地掉了下来。那一刻我终于明白,儿子本身就是父亲最好的作品。儿子取得的每一点成绩,每一点进步,都是贴在父亲心头的奖状。儿子的成功,就是父亲终生渴望、梦寐以求的莫大荣誉。父亲原本并不"窝囊",只不过为了我的前途,父亲放下了自己的自尊,这就是——父爱。

送别的站台

佚名

已是深夜,可我一点都没有睡意,咖啡的作用还在刺激着大脑。我拿着父亲的照片,禁不住潜然泪下。关于他,我一直想要写点什么,但拘于某种纠结抑或是莫名的原因,一直无法下笔。每当夕阳西下的时候,我总是在想念远方的亲友,而对父亲的思念我更是没有一刻停止过!

父亲是个硬汉,我的奶奶在他十几岁时就去世了,剩下他和爷爷还有两个年幼的叔叔一起艰难地生活着。自从他顶了爷爷的职去工厂里当了工人,家里家外大事小情就全都落在了他单薄的肩上。

从我记事起,父亲就是一个沉默寡言的人,一张脸总是冷冰冰的。但他很能干,从最基层的车间做起,一步步往上升当了业务经理,后来又停薪留职自己开起工厂。他给人的印象总是很冷峻,几乎不近人情。尤其是对我,就好像我不是他亲生的女儿,他在别人眼里总是那么高高在上,不容易接近,也许作为一个领导者,端着自己威严的架势和不可一世的态度,对管理更加有利,可是他把家里也当成了他的指挥地,好像家里的每一个成员都是他的下属一样,每每看到别的女孩子依偎在父亲的怀里撒娇耍赖,尽情享受着父亲的慈爱时,我只能酸溜溜地躲开那一幕幕的温馨画面!

从那时起,我就发誓,一定要好好学习,将来找一份好工作,再不要回那个没有亲情的家,即使是放假也不要回去。

功夫不负有心人,数年的寒窗苦读,我终于实现了自己的梦想,考取了省城的一所高校。但就在离家的那个早上,就在我踏上火车,从车窗里看着站台上的父亲那双凝望着我的眼睛时,心中突然升起一种排山倒海的酸楚,因为我第一次看到了父亲眼里的泪光,那眼神里包含着太多的不舍,也包含着一个父亲对女儿深深的关爱!我别过脸去,不忍心再去触碰父亲那种含有无限深意的眼神。

父亲其实还是爱我的,那一刻,我对他十几年的怨恨顷刻间化为乌有。

来到一个陌生的环境,紧张的学习和忙碌的生活,使我淡忘了站台上父亲送我离开的那一幕。转眼到了冬天,天上飘起了我老家罕见的鹅毛雪。一个早上,传达室的师傅通知我到校门口,说有一个人在那里等我。

我放下功课,满腹疑惑地朝校门口走去,心想:这么冷的天下这么大的雪,谁还会来看我呢?

当走到校门口时,我惊呆了,只见父亲孤单单地站在雪地里,身上都被雪花铺满了,只露出一双期盼的眼睛。我忍不住哽咽着喊了声:"爸……"泪水瞬间溢出了双眼。

父亲看到我时,开心地笑着说,"天太冷了,我给你带来了一件皮衣御寒,千万别冻感冒了。"

父亲啊,您不辞长途跋涉,冒着大雪来看女儿,就是为了给女儿送来一件衣服吗?我此时已哽咽不成语,再也说不出任何的话语。父亲继而说道:"闺女啊,我知道你这么多年一直怪我没有好好疼爱过你,我很小就遭丧母之痛,饱尝人生的艰辛,但也体会到了一个人必须承担责任,所以我决定对你狠一点,让你不会养尊处优……"

原来,父爱一直与我如影随形。父亲是把我当成了一棵树,栽到了人生四季里,栽到了风霜雨雪里,而没有把我娇惯成一株娇嫩的盆花,养在温室。父亲,女儿早就明白了您的一片苦心,正是您的"冷漠",成就了我今天独立自强的性格,虽屡屡遭受挫折,却从没被挫折摧垮。

时至今日,10年过去了,我依然难忘那个站台,难忘那个寒冷飘雪的冬季,我第一次体会到了父爱的深沉和细腻!父亲的爱,像一口深井,做儿女的我们,常常以为看到水面,就知道水的深浅。可是,终其一生,我们也不能抵达父爱的深度,父爱又像右手,它做了那么多事情,却从不需要左手说感谢。

29 条蜈蚣

方冠晴

我读初一的那一年,刚好赶上初中开设英语课程。但初一上学期,我所在的乡村中学并没有人教我们这门课。校长向我们解释说,学校没有英语教师。虽然学校已经派了一位数学老师去黄冈学习英语,但等他下个学期学成回来,才可以教我们。

初一下学期,那位老师回来了,但他只经过一个学期的短期培训,英语水平可想而知,结果我们也学得一塌糊涂。为此,校长请了一位真正的英语老师在假期里为我们补课。补课为期半个月,但补课是要收钱的,每人10块钱。

我回家后,立即将这件事告诉了父母。父亲听了很高兴,便说:"有人补课,真是好事。你去,好好学,一定要将这门课赶上去。"母亲则一言不发,轻锁眉头,幽幽地叹了一口气。

穷人家的孩子懂事早。母亲一叹气,我立即便醒悟过来,只怕是家里拿不出那10块钱的补课费,于是我嗫嚅着说:"要是家里没钱,这课,我就不补了!"母亲没作声,父亲则一拍大腿,叫了起来:"咋不补? 补! 这钱的事,我会想办法!"父亲所说的想办法,就是出去借。当天晚上,父亲吃完饭就出门借钱去了。前几个月,母亲生病住院,住院费就是父亲走东家串西家借来的。但那些钱还没有还呀,父亲能再借到钱吗? 我有些担心,睁大眼睛躺在床上等父亲的消息。

直到半夜的时候,父亲才回来,我侧耳倾听,就听到了他和母亲的说话声,他说:"我走了九家,一分钱也没借到。"母亲就埋怨他:"我们借别人的钱都还没还呢,人家当然不借。我看,咱孩子就别进什么补课班了。""这哪成?"父亲的嗓门大了起来,"怎么着也不能误了孩子读书呀。我们慢慢想办法吧,反正离7月11日还有一个月呢。"母亲没再说什么,又重重地叹了一口气。这一口气直叹到我的心里,我懂得那一声叹息里的无奈和愁苦。

第二天中午,生产队收工老半天了,还不见父亲回来,母亲便叫我去问隔壁的三叔。三叔告诉我,父亲收工后一个人去了村后的破庙。

我们村后有个小庙,倒塌已有好些年了,那里除了有几堵残壁之外,就是齐腰深的杂草。那里一年到头少有人迹,父亲去干什么呢?

我带着疑问往村后的破庙走,远远地就望见父亲猫着腰。在残垣断壁间翻动砖块,像在寻找宝物似的,一副专心致志的模样。我问父亲这是干吗,他抬起头来,举起手中的一个瓶子,一脸喜悦地说:"你瞧,我这瓶里是什么?"我一看,瓶子里装着两条大蜈蚣。父亲抬手抹了抹汗,脸上便有几道黑黑的印子,那是破砖上长年累月的尘埃。

父亲的一张花脸笑得极开心,他告诉我,他今天打听到,公社的卫生所要收购蜈蚣做中药,一条5寸长的蜈蚣可以卖4毛钱,3寸长的蜈蚣可以卖2毛钱。"我捉的这两条蜈蚣,一条有5寸多长呢,那条小点儿的也有3寸吧。这就是6毛钱呢! 照这样计算,要不了一个月,你的补课费就有了。"

我听得兴奋起来,也要在那里捉蜈蚣。父亲却拽着我的衣领将我带回了家,一路上他对我说:"你以为捉蜈蚣是好玩的? 弄不好被它蜇了,那可就不得了了。"

父亲的话唬不住我。当天下午放学,我就去了村后的破庙,也在那些砖头之间翻找起来。找了半天,却一无所获。天黑的时候,生产队收工了,父亲赶来了。他一见我,先是一愣,接着就吼了起来:"我说的话你干吗不听? 你这臭小子,看我不打死你!"他作势要打我,但扬起的巴掌却没有落到我的脸上,"你得听话! 蜈蚣毒得很呢,如果你被蜈蚣给蜇了,恐怕花10块钱还治不好你的伤。到时,你补课的事,就真的没指望了。"父亲的话入情入理,我只得乖乖地站在一旁,看父亲如何捉蜈蚣。

父亲一块一块地拆残壁上的砖头,边拆边告诉我,蜈蚣喜阴,会躲在砖块的缝隙里。这样拆了一会儿,当父亲搬起一块砖的时候,果然就有一条蜈蚣从砖缝里钻了出来,沿着残壁奔跑。我生怕蜈蚣逃掉了,忙拾起地上的一根树枝向蜈蚣打去,父亲却伸手挡住了树枝,他的手背硬生生地挨了我那树枝的一击。他的双手准确地按住了蜈蚣的头尾,将蜈蚣捉了起来,放进瓶中。待盖好瓶盖,他才去揉被打痛的手背,同时庆幸地说:"好险! 这4毛钱差点儿被你报废了,你要知道,卫生所收购的是完好无损的蜈蚣,破了点儿皮的,他们都要压价。你要是将这条蜈蚣打个稀巴烂,哪卖得出去?"

因为父亲不允许我去捉蜈蚣，所以，以后我就没去。倒是父亲，每天一收工，就准时去了村后的破庙。在我的记忆中，那几天父亲几乎没吃过中午饭，因为他从破庙回来的时候，生产队里出工的钟声就敲响了，他只得空着肚子扛着工具去劳作。但那些日子，他的脸上总是挂满了笑容，因为每一天他都会收获一两条蜈蚣。他将捉回的蜈蚣小心地用细小的竹片儿弓起来，竹片的一头顶住蜈蚣的头，一头顶住蜈蚣的尾，蜈蚣就像一张弓上的弦，直挺挺的，被父亲放在窗台上晾干。

大约是第五天吧，傍晚的时候，父亲将一条被捉回的蜈蚣从瓶子里倒出来，正想拿竹片儿弓起来的时候，那条蜈蚣却跑了，父亲只得去抓。不知是太心急还是怎么的，父亲的手指刚刚挨着蜈蚣，我就听到父亲"呀"地叫了一声，他被蜈蚣蜇了。但父亲并没松手，仍将那条蜈蚣弓了起来，当他将那条蜈蚣放在窗台上时，我看到父亲脸上的肌肉都扭曲了，嘴里痛苦地吸着气。我要看父亲的伤口，他却故作轻松地说："没事，就像蚂蚁叮了一下，什么事都没有。"母亲也慌了神，要送他去卫生所，他却冲母亲吼了起来："就爱大惊小怪！这样也要去卫生所呀？没事的，睡一觉明天就好了。"

结果，第二天吃早饭的时候，父亲右手的食指肿得像根胡萝卜，连筷子都拿不了。但他仍然去出工，仍然收工后去村后的破庙。母亲告诉我，父亲昨晚痛得一整夜没合眼，为了不惊动我们，不让自己呻吟出声，他将枕头都咬破了，但他死活不肯去卫生所。他说，好不容易捉了几条蜈蚣能换回一点儿钱，他不能因为这点儿伤而将钱糟蹋了。听到这话，我再也抑制不住自己，潸然泪下。

父亲的手指十天以后才渐渐消肿。这期间，他没看过伤没吃过药，仍一如既往地劳作，一如既往地捉蜈蚣。他整个人明显瘦了一圈，他经历了多么大的痛苦，我无法体会，但他对儿子的浓浓爱心我却能深深感受到。

就这样过了二十来天，我家的窗台上晾出了29条蜈蚣。我反复用尺子量过，5寸以上长的有17条，三四寸长的有12条。这么说来，可以卖9块2毛钱了。只要父亲再捉两三条蜈蚣，我那10块钱的补课费就有着落了。一家人正在为即将到来的胜利而高兴的时候，意想不到的事情发生了。

那天午饭后，生产队出工的钟声都响过了，父亲还没回来。母亲不放心，就与我一起去村后的破庙找父亲。我们走到破庙才发现，父亲倒在乱砖堆中，已经昏迷了。我和母亲吓得六神无主，手忙脚乱地抬起父亲往公社卫生所跑。医生一检查，说父亲左臂已经骨折了，得住院。原来，父亲是在残壁上捉蜈蚣时一脚踩空，从墙上摔下来了。

当天下午，父亲一醒过来，就嚷嚷要回家，他仍是那句话："我这点儿伤没事，我不能躺在医院里糟蹋钱。"但这一次，无论他怎么嚷嚷，我和母亲都没放他走。

第二天，趁我和母亲没注意，父亲还是从卫生所悄悄溜了出来，跑回了家，无论我和母亲怎样劝说，他也不回卫生所去。他说，反正手臂已经上了夹板，不碍事了，不用再花那冤枉钱。

父亲的手臂两个月后总算痊愈了，这是我倍感庆幸的。但我最终没能进那个英语补课班，因为那29条蜈蚣，都被我卖掉作为父亲的医药费了。

后来父亲一提起这件事，就自责说自己太没用，害得我进不了补课班。但我丝毫没有为进不了补课班而惋惜，相反，我倍感温馨和幸福。虽然我失去了一次补课的机会，但我却感受到了人世间珍贵的东西，那就是父亲浓浓的爱。

所以，那一段生活经历虽然苦涩，但却最值得我珍藏。

每每忆起这段经历，我的心里就有如沐春风般的幸福感。正是这种感觉，让我懂得，该以怎样的态度、怎样的情怀去面对生活，面对人生。

父爱是把铁锹

马云

1964年9月10日，我出生在浙江杭州的一户普通人家。从小学到中学，身材瘦小的我有一个和自己身体条件很不匹配的爱好——打架，还因此缝过13针，挨过处分，父亲为此帮我转过三次学。

当时，父亲是一家戏剧协会的负责人。或许是为了陶冶我的情操，在我们兄妹三人当中，他带我看戏最多。我对戏里吴侬软语似的唱腔丝毫不感兴趣，倒是对武生们在台上的好身手佩服不已，开始痴迷武术，学起散打和太极拳来。

母亲不无惋惜地对父亲说："儿子天生不按常理出牌，说教只怕已无用途！"父亲苦笑道："那我就当把铁锹，一天一小铲，尽量挖出他的闪光点，再用闪光点去填埋他的劣根吧！"可当时想在我身上找出闪光点，父亲真是费了番愚公的精神。

直到有一天，父亲发现无论他对我唠叨什么，我都用学到的英语回敬时，他很有些大喜大悟："你小子是不是在用英语骂我呢？那好，你好好学英语，学到能随心所欲地讲，那样骂人才会痛快！"实际上，父亲看到我对英语有兴趣，就骑着自行车带我到西湖边找老外聊天。我用所学的只言片语与老外们越聊越开心，越聊越上瘾，学习英语越来越带劲了。

从初中到高中，我其他各科成绩都很平庸，唯有英语，它真的成为我的闪光点，我几乎包揽了大小英语考试的年级第一名。但这个唯一的闪光点无法遮掩我严重偏科的事实，第一次高考，我英语成绩是全年级第一，数学是倒数第一。高考落榜后，我决定出去打工，和表弟去一家宾馆应聘保安。结果，表弟被录用了，我却因个头矮被淘汰。那时，我的心几乎被各种打击敲碎了。父亲见我意志越来越消沉，悄悄找了个关系，让我替《山海经》《东海》《江南》三家杂志社蹬三轮送书。沉重的体力劳动加上每月30.5元的工资让我渐渐麻痹掉高考落榜带来的痛，我甚至开始认为，这也许就是适合自己的生活方式。但父亲却像是一把铁锹，开始刻意铲凿我高考落榜的痛处，他对我说："你每天踩20多公里路来来回回都不累，为什么就不能再走一遍高考的路呢？"

父亲的话让我下了决心：参加第二次高考！我报了高考复读班，天天骑着自行车，两点一线，在家和补习班之间往返。然而金榜题名的美好结局依然没有出现。这一次，我的数学只考了19分，总分离本科录取线相差140分。

这一回，我自己执拗地决定第三遍走高考的路！父亲是全家唯一没有反对的人，并煞费苦心地为我请到了一名杭州市的数学特级老师，每周给我做两次辅导。1984年7月，第三次从高考考场走出来的我，数学考了79分，但依然离本科线差5分。或许是我们父子俩的精神感动了上苍，当年杭州师范学院本科没招满，我终于跌跌撞撞地读上了本科，还被调配进入英语专业，捡了个天大的便宜。

进入大学，所学专业正是我的闪光点，这让我如鱼得水。专业成绩十分优秀，自信心一下子膨胀起来，我开始积极参加校内外各种社团活动，随后不仅成为学校学生会主席，还登上了杭州市学联主席的位置。毕业后，我因为英语的优势，被聘为杭州电子工业学院的英语教师，并凭着独到的教学方法而当选1995年杭州市十大杰出青年教师。随后，我作为英语翻译首次访问美国，从而得以接触到因特网。回国后，我很快组建了中国第一批网站之一的"中国黄页"。1999年，我创办阿里巴巴网站，开拓了电子商务应用，尤其是828业务。目前，阿里巴巴是全球最大的828网站之一。

短短十几年，我的生活仿佛是《一千零一夜》里"芝麻开门"的神话故事，发生了翻天覆地的变化。但我没有觉得不可思议，因为父亲用几十年的父爱一铲一铲为我开凿出了最宝贵的成功真相——发掘出你的兴趣，去做你感兴趣的事，再把它变成你的特长，最后让你的特长发挥最大的潜能！

成功也许不能复制，但成功的模式可以复制，这条由父爱验证的成功真相确实是让人走出人生困境的好方法。如果一个高考落榜两次、第三次靠替补而读上本科的人都能借此成就梦想，那么你凭什么做不到呢？

父亲的推荐信

佚名

这年,朋友大专毕业。回到城里后,他开始四处找工作。他运气好,一回来就遇到一家待遇高、工作环境好的公司招聘职员。他一得知这个消息就赶紧跑去公司报了名。虽然要求大专文凭就可以,但是当他报了名出来和别的前去报名应聘的人一交谈,他就失望了。别的应聘者至少都是本科,而他只是一个大专生,要脱颖而出,除非太阳从西边出来。

回到家里,父亲见他愁眉苦脸,一言不发,便问他,你怎么了?那家公司不要你吗?他说,不是!去报名参加应聘的人至少都是本科文凭,而我只是一个大专生,肯定没希望了!父亲听了就笑着说,怎么会没有希望呢?我告诉你,我跟这个公司的老总有一面之缘,还在一起吃过一顿饭……他听了就不由得一喜,连忙说,爸,你怎么不早说?那你就去找老总说说情,让他给我一个工作吧!父亲说,我当然要帮你说情了!但你还是得去参加笔试和面试。你好好笔试,等面试的时候,我给你一封信,你带去交给老总,老总见了我的信,他就不会为难你,你就能顺利通过了!他听了很高兴。

第二天,他信心百倍地去参加了笔试。笔试的内容并不很难,他做得得心应手。而那些本科生,倒做得一脸苦相。因为笔试的内容并不与学校所学内容相关。他之所以做得如此轻松,很大程度上是因为他听说父亲与公司老总有交情,自己有了信心。

下午,他跑去公司大门口看成绩。他居然排在第二,有机会参加面试。他回家就高兴地对父亲说,爸,我名列第二,有机会参加面试,你写好推荐信了吗?

父亲听了高兴地对他说,孩子,你放心,明天一早我一定给你一封推荐信!

第二天一早,父亲拿出一封信,对他说,这是我给老总的亲笔信,到面试的时候,你就交给他,他就不会为难你了!他兴奋地从父亲手中接过信,高兴地出了门。

当轮到他面试的时候,他拿出父亲给他的那封推荐信,镇定自若地走进了老总的办公室。老总对他说,你好,请坐!他说,老板,你好!这是我父亲给你的信!他说着就走上前,恭恭敬敬地把推荐信递到老总面前。老总一愣,看了他一眼,接过了信,拆开看了一眼,就笑着对他说,很好!他听了也很高兴,看来父亲的推荐信有作用呀!然后,老总就问了他一些话。因为有父亲的推荐信,他也就发挥得超乎寻常。老总没问他几个问题,就说他通过了面试,让他明天就来公司报到上班。

他兴奋地回到家里,高兴地对父亲说,爸,你的推荐信太管用了!老总看了你的信对我很有好感,只向我提了几个问题,就让我明天去公司报到上班!父亲听了就笑了起来。他又对父亲说,爸,以后我上班了,你也要经常跟老总说说话,打个招呼,让他多多关照我!父亲听了又笑了起来。他问道,爸,你笑什么?

父亲笑着对他说,孩子,其实,我根本就不认识那个老总!我一个普通老百姓,怎么可能认识一个有钱的老板呢?他听了不由得一惊,说道,爸,那你给我的那封推荐信又是怎么一回事?父亲笑着告诉他,我只不过是为了给你打气,增加你的自信而已。那封信上面,就只写了一句话:我一定能够得到这个工作!他听了又是一惊,继而他就笑了,说道,爸,你真行啊!

父亲的心

黄之舟

当我在电话里无意中把正急着为购房四处筹钱的事告诉父亲的时候,父亲很是发窘,顿了半晌才嗫嚅着对我说:"孩子,爹实在没钱,这你知道,等有钱的时候我一定给你寄一些去帮帮你……"虽然我们相隔千里之遥,但从电话里父亲的口气中,我依然能够清晰地感受到,作为父亲,面对儿子遭遇困难却不能给予帮助的尴尬、内疚和惭愧,刚才还在和我饶有兴趣地交谈的父亲匆匆挂了电话,我猜想,那一晚,对于父亲,将是一个漫长的、不眠的夜。

相当长的一段时间内,我无法原谅我的过错,虽然说出去的话一如覆水难收。我知道,这些年来,老家的生活完全是在靠年过半百的父亲一个人在外打工艰难维持着。乌鸦反哺,羊羔跪乳,而我虽参加工作多年却一分钱也未曾往家寄过,本来,我没有任何颜面再要父母的一分血汗钱,但我却生生地向父亲"发难"了。我敢肯定,我无意中的一句话,已经把父亲推向了无奈和愧疚的边缘。我不孝。

后悔归后悔,时间一长,特别是在我通过借、贷等多种方式把购房款缴付以后,我也就把这件事渐渐淡忘了。

一年多后的一天,我忽然收到父亲从千里之外的老家寄来的5000元钱。我很是惊愕,急忙打电话回家,父亲不在,问及母亲缘何会有这么一笔钱,母亲吞吐再三,才告诉了我事情的原委……

父亲自从知道我购房的事情之后,一直为不能及时帮我一把而自责和难以释怀。为了尽快帮我挣钱还债,在知道我购房消息的几天后,倔犟的父亲便踏上了为期一年多的漫漫打工路。父亲先是在一家砖厂打工,时值夏季酷暑,烈日炎炎,为了多挣几块钱,父亲选择了砖厂中最苦最累的活计——砖块拖运,即先往炉窑内运送砖坯。待生坯烧熟后再将其从炉窑里运出并进行有序摆放。父亲在狭窄的窑洞内一天来往工作八九个小时,窑内气温有时高达40多度,他挥汗如雨,在炽热难耐的炉窑内工作,他承受了常人无法承受的煎熬,这一干就是三个月。三个月后,这家砖厂因经营不善倒闭,一心想在砖厂挣"大钱"的父亲的希望也随之破灭了,而且,干了三个月的活儿,父亲最终却只拿到了一个月的工资,后虽经多次前往索取,均未果。

父亲之后又找了一份修路的活。修路是一项重体力活,挖土、上沙、硬化、沥青覆盖,一项项都是颇为烦琐和耗力气的活,一般身体单薄的小伙子根本吃不消,非年轻力壮者不能胜任,但父亲却硬是坚持了下来。他夹杂在一帮青年人中间,以年过半百之躯,大幅地透支着自己的体力。白天吃饭十分简单,饿了便啃两口母亲准备的煎饼,咽不下去,便打开他那把用了十几年的变了形的军用水壶灌上一口;夜幕降临的时候,劳累了一天的父亲和其他工友们一起,从路边捡拾一些干柴,开始埋锅造饭。都是一帮穷人,饭菜自然简单。菜是从附近菜市场上买的一些白菜萝卜之类,充其量再拎回一斤豆腐。肉是舍不得买,油也不敢多放,虽然那只是廉价的不能再廉价的普通植物油。把白菜萝卜和豆腐之类一起放在锅里清炖上半小时,出锅后一人一碗,便是他们一天中最为丰盛的晚餐。在另一半待铺的路上,来往车流如织,汽车的灯光像游移的探照灯,一遍遍从父亲他们脸上掠过,映照着一张张黢黑的脸庞和一双双无助的眼睛。夜半,父亲便和其他人一起横七竖八地睡在路旁搭成的简易的帐篷内,这时,一帮多日不知肉味的蚊子也开始围拢过来,密密匝匝地栖在这群沉沉睡去的人们的身上。就这样,一直到天色渐亮。

这份工作父亲又干了三个月,因为包工头工资发得不及时的缘故,最终,父亲和另外十多个工友一起炒了工头的"鱿鱼"。

一个月后,父亲找到了他的第三份工作——跟随一个建筑队为市里一家电信公司盖办公楼。父亲此时干上了他最拿手也最愿干的"瓦匠"活。为了按期完工,父亲和工友们加班加点地干活。高高的铁架上,父亲一砖一石地仔细垒砌着,寒风掀起了父亲的白发,吹裂了父亲的双手和嘴唇,又很快风干了流出的血渍。父亲浑然不觉,一丝不苟地干着。直到夜幕降临、灯火阑珊。由于工作强度过大,半个月后,父亲右臂出现了抽搐、麻木等症状,最后竟至无法抬起。无奈,父亲只好回家"养伤"。在母亲的一再催促下,父亲到乡卫生院做了检查。医生说,父亲的右臂并无大碍,只是劳累过度,只要休息一个月后便会没事。在这次检查中,医生还检查出父亲同时患有关节炎、腰椎病等几种疾病,这都是父亲常年在外打工落下的病根。医生建议应尽快治疗,"不治将恐深"。父亲听了便一个劲儿地摇头:"现在没空,以后再说……"硬是不听医生和母亲的劝阻回到了家中。

父亲和千千万万的民工一样,他们在用自己的劳动扮靓城市的同时,也在默默地承受着城市转嫁给他们的累累伤痛。父亲这次在家仅仅休息了一星期,当胳膊稍稍能够抬起的时候,他便又偷偷地回到了工地……

在一年多的时间里,同大部分在外谋生的民工一样,挣钱心切的父亲几乎尝试了所有城里人不愿干的重体力、高风险的苦活累活,像一匹负重前行的老马,"背上的压力往肉里扣,它横竖不说一句话"。父亲省吃俭用,在挣足 5000 块钱后,便马上给我寄了过来,现在他还在外地打工……

听着母亲的诉说,看着手中拿着的父亲寄来的那厚重的一沓血汗钱,我的耳畔忽然异常清晰地响起了一首歌:"我的老父亲,我最疼爱的人,人间的苦涩有三分,你却尝了十分。这辈子做你的儿女我还没有做够,央求你下辈子,还做我的父亲……"

父亲最珍贵的宝贝

佚名

九岁的时候,妈妈离开了我和爸爸去追求她自己的幸福,我一点儿都不恨她,真的。我和妈妈一样,从来都没喜欢过这个天天出现在我的视线里、让我叫他爸爸的男人。

妈妈原先是准备带我一块儿走的,但据说爸爸当时说什么也不肯,最后拿出了"跟着他留在广州有利于我读书"的"杀手锏",从妈妈手里赢得了我。我有些恨自己干吗非得读书,在我年幼无知的眼里,跟着温柔体贴的妈妈一定比跟着这个苍老木讷的父亲强。

父亲还能为我做些什么?父亲是广州城一个最不起眼的电机厂里的一个普通得不能再普通的工人,干了十几年仍是每天拖着一身油污回家。小的时候我常想,妈妈一定是闻不惯那些油污味才离开我们的。

他生性沉默寡言,在他的面前我似乎也变得安静了许多,其实我骨子里继承了妈妈活泼好动的外向性格,在学校里可活跃着呢。特别是上了中学以后,我在学生会身兼数职,多多少少也算得上是学校里的风云人物,可这一切似乎都与这个天天出现在我身旁的人无关。

中学的第一学年结束时,我以名列前茅的优异成绩及在学生会的出色表现赢得了学校的嘉奖,怀揣着几张鲜红的奖状,我满心欢喜地哼着歌往家赶,希望有人能分享我成功的喜悦。

父亲给我的家是小巷深处一间仅有 12 平方米的小屋,他的工厂近两三年来不景气,他几乎处于半下岗的状态,时常都待在家里。

远远的,还没踏进家门,我就看见他像往常一样定格似的坐在那张破旧的小木床上,神情永远都是那样的呆滞、沮丧……刹那间,我的心中涌起一种莫名的悲哀,并迅速地蔓延开来,一点一点地吞噬掉那前几秒钟还溢满心怀的无限欢愉……我发狠地将奖状塞进书包深处,咬着嘴唇一言不发地迈进家门。爸爸并未看出异样,又像往常一样忙端出早已准备好的饭菜,招呼我吃饭。

父亲的厨艺并不好,而且每天都是一成不变的一荤一素。当他将饭碗递到我面前时,我突然间非常讨厌这个对我表示关切的举动,"啪"的一下将碗打翻在地,然后对着他咆哮起来:"你除了每天让我吃这样难吃的饭菜,还能给我什么?"父亲呆住了。那晚我一直赌气地躺在自己的床上,听见他将饭菜拿到厨房里热了一遍又一遍,也许他真是从没想过除了每天为女儿准备一餐饭,他还能为女儿做些什么。

我恨他连一个拥抱也不曾给我。这年冬天,广州出奇的冷。一天夜里,我突然醒来,发现自己浑身烧得滚烫,喉咙干涩得几乎发不出声来。我跌跌撞撞地爬起来吃药,打翻了水杯,也惊醒了原本在外间鼾声如雷的爸爸。

他奔进来看见烧得满面通红的我,即刻明白我病得不轻,连忙催促我穿衣去医院。我家附近就有一所大医院,步行只需十来分钟,可我拖着软绵绵的身子走在一阵猛过一阵的寒风中,每一步都是那样的艰难。我多希望身旁的父亲伸开他有力的臂膀,搂着我前行啊!可父亲总是木讷的,他除了将身上的大衣脱下来给我披上,就不会做出任何可以让我感受温暖的亲昵举动了!

我在医院吊了一夜的针,父亲也守了我一夜,还冻得眼泪鼻涕直流。我很感激他这样对我,却不愿说出来,因为我还怨他在我最需要的时候,欠了我一个永远也无法弥补的拥抱!接下来的日子,我和父亲仿佛就像两个毫不相干的人,除了每天在一起吃一顿晚饭,彼此都回避着,不再过问对方的生活。我有意识地减少待在家里的时间,就连寒暑假也借口学校补课外出。

这天,一个要好的同学过生日,我在同学家里玩着便忘了时间,直到晚上11点多才记起回家。通往我家的那条巷子很长很黑,我从未这么晚单独走过,想着下水道里时常会蹿出的大老鼠,我就害怕得发抖。

我战战兢兢地壮着胆踏进那条巷子,可奇怪的是越往里走,就越感到眼前亮堂起来。走到离家约200米的地方,我赫然看到一道耀眼的光束从前方直射过来,"难道是巷子里新装了路灯?"我寻思着快步向前走去……50米、30米、10米……天哪,那个耀眼的光源居然就在我家门口,是他——父亲将屋里的灯泡拉出来,用右手高高地举着为我照亮……

金黄而耀眼的光束阳光般地洒在他的身上,照得他那张皱纹密布的脸满是慈爱与安详,我第一次感到矮小瘦弱的父亲是那样高大与强壮,他举着的哪里只是一个小小的灯泡哟,那分明是"父爱"这两个金灿灿的大字啊!我感动得心头有些发酸,父亲却待我进门后不声不响地将灯拉进屋,一句淡淡的"早些睡吧",就让我将那已到嘴边的千言万语又给咽了下去。我的感激霎时又变成了怨恨,我多恨他连一个让我对他的爱说声"谢谢"的机会都不留下!

原来我一直都是他的生命中最珍贵的宝贝。

高中我考上了一所重点中学,班里强手如云,在学业上我不比他们差,只是提到自己的父母及家庭,我就自卑极了。我总认为父亲这个半下岗的修理工,在社会上没有一点儿让人看得起的地方。父亲却开始没日没夜地摆弄起一些自行车零件来。我也不问他想干什么,只是每当回到家里,看见满屋子散落在地上的零件和工具,就常常不屑一顾地将它们踢得七零八落。父亲倒也不介意,笑着重新摆放好。半年后的一天,我突然吃惊地发现父亲居然拼装成了一部全手工的自行车,虽然样式老土过时,但仍看得出有一些独特与精致。父亲第一次略带自豪地在我面前唠叨起来:"这叫无链自行车,我自己发明的,我还委托厂里申报了专利呢……"

我瞪大了眼睛,像打量一个怪物一样盯着父亲,"这样的破玩意儿也能申请专利?"父亲脸上的光亮陡然暗淡下来,嘴角艰难地嚅动了几下,就再也没有出声了。几个月后的一天,我放学回家,意外地发现父亲那辆宝贝自行车支离破碎地散落在地上,父亲抱着一个酒瓶烂醉般地呆坐在旁边……

爸爸从来不喝酒的,这是怎么了?我本能地去扶他,却被他一反常态地推开了,借着酒性,父亲说出了几年来一直埋藏在心底的话,"……小娜,我知道你一直怨恨我、瞧不起我……我就一直寻思着做出点儿什么事给你看看……倒腾了几年终于弄成了那辆自行车……我知道你看不起它,可它的确申请到了专利,并有一个厂家答应出十几万元买断这个产品……我本准备用这笔钱供你上大学,证明自己是个有用的父亲……可没想到人家突然嫌式样老套而反悔了……"

我再也听不下去了,流着泪将父亲扶到床上躺下。父亲的床我很久都没有接近过了,枕边有一个硬硬的笔记本,我好奇地打开一看,里面竟平平整整地夹着一张张我从小到大获得的各种奖状!

我不知道这些奖状父亲是什么时候偷偷地从我抽屉里翻出来,珍藏在他枕边的。一些年代久远的都已发黄了,但每一张都平整得连一条细微的折纹也没有……我想象不出有多少个不眠之夜,父亲就这样坐在床头爱惜地抚弄着这些他生命里最引以为荣的珍宝。

原来,女儿一直都是他生命中最珍贵的宝贝。

关于父亲的故事

范春歌

　　10年前,我曾在长途车上目睹过这样一幕。那一天,我从瑞丽乘车前往西双版纳。这种滇南最常见的长途车,途中常常会搭载那些在半路招手的山民,因此开开停停,颇能磨炼人的耐性。好在旅行中的人大都不会有什么十万火急的事儿,正好悠闲地随车看风景。

　　将近黄昏的时候,中途上来一位黑瘦的农民,两手牵着他的两个年幼的儿子。虽然父子三人的衣服上都打着补丁,但洗得干干净净。路面坑洼不平,站在过道上的两个男孩显然不是经常乘车,紧张地拽住座位的扶手,小脸蛋儿涨得通红,站得笔直笔直。不一会儿,他俩更害怕了,因为父亲在买车票时与司机发生了争执。

　　父亲怯生生地但显然不满地问司机,短短的路程,票价为何涨成了五元钱?他说往日见过带孩子的乘车人,只掏两元就可以。司机头也不回:"我说多少就多少!"父亲仍然坚持:"你要说出个道理。"司机回头扫了他一眼,恼怒地吼起来:"不愿给就滚下去!"车门随之砰地打开了。

　　两个男孩恐惧地拽紧了父亲的衣角,父亲拉着孩子的小手要下车,但车门又关上了,车继续朝前开去。司机骂骂咧咧地催促农民拿出五元钱买票,仿佛在呵斥一头不驯服的牲口。两个男孩因为父亲遭受的羞辱而感到害怕。在他们幼小的心灵里,父亲一向像座大山,而此时却像棵随时能被人拔起的小草,他们不明白这种力量来自何处。

　　这是乡间山路上的长途汽车里常见的镜头,保持缄默的乘客们往往因为在路上,宁少一事而不愿多一事。我得承认,因为路途还长,我也如此。这种事,结局往往是农民屈从。

　　但这位农民不。他轻轻地拍了拍胆怯地缩进他瘦小的怀里的两个孩子的头,眼神虽流露出一个父亲在儿子们面前遭受旁人羞辱时的疼痛,但他平静却坚定地告诉司机:"我只会按公道付你两块钱。"司机不理睬。不久,到了父子三人下车的地点,司机却加大了油门开了过去,汽车在他手下仿佛变成一头狂暴的野兽。

　　两个男孩惊慌地望着父亲,眼泪快要夺眶而出。我终于忍不住了,愤怒地走到驾驶座:"够了,你必须停车,他带着孩子!"

　　车又长长地滑行了一段,停住了。农民从内衣口袋里掏出两元钱递给了司机,脸上是不容置疑的神情。司机看了他一眼,沮丧地接过钱扔到驾驶台上。

　　农民带着孩子下了车,两个儿子一左一右地簇拥着父亲瘦小的身躯,充满尊严地往回走。儿子们的脸上此刻写满骄傲,为父亲的胜利。那一刻,我的鼻头有些发涩,因为感动。我感慨万千地目送滇南山区的父子三人欢快而尊严地大踏步走在大路上,尽管一场风波延长了他们回家的路。

　　我相信若干年后,孩子们将发现它更是人生中一个至关重要的胜利。试想,在孩子心目中最具权威的父亲受到欺辱,而且父亲又在屈辱中向不公正低头……那么,一个父亲的尊严将被彻底亵渎,一个社会的尊严同样会大打折扣。

　　那位农民是我见过的最勇敢的父亲之一,而生活中也不乏让父亲伤心的怯懦的儿女。

　　我读高中的时候,有一年学校翻建校舍。下课后趴在教室的走廊上观看工人们忙碌地盖房子,成为我在枯燥的校园生活中最开心的事。班上的同学渐渐注意到,工程队里有一位满身泥浆的工匠常常来到教室外面,趴在窗台上专注地打量我们,后来又发现,他热切的目光似乎只盯着前排座位上的一个女孩子。还有人发现,他还悄悄地给她手里塞过两个热气腾腾的包子。

　　这个发现使全班轰动了,大家纷纷询问那个女孩子,工匠是她家什么人?女孩红着脸说,那是她家的一个老街坊,她继而恼怒地埋怨道:"这个人实在讨嫌!"声称将让她已经参加工作的哥哥来教训他。大家觉得这个事情很严重,很快报告了老师,但从老师那里得到的消息更令人吃惊,那位浑身泥浆的男人是她的父亲。继而,又有同学打听到,她的父亲很晚才有了她这个女儿,这次随工程队到学校来盖房子,不知有多高兴。每天上班,单位发两个肉包子做早餐,他自己舍不得吃,天冷担心包子凉了,总是揣在怀里偷偷地塞给她。为了多看到女儿上课时的情景,常常从脚手架上溜下来躲在窗口张望,为这没少挨领导的训。但她却担心同学们知道父亲是个建筑工太丢人。

工程依然进行着。有一天,同学们正在走廊上玩耍,工匠突然跑过来大声地喊着他女儿的名字,这个女同学的脸色骤然变得铁青,转身就跑。工匠在后面追,她停下来冲着他直跺脚:"你给我滚!"工匠仿佛遭到雷击似的呆在了原地,两行泪从他水泥般青灰的脸上滑下来。少顷,他扬起了手,我们以为接下来将会有一个响亮的耳光从女孩的脸上响起。但是,响亮的声音却发自父亲的脸上,他用手猛地扇向了自己。老师恰恰从走廊上经过,也被这一幕骇住了,当她扶住这位已经踉踉跄跄的工匠时,工匠哭道:"我在大伙面前丢人了,我丢人是因为生出这样的女儿!"

那天女孩没有上课,跟她父亲回家了,父亲找女儿就是来告诉她,母亲突然发病。

不知为什么,那年翻修校园的工期特别长。工匠再也没有出现在校园里,女孩也是如此,她一学期没有念完就休学了?有一次,我在街上偶然遇见了工匠,他仍然在帮别人盖房子,但人显得非常苍老,虽然身上没有背一块砖,但腰却佝偻着,仿佛背负着一幢水泥楼似的。

儿女对父亲的伤害是最沉重的,也是最彻底的,它可以让人们眼中一个大山般坚强的男人轰然倒地。同样的道理,儿女的爱和尊重,能让一个被视为草芥的父亲像山一般挺立。

下面这个故事是已经做媒体的我从同行的采访中了解的:

新生入学,某大学校园的报到处挤满了在亲朋好友簇拥下来报到的新同学,送新生的小轿车挤满了停车场,一眼望去好像正举行一场汽车博览会,学校的保安这些年虽然见惯了这种架势,但仍然警惕地巡视着,不敢有半点儿闪失。

这时,一个拎着一只颜色发黑的蛇皮袋、衣衫褴褛的中年男人出现在保安的视野中。那人在人群里钻出钻进,神色十分可疑。正当他盯着满地的空饮料瓶出神的时候,保安一个箭步冲上去,揪住了他的衣领,已经磨破的衣领差点儿给揪了下来。

"你没见今天是什么日子吗?要捡破烂儿也该改日再来,不要破坏了我们大学的形象!"

那个被揪住的男人其实很胆小,他第一次到宜昌市来,更是第一次走进大学的校门。当威严的保安揪住他的时候,与其说害怕不如说是窘迫,因为当着这么多学生和家长的面,他一时竟说不出话来。这时,从人缝里冲出一个女孩子,她紧紧挽住那个男子黑瘦的胳膊,大声说:"他是我的父亲,从乡下送我来报到的!"

保安的手松了,脸上露出惊愕:一个衣着打扮与拾荒人无异的农民竟培养出一个大学生!不错,这位农民来自湖北的偏僻山区,他的女儿是他们村有史以来走出的第一位大学生。他本人是个文盲,十多年前曾跟人远远地到广州打工。因为不识字,看不懂劳务合同,一年下来只得到老板说欠他800元工钱的一句话。没有钱买车票,只得从广州徒步走回湖北鄂西山区的家,走了整整两个月!在路上,伤心的他暗暗发誓,一定要让三个儿女都读书,还要上大学。

女儿是老大,也是第一个进小学念书的。为了帮家里凑齐学费,她八岁就独自上山砍柴,那时每担柴能卖五分钱。进了中学后住校,为节省饭钱,她六年不吃早餐,每顿饭不吃菜只吃糠饼,就这样吃了六年。为节省书本费,她抄了六年的课本……

她终于实现了父亲的也是她自己的愿望,考上了大学。父亲卖掉了家里的五只山羊,又向亲朋好友借贷,总算凑齐了一半学费。父亲坚持要送女儿大学报到,一是替女儿向学校说说情,缓交欠下的另一半学费;二是要亲眼看看大学的校园。临行时,他竟找不出一只能装行李的提包,只好从墙角拿起常用的那只化肥袋。

他绝对想不到自己会在这个心目中最庄严的场合被人像抓小鸡似的拎起来。当女儿骄傲地叫他父亲,接过他的化肥袋亲昵地挽着他的胳膊在人群中穿行的时候,他的头高高地昂起来,那是一个父亲的骄傲,也是一个人的骄傲。

报到结束了,还有些家长在学院附近的旅馆包了房间,将陪同他们的儿女度过离家后的最初时光。但他不能,想都不敢想。他一天也不敢耽误返程的时间,而且他的路比别人都要遥远,因为他将步行回到小山村。

不过,这一次步行,他会比一生中的任何一次都要欢快。他知道,离能买得起一张硬席车票的日子已经近了……

麻袋里的父爱

曾丽蓉

几年前,我初中毕业后,带着自己的梦想和亲人的希望,来到县里上高中,单独一个人租房生活,这是我第一次远离家乡和父母。

一天,冷风刺骨,往年南方很少见的大雪肆虐乱飞,真正的寒天到了。教室里的我们一个个冻得直搓手跺脚,说话时一团团白气从口里冒出来。放学了,我们一个个紧了紧衣衫,低着头快步往家赶。

"放学啦,小侠。"父亲眼角带笑。

"爸,你怎么来了?还有客车跑吗?"我意外地发现等在屋外面的老父亲。

"我们那里没下雪,车子到了瓢井才看见下雪的。天冷了,你们放假都还要补习,我给你送点儿东西来。"

"来很久了吧,怎么不去学校找我拿钥匙?外面这么冷!"我看着脸色本来就蜡黄,此时由于受冻脸色已变成青灰色的父亲。

"刚来一会儿,我怕到学校找你影响你听课,所以……"

"快进屋吧,爸。"我打断父亲的话,心里明白其实父亲是担心自己扛着那两个麻袋的乡巴佬相儿给女儿丢脸。

"爸,这都是些什么呀?这么两大袋!"我奇怪地问。

"一袋是大米、面条和家里舂的一点儿糯米粑;另一袋,是干枯了的竹片,给你生火用。你一个人烧煤,火爱熄灭,天又冷,用这个生火会快一点儿,它接火快。"

父亲边说边把那些吃的拿出来放好。

"那竹片就不要取出来了,用时再拿。"我不在意地说。事后我才想起,上次父亲来时,我煤火熄灭了,老生不起来,肚子又不听话地咕咕直叫,父亲让我跟他去小饭馆里吃了一碗热气腾腾的米粉。第二天,我良心发现去给父亲配了一把钥匙。父亲走后的第二天中午,我放学回来,炉子冰冷,火又熄灭了。我又冷又饿又急,赶紧找出焦炭准备生火,可隔壁几间屋都没人,找不到火种。一个冷战过后,想到父亲带来的竹片。

打开麻袋,一小捆、一小捆的干枯竹片整整齐齐地躺着。我掏出来几小捆,一片大约有5寸长、5分宽。我点燃火,竹片一会儿就烧了起来。看着熊熊燃起的火舌,我冰冷的身心变得异常温暖。父亲的形象随着红红火火的炉子越来越清晰、高大!

父亲只要出差就要给我买东西,大到裙子衣物小到发卡袜子。当同学们夸我穿的衣服好看时,我心里美滋滋的。当我说是父亲去外地出差买的时,她们一个个更是惊叹不已,都羡慕我有一个这么好的父亲。她们的父亲从来没给她们买过衣物什么的,更别说发卡袜子了,这好像都是母亲的事情。其实她们心里也希望父亲不只是大处着眼,她们很想要这种点点滴滴的父爱。此时我的心里不只是美了,更是感动!父亲给不起我城里人的阔气,却给我那春雨般的父爱!父亲从没有豪言壮语要怎么样怎么样,平时他话很少,很普通务实,他来一次就要帮我把暂缺的生活用品添补上,比如鸡蛋味精酱油,香皂洗衣粉,牙膏牙刷——他听别人说牙刷最好一个月换一次。要是没了油他还去买肉来熬油，精瘦的，洒上盐巴后，再放到滚烫的油里过一过，嘱咐我记得吃免得坏掉。还有他发现那些煤炭块太大，就用锤子把它们全打成鸡蛋那么大的，让我好烧火，因为我用的是小炉子。父亲来一次总是忙忙碌碌的，很少坐下来休息。他是希望自己能为我把什么都做了，让我一心一意读书。还有尽管父亲把我需要的几乎都买齐了，但临走时他还是要给我些钱，有整的零的，整的我好存放，零的我好用，不用去换零钱。父亲还说我正在长身体又要读书动脑，没油没蛋没肉吃不行，要注意吃好穿暖，衣服不够就添，不用担心家里。其实由于种种原因，家里一直很缺钱，我上初三时已是债台高筑。父亲长年累月一件天蓝色中山装，哦，还有一件黑色的半大衣，那是哥哥上大学时穿不要了的。家里别说鸡蛋、肉，就是猪油都经常断顿；生病不去看，那是家常便饭。由于病情一再累积，后来父亲病情突变差点就提前走了。就是现在想起来我也忍不住一阵悲从中来，鼻子痒痒的，心里直想哭。

我清楚地记得，那时的父亲干瘦干瘦的，额上的皱纹犹如刀刻，头发与年龄不相称地白了一大半，脸色灰黑蜡黄。可只要哥哥和我有需要，他无论如何都要尽量满足我们，如果不能满足或是不能让哥哥和我太满意，他就自责不安，经常半夜三更睡不着起来抽旱烟解闷。随着袅袅升起的烟雾，父亲的皱纹越来越密，两眼越来越深陷。别看这些竹片那么不值钱，作用也不大，可那是父亲从一百多里外的家乡带来的，是父亲在忙碌的工作之余一片一片地收集，一片一片地折断，扎成一小捆一小捆，再一小捆一小捆放入麻袋，然后从几里外的山村搬到小镇上车，到了城里又从几里外的汽车站亲自搬到我住的小屋里的。城里虽然有人力平板车，但父亲舍不得花钱雇，当然电三轮他就更不会坐了。看看红红的火焰，再注视那些不起眼、雨水淋湿又晾干的有点儿丑陋的小小竹片，泪水顺着脸颊滴到了那小小竹片上，朦胧中我仿佛看见父亲正佝偻着腰，一片片地打理，一捆捆地理齐，然后呼哧呼哧地运到小镇，再从汽车站气喘吁吁地运到我这里，布满皱纹的额头上满是晶莹的汗水。竹片虽然轻但多，那是整整一大麻袋！况且还稍带有另一袋沉甸甸的吃的啊！

然而，这整个事件在别人看来不仅傻气，而且竹片本身也很丑陋，但片片都浸透了深深的父爱，浓浓的亲情啊！他是那么细致绵长！那么真诚淳朴！那么可爱美丽！

我噙着眼泪把没烧完的那些竹片，用心理齐后再仔细装入麻袋。

他曾打折我青春的翅膀

徐立新

14岁那年，我读初二。

五年前，母亲没了，父亲只关心他的田地，在他的眼里，我是一个可有可无的人，一日三餐把我喂饱就算完事。没有人对我好，没有人教我眼前的路该怎么走，我就是在这样的环境下一步步学坏的。我开始和街道上一些痞子混在一起，拦路截女孩子、打架斗殴，干尽所有坏事。父亲除了对我动粗外，毫无办法，也许，他根本就不想真正管我！

暑假里，我偷村子里的西瓜。我被大家封为"带头大哥"，晚上，看瓜人熟睡后，我和几个人把他连同凉床一起抬到了河边。等我们得手后，故意大声叫："偷瓜，有人偷瓜了！"看瓜的人从床上跳了起来，随后便滚进了河里……结果，看瓜人找到了我家。

那次，父亲边打边问我："是不是还想吃瓜？"动静大到惊动了大伯，大伯跑过来，一把夺走父亲手下的鞭子，说："你打他有什么用？要教育！"父亲说："我把他给废了，省得长大了害人！"被大伯解救下来后，父亲又罚我在堂屋里跪了整整一个晚上。

我抓蛇放到女生的书包里，我用石头砸别人家的玻璃……类似的事情经常发生，有人告发，父亲逮到了，就打我，往死里打。我性格很倔，站在那里任由他打，我越是不哭、不逃，他就越打得厉害。

父亲成了我的仇人，我真是恨他。他从不管我的学习，总是让我请假，让我跟在他后面一起干农活儿。晚上不管我有多劳累，他都强行命令我把落下的课补上。他种了十几亩田地，从不肯花钱请人帮忙，我就是他的长工，随叫随到的免费长工。

可以想象，我的成绩该是何等的糟糕，除了语文老师欣赏我外，没有哪个老师愿意正眼瞧我一下。村里人都劝父亲："你家的那个'小偃头'读书完全是浪费。"父亲说："能认几个字认几个吧，反正也没对他抱什么希望！"

他们的话一点儿不假，初中的时光很快就过去了，同村的一个上了高中，一个上了中专。接到通知书的时候，他们把爆竹放得噼里啪啦地响。我伸出头想去看看，父亲对我吼道："去把田里的犁扛回来，你这个废物！"

在义乌打工的堂哥叫人带回了信，让我去他那，说一天能挣好几十块钱。我问父亲，他狠狠地瞪了我一眼："打工能打一辈子？"

田里的秧还没有插完，父亲对我说，你把它们插了，我出去有点儿事情，回来要是还没有弄好，我打断你的腿。傍晚的时候，我在塘埂上洗脚，看见父亲帮大队书记家挑稻子，我就更瞧不起他了！大队书记有一个离了婚的妹妹，村里人传言父亲对她有那么一点儿意思，想跟人家好。

但这次我错怪了父亲。大队书记有一个亲戚是省城某报社的记者，父亲是想托他帮忙，让我跟着他学习采访。后来，我从以前的语文老师那里了解到，我中考落榜时，父亲找过他，问我能做点儿什么事情，老师说，他文笔不错，兴许能当一个记者。

忙完农活后，父亲带着我和两只老母鸡去省城找那个"记者"。"记者"在看过我写的一些文章后，摇了摇头说，不好办哟！父亲说，你再想想办法，"记者"说，办法也不是没有，只要你能帮我在你们那完成三万元的报纸征订任务，我就让你儿子跟在我后面当记者。

对于一个偏僻的、没有几个人有读报习惯的小乡镇来说，三万元几乎是一个不可能完成的任务，回来的路上，我说算了吧，我不稀罕当什么记者，他就对我破口大骂："鬼混，你就继续混下去吧！"说着就给我一脚。

父亲开始拿着报纸，到镇上挨家挨户地请求别人订报纸，他一个大字不识的人竟然在别人面前把报纸的内容说得头头是道。

但收效甚微，他只订出了几百块钱的报纸。父亲把家里能卖的东西都卖了，然后东借西凑，凑齐了三万元。那一年，每到月末，家里的桌子上都堆满了相同的报纸。

我终于可以跟在"记者"后面采访了，进去才发现，其实他根本就不是什么记者，是报社临时聘用的一个编外人员，以拉广告、搞发行为主。

在省城混了两年后，我回家了，两年中我什么也没有学到。父亲就让我参加自学考试。我说，我就跟你一样，种地吧。父亲抡起手掌来打我，我一抬手就接住了，父亲愣在那里："你翅膀硬了，敢还手了？"他再抬手，我说："我学还不行吗？"那一刻，我发现眼前的他已经不如以前健壮了，他的手都有点儿枯槁的迹象了。

我在省城打算和别人合伙投资办公司的时候，向他借点儿钱，他死活不愿意，说："我一个种庄稼的，攒下的那点儿钱是用来防老的，你别打我的主意。"我前脚一走，他后脚就把钱放高利贷了，我气得不行。

我买房子的时候，他托人送来了三万多块钱，来人说，这是你父亲放高利贷的，连本带利都在这里了，当初放给我的时候，他就说这是留给你买房子的，谁都不能动。好歹我以两头黄牛做抵押，他才给我的……

我一时无语。

我结婚时，婚礼基本上是女朋友家人帮着筹备的。结婚的那天，父亲是最迟一个到的，背着一麻袋的蔬菜、猪肉和香油。他说来早了，也帮不了什么忙，反倒会碍事。婚礼宴席上，父亲是要上台讲话的，他哆嗦着双手，把话筒拿得老远，现场很吵，他又不会说普通话，没有人听清他说的是什么，只有离他很近的我听清了，他说："娃的翅膀被我打折过啊，我对不住他。"这是二十多年来，我第一次听父亲对我说软话，我的眼泪一下子就冲出了眼眶。

我终于明白了父亲的苦衷，在那个起伏的艰难岁月里，没有了爱人的他肩负着生存和培养子女的双重压力，因此将爱深深地沉入了心底。

哑父

俟名

辽宁北部有一个中等城市，铁岭。在铁岭工人街街头，几乎每天清晨或傍晚，你都可以看到一个老头儿推着豆腐车慢慢走着，车上的蓄电池喇叭发出清脆的女声："卖豆腐，正宗的卤水豆腐！豆腐咧——"那声音是我的。那个老头儿，是我的爸爸。爸爸是个哑巴。直到长到二十几岁的今天，我才有勇气把自己的声音放在爸爸的豆腐车上，替换下他手里摇了几十年的铜铃铛。

两三岁时我就懂得了有一个哑巴爸爸是多么的屈辱，因此我从小就恨他。当我看到有的小孩儿被妈妈使唤着过来买豆腐，却拿起豆腐不给钱就跑，爸爸伸直脖子也喊不出声的时候，我不会像大哥一样追上那孩子揍两拳。我伤心地看着那情景，不吱一声，我不恨那孩子，只恨爸爸是个哑巴。尽管我的两个哥哥每次帮我梳头都疼得我龇牙咧嘴，我也还是坚持不再让爸爸给我扎小辫儿了。妈妈去世的时候没有留下大幅遗像，只有出嫁前和邻居阿姨的一张合影，黑白的二寸片儿，爸爸被我冷淡的时候，就翻过方镜的背面看照片，直看到必须做活儿了，才默默地离开。

最可气的是别的孩子叫我"哑巴老三"（我在家中排行老三），骂不过他们的时候，我会跑回家去，对着正在磨豆腐的爸爸在地上划一个圈儿，中间吐上一口唾沫。虽然我不明白这究竟是什么意思，但别的孩子骂我的时候就这样做，我想，这大概是骂哑巴的最恶毒的方式了。

第一次这样骂爸爸的时候，爸爸停下手里的活儿，呆呆地看我好久。泪水像河一样淌下来，我是很少看到他哭的，但是那天他躲在豆腐坊里哭了一晚上。那是一种无声的悲泣。

因为爸爸的眼泪，我似乎终于为自己的屈辱找到了出口，以致以后的日子里，我会经常跑到他的跟前去，骂他，然后自顾自走开，剩他一个人发一阵子呆。只是后来他已不再流泪，他会把瘦小的身子缩成更小的一团，偎在磨杆上或磨盘旁边，显出更让我瞧不起的丑陋样子。

我要好好念书，上大学，离开这个人人都知道我爸爸是个哑巴的小村子！这是当时我最大的愿望。我不知道哥哥们是如何相继成了家，不知道爸爸的豆腐坊里又换了几根新磨杆，不知道冬来夏至那磨得没了沿锋的铜铃铛响过多少村村寨寨……只知道仇恨般地对待自己，发疯地读书。

我终于考上了大学，爸爸头一次穿上1979年姑姑为他缝制的蓝褂子，坐在1992年初秋傍晚的灯下，表情喜悦而郑重地把一堆还残留着豆腐腥气的钞票送到我手上，嘴里哇啦哇啦不停地"说"着，我茫然地听着，只知道他的口气透露出热切和骄傲，茫然地看他带着满足的笑容去通知亲戚邻居。当我看到他领着二叔和哥哥们把他精心饲养了两年的大肥猪拉出来宰杀掉，请遍父老乡亲庆贺我上大学的时候，不知道是什么碰到了我坚强的心弦，我哭了。吃饭的时候，我当着大伙儿的面儿给爸爸夹上几块猪肉，我流着眼泪叫着："爸，爸，您吃肉。"爸爸听不到，但他知道了我的意思，眼睛里放出从未有过的光亮，泪水和着散装高粱酒大口地喝下，再吃上女儿夹过来的肉。我的爸爸，他是真的醉了，他的脸那么红，腰杆儿那么直，手语打得那么潇洒！要知道，十八年啊，十八年，他从来没见过我对着他喊"爸爸"的口型啊！

爸爸继续辛苦地做着豆腐，用带着豆腐淡淡腥气的钞票供我读完大学。1996年，我毕业分配回到了距我乡下老家40华里的铁岭。

　　安顿好了以后，我去接一直单独生活的爸爸来城里享受女儿迟来的亲情，可就在我坐着出租车回乡的途中，车出了事故。

　　我从大嫂那里知道了出事后的一切——过路的人中有人认出这是老涂家的三丫头，于是腿脚麻利的大哥二哥大嫂二嫂都来了，看着浑身是血不省人事的我哭成一团，乱了阵脚。最后赶来的爸爸拨开人群，抱起已被人们断定必死无疑的我，拦住路旁一辆大汽车，他用腿扛着我的身体，腾出手来从衣袋里摸出一大把卖豆腐的零钱塞到司机手里，然后不停地画着十字，请求司机把我送到医院抢救。嫂子说，一生懦弱的爸爸，那个时候，显出无比的坚强和力量！

　　在认真地清理伤口之后，医生让我转院，并暗示哥哥们，我已没有抢救价值，因为当时的我，几乎量不到血压，脑袋被撞得像个瘪葫芦。

　　爸爸扯碎了大哥绝望之际为我买来的丧衣，指着自己的眼睛，伸出大拇指，比画着自己的太阳穴，又伸出两个手指指着我，再伸出大拇指，摇摇手，闭闭眼，那意思是说："你们不要哭，我都没哭，你们更不要哭，你妹妹不会死的，她才二十多岁，她一定行的，我们一定能救活她！"医生仍然表示无能为力，他让大哥对爸爸"说"："这姑娘没救了，即使要救，也要花好多好多的钱，就算花了好多钱，也不一定能行。"爸爸一下子跪在地上，又马上站起来，指指我，高高扬扬手，再做着种地、喂猪、割草、推磨杆的姿势，然后掏出已经空的衣袋儿，再伸出两只手反反正正地比画着，那意思是说："求求你们了，救救我女儿，我女儿有出息，了不起，你们一定要救她。我会挣钱交医药费的，我会喂猪、种地、做豆腐，我有钱，我现在就有4000块钱。"

　　医生握住他的手，摇摇头，表示这4000块钱是远远不够的。爸爸急了，他指指哥哥嫂子，紧紧握起拳头，表示："我还有他们，我们一起努力，我们能做到。"见医生不语，他又指指屋顶，低头跺跺脚，把双手合起放在头右侧，闭上眼，表示："我有房子，可以卖，我可以睡在地上，就算是倾家荡产，我也要我女儿活过来。"又指指医生的心口，把双手放平，表示："医生，请您放心，我们不会赖账的。钱，我们会想办法。"大哥把爸爸的手语哭着翻译给医生，不等译完，看惯了生生死死的医生已是泪流满面。他那疾速的手势，深切而准确的表达，谁见了都会泪下！

　　医生又说："即使做了手术，也不一定能救好，万一下不来手术台……"爸爸肯定地一拍衣袋，再平比一下胸口，意思是说："你们尽力抢救，即使不行，钱一样不少给，我没有怨言。"伟大的父爱，不仅支撑着我的生命，也支撑起医生抢救我的信心和决心。我被推上手术台。

　　爸爸守在手术室外，他不安地在走廊里来回走动，竟然磨穿了鞋底！他没有掉一滴眼泪，却在守候的十几个小时间起了满嘴大泡！他不停地混乱地做出拜佛、祈求天主的动作，恳求上苍给女儿生命！

　　天也动容！我活了下来。但半个月的时间里，我昏迷着，对爸爸的爱没有任何感应。面对已成"植物人"的我，人们都已失去信心。只有爸爸，他守在我的床边，坚定地等我醒来！

　　他粗糙的手小心地为我按摩着，他不会发音的嗓子一个劲儿地对着我哇啦哇啦地呼唤着，他是在叫："云丫头，你醒醒，云丫头，爸爸在等你喝新出的豆浆！"为了让医生护士们对我好，他趁哥哥换他陪床的空当，做了一大盘热腾腾的水豆腐，几乎送遍了外科所有医护人员，尽管医院有规定不准收病人的东西，但面对如此质朴而真诚的表达和请求，他们轻轻接过去。爸爸便满足了，便更有信心了。他对他们比画着说："你们是大好人，我相信你们一定能治好我的女儿！"这期间，为了筹齐医疗费，爸爸走遍他卖过豆腐的每一个村子，他用他半生的忠厚和善良赢得了足以让他的女儿穿过生死线的支持，乡亲们纷纷拿出钱来，而父亲也毫不马虎，用记豆腐账的铅笔歪歪扭扭却认认真真地记下来：张三柱，20元；李刚，100元；王大嫂，65元……

　　半个月后的一个清晨，我终于睁开眼睛，我看到一个瘦得脱了形的老头，他张大嘴巴，因为看到我醒来而惊喜地哇啦哇啦大声叫着，满头白发很快被激动的汗水濡湿，爸爸，我那半个月前还黑着头发的爸爸，半个月，老去20岁！

　　我剃光的头发慢慢长出来了，爸爸抚摩着我的头，慈祥地笑着，曾经，这种抚摩对他而言是多么奢侈的享受啊。等到半年后我的头发勉勉强强能扎成小刷子的时候,我牵过爸爸的手,让他为我梳头,爸爸变得笨拙了,他一丝一缕地梳着,却半天也梳不出他满意的样子来。我就扎着乱乱的小刷子坐上爸爸的豆腐车改成的小推车上街去。

有一次爸爸停下来,转到我面前,做出抱我的姿势,又做个抛的动作,然后捻手指表示在点钱,原来他要把我当豆腐卖喽!我故意捂住脸哭,爸爸就无声地笑起来,隔着手指缝儿看他,他笑得蹲在地上。这个游戏,一直玩到我能够站起来走路为止。

现在,除了偶尔的头疼外,我看上去十分健康。爸爸因此高兴不已!我们一起努力还完了欠债,爸爸也搬到城里和我一起住了,只是他勤劳了一生,实在闲不下来,我就在附近为他租了一间小棚屋做豆腐坊。爸爸做的豆腐,香香嫩嫩的,块儿又大,大家都愿意吃。我给他的豆腐车装上蓄电池的喇叭,尽管爸爸听不到我清脆的叫卖声,但他是知道的,每当他按下按钮,他就会昂起头来,满脸的幸福和知足,对于我当年的歧视竟然没有丝毫的记恨。

用你爱我的方式去爱你

卫宣利

你突然打电话说要来我家,电话里,你轻描淡写地说:"听你二伯说,巩义有家医院治腿疼,我想去看看。先到你那里,再坐车去。你不用管,我自己去……"

你腿疼,很长时间了。事实上你全身都疼,虽然你从来不说,但我无意中看见,你的两条腿上贴满了止痛膏,腰上也是。你脾气急,年轻时干活不惜力,老了就落下一身的毛病,高血压、糖尿病,心脏也不好,老年人的常见病你一样都不少。年轻时强健壮实的身体,如今就像被风抽干的果实,只剩下一副空架子,弱不禁风。

第二天,我还没起床你就来了。打开门后我看见你蹲在门口,一只手在膝盖上不停地揉着。你眉头紧锁,脸上聚满了密集的汗珠。我埋怨你不应疼成这样才去看医生,你却说没啥大事。

你坚决不同意我陪你去医院,"你那么忙,这一耽误,晚上又得熬夜,总这样,对身体不好……"你的固执让我气恼。正争执间,电话响了,挂断电话,却不见了你。我慌忙跑出去,你并没有走出多远,你走得那么慢,弓着身子,一只手扶着膝盖,一步一步往前移。

看你艰难挪移的样子,我的心猛地疼了一下,泪凝于睫。我紧追过去,在你前面弯下腰,我说:"爸,我背你到外面打车。"你半天都没动,我扭过头催你,才发现你正用衣袖擦眼,你的眼睛潮红湿润,有点儿不好意思地说:"风迷了眼。"又说:"背啥背?我自己能走。"纠缠了半天,你拗不过我,终于乖乖地趴在我背上,像个听话的孩子。我攒了满身的劲背起你,却没有想象中那样沉,那一瞬,我有些怀疑:这个人,真的是我曾经健壮威武的父亲吗?你双手搂着我的脖子,在我的背上不安地扭动着,身子使劲弓起来,紧张得大气都不敢出。

到小区门口,不过二十几米的距离。你数次要求下来,都被我拒绝。爸爸,难道你忘了,你曾经也这样背着我,走过多少路啊?

18岁那年,原本成绩优异的我,居然只考取了一个普通的职业大专。我无脸去读那个职专,也无法面对你失望愤怒的眼睛,便毅然进了一家小厂打工。那天,我正背着一袋原料往车间送,刚走到起重机下面,起重机上吊着的钢板突然落了下来。猝不及防的我,被厚重的钢板压在下面,巨大的疼痛,让我在瞬间昏迷过去。

醒过来时我已经躺在医院里,守在我床边的你,着实被吓坏了。你脸上的肌肉不停地跳,人一夜之间便憔悴得不像样子。

后来我才知道,那块钢板砸下来时,所幸被旁边的一辆车挡了一下,但即便是这样,我的右腿也险些被砸断,腰椎也被挫伤。

治疗过程漫长而繁杂,你背着我,去五楼做脊椎穿刺,去三楼做电疗,上上下下好几趟。那年,你50岁,日夜的焦虑使你身心憔悴;我18岁,在营养和药物的刺激下迅速肥胖起来。50岁的你背着18岁的我,一趟下来累得气都喘不过来。

就是这时候,你端来排骨汤给我喝,你殷勤地一边吹着热气一边把一勺热汤往我嘴里送,说:"都炖了几个小时了,骨头汤补钙,你多喝点儿……"我突然烦躁地一掌推过去,嘴里嚷着:"喝喝喝,我都成这样了,喝这还有什么用啊?!"

汤碗"啪"的一声碎落一地,排骨海带滚得满地都是,热汤洒在你的脚上,迅速起了水泡。我呆住,看你疼得龇牙咧嘴,心里无比恐惧。我想起来你的脾气其实很暴烈,上三年级时我拿了同桌的计算器,你把我的裤子扒了,用皮带蘸了水抽我。要不是妈死命拦住,你一定能把我揍得皮开肉绽。

然而这一次,你并没有训我,更没有揍我。你疼得嘴角抽搐着,眼睛却笑着对我说:"没事儿,爸爸没事儿!"然后,一瘸一拐地出去了。

你完全像换了一个人,那么粗糙暴烈的人,居然每天侍候我吃喝拉撒。帮我洗澡按摩,比妈还耐心细致。我开始在你的监督和扶持下进行恢复锻炼,每天早上五点起床,你陪着我一起用双拐走路。我在前面蹒跚而行,你紧随着我,亦步亦趋,我们成了那条街上的一道独特的风景。

为了照顾我,你原来的工作不做了。没了经济来源,巨额的医疗费压得你抬不起头。你四处借钱债台高筑,亲戚们都被你吓怕了。那次你听说东北有家医院的药对我的腿有特效,为了筹药费,你跑到省城去跟大姑妈借钱。

8个月后,我开始扔下拐杖能自己走了。

这次去医院做检查,你不停地问我:"到底怎么样?不会很严重吧?"我紧紧握着你的手,你厚实粗糙的大手在我的掌心里不停地颤抖。我第一次发现,你其实是那么害怕。

结果出来,是骨质增生,必须手术治疗。医生说:"真想象不出,你如何能忍得了那样的疼?"

办完住院手续,我决定留下来陪你,像你从前对我那样,为你买喜欢的菜,削苹果给你吃,陪你下棋,搀扶你去楼下的小花园散步,听你讲我小时候的事情。我问你还记不记得曾经拿皮带抽过我,你心虚地笑。

那天护士为你输液,那个实习的护士,一连几针都没有扎进血管。我一把推开她,迅速用热毛巾敷在你的手上。一向脾气温和的我,第一次对护士发了火:"你能不能等手艺学好了再来扎?那是肉,不是木头!"

护士尴尬地退了下去,你看着暴怒的我,眼睛里竟然有泪光闪烁。我猛然记起,几年前,你也曾这样粗暴地训斥过为我扎针的护士。

手术很成功。你被推出来时,仍然昏睡着。我仔细端详着你,你的脸沟壑纵横,头发白了大半,几根长寿眉耷拉下来……我想起你年轻时拍的那些英俊潇洒的照片,忽然止不住地心酸。

几个小时后,你醒了,看见我在,又闭上眼睛,一会儿,又睁眼,虚弱地叫:"尿……尿……"

我赶紧拿起小便器,放进你被窝里。你咬着牙,很用力的样子,但半天仍尿不出来。你挣扎着要站起来,牵动起伤口的疼痛,巨大的汗珠从你的额角渗出来。我急了,从背后抱起你的身体,双手扶着你的腿,把你抱了起来。你轻微地挣扎了几下后,终于像个婴儿一样安静地靠在我的怀里,那么轻,那么依恋。

出院后你就住在我家里。每天,我帮你洗澡按摩,照着菜谱做你喜欢吃的菜,绕很远的路去为你买羊肉汤,粗暴倔犟的我也会耐心温柔地对你说话。阳光好的时候,带你去小公园里听二胡,每天早上催你起床锻炼,你在前面慢慢走,我在后面紧紧跟随……所有的人都羡慕你有一个孝顺的儿子,而我知道,这些都是你传承给我的爱的方式。只是我的爱永远比不上你的爱。你对我的爱,宽阔辽远——如无际的大海,纯粹透明没有丝毫杂质,而我,只能用杯水去回报大海。

父亲的油坊

张利文

一

父亲的油坊建在村西孤零零的一座砖瓦平房里。印象中，自己只去过几次父亲的油坊，都在夜里。进了油坊，机器的轰鸣声瞬间将我包裹，猛烈地撞击着耳朵和胸腔，世界突然喧哗，也突然温暖。油坊的光线很弱，昏黄的电灯泡上蒙了一层厚厚的油脂。我看见了父亲的背影，佝偻着，光着上身，淋漓的汗一道道流过脊背。父亲正在炒油菜子，他说："榨油的关键是炒油菜子，火候必须恰到好处。"父亲两手紧握一把木铲，在硕大的炒锅里上下翻飞，一锅油菜子流动、翻转，油坊里充满了热腾腾的油菜子的香。

我叫父亲，他没有听见。我把机器停了，油坊霎时安静。父亲挥舞的双手不动了。"你来干什么?!"父亲转过身，冲我吼道。"罗校长说要保送我。"我说。父亲蹲下身子盯着我："罗校长说的?"我点头。

第二天天还没亮，我在睡梦中听到猪的号叫，惊天动地，把整个村子都弄醒了。父亲请来屠夫，把家里的猪杀了。傍晚，父亲笑容满面，在村口迎接罗校长和班主任柳老师，一人手里塞了一包香烟。那天，很少喝酒的父亲喝了很多酒。

晚上，父亲没有去油坊榨油，他把椅子搬到"天地君亲师"牌位的正下方，端端正正地坐下，也让我把椅子搬到他的面前，坐好。父亲开始说话，一直说一直说，说到后来，父亲的眼泪出来了。那是迄今为止我唯一一见过的父亲的眼泪。

二

开油坊之前，父亲做过种地以外的许多事。每年冬季，村子里有固定的副业，到漉湖芦苇场"打捆"。除了"打捆"，村里各种各样的短工队伍里都能见着父亲，有时候，活儿稍稍轻松一点儿，父亲也会带着我一起干，给我算半个工，比如到漉湖修电排、翻修村小学校舍等等。

那年夏天，天气酷热，要修防洪堤，用大船运来许多卵石，正在找短工卸船。没有谁愿意去，嫌天热，活儿累，也嫌工钱少。父亲去了，连着干了一个月。我每天给父亲送饭，远远地会看到父亲挑着满满一担卵石往几十米高的防洪堤上移动，身子前倾，几乎要触到了地上。父亲看到我，把卵石倒掉以后就停在我跟前，坐下来，擦汗、喝水、吃饭。饭里面总会压着两个荷包蛋，这是母亲每顿饭都要给父亲准备的。母亲说："这活儿太重了。"去挑卵石之前，父亲右肩上已经长了疔疮，开始是肿着，状如米粒，有些麻痒和轻微疼痛，父亲并没当回事，半个月过去后，肿到鸡蛋大了，火一样烫，疼得厉害。父亲不听母亲的，还是去，用一个肩膀挑。往往一天下来，回到家瘫软如泥，母亲揭开父亲的衣服，父亲左肩上的皮肤已经全部磨破了，脓血流出来，又干了，再流出来，再干，结了一层一层的痂，衣服都被粘住，得使劲扯才能脱下来。

最后两天，父亲右肩上的疔疮已经变成一个肉洞，里面血肉模糊。父亲一直强忍着，直到最后一担卵石从船上卸到防洪堤上时，父亲昏倒了，被送到镇医院。

父亲这样不惜性命地"找副业"，很多人都不理解，我那时也不理解，甚至怨恨父亲，因为父亲总在"找副业"，家里的农活都撂给了母亲和我们三兄妹。

三

父亲的油坊生意越来越好，保送的事却没有成。我去油坊把结果告诉了父亲。父亲关了机器，深埋着头坐在炒菜子的灶台上,沉默了很久,之后抬起头来,看着我,脸色凝重地说:"你一定要考上。"我也迅速地很凝重地点头。

保送事件之后,父亲待在油坊里的时间更长了,甚至经常通宵达旦地干。机器的噪音锤子一样持续敲打着父亲的身体,空气中弥漫的尘埃放肆地侵入父亲的肺,啮啮,蚕食。

深夜的乡村大地,常常突然响起父亲一阵一阵撕扯般的咳嗽,仿佛心脏都要咳出来,仿佛整个身体里的东西都要咳出来,猛烈的咳嗽声震动着寂静的夜,震动着空旷的乡村,也震动着一颗幼小而敏感的心。父亲有些不管不顾。父亲是有些经营天分的。开酒坊的顺利叔逢人便讲:"张佑春脑壳最厉害,他要不是送三个崽上学,早就是几十万的家产了。"一次,我碰巧在油坊,顺利叔对我说:"牛伢子,你读书要发狠呢,你老子为了搞钱给你上学,命都不顾了。"我冲着顺利叔直点头。接着,顺利叔拍拍我的脑袋说:"真的要发狠呢,你老子为了开油坊,把黄牛都卖了。"父亲说:"有什么办法呢?看我们的崽吧,只要他们读书发狠,我累死都值得。"

四

父亲的油坊停工了。在死一样静寂的油坊里,我跪在了父亲的面前。

中专预考,我差两分。我不知道如何面对父亲。张老师送我到父亲的油坊。

多年以后,我大学毕业回到故乡,去看望张老师,说起十多年前的那一晚,张老师依然长叹不已。张老师说:"真没想到你父亲在那样的环境里干了十多年,那噪音,那尘土,你父亲是用性命在下赌,榨油机榨出来的不是油,是你父亲身体里的血。你父亲叫你跪下,我想拦,但手伸不出去,你父亲心里太苦了。"

上中专,那时几乎是我们跳出"农门"的唯一的路子。镇里的高中升学率极低,村里除了一个中专生,从来没有出过大学生。

现在想起来,我被张老师推进升高中考试的考场,竟然考了全校的最高分,简直是一种奇迹。

考上高中后,父亲的油坊却在短暂的停工之后重新运转,机器的轰鸣依然每天准时响起。

父亲要把送我上大学这个遥远而虚幻的未来变成现实,他已经看到了希望,因为我进了三中,是省里的重点高中。

领取大学录取通知书的那天,父亲关了油坊的门,骑车到十多里外的镇里的公共汽车站等我,等了整整一天。

父亲把红底烫金的通知书捧在手里,两只手颤抖不已。渐渐黑下来的天空仿佛划过一道闪电,我看见父亲被油坊的烟尘熏得浑浊的两只眼睛突然火焰一般燃烧。世界被点亮了。

父亲曾为我做"贼"

闫荣霞

年过三十,我发觉自己一天比一天沉默,一天比一天安详,一句话,我正在向爹靠拢。这一点令我欣慰,我愿意自己像沉默的大地,像雪压的芦苇,像列维坦笔下荒凉的平原上孤独的白杨树,像爹。

爹年幼失怙,跟着守寡的奶奶一起苦熬日月。他七岁扛上锄头下地,八岁学会蹲在热气大冒的锅边贴饼子,九岁开始用细细的鞭杆吆喝生产队里的驴,十八九岁成了家里的大梁出工下地。

小时候天寒地冻,冻手冻脚十分平常。爹一到冬天就采麦苗熬水,据说对治疗冻伤有奇效。一大盆水热气腾腾,爹让我把脚伸进去,我不干。爹左劝右劝我都不听,他就来个"霸王硬上弓",攥住我的脚丫子往水里按,吓得我杀猪一样大叫,叫声把我娘惊动了,将爹大骂一顿。爹也不言语,拿手试试水温,道歉似的慢条斯理地对我说:"不烫嘛!"我也知道不烫,冬天水汽大,水温并不高。不过不烫也挨了骂了,挨了骂他还是"嘿嘿嘿"地笑,一点脾气也没有。

我上高中的头一年,我哥娶了我嫂子。我考上高中要交学费,家庭大战全面展开。嫂子跳着脚大骂老人偏心,只疼闺女不疼儿子,为什么千难万难借钱给我交学费,却让我哥在家做睁眼瞎。我娘大怒,对嫂子说:"你不要乱找茬儿,我们做老人的,哪个孩子肯上学我们砸锅卖铁也供,是丫头她哥不爱上学,发的新书撕了叠飞机……"争来吵去,嫂子的目的就是分家,怕我这个"无底洞"把她和我哥辛辛苦苦挣的钱全给填进去。末了,爹慢悠悠地说:"分就分了吧,丫头的学费,我来想办法……"

学费、书费、补课费,还有一日三餐的伙食费,高中花钱如流水,爹能想什么办法?周末我回家拿学费,睡到半夜,被我娘叫起来:"丫头,跟我去接你爹。"我迷迷糊糊跟娘到了村外,走出八九里地到了滹沱河畔,迎面才传来架子车的声响。是我爹!原来他到人家军营的菜地里偷白菜去了。

见面后听爹说,他被看菜园的人发现带到了连队。我爹承认自己不对,只因为想给孩子筹点学费,才做了这样的事……连长一看是个憨厚的老汉,又听说是给孩子筹学费,心里可怜,倒给我爹装了满满一车白菜,派了两个士兵护送了回来。我又气又臊,眼泪都下来了:"爹,人家要饭的都说,不食嗟来之食……你偷东西不对!"我娘扬起巴掌就要打我:"你个死孩子,你爹要不是为了你,不会舍了老脸去偷人家的东西……"爹一把拉住娘,对我说:"丫头,睡觉去。"我躺在炕上流泪——一辈子自尊的爹,为了我居然沦落为贼……

好不容易磕磕绊绊上完高中和大学,成家有了宝宝,满月了,得接我回娘家了。按说该我哥接的,他没有来,我爹赶着大马车来接我。我问爹:"我哥怎么不来?"他也不说话,只管接了我和孩子上车。

我一路走一路暗暗担心。一回去果然发现气氛又不对,哥哥连影子都不见,嫂子黑着脸在门前堵着,叉着腰和我娘对骂:"你们把那丫头跟宝贝一样供着,心偏到胳肢窝。还赶大马车去接……"我娘也叉着腰:"你别说没良心的话,你公公天天到地里给你们锄禾,帮你们打麦,对得起你们了!他千难万难打小工,挣钱供丫头上学,你们一分钱没掏,干吗说老人偏心?!"

我娘看见我来,住了嘴,接过孩子进了屋。嫂子在外面扯着嗓子开始骂我:"姑娘出嫁没家,不死到婆家去,跑到娘家来干吗!"我气得直哆嗦却说不出话来。

我把刚摊开的孩子的小衣裳一件件重新叠起,将小被褥也包好,跟爹说:"爹,送我回去吧。"娘的眼泪一下子就下来了:"丫头,你说什么?谁家的闺女坐满月子不回娘家住一个月?你回去,让我们的老脸往哪儿搁?"爹也不说话,怔怔地看了看我,一扭头出去了。我说:"我在这儿也上火,孩子吃了火奶,也不好。"一边说一边执意收拾包裹,然后赶到西屋叫我爹,才发现这个一辈子咬钉嚼铁、流血不流泪的男子汉,肩膀一耸一耸的,硕大的泪珠一滴滴砸在地上

如今,在我的家庭相册里,有孩子从小到大跟姥爷合照的形态各异的照片,没一张正形儿:揪着姥爷的脖领子、骑着姥爷的脖子、牵着姥爷的手一溜歪斜地走……每一张上面,爹都一如既往地笑,憨厚而慈祥。

在任何一张照片上,都找不到他的悲伤,一个经风历雨、在岁月里渐渐苍老的人,心里会想些什么?爹永远也不会说。现在,这种沉默的脾性正作为农民性格和家族特质,一点点地传给我,我满怀欣喜地接受它,没有半点抗拒和排斥。

每一份父爱都值得尊重

蒋诗经

我一直觉得,当初在县城里开了这个童车行是个聪明的选择。现在的孩子几乎都是独生子女,加上生活条件的改善,说他们"是在蜜罐里长大的"一点也不过分。哪个父母会舍不得为孩子花钱?

所以我的童车行生意一直不错。

为了招揽更多的生意，我特意装修了一个童车游乐厅，将各式各样的童车组装好放在里边，一有孩子进来，我就免费让他们在游乐厅里尽情地玩耍各式童车。孩子玩高兴了，我就不愁生意做不成。即使有个别不愿意掏钱的父母，最终缠不过孩子的哭闹，最后还是乖乖地把钱付给笑容可掬的我。

这天，一对父子走进了我的车行。孩子五六岁，很可爱，父亲是个普通的中年人。孩子在游乐厅里两眼放光，兴奋不已，摸摸这个，又看看那个，不停地问："爸爸，这个好玩吗？"那父亲就微笑着点头。

于是，我主动让孩子坐上车去玩。孩子很高兴，一边开着电动车，一边对他父亲"咯咯咯"地笑："爸爸，真好玩！"

孩子尽兴地玩了一会儿，我觉得时机已经成熟了，就对着孩子的父亲介绍那款电动车的各项好处和性能，最后才淡淡地说了一句："这么好的车，价格也很便宜，也就六百多块钱，多划算，对吧？"那父亲煞有介事地点了点头，"嗯"了一声。我心中窃喜，看来一桩生意就这么轻而易举地成功了。

然而，就在我接一个电话的空当里，孩子却被他父亲拉着离开了，我边接电话边能看到孩子出门后不时地回头，眼睛里充满留恋和不舍。我重新将那款电动车摆放好，觉得这个孩子的父亲有点抠门。可转念一想，可能是他带的钱不够吧，如果孩子真的喜欢，过几天他肯定还会再来。

果然，过了两天，这对父子再次出现在车行，我以为这次他一定会给孩子买车了。谁知，他看着孩子坐在各式车上玩了好长时间，就是不提买车的事。我当时也没在意，心想，就让你多玩一会儿吧，反正这桩生意肯定能成。让人不解的是，孩子从童车上下来之后，他又带着孩子径直离开了。

后来，这对父子又有几次来到我的车行，每次孩子都在游乐厅玩好长时间，然后又像上次一样若无其事地离开。我这才明白，原来他们是把我这儿当作免费的游乐场了。我暗暗地有些生气，孩子不懂事，难道大人也不懂事吗？这样下去，我的生意还要不要做了？我决定如果他们下次再来，一定要给这个做父亲的一点难堪。

这对父子对我这儿已经轻车熟路了，孩子来后坐上车就玩，而他就在一边微笑着看，眼神里还带着鼓励。我走到孩子身边，蹲下身来问："小朋友，这车好玩吗？"孩子毫无顾忌地点着头。我又问："那你怎么不让你爸爸给你买一辆呢？"孩子脱口答道："爸爸说不用买，每次他带我来叔叔这儿玩是一样的。"

我起身笑着看孩子的父亲，他的脸上有些不自在。我背着孩子对他说："朋友，你这样我的生意就没办法做了。"他的笑容有些讨好，又有些僵硬，想说什么，终于没说出口。他带着孩子离开的时候，我还故意和孩子热情地打着招呼："小朋友，再见！"孩子天真无邪地向我挥着手说："叔叔再见！"但我知道，他们真的不会再来了。这件事就这么过去了，我也渐渐淡忘了这对父子和自己心中小小的不愉快。

入夏，我骑着三轮车去给买主送货，路过一片破旧的房屋时，一个小孩向我打招呼："叔叔好！"我一看，竟然是那个孩子，我应承了一声，就走了。

在我回来的路上，雨落了下来。就在我又路过那片破旧房屋的时候，一个小孩费力地撑着伞向我跑来。还是那个孩子，他跑到我面前说："叔叔，我家就在这里。你来躲一躲雨吧。"没有更好的选择，我随着孩子一起去了他家。

屋内破旧而且凌乱，这让我有些始料不及。这时我看见屋角放着一辆木制的玩具车。我的心紧了一下。

孩子很热情，甚至带有一点没有心机地讨好，这让我隐隐有些惭愧。我有些矫情地问："小朋友，你怎么不去叔叔那儿玩啊？"孩子撅着小嘴说："爸爸说叔叔出远门去了，还说他和叔叔是最好的朋友，叔叔只要一回来，就肯定会打电话邀请我们去玩。"

就在这时，孩子的父亲一身湿地回到了家中，猛地发现我在，吃了一惊。我笑着和他打了个招呼，他有些不好意思地搓着手，脸上的笑容有些窘迫。过了一会儿，他换好衣服后，便和我聊了起来。

　　原来，这本是个完好的家庭，虽普通却也能过得去。可是在孩子四岁那年，他的妈妈生了一场大病，这场病花光了他们家所有的积蓄，还欠下一屁股债，可是这一切还是没能挽回脆弱的生命。现在，他要还那些沉重的债务，实在没有多余的钱去满足孩子的一些要求，只好撒谎骗孩子带他去我的童车行，以满足一下孩子天真的愿望，只是没想到会连累了我的生意，一直想道个歉，却又不好意思再去了。

　　看着他，我的心里涌起一阵辛酸，也为自己作为一个小商人的势利而感到懊恼。也许我可以找出一千个借口来解释自己当初的做法，但是与这份父爱比起来，我的行为依旧透着市侩和刻薄。我曾经轻视过这个孩子父亲的吝啬，现在才明白，其实每一份父爱都是无私的，都值得我们尊重。

　　雨停了。临别的时候，我郑重地邀请孩子常去我的游乐厅玩，因为我现在不仅是他爸爸的朋友，而且也是他的朋友。

歌声中的父爱

红颜添乱

　　我们村有个码头，经常有装满沙石的船靠岸。我读高中的时候，父亲在码头干活，他每天挑着石子，在宽不足四十厘米的木板上经过。

　　一个周末的下午，我从县城骑自行车顺着大堤回家，看到了父亲挑着两箩筐一百多斤重的石子，小心翼翼地在跳板上走过的情景，突然间特别心疼。父亲已经快五十岁了，并且有脚伤，根本不能干这么重的活，但是，父亲为了我，在死死地支撑着。我要帮父亲挑，父亲拦住我："你太年轻，骨头架子太嫩，万一闪了腰，就会弄糟，这可是一辈子的事情。赶快回家去吧！"我含着泪回去了。

　　父亲不知道什么时候迷上了一首歌，那就是成龙的《壮志在我胸》。他每天挑着箩筐去码头的路上，都哼着这首歌曲："拍拍身上的灰尘，振作疲惫的精神，也许远方尽是坎坷路，也许要孤孤单单走一程。"他唱着这首歌的时候，一直盘算着去"远方"打工。

　　挑石子一天也就能挣二十多元钱，遇到天气不好，还不能出工，父亲感到这样挣钱的速度太慢，于是，就自己去了山西大同挖煤。临走的时候，他把我一个学英语听坏的"随身听"在街上花了几块钱修理好，然后带着它去了大同。

　　父亲在私人煤窑打工，每天干十二个小时，没有休息日，一个月可以挣一千多元。每天下班后，同屋里的几个年轻人都累得动不了，父亲还在宿舍里跟着随身听唱歌，唱得他们告饶："大叔，求你了，别唱了，行不？"父亲非常不好意思，赶紧跑到门外去唱。旁边的人都笑，父亲说："这没啥可笑的，吃饭能鼓劲，唱歌也能鼓舞士气，我这一唱歌，感觉心里很舒坦，就有新的力气了！"大家哈哈大笑，都说我父亲这人还挺逗，不喝酒不抽烟，抠门到用唱歌来给自己"解乏"。

　　干了大半年，离过年还有三个多月的时候，父亲打工的那个煤窑发生了塌方。一下子就死了七个人，庆幸的是，父亲那天是夜班，躲过了这一劫难。父亲参加了当地政府组织的抢救，等到扒开煤层把那些尸体找到的时候，那血肉模糊的惨状让父亲连续几天都做噩梦。

　　父亲喝醉后睡了两天，然后起来收拾行李，大家都以为他是卷铺盖回老家，不料，他去了另一个煤矿继续当工人。

　　挖煤是件很累很危险的活，谁也不知道矿难什么时候发生。大家不但体力上透支，而且整天把精神这根弦绷得紧紧的，非常疲惫。大家都喜欢喝酒，喜欢抽烟，这是缓解压力的办法。但是，父亲的爱好就是唱歌，坐在山坡上，边用手给自己打拍子边唱歌，唱得非常投入非常陶醉。大家都知道父亲是从附近那个出事的煤矿转来的，都说这老李是不是出了问题？被吓傻了？

　　终于有人耐不住性子，小心翼翼地问父亲："你是不是有什么想不开的？提着脑袋干活还有闲心唱歌，怪吓人的。如果偶尔唱一次还行，哪能天天唱啊？"父亲笑着解释："我唱歌是'精神胜利法',电影里,红军长征的时候,爬雪山过草地多艰苦,很多文艺队员照样唱歌,为啥?就是为了鼓舞士兵。再困难,也得乐观啊。"大家恍然大悟,对乐观的父亲开始佩服起来。

父亲在那里一干就是三年,在我读大二的那年,他在巷道里往地面拉煤的时候。前面的一个工友因为脚下打滑摔倒在地,失控的翻斗车向后滑,他躲闪不及,腿被撞成严重骨折。

受了伤的父亲被我叔叔接回了家。我劝说道:"爹,你以后就在家里好好休息吧,都五十多岁的人了,身体又不好,忙乎了那么多年,也该歇歇了,学费你不用担心,现在有助学贷款,我毕业以后再还就是。"父亲一听就急了:"你现在还是学生,当爹的怎么能让你这学生娃背一身债?不行,你不用管,爹再苦再难也得把你供到毕业……"

"伤筋动骨一百天",刚刚休息了两个月,父亲不顾我和母亲的劝说,又出去打工了。他的身体不如以前了,挖煤那种棒小伙子干的活,他已经支撑不住了,他就去浙江湖州打工。他在建筑工地上挖地槽,往搅拌机里倒石子,装卸钢筋。干到年底他才回来,给我带回了下个学期的学费。

过了年,父亲又要去浙江了,我一大早排队给他买票,买了张卧铺票。他非常生气:"你这不是给我乱花钱吗?睡一觉多花一百多元,不行,到车上我得把这票与人家调换过来,谁有钱谁去享这个福去,反正我是睡不着!"

在车站候车厅里,父亲把这张卧铺车票与一个乘客倒换了,人家补了差价,他特别高兴,转手把这钱塞给我:"这一百多元够你在学校里多买些好菜,多划算!"我没有说话,内心非常酸楚,心想赶快毕业工作,挣钱孝敬父亲,让他好好享福。

把父亲送上车,他见我为换票的事情而心疼,就说:"你别想那么多,爹的这随身听比什么都好使,坐着听歌曲不比睡卧铺舒坦?"为了显示他很快乐,他边说边把耳机塞进了耳朵,开始听起歌曲来了,还边听边情不自禁地唱起来。

想到父亲在外面辛苦打工,我不敢懈怠,我年年拿一等奖学金,大四的时候,系里要保送我读研究生,我当即拒绝了,我要赶快工作。

毕业后,我顺利地进入了一家外企,每个月几千元的工资。我给母亲寄一些,然后打电话告诉父亲:"我现在工作了,你回家吧,我以后每个月都给你和我妈寄钱!"父亲答应得好好的,但是,依然不愿意回家。我很着急:"爹,你如果不回去,我就请假把你送回去!""你把我送回去,你前脚刚走,我后脚还会出来的,腿在我身上长着呢,你能管着?"父亲的回答让我非常无奈。

工作三年后,我处了个女朋友,是我单位的同事。我们准备结婚,但首先就要考虑买房子。这个时候,父亲专门来到我这里,交给我一张银行卡,得意地说:"你三年给我寄的十多万元,我一分都没花,都在这里存着呢,另外,我这几年打工还挣了六万多,加在一起二十万,都拿来给你买房子。你这几年一直让我别打工,你看看,我不但可以省下你的钱,还可以帮你点忙,拉你一把。姜还是老的辣!你爹我比你想得周到!"他边说边得意地望着我,我一句话都没说,转过了身,不想让父亲看到我眼里流出的泪水。

结婚后,在我的坚决要求下,父亲不去外面打工了,和母亲来到上海与我们一起住。但是,父亲依然闲不住,他在小区附近的菜市场租了个摊位,在那里卖菜:"在大城市里生活不容易,花销大,我只要还能动,就要挣点钱,也好给你们减轻点负担……"

父亲六十岁的时候,我给他在大酒店里过生日。吃完饭,我想请父亲非常正式地唱唱歌,然后我们去了歌厅。父亲急忙摆手说:"别让我出洋相了,你老爹会唱什么歌?平时都是瞎唱的,能吓死人!你看电视上,人家唱歌唱得多好听,都有很多人献花,有很多粉条!"我笑着更正:"爹,不是粉条,是粉丝,就是崇拜者!""对对,是粉丝。"爹说,"我唱多少年了,也没见一个人崇拜我。"

父亲在我的鼓动下,终于接过麦克风唱起来:"拍拍身上的灰尘,振作疲惫的精神,也许远方尽是坎坷路,也许要孤孤单单走一程……"这是父亲的心声,这么多年,他尽管很累,但是他一直在奔波在操劳,一直在用歌声自娱自乐,用最便宜的成本来给自己鼓劲和加油,让疲惫的自己振作起精神继续拼搏。

唱着歌曲在码头卖苦力，冒着危险在煤矿挖煤，流着汗水在建筑工地打工，该休养的时候还摆个摊位卖菜……父亲给了我生命中的一切，他的歌声多么沉重多么艰辛，歌声中，绵绵的父爱多么深沉……

我把一大捧鲜花献给了父亲："爹，你以后高兴了就唱吧，儿子就是你的超级粉丝。"我再也控制不住自己，俯在父亲的肩头流下了眼泪。父子连心，我知道父亲也在流泪，流泪的父亲很幸福，因为儿子听懂了他的歌声……

父亲的五个角色

冯晓慧

我出生的时候，父亲已经从部队转业回来，到省城上班。从省城到我们家有五六十里路，父亲每个周末回家一次。因为见得少，对父亲总感觉是敬畏多于亲近。

弟弟出生后，母亲把我安排到另一张床上，让我自己单独睡。

正值冬天，尽管母亲给我在被子里放了装满热水的瓶子，然而，到后半夜瓶子冷却后，是彻骨的凉，而且，夜里灯灭后，四周黑黢黢的一片，令我有一种莫名的恐惧。有时做噩梦，从无边的害怕中惊醒过来，自然会哭闹一番。父亲得知后，将一周一次的回家时间改为一天一次。下班后他就骑着自行车往家赶，五六十里的路，他每天顶着夜色回来，第二天再顶着黎明走。

小的时候不懂得体谅父亲。天刚刚擦黑，就趴在窗台上向外看，看见他一身风雪进门，小小的心就充满欢喜。晚上，睡在父亲宽厚的怀里，有一种说不出的踏实。

那时候，父亲的角色是母亲。

相对于弟弟，父亲似乎更偏爱我一些。起初，我还为这些偏爱骄傲而自豪，有公主一样的感觉。等稍微大了一些，渐渐对这些无微不至的照顾心生排斥。我固执地认为，自己的成长已经不需要他的呵护。我很想随心所欲地体验一种以前从来都没经历过的生活。

于是，我有意无意地疏远父亲。放学后，我不再坐在教室里等他来接，而是一个人坐车回家，或者到书店里看自己喜欢的书。

我和父亲闹得最凶的一次，是因为一个男同学。高二那年，男同学随他的父母去了上海，有时会写信来，出于礼貌，我也回过一封信。后来，尽管我再没回过信，但他的信还是隔三差五地来。老师以为我是在谈恋爱，截留了他给我的信，并打电话告诉了父亲。

可能是觉得被老师找去谈女儿早恋的问题让他觉得难堪，也可能是因为我的行为让他太伤心失望，他攥着信回来，铁青着脸，不容我辩解一句，就打了我一巴掌。这是父亲第一次打我，也是唯一的一次。

我的心中充满了愤懑和委屈，辩解的话在唇边转了又转，终于还是忍住了。既然他不相信我，我也没必要对他解释。

我学会了沉默，沉默到我整整一个月不喊他一声"爸"。某一天，他以严厉的口吻责问我："你为什么不说话？"

我只是背转了身，一言不发。

那时候，父亲的角色是敌人。

毕业后，父亲希望我能留下来工作，心高气傲的我却执意要到北京去发展。

父亲有几个同事去北京办事，正巧与我乘同一列火车。本来父亲已经将我托付给其中的一个叔叔，临走前，父亲忽然又改变了主意，坚持送我到车站。在车窗前，父亲左叮咛右嘱咐，叔叔打趣他："把丫头交给我还不放心，当心我不管了。"车站上，挤满了送行的人，父亲的身影被淹没在拥挤的人流里。车开了很远了，还看见他站在那儿，风掀起了他的衣裳，忽然，我的眼泪不由得夺眶而出。

从我去北京开始,父亲就开始关注北京。电视上,只要是与北京有关的消息,他都会一字不漏地听完,然后,在电话里提醒我应该注意的事项,叮嘱我:"丫头,一个人在外,不习惯不顺心时就打个电话。"

的确是不习惯。我在那些纵横交错的大街上,总是分不清东西南北,花费时间跑冤枉路是常有的事,很多人与事并不是和我想象的一样简单。每次打电话,我都要把满腹的委屈倒给他。事实上,我在其中所得到的快乐远远多于委屈。如今想起来,我是很自私的人,只有在自己委屈的时候才会打电话给他,而在自己快乐的时候,我从来不会想到与他一起分享。

那时候,父亲的角色是朋友。

我恋爱了,打电话告诉了他。没几日,他匆匆赶来,一定要见见我的男朋友。我埋怨他有些兴师动众,才开始相处,哪里就要见家长了?

父亲不肯走,我没办法,只好安排父亲和男朋友见面。回来后,父亲对我说:"丫头,你眼力不错,他是个能让你终身依靠的人。"我笑他迂腐,给他撒娇说:"是不是急着要把我嫁出去?"他摸了摸我长长的头发,说:"哪有女儿一辈子在父母身边的。"

婚礼上,父亲把我交到爱人的手中。此时的他一脸欣慰的笑,眼里却闪着泪光。

女儿出生后,爱人到外地出差,我一个人既要工作还要照顾孩子,实在忙不过来。母亲由于带毕业班脱不开身,父亲就直接休了年假,过来帮我带孩子。我知道,父亲的年假其实攒了好长时间。原打算暑假和母亲一起出去旅游的,这下完全用在我和孩子身上了。我有些愧疚,父亲笑着说:"旅游哪有孩子重要,再说,我喜欢带孩子。"

孩子淘气,每天夜里很晚都不肯睡,一定要有人陪她玩,玩累了,就用小手指指窗外说:"走!"我们就得应声下楼,在无人的大街上,抱着兴奋不已的女儿一遍一遍地走。有时,连我都有些嫌烦,索性不管她,任她哭上一阵。父亲说:"你小时候比他还烦呢,当初我可不是这样对你的。"

父亲在的那些日子,床上的被子晒过了,饭桌上有烧好的饭菜,冰箱里塞满了我喜欢吃的水果。一个粗心大意的男人,一个被母亲伺候了半辈子的男人,为了自己的女儿,心甘情愿地做着这些最细微而又最平常的事。

那时候,父亲的角色是保姆。

身体一直很好的父亲病了。正在单位上班,父亲忽然腹痛难忍,被同事送进了单位对面的医院。我接到母亲的电话赶到的时候,父亲已经被送进了重症监护室。医生说:"不排除是急性腹膜炎的可能,你们要有思想准备。"

看着浑身上下插满管子、双目紧闭的父亲,我第一次发现他老了。我有点不敢相信,在我的记忆里,父亲还是那个健康而充满活力的父亲,疾病和衰老仿佛还离他很远,而这一次的意外,不得不让我重新审视自己对父亲的关怀。

父亲三天后被转到普通病房。检查做了个遍,是浅表性胃炎,问题不大,胆结石倒是不少,医生建议早做手术,说腹痛就是结石堵塞了胆管造成的。

手术做完后,我安顿父亲睡下,靠在床头看了一会儿书,不知不觉,我竟然睡着了。醒来时,发现他的毛巾被在我身上,他躺在床上,侧着脸看我。见我醒了,他摸着我的手说:"丫头,让你受累了。"我赶紧闭上眼,怕他看到我的眼泪。他一定是疼得不能入睡,可是,他不说。当病痛折磨着他的身体的时候,他放在心头的依然是自己的丫头。

我把凉好的饭一勺一勺喂给父亲,像小的时候他喂我吃饭一样。父亲坚决不肯,几次推开我的手。我也坚持着,不肯把手放回去。父亲,在你最需要照顾的时候,我的付出天经地义。

生命和爱,就是这样轮回着。

这时候,父亲的角色是孩子。

父亲的角色,还会随着时间的变化而变化。但我知道,无论角色如何改变,不变的,永远是融于其中的亲情。

最先接电话的人

胡明宝

她和父亲闹翻了,暴跳如雷的父亲说:"要走,你就永远别回来!"

执拗倔犟的她回敬说:"我还懒得回来呢!"

然后,她不顾母亲声声凄切的呼唤,拎着简单的行李走出了家门,走得坚决,走得义无反顾。

转眼就是两个年头过去了,她在父母一辈子也没有听说过的一个北方小城里扎下了根,工作、恋爱……

无数个月明星稀的夜晚,每当寂寞袭来的时候,她的心便隐隐地痛,泪便无声无息地流过脸颊。想家的感觉时时折磨着她,多少次她反复地按着老家那串熟悉而又陌生的电话号码,可是总在最后一个阿拉伯数字前停下来,紧紧地绷起了倔犟的嘴唇。

后来有一天,她终于按全了那一串号码。

电话接通了,她听到那边传来"喂"的一声,多么亲切而熟悉啊。她极力让自己不要哭出声来,然而一瞬间,她忽然决定沉默。

电话那边连续"喂"了两声后,她听到一个惊喜的声音在叫:"她妈,快来接电话。"

然后,她听到了母亲颤抖的声音。

她知道旁边会有一个人听的,她还是不让自己哭出声来。

有了第一次后,她觉得再拨那个号码已经不像以前那么生硬了,母亲嘘寒问暖的唠叨多么动听啊。但她拒绝和父亲说话,也不提回家的事,尽管母亲总在苦口婆心地劝她。

但是,她渐渐地发现,每一次拨通家里的电话时,总是有人先接起来,静静的,什么也不说,仿佛只是为了听听她的呼吸,或者通过电话感受一下来自遥远地方的温暖。然后,才是母亲关切的话语。

她明白,总是抢着接电话的那个人是谁。

小城里飘着大雪的一个冬日,她又一次拨通了家里的电话。

这次,没有了往常短暂的沉默,而是直接传来一个男人苍老而激动的声音:"孩子,回家吧,外头冷啊。"

她握着手机的手不由自主地剧烈颤抖着,哽咽着叫道:"爸……爸……"

慈父

佚名

在我很小的时候,母亲就患了痨病,老实憨厚的父亲只有靠种田来支付母亲的药费和我们兄妹的学费。哥复读了几年高三也没能考上大学,父亲说,他唯一的指望就是我了。

那个阴雨绵绵的冬天,母亲没来得及与家人道别就悄然去了另一个世界。那一年,我正复读初三。哥对我说,为办母亲的丧事,家里已欠了一千多元债务,叫我别再复读了,去外面打工,女孩子好找工作。看到家里如此境况,我也不忍心再读书了。父亲得知此事后只说了一句话:"别东想西想的,我讨口要饭也要让燕儿读下去!"

1993年那个骄阳似火的8月,中师录取通知书终于飞到了我的手里。我欣喜若狂,可当我看到那通知书上的阿拉伯数字,仅委培费就3600元时,我狂热的心一下掉进了冰窟窿。我伤心地哭了一个通宵,父亲也吧嗒吧嗒抽了一晚上的旱烟。第二天,父亲果决地拍着我肩膀说:"燕儿,别伤心,爹有办法让你上学!"

往后的十多天,父亲便开始四处奔波为我筹钱。然而,我知道像我们这种家庭借钱的艰难,这从父亲每晚回家时的表情就可证实。但到我临上学的前一天,父亲突然高兴地宣布:"钱已凑齐了!"

带着美好的憧憬,也带着深深的焦虑,我跨进了中师的校门。但每当坐在那窗明几净的教室、听到同学们畅谈美好的未来时,我却在心里问自己:"我能在这里坐满三年吗?"果然,我的担心不是多余的。就在这时,新婚的哥嫂要与父亲分家了。我明白哥嫂的意思,无非是为了甩掉我这个沉重的包袱而已。苍老瘦弱的父亲能撑得住吗?说不定哪天我就要离开学校了。

那是一个大雨滂沱的夏日午后,父亲匆匆赶来了,呆滞的眼神中闪出一抹亮光:"这次我来晚了,你等急了吧?燕儿,以后每月我要给你多加10元钱的生活费。"我吃惊地望着他。父亲这才悄悄告诉我,他已来城里当起了"棒棒",运气好一天可收入三十几元。看着父亲拿出的钱,我的脑际倏地闪出一幅画面:在城里那熙熙攘攘的人流中,有一位五十多岁衣衫不整的老人,挑着沉甸甸的行李箱,佝偻着腰身,跟在穿戴入时的主人身后,气喘吁吁地迈着大步,穿街过巷……当我回过神来,父亲手里那一大沓皱巴巴的钱已塞进了我的衣袋里。泪眼朦胧中,父亲那弯曲瘦小的背影已慢慢消失在校门口,我心里的酸楚止不住地往外涌……

就这样,父亲靠当"棒棒"支撑我读完了三年中师。

参加工作一年后,我将积蓄的一千多元交给父亲,让他去还家里的欠账。父亲说什么也不要。他说:"爹自己还能挣钱,这债让爹还。我们家祖祖辈辈就出你一个国家教师,你为爹争了光,爹已经很满足了。你的钱就拿去置几件像样的衣服吧!你可不能像爹那样寒碜,老师就要有老师的样儿。"

"爹,您为什么总是这样克己啊!"我心里像打翻了五味瓶,是感激、内疚,我自己也说不清。

定居城里后,我多次请父亲进城玩,不再当"棒棒"的父亲总是推辞说:"那城里的哪一条大街小巷我没有走熟?有啥好耍的,再说爹也闲不惯。"当我的孩子出生后,父亲终于进了一回城,手里提着几十个鸡蛋,还有几套小孩穿的新毛衣。父亲说,毛衣是他请人织的。

如今,我的孩子已上幼儿园,父亲也去世两年多了。但每每走在大街上,看到满街的"棒棒",我的眼里总有父亲的身影在晃动,晃得我眼睛湿润润的。

未捅破的秘密

佚名

父亲是个搓澡工。我已经很大了,也没有人喊我的大名,只是说,他啊,是搓澡工家的小子,学习不赖。即便是在夸我,我也会远远地走开。

记得有一年夏天的晚上,我在冲凉水澡,父亲说:"小子,来,我给你搓搓背!"我有些不冷不热地说:"你给别人搓去吧,我用不着你搓。"说完后,我把剩余的水一下子兜头浇下来,一转身,就进屋去了。黑暗中,只剩下父亲一个人呆呆地站在那里。

我为有这样一个父亲而感到丢脸。

上初中的时候,语文老师曾经出过一个"我的父亲"的作文题目,同学们都写了很多,整整一节课,我却只写了几行字,我不知道怎么去写这个每星期都到城里为人家搓澡的父亲。语文老师问我的作文为什么仅仅写了那么几行字。我始终沉默着,一句话也不说。这样的父亲,没什么可写的。

然而,没有料到的是,我快上高中的时候,父亲便不再去城里了。隐约听他说,好像要和别人一块儿去做买卖,便辞去了为别人搓澡的活儿。我说不出是高兴,还是解脱,总之似乎一下子轻松了许多。其实,父亲还不知道,我原本不打算去上高中了,因为高中就在城里,我不想让同学们知道我是搓澡工的儿子，更怕哪一天突然在大街上看到他。既然他不去了，我便开始筹划上高中的事情。报到的那一天，父亲说，我去送送你吧，我说不用了，父亲便不作声，默默地在一边帮我拾掇行李。就在我跨上自行车的那一刻，他一下抓住车把，颇有些坚决地说，你没出过门，还是让我送你去吧。我一口回绝了父亲，连头也没回就走了。父亲一个人，在坡上望了我许久。

上高中的那一段日子是快乐的。父亲终于不再是一个搓澡工了，每次月末回家的时候，我都会看到父亲和母亲在家里等我回来，我兴高采烈地给他们讲学校里发生的事情。看得出来，父母也为我在学校取得的成绩而自豪。

上高三的那年冬天，一天我回到家已经很晚了，只有母亲一个人在家。我问，父亲呢？母亲说，出去好几天了，还没有回来。我便有些怅然。睡到后半夜的时候，听到院里沉闷的咳嗽声，父亲回来了。父亲的棉帽子上挂着白白的霜，像圣诞老人一样。推门进来，他便笑眯眯地冲着我说，小子，看，给你买来了啥。说完后，父亲便从挎包里倒出几本书来，我一看，竟然是一整套的《高中各科复习综合训练》，我翻着崭新的书，心里有说不出的高兴。父亲抚摸着我的头，不断地重复着："好好学吧，好好学吧。"那一刻，我的心里突然间涌动着一种从没有过的异样感觉，后来我知道，那叫幸福。

高中毕业后，我考上了大学。然后，又分配到另一座城市。一次，我见到了读初中时的语文老师。他说："你还不知道吧，你父亲为你付出了多少！"见我愣在那里，他接着说："那年，我把你那次作文课的情况告诉你父亲后，他便以做买卖为名，偷偷地躲着你和别人到邻县的澡堂里搓澡去了。为了不让你知道，约摸你什么时候回家，他就什么时候提前等在家里，就连你们村里的人，也不知道你父亲那几年到底在忙什么……"

此后，我理解了父亲，我也知道了一个孩子的虚荣给父亲带来了什么。是的，父亲没有别的手艺，为了养家糊口，他有的只是劳作和承受。

后来，我一直没有问过父亲这件事，我不想把它捅破，我想珍藏起来，用一生的时间去体味其中的辛酸。前些日子，我洗澡，父亲正坐在沙发上看电视，我说，爸爸，给我搓搓背吧。就在父亲给我搓背的那一刹那，不知怎的，我竟哭了，而父亲也泪流满面……

我写春联卖给了父亲

佚名

初二那年，随着学科的增多，学习负担更加沉重了，成绩本来就不怎么好的我，加上胆小、软弱、做事没信心，致使成绩越来越差。除了字和作文写得尚可，令我仅存一丝宽慰之外，再没有什么拿得出手的优点了。心灰意冷的我，几乎没有读下去的信心了。我甚至与另一个同病相怜的同学做了最坏的打算——离家出走。

然而，令我始料不及的是，我那当民办教师的爸爸没有责备我，更没有拳脚相加，他只是默默地捧着我的成绩单和试卷看了半宿。第二天一大早，我睡眼蒙眬地走出自己的小屋，爸爸兴高采烈地迎了上来，手里举着一打红彤彤的纸："马上就要过年了，我看你的字和作文写得不错，我买来些红纸，你动动脑筋咱们写几副春联上街卖吧！"尽管我一再地说："不行，不行！"爸爸还是自顾自地磨起了墨，"放心吧，小子，你写完了我去卖。要是卖出去了，咱们就接着写，要是没卖出去就拉倒！"起初，从未写过春联的我真不知如何下笔，爸爸就在一旁帮我的忙，为我出谋划策，加油鼓劲。很快，爸爸准备的红纸就全部变成了我的"作品"。爸爸兴冲冲地将我写的春联拿到街上去卖。日上中天了，我焦急地守在大门口眺望，爸爸的身影终于出现在我的视线里。大老远地，爸爸笑眯眯地对我说的第一句话竟是："看不出来，你小子真行！全部都卖完了。"我大大地出了一口气，欢呼雀跃起来。接下来的日子，爸爸每次都将我写的春联销售一空。于是，整个寒假，我在激动、兴奋和充满希冀中度过，并逐步树立起了勇气和信心，彻底摆脱了考试失败所带来的阴影和负荷，变得振作起来。

多年以后,我中学毕业,读完大学,并为人师数载,后又从事文学创作,在一家报社上班。其间不乏文学作品见诸各级报刊电台,并有一些作品获奖。而当初曾和我一起计划离家出走的那个成绩和我一样差的同学因受到父亲的打骂及周围邻里的嘲讽,最终没能继续学业……

去年,操劳一生的父亲因病去世,我悲痛不已。在清理他的遗物时,在他那口从不让别人动的箱子的最深处,我惊讶地发现一迭迭折得非常规整而褪了色的红纸。我轻轻地打开一看,原来是我写的春联,读初二那年写的春联。

我久久地凝视着那些春联,禁不住泪流满面,在晶莹的泪光中,我又看到了父亲微驼的背影、花白的头发和他说"你小子真行"时那张充满期待和鼓励的笑脸……父爱如山,默默的,既质朴平凡,又博大精深。我可亲可敬的父亲呀!您送给我的礼物简直是无价之宝,您的良苦用心可昭日月,是您点亮了我内心深处的希望和信心,使我勇敢地走到了今天。您使我更加深深地懂得,我们不管处于怎样的不利和困境,只有点亮希望的灯火,树立信心,振作起来,勇往直前,就一定能有所收获,取得成功。

月光下的父亲

佚名

父亲出门的时候,月亮还没下山。父亲回家的时候,月亮早就上山了。

三五岁时,去镇上看杂技,父亲总把我扛在肩膀上。我的目光,可以穿越无数个黑压压的人头,十分清晰地看到那个放开双手,在圆铁桶里骑车的漂亮女人。我看到一只猴子,穿着小孩子的花衣服,扭着屁股在地上推滚轮。还有大力士,赤裸着膀子,把一条粗大的蟒蛇缠在身上,或者把石头搁在肚皮上,让人拿榔头敲开。杂技很精彩,每次我都看得手舞足蹈。我总把我看到的精彩场面,颠三倒四又挂一漏万地说给父亲听,父亲每回都听得乐呵呵的。回到家里,有人问起:你们今天干吗去了?父亲就答:看杂技去了。又问:好看不?父亲就说:好看。然后把我颠三倒四说过的话,一字不落地说给别人听。

有次村里放电影,父亲回来晚,带我去时,已经在很后面了。人群一拨拨地把我与电影隔得十分遥远。父亲把我扛在肩上,我还是看不太清,父亲就把我举过头顶。问:"看到不?"我说看到了,看到了,正打得精彩,有人用一根辫子打败了一帮人。父亲听说好看,就高兴,嘿嘿地笑。父亲是农民,从他一笑就可以看出来,一张笑脸,跟乡里的沙土一样朴实。父亲大概是在地里劳作了一整天,累了。举了没一会儿,又重新把我放回到了肩膀上。我不同意,正打到紧要关头,突然只看见人家的后脑勺了,那种失落感至今想来,仍无可比拟。所以当时想都没想,一伸手,便拍父亲的脑袋。父亲于是又把我举过头顶。

回家的时候,我过足了瘾,兴奋地哼哼电影里的插曲。而母亲说,那晚,父亲睡在床上也哼哼了一夜。平日里干活再累,也不至于累成这样子的。

以后上了学,人长大了些,心也就大了,不再骑在父亲肩膀上到处逛荡。那时,父亲大概很忙,很少见到。晚上吃完饭,在洋油灯下做完作业,还是不见父亲回来。有几次,作业多,做至半夜,才会看见父亲踩着月光回来。一把锄头上也亮锃锃地挂着月光。而早上我几乎见不到父亲的影子。虽然我学习很用心,每次都能比其他同学早到学校,可我还是早不过父亲。

有几年,为生计父亲去钱塘江边扛石头。石头活,大概是一种最苦的力气活,不过工钱多,母亲说父亲苦着也就值了。想起来,那时候,父亲靠卖力气来养活我们一家四口人,又要供我和姐上学,实在是很不容易的。

自从去了江边,家里就很少见到父亲的影子。偶尔想起,父亲的面容竟像上了晕的月亮,有些模模糊糊。我知道,父亲是一个好父亲,而儿子,却不是个好儿子。如今,月光早已悄悄爬过父亲的额,落满了头。

月光是淡淡的。月光下,父亲的影子,比从前短了。而我的影子,长了。是父亲,用他的衰老,滋养了我的茁壮。我与父亲,不再仅仅是父与子的关系,而变作了两个男人的对视。我从父亲身上,看见我的未来,父亲从我身上,看到他的过去。父亲与我,远了?又近了。近了?又远了。

丢钱的父亲

佚名

我正上课的时候,父亲来到了教室门口。

父亲穿着一件又肥又大但洗得干干净净的旧西服,手里提着一个布口袋,怯生生地站在那里向教室里张望。

看见父亲,我忙请假走了出去。父亲见了我,略显憔悴的脸上马上就露出了一丝欣喜,急不可待地向我走来。他走到面前,仔细地端详着我,仿佛不认识似的。好一会儿,父亲问,康娃,你没事吗?

听到父亲的问话,我感到莫名其妙,但看见父亲那焦急的眼神,我忙说没事。父亲长长地叹了口气,说,没事就好!没事就好!你好长时间没回来了,你妈不放心,想你,叫我来看你一下,顺便给你带点生活费来。父亲把手中的口袋递给我,又说,这是你妈攒了十几天的土鸡蛋,你马上就要考试了,学习紧,费脑筋,应该吃好点,多补补,身体不要吃了亏。

提着手中的鸡蛋,想着在农村辛勤劳作的父母,我不知道心中是一种啥滋味。为了冲刺高考,我已经很长一段时间没回家了,但我知道母亲一直在病中,更需要营养。于是,我忙把口袋往父亲手上推,说不要,叫父亲带回去。父亲没接口袋,却狠狠地看我一眼,说,叫你拿着就拿着。现在的营养跟不上,把脑子废了咋办?父亲边说边把手伸进西服口袋里摸。我知道父亲是摸钱。为了我每月的生活费,父母想尽了一切办法。

父亲摸着摸着的时候,脸色一下就变了,边摸边说,咋没了呢?父亲又忙低下头把西服的口袋全翻了过来,也没有看见钱的影子。父亲的脸上现出了焦急、沮丧的神情。

我想,父亲肯定是来的时候被扒手偷了,就忙安慰父亲说,没事,我可以向同学借点,自己节省点。

父亲没理我,不停地还在身上摸,边摸边说,这小偷咋个凶哟!我上车的时候才看了的。唉!我真是太笨了!我来的时候你妈就叫我注意点,哪晓得还真的就叫我搞丢了!我真是笨,笨到家了!父亲不停地在那里自责着。

好一会儿,父亲抬起头,看着我说,康娃,等几天我再想办法,不过,丢钱的事你不要跟你妈说,她正在病中,我怕她气出大问题。

听着父亲自责的话语,看着父亲那满脸的忧愁,我点了点头,并说,爸爸,丢了就丢了,不要一直放在心上,我会好好照顾好自己的,你和妈妈更要保重身体。

听我说完,父亲看着我,叹口气,转身离去。

谁知,中午的时候,父亲又来了。此时的父亲,一张皱纹满布的脸上没有一丝血色且全是汗水。父亲从身上拿出100元钱递给我说,真是老天有眼,先前出去碰上了我们队上在城里打工的木生,我就找木生借了100元。

我接过钱忙问父亲吃饭没有?父亲说不吃,母亲还在家里等着他,他回去吃。

我知道父亲的脾气,劝也无用,只好把父亲送到学校大门口。看着父亲离去的背影,我眼中的泪水不争气地就流了出来。

几天后,我进城买点东西,也是凑巧,碰上了木生叔。我跟木生叔打过招呼后就说,木生叔,谢谢你那天借了 100 元钱给我爸爸。

谁知木生叔一听,一头雾水,说,我啥时借过钱给你爸?

你没借?我满腹疑问地望着木生叔。

木生叔肯定地点了点头。

此时,我想起了父亲那张没有血色的满是汗水的脸。

父亲的脚步声

佚名

我最难忘的就是父亲的脚步声,10 多年来,它一直在我的耳畔萦绕,那么的亲切,那么的令人陶醉,就像是听世间最美的音乐。

我六岁那年的夏天,母亲在地里劳作,顽皮的我悄悄爬到旁边的一棵树上,一不小心,从树上掉了下来,造成右手手腕脱臼。母亲把我送到了镇医院,父亲正在乡里的砖厂上班,他是厂里的技术工,平常很少回家,当父亲得知情况后,心急如焚,丢下手中的活,风风火火地赶往医院来看我。那时家中贫困,为节省车费,父亲一路步行,从乡上到镇上有二十多里的路程,父亲几乎是跑着来到了医院。

我躺在白色的病床上,疼痛使我处于半睡眠的状态,朦胧中我听到了父亲上楼的脚步声,那声音十分急促,像雨打芭蕉,其中还夹杂着父亲深深的喘息声。那脚步声越来越近,越来越轻,最后在门口停了下来,接着便听到了母亲的哭泣声,父亲肯定又在责备母亲了。后来那脚步声又响了起来,径直来到了我的床前,我分明感到有一只温暖宽厚的手轻轻地摩挲着我的头,一颗滚烫的热泪滴落在我的脸上,浸润在我的心里。我突然觉得身上的疼痛消失了,一股热流充盈胸间,倍感舒适。

停留了一会儿,那脚步声又渐渐远去,消失在楼道口,十多分钟后,熟悉的脚步声又响了起来。我的意识已经完全清醒了,见父亲手里提着一袋水果,放在床头柜上后,用长满老茧的手指剥了一根香蕉,放到我的嘴里。我吃了一口,感觉特别滋润香甜。

吃了水果,父亲便附在我的耳边,小声地给我讲故事,我慢慢地进入了梦乡,不知道父亲是几时离开的。在我住院期间,父亲每天都要不知疲倦地早上来,下午返,在这一往一返中,我也读懂了父亲脚步声中的内涵。

第二次听到父亲的脚步声是在一个天色未明的早上,过了大年,父亲照例卷起背包又要出门了。多少年来我与父亲总是聚少离多,父亲长年在外,唯有过年时才能看到他风尘仆仆地赶回家。也许是父亲觉得亏欠我太多,要把一年的父爱都在短短数日内全部给我。因此什么事都顺着我,无论我在他面前有多顽皮,做多过分的事,他总能以慈父的胸怀容纳。

每次回家,父亲都会给我买许多礼物,像钢笔、笔记本、糖果之类的东西。晚上吃罢饭,我就会赖在父亲的怀里,听他讲在外面遇到的稀奇古怪的事,有时父亲一高兴,还会唱起曾经在部队时学会的嘹亮的军歌。我最不愿父亲离去,每次父亲出门时,我都会跟着父亲追赶,最后母亲不得不硬把我拉回家。有一次我紧拉着父亲的衣服,直到挨了母亲两个耳光才放手,所以父亲每次出门,都会选择我熟睡之时。

但那天早上,我睡得不熟,意外地听到了一阵错乱的脚步声在我的房门前徘徊,徘徊一阵又停下来,一会儿又徘徊,一会儿又停下,终于那声音还是离去了,越来越远,再也听不见。我彻底醒后,翻身起来,想留住父亲,可父亲早已远去,只有那响亮的脚步声还在无边无际的原野回荡。父亲带着他的梦想,提着一家人的生计离开了故乡,在泥泞的小路上,依稀可见父亲走过的一串串深深浅浅的足迹。

多少年来,无论我走到哪里,父亲的脚步声总会紧紧跟随。我就像是放飞的风筝,父亲就是那放风筝的人,连接我们的就是父亲的脚步声。不管我飞得多高多远,总会有父亲为我奔跑的身影。

如今我已长大成人,有了自己的家庭和生活,父亲也老了,居住在乡下,我再也无法听到父亲的脚步声了。我深深地怀念,多么希望那熟悉的、亲切的、坚毅的、沉稳的、铿锵的声音能在耳边再次响起。

父亲
张运涛

那年夏天我在学校出事了。

自从我步入这所重点高中的大门,我就承认我不是个好学生。我来自农村,但我却以此为耻辱。我整天和班里几个家住城市的花花公子们混在一起,一起旷课,一起打桌球,一起看录像,一起追女孩子。

我忘记了我的父母都是农民,忘记了自己是一个多交了三千二百块钱的自费生,忘记了自己的理想,忘记了父亲的期盼,只知道在浑浑噩噩中无情吮吸着父母的血汗。

那个夜晚夜色很黑。光头、狗熊和我趁别人在晚自习,又一次逃出了校门,窜进了街上的录像厅。当我们哈欠连天地从录像厅钻出来时,已是黎明时分,东方的天际已微微露出了亮色。几个人幽灵一样在校门口徘徊,狗熊说:"涛子,大门锁住了。政教处的李处长今天值班,要是不翻院墙,咱上操前就进不去了!""那就翻吧,还犹豫个啥呀!"我回答道。

光头和狗熊在底下托着我,我使劲抠住围墙顶部的砖。头顶上的树枝在风的吹拂下哗啦啦地响,院内很黑。隐隐约约闻到一股臭气,我估计这地方大约是厕所,咬了咬牙,纵身跳了下去。

"谁?"一个人从便池上站起来,同时一束明亮的手电光照在我的脸上。哎呀!正是政教处的李处长。我吓得魂飞魄散,一屁股蹲在地上。

第二天,在政教处蹲了一上午的我被通知回家喊家长。我清楚地知道,一个平素对学生要求甚严的重点高中让学生回家意味着什么。我哪敢回家?哪敢面对我那面朝黄土背朝天的双亲?

在极度的惊恐不安中,我想起有一位我称表嫂的远房亲戚,她与政教处一位姓方的老师是同学。我到了她家,战战兢兢地向她说明了一切,请她去给说情,求学校不要开除我,并哭着请她不要让我父亲知道这件事。她看我情绪波动太大,于是就假装答应了。

次日上午,我失魂落魄地躺在宿舍里。我已经被吓傻了,学校要开除我的消息让我五雷轰顶。我脑子里一直在想:"我被开除了,怎么办?怎么办?我该怎样跟父亲说?我还有什么脸回到家中?"这时,门"吱"的一声响,我木然地抬头望去,啊——父亲,是父亲站在我面前!他依旧穿着我穿旧的那件破旧的灰夹克,脚上一双解放鞋上沾满了黄泥,他一定跑了很远很远的山路。

父亲一句话也没有说,只是默默地看着我。我看得出来,那目光中包含了多少失望、多少辛酸、多少无奈、多少气愤,还有太多太多的无助!

表嫂随着父亲和我来到了方老师的家里。我得到了确切的消息:鉴于我平时的表现,学校已决定将我开除。他们决不允许重点高中的学生竟然夜晚溜出去看黄色录像!已是傍晚,方老师留表嫂在家里吃饭。人家是表嫂的同学,而我们却什么也不是。于是,我和父亲忍着屈辱,跌跌撞撞走下了楼。

父亲坐在楼下的一块石板上喘着气。这飞来的横祸已将他击垮,他彻底绝望了。他把一生的希望都寄托在他的儿子身上,渴望儿子能成龙成凤,然而,儿子却连一条虫都不是。想起父亲一天滴水未进,我买了两块钱的烙馍递给父亲。父亲看了看,撕下大半给我,自己艰难地咽下那一小块,脸上的青筋一条条绽出。那一刻,我哭了,无声地哭了,眼泪流过我的腮边,流过我的胸膛,流过我的心头。

晚上，父亲和我挤在宿舍的床上。窗外哗啦啦一片雨声。半夜，一阵十分压抑的哭声把我惊醒。我坐起来，看见父亲把头埋进被子里，肩膀剧烈地耸动着。天啊，那压抑的哭声在凄厉的夜雨声中如此绝望，如此凄凉！我的泪，又一次流了下来。

早晨，父亲的眼睛通红。一夜之间，他苍老了许多。像做出重大决定似的，他对我说："儿啊，一会儿去李处长那里，爹让你干什么你就干什么，你能不能上学，就在这一次啦。"说着，爹的声音哽咽了，我的眼里，也有一层雾慢慢升起来。当我和父亲到李处长家里时，李处长很不耐烦："哎哎哎，你家的好学生学校管不了，你带回家吧，学校不要这种学生！"父亲脸上带着谦卑的笑容，说他如何受苦受难供这个学生，说他在外如何多苦多累，说他从小就经受的磨难……李处长也慢慢动了感情，指着我："你看看，先不说你对不对得起学校，对不对得起老师，你连你父亲都对不起呀！"

我羞愧地低着头。突然，父亲扬起巴掌，对我脸上就是一记耳光。这耳光来得太突然，我被打蒙了。我捂着脸看着父亲，父亲又一脚踹在我的腿上："你这个不争气的东西，给我跪下！"我没有跪，而是倔强而愤怒地望着父亲。

这时，我清楚地看到：我那50多岁的父亲，向30多岁的李处长，缓缓地跪下来……我亲爱的父亲呀，当年你被打成"黑五类"分子，你对我说你没有跪；你曾一路讨饭到河北，你也没有跪；你因为儿子上学而借债，被债主打得头破血流，你仍然没有跪！而今天，我不屈的父亲呀，为了儿子的学业，为了儿子的前途，你跪了下来！

我"扑通"一声跪到父亲面前，父亲搂着我，我们父子俩的哭声连在了一起。

两年后，我以七百五十二分的成绩考入了华中师范大学。在拿到录取通知书的那天，我跪在父亲面前，恭恭敬敬地磕了三个响头。

雨幕中的那个背影

佚名

最近有一个很感人的汽车广告，当最后阿爸转头的那一瞬间，女主角热泪盈眶。这时我才发现自己早已泪流满面，别人对我不寻常的反应感到很惊讶。以前上心理课时教授曾说过，当我们看电视哭泣时，许多时候我们并不是为别人的故事而哭，其实潜意识，我们也许是为了自己所不知或遗忘的那一部分而哭。

小时候，父亲常不在家，因为他必须骑着三轮车，沿街吆喝收破烂。当年的父亲不似今日中年发福后的健壮，可还得拖着瘦弱的身躯骑着载满废弃物的三轮车辛苦地移动着。每天父亲回家后，我们几个小孩会在三轮车上爬上爬下，兴高采烈地玩得不亦乐乎。对我们来说，并不了解三轮车代表的汗水与付出，它只是小孩眼中的一个玩具罢了。对父亲而言，转动的三轮车载走了他的青春，也让我们全家不致挨饿受冻，而在我们缺乏玩具的童年，它却是我们难忘的记忆。

我读小学时，三轮车终于功成身退，成了名副其实的玩具，因为爸爸买了一部新的摩托车。很难想象，它常常必须载着我们全家五人外出，我们三个小孩均夹在父母之间，冬天时很温暖，但夏天时可真不好受。那个时候粗枝大叶的我，常常到了学校之后才发现自己忘了带作业，一把眼泪一把鼻涕地打电话回家。每当听到父亲的摩托车声，不安的情绪才安定下来。但每回父亲要走的时候，我就会号啕大哭地去送，舍不得父亲走。生性爱哭爱依赖的我，一直到初中时才渐渐不被机车的声音制约。

上了高中，父亲每天早上骑着摩托车带我到街上，去搭另一位老师的车回学校。三公里的路程，是我们父女最接近的时候，但我却不再像小时候那样紧紧地抱着父亲的腰，成长的尴尬一直隐约地存在。在路上时，父亲会和我聊他和那位老师的关系。父亲和老师是小学同学，但因家里贫穷，父亲只能打着赤脚上学，且常因为做家务而请假，最后因经济原因不得不在小学三年级就休学了。三十多年后相见，一个是高中老师，一个却只是工厂的工人。

不论春夏秋冬，父亲日复一日地载着我。有时候和父亲发生争执，父亲会冷冷地站在门外等我，父女俩一路上静默无语，各想各的心事。因为我和父亲的性格太像，所以我经常惹父亲生气。

一个下雨的日子，父亲照旧载着我去搭老师的车。父女俩先到达，只好狼狈地穿着雨衣在大雨滂沱中等着老师的到来。跨进老师车中的那一刻，抬头看到父亲骑着摩托车的身影，大雨淋在父亲的身上，父亲缩着身子艰难地移动着。我坐在温暖的车中，透过玻璃窗看着父亲逐渐模糊的背影，所有对父亲命运多舛的心酸与不忍，再也压抑不住地化作泪水夺眶而出。

雨幕中的那个背影，多年来一直清晰地印在我的记忆中。每当别人问我一生中最难忘的事是什么时，我总哽咽着说不出话来。虽然是十年前的事了，但我一直记得自己当年在看着父亲离去时心中默默许下的心愿：我要让父亲拥有一部可以遮风避雨的车，不是三轮车也不是摩托车。

上大学后，初次离家的我，常会在电话中对着母亲哭得泣不成声。一天放学后，宿舍广播叫我的名字。走下楼时，看到父亲提着棉被站在会客室中，我泪眼模糊地几乎认不出那就是我的父亲。父亲絮絮叨叨地叮咛我要坚强、要好好照顾自己，我只能哽咽地猛点头，怕一开口，就再也压抑不住泛滥的情绪。然后，我便送父亲坐出租车前往火车站，望着被计程车载走的父亲，想着父亲拿着笨重的棉被坐了四个小时的车北上，现在又必须坐四个小时的车回去；想着父亲坐在计程车上，处在人生地不熟的大连，他必然会像个土包子般地数着大连的高楼。想着这些，我仿佛又看到了当年那个看见父亲离开而号啕大哭的小女孩。

父亲辛苦工作了几十年，一双手辛苦地撑起了全家的重担，让我们虽贫穷却未挨饿受冻。我们从未拥有过属于自己的玩具，常常因为缴不出学费而在同学面前抬不起头，但却从未吃过苦，再辛苦父亲也要让我们上学。

今天，我们兄妹三人都已有分担家务的能力，但就在我要履行当年的承诺时，父亲却宁愿继续骑着他的摩托车，这使我的心中难免有些遗憾。因为为父亲买一部车，所代表的不只是要让父亲不再忍受风吹雨打，更重要的是，在我的成长过程中，父亲的车总是不断地提醒我，父亲的爱，是那样强烈，那样无怨无悔，不论三轮车、摩托车或汽车，对我们父女来说，都是爱与付出的象征，不只是父亲对我，更是我对父亲。爸爸，感谢你无私的父爱！

无法弥补的时候

杨牧之

再过几天就是父亲的祭日了。一晃六年过去了，六年来，每当想起父亲，我就觉得很沉重，一种对不起他老人家而又无可挽回、无可奈何的痛楚猛烈袭来，父亲对我的挚爱与我对父亲的孝心，真是天壤之别。

那一天，办完父亲的丧事，我和姐姐、弟弟不约而同地回到父亲的卧室，翻检父亲的遗物。我们心里都明白，这既是对父亲的眷恋，父亲虽然去了，他生前所用的物品，不也是他的一部分吗？也想从中找一件父亲常用的东西作为终生的纪念。明天，我们姐弟即将东南西北，回到自己工作的地方，谁知道什么时候能够再回来祭奠父亲呢？

我一眼看到衣箱里的一个茅台酒瓶子。我拿过来，眼里顿时涌满泪水。这个酒瓶子我太熟悉了，这是我大学毕业领到第一个月工资时给父亲买的礼物。父亲爱喝酒，但从不买高级酒，也买不起高级酒，尤其是母亲去世后，家境困难，一条黄瓜就是下酒的菜。记得茅台酒当时是八元四角钱一瓶，在五六十年代，那是很贵的价钱了，一般人不买。我早就计划好了，等我领到工资，第一件事就是给父亲买一瓶茅台酒。没想到这个酒瓶子父亲一直留到现在，22年过去了，瓶子旧了，商标也变了颜色，爸爸依然保存着。想着想着，我的泪水便不能控制。儿子对父亲的一点点好处，父亲是如此珍重！父亲对儿子的满腔期望，几十年如一日的辛勤抚育，可以用什么衡量，儿子又如何报答得了呢？

父亲去世的前几年，我因为工作忙，很少回老家。因为老家在铁路线上，有时外出开会，散会后，中途下车，回家看看老父亲。我记得在家住的最长的一次是1987年的中秋节，总共在家住了36个小时，那年父亲已经74岁，刚患过肝炎从医院出来。过去父亲住的楼房没有暖气，是弟弟自己装的土暖气，烧不太热，在房间里穿着棉衣棉鞋还缩手缩脚。这次回去，经过弟弟的努力，父亲的单位照顾他年老体弱，又刚刚病好，给他调了有暖气的楼房。外面冰雪覆盖，室内却温暖如春，爸爸只穿件薄毛衣，舒坦得很。我很为爸爸终于住上了暖融融的房子而高兴。

但看到刚出院的爸爸，脸色惨白，弱不禁风，酒也戒了，烟也不抽了，心里放不下，想多住一两天，又怕耽误了工作。爸爸看出我的为难，笑着对我说："回去吧，我这不是挺好吗？回去干工作去。"第二天，我走了，弟弟替我提着提包。爸爸也穿好了衣服要去送我。我说什么也不同意，外面冰天雪地，寒风凛冽，万一着了凉怎么办？劝阻再三，爸爸同意不去送我。我和弟弟刚登上站台，还没有放下提包，爸爸便走了过来。他倒背着手，朝我和弟弟微笑着，那得意的样子，仿佛在说："怎么样，不比你们走得慢吧？"呵，你知道我当时是什么心情吗？我顿时想起了朱自清先生的《背影》，想起了《背影》中父亲的形象。普天下的父母对儿女都是这样的忘我，都是这样的挚爱无边啊。那是父亲最后一次送我。几个月后，他就又一次住院，终于没能从医院出来。

在我手里还保存着父亲的另一件遗物。这是一个图书馆的借阅证。六年来，每当我看到这个借阅证时，惭愧、不安和内疚一齐奔来。那个借阅证已经很旧，借还日期栏里密密麻麻、一行接一行，几乎快写满了。细看借还时间，多半是今天借明天还，最长的间隔是三天。这不就是说几乎天天跑图书馆吗？这不就是说每天读一本书吗？而在这个借阅证上记载的最后一次还书时间恰恰是生病住院的前几天，一个七十几岁的垂老之人，竟每天奔走于家与图书馆之间，我怎能不惭愧？

除了惭愧，我还有一种负疚感。爸爸是出奇的爱读书。60岁离休之后，《英语900句》在中国出版，他得到一本，整天不离身，诵读、默念，像一个中学生那样用心。随后，又开始学朝鲜语，让我吃惊不小。一次看到他枕边有一本《朝鲜语读本》，很奇怪，问他这样大年纪了，为什么还学朝鲜语？他笑笑，说："可以帮助理解日语。"记得我在大学读书时，偶然得到一本约翰·根室的《非洲内幕》，爸爸爱不释手，几次对我说，这样的书看了视野开阔。书前的目录没有了，书后也缺了几面。爸爸先是按照书的页码、书中的标题自己编了一份目录，粘在书前，后来又托人从长春借来一本完整的《非洲内幕》，将缺的几页用稿纸抄下来，又把稿纸裁成书页一样大小，补在书后。我到了新的工作岗位，是做图书出版的管理工作，爸爸并不很高兴，唯一的嘱咐是：以后有好看的书寄点来。我因为忙于杂务，很少给父亲寄书。最近翻检父亲给我的书信，先前几乎每封信都说，如有，寄点可看的书来。后来，说得就很少了。我想：一来是因为我每次写信都说自己忙、时间紧，没时间写信，请父亲原谅；二来，我又确实没寄过几次书。今天想想，这是父亲向我提出的唯一的要求，而又是我这个人唯一有条件满足父亲的一件事，但我却没能去做。现在，我手头有那么多父亲爱看的书，装帧都是那么漂亮，再不是缺页少篇的残书了，可我也再没办法让爸爸看到了。

我最不能原谅自己的是父亲病重住院的事情。一想到这件事，内心就不能平静。父亲病重，一躺40天。我和在北京工作的姐姐利用"五一"假期回去看他。他十分高兴。我们回去前，他吞咽困难，一天吃不下一碗稀饭，体重只剩70多斤。我们回去后，陪伴着他，和他聊我们的工作、生活、家庭、孩子，父亲居然缓了过来，渐渐地一顿饭可以吃一碗馄饨，或者一碗片儿汤了，但病情还是不见好转。40天过去了，当地的医院已经没有办法治疗了，我和弟弟设法给他转院。父亲没有提任何要求，一任我们安排，实际上他是希望跟着我到北京的，也许是为了治病，也许是为了在离开我们之前，能和我在一起住一段日子。但当时我考虑得非常实际。我实在为难了，北京的医院我人生地不熟，到了北京我有能力让父亲立即住进医院吗？我住的是平房，没有卫生间，不论刮风下雨上厕所都要到胡同里的公厕。当时父亲体重只剩下70多斤，每天需要点滴葡萄糖，不要说一个月住不进医院，就是一周，怎么办呢？这时朋友鼎力相助，为我在长春市联系到一家医院。权衡利弊，我下决心把父亲送到长春的医院。我因为急着回单位上班，没有送父亲去医院，朋友从医院请来救护车把父亲接走。那一天，我看着远去的汽车，怎么会想到这是和父亲最后的一别呢？父亲去世后，每想到住院的情景，我都心如刀割。我虽然用种种解释为自己辩白，但我从来没有安定过，尤其想到父亲把自己的愿望存在心里，想到父亲怕儿子为难，宁可委屈自己，心里更加沉重。现在，我终于明白了，我之所以不安，是因为自己一直没有勇气把内心如实托出，一直为自己开脱。实际上我是不肯承认自己怕辛苦，不敢承认怕父亲来北京自己要东奔西走，托人情、找医院。今天，当我这样想，这样请父亲宽恕时，我心里终于好受一些了。

接到姐姐告急的电话，去火车站买票。因为是电话，说病危没有根据，不卖；想买一张站台票，进了站再说，但没有当日的票，不卖；到航空售票处，当日的票早售完了，最早也要一周之后……呜呼！叫天天不应，呼地地不灵，老父已在弥留之际，我却还在千里之外，不知如何上路！幸而朋友聪明，买了一张去西北的退票，用这张当日票买了张站台票，这才得以混入站内，踏上了北去归家的路。但这时已经太晚了，父亲在我登上车厢不久，已经等不及我了。

六年过去了，15年的痛苦使我明白了一个道理。人的一生并不就是一件事，并不只是工作，人生还有那么多真挚的东西，那么多动人的感情，这都是我们的宝贵财富，是能够让我们活得好、工作得更好的动力。父亲的一生没有壮烈的场面，也没有多少得意的时刻，任何地方也留不下他的名字，但父亲的去世，却最后给我留下了一笔遗产。这就是让我悟出了一个人生的道理：珍惜一切美好的东西，不要等到无法弥补的时候。

父爱昼夜无眠

尤天晨

父亲最近总是萎靡不振，大白天躺在床上鼾声如雷，新买的房子如音箱般把他的声音"扩"得气壮山河，很是影响我的睡眠——我是一名昼伏夜"出"的自由撰稿人，并且患有神经衰弱的职业病。我提出要带父亲去医院看看，他这个年龄嗜睡，没准就是老年痴呆症的前兆。父亲不肯，说他没病。再三动员失败后，我有点恼火地说："那您能不能不打鼾，我多少天没睡过安生觉了！"一言既出，顿觉野蛮和忤逆，我怎么能用这种口气跟父亲说话？父亲的脸那一刻像遭了寒霜的柿子，红得即将崩溃，但他终于什么也没说。

第二天，我睡到下午四点才醒来，难得如此"一气呵成"。突然想起父亲的鼾声，推开他的房门，原来他不在，不定到哪儿玩麻将去了，我一直鼓励他出去多交朋友。看来，虽然我的话冲撞了父亲，但他还是理解我的，这就对了。父亲在农村穷了一辈子，我把他接到城里来和我一起生活，没让他为柴米油盐操过一点心。为买房子，我欠了一屁股债，这不都得靠我拼死拼活写文章挣稿费慢慢还吗？我还不到30岁，头发就开始"落英缤纷"，这都是用脑过度、睡眠不足造成的，我容易吗？作为儿子，我唯一的要求就是让他给我一个安静的白天，养精蓄锐。我觉得这并不过分。

父亲每天按时回来给我做饭，吃完后就又出去了，让我好好睡。有一天，我随口问父亲，最近在干啥呢？父亲一愣，支吾着说："没，没干啥。"我突然发现父亲的皮肤比原先白了，人却瘦了许多。我夹些肉放进父亲碗里，让他注意加强营养。父亲说，他是"贴骨膘"，身体棒着呢。

转眼到了年底，我应邀为一个朋友所领导的厂子写专访，对方请我吃晚饭。由于该厂离我的住处较远，他们用车来接我。饭毕，他们又送我一套"三枪"内衣，并让我随他们到附近的浴室洗澡。雾气缭绕的浴池边，一个擦背工正在一具肥硕的躯体上刚柔并济地运作。与雪域高原般的浴客相比，擦背工更像一只瘦弱的虾米。就在他结束了所有程序，转过身来随那名浴客去更衣室领取报酬时，我们的目光相遇了。"爸爸！"我失声叫了出来，惊得所有浴客把目光投向我们父子，包括我的朋友。父亲的脸被热气蒸得水肿而失真，他红着脸嗫嚅道："原想跑远点儿，不会让你碰见丢你的脸，哪料到这么巧。"

朋友惊讶地问:"他真是你的父亲吗?"

我说是。我回答得那样响亮,因为我没有哪一刻比现在更理解父亲、感激父亲、敬重父亲并抱愧于父亲。我明白了父亲为何在白天睡觉了,他与我一样昼伏夜出。可我深夜沉迷于写作,竟从未留意父亲的房间没有鼾声!

我随父亲来到更衣室。父亲从那个浴客手里接过三块钱,喜滋滋地告诉我,这里是闹区,浴室整夜开放,生意很好,他已攒了一千多块了,"我想帮你早点把房债还上。"在一旁递毛巾的老大爷对我说:"你就是小尤啊?你爸为让你写好文章、睡好觉,白天就在这些客座上躺一躺,唉,都是为儿为女哟……"我心情沉重地回到浴池。父亲撇下老李头,不放心地追了进来。父亲问:"孩子,想啥呢?"我说:"我想为您擦一次背。"话未说完,就已鼻酸眼热,湿湿的液体借着水蒸气的掩护蒙上眼睛。

"好吧,咱爷俩互相擦擦。你小时候经常帮我擦背呢。"

父亲以享受的表情躺了下来,我的双手朝圣般拂过父亲条条隆起的胸骨,犹如走过一道道爱的山冈。

给父亲的借条

银存

我16岁离开家。

从此,就没有惦记过回去。我天生不太念旧,母亲说我心狠,我也以为是这样,我在过去的那十几年里真没把那间生养了我的屋子当回事,虽然里面有父亲和母亲。

26岁那年,我拿出十年的积蓄和丈夫注册了一家公司,没想到,就在丈夫坐火车去广州进货的途中,那凝结着我和丈夫10年汗水和泪水的钱被人给偷了。看着丈夫一脸落魄,靠在厨房的角落里闷头抽了一下午的烟,我不忍心再责怪他。公司已经开张了,而钱,却没了着落。

从没有处心积虑地考虑过钱的我开始四处张罗钱。

周围的朋友,有钱的挺有几个,平时关系也不错,喝酒吃饭从来不会忘了我们,在一起聊天吹牛那是经常的,麻将桌上更是张弛有度。本以为一个电话过去,就凭着平时的关系,区区几万块钱,还是小菜一碟的。可是想象是美好的,现实是残酷的,应了我丈夫那句话:咱是小庙里的菩萨——不会有多少香的。

确实,朋友之间是不能谈钱的,人家在电话那头支吾着,我就是傻,也知道那是推辞。

这时,窗外的天是暗的,就快天黑了。

半夜里,听风从窗外呼啸而过,刮得顶上的遮阳棚呼啦啦地响,和衣躺在床上,毫无睡意。想遍了周围的人,思量过后怕被再拒绝,实在丢不起那个脸了。最后只剩一条活路了:回老家问父母借。

第二天,搭上了回家的车,一路颠簸到乡上,然后步行四公里,乡间的土路雨天是泥泞,晴天是灰尘。没心情搭理村头狗的狂吠,也没心情欣赏田野里农人收割的喜悦。等我到了家门口,已经蓬头垢面。门开着,但家里没有人,隔壁婶子告诉我爸爸和妈妈在田里割稻子,要到中午吃饭的时候才回来。婶子说父亲临走的时候吩咐,要她等太阳出来的时候把我家的稻子担出来在场地上晒。婶子扬起簸箕,给我垒了小小的一担,我上肩,却怎么也挑不起来。婶子朝我笑笑,一窝身,挑到肩上,我跟上去,把担子里的稻子扬到场地上。婶子说:"你们现在的年轻人,肩膀嫩得很啦。"我心头一丝羞愧。

我问婶子,这几年的生活可好。婶子笑笑,答:"还好。"

我揪着的心放下了一半。

晚上,母亲特地为我做了几个不错的小菜,父亲拿出我带回来的白酒,破例父女俩对饮了几杯。饭后,母亲借口串门出去了。父亲盘腿坐在凉床上,架起水烟,呼噜了几口,然后望望我:"说吧,啥事?"

父亲太了解我了。

我坐在那里,望了望父亲,父亲已经老了,黝黑,干瘦,脸上橘子皮样的皱纹向下耷拉着,眼角有几道深深的沟，一直朝太阳穴的方向隐去。头发还是那么短，不过是白的多，黑的少，昏黄的灯光把他佝偻的影子在墙上勾勒的老长，老长……

父亲又用烟锅点了点我，有点不耐烦："说吧。"

我低头瞅着自己的脚尖。这么多年了，从来没向父亲开过口。总以为他把我养大已经不易，他都这么老了，我怎么再好意思开口？

我对父亲说："没事。就回来看看你。"

"有啥事就说，别闷在心里。啊，我还没死，啥事还能替你做主。"

"没事，就是好多年没回来，实在想看看你们，您别想岔了。我能有啥事啊？"

父亲又吸溜了一口，说："那好，多住几天吧。"

借口想出去转转，从家里逃了出来。到无人处，拿手机给丈夫打了个电话，告诉丈夫，我实在没办法向父亲开口。电话那头，半天没声音。

我又拨了个电话给婆婆，平时，她最疼她的儿子。现在他儿子遇到这点挫折，我想婆婆不会拒绝吧？电话打通，刚和婆婆说到丈夫的钱被偷了，婆婆那头就说起了现在他们老两口生活多么困难啊，况且我们已经分家另住了，还有就是手头有两个钱也还要防老啊之类的。孩子在她那放着，又没有收我们生活费啦。我没敢再开口，轻轻合上电话。

用袖子擦干不争气的泪，回转身，父亲就站在我身后……

至今，农村人还有个习惯：把现钱全藏家里。

母亲从缝着的枕头里面拆出来厚厚的一大沓票子，父亲沾着口水一张张清点着，100放一堆，50放一堆，然后是20块、10块、5块、2块、1块，还有许许多多的毛票。终了，他把自己衣服口袋里仅余的几块钱也给添兑了进去。我给他拿笔记着，一共是贰万肆仟陆佰叁拾玖元肆角。母亲拿过来一块头巾，把一堆钱裹了进去，塞进我皮包里。父亲说："娃，我就这么多了，你先拿去。剩下的，你俩也别着急，过几天我就给你送去。我还当是什么烦人事，不就是缺俩钱么，你老子没死，凭着张老面子，会有办法的。"

第二天，我告别父亲，回到城里。

以后的两天里，我和丈夫一筹莫展，我不知道父亲能给我多大的期望，虽然他说得轻松，但是50000块钱，对于大字都不识几个的老实巴交的农民来说，能是个小数目吗？

两天后的下午，父亲来了电话：钱已经借到了，一共30000，托村口的二伯给带了来，只要去汽车站拿了就行，自己就不过来了，路费得花上好几块，不划算。

如今，这么多年眨眼就过去了，父亲也越发老了。春节前头，和父亲商量，搬到城里和我们一起住。父亲摇头，说乡下清闲，自在，还有一帮老乡亲。

过年的那几天假期里，埋头在父亲的老屋帮他收拾东西，把他拾掇来的东西放整齐，不经意打开那积满灰尘的大箱子，却发现，箱底压着好几张借条，都已经泛黄了。忙问母亲家里还欠谁的钱，母亲呵呵一笑，说："这不还是当年你要钱的时候，你父亲问人家借的。后来，你们把钱还了，人家也把借条给你父亲了。你父亲就收了起来，你们不经常回来，你父亲有时候就念叨。人家外人说你对我们不好，你父亲就说：'咋不好呢，她生活难着呢，这不，当年还借了我这么些钱。等她日子好了，自然就回来了。'"

我忙背对母亲，抹去眼角的泪水。

这就是我的父亲，这么多年了，我没给过他什么，甚至他想念儿女的时候，也就是把当初的借条拿出来在他的那帮老兄弟面前炫耀一下，说明他的孩子还记挂着他，至少还会求到他。这就是一个做父亲的伟大。

我拿起笔，郑重地在父亲的借条后面又加上：今女儿借父亲壹佰万元整，用下半辈子对他和母亲的呵护来还。然后折叠起来，依旧放回原先的地方。

我对母亲说："我以后每个礼拜都会回来看你们的。"

母亲说:"别常回来,我们会厌你的,工作重要啊。"转瞬又说:"若是有空,那就回来。"

我笑笑,走出里屋,对正在门口和邻居唠嗑的父亲说:"妈让我以后别回来。"

父亲说:"啊?我这就找她算账去。"

我站在门口看着,笑着,很心安。

后来,和父亲闲谈的时候说起借条的事,父亲说:"那时候,本以为你心狠,不要我和你妈了。后来你回来,即使是借钱,我也觉得好,至少,你还是我的女儿,你为难的时候还能想到我这个当父亲的,还会想到你有这个家。保留那些借条,是自己安慰自己啊,怕你还了钱以后,又像以前一样没了踪影了。那些借条,让我和你妈还有个念头,还有个期望。别的不求,只期望你心里还有我们。"

现在,有时候单位加班,礼拜天回不了家,打电话给父亲。父亲就说:"你给我记清楚,你借我的钱,加利息有一百多万,你回家一趟,就算还一万,少回家一趟,就加一万利息,你自己看着办吧。"

我要还父亲的债。我庆幸给了父亲一百多万的希望,也希望他把利息涨高点,以后,我没饭吃的时候,天天去他那还债,还顺便带着孩子丈夫一起去蹭饭。

默读父爱

佚名

大凡读书人都知道,并不是所有的文章都像精美的诗歌和隽永的小散文,宜于饱含激情高声朗读。有一种文章于平淡质朴中却尽显博大和深厚,那种境地只能用心才能体味出来,譬如梁实秋、林语堂、钱钟书等笔下的文章。

这道理就像我的父亲,够不上载书立传,却足可以让我一生去用心默读的。

父亲故去已多年,却在我记忆深处清晰着。这么多年没父亲可叫了,心目中父亲的位置还留着,是没有人可以取代的。每每回到家,看着墙上挂着的父亲的遗像,心里便贪婪似的一声一声孩童般唤出"爸爸"二字来。那种生命中的原始投靠,让自己全然忘却了男人的伟岸和情感上固守的坚强。父亲埋在了乡下老家的小山上。每次回到故里,第一件事便是到父亲的坟头坐坐,那时心里便有了一种天不荒地亦不老的踏实,便以为是真正的两个男人坐在一起,不说话,思想却极尽开阔和辽远。那种默契,传递了父子之间彼此的一种放心和信赖。

父亲只是一个普通的工人,一辈子生活在乡下小镇上。他吃苦耐劳、忍辱负重的品格,铺就了平平淡淡、与世无争的一生。一如农人耕种的那一方稻田,又如供人饮用的一泓清水,父亲的生命里没有半点的风光和传奇。或许正是这样,朴实、敦厚的父亲成了我最真实和最可以膜拜的父亲。父亲不是书里的人物,他的一生只为自己的平凡而活,或者为自己担负的责任而活——比如为他深爱的儿女而活。父亲正是凭借了他的简单而实在的人生,在儿女心目中活成了父亲的样子,以致在他生前和身后,他投放在儿女感情上的重量,颇有类同于几分美国人可以不在乎国家总统,却用心拥戴自己的父亲一样的味道。

诉说我的父亲,无异于诉说一种平凡,而平凡,可以说是一种道不尽的绵长和琐碎。但如同说不尽春天,却可以细数春天里的微风、白云或草地……

我是父亲最小的儿子。"爹疼满崽"这句话,常常成了父亲爱的天平向我倾斜时搪塞哥哥姐姐们的托词。大概是在我10岁那年吧,我生病躺在了县城的病床上。一个阳光蛮好的冬日,我突发奇想,让父亲给我买冰棍吃。父亲拗不过我,便只好去了。那时候冬天吃冰棍的人极少,大街上已找不见卖冰棍的人。整个县城只有一家冰厂还卖冰棍。冰厂离医院足足有一华里地,父亲找不到单车,只好步行着去。一时半晌,父亲气喘吁吁满头大汗跑回来,一进屋,便忙不迭解开衣襟,从怀里掏出一根融化了一大半的冰棍,塞给我,嘴里却喃喃说道:"怎么会化了呢?见人家卖冰棍的都用棉被裹着的呢!"母亲看着这一幕,又好笑又心疼,点着我的额头责怪道:"你个小馋鬼,害你爸跑这么远还不算,大冬天把你爸棉袄浸个透湿,作孽啊!"而父亲在一旁看着美美吃着冰棍的我却爽朗地笑了。那一笑,直到今天仍是我时常回想父亲的契机和定格。

初二那年,我的作文得了全省中学生作文竞赛一等奖。这在小镇上可是开天辟地头一遭的事儿。学校为此专门召开颁奖会,还特地通知父母届时一起荣光荣光。父亲听到这消息,好几天乐得合不拢嘴,时不时嘴里还窜出一拉子小调。等到去学校参加颁奖会的那天,父亲一大早便张罗开了,还特地找出不常穿的一件中山装上衣给穿上。可当父亲已跨出家门临上路时,任性而虚荣的我却大大地扫了父亲的兴。我半是央求半是没好气地说:"有妈跟我去就成了,你就别去了。"父亲一听,一张生动而充满喜悦的脸一下子凝固了。那表情就像小孩子欢欢喜喜跟着大人去看电影却被拦在了门外一般张皇而又绝望。迎着爸妈投放给我的疑虑的眼神,我好一阵不说话,只是任性地待在家里不出门。父亲犹疑思忖了片刻,终于看出了我的心思,用极尽坦诚却终究掩饰不住的有些颤抖的声音说:"爸这就不去了。我儿子出息了就成,去不去露这个脸无所谓。谁不知你是我儿子呀!"其实,知子莫若父。父亲早就破译出了我心底的秘密:我是嫌看似木讷、敦厚且瘦黑而显苍老的父亲丢我的脸啊!看着父亲颓然地回到屋里,且对我们母子俩好一阵叮咛后关上了门,我这才放心地和妈妈兴高采烈地去了学校。可是,颁奖大会完毕后,却有一个同学告诉我:你和你妈风风光光坐在讲台上接受校领导授奖和全校师生钦羡的眼光时,你爸却躲在学校操场一隅的一棵大树下,自始至终注视这一切呢!顿时,我木然,心里漫上一阵痛楚……这一段令人心痛的情结,父亲与我许多年以后都一直不曾挑明,但我清楚地记得,那一个黄昏我是独自站在父亲凝望我的那棵树下悄悄流了泪的。

父亲最让我感动的是我17岁初入大学的那年。我刚入大学的时候,寝室里住了四个同学。每个人都有一只袖珍收音机,听听节目,学学英语,很让人眼馋。我来自乡下小镇,家里穷,能念书已是一种奢侈,自然就别再提享受。后来,与其说是出于对别人的羡慕,还不如说是为了维护自己的自尊,我走了60里地回到家,眼泪汪汪地跟父母说我要一只收音机。父亲听了,只知一个劲地叹气。母亲则别过头去抹眼泪。我心一软,只有两手空空连夜赶了60里地回到学校。

过了一段时间,父亲到学校来找我,将我叫到一片树林里,说:"孩子,你不要和人家攀比,一个人活的是志气。记住,不喝牛奶的孩子也一样长大。"

不喝牛奶的孩子也一样长大!我正掂量父亲的这句话,父亲从怀里掏出一样东西放在我手上。伸开手来,正是一只我心仪已久的袖珍收音机。事后才知道是父亲进城抽了500毫升血给换来的。"不喝牛奶的孩子也一样长大",就是父亲这句话,让我在以后的日子里一次又一次地找到了做人的自尊,也得以让我活出一个男人的伟岸。

父亲没能活到60岁便猝然病逝了。记得父亲临终的时候,他将枯槁的手伸向了我。我将手放在父亲的手心,他极力想握紧我的手,但已无能为力了。他努力的结果,却是让自己颓然地流下了两行清泪。这是我第一次看见父亲在儿女面前流泪。就在那一刻,还压根儿顾不上对父亲尽孝道的我终于发现:无论儿女多么自信、坚强,天下父母总希望能呵护他们一生的呵!是的,父亲虽然没能扶携和目送着我走更长更远的路,但父亲一生积攒的种种力量已渗透到我生命中来——我的生命只不过是父亲生命的另一种延续。

父亲一直活着。因为,在我的心里,父亲永远是一尊不倒的丰碑,更是我堪以默读一生的精神。

吊在井桶里的苹果

丁立梅

有一句话讲,女儿是父亲前世的情人。说的是做女儿的,特别亲父亲;而做父亲的,特别疼女儿。

　　我小时,也亲父亲。不但亲,还崇拜,把父亲当成举世无双的英雄一样崇拜。那个时候的口头禅是,我爸怎样怎样。仿佛拥有了那个爸,一下子就很了不得似的。

　　母亲还曾"嫉妒"过我对父亲的那种亲。一日下雨,一家人坐着,父亲在修整二胡,母亲在纳鞋底,就闲聊到我长大后的事。母亲问,长大了有钱了买东西给谁吃啊?我几乎不假思索脱口而出:"给爸吃。"母亲又问:"那妈妈呢?"我指着一旁玩的小弟弟对母亲说:"让他给你买去。"哪知小弟弟是跟着我走的,也嚷着要买给爸吃。母亲的脸就挂不住了,继而竟抹起眼泪来,说白养了我这个女儿了。父亲在一边讪笑,说小孩子懂啥。语气里却透着说不出的得意。

　　待到我真的长大了,却与父亲疏远了。每次回家,跟母亲有唠不完的家长里短,一些私密的话,也只愿跟母亲说。而跟父亲,却是三言两语就冷场了。他不善于表达,我也不耐烦去问他什么。无论什么事情,问问母亲就可以了。

　　也有礼物带回,却少有父亲的,都是买给母亲的,衣服或者吃的。感觉上,父亲是不需要装扮的,永远的灰色或白色的衬衫,蓝色的裤子。偶尔有那么一次,学校开运动会,每个老师发一件白色T恤,就挑了一件男式的,本想给爱人穿的,但爱人嫌大,也不喜欢那质地。回母亲家时,我就随手把它塞进包里面,带给父亲。

　　我永远忘不了父亲接衣服时的惊喜,那是突然间遭遇的意外啊。他脸上先是惊愕,而后拿着衣服的手开始颤抖,不知怎样摆弄才好。笑了半天才平静下来,问怎么想到买衣服给他的?

　　原来父亲一直是落寞的啊,我忽略了太久太久。

　　这之后,父亲的话明显多起来,乐呵呵的,穿着我带给他的衣服。三天两头打电话给我,闲闲地说些话,然后好像是不经意地说一句:"有空多回家看看啊。"

　　暑假到来时,又接到父亲的电话,父亲在电话里很兴奋地说:"家里的苹果树结了很多苹果,你最喜欢吃苹果的,回家吃吧。保你吃个够。"我当时正接了一批杂志约稿在手上写,心不在焉地回他:"好啊,有空我会回去的。"父亲"哦"一声,兴奋的语调立即低了下去,是失望了。父亲说:"那记得早点回来啊。"我"嗯啊"地答应着,把电话挂了。

　　一晃近半个月过去了,我完全忘了答应父亲回家的事。一日深夜,姐姐突然打电话来。姐姐问:"爸说你回家的,怎么一直没回来?"我问:"有什么事吗?"姐姐说:"也没什么事,就是爸一直在等你回家吃苹果呢。"

　　我在电话里就笑了,我说:"爸也真是的,街上不是有苹果卖吗?"姐姐说:"那不一样,爸特地挑了几十个大苹果,留给你。怕晒坏,就在井里用桶吊着,天天放井里面给凉着呢。"

　　心被什么猛地撞击了一下,我只重复说:"爸也真是的。"就再也说不出其他话来。井桶里吊着的何止是苹果,那是一个老父亲对女儿沉甸甸的爱啊。

奇迹的名字叫父亲

叶倾城

　　1948年,在一艘横渡大西洋的船上,有一位父亲带着他的小女儿去和在美国的妻子会合。

　　海上风平浪静,晨昏瑰丽的云霓交替出现。一天早上,父亲正在舱里用腰刀削苹果,船却突然剧烈地摇晃,男人摔倒时,刀子扎在他的胸口上,他全身都在颤抖,嘴唇瞬间乌青。

　　六岁的女儿被父亲瞬间的变化吓坏了,尖叫着扑过来想要扶他,他却微笑着推开女儿的手:"没事,只是摔了一跤。"然后轻轻地拾起刀子,很慢很慢地爬起来,不引人注意地用大拇指拭去了刀锋上的血迹。

　　以后三天,男人照常每晚为女儿唱摇篮曲,清晨替她系好美丽的蝴蝶结,带她去看天空的蔚蓝。仿佛一切如常,而小女儿尚不能注意到父亲每一分钟都比上一分钟更衰弱、苍白,他投向海平线的眼光是那样忧伤。

抵达美国的前夜,男人来到女儿身边,对女儿说:"明天见到妈妈的时候,请告诉妈妈,我爱她。"

女儿不解地问:"可是你明天就要见到她了,为什么不自己告诉她呢?"

他笑了,俯下身去,在女儿额上深深刻下了一个吻。

船到纽约港了,女儿一眼便在熙熙攘攘的人群里认出母亲,她大喊着:"妈妈!妈妈!"

就在这时,周围忽然一片惊呼,女儿一回头,看见父亲已经仰面倒下,胸口血如井喷,霎时间染红了整片天空……

尸解的结果让所有人惊呆了:那把刀无比精确地穿透了他的心脏,他却多活了三天,而且不被任何人知觉。唯一可能的解释是因为创口太小,使得被切断的心肌依原样贴在一起,维持了三天的供血。

这是医学史上罕见的奇迹。医学会议上,有人说要称它大西洋奇迹,有人建议以死者的名字命名,还有人说要叫它神迹……

"够了。"那是一位坐在首席的老医生,须发俱白,皱纹里满是人生的智慧,此刻一声大喝,然后一字一顿地说,"这个奇迹的名字,叫父亲。"

父亲的信念

佚名

我知道父亲是有信念的。

2006年10月,在从滨州医学院确诊回家的车上,当我踌躇难受而又不知道该如何开口的时候,对面的父亲轻轻地说:"做吧,我都知道了……"紧盯着父亲的我发现,父亲说话时两眼盈满了泪水,边说边缓缓地,缓缓地扭过头,朝向车窗外……好久,他才回过头来,"不要跟你娘说,她会受不了的,只要说第一次没做好就行了……我就是担心你娘……也是为了你……什么都不要说了,你爹我能想得开……"

我知道爹是能看得开的人,从小我就相信,可是我自己就是想不开。能那么想得开么,当一个人的生命跟"癌"这个字挂钩的时候!

心憋闷得难受,似乎有什么要呕出来似的。可是我不能哭,我是父亲的儿子。我的感觉告诉我,面对父亲时不能流泪,可是无论我再怎么坚持,那眼泪就像从地底喷涌的热泉一样,怎么也挡不住。我只好扭过头去,背向父亲,转而看着窗外。

二次手术后的父亲恢复得很好,虽然七天之内,他接连做了两次手术。术后第三天,父亲就不在医院待了,执拗地要走回家。开始,他要我陪着,仅仅是陪着。后来他干脆不跟我打招呼,独自在医院和家里之间来回奔波。因为工作的原因,我也不能长久地陪侍在父亲身边,每次回到单位后打电话过去,父亲都是很大声很响亮地说:"我没事,我忙着呢。"然后匆匆地,三言两语就挂掉了电话。

过完年,还没到正月十五,父亲就硬是离开我这儿回了家。"我得回家,我得把包出去的地都要回来,我非得让他们都看看,我的身体还好着呢!他们见了面就问我:'你挺好啊?'我是挺好,我就是挺好,他们还以为我怎么样了呢,我非得让他们看看!"

我拗不过父亲,我知道他的脾气。

这之后的四年多,父亲一个人种着玉米、小麦、棉花等五亩多的地,种、管、收,几乎全是他一个人,还要照顾患有血栓的母亲。每次我回家,他总会把他的米、面、菜、粮——凡是所有他认为我需要的东西,都塞满我的手我的车。

父亲的牙口很不好,剩了没几个,我每次回家总是劝父亲去镶一口好牙,甚至打电话叫牙医用车来接。

父亲坚决不去,只说:"我不用了,去不去一个样啊……"这几个字从父亲的嘴里说出来的时候,我感觉真的有些异样,尤其是那个拖长了音的"啊……"

3月8号，妹妹看过父亲后给我打来电话，说父亲近来很不好，动过手术的那半边都不好，左边耳朵几乎是全聋，左眼不停地淌泪，左鼻子也总是堵塞，左边的脖子上长了很多的疙瘩……我的脑袋"嗡"的一声顿时空了。莫非他的癌症转移了？扩散了？我不敢想下去了，马上给父亲打电话。他的声音明显比之前虚弱了，但还是坚持说着"我没事"。等到实在拗不过我时，他就说："就这么回事了，还花那个钱干啥……"

我问妹妹到底发生了什么事，为什么父亲变得如此消极。妹妹说，同村的一个人和父亲得了一样的病，手术做得比父亲晚，而且连做了两次，马上要做第三次，人都看着不行了，没事老是去找父亲聊……

我一下子紧张了起来。晚上，我上网查资料求医问药，向熟识的医护人员打听病情，猜想着种种的不幸……挨到清早，我拿上家里所有的现金，以及我和妻子的工资卡，急匆匆地跑回家拉上父亲就往医院走。

一路上，父亲几乎不说话，即使讲两句，也绝口不提自己的事。车里的空间小得很，我感觉压抑得难受，似乎整个天地的重量都压在了我的身上，头晕恶心得厉害——我以前从没晕过车的。

因为有熟识的人领着，到了滨州后我们直奔医院，来到医生的会诊室。父亲总是落在后面，好几次我不得不停下脚步等他，等他一级一级地上完楼梯。检查完身体后，医生的面色很和缓很平常，说："恢复成这样，这么长时间已很不错了。"

听完这话，我的心顿时悬紧了。进门诊之前的片刻，父亲把前几次的检查单据都拿了出来，让我们几个看，一次一次的，都整齐地按时间排好了顺序。虽然单子已经被手渍浸得纸片变了颜色，但纸张却不破不烂，折叠齐整。

"结果出来再说吧……"医生说。

排队，抽血，做B超。抽血时，我不在他身边，父亲跟我朋友说："我都六十多了，活到这份上也差不多了……"

化验结果得等近三个小时，这期间，我又带着他去做了B超。在B超室外等结果时，父亲一直站着，只和我朋友说些杂七杂八的事情。

拿到结果后，我的朋友——父亲非常信任的卫生院院长，抢先接过单子看了看，然后把单子放到父亲手上说："放心，叔，没事！"

父亲的眼睛立马就亮了，仔细地拿在手里验看了一番说："那先出去走走！"说完，他抬脚就走，我跟在后面。

到医院对面的街上陪父亲吃饭，父亲只要了两个包子一碗稀饭，一共两块五毛钱！

"就这稀饭，清得能照人，还要五毛？这包子，幸好没让你多要，一块钱一个，又小又难吃！"吃完后，我买了几瓶绿茶，父亲抢着付了钱，而我也没怎么坚持。多少让父亲花点钱，他会高兴一点儿。

再进出医院时，我都是跟在父亲身后。我就像牵在父亲手里的风筝一样，虽然飞得高了远了，虽然因风因雨而模糊了，虽然沉重不堪了，可是那根线，还是紧紧地牵在父亲手里。"我老是因为你的事睡不着觉……老了……又替不了你……"

最终的结果出来了，父亲一下子精神了很多。回家的路上，他兴奋地跟朋友聊了一路。十天后我回家，他还跟我说，朋友车的后座有问题，应该早点给拾掇拾掇。

当天晚上天气大变，大风降温，我给父亲打电话时，父亲正在田里浇水。那风大啊，一刮，人就一个趔趄……父亲啊，父亲！听着手机听筒里呼呼而过的风声，我的泪止不住地滚了出来……

父亲只需要一声问候

佚名

父亲老了，老得就像是掉光了叶子的树，孤独地在秋风中摇曳。在黄土地里摸爬滚打了大半辈子的父亲，斗大的字都不识几个，全部的希望都寄托在了我们兄弟身上。母亲走后，父亲累死累活，拼命地在土地里奋斗，终于供我读完了师范，将小弟送进了大学。由于劳累过度，刚过四十的父亲看起来就像个小老头。每当看到年迈的父亲，我心里总有一种莫名的痛。

师范毕业后，我没能顺利就业，只好南下打工，从此家里就剩下父亲一个人。一年之后，我有了手机，可每次打电话回家却很不方便。因为我家里穷，没有安装电话。于是，我每次都是先打到邻居家，然后再叫父亲来接。打的次数多了，邻居也不高兴，有时候即便打过去，邻居也懒得去叫父亲来接。而父亲给我打电话时，总要跑上10多里的山路，到镇上的公用电话亭去打。

这两年，家里的家境慢慢好了起来，经济也不再像之前那么拮据。农闲下来时，父亲就跟着别人走南闯北做点小生意，贴补家用。其实我知道，家里现在也不怎么用钱了，小弟办了助学贷款，生活费也花得不多。父亲只是一个人耐不住寂寞，不愿待在家里而已。好几次，我劝父亲给家里安一部电话，方便联系，可父亲就是推辞着不装。他说："现在我也时常不在家，电话给谁用呀？"

2008年春节，正好赶上雪灾，我没能回家过年。有一次上街，见到一家手机超市在春节期间搞活动，于是给父亲买了部手机寄了回去。没过多久，父亲打来电话，说他收到了手机，问我是不是花了很多钱。从声音听得出来，父亲很高兴。他让我在外小心一些，不要挂念家里。

自从父亲有了手机之后，我经常给他打电话，虽然彼此话不多。每次总是说不到两分钟，父亲便催着我挂电话，说长途太贵了。虽然每次给父亲打电话时总是重复着那几句话，可是我依然能够听得出，父亲每次都很激动，很开心。有时候打电话回去，父亲说话的声音会变得很响亮，我知道，这个时候他身旁一定有人。

有时候，父亲的电话响了半天后才能接通，我问父亲是不是因为手机的铃声太小而听不到，他笑着说："没有，声音挺大的。每次看到你打来电话，我觉得这手机的铃声都好听，于是就想着多听一下。"

有一次父亲给我打来电话，说以后让我给他发短信，这样可以节省一些话费。我笑着对父亲说："爸，你又不识字，发短信有什么用？""我可以让虎子（我侄儿）给我念呀！"他说道。我说："爸，反正也花不了多少钱，打电话方便些。"父亲停了一会儿，慢慢地说道："大娃，我知道你一个人在外面也很不容易，能省一毛就省一毛吧。我老了，啥也不图，只盼你们过得好一些。没事的时候打个电话回来问候一下，报个平安，我也就安心了……"

那一刻，我的心好痛，鼻子很酸，好想哭。

你是我最笨的学生

佚名

毕业后我留在北京教书，父亲闲着没事，便打电话托我买台电脑，他说他要和我视频聊天。我笑他都50岁的人了，对电脑一窍不通，可得专门请个老师才行。

父亲说："几年前你是我的学生，现在让老爸做你的学生好不好？"

我说："那老爸你得认真学，我可没时间手把手地教你。"

父亲呵呵笑着："那是当然，我得争取做闺女班里最聪明的学生，就像你给爸爸争了光一样。"

此后的每个周末晚上，我都被老爸硬拽到电脑前，起初是打长途教他申请到了QQ号，然后是终于让他学会了使用视频。但到这一步，父亲就有些懈怠，每日我扯着嗓子教他如何搜索资料、如何盲打、如何存储数据，他都一副懵懵懂懂的样子。我觉得自己所费的劲几乎比教班里最笨的学生还要多，但父亲的电脑知识却始终停在开着视频，对着话筒和我呵呵说笑的水平。

父亲似乎对自己的愚笨没有丝毫的察觉，他胖胖的脸在视频的镜头里，始终是心满意足地笑着。我说老爸你要实践啊，只是每个周末听我讲，之后一个星期就再也不摸电脑，那怎么行？父亲照例在视频里笑开了花,他说:"老爸其实很聪明的,姑娘你只要有点耐心,老爸肯定会飞速进步。"

我看着每一个指令需要我重复 N 遍才会低头操作,而后又一脸茫然的父亲,突然有点泄气,想究竟是自己这个老师不合格,还是父亲真的太笨,对这样先进的工具,完全不可能学会?

父亲所谓的进步,也只到能和我打字聊天为止。此后不管我怎样地努力,他都停在原地,再不会前进半步。隔壁的同事每每听到我声嘶力竭地在房间里吼,就知道我准是又在教父亲上网了。有一天她无意中笑着说:"对待笨的学生,冷落有时候比耳提面命的教导都管用的,为什么不试试呢?"

我欣然采纳,但父亲对我的这项政策显然有些不适应,没过一星期,他就撑不下去了,说姑娘你还是手把手地教教老爸吧,我这么一大把年纪,比不上你们年轻人。后来他见我无动于衷,终于急了,竟然开始和我冷战。我打电话给母亲,让她转告父亲,像他这么笨的学生,我还是第一次碰到,都三个月了,打字还像牛车的速度,照这样下去,我岂不是教他一辈子也教不会?

母亲听完我的抱怨,叹口气,小声说:"闺女,其实你爸哪有这么笨呀,他只是想多听你说说话罢了,他要是什么都学会了,还怎么能认你做老师?你每次在视频上那么不耐烦地朝他嚷,他都不急不躁,还笑说听你讲课,如沐春风。他花几千块钱,其实只是买了个能看见你模样的电话而已,他这么大年纪了,学会上网又能做什么呢?能和你面对面地聊天,对他来说,就已经是精通电脑了呀!"

我泪流满面地放下电话,原来我才是那个最笨的学生,笨到和父亲面对面,看见他温柔地冲喋喋不休的我笑啊笑都不知道他心里在想什么。他其实只是想看看千里之外的我,想看看他的女儿是不是还好好的,是不是还像他想念我一样,将他放在心里最温暖的地方。

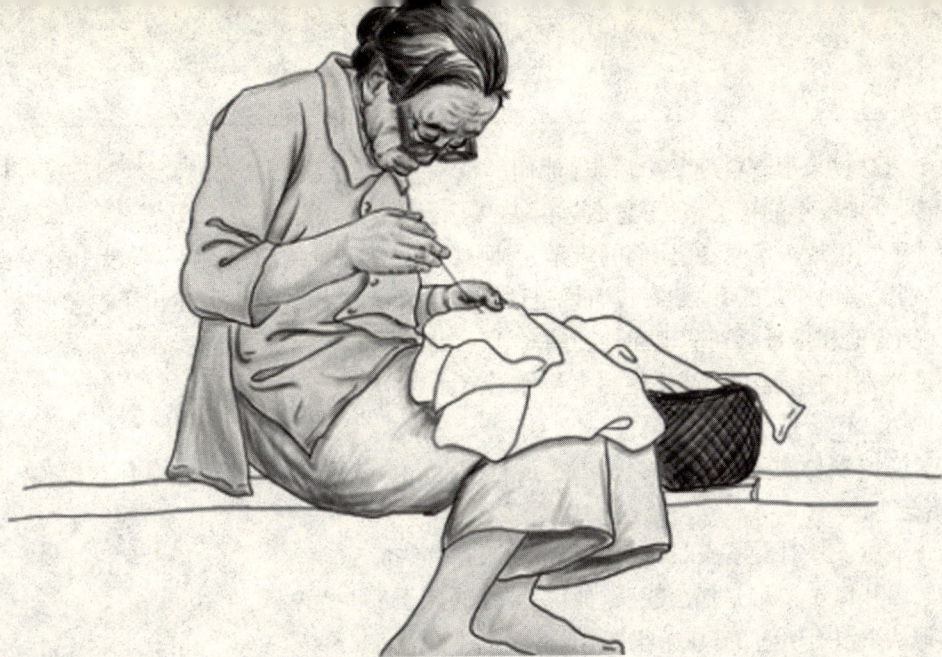

第二章
慈母手中线,游子身上衣

从此,你是我们的小女人

童话

一

小时候,他觉得她没出息。她瘦小,胆子也小,没一点儿主心骨,家里大事小事都要父亲拿主意。外面的活儿是父亲的,家里的家务事她也干不好,连饭都做不可口。如果没有农活,父亲干脆连饭都做了。他觉得,她和他们一样,都像父亲的孩子,父亲不仅照顾他们,还得照顾她。

有一天,邻居家女人找上门来,因为哥把人家孩子打了。

面对邻家女人的气势汹汹,她完全傻了,当时就他和她两个人在家。她慌里慌张地推着他去找父亲,一边推他一边朝后缩着身体。倒是他,挺着小胸脯,瞪着女人质问:"谁让你儿子欺负我了?我哥打他,活该。"

女人的怒气更大,冲着她大喊大叫,她吓得一句话都说不出来,站在那里快要哭出来了,用眼神求着他去找父亲。

父亲回来,三言两语把事情摆平,还跟那女人说:"以后再有这样的事,别上家里找了,你找我,我收拾他。"

好在有事事能定夺的父亲,地种得好,又有手艺,农闲时组个建筑队,十里八乡地给人盖房子。但父亲从不走很远,每天再晚也要回家。

二

他以为日子会一直这样过下去。可是在他13岁那年,父亲因为车祸离开了人世。

那年他读初一,哥哥读高一。

他和哥哥哭哑了嗓子,哭得昏天黑地,年少的心,疼痛而绝望。

亲戚乡邻赶过来帮着料理父亲后事,他们的口气几乎一致,带着无限同情和无奈:一个这样的女人,带着两个未成年的孩子,日子怎么过下去?

他这才下意识地去留意她,他们的母亲,在刚得到父亲出事的消息时,一声没出就晕倒在地上。之后,在送别父亲的那三天,她始终没有说过话。40岁不到的她,一夜间,生出了参差白发。

那天晚上,他和哥哥听到了她和外婆的对话。

外婆说:"别让栓子念书了,让他回来帮你干活。"

她不说话。栓子是哥的名字。

外婆又说:"农村的孩子,念那么多书也没有用,再说,就算考上大学,你拿什么供他?孩子大了懂事了,不会怨你……"

他和哥下意识地对看了一眼,他看到,哥的眼神有些慌乱。

她却忽然开口了:"可是他会怨我,他说,要让俩儿子都上大学。"

那是他从来没有听过的口吻,很轻,但是很坚决。

她说:"我能供他们,我能行。"

哥转头对他说:"柱子,我不念书了,你好好念,以后考大学。"

他心里难受极了,不知道该说什么。这时他听见她说:"我一定能行,我不能让孩子退学,他们读到哪儿,我就供到哪儿。"

他和哥又对看一眼,哥先哭了,然后,他也哭了。

那天晚上,他依稀感觉到有人走进来,在他和哥睡觉的小屋里坐了好久。早上醒来,他听见哥说:"我做梦梦见妈进咱屋了,坐了好半天。"他说:"我也是。"

三

安葬父亲后的第三天。按家乡风俗,她带着他和哥去给父亲上坟。

她要他和哥在父亲坟前跪下。她说:"跟你们爸说一声,你们会好好念书,会考上大学,考到你爸说的省城里的大学。"

他先说了。哥却没开口。

她说:"栓子,跟你爸说,你爸听得见。"

哥忽然回过头:"妈,我不念书了,我跟你一起种地供弟弟。"

"不行!"她厉声说。

"妈,你就让我退学吧。"哥的声音有些轻颤,"我不想上学了,我早就上够了。"

他没想到,从来没有动过他们一个手指的她,忽然抬手给了哥一巴掌。

那一巴掌,他愣了,哥也愣了。她却神情平静:"如果你们谁不好好上学,谁要退学,你爸不会原谅你们。"

四

她真的没有让哥退学,甚至不准哥每个星期天都回来。她要哥在学校复习功课。

他读初一,每天一放学,匆匆就往家跑,他不知道没有了父亲的家变成什么样子。

那天回到家,门锁着。他不知道她去了哪里,打开门,看到院子很清洁,几只鸡被网在南墙边的空地上,柴堆旁有刚下的两只鸡蛋。猪圈里的猪许是饿了,用力拱门。角落里堆着劈好的木柴,横在中间的铁丝上,晾着洗好的衣服……一切,都和父亲在的时候一样。

他推开屋门,闻到刚蒸好的馒头的香味。然后,他听见了她在外面喊他的名字。

她回来了,瘦小的身体扛着很长很重的锄头,胳膊上还挎着竹篮,里面是新鲜的青菜。她头发有些乱,衣服上有土,脸上有汗。

"妈,地不刚锄过?"他过去接她肩上的锄头。她笑笑:"草长得快,你爸说过,三天不锄草,草就会比庄稼高……你等我把猪喂上咱就吃饭。"她说着飞快进了西屋,然后拎出一桶猪食——那么大那么重的桶，父亲在时，她从来没有拎过。

他赶紧过去帮忙。她推开他："脏，快洗手去盛菜，菜在锅里热着。"他看着她的背影，熟悉而陌生的背影，呆了片刻。

那天吃过饭，他做功课，她在旁边编那种玉米皮的工艺包。那是她跟着村里其他女人揽的活儿，编一个包可以赚五块钱手工费。她的动作很快很利落，却很安静，只有轻微的声音。

把所有功课做完，已经很晚，她催他去睡觉。他答应着去睡了，半夜醒来，看见外屋灯还亮着，他悄悄打开门，她还在那里干活。

他又悄悄退回到床上，忽然觉得心里很踏实，好像父亲并没有走，而她坐在那里，只是在等父亲回家。

五

没有了父亲的家，她开始承担起父亲曾经做过的一切。庄稼茂盛地生长着，家里的猪下了一窝猪崽，她编包赚的钱存在一个存折上，从来没有动过。那些鸡和鸡蛋是他和哥最好的营养品，将他们养得高大健壮。

他和哥好像忽然都长大了，只要回家，就拼命帮她干活，但很多时候她都不允许，她只让他们念书。

她变得无比倔强，难以说服。只是她很快苍老下去，40多岁的女人，皮肤粗糙，面容黝黑，白发越来越多。

有一次，他周末回来，意外地看到她的额头上有一道清晰的血痕。

他问她，她说是不小心磕到了，后来他才知道，是因为她和别人打架了，一个喝醉酒的男人不怀好意地在一天晚上敲家里的门，并在门口乱喊乱叫。她拎着菜刀就出去了，把男人追得很远，挥刀的时候不小心碰到了额头。

他没听完就跑进厨房摸出刀来就朝外跑——他要去找那个男人报仇。

他根本没想到她可以跑那么快，有那么大的力气，三两下就夺下了他的刀。

他喊着："妈，我要杀了他。"

"混账话。"她攥紧他的手腕，把他扯回了家，并严厉地警告他，这件事不许告诉你哥。然后她把一碗红烧肉端到他面前："吃吧，长成男子汉，就没人敢欺负你妈了。"

他赌气一样大口朝嘴里塞肉，塞着塞着就被噎住了，趴在桌上哭了。她伸过手去揉他毛茸茸的短发："放心，以后没有人敢欺负妈。妈有俩儿子呢。"

他哭得更厉害了。

六

这以后，他更加努力念书，回家，即使她不让，他也偷偷地帮她干活。

外婆和舅妈来过几次，都是劝她再嫁。邻村有个木匠，手艺好，家里也富裕，只是腿脚不好，一直没娶上媳妇。外婆说："不管怎样，能帮你养孩子……"

她们说什么，她都两个字：不嫁。

慢慢地，没有人再来说什么。她就那样带着他和哥一天天过了下去，以父亲的坚强，甚至比父亲更加坚强。

两年后，哥考上大学时，他考上了县城的重点高中。三年后，他也考上了大学，和哥同一所学校，是省城最好的大学。

那是父亲离开的第五年，开学的初秋，哥带着他去学校，她站在门口，送他俩走。她只站在门口，多一步都不再朝前迈，脸上带着笑，口气很轻松："走吧走吧，都走了，妈就省心了。"

他和哥，却好久迈不出自己的脚步。

18岁的他已经懂得，柔弱的她在父亲离开后，几乎是在一瞬间聚集起了一个母亲全部的坚强，把自己变成了一棵坚实大树——而这棵"大树",不及他的肩膀高,腰身微微弯曲,消瘦并苍老,似乎将要枯萎倒下。

眼泪蒙住了他的眼睛,他忽然再也忍不住,冲过去一把将她抱拥在怀里,喊了声妈,就再也说不出话,只是收紧了自己的手臂。然后,他感觉到哥在身后抱住了他和母亲,哥也用了很大的力量。而母亲柔弱的身体在他们兄弟俩的怀抱里微微颤抖。

此时,他们都在用同一种方式传递给母亲爱。他知道,那是他们此刻一样的意愿:从此以后,要用所有的爱回报她,保护她,让她重新做回那个柔弱的只懂得依赖的女人;从此以后,她是他们必须要全力宠爱的小女人。他们要成为她的大树,让她依靠。

他知道,他们做得到。

来生,我还要做你的女儿

江边

我八岁的时候,父亲就不在了。父亲一走,我的快乐也跟着他不见了。母亲整天以泪洗面,家里所有跟父亲有关的东西都被姥姥收起来了。因此我偷偷地藏了一张全家福,每天睡觉前都要拿出来看上好一会儿,有时候还哭着对着父亲说话……后来我对母亲说,我们都想父亲,就把父亲的照片挂起来吧。那张全家福被母亲放大后,挂在我们家最显眼的地方……

在我十二三岁的时候,我感觉到母亲好像不像以前那样关心我了。星期天经常把我送到姥姥家,起初我并不当回事儿,可是几次以后我就明白了,原来她是撇下我"处对象"去了。

知道这个秘密之后,我偷偷地哭了好几天。母亲把那个人领回我们家的时候,让我叫他刘叔,我甜甜地叫了。

母亲很高兴,直夸我懂事,她肯定觉得我也像她一样喜欢那个刘叔。可是我的表演才刚刚开始。

母亲心里的喜悦快要装不下的时候,我心中的恨意却越积越多。家里那张大的全家福已经被母亲摘下来了。我拿出那张小的全家福,一脸天真地递给刘叔:我妈说,像我爸那么好的人全世界都找不到一个。他虽然死了,可是我们一辈子都不能忘记他,他永远活在我们心中……我把在课文里学到的话都用上了。母亲的脸色变了,想说什么,可是张了张嘴,一句话也没说。

我以为我终于用这种办法赶走了想抢走我母亲的人。

一天,母亲说要带我去公园。我太兴奋了,自从父亲去世后,我就没去过公园。我换上漂亮的衣服,拉着母亲的手,想象着另一边是父亲的手。刚到公园门口,有个人迎面向我们走过来,我一看,脑袋嗡地响成一团,刚刚还热乎乎的心一下子沉到了冰水里,走来的那人是刘叔。

母亲是想让他陪我逛公园,他是想占了我父亲的位置!我的眼泪在一瞬间冲出了眼眶……

从此,我的恐惧一天比一天厉害,从一味地恨母亲,到小心翼翼地对她,生怕我得罪了她,她真的会离我而去。最后,我又偷偷地监视母亲,她上哪儿我就上哪儿,除了上学,我从不离开她一步。有时候,我会在梦里哭着喊爸爸,每次醒来,我都看见母亲在黑暗中坐在我床边,握着我的手,轻轻给我擦眼泪……

母亲慢慢看出了我屡次捣乱的意图,想了再想,就决定不再和刘叔来往。她把自己的决定告诉了刘叔,刘叔平静地说再等几年吧,孩子长大了就不会这样了。有些细节我没注意到,其实刘叔一直没停止过关心我,以我家的条件,母亲是做不到常给我买新衣服的,可是我还是能够常常穿上漂亮的衣服,我不知道,这都是刘叔给我买的……

刘叔等了母亲六年,在我上大学那年,他和别人结婚了。

母亲生命中剩下的十几年时光,几乎都是在郁郁寡欢中度过的。大学毕业后,母亲催着我赶快结婚,说一个女孩子最重要的就是找到一个好丈夫。我想,也许有一个小孩能让她的生活充实一些?

我结婚了,很快有了女儿,母亲整天围着我的女儿转,在她忙碌的身影后,我还是能感到她内心的寂寞。思来想去,我决定为母亲找一个伴儿。

母亲听了我的想法只是笑了笑:不知道你还记不记得你刘叔,妈也不怕你笑话,十几年了,妈一天也没忘记他。在妈心里,除了你爸爸,谁也比不上你刘叔,在咱们最困难的时候他那么不图报答地帮咱们……你刘叔虽然没跟我们生活在一起,可只要他不死,妈就觉得他还在妈身边……

如果当时有把刀在我手上,我会毫不犹豫地捅了自己;如果母亲骂我打我,我的痛苦也会减轻一些;如果时间可以倒流,我拿出女儿的全部温柔,让母亲享受天下的欢乐……可这一切都是不可能的了。

去年春天,母亲得了癌症,我们再三劝说,她也不肯去医院。她一直很平静,即使到了后期最痛苦的时候,她也是咬着牙挺着。母亲熬了大半年,终于走了,走的时候,我看见她好像一点痛苦都没有,似乎还笑了一笑。

几个月来,我常常在梦中看到母亲和刘叔的身影,奇怪的是我居然一次都没梦到过父亲,我不知道自己是不是在心里已经把刘叔当成自己另外一个父亲了。每次从梦中醒来,我都会发现自己泣不成声……

母亲节快到了,那天,我会带一束粉红色的康乃馨去看望母亲,那是母亲最喜欢的颜色。如果母亲地下有知,她肯定会听到一个忏悔的女儿的声音:如果有来生,我还要做你的女儿,做一个能让母亲幸福的女儿。

梅花毛线衣

毛汉珍

18岁那年,他因为行凶伤人,被判了六年。从他入狱那天起,就没人来看过他。母亲守寡,含辛茹苦地养大他,想不到他刚刚高中毕业,就发生这样的事情,让母亲伤透了心。他理解母亲,母亲有理由恨他。

入狱那年冬天,他收到了一件毛线衣,毛线衣的下角绣着一朵梅花,梅花上别着窄窄的纸条:好好改造,妈指望着你养老呢。这张纸条,让一向坚强的他泪流满面。这是母亲亲手织的毛线衣,一针一线,都是那么熟悉。母亲曾对他说,一个人要像寒冬的腊梅,越是困苦,越要开出娇艳的花朵来。

以后的四年里,母亲仍旧没来看过他,但每年冬天,她都寄来毛线衣,还有那张纸条。为了早一天出去,他努力改造,争取减刑。果然,就在第五个年头,他被提前释放了。

背着一个简单的包裹,里面是他所有的财物——五件毛线衣,他回到了家。家门挂着大锁,大锁已经生锈了。屋顶,也长出了一尺高的茅草。他感到疑惑,母亲去哪儿了? 转身找到邻居,邻居诧异地看着他,问他不是还有一年才回来吗? 他摇头,问:"我妈呢?"

邻居低下头,说她走了。他的头上像响起一个炸雷,不可能! 母亲才四十多岁,怎么会走了? 冬天他还收到了她的毛线衣,看到了她留下的纸条。

邻居摇头,带他到祖坟。一个新堆出的土丘出现在他的眼前。他红着眼,脑子里一片空白。半晌,他问妈妈是怎么走的? 邻居说因为他行凶伤人,母亲借了债替伤者治疗。他进监狱后,母亲便搬到离家两百多里的爆竹厂做工,常年不回来。那几件毛线衣,母亲怕他担心,总是托人带回家,由邻居转寄。就在去年春节,工厂加班加点生产爆竹,不慎失火。整个工厂爆炸,里面有十几个做工的外地人,还有来帮忙的老板全家人,都死了。其中,就有他的母亲。

邻居说着,叹了口气,说自己家里还有一件毛线衣呢,预备今年冬天给他寄出去。

在母亲的坟前,他捶胸顿足,痛哭不已。全都怪他,是他害死了母亲,他真是个不孝子! 他真该下地狱!

第二天,他把老屋卖掉,背着装了六件毛线衣的包裹远走他乡,到外地闯荡。

时间过得很快,一晃四年过去了。他在城市立足,开了一家小饭馆,不久,娶了一个朴实的女孩做妻子。

小饭馆的生意很好,因为物美价廉,因为他的谦和和妻子的热情。每天早晨,三四点钟他就早早起来去采购,直到天亮才把所需的蔬菜、鲜肉拉回家。没有雇人手,两个人忙得像陀螺。常常,因为缺乏睡眠,他的眼睛红红的。

不久,一个推着三轮车的老人来到他门前。她驼背,走路一跛一跛的,用手比画着,想为他提供蔬菜和鲜肉,绝对新鲜,价格还便宜。老人是个哑巴,脸上满是灰尘,额角和眼边的几块疤痕让她看上去面目丑陋。妻子不同意,老人的样子,看上去实在不舒服。可他却不顾妻子的反对,答应下来。不知怎的,眼前的老人让他突然想起了母亲。

老人很讲信用,每次应他要求运来的蔬菜果然都是新鲜的。于是,每天早晨六点钟,满满一三轮车的菜准时送到他的饭馆门前。他偶尔也请老人吃碗面,老人吃得很慢,很享受的样子。他心里酸酸的,对老人说,她每天都可以在这儿吃碗面。老人笑了,一跛一跛地走过来。他看着她,不知怎的,又想起了母亲,突然有一种想哭的冲动。

一晃,两年又过去了,他的饭馆成了酒楼,他也有了一笔数目可观的积蓄,买了房子。可为他送菜的,依旧是那个老人。

又过了半个月,突然有一天,他在门前等了很久,却一直等不到老人。时间已经过了一个小时,老人还没有来。他没有她的联系方式,无奈,只好让工人去买菜。两小时后,工人拉回了菜,仔细看看,他心里有了疙瘩,这车菜远远比不上老人送的菜。老人送来的菜全经过精心挑选,几乎没有干叶子,棵棵都清爽。

只是,从那天后,老人再未出现。

春节就要到了,他包着饺子,突然对妻子说想给老人送去一碗,顺便看看她发生了什么事。怎么一个星期都没有送菜?这可是从没有过的事。妻子点头。

煮了饺子,他拎着,反复打听一个跛脚的送菜老人,终于在离他酒楼两个街道的胡同里,打听到她了。

他敲了半天门,无人应答。门虚掩着,他顺手推开。昏暗狭小的屋子里,老人在床上躺着,骨瘦如柴。老人看到他,诧异地睁大眼,想坐起来,却无能为力。他把饺子放到床边,问老人是不是病了。老人张张嘴,想说什么,却没说出来。他坐下来,打量这间小屋子,突然,墙上的几张照片让他吃惊地张大嘴巴。竟然是他和妈妈的合影!他5岁时,10岁时,17岁时……墙角,一只用旧布包着的包袱,包袱皮上,绣着一朵梅花。

他转过头,呆呆地看着老人,问她是谁。老人怔怔地,突然脱口而出:儿啊。

他彻底惊呆了!眼前的老人,不是哑巴?为他送了两年菜的老人,是他的母亲?

那沙哑的声音分明如此熟悉,不是他母亲又能是谁?他呆愣愣地,突然上前,一把抱住母亲,号啕痛哭,母子俩的眼泪沾到了一起。

不知哭了多久,他先抬起头,哽咽着说看到了母亲的坟,以为她去世了,所以才离开家。母亲擦擦眼泪,说是她让邻居这么做的。她做工的爆竹厂发生爆炸,她侥幸活下来,却毁了容,瘸了腿。看看自己的模样,想想儿子进过监狱,家里又穷,以后他一定连媳妇都娶不上。为了不拖累他,她想出了这个主意,说自己去世,让他远走他乡,在异地生根,娶妻生子。

得知他离开了家乡,她回到村子。辗转打听,才知道他来到了这个城市。她以捡破烂为生,寻找他四年,终于在这家小饭馆里找到他。她欣喜若狂,看着儿子忙碌,她又感到心痛。为了每天见到儿子,帮他减轻负担,她开始替他买菜,一买就是两年。可现在,她的腿脚不利索,下不了床了,所以,再不能为他送菜。

他眼眶里含着热泪,没等母亲说完,背起母亲拎起包袱就走。

他一直背着母亲，他不知道，自己的家离母亲的住处竟如此近。他走了没二十分钟，就将母亲背回家里。

母亲，在他的新居里住了三天。三天，她对他说了很多。她说他入狱那会儿，她差点儿去见他父亲。可想想儿子还没出狱，不能走，就又留了下来！他出了狱，她又想着儿子还没成家立业，还是不能走；看到儿子成了家，又想着还没见孙子，就又留了下来……她说这些时，脸上一直带着笑。他也跟母亲说了许多，但他始终没有告诉母亲，当年他之所以砍人，是因为有人污辱她，用最下流的语言。在这个世界上，怎样骂他打他，他都能忍受，但绝不能忍受有人污辱他的母亲。

三天后，她安然去世。医生看着悲恸欲绝的他，轻声说，"她的骨癌看上去得有十多年了。能活到现在，几乎是个奇迹。所以，你不用太伤心了。"

他呆呆地抬起头，母亲，居然患了骨癌？

打开那个包袱，里面整整齐齐地叠着崭新的毛线衣，有婴儿的，有妻子的，有自己的，一件又一件，每一件上都绣着一朵鲜红的梅花。

包袱最下面，是一张诊断书：骨癌。时间，是他入狱后的第二年。

他的手颤抖着，心里像插了把刀，一剜一剜地痛。

梦里依稀慈母泪

苗棚

母亲离开我们整整40年了。

近日，我翻阅了哥哥当年寄给我的几封家书，查看了我当时写下的日记，怀念母亲的心绪再次被激起来。

40年前，我还在北京大学读书，母亲病重时我无法守护在她身旁，去世时也无法为她送终。为此，我常常感到痛苦。40年来，母亲的音容笑貌无时不浮现在我的脑海中，一个普通农家妇女的形象久久挥之不去。

母亲姓何叫等娘，出生在粤东客家山区。她三岁就来到我们家当童养媳，六岁起就开始做家务，以后逐渐成了家中的主要劳动力。在我看来，一生中对母亲打击最大的莫过于我父亲客死泰国了。在旧社会，广东福建很多穷人的孩子因生活所迫，不得不漂洋过海侨居海外。我父亲于1939年在我出生前便去了泰国东北小镇做小生意。我母亲总是盼望着能重新见到父亲的一天。然而，等呀等呀，20年过去了，等来的却是噩耗。记得那是1958年夏天，泰国一位乡亲来信了。信里说，我爸因急病送医院抢救无效而辞世，希望我们节哀。我妈顿时晕倒了过去，好久好久才缓过气来。

母亲勤劳一生，辛苦一生，在她身上体现了客家妇女勤劳刻苦的传统美德。由于父亲常年侨居海外，母亲上要孝顺年老的祖父祖母，下要养育我们弟兄，一切繁重的农活都由她承担。解放前，我家无田可耕，只是代耕华侨留下的几块山田。山田离家有4里多路，我母亲经常一个人到那山上去耕种，早去晚归，中午没饭吃，照样干。有时我看到天色晚了，母亲还未回来，便点个火把去路上等她，她又高兴又心疼，安慰我说："没事，妈干完了活就会回来的。"有时我没吃晚饭就趴在地上睡着了，母亲回到家，顾不上歇息，马上给我煲粥煮咸菜。饭做好了，她匆匆扒了几口，碗筷一放，又挑水浇菜去了，回来又得喂猪和准备猪饲料，到忙完已是晚上10点多钟了，此时我已进入了梦乡。

解放后，哥哥参加了工作，结了婚，我也上学了。母亲脸上有了笑容，说共产党来了，我们穷人才能出人头地，当家做主人。她干活更有劲了，为了集体，为了子孙，她从未闲过一天。村里人选她当生产队长，她说，她没有文化，当不好。话虽这么说，但她每天还是带头出工干活，把队里的农活安排得井井有条。记得在三年困难时期，我偶尔到阁楼上翻东西，赫然发现谷坛里装着上百斤稻谷。我问："妈，现在家里吃糠咽菜饿肚皮，坛子里的谷为啥不拿来吃呀？"妈听了一本正经地说："那是生产队的谷种，一粒都不能动！"我想了想，又说："那我们先借来吃，等以后有了谷子再还回去，又不会有人知晓。"

妈一听就有点火了："公家的就是公家的,我们不能做对不起大家的事。"母亲当过劳动模范、人民代表、牧牛模范,她总认为,有了共产党才会有今天,要我们兄弟俩听党的话,好好工作和读书。

由于长年累月拼命干活,母亲的身体健康每况愈下,病魔缠身。1964年发现她得了癌症时,已是晚期,到5月便离开了人世,享年才55岁。乡亲们感于母亲的为人,那天前去送葬的人很多。哥哥写了挽联:"生我够劳悲莫极,亲朋来吊痛难酬。"给母亲起的谥号为"勤睦",以纪念母亲毕生勤劳刻苦,待人和睦。

40年过去,弹指一挥间。我们兄弟亲如手足,同甘共苦,以抚育子孙为己任,从未提起过分家之事。我来深圳工作已经20年,为特区建设尽了一分力。然而这大好时光,家庭好景,母亲再也看不到了。逢年过节,我们总要到母亲墓前拜祭,母亲的容颜永远在我们心中。

母爱没有具体的内容

胥加山

有个女孩,她生性胆小,见到毛毛虫也会吓得大喊大叫,更不必说宰鸡杀鸭、走夜路了。然而,有一个人走进女孩的世界里,她奇迹般地胆大起来。女孩婚后两年,度完了三个月的产假期,又回到了车间上三班倒。产后第一次上夜班,丈夫怀抱婴儿看看室外漆黑的夜,用商量的口气说:"让孩子一个人在家睡一会儿,我送你上班!"她一口回绝:"不,你照看宝宝,我自己走!"说完旋风似的推着车出门了。午夜,路上行人极少,她骑车飞快,脑中早忘了做姑娘时的胆怯。开门进家时,丈夫惊讶地问:"夜这么深了,你怎敢一个人回来啦!""想到要给儿子喂奶,什么也不觉得怕了!"

丈夫出差,他们请了个保姆,一个十八九岁的小姑娘。她需要催乳,就叫小保姆买回只鸡。鸡买回来了,小保姆磨蹭了半天,鸡还扑着翅膀。小保姆哭丧着脸对她说:"我从来没杀过鸡!"看着小保姆宰鸡担惊受怕的样子,她笑了,三下五除二杀了鸡。她把杀好的鸡递到小保姆手中,笑嘻嘻地说:"总有一天,你会胆大起来的!"

这个曾经胆小的女孩就是我的妻子。

有一对年轻的农民夫妇,为了让儿子受更好的教育,他们一家搬到乡镇租了一间房子,儿子就读于全镇最好的一所学校。丈夫跟一家装潢公司到外地打杂,妻子则在家洗烧缝补料理家务。然而丈夫挣的钱是有限的,支付儿子的学费和家庭开支十分吃劲。于是妻子趁儿子上学的时间,摆个小摊卖起蔬菜。一天,妻子发现镇上的人十分爱吃泥螺,于是趁儿子星期天,她回老家罱了两麻袋的泥螺,骑着自行车,连夜驮到镇上。第二天一早,她的泥螺卖得很快。她把挣回的钱,像镇上人那样特意为儿子订了一份牛奶。儿子喝到鲜牛奶,幼稚地对她说:"妈,真好喝,如果能天天喝上有多好啊!"一下子,她摸着儿子的脑袋,双眼有些湿润了。又一天,她听人说离镇50里外有个村专门罱泥螺供蟹塘用,听说罱到大的全扔掉了,因为蟹塘要小的供蟹吃。于是她利用一个下午专程骑车去打听,果真如此。于是,她向罱泥螺的村民说明了她的想法,村民一口同意。接下来,每天晚上,儿子做完作业上床熟睡后,她一人悄声离家,骑车到50里外批发泥螺。200斤的泥螺骑回来已是午夜1点多钟,她累得浑身像散了架,可一想到儿子喝牛奶的可爱相,她的疲意顿时化为乌有……

这个年轻的农村妇女就是我的姐姐。

有一个中年农村妇女,她的28岁的儿子去年春天相上了一个对象,她高兴得直掉眼泪。在农村,28岁的青年男子再找不到对象,这意味着日后必定光棍一条,这难怪她乐得直掉眼泪。不过女方家也是有条件的,结婚前,必须砌上三间大瓦房,而且房子还要砌在居民点上。原来女方嫌她的房子在舍上,不够热闹。她犯愁了,砌三间瓦房的钱,东凑西借还能凑合,可砌到新宅地上,哪来这么多钱呀!虽说这几年儿子在外打工也挣了点钱,可对于迁址建房相差甚远。于是她苦思冥想了一夜,第二天就为儿子的新房奔波了。

她先找村长,好说歹说,村长出于同情,同意了一块宅地,说是照顾大龄青年。有了宅地,还要填土加高,若是出钱请人至少要4000元,她实在舍不得,更何况,建房要钱,儿子彩礼要钱……

接下来的日子,人们发现她一连4个月独自一人挑泥上船再撑船到新宅地,挑泥上岸填宅地。4个月无论刮风下雨,她从未间断过,宅地填好后,她又忙着找瓦匠动工,又一月有余,在她的操劳下,儿子的新房按女方家人的要求砌成了。

儿子成婚的那天,她忙前顾后照应着,直至累倒在灶台旁。等她醒来后,她躺在儿子的怀中,儿子在大喜的日子一把鼻涕一把眼泪地哭说着:"妈,难为您了,村长告诉我了,我打工在外,您一人为新宅地足足挑了百船泥,一船泥足有200担,一担4锹泥,一担要走50米……"她擦着儿子的泪水,轻声地安慰儿子:"今天是你大喜的日子,别哭,妈不是挺过来了嘛!"

这个中午妇女就是我的舅母。

写完这三则故事,我止不住问自己:母爱到底是什么?恍惚中才感知:原来母爱没有具体的内容,不同的母亲有着不同的母爱方式,不同的母爱方式却有着一个共同的情怀——无私奉献爱的全部。

母亲的声音

卫宣利

父亲去世那年,她10岁,弟弟8岁。生活就像一幅缓缓展开的画卷,刚刚露出幸福的颜色,便被突然袭来的暴雨打湿,一切快乐和安宁,都被浸染得一塌糊涂。

温柔贤良的母亲,从此变成了另外一个人,狂躁,暴戾,她不小心打碎一只碗,也会被母亲声嘶力竭地训上半个小时。就是从那时候开始讨厌母亲的声音的吧,那种尖细而干裂的声音,粗暴地打磨着她的耳朵,一点点地浸透到她的生命里去。她想不明白,母亲原来甜润柔美的声音,为什么一下子全变了味儿了呢?

其实那时候,母亲也才30多岁,成熟饱满如一枚盛夏的果实。许多人来提亲,都被母亲泼妇一样给骂跑了。母亲像一只全副武装的刺猬,逮着谁刺谁,甚至包括她和弟弟。

母亲在菜市场争到一个摊位,每天早上四点起床,蹬着三轮车,从城北的家到城南的蔬菜批发市场,再到城北的菜市场。这样的路程,等于把整个城市绕了一圈。风里雨里,饱满成熟如一枚盛夏果实的母亲,很快便风干成了一枚瘦小干瘪的干果。

16岁,她长成一个沉默而内敛的姑娘,读高一,成绩优秀。每天中午,她从学校跑回来,飞快地做好饭,提着饭盒,骑自行车穿过5条马路,去给母亲送饭。常常,在人声嘈杂的菜市场,母亲一边飞快地往嘴里扒饭,一边用粗大的嗓门和买主讲价钱。有一次她去的时候,母亲正和人吵架,母亲尖锐的声音,充满了她的耳膜。对方是个骄横的女人,吵不过,便叫了丈夫来,那男人,蹦跳着要去打母亲。阳光下,母亲飞舞的唾沫星和着眼泪,一点一点,濡湿了她的青春。

22岁,她大学毕业,没有继续考研,因为小弟也在读大学,而母亲,身体已经一天不如一天。第一个月的工资交到母亲手上,厚厚的一摞,在母亲干裂粗糙的手中抖动,如一群飞舞的蝶。她静静地望着母亲,轻轻地说:"以后,不要去卖菜了。"

母亲笑,声音不再尖锐,而是沙哑和厚重,满是艰辛和沧桑的味道。第二天早上,她仍然是在菜市场找到母亲。隔得老远,就听见母亲响亮的声音在说:"我女儿大学毕业了,在一家外国人开的公司里上班。"她从母亲的声音里,听出了扬眉吐气。

28岁,她有了自己的女儿。月子里,孩子整夜整夜地哭,母亲便也整夜不睡,抱着孩子,悠着哄着。有一天晚上她从梦里醒来,忽然听到母亲在唱歌,她没敢睁眼,静静地听,是摇篮曲,竟然是那般甜美柔和的声音,她呆呆地听着,18年的时光,仿佛一下子倒流过来。她用被子蒙住脸,泪水却如潮水一样涌了出来——她终于找回了母亲的声音，找回了从前的母亲。

可是幸福，从来都是那么短暂。

早上7点钟，母亲做好饭，喊她起床。8点钟，她上班，母亲推着孩子出去玩儿。10点钟，她赶到医院时，母亲躺在重症监护室，已经不能够再说话。

是高血压引起的中风、偏瘫、失语。母亲一直昏迷着。她的手抚过母亲苍白的脸庞，泪水滴落在母亲脸上。她多么想再听听母亲的声音啊，哪怕是那种尖锐粗俗的叫骂声，却再也听不到。

第二天中午，母亲在昏迷中悄悄去了。

一个月后，她收拾母亲的遗物，在一个小箱子里，放着两双线拖鞋。鞋面是淡黄色柔软的毛线，鞋底是母亲自己纳出来的千层底。这种线拖鞋母亲以前给她做过好多，脚穿进去很舒服，唯一的不足是走路的时候脚步声很响，所以每双她都是只穿几天，便丢弃一旁。

现在，她把鞋穿在脚上，从阳台走到厨房，从卧室走到客厅，"嗒嗒嗒"，脚步声仍然很响。

母亲的心

刘戊戍

听亲戚说，小时候母亲曾想把我送人。

我不知道这件事的真伪，也从未问过母亲，然而这件事在无形中给我留下了很大的阴影，以致我懂事后一直到长大和母亲的感情都很淡。

我想，小时候就想把我送人的母亲，一定不会爱我的吧。事实上也是，母亲对姐姐和妹妹似乎要更爱护，比如说两块骨头，母亲一定会把大的给姐姐，小的才给我；又比如说我放学迟归，母亲从不担心，但如果妹妹迟归，母亲则会非常焦急，匆匆忙忙地去找她。

我自觉自己的冷落，于是努力读书，也从不给家里添什么乱子，生怕母亲一生气真的会把我送人。毕竟就算母亲曾想把我送人，但对我也没什么特别不好，而且我和姐姐妹妹感情很好，万一分离，岂不伤怀？

有一年家里修理屋檐，在檐下发现一个鸟窝，里面有几只小鸟，我们都非常高兴，想着拿小鸟来玩，母亲见了忙阻止："快放回来，如果鸟妈妈回来看不到小鸟，会很伤心的。"妈妈说这话时，相当严肃。

"这只是瞎的，我可以拿来玩吧！"我发现这些小鸟中有一只尚未睁开眼，以为是瞎的，于是说。

"不可以，对鸟妈妈来说，哪只小鸟都一样！"

可是你就不一样，你甚至想把我送人。当时我恨恨地想。

然而恨归恨，我还是乖乖地把小鸟放回去。

也许上天要弥补我在母爱上的不足，从小到大，我都没遇到什么挫折，读书，升学，毕业，拥有一份好的工作，一切都十分顺利，母亲也似乎十分欣慰，不再表现她的不公，对我和姐姐妹妹不再有什么不同，甚至有时我觉得对我要比对她们更好。

而我却是心底里的偏心，经常看到什么好的，我会买来送给父亲，手机、衣服、手表、皮鞋，什么都有，但却很少送东西给母亲。母亲虽然不说，但想来还是希望和父亲一样能收到礼物的。每次看到她渴望的眼神，我会觉得满足，我以如此的方式不动声色地报复着母亲。

有一年夏天，一家人坐在院子里乘凉，墙角的小黄瓜静悄悄地开着花，一阵阵的清香，姐姐的小孩在一边玩耍，母亲慈祥地笑着，叫她们别摔着。聊了一阵，大家都回房，母亲说太热睡不着，要多坐一会儿，我反正也睡不着，于是坐陪。

夏天院子里蚊子很多，我用扇子赶着蚊子，见飞到母亲那边去，顺手也帮着赶走。

母亲似乎很感动，转身欣慰地说："女儿们都长大了，真是一件开心的事。"

我没搭腔，继续赶蚊子，母亲接着说："由小到大，你总是最乖的，又那么聪明漂亮，从来不用大人操心。有你这样的女儿，真是我的福气。"

既然这样，为什么要把我送人？我强压制着心火，然而问题终于脱口而出："妈妈，小时候你是不是曾想把我送给别人？"

"你怎么会知道的？"母亲有些惊讶。

"听人家说的，说你曾想把我送给别人。"我假装轻描淡写。

"是啊，你小时候，长得特别瘦，不太好养，有个远房亲戚不会生育，曾想把你领走做女儿。"母亲说。

"那你同意了吗？"我问。

"同意呀，当时家里穷得连吃的都没有，你又那么瘦，老是生病，我当时非常担心养不活你。那个远房亲戚家非常富有，夫妻俩又都是知识分子，如果把你给他们，不但可以吃好穿好，而且将来可以接受很好的教育。"母亲说。

竟是这样，竟然是这样！我听了心神恍惚，不知所措，隔了好一会儿才控制住自己："那为什么又没送走我呢？"

"你是妈妈的女儿呀，是妈妈身上掉下的肉啊……"母亲说。

我坐在黑暗里，心里一阵阵颤抖，咬着唇，任泪水恣意横流，为自己的私心和母亲的心。这么多年，我竟然为此恨了母亲这么多年……

想起多年前鸟妈妈的故事，如今才真正明白，对于母亲，每个孩子都是一样的呀。

闹钟里的母爱

黄江洋

以前，他工作的地方离市中心很远，那是个私人企业，每天都要打卡上班。他每天睡前总要看闹钟，而每一次闹钟的弦都是满满的。

弦是母亲上好的，母亲把给他的闹钟上弦当成了一种工作，好几次他对母亲说："老妈，我也不小了，会自己照顾自己的，你就别操这份心了，好吗？"母亲不置可否，父亲说："她要干你就让她干吧，反正她又没什么事。"

他有些委屈地说："可是，星期天我是要休息的呀，干吗还要闹醒我？"母亲拍拍头："哦，我倒把这个忘了。"

母亲就是这样。虽然每天在你耳旁唠唠叨叨，也不会说多么动听迷人的话，可她总会时刻挂念着子女，用她自己的方式演绎着母爱。

现在，他用不着每天早起赶着打卡了。他自己开了个小公司，住在公司里进行个人的创业，他有的是时间。可是，夜深人静的时候，他会伤感，会独自流泪——和家里的联系少了。

他当初要开这家公司的时候，母亲是一千个不同意，她怕儿子吃苦受罪，怕他每天清早起不来。其实，母亲最担心的还是怕他身体吃不消，毕竟社会竞争太激烈。他说，我是不是你的亲儿子呀，干吗不希望我有一番事业呢？我在外面创业有什么不好吗？

最后，他还是固执地开了自己的公司。由于他奋发图强，再加上市场运作的成功，一段时间以来，他的公司还是不错的。虽然他过上了幸福的生活，可很多的时候，他不知如何面对母亲。

和往日回家一样，他和父母打过招呼后就无话可说了。虽然眼睛盯着电视，眼前却是一片空白，父亲在厨房里忙着，家里只有电视的声音。饭后他对父亲说，我想在家里住一晚，因为公司太紧张了。

他的房间一切如故，床头摆着闹钟。这一晚，他睡得很熟。清早，他被一阵闹钟声惊醒，他依稀记得自己要赶去打卡，心里祈祷千万别迟到。可是当他睁开眼睛，一下子明白了：闹钟的弦是母亲上的。父亲说过，这些年母亲已习惯了每天睡前给他的闹钟上弦，即使他在外面开公司也是如此，只有听到闹钟准时响过后，母亲才能继续入眠。他任凭闹钟的铃声响着，两行泪不由自主地流下来，洗刷这久违的铃声，还有深深的母爱。

生命的奇迹

子鱼

她是拼上命也要做母亲的。

她的命原本就是捡来的。四年前，25岁，本该生如夏花的璀璨年华，别的姑娘都谈婚论嫁了，而她，却面容发黄，身体枯瘦，像一株入冬后寒风吹萎了的秋菊。起初不在意，后来，肚子竟一天天鼓起来，上医院才知道是肝出了严重的问题。

医生说，如果不接受肝移植，只能再活一个月。所幸，她的运气好，很快便有了合适的供体，手术也很成功——她的命保住了。

她是个女人，渡过险滩，生命的小船还得沿着原来的航向继续。两年前，她结婚，嫁为人妻。一年前，当她再次来医院进行手术后的常规例行检查时，医生发现，她已经怀孕3个月了。

孕育生命，是一个女人对自己生命极限的一次挑战，更何况是她，一旦出现肝功能衰竭，死神将再次与她牵手。这一切，她当然懂得，但是，她真的想做母亲。需要付出什么代价，她都舍得，她要的，只是这个结果。

2004年3月18日，医生发现胎儿胎动明显减少，而她又患有胆汁淤积综合征，可能导致胎儿猝死，医院当机立断给她做了剖腹产手术。是男孩，小猫一样脆弱的生命，体重仅2公斤，身长42厘米。虽然没有明显的畸形，但因为没有自主呼吸，随时可能出现脑损伤及肺出血，只好借助呼吸机来维持生命。

而这一切，她都不知情，因为她自己能否安全度过产后危险期，都还是个未知数。她要看孩子，丈夫和医生谎称，孩子早产，需要放在特护病房里监护。

自己不能去看孩子，她就天天催着丈夫替她去看。等丈夫回来了，她便不停地问，儿子长得什么样，到底像谁？他现在好不好？有一天，她说做梦梦见了儿子，但是，儿子不理她。

七天过去了，她一天天好起来，天天嚷着去看儿子。但孩子仍然危在旦夕，情况没有一丝好转。怎么办呢？医生和丈夫都束手无策。只是，再不让她去看孩子，已经说不过去了。但愿，她是坚强的。

第八天，她来到了特护病房。看到氧气舱里，皱皱的、皮肤青紫的儿子浑身插满了管子，她无声地落泪了。病房里鸦雀无声，所有人都不知道该怎样安慰这个心碎的母亲，甚至不知道该怎样向她解释这一切。

她打开舱门，把手伸进去抚摸着儿子小小的身躯和他手可盈握的小脚丫。一下一下，她小心翼翼地，像在抚摸一件爱不释手的稀世珍宝。那一刻，空气也仿佛凝固了。

突然间，奇迹出现了，出生后一直昏迷的小婴儿，竟然在母亲温柔的抚触下第一次睁开了眼睛。医护人员欢呼雀跃着，那个七天来一边为儿子揪心，一边又只能在妻子面前强颜欢笑的男人，此时此刻，泣不成声。而她，痴痴地、久久地与儿子的目光对视着。

第九天，小婴儿脱离了呼吸机，生命体征开始恢复。

第十一天，小婴儿从开始每次只能喝2毫升的奶，发展到可以喝下70毫升牛奶。而且他的皮肤开始呈现正常婴儿一样的粉红色，自己会伸懒腰、打哈欠，四肢活动自如，哭声洪亮。

第十二天，她抱着她的儿子——她用命换来的儿子，她用爱唤醒的儿子，平安出院。当天各大报纸有消息说，全国首例肝移植后怀孕并生产的妈妈今日出院。她的名字叫罗吉伟，云南盐津人。每天都有类似的新闻，不过是报纸上的一角，仿佛与我们的生活无关。但是，又有谁了解，这背后，一个母亲所创造的奇迹。

喜欢冬天的母亲

邵昌玺

母亲老了,可越来越喜欢冬天。春天还没过去,她就念叨着冬天的到来。

我纳闷:"妈,您以前不是讨厌冬天吗? 因为一到冬天,您的哮喘总犯……"母亲看着我,笑而不答。

母亲很要强,年轻的时候是,现在老了也一样。我平时工作特别忙,但我还是一再嘱咐母亲说:"我就是再忙,您如果有事一定给我打电话别自己撑着……"母亲点头应允,可平时我还是很少接到母亲的电话,母亲有什么事都尽量自己解决。

今年的冬天不算冷,据气象专家们分析可能是个暖冬。我把这个好消息告诉母亲:"今年可好了,不会再像往年那么冷了,但愿您的哮喘病不再犯了,要不然又得上医院折腾一阵子,都好几年了,一年也没落下……"

母亲静静地听着,脸上洋溢着笑容,可随后却发出一声极轻微的叹息。果真如我所说,今年的冬天一点儿也不冷,母亲的哮喘也破天荒地没有复发。我异常高兴,说:"太好了,今年咱们终于不用上医院'签到'了。"

眼看着这个冬季即将远去,春天就要来了。按理说母亲应该高兴才对,可是,她这几天却总是坐在窗口前发呆,像是有什么心事。

一天,早已过了平时吃饭的时间,母亲却还没起床,刘阿姨过去敲门,里面一点动静也没有。她预感到事情有点不对,急忙推门而进,发现母亲躺在床上,已经处于昏迷状态。

刘阿姨一个电话,我十万火急地赶到医院。洁白的床单映得母亲的脸愈加苍白,还有那曾经乌黑的秀发,竟然不知何时变得花白了……

我仔细端详着病床上的母亲,我已经有好多年没有这样仔细地看过母亲了。此刻,母亲就像一个孩子,静静地睡着,嘴角还带着微微的笑。

母亲醒了,悄无声息地醒了:"来了?"

我答:"来了。"

随后,母亲又慢慢地闭上眼,可我清楚地看到一颗晶莹的东西从母亲的眼角滑落。

从刘阿姨嘴里,我终于知道了母亲为什么喜欢冬天。因为只有到冬天她的哮喘才会复发,才会上医院住上十天半月,而一年里也只有这几天我才会在她身旁伺候着,聊聊天,说说话。

为了这个小小的心愿,母亲竟然不惜病痛地渴盼冬天。住院的日子对她而言成了一年中最宝贵的亲情日!

我为母亲,为天下所有的父母们感动! 他们付出那么多,要求那么少,为了不影响儿女的"事业与前途",他们宁愿忍受寂寞,也不去麻烦儿女。

往后的每一个冬天,不,是每一个春夏秋冬,我都会陪伴在您身边!

我含着热泪告诉母亲。

有爱不觉天涯远

卫宣利

她15岁那年,父亲死于一场车祸。家里塌了半边天,她的心也完全塌了。从小她就是父亲最宠爱的宝贝,可是幸福却戛然而止。那个沉闷的夏天,她封闭了自己,几乎不和任何人说话。她看着母亲依然衣着光鲜地上班下班,和别人谈笑自如,心就像被针尖一点点地刺了个遍。她不明白,难道父亲的离去,对母亲竟然没留下丝毫痕迹?

那天是父亲去世后她的第一个生日，母亲一大早起来就上菜市场，说要热热闹闹地过，叮嘱她放学后把要好的同学都请到家里来。晚上，她独自回来，看到家里流光溢彩，人声喧嚷，桌子上摆着三层的生日蛋糕，上面插着 16 支蜡烛。她刚一进门就被一群男人女人给围了起来，纷纷往她手里塞礼物，说生日快乐。母亲在旁边兴奋地介绍，这是赵伯伯，这是许阿姨……母亲问，怎么没带同学回来啊？我准备了这么多的菜呢。

这样热闹的场面，让她不可抑制地想起父亲，突然悲从中来。她歇斯底里地喊了一声："没有爸爸的生日，我不快乐！"她把手里的礼物统统摔在地上，又把桌上的蛋糕砸个稀烂，留下不知所措的母亲和一屋子尴尬的人，头也不回地跑进自己的房间，把门重重地锁上。

那天晚上，半夜的时候她起来上厕所，忽然听到一阵压抑的哭泣声。

她在母亲的房门口站住，房里灯还亮着，母亲背对着她，肩膀剧烈地抖动着。这是父亲离世后她第一次看到母亲哭，她也第一次发现，原来母亲的肩膀竟是如此瘦削。她默默地站了半晌，终于走进去，轻轻揽住了母亲的肩头。

第二天，她起床时发现床头放着一张纸条："娇娇，爸爸在天上看着我们呢，我们娘俩在一起，要快乐地活着，他才会开心。有爱不觉天涯远，哪怕是隔着两重世界。"

"有爱不觉天涯远"，她反复读着这七个字，泪水涌满了眼眶。

她读高三那年，母亲因为单位效益不好而下岗了。母亲从旧货市场买回一辆三轮车，去水果批发市场批了水果回来，蹬着三轮车大街小巷地叫卖。有一次，她回家跟母亲要钱买复习资料，走过一个路口时，正好看到母亲的三轮车停在那里，有个人正在挑苹果。那个人一边挑拣苹果，一边挑剔苹果颜色不好价格太贵，母亲谦卑地赔着笑脸，不住地说好话，那人不依不饶，称完了非要再添上两个。母亲便急了，正争执间，突然有人喊："城管来了！"母亲一惊，钱也不要了，骑上三轮车就跑。那条街正挖暖气管道，母亲一没留神，三轮车便歪进了旁边新挖的土沟里。她看见母亲麻利地爬起来，扶正了车子，也顾不上捡地上掉落的苹果，继续蹬着车往前飞奔。

她跑过去，把地上的苹果捡起来，看着母亲瘦得厉害的背影飞快消失在街角，突然蹲在地上，泪水再也抑制不住。

母亲就这样供着她，读了大学，又得了全额奖学金，要出国深造。临走的晚上，她抱着枕头来和母亲一起睡。母亲把所有该叮嘱的都叮嘱了一遍，她偎着母亲，一直沉默，到开口说话，已是泪眼婆娑："妈，我走了，你怎么办？"母亲拍拍她的头，笑着说："傻丫头，有爱不觉天涯远，我会照顾好自己的，等你回来，买了大房子，接我去享福。"母亲轻轻地笑着，可是母亲的手，却是颤抖的。

学成归来，已是两年之后。她以优异的成绩被一家大公司高薪录用，还供了复式楼房。

她把母亲接来新家，母亲欢天喜地在阳台上种满了花，把她的床单被罩都洗了一遍。有一天夜里，她听见母亲一直咳嗽，起来去看，母亲却闭着眼睛，好像睡熟了。

第二天，母亲说想家了，要回去。她急了，说你要回哪儿？这就是咱的家啊。母亲执意要回，她无奈，只好送母亲回去。母亲回家后便一直咳嗽，最后竟咳出血来。送母亲去医院，肺癌，已到晚期。医生埋怨她，怎么这么晚才送来？

怎么这么晚才送来？她一遍遍地问自己，九月的阳光灿烂耀眼，她的世界却失去了颜色。

一个月后，母亲静静地去了。最后的时刻，母亲抓着她的手，嘴唇翕动。她俯身上前，把耳朵贴在母亲的脸上，听到母亲微弱的声音说："乖……不怕……有爱，不觉天涯远……"

有爱不觉天涯远！她跪在母亲的床前，泪如雨下。

粽娘

张以进

我的老家在浙江中部盆地的山区，山多田少地贫瘠，村民的生活并不富裕。我父亲忠厚老实，整天除了扛锄头就是拿柴刀,没有什么其他本事,加上家中有四个兄弟姐妹,我们的生活过得很清苦。好在母亲有一双巧手,她有一手包粽子的好手艺,村里哪户人家有了红白喜事,都离不开母亲的帮忙,于是,村里人都叫母亲为"粽娘"。

我小时候,由于家里人多,粮食总是不够吃。于是,母亲每次去替人家包粽子,我们就非常高兴。因为母亲忙碌一天一夜后回家,第二天总会带回几个粽子和馒头,那是办了红白喜事的人家送给母亲的"回头货"。于是,我们兄弟姐妹就能美美地吃上一顿,母亲则在旁边看着我们狼吞虎咽的样子,脸上布满了幸福的笑容。但是,有一次,母亲却因为粽子发了大火,还用笤帚打了我们。那一天,我们知道母亲出去包粽子,可是第二天早上,母亲却什么东西也没带给我们。等到母亲下地后,我们就开始四下寻找,终于在碗柜的角落里找到了粽子和馒头,然后像馋猫见到腥鱼一样吃掉了这些东西。母亲回家后,怒气冲冲地把我们四个人召集起来,看到母亲黑着脸拿着笤帚,最小的我一下子吓得大哭起来。听说我们吃了粽子和馒头,母亲用笤帚狠狠地打在大哥的背上。这时候,父亲干活回来,连忙夺下了母亲手中的笤帚。

我们不明白母亲为什么要发这么大的火,甚至对母亲还有些怨恨。

可没过多久,我们都明白了,原来那些粽子和馒头是母亲留给父亲当干粮的,因为父亲要到离家三十多里远的林场去干活。

父亲去林场以后,母亲更艰辛了。那一年,我们家包了好几回粽子。包完粽子的第二天,忙碌一个晚上的母亲,安排好我们几个孩子后,就带着一大袋粽子上路了,每次总是天黑才回家。

后来,父亲回家后告诉我们,母亲去林场看他,一天要走六十多里山路。当母亲的粽子送到林场时,父亲和他的同事总是把母亲的粽子藏起来舍不得吃。看着那些充满爱意的粽子,父亲的心头总是暖暖的。

冬去春来,我的两个哥哥成家立业了,姐姐也嫁了出去,父母的双鬓也渐渐出现了白发,幸运的我竟然考上了县重点中学。

就在我满怀喜悦地传递好消息的时候,母亲说要到镇上去卖粽子。

父亲急了,请外婆来劝阻,可母亲似乎铁了心。当天后半夜,我醒过来时,父亲和母亲正在争吵,母亲说:"孩子要读书,我们哪来的钱? 我去卖粽子,能挣几个算几个。"父亲说:"都怪我,没本事挣钱,连累了你。"听了这话,母亲低声哭泣着说:"我们平常人家,夫妻恩爱我就满足了。"

我上高中没多久,母亲果然在家包起了粽子。母亲下午在家中包好粽子,第二天一大早拿到五里路远的山镇集市去卖。听父亲说,母亲起先只能卖掉几十个粽子,每个粽子赚上一两毛钱。

后来,母亲的粽子渐渐卖出了名气,一天能卖上百个。看到母亲整天忙忙碌碌,父亲在空闲时间,也帮着母亲送粽子,卖粽子。

有一次我回老家,看到父亲满脸笑容地骑着三轮车,母亲甜蜜地坐在三轮车上,到家的时候,父亲把母亲从车上抱了下来。

父母亲那灿烂的笑容定格在我的脑海中,是那么温馨浪漫,久久难以忘怀。

就这样,凭着母亲包粽子赚的钱,我读完了高中,考上了大学。

一次一次的回家,我看到母亲的脸越来越瘦了,腰变得越来越细了,背也越来越弯了,我劝母亲说:"妈妈,大学里我能勤工俭学,学校还会对特困生进行补助,你就不要去卖粽子了。"可是母亲却没有答应,她告诉我说:"等你将来大学毕业找到了工作,那时候,我和你爸爸就在家里享清福。"父亲也在旁边说:"是呀,你母亲忙碌惯了,也闲不住。再说,大学里哪样不要钱?"就这样,母亲总是按月给我寄上一笔生活费,想到母亲包着一个一个粽子含辛茹苦赚来的钱,我暗暗发誓大学毕业后要好好回报父母亲。

大学四年级毕业那学期的一天,我正在一家单位实习,突然接到了大哥的电话,让我火速回家。我问大哥出了什么事,大哥说母亲怕是不行了。挂断电话,我一下子呆住了:母亲啊母亲,我马上就要工作了,你再也不要卖粽子为我赚钱了,可残酷的命运却跟我开了这样一个玩笑,它要夺去母亲的生命,让我抱憾终生。

我赶紧从杭州往老家赶，途中还特意带上了一大袋嘉兴五芳斋的粽子。说实在的，母亲辛劳了一辈子，我欠母亲的太多了，我早就想让母亲尝尝来自都市的粽子，可每次却懒得中途下车，安慰自己还会有下一次，可这一次，我还能赶得上吗？

当我赶回家中时，父母亲都在一楼的床上。母亲躺在父亲的怀里，看到我，憔悴的脸上露出了笑意。当我把那袋粽子递过去的时候，父亲吼了起来："粽子，粽子，你还让妈看粽子，粽子害得你妈还不够吗？"看到父亲泪流满面的样子，我真不知道说什么话好。也许是感觉到父亲对我的责难，母亲艰难地抬起手，示意要我拿个粽子，那一刻，我满眶的泪水终于奔涌而出。

大哥告诉我，母亲腰疼已经很长时间了，可总是忍着，还继续包粽子。前几天，劳累过度的母亲终于晕倒了，送到医院检查后，医生诊断为尿毒症。听到这个消息，父亲整天陪在母亲的身边，谁也劝不走他。

没多久，母亲就离开了人世。父亲告诉我说，母亲临终前一直拿着我的照片，念叨着我的名字，手中的那张照片一直到死，还是攥得紧紧的。我带去的那袋粽子，父亲也把它烧在了骨灰里，父亲说，那是母亲的临终遗言。

母爱是一剂药

罗西

舒仪要远嫁到福州来，她的妈妈是极力反对的："上海这么大，为什么非要嫁到乡下去？"女儿大了，女儿有自己的想法，也应该有自己的感情生活了。但是，妈妈的态度仍然强硬。舒仪没有退路了，因为她不小心已经怀上了亲密爱人的孩子，她以为生米煮成熟饭，会让妈妈改变主意，给他们以祝福。但是，她错了，母亲有些不可理喻地勃然大怒："我最恨被人家要挟，你有种，就不要再回这个家，也不要认我这个妈！"

两年前的暮春，舒仪牵着丈夫的手，在上海浦东机场，他们办完了所有登机手续，但是舒仪仍执着地往安检门外张望着。她希望奇迹出现，那个奇迹就是妈妈的身影，她泪眼婆娑，心情复杂，广播里不断响起他俩的名字："请……到四号登机口登机！"

这一走，母女仿佛就成了陌路人。多少次，她打电话回上海家里，独居的妈妈总是不肯接。舒仪曾一度认为，极端的母爱才导致了如此的病态。可是，她并不知道，妈妈伤心的梦里，全是女儿幼时清脆的笑声。多少次，母亲一个人在家，也想给女儿反拨一个电话过来，但是，她最终都只拨了区号就停了下来。母亲很早时候就与父亲离婚，所以，舒仪是妈妈一手带大的，可以说是相依为命。如今"身上掉下来的那块肉"已经不再属于妈妈了，她回忆起和女儿四岁时的一次对话，不禁会心一笑。

女儿问：妈妈，我是从哪里来的？

母亲答：你是妈妈身上掉下的一块肉啊。

女儿恍然大悟：难怪妈妈这么瘦！

屈指算着，女儿离开自己已经快800天了。去年7号台风前夕，母亲在中央台新闻联播后，又准时地坐在电视机前看天气预报。她每天都特别关注福州的天气，因为女儿在那里，她以这种特别的方式继续爱着女儿关注着女儿。

就在这时，电话铃响起来了，一看来电显示，还是福州的。今天已经三次拒接了，这次不知道为何母亲居然把话筒拿了起来。电话那头是女婿的声音："妈，舒仪生病了，你可不可以过来看一下……"

母亲心一沉，几乎是撑着身体听完电话的。

第二天，母亲搭了第一班的飞机到了福州。机场，女婿接她的时候，她感叹一句："原来没有我想象的远。"当她获知女儿在家里而不是医院里，她的犟脾气又来了："是不是你们骗我来的？"女婿只好坦白交代说,因为他和舒仪的女儿得了小儿肺炎不治夭折,都已经一个月了,舒仪还是没有从悲痛的心境里走出来。最近情况更是严重,丈夫她都不认识了……每次给她喂药,她都会极力地抗拒,有时甚至挥舞着菜刀,咆哮着:"你们都是凶手,想害我女儿,给我滚……"

听到这里,母亲老泪纵横,不停地喊着:"我的傻宝贝啊,我的傻宝贝……"当她步履蹒跚地跟着一行人刚进门,舒仪便举着刀迎了上来。危急之际,没有人敢上去,唯独60多岁的老母亲,佝偻向前,哭喊着舒仪的乳名,舒仪无神的眼睛似乎闪亮了一下,扔下菜刀,坐在地上喃喃自语……

接着,老母亲一口一口地小心喂着已年过30岁的舒仪。"真乖,再吃一口!"舒仪的母亲含泪声声地劝慰着,而舒仪则幸福如小宝宝似的偎在她身旁,嬉皮笑脸的,那么轻松自在……

在场的人先是惊讶,之后都泪流满面。舒仪,她什么都忘了,唯一记得,只有母亲。经过一段时间的治疗,加上母亲寸步不离的陪护,舒仪终于清醒过来了。当她喊出第一声"妈"的时候,在场的人无不动容。医生说,这是奇迹,母亲是她最好的药。

樱桃树下的母爱

檀小鱼 译

蒂姆四岁这年,一贯花天酒地的父亲向母亲提出了离婚。母亲带着他搬到了马洛斯镇定居。

马洛斯镇尽头有一个大型的化工厂,工厂附近有许多美丽的樱桃树,蒂姆一眼就喜欢上了这里。

蒂姆在新的环境中生活得十分愉快。他喜欢拉琴,每天都拿着心爱的小提琴来到院子里的樱桃树下演奏。

伊扎克·帕尔曼是蒂姆最喜欢的小提琴家,他跟蒂姆同样小时候便患上了小儿麻痹症,成为终生残疾,无法站立演奏,但他却以超常的毅力克服困难,最终成为世界级小提琴大师。母亲常以此激励蒂姆,蒂姆也没有辜负母亲,几年过去了,他的琴技日渐提高,悠扬的乐声是他们生活中最美妙的伴奏。

不幸还是再一次降临到了这对母子身上。化工厂发生了严重的毒气泄漏事故,距离化工厂最近的蒂姆家受到了严重的影响。蒂姆时常恶心、呕吐,最可怕的是他的听力开始逐渐下降。医生遗憾地表示蒂姆的听觉神经已严重损坏,仅保有极其微弱的听力。

母亲狠下心把蒂姆送到了聋哑学校,她知道要想让儿子早日从阴影里走出来,就必须尽快接受现实。医生提醒过,由于年纪小,蒂姆的语言能力会由于听力的丧失而日渐下降,因此即使在家里,母亲也逼着蒂姆用手语和唇语跟她进行交流。在母亲的督促和带动下,蒂姆进步得很快,没多久就能跟聋哑学校的孩子们自如交流了。樱桃树下又出现了蒂姆歪着脑袋拉琴的小小身影。

看到儿子的变化,母亲很是欣慰。和以前一样,每次只要蒂姆开始在樱桃树下拉琴,她都会端坐在一边欣赏。不同的是,演奏结束后母亲不再是用语言去赞美,取而代之的是她也日渐熟练的手语和唇语,以及甜美的微笑和热情的拥抱。

可蒂姆的听力太有限,他很想听清那些美妙的旋律,但他听到的只有嗡嗡声。蒂姆很沮丧,心情一天比一天坏。

看儿子如此痛苦,母亲不禁也伤心地流下泪来。一天,母亲用手语对蒂姆"说"道:"孩子,尽管你不能完全听清楚自己的琴声,但你可以用心去感觉啊!"

母亲的话深深地印在了蒂姆心里,从此他更刻苦地练琴,因为他要用心去捕获最美的声音。为了让蒂姆的琴技更快地提高,母亲还想出了一个妙招——镇上没有专业教师,母亲就用录音机录下蒂姆的琴声,然后再乘火车找城里的专家进行评点。为了避免有所遗漏,她还麻烦专家把参考意见一条条地写下来,好让蒂姆看得清楚。

可蒂姆发现,只要自己演奏较长的乐曲,有时明明超过了50分钟,早到了该翻面的时候,可母亲还看着自己一动不动。事后蒂姆提醒母亲,母亲忙说抱歉,笑称自己是听得太入迷了。后来,只要录音,母亲都会戴上手表提醒自己,再也没出现过任何疏漏。

樱桃树几度花开花落。在法国的一次少年乐器演奏比赛上,蒂姆以其精湛的技艺和昂扬的激情震撼了在场所有的评委,当之无愧地获得了金奖。而当人们得知他几乎失聪时,更是觉得他的成功不可思议。许多人把他称为音乐天才。更幸运的是,蒂姆的听力问题也受到了医学界的关注,经过巴黎多位知名专家的联合会诊,他们认为蒂姆的听力神经没有完全萎缩,通过手术有恢复部分听力的可能。

手术很快实施了,术后的效果很理想,医生说再戴上人造耳蜗,蒂姆的听觉基本上就能与常人无异了。

这段时间,母亲一直陪伴在蒂姆身边。戴上耳蜗的这天,蒂姆表现得特别兴奋,他用手语告诉母亲:"从现在起,我要学习用口说话,您也不必再用手语和唇语,跟我交流了。"他甚至激动地拉起了小提琴,用结结巴巴的声音说:"母亲,我能听见了,多么美的声音啊!"然后他又问道,"母亲,您最喜欢哪首曲子,我现在就拉给您听好吗?"

但奇怪的是,母亲似乎根本没有听见他的话,她依然坐在那里含笑看着他,保持着沉默。蒂姆又结结巴巴地问:"母亲,您怎么不说话啊?"这时,护士小姐走了过来,她告诉蒂姆,他的母亲早已完全失聪。蒂姆睁大了眼睛,直到这时,他才知道了真相:原来,在那次毒气泄漏事故中损坏了听觉神经的不只是他,还有他的母亲,只是为了不让蒂姆更加绝望,母亲才一直将这个痛苦的秘密隐藏到现在。母亲的绝大部分时间都是和蒂姆用手语和唇语交流,因为很少开口,如今都不怎么会说话了。蒂姆想起年少时对母亲的种种误解,不由得抱着母亲痛哭起来。

蒂姆和母亲回到了家中,初春时节,在开满粉红花瓣的樱桃树下,伴着柔柔的和风,蒂姆再次为母亲拉起了小提琴。他知道,母亲一定听得到自己的琴声,因为她在用心去感受儿子的爱和梦想。虽然他当年在母亲那儿得到的只是无声的鼓励,但这其实是一个伟大的母亲奉献给儿子的最振聋发聩的喝彩。

紫竹鞭子

张燕阳

许多年以后,我在冗繁的公务之余抽空重回故里。我那些淳朴的乡亲们一提到我妈时,脸上总是写满感激与尊敬:"嘿嘿,李老师,可是个大好人呢!"乡野之人,肚里没有多少文墨,赞美一个人不会使用那些华丽优美的辞藻,只是朴素的两个字:好人,却是对一个人很高的评价。在乡亲们的心目中,我妈是个有满脑子好文墨又善良和蔼乐于助人的知识女性,故而她在乡亲们中拥有好名声。

小时候,我一直搞不懂,有一副菩萨心肠的我妈,在教育自己的孩子时,却是严厉得近乎苛刻。

我妈有一根教鞭,紫竹做的,拇指粗细,二尺来长,天长日久与手掌摩挲,竹身紫亮光滑。我妈是个慈祥的老师。在她的教书生涯中,这根紫竹鞭子从未一次真正落在一个学生的身上。但是,在我儿时的记忆中,这根紫竹鞭子曾有三次结结实实地打在我的屁股上。

第一次,是我七岁那年的冬天。

那天,一大清早,邻居王二婶就来到我家:"李老师,真不好意思,孩子他爹昨儿老毛病又犯了,您能不能再借50块钱?"

王二叔是个病秧子,常犯病,这之前王二婶向我妈借了好几次钱,至今尚未归还。刚才,王二婶一进我家,我就猜她准是来借钱的。果不其然。那时,我妈一个月的工资才16元,50元可不是一个小数目。再说,把钱借给王二婶,不知她要到猴年马月才能归还。

我人小鬼精,不等我妈答话,忙接过话茬:"二婶,你来得真不巧,要过年了,我家做新衣购年货,钱都用光了。"言毕,我得意扬扬地瞧着我妈,还向她眨巴了两下眼。

没曾想,我妈却狠狠瞪了我一眼,道:"小孩子家知道个啥。妹子,你等着,我这就拿钱给你。人吃五谷杂粮,谁没个三灾两病啊。"我妈进了屋里,拿出一沓钞票,塞给王二婶。王二婶千恩万谢走了。回过头,我妈把脸刷地拉下来,操起放在桌上的那根紫竹鞭子,厉声呵斥道:"扒下裤子!小孩子家不学好,倒学说谎,长大后还了得。"我从没见过我妈如此严厉,怕极了,连哭都忘了。

这一次,我挨了我妈的一顿痛打,屁股疼了三天,蹲茅厕更是疼得龇牙咧嘴。从此,我刻骨铭心地记住了我妈的教训,再没有说过谎。

第二次,是我九岁那年。

一个外乡人挑了一担盐来村里卖。我妈手头有事,就拿了一块钱,让我去打10斤盐。那个外乡人称好了10斤盐,我正要递钱给他,看到四周买盐的人很多,他无暇顾及我,我便提了盐溜走了。那一块钱我也没交给我妈,而是去买了一包花生糖。我正躲在墙角津津有味地吃着时,被我妈瞧见了,她拉住我,虎着脸问:"哪来的钱?"我急赤白脸说不出来。我妈见我这副模样,心里明白了七八分,拿起紫竹鞭子,我只好竹筒倒豆子全都说了出来。我妈听了,气得咬牙切齿:"贪图小利,难成大事。小小年纪竟有贪念,岂不毁了一生。"越说越来气,手起鞭落,在我屁股上印下了一条条清晰的鞭痕。打完后,我妈递给我一块钱,"去,把钱给人家送去!"我咧着嘴,乖乖地一瘸一拐地把钱送给那卖盐的外乡人。从此,在我头脑里再没出现过"贪"字。

第三次,是在我读二年级时。

我的同桌有一支崭新的"英雄"牌钢笔,这在当时可是十分罕有的。我见了,眼馋不已,瞅个不防,将这支钢笔偷走了。自然,这支钢笔不能在学校用,我便放在家里写作业。我妈见了,问我笔的来历。我涨红着脸,支支吾吾答不上来。我妈看出破绽,脸上便笼上一层寒霜,要我如实招来。我知道一切都瞒不过她,只得如实说了。我妈听,气得脸都绿了,浑身发抖,道:"小时偷针,大时偷金。一辈子都落个小偷的坏名声,永远别想在人前抬头走路。"说着,操起紫竹鞭子,将我狠狠揍了一顿。这一次,她打得特下劲。我屁股皮开肉绽,半个月不敢沾凳子。

第二天,我把钢笔还给了同桌。从此,面对再怎么诱人的东西,我都没动过心。

长大后,无论我走到哪里,都牢记我妈的教诲,为人诚实,不贪不占,活得堂堂正正。

现在,我妈已离开我多年了,我也成了一个握有实权的单位头儿,但我仍保存着我妈的那根紫竹鞭子。我将它悬挂在一个显眼的地方,时时警醒着我。

眼泪这么近,背影那么远

包利民

第一次在众人面前痛哭失声,是在多年以前,我作为一名实习教师在听别的老师讲课的时候。当时那个老教师讲的是朱自清的《背影》,听着听着,我竟失控地哭出声来,惹得全班40多个学生都惊愕地看着我。

我想起的是娘,是我记事时就有着一头白发的娘。娘不是我的亲生母亲,我的父母生了我,却没有养育我。娘是村里出了名的傻女人,整天胡言乱语,甚至连生活都无法自理。据说,是她给母亲接的生,她抱着我的那一刻,竟是出奇的平静。她的脸上流露出一种母性的光辉,大颗大颗地掉着眼泪。母亲生下我一个多月后,便被公安人员带走,从此和父亲开始了漫长的刑期。而我,从此就成了娘的孩子,那一年,娘43岁。

当时村里人都认为娘是养不活我的,那么傻的一个女人,连自己都照顾不了,更别说伺候一个刚满月的孩子了。可是,村里人最后终于从震惊中明白,有我在身边的日子,娘是正常而清醒的。她能熟练地把小米粥煮得稀烂,慢慢地喂进我的嘴里;她能像所有母亲那样,把最细腻的情怀和爱倾注在我的身上。人们有时会惊叹,说我也许就是上天赐给她的良药。

娘来到这个村子的时候就是现在的精神状态,从此便在这里停留下来,为人们提供茶余饭后百聊不厌的话题。就是在这样的环境之中,我竟也顺风顺水地长大,而且比别人家的孩子都结实。从记事起,最常见的就是娘的白发和泪眼。听别人说,娘以前从没掉过眼泪,自从有了我,便整天地抹泪。我也是很早就知道娘和别人家孩子的妈妈不一样,她不能和我说话,更多的时候,她都是一个人自言自语,也听不懂说些什么。她没有最慈祥的笑容,有的只是无穷无尽的泪水。我甚至感受不到她的关爱,除了一日三餐,别的什么都不管我。

上学以后,我并没有受到什么白眼冷遇。这里的民风淳朴,没人嘲笑我,就连那些最淘气的孩子也会主动来找我玩,不在乎我有一个傻傻的娘。事实上,自从有了我之后,除了每日的自说自话和流泪,娘几乎没有不正常的地方了。印象中娘只打过我两次,打得都极狠极重。第一次是我下河游泳。村西有一条清清亮亮的小河,村里的孩子夏天时都去水里扑腾,我当然也去。那天,从不管我的娘突然跳入水里,把我揪了上来,折了一根柳条就没命地抽在我身上,打出了一道道的血痕。我只是不明白,我爬上高高的树顶去摘野果她不管我,我攀上西山最陡峭的悬崖她不管我,我拿着石头和邻村的小孩打得头破血流她不管我,只在那么浅的河里游泳,她却这样狠打。

还有一次,那时我已在镇上读初中了。有一天她到学校给我送粮,正遇见我在校门前和一个女生说笑。当时她扔了肩上的粮袋,疯了一般冲过来打我,我的鼻子都给打出了血。我虽然不明所以,可依然不恨她。那时我已能想通很多事,也从别人口中知道了自己的身世。这样的一个女人,能把我拉扯大,供我上学,所付出的,比别人要多千百倍。我感激我的娘,虽然我没和她交流,可是我已经能体会到那份爱了。而且,天下的母亲哪有不打孩子的,况且她只打了我两次!

要说娘有让我反感的地方,就是她的眼泪了。不管什么时候什么地方,只要一见到我就哭。别人家的孩子一个月回一次家,当妈的都是乐得合不拢嘴,而我的娘,迎接我的永远只有泪眼。有时我问她:"娘,你怎么一见我就哭啊,不如当初你不养我了!"那样的时刻,她依然泪流不止,说不出一句话来。娘对我从没有过亲昵的举动,至少从记事起就不曾有过。她很少抱我,连拉我手的时候都没有。这许多许多,想着想着便也不去想了,娘不是一个正常的人,为什么和她计较这些呢!

在镇上上学,娘每月给我送一次口粮。她总是在周六的下午一点钟准时来到学校门口,而那时我正等在那里。她把肩上的粮袋往地上一放,看上我一眼,转身就走。我常常怔怔地看着她的背影发呆,那背影渐行渐远,她间或抬袖抹一下眼睛,轻风吹动她乱蓬蓬的白发。每一次我都看着娘的背影消失在街道的拐角处,不期然间,那背影竟渐渐走进我的梦里。

考进县城一中后,娘来的次数便少了,变成了几个月一次。主要是为了给我送钱,娘自己是很难赚到钱的,那些钱,都是村里人接济的。那些善良的人们,自从我进入那个家门,他们就没有间断过对我们的帮助。高三上学期的一天,刚经历了一次考试,我和一个住校的女同学一边往宿舍走一边讨论着试题。到宿舍门前时,竟发现娘站在那里,风尘仆仆的,30里的路,她一定又是徒步走来的。她看到我们,愣了一下,猛地冲过来,高高扬起手,停了一会儿,慢慢地落在我的脸上,轻轻地抚摸了一下,那一刻,我的心底涌起一种巨大的感动。她从怀里掏出一卷钱塞进我的口袋里,又看了我一会儿,眼角渗出泪来,然后便转身走了。我转头对那个女同学说:"这是我娘……"

那竟是我和娘最后一次见面,她在一个月后的一天夜里,静静地离开了这个世界,这一年,她62岁。我常想起最后一次见到娘时的情形,她用最温暖轻柔的一个抚摸,把她的今生定格在我的生命里。

我考上师范的时候,回村里迁户口,乡亲们在小学校里摆了几桌饭,为我送行。席间,老村长对我讲起了娘的过去,这是我第一次知道娘的来路。老村长说,娘原本是邻乡一个村子的村民,丈夫死在煤井中,她拉扯着一个儿子艰难地生活,就像当初养活我一样。她的儿子上了中学后,由于早恋,成绩越来越差,任她怎么管教也无济于事。后来,和儿子谈恋爱的那个女生感情转移,儿子也因此退了学,整日精神恍惚。她本来觉得时间一长就好了,可是终于有一天,这个孩子投进了村南的河里,淹死了。从那以后,她就变得疯疯癫癫,开始了走村串屯乞丐一般的生活,直到到了这个村子,她竟在这里安下身来。

那一刻,忽然就记起了娘打我的那两次,心中顿时恍然。就觉得曾被娘打过的地方,又开始疼起来,直疼到心里。以后的生活中,对娘的思念已成了一种习惯。我在每一条路上观望,的目光中再也寻不见那个蹒跚的背影。娘当初的泪水如今都汇集到我的眼中，而那背影已是远到隔世。我最亲的娘，她的眼泪与背影，竟成了我今生今世永远都化不开的痛。

臭脚少年

李兴海

没有哪一位少年由心底厌恶过足球。在广袤的蓝天下，踩着碧绿的草尖在午后的阳光中狂奔，欢声和笑语淹没了成长里莫名的忧伤。我也一样，曾那么热切地恋过足球。

我有一位很好的伙伴，他踢得一脚好球，被誉为"神足"，很多女生都暗自倾慕于他。不过，他有一个恼人的缺陷，虽说旁人看不见也不知晓，却仍是那么实实在在地困扰在他的心间——他有一双奇臭无比的汗脚。

起初，我们以为是他踢球的时间过长，导致汗液分泌过多，累积在鞋子里不能排泄所造成的。于是，我们建议他勤洗脚勤换鞋。为了根除这个恼人的毛病，他一丝不苟地按照我们的提议去做了。别说鞋子，就连袜子他都是一天一换，洗得异常勤快。可很长时间之后，他还是不得不躲到暗处去换球鞋。

宽敞的更衣室里，只要他的鞋子一脱下来，立刻便会怨声四起。我们知道，这深深地刺伤了他。尤其是每次遇上规模稍大的比赛，他更是狼狈不堪。譬如，与其他学校进行友谊赛，球员更换的衣物都是由拉拉队成员来看管的。唯独他，从来不敢要拉拉队的成员帮忙，独自一人走过球场，在杂草丛生的角落里更换完毕，才一脸自信地飞奔出来。

他与母亲的关系非常恶劣。要知道，少年时期不论是谁，心中总是会隐藏着一些叛逆因子的。我们不喜欢随波逐流，强调个性，爱表现自己，但也因此严重影响了学习。他的母亲经常来球场找他，原因是见到我们在球场踢球，他也会旷课跟着我们疯狂。

毕业后，他请我们去家中做客。刚进门，便有一股浓烈的脚臭味扑面而来，我们细看才发现，他的母亲正在客厅里为他补袜子。那些不论干净的、脏了的袜子，只要是有破洞的，她统统都收拾出来，坐在客厅里一针一线地慢慢缝补。

那天，没有一个人不被感动。因为，她的母亲从始至终都是用牙齿咬断缝补之后的线头。我们惊异地看着她张大嘴巴，凑上那些袜子上的线头，狠狠地将它们咬断，而后放在手里反复搜寻是否有遗漏的洞眼。

都说儿不嫌母丑，而我从好伙伴的顽劣和脚臭里，却闻到了异样的母爱的芬芳。

永远在你身边

陈志宏

九年前的一天，她接了一个电话。噩梦便像巨蟒一般缠上她的身子，仿佛连呼吸都觉得难。搁下电话，她浑身发冷，嘴里反复念叨着一句话："这可怎么办，怎么办啊？"

那个电话，是惊恐万分的儿子打来的。他慌里慌张地告诉妈妈："妈，我杀人了！在酒店里吃饭时，和人吵架，打起来了，有一个人被我打死了。"

那是一次普通的吵架，却注定不是一个普通的结局。面对这种局面，他心里凉透了，一种前所未有的恐惧，如夜的黑一般，将他严严实实地罩住，任他怎么努力也挣脱不开。而他的妈妈，更是一片迷茫。

一年后，他被判处无期徒刑，异地关押山东滕州监狱。

一个人，一方小天地，他格外想念千里之外的妈妈，那个被自己伤透了心，人近中年的母亲。但是,泪水滑过脸庞,妈妈的心,就在那一刻,酸楚起来,坚韧起来,再也不怕千里路遥,不怕晕车受罪,一心只想见到那个脆弱的儿子。她职业性地感叹道:"我的儿子,你现在是一棵需要母爱阳光,需要亲情温暖的幼苗啊。"

妈妈启程前往山东滕州,探过监后,管教告诉她:"你儿子变化很快,希望你能经常探视。否则,他老也走不出阴影。"

经常来看? 怎么可能啊! 这山高路远的,何况,她还有工作,是中学副校长呢,更多孩子在等着她。但是,得知儿子需要妈妈的关爱,需要亲人来探视,她毅然做出决定:辞去副校长的职务,一个人来山东,"陪"儿子。

2000年9月,她一个人离开江西老家来到滕州,人生地不熟,该如何立足呢? 早在儿子出事之际,家里已赔付受害人家属了。狱警见她十分眼熟,仔细一想,才知是狱中犯人的母亲,便上前关心起她来。天下女人都是承受不住太沉的负担的,想起这些年来的点点滴滴,她哭了,一一诉说自己全部的苦难。

当狱警把真相告诉她儿子,他仿佛周身充满阳光,那应是妈妈的无数晶莹泪光折射出来的啊! 此后三年,他获得四次减刑的机会,刑期已减至15年。

这个好妈妈,名叫刘晓梅。曾为江西省吉安市某中学的副校长,一个感人至深的流浪母亲。母爱无私大无边,浩荡如长风,轻拂着儿子脆弱的心。她用自己的爱,拯救儿子布满阴翳的灵魂,让儿子生活在阳光之中。

妈妈,永远在你身边。有妈妈在,心就在,爱,就永远不离不弃。

我知道你没那么坚强

徐立新

我是娘的遗腹子。

爹死于一场飞来横祸,他是在乘凉的时候被一块从屋顶脱落的水泥块砸中头部的。爹死后,娘就开始遭受到来自爹的家人的非难,他们都一致认为,是娘害死爹的,当初娘就不应该主动和爹好,原因是爹姓梁,而娘偏偏是姓祝,"梁"遇到"祝",注定结果只能是灰飞烟灭。

这样一个毫无根据的逻辑,却轻而易举地就把娘逼进了死胡同,让她走投无路。无奈之下,腹中还怀着我的娘,不得不自谋生路,靠帮人打零工赚钱。

我快要出世的时候,娘还挺着一个大肚子,用板车给别人拉砖。满满一车的砖,足足有一百多公斤重,娘拉着它,跑得飞快,上坡也一点不含糊。

可是,娘还是在一次下坡的时候出了意外。她没有能够及时刹住自己的脚,惨剧随之发生了,娘先是被板车巨大的俯冲力撞倒在地,尔后,一条腿就被板车无情、结实地轧了过去。娘随即昏死了过去,直到有路人发现她。

娘被人送到医院后,医生摇了摇头说,轧得太狠了,而且送晚了,只有截肢。为了不使腹中的我受到任何一点伤害,医院没有给娘打麻醉药,娘是被绑着做手术的,昏死了好几次。

一个多月后,不懂事的我竟要提前挣脱出来,这次就更让娘遭罪了。当时由于受截肢的影响,娘的整个下半身还都处于无知觉状态,因而无法按正常的方式生产,只有实施剖腹产。

像上次一样,娘又被五花大绑了起来,在注射了极少极少的镇痛剂和麻醉药的情况下,痛苦地生下了我。

两次住院几乎把娘的所有积蓄都花光了,当娘欣喜地抱着我坐车回到家的时候,迎接她的却是一把冰冷的铁锁! 爹的兄弟,我的那些伯伯、叔叔们没有一个愿意接纳我和娘——本来就不富裕的他们都不愿意惹事上身。

娘只得回自己的娘家。可是,娘也没有什么娘家人,只有一个老实巴交的堂兄。而且,按当地陈腐的风俗,女人是不能在娘家坐月子的,否则,娘家所在的整个村子都会遭报应,轻则五谷不收,重则横祸连连。

娘的堂兄只得给娘在村外的麦地里搭了一个矮矮的草棚,四周盖上了厚厚的稻草。当时,正是寒冬腊月,外面一直下着雪,娘就一个人在冰冷的草棚里给我喂奶,拖着虚弱的身子,拄着木棍下水洗尿片……

也许是上天可怜我们母子,在那样恶劣的环境下,我和娘竟然都活了下来!后来,娘说,是我清脆的啼哭声和天真的微笑给了她与天地斗的勇气。

我满月后,堂舅帮娘做了一根槐树拐杖,从此,娘就在这根拐杖的支撑下,背着我,一步一步地继续生活,挖野菜、拾煤渣、卖桐油果……娘坚强倔犟地支撑着我走过一个个透明的日子。

我九岁的那一年,村里兴起一股捕蛇风,有专门的蛇贩子来高价收蛇。一时间,人人都加入到捕蛇、捉蛇的行列之中,有不少人一个月甚至能挣上千元。看得眼红的娘,就再也坐不住了,竟然也要参与进去!

可是,一个拄着拐杖的人怎么可能捕到快如利箭的蛇呢?

但娘相信她能!并开始拄着拐杖练习——在山地里、草丛中、乱石处快速奔跑。伴随娘的是一次又一次的摔倒,一次又一次的皮破血流!

无法相信的是,练到后来,娘就真的成功了,她的那条拐杖如同完好的一条腿,长在她的身体上,与另一条正常的腿,共进共退,敏捷一致!

娘开始涉足于深山丛林中,专捕那些值钱的蛇,家里的日子也随之一下子宽裕了不少。由于娘的麻利和雷厉风行,在捕蛇的过程中,从不输给任何一个躯体正常的人,因此赢得了一个绰号——"单腿蛇婆娘"。

娘这一捕就没有停下过来。

五年后,娘终于让自己名声大振,她制造了一个特大新闻,而当时的我正在读初三。

事情的起因是,有人传说,十里之外的一座山上,藏着一条有成人拳头那么粗的大蛇,很多人都亲眼看见它在山上游动过。大家纷纷传言,要是捕到那条蛇,至少能卖一千多块。但,风险也是不小的,搞不好,会被大蛇活吞下去。

娘于是就去了,带着干粮,守蛇出洞。

功夫不负有心人,那条大蛇还是被娘等出来了,很粗很长。由于太过欣喜,娘几乎忘记了所有的恐惧和危险,就追了上去。那条大蛇也不是好惹的,刚一交手,娘就被它死死地捆了起来,但好在娘抓住了大蛇的头部,使它无法张口咬娘,根据多年的捕蛇经验,娘抱着蛇在山上不停地打滚,以此来消耗掉大蛇的劲。最后,终于把大蛇折腾得没有了力气,娘成功地捕获了它。

很快,娘的壮举被人们越传越神,引起了县电视台的注意,电视台的记者带着动物专家特意赶来采访娘。经专家鉴定,娘抓的那条大蛇有很大的毒性,要是被咬上一口,性命难保。记者问娘,你不怕吗?咬上一口,你就没有命了!娘回答:"要钱就不能要命,一千多块啊,哪还能顾得上命啊!"娘的这句话,让围观的人哄堂大笑,而我的泪水已经开始在眼眶里打转了。

记者又问,你这么辛苦,这么坚强地挣钱养活儿子,等他以后长大了,你希望他怎么报答你?

娘说:"我哪是坚强啊,我是在儿子面前假装坚强。等他长大,要是有能耐了,给我换一根拐杖就好,现在的这个,头秃了,容易打滑,跑不快!"母亲对着镜头平静地说着,我的眼泪终于忍不住了,一起汹涌而出。

不要倒下

张运涛

他六岁的时候,父亲就去世了,母亲拉扯着他们三个兄妹,跌跌撞撞地在人生之路上走着。有狗过来追,他总是牵着母亲的衣角,躲进她的怀里。母亲一手拉着妹妹,一手抱着弟弟,边上站着一个他,风在耳边呼呼刮着。就这样,他们讨饭过了三年。

有一天早上,他起来后发现有点不一样。他往破烂的被褥里看去,弟弟不见了! 母亲说把弟弟送给了别人,他哭着跪在母亲面前,求她把弟弟找回来,母亲满脸泪水,任他摇晃着她的手,一句话也不说。从那时起,他开始有了心事,再有狗咬的时候,他总是从地下捡起石头,紧紧地握在手里。

上初中那年,一天晚上他起来撒尿,看见放草的屋里有人说话。他慢慢凑过去,看见里面有一个男人,他已经明白了人世间的许多事情,狠狠地咬着牙,把嘴唇都咬出了血。母亲问他怎么了,"不用你管!"他恶狠狠地说。后来他上了高中,高考完回家,突然听母亲说妹妹出嫁了,嫁给了邻村一个名声不太好的人家。于是他跟着村里的人捡破烂,一个假期没有回家。

大学四年,他一直是最优秀的学生,但他回去,却从来不再喊一声妈,母亲好像也知道自己做错了事情,见他总是一副唯唯诺诺的样子。他更加看不起母亲,一直到成家,在城市有了属于自己的小窝,还是不想多见她一面。

一次母亲从乡下背来一包棉花,说让他们做被子用。他心软了一下,家乡不产棉花,她一定又像当年一样跑到很远的地方一朵一朵捡的。他让她住一晚上,她拘谨地把手搓了又搓:"那怎么行,你们的房间这么小,还是让我走吧。"她把探询的目光投向他。突然之间,他的心似被蜇了一下。

他在城市站稳了脚跟,找到了失散的弟弟和已成农妇的妹妹,并分别给他们安排了生活。他们几个都不喜欢母亲,都有太多委屈太多不平要讲。

终于,母亲躺在病床上水米不进,他们守在她身旁,并不怎么伤心。弥留的时候她说:"我知道你们一直都恨我,可我知道自己在做什么。我就想把你哥哥供出去,让他改变我们一家的命运,这是咱家唯一的路,所以再苦再难我也不吭一声。"她笑了,接着又流了泪,"我最大的遗憾就是没有抱着我的孙子们合一张影,让所有欺负咱们的人好好看一看,我,一个农村妇女,活到现在没有倒下啊。"

他们三个抱着母亲哭出了声:"妈,你千万不要倒下呀。"就在这一刻,他们深深地理解了母亲的坚强和勇敢,那是母亲留给他们的一笔最大的财富。

镌刻在地下 500 米的母爱

佚名

这位母亲叫赵平姣,48 岁;谁能想到,在不见天日的煤井深处,她已经弓着脊梁爬行了十多年。

1993 年,赵平姣的丈夫陈达初在井下作业时被矿车轧断了右手的 3 根手指。此后他只能在井上干轻活,收入少了一大截。为了供女儿陈娟、儿子陈善铁上学,赵平姣决定自己也下井挖煤。陈达初惊讶不已。哪听说过有女人下井挖煤? 再者也太危险。赵平姣却同样坚决,她的理由很简单,也很充分——不能耽误孩子上学。

赵平姣永远忘不了第一次下井的情形。随着矿车开动的"隆隆"声响起,她的心就陡然悬了起来。听到煤块垮塌的"嚓嚓"声,她就心惊胆战,怕头顶上的岩土会轰然坍塌。好不容易挨到下班,赵平姣全身除了牙齿和眼圈是白色的,其他地方全是黑的。

1996 年,陈达初身体基本好转,能够下井了,他就求妻子不要再下井。但赵平姣没有答应,而是说:"达初,别看现在我们每个月能挣 1000 多元,可不积攒一些钱,以后怎么供孩子读大学?"

陈达初想到儿女们马上就要上初中,又想起上大学一年需要的那一万多元学费,只好不再吭声了。

起初,赵平姣的艰辛并没有得到儿女的理解。第一次下井的那天傍晚,陈娟带着弟弟去矿上找父亲。姐弟俩忽然在路上发现了母亲——他们眼中的赵平姣是那样的黑、那样的丑,被汗水打湿了的衣服紧紧贴在身上,浑身上下沾满了煤灰。陈娟立刻拉着弟弟的手往回走,生怕被母亲发现喊住他们,更怕别人知道那是他们的母亲。

从那以后,陈娟再也不愿在别人面前提起自己的母亲了。

1997年3月的一天,一根矿木重重地砸在了赵平姣的左腿上,但是她没说什么,一直挺到下班。晚上,赵平姣悄悄地爬起来,用藏红花油涂抹伤口。陈娟起夜时看见了妈妈的影子,问道:"妈,你在干什么?"

赵平姣吓了一跳,忙不迭地拉下裤腿。陈娟感觉异样,上前强行挽起母亲的裤腿,她惊呆了——母亲的左腿淤青了一大片,还渗着血,膝盖结着厚厚的一层硬茧,摸上去粗糙得扎手!

那一瞬间,眼泪涌满了陈娟的眼眶,她这才意识到,原来自己以前的行为是多么幼稚和可笑,原来那个整天满身煤灰的母亲,用自己羸弱的身体,撑起了她和弟弟的求学路。

从那天开始,陈娟一下子懂事了许多,学习上一改以往的懒惰和不思进取,变得刻苦和勤奋。放学后也不和同学到处玩耍,而是回家帮着干各种杂活。

1998年秋,陈娟初中毕业考取了市里一所职高。从这一年起,她的学费和生活费一年就需要一万余元,弟弟陈善铁上初三的杂费一年需要一千多元。于是,赵平姣决定去干最苦、最累的活——背拖拖。

"背拖拖"的意思就是指在井头把煤用肩拖到几十米外的绞车旁。井头是不通风的死角,人在里面根本直不起腰,稍微运动就会气喘吁吁,那是井下最危险的地方。

从此,赵平姣在井里总是蜷缩着身体爬行在井头,艰难地将二百来斤的煤拖到绞车旁。因为干活是按计件算工资,这位体重仅有九十来斤的母亲,想的就是要拉更多,更多……

2005年秋,陈家迎来了一件大喜事,陈善铁以优异的成绩考上了华中农业大学。赵平姣激动不已,送儿子上火车之前,她叮嘱道:"儿子,好好读书,学杂费和生活费妈会为你准备,妈知道你节俭,但你千万不要亏待自己。"

这个时候的陈娟已经职高毕业,在省城一家公司上班,每月都会给父母寄钱,陈家的经济条件有了一定的改善,但赵平姣舍不得让儿子在大学里因为钱受委屈,她决定坚持到儿子大学毕业再辞工。夫妻俩满怀希望地憧憬起以后的日子——老两口种种地,和儿女打打电话……

然而,就是这样简单朴素的愿望,竟被一场突如其来的厄运砸得支离破碎。

春节后,矿上挖到了一片好煤层,这种煤比普通煤每吨要贵200多元,矿主决定日夜加班挖煤。但这种煤层含有高浓度的瓦斯,井下已不时暴露出瓦斯泄漏的一些征兆。然而在高额利润的诱惑下,矿主把安全抛在脑后,仍旧要工人加班加点地干。

2006年4月6日下午3时,赵平姣和丈夫向煤矿走去。和每次下井一样,换上工作服后,他们在井口相互看了一眼,目光饱含着夫妻俩相濡以沫的恩爱和默契,也饱含着祈祷和期盼,那就是——下班走出矿井时,夫妻俩可以看见对方安全地站在眼前。

傍晚时分,陈达初下矿井送矿木,远远看见妻子正弓着腰拉煤。赵平姣抬起满是煤灰的脸庞,一双亮闪闪的眼睛望着丈夫,送上一个宽慰的笑容。陈达初也满含心疼地对妻子笑了笑。没想到,这竟然是他们最后的诀别!

晚上十点,矿井深处突然传来一连串沉闷的爆炸声,大地剧烈地抖动了几下!

"出事了,肯定是出事了!"陈达初拔腿飞快地往井下冲。此时,巷道里浓烟滚滚,瓦斯夹着煤灰像飓风般从下面喷涌而上,呛得人几乎窒息。陈达初只有一个念头——把妻子救出来!他一次次往矿井深处冲,强烈的气流却一次次把他推出来。

这时,另外两名矿工发现了他,冲上来使劲往外拉他。陈达初大声吼道:"孩子他妈还在井下!"说着推开二人,转身又要往井头跑。两个矿工又拉又拽,最终还是把他拉上了地面。

矿难发生后,井下14名工人只有5人逃出劫难。经过7天7夜的搜救,人们在井下找到了赵平姣的遗体。她似乎知道自己无法逃避死亡劫数,没有继续往上爬,只是用一只手捏着鼻子,另一只手斜搭在湿润的井壁上,那里依稀可见她在生命绝望的最后一刻,用手指刻出来的几个字——儿子,读书……

一位母亲,在黑暗的矿井下,在孤立无援的最危急关头,以这样的方式向她的孩子和丈夫作最后的告别,在场的搜救人员都被深深震撼了!

陈娟和陈善铁接到噩耗后赶回家里,母亲已经长眠地下。姐弟俩跪在赵平姣坟前,哭得撕心裂肺,那一刻,天地为之动容……

59 美元的尊严

佚名

我 17 岁那年,父亲因为生意破产了,我们全家都陷入了最悲惨的境地。我们不得不从富人区的复式楼搬到穷人区的小公寓,而一直在家做家庭主妇的母亲也不得不拿着履历四处求职。"当然,我们可以申请社会福利救济,但我不想让我们的孩子因此而失去了尊严。"我还记得当时母亲在房间和父亲争执时说的这句话,那是我第一次看到母亲在父亲面前如此严肃地表达自己的意愿。

为了能赚取一些零用钱,我央求同学在寒假帮我找了一份在一家快餐店打工的兼职。以前这样寒冷的冬天,我通常是坐在家里生着炉火的房间里,惬意地喝上一杯滚烫的热咖啡,而现在,我却不得不面对这个现实,我只能卑躬屈膝地端咖啡给别人喝了。

可有一天,我却发现,淘气的弟弟竟然把我心爱的棒球棍给弄断了,我非常恼火,要知道,一开学我就要参加学校的棒球比赛了,而以我现在每天所赚的辛苦钱,至少要苦做一周,才能再买上一根一样好的棒球棍。

我生气地责骂着弟弟:"嘿,你这个坏家伙,你知道我得在店里受多少委屈,才能买回这个吗?"当时母亲恰好从房间门口经过,她听到我的抱怨,就进来对我说:"约瑟夫,你在店里很受委屈吗?有什么事你就告诉我和你爸爸,我们会帮助你的,如果你在那里确实很受委屈,那么,你应该辞职回家。"

"回家?"我一阵冷笑地看着母亲手里刚刚打印出来的履历,脱口嚷道,"那么我就会连最廉价的棒球棍都买不起了!你们会帮助我?你们拿什么来帮助我?你甚至都找不到一份能赚钱的工作!"

天知道,我这些一时的气话有多么伤人,因为我已经看到母亲的脸色一下变得惨白。是的,我不该埋怨和挖苦他们。父亲自从生意失败后很长时间不能从内疚的情绪里解脱出来;而母亲呢,长时间地脱离社会,我们又怎么能强求她一下子就能找到一个足以养家糊口的好工作呢!但我只是不明白,此时家里的状况,母亲为何还要死守住那些所谓的尊严,也不愿向社会福利机构求助呢?"对不起!"我跑向母亲,抱住她的肩膀,泪水一下子涌了出来。我想,我们都已经快经受不住上帝给我们的这种考验了。

一天中午,一个打扮夸张的年轻人到店里吃午餐,我为他做点餐服务,他要了一份牛排和一杯热咖啡。几分钟后,我把厨房送出来的热咖啡端到他面前,正当我要放到桌子上时,他突然一扬手碰翻了我端咖啡的托盘,滚烫的咖啡一下子洒了出来,烫得我龇牙咧嘴,而他的身上也溅满了咖啡。可那人见状,都没问一下我烫伤的情况,就立刻站起来大声地指责我的过失,还要求店里赔偿他的洗衣费用。

老板闻讯从后台赶来,他不愿意承担这样的损失,可又不想得罪顾客,便对我说,我的工作失误要由我来负责损失。无奈之下,我只好跟客人据理力争。

当时正是店里营业的高峰期,老板见事情越闹越大,只好向对方妥协说,我们店里愿意赔偿他的洗衣费用。没想到,那个客人此时已经不满足于这样的赔偿了,他坚持认为我的傲慢态度激怒了他,不仅要求我向他道歉,还提出一个非常无理的要求——要我跪下向他认错。

尽管他的要求是如此令人瞠目,但老板为了尽快了结此事,减少对店面营业的影响,还是建议我照客人的要求做,同时还暗示我说,如果我不肯妥协的话,就会立刻解雇我,并且扣发我所有的工资。

我当时真的想立刻掉头就走,但脚却是那么的不听使唤。算下来我已经有59美元的工资了,而我也早就算好了这些钱的用途。我要买"蒙特森"的毛衫,还有新的棒球棍,去参加学校的春季棒球比赛。天知道,到时班上会有多少姑娘对我尖叫。但如果我离开的话,这一切梦想可就都泡汤了。

就在我忍着眼里的泪水不知所措时,一个女人突然冲了进来,拉着我的手说:"孩子,不要跪,男儿膝下有黄金。这件事不是你的错,就算他一分钱不给你,也不能承认你没有犯过的错误。"

我一抬头,看到的正是我那瘦弱的母亲。

我不知道自己是怎么跟着母亲走出了喧闹的快餐厅回到了家的,一想到辛辛苦苦工作赚的59美元全都没了,我真是太伤心了。突然,我没来由地怨恨起母亲来,要不是她的出现,也许我就能保住快餐店的工作了。

这些话,虽然我没对母亲说,但我想,她一定是都感觉到了,因为那段日子里,我天天把自己关在房间里,哪儿也不去,就算是吃饭时面对母亲,也是一副冷冰冰的脸孔,我甚至都没有正视她一眼。我就在这样的情景下,度过了我的18岁生日。

直到有一天,母亲突然敲门进来,递给我59美元,我才惊讶地抬头看她。母亲说,她到店里找到老板理论了,还讨回了我的工钱。捏着这些钱,我破涕为笑地抱住了母亲。

很快,寒假就过完了,我用这来之不易的59美元买了漂亮的毛衫,还有坚实的棒球棍,学校棒球队已经邮寄给我春季的赛事时间安排表了。路上,我碰到了和我一起在快餐店打工的同学,他对我举起大拇指说:"好样的,约瑟夫,我真没想到,你连那么多钱都可以不要了。"我得意地告诉他,后来我母亲已经帮我去拿到钱了。可同学一愣,对我说:"这不可能,你母亲是去过店里了,可老板并没给她钱,因为老板已经把你的工钱赔给了那个小混混。"

这下,我愣住了,我不知道母亲给我的这59美元,到底是从何而来的。

在父亲的帮助下,我辗转找到了母亲工作的地方,那是个阴冷潮湿的地下停车场,一进去就闻到一股霉臭的味道,母亲在那里做清洁工人。我走了进去,正看到一辆小车从停车场里飞驰而去,溅起的脏水洒在母亲的脸上,母亲追了上去,车厢里甩出一张钞票,母亲没有说什么,弯下腰捡起钞票,然后毫无尊严地将脏水轻轻抹去。

我能感觉到自己的泪水正一滴滴地落下来,原来,母亲一直是用自己的尊严买回了我的尊严。

多少年过去了,我从一个不谙世事的少年成长为今天在商界驰骋的成功商人,而在这个路途中,每当我的尊严受到挑战时,母亲在停车场抹去脸上的脏水的那一幕就会出现在我的眼前。而事实也证明,母亲是对的,一个没有尊严的男人,也不可能拥有成功的事业。我的很多客户正是基于对我个人的钦佩和敬意,选择了和我合作。母亲用这59美元买回的尊严,将使我一生受用不尽!

超凡的母爱

佚名

这是一个不幸的女人,在一个风大雨大的夜晚,一辆车将她从斑马线上撞飞,肇事车又在茫茫夜色中逃逸。她又是幸运的,交警和医院、保险、社会保障等部门统筹协调,刚刚开通了"交通事故绿色生命通道"。这个"绿色通道",让她在第一时间得到了最好的医疗救护,没有医疗费用的后顾之忧。

自从入院以来,她一直昏迷不醒。医生说她脑部神经受到损伤,也许永远也醒不了。她还有身孕,已经5个多月了。出于治疗上的需要,应该考虑引产。

可当她从神经外科转到妇产科病房时,医生却迟迟下不了决心实施这次手术,她腹中的胎儿不仅发育正常,而且一些生命指数高于同孕期胎儿,这简直是一个奇迹。

她的身世也是个谜。在事故现场,只遗落着她简单的行装。她是谁?她有着怎样的人生?她从哪里来要到哪里去?她的匆匆旅程是与谁相约?她腹中胎儿的父亲又是谁?这其中有着怎样的故事？只要她不清醒，这一切都将无从得知。更没人清楚，她在出事之前，日子是快乐还是忧伤？

她得到了妇产科护士最精心的护理，她们让她的身体始终干净清爽，散发着孕妇特有的芬芳。她们愿意与她共同呵护一个生命奇迹。

时光在她的昏睡中一天天地过去。后来她被推进了产房，后来医生骄傲地宣布："五斤重的男婴，健康极了！"那一刻有掌声响起。护士小姐把她的孩子抱来给她看，她们觉得虽然母亲是植物人，但是也应该让母子见见面。她们惊喜地发现她胸前潮湿一片，有乳汁分泌。她们小心翼翼地把婴儿的嘴贴上去。随着婴儿本能地吸吮，她脸上的肌肤竟然在微微颤动，那分明是在笑啊。多少次，每当护士把她的孩子抱来吃奶时，她的脸上都会出现这种幸福洋溢的表情，有时嘴里还会发出含糊不清的音节，如一位快乐的母亲在对着婴儿呢喃细语。

神经科医生以此推论：她的大脑可能一直是有意识的、清楚的，只是神经中枢的连接出了问题，使她失去了语言与行动能力，无法表达自己的思想与感受。

她的身体早虚弱到了极点。母乳喂养，只能加速她的衰竭。可是，谁又能忍心剥夺她这样一位母亲的哺乳的权利？

三个月后，当孩子又一次吃饱之后，她终于平静安详地离开了这个世界。很多人都想领养她的孩子。几经权衡，我们还是选择了儿童福利院。福利院长大的孩子都姓"党"，老院长说了，不会让这个孩子受到一丁点儿委屈，否则就对不起他妈妈。

依据有关的政策，她的丧葬费只有几百元，用这点儿钱举办葬礼是不够体面的。我们交警队事故科的同事，凑了2000元钱，请护士小姐们给她买了几件新衣服。护士长却说："不用了，我们都已经准备好了。那一天，我们医院所有已经做了母亲和将来要做母亲的人，都会去送她。"护士长还说，她住院时体重60.5公斤，分娩后体重43公斤，临终前的体重只有31.5公斤。她是在用自己的血肉孕育、哺育这个孩子。本来她生下他后，就可以"走"的，可是她怕自己的孩子没有奶吃，怕他觉得孤独，又坚持着在人生路上陪他走了一段。后来我们用这点儿钱给她买了块平价墓地。

没有她的名字，没有她的生平资料，所以墓碑上只有一行文字："一个全身上下都闪烁着母爱光辉的女人。"

妈妈的绝活

张丽钧

看一档电视节目，叫作"妈妈的绝活"，被邀请到现场的妈妈都带来了一样绝活。第一个妈妈的绝活是用单手编织毛衣，半个毛衣夹在左腋下，右手的五个指头在环形针上挽着一根毛线跳舞；第二个妈妈带来的绝活是原地转圈，现场有两个观众朋友被邀来"陪转"，结果双双转倒在了那位旋风般转个不停的妈妈的脚下；第三位妈妈十分腼腆地声称自己的绝活本不应当叫绝活，因为"实在是太简单了"。

说话间，主持人送上来一张白纸和一把月牙形的塑料梳子，只见那位妈妈把这两样叠在了一起，解释说："以前我的家很穷，孩子小时候，家里买不起录音机，也买不起乐器，我就弄了这样一把土造的口琴，给孩子吹歌曲听……下面，我就给大伙吹一首《美丽的草原我的家》吧。"古怪的乐声从那把"土造的口琴"中传出来，有一些刺耳，有一些寒碜。我仔细分辨着那声音，那其实是女人的哼唱加上呼出的气流在纸与梳子之间形成的摩擦震颤声。我想说"多难听的音乐"，但我的心像被什么东西蜇了一下，我为自己这样的评判感到羞耻。

那位妈妈吹得很忘情，苍老的眼睛闪动着母性的柔光。她刻意摆出的姿势，简直就和真正的口琴演奏者演奏时的姿势一模一样。现场一片沉寂。等那位妈妈吹完了曲子，梳着翘翘辫儿的主持人用职业的甜腻嗓音评价道："噢，你可真是一个会逗孩子玩的妈妈！我相信，你的孩子听到你吹奏的歌曲，一定不哭也不闹了，对不对？"我在心里叹了一口气，想：可爱的小女生啊，你糟蹋了这位妈妈的绝活。

当这个穷苦的妈妈做了母亲后，她也巴望着能给予孩子人世间最美妙的音乐。她一定钟爱着口琴，但是，她连这样一件简单的乐器都无法拥有。我猜不透究竟是什么驱动了这位母亲无比丰富的想象力，她居然神奇地创造出了人间最奇妙的一把口琴！最初的那张纸，说不定就是她男人的卷烟纸；而最初的那把梳子，应该就是她每日梳头用的那把缺齿少牙的梳子。聪明的她，将这两样寻常的东西不寻常地组合到一起，给贫瘠的日子团捏出了一个饱满的喜悦。当她用月牙形的口琴为一个不谙世事的孩童吹奏出照耀心灵的乐曲，我们怎么忍心说这样的乐曲不中听？我们又怎么可以说这样的乐曲仅仅是一个母亲为了逗弄孩子灵机一动想出的妙招？

我不知道那个妈妈的孩子日后是否与音乐结了缘，也不知道那个妈妈的孩子如今正用怎样的方式聆听着音乐。我只是一眼一眼地瞭着自己堆积如山的 CD 光碟，瞭着我的孩子每日挂在脖子上的存有许多首歌曲的 MP3。

我愿意永远铭记这个妈妈的绝活，也虔心祈祷全世界的妈妈们都无须再创造这样的绝活。

母亲的味道

燕利

母亲不是土生土长的本地人，她甚至不记得自己的家到底在哪里，只是从她浓重的口音里，可以确定她是陕西人。29 年前的冬天，父亲去买过冬的白菜，回来时在路边的小饭店里要了一碗牛肉汤泡馍。父亲刚拿起筷子，忽然听到有人低低地叫了一声"大哥"，是很浓的外地口音。父亲抬起头，看到眼前站着一个衣衫单薄的女人，头发凌乱面色青白，手中拉着一个四五岁的小男孩。小男孩又黑又瘦，一双眼睛紧盯着父亲那碗冒着热气的牛肉汤。女人怯怯地低着头，没有说话，泪已盈盈欲滴。父亲也没说话，起身把男孩抱到椅子上，把那碗香气四溢的牛肉汤推到男孩的面前，转回头，又跟店主要了两碗。

两碗牛肉汤，让这个无家可归的女人变成了父亲的妻子。那时父亲已丧妻三年，因为女儿还小，一直没有再娶。四口人，一个家，贫穷而温暖的日子就那样开始延续。

母亲来的第二年冬天，生下了她。

她六岁之后，就不肯再和母亲一起上街。她听不惯母亲浓重的外地口音，怕听到别人说母亲是"外路人"。母亲的习惯做派和别的女人完全不同，她像男人一样抽烟，喜欢盘腿坐在床上，嗓门粗大，说话的语气总像跟人吵架。最让她无法忍受的，是母亲身上的味道，又酸又臭，稍微靠近一些，便熏得她头晕恶心。

后来她知道，原来母亲有狐臭。这使她在懂事之后，便开始远远地避开母亲。没有在母亲的怀里撒过娇，没有让母亲帮她洗过澡，一张桌子吃饭，她是离母亲最远的一个。

她 10 岁那年，父亲在为人盖房时从二楼摔下来，伤了腰椎，瘫痪在床再不能起来。父亲一倒，家便塌了。母亲变得急躁，烟抽得越来越厉害，脾气也越来越坏。那次，她切菜时不小心切破了手指，母亲不仅不帮她包扎伤口，反而对她破口大骂，你那手指头当脚趾使呢？怎么会笨成这样？

她甚至不怕担上后母的恶名，姐姐但凡有一样事情做得不好，同样招来母亲的恶言恶语。只是对父亲，母亲完全判若两人。哪怕父亲对她大发雷霆，她也永远是温柔体贴小心翼翼，端茶送水，洗澡按摩，把父亲伺候得细致妥帖。

后来，母亲在菜市场租了一个摊位卖鱼，一年四季穿着高筒胶鞋在水池里蹚来蹚去。本来他们兄妹三个中，应该留一个在家照顾父亲的，母亲却不准。每天早上，她把父亲抱到三轮车上，带着他一起去卖鱼。常来买菜的人都知道，这个带着男人卖鱼的外地女人，手脚利落，性格泼辣，鱼新鲜，从不缺斤短两。所以，母亲的生意一直还不错。

每天晚上，母亲收摊回来，安置好父亲，人早已累成一摊泥。她给母亲温一盆洗澡水，洗好碗后便躲进自己的房间里。可是最终还是被母亲喊出来，死丫头，来给我搓背。她磨磨蹭蹭地不愿意出来，母亲的身上又添了浓烈的鱼腥味，和着难闻的狐臭味，她几乎无法呼吸，一阵一阵地反胃，胡乱搓几把，便逃也似的离开了。那天，同桌的女生和她吵架，吵完后女生跑到老师那里，强烈要求给她调位置。女生在全班同学面前指着她鄙夷地说，她身上有那么臭的咸鱼味，我不想和她坐一起。她的脸刷地白了，羞惭的泪水流了一脸。

她读高三那年，哥哥、姐姐已经相继考到外地读大学，家里只剩下父母和她。50多岁的母亲，已经像个老太太，尘满面，鬓如霜。母亲变得温和了很多，有时候吃完饭，她给父亲按摩，父亲会和她讲他和母亲当初怎样相遇，你哥哥喝牛肉汤时那个馋哟，父亲叹息着。父亲说，真真，你高考时不要报外地的大学了，你妈一天天老了，我们都需要人照顾，你就留在我们身边吧。母亲在旁边抽着烟，眯着眼睛望着父亲笑，我照顾你还不放心啊？我巴不得他们一个个都走得远远的，省得天天在眼前晃来晃去，招人烦。

母亲身上的味道淡淡地飘过来，她想，不用你逼我，我也不会留在家里的，自己成绩这样优秀，当然要读北京的名牌大学。最关键的是，她要远远地避开母亲的味道。这么多年她唯一的梦想就是离开母亲。

那年冬天，因为城市改造重建，那个菜市场被拆除，母亲失业了。那些夜里，母亲似乎一直在咳嗽，有一次，她被母亲的咳嗽声惊醒，她走到母亲的房前，房门虚掩着，母亲背对着她，一动不动，指间的香烟已经燃了很长，母亲的背影在一片烟雾缭绕中显得瘦小而单薄。她听见母亲对父亲说，真真这丫头从小心气就高，不能把她给耽误了……

她站在门外，心突然又酸又软，泪水成串地滴落下来，原来，原来母亲一直都是在意她的啊。

母亲新找的工作，是在一家医院里打扫卫生。每天早上5点起床，赶到医院，擦地板，洗马桶，在8点之前，要把整幢楼的卫生全部打扫完毕。这份又脏又累没有人愿意干的活，母亲却做得很开心。

母亲身上的味道越来越复杂，有时是刺鼻的消毒药水的味道，有时是清洗剂的淡淡香味。不知道是不是因为太熟悉的缘故，狐臭味越来越淡，到后来，她竟闻不出那种气味了。

19岁那年，她如愿以偿，考进北京读大学。那时姐姐也在北京，已经工作。姐姐说，以后别让妈再寄钱来了，你的学费我管。她欢天喜地地写信给母亲，让母亲辞了医院的工作。隔几日，母亲的信来了，母亲说，你姐刚工作，收入也不高，北京那种地方，东西又贵，你不能给你姐添累，女孩子最容易因为钱走到邪路上去……薄薄的信纸上，仍然是浓烈的消毒水的味道。母亲仍然每月准时寄钱来，有时甚至会多一些，母亲说那是她的奖金。

大二的寒假，她回家过春节，在小城下车，已经是夜里10点。不知什么时候下的雪，地上薄薄的一层，寒气逼人。她走出车站，搓着冻僵的双手，疾步往家赶。刚出车站，就听见一声熟悉的吆喝："烤红薯，香甜的烤红薯……"是那个带了淡淡陕西口音的声音，那声音她一直听了20年。她慢慢走过去，直到她走近，母亲才怔了怔，扑过来为她拍肩上的雪。母亲身上满是烤红薯香甜的味道，很浓很浓的香味，她很想拥抱一下母亲，却没有。母亲把她拉到炉子旁，把一个烤红薯放在她手里，迭声地问她，冷吗？累吗？

那夜她帮母亲推着车一起回家，一路上母亲絮絮叨叨说了很多。母亲说上了年纪手脚不灵便，医院的活人家不让做了；母亲说一斤烤红薯能挣3毛钱，卖一天，也能挣不少钱呢；母亲还说，我有钱，你哥你姐都常寄钱回来，你在学校一定不能替我省钱，要吃好……她跟在母亲身后，看着母亲瘦小的背影和迟缓的步履，什么话都说不出，泪悄悄地模糊了双眼。

研究生毕业后，她拒绝了北京好几家大公司的挽留，执意回了那个小城。此时父亲已经过世，母亲很歉疚，都是我，不然你留在北京发展多好。她笑着跟母亲开玩笑说，北京再好，没有妈妈，也是一座空城。

母亲笑，不再说什么，起身收拾碗筷，却背过身，手在脸上迅速地抹了一下，又抹了一下。第二天，她下班回来，远远地在街口，听见母亲和一群老太太在聊天。母亲说，我们家真真，从小就任性，北京那么大的公司请她，她偏不去，非要回来陪我这老太婆……母亲的嗓门仍然粗大，那带着淡淡口音的声音里,分明溢满了喜悦。

母亲突然对做菜充满了兴趣,每天,她上班后,母亲上街买了菜回来,便躲在厨房里,仔细研究各种菜的营养、火候、搭配。母亲一直是个粗糙的人,这么多年她一直忙于生计,并不曾认真做过一顿饭,甚至没有从容地吃过一顿饭。直到现在,她才真正像个女人,不再担心生计,只是在厨房里安心做饭。

帮母亲洗澡,成了她每天必做的功课。她的手细致地从母亲的肩上、背上抚过,母亲的身上早已闻不到那种强烈的狐臭味,取而代之的,是淡淡的油烟的香味,还有浓烈的香烟的味道。

她想,幸福原不过就是这样的天长地久。

母亲被查出来有肺癌时,她一点儿都没有吃惊。是的,这么多年,那些劣质香烟,肯定早已将母亲的肺伤得不成样子。她没有责怪母亲对烟的嗜好,她无法想象,这些年来如果不是那些劣质香烟,母亲将如何打发那些困苦难挨的日子。

母亲躺在医院里,她趴在母亲的病榻前,将头埋在母亲的胸前。母亲身上的狐臭味、鱼腥味、汗酸味、香烟味、消毒水味、烤红薯味、油烟味……那些为了养活一个家而产生的味道,此刻全都消失殆尽。她闻到的,是芬芳的香味,那种淡而舒缓的芳香,才是母亲真正的味道。

母亲和那口老掉的井

谢云

入夏后,一个多月时间,持续艳阳,持续高温,滴雨未落。母亲从老家来信,说"天干得很",苞谷蔫了,树叶萎了,村前那条河,断流了,连屋后那口井,也快没水了。

那井,就在我家屋后,这些年来,一直被我深情眷念着,清澈、甘洌、幽深,仿佛永远长流。我渐渐觉察,自己的许多作为,似乎都与那井有关。而现在,它居然就这样老了。

那一天,接到母亲来信的那一天,得知那井老了的那一天,它的形容、情调、场景,竟又一次在记忆里清晰。那清洌的水,素色的青石板,紧挨着的穷人的家,屋顶上袅袅升起的一柱柱炊烟……我跟着那气息走了回去,在薄暮中,在柴烟弥漫的一天结束时。

井水没了,那口老井,或许真是老了。就像一丝涓细的泉流被堵塞,被淤埋,我忽然想不起下面该有什么内容。我只是莫名地想到母亲,在乡下奔波操劳的母亲。然而,父亲上次来我这里时说过:"你母亲这两年,又老了一大截,头发也白了许多。"

记忆中,母亲是有过一头茂盛的长发的。乌黑,柔软,油亮,光洁。那是她的骄傲,是她在乡村里的旗帜。母亲喜欢它们,疼惜它们。即使最困难的年头,她也把它们梳洗得一丝不苟,呵护得无微不至。我一直记得,小时候,再忙的时节,从田地里,或山坡上归来,洗脸或洗手后,母亲总要抚点水在头上,然后认真梳理,到一丝不乱了,再将它们精心编成两条粗大的辫子。

劳作或奔走,它们就在母亲肩上,在田边或地埂,在蜿蜒的村道上,一晃一晃地荡着秋千,像极了母亲当年的身影:活泼,轻盈,欢跳。

后来,父亲曾不止一次对我们说,你母亲每次洗头,都是蹲在井边,用一大盆水,将头发漂着,用皂角荚浸润。这让我总禁不住想象,在那些岁月里,这该是怎样一种风景:黑发披垂下来,该是多么闪亮的瀑布,而当它们飘扬,也该是微风柔柔拂过湖面的感觉吧。苦难的岁月,艰辛的生活,把母亲磨砺得那么粗糙,泼辣,强悍,唯有那一头黑黑的秀发,似乎远离了生活的困厄和挫折,一如既往地,在乡村里柔顺着、飘拂着。

然而,自几个妹妹依次出世后,母亲就不再蓄发了。她剪了便于梳洗的短发。早晨起来,只需用手蘸水,略微抿抿,再蓬松凌乱,也变得顺溜了。贫困,劳累,鸡鸭猪狗的忙乱,养儿育女的繁杂,使她早早告别了年轻和爱美的心境。像她的头发一样,母亲提前进入了枯涩的中年——而那时,母亲还不到 30 岁。

现在想来,母亲那时实在太操劳了。从我知事起,家里家外,大事小事,都得靠她奔波,操持。父亲一直体弱多病,几乎是母亲一个人,撑持着我们的家,撑持着那方遮风避雨的天空。她的一生,始终在为我们操劳、操心。起早贪黑,含辛茹苦。她像母鸡一样,护卫着她的鸡崽。孩子长大后,却像鸟儿一样飞走了,只有节假日才能回家看看。而母亲,仍像一只窝旁守候的老鸟。她牵挂的心,始终那样悬着,被我们牵扯着,放不下来。

儿子出世后,我常常在想,母亲究竟是什么?

想不出明确的答案。我只知道,那个在下雨的黄昏,在路的尽头,满眼焦灼,静等迟归孩子的人,是母亲;那个把叮咛缝进鞋垫,把牵挂装进行囊,把所有慈爱写在心底的人,是母亲;那个在孩子面前不流泪,在困难面前不低头,为孩子辛苦奔忙,毫无怨言的人,就是母亲——我只知道,这世上有一个最伟大而最平凡的女人,那就是母亲。而在我懂得爱人的时候,我最爱的人,便是母亲。在我仅有的文字里,写得最多,最富感情的,也便是母亲。我在远离她的地方,通过文字诉说、感叹,但母亲只是默默奔忙,像深井一样沉默。

自读大学后,我在家里待的时间就一年比一年少,离家时,走得也一年比一年仓促。偶尔回家,母亲总是格外高兴,不知疲倦地在菜园、井边和灶台上忙活,为我们做饭,给我们炒菜。在母亲看来,或许这就是最快乐、幸福的事。记得前年春节,早早写信回家,告诉了母亲行期,却没料到,接连不断的事情跟在脚边,弄得我一时半会儿动不了身。待好不容易做完事,回到家中,差不多已是预约时间一周以后。刚进村口,就有乡邻告诉我,你妈天天到街上等你们,把垭口都望矮了。未按期而归,母亲该是如何着急,这我能够想象;但当我带着风尘和一脸歉意,出现在母亲面前,她却只说了一句:"回来了就好。"我所有的歉意,凝为泪滴落下来。

也就是那时,猛然看见母亲头发中间,凛然生出一撮撮白发,像春天黛青的远山阴影里的一抹抹残雪。这不经意的发现,在我心里,不啻一次剧烈的山崩或海啸。

近年来,母亲常说,她眼涩了,手钝了,缝东西时,穿针都很困难了。而我记得,母亲的手脚,曾是全村里最快的,母亲的针线活,是全村最出色的。无论她缝制的衣服,还是衣服上打的补丁,都会惹得别人夸赞。小时候,每年春节前,母亲都要给我们几姐妹做鞋。那时,她的眼睛明亮如镜,她纳的鞋底,针脚又细又密,鞋帮和鞋底,都有好看的花纹。可是现在,她却连穿针引线都感到困难了。

"本来想给孙娃做两双鞋的,眼睛看不清了。"母亲的声音里有些无奈和凄惶。

我听了,鼻子酸酸的,眼睛涩涩的,直想哭。为母亲的苍老,也为自己的粗心。虽然我早知道,南来北往人自老,白发取代青丝,是自然规律,谁也无法抗拒。但是,这些年来,我们一直忽略了母亲的变化。每次想到她,浮现眼前的,总是年少时看到她的样子:精神,精明,能干。数十年如一日,母亲一直辛苦奔波劳累,一直为我们提供着温暖和关爱。那样的自然而然,让我们以为,她会一直如此。让我们一点儿也没觉察到,她会一年比一年老;她的皱纹,会一年比一年密;她的头发,会一年比一年白。也许,我是真的太大意了。连七岁的儿子都知道,世界上一去不复返的东西是时间,我怎么就没在意呢?

就像那口沉默在屋后的井。那井水,一直那么清澈,纯净,一直那么源源不断,让我们从没想到,它也会有枯竭的一天,也会有再不能让我们汲饮的一天。

记得,读过台湾诗人琼虹的一首诗,叫《妈妈》:"当我认识你,我十岁/你三十五。你是团团脸的妈妈/你的爱是满满的一盆洗澡水/暖暖的,几乎把我漂起来……等我把病治好/我三十五/你刚好六十/又看到你,团团脸的妈妈/好像一世,只是两照面/你在一端给/我在一端取/这回你是泉流,我是池塘/你是落泪的泉流/我是幽静的池塘。"

或者,对我们而言,母亲就是那不停地供我们汲饮、滋润着我们心田的一眼井。

· 96 ·

女儿掉进了游泳池

[美]杰伊·斯图勒

1986年10月的一天清晨,阳光温暖地照耀着,在离洛杉矶不远的埃尔·米拉吉沙漠地区一座宅院里,残疾母亲辛迪·邓洛普正看着自己17个月大的女儿凯拉,她正和欢蹦乱跳的长毛狗克罗斯在游泳池边玩耍。

这时,电话铃声响起来。辛迪转动着轮椅走向最近的电话,那电话就安放在院子拐角处的车库里。她因为几年前遭遇车祸,下半身已经瘫痪。她转动轮椅到车库接电话,才知道是一位邻居打电话跟她聊天。

刚聊了两句,辛迪就听到从游泳池传来几声水响。她想:"这一定又是克罗斯下水了。"因为这条狗每天都要跳进水池几次。但是水声停了,狗却在狂叫,她立刻感到不对劲了,狗下水会一直扑腾,也不会狂叫不止。她立即挂上电话,转着轮椅绕过院角直奔游泳池。

刚转过院角,她就吃了一惊,她看见女儿凯拉已掉在水池里,正脸朝下漂浮着,发狂的克罗斯正沿着池边来回奔跑大叫,似乎想抓住水中的孩子。

看到这一幕,辛迪几乎被吓得昏了过去。她的丈夫罗恩在上班,他工作的地方到家里要有90分钟的路程,她家距离最近的医院有25英里,离最近的邻居也有半英里远。当时她就想到,没有人会在短时间赶来帮她。她快速转动轮椅冲向水池。她此刻只有一个念头:"我要自己救出孩子。"

辛迪会游泳,那是在夏天她为了治疗身体而学会的,但每次都是丈夫罗恩帮她进出水面,因为她缺乏足够的力量来调动自己麻痹的下半身。女儿凯拉此时正漂浮在离池边很远的地方。

没有时间停下轮椅了,也没有办法从池边到达凯拉身边。辛迪现在能做的,就是不停地转动着轮椅,直奔水池。

当辛迪的轮椅冲进水里的时候,她立即沉了下去。冰凉的池水,使她立刻感到呼吸困难,但她奋力地用手划水,迫使自己的眼睛盯着漂浮在25英尺外的凯拉。她很快划到凯拉的身边,一只手抓住孩子的胳膊,另一只手推着她游向池边。凯拉的身子翻过来时,她看到孩子嘴唇发紫,眼睛紧闭,呼吸已经停止了。

辛迪将凯拉推到池边,想将她推离水面,可是她的双腿不能踢水,她只能靠一只手划水,不知不觉地她又沉到水下,离开了女儿的身体。

她咬咬牙,又重新划过来,深深吸了一口气,双臂插到孩子身下,然后用指甲紧紧抠住池沿,再用自己的头抵住孩子,用头把孩子往上推。孩子的半个身子刚离开水面,可是她因用劲而使水淹没了头顶,孩子又从她头上滑落了下来,再次掉进水池中。

辛迪再吸一口气,又试了一次,她又失败了。她快速地又试,到了第三次,她有了经验,把头绷得直直的,右肩也抬得更高一些。当她再将孩子往上推时,她感到孩子在往上滚,接着滚过她的手,一下子滚到了池边的地上。

辛迪用胳膊扒住池沿,让身体紧靠池边,随即给孩子做人工呼吸,一次、两次,可是什么反应也没有,她绝望了。这时她想到几年前自己在撞车后挣扎的情景,她给孩子再次做人工呼吸。女儿终于有呼吸了,水也吐了出来。孩子先是咳嗽,接着喘气,最后开始哭了。

辛迪大声说:"孩子别怕,妈妈在这儿。"她看到孩子的嘴唇青紫,眼睛无神。她知道,凯拉这时可能会因脑缺氧而引起脑损伤,所以必须立刻打电话呼救。她转过身,游过15英尺宽的池子,到达对面丈夫托她出水的地方。她用胳膊和胸部使尽全力扭动着身体往上爬,终于把双腿拖了上去。

这时,凯拉正在对面的池边大声啼哭,辛迪害怕女儿再次掉进水池,便快速在水泥地上朝着女儿爬去。过了一会儿,终于爬到女儿身边,她紧紧地搂住女儿。她已太疲劳了,但是她知道自己不能停下来。

辛迪把孩子放到后背上，带着她往院子里的草地上爬去。突然，她注意到地上有血迹。她立刻检查了凯拉，看见孩子没有受伤，发现血是从自己的脚背上流出来的。她的脚已被水泥地磨破，双手也被划破了。

爬到草地上，离水池远了，辛迪这才放下女儿。她知道，自己不坐轮椅能够快速找到的电话在卧室里，她又爬过院子，爬到卧室里。抓起了床头柜上的电话，拨打了911。

辛迪紧张地对接线员说："我的孩子掉进了水池，我已经让她开始呼吸了。她现在正在哭。"

接线员问："你住在哪里？"

她说："灰山路。"

接线员说："我们马上派救护车来。"

辛迪接着又给丈夫打电话，告诉他："女儿出事了！她掉进了水池里。"罗恩在电话里听到了女儿凯拉的哭喊声，他告诉辛迪别着急。罗恩赶紧给邻居休·布朗打了电话，幸好这位邻居在家，他不到5分钟就赶到了辛迪家。

这时，凯拉和辛迪都冷得浑身发抖。布朗抱起凯拉，脱去她的湿衣服，用毛巾把她擦干，然后放在床上用被子盖好。接着，布朗把辛迪也抱上床，等待救护车来后送她们去医院。

她们被送进医院后，辛迪的手和脚都被包扎起来。医生对她说："凯拉的情况不错，她没有因为缺氧而造成后遗症。"尽管医生们一再保证凯拉没有事儿，而且称赞辛迪勇敢地救了女儿，可是她的情绪还是很低落。这时，罗恩来了，他走进病房，一把抱住女儿，问辛迪："凯拉好吗？"辛迪点点头。丈夫又问："你好吗？"辛迪又点点头。罗恩紧紧搂住了妻子，说："辛迪，你是好样的。我早就知道你会这样做的。"

辛迪的泪水一下子夺眶而出，这是感激而又欣慰的泪水。

圣诞节的母亲

[美]约翰·杜尔

杜尔从小在芝加哥长大，寒冷的冬季让他想起一些圣诞节的情景。时间回到1925年，当时妈妈带着他和哥哥过着困苦的生活。

爸爸当时已经过世三年，留下坚强不服输的妈妈和两个孩子。

哥哥纳德比杜尔大四岁，已经上学了。妈妈必须带着杜尔去上班，她是一名清洁工，那是她唯一能找到的工作。那个时候的工作机会非常少，工资更是微薄。杜尔记得当时看着妈妈跪在地上不停地擦洗地板与墙壁，在严寒的天气里坐到四层楼高的窗台外面擦玻璃，而薪水一个钟头才25美分！

杜尔永远不会忘记1925年的圣诞夜。妈妈刚从诺赛德附近干完活，他们搭乘一辆街车回家。妈妈工作了9小时，总共赚了2美元25美分，另外雇主还送她一罐番茄酱当作圣诞礼物。杜尔还记得妈妈将他高高举起，放上街车后方的平台，然后从她仅有的钱币里找出5美分的铜板付了车费。他们握着彼此的双手，一起坐在冰冷的座位上，妈妈轻轻握住杜尔的手，但是她粗糙的双手割痛了他的手掌。

杜尔知道那天是圣诞夜，虽然他当时只有五岁，但是据他以前过圣诞节的经验，他的直觉告诉他，今天除了加点儿菜、到玛莎百货公司看橱窗内栩栩如生的娃娃、雪景，以及其他小孩兴奋的模样之外，别期待任何别的东西。

在回家的路上，杜尔心里有一股温暖的安全感，因为妈妈握着他的手，还有一个名为"善心兄弟"的慈善团体也送了一篮食物给他们。

街车路过一个十字路口，路旁的伟伯兹百货公司准备打烊了，最后一批顾客也纷纷离去了。杜尔和母亲坐在行驶的街车上，即使隔着冰冷的车厢与行车的嘈杂声，依旧能够感受到那些人欢乐的过节气氛，也能够听见他们愉悦的欢呼声。但是当他抬头看妈妈时，他感觉到她身上的痛苦。泪水从她干枯的脸庞上滑落，她紧握着杜尔的手，然后松开，再用她那粗糙龟裂的手，擦去脸上的泪水。他永远都不会忘记母亲那双手：肿胀的关节、扩张的血管以及粗糙的皮肤，那显示出她为他们做出的牺牲。

他们下了街车，踏上已经结冰的积雪街道，寒冷的空气刺痛了他们的脸。

妈妈大步向前走着，她没戴手套的一只手紧拉着杜尔，另一只则拿着一个购物纸袋，里面装着一罐番茄酱和她那套脏污的制服。

他们的公寓位于街区中段。理发师尼克每年圣诞节都会在他理发厅旁边的空地里贩卖圣诞树，往往圣诞夜还没到，圣诞树就已经销售一空，只留下满地枯黄或残破的断枝。他们经过那块空地时，妈妈松开了他的手，拾起一些废弃折断的松树枝。他们那两层楼的小公寓里没有炉子，只有厨房煮饭用的火炉。他和哥哥到附近的铁路边上去捡火车上掉落下来的煤炭，还有在隔壁巷子里找几个木制的水果箱以作为炉火的燃料。对他们而言将所有能够燃烧的东西带回家是很自然的事。

他们登上既肮脏又没铺地毯的木制楼梯回到了家里，他们打开进入客厅的大门，屋子里面冷得跟冰库一样，屋内好像比外面还要冷。

穿过客厅就是卧室，卧室在厨房旁边，里面也温暖不到哪儿去。厨房的门是关着的，这样好让浴室、厨房里面保持温暖。整间屋子除了两张床铺、一张破桌子和四把椅子之外，并无其他的家具，地上也没有铺设什么东西。

纳德将炉火生了起来，然后紧偎在火炉旁一边取暖一边专心阅读着过期的《男孩生活》杂志。妈妈帮杜尔脱下外衣，让他也坐在火炉旁，然后就去准备圣诞大餐。

这是一个与欢乐、施予、接受和爱有关的节日，所以他们并没做太多的交谈。除了拥有彼此的爱之外，其他圣诞该有的气氛都没有。他们面对着那小小的火炉，吃着火腿罐头、蔬菜和面包，炉火将他们的脸烤得发烫，他们的背部却被风吹得冰冷。

那时杜尔心里唯一盼望的就是晚上早点儿上床，因为房间里没有暖炉，所以冷得要命。

像平常一样，他们洗漱完毕，便回房间睡觉。杜尔像母亲腹中的胎儿一样蜷缩在两条被单之间，既没有脱袜子也没有摘掉帽子。一阵冷风灌入他的背部，因为他身上那件单薄的旧内衣有一颗纽扣掉了。至于能否收到圣诞礼物他也不抱太大的希望，所以很快就进入了梦乡。

杜尔被街上的声音吵醒几次，紧接着又睡着了。

天还没亮杜尔就醒过来。他没有听到送牛奶的人在巷子里走动的声音，也没有瓶子撞击的声音，他知道他还可以睡几个钟头。

但是当他把脸转到妈妈这边时，突然发现妈妈根本就没上床，他的脑子突然变得很清醒，想着妈妈是不是生病了？还是她终于觉得受够了，抛下他和哥哥走了？他躺在床上，越想越怕，却不敢去证实一下自己想象得是否正确。这时他听到从厨房传来一种吱吱轧轧的摩擦声音，那声音像机器一样有规律：停几秒钟，然后再继续发出声响，然后再度停下来。虽然杜尔非常害怕面对真相，但他知道还是要去看妈妈到底在干什么。

杜尔一进入漆黑的客厅，就看到厨房里微弱的灯光从半开的木门下流泄出来。他越靠近厨房，那种吱吱轧轧的摩擦声音就越响。他看到妈妈背对着他，呼吸时嘴里吐出白气，用一条毯子裹住头部与背部以抵挡寒冷的空气。

右边的地板上放着她最喜欢的扫把，可是扫帚上方的握柄已经被削掉了。她在破旧的木桌上工作着：他从未看过妈妈如此专心努力的态度。妈妈面前的东西似乎是一棵尚未成形的圣诞树。杜尔敬畏地看着她做出的物品。她用破损的菜刀在扫把的把手上挖出洞来，然后把她从空地上捡来的树枝塞入洞里，它马上就变成了杜尔生平所见过的最美丽的圣诞树。那些不规则的洞无法有效地支撑树枝，她就用一条绳子固定住。

这时杜尔看到她的脚边还有两条毛巾，上面放着玩具：一辆是掉了两个后轮的消防车；一辆是掉了很多个轮子的旧铁制火车,车顶的中段是弯曲的;一个玩具箱,里面的玩偶没有头;还有一个娃娃的头,但是没有身体。这些都是妈妈没睡觉出去捡回来的。此时杜尔心里的寒冷、痛苦与恐惧消失了,他的内心升起一股最温暖的爱。他静静停立在那里一动不动,眼泪流了下来。

杜尔悄悄转过身去,慢慢地走回房间,妈妈则继续进行她的工作。杜尔这些年来也收过一些精美的礼物,但是都无法跟这份礼物相比。杜尔永远不会忘记妈妈,以及1925年的圣诞节。

我那顽皮妈妈的爱

李开复

我从小就是一个特别调皮的孩子。但和许多母亲严厉管教的做法相反,妈妈不但容忍我的调皮,而且还特别疼爱我这个父母的老来子。我做一些调皮事的时候,母亲总是微笑地看着我。甚至,有时候,妈妈和我们玩起来比我们还要顽皮得多。

一个暑假,我写了一本武侠小说,里面的人物全是我的家人,我还把小说录音做成了"广播剧",并用刀叉配音;此外,我还拍了一本相册,里面是我和我的外甥装扮(有些还是反串的呢)的妈妈最不喜欢的演员、球员、广告角色等。可这本相册缺了一个封面。既然都是妈妈不喜欢的东西,我就想拍一张妈妈生气时的照片做封面。为此,有一天我把电梯按住,让妈妈等了10分钟,然后我在电梯的另一端准备好相机捕捉她"生气的瞬间"。至今,我的武侠小说和相册还被妈妈放在床边。我想,只有像我母亲那样拥有一颗年轻的心,才会容忍甚至欣赏孩子的调皮、淘气吧。

想来也是,我的调皮应该是遗传自我的母亲。我父亲不苟言笑,但母亲却常常和我们"打成一片"。有一次,哥哥和母亲两个人玩水战,弄得全家满地都是水。最后,母亲躲在楼上,看到楼下哥哥走过,就把一盆水全倒在他头上。

小时候,邻居夸口说,他的水池里养了100条鱼,我们全家都不相信。后来,几个孩子在邻居不在家的时候,决定去把邻居的水池放干,数一数到底有几条鱼。经我们证实,水池里其实只有五十多条鱼。但经过这样的折腾,邻居的鱼死了不少。气急败坏的邻居到我们家抗议,妈妈却一面道歉,一面偷笑,因为"数鱼工程"就是她亲手策划并带着孩子们做的。

我在同龄人中,学东西算是很快的,当其他同龄的孩子还躺在父母怀抱里时,我已经会背"九九乘法表"和古诗词了——这主要得益于母亲的教诲。

母亲坚信我是个最聪明的孩子,所以对我期望最高,管教也最严。我不用功时,母亲会生气地把课本丢到桌上;退步时,母亲可能会打我一顿;进步时,母亲则会给我奖励。记得小时候,有一次考了第一名,母亲带我出去给我买礼物。我看上了一套《福尔摩斯全集》,但是母亲说:"书不算是礼物。你要买多少书,只要是中外名著,随时可以买。"结果,她不但买了书,还另买了一只手表作为礼物送给我。从那时起,我就整天读书,一年至少要看两三百本书。感谢母亲的支持,我才能在小小年纪就看了这么多本书,并养成了终身读书的习惯。

我10岁的时候,远在美国的大哥回家探亲。看到我整天被试卷和成绩单包围着,承受着升学的压力,没有时间出去玩,也没有朋友,大哥忍不住说:"这样下去,考上大学也没用。不如跟我到美国去吧。"

在父母的期待和鼓励下,11岁的我来到了美国南方田纳西州的一个小城市。在这个只有两万人的小城市里,来自中国的小学生只有我一个。哥哥送我去了附近的一所天主教小学。第一天入学,我就蒙了。虽然之前也学了不少英文,但我还是听不懂老师和同学们在说什么。母亲一直很担心,我能否跟上进度。

还好我还不是完全的哑巴。有一次在数学课上,老师问1/7换成小数是多少。我虽然不太听得懂英语,但还认得黑板上的1/7,这是我以前背过的。

于是我高高举起手,朗声回答:0.142857142857……当时,同学们都瞪大了眼睛,从不让学生们

"背书"的美国老师也惊呆了，几乎认为我是"数学天才"。虽然我并不是数学天才，但是，当时年纪小，还是感觉很得意。回家后，我开心地告诉母亲今天在课堂上的表现，母亲显然比我还兴奋。因为我终于开始一点点地适应这里的生活了。

母亲一直不懂英语，但她每年都会花6个月时间在美国陪我读书。在每年陪读的6个月里，母亲要默默忍受语言不通、文化迥异的生活环境；而在她返回台湾，与我分别的6个月里，她同样会为我的学业操心。

临走前，她又郑重地对我说："我还要交代你两件事情。第一件就是不可以娶美国太太。""拜托，我才12岁。""我知道，美国的孩子都很早熟，很早就开始约会，所以要早点告诉你。不是说美国人不好，只是美国人和我们的生活习惯和文化都不一样。而且，我希望你做个自豪的中国人，也希望你的后代都是自豪的中国人。身体里流的是100%炎黄子孙的血……"

"好的，好的。飞机要起飞了。"

母亲拉住我的手说："第二件事，每个星期写封信回家。"

没想到第二件事情这么简单，我爽快地答应了。

母亲走后，我突然发现自己一下子变得特别想念台湾。我更想念母亲，常常想到我最喜欢的事情——躺在她的怀里看书。

我在美国接触到的教育方式以表扬和鼓励为主，这让我信心十足，在我幼小的心灵里播下了自信和果敢的种子。凭借着自信和勇气，我很快克服了语言障碍。两年后，在一次州级写作比赛中，我居然获得了一等奖，当地的老师十分惊讶——这个刚适应美国生活的中学生居然还有人文方面的天赋。

我每周都写信把自己在学习上取得的进步告诉母亲，而且每封信都是用中文写的——因为这是我答应母亲一定要做到的事。

后来，我终于明白，母亲临走时叮嘱我的两件事不单是简单地希望我娶中国的妻子，会中国的语言，更蕴含着一种浓浓的家国梦，深深的中国情。由于母亲的影响，无论我身在何处，我都会关心中国正在发生的一切，因为母亲不止一次提醒我说：

"别忘了你是中国人。"

远去了，母亲放飞的手

刘心武

从1950年到1959年，我8岁到17岁。家里平时就我和母亲两人。回忆那10年的生活，母亲在物质上和精神上对我的哺育，都是非同寻常的。

物质上，母亲自己极不重视穿着，对我亦然，有的穿就行了。用的，如家具，也十分粗陋。但在吃上，那可就非同小可了，母亲做得一手极地道的四川菜，且不说她能独自做出一桌宴席，令父亲的那些见过大世面的朋友交口称誉，就是她平日不停歇地制作的四川腊肠、腊肉等，也足以叫邻居们啧啧称奇。有人就对我发出警告："你将来离开了家，看你怎么吃得惯啊！"但是母亲几乎不给我买糖果之类的零食，偶尔看见我吃果丹皮、关东糖之类的零食，她总是要数落我一顿。母亲坚信，一个人只要吃好三顿正经饭，便可健康长寿，并且那话里话外，似乎还传递着这样的信念：人只有吃"正经饭"才行得正，吃零嘴意味着道德开始沦落——当然很多年后，我才能将所意会到的，整理为这样的文句。母亲在饮食上如此令邻居们吃惊，被一致地指责对我过于"娇惯"和"溺爱"。但还有令邻居们更吃惊的事，那就是我家是大院中有名的邮件大户。如果那几十种报刊都是我父亲订的，当然也不稀奇，但我父亲其实只订了一份《人民日报》，其余的竟都是为我订的。邻居大妈不解地问我母亲："你怎么那么舍得为儿子花钱啊？你看你，自己穿得这么破旧，家里连套沙发椅也不置！"母亲回答得很坦然："他喜欢啊！这个爱好，由着他吧！"

1959 年,我被北京师范专科学校录取,勉勉强强地去报了到。我感到"不幸中的万幸"是这所学校就在市内,因此我觉得还可以大体上保持和上高中差不多的生活方式——晚上回家吃饭和睡觉。我满以为,母亲会纵容我"依然故我"地那样生活。但是她却给我准备了铺盖卷和箱子,显示出她丝毫没有犹豫过。母亲不仅把我"推"到了学校,而且,也不再为我负担那些报刊的订费,我只能充分地利用学校的阅览室和图书馆。

1960 年春天,有一个星期六我回到家中,一进门就发现情况异常,仿佛在准备搬家似的……果不其然,父亲奉命调到张家口一所军事院校去任教,母亲也随他去。我呢?父亲和母亲都丝毫没有犹豫地认为,我应当留在北京。问题在于:北京的这个家,要不要给我留下?如果说几间屋都留下太多,那么,为什么不至少为我留下一间呢?但父亲却把房屋全退了。母亲呢,思想感情和父亲完全一致,就是认为在这种情况下,我应当开始完全独立的生活。父亲迁离北京后的那周的星期六下午,我忽然意识到我在北京除了集体宿舍的那张床铺铺位,再没有可以称为家的地方了!我爬上去,躺到那铺位上,呆呆地望着天花板上的一块污渍,没有流泪,却有一种透彻肺腑的痛苦,难以言说,也无人可诉。

1969 年春天,我在北京一所中学任教。就是那个春天,我棉被的被套糟朽不堪了,那是母亲将我放飞时,亲手给我缝制的被子。它在为我忠实地服务了几年后,终于到了必须更换的极限。于是我给在张家口的母亲写信要一床被套,这对于我来说是自然到极点的事。母亲很快寄来了一床新被套,但同时我也就接到母亲的信,她那信上有几句话我觉得极为刺心:"被套也还得向我要,好吧,这一回学雷锋,做好事,给你寄上一床……"睡在换上母亲所寄来的新被套里,我有一种悲凉感:母亲给儿子寄被套,怎么成了"学雷锋,做好事",仿佛是"义务劳动"呢?现在我才醒悟,母亲那是很认真很严肃的话,就是告诉我,既已将我放飞,像换被套这类的事,就应自己设法解决。她是在提醒我,"自己的事要尽量自己独立解决"。母亲将我放飞以后,我离她那双给过我无数次爱抚的手,是越来越远了,但她所给予我的种种人生启示,竟然直到今天,仍然能从细小处,挖掘出珍贵的宝藏来……谁言寸草心,报得三春晖!

母亲的榨菜

何孝素

在重庆万州,女人都会做榨菜,从我记事起,就知道母亲的榨菜是越嚼越有味的好东西。

母亲一手拉扯大我们兄弟姐妹四人,还照料着瘫痪在床的爷爷,但她却从未让我们感到过生活的艰辛。她用美味可口的榨菜充盈着入不敷出的生活,让我们的苦日子变得有滋有味。

每次回家度完假返校的前一天,母亲总要把各种榨菜使劲地往瓶子里塞,用面槌使劲地压,压实了又再装,直至瓶子里一点缝隙都没有,那架势真恨不得把家里所有的榨菜都让我带走。把瓶子全部装入纸箱后,母亲又在纸箱余下的空隙处这儿塞一块腊肉,那儿塞一截香肠,一点儿空间也不留。最后,母亲把那实实在在的纸箱捆得牢牢的,在提箱子的地方还细心地缠上布条以防勒手。

有一次回家,我随口对母亲说了一句:"同学们都很爱吃你做的榨菜,每次带去的榨菜不到一个月就吃光了。"说者无心,听者有意。到我返校时,发现母亲给我准备的行李中多了两个装在竹筐里的大土坛子,每个足有十五公斤重,在坛子周围还塞了许多布条和棉花。没等我开口反对,母亲就说:"你不要嫌多,到学校就嫌少了。这两个坛子,一个装的是榨菜,另一个是萝卜条,足够你和同学们吃一学期的了。"

我知道母亲倔强的脾气,又听她这样说,话到嘴边又咽了回去。

谁知快到出站口时,车站检查员一眼就看出这形状笨拙的土坛子分量不轻,他信心十足地把我所有的行李过了秤，理直气壮地罚了我二百多元的"行李超重费"。车站被罚事件后，母亲悄悄地用塑料瓶代替了玻璃瓶装榨菜，装的榨菜比以前更多了，但母亲仍有一点遗憾，就是用塑料瓶装的榨菜的味道没有用玻璃瓶装的纯正。

有一年暑假我没有回家，心想下学期没有母亲做的榨菜吃了。没想到刚开学，同在北京读书的初中同学让我过去拿母亲托他带给我的榨菜。母亲在装榨菜的纸箱中还夹了封信，告诉我哪一瓶是甘露子，哪一瓶是韭菜花，并叮嘱我吃完一瓶再开另一瓶，否则来不及吃就坏了很可惜。她还让我拿两瓶榨菜感谢给我带箱子的人。在别人眼里，两瓶榨菜算不了什么，但我却认为母亲的榨菜是我送给别人的最好礼物了。

母亲腌制榨菜时费尽了心思——她戴着口罩，一只手用石槌捶着大蒜和辣椒，另一只手拿块手帕不停地抹眼泪。小时候不懂事，每次母亲做辣酱时，我们都躲得远远的，怕闻那能把鼻涕和眼泪一起呛出来的刺激气味。长大以后，才体会到母亲做榨菜的辛苦。有一次母亲切萝卜时，不小心切到手指，鲜红的血滴到雪白的萝卜上，是那么触目惊心，她却一笑了之："没关系，离肠子还远呢！"可我们若是弄破了手指，母亲却心疼不已："哎呀，十指连心啊！"母亲用纱布简单地包扎了一下手指，又开始揉那一堆浸满了酒、盐和辣椒的萝卜条。好几次我们要帮母亲揉萝卜条，都被她挡了回去，她说："你们的手太嫩，不够劲，没我有经验，只有把榨菜揉松软了，作料才能浸到榨菜里面，吃起来口感才好。"等母亲洗净双手后，我才发现她的双手又红又肿，明白了她为什么从不轻易让我们帮她做榨菜。她只有在不能把榨菜搬到房顶上去晒时，才轻声使唤一下我们。

在大学的四年时间里，我居然没有吃厌学校那寡淡的伙食，这得归功于母亲，因为她用风味各异的榨菜调节了我单调的伙食，更把我身处异地的孤独感一扫而光，让我时时感觉到母亲在鼓励着我、关注着我。

毕业后，我被分到重庆工作。母亲打电话来，除了嘘寒问暖外，总要提醒我别忘了某天到某停车场找某驾驶员拿她带给我的榨菜。而此时，母亲所谓的榨菜已有了广泛含义，从炸排骨到熏肉，从炒面到干果，只要是留得住的好吃的，母亲都想方设法托人给我带来。有一次，母亲居然给我带来了一大包新鲜的油炸鱼，那鱼经过一路颠簸已碎得不成样了。我用电炉蒸了一下吃，仍然觉得味道很鲜美。我住的宿舍因为时时有好吃的，所以成了同事们吃午饭时必来的地方，大家在不停咂嘴的同时，都说一句类似的话："你妈做的东西真好吃。"所有的同事都从"榨菜"里知道了我有一位十分能干的母亲。

上个月我打电话回去，母亲告诉我鸡棕上市了，她正在忙着加工鸡棕，准备做好后邮寄给我。鸡棕是从枯松叶覆盖的泥土中长出的一种野生菌，用几朵鸡棕煮出的汤比鸡汤还要鲜美、清香。鸡棕一年中只有晴雨无常的几天才有，它的价格和清理时的烦琐程度也是和它的美味成正比的。而母亲为了能留住它的美味让我品尝，只能用油把它炸干，并用油浸泡以防发霉。母亲用心良苦，让我不忍拒绝，再没有什么比高兴地接受母亲的给予更让她欣慰的了。

上个星期天，母亲打来电话不高兴地说，她用铁罐把鸡棕装好，用蜡把罐口封严实，邮局的人却不让她寄，她对此很想不通。我开导她说："现在大家都忙着寄月饼，邮局的人可能怕罐子万一破了口，别人的月饼染了鸡棕油就不好办了。"在我的安慰下，母亲心里才宽慰了一点，但她仍然有一些不甘心。

前几天，母亲兴奋地告诉我，她跑了几次邮局后，邮局的人终于同意让她寄鸡棕了，条件是她必须用锡把罐口封死。现在东西已经寄出来了，这样我就可以在中秋节吃到鸡棕了。虽然隔着电话，但我仍然能感到母亲的语气里透着无比的满足，这使我哽咽了。我不知道自己是怎样问候母亲的，只觉得当时鼻子酸酸的，眼睛湿湿的，一股热浪堵在胸口，想赶快挂了电话大哭一场。

现在我还没收到母亲的鸡棕，知道打开它也要费些力气，但我似乎已经见到了那油亮金黄的鸡棕，享受着美味的同时，也在享受着母亲的爱。我想母亲的榨菜足以让我咀嚼一生，回味一世。

写在墙上的母爱

佚名

迈克得了一种罕见的病。他脖子僵直,身体僵硬,肌肉一点一点地萎缩。他的病情越来越重,最后完全失去了自理能力。他只能坐在轮椅上,保持一种固定且怪异的姿势。他只有14岁,但14岁的迈克却认为自己迎来了老年。不仅因为他僵硬不便的身体,还因为他的玩伴们突然对他失去了兴趣。

母亲常常推着迈克走出屋子,他们背对着一面墙,沐浴在阳光下。那墙上爬着稀零的藤,常常有一只壁虎在藤间快速或缓慢地穿爬。以前迈克常盯着那面墙和那只壁虎,他站在那里笑,手里握着一根棒球棒。那时的迈克,健壮得像一头牛犊。可是现在,他只能坐在轮椅上,任母亲推着,穿过院子,来到门前,靠着那面墙,无聊且悲伤地看面前三三两两的行人。

14岁的迈克曾经疯狂地喜欢诗歌。可是现在,他想,他没有权利喜欢上任何东西——他是一位垂死的人,是这世间的一个累赘。

可是那天黄昏,一切突然都发生了改变。

照例,母亲站在他的身后,扶着轮椅,捧着一本书,给他读一个又一个故事。迈克静静地坐着,心中充满悲伤。这时有一位美丽的女孩从他面前走过——那一刻,母亲停止了朗诵。迈克见过那女孩,她曾和自己就读于同一所学校,但只是打过照面,他们并不熟悉,迈克甚至不知道女孩的名字。可那女孩竟在他面前停下,看看他,看看身后的母亲。然后,他听到女孩清清脆脆地跟他打招呼:"嗨,迈克!"

迈克愉快地笑了。他想,原来除了母亲,竟还有人记得他的名字,并且是这样一位可爱的女孩。那天母亲给他读的是霍金,一位杰出的物理学家,一位身患卢伽雷氏症的强者。他的病情,远比迈克严重和可怕百倍。

从那以后,每天,母亲都要推他来到门口,背对着那面墙给他读故事或者诗歌。每天,都会有人在他面前停下,看看他,然后响亮清脆地跟他打招呼:"嗨,迈克!"大多是熟人,偶尔也有陌生人。迈克仍然不能动,仍然身体僵硬,可是他不再认为自己是一个累赘,因为有这么多人记得他,问候他。他想这世界并没有彻底将他忘却,他没有理由悲伤。

几年里,在母亲的帮助下,他读了很多书,写下很多诗。后来他们搬了家,他和母亲永远告别了老宅和那面墙。接着他的诗集得以出版,他的诗影响了很多人,而他成了一位有名的诗人。再后来,母亲年纪大了,在一个黄昏静静地离他而去。

很多年后的某一天,他突然想给母亲写一首诗,想给那老宅和那面墙写一首诗。于是,在别人的帮助下,他回到了老宅的门口。

那面墙还在,不同的是,现在它上面爬满了密密麻麻的青藤。

有人轻轻拨开那些藤,他看到那面墙上留着几个用红色油漆写下的很大的字。那些字已经有些模糊,可他还是能够辨认出来,那是母亲的手迹:嗨! 迈克!

一生的职业

佚名

未结婚前,她就是一名成功的律师,接连打赢过几场高难度的官司,一时间声名鹊起,成了远近闻名的女强人。

正当事业如日中天时,她步入了婚姻的殿堂。丈夫很支持她的事业,她也理解丈夫的心情,第二年她就为丈夫生了一个儿子。虽然因此影响了事业，但一家人的亲情是其他任何东西都无法换来的。她很满足，无怨无悔。

后来她又接过几场大手笔的官司，又一次创造了事业上的辉煌。有人预言，照此下去，不出五年她将成为国内众多知名律师中最杰出的一位女性。所有的人都相信这一点，并且认为这一天的到来只是个时间问题。

没有人能预料到命运的难题会在何时出现。儿子三岁那年，不幸患上了一种无法治愈且需要有人终生服侍的怪病。身为母亲的她悲伤难忍，放弃一切公事回家照看儿子。她带领儿子四处求医问药，渴望着奇迹的出现。一年过去了，所有的大中医院的专家教授们都爱莫能助地摇头。他们得出一致结论："没有药物可以治疗，只能寄希望于精心照料，用无微不至的爱和关怀来创造奇迹。"

许多人劝她放弃治疗，重新去当律师打官司，所挣的钱一定能够养活儿子和购买他所需要的一切。她坚决地摇头："儿子需要的不是钱，是母亲的爱和母爱陪伴他的时间，既然我把他带到人间，我就应该为他的一生一世负责。"她从此再没有接过一场官司，完完全全地成了家庭妇女，仍然陪儿子四处奔忙，寸步不离儿子周围，一切都要靠自己动手。就这样，一个曾经叱咤风云的女律师很快转变了角色，成了一名彻头彻尾的母亲，一名标准的妻子。丈夫想代替她，她不肯；同行劝她出山，她不肯。许多人都替她惋惜，当年许多与她相去甚远的律师都成就了自己的荣耀，而她居然甘心舍弃一切唾手可得的功成名就屈身侍奉一个根本没有希望的儿子。

她不为众人的议论所动，也不为众人的疑惑做解释。许多年过去了，人们早已忘记了她当年曾是一名声震一时的律师。而她的儿子，克服了医学的极限，超越了死亡的关卡，顽强地长成了一名男子汉，并且以优秀的成绩考入了一所著名的医科大学。儿子立志要成为一位名医，用自己的成就来弥补母亲当年的遗憾。

许多以前的同事来看她，都戴着这样或那样闪烁的光环。她一无所有地坐在他们中间。又有人说出替她可惜的话来，她笑了，伸出双手说："我的双手都攥满了幸福，只是你们都没有看到罢了。世间最宝贵的是生命，我用一生的精力塑造了一个新生命，我为自己的成就感到自豪。其实对于一个母亲来讲，任何工作都只是暂时的和外在的，只有一样工作是一生的职业，那就是爱孩子胜过爱自己。我始终明白这一点，我首先是一个母亲，然后才是一名律师或者别的什么。"

其实不仅仅一个母亲如此，我们每一个人都是如此。在人世间，爱，也只有爱，可以成为一个人唯一可以从事一生的职业。

母爱如粥

佚名

有这样一位母亲，她儿子因车祸变成了植物人。她便坚持每天给儿子讲一些他小时候的故事：七岁时光着屁股在小河里游泳，被虾刺伤了屁股；八岁时赤着脚丫子蹿到树上吃桑葚，让毛毛虫咬得浑身疙瘩……林林总总，儿子都已经忘却了的事情，她却总是记忆犹新，如数家珍。另外，她每天总会利用大部分时间来给儿子熬粥。拣那种最长最大、颗粒饱满、质地晶莹、略带些翠青色的米粒，一粒一粒精心挑选。熬一罐粥，通常要花费两个半小时。她小心翼翼地把粥倒进一只花瓷碗里，一边摆着脑袋，一边对着粥吹气，吹到自己呼吸困难，粥就凉了。她微笑着用汤匙喂给儿子吃，可是儿子闭着眼睛，漠然地拒绝了她。她并不生气，微笑如昔。

第二天，继续拣米——熬粥——吹冷，并且微笑着接受儿子的拒绝。

日复一日，年复一年。她的手指已经变得粗糙而迟钝，她摇晃着的脑袋已经白发丛生，她的气力也大不如前，往往是粥冷到一半时便已经上气不接下气，必须借助蒲扇来完成下一半的降温。可是她依然很小心地做好每个细节，精致而虔诚。可是这一切，儿子并没领情，依然冷漠地拒绝着她。她一直微笑着，始终没有落下一滴眼泪。

这种热情与冷漠的对峙,持续了8年零73天。在第8年零74天时,她正和儿子讲着他小时候的故事,儿子突然睁开眼睛,不太清晰地说了声:"妈妈,我要喝粥。"她顿时泪如雨下——这是自从那次车祸,医生宣布他脑死亡之后,他开口说的第一句话。医生曾对她说过,像他这种情况,只有十万分之一的机会苏醒。

儿子那天喝到了久违的母亲熬的粥。粥并不像他以前喝到的那么美味,由于火候没有控制好,粥有微微的煳味,而且还有咸咸的眼泪味道。可想而知,母亲熬粥时的心情是多么的不平静。

故事到这里并没有结束。3个月之后,就在儿子完全可以生活自理之时,母亲突然撒手人寰。临走时,母亲握着儿子的手,笑容安详而从容。儿子在清理母亲遗物的时候,发现了一本母亲的病历,其实早在7年多以前,在儿子昏睡一年之后,不幸又一次降临到这个家——母亲被确诊为肝癌晚期。

是什么信念可以支撑一位肝癌晚期的女人与病魔对抗了7年?医生说这是个奇迹。儿子却知道,创造这些奇迹的正是——那可怜而尊贵、平凡却伟大的母爱!

一只手的力量

佚名

中途,一位妇女上了中巴,左手抱小孩,右胳膊挽着一袋肉。没有人给她让座,我只好从发动机盖子上站起身,说:"将就一下,你坐这里吧。"她感激地笑笑。

她显然很疲惫,衣服也不整洁,像是个常做小买卖的。怀中的孩子不过两岁,黑黑的,胖胖的,挺敦实。她将那袋肉放在司机座位后,美美地舒了口气,坐在盖子上,稳稳地抱着孩子。

不久,下去几位乘客,车厢空了许多,但仍然没有座位。我无聊地望着外面,耳际是发动机的响声。

就在这貌似平静的时刻,忽听司机一声惊叫,车身"嘎——"一扭,差点没把我甩出窗外!紧接着,"轰隆"一声,中巴似乎被弹起。我头晕目眩,手下意识地攥紧栏杆,但巨大的惯性仍将我抛向车后。这时,又是"轰隆"一声,中巴骤然停止。

惊魂未定,车内一片哭爹骂娘声。我发现,中巴此刻整个跷了起来,车尾还在地上,而车头却搭上了一堵矮墙,车身与地面约成45度夹角!车祸!我忽然记起抱孩子的妇女,回头一看,见她左手牢牢地抓着司机座位上的钢丝,右胳膊紧紧抱着孩子,半吊在空中。

车门被人打开了,大家鱼贯而出。妇女下车时,我想帮她抱一下孩子,她笑道:"不用,只是,麻烦你……"她努努嘴,意指掉在座位上的那袋肉。下车后,我拎着肉找到她,见她正瞅左手掌,她的左手掌一片乌青,渗出血来,显然是钢丝勒的。当我递上肉的时候,她伸出右胳膊接——手腕处光秃秃的!竟然没有右手!

当中巴弹起时,我双手都难以抓住栏杆,而她抱着孩子,居然用一只左手攥住了钢丝——她付出了多么巨大的力量,同时又忍受了多么剧烈的疼痛!

其他乘客围着中巴吵嚷成一片,群情激愤,要追究事故责任人,而那位妇女左手抱小孩,右胳膊挽着一袋肉,已默默地走远了。

后来我多次对别人说起这次经历,大伙儿都啧啧称奇,但我没有道出我心中的感慨:这世上拥有两只手的人多的是,而真正有力量者,一只手也就够用了。

感恩慈母心

若荷

母亲最近病了,病中的母亲依然坚持缝制着一件小夹衣,那是为她的外孙迎接幼小的生命里又一个岁月的交替而准备的。母亲患有严重的气管炎,病发的时候,最怕的就是那些横空曼舞的棉花屑，为避免吸入，母亲特意戴上了口罩，即便这样，也难免使刚有好转的病情再次发作。我劝了好几次没有用，便站在一旁看着，帮她穿针引线，铺铺棉花。望着母亲艰难的呼吸和一双粗糙的手，折叠在记忆深处的一些往事浮现在眼前。

　　我是在一个寒风料峭的冬天参加工作的。那一年，天气特别冷，晚上经过雨雪的肆虐，到了白天，门外的树木和屋瓦上的积水便凝成了冰挂。刚去的时候，我们白天上班，晚上大都不出门，瑟缩在四个人居住的屋子里。其实屋子里更冷，早上用过的暖水袋，晚上下班后再也打不开，它们早已冻成了冰坨。我从小体弱，便在那些个漫长的冬天里一再感冒发烧，寂寞病痛的时候，委屈的泪水默默流过。

　　一天，母亲托人给我捎来一个包裹，打开一看，是一件棉背心，黑色软绸的面料，月白色的里子，全都是用旧布料做成。黑色软绸的面儿，洗得已经有些泛白，月白色的里子，也已经打了好几个补丁，母亲还在唯一没有补丁的前襟处，缝了一个贴身的小口袋。那年我十六岁，正是爱美的年龄，和我同宿舍住着的，是一个随同父母从城市转业地方的女孩儿，她衣着鲜艳亮丽，一派城市女孩的装扮，在穿久了一袭灰蓝的日子里，她的装扮很是令人羡慕。她的追求时髦的思想也在潜移默化地影响着我，母亲做的那件棉背心我是不屑穿它的，嫌它老气，并带了一种很自卑的心理去看待它，一次也没有穿，就悄悄地把它扔进了箱底，一晃二十年。

　　女儿上初中时，学校离家远，往来需要骑自行车，冬季来临的时候，看到女儿的小脸被冷风浸得发紫，不禁心疼起来，翻遍了衣柜也没有找到适合女儿穿的棉衣。一年的时间，女儿长了不少，往年的旧衣已经遮不住那幼芽般猛长的身体了。也曾想自己动手去做，只是苦于手拙，只怕白白剪坏了几块布料，况且时间紧迫，于是告诉母亲，母亲听了略一沉思，说："也先不用做，如果急着穿呢，就把当年我给你做的那件找出来，先穿着。"我想也是啊，一阵翻箱倒柜，终于把它从层层旧衣下的箱底翻了出来。幸好我有保存旧物的习惯，棉背心还是和20年前一样，因为没有穿过，所以不很新，也没再旧，只是放得久了，散发着一缕淡淡的樟脑的气息，又因为经年压在箱底，原先厚墩墩的棉花，现在已显得薄了许多，晚上女儿放学回来，我试着让她穿了一下，还挺合适。令我惊讶的是，几乎和当年的我一样年龄的女儿，却没有表现出嫌弃它的意思，穿上那件棉背心，女儿竟然高兴地跳了起来，一个劲地说，整天穿红着绿的，都穿腻了。

　　一次回家，女儿依偎在母亲的怀里，一边抻着衣角，一边问："姥哎，这件棉背心怎么这么软和啊？"母亲这时正在院子里晒太阳，温暖的冬日阳光挥洒在母亲的身上，使母亲饱经风霜的脸上现出少有的红润，母亲抚摸着我女儿的头发，如同李奶奶述说革命家史一般，意味深长地说："这件棉背心啊，可有它的来历了！"

　　原来那件棉背心的面儿，是我姥姥的一件棉袄。姥姥去世得早，那是留给母亲的唯一财产，而棉背心的里儿，也不是月白色的，而是洁白的。当年我的母亲先后失去亲人，是本家的三姥姥收留了母亲，并送母亲读书。十八九岁的时候，和母亲同龄的姐妹们都找了婆家，母亲却立志求学。母亲性格倔强，早年受新思想的影响，坚决不缠小脚，曾备受长辈及乡人的白眼和奚落，前几年我回老家，大妗子还说起母亲的陈年往事。大妗子年长母亲三四岁，却赫然小脚伶仃着。

　　母亲的故事听来令人几多感伤，也令人破涕而笑。那件棉背心的里子，就是在母亲考上师范学校的时候，三姥姥送给母亲的一件大襟褂子。母亲把它穿了又穿，洗了又洗，直到破得不能再穿了。

　　破得不能再穿了，母亲便把它们打个卷，放在衣柜的一角，偶尔，拿它们出来派个用场。我们姐妹小时候的衣裳，多数就是母亲用它们连缀而成，温暖着我们细小的身体。母亲说，不舍得扔掉是有两个原因：一是日子过得的确苦，二是因为每每看到它们，心中便有一种感恩。我参加工作那年冬天，天出奇的冷，母亲知道我棉衣单薄，我前脚走，母亲后脚就着手为我缝制了那件棉背心。可是我不知道，那时我的奶奶正在病中住院，那时我们家里经济还非常拮据，那时，母亲的手里捏着布票，衣袋里却再也拿不出多余的钱。

　　一行热泪从母亲的脸上滑落，母亲说，我就知道你从来没有穿过。其实，我也穿的，只是在天气冷得让人撑不住了的时候悄悄地穿在棉衣的里面。让母亲感到欣慰的是，她的如小鸟一般快乐着的外孙女儿,竟然穿着那件棉背心愉快地度过了一个寒冷的冬季。

从此,一份内疚便深深地压进了我的心底,令我愧疚的是,当岁月的年轮从我身边碾过,并在我的眼角慢慢留下了浅浅皱纹的时候,那份深藏在心底的感动才如一湾温软的湖水在我心灵深处荡漾开来。

去年秋天,母亲去集市买回几块上好的布料,给她所有的孙辈儿女做了一件又一件三表新的棉背心,还建议我把那件旧棉背心的表里以旧换新。母亲说,别看外面陈旧,里面的棉花可好着呢。我没有按母亲说的去做,只是小心拆洗了一下,把它重新连掇起来,初冬时节,欣然将它穿在颜色大红的毛衣外面,或配一条长裙,和女儿在街上比肩而行。那一刻,我仿佛找回了过去的青春岁月,浑身充满了活力与激情。最适宜的是穿着它做家务,轻装上阵,干净利落,女儿戏称我是维吾尔族妈妈,温暖的小屋到处晃动着我忙碌的身影。

如今,母亲已经退休,冬天来临的时候,仍然喜欢为我们做一件又一件的棉背心,在母亲的心里,那一件件棉背心,不仅是为我们遮风挡雨用来御寒的服饰,更是母亲丈量儿女生长的标尺,她能在那些密密麻麻的针脚里,触摸到儿女们成长的轨迹。而那些经了母亲一针一针缝制的棉背心穿在我们的身上,任你行走在怎样的寒冬里也不会冷,因为,母亲所给予我们的,是一颗让我们永远感恩的慈母心。

母爱,幸福的源泉

佚名

一直想写写自己的母亲,但不知从何写起。有过几次想写的冲动,无论从哪个角度去写,千言万语,却总也描绘不出母亲的点点滴滴。

我10岁那年,只记得母亲经常用木板车拉着父亲去县城看病,每次回家都会从父亲的衣兜里掏出给我买的扎头绳,看到各色的扎头绳,我高兴极了,根本不曾想过父亲的病情如何。

也就是这年7月的一天下午,和往常一样,母亲把父亲拉回家。我也和原来一样,高兴得跑着去问父亲要我的扎头绳。而这一次,看见父亲是躺在车子上,母亲按住了我将要掀开盖在父亲脸上的斗笠的手,母亲抱住我哭了,我知道父亲走了!

在母亲拉着父亲回家的路上,母亲怕父亲被颠簸得疼痛(其实父亲哪里还知道疼痛啊),把擦汗的毛巾折叠着放在父亲的头下。母亲说,父亲走时就给她留下我们兄妹仨人,别的什么也没留下。

母亲白天下地干活,晚上管理几分自留地,还要给我们缝补衣裳,做鞋子。母亲心灵手巧,全村妇人都来问母亲要鞋样。有一次,母亲浇了一夜的菜,那时是用一根长绳将水桶一桶一桶地从井里往上提,这一夜,也不知提了多少桶!天亮时,母亲才发现自己的胳膊早被磨出了血泡,难怪母亲感到疼痛!

母亲就是靠过着这样的日子来供我们兄妹仨人上学。母亲不识字,她一直有个心愿,想让我们兄妹都考上大学,脱离农业社的苦。我们仨人学习都很好,我的成绩最突出,每次都是班级的第一名,什么县里、区里的尖子竞赛,我都能考出好成绩。

我刚上初中时,由于母亲实在支撑不起家里的困境,我多次辍学,而老师又多次抓着我不放。从那时起,我退了上,上了又退,最终在我上初三的那年,自己痛下了决心。

永远忘不了那天中午,看到伙伴们陆陆续续都去了学校,我扶着大门流泪,我是多么想上学啊!母亲把我叫到跟前,"妈对不起你,妈知道你学习好,将来会有出息,可你离考大学还要几年啊!你哥哥就快考了,你妹妹还小,妈实在供应不起了,你退学最合适,你可以编草帽,帮助妈妈供应你哥哥和妹妹呀!"我哭着不吱声。

母亲将我紧紧地揽在怀里:"月儿呀,下辈子再托生为人,一定要找个有钱的人家,找个有能耐的妈妈……"看到母亲那一串串眼泪,我放声哭了起来:"妈,来生我再做人,还做您的女儿,还找您做妈妈！我不上学了，我要退学帮妈妈！"这一次，我永远离开了我那渴望的学校大门。

直到现在，母亲还时常提起此事。母亲说，她这一生做的最大的错事，就是没有让我上完学。说真话，今天我有了自己很好的企业，大学毕业生一月所挣的工资，也许我一天就拥有了，但我还是羡慕那些有知识有学历的人。而在我的内心深处，我没有一丁点怪过妈，母亲抚养我们太不容易，她付出的是别的母亲几倍的艰辛！

艰苦的日子同样过得那样快，我们兄妹都成了家，哥哥和妹妹没有辜负母亲的心愿，他们都考上了很好的大学，现在都生活在城市里。他们很多次都要接母亲去他们那里一起生活，可母亲总是说在城市待不惯，仍恋着自己的老家。有一次，我给母亲买了一双皮鞋，母亲边试着鞋边问："就买一双吗？"其实我懂妈的意思，而故意装作不明白："对呀！您要是喜欢，过段时间我再给您买一双。""妈知道你手头不宽裕，把这双拿给你婆婆穿吧！我和她的鞋码一样大，她穿着也会合适的。""妈呀！婆婆正穿着呢！和你的这双一模一样。"我亲昵地揽着妈妈。妈笑了："你这鬼丫头，妈都老了，还戏弄妈妈。"刚结婚的那年春节，我匆忙跑到母亲的家中，母亲又喜又生气："出嫁的人了，什么都要以婆婆家为重，你应先去拜见公婆，过了春节再来看妈。不要让家人和邻居说你不懂道理。"就这样，每年的春节我看着婆婆家又炸又炖，一家人在一起欢欢笑笑，而我的母亲形单影只，寂寞，冷凄，我总是在无人处流泪。

结了婚，我才更了解母亲的孤寂，多少次我劝母亲找个老伴，而母亲坚决不同意，她说，这么多年都熬过来了，她不能丢下父亲独自去享福！我们知道了母亲是多么爱父亲呀！

是啊，那样艰苦的年代，妈妈才39岁呀！她一个人承担起了父母亲的全部责任！那年的冬天，母亲的邻居打来电话："秋月，快来看看你妈吧！她病了。"我心急火燎，开着车飞快地来到母亲的家中，当我看见母亲已瘦得不成样子，蜷缩在床上时，我惊呆了！母亲听见我来，无力地睁开眼睛。"妈，您病成这样，怎么不告诉我？您想让女儿后悔一辈子吗？"我跪在母亲的床前，泣不成声。"我知道你忙呀！八个人替不下一个你，只要你们仨过得好，我这点病算什么，妈还行，能照顾自己。"母亲用她粗糙无力的手握着我的小手。从此，我放下手中所有的事情，经常去看妈，还时常把她接到我的家中。

孩子没有，我们可以生，工作没有了，我们可以找，而母亲没有了会让我们心痛一生。不要说工作太忙，不要说有要事缠身，不要等老人走了，再说对不起，悔恨终生！对于母爱，用感恩两个字，太轻太轻！

用生命诠释母爱

张馨雨

我的舅奶去世了，但谁也没想到舅奶会以这样一种方式离开人世！

舅奶去世那年73岁，70岁那年她右腿被摔残，得拄着双拐走路。

舅奶一生养了两个儿子三个女儿。舅爷去世后，三个女儿一致要求舅奶在三个女儿中选一家养老，女婿们也都是这个意见，因为他们都知道我的两个舅舅有点不孝。可是舅奶却坚持要在儿子家，他说自己有儿子，不能让外姓人养老，那样会让人笑话他的儿子。可是我的两个舅舅却不理解老人的这份苦心，为了推卸养老责任，两个舅舅反目成仇，打得不可开交。后来还是在家族长辈的调解下，才由我的二舅接回了舅奶。可是不到十天，我的大舅听说舅奶还有1万多元的存折，他就又坚决要求由他给舅奶养老。可是二舅也听说了这件事，所以坚决不同意让舅奶去大舅家。两人再次打得不可开交。最后又是长辈们出面调解，决定让舅奶自己选。结果舅奶选择了去孩子多、生活最困难的大舅家，并偷偷地给了二舅2000元钱，才算摆平了这事。

在大舅家，大舅对舅奶很不好，总是惦记着向舅奶要钱，舅奶不给，他就说难听的话，甚至不让舅奶吃饱饭。有一天，舅奶病了，发烧咳嗽。可大舅不仅不请医生给舅奶看病，反而说舅奶活这么大岁数,死了也不亏了,气得舅奶喘不上气来。

吃完了早饭,大舅到院子里要把两头牛套到车上出去拉东西,这时其中的一头公牛突然不知怎的,不听使唤。不管大舅怎么呵斥都不管用。大舅就用鞭子抽打公牛。公牛被打后,忽然掉过头来,发疯般向大舅顶来。大舅一闪躲过了,举起手中的鞭子刚要再去打牛,谁知那头公牛掉过头来再次向大舅猛冲过来。大舅躲闪不及,被牛刮倒在地。还没等起来,牛已再次掉过头来,向倒在地上的大舅冲过来。大舅一边向旁边滚,一边求救。舅奶听到大舅的呼唤声,急忙从床上起来,提起双拐,跌跌撞撞跑进院子。这时正好公牛向地上的大舅冲过来,眼看没救了,大舅一闭眼睛准备等死了。可是这时舅奶也恰好冲到了跟前,举起右手的拐杖迎着牛头用力打去,一拐正打在牛头上,拐杖被崩飞出 5 米多远,失去支撑的舅奶一跤跌倒在地上。公牛被打了这一下,向后退了几步。大舅赶紧跳起来想去扶舅奶起来。可是那头公牛退后几步看清是舅奶打了它时,竟猛地又向舅奶冲了过来。舅奶见状,一只手推开大舅,并高喊:“老儿别过来!”一边举起左手的拐杖向牛迎头打去,那牛一声闷吼,一头将舅奶顶起,甩出 5 米多远。舅奶一口鲜血喷出半米多高,肠子冒了出来⋯⋯这时大舅捡起了一条拐杖疯了一样冲向那牛。而牛在顶中了舅奶后,好像一瞬间失去了疯劲儿,躲闪着雨点般落在身上的拐杖,夺路向院外跑去。

众人来看地上的舅奶,都说舅奶已经死了,劝大舅节哀准备后事。大舅趴在舅奶的身上放声大哭。这时奇迹出现了,肠子已流到外面的舅奶竟睁开眼来,看了看哭得泪人儿似的大舅,慢慢吃力地抬起手来,替大舅擦了一下眼泪,并艰难地笑了一下,说:“老儿,你⋯⋯没事⋯⋯就⋯⋯好了。别⋯⋯哭,妈⋯⋯没事儿⋯⋯”说完又喷了一大口血。大舅大哭着说:“妈,你没事儿,你不会有事儿的,不会有事儿的! 快来人帮我套车,去医院,我要救我妈! 救我妈呀!”很快有人去准备车了。大舅起身,脱下上衣,奋力一扯撕成两半,俯身想去给舅奶简单包扎一下伤口,可是当他俯身再看舅奶时,舅奶已永远停止了呼吸⋯⋯

舅奶就这样去了,从此,每一个传统的祭祀日,大舅都会在舅奶的坟头泪流满面⋯⋯

大舅不孝舅奶,可舅奶却不惜用生命去救大舅,是舅奶让我们读懂了母爱的无私和博大。

血色母爱

王帛

罗莎琳是一位 13 岁的少女,由于幼年丧父,家境贫困,常受到许多人的歧视和欺侮。她性格孤僻,胆小羞怯。看到女儿性格日益封闭,母亲索菲娅心里很难受,总想做些什么让女儿快乐起来。2002 年 2 月下旬的一天,索菲娅因受到公司的表彰而被放了一个星期的假,她打算带女儿去阿尔卑斯山滑雪。滑雪俱乐部的老板佐勒先生看见她们母女俩都穿着银灰色的羽绒服,担心万一发生事故,救援人员难以发现她们的身影,就劝她们换服装,但由于换服装要交纳一笔费用,索菲娅谢绝了佐勒先生的好意。

滑雪者只能在固定的地段活动,不能擅自偏离路线,否则容易迷路或遭遇雪崩、棕熊等意外危险。母女俩的滑雪技巧并不好,但她们依然很快乐地在雪地里滑行、打滚、唱歌,不知不觉偏离了安全雪道。当她们准备返回时才惊恐地发现——她们迷路了!

索菲娅开始心慌起来,她和罗莎琳大声呼喊救助,却不知较大的声响能引起可怕的雪崩。突然,罗莎琳感觉雪地在轻微地颤抖,同时一种如汽车引擎般轰鸣的声音从雪坡某个地方越来越响地传来,索菲娅马上冲女儿大叫:“糟糕! 我们碰上了该死的雪崩!”几分钟后,狂暴的雪崩将躲在岩石后的母女俩盖住了。

罗莎琳不知道自己昏迷了多久,等她醒过来时,发现眼前一片漆黑,她正要张嘴叫喊,大团的雪粒就挤进了她的口中,把她呛得剧烈地咳嗽起来。

因为担心雪水融化进肺部而导致呼吸衰竭,罗莎琳不敢张嘴叫喊,她只是拼命地用手指刨开自己身体四周的雪,以使自己有更多的活动空间。

随着空间的拓展,罗莎琳感觉呼吸顺畅了一些。接着,她开始呼喊母亲,但从口腔里发出的声音显得极其嘶哑和难听,然而,她还是听到了回音。原来,索菲娅就躺在离女儿不到一英尺远的地方。罗莎琳奋力向右挪动身体,然后,艰难地伸出右手朝声音传来的方向刨雪,终于,她握到了另一只冰冷的手!虽然母女俩都看不清彼此的脸和身体,但能够紧紧地依偎在一起感受到对方温热的呼吸,已使罗莎琳的心踏实了许多。

因为索菲娅和罗莎琳的身体并不能自如地活动,所以她们刨雪的进度很缓慢,罗莎琳的十个指头都僵硬麻木了,她还是没有看见一丝亮光,仿佛她们正待在黑暗地狱的最底层。就在罗莎琳快绝望时,她的左手突然触到了一个鸡蛋粗的坚硬东西,凭感觉,她想那应该是一棵长在雪地的小树。

罗莎琳把自己的发现告诉了母亲,索菲娅惊喜不已,她要女儿用力摇晃树干,如果树干能够摇动,那就说明大雪压得不是太深。罗莎琳照做了,树干能够摇动。

索菲娅又叫她握住树干使劲往上挺直身体,但罗莎琳这样做似乎很困难,已经严重不足的氧气使她稍微一用力就气喘不已、头疼欲裂。然而,罗莎琳知道这也许是她和母亲脱险的唯一途径了,如果再耽搁下去,她们不因缺氧而死,也会冻僵。她使出浑身力气一次次地尝试,终于随着一大片雪"哗啦啦"地掉下来,她看到了亮光。尽管是黑夜,但雪光仍然比较刺眼。罗莎琳艰难地站直身体后,赶紧将母亲从雪堆里刨出来,然后母女俩筋疲力尽地坐在雪地上大口大口地喘着粗气。

由于滑雪杆早就不知被扔到哪儿去了,留着雪橇只会增加行走的困难,索菲娅和罗莎琳松开绑带,将套在脚上的雪橇扔掉了。休息了一会儿后,她们决定徒步寻找回滑雪场俱乐部的路。但是,母女俩没有想到的是,因为缺乏野外生存技巧,她们辨识不了方向,她们这一走就是三十几个小时!白天,索菲娅发现一架直升机在山顶上空飞过,她立即和罗莎琳欣喜若狂地朝飞机挥手、叫喊,然而,由于她们穿的是和雪色差不多的银灰色的衣服,再加上直升机驾驶员担心飞得低,螺旋桨的气流会引起新的雪崩,所以飞机飞得较高,救援人员没有发现索菲娅和罗莎琳。

又一个寒冷的黑夜降临了。母女俩跌跌撞撞地在深可没膝的雪堆里艰难地跋涉着,饥饿和寒冷的痛苦紧紧纠缠着她们。起初,她们还能够说话,但渐渐地,她们每说一句话就呼吸急促、心跳加快,为了保持体力,她们大部分时间只好沉默。困了,她们就相互依偎着在岩石旁打个盹儿,她们不敢睡着,害怕一睡熟就再也醒不来了。

再一次迎来白天的时候,母女俩又开始了跋涉。走着走着,体力不支的索菲娅一个跟跄栽倒在地上,脑袋碰着了一块埋在雪地里的石头,鲜血立刻流了出来,染红了身前的一小片雪。索菲娅抓起一把雪抹在受伤的额头上,然后在罗莎琳的搀扶下站起来。突然,她的目光似乎被脚下那一小片被鲜血染红的白雪吸引住了,她怔怔地看着,若有所思,而在极度的疲劳和饥饿中,罗莎琳伏在母亲的腿上进入了梦乡。

罗莎琳醒来的时候,发现自己躺在医院里。医生沉痛地告诉罗莎琳,真正救她的其实是她的母亲!索菲娅用岩石切片割断了自己的动脉,然后在血迹中爬了十几米的距离,目的是想让救援直升机在空中能够发现她们的位置,而救援人员正是因为看见了雪地上那道鲜红的长长的血迹才意识到下面有人……

母亲的唠叨

侠名

母亲的唠叨是出了名的。

母亲曾自诩,她是一个很好的饲养员,她的责任就是把一家人喂养得饱饱的,尽可能地吃好。于是,母亲的话大多与吃有关。每天买菜前,母亲总要征求大家的意见:是吃鱼还是吃肉?是要黄瓜还是要番茄?好多时候不吃含碘的东西了,要不要买些海带?菜买回来了,母亲紧接着又是一番询问:"鱼是要红烧还是清蒸? 黄瓜是要清炒还是凉拌?"一天如此,自感母亲的体贴入微,可一年365天天天如此,多少也有些烦了。尤其是有时我一个人在家,母亲会一天从单位里打来四五个电话,一会儿催我吃西瓜,一会儿又要我午睡片刻,惹得我对着电话不得不说:"妈,你少唠叨几句行不行?"

母亲的唠叨,不仅涉及吃的方面,在学习、生活上也同样频繁。记得有一次,我考试考得不好,母亲自然有话:"我看你这段日子就是不刻苦,花多少力气就有多少成绩……"母亲从我学习上的松松垮垮一直说到平时不做家务,按她的话说:"一切都是相同的,归根到底,你就是一个'懒'。"母亲自是为我好,想敲醒我,然而,听多了,尤其是在气头上,我却觉得好烦。我必须到外地去,不仅是为了学会独立地生活、做人,而且还包括躲避母亲的唠叨。

于是,有一天,我对母亲说:"妈,我想考到北京去。"

"什么?"她似乎没听清。

"我要考到北京去。"我又重复了一遍。

"北京? 非去不可吗?"母亲抬高了声音。

"这倒不是。"我开始寻找理由,"北京的气氛好,文化底气足。"

母亲沉默了。半晌,她似乎想通了:"好吧,你要去就去,我跟你一块儿去。我在那儿租间房子,打打工,烧饭给你吃,帮你洗洗衣服,还可以在北京玩玩。"母亲又开始唠叨了,而我忽然有种想落泪的感觉。一直都觉得母亲烦,嫌她唠叨,可是母亲的唠叨早已成为我生命中的一部分。从小到大,就是在这唠叨中,我开始牙牙学语,开始蹒跚走路,开始慢慢地长大。抬头,我看了看母亲,母亲真的老了,虽然比以前胖了,但皱纹却一天天地多了起来。有时一起出去逛街,没走多少路,母亲就会喊脚痛,走不动了。忽然间我想,从二十几岁到四十几岁,母亲就这样一直忙了整整20年,天天如此。或许母亲年纪越大越怕自己照顾我们不够多,不够周到,所以开始唠叨,一直唠叨。

今后,或许我还会嫌母亲烦,还会到北京去。但是,我想我永远都无法躲避母亲的唠叨。因为,它在我心中,在我生命里,像一张网,永远地包围着我,很沉,很累,然而却又那么令人眷恋。

母亲

陈江平

母亲生在农家,所以朴实。她比所有普通人更普通、更平凡,就像一滴雨、一片雪、一粒灰尘,渗进泥土里,飘在空气中,看不见,不会引人注意。人啊,总是容易把眼睛盯在别处,而忽视眼前的、身边的。于是,便也容易失去弥足珍贵的。希望我的觉醒不会太晚。

母亲家姊妹多,所以她没机会读书。正因为母亲没文化,所以把许多牺牲当成了理所当然,甚至可以说母亲根本就没意识到这是一种"牺牲"。我们家除了母亲,谁都出去旅游过。每次全家出游,母亲都会一个人留在家里,那时我随口说:"妈,一起去吧。"母亲就会说:"我不去。我走了猪怎么办?"听母亲这么说,我们就心安理得地扔下母亲,出去观光去了。更令人难以置信的是,我们居然把这当成了习惯。

1998年夏天,长江发洪水,我们家就在长江的支流——岷江。由于我们居住在岷江的冲积平原上,四面环水,很容易遭水灾。那几天,天总是阴沉沉的,有种"山雨欲来风满楼"的压抑,电视台每天都在报道新淹没的城市,我们平原上人心惶惶,许多人开始转移贵重物品。我们家也不例外,父亲把家里值钱的东西几乎都搬到了河对岸幺叔家,并且每晚都带着我们去幺叔家过夜。当然,除了母亲。

那天,我们又去了幺叔家。我站在幺叔六楼的阳台上,俯视整个平原,温柔的岷江异常平静地流着,很慈祥,就像母亲。突然,天上乌云滚滚,好像天空随时会垮下来,风从四面八方横冲过来,打在雨棚上哗哗地响。父亲说,傍晚可能有大雨。远远的,我看着我们家,那河与家之间只有几百米啊！而我的母亲此刻就在那里。不知为什么，我心里很害怕，我怕岷江失去温柔，怕明天起来家会成为一片汪洋，更怕再也看不见母亲。凭什么我们怕死，母亲就该不怕，是我们的命比母亲金贵吗？

我的心怎么也静不下来，像是被风吹得急速旋转的风车。风越来越大，我便越发不安心。

我拗着要回去。父亲不可理解地说，天快黑了，也快下雨了，叫我明天和他们一起回去。我不听，硬是冲下了楼，让一屋子的人莫名其妙。

河边的渡船已经下班了，天乌得厉害，风里夹着几滴水打在脸上，更像打在心里。我觉得前所未有的冷，冷进每一个细胞，以致我的身体像筛糠一样颤抖起来。我慌得厉害，迫不及待地花高价跳上了一艘小渔船。

过了河，雨已绵绵不断地打下来，我抱着头一路飞快地朝家中奔去。当我敲房门时，听见母亲叫了声："谁呀？"我应道："是我。"屋里没开灯，只听见拖鞋着地的声音，然后看见母亲掀开窗帘的一角，露出惊疑惶恐的脸，仔细瞧瞧外面，认准确实是我，才慌忙将门打开。这时，我发现门被一根粗大的木头死死顶着。这一刻，我终于没忍住，眼泪和头发上滴下来的雨水混合在一起。与其说这根粗大木头顶在门上，还不如说顶在我心里，这一顶就再也无法抹去。我知道，她怕。人最怕的是什么？不是吃，不是穿，不是钱，不是失去生命；是孤独，是无依无靠的恐惧。而这样的孤独与恐惧母亲不知道独自面对了多少次，面对母亲，我充满了愧疚与惭愧。

爸爸再叫我一起去幺叔家过夜时，我怎么也不去，叫急了，我就说："那我妈呢？"只要有母亲在，小屋就会充满温暖，充满祥和，任那风横雨狂我也不怕。有好几次，我听见母亲无比骄傲地对邻居说："我家江平最心疼我，这孩子有心哩！"母亲就是这样容易满足。

上了大学，离家更远了，远得母亲连想也不敢想，母亲打电话来说，想我了，想听听我的声音。我问："爸呢？"母亲说："你幺叔请客，都去吃饭了。"我鼻子有些发酸，说："你怎么不去？"母亲理所当然地说："我走了，没人看家。"母亲察觉出我的异样，尽量使语气显得无所谓，"也没什么好吃的，那些东西我都吃过……"我冲进卫生间，看见镜子里的自己泪流满面，索性用脚把卫生间的门抵住，小声地哭起来。我不想惊动同学，我要独自表达我无限的伤心、委屈，和儿童一样的软弱。

我心里不停地发誓：我一定要让母亲出来旅游，直到游得再也不想游了为止；我一定要让母亲过上一个幸福的晚年！

麦当劳的礼物

叶倾城

上大学二年级圣诞节前的那个周末，我回了家，喝着妈妈特地给我煨的排骨汤，心里一直在犹豫：该不该向妈妈要这笔钱呢？

爸爸去世早，自小我便看惯了妈妈的操劳，从不曾向她要过额外的花费。可是，这次是不同的，因为朱樱。

我常常与朱樱徘徊在小径上，不知不觉，走遍了校园的每一个角落，不知道怎么样才可以将时光留住。室友们为我出谋划策，建议我趁热打铁，给朱樱一个浪漫的圣诞夜。中式餐厅嘈杂，气氛差，情调好的地方，我又消费不起，最后选定了麦当劳。

可是该怎样向妈妈开口呢？滚烫的汤哽在我喉间，我反复思量着，室内满满的，全是我喝汤的声音。妈妈坐在我对面，静静地看着我，忽然说："前两天，厂里开了会，说要有一批人下岗。"

我"霍"地站起，惊恐地盯着妈妈的脸："你下岗了？"

妈妈一愣，然后就笑了，笑容里是无限的疼惜和爱怜："看你吓的，我说要下岗一批人，又不是说我，我干得好好的。"

我松了一口气，心想，妈现在心情应该不错，咬咬嘴唇，一口气说出来："妈，下学期要去工厂实习，学校要交两百元的材料费。"

妈妈"啊"了一声，有明显的失望意味："又要交钱……"

我不敢看妈妈的眼睛："要不然，我跟老师说……"

妈妈已经转过身，拉开了抽屉："我给你两张一百元的，路上拿好。"

妈找了半天，也只找出一张一百元，一张五十元，其余的都是十元的。她把每一张钱的纸角都压平，仔细地数了好几遍，把钱折了四折，叠成一个小方块，塞进我书包的夹层里，把双层拉链拉好，送我出门的时候，还在反复叮咛："车上小心，现在小偷多。"

我"嗯嗯"地答应着，却已控制不住自己的脚步，飞奔着，越跑越急，想即刻来到朱樱的身边。圣诞节的黄昏，下了雪，将圣诞的气息衬得更加鲜明。麦当劳餐厅里人山人海，我们等了好久，才有一桌人起身，我一个箭步冲上去，抢到座位。

朱樱伸手招呼："小姐，清一下桌子。"

一个女服务员疾步走过来，远远的，只见她略显单薄的身影，走路时上身稍稍前倾，竟是十分熟悉。我在顷刻间呆住了："妈！"

怎么会是我的妈妈？她现在……她现在应该在上班呀。陡然地，我记得在厨房幽暗的灯光下，妈妈那黯然的脸色，难道，难道妈在骗我？妈妈下岗了？

妈妈也在同时看见了我，一刹那间，她的眼睛瞪得很大，死死地、用力地瞪着我，我看见了惊骇、怀疑、失望、痛楚，仿佛巨浪滔天，从她的眼中无穷无尽地涌出，她的身体轻轻地摇晃了一下。

然而妈妈什么也没说，只是低下头去，利索地开始清理桌上的残杯剩盘。我想喊她"妈"，可是也许是因为震惊，也许是因为周围喧嚣的人流，也许是因为朱樱，我竟一个字也说不出口，只是愣愣地看着她。

妈妈再也没有看我一眼，径直到邻桌清理。把废物倒入垃圾桶里时，她停一停，手摁一摁额头，当她再一次从我身边走过时，我看见，在她的手臂上，那烙痕一样清晰的，分明是一道长长的泪痕……

哦，那个周末的晚上，妈妈本来是准备告诉我她下岗的消息，是什么让她改了口，是不忍见我那一刻的紧张与焦灼吗？我紧紧地握住袋中的纸币，第一次知道了钱的分量。

许多成长岁月的事，像旋风一样涌上来又翻下去，我竟不能止住自己的泪。泪光里，我仿佛看见朱樱娟秀的眉眼，精美的皮衣衬出她的玲珑腰身，我忽然明白：对于我来说，爱情是太奢侈的游戏……

大学三年级开学的时候，我把一沓钱放在妈妈的面前，说："有我的奖学金，也有我当家教、打工的钱。妈，下个学期的学费我自己付，你以后不要那么辛苦了。"

妈妈久久地看着那些钱，双手突然蒙住了脸，她哭了。

母爱无畏

佚名

在中国的某一小城市里，有一个当中学教师的妈妈。

她有一个丈夫和两个女儿。这是一个普通的工薪家庭，不穷也不富，收支基本平衡。如果不是家中男主人意外生病，一切都将会是平静而又幸福的。由于收入锐减，家中日见窘迫。大女儿在中专毕业后便决定不再考学，执意先去打工，以减少家里的开支。后来她在外地的一家广告公司找到了一个文员的职位。女儿很懂事，时常打电话回家，说是工作很顺心，又有了男朋友，让妈妈一切放心。于是，在家的妈妈便安心地教课，照顾上高中的小女儿和瘫痪的爸爸，一切平平淡淡，日子就这么波澜不惊地一天天翻过去了。直到有一天，一个电话打来，说是大女儿出了点事，让家里去人。平淡的生活至此起了旋涡，妈妈和大女儿被推进了旋涡的中心。

妈妈坐火车赶到了女儿的公司。当女儿的同事告诉她女儿因放火而被拘捕的时候，她惊呆了，这消息让她如五雷轰顶,不知所措。拖着一身的疲惫,她惶惶恐恐地找到了关押女儿的看守所,面对威严冷峻的大铁门,她方才知道,拘留期间是不可以见面的。夜黑沉沉的,风冰凉冰凉的,可她的心却像被人放在了火上。女儿现在怎么样了?吃得下饭,喝得上水吗?她究竟做了什么?丝丝的牵挂像有刃的锯齿在妈妈的心头锯锉。那一夜,她没有去找旅店休息,无助的她,呆呆地在拘留所的高墙外整整守了一夜,因为她想离女儿近点儿!

又等了将近一个月,妈妈终于等到了开庭。为了省钱,她是走着去的。那一天,她早早地从栖身的小旅店出发了,路上她看见一个卖饺子的小吃摊,她没有舍得吃,却买了一大包放在怀里,贴在肚子上,这是她能想到的唯一让饺子保温的方法。

审判很快就结束了,女儿是因受男友的欺骗,愤而放火的。看见女儿茫然呆滞的目光,听完并不复杂的案由,妈妈的心深深地下沉,下沉。如果不是因为家贫才让女儿放弃了读书,如果女儿在自己的身边,如果自己能够经常去看看女儿而不仅仅是听听电话里的声音,如果……这一切还会发生吗?悔恨、自责啮咬着她,这一切本是可以避免的啊!

由于不是公开审判,庭内人并不多,妈妈向法官提出了请求:"我是从千里之外奔来看女儿的,我等了近一个月了,今天是我第一次见到女儿。我给女儿带来了饺子,我现在唯一的愿望就是让孩子吃上几个饺子!"看见她从怀中取出的饺子,法官破例允许了。当妈妈把饺子喂到女儿嘴里时,那情、那景让在场的人都落泪了,妈妈的眼泪、女儿的眼泪汇在一起,浇在了饺子上。

女儿被判了三年徒刑。夜深了,妈妈的眼前晃动着站在被告席上的女儿失神的眼睛,憔悴的面庞,没有辩解,没有反驳,女儿选择了沉默。初踏社会,就被不良男友绊倒了。单纯的女儿哪里知道,在这世界上有些人除了有一副人的躯壳外,就找不到任何一点可以称之为人的地方。天真的女儿怎能明白,无耻、险恶、卑鄙……并不是只出现在字典上的,那是真实的存在。女儿漂亮、聪明、努力,这几点让女儿一直是顺风顺水的,这也养成了她要强、刚烈的性格。轻信让女儿选择了错误的男友,刚烈让女儿触犯了法律。唯有妈妈最了解女儿,她从女儿的哭声中听到了对人生的绝望!从女儿的沉默中读出了对未来的放弃!这一夜她做出了一个重大的决定,陪女儿共同度过三年!

妈妈很快就回了趟老家,辞了教师的工作,安排好家事,回到当地租了间便宜的民房,开始了和女儿同在一座城市的生活。情况正如妈妈预料的那样,女儿不想活下去,在第一次探监时,她得知了女儿的绝食情况。于是她又做了一个决定,把自己现在的真实情况告诉女儿。在这之前,她一直写信告诉女儿说自己在一家公司做抄写员,工钱很高,活又不累,自己生活得很好。而真实情况呢?她好不容易找到的第一个工作是给马路上的栅栏刷油漆,苦、累、脏、味……她都不怕,就怕失去这份工作,她干得格外卖力,可最终,她的努力并没有留住这份工作。干到第五天中午,烈日炎炎,柏油路热得烫脚,街上几乎没有人行走。她刚一低头准备刷下面时,一股腥腥的液体从鼻中流出,鼻血流得又多又猛。工头害怕了,说什么也不让她再干了,多给了一百元就把她给打发走了。在这之后,刷碗、搬运、清扫……只要有人雇,哪怕是半天工,哪怕是几元的工钱,她都去争取。呵斥、白眼、轻蔑……她都忍了,因为她的梦想是三年后带着女儿一起回家,给女儿一片新的天地。这目标给了这个半百的老女人无比的勇气。最终她找到了一份做保姆的工作,她提出的唯一条件是每月休息一天,好去看女儿。

听了妈妈的经历,女儿的内心震撼了,在异地他乡举目无亲的妈妈为了自己的过错,勇敢地承受着从未经历过的身体和精神上的双重压力。妈妈的勇敢、坚毅和对女儿的一片苦心,终于唤醒了女儿对自己、对家人的责任心,女儿重新有了活下去的勇气和信心。

在雇主家,妈妈有两个玻璃瓶子,一大一小,每天晚上,妈妈都会拿一粒绿豆放在手里摩挲着,心里念着:女儿啊,我和你又一起度过了一天。当小瓶子满了30粒后,妈妈就清空小瓶子,并放一粒到大瓶子里。那一天也是妈妈最盼望的一天,因为她可以去看女儿。一天又一天,小瓶子空了又满,满了又空。当大瓶子里有了13颗绿豆时,妈妈接到了监狱打来的电话,让她去一趟。她向雇主请了假,忐忑不安地赶到了监狱。在监狱的服刑人员大会上,她看到了女儿自编自演的一个小品,名字就是《妈妈》。当监狱长宣布小品的原型"妈妈"也在场时,全场掌声雷动,妈妈的脸上终于绽出了久违的笑容。她知道,聪明的女儿终于在跌倒的地方站立起来了。

又过了一些日子,由于表现突出,女儿得到了一年的减刑。妈妈接女儿出监的那一天,恰好是一个阳光灿烂的日子,蓝天、白云、暖暖的阳光,毫不吝惜地洒在母女二人的身上。新的一天又开始了,一切都是那么美,那么好,那么有希望!

永恒的母爱

王竹君

人一出生所能体验到的第一份情感,就是母爱,尽管那时我们没有记忆,但对母亲有着本能的依恋。人的嘴唇所能发出的最甜美的字眼,最美好的呼喊,就是"妈"。这是一个简单而又意味深长的字眼,充满了希望、爱、抚慰和人的心灵中所有亲昵、甜蜜和美好的感情。在人生中,母亲乃是一切。在悲伤时,她是慰藉;在沮丧时,她是希望;在软弱时,她是力量。她是同情、怜悯、慈爱、宽厚的源泉。世上唯一永恒不变的也只有母爱,然而我却再也无法真实地感受母爱。每当万籁俱寂的深夜,我常常会陷入无边的哀思,无法抑制热泪喷涌而出。

和千千万万中国的母亲一样。我母亲的故事也是用许多的美德来谱写的。当我忆及母亲的一生时,我总是感到无比幸福。那些关于母亲的故事,总叫我无限敬仰。这并不是因为我母亲如何地出类拔萃,有着不凡的经历,而是因为母亲的仁爱与智慧一直伴随着、滋润着我的人生。当我们得知母亲身患绝症时,那种痛彻心扉的感觉至今记忆犹新。最后的日子能有多久,始终是我们心中既想知道又害怕知道的谜底。作为她的女儿,我不知道能有多少回报她的时间,能用怎样的方式来表达我的爱。在外人眼里,母亲拥有一个女人所追寻的一切精神和物质享受,而对于我们却只希望她能在世上多留一刻。只有回想起她走时那安详而满足的微笑时,才使我们的心中感到一丝的宽慰。

当病情确诊后,母亲对自己的治疗方案进行了全面安排,她不主张去省城大医院救治。母亲说,病已到了晚期,即使去了世界顶级医院也不可能治愈,何必既劳人又伤财呢。我们十分震惊于母亲的冷静与坚定,也正是母亲的乐观、开朗与善良的品格,使她与死神顽强地争夺了两年的时光。期间她仍不忘帮助那些她多年来一直帮助的生活困难的家庭,也让所有爱她的人争取了一点点感恩的机会,少一点后悔。

当母亲进行第一次介入化疗的当天,因左腿动脉刚进行过插管治疗,需对创口进行止血,二十四小时内都无法弯曲,母亲整夜难以入眠。我坐在她的病床前,紧贴着母亲的脸回忆着我们这个完美的家庭生活中的历历往事。母亲的脸上浮现的是幸福而满足的微笑,而我的心却在颤抖,凝望躺在病床上依然难掩雍容华贵的母亲,想着能陪伴她的日子还能有多久。一种无言的痛楚在胸中涌动,我努力克制自己不去思考这个残酷的现实。

我始终认为,从一出世就病魔缠身的我之所以仍能在这世上自由活动的主要原因在于母亲坚韧的个性与无私的爱。四岁那年,我得了急性肾炎,当时的医疗条件只能用青霉素、庆大霉素、链霉素之类的抗生素来控制,打这几种针剂都很痛苦,冰冷的银针扎进我小小的屁股,却让母亲心疼不已。一星期后,我的病情仍不见好转,反而出现失聪的迹象,尽管当时不知道是药物所致,但母亲凭着直觉知道不能再在医院住下去了。因得不到医生的许可无法出院,也不知母亲哪来的勇气,居然留下一张纸条,抱起我偷偷地跑出了医院,找到了当时本市最著名的儿科老中医,最后用中西医结合的方式治好了几乎要送命的我。几年后,母亲告诉我,当时和我患同一种病的三个小病友都已经去了另一个世界。

水痘、天花、麻疹、支气管炎……在每场与瘟神和死神的争夺战中,母亲就是凭着她的机智与毅力,帮助我闯过一道道的鬼门关,赢得了彻底胜利,为此她整整骄傲了一辈子。

在我的人生旅途中,总会有那么多美好的回忆在不经意间被提起或想起。20 世纪 60 年代出生的人都经历过服装离不开蓝色与灰色的海洋的时代,是母亲用灵巧的双手让我成为这"蓝灰色的海洋"中一只耀眼的海星。与众不同的小花衫、羊角辫上鲜艳的蝴蝶结、彩色的小凉鞋……以至于时下的服饰无论流行什么元素，都无法超越我心中固有的前卫与浪漫。在我小学时期，最让人羡慕的是有永远看不完的小人书，父母从不限制我在买书上的花费，那些小人书可是我们当时最好的课外读物啊。在那个读书无用的年代，父母就是用这方式让我们懂得了许多做人的道理。当邻居家的女孩子只有牛皮筋可玩时，我却拿得出一整箱的玩具以及崭新的糖纸。我和女伴们将那些五彩缤纷的糖纸埋在土里，指望来年成为水晶。每年我们一家四口的旅行，总能让整节车厢的人羡慕不已……尽管那时还不需要计划生育，但作为知识分子的父母，他们一生只养育了我和弟弟两人，让我们生活在优裕的环境中，懂得怎样用博爱的胸怀去善待身边的人，明白只有豁达的胸襟才会有宽阔的天空。我和弟弟开朗的性格和积极对待人生的态度，不正是父母言传身教的结果吗？每当我和弟弟回忆往事，言语中充满了优越与自豪，幸福得无以言表。这是长辈给予子女最宝贵的精神财富。

当我平生第一次用颤抖着的双手拿起针筒扎进母亲的身体时，母亲的脸上出现的居然是享受的神情。杜冷丁能如此迅速起作用吗？那分明是母亲忍痛在鼓励我啊。直到现在我只要一听到杜冷丁这三个字，我的手就会发颤。

在母亲的像前，我禁不住一次次地以泪洗面。母亲为我们付出一切无怨无悔，面对她永恒的微笑，我有的却只是那种近乎绝望的惆怅。那是多么叫人揪心的悲痛啊——我再也没有机会为人间最爱我的人送去哪怕是一句关怀的问候，我来不及报答你的养育之恩，却让你如此坚决地离我们远去！在母亲不算短暂的岁月里，只有无言的奉献和付出。每一个不经意的时候，每一个不经意的场景，甚至别人的一声"妈妈"，都会让我的心刹那间一疼，心头的痂结了千层万层。每年的母亲节网友们发来的给母亲的贺卡，我都不忍卒睹。妈妈，仍然是我内心深处最柔弱最不可触碰的伤痛。

我把母亲和我们在一起的照片悬挂在最显眼的地方，我常常悲哀地仰望着她的照片，呼唤着她能回来，但又不敢惊扰她的安眠。如今，她的照片我一直带着，我要带她去她曾经去过，或从未到过的地方，有了她在我的身边，我依然是个有妈的孩子。作为她最疼爱的宝贝，我们活得幸福，是对她的灵魂最好的安慰。"天上太阳，人间母亲。"我只能用这句话来作为母亲祭文的总结，以表达我心中感悟到的永恒的母爱。风卷哀思，云寄情愫。操劳了一生的妈妈，安息吧！来世我还要做您的女儿！

走近母亲

叶倾城

那天，是周末，早就说好了要和朋友们去逛夜市，母亲却在下班的时候打来了电话，声音是小女孩般的欢欣雀跃："明天我们单位组织春游，你下班的时候到威风糕饼店帮我买一袋椰蓉面包，我带着中午吃。"

"春游？"我大吃一惊，"啊，你们还春游？"想都没想，我一口回绝，"妈，我跟朋友约好了要出去，我没时间。"

跟母亲讨价还价了半天，她一直说："只买一袋面包，快得很，不会耽误你……"最后她有点生气了，我才老大不情愿地答应。

一心想速战速决，刚下班我就飞身前往，但是远远看到那家糕饼店，我的心便一沉：店里竟挤满了人，排队的长龙一直蜿蜒到店外。我忍不住暗自叫苦。

随着长龙缓慢地向前移动，我频频看表，又不时踮起脚向前面张望，足足站了近20分钟，才进到店里。我已是头重脚轻，想着朋友们肯定都去了，更是急得直跺脚。春天独有的风绕满我周身，而在新出炉面包熏人欲醉的芳香里，裹挟的却是我一触即发的火气。真不知母亲怎么想的，双休日在家里休息休息不好吗？怎么会忽然心血来潮去春游，还说是单位组织的，一群半老太太们在一起，又有什么可玩的？而且春游，根本就是年轻人的事，妈都什么年纪了！

前面的人为了排队位置发生了激烈的争吵，便有人热心地出来给大家排顺序，计算下来我是第三炉的最后一个。多少有点盼头，我松了口气。就在这时，背后有人轻轻叫了声："小姐。"我转过头去，是个不认识的中年妇女，我没好气地说："干什么？"她的笑容几近谦卑："小姐，我们商量一下好吗？你看，我只在你后面一个人，就得再等一炉。我这是给儿子买的，他明天春游，我待会儿还得赶回去做饭，晚上还得送他去学校听课，如果你不急的话，我想，嗯……"她的神情里有说不出的请求，"请问你是给谁买？"我很不自然地回答她："给我妈买，她明天也春游。"我不明白，当我做出回答后，整个店怎么在刹那间突然有了一种奇异的寂静，所有的眼光一起投向了我，我被看得怔住了。有人大声地问我："你说你给谁买？"我还来不及回答，售货小姐已经笑了："嗬！今天卖了好几百袋，你可是第一个买给当妈的。"我一惊，环顾四周才发现，排在队伍里的，几乎都是女人。从白发苍苍的老妇到绮年少妇，每个人的大包小包，都在注解着她们的主妇和母亲的身份。我身后的那位妇女连声说："对不起，我真没想到，我真没想到，这家店人这么多，你都肯等，真不简单。我本来都不想来了，是儿子一定要，一年只有一次的事，我也愿意让他吃好玩好，我们小的时候春游，还不是就挂着个吃？"

她脸上忽然浮现出的神往表情，使她整个人都温柔起来。我问："现在还记得？"

她笑了："怎么不记得，现在也想去啊，每年都想，哪怕就在草坪上坐一坐晒晒太阳也好，到底是春天，可是总没时间。"她轻轻叹口气说，"大概，我也只有等到孩子长大到你这种年纪的时候，才有机会吧。"

原来是这样，并不是母亲心血来潮，只是内心深处一个已经埋藏了几十年的心愿。而我怎么会一直不知道呢？我是母亲的女儿啊。仿佛醍醐灌顶的刹那，让我看到自己竟是个这样自私的人。

她手里的塑料袋里，全是饮料、雪饼、果冻……小孩子爱吃的东西。沉甸甸的，坠得身体微微倾斜，她也不肯放下来歇一歇，她向我解释："都是不能碰不能压的。"她就这样，背负着她不能碰不能压的责任，吃力地，坚持地，然而又是安详地等待着。

我说："你太辛苦了。"

她又叹了口气说："谁叫我是当妈的？熬吧，等孩子懂得给我买东西的时候就好了。"她的眼睛深深地看着我，声音里充满了肯定，"反正，那一天也不远了。"

只因为我的存在，便给了她这么大的信心吗？我在瞬间想起了我对母亲的推三阻四，整张脸像着火一样热了起来，而我的心，开始狠狠地疼痛。

这时，新的一炉面包热腾腾地端了出来，芳香像原子弹一般地炸开，我前面那位妇女转过身来："我们换一下位置，你先买吧。"

我一愣，连忙谦让："不用了，你等了那么久。"

她已经走到了我身后，略显苍老的脸上明显有着生活折磨的痕迹，声调却是天生只有母亲才会有的温和决断："但是你妈已经等了二十几年了。"

她前面的一位老太太微笑着让开了，更前面的一位回身看了一眼，也默默地退开去。我看见，她们就这样，安静地、从容地、一个接一个地，在我的面前，铺开了一条小径，一直通向柜台。

我站在原地，目瞪口呆，徘徊不敢向前。

"快点啊。"有人催我，"你妈还在家里等你哪。"

我怔怔地对着她们每一个人看了过去，而她们微笑着回看我，目光里有岁月的重量，也有对未来的信心，更多的，只是无限的温柔。

刹那间，我分明知道，在这一瞬间，她们看到的不是我，而是她们已经长大成人的儿女。是不是所有的母亲都已习惯了不言辛苦，也不提要求？她们唯一的、小小的梦想，只是盼望有一天，儿女们会在下班的路上为自己提回一袋面包呢？

泪水模糊了我的双眼，通往柜台的路一下子变得很长很长，我慎重地走在每一位母亲的情怀里，就好像走过了长长的一生，我终于读懂了母亲的心。

十万分之一的概率

佚名

小时候她一直住在一个小镇子里。母亲带她去买菜，需要走很长的一段路。公路不宽，车也不多，来来往往的行人，像是在公路上无所事事地散步。母亲牵着她，每天在这条小路上往返。总是母亲用右手牵着她的左手，让她紧贴在自己身体的右侧，从来不曾改变。这种单调的姿势让年幼的她常感厌烦。她一边用脚踢着路边的石子，一边问母亲："为什么我总要走在你的右边呢？"母亲捋捋她额头的乱发，笑着说："小孩子就应该走在大人右边。"

后来她离开了小镇，再后来她也有了女儿。每天她带女儿去超市买菜，也需要经过一段公路。是市郊，马路不宽，车也不多，她牵着女儿的手，每天在这条马路上往返。有一天，女儿突然问她："为什么我总要走在你右边呢？"这时她才猛然发觉，一直以来，她都是用右手牵着女儿的左手，让女儿紧贴在自己的身体右侧。走在马路的最边沿，从来都不曾改变。是啊，为什么呢？为什么她的习惯和母亲的一模一样？于是，她学着母亲的样子说："小孩子就应该走在大人右边。"

那天一辆汽车紧擦着她开过去，带起一阵疾风。她惊出一身冷汗。那一刻她恍然大悟，之所以一定要用右手牵着女儿的左手，是因为，她要保护自己的女儿啊！这样，万一有汽车朝她们碾来，走在右边的女儿应该会安全很多。

她突然对这件事产生了兴趣。她找到在交警队的朋友，要他帮忙查算一下，假如两个人手拉手走在人行道上，这时恰好有一辆汽车胡乱地冲过来，那么，走在右边的那个人，较之走在左边的那个人，避免发生车祸的概率有多少？

几天后朋友告知她答案，这答案令她震惊。朋友说，遇到这种情况一场车祸将是无法避免的。但也有例外，比如右边那个人也许会幸免。因为，毕竟汽车是从马路中间冲过来的。但是这种概率很小——小到只有十万分之一。

十万分之一，这是一个几乎可以忽略的数字。可是，她的母亲为了她，她为了自己的女儿，她们为那十万分之一的概率，竟一次也没有忽略这一细节。

十万分的保护，乘以十万分之一的概率，其结果，就是天地间完完整整的母爱了。

全都因为爱

杨晓兰

我的成长并不很顺利。在多灾多难的日子里，急性子的我提前脱离母体，以一声并不响亮的啼哭，宣告了"独立"。因为不足月份，整个身体才四斤重，皮肤嫩得一碰就出"水"，指甲形同流体。当时，许多人都劝母亲把我这个"小怪物"扔掉，但出于一种母性的爱，年轻的母亲接受了这个不幸的事实，毅然决然抚养着我。

于是，我的故事才得以延续。

为了使我免受"不必要"的磕碰，母亲用新絮一圈圈把我裹起来，用新买来的灯盏装了米糊一滴滴哺育着我（由于种种打击母亲没有奶水），我也开始一寸一寸往大里长。但麻烦并不就此而止。

到了五六岁，我光长脑袋，不长身体，走路东摇西晃，说话磕磕绊绊，舌头满嘴打滚。为此亲戚朋友常常当着母亲的面对我指指点点，村里的孩子老远就冲我喊："大头宝宝，好吃饺饺。"每每此时，略略懂事的我，总是眼泪汪汪地躲在母亲身后。生性好强的母亲，一面寻医问药，一面承受自尊和自愧的折磨。但她坚信自己的女儿会为她争气，坚信自己精心孕育的生命之花不会枯萎，她甚至坚信自己的爱会感天动地。

　　我胆子小，常常会因为听到猛地一声叫喊而被吓一跳，这个"劣根性"一直保持至今。为此，小时候常常"丢魂"，受了惊吓，不吃不喝，耷拉着眼皮犯迷糊。一字不识而又久居农村的母亲，自然是很迷信的，村里那个装神弄鬼的马婶就常是我家的上宾。等她抽足了烟，喝足了茶水，便开始"腾云驾雾"下马了，然后冲着长跪的母亲大发雷霆，训她不是东西放错了地方，就是动土冲撞了神灵。一向率直干练的母亲唯唯诺诺像变了个人。最严重的一次是我五岁那年，被半夜的雷声惊没了"魂"，迷迷瞪瞪昏睡了好几日（其实是出疹子的前奏）。母亲按照神的旨意剪了黄表纸马，半夜三更在灶前点着了为我"追魂"。母亲还在马婶那儿许了愿，每逢初一、十五，都要上香摆供。马婶赐我一个一度令我伤心透顶的名字"狗毛拴"。后来，我竟也奇迹般地给"拴"住了。

　　为了我的成长，我不知道母亲的膝盖因下跪而磨掉了多少皮；我不知道马婶吃了多少份母亲备的供品。我是个无神论者，但我不会因母亲的迷信而嘲笑她。我坚信：爱是不分方式、不择渠道的。

　　小学时，由于母亲的娇惯，我对老师的话常常不加理睬。有一次因为未完成作业，被老师留了下来站在太阳地里罚站。刚锄完地的母亲风风火火地寻了来，苦苦哀求老师，让她替我站。教了大半辈子书的老师一时间被惊得目瞪口呆。

　　从那时起，我开始发愤读书，终于以全乡第一名的成绩考进了乡里的中学。母亲乐得逢人便夸她的"大头宝宝"。"兰丫儿，听你姥爷说，考上初中在旧社会抵个秀才哩！"母亲自豪地说，"好好念，念到美国妈也供你。"其实，母亲并不知道美国是什么地方。

　　开学那天，母亲套了小平车，搬家似的把我送进了中学。一路上秋高气爽，天高云淡，母亲响亮地甩着牛鞭，我心里好感动！

　　报名后，交了粮油，换了饭票，母亲领我到班主任那儿请求"关照关照"。

　　"他陈老师，咱孩儿从小娇惯，您多担待点儿。咱孩子脑子不笨，您多点拨点拨。他陈老师，咱孩子……"母亲的话说得我心里头酸溜溜的，眼窝子潮乎乎的，但我克制住了自己。

　　临走时，母亲拉我到僻静处，小心翼翼地摸出一个黄纸包，抖抖索索一层层打开："孩子，这是你干妈（神婆马婶）给的，睡觉时放在枕头底下，不怕……"我不情愿地皱了皱眉，母亲央告似的嘱我一定要照她说的做。我不忍伤母亲的心，就把那个"符"慌忙塞进了书包。母亲露出欣慰的样子，但又似乎不能完全放心，几次想说什么，但分明感到自己那番话已说过好几遍，最后还是狠抽了牛一鞭，头也没回地走了。

　　上了高中，我很少回家。母亲总不忘让村里进城的人给我捎点东西：几个鸡蛋，一瓶腌菜。有一次，母亲来学校为我送棉衣。恰好上了自习，母亲眼瞅着我等了一个多小时，而当时已是冰天雪地的数九天气。等我下了自习，母亲搓着冻得无法蜷缩的手指，微笑着说："妈没敢叫你，怕你一惊一乍，惹同学们笑话。"我一句话都说不出来。当我问及母亲今年霜冻提前是否影响收成时，母亲脸色一片暗淡，轻描淡写地只说咱家损失不大。我从她的表情读出了灾害的严重程度。善良而笨拙的母亲撒了一个不圆的谎，可女儿知道，大自然不会怜悯母亲！

　　当我的第一篇文章变成铅字时，捧着那本杂志，母亲横颠竖倒地看个没完。有时候忙完了，还拉我到身边念给她听，尽管我知道她听不大明白，但我依然念得很认真，母亲也微笑着表示赞赏。

　　长期以来，我养成了熬夜的习惯，母亲总是轻轻地倒杯糖水或拿块点心给我。就这样，我常常被母亲无言的爱感动着，也是这崇高而神圣的爱支撑着我，在挫折乃至失败面前重新鼓起向上的勇气。

　　前年，我的一篇文章获了全国大赛一等奖，组织单位邀请我免费参加夏令营，如果不去将有一笔可观的奖金。我本来很想去，可是，当时家境潦倒，为给父亲治病，家里负了沉重的债务，于是打算放弃参加夏令营用这些钱补贴家用。当我把这个打算告诉母亲时，一向温和的母亲竟生了气："你怎越念书越糊涂？这么大的窟窿你能补上？再说你要不去，我和你爹心里怎能过得去？你的文章能中奖，这是头等大喜事，咱方圆几十里还没听说过哩。早听刘庄那阴阳先生说，我养了贵子哩。只要你们姐弟有出息，妈再苦点也值。家里你别操心，自从你爹醒过来，咱家这好事撞门哩，妈乐还乐不过来呢。要不是走不开，我非跟你去不可，让全乡人都知道，我半字儿不识的土包子养了个好闺女，她妈跟着到大地方风光哩。你给我说说，这风风光光的事怎能做得窝窝囊囊？全村人看着哩，妈争的就是这口气。"

母亲的一番话使我豁然顿开，欣然参加夏令营。平生第一次游了长城，看了大海，每到一处都玩得开心。我暗暗发誓，有朝一日一定带一步未离开过家门的母亲出来走走。

母亲曾说，如果我考上了大学，她将宴请全村人。这句话一直激励着我。我从小到大，母亲付出了极其艰辛的代价，在我取得一点点成绩时，母亲的自豪是应该的。为了不负黄土地上无数次滴血的深耕，我当还报母亲一个明媚的 7 月，还报生活一个亮丽的微笑。

绿鹦鹉

邵宝健

荷城那条衣裳街上，出过几位杰出人物，摆过服装摊的刘思劲就是其中一位。如今他去琼岛闯荡，已有三年没回家了。刘母思儿心切，频频央人代笔修书要儿子回家看看。

这天，刘思劲终于拨冗回到老家。刘母看到年过三十、略呈富态的儿子喜极泪涌，抱着儿子的肩头，说："孩子，你把家忘了吗？把妈也忘了吗？"

刘思劲的眼圈也潮湿了，连忙说："妈，看你说的，我怎么能忘了妈呢？"

随即把送给母亲的礼物呈上——一只精致的鸟笼，里面养着一只绿鹦鹉。此鸟头部圆，上嘴大，呈钩状，下嘴短小；羽毛十分漂亮，像披了一身翡翠。这只绿鹦鹉买来已经有数月，刘思劲带在身边悉心调教过了。

刘母听儿子说买这只鸟花了 9000 元，便嗔怪儿子不懂得珍惜钱财。"你呀，你，赚钱不容易，这么大的破费，就不妥当了。"刘母又爱又恨地唠叨个没完。

刘思劲实话实说："妈，我是这样想的，我正在创办一家公司，很忙，不能抽出太多的时间来看望您。就让这只鹦鹉陪陪您老，您可以随时和它拉呱拉呱呵。"

刘母说："它怎么陪我，它能代表你吗？你爸去世得早，我都快七十了……"

儿子一时语塞，不知该用什么话来抚慰母亲，就调教鹦鹉说话。绿鹦鹉模仿着刘思劲的腔调说："妈妈，您好。妈妈，您好。我是刘思劲，我是刘思劲。"刘母闻声，开心得笑起来："这绿鹦鹉真乖。"

在家住了一阵，刘思劲就踏上了归程。

刘母又形单影只，好在有绿鹦鹉相伴。清晨，她给鹦鹉喂食，它就说："妈妈，您早。我是刘思劲。"中午，她给它喂食，它就说："妈妈，您好，我是刘思劲。"傍晚的时候，她给它喂食，它就说："妈妈，您辛苦了，歇歇吧……"刘母甚感欣慰，寂寞的日子里就像儿子在身边一样。她对它宠爱有加，给它洗羽毛，又怕它凉了，又怕它热了。闲时，也带它到公园逛逛，让它呼吸新鲜空气，见见同类们。

这样过了一年，刘母在一个清晨溘然病逝。刘思劲千里迢迢赶回家见到的只是慈母的骨灰盒，而他买给慈母的绿鹦鹉也不知去向，空留一只鸟笼挂在阳台上晃荡。

刘思劲决定在老宅多住几天，缅怀慈母养育的恩情，聊补自己未能给母亲送终的歉疚。

刘思劲在老宅的小居室就寝。床前的五斗柜上摆着慈母的遗像，在望着儿子微笑。刘思劲解衣上床，连日来旅途的劳顿，使得他的眼睑下垂。睡意袭来，便渐渐进入梦乡。在梦中，他见到慈祥的老母在灯下为他缝缀西衣上掉落的一颗纽扣，他欣喜万分地走近慈母，慈母却转瞬不见了，耳际却有慈母的声音萦绕："孩子，妈妈好想你。"他一激灵，惊醒过来，耳畔又传来一声问候："孩子，你好啊。"他打开灯，四下里张望，不见有什么人影。他以为是自己思母心切而产生幻觉。他复睡着了，又有了梦。梦中，他再次见到慈母的笑影，他刚要走近，慈母又转瞬消逝，他再次惊醒过来，又有声音传来："孩子，妈妈好想你。"他披衣下床在屋里踱步，踱至客厅，那呼唤他的声音越来越清晰。

"孩子，你好啊。"声音从阳台那边发出的。他的心紧张起来，悄悄走过去。借着明亮月光，他看见阳台上栖着一只鸟——绿鹦鹉。绿鹦鹉又张嘴说话："孩子,妈妈好想你。"

刘思劲的眼圈湿了。那鹦鹉并不怯人。它明显消瘦了,羽毛也很零乱。它又叫道："孩子,你要常回家看看,妈妈好想你……"

刘思劲号啕,泪滂沱。事后,他了解到,慈母在临终前,把绿鹦鹉放了生,想不到,这只通灵性的绿鹦鹉夜夜飞返刘宅,转达刘母生前对儿子的思念。

别欺负那个爱你的人

佚名

我一向都看不起母亲,因为母亲不识字,不识字,素质就低;我厌烦母亲高门大嗓地说话,仿佛在与人吵架;我讨厌母亲生吃黄瓜时从来都不洗,只把黄瓜在衣摆上擦擦就往嘴里送,边吃还边说"不干不净,吃了没病";我嫌弃母亲每每把我的剩饭端过去吃,一边吃一边说:"浪费了多可惜。"

最让我感到厌恶的是,母亲爱生吃大蒜,每次都是一嘴大蒜味儿,让我闻到了就想吐。我常常皱眉说:"妈,你吃蒜也不要紧,只是要记得吃完蒜后刷牙,或者含块糖也行。再不济,嚼点茶叶也好。"

母亲听了,委屈得不行,我也常买口香糖给母亲,可是母亲总是忘了吃。她每次吃完大蒜,都是嘴一抹就出去串门了。

凡此种种,都让我没法看得起母亲。

正是因为看不起母亲,我从来不跟母亲一起出门逛街。我怕她影响我"白领丽人"的形象。在单位,我从来不提母亲,我不想让人知道我的母亲不识字,没文化。

结婚后,我不常回家。好不容易回去一趟,东西往地上一丢,就想转身离去。母亲总对我说:"别走,陪我说说话嘛!"

我说:"说什么? 一股大蒜味,难闻死了。"说完,逃似的离去,脚步如飞,一秒也不想停留。

我那种居高临下的表情和不可侵犯的气势终于彻底激怒了母亲。母亲的自尊心严重受损,终于有一天对我说:"以后你不要来看我了,看见你的眼神,我就气饱了。"

我说:"这是你说的,你别后悔。"说完,我一跺脚,转身就走。出门时,我回头看了一眼母亲,她的脸上写满了失落,眼角,还有泪花在闪烁。

可此情此景,也不过是让我离去的脚步放缓了一秒钟。从此以后,我就再也没有去看望过母亲,倒是母亲常常托人给我送来她亲手做的食品,韭菜饺子、红烧肉、卤鸡、卤牛肉等。我本不想吃,可又抵不住食物的诱惑,只好一边吃,一边骂自己没骨气。母亲知道后,笑着说:"我的女儿,吃惯了我做的饭,我知道的。"

于是我托人转告母亲,不要再送东西给我,送了我也不吃。后来熟人告诉我,我的话让母亲伤心了许久,哭了许久,连眼睛都哭肿了。

我生病了,重感冒。昏睡在床上的时候,心里无比渴望能喝上一碗小米粥。睁开眼睛,只见母亲坐在床边,手里端着一碗热气腾腾的小米粥,急切地看着我。

"听说你病了,我急得不行,就熬了一锅小米粥给你送过来。路滑,还摔了一跤。还好,粥碗我抱在怀里,还热着呢。"母亲小声地说,眼神四下游移,不敢看我的眼睛。那神情,仿佛一个做错了事的孩子。

我的心一瞬间融化了,心中那冰雪一般坚硬的部分,如遇到暖暖春日,瞬时融化成温情的溪水。

这就是我的母亲,她怕我训斥她,怕我赶她出去,因为她爱我。

唉,身为女儿,不能这样欺负母亲,把母亲的爱当作理所应当的付出,享受着母亲的爱却不知道感激。这世上,我们常常忽视的,就是母亲的爱。平时,我们常常忘掉母亲。只有受到伤害、遭到挫折时,我们才会想到母亲。我们太自私了。

无论我们怎样对待母亲，可母亲对我们，永远只有一种态度，那就是爱。母亲永远只有一种姿势，那就是敞开怀抱，拥抱我们。

喝下那碗浸透母爱的香喷喷的小米粥后，我也读懂了母亲的心。

这以后，我常常陪母亲一起出门逛街。出门前，我会仔细地帮母亲系好鞋带。过马路时，我挽着母亲的手小心地走。阳光下，母亲的一头银发闪闪发光，母亲的慈祥笑容显得如此温暖。

我不再去计较母亲没文化、不识字，也不再理会母亲爱吃大蒜的嗜好。母亲的高门大嗓，我已经习惯了。我更是懂得了这个道理，不要欺负这世上最爱你的那个人，善待母亲，我们的心才不会疼。迁就母亲所有的缺点，也只是因为，她是我的母亲，是这世上最爱我的人。

有一种幸福叫相依为命

佚名

饭菜香渐渐从厨房传来。妈的背影，在灯下居然有几分佝偻。这个我世上最亲近的女人，正一天天衰弱、老去，终有一天她会虚弱得需要照顾。我的眼泪，一下子掉了下来。

一、母亲哭了

妈被骗了。骗子的伎俩并不高明，只不过是利用了她作为一个异乡人的胆怯，就轻易骗走了她的手机和300块钱。被骗后好几天里，妈的神色都木木的，眼睛不敢直视我，像做错事的孩子。小时候，我不小心打破了碗碟，就是这种表情。

看她怯怯的眼神，我不忍埋怨，微笑地安慰她说："没事，不就一破手机和300块嘛，努力的话，我一天就挣回来了！"我知道妈不会相信，但我还是固执地说了，说完转身上班，还等我没出门，听到一阵压抑的哭声。

那一刻，我简直不敢相信自己的耳朵——记忆中，妈的性格一直很坚强，和爸爸吵得天翻地覆时也不曾流过泪。可是现在，她居然哭了！我整个人僵在那里，不知道如何是好。这个伤心哭泣的女人，她是我的妈妈。我饿了渴了，向她撒娇；气了苦了，向她抱怨；喜了乐了，却往往是最后和她分享。她是我的靠山，我的港湾，可此刻她如此伤心，我却不知道如何带走她的苦楚。

妈在未嫁前，是家中的长女，一手带大了几个弟妹，出嫁后又是家里的顶梁柱，一个人支撑起了整个家。她头脑精明，喜读书报，可在这南方的异乡——我工作生活的城市，她却轻易被人骗了，我可以想见她的羞耻，以及无处诉说的委屈与自责。

下班回家，妈的眼睛还是红肿的，我无从安慰，只得装作没看见。

夜晚，我们睡在一张床上，两个人都翻来覆去不能入睡，将床压得吱吱作响。妈是念我一个人漂泊在外，特意赶过来照顾我的。刚一来，她就把我租住的小屋整得一尘不染，每天学着广东主妇，精心煲汤，只为了能让我在他乡也有家的感觉。

我忽然想到，妈之所以流眼泪，被骗的挫败感还在其次，她一定是为自己给我"添麻烦"而感到不安了。

印象中，这是第二次看见妈如此伤心地落泪。第一次，是外公去世时，她哇哇大哭，絮絮叨叨地向我说起外公的一生辛苦，说起他冬天常穿的那件老旧棉衣……那几个夜晚，妈妈只有在累极了的时候才会沉沉睡去，她的脸上已长着深深的皱纹，可睡容却安静得像个孩子。从那次起，我才开始意识到，在我眼中一向强悍的妈妈也有脆弱无助的时候。她也只是她父亲膝下的女儿。

二、相伴的时光

第二天，出租房停电了，不知道线路出了什么故障。家里一片黑暗。因疲劳而心绪全无的我倒在床上，妈不知何时出去，叫来了保安，保安又找来了师傅，总算把电路给修好了。

灯亮了,妈在厨房里无声无息地忙着。我抱歉地站在她身后,叫了一声"妈",就再不知说什么。可以想象,不会说普通话、听不懂广东白话的她,费了多少口舌才终于叫来了保安。而我,只会任性地倒在床上,等着妈处理好一切。

饭菜香渐渐从厨房传来。妈的背影,在灯下居然有几分佝偻。这个我世上最亲近的女人,正一天天衰弱、老去,终有一天,她会虚弱得需要照顾。我的眼泪,一下子掉了下来。

我真心去疼过她、爱过她,就如她这么多年来一直疼我、爱我那样?

尽管工作还是很忙,可我开始抽时间陪妈去买菜,挑选着水灵灵的萝卜和嫩生生的小白菜,为几毛钱和菜贩讨价还价。我每次都想一次性买一堆回去,可妈却说菜要吃新鲜的,天天来买好了。我知道,她这是珍惜我们母女一同买菜的时光。

或许,每位到异乡来陪儿女的母亲,都像妈一样孤单吧。家里的一台小小的彩色电视机,是妈唯一的伙伴。闲得发慌的时候,她甚至为我织起了毛衣。其实,南方的天气基本上用不着穿毛衣。每日三餐,她都变着花样给我做菜。尽管她听不懂本地电视节目的白话,但她硬是从电视上学会了近三十种汤的做法!

妈来后,我三餐都在家里吃。每次回到租的小屋,妈早把门打开了,虚掩着等我。她笑着说,你走路脚步重,上楼像小老虎上山,一听"咚咚"的声音,我就知道是你回来了。为了让她开心,我吃饭也像小老虎一样,喝完了汤还要伸出舌头来舔一舔。她怪我没个姑娘家的样,笑容却分明是欢喜的。

三、我只是不想让你那么孤单

出租房附近有个"兴中园",一到傍晚便热闹得很,老头老太在音乐声中翩翩起舞,自得其乐。我怂恿妈妈也去跳,她却只在一旁看,羞怯地笑。我见拉不动她,便加入了老头老太的行列,使劲儿扭腰踢腿,想给她做个示范。妈看着我,眼中充满了骄傲和宠溺。回家,她让我教她怎么扭腰,怎么踢腿,她学得很快,可一到了人多的地方,她又不敢上场了,像个害羞的小姑娘。

那个园子中跳舞的老人也有外地的。又一夜,妈妈和一个河南来的老太太一见如故,站在树下聊了好久。由于都是来照顾在这边工作的单身女儿,两个老人的共同话题特别多。翌日晚,妈等了好久,那位河南老太太都没来,妈妈一直为没留下对方的电话号码而感到遗憾。

异乡的城市是如此繁华,而我们母女俩是如此卑微而渺小,我们要紧靠在一起,才会略感到不那么孤单。

那天听见妈和爸在通电话,仔细询问着家里的情况。那时我才知道,她的心有多惦记家里。只有在那熟悉的地方,她的日子才充实安心。因为那里的每个邻居都很亲切,每件事她都做得顺手。只有在自己家,妈才会自信快乐。我偷偷地为妈买了回家的火车票。在她留在这城市的最后几天,我陪她逛了一次商场,去了一次孙中山故居,买了几次菜,跳了几次舞,买了大包小包的衣物零食送她上车。临上车,妈两眼红红地问我:"是不是你嫌妈给你添了麻烦,所以要我回去?"

我忍住眼泪,拼命摇头,递给她一部手机。

她惊喜地接过手,说:"呦,这和我以前用的那个一模一样!"

我说:"就是你那个,公安局的人说他们抓住了那个骗子。"

母亲如释重负地笑了起来,在火车上,她细看这个我在二手市场买的手机,就会发现我说了谎。但我相信,妈不会揭穿这个谎言的。她想从我这儿得到的,一直都只是我的爱和信赖。手机失而复得,证明她仍是我能干的妈妈,是我不变的靠山。

火车快开动了,她絮絮地嘱咐我在外当心,说一个人觉得孤单时就打电话,她过来陪我;说过两年我成了家,她来给我带孩子……火车开动,妈的脸变得越来越模糊,我向前奔跑,哭着大声喊:"妈! 妈! 我爱你!"

火车轰隆隆的声音掩盖了我的喊声。这样很好,我从来都羞于表达自己的感情,但这一刻我终于对她说出了"我爱你"。

我只是不想让你那么孤单。妈妈，我知道你也是这么想的。

母亲，我怎么让你等了那么久

佚名

母亲真的老了，变得孩子般缠人，每次打电话来，总是满怀热忱地问："你什么时候回家？"

这让我有点烦，且不说相隔一千多里路，要转三次车才能到家，光是工作、孩子已经让我分身乏术，哪里还抽得出时间回去？

但母亲的耳朵不好，我解释了半天，她仍旧热切地问："妞妞，你什么时候能回来？"几次三番，我终于没有了耐心，在电话里大声嚷嚷。她终于听明白，默默地挂了电话。隔几天，母亲又问同样的问题，只是那语调怯怯的，没有底气，像个不甘心的孩子，明知问了也是白问，可就是忍不住。

这一次，我心软了，不由沉吟了一下。

母亲见我没有烦她，立刻开心起来。她欣喜地向我描述："后院的石榴都开花了，西瓜快熟了，你回来吧。"

我为难地说："那么忙，我怎么能请得上假呢！"

她急急地说："你就说妈妈得了癌症，只有半年的活头了！"

我立刻责怪她胡说，她呵呵地笑了。这让我想起小时候，每逢刮风下雨，我想去上学，便装肚子疼，每每却被母亲识破，挨上一顿好骂。现在母亲老了，反而教着女儿说谎了，我真是又好气又好笑。

这样的问答不停地重复着，我终于不忍心，告诉她下个月一定回去，母亲竟高兴得哽咽起来。

可不知怎么了，我永远都有忙不完的事，每件事都比回家重要，最后到底没能回去。电话那头的母亲，仿佛没有力气再说一个字，我满怀内疚："妈，生气了吧？"

母亲这一回听真了，她连忙说："妞妞，我没有生你的气，我知道你忙。"但没几天，母亲的电话催得越发紧了，她说："葡萄熟了，梨熟了，快回来吃吧。"

我说："有什么稀罕，这里满街都是，花个十块八块就能吃个够。"母亲不高兴了，我又耐下性子来哄她，"不过，那些东西都是化肥和农药喂大的，哪有你种的好吃呢？"

星期六那天，气温特别高，我不敢出门，开了空调在家里待着。孩子嚷嚷雪糕没了，我只好下楼去买。在暑气氤氲的街头，我忽然看见了母亲的身影。看样子她刚下车，胳膊上挎着个篮子，背上背着沉甸甸的袋子。她弯着腰，左躲右闪着，怕别人碰了她的东西，在拥挤的人流里，她每走一步都很吃力。

我大声地叫她，她急急抬起满是热汗的脸，四处寻找，看见我走过来，竟惊喜得说不出话来。

一回到家，母亲就喜滋滋地从袋子里往外掏她给我带的那些东西。她的手青筋暴露，十指上都裹着胶布，手背上满是结了痂的血口子。我看着心里陡然一疼，而母亲却满不在乎地笑着对我说："吃呀，你快吃呀，这全是我挑出来的。"

我这没有出过远门的母亲，只为着我的一句话，便千里迢迢地赶了来。她坐的是最便宜、没有空调的客车，车上又热又挤，但那些水灵灵的葡萄和梨子都完好无损——我想象不出，她这一路上是如何熬过来的。

母亲在我这里只住了三天，她说我太辛苦，起早贪黑地上班，还要照顾孩子，她干着急却帮不上忙。厨房设施，她一样也不敢碰，生怕弄坏了。她自己悄悄去订了票，又悄悄地一个人走。但她才回去一星期，又打电话说想我了，不住地催我回家。

我只好在电话里苦笑着说："妈，您再耐心等等吧！"谁料第二天，我就接到姨妈的电话说你妈妈病了，快回来吧。我急得眼前发黑，泪眼婆娑地奔到车站，赶上末班车。一路上，我心里默默祈祷，我希望这是母亲在骗我，我希望她好好的，我愿意听她唠叨，愿意吃光她给我做的所有饭菜，愿意经常抽空来看她。

车子终于到了村口，母亲小跑着过来，一脸的欢欣。我抱住她，又想哭又想笑，责怪道："您说什么不好，说自己有病，亏您想得出！"

受了责备的母亲，仍然显得很高兴，她只是想看到我。随后，母亲乐呵呵地忙进忙出，摆上一桌子好吃的东西。我一边吃一边毫不留情地批评着："红豆粥煮糊了，水煎包子的皮太厚，卤肉味道太咸……"

母亲的笑容顿时变得尴尬，她无奈地搔着头。我心里暗笑，我知道，一旦我说什么东西好吃，她非得逼我吃一大堆，走的时候还要带上不少。回家一趟，我就会被她喂养得肥肥白白，怎么都瘦不下去。而且——不贬低她，我怎么有机会占领灶台呢？

我给母亲做饭，跟她聊天。母亲长时间地凝视着我，眼里流露出无比的疼爱，无论我说什么，她都虔诚地半张着嘴，侧着耳朵凝神地听。就连午睡，她也坐在床边笑眯眯地看着我。我说既然这么疼我，为什么不跟着我住呢？她说住不惯城里，也不想拖累我。

母亲的话让我心里很是梗着一件事，但没待几天，单位就打来电话。我急着要回去，母亲苦苦央求我再住一天。她说早上已托人到城里去买菜了，一会儿准能回来，她一定要好好给我做顿饭。县城离这儿九十多里路，母亲要把所有她认为好吃的东西都弄回来，让我吃下去，她才能心安。

从姨妈家回来的时候，母亲精心准备的菜肴终于端上了桌，但当我拿起碗筷时不由一惊：鱼鳞没有刮净、鸡块上满是细密的鸡毛、香油金针菇里竟然有头发丝……无论是荤菜还是素菜，都咸得让人无法下筷。

母亲见我挑来挑去就是不吃，心疼地妥协了，忙送我去坐夜班车。天很黑，母亲挽着我的胳膊，她说："你走不惯乡下的路。"她陪我上车，不住地嘱咐东嘱咐西，车子都开了，才急着下去，衣角却被车门夹住，险些摔倒。我哽咽着，趴在车窗上大叫："妈……妈，你小心些！"她没听清楚，边追着车跑边喊："妞妞，我没有生你的气，我知道你忙……"

这一回，母亲仿佛满足了，她竟没有再催过我回家，只是不断地对我说些开心的事：家里添了头很乖的小牛犊；明年开春，她要在院子里种好多的花；葡萄架立起来了，再过几年可以给我送葡萄吃……

年底一天，我又接到姨妈的电话，她说你妈妈病了，快回来吧。我哪里相信——我们前天才通的电话，母亲说自己很好，叫我不要挂念。但姨妈不住地催我，我半信半疑地踏上了归程，买了一大袋母亲爱吃的油糕。车到村头的时候，我伸长脖子张望着，母亲没来接我，我心里颤颤地就有了种不祥的预感。

姨妈告诉我，其实在给我打电话的时候，母亲就已经不在了，她走得很安详。半年前，母亲被诊断出了心脏病，只是她没有告诉任何人，仍和平常一样乐呵呵地忙到闭上眼睛，并且把自己的后事都安排妥当了。姨妈还告诉我，母亲老早就患了眼疾，看东西很费劲。我紧紧地把那袋油糕抱在胸前，一颗心仿佛被人挖走。原来，母亲知道自己剩下的日子不多了，才不住地打电话叫我回家，她想再多看我几眼，再和我多说几句话。

原来，我挑剔着不肯下筷的饭菜，是她在视力模糊的情况下做的，我是多么的粗心。我走的那个晚上，她一个人是如何摸索到家，她跌倒了没有，我永远都无从知道了。母亲在生命最后的时刻还快乐地告诉我，牵牛花爬满了旧烟囱，扁豆花开得像我小时候穿的紫衣裳，然后留下所有的爱，所有的温暖，安静地离开。

其实我自己心里很清楚，母亲是我在这世上唯一不会生我气的人，唯一肯永远等着我的人，也就是仗着这份宠爱，我才敢让她等了那么久。可是，我真的有那么忙吗？

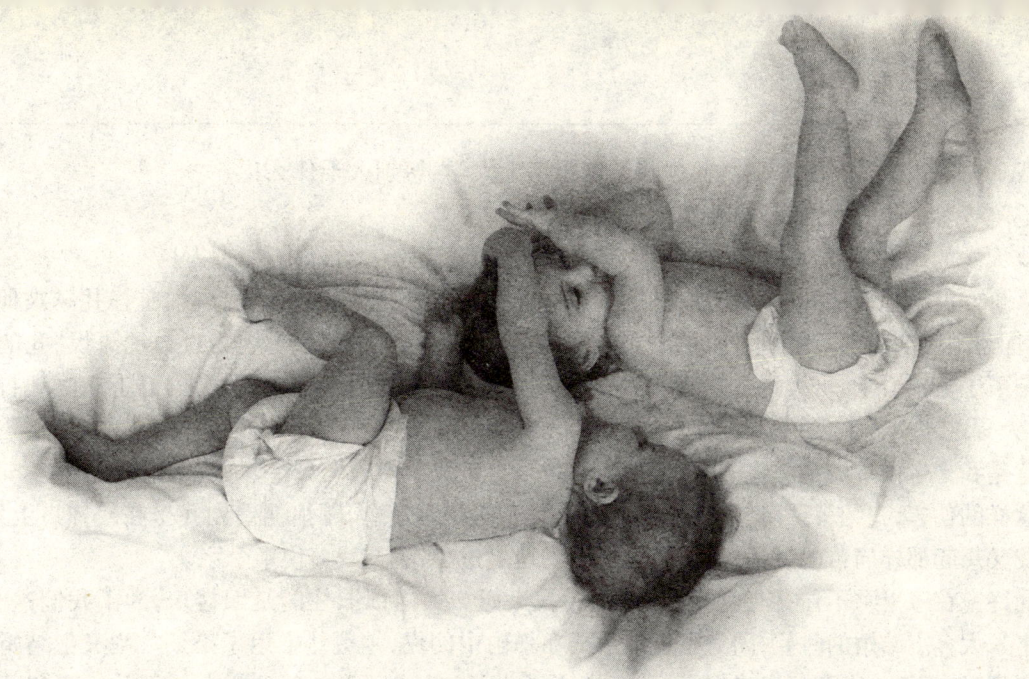

第三章
同根连枝,血浓于水

好兄妹,一生是爱

安宁

中秋节前几天的时候,我从山东坐火车赶回陕西老家去。大姐和两个哥哥知道了,都去车站接我。我发短信给他们——我也是结了婚的人了,还能迷路吗?

大姐发过来一个笑脸:长姐如母。即便小妹生了孩子,在大姐这里还不是一个爱耍臭脾气的小孩儿?大哥照例是极严肃的一句:说不定改了。二哥还是像往常一样挖苦我:怎么,有老公靠着,就不把当哥的放在眼里了?

下车后隔着老远,我便看见他们奋力地向我招手。二哥还高举着一个自制的标语牌。看他那得意样,就差拿个大喇叭高喊我的大名了。

我跑过去一拳砸在二哥的左肩上,他也不甘示弱,掐我几下,算是问好。大姐呵呵笑着过来劝:你们两个还是留着点劲回家去闹吧,这样也好让父母公平地判一判谁是谁非。我回头看大哥,他早已招了辆出租车,坐到前面去等我们上车了。我只好朝二哥吐吐舌头,靠着大姐坐下来,又撒娇似的把脑袋向她肩头上一倚,把眼微微一闭,再也不肯挪动半寸。

回家后我们和父母像往昔一样,吃了顿热热闹闹的饭后,哥哥姐姐们便又忙着去上班。母亲说,这两天就去你哥姐家坐坐,他们每次来都问你呢。尤其是你大哥,总埋怨没有能耐,不能把你和阿坤(我老公)从山东调回来,又说早知道你跑这么远,当初就不该同意你们恋爱结婚。

我说:我和阿坤过得很好啊。

母亲摇摇头,叹口气,道:你还这么记恨你大哥?

我默默地走出门去,在楼梯口上坐下来。看着太阳快要落下去了,天边血一样红红的一大片,不知谁家的小孩子在干号着大哭,我的眼泪,竟也随着这哭声倏地滑落下来。

我12岁那年,大哥高考落榜,回家后阴着脸,恶狠狠地一个劲儿干活。

我那时嘴很刻薄，便讽刺他说，你脑子笨没考上大学，怨别人干什么！

他咆哮着冲到我面前：你再给我说一遍！

我天生的倔强脾气，又是很响亮的一句：你脑子笨没考上大学，你不如别人！

大哥发疯般地揪住我的后衣领，像拎小鸡一样把我往外拖。我拼命地挣扎，越挣扎越被他拖得快，我惊恐地哭叫起来。闻讯赶来的父母看见这一幕，吓得目瞪口呆。因为过分的恐惧，我的鼻子呼地一下子流出血来，可大哥依然疯了似的把我往门外拖。这时父亲清醒过来，赶上来啪地打他一巴掌，大哥这才松了手，蹲下身去狼一样地哭了出来。

这是我平生挨过的最厉害的一次打，而且是来自长我7岁的大哥。

这样的伤害，我记了许多年，也记得大哥从没有向我道过歉，哪怕他看到我坐在楼梯口上发呆，知道我又想起那样痛苦的一幕，依然是一言不发地走过去，不与我多说半个字。

我终究在家里憋不住，跑到相邻的镇上去找大姐。大姐依旧住的是旧楼房，为了我们这个家，她付出了太多。结婚的时候，因为家里的房子在暴雨中倒塌，她毅然推迟了婚期。她又把结婚的钱拿来帮家里建新房，直到新房建好了，我也考上了大学，她才简简单单地举办了婚礼。我和两个哥哥都曾发誓说，将来生活好了，一定要报答大姐。而大姐总是微笑着说，她过得很幸福，什么也不缺。

晚上，我与大姐挤在一张床上。月光洒满小小的卧室，黯淡的屋子变得柔和、温润又光洁。我说，姐姐，除了父母没人比你更好了。

姐姐轻抚着我的头发，说，你大哥好强又上进，二哥善交际，脑子也聪明，你呢，懂得体贴父母，很孝顺。

我说，可是大哥脾气太坏，二哥又痞，我则执拗不肯让步，哪像姐姐这样让每个人都喜欢？

姐姐微笑着说，你还在记着大哥的不好么？其实那年你说的话也太让他伤心，否则他怎么会失去理智？我退学打工供他读书，也给了他不小的压力，让他太急于给我回报，也想给你和二哥树一个榜样，带着你们往好的路上走。这样好的大哥，你还不肯原谅么？

我把头蒙到被子里去，没有吱声。我只是觉得，身体的某个地方，正被一种温热的液体，悄无声息地融化掉了。

中秋节的晚上，小小的院子因了哥姐家的几个孩子，变得愈加地热闹和拥挤。我给还在加班的老公发短信。我说，老公你知道吗，在月亮底下吃月饼，可以吃出甜蜜又幸福的往事来呢。

二哥蹑手蹑脚地从背后过来，刷地一下将我的手机夺过去，高高举着道：快说说吃出什么幸福旧事来了？不说就别想给老公安心发短信！

我哇哇乱叫着上去抢，无奈个子矮，上蹿下跳地怎么也够不着。满院子的人看见我这狼狈样，全都哈哈大笑起来。还是大姐为我解围，说，还不是小时候你们两个为蛋糕打得难舍难分，左邻右舍都来劝架的旧么。

二哥红着脸，在哄笑声里急急地辩解道：才不是呢，好歹我也大她两岁，哪次不是很有风度地让她一马？可惜这做小妹的不识好人心，从来都近大哥大姐远我这二哥呢！

大家又是一阵爽朗的大笑。无意中看到不苟言笑的大哥，竟然也眯眼看着我，微微地笑。那样温厚又友善的神情，像看一个长大了的孩子。

我羞涩地移开视线，拿一个咧着大嘴含香吐玉的石榴，对大哥的小女儿甜甜拍手道：甜甜过来，姑姑给你剥石榴吃……

坐在回程的火车上，我给哥哥姐姐们挨个儿发短信，说，有你们这么好的哥姐在，我这远嫁的小妹，终于可以放心地离开，在他乡安静地思念你们每一个人。我也可以不用担心想回家的时候，没人给我公主一样隆重的待遇和细心体贴的呵护了。

大姐回复说，那还用说吗？父母是我们四个人的父母，小妹则是我们所有人的小妹，再远的距离，我们依然是相亲相爱的好兄妹。

二哥发过一通炮弹来，说，你敢在山东把爹妈给忘了，小心我的九阴白骨爪，从陕西伸到山东去!大哥的短信只有一行字:要用钱的时候,跟大哥说一声。

我的泪,哗一下涌出来。这样一个严厉如父的大哥,从没有对我说过一句温柔的话,即便是读大学的时候,他每个月给我生活费,也是硬硬地放在我的手里,不说半个字。而今,我远离了家乡,他所能给我的,依然是这样切实、温暖又沉默的关爱。而我,曾经用力记住的,却是那些尘埃一样不值一提的过往……

两粒花生米的相亲相爱

小醉

一

10岁那年,我整天考虑一个重大的问题。

终于在一天傍晚对全家人说:"我和紫萱很早住在黑暗的海洋里,我俩在水里漂着。"爸妈用怪怪的眼神瞪着我,他们总是不懂我的心。我看见盘子里的花生米,抓起两粒:"噢,我俩就像花生米一样大。"

爸妈笑,唯有紫萱安静地注视我。

晚上睡觉,紫萱帮我按摩脑袋。我有点怯怯地发问:"萱,我说错了吗?"她很高兴,拿来一本厚厚的彩书让我看——一个胖胖的妈妈肚子里有一粒花生米。

"紫苓,我们小时就是住在妈妈的肚子里,那时的妈妈的肚子是一片汪洋,我俩在里面游泳,吃东西,玩耍。"紫萱耐心地给我解释。我有点不明白:"可彩书上妈妈的肚子里只有一粒花生米呀?"紫萱揉揉我的脑袋,夸我聪明:"是呀,很多花生米都是一粒一粒的。但我们足够幸运是两个在一起。"

我有点明白了,但旋即迷惑不解:为什么紫萱能够上学而我不可以?紫萱听到我的问话突然眼睛发红。

"紫苓,花生米在妈妈的海洋里待够10个月就必须出来,变成漂亮的小孩,穿新衣服,逛动物园,吃肯德基。可就在离开妈妈肚子时,我挤了你。"紫萱抱住我的脑袋。"我在海洋里吃得太胖,力气太大,把你的脑袋挤扁了。紫苓,是我不好。"紫萱的声音有点嘶哑。

我好像看见海洋里紫萱的模样,她总和我抢吃的所以胖胖的,离开妈妈肚子时她挤扁了我的脑袋,所以她很聪明,而我有点笨。我说得乱糟糟的,紫萱却哭了。

妈妈推开门呵斥:"半夜了还不睡,紫苓,你又欺负紫萱了?"

我不高兴,每次紫萱生气,妈妈都要骂我,可明明是她把我的脑袋挤扁了呀!

二

爸妈上班走了,紫萱去上学,我待在家里学习。

从小我是和紫萱一块长大的,她帮我搭配衣服、梳辫子、带我出门、把藏起来的零食分给小朋友让他们陪我一块儿玩。小朋友对我特别友好,大家在草地上手拉手转圈儿。我仰脸,大朵大朵的云彩在天上旋转舞蹈,哎呀,真美的日子。

可有一次我一个人上街买冰棒,正在过家家的小朋友偷偷笑话我:"小傻子来了,长大没人娶她做老婆。"

紫萱曾跟我说过女孩子长大都要做老婆的,为什么没人要我?我很难过,晚上偷偷哭。紫萱问我怎么了,我就告诉她那些话,她有点不知所措。

不一会儿,紫萱就笑了:"没关系,我可以帮你把脑袋修好,你看我俩是不是一模一样?"

她拉我站在镜子前。天呀,我俩真的天天都是一个样子。

"长大还要好久好久,到那时我早就把你修好了。"紫萱得意扬扬。我马上就放心了。

原来爸爸也是要送我去学校的,送到专门给脑袋挤扁的小孩儿上学的学校。紫萱不同意,她尖叫着和爸爸吵闹。她说我不是傻子,她坚持我有不寻常的想象力、有巫师的灵气,她不要全世界都用怜悯的目光看着我。

爸爸骂紫萱,甚至还动手打了她一巴掌。我死死拉着紫萱的手。爸妈全说我有病,只有紫萱告诉我:"紫苓,你很漂亮,很聪明,骑一把扫帚就能做巫师。"

我也相信,我很聪明。于是,我乖乖地学习,都是紫萱安排的作业:我读巫师的"咒语"——a、o、e……我还画画,用彩色笔把脑袋里想的东西画出来。紫萱说想画什么就画什么,巫师就是没人敢管的。

白天,我独自在家念"咒语"、涂鸦,晚上,紫萱帮我按摩脑袋,和我说话。紫萱夸我聪明,考我"咒语",检查我的图画,然后我俩站在镜子前看个没完没了。真的,我俩天天都一模一样。

"所以你放心噢,我俩是幸运的花生米,你一定能够做巫师的,要努力噢!"紫萱搂住我的肩膀鼓励。

我在紫萱读高中时学会了"咒语"。真神奇,我可以用"咒语"查字典、看故事书。紫萱带我去文具店买漂亮的日记本,她要我写日记。妈妈有点儿不高兴,她希望紫萱把精力放在学习上。原来考上好的大学需要很多一百分,我确实耽误了紫萱的时间。

紫萱不理妈妈,她教我绣十字绣。密密麻麻的图案让我头疼,我不想绣了。紫萱耐着脾气一遍遍给我讲解,鼓励我坚持下去。

我想睡懒觉,于是就说:"萱,我绣不了的,我是傻子。""啪",她抬手狠狠给我一巴掌。我吓坏了,这么多年她从来没有打过我。

我看着她涨红的脸、发红的眼睛有点害怕,"对不起。"我低低地说。她靠在墙上喘着粗气,狠狠盯着我。

三

其实十几年过去了,我的脑袋渐渐清楚很多,加上可以看懂一些书,我慢慢理解一点紫萱的心事。她在用自己的方式治疗我:陪我,让我不孤单;鼓励我,让我不害怕;护佑我,让我不委屈。

每个晚上我做梦醒来,紫萱都坐在桌边托着下巴发呆。我知道她在写日记,这些年她天天晚上写日记。突然间,我很想知道她在写什么。

"十岁那年,紫苓突然说我俩住在黑暗的海洋里,天呀,她是如何感知那温暖的子宫轻柔的羊水,她怎么能够想象出我俩最初的模样?

"没有人懂得我的心疼,一粒和我一模一样的花生米,一粒被我挤扁的花生米,她要被这个世界用异样的眼光看待,这怎么可以?

"我爱紫苓,从小到大我俩半夜站在镜子前互相打量,我有时恍惚,谁是谁?因为我们足够幸运,相互遇上。

"我从小的心愿不是考名牌大学,也不稀罕出国、出名。我只要紫苓能够看懂路标,懂得分辨好人坏人,等她完全适应复杂的社会,我就心满意足。

"如今,她刚刚学完拼音能看简单的书,而我,要考大学了。未来的路很长很长,紫苓这些年很快乐。能够快乐是对她最好的疼爱……

"每一粒花生米都是珍贵的,总要有人来疼惜。我只希望我亲爱的紫苓快快长大……"

四

紫萱没有考上大学,她去肯德基上班。

我高兴极了,这样可以天天去肯德基里玩。坐在明亮的大窗户旁边,看书画画发发呆。我不能完全看懂她的日记,但我知道她对我比爸妈对我还好。她很爱我。孪生姐妹、双胞胎、手足,我很喜欢这些词。

肯德基人来人往,我注意听别人说话。等大家散去店里安静,就会看见紫萱笑着走过来。"紫苓,今天学了什么?"她考我。我很兴奋,把学来的新名词一股脑儿告诉她。"AA 制,就是一半儿一半儿;约会,就是老公老婆吃肯德基。"

紫萱笑得真开心,大家纷纷夸奖我。我拿出钱包——紫萱把我绣好的十字绣卖掉了,我有一百块——我买全家桶请客,紫萱对我好,她的同事也对我好,我要表示感谢。

"我相信患难的真情,我不信生生世世的约定,是不是变成石堆,我的心就不会再疼……"这是齐秦的歌,紫萱最喜欢听了。在飘荡着音乐的肯德基店里,我看着紫萱慢慢吃着薯条,然后,她扭过脸,偷偷哭了。

妈妈要紫萱去舅舅的公司上班,紫萱不答应。我隔着门缝儿听见她们在吵架:"紫苓一辈子就是这样了,你为她连大学都不肯上,难不成嫁人都带着她!"

"就是因为不能带她一辈子我才这样做,你难道没发现她有多大的进步吗?终有一天她可以自己照顾自己的。妈妈,如果连我们都没有信心,紫苓的未来会怎样?除了我们,她还有谁?"

我悄悄走开。我一点点想清楚这件事,紫萱是为了陪我故意不上大学的。她说肯德基可以锻炼我的认知和社交能力,而且条件宽松。我们可以时时照面,我可以分分秒秒看见她的笑脸。她说前途是美好的,用不了多久我也可以上班赚钱。

我查字典什么叫孪生,原来就是一胎两个,也叫双生。关于爱,字典上说就是对人或事深有感情,十分喜欢。

<h2 style="text-align:center">五</h2>

今天,我和紫萱 25 岁。我们在肯德基店里过生日。

清早,紫萱帮我化妆盘头,我给她涂眼影。她比我漂亮,就是有点瘦。她说自己是骨感美人,我说我是杨贵妃。紫萱笑,夸奖我比喻恰当。

今天真是好日子,我开始在肯德基旁边的奶茶店上班,有漂亮的制服穿。我会很流利地说:"你好,请问奶茶加珍珠吗?"

肯德基悬挂五彩气球,我和紫萱并肩而立。双层大蛋糕插着二十五根蜡烛,大家纷纷鼓掌。紫萱在笑,眼睛却红红的。

我心里一直有话想说,于是我就开口了:"我的心愿是紫萱早点做漂亮老婆,医生说我的智商是十三岁,我还要过几年才能谈恋爱。我喜欢每一天,我爱紫萱。我知道孪生姐妹就是很幸运很幸运的幸运,我要感谢紫萱,把我的脑袋修好了。很久很久,紫萱爱我很累很累,我发誓,我以后会爱她,很久很久。"

掌声在响,音乐也响起,我冲着紫萱鞠躬道谢,然后唱:"我相信患难的真情,我不信生生世世的约定,不用等到变成石头,我就能够不让你再为我心疼。"

紫萱冲我笑了,笑着笑着,我们拥抱在一起……

<h1 style="text-align:center">亲爱的逃兵</h1>
宁子

<h2 style="text-align:center">一</h2>

阳光晴好的周末,他再次出现在她宿舍窗外并喊她名字的时候,室友忍不住开她玩笑:"外面那个小帅哥在追你吧……"她塞着耳机听歌,只装作听不见不回答,心里却不安静。

小帅哥?她想了想,倒也是,他的确很帅,一米八多的个头,白桦树一般青葱。眉眼和脸部轮廓里带点酷酷的味道。可他却是她心存怨怼的人。曾经,她是喜欢他的。她记得小时候的他调皮却可爱,喜欢跟在她后面喊她:"小未,帮我系系鞋带!""小未,你的糖给我吃了吧!"有点儿淘气,有点儿撒娇又有点儿霸道的口气。

她容不得他受委屈,有次他被高年级的男生欺负,她像头小兽一样将他护在身后,拉出要拼命的架势,竟把几个大他们几岁的男生吓跑了。还有一次,放学路上,他因为吃了凉东西肚子疼,蹲在那里走不动。她想了想,决定背他回家。她好不容易背他走出几步,一个趔趄趴在了地上,刚好摔到马路牙子上,嘴唇磕出了血……他吓得看着她哭,结果肚子反倒不疼了。有时候,她也很有点儿大人的派头,也会"命令"和"支使"他:"小来,写作业把头抬高点儿。""小来,别再看电视了,去给我拿个杯子……"

没错,她叫小未,他叫小来,他们是双胞胎姐弟。她只比他大几个小时,可是因为这几个小时,她认定了自己要宠爱他。只是她没有想到,她对他的宠,在他们刚刚过了九岁生日的春天便戛然而止。

二

那年,父亲跟另外一个女人好了,据说那个女人年轻且有钱。在她的记忆里,父母之间的关系似乎一直微妙,他们很少在一起,在一起,也几乎不说话。但她还太小,常常不在意这些,直到那个春天,那个家连表面的完整都失去了。父亲打定主意要把他们两个都带走。已经九岁的她,却坚决地跟着母亲,并认定他也该那么做。所以她牵着他的小手,很坚定地说:"我们要跟妈妈。"

无论如何都没想到,这次,他竟然没有听她的话,而是一点点把自己的小手从她的手里抽出来,然后慢慢挪到父亲身边,小声说:"我跟爸爸。"

那一刻,她年少的心疼了起来,不是为家庭的离散,而是为他的离开。他辜负了她。她就那样当着很多人的面冲他喊了一声:"我一辈子都不要再看见你。"

他什么都没有说,躲在父亲背后,看不清楚是害怕还是难过。

那天晚上,她在自己的小屋里哭了很久。他的东西都还在,玩具、衣服,但是他却不会再回来。她那么舍不得,因舍不得而难过,因难过,心里就生出了隐隐恨意,恨他的离开和辜负。她想,以后,她真的不要再见他。

三

那以后,她跟着母亲生活。父亲回来看过她,她不想见他,但是却又拒绝不掉,因为父亲每次都会提他。说他长高了,说他想她但是不敢回来……

母亲似乎从来没有说过是否想他或者怨他,直到好几年后,她读了高中,而他,从中学起就被父亲送进省城,也进了重点高中。母亲第一次说起他,话很短:"其实小来跟着他挺好。"母亲口中的他,是父亲。她看着母亲,母亲不像赌气或撒谎,她才知道,母亲是不怨他的。怨的,只有她。

是的,她怨。他们是一起来到这个世界的,而他,却在他们相守的路上做了逃兵。她不能原谅他。

接下来的高中生活忙碌不堪,她学习成绩很好,打算考离家不远的省城的大学。但想到他在那里,高三时,她改变了主意,报考了西南政法大学,去了山城重庆。

四

报过到的下午,她想出去走走,刚走出宿舍楼道,忽然听到有人喊了一声"小未",惊得她几乎跳起来。然后,她就看到了他,站在树下的他,一个高大挺拔的男子汉,眉眼也几乎完全没有了过去的影子,但她还是一眼认出了他,就像他也一眼认出了她一样。

她心里百感交集,10年的怨怼却又在瞬间涌上心头。她一转身朝宿舍走,理也不理他。不知道他怎么会来。整整10年啊,他们没有见面。匆忙的脚步声中,听到他在身后喊:"我也在这里念书,小未,以后咱俩是同学了。"她的脚步越发快,回到宿舍关上门给母亲打电话,接通,没头没脑地问:

"谁告诉他的?"

母亲终于听明白,沉默片刻说:"这些年,小来一直都在电话里打听你。"

"谁让你告诉他的?"她不由地把怨气撒到母亲那里。

"他是我儿子。"母亲不回答,只这样说了一句。

她一下没了脾气,她不能阻止母亲和儿子的交往,就像她不能阻止他来这个城市这所大学一样。

于是她尽量躲着他不见。但很多时候是躲不掉的:下课,她会看见他在楼道转角处站着,看见她就喊一声她的名字;去餐厅吃饭,正排着队会被他一把拉出来,把已经买好的排骨米饭塞给她,然后自己转身就走;她一直对方向不敏感,重庆的街道又过于繁杂,发愁出去买日用品,他总会把买好的东西托了楼道管理员送上去……已经过了10年,他什么都记得,记得她不认识路,记得她喜欢的东西。

转眼过了一个学期,寒假前,她刚报名买集体票,他就在教学楼的楼道等到她,塞了一张票给她——是回家的卧铺票。她忽然有些愤怒,那些年,母亲坚决不要父亲的一分钱,她和母亲的日子略显拮据。来上学,她坐了十几个小时的硬座,现在,他却送她一张卧铺票。敏感的她一下在那张票里读出怜悯的味道。

这次,她没有沉默,而是三步两步追上他,一把将票塞到他手里:"我不稀罕。"

"小未。"他在她身后喊了一声。她头也没回地走了。

五

终归是坐了半价的硬座回了家。寒假里,他打过电话,她已经能够在母亲的口吻中听出来。但是她什么都不问,母亲想说些什么,看她的表情,又顿住了。开学一个人走,漫长的路途,纵然她年轻也感觉到疲惫。拖着行李走出出站口,看到他在那里等着。她朝另一个方向走,他追上来,一把抢下她的行李:"你自己回去吧,行李我给你送过去。"一边说一边快速提着她的行李朝外跑,生怕她追上去夺。行李很重,他的身影明显有些踉跄,她的心一酸,没有去追他,一个人坐了公交车回去。到宿舍时,她的行李已经被送到了,还有她爱吃的小香蕉。

之后,他却不再那么频繁地打扰她,不再跟在她后面喊她的名字,不再替她买饭或者送东西给她。只是在她生日时,他送了一个精致的音乐播放器,还有一张小字条:"是我打工赚来的钱买的,你可以收下吗? 就当送你的生日礼物吧。"

那天也是他的生日,他不要任何东西,只要她收下他的礼物。播放器里存储了很多她喜欢的歌,第一首是《生日快乐》。她听着,想起他说是打工赚来的钱,她恍然,难怪那段时间不太看见他。

六

周一,她打电话给他说要见他。见了面,他高兴又意外,还没开口,她先说:"以后你别打工了,你又不缺钱。"

他愣了片刻,鼓起勇气解释:"我知道你不想花爸爸的钱,我要自己赚钱给你买卧铺票。"——那张票,他依然耿耿于怀。她叹口气:"我不是不想花他的钱,而是我一直怨你们,我恨你们当年走。"

终于说了对他还有对父亲的怨。她以为不会对他说。说出来,心里莫名轻松了一些。

他低下头来,声音低下来:"其实小时候,爸爸一直很疼我们,你跟了妈妈,我怕我不跟着他,他会难过会孤单。不管爸妈之间到底发生了什么,他也是咱们的爸爸,我也爱他。"

她怔怔地看着他,10年后,他终于告诉了她当初要跟着父亲走的原因。他说"他也是咱们的爸爸",就像母亲说"他是我的儿子"一样的口吻。

原来他们之间,的确是这样纠葛不清的关系。而当年她只是因为他的离开怨恨他,从来没有去分辨这些。她以为她是姐姐,她的选择一定是对的,可是她现在知道,九岁时,那个她一直宠着的小孩子,其实和她一样,已经被迫长大。

在她的沉默中,他忽然说:"你知道吗,小未?这些年,我就是想背你一次,就像当年你背我那样,其实当时,你根本就背不动我吧?"说着,他转过身,弯下身体:"姐,来啊,我背得动你的。"

她忽然就哭了,那是他第一次叫她姐。他们一直都相互喊名字。没错,她是他的姐,这么多年,即使怨着恨着,她也从来没有忘记过他。

她俯到他的背上,他一用力将她背了起来。她听见他笑着说:"姐,妈说你总说我是逃兵,是吗?"她不说话,抚摩他毛茸茸的发,轻轻地将落满泪水的脸贴在他温暖的后背上。没错,他是她最亲爱的逃兵,而她,其实也是他的逃兵。

现在,他们都回来了。

手心手背的另一种诠释

蝶舞沧海

他出生那年,正开始实行计划生育。母亲只生了这一胎,就做了结扎。

按理说,他应该是家中的独苗,集万千宠爱于一身。但是偏偏在他呱呱坠地之前,已经有个和他长得一模一样的小家伙哭声嘹亮地候着他了。于是,他就这样做了弟弟。

两个人长得实在太像了,父母不知道谁是谁的时候就解开他们的纽扣。他的胸前有一颗痣,而哥哥没有。

学校里,两个人你追我赶谁都不服输,每年捧回的奖状都是花开并蒂。他们兄弟俩成为村里人教育孩子的楷模,成为父母的骄傲。然而,这种安宁维持到他们初中时出现了变化。那天,父亲在地里被一条毒蛇咬伤,因救治不及时永远地闭上了眼睛。他们虽然清贫却幸福的天空一下子坍塌了,母亲瘦弱的肩膀扛不起两个孩子的求学路。在父亲的遗像前,母亲流着泪高高抛出一枚硬币。正面代表他,反面代表哥哥。三个人,同时紧张地屏住了呼吸。一道银白的抛物线后,是反面。他急得一脚踩在硬币上,这样不公平!看母亲态度坚决,他突然灵机一动,指着自己胸前的那颗痣,强词夺理地说,你们看我,我与哥哥有什么不同?我胸怀大"痣",我才是上天注定的读书人。母亲闻言,崩溃般坐在地上自责地哭号,为一个10多岁孩子的绞尽脑汁,为她自己的力不从心。

哥哥主动退了学,挽起袖子和裤腿下了田,他穿得干干净净去了学校。他很开心很快乐。只是,眼前老是不由自主地晃过两个画面,让他的快乐突兀地沉下。一个是哥哥退学时的伤心眼神,另一个是哥哥涨红了脸强忍着不哭的面孔。

高中时学习紧张,他住校。因为穷,食堂的荤菜他吃得少,哥哥就隔三差五骑着自行车给他送菜。是各种不同的鱼,有鲫鱼、鲤鱼、鳝鱼。做法也不同,大鱼是煎的或红烧的,小鱼是晒干了油炸的。还有虾,红红的虾与青绿的椒丝炒在一起,色香诱人。这些口味纯正的野生鱼让整个寝室的人很眼馋,常有同学买了别的荤菜要和他交换。他胃口大开,身体长得结实强壮。

那天他要找一本学习资料,匆忙回了家。母亲在菜园里忙活,告诉他哥哥又去捕鱼了。他沿着水边寻找,看到了哥哥。哥哥胸前挂着一个鱼篓,浑身上下水淋淋的。渔具是用两根烧弯的竹竿和一面渔网制的,三面封一面开。哥哥正扑通扑通用一只脚使劲儿朝开的那面踩水,提网时,里面就活蹦乱跳着几尾鱼。

"小弟!你回来啦?"他突然听到哥哥欢快地叫道。哥哥上了岸,竟然没有穿鞋,用一块布裹着脚,一直缠到小腿上系着。他张了张嘴,还没问就有了答案。水那么深,能穿什么鞋呢?他们往回家的小路上走,哥哥落了他一拍,在他身后慢吞吞地磨蹭。他感觉到有点不对劲。身后的影子似乎一瘸一拐的,还有倒吸凉气的声音。刹那间惊悟,他回头,果然看到一条蜿蜒带着血迹的脚印,他想过去搀一把,但哥哥那满身的泥浆让他无从落手。好在很快到了家。哥哥褪下长裤和裹脚布时,他的喉头一下子哽咽了。那脚,被水泡得发白发皱,脚底划开一道口露出红嫩的肉来,像婴儿张开哭泣的小嘴。腿上也渗着血,一条蚂蟥贪婪地扎进了半个身子。

　　看他这样,哥哥咧嘴一笑,没事,沟里的碎瓷烂瓦划的,几天不沾水自然就好了。他给哥哥用棉球擦洗伤口时,哥哥居然忸怩地红了脸。哥哥脚上有多少新伤旧痕啊,他想起那些美味的鱼,眼圈禁不住红了。

　　后来他常常想,人的一生就像一盘棋,一着不慎满盘皆输。他庆幸自己当初推翻了硬币的决定,否则遭罪的就是自己,但转念一想,如果退学的是自己,自己会这样给哥哥捕鱼吗? 他想了很久,却没有肯定的答案。

　　这样一比,他脸上有些火辣辣的。他这才知道,根本不是有没有痣的问题,而是谁爱得多谁就输的一种必然。

　　他考上一所医科大学,外地的。母亲身体越来越差,家中举债累累。哥哥说,弟,我随你一起去城里打工吧,我供你读书。他没有异议,也只能这样了。走的那天母亲将他们的手紧紧地攥在一起说,你们兄弟,就是妈的手心手背啊。他知道母亲的担心,信誓旦旦地保证以后一定兄弟同心,绝不忘哥哥。

　　大二时他喜欢上了系里的一个女孩。他给她写情书,一封又一封,却如石沉大海。

　　但女孩太美丽了,他欲罢不能。于是他想在财务上给女孩点刺激。

　　哥哥再骑三轮车送生活费来时,他心里做着激烈的斗争。他不是不知道哥哥的苦。哥哥在一家建材市场做搬运工人,每一分钱都是从汗水里摔出来的。哥哥的收入刚好够他们紧巴巴的开销,他计算不清这些钱要经过多么艰辛的积蓄。所以,那句要钱的谎言在嗓子里被他吞下吐上,难以出口。

　　就在犹豫不决时,他意外地发现了哥哥的一个小动作。他看到哥哥掏出钱时,顺手把一张百元钞票塞到了另一个衣兜里。哥哥的房租早就交了,盒饭三五元一份,何况每天都有固定收入的,还留着100元钱做什么? 于是接过钱时他心里带着气,毫不犹豫地说,学校要交资料费,100元。

　　哥哥吃惊地看着他,迟疑了一会儿,还是摸出那张钞票放到他手上。他得意地笑笑,掉头走开了。当晚他就买了一大束火红的玫瑰,约女孩看了场电影。爱情正甜蜜地靠近,可是花钱却如流水。

　　周末,他坐了两趟公交车,找到那个建材市场,准备再去要哥哥的私房钱。在灰尘与喧嚣中穿梭,他头都晕了。这时,一个满身汗臭的搬运工人跑了过来,拍拍他的肩膀用浓重的乡音说,兄弟,没内伤吧? 你看看你,有钱不给搬运队交管理费,反而买了身新衣服穿上。早就给你说了,搬运队的头是黑道上混的,咱惹不起啊。他听得一头雾水,目瞪口呆。

　　那人接着说,赶紧去把那100元月费交了再来吧,再这样偷偷摸摸地干,被头儿逮住又得挨顿毒打。况且你这样谁都怕遭连累,不敢与你共事的。

　　我先干活去了,家里的孩子等着我寄钱上学呢。

　　他看着那个人走开,脑子里突然漆黑一团,像灯火通明的夜晚没有任何预兆地断电了。他在原地愣了好久,反复咀嚼着这些话。然后,像一头发疯的困兽撒开了腿四处乱窜,在每个门面,每个角落。

　　终于,他在拐弯处的角落里看到了那个熟悉的身影。果然没人和哥哥共事,哥哥正咬着牙关一个人下货。哥哥鼻青脸肿,被汗水渗透的衣背上还留有散乱的皮鞋和隐约的血痕。哥哥那么吃力,每蹒跚一步,整个人连同扛着的木板便晃晃悠悠。他一直坚硬的心,像玻璃"咣当"一声落了地。哥哥瘦弱的肩扛起的何止是木板,而是整个人生啊。

　　哥……他声嘶力竭地大叫一声,不管不顾地,终于哭出声来。

　　仿佛在一夜之间长大成熟。他把精力重新放回到学业上,课余兼了两份家教。哥哥被他"赶"回了家照顾母亲。他欠哥哥的,实在太多了。

　　他毕业后回到家乡,分到市里最好的医院。就在那一年冬天,哥哥在乡下结了婚。婚礼上,他当着满堂宾客给了哥哥1000元的礼金,哥哥拉着嫂子给他鞠了一躬,说,弟弟真好。围观的乡亲也在啧啧称赞,这个弟弟,真好。他在一旁听着,鼻子发酸。

后来,他遇上了一个温婉的女子,两人相爱了。他带她回乡下,临走前他到医院开了一堆的护肝片。她好奇地问他买给谁的,他便给她娓娓讲述了一对孪生兄弟的故事。于是她知道了那枚硬币和那颗痣;知道了哥哥给弟弟捕鱼患上了血吸虫病,廉价药物治好了血吸虫病却让哥哥落下"血吸虫病肝",要是再不控制就会引起肝硬化;弟弟被蒙在鼓里心安理得那么多年,前不久才从嫂子口中得知一切……他问她,如果孪生兄弟是一只手,那么谁是手心,谁是手背?

没等她回答,他就忍不住先哭了。他说,妈妈说手心手背都一样,其实不一样。无私的哥哥是手背,自私的弟弟是手心。因为要用手遮蔽风雨烈日时,始终是手背向上,呵护着手心;而伸出手迎接礼物和花朵时,手背就退居其次,手心朝上。

姐弟连

王月冰

1990年,湘中的某个小山村,所有人都在同情这三姐弟,为他们担忧:没有了父亲,母亲躺在病床上,他们要怎么活下去? 这时的大姐13岁,二姐11岁,小弟9岁。

9月的早晨已明显带着寒气,三姐弟依次坐在低矮破旧的土屋门槛上,都在沉默。只借到了一个人的学费,很显然,有两个人需要辍学。一群蚂蚁抬着一粒花生米从门槛的边缘一点点移过去,大姐注视它们安全抵达洞穴后,突然站起来说:"我们要像蚂蚁那样团结才能把日子过下去。三姐弟中我年龄最大,理应辍学,既能挣钱又能省钱;二妹成绩最好,必须继续上学;小弟年龄最小,先休学,以后还能上。"没有人提出异议,因为大姐说完后又很领导地加了一句:"我是你们的姐姐,我是头儿,这是命令,必须服从。"从小喜欢看小人书的大姐把领导的口气模仿得很像那么回事。相当沉重的选择,就这样以一个13岁女孩命令的形式斩钉截铁地得到了解决。

第二天,大姐去了村上的鞭炮厂做鞭炮挣钱,小弟留在家照顾母亲、做家务,中午时还要走4里山路把饭菜送到鞭炮厂给大姐吃,二姐则背起书包去了学校,眼睛里闪着泪花,她很想争取留在家里,让弟弟去上学,可"领导"说了,她的决策是最科学的,出于爱的奉献也要讲究策略。

第一道难关居然就这样冲了过去,大姐在鞭炮厂挣的钱填饱了一家人的肚子,付清了母亲的医药费,还有点点余剩;小弟吃着粗茶淡饭也长高了不少,家务活逐渐做得井井有条,烧的饭菜也渐渐"可口";二姐学习刻苦,考出了年级第一的好成绩,奖了好多学习用品,大姐说她既挣了面子又节省了开支,真是好样的。

来年9月,三姐弟又依次坐到了门槛上,大姐作出新的指示:"现在有了两份学费,小弟也可以去上学了,二妹这学期上初中了,学校离家近,你现在必须接过小弟手里的家务,小弟学习落下一年,要多花精力补上去。"二姐和小弟几乎异口同声:"那大姐是不是明年就可以上学了?"大姐"扑哧"一下就笑了:"就你们那点知识,比我差远了,等你们赶上我了我再上也不迟。何况我现在既有工作又是你们的领导,滋润得很呢。"其实谁都明白,如果大姐去上学,谁来挣学费?

六年后,二姐以优异的成绩收到了北京某重点大学的录取通知书,小弟则考上了省里的重点高中,大姐依旧没再上学。姐弟连的"门槛会议"停开了6年,可是现在又不得不重新召开,因为他们的生活又碰到了难以逾越的槛。母亲的病情突然加重,医药费急剧增加,二姐上大学的费用也相当于"天文"数字。

在这次会议上小弟被再次宣布辍学,让路给二姐,因为二姐考上大学不容易,离希望近了一大步。大姐说:"我们要合力顶住离太阳最近的那个,等待她把灿烂的阳光带回家。"

两年后,二姐把初缕阳光带回了家,她的奖学金与打工收入不但可以维持自己的上学费用,还能资助弟弟上高中了。于是小弟再次恢复学业。苦难姐弟连又顺利闯过了一关。

又是两年,二姐毕业上班了,大姐抱着她喜极而泣。门槛会议第四次召开,这次主持会议的是二姐,她说:"一直是大姐做出决策,这次我也想'领导'一次。我现在可以负担母亲的医药费和弟弟上学的费用,大姐你的手已被编织线拉出了无数的窟窿,这双手再也不能这样没完没了地织了,你现在需要并且可以投入自己的学业和事业了。是的,大姐,你终于可以了!"

于是,大姐在马路边开了一家小小的百货店,她笑着说:"在文化知识方面我现在比你们差远了,做姐姐的不能落后,从今天开始我要好好学习天天向上。"就这样,24岁的大姐边做生意边开始了自学。

接下来,小弟考上了中央美院,大姐的生意越做越好,到镇上开起了批发部;二姐朴素地生活,努力地工作,一心一意为这个家奉献着。但是在第五次姐弟连"门槛会议"上,大姐再次取消了二姐的奉献资格,她说她现在挣得钱多了,而二妹不能这样一辈子做个小职员,姐弟连的重点任务又变了,变成了送二姐去国外深造……

姐弟连的决策会议随着重点任务的改变总在关键时刻召开,只是由门槛会议改为了沙发会议。上上次的会议精神是为了小弟的广告公司两位姐姐解囊相助,上次的决策重点是二姐的律师事务所,这次是为了大姐要进军汽车销售行业……每一次都是团结的分工,每一次都有心甘情愿地奉献,每一次都是亲情力量的凝聚,就这样一起攻克一道道难关,酝酿一个个梦想,收获一次次成功……原本是被苦难侵袭的弱小三姐弟,如今大姐是汽车销售行业的佼佼者,二姐拥有声誉与业绩都不菲的律师事务所,小弟的广告公司年营业额已上千万。

哥,我是小贝

妩媚儿

一

父母不是亲的,是养父母,她跟着他们的时候,已经六岁,什么都记得。

她六岁那年的清明节,父母回乡下老家给爷爷奶奶上坟,再也没能回来。他们乘坐的客车出了车祸,父母一同遇难。

六岁,她尚且不能阅读人生苦难,只是为父母的不再归来任性哭闹。14岁的哥哥董小宝、一个已经和父亲差不多高的倔犟少年,紧紧地把她箍在怀里,不哭,不闹,只是紧紧地箍着她,直到她哭累了,在他怀里睡去。

父母的丧事,包括养父在内的一些同事帮忙着料理了,她不再哭闹,但总是追在董小宝后面要爸爸妈妈。她不爱吃董小宝做的半生不熟的饭,不喜欢董小宝洗完后皱皱巴巴的衣服,不喜欢董小宝给她梳得乱七八糟的小辫儿……

那天晚上,很晚了,她不肯睡,爬起来又一次扯着董小宝喊:"我要妈妈!"

董小宝忽然把她从被子里面拉出来,用力握住她小小的肩膀:"妈妈死了,别再找她了,他们都死了,不会再回来了!"

董小宝的声音很大,大到让她因害怕而住了口。然后,几乎是一刹那,她明白了她的爸爸妈妈不会再回来,知道了她的世界里,从此只剩下董小宝一个亲人。

董小宝猛然扑在床上,号啕大哭。那是父母离开后,她第一次听到他哭。

这次反倒是她没有哭,然后,她慢慢俯下身去,趴在董小宝的背上,用她的小手,紧紧抱住了他的身体——和父母一样温暖的身体。

她开始像依赖父母那样依赖董小宝:上学,她要他送;放学,他一定得来接。

董小宝读书的中学离家远些,每天上午,董小宝骑着单车一路风驰电掣,赶到她的学校门口,总是满头大汗。然后她就牵住董小宝的衣襟再也不松开。她一声一声地叫着哥,不再哭闹和任性——小小的她从来就没有对他说过,从她知道父母真的不再回来的一刹那,她的内心就被一种恐惧填满,她害怕有一天董小宝也会离开她。

那种恐惧感,让一个六岁的小女孩变得乖巧顺从。可是她怎么都没想到,尽管如此,董小宝最终还是抛弃了她。

那天是周末,一大早,董小宝破天荒地用了半个多小时耐心地给她扎了两个小辫子,给她穿上不知道什么时候为她买的白色连衣裙。然后,他带她去了公园,并坐了她眼馋了许久的那个旋转木马。他还买了她爱吃的冰糕,把零食塞满她的小背包……

那天,巨大的幸福感让她丧失了一个孩子的警惕,她欢快地在那一天忘记了父母忘记了恐惧。吃饱了,玩累了,她趴在小宝的背上睡熟了。

可是,第二天早上醒来的时候,她躺在别人家的床上,而小宝,已经不见了。

那个她一直叫婶婶的邻居告诉她:小宝出去打工了,从此,她就和他们一起生活。虽然她知道叔叔婶婶是父母生前的好朋友,但是当她明白过来的时候,一种比失去父母时更大的绝望瞬间淹没了她小小的心——在给予了她一整天幸福的假象后,抛弃了她。她认定,她被小宝卖了。然后,他拿着卖她的钱跑了,不要她了。

知道小宝和父母一样不会再回来后,她迅速地接受了彻底被改变的生活。那种迅速,长大后她知道那是一种悲伤的妥协。

她主动学习做家务,洗自己的衣服,她知道这不是她的家,他们不是她的亲人,在小宝离去后,她已经彻底丧失了一切撒娇和任性的权利。她又有了一个哥哥,那男孩大她一岁,很顽皮,有时候会偷偷欺负她。

好在养父母是疼爱她的,会在她每一年长高的时候,为她添置新衣,好吃的也总会为她留下。她对他们,有爱,更多的是感激。可是成长,在年少的时光里,总是显得如此漫长。

二

养母又一次提起董小宝时,她已经11岁,读小学四年级。

那天晚上,她帮着养母缠毛线,缠着缠着,养母忽然说:"这些年了,你不想小宝?那时候他那么小,怎么养活你?"

她紧闭着嘴不说话,是的,她不想他。她想起来心里就是恨,恨的感觉很不好,她宁可不想。于是她说:"妈,别说他。"

养母叹了口气,还想说几句,但她已经放下毛线转身进了自己的小屋。

没错,她恨他,她不怕跟着他过艰苦的日子,哪怕不读书,和他一起去讨饭。但是他击碎了她最后的幻想,带走了她对最后一个亲人的依赖——那是对她来说彻底地不留任何余地的摧毁。为此,她不能原谅。

16岁,她以全校第一名的成绩考入高中,大她一岁的哥哥在读高二。

一年后,哥哥面临高考时,养父下岗了,在菜市场租了个摊位卖青菜。那天晚上,她做功课累了,到客厅喝水时,听见隔壁养父母的卧室里,哥对养母说:"妈,我不管,反正我得上大学。"

"不行!小贝成绩比你好,她能考上好大学。"养父的声音不大,但是很坚决。

"哪有那么多钱供你们两个?"是养母的声音。

哥还在嘀咕着什么,她已经退回到自己的屋子。什么都不想再听,她在那一刻打定主意,让哥去上大学,她读完高中就出去找工作。在最后的亲人把她抛弃后,他们给她的,已经太多。她不想他们再为她付出更多。

可惜哥的高考成绩非常不理想,没考上大学,于是哥与养父关于复读的问题又开始争吵,但是养父的态度依然坚决——小贝必须上大学。

她同样坚决:"我不考,我决定了。"

正争执不下,养母从厨房走出来说:"小贝,你必须考,你知道吗?小宝已经给你攒够了学费,你必须上大学,别辜负了他,他不容易。"

她愣住了。

三

11 年后,她终于第一次让自己重新在记忆里寻回了董小宝这个名字。

养父母告诉她:当年,小宝自知一个 14 岁的自己根本没有能力照顾六岁的妹妹,于是决定自己外出打工自食其力,而将妹妹托付给他们。他把房子卖了,将一点可怜的钱交给了养父母,他知道他们是好人,会好好照顾她爱护她。离家的那天清晨,他看着仍在熟睡中的妹妹流着眼泪郑重承诺:婶,我一定会混出个人样来,那时候一定回来接妹妹!

"从你读小学四年级开始,小宝他每个月都会寄钱来,我们都给你攒下了。是爸爸妈妈没本事,这些年,让你跟着我们受委屈了……"养母再也说不下去,握着她的手,哭了。

这些年他在哪里?如何生活……她的心里一下被太多的问题噎得满满的,那些问题一点点填补着她心里那个深深的黑洞,随之而来的,是巨大的被亲人所爱的幸福感。原来小宝从来没有抛弃她,原来他一直在爱她,以她当年所无法理解的方式。

可是他为什么不回来看自己?他不是说过要来接自己吗?

钱,寄自广州,没有具体的地址。邮戳上的邮局地址甚至也是不固定的。她下定决心:一定要到广州找到他!

一年后,她考上了大学,去了那个有凤凰花的城市。可是,在偌大的广州找一个人,简直就是大海捞针。这期间,小宝依然将她的学费寄回老家。

大学毕业了,她留在了广州,找到了份推销保险的工作,为的就是利用一切机会寻找他。

就在她近乎绝望的时候,她竟然在网上看到了一组新闻照片:一个窄小的书报亭前,一个瘦弱的男子用嘴叼着工具,用仅有的一只手在修理自行车……当目光落在那个男子的面部特写上时,她有瞬间的眩晕感,进而血脉贲张——那不是董小宝是谁?!没错,他的目光依然那么清澈,他眉角上的神情依然那么清晰!

当她看完整篇新闻时几乎心痛得无法呼吸了:那个她恨了十多年的董小宝,早就在 19 岁时在建筑工地打工时就因机器操作失误失去了一只手,从此辗转街头,四处流浪,想方设法谋生:捡破烂、卖报纸、发广告传单……直到三年前开了这个简易的书报亭,一边卖书报,一边修理自行车,他乐观生活的唯一动力就是妹妹……

当她出现在董小宝的报刊亭前时,董小宝正忙着给一辆自行车换胎:嘴里叼着扳手,右手将车胎定位、锁紧,然后把扳手从口中交付给右手,这一切,董小宝做得相当熟练。细密的汗珠在他粗糙的脸上小河一样流淌着,却看不出他有任何愁苦。读着他脸上的淡定、从容,甚至隐约的笑意,她仿佛穿越时光隧道回到了 18 年前,那个抱着她坐旋转木马的 14 岁少年正向她缓慢走来。

"姑娘,你……"她良久的沉默引起了董小宝的疑惑,当他将询问的目光投向她时,他愣住了:眼前亭亭玉立一袭白色连衣裙的女孩正泪流满面地凝视着他!

"你……你……"此刻,他的眼前迅速幻化出一个个渐渐放大的在梦中无数次出现过的白衣少女的形象……

"哥!我是小贝……"

姐姐没有坐在我身旁

小黑手

那天晚上我很饿。妈妈说,睡觉吧,睡着就不饿了。我不相信。姐姐也告诉我说,这法子很管用,她试过,很灵的。然后她们开始给我讲故事。那些故事我都听过很多遍了,没有一点新鲜感,听着听着就真的睡着了。第二天醒来后,妈妈问我还饿不饿。我说不饿,我说我做了一个梦,梦见有一个人请我们一家人去吃饭,在一个很大很大的饭店,上了很多很多的菜……看到妈妈露出的笑容,我很神秘地问她:"你知道姐姐现在饿不饿? 我知道!"我故意顿了一顿,又说道,"我看到妈妈坐在对面,可是我身边的椅子是空着的,姐姐没去,所以,她现在肯定很饿,很饿……"我话还没有说完,姐姐突然一下子哭了。跟着,妈妈也流泪了。我变得不知所措,有些后悔把这些秘密告诉她们。我心里想,妈妈哭是知道了姐姐她现在很饿,姐姐哭是因为她没有坐在我身旁。

临近中午的时候,姐姐从外面进来,刚走到院子里,突然就倒在了地上。妈妈听到响声,从屋子里跑出来,把她背到床上,倒了一大碗热开水,喂给她喝,可她已不会张嘴了。她美丽的眼睛也没有再睁开过。我和妈妈在一边不断地喊她的名字,她也没有回答一声。

下午,妈妈非要我出去玩。我有些不情愿,可她变得严厉起来。于是,我在村外的旷野里漫无目的地游荡了半天,天擦黑的时候才回到家。我跑到屋子里,床上也不见了姐姐。妈妈说,昨天咱们在大饭店吃饭的时候没带上她,她今天自己去吃了,明天早上才能回来。

从那以后的几个早上,我老是盼着姐姐回来。妈妈说,你姐姐她饿得太久了,你就让她多吃会儿再回来,要不就是,你姐姐她吃得太饱了,回来的路上走不动了,很慢,很慢……

有一天早上,我醒来,发现外面下雨了。妈妈坐在床头上,盯着院子里看。可院子里一个人影也没有,我就问她在看什么东西。妈妈指着屋檐下的雨水,说:"你看那一个个的雨滴,从天上落下来,落到咱家的屋顶上,然后顺着屋檐下的瓦尖流下来,流到院子里,最后都流到外面去了。"我从被窝里爬起,看着外面落下的雨水,对着妈妈的话想了一阵子,突然我意识到姐姐也像这雨水再也回不来了。想到姐姐,我立刻哭了。我抑制不住地大哭。我明白了一件比姐姐的死掉更为让我悲伤难过的事情。

任何人的死掉都是在一瞬间。关于死的理解,却要在很多年后才能感受到。因为小时候的饥饿,现在我很珍惜每一次和朋友和亲人们聚会吃饭的机会。往往在吃饭的间隙,我会莫名其妙地变得沉默起来。我看着面前一道道可口的饭菜,饭店里那明亮的灯光,灯光下朋友亲人们那一张张非常熟悉的、洋溢着笑容的脸,我就会很悲伤地发现一个事实:姐姐没有坐在我身旁。

是的,虽然那只是一个梦,可是在那个梦里,我完全忘记了姐姐。我自顾自地吃着一大桌子的菜,却没有发现姐姐没有坐在我身旁。一家人团团圆圆地坐在一起吃饭,曾是那时候的一个心愿,现在,变成一个奢求了。也许将来我会和自己的妻儿坐在一个桌子旁吃饭,但却是另外的一家人了。无论如何,我也不会想到,从那个梦结束的时候开始,姐姐就再也不会坐在我的身旁了。

这是一个无法弥补的遗憾。意识到这个遗憾的时候,我也才明白那天早晨姐姐的突然痛哭。但毫无疑问,我的猜测是正确的,姐姐的哭,确实是因为她没有坐在我身旁。

兄弟与弟兄的另一种诠释

艾妃

他在纸上写了两个字——"兄弟"。他指着"兄"字对哥哥说,这个字读兄,兄就是哥哥,又指着"弟"字说,这个字读弟,弟弟就是我,"兄弟"的意思就是先有哥哥,才有弟弟,没有你,就没有我。

他出生那年,计划生育抓得正严,村里有生二胎的人家,不是要躲到城里亲戚家,就是要被罚款。只有他,是一个光明正大生下来的老二,并非家中有权有势,而是因为他的哥哥,先天性脑疾,俗话说,就是弱智。父亲递了申请,没过多久,父亲的申请就被批准了,母亲就怀上了他。

母亲拿着一根小竹竿对哥哥说:"永远不许碰弟弟,记住没?"说着扬起手里的竹竿,警告他如果不听话,就会挨打。他畏缩地躲到一边,深深低着头。因为担心他会伤害弟弟,父母便不允许他进他们的房间,即使是吃饭,也会盛到碗里,夹些菜,让他在自己的小屋里吃。他经常偷偷蹲到父母房间的门下,半弓着身子向屋里望去,当他看到母亲怀里的弟弟时,满脸幸福地笑了,口水顺着嘴角流了出来。

其实他很小的时候,父母和爷爷奶奶也曾疼爱过他,只是逐渐长大,年龄相仿的孩子已经学会说话走路时,他的嘴里却说不出一个字来,目光呆滞。到县上的医院检查出是脑疾后,爷爷奶奶把怨气撒到母亲身上,积年累月,母亲便把委屈强加给了他,于是,他经常因为一些小事要挨上一顿打。

弟弟慢慢长大,已经牙牙学语,蹒跚走路,全家人心头的石头总算落地。他也高兴,有几次,弟弟伸着胳膊,向他走过来,他兴奋得手舞足蹈,只是母亲总会慌忙跑过来,把弟弟抱开。

弟弟学会了叫爸爸妈妈、爷爷奶奶,可是从不会叫哥哥。他多希望,他能像所有的哥哥一样,被弟弟叫一声哥。为此,他每天在院子里,在自己的屋子里,都要吃力地大声喊,哥,哥。他想让弟弟听到,让弟弟学会叫他哥。

母亲看着弟弟玩时,他在三米外的地方,继续喊着,哥,哥。母亲嚷他,一边玩去。这时,正蹲在地上玩的弟弟,抬起头看着他,竟然清晰地叫了一声哥。

他从来没有如此激动过,他拍着巴掌跳起来,忽然跑过去,用力抱住弟弟,眼泪和口水一起流到弟弟身上。

长大后的他看着总是在他眼前晃来晃去、对着他傻笑的哥哥,心中充满厌恶。他是自小被别人喊着"傻子他弟"长大的,他对这个称谓憎恶至极,也曾大声叫喊,我叫王君旺,不叫傻子他弟。也曾因此将那些孩子的鼻子打出血,可是没有用,他们仍旧那么叫。他渐渐习惯了,却加深了对哥哥的恨。

城里的亲戚来家里,带来了农村没有见过的糖果,母亲分给他六块,留给哥哥五块,想了想,又从哥哥的那份里取出了两块糖塞给他,这样的事情不是第一次,他理所当然地接受。母亲把糖果给了哥哥时,他透过门外的玻璃看着哥哥把那几块放到枕头下,顿了顿,又拿出来左看右看,才放进口袋里。

次日清晨,他起床后,哥哥在窗外敲着玻璃对他笑,他没有理会。哥哥安静了一下,又继续敲窗,他不耐烦地推开窗,哥哥踮着脚把一只手伸过窗子里,他厌恶地躲开,哥哥摊开自己脏兮兮的掌心,是两块糖。他愣了愣,没有接。哥哥把手拿出去,摸了摸自己口袋,再次伸手进来时,已变成三块糖,他含糊地说,吃,弟吃。

那天,他没有吃哥哥的糖,悄悄放回哥哥的枕头下。哥哥发现后,又拿出来给他,着急地跺着脚说不出一个字来,干脆把糖纸剥开,往他嘴里塞,他张开嘴,终于吃下了哥哥的糖。

那天,他清晰地看到哥哥眼里,流出了眼泪。

那段时间,他得了急性肠炎,吃了几天药后,又可以回去上学了。只是最后两片药,任凭母亲说什么,他都不肯再吃,他讨厌那种黄色药片的苦味。

他和几个同学在前面走,哥哥像以往一样在后面跟着,他已经习惯,不回头看。一个同学说,傻子他弟,你傻子哥就这么天天跟着你,你有一天也会变成傻子。他停下来给了那同学一拳,同学捂着胸口嚷,小心你们全家都变成傻子。他们厮打起来,他被那个同学压在身下,忽然对方的身体轻飘飘地离开了他,是哥哥。

他从未见过哥哥使过这么大的力气,把那个男孩举起,摔在地上。男孩顿时在地上滚着喊疼。另外几个同学跑开向老师报信,他害怕了,回家父亲一定会揍他的,是他惹了祸。哥哥还在对着他笑,那一刻,他恨透了母亲,为什么会生下一个傻子给他当哥哥。

他用力推了哥哥一把,气愤地吼,谁让你多管闲事,你这个傻子。哥哥被他推得靠到树上,傻呆呆地看着他,忽然趴在地上,脸几乎贴在地面上,一点点寻找着什么。

他想得找个地方躲一躲,以免挨老师训,挨父亲打。哥哥在地上爬起来后,追上他,在身后喊着,弟,弟,药。他回头,哥哥手里是两片沾了泥土的药片,治疗他肠炎的药片。

那天,父亲让他和哥哥并排跪在地上,竹竿无情地落下来时,哥哥趴在了他的身上。他能感到哥哥的颤抖,哥哥说,打,打我。

拿到大学录取通知书那天,父母乐得合不拢嘴,哥哥也跟着高兴得又蹦又跳,像个孩子。其实哥哥并不明白什么叫大学,但是他知道,弟弟给家里争了气,现在再也没有人叫他傻子,而是叫他

"君旺他哥"。

他离开家的前一天晚上,哥哥还是不肯进他的屋子,而是敲他的窗,让他出来。哥哥给他一个花布包,他打开,竟然是几套新衣服。他当然记得,那套蓝色的,是几年前姑姑扯了布,给他们哥俩做的;那套灰色的,是母亲给他买的生日礼物,他嫌弃颜色难看,母亲就给了哥哥,又另外买了一套给他;还有那件黑色的夹克,是城里姨妈送的。

原来,这么多年,哥哥一直都没有穿,而是把这些新衣服都积攒起来留给他。可是,他以及父母,却从未注意过,哥哥是否穿了新衣服。甚至,如果让他回忆,他根本不知道哥哥平日里穿着什么。

哥哥还是多年前傻笑的模样,只是眼里多了几分期待,他知道,哥哥是希望他看到这些新衣服后高兴,哥哥知道他最喜欢漂亮,喜欢穿新的衣服,只是,哥哥不知道他在不断长高,衣服的款式也在不断更新,那些几年前的衣服,他已经无法穿在身上。

此刻,他才注意到,哥哥穿在身上的衣服磨破了边,裤子也已经短了,穿在身上,滑稽得像个小丑。

他鼻子微微发酸,这么多年,除了儿时的厌恶和长大后的忽视外,他还给过哥哥什么呢?

他假装收下了衣服,高兴地在身上比量,问,哥,好看不? 很久没叫出这个称呼,吐出来有些艰涩,哥哥很用力地点头,笑的时候嘴巴咧得很大。

他在纸上写了两个字,"兄弟"。他指着"兄"字对哥哥说,这个字读兄,兄就是哥哥,又指着"弟"字,这个字读弟,弟弟就是我。"兄弟"的意思就是先有哥哥,没有你,就没有我。

那天,他反复地教,哥哥就是坚持读那两个字为"弟兄",间断却很坚决地读,弟,兄! 走出哥哥房门时,他哭了,哥哥那是在告诉他,哥哥心中,弟弟永远是第一位的,没有弟,就没有兄。

从来未曾遗忘过

艾妃

父亲抱着一个弃婴回家,他给她取了名字,叫毛小妹,他叫毛小军,他觉得有了这样的名字,才能证明他们是一家人。她还是个未断奶的娃娃,需要母乳,不肯吃黄黄的玉米糊糊。母亲对父亲说,从"哪捡回来的就送哪"去。老实的父亲试探性地看了看他,他抱起她,用力搂在怀里,不行,不能送走。

北方的冬天异常的冷,他把自己的棉衣裹在她身上,抱着她走了很远的路,喝遍了村里村外所有刚刚生完孩子的女人的奶,以至于渐渐的,这些人家开始躲着他,锁了门,任他怎么叫喊都不再开门。

他决定去山后的奶牛场偷牛奶。天黑,他去了,结果被发现,他拼命地跑,在他马上就被抓到时,他拧开了装牛奶的酱油瓶子,把牛奶全部倒在自己的棉衣上。他被痛打了一顿,鼻子在出血,他脱下棉衣抱在怀里,棉衣上的牛奶已经结了冰,他想着到家把棉衣放在炕上烤一烤,就会把冰融化,挤出奶来。

他几乎冻僵了回到家,一头栽在地上,把棉衣递给父亲,说了句"把奶烤出来",就晕了过去。母亲当时被他满脸的血吓傻了。

他醒过来,父亲说棉衣上的冰的确被烤化了,可牛奶已经渗进棉花里,挤不出来啊! 看着她,他哭了,他恨自己笨,偷牛奶都会被抓到。她不知道哥的鼻子为什么总会流出红色的东西,而她有的时候流下来的却是清清的鼻涕。他说,哥给你变戏法呢! 她就叫着哥再变一次,他说今天变完了,赶明再给你变。以后,他每次流鼻血,都把她偷偷叫到一边看,她拍着巴掌笑,和邻居家孩子炫耀,我哥会变戏法呢。他不敢让母亲看到他的鼻血,母亲会旧事重提,还不是那次偷牛奶让人给打的,落下了后遗症。

她身体不好,磕磕绊绊地长到了五岁,这五年里,他忘记了爬山下河的乐趣,也忘记了要努力学习,将来考大学,做城里人的志愿。他唯一记得的,是回家带她玩,他教她写自己的名字,教她在纸上画出太阳和月亮。与别的孩子吵架时,她被骂是野种,爹娘都不是亲的。她就挺起胸,骄傲地说,我有哥,我哥会变戏法,会当大马。那些孩子笑话她,你哥也不是你的亲哥。

这次她哭了,她不明白,哥怎么能不是亲哥呢。他知道了,把与她吵架的孩子教训了一顿,认真地对她说,记住,哥是你亲哥,爸妈也是亲的,要不你能和哥长得这么像吗?你看你和哥的下巴上,都有个小黑痣,这叫兄妹痣。

她一天天长大了,可他的个子却不见长,背也有些微微的驼,不似同龄孩子那般挺直,母亲点着她的额头埋怨,就是你总让你哥背,他驼背和长不高都是让你耽误了。她撅着嘴走开,小小的她习惯了母亲对她冷漠,父亲的呆板,只有哥对她好,哥说他不长高是因为还没到时候,不怪她,等到时候了,就一下子高过了房顶。

他没有考上高中,父母说,去县上的工厂挣钱吧。他态度坚决地对父母说,小妹十岁了,必须去上学了。以前母亲说小妹身体不好,去上学怕累着。长大点再说,现在小妹十岁了,他说不能等了。母亲冷冷地说没钱,他急了,小妹聪明,一定能学好,我挣钱供小妹读书。

她终于可以上学了,他把攒下的零用钱给小妹买了个花布书包。她上学第一天。他送她去了学校,七八岁的一年级孩子都笑话她,她比他们都高,年纪也大,却刚刚上学。他挥着拳头,以后谁要是敢欺负我妹妹,我决不饶他。

他在县里的水泥厂上班,每个月领到工钱的那天,他就去给她买诸如笔记本和蝴蝶发卡之类的礼物。其余的钱,交给母亲,一些家用,一些留下给她读书,而他自己,终日的工装,回家也不曾换下,鼻子依旧经常出血,在工厂吃大锅饭干馒头,瘦了一整圈,背更加驼了。

每次他回来,她就缠着他讲县上的新鲜事,还要给他看自己的作业本,有老师批写的"优"。他乐滋滋的,但他已不再让她看自己流鼻血的样子,上一次,她见了后就哭了,说哥,你怎么总流血。她长大了,不再相信那是变戏法了。她懂得心疼哥了。

家里来了两个城里人,是她的亲生父母,当年未婚先孕,在那样的年代,这样的事情是不被允许的,会影响到两个人的前途,他们是迫不得已的。这些年一直在寻找她,后来找了当年县医院的一个老更夫,才知道孩子是被村里人抱走的。

她才不肯和他们回去,挣扎哭喊中,她叫着哥,哥,你快来救我啊。

他回家时,她已经被带回城里了。她的父母留下了三万元钱,说以后还会分期再付给他们这些年的抚养费。他第一次在父母面前发火,摔了家里的碗,你们故意不留下小妹,你们一直嫌弃她是累赘。

那段时间里,他瘦得不成样子,每天对着她的照片,哭得眼圈红红的。就在这时,因为工作时分心,他的右手被绞进了运转机,拉下电闸后,他的右手已经被齐刷刷地绞断了。他被定为伤残人员,拿了厂里的抚恤金后,被送回了家。

终于得到了她的地址,是她的父母寄来的汇款单上写着的。她给他开门,见到他的刹那,她哇地哭了,扑进他怀里,用拳头捶着他,哥,你怎么才来找我。兄妹抱头痛哭后,她才发现他不见了一只手,同小时候一样,她哭哑了嗓子,他却笑,没关系,哥还有左手呢,一样有力气背你,不信你试试。自然是带不走她的,她的父亲与他谈话,说齐琪只有在城里才能把落下的课程补上,才能进重点大学。他妥协了,还有什么比小妹的前途更让他看重的呢,他成了残疾人,只能种地,再没有资格包揽小妹的未来。

他狠着心走了,留下了她的哭喊声,哥,你可要来看我,哥,你可别把我忘了。他跑出那高高的楼,在路边,放声大哭,他多么恨啊,恨自己没有能力让小妹留在身边,恨自己成了残疾人。

一年后,她生日那天,他亲自包了饺子,韭菜鸡蛋馅的,她最喜欢吃。他在操场上找到了她,他兴奋得声音都颤抖了,他喊着小妹,小妹。所有学生的目光都望过来,她却迟迟没有过来,他以为太远了,她看不清他,他跑过去。

同学们都鄙夷地看着他,有人问,齐琪,这个农村人是谁?他清楚地看到她的脸顷刻间红到了脖子,他多么紧张啊,他希望她能像小时候一样骄傲地说,这是我哥。可她没有,她微微垂下眼去,说,这是我爸厂里的工人。

他当然不会知道,一年的时间,足以把一个女孩子变得虚荣,被城市所同化,他以为,自己没有变的那份感情,她也不会变,一年前她还哭着叫他哥,叫他来看她,不要忘了她啊。

他把饭盒给她,声音抖得厉害,这是你爸给你送的饺子,趁热吃,韭菜是从自家菜地摘的,新鲜着呢!

医学院毕业后,她在市医院做一名医生,成了家有了女儿,几乎忘记了留在童年和少年时期的记忆,她只记得自己叫齐琪,是个幸福而富裕的城里人。

那天,她亲自到医院一楼的取药室为一位需要强痛定止痛的患者取药,那是一个朋友的家属,她比较放在心上。在取药室,药剂医生说强痛定目前就只剩下两盒了,全被这位患者拿走了,齐医生,你等一下吧,我们进药的车马上回来。

她顺着药剂医生的目光望去,那位站在玻璃窗外的男人如此熟悉——驼下的背,尽管皮肤黝黑而干裂,但她依然看得到他下巴上那处小小的痣,她的下巴上也曾有过,不过二十岁那年爱美,用美容方法给除掉了。

她想到那个人是他,于城里男人而言,近四十岁的年龄是最好的时段,可他,看上去比实际年龄要老上不止十岁。已有十几年未曾相见,如若说激动万分,那定是不可能的,十五六岁虽已懂事,可毕竟还是小。他慢慢走到大厅的椅子边坐下,左手取了药,没有喝水,仰着脖子,吞了下去。

她查了药方,打电话给开处方的医生,那位医生麻木地说,哦,你说的那个农村患者,患的是食道癌。她的心猛地被抽紧,作为医生她太清楚,食道癌这种病,发现就是晚期,无药可治。

他起身打算离开医院,那驼下的背承载过她年少的快乐时光,她的泪水终于涌出来。她追过去,从身后拉住他的衣角,喊了一声哥。他站在原地,没有动,也没有转身,只身子一怔,她再次喊了一声哥,坚定而不容置疑的呼唤。

他缓缓回过头来,已是满脸泪水,他知道,这个世上,除了小妹,不会再有人这样拉他的衣角,坚定而骄傲地叫他哥,而这一声哥,他足足等了十五年。

我为弟弟哭六次

佚名

我的家在一个偏僻的山村,父母都是面朝黄土背朝天的农民。我有一个小我三岁的弟弟。有一次我为了买女孩子们都有的花手绢,偷偷拿了父亲抽屉里5毛钱。父亲当天就发现钱少了,就让我们跪在墙边,拿着一根竹竿,让我们承认到底是谁偷的。我被当时的情景吓傻了,低着头不敢说话。父亲见我们都不承认,说那两个一起挨打,说完就扬起手里的竹竿。忽然弟弟抓住父亲的手大声说,爸,是我偷的,不是姐干的,你打我吧!父亲手里的竹竿无情地落在弟弟的背上、肩上,父亲气得喘不过气来,打完了坐在炕上骂道:"你现在就知道偷家里的,将来长大了还了得?我打死你这个不争气的。"

当天晚上,我和母亲搂着满身是伤痕的弟弟,弟弟一滴眼泪都没掉。半夜里,我突然号啕大哭,弟弟用小手捂住我的嘴说,姐,你别哭,反正我也挨完打了。

我一直在恨自己当时没有勇气承认,事过多年,弟弟为了我挡竹竿的样子我仍然记忆犹新。那一年,弟弟8岁,我11岁。

弟弟中学毕业那年,考上了县里的重点高中,同时我也接到了省城大学的录取通知书。

那天晚上,父亲蹲在院子里一袋一袋地抽着旱烟,嘴里还叨咕着,俩娃都这么争气,真争气。母亲偷偷地抹着眼泪说争气有啥用啊,拿啥供啊?弟弟走到父亲面前说,爸,我不想念了,反正也念够了。父亲一巴掌打在弟弟的脸上,说,你咋就这么没出息?我就是砸锅卖铁也要把你们姐弟俩供出来,说完转身出去挨家借钱。我抚摸着弟弟红肿的脸说,你得念下去,男娃不念书就一辈子走不出这穷山沟了。弟弟看着我,点点头。当时我已经决定放弃上学的机会了。

没想到第二天天还没亮,弟弟就偷偷带着几件破衣服和几个干巴馒头走了,在我枕边留下一个纸条:姐,你别愁了,考上大学不容易,我出去打工供你。弟。

我握着那张字条,趴在炕上,失声痛哭。那一年,弟弟17岁,我20岁。

我用父亲满村子借的钱和弟弟在工地里搬水泥挣的钱终于读到了大三。一天我正在寝室里看书,同学跑进来喊我,梅子,有个老乡在找你。怎么会有老乡找我呢?我走出去,远远地看见弟弟,穿着满身是水泥和沙子的工作服等我。我说,你咋和我同学说你是我老乡啊?

他笑着说,你看我穿的这样,说是你弟,你同学还不笑话你?

我鼻子一酸,眼泪就落了下来。我给弟弟拍打身上的尘土,哽咽着说你本来就是我弟,这辈子不管穿成啥样,我都不怕别人笑话。

他从兜里小心翼翼地掏出一个用手绢包着的蝴蝶发夹,在我头上比量着,说我看城里的姑娘都戴这个,就给你也买一个。我再也没有忍住,在大街上就抱着弟弟哭起来。那一年,弟弟20岁,我23岁。

我第一次领男朋友回家,看到家里掉了多少年的玻璃安上了,屋子里也收拾得一尘不染。男朋友走了以后我向母亲撒娇,我说妈,咋把家收拾得这么干净啊?母亲老了,笑起来脸上像一朵菊花,说这是你弟提早回来收拾的,你看他手上的口子没?是安玻璃时划的。

我进弟弟的小屋里,看到弟弟日渐消瘦的脸,心里很难过。他还是笑着说,你第一次带朋友回家,还是城里的大学生,不能让人家笑话咱家。

我给他的伤口上药,问他,疼不?

他说,不疼。我在工地上,石头把脚砸得肿得穿不了鞋,还干活儿呢……说到一半就把嘴闭上不说了。

我把脸转过去,哭了出来。那一年,弟弟23岁,我26岁。

我结婚以后,住在城里,几次和丈夫要把父母接来一起住,他们都不肯,说离开那村子就不知道干啥了。弟弟也不同意,说姐,你就全心照顾姐夫的爸妈吧,咱爸妈有我呢。

丈夫升上厂里的厂长,我和他商量把弟弟调上来管理修理部,没想到弟弟不肯,执意做了一个修理工。

一次弟弟登梯子修理电线,让电击了住进医院。我和丈夫去看他。我抚着他打着石膏的腿埋怨他,早让你当干部你不干,现在,摔成这样,要是不当工人能让你去干那活儿吗?

他一脸严肃地说,你咋不为我姐夫着想着想呢?他刚上来,我又没文化,直接就当官,给他造成啥影响啊?

丈夫感动得热泪盈眶,我也哭着说,弟啊,你没文化都是姐给你耽误了。他拉过我的手说,都过去了,还提它干啥?

那一年,弟弟26岁,我29岁。

弟弟30岁那年,才和一个本分的农村姑娘结了婚。在婚礼上,主持人问他,你最敬爱的人是谁,他想都没想就回答,我姐。

弟弟讲起了一个我都记不得的故事:我刚上小学的时候,学校在邻村,每天我和我姐都得走上一个小时才到家。有一天,我的手套丢了一只,我姐就把她的给我一只,她自己就戴一只手套走了那么远的路。回家以后,我姐的那只手冻得都拿不起筷子了。从那时候,我就发誓我这辈子一定要对我姐好。

台下一片掌声,宾客们都把目光转向我。

我说,我这一辈子最感谢的人是我弟。在我最应该高兴的时刻,我却止不住泪流满面。

弟弟的眼泪

佚名

每天上班路上，我都要经过弟弟所工作的那个表带厂。因为走那条路抄近很多，更因为靠近那路的工厂里有我的弟弟，于是我习惯顺着它来来回回。尽管路边那几棵原本生命力旺盛吸尘强的环保树根本无法与热烘烘的排气管抗衡，它们被工业污染折磨得不成形状，但我已习惯在这条路上穿梭。

弟弟的工作是磨光，灰尘污垢很多，他是从400元月薪的学徒工做起到，到现在整整两年了。自福建到深圳以来，他一直是那么瘦削，那么苍白，令我害怕，令我担心。于是每每经过那厂，我就不由自主放慢脚步，用眼光向里面打探，可惜他在二楼，我的眼神只能欺骗性地过过瘾。

可是我真的期望能看见他，哪怕一次，哪怕是他的背影——在他上班的时间里，在他上班的空间里。这可不是乱想，因为他的同事多半是大龄男人，公司在每楼设有吸烟室，每次我路过，老远就望见一群"哥们儿"在其间轻笑或徜徉。

我甚至莫名其妙，不怀好意地想象他和其他工友一样，在吸烟室里吞云吐雾，也许这样他可以多找点休息时间，可以借烟缓解身心的疲倦，他们的工作太脏太累了。我甚至想象他跟别的男孩一般，扮出一副酷毙了的模样，把双手插在上衣口袋里，下颚贴在窗口上，向外懒散而冷漠地张望，偶尔也向窗外路过的长得靓点的女孩吹着撩人的口哨，肆意地睁着迷茫空洞的双眼，漂亮而轻佻，如此来稍稍放纵青春的无聊。

可是我没有成功过，我的幻想从没实现过。我一次也没在那窗口看到过他。有点失望，甚至担心起来，害怕他这样劳忙会憋出病来；又有点窃喜，暗自为他高兴，毕竟吸烟有害身体健康。我放心而骄傲，为他，因为我的弟弟是与别人不同的，他像块璞玉一样，完美得没有瑕疵，优秀得没有缺点，没有不良习性和嗜好，他不抽烟不喝酒，他不开女色的玩笑。

1995年，弟弟15岁未满就辍学了。聪明而有才情的他成绩远比我好。辍学是为了我，他的姐姐，一个只会读死书，照当时的情形估计有望可以考上大学的书呆子。弟弟为了减轻父母的负担，为了我能上大学，连初中文凭都没拿，先后在广州、番禺、泉州辗转漂泊。打工流浪的生活让他过早体味了世态炎凉，人情冷暖，可是他的心却雪亮纯净，他总是什么苦也不说……啊，亲爱的弟弟，为了我，为了家，牺牲那么多，付出那么多……

不争气的我竟然两年都以几分之差名落孙山。负罪的我无颜面对父母亲朋，更辜负了弟弟那片苦心那番厚意那份深情，如此不应该地辜负了。可是罪过的人不知悔改却雪后犹霜，错上加错，所以我可恶可恨可悲可耻。自以为有点墨水的我好高骛远，舍末逐本，因小失大，在深圳的烈日和暴雨中奔走，在这座物欲的城市追求些不切实际的东西，却自一意孤行，一厢情愿地打着文明和崇高的旗号，竟至一无所成，一无所有，一文不名；竟至大病缠身，走投无路。

去年这个时候的夏天，我困厄潦倒。万不得已的时候我还在聪明的弟弟面前耍花招。那天大清早，我从蛇口赶到沙头角，见到累月不曾谋面的弟弟。我是那么假，气色败坏却衣着光鲜，内心颓废却巧舌如簧，把自己的胃和十二指肠烂得不行了一笔带过后还在夸夸其谈，口是心非地展望给他听我的未来，其实明明是来向他伸手要钱的——就在我流氓一样扯天扯地的瞬间，我舌头打结了，我清清楚楚地看见，啊，我的弟弟，他哭了，两颗大大的晶莹的泪珠，从他深深的眼窝里涌出来，顺着那张清瘦苍白的脸，滑着，静静地淌着，流下来，掉落在水泥板铺成的地面上，扩散成晴天里很突然的两点暴雨。就在我眼前滴落，就在我的耳边掷地有声……啊，天，这可怜的男孩，他已经受够了，却又一次被他懵懂差劲的姐姐伤痛了心，灼痛了肝，在这刚刚从疲倦的睡梦中醒来的日出里，牵痛了深埋在心底处的男子汉的柔肠，尽管他一直是那么克制那么刚强！

而这，竟是为了我，为了他百无是处、刚愎自用的姐姐。啊，我多么丑恶，多么卑劣龌龊，为何这么不小心，为何这么不自惜，为何这么不懂事，惹一身麻烦，弄一身病痛，添满腔愁苦，而后找上门来，投靠自己的弟弟，伤害自己的弟弟，我于心何忍，于情何堪?!……

我不知道那天是怎样跟弟弟分别的，只记得独自捧着脸，在大路旁上班的汹涌人群中抹着泪，只记得弟弟没再说一句话，朝着他上班的地点走了，没有回头。然后我一路狂奔，洒一路悔恨的泪。心是那样钝重又坚锐地痛。

后来我竟狠下心来，又是数月不见我的弟弟，又是数月不让他知道我的踪迹，因为我不忍心让他看见手术后的枯藤老树，我害怕他那满含温情的泪眼。

今天的我开始健康明了，甚至在老乡聚会上又可以大碗喝酒大口吃肉。我且收起了盲目而浪荡的心，又来到了沙头角，和我亲爱的弟弟一样，在匆匆追赶的流水线上顺流逆流，共求进退；我且每个周末可以见到他仍是健壮不起来但却挺拔的身姿，见到他营养不良的脸和脸上成熟或者迷离的浅笑，还可以跟他海阔天空神聊一气，笑话乱讲一气，或者争辩一气。

明朗沉静的日子里，想起弟弟的眼泪，我抛弃了那些虚荣和妄想，也放下了那不值一提的孤傲和清高，在梧桐山的脚下，在中英街绿树荫浓的街道上，在清新的空气里，在别人上班我在休息的工作余暇，我喜欢骑着自行车环绕着这个美丽如画的小镇逗留。我感动着，这一切，都是弟弟给我的，我常常会喜极而泣。

常常走向这个小镇的尽头，去看平静的港湾泊着古老的船，去看那块曾被泪水浸润过的地板，还有每个早晨海面上泛着一点点上升的阳光……

妹妹的信

刘贤冰

我和弟弟离家读书后，妹妹就是家里唯一的"文化人"了。母亲没读过书，父亲读的书不足以将一封信写完整。总之，我们与家里的通信联系全靠妹妹来执笔。

"文化人"是我们送给妹妹的称呼，其实她只读到小学三年级。她是自己主动弃学的。家里拿不出足够的学费，当时大概也就几块钱吧。老师说，再不交齐学费就不要读书啦！第二天，妹妹就把一张破桌子和一把断了腿的椅子搬回家了，结果挨了母亲一顿骂。母亲骂她时有这样的内容："今后连给你哥写封信都不会！"母亲骂过之后也没别的办法，她确实拿不出那几块钱的学费来。

妹妹赌气不上学时，确实没认识到"写封信都不会"的严重性。但她马上就认识到了。一个小学三年级没读完的农村女娃，要担负起与两个在外求学的哥哥的通信任务。当然，她还得干活。她干完活后晚上伏在煤油灯下写信，像个被老师罚抄作业的学生。——实际上，给两个哥哥写信，成了妹妹弃学后特殊的"家庭作业"。

这些情况是我收到妹妹第一封信后才知道的。这封信很短，有很多错别字，她陈述了不再上学的理由：我在家里帮忙做事你们会安心些。——她说得不对。我们并不安心，而是更加愧疚。

记得那封信的结尾是这样的：今天就写到这里吧，我还要给小哥写一封信呢。

后来我发现，妹妹每封信的结尾都要写上这句话。后来我还知道，她写给弟弟的信的结尾是这样的："今天就写到这里，我还要给大哥写信呢！"回家后问她："你是不是每次要同时写两封信？"她想也没想便说："不是啊，我写一封信要好久的。"

原来，她认为既然是一封信，就应该多写一点字，可又实在不知道说什么，便有这个"通用式"的结尾。她有两个哥哥，便想到用这个似乎是顺手拈来的句子凑字数。

母亲说，妹妹写信从不让人看。虽然家里谁也看不懂，她还是把自己关在房间里认认真真地写，旁边摆上她三年级下学期发的课本——这套课本没出钱，是她赚来的。一副真正做学问的样子，所以后来我称她为家里的"文化人"。

信写完，也不读给父母听，只是说："都写上啦，都写上啦！"母亲对她说："你不念，你哥还是要看的啊!"她说:"看就看呗!"

我们放假回家后,她便提前打招呼:"不要笑话我写的信哦,不然我就不写了。"

我们还是要说:"写得好写得好,错别字越来越少了。"

说真的,妹妹的信中,错别字的确是越来越少了。后来听说,她写信和发信也没原来那么害羞了。我们那儿发信,要走到十几里地的小镇上去发。她出去发信时,不再将信揣在口袋里,而是大大方方地拿在手上,遇到熟人问,她还要将它扬起来,自豪地宣称:"给我哥发信去!"——在她看来,这确实是件值得骄傲的事。在我们那小村子里,只有妹妹能够说这样的话,因为她有两个哥哥上了大学。

弟弟考上大学后,家里更困难了。妹妹来信的内容也有了变化。这样的句子开始频频出现在妹妹的信中:"哥,这次又让你失望了,家里还是没有钱寄给你,怕你着急,先写一封信给你……"在穷困中长大的孩子心是比较硬的,可每当看到妹妹的信,看到信中的这些句子,就忍不住要掉泪。

妹妹的来信虽然句子不太通顺,可我都能够读懂。但很长一段时间,我都没有考虑到我的回信妹妹能否读懂。我上小学时写字是很规矩的,后来就越来越不规矩了。后来发现,我竟然一直在用那些龙飞凤舞的字在对付一个小学三年级没上完的学生!直到妹妹来信说:"哥,你写的字又有好多我不认识……"

此后,我给一些同学通信,怎么笔走龙蛇都没问题。但面对信笺,一旦记起是在给妹妹回信时,我马上就变成了一个端端正正的小学生……

不能淡漠的亲情

索彩红

从我记事的时候开始,父亲和二叔的关系就一直很僵,他们每次见了面,都是一副冤家路窄的模样,恨不得一口吃掉对方才肯罢休。

那时我非常害怕父亲,父亲发怒的样子很凶,尤其是提起二叔的时候,总是愤怒得浑身颤抖。当时,连母亲也不厌其烦地告诫我说:"记住,千万别去你二叔家里转悠,以免招惹你爹生气,你爹年轻时被他折断了一根手指,现在都还委屈!"我却听不进她的劝告,只要有空闲,就习惯往二叔家里钻。

二叔没有孩子,虽然他被父母描述成凶神恶煞,可我觉得他一点儿也不凶,起码二叔从没有打骂过我,比起严厉的父亲,二叔骨子里藏着一种不同寻常的亲情。小时候,我们家的日子比较拮据,父母整天蹲在承包地里忙活,家里基本没有其他收入。就连吃饭也是一成不变的玉米面饼子就咸菜疙瘩,吃腻了也得使劲往下咽。

那几年,二叔算是有点小本事,他执意撇开地里的农活,东跑西颠做些小本生意维持生活。

二叔的生意随季节而改变。那天,二叔满头大汗站在院子里,竹席上晾着很多红褐色的小枣。他叫我放开肚皮尽管吃,我大喜,一阵风似的吃饱了肚子。他又拣了些塞满我的衣袋,然后拍拍我的脑袋,说:"把这些带回去慢慢吃吧,千万别吃得太多,会闹肚子的。"

我没有把二叔的话当回事,夜里趁父母睡下后,一个人悄悄地躲在被窝里享受。等到把两小口袋枣子消灭了,我的胃也翻江倒海起来,浑身不舒服。父亲听到了动静,背上我找大夫打了针才好起来。回到家,母亲问明缘由,站在院子里指桑骂槐地叫阵:"缺心少肺的歹人,故意下毒折磨我的儿子!"隔着一堵院墙,二叔很容易就能听到母亲的叫骂,他咬着嘴唇没有言语,而且紧紧拽住气急了的二婶。二婶眼眶里的泪急剧地转动,气恼的巴掌毫不留情地甩到二叔脸上。二叔始终没有吱声,二婶眼里的泪却流了出来。

事后,二叔不住地埋怨自己,害得亲侄儿受了委屈。我听了非常内疚,虽然我对父母一再强调二叔并没有那样阴险地对我,可倔强的父母就是不肯相信,还得寸进尺地索要因治病花掉的三十元药费。二叔笑着往我兜里塞了五十元钱，说："剩下的钱买些铅笔和本子吧，可不许乱花啊！"不料当夜，那些钱就被父母没收了，他们的理由很简单，二叔恐怕没安什么好心！

经历了这次意外，本来以为二叔不会允许我再进他的家门，然而他还是以前的样子，每次照样亲热地招呼我。只是再吃东西时，他总是反复洗净了才允许我吃。看着我贪婪的馋相，二叔的眼睛湿润了，常常把我当成他死去的儿子。

稍稍长大了点，我才弄明白父亲和二叔之间的仇恨。他们兄弟俩年轻的时候就格格不入，各自成家后更变得形同陌路。二叔的儿子过满月，没有邀请父亲过去吃酒，其实父亲也根本不想去，但是他觉得自己作为大哥在亲友面前丢了面子。

夜里，二叔的儿子发起了高烧，被急急忙忙送进医院抢救，住院需要六百元的押金。当时二叔家底薄，为孩子过满月的费用还是四处转借的，如今深更半夜了，没有地方去借钱，走投无路的二叔只好硬着头皮敲开了我家的门。

结果二叔空手而归。当他费尽周折捧着几百元心急火燎地赶到医院时，二婶抱着已经僵硬的孩子哭得背了气。失去理智的二叔扭头去找父亲理论，却为此爆发了一场战争。二叔被抓破了脸，父亲的手指也在两人扭打时被折断了，他们兄弟间也因此埋下了仇恨的种子，并且发誓要一辈子对抗下去。

知道了真相，虽然不相信二叔会存心害我，可我对二叔伤害父亲的行为还是耿耿于怀。于是，等到下次二叔喊我时，我便装聋作哑懒得理他。

那段日子，看得出二叔很伤心，有时候他会长时间站在门口看我玩耍的身影。好几次，他张开嘴巴想说些什么，最后都两眼红肿着闷闷地退回屋里。

其实二叔很善良。他拼命干活赚钱。在二叔的意识里，既然已经没有了儿子，以后绝对不能缺钱。现在二叔家的日子富裕了，二婶却因病不能生育。二叔常劝二婶："当年我们没了孩子不能全怪大哥，而大哥断了指头却是我们直接的过错。过去的已经过去了，就让时间去冲淡那些不堪回首的记忆吧！"

有一次，二叔喝醉酒向别人诉苦："其实我很想当面向大哥认错，大大方方地喊他一声'大哥'，因为我们毕竟是亲兄弟呀！"

然而父亲却根本不去理会二叔的忏悔，甚至大动肝火，凶巴巴地将他驱赶出门。

几年下来，二叔的生意红火了，村里许多人都愿意跟着他出去跑生意，就连穷得叮当响的旺叔也跟着发了几笔小财。父亲有些眼馋，便在母亲的撺掇下千方百计地去讨好旺叔。

有一天，父亲破天荒地被旺叔邀请去喝酒。他去的时候拎了不少礼物，旺叔见了挺高兴，大大咧咧地对父亲说："跟着我一起干吧，没有本钱我先给你垫上，等你以后挣了钱再还我。"

父亲抛下农活也学做生意了，进货的时候往往会碰见二叔，不过他们见了面从来不说话。自从父亲开始做生意，二叔的财运就一直不佳，他的那辆破车子也时常遭到破坏。每次二叔不声不响修好车子匆匆忙忙地赶到集市，父亲却故意压低价格出售货品。结果父亲赚了，二叔却赔得一塌糊涂。旺叔见了，便好言劝告父亲："不要把事情做绝了，否则对谁都没有好处。"父亲却恼羞成怒地说："老子就是要争这口气，让他明白做大哥的一直比他强！"

父亲的脾气本来倔强，摆明了就是故意要和二叔过不去。二叔也不去逞能，依旧不慌不忙地打着自己的算盘，钱赚多赚少根本不去理会。而我却因为父亲的缘故，一年中很少再去二叔那儿。有时偶尔见到二叔，他都会痛苦地揪扯自己的头发，好像只有这样，才能消除多年来对父亲的愧疚。

几年后我上了中学，父亲挣的钱本来应付家庭开支绰绰有余，可一旦遇到别的麻烦事，父亲还是会慌神。

父亲尝到了做生意的甜头，很想轰轰烈烈地大赚一把。恰巧那时有一个外地客户要在我们村加设批发点，希望有人合伙投资。父亲合计了一下，认为不能错过这个出人头地的好机会。

于是父亲孤注一掷，用借来的钱凑了三万元偷偷和对方签了约。结果父亲栽了，对方竟是个骗子，骗了钱后逃之夭夭。被骗的父亲一下子耷拉了脑袋，因为这对他来说无疑是个很大的打击，每天都要提心吊胆应付那些上门讨债的人。没办法,父亲愁眉苦脸地去找旺叔帮忙。旺叔起初表现出很为难的样子,后来经不住父亲的苦苦哀求,只好勉强同意想想办法,帮助困境中的父亲渡过难关。

第二天,旺叔亲自找上门来,拿出厚厚的一沓票子,说:"这可是我全部的家当啊,先垫上还了那些要紧的债吧!"父亲感动得热泪盈眶,握着旺叔的手一连地喊着"好兄弟"。

日子稍稍安稳了些,父亲不敢大意了,啥事都要旺叔点了头才敢动手。至于旺叔,简直被父亲当成了救命恩人,只要旺叔遇到了什么麻烦,父亲准会第一个挺身而出。干苦力、做家务,想方设法回报旺叔。

几年后,我考上了大学,其间我家无数次得到过旺叔的帮助。大学毕业后,父亲买了贵重的礼物,领着我去拜望的第一个人就是旺叔,因为在父亲的心中,拖欠旺叔的钱至今没有还上,这辈子哪能轻易忘记了旺叔的恩情。

推开门,隐约听见旺叔正和别人闲聊。旺叔说:"兄弟,你费尽心思帮助你哥哥这么久了,可他一直蒙在鼓里,还故意刁难你。唉,兄弟,你是我老旺今生最钦佩的人,自己倾家荡产了还这么执着。"顿了顿,另一个声音才响起:"亲兄弟嘛,打了闹了也有一脉亲情在,骨头断了还连着筋哪!再说了,大哥的手指还不是因为兄弟意气用事受的伤,那些钱,算是我做弟弟的一点补偿吧!"

我和父亲这回听清楚了,屋子里的客人竟然是二叔。父亲恍然大悟,一向倔强的他这次没有扭头离开,而是紧拽我的胳膊大步流星地跨进去。父亲红着脸来到二叔面前,努力张大了嘴巴却说不出一句话,只有眼里的泪珠滚落下来,那眼泪无声地诠释了他的悔恨和感激。

二叔激动地握住父亲的手,然后两人热烈地拥抱在一起。一瞬间,他们终于听到了彼此熟悉的心跳,那抑扬顿挫的旋律,仿佛奏响人生的悲欢离合,久久回荡在真情流露的天空。

仇恨终于在父亲的心里融化了,父亲在泪眼婆娑中,似乎明白了一种胜过金钱的东西,那就是人间浓浓的亲情——永远不能淡漠的兄弟亲情。

大我两个小时的哥哥

燕赵公主

一

天空中飘着零星的小雨,乡村的小路上,哥将我上学要用的东西都扛在肩上,不停地叮嘱着我:"妹,你在外边要当心呀,要多给家里写信。你别太苦着自己,哥会按月给你寄钱的……"哥的话一声声响在耳边,我看着哥,他那黑瘦的脸上滚落的不知道是汗水、雨水,还是泪水。

到了车站,哥还在叮嘱我。我答应着,内心对哥有了更多的惭愧与感激。

其实,哥仅仅比我早出生两个小时,我们是一对龙凤胎。小时候,我们一起上学、一起回家,哥总是牵着我的手。哥很聪明,学东西总是比我快。我的作业做不出来时,就急得大哭,但在哥的耐心帮助下,我总能把那些作业按时完成。我觉得哥天生是块读书的料,比我聪明多了。爹娘整天忙着种几亩地,有时采摘一些草药换几个零花钱补贴家用。娘总是生病,爹就家里家外地忙活我们全家的生活。

爹娘对我和哥都很宠爱,他们希望我和哥都能考上大学,成为这个小村里人人都夸奖和羡慕的人家。于是,哥学习非常努力。然而爹的脾气暴躁,经常因为哥不小心打碎了一只碗或者一个杯子而大发雷霆。每当这时哥不说话,也不争辩,总是默默地躲到一边,悄悄地流眼泪。而躺在炕上的娘也只能等爹走开了,才把哥叫到身边,流着泪说:"娃,你受苦了。你爹是因为家里的情况让他烦心,别怪他。都是娘不争气,让你跟着受苦!"

"我不怪爹,爹心里也疼我们呢。"哥总是重复着这句话,可我分明看见哥的眼睛里满是哀伤,只是那时候我还不懂。

二

我十六岁那一年的暑假,娘去世了,家里一下子冷清了很多。开学后,我和哥就要读高中了。因为娘的病,家里欠下了不少外债。因为那些外债,爹整天愁眉苦脸地抽着旱烟。

马上就要开学了,爹一定是在为我和哥的学费发愁呢。一天,爹将家里唯一值钱的东西——那头猪拉到附近的镇上卖了,换回了二百多元钱,但这还不够我们一个人的学费。一天下午,哥看着空荡荡的家,看着娘的遗像,呆呆地坐在门槛上,一句话也不说。我蹲在哥的身边,看到他显得那么老气。

"妹,你一定要好好学习,要考上大学,要让爹高兴。"哥看着我,幽幽地说。

"哥,咱俩一起考大学。你的成绩比我还好呢,你肯定能考上最好的大学。"我对哥说。

哥叹了口气,不再说话。

三

爹在抽了半个晚上的旱烟之后,终于开口说话了:"你们两个都考上了重点高中,按理说,这是天大的好事。人家说考上这样的高中,将来就是考大学的好苗子呀。可是,看看咱们这个家……"

爹说到这里,看着墙上娘的遗像,眼泪一下子就涌了出来。这是我和哥第一次看见爹流泪。

"爹,让妹上吧,她聪明,比我有出息。"哥毫不犹豫地说出了自己的决定。

"我没本事,我没本事呀!娃,是爹不好,你成绩那么好,却不能供你们都去读书,我是个废物,我是个废物呀……"爹说着,用手揪着他那已经花白的头发,号啕大哭。

十几年来,哥为这个家承担了太多的风雨,他的童年与少年都是在劳动中和爹时不时的打骂声中过来的。现在,哥为了我,就要失去上学的机会了。我想让哥去读书,可我的内心却在挣扎着、矛盾着。不能读书考大学,我就得和这个小村子里所有的女孩子一样,过那种祖祖辈辈面朝黄土背朝天的生活了。

我的自私最终占了上风,居然没有推托一下,就默默而又心安地接受了哥的决定。

"爹,我是男娃,我能吃苦,让妹去吧,我会努力挣钱供她读书的。"哥的话语让我落泪。

爹哽咽着将哥搂在怀里,轻轻地拍打着他的背说:"娃,爹对不起你呀……"

爹和哥的哭声交织在一起,打破了乡村夜晚的宁静。

四

我如愿上了高中,而哥却将高中录取通知书收了起来,默默地挑起了全家的重担。哥经常在料理好家里的地之后,就到县城去打工。哥在周末的时候去学校看我时,手里总是拿着一大袋子好吃的东西。哥长高了,但还是那么黑瘦。哥来的时候,总会换上一套干净的衣服,他看着我读书的校园,脸上充满羡慕地说:"妹,这里真漂亮,你可要好好学习。"

每一次,我站在校园里看着哥的身影越来越远,就忍不住流泪。要不是我,在这个漂亮的校园里读书的就是哥呀,是哥把学习的机会让给了我。

哥总是在发工资的日子,默默地将钱分成三份:最多的一份给我,一份给爹,最少的一份留给他自己。

"你哥对你真好。我要是有这样一个哥多好呀!"每次哥走后,同宿舍的小雅总是这样由衷地感叹。

我在县城读高中的三年,哥用他那瘦弱的身体支撑着家。爹的身体越来越差,总是一宿一宿地咳嗽,无法入睡。哥每次要带爹去医院看病,爹都推说没事不去,最后发展到吐血。哥感到了问题的严重性,把爹拉到医院一检查,医生说是肺癌,且已经到了晚期。为了不耽误我的学习,哥没有把这个情况告诉我,也没有告诉爹,他一个人默默地承受着这巨大的压力。爹坚持不住院,说自己只是干活累的,过些日子就会好,硬是让哥把他带回了家。

这一切,我当时一无所知。

有一次,小雅悄悄地问我:"昨天,我看见你哥在医院卖血了,你知道吗?"

"卖血?"我很惊讶,难道是爹出了什么事了吗?我跑到哥打工的工地上找他。哥很是惊讶:"你怎么到这里来了?快回去,这里脏。"

"哥。你去医院了吗?"

"医院?"哥一愣,"没有,我好好的干吗去医院?"

"不对,你昨天去医院卖血了,小雅都看见了。你卖血干吗?你这么瘦怎么能去卖血呢?要是这样,我就不读书了,我不要你为了我去卖血,我不要……"我急得大哭起来,抓住哥的手,发现他的胳膊上有明显的针头扎过的痕迹。

"妹,你别哭,以后哥再也不去了。你看,我这不是好好的吗?你看看你,人家会笑话的,这么大的姑娘还哭鼻子……"哥笑着哄我。

五

爹的病越来越重,眼睛无光,说话吃力。当我赶到家时,爹已翻不了身了,哥扶着爹靠在枕头上,流着泪说:"爹,你看,妹回来了,妹回来看你了。"

爹睁开了眼睛,因为咳嗽,话语断断续续。他拉着我和哥的手,嘱咐着我们以后的生活:"你哥太苦了,为了这个家,为了你,他把自己都给耽误了。你将来要是出息了,可要对你哥好,爹对不起你哥……"

爹又转头对哥说:"好好照顾你妹,你们两个要互相照顾啊……"

在我和哥的哭喊声中,爹撒手而去,这个家就剩下我和哥了。十八岁的我们,失去了父母就像失去了一切。那天晚上,我和哥互相依偎着,守在爹的灵前,只有眼泪默默地流淌着。

我的努力终于没有白费,我考上了省内的一所著名大学。接到通知书的那一刻,我哭了;而哥则捧着那一张薄薄的纸,对着爹娘的遗像,泪水长流。

"爹、娘,你们看到了吗?妹考上大学了,妹考上大学了……"哥说着跪在地上,不由地放声大哭。

我知道,哥是为我高兴。而在那高兴的背后,也一定在为自己悲伤!

我坐在了宽敞舒适的大学教室里,但是我知道,哥依然在拼命地为我打工挣钱,他对这一切从来就没有半句怨言。我常常想,如果那个早出生两个小时的人是我,我会像哥对我一样对他好吗?

二妹

缁衣

按照我家的习惯,先称呼排行,再在后面加"姐"或"妹"字。二妹实际上是我的大妹妹。

我从小性格文静,喜欢读书。二妹恰恰相反,她身材瘦小,伶俐得像只猴子,上墙爬树比男孩子还麻利。二妹七岁时,父亲拽着她的胳膊才把她拉到学校里。她从此成为老师最头疼的学生,上课不认真听讲,下课在校园里疯跑。她抓住柳枝用力一荡,就荡到学校的围墙上,在墙头上跑步如履平地。

二妹从小挨了多少打,连她自己也说不清。在我的记忆中,她小时候几乎经常挨父亲的打。

二妹十岁时,挨过最狠的一次打。那天自习课,她趁老师不注意溜到校外。校外是一块红薯地,薯块只有手指粗,她异想天开地要挖一块红薯吃,结果拔了一百多棵藤也没有找到一只大的红薯。那块红薯地是秀娟家的,秀娟娘把红薯藤堆在我家门前,跳着脚叫骂。父母出来赔礼,许诺秋后收了红薯,一定按收成赔偿——一百多棵藤要赔几百斤红薯。父亲气得脸色铁青,送走秀娟娘后,父亲就去找二妹。二妹见势不妙,便向村外逃去。可刚跑到村口,她就被父亲捉住,父亲把她按倒在地,用鞋底在她屁股上打得"啪啪"直响。二妹哭哑了嗓子,父亲才被几个过路的村民拦住。

二妹的屁股肿得像馒头,晚上睡觉不敢平躺,半个月后红肿才消了下去。这顿打,让她两个月没敢惹祸,可两个月后,顽劣依然如初。父亲说:"本性难改啊。"

我升高三,二妹小学毕业。学校开家长会,老师说我考大学应该没问题,父亲又喜又忧。二妹不上进,三妹年龄小,父亲把全部希望都寄托在我身上。我若能考上大学,父亲当然高兴,只是一个农民家庭要供三个孩子上学,就必须筹措一大笔学费,这让他感到很头疼。

一天晚饭后,父亲对二妹说:"你学习不努力,将来没什么希望,要不就别读初中了吧?"

二妹怔了一下,垂下头。这段时间,她的伙伴都在议论即将开始的初中生活,她们说初中学习累,老师很严厉。二妹还没上初中已经心生畏惧,不过她还是计划着去上学,倒不是她喜欢上学,而是因为她的伙伴们都在上学。

片刻,她就同意了父亲的决定。不必写字、算题,也不会因为没完成作业被老师罚站、揪耳朵了,多好!

父亲本以为他让二妹退学,二妹会哭一通,结果二妹只低了低头,就一口答应了。父亲对她的评价是:"真是没志气。"那年,二妹十二岁。为惩罚她以前学习不努力,也为杀鸡儆猴,给三妹看看不认真学习会带来什么后果,父亲有意让二妹干庄稼地里最苦最累的活。乡亲们对二妹说:"你是从南洼捡来的吧?要不,你爹怎么舍得让你这么受累。"

二妹一度相信了这句戏言,她盘算着去南洼找她的亲娘,她以为到她亲娘那里,一定是想吃就吃、想睡就睡,快活得像在天堂里一样。

一天,她又挨了父亲的打,就哭着问母亲:"到南洼怎么走?"母亲听到"南洼"就笑了,那是大人们为哄骗孩子虚构的地名。母亲一抬头,看到二妹两眼泪花,知道她当了真,感到哭笑不得,便对她说:"你真是傻孩子,你看,你跟你大姐和三妹的眉眼多像,你们姐妹三人总不能都是捡来的吧?"二妹听了母亲的话,将信将疑。

二妹在地里干了一年农活后,父亲委托一位本家叔叔,在镇养鸡场给二妹找了份工作,交了两百元押金,二妹就上班了。临近高考,我回家拿考试费用,二妹对我说:"我挣了钱就给你买礼物。"口气中满是自豪。

忐忑不安中,等来了我的大学录取通知书。父亲万分高兴,喝得酩酊大醉。

二妹在养鸡场的工作并不顺利,这份活并不轻松,晚上也要起来给鸡加水添食,但二妹干得很欢。她起早贪黑干了三个月,所养的鸡却没有达到标准,按合同约定,她不但领不到工资,还要把押金扣掉。

二妹大哭,场长只得说好话安慰她,并给了她三张十元的钞票。

二妹止住哭,把钱装到衣兜里,到公路边搭上班车进了城。城里有个小商品批发市场。物品琳琅满目、价格低廉,是乡下人心中的购物天堂。她曾在镇上见过一位时尚青年拉着一只皮箱走,觉得人家很神气,她认为,自己即将成为大学生的姐姐也应该拥有一只这么神气的箱子。于是二妹留下两元车票钱,用剩下的钱买了一只红色人造革箱子。

二妹下了车。拖着这只人造革箱子,走了八里路,傍晚时分回到家。

父亲看到二妹时很吃惊,通过她吞吞吐吐的叙述,父亲才明白,原来二妹白干了三个月的活,不但没有挣到一分钱,还把押金赔了进去。父亲气不打一处来,上前给了二妹一顿拳脚,又去踢那只箱子。二妹扑上去护住,哭着说是买给姐姐的。父亲听说是给我买的,心就软了,却还是骂她:"这么难看的箱子,拿出去让你姐丢人吗?!"

我从同学家回来,看到二妹在角落里哭泣,屋子正中放着一只红色人造革箱子,上面压着菱形花纹,四周嵌着白边,俗艳热烈,神气活现。我夸她有眼力,选了这么好看的箱子。二妹见我喜欢,破涕为笑,她说:"老板也夸我有眼力,这是商城里最好看的箱子。"

我拉着这只劣质俗艳的箱子外出读书，二妹继续在家干农活。

这期间，二妹曾几次到附近城镇打工。她年龄小、个子矮、没文化，又毛手毛脚，几个月下来，除去生活费和损坏物品的赔偿费，往往所剩无几。有一次挣了几百元钱，却转眼被人骗走。后来，父亲承包了几亩地，二妹死心塌地在家种地，再也没有外出过。

一年又一年。我和二妹先后结婚，一个在城里，一个在乡下，各过各的日子。

父母老了，从地里到家里的活，都是二妹帮他们干。邻居们对我说："你二妹一个人支撑两个家，真是不容易。"

二妹除了种庄稼，还侍弄着两棚西红柿，浇水、施肥、掐头、点花……绿渍渗进她手上的皮肤裂缝里，怎么洗都洗不干净。我喜欢吃熟透的西红柿，二妹就给我留了两垄，等到西红柿熟透了，就装在箱子里进城送给我。

熟透的西红柿很容易被挤坏，二妹一路上小心翼翼。她怕给我丢脸，进城时总是描描眉、涂点口红，两只手洗不干净，就插在衣袋里，尽量不拿出来。门卫张大爷告诉我："你姐姐找你。"我告诉他说："那是我妹妹。"张大爷连声说："不像，不像。"

二妹十二岁失学，已在农村劳作了十五年。十五年风吹日晒，她的脸上布满皱纹和雀斑，看上去苍老憔悴。看着跟她同龄的女子漂亮活泼的样子，我的心里总是有一种说不出的酸痛。

十五年的岁月磨砺，二妹完全认同了她的农民身份，她觉得城里人，包括我，讲究吃穿是应该的；她是乡下人，没文化、没见识，天生是受苦的命。我常把衣服买小一号，借故不合身送给她穿。时间久了，二妹就说："你怎么总买小一号的呢？再说你买小了，可以退换的。"

一次，商场的皮包打折，我买了一个送给她，二妹满心欢喜，又很不安："我背十元一个的包就行了，这一百多元的包，怎么舍得用？你上大学时用的箱子，才二十多元钱。"

提到那只箱子，我总忍不住心酸，二妹给我买那只箱子是倾其所有，而我给二妹买的这个皮包，只不过是从月薪中拿出一点点罢了。二妹，你在农村，但你也是女子，青春只有一次，你的青春岁月里，为什么不能拥有一只真皮包呢?! 父母总认为，我是村里的第一位女大学生，给家里争了荣誉，其实，为这个家默默付出的还是二妹。这些年里，父亲总拿我当参照物对照她、指责她，她挨打挨骂，受苦受累，然而，无论对我还是对父亲，她都毫无怨言。我对她的好她都记在心里，她对我的好却认为是理所当然。

兄弟之情如手足，姐妹之情胜手足。这情，如一杯醇酒，在岁月里酝酿，越陈越香。

姐姐

双瞳剪水

那时，秀儿只有五岁，扎着两条小辫儿，在轻风徐徐的夏夜里，坐在自家的门槛上看星星。

秀儿看着天上的星星，吃着红薯干问道："姐，你说爹啥时候回来？"姐坐在秀儿的对面，望着秀儿甜甜地一笑，说："我也不知道呀。"

红薯干是娘晒了拿到集市上卖剩下的，形状难看且粗硬难咽，可是姐一块也舍不得吃，全都留给秀儿。秀儿一边吧嗒着嘴一边兀自做着美梦，说："姐，我觉得爹过两天就会回来，背一个袋子，里头装着棉花糖呀、糍粑粑呀、新衣服呀！哦，对了，还有一个大芝麻饼，闻一下，香喷喷，咬一口，直掉渣！"

秀儿用手比画着那饼的样子，又咽了咽口水。姐拿针在头皮上蹭了一下，叹道："是呀，爹已经走了三年，也该回来了。"

姐比秀儿大七岁，爹走的那年，她九岁，秀儿两岁。

对于爹，秀儿没有一点记忆。关于爹的点点滴滴，全是从姐那儿听来的。姐说，祖上血脉单弱，到爹这儿，已是七代单传。爹求神拜佛一心想要个儿子，却一连生了两个女儿。娘被逼着东躲西藏地生下了第三个，可还是个女儿。爹气愤地吼道："娘的，又是个赔钱货！"骂完后甩手出了门，从此便再也没有消息。

娘又急又气，央求村人四处寻找，终究没有结果。那刚出生的婴儿也由于先天不足，不到七天便夭亡了。娘伤心过度，整天以泪洗面，月子里就落了病根，一年四季离不开药罐子。

都说男人是家里的天，这天塌了，日子也就难过了。母女三人每天起早贪黑，做了又做，省了又省，只是勉强糊口。

姐勤快懂事，什么活儿都抢着干。秀儿也依赖姐，吃饭、睡觉……一时一刻也不离开姐，连学校开家长会，也是喊了姐去。老师当众表扬秀儿，让秀儿的家长介绍经验。瘦弱娇小的姐站起身来，将脊背挺得直直的，骄傲地大声说："我家秀儿成绩好，没别的，就是用功。"

书中说，姐妹俩前世是同根而生同枝而栖的两生花，修满千年，今世才可再投生为姐妹。姐将书指给秀儿看，姐妹俩拥在一处，笑做一团。穷苦困顿的日子，姐妹俩依偎扶靠，温习着心底那仅存的一点小小的温暖与希望。

等啊等，等到第十个年头，爹还是没有回来。日子越过越艰难，眼看着秀儿就要辍学。姐拉着娘的手说："我和邻村的小桃一起到省城的电子厂打工挣钱，秀儿留在家好好读书，她是块读书的料，莫耽误了。"秀儿泪光盈盈地望着姐，姐过来拉着秀儿，张开口却哽咽了。秀儿知道姐也舍不得自己。

姐去城里后便寄了信回来，寥寥几行字，全是"一切都好"之类的话。姐读书不多，字也写得歪歪扭扭。秀儿却像得了宝贝一样，夜里躺在被子里也不睡觉，只是把那信纸翻来覆去地看，直到夜深。娘嗔怪她："还不睡，明天不上学啦?!"

日子像屋后小桥下的流水，悠悠地淌着。姐临走前种在院子里的那棵竹子节节拔高，很快便高过了屋顶。

秀儿长高了，穿着姐从前穿的白色的确良衫，梳着两条黑油油的辫子，站在屋前的楠竹下，想起姐，抿着嘴傻傻地笑。上了中学，秀儿还是年年考第一。说给姐听，姐笑得合不拢嘴。

姐每月固定从城里寄一千元回来。娘给秀儿交了学费，又给秀儿做新衣。娘说："你姐托人捎话来说，学校里读书的孩子最要面子，可不能委屈了你。"

剩下的钱娘就存进银行里，说以后给秀儿上大学用。

村里人都羡慕娘养了两个能干懂事的闺女。娘也整天乐呵呵的，不知不觉间，病竟好了一大半。

姐寄了照片回来，是在公园里照的，流水潺潺，杨柳依依，十九岁的姐就站在树下，巧笑嫣然，顾盼生辉。

秀儿将姐的照片夹在书里，上课时也忍不住拿出来看，看得太专注便被老师发现了。老师生气，虎着脸来收照片，秀儿咬着嘴唇紧紧地拿着照片不肯松手，两相用力，那照片便"哧"的一声被撕为两半，秀儿见状伏在课桌上大哭起来。到底是勤奋好学的优秀生，哭得惨兮兮的，老师也心痛，叹口气对秀儿说："那就收起来吧，下不为例。"

这年冬天，邻村姑娘小桃回来了。她说，那电子厂真不是人待的地方，一天做十多个小时的活儿，一个月也只挣得三百块钱。有好事者便将站在一旁的秀儿一指，说："那她姐呢？她姐一个月咋能挣一千多呢？"小桃把嘴一撇，翻个白眼，露出满脸不屑的神情，说："谁叫她姐长得俊呢？她呀，在电子厂做了一个月就走了。"

秀儿的心"咯噔"一沉，脸上如火烧一般，低下头匆匆离去，路过儿时嬉戏的小溪旁时，泪水簌簌而下。

村里的流言蜚语铺天盖地,说秀儿她姐在城里给一个富商当"二奶",住洋楼,穿名牌,拿牛奶洗脸。秀儿和娘每天被人戳着脊梁骨说三道四,秀儿心中也不免犯了嘀咕,关起门来细细思量,姐没读几天书,上哪儿能挣到一千多块钱的高工资呢?

娘整日唉声叹气,三天两头头晕脚软,浑身乏力。

秀儿按照姐写回来的电话号码,跑到镇上去给姐打电话。电话通了,接电话的却是个男的,一听秀儿是乡下口音,便凶巴巴地要挂电话。秀儿战战兢兢地报出姐的名字,那边过了半天,才传来姐的声音。

秀儿开门见山地问:"姐,你在那儿做什么工作?他们说的可都是真的?"

姐沉默了很久,才一字一句慢慢地说道:"秀儿,你好好读书,别学姐。"

秀儿的头"嗡"地一响,心一个劲儿地往下沉。

越来越多的流言充满秀儿花一样的年纪里,秀儿觉得这是一种奇耻大辱。每次想到那个接电话的凶巴巴的男人,心中的厌恶和憎恨便逐渐蔓延到姐的身上。久而久之,那思念姐的心也逐渐地淡了。秀儿将姐的相片塞进了灶膛,铆足了劲儿读书,对她而言,雪洗耻辱的唯一途径便是考上大学。十年寒窗苦读,终于功夫不负有心人。接到大学录取通知书的第二天,娘在自家院里办了十桌酒席,宴请乡亲。秀儿扶着娘一桌一桌地敬酒,众人都夸她聪慧上进,娘满是皱纹的脸笑成了一朵花。走到第八桌,闹哄哄的场面突然静了下来。秀儿看见姐穿着丝绸印花短裙和高跟鞋,撑一把绣了花边的粉红色洋伞,笑意盈盈地朝着她一步一步地走近。秀儿僵在那里,如千万根芒刺扎在背上,脸上红一阵白一阵,狼狈至极。安静片刻的场面忽然失控,乡亲们一声高过一声的私语,无比清晰地传到秀儿的耳朵里。秀儿心中那些积蓄已久的愤懑倾泻而出。她一言不发地站在姐的对面,用刀子一样的眼神狠狠地剜了姐一眼,然后一扭身进了屋,关上门。

众目睽睽。她不愿跟姐多说一句话,不愿乡亲们将她和姐视为同一类人。

姐愣在原处,张张嘴,却说不出一个字,泪水盈眶。

娘过来拉住姐的手,姐凄然地笑道:"秀儿不高兴,我就先走了吧。"

秀儿上的大学也在省城,学习之余,她便揽了一些做家教发传单的活儿,赚取生活费。

这天黄昏,天阴阴的快要下雨。秀儿到一个居民小区发传单,下楼时正好一个送水工扛着一桶水上楼。楼道里光线昏暗,异常狭窄,那送水工见有人下楼便将身子一缩,紧贴着靠里面的墙,小声地说:"你先走吧。"

声音虽然微小,可在秀儿听来却如同雷霆万钧。她浑身一震,停下脚步回过头。

昏暗的光线下,送水女子低着头,微微地喘着粗气,贴墙而立,背上负着一只大水桶,瘦弱娇小的身体裹在一身工作服里,眉眼之间透着几分挡也挡不住的娟秀。咫尺之内的人不是别人,正是秀儿暗地里恨透了也骂够了的姐。

姐一直低着头,弯曲的背上驮着大大的水桶,大颗大颗的汗珠顺着缕缕发丝滴答而下。

秀儿鼻子发酸,喉间发紧,心头一酸,泪如雨下。

"姐!"她颤声唤道。沉闷的空气中,那送水的女子缓缓抬起头来,艰难地立直身子,惊愕万分地说:"秀儿,你怎么在这里?"

与此同时,她肩背上的水桶轰然落地,水倾泻而出。

所有的传言都是荒唐的,真相竟比清水还要清。

在街头拐角的送水小店,没有文化也没有背景的姐做了八年的送水工。这是一份连男人都嫌累的粗重活儿,吸引姐的,不过是稳定而可观的收入。

姐照相和回家穿的那些漂亮行头,都是从送水小店老板娘那儿借的,她想让家人相信自己在外面过得很好。姐不愿让娘担心,不愿秀儿放弃学业。

很久之前在书上看到的那句话,姐一直没有忘记:姐妹俩前世是同根而生同枝而栖的两生花,修满千年,今世才可投生为姐妹。两生花,迎风开。一朵草草收场,只不过为了让另一朵更加绚烂地开放。

送一桶水,一块钱。八年里,姐总共往家寄了九万六千块钱。

九万六千块钱便是九万六千桶水,便是几万里路。

那几万里路,便是姐整个的花样年华。

弟弟

林子

弟弟比我小两岁,陌生人一见我们俩,肯定会认为他是我哥哥,而且最起码要比我大十岁。

很久以前,家里太穷,爹没法供我们兄妹六人同时上学,只好让大姐和弟弟辍学。不久,大姐就出嫁了,而弟弟则帮他干农活。那年,弟弟才十岁。

我们兄妹几个上学的年级越高,用的钱就越多,十几岁的弟弟只好外出打工

终于,我们兄妹几个先后毕业,又开始为工作奔波,为各自的小家庭操劳。爹老了,弟弟的婚事一拖再拖……弟弟也不为自己娶媳妇攒钱,把每年打工挣来的钱一部分用于供养老人,一部分支援我们的急用:要调动、要买房、要结婚……尽管我们几个都有了工作,可是农村的孩子在城里打拼真的好难好难,每个月的工资都不够花销。唉!眼看弟弟快三十岁了,在村里的"光棍队"都挂了号,爹在召开一次紧急家庭会议上说:"无论谁多困难,也不能再挪用他的钱;在他三十岁之前必须成家;他已经为你们操劳了快二十年……"是啊,一晃快二十年了!

于是,我们兄妹几个决定,每人给弟弟赞助五千元,帮他成家。爹老了,我们都很忙,好不容易才给弟弟找了一个对象,我们大家都很高兴。在弟弟结婚时大摆宴席,我们终于完成了老爹的心愿。可是,谁料到弟媳竟不能生育。我们兄妹几个合计着让弟弟离婚算了,可弟弟怎么说也不同意,他说:"她也是个苦命人,实在不行,领养一个小孩算了。"

不久,他将爹娘托付给大姐照料,带着弟媳远到他乡谋生。近两年时间,我们一直没有他的音讯,直到前不久,才知道他的所在地。我们几个都心急如焚,我决定去探望他。

那天,直到晚上,我才找到弟弟,他刚从工地上回来。弟弟更加苍老了,头顶上的头发都快脱完了。

弟弟领着我去他"家"。房子里只有一张双人床,两床铺盖,几个纸箱子,一个石英钟。小侄女是领养的,虽很瘦弱,但很听话。屋里灯光昏暗,弟媳说:"电费很高,房东还要加损耗……"

临走时,我掏出五十元钱给小侄女,可他们说什么也不要,还说:"你们刚买了房,又要装修……城里太费钱……"

我硬把钱放下。弟弟推出三轮车,把我送到汽车站。他把我放在家里的半盒香烟塞给我说:"哥,这烟你拿走,我不抽这种贵烟,放着浪费了……"

汽车出了站没两分钟,弟弟打来电话:"哥,那钱你留着,我把钱放在烟盒里了……"

"什么?快,快停车!"我发疯似的跳下了车。

好不容易追上了弟弟,我慌慌张张掏出一百元钱,塞给弟弟,扭头就走。客车过来了,我又上了车,掏出烟盒一看,里面装着一百元钱。我不由得一慌,在兜里乱掏……啊,天哪!我竟把别人找给我的那张假币在慌乱中塞给了弟弟……

我再次下了车,一直找到弟弟所在的工地,告诉弟弟:"那是张假币,哥再给你一百元,不,两百元……"

弟弟淡淡地说:"哥,我已经把那假币撕了,人家哄了咱,咱可不能再哄别人,不然,心里会不安

的……"

再次离开弟弟时我鼻子一酸,泪如泉涌。我暗暗想:我们都是黄土高原上的一撮土,我有幸被加工成砖,但已失去了本性;而弟弟仍如那黄土,依然淳朴、敦厚。

弟弟的冰糖

昂格图(蒙古族)

因为生活拮据,弟弟八岁那年就被送到离家很远的地方寄养了。临走那天,母亲为弟弟洗漱得干干净净,给他穿上刚缝好的新衣裳,帮他系好衣扣,戴上帽子。弟弟把新衣裳看了一遍又一遍,单纯地笑着。缝衣用的布料,是我们兄弟几个人从野外捡骨头卖到供销社,用卖骨头的钱买来的。

"记住,去了别人家要管那家的阿姨叫妈妈,管那家的叔叔叫爸爸,要听话,别总睡懒觉。"母亲跟弟弟说了很多话,在弟弟的前额上吻了一下又一下。

远处传来马蹄声,那家的叔叔骑着走马到了我们家门口。母亲给他熬奶茶时,我们兄弟几个出去把羊群赶了回来。"黑小子"和弟弟恋恋不舍地黏在一起。"黑小子"是弟弟在风雪天从野外捡来的羊羔,母亲就把它指名给了弟弟。

临走前,那位叔叔给我们兄弟几个每人分了一块冰糖,此时母亲却不见了。那时我们都想,如果母亲在场,那位叔叔一定也会给她一块冰糖。弟弟跟着那位叔叔走了,走时很快乐,像是要去参加那达慕似的,我们几个用羡慕的目光送他们远去。等弟弟走远后母亲才回来,眼睛红肿着。我们把那位叔叔送给我们的冰糖在母亲面前晃来晃去,母亲却什么也没说。过了一会儿,母亲没收了我们手里的冰糖,将它们牢牢锁在家里掉了漆的红柜子里,说:"孩子们,乖。等你们去看弟弟时将这些冰糖带上。"母亲说着两眼就噙满了泪水。那时的我们都拉长了脸,想着如果没有给母亲看,那多好,冰糖就不会被她锁起来了。

接下来的几个月里,我们兄弟几个都争先恐后地嚷着要去看望弟弟。

说实话,不是因为我们有多么想念弟弟,而是为了那几块冰糖。小小的我们又怕自己的坏心思被大人看透,所以才成天嚷着要去看弟弟。暮春的一天,母亲打开锁着的柜子,拿出那几块冰糖,包好,递给我,说:"你是家里最大的孩子,去看看你弟弟吧!"然后详细告诉我弟弟家的地方。我高兴极了,拿上冰糖便一跃而出。路上我看着怀里鼓起的冰糖,再也无法控制自己,剥开包,一点一点地舔,等到弟弟家时多半的冰糖已被我舔没了。

弟弟瘦了许多,蓬头垢面,衣衫褴褛,看上去像个野孩子。弟弟见我就开始哭,小肩膀一抖一抖的。我也忍不住跟着哭。那家的叔叔进来时,我和弟弟像是犯了什么错,挨在一起站在炉子旁边。那位叔叔的眼神有一种冷冷的光。

"你是谁家的孩子?"他的声音短促而有力。

"我……我……"当我说不出话时弟弟抢先说:"他是我哥哥。""没问你!你这个好吃懒做的家伙。圈里的羊少了好几只,你快去给我找回来!"那位叔叔说。弟弟受了惊吓,转身跑出了屋子。太阳落山了,伸手不见五指的夜晚,弟弟上哪里去找顺风而去的羊呢?我不安地望着窗外。

原来那家的叔叔阿姨膝下无子。母亲常说,没有孩子的人容易忘记善良。我一直在猜想那句话的真假。他们家比我们富裕多了,但是晚饭却只是掺有些许炒米的奶茶,简简单单地吃完了便准备就寝。外面刮起了大风,窗户纸在哗啦作响,让人心生恐惧。弟弟还没有回来。为节省灯油,那家的叔叔早早吹灭了灯,屋子里和外面一样漆黑了。

弟弟个头不高,像小老鼠一样胆小。那时我趁夜晚尿尿,经常开弟弟的玩笑:等我一尿完就迅速提裤子,大喊着"有鬼"往屋里跑,这时弟弟就会哭出来,像尾巴一样跟着我跑进屋。有一次我吓唬完弟弟往家跑,母亲却从里面拴住了门,我害怕极了,哭着喊"下不为例",可母亲依然不给开门。这时弟弟轻轻推了我一下,说:"等我们安静下来,妈妈就会给我们开门了。"我们相互倚靠着站在蒙古包门口，我能感觉得到弟弟的心在"怦怦"乱跳，他屏住了呼吸。屋子里的母亲以为出了什么事，就给我们开了门。

弟弟是八岁的小大人，他喜欢家畜，走失的几只羊他应该很快就能找回来……思绪中我靠着墙进入了梦乡。开门声惊醒了我，弟弟回来了，满身风与土的味道。

弟弟的养父抬起头说："羊找回来没?"

"找回来了。'X字角'不知犯的是什么倔，自己跑了很远产下了羊羔，害得我好找。它下了个白色的羔，我抱回来了。"弟弟说，言语中充满了得意。

"羊羔呢?"弟弟的养母问。

"放羊圈里了。"弟弟说着，吸了一下鼻涕。

"去，把它抱回来，晚上它容易着凉，用黄油喂它就好了。"说着她划了根火柴，灯亮了。

已是午夜时分，弟弟胡乱吃了一些东西，衣服都没脱就钻到我身旁。我给他盖好被，他的小手紧紧抱住了我，我用脸贴着他的脸，将母亲给我的冰糖放进他嘴里。弟弟用被子捂住头说："我想妈妈了。"他抽泣着。我只能默默地为他擦眼泪。那晚我们的枕头湿透了。

第二天我醒来时弟弟已经不见了，枕头上放着我给他的冰糖。

接羔的季节弟弟必须寸步不离地跟着羊群，所以他一大早就出发了。我拿着冰糖去找弟弟，我们在草场上相遇。弟弟笑了，能看见掉了牙的豁口里他的舌头在晃动。

"我就知道你会来。没喝早茶吧? 给!"说着他拿出已经干硬的玉米饼，放在膝盖上掰成两半，将其中的一半递给我。我们吃玉米饼吃得津津有味。弟弟长大了，他懂得了很多事，这一点很让我惊讶。

"'黑子'今天可能要产羔了，那乳房胀的;'歌手白'估计也快了，不吃草，在原地转呀转的;'高个儿黄'最不是东西了，总带着羊群跑，产了羔还嫌弃自己的孩子;'朱红'最好了，每年都是双胞胎，今年也是，它还给'高个儿黄'的弃羔喂奶呢。"说着弟弟还拉长音调叫道："伊热——伊热(来)，'朱红'，切——格，切——格(音译，用来呼唤家畜)……"只见一只浑身长着朱红色毛的山羊放下它正在啃着的草一路小跑了过来。旁边跟着雪白的两只羊羔，看来真是一对双胞胎。在灌木丛中熟睡的一只羊羔也从梦中惊醒后跑了过来。弟弟趴在地上学着羊羔叫，然后冲向"朱红"硕大的乳房，站在两旁的两只羊羔也冲了过去……"朱红"悠闲地反刍，看着远处的山头，一副若无其事的样子。最后跑来的一只羊羔吃不到奶，用刚刚隆起的犄角顶了几下弟弟的屁股，弟弟笑着站了起来，满嘴是奶汁。

"吃羊奶的本事我是跟我们家'黑小子'学的。不知道它现在怎么样了，那先生总偷吃别人的奶，也不怕把它顶死。"弟弟说着拍了拍衣服。

"还是那样，现在成了惯偷。现在它的个子也长了，也不怕母羊顶它了。你回去估计都认不出它了。"说着我们坐在一起。

"我求了妈妈多少次了，想把'黑小子'留做种羊，可妈妈就是不同意，她说黑羊绒不值钱，可爸爸在的时候就很喜欢黑色。"

"我也喜欢黑羊羔，大年初七那天妈妈给了那只羊自由，妈妈说从此不碰它。现在它的毛长得特别长，你要能回去一看，肯定会叫你看傻了。"

"唉，其实我也想回去，可我不敢。"弟弟低下了头。

"他们想你都要想疯了，他们说等你回去给你吃奶油拌炒米。"

"我怕'骑柳条马'。那天我鼓起勇气跟养母说要回家，她给了我狠狠的一巴掌，嘴里尝到血腥味时我跑了。我只知道妈妈和你们都在夕阳落山的那边，可还没过几道梁养父就骑着快马追上了我。他骑着马把我赶回家里，狠狠揍了我一顿。他嘴里说:'家有家规，回去? 你去哪儿? 这就是你的家!'他用细细的柳条抽我，我没说话，死死地盯着他。打完我他又吻我前额，说:'家里所有的东西都是你的。瓦房、地上吃草的羊、坛子里的酸奶、箱子里的面粉都是你的。我是你父亲，她是你母亲，我们对你这样严厉是不想让你成为一个坏孩子。'"弟弟说。后来他又"骑"了几次"柳条马"。弟弟"咯咯"笑,说那匹"马"就站在家里水缸旁边。弟弟还说,如果不睡懒觉,不丢牛羊就好多了。看着他,我竟然不知道怎么安慰他才好,拿出早晨他留给我的冰糖说:"给,可甜了,早上你竟然忘了拿。"

弟弟把手藏在身后,说:"我不吃,一吃就总想吃,养母会说的,还是不吃为好。回家这事也一样,一回去就总想着回去。"弟弟突然又说,"一头羊产羔了,我们去看看。"那头母羊已经把自己的孩子舔得干干净净了,小羊羔蹒跚着找奶吃。弟弟拍手跳了起来,说:"'黑小子',我又多了个'黑小子'。"在家时弟弟常和我们家的"黑小子"对话,我们经常看到弟弟和他不会言语的"黑小子"聊得火热。有时候弟弟管那个黑色羊羔叫"书记"。他说:"你是我的'书记',你想吃什么呢?吃什么你随便点!"当然,"黑小子"也什么都吃。为了给"黑小子"折最好的柳条吃,弟弟有一次从树上摔下来,崴了脚。

春天的白昼过得太快了,我们隐约感到肚子饿,一看日头才知道黄昏已至。趁着黄昏的光亮,吃饱后的畜群有一拨没一拨地往回走。

"弟弟,快点,如果'黑小子'跟不上母羊就把它抱起来,回去晚了你那养母又要对你发火了。"

"哥哥。还是由你来抱吧。"

"它不是你'书记'吗?还是你自己抱。"

"我怕它妈妈会不要它了。养母说,被抛弃的孩子不能抱羊羔,羊羔会被母亲抛弃。我怕它在暴风雪中走丢了。"说完话,弟弟的眼睛突然亮了起来。

"别听她瞎说,你是我们兄弟几个里最好的,最好的孩子才往外走,不信你去问妈妈。"说着,我第一次抚摸了弟弟落满灰尘的头。

"如果妈妈再把我要回去,我再也不和小弟弟抢妈妈的被窝睡了。"说完他天真地笑了。

我们赶着畜群慢慢往回走,把小羊羔留在羊圈里的母羊们"咩咩"叫着加快步子往回赶。弟弟吻了吻我怀里的"黑小子",说:"告诉你一个秘密,你谁也不许说啊。"

"当然,我不会说的,你说吧。"我发誓。

"昨天的那只羊羔我不是抱回来的,是赶回来的,所以才弄到那么晚。"弟弟像是做错了什么事情,眼睛不敢看着我。

"我不想让养父养母说我是弃儿,只要那只羊羔不被它的母亲抛弃,他们就不会骂我是弃儿了!"说着弟弟看了看鞋。弟弟的鞋尖露了个洞,沙子钻了进去,很快又会钻出来。

"并不是所有的羊都会弃羔,羊还是好的多。"说着,我把"黑小子"放在弟弟怀里,弟弟像忘记了曾经发生的一切,蹦蹦跳跳地走我前面。

弟弟真的长大了。他给所放的羊群讲自己知道的几个故事,自己却成了故事里的人物。我也似乎更爱我弟弟了,如果谁敢碰弟弟一下,我会毫不犹豫地冲上去。圈好了羊,弟弟开始准备晚饭,他做的粥非常可口。弟弟在择他从野外采来的韭菜,我突然想起了弟弟说过的"柳条马"。那根约两米长、大拇指那么粗的柳条似乎在看着我,我把它藏起来,走到屋外的垃圾堆旁,挖了个坑埋掉了。我像做了什么大事,心情很愉快,但我又忐忑不安地想着没有了"柳条马",弟弟的养父会用什么打他。

第二天我醒来时太阳升得很高了,枕边放着弟弟留下的冰糖。昨晚睡觉前我把冰糖放到了他的内衣口袋里,他竟然又拿出来留给我了。我突然想起了家,拿着冰糖一跃而起。弟弟的养父拿着一模一样的两根柳条微笑着走了进来,然后并排放在水缸后面。他比谁都清楚,如果把柳条放在水缸旁边就能永远保持柔韧。

"我们前院里不仅有杉树,还有更大的柳树呢,要不要去看看?"他的笑声大得刺耳。

"我不看,我要回家。"我鞋也没穿就跳下了炕。

"三十年前我被寄养到这家时,这里到处都是柳条,我们用柳条编筐、编篱笆,我养父也经常用剩下的柳条让我'骑柳条马'。现在这里的柳条越来越少了。据说我那已故的养父也是被寄养到这里的人,小时候也没少挨过打,现在却找不见像样的柳条了。羊是柳条的大敌,我那臭小子总是不小心让羊群跑到园子里。唉,也不知道说什么好。"说完这些,弟弟的养父不再吱声了。

我拿起那块冰糖便夺门而出。我弓着腰,从山梁的那边往家跑。我怕弟弟看见我。跑出很远我再看弟弟时,他也正在往家的方向跑。想到我们就这样分别,我似乎看到了弟弟在擦自己的眼泪,似乎听到了他在抽泣,弟弟似乎在拽着我的衣角央求我:"哥哥,你等等我。"

眼泪模糊了我的视线。我再也看不清附近的东西,我回去求一求母亲吧,我不用冰糖换我可爱的弟弟……这时我突然觉得家在遥远的地方,弟弟也在一步步离我远去,而那块我生怕丢失的冰糖,在我的燥热的体温下渐渐融化,渐渐变小。

你给我的爱有多长

童馨儿

一

第一次见他时,他八岁。他身体挺结实,穿着土里土气的花棉袄。袖子磨得破了边,裤子很短,轻飘飘地吊在脚踝上,整个人像电视里的小兵张嘎。不不不,小兵张嘎比他帅多了,小兵张嘎起码不会流老长的鼻涕。

妈说:"这是你哥,来,叫哥。"他怯怯地看着我,讨好地向我露了一个笑脸,接着猛地一抽鼻子,那鼻涕"嗖"地全缩到鼻子里去了。我一扭头就窜出门去。谁要叫他"哥",那么丑那么脏。

后来才发现,他说话特结巴,脑子像是不太灵光,什么事都要老半天才能反应过来。我更嫌他了,真笨。妈让他和我一个班,他想坐在我旁边,我死活也不肯。我气势汹汹地警告他:"别说你是我哥,不许叫我妹!"

妈气得抓过门后的扫帚打我,他冲上去攥住妈的手,嚷:"不,不,不,不打!"妈一把抱住他,落了泪。

等稍微懂了事我才知道,妈在他两岁时怀了我,去医院做孕检的途中想上厕所,让他在外边等着,等妈出来却不见了他的人影。妈站在马路中间歇斯底里地叫了半个小时,然后晕了过去。

几年间,爸妈从来没有放弃过寻找他。直到抓着了一个人贩子,根据供词,才辗转找到了他。妈说,去接他的时候,他正提了一桶泔水去喂猪。妈冲上去抱住他,号啕大哭。那是个穷人家,并没有虐待他,就是没法子疼爱他,他小小年纪样样活儿都会做,就是不识字,没看过彩色电视,不知道电脑,没跳过蹦蹦床。

妈恨不得把他从来没得到过的全给他补上。她一回到家就先找他,她从前对我说得最多的就是:"宝宝,来,让妈妈亲一下。"现在总是板着脸呵斥我,"别总是欺负你哥!"我偏要欺负他。他的功课不好,我是语文课代表,早读课上,我故意叫他站起来背课文,他一紧张就更结巴,结结巴巴地背不上来,我绷着脸让他重来。他憋红了脸,可怜巴巴地看着我,我用尺子把桌子敲得"啪啪"响,提高声音说:"你这笨猪!"全班同学就哄堂大笑起来。

放学回到家,我踩住他的鞋对他说:"敢告诉妈我就对你不客气!"他眨着眼睛不说话,果然就没告诉妈。

我得意扬扬。

只要妈不在,我命令他帮我洗鞋、下楼倒垃圾、给我削苹果,电视永远是我霸占着,我喜欢看什么电视节目他就得跟着看什么,妈给我们俩一人一块零花钱,他的那一块永远是我用……

一转眼,好多年过去了。

他长得高大了,变得好看了许多,可是神态还是傻傻的,结巴的毛病始终没改掉。他很少很少开口说话,成绩差得没法说。我还是不肯叫他"哥",人前人后总是"喂喂喂",偶尔还对同学说:"瞧那傻大个!"他从来不生气。后来,我考上了大学,他理所当然地落了榜。我离家那一天,他去车站送我。车子启动前，他递给我一张卡片，然后跟着车子小跑，使劲地朝我挥手，咧了嘴，无声地对我说："再见，再见。"冷不防他摔了一跤，趴在地上，抬起头还是笑，样子特傻。

我打开卡片看，上面画了一些房子，一些树和花，还有一个长辫子女孩。女孩仰着脸，对着阳光笑。旁边有一行字：妹妹永远幸福快乐！

他的画画得真不咋样，字还写得那么丑，跟念小学时相比，真是一点都没进步。可是我的心突然温柔地牵动了一下。

<h2 style="text-align:center">二</h2>

刚上大学二年级，爸突然中风，家里的运输车卖了给爸治病，妈的水果铺也关门了，整天就侍候爸。爸的身体恢复得不错，但家里的经济顿时紧张了起来。

哥失学后，来到省城找活干。我听说他陆续换了几份工，都干不长。老板都嫌他笨，话也说不清楚。他偶尔来学校看我，从来不直接到宿舍找我，总是挑我走在路上的时候，猛地蹿出来，匆匆塞给我一袋水果，冲我傻傻地笑一笑，摆摆手就走了。

我有点惭愧，不知道他花了多少心思才等到我。

我很快找了两份家教，周末时间就三个地方跑，转公交车转得晕头转向。

有一天，刚从一个学生家里出来，突然听到熟悉的傻笑声，转头一看，哥骑着一辆三轮车，脸上一副挺得意的表情。

他招手让我上车，然后直接蹬向我要去的方向。我吃了一惊，问他："你怎么知道我要去哪儿？"他不回答，转过头眯起眼睛笑，好像很为自己的聪明自豪。

逢小坡，他下车来推。我要跳下车来，他急着直摆手，第一次冲我瞪眼："干……干什么，坐……坐好！"

自此每个周末，我一出校门就看到他坐在车上，送我去学生家。补习结束时，下楼一准能看到他，然后又把我送到另一个学生家。这一份家教结束，往往已是黄昏时分，他坐在夕阳的余晖里打盹儿，我还没走近他身旁，他已经惊醒，冲我赧然一笑，凑近仔细看我，有时候会拨弄一下我的头发，有时候会整整我的衣领。我嫌他婆婆妈妈，他就退后几步，仍然笑。

他最爱带我去吃麻辣烫，烫好的肉丸子全拣到我碗里。我吓唬他："你不吃下次我就不坐你的车。"他说："辣……辣……辣。"然后叫老板烫碗米粉。

送我到学校，他总会从口袋里掏出几颗大白兔糖，塞到我手里，有点汗津津的。我从小就只爱吃大白兔糖，他记得比我还清楚。可是他不知道，为了减肥，我已经好久不吃糖了。

每一次回到宿舍，我就把糖丢到垃圾桶里。

突然有一天有同学好奇地问："好像每一次都是那个蹬三轮车的送你回来哦。他不是在追求你吧？"我顺手把糖丢了，说："你神经病啊？"同学笑道："还每次都给你送糖，哎呀，真够搞笑的。"

几个同学都笑了。我气得脸色通红，不知道怎么反击，也不好意思说他其实是我哥。

回过头来冲他撒气："以后不许再来我们学校。"

他果真就不再来我们学校，在隔了一条街的第一盏路灯下，他和他的三轮车仍然在等我。

不久我恋爱了，男友有辆漂亮的摩托车。每次坐着男友的摩托车出去，眼角的余光总能看到他在三轮车上伸长了脖子，看过来的目光又是惊喜又是担忧。

突然有一天他给我打来电话，我听了老半天才听明白，他在医院里。我急忙赶了过去，才知道，原来他在路上看到一个女孩躺在地上，听说是突然发了啥病晕过去了，围观的路人来来往往，偏偏就他学了雷锋，把女孩送到了医院。

女孩的家人来了，非说是他撞倒了女孩。他说不出话来，无法替自己争辩，只好打电话给我。

我瞪了他一眼，怪他多管闲事。这种事，报纸上见得多了，好心从来没好报的。

我挡在他面前，不卑不亢地对女孩的家人说："一切等她醒了再说。你别乱怪我哥，我哥是个老实人。"

他惊喜地看着我，打着手势说："嗯嗯，我……我是她哥。"

他的脸笑得像朵花。

这是我第一次承认他是我哥。我又瞪了他一眼，他还是那样，讨好地冲我笑。

女孩醒了后，澄清了他的冤枉，女孩的母亲拉着他的手，一个劲地感谢他。

我们俩一块走出医院，我冷冰冰地对他说："以后这种闲事少管，你懂不懂？"

他搓着双手，嗫嚅着说："我……我是想着，我……我妹遇了难……难事，也有人帮……"

我还是瞪着他，可是瞪着瞪着，眼睛就湿润了。

三

临近毕业时，男友让我到他家去吃饭。男友的意思是，他妈妈可以帮我留在省城。

哥知道后非要给我买一套新衣服，我只好跟着他去商场，他雄赳赳的样子，专往贵的柜台上凑，推着我试。转了老半天，终于试了一身，大家都说好，我自己也挺喜欢，一看标价，八百多元。我拉着他走，他不肯，眼睛也不眨地就嚷："包起来！"

这句话他倒没结巴。我瞪他一眼，说："你这会儿说话怎么就这么流畅了？"

他笑。我总是看到他的笑脸，现在第一次发现他的脸颊边有一个小酒窝，看上去很漂亮。八百元，他要蹬多长时间的三轮才挣得到啊！

他蹬着三轮车送我到预订的酒店，告诫我要礼貌点，不要乱说话，别任性。

其实男友的母亲是个知识分子，态度很和蔼，这完全是一餐愉快的晚饭，男友高兴得一个劲地冲我眨眼睛。

走出酒店时，酒店门口有人在争执拉扯，男友的母亲轻轻瞟过去一眼，转过头来说："这些乡下人，也不看看这是什么地方，什么车都敢来这里停。"

我一惊，看过去。原来保安们拉扯的是我哥，他结结巴巴地在申辩着什么。男友的母亲又说："瞧他那副样子，真是傻大个！"

我倏地转过脸来，顶撞道："他不傻！他一点也不傻！不许叫他傻大个！"

我甩开男友的手，径直朝他走去。他看到了我，神情有点紧张。我拉过他的手，毫不客气地对那些保安说："放开他，我们走，什么破酒店，什么素质！"

我坐上他的三轮车，在所有人的目瞪口呆中，他载着我扬长而去。

他责怪我："都……都叫你，别……别任性了。"

我说："从明天起，你每天朗读一小时，我就不信你的结巴改不掉！"我的语气有点凶。

他沉默了一会儿，突然说："对……对不起。"

他带我去他的出租屋。第一次，我知道他住在一幢旧楼临时搭建的阁楼上，除了一个水龙头，房东什么也没提供。他自豪地告诉我，那床板，是他自己钉的；那些墙上的纸，是附近的打字复印部扔掉的废旧宣传画，他拿来一贴，房子就漂亮了；桌上的风扇，是他用自己平生挣的第一笔钱买的，虽然是个二手货，但转得一直很好，很凉爽。

他说："妹，以……以后我……我要在省城买房子。把……把爸妈都……都接来。你放……放心。"

我突然就哭了。这间小屋子距离我的学校，应该要蹬车四十分钟不止吧。这些年，为了离我近一点，他来来回回地不知道蹬了多少公里。

他急了，说："不……不……不哭。"他笨拙地从口袋里掏出几颗大白兔糖来。

我剥开吃了。糖很甜，甜到心里边，虽然我刚刚失恋了。

没想到几天后，男友的母亲来找我，郑重地向我道歉，她请我原谅她。她还说，我和我哥给她上了一堂深刻的教育课。

原来是我哥找到了她，一个劲地向她赔罪，请她务必原谅我的不懂事。

我低下头喝茶，泪珠悄悄地滴到茶杯里。我的傻哥哥啊。

四

毕业后我留在了省城,和男友的婚事也提上了日程。哥花光了积蓄买了一辆二手三轮摩的,开始帮人拉货。他说要为理想努力。他还说,他现在天天对着镜子朗读半小时。因为我不喜欢他的结巴,所以他一定要变得不结巴!

在电话里说这些的时候,他的话真的比从前流畅了许多。我坚持要他从那间阁楼搬出来,替他找了一间干净的房,付了半年的租金。搬家那天,他一路跟人说:"呀,妹子非要我搬家。"脸上是得意的表情。

等我回到公司,发现他不知什么时候在我包里塞了一沓钞票。我们不太见得上面,我打电话找他吃饭,他总是在忙。听说他是个勤快的司机,大小商店都愿意找他拉货。他的手机二十四小时开通,随叫随到。

他很快买了一辆新三轮摩的,还是拉货。旧的让给老乡开着,收入归他,老乡的工资由他发。

我有点惊喜,觉得他聪明起来。他有点不好意思,对我说:"你哥没别的本事,就是有力气,干活不怕。"

我操心他的婚事,要给他介绍女朋友,他着急地摆手,让我跟着他出车拉一趟货。小商店的老板娘走出来招呼他,他突然冲我眨眨眼睛。我仔细一看,那年轻的老板娘竟然是上次他救的姑娘。

姑娘递杯水给他,笑眯眯地看着他喝。我一下子就明白了。他偷偷地对我说:"是吧,妹,好人有好报的啊。"他笑得那么憨,我也笑了。

2006年年底,我的婚期临近,男友打算租几辆豪华轿车,想给我一个风光的婚礼。我不同意,我说我要坐哥蹬的三轮车。

哥高兴极了,把那辆三轮车反反复复地调试,买了油漆,说是要弄个最漂亮的颜色,又买了好些丝绸,精心装饰车篷。他说他要载着我绕城一圈,我的幸福他要让所有的人看见。

婚礼的前夜,他和男友都喝多了,两个人不知道为了什么就争执起来,突然他扯了男友,走到院子中央,两个人竟然打起架来。我又急又气,拼命叫,他们俩只顾打,谁也不理我。

结果还是他占了上风。我跑过去扶起男友,瞪他:"你搞什么呀?!"

他得意扬扬地看着我,说:"看他以后还敢不敢欺负我妹子!"

淡淡的星光下,他笑得像个孩子。

突然间我就泪流满面了。

有一些爱,总要到很久很久之后我们才会明白,那爱,有多长、有多深。

姐姐,是什么挡住了我爱你的眼睛

欧阳夏单

一

他上高一那年,姐姐参加了高考。

在等待结果的那段日子,姐姐显得忧心忡忡。他知道考上考不上,都不是个快乐的结果。家里实在太穷了,供姐姐上到高中,已经是个奇迹了。事实上,姐姐为了能上学,几乎用尽了全力。

在别人都拼命学习时,姐姐去镇上的批发市场批了很多的小食品,到各个寝室去卖。而夜深人静时,姐姐就站在女生宿舍昏暗的灯下学习。

这些是他听班里的女生说的。听到这些话时,他的脸火辣辣的,仿佛姐姐做了什么丢脸的事。再回家走那条长长的山路时,他便不理她,大步流星地走在前面,任她在后面大声叫也不回头。

那个暑假,姐姐除了做家务外,就是在绣一个门帘。姐姐的手很巧,还在右上角绣上了"理想之

164

花"四个字。他知道姐姐最大的理想就是考上大学。姐姐常常会眯着眼,望着弯弯的山路对他说:"将来我要坐在很干净的办公室里工作,我会有很多很多的书,还有,我会把爸妈还有你都带出去……"

他撇了撇嘴,说:"我干吗要你带出去?"姐姐笑着说:"是啊,我弟有志气,自己没准就到外国去了呢!"

姐姐说这番话时,眉眼间全是对未来的憧憬,他笑着说:"姐,你怎么那么傻啊!"

二

姐姐的录取通知书还是来了,尽管是个师范院校,却是这个村子的第一个大学生。姐姐捧着录取通知书就开始哭。父亲叹了一口气,敲敲烟锅又装上烟。哥哥瓮声瓮气地说:"你总不能只想你自己,你走了,小树怎么办?"他就叫小树,姐姐叫枝子。哥哥早就不念书了,是为他们做了牺牲,难免有些怨气。

姐姐从那一刻开始绝食,不管谁劝也不听。那些日子,他是恨姐姐的,他知道:如果姐姐去上大学,他就得退学,繁花似锦的前途就没了。上个师范,当个孩子王,自己顾得上自己就不错了,还想带父母和他走出这个小山村,简直就是笑话!所以,他坚信自己才是这个家的救世主,只有他才应该去上大学。

所以在姐姐绝食的那段日子,心里再怎么翻江倒海,他都不说"让姐姐去吧,我来供她"这句话。

父亲有一天吃饭时,突然把碗摔到地上,然后蹲到地上"呜呜"地哭了起来。母亲一边抹眼泪一边说:"枝子,你这是想逼死你爸你妈呀?"姐姐"哇"的一声哭了出来,良久,她说:"妈,我可以自己供自己,两年以后,我还可以供小树,我保证。"

母亲没命地打上去:"供你这么大还供出冤家来了,你怎么就不能听听你爸你妈的话呀?"

姐姐没有上成学,她跟着村里的女孩去了那个叫东莞的地方。他隐隐约约地知道村里的女孩在那里做什么,但他却不敢细想,因为他只能低头看自己脚下的路,他不敢也不能心有旁骛,他拼了命往那条叫"成功"的路上挤。他想:将来有了钱,他会好好报答她,一定。

春节时,村里的女孩花枝招展地回来了,大包小包的恨不得把商场都搬到村里来一样。只有姐姐还是拎着离家时的那个提兜,里面装着两件换洗的衣服。母亲的脸阴了下来,没说什么,却比说了什么更让人难受。姐姐把手伸进贴身的衣服里,掏了半天掏出一个手绢包。他知道那里面是钱。不过看起来很薄,大概一两千块的样子。母亲的笑浮到了脸上,沾着唾沫一五一十地数了起来。那天晚上,家里杀了小鸡。吃饭时,姐姐总是把鸡肉夹进他的碗里,而她自己却吃得很少。

姐姐的手起了很多茧子,洗手时,他看到她疼得直咧嘴。

母亲从隔壁二婶家回来,脸上的笑就像被秋风扫了一样无影无踪了。她说:"隔壁的卢花给她妈买了金戒指,还给了家里五千块钱。"

姐姐张了张嘴想说什么,却又没说。他看见姐姐眼里渐渐蓄了些泪,他叫了声"妈",母亲才停住唠叨。

三

姐姐没过初五就回东莞了。卢花说:"枝子可傻了,有轻巧的来钱道儿她不干,偏偏去电子元件厂累死累活……"他知道轻巧的挣钱道儿是什么,"嘭"地关上门。母亲却叹着气对卢花说:"你回去也劝劝我家枝子,她死心眼。"

他捂上了耳朵,村人是笑贫不笑娼的。他心里不愿意姐姐做那种事,却也隐隐地希望姐姐拿更多的钱回来。只有那样,他上大学的希望才可以更大一些。

姐姐一去再无消息,没有信寄回来,也没有电话打回来。只是汇款单一张一张地邮回来。他看到汇款单上姐姐一笔一画极认真的字,会想起这个叫"枝子"的女孩原本是他的血肉至亲,原本不用承担生活的重担的。可是他除了死命地读书外,不知道能做什么。钱依旧很少,几百块,于是他知道姐姐仍在做苦工,心里有些踏实,有些抱怨。他很矛盾,却来不及细想。高考已进入了倒计时,他不能想得太多,那样心会乱。

可是高考前一个月,他回到家时,看到姐姐坐在院子里,像一片枯黄的叶子,穿着素白的T恤,脸色苍白。母亲屋里屋外摔盆摔碗的,父亲阴沉着脸地坐在窗下。姐姐很努力地笑着叫了声"小树"。

他说:"姐,你咋回来了?"

哥哥瓮声瓮气地说:"咱们家咋就这么倒霉呢!"于是他知道了,姐姐在那个厂里被工头看中了,几次三番地要包姐姐做二奶,姐姐不肯,于是那人发了狠,说:"那你就别想在这里混,快点滚!"姐姐哭得像个泪人儿。家里愁云惨雾,没人知道该怎么办。哥哥说:"还不如跟了他,至少吃香的喝辣的……"姐姐抬起头,眼睛里像要冒出火来,哥哥吓得不敢吱声。

他回屋看书,泪却顺着他的面颊不停地往下流,洇湿了书本上的字。他有些动摇了。这样换来的大学真的那么可贵吗?

姐姐像犯了什么错一样,屋里屋外收拾着,一刻也不闲。他极少与姐姐说话。他不知道怎么面对姐姐。

很快,姐姐就嫁掉了。男方家给彩礼,男人也还说得过去。对于姐姐来说,还能要求什么呢?

姐姐离开家的那天哭得很厉害。他说:"姐,你是去过好日子呢,哭啥?"姐姐说:"小树,你一定要考上大学。"

那是他最后一次见到她哭。他以为她的日子从此可以好起来,却不知那才是噩梦的开始。

四

后来的很多时间他都在想:如果当初上大学的是姐姐,生活又会是什么样呢?可是那时的他却像着了魔,顾不了别人,上大学的那个人一定得是他。再加上父母的偏心,姐姐注定是被牺牲的那一个。

像打工时一样,姐姐极少回家。回家时,他也都恰好不在。断断续续听母亲说姐姐送来什么什么,却从没听那个他叫"姐夫"的人上门。

他接到录取通知书后,姐姐回来了,依旧是瘦,头发枯黄得像干草。他说:"姐,怎么好日子也养不胖你呀?"姐姐依旧笑得很勉强。他看到她的额头上有一道疤,他问怎么回事。姐姐说:"头晕,撞到墙上了。"

她粗粗的手一遍遍地摸索那张通知书,说:"咱家终于出大学生了。"

临走,她把五百块钱放进了母亲的手里,叮嘱说别让那人知道。他的心"咯噔"一下,便想,或许她过得并不幸福。

多姿多彩的大学生活很快淹没了他的多思多虑,他的前面是知识铺成的金光大道,很多寒门学子借此改变了命运,他也要那样。尽管苦些,但心里充实。姐姐在他的心里越来越远,仿佛与他不相干。

过年回家,看到隔壁妖娆的卢花,他才问母亲:"姐姐怎么样?"母亲叹了口气,撩起围裙擦了擦眼睛,说:"你姐走了!"

"上哪儿了?"他一时没转过弯来。

"喝药了。那个天杀的从你姐过门就打她。说咱家花了他的钱。说他买下了她……你姐忍气吞声,后来,他领别的女人回来,你姐说了几句,就被他打折了三根肋骨……你姐一气之下……"

他的头"嗡"的一声,转身冲出门外,抄起房檐下的铁锹:"我去打死那畜生。"那是唯一的一次他为姐姐挺身而出。

母亲跑出来,一把抱住他:"小树,你就别让妈再操心了……"

他蹲到地上,失声痛哭。

就这样,姐姐彻底走出了他的视线,甚至于他都没去看看那个埋了姐姐的黄土包。他对自己说,也好,她在这个世界上受的苦太多了。

于是,他继续低头赶他的路,他上完了大学,留在了城里,成为白领,喝"卡布奇诺"咖啡,穿商务休闲服,与同事们说着时事,看着娱乐新闻,或者泡在网上关心纽约股市、"神七"上天……日子晃晃悠悠地过着。仿佛从没有过那样一个女孩在花季为他远走他乡,仿佛从没有过那样一个女孩坚持清白地用劳动换钱供他上学,仿佛这个世界上从没有过一个叫"枝子"的女孩在花季凋零。直到有一天,他做了个梦,梦里姐姐坐在了窗明几净的写字楼里,时尚、阳光、漂亮。

他从梦里醒来,关于姐姐的记忆铺天盖地地涌来,那一刻,他泪流满面……

有一种情我永远记在心底

佚名

"姐,我刚发工资,寄了一份给你。"

弟的声音从遥远的那边传来,却让我感觉很近,似乎弟就站在眼前。于是,所有的往事都浮上脑海。

我和弟年纪很近。小时候,两姐弟总爱吵架、打架。很长一段时间里,我都比弟高出很多,便总想声色俱厉地压制他。弟不服,两人常扭作一团。到底我个子高,力气大,打了弟几拳便跑。

那时候,我们家还是住着一座大宅院,通往阁楼的地方架着一架小木梯。每次打了弟后,我便冲向木梯,迅速爬上小阁楼,再转身将木梯提起来。弟站在下面够不着,干着急。

"来呀,有本事就上来呀,来打我呀!"

我得意地冲着弟嬉皮笑脸,还故意将小木梯一晃一晃。

"跳上来啊,谁叫你这么矮,长大了肯定老婆都娶不到,看你当和尚去……"

弟气得满脸通红,瞪大两眼愤怒地望着我。在他心目中,娶不到老婆是最丢人的,我偏用这一点气他。

妈总是骂我:"你看你,哪有一点做姐的样子?"

"我也是人,我为什么要有做姐的样子?"我愤愤不平地朝妈大嚷,随即瞪着眼睛看弟。弟也不甘示弱,使劲瞪我,两姐弟像两只斗架的公鸡。

小学三年级时,我和弟分在一个班。有一次,班上一高个子同学要弟叫他姐夫。矮小的弟冲上去,对着高个子玩命地拳打脚踢。我怕弟吃亏,赶紧去叫老师。当老师将骑在弟身上的高个子扯开时,弟狠狠盯着他咬牙切齿:"就你这狗样,也想配得上我姐!"班主任私底下对妈说:"你儿最护他姐。"真的,平时在家,两姐弟打架脸红脖子粗,但到了外面,弟从不允许任何人欺负我。

木梯上的那幕依然隔三差五地上演,从来没有变过。不管弟是求、是骂,我都从未将木梯放下过。这样打打闹闹,一晃就是十来年。

弟考上市立中专,正临近毕业。而我也如愿考上了梦想中的省重点学院。走的那天,弟大揽大包帮我提着行李走在前头。我忽然发觉当年那个和我打架的矮小子长大了,不知何时已高出了我许多。那头黄黄的短发已变得浓密而又乌亮。这就是当年那个站在木梯下跳着脚和我骂架的小男孩吗?

车要开了,弟从窗口边递行李边笑着叮嘱:"姐,好好读书,我领了工资资助你。"我的鼻子有点酸,望着弟用力点头。

弟毕业后,分在机关工作,离家不远。我常笑弟没有出息,既不想考大学,也不知道出去闯闯。要是我毕业了,无论如何都不会回那么偏远的小城。弟只笑笑,从不反驳我。一年里,两姐弟见面的机会很少,说话都没有时间,哪还有时间拌嘴。

弟带我去外面玩,挤车买票都是弟打冲锋,我只管空着双手跟在后面。

远在深圳的舅舅来给爸妈拜年。弟对舅说:"我真想上大学,可我要供我姐读书,我姐很有才气,将来会有出息的。我也想去深圳闯闯,可我不放心爸妈,父母养大我们不容易……"

我躺在隔壁看书,听到弟的话愣住了,泪水顺着脸颊簌簌流下……

接到弟的汇款单,我跑到足球场大哭了一场,然后拨响弟的电话。

"姐,天冷了,你自己去买件厚点的衣服穿吧。"

弟的声音很近,仿佛只隔着一层窗纸。泪再次涌出我的眼眶。

真希望时光能倒回从前,我一定会放下小木梯……

姐,我不想让你出嫁

佚名

我的家乡坐落在天山深处的巩乃斯草原上。而我出生的那个地方,却有着塞外江南的美誉,山清水秀。

在我很小的时候,妈妈要上班,村里没有托儿所,仅长我两岁的姐姐就担起了照管我的任务。她带着我和小伙伴们玩游戏、拔猪草、捉小鱼。村后的马路上,麦田边的草丛中,还有村前的小河边都留下了两对童年的脚印。

那时家里穷,每当姐姐或我过生日时妈妈就给我和姐姐煮两个鸡蛋。每一次,我都是狼吞虎咽地吃完自己的鸡蛋,然后使劲咽着口水看着姐姐手里还没吃完的那一个,姐姐又总是把她手中的那一点给我:"给你吃吧,姐姐不喜欢吃。"我就很快地抓过来塞到嘴里。虽然我那时还不可能去想为什么在我看着那么好吃的东西姐姐竟然不爱吃,但我知道姐姐是很疼我的。

后来姐姐到外地上学,放暑假才能回来。姐姐第一次放假回来,我是那么的高兴,喋喋不休地问她外面的世界。那天家里来了客人,我和姐姐睡在屋旁的草垛上。姐姐给我说南极、北极。

"最南边,翻过河那边的那座大山就到了。最北边,那儿有一块大吸铁石,飞机都过不去的。"我第一次听到阿蒙森、斯科特,第一次知道世界上竟有几百米厚的大冰层。那天在我脑海里真的一下装进了许多未知的东西。看着夜空中不时忽闪而过的流星,我产生了许多美好的遐想和憧憬。我对未知世界的强烈好奇,大都受了在我觉得是无所不知的姐姐的影响,每当我充满优越感地告诉小伙伴他们不知道的东西时,我总是要自豪地加一句:"是我姐姐说的。"

很遗憾,聪慧的姐姐高中毕业没有考上大学。可姐姐对我总是寄予厚望,记得在我即将参加高考的日子里,姐姐总是在生活上无微不至地照顾我、在精神上鼓励我。在我拿到通知书那天,姐姐是那么高兴,为了我能顺利完成学业,姐姐经常把打零工挣来的钱寄给我。四年中,姐姐给了我多少帮助,我都记不清了。

按照惯例同学们要赠纪念品,而一向囊中羞涩的我又怎么去凑这个热闹呢?这时,姐姐的汇款来了,还有一封信,信中说:"小弟,知道你临毕业用钱的地方多,早该寄给你的,都怪姐姐忙农活给忙忘了。这点钱先用着,该花钱的时候要大方,不够用来信,我再给你寄……姐姐。"我不知道信是怎么看完的,只知道我有一个天下最好的姐姐。

后来妈妈告诉我,未圆大学梦的姐姐,报名参加了国家自学考试。给我寄的那笔钱是姐姐打零工挣来的,她准备交报名费和资料费的。想到弟弟快毕业时会缺钱,就把钱寄给了我,因而放弃了那年的报考。我的眼前闪出姐姐在烈日炎炎下的麦田里辛勤劳作的情景,泪水顺着脸颊慢慢流了下来。

往事悠悠,如今姐姐要出嫁了,我似乎才真正意识到我们都长大了。是啊,我们都长大了,少了许多天真,多了几分成熟,每个人都将会有自己的归宿。我应该为姐姐感到高兴才是啊。岁月的长河淘去了许多往事,但那从儿时就有的对姐姐的深厚的感情却永远不会忘怀。

姐姐的辫子

佚名

我4岁时父亲去世,6岁记事,那时候姐姐19岁,她有一对长及腰际、乌黑发亮的辫子。门前有块大石板,每天早晨姐姐都坐在石板上自豪惬意地梳理她的长发。那时姐姐已经有了婆家,姐姐和那小伙子的感情很好,他曾悄悄送给姐姐两对红绸带,姐姐则剪下一缕头发,用绸带扎着送给他做定情物。我常摇着姐姐的手问:"姐夫啥时来娶你呀?"每当这时,一片红晕便飞过她的脸,像天上的红云彩,美丽又动人。

在乡间,冬天是姑娘小伙办喜事的时节,待嫁的姐姐满怀羞涩地躲在家里,手拈针线绣枕头、袜底。母亲跑到邻村去喊木匠,滚到山脚下摔死了。待嫁的姐姐一下子成了三个兄弟唯一的主心骨。从此,姐既当爹又当妈,白天到队里挣工分,傍晚在自留地里种粮菜。一天到晚没有空闲,来不及梳辫子,头发乱糟糟的,婆家不愿再把婚事拖下去,托媒人来退亲。那晚上姐姐一剪刀剪了辫子,长长的辫子软软地落在地上。我们呆呆地看着她,姐姐一把搂住我们说:"别哭,姐哪儿也不去,谁也不嫁。姐一辈子养你们,供你们。"从那以后,姐姐的辫子再也没有留长过,长一点便剪掉卖到废品收购站,换火柴或是针头线脑。

冬天,祥和的乡下到处弥漫着喜庆色彩。每当迎亲的唢呐声欢快悠扬地响起来时,人们都会争先恐后地跑出屋看穿红衣红鞋的新娘,只有姐姐坐在窗前,手里拿着那对断辫,一言不发。有一次,我和姐姐去打柴,打完后姐姐坐在无人的山梁上,小声地唱起了一首山歌:姑娘长到十七八,谁不盼着有个郎来抬。姐姐唱了一遍,又唱一遍,唱了几遍,我抬头,见她眼里早已泪花翻滚。姐姐硬是把二哥、三哥供到初中毕业,又硬是帮他们把媳妇娶进了屋。当我考上中专时,姐姐已经28岁了。那年刚刚娶了大嫂,家里一贫如洗,连告贷也无门了。报名前几天,姐姐只好挑了几挑粮食到粮站卖了,好歹才凑够了学费。

离家那天,下着雨,我和姐来到乡场上,在一家屋檐下躲雨。姐姐把两双布鞋往我的铺盖卷里塞,边塞边说:"弟弟,拿着,过冬穿。以后你一个人在城里,冷热饱饿也只有自己照顾自己了。穿着这鞋,可别忘姐。好好读书,我们不和别人比吃比穿,要比就比志气。弟弟,你就要走了,姐在山里头不知会多想你呢!"说完,姐姐背过身子,撩起袖子揩泪。

赶集的人越来越多,姐姐嘱我不要走,她去赶集,说话间挤进人流不见了。

姐姐回来的时候笑眯眯的,说:"弟弟,姐给你买碗面吃!""要大家都吃。"我坚持道。姐姐帮我整整衣领说:"弟真心疼姐!"搁下碗筷,我猛然发觉姐居然还戴着斗笠,便帮她摘,姐猝不及防,等她伸手来挡,斗笠已被我摘下。姐姐慌乱拿起往头上戴,一边不自然地掩饰。但我已看清了,她的头发又短又乱,参差不齐。姐姐又把头发卖了!我的眼泪夺眶而出。姐姐指指周围的人,示意我别哭:"头发长,不方便,又要花时间梳啊编啊,不如剪了好。头发卖了8块钱,你拿着,尽量吃好点,别太苦了自己,你还在长身体,不该节约的就别节约,就是没钱了,也该姐来想办法。"姐姐把钱塞进我裤兜里,然后又帮我扯了扯衣裳下摆。我扑在她肩上,抽泣起来,姐姐啊!

在我们三兄弟的一致坚持下,姐在29岁时嫁给了一个单身汉,没有唢呐,没有抬嫁妆,到场的只有我们三兄弟。当短发的姐姐穿上嫁衣笑盈盈地从屋里走出来时,我突然想起姐姐在大石板上梳理的长辫子和她在砍柴时唱的歌,我双眼潮湿了。

如今,我们三兄弟都有了幸福的家,姐姐也成了一个标准的农妇。她偶尔背些农村的新米、鸡鸭之类的土特产到我家来。我曾经和她坐在阳台上,深情地回忆从前的岁月,感谢她对我们三兄弟的养育之恩,并长久地为她所失去的青春而痛惜。而姐姐满脸愧疚,一遍遍地检讨:那回二哥逃学不该打他,另一回三哥春游不该吝啬那一块钱使他没能去成,还有一回不该在朋友面前骂我,伤了我的自尊……

我曾经声情并茂地对妻子讲述姐姐辫子的故事,从小生活在城里的妻子却半信半疑地说:"真的吗?"

前几年,城里的女孩在厌倦了披肩发、短发后,又追起结辫的时髦。但她们的辫子从形式到内容根本不能和姐姐的辫子相比。姐姐的辫子是首歌,不但记录了中国乡村的一个时代,而且能细细滋润任何一个现代人正在沙漠化的心灵。

妹妹 15 岁

佚名

妹妹两岁,生得聪明可爱,讨人喜欢。

在外地工作的姑姑,寄回一双当时还很少见的皮凉鞋。鞋底有个气垫,穿在脚上一走一响,妹妹又惊又怕,四处寻找这个尖叫的怪物。

他,九岁,正是上树掏鸟、下河捞鱼的捣蛋年纪,在一旁看着妹妹惊诧的样子,乐得捂着肚子哈哈大笑。

邻居的女孩由羡生妒借着鞋子的响吓唬妹妹,吓得妹妹丝毫不敢动弹。他上前去呵斥那女孩子。那女孩嘴巴很利,三言两语呛得他恼怒,和她厮打起来,然后带着一身抓痕回去。女孩比他大三岁,高半头。

五岁,妹妹头上生疮,痛痒难当。父母带着她四处求医也不见效。后来听说,用一种草药煎水洗就会好。

他12岁,小学刚毕业,背了背篓拿了铲子,不声不响就上山挖药去了。暑假里,他挖遍了自家附近所有的山。妹妹的病真就慢慢好了。而这几处山上的草药,竟被他挖得至于绝迹。至今他回去,亲戚们还拿他开玩笑,埋怨他把家乡的草药都挖绝种了。他只笑笑,想起那时种种的苦,蚊叮虫咬,烈日曝背,皮肤上的道道棘痕……但这些,始终埋在他12岁的心里,从来没有说过。

八岁,妹妹读小学。小学生中流行一种小滑板,十几块钱的玩意儿,蹬在上面像哪吒蹬着风火轮要去闹东海,简直有一种傲视群雄的气度。

妹妹也想要,可是爸爸不给买。家里两个孩子上学,钱很紧。

有一回,他去妹妹的学校给她送东西。正是课间,一大群小孩围在一起抢着玩一个滑板,妹妹年纪个头都小,跟着跑了好久也没有抢到,沮丧地退到一边去了。他的心钝钝地疼了一天。

不久,学校举行游泳比赛。他报了名,因为听说第三名的奖品是个滑板。他没有告诉妹妹,想等到获奖那天再抱个滑板回去让她大大高兴一番。可是他的成绩太好了,得了第一名。第一名的奖品是一本很厚的英汉大辞典,也很贵。他读中学,正用得着。好多人都羡慕他,妹妹也欢喜得脸都红了。可他一点也不高兴,抱着妹妹哭了——因为他得了第一名而不是第三名。

14岁,妹妹患了脊髓炎,休了学,在石膏模子里躺了一年。他大四,保研已成功,临近毕业没什么事情,就回家闲逛。妹妹那时已不用躺在石膏模子里了,不过仍不大能动弹。他就每天喂她吃饭,给她擦脸,梳头发。小时候他就喜欢给妹妹梳头发,编各种花样的辫子,扎上鲜艳的花。为此,伙伴们还笑话过他。

现在,他在一种完全不同的情境中给妹妹梳头发,常常难过得不能自已。他离家的前一天晚上,妹妹握着他的手一刻也不放松,好几次已是睡眼蒙眬,又惊醒过来。她说:"我都不敢闭眼睛。"他问为什么,她说:"我怕我一睁眼,天就亮了,你就走了。"他心里大痛。妹妹到底还是睡着了,他却流了一夜眼泪。

15岁,妹妹念高中。妹妹恢复得很好,除了一些再也无法恢复的形体缺陷。妹妹的班主任是他中学时的女同学。她告诉他,妹妹大概是因为有着病痛经历的缘故,所以,比同龄人要坚强,也懂事。

那一次中学同学聚会,男同学们聊起来有没有和女生打过架,问到他,他说:"打过。"大家哄堂大笑。在大家看来,男孩子和女孩子打架是很丢脸的。

他没笑,讲起了那年能发响声的小鞋子。讲着讲着,他突然难过起来,眼泪仿佛要滴下来。

正无法掩饰,那位女同学将他面前的一盘芥末金针菇端到自己面前,说:"真不该点这个,我忘了有些人对芥末过敏,吃了要流眼泪的。"谁也没说话,好像大家都随着她的话下了台阶。

这个女同学和他,在上中学时是相互喜欢过的。他们的这一段,谁也不知道,就像谁也不知道,在他22岁的心里,为他的妹妹留了多少的怜爱与疼痛。

三弟的储蓄罐

佚名

三弟是六岁的时候父亲从临县领回来的,那是我们第一次见到他,很大的眼睛,细细的胳膊,表情怯生生的,怀里抱着一个两尺见方的硕大粗瓷储蓄罐,形状是一只丑陋的猪。

小妹呱呱落地那会儿,我们家凑足金花。母亲被拉去做了结扎手术后回来就偷偷哭了,她在房里抽噎着对父亲说:"算命的都说你命里注定没有儿子,你还要我生! 生那么多娃你养得起吗?"

父亲是个硬汉子,他说家里没有哪代缺过儿子,他不信命,母亲不能再生了他就大老远地跑去找,那年月收养手续不是那么繁杂,花了不多的钱,父亲就有了儿子。父亲抱着三弟喜滋滋的,塞一个大苹果在他手里。

苹果在那时是多稀罕的水果啊,父亲就买了一个! 我和大姐冷眼旁观,都觉得这个小杂种是个大威胁,他以后还说不准要跟我们争多少东西呢!

傍晚,我们给三弟来了第一个下马威。父亲和母亲都下地去了,要很晚才回来。他们嘱咐大姐和我要做晚饭给弟弟妹妹吃。我和大姐得意扬扬地只盛了一碗白米饭端给三弟,姐妹仨躲在厨房里津津有味地吃父亲专程买给他的肉片。吃完了我去收三弟的碗,还假惺惺地问他吃饱了没有。他睁着水汪汪的眼睛感激地对我说:"谢谢二姐,我吃得很饱,你们做的饭真好吃。"我差点就感动了,但心想这是来跟我们抢东西的坏小孩,心肠又硬了起来。

晚上父亲问起三弟饭菜吃得习惯不习惯,三弟还是那副感激的样子说:"好吃极了,大姐二姐也对我很好……"

三弟用稚嫩的真诚换来了我们对他态度的改观,我和大姐商量过,决定暂时放他一马。而对三弟真正意义上的接受,是在一场暴雨之后。

那天我和大姐都上学去了,父母亲也都去地里忙,家里只剩下三弟和小妹。早上下起了大暴雨,小妹在前天夜里已经受了风寒,下午的时候突然发起高烧来,三弟硬是咬紧牙关将小妹背到卫生院。那场雨真大啊,我和大姐在学校上课的时候几乎听不见老师讲课的声音,可是三弟仅用一张雨布紧紧裹在小妹身上就冲进了雨里,听卫生院的阿姨说,三弟全身湿透闯进来,什么话都没说就昏过去了。

小妹两天后就康复了,可三弟却病倒了。父亲接他回来时我们都站在门口,三弟胡乱摆着细瘦的胳膊对我们说:"外面这么冷,你们快进屋呀!"我们听话地转身回屋里,我走在最后,眼尖地发现,三弟俯在父亲的背上,眼泪已经流到了腮帮子。

晚饭时,我和大姐轮流给三弟夹菜,把他的碗塞得满满的。我们第一次亲切地叫他三弟,他也不吭声,耷拉着脑袋一个劲儿地吃。父亲说,老三怎么也不说声谢谢,这孩子还得学学礼貌。我坐得离三弟最近,只有我看得到,三弟的眼泪一颗颗都滴进了饭菜里,他哪里还说得出谢谢。

小妹上学以后,父亲原本就不轻的担子更沉重了。好在我们四个孩子都晓得体恤。只有三弟比较贪玩,常常一放学就没了影儿,入夜了才能看到他拖着满身草屑回来。

这天,小妹戴上红领巾成为少先队员,还被学校选为中队长。三弟很高兴,特地跑到集市上给小妹买了一个精致漂亮的笔记本。我和大姐却暗地里犯起嘀咕:三弟哪来那么多钱?

不久之后的一个夜晚,三弟刚从外面玩儿回来,我和大姐在厅里堵住他,质问他上哪去了,他一愣,支吾着说不清楚。三弟的个性我了解,他不是擅长说谎的人,肯定是背着我们做了什么见不得人的事!我假装和气地问他:"你别慌,慢慢说,上次你给小妹买笔记本的钱是哪儿来的?"

三弟闻言满面惊慌地抬起头:"那……那是我自己攒的!不是偷的!"我觉得他的反应很可疑,对大姐使了个眼色,她心领神会,立刻板起脸往地上一指:跪下!

三弟扑通一声跪在地上,咬着嘴唇仍然坚持:我没偷钱!

这时父母亲从外面回来了,父亲见状忙问出了什么事。大姐告诉他三弟前几天给小妹买了本很贵的笔记本,钱可能是偷来的,还问父亲是否给了他那么多零花钱。父亲听完火冒三丈,操起笤帚就往三弟身上打:"你这个逆子!我好心把你养大,送你上学,你还做这种缺德事!"

父亲打得很用力,三弟的身子被笤帚打得摇摇晃晃,他硬是一动不动。父亲打累了,停下来喘气。三弟这才松了牙关,声音有些抖地说:"爸,您刚回来一定累了,先坐下歇会儿吧。"

三弟挣扎着站起来,像往常一样给父亲倒了一杯水,蹒跚着走到他面前重新跪下。父亲黑着脸不情不愿地接过茶,看也不看就搁在一旁。小妹被吓坏了,抖抖索索地捧出那个笔记本替三弟求情:"爸,三哥是为我好,您就饶他一次吧!"

父亲抢过笔记本,哗啦哗啦地撕成好几块。三弟也不哭,他把撕坏的笔记本收拾起来,整齐地叠在一块抱在怀里,那样子就像他刚来的那时候抱着储蓄罐。他直挺挺地跪着,甚至面带微笑地说:"我从来不敢忘记爸妈养我有多不容易,所以我努力学习。路口那个老伯答应我每天帮他拔整个大院的草,一个月就给我三十块钱,我把钱都攒下来,一半给家里买米,另一半留着家里困难的时候再拿出来……"三弟缓缓伸出双掌,那双九岁孩子的手粗糙得像树皮。

小妹哭着扑到三弟身上:"三哥,你刚才怎么不早说呢!"父亲也老泪纵横地伸出手,把三弟扶起来,哽咽着说:"孩子,委屈你了。"母亲连忙取出药酒,拉下裤子一看,屁股瘀紫了一大片。全家忙成一团,父亲做饭,我打了热水,大姐替他热敷,母亲来上药,小妹什么忙也帮不上,在一旁拿了针线把笔记本仔细缝合起来。

三弟这才哭了出来:"你们都对我这么好,我将来要怎样报答才不辜负你们呀!"我和大姐听了,脸上火辣辣的。

后来,姐弟四个都顺利地大专毕业。不久大姐和我相继嫁到了外地,小妹也在外地工作,家里只剩下三弟。我和大姐忙上班又忙照顾公婆和孩子,根本抽不出时间探望二老。好在三弟并无怨言,逢年过节总是打电话邀我们回去。

三弟的喜帖送到时,我还真吓了一跳。他是带了准弟媳来的,那姑娘容貌普通、个子矮小。我把三弟拉到一旁,不满地问:老三啊,你怎么不找个中看点的姑娘?三弟憨厚地挠挠头说:若兰是个好姑娘,她愿意和我一起侍奉爸妈一辈子。我哽着声音,什么话也说不出来了。

婚礼办得很简单,席间让客人难忘的是三弟带着弟媳跪在父母面前恭恭敬敬地磕了三个响头。那架势不像是在举行婚礼,倒像是给俩老人家祝寿。我们姐妹仨鼻子都酸溜溜的,想我们亲生骨肉都没有这般知情感恩,心里好生惭愧。

几年之后,多年积劳成疾,父亲病了。我们都忙,只有三弟和弟媳服侍在老父床前。母亲打电话让我们都回来一趟,商量父亲的医疗费用和后事。我和大姐两家正在还房供,孩子又都上学,哪里还有余钱,小妹更不用说。整个屋子陷入难堪的沉默,最后是三弟挡在弟媳身前将担子接到了肩上,"还是我来照顾爸好了,你们家里都有难处,我理解的。"

三弟砸开了他的瓷猪储蓄罐,里面是一个个折成很小一块的纸钞。一家人一张张地慢慢展开,一共11400元,看得我们目瞪口呆,谁能想得到,那么丑而粗糙的一个瓷罐,里面竟然藏了这么多钱。我看见弟媳强忍着激动得发抖的嘴唇,三弟安慰地拍拍她的肩膀,对大家说:"这个储蓄罐,是我从本家带出来的,他们对我说要把你们的恩情藏在心里,把有机会报答的东西藏在储蓄罐里,恩情要时刻记得,里面的东西要在最困难的时候毫无保留地取出来。"母亲听完,眼泪就下来了。终于还是得知父亲弥留的噩耗,儿女都聚在床前,父亲抖索着手只唤三弟一个人上前。三弟跪在床前,父亲只说了一句话:"老三啊,你是个好儿子,爸只有四间平房就留给你了……"我们姐妹仿佛当头一棒,那么多年担心的事情终于还是发生了,三弟独占了我们的家!

一直到父亲的丧事结束,我们都没怎么过问,散了就各自回家了。后来母亲来我家探望外孙,让我们姐妹仨有空回去住几天。老三没有动你们的房间,常常打扫好就等你们过年过节回去住哩。母亲唠唠叨叨的,没注意到我因震惊而不自然的表情。原来我们都误解三弟了,他接受父亲的遗赠,为的是更方便我们回娘家!他虽然砸了储蓄罐,可是有个砸不坏的储蓄罐已经永远放在心里,那是他对我们、对这个家倾注的一世的爱啊!

心中的泪滴

佚名

20多年以来,我从不曾像今天这样了解这个人,这个大我五岁的人,我叫他哥哥。

我没有告诉家人我想要出国的打算,包括父母和哥哥。父母年纪大了,我不敢对他们说,即使他们不阻止我,只要在电话的那头迟疑一会儿,我可能就会解散了自己好不容易武装起来的决心。至于哥哥,我觉得没必要告诉他。

哥哥大我五岁,小时候,这是他教训我的足够的理由。我不知道他是什么时候,怎样学会的老师、父母的语气和腔调。他总是用这种语气和腔调大声地朝我呵斥,把一张老旧的桌子拍得摇摇晃晃,对我又吹胡子又瞪眼睛。其实,那时候他还没有长胡子,嘴上只有一圈细细的绒毛,像是好几天都没洗脸似的。那时候我11岁,他16岁,我从不曾害怕他的怒火。他对我发脾气时,我只是左顾右盼不加理会,他便忍不住哄我,引经据典地说些天地间的大道理。我若再僵持一下,他就会许诺用他的零用钱给我买些好吃的。钱都花出去了,却还要拍我的脑袋,说我是丫头片子,他是我哥,比我大,我该听他的。

小时候他大我五岁,现在他还是大我五岁,我再长也赶不上他。他于是永远都有教训我的理由,而我则永远都有不听话的理由,所以,说了也是白说。

他竟在我参加雅思考试的前一天来了,从兰州到上海,整整坐了28个小时的火车。我事先并不知道他会来。当他在南方潮湿的热浪中给我打电话时,人已经在上海站了。我跟同事借了车去接他,在闷热而拥挤的站前广场上,他堆着一大堆的包裹在脚下,站在巨大的太阳底下张望着我的影子。他带的东西实在太多了,我又忘记了要车子后箱的钥匙,只好将那些大包小包全都堆在后排的座位上,还剩一个大袋子搁不下,哥哥就把它抱在怀里,局促地坐在我旁边的座位上。

车子开得有些快了,急刹车的时候,哥哥的头差点撞到玻璃上去,我叮嘱他将安全带系好,他嘴上答应着,却不肯动手,还抓着那个袋子不放。我责怪他:再值钱的宝贝也没有值钱到这份上吧。哥哥却不反驳我,伸手从袋子里拿出一个已经挤破了的西红柿递到我面前。我呵呵地笑,说你这个哥哥现在怎么跟姐姐似的。他便不好意思地笑,用手挠挠头,看着车窗外面的人群,说是爸爸妈妈让他带的。

我知道他在说谎话,爸妈根本不知道我喜欢吃那种奇形怪状的西红柿。小时候,我总是藏在菜地里一行一行地挑,专找那些长得像石榴一样的西红柿,带到乡村小学的课堂上去吃。有时候,整整一个中午都找不出那样的一颗来。但是，午睡时间到了，我怕妈妈催我睡午觉时发现了我，只好乖乖跑到房间午睡了。午睡醒来的时候，我的枕边却整齐摆放着鲜艳的西红柿，都是我喜欢的那种类型。肯定是哥哥！我想象着他趁大家都睡了，蹑手蹑脚跑进菜地、猫着腰穿梭在一株株西红柿前，找寻着合我心意的西红柿的样子。有时，我自己找的时候并不专心，因为知道午睡醒来的时候就一定会有我要的西红柿。枕边的西红柿放了多少次？我数不过来了，遗憾的是我始终不曾见过哥哥帮我挑西红柿的样子，我只能想象。现在，看着身边这个身材高大的男人，这样弯着腰坐在狭小的座位上，竟好像就是我想象中的他当年在菜地里的样子。

那些遥远的记忆里微微的酸好像又回到了心里。我的脸上痒痒的，是眼泪流下来了，悄悄地伸了手去擦，却还是被哥哥看见了。他看着我，说车里太热了，老是流汗，能不能把空调开大一些。我侧过头看他，见他也在用手擦脸。我问他，是不是他的眼睛也在出汗，他不肯回答我，只是看着窗外的人群，紧紧地抱住他怀里那一袋子西红柿——从几千里之外的兰州乡下带到这十里洋场的西红柿。

吃过晚饭，我和哥哥挤在小阳台上吹风。他望着远处灯火辉煌的上海滩，不时地扭过头看我，欲言又止的样子。我不知道他是在担心这个庞大的都市会淹没她弱小的妹妹，还是他从哪里得知了我要出国的打算，正在想那些同样庞大的道理，来劝阻我忘恩负义的远行。我闻到夜风吹过来的他身上的气息，竟完全不似当年那样强悍。那时候，他是我强大的对手和聪明的导师。在无数次的对抗中，我们迅速地长大。他走在我前头，得意扬扬地比我先学会一些道理和本事，然后拿它们来教训我保护我。这竟都是当年的事了。现在，他是这样一个不知所措的哥哥。是不是我长得太快了，还是他已经有些老了，以至他忘记了他比我大五岁的事实。

我知道他已经不会再有怒发冲冠、暴跳如雷的模样了，即使他已经知道了我要离开的消息。我拿了一个苹果削给他吃，吞吞吐吐地告诉他我的打算。他没有发怒，只是有些吃惊，语无伦次地诘问我：为什么不告诉父母，为什么不跟他商量，为什么不向家里拿一些钱先来用着。我手忙脚乱地回答他，但我说出来的却跟他的问题全然无关。我不愿意继续留在这城市里了，我受不了它带给我的巨大阴影。我看到每一条大街和每一棵树木的时候，我都会想起那个伤害过我的男人。难道你愿意我每天活着都是在数自己的伤疤吗？大概是我说得太快太多了，哥哥不再反驳我。

他帮不了我的。小时候，我可以请他去揍那些欺负我的小男生，拎着人家的领子来给我道歉，但是现在就算拎着那人的一辈子来给我说对不起也没有用了。心头一痛，手指就被水果刀割破了。哥哥有些慌乱，笨拙地用纸巾为我包扎。伤口很小，擦一下就止住了血。他还是不肯放心，把我的手拿过去，对着伤口轻轻地吹，凉凉的痒痒的感觉，和当年一样。高考那年夏天，我打开水的时候烫了手，他就是这样给我吹的。在我的手指上涂了鸡蛋清，放在他的掌心，一边给我吹手指，一边帮我翻习题。父母在隔壁的屋子里睡午觉，他们不知道，在那些炎热干燥的北方夏天，那一对兄妹在怎样相互扶携着长大成人。

如今，我还要他怎样帮我？大概有七八年的时间了，我们总是靠着一根细细的电话线来联络。每次我打电话到他在兰州老家的那间旧屋子里，总是要等很长时间才有人接。每次都是我那个刚上学的小侄女，扔下作业本来接我的电话。她稚嫩的声音在空荡荡的房间里响起，我在这一头都能听得到回音。她说爸爸去奶奶家了，就她一个人在家等妈妈回来。小孩子说着说着就会哽咽起来，让我不知如何安慰她才好。

假如我在父母身边，由我去照顾两位老人的饮食起居，我的小侄女还会被她爸爸扔在家里不管么？我是知道如何安慰这小姑娘的，只是那些尖锐的自私长在自己心里，既不肯拔掉也不敢面对罢了。我找出完美的借口来说服自己心底偶尔泛起的愧疚。反正我远在上海，父母和哥哥都看不到我，我去了新西兰，他们也只是看不到我。在这里我能打电话，漂洋过海了，我还照样能打电话，我走与不走，其实并没有什么差别。

我是如此专注于自己的快乐和悲伤,我的哥哥,竟是不曾往我心里去的人。现在坐在我对面的这个三十岁的男子,我将自己的责任全部推给了他,将我觉得沉重的东西全部放在他的肩膀上,然后向他微笑,并且还要期待他同样灿烂地微笑。如果不是他现在就在我对面,让我看到了他黯淡的眼神,我将永远不会发现他背后的艰难。

我们说了很多,他没有一句劝阻我的话,还跟我商量着如何委婉地告诉爸爸妈妈。是他知道自己劝不动我?还是他觉得自己打不过我?我突然觉得这么多年以来,我和哥哥都在打仗,他从来没有胜利过,每次都向我投降,还要顺着我的意思,让我看不出半点虚假。

晚上我让他睡卧室,我去客厅里睡沙发,他不肯。我去拿枕头给他,他也不要,把沙发上的垫子叠了两个,倒下头就睡了。我宁愿相信他只是累了,是慢腾腾的火车让他累了,而不是我。这样的强词夺理根本无法让我心安理得。深夜的时候,我出去给他盖毯子,看着他熟睡的样子,我不由得泪流满面。他的一条腿支在地上,另一条腿搭在小沙发的扶手上,一个垫子枕在他的头下,另一个垫子被他盖在脸上,垫子上还压着两只手。在闷热的暗夜里,我听得到他在垫子下面沉重而急促的呼吸声。不是呼吸,是喘息。我疯了似的掀掉他脸上的垫子,看见他脸上隐隐的泪痕。他说他怕打呼噜影响我复习。第二天他就要回去,说是家里的事情太多,说是上海的气候太坏……我静静地坐在他对面,听他自言自语一样向我陈述回去的理由。我决定去送他。

过了好几天,哥哥打电话过来,问我考试的成绩如何。我告诉他我放弃了出去的打算。他很惊讶地问我为什么。我说考试那天我去火车站送人了,他良久地沉默,一句话也不说,倒是小侄女在那边大喊大叫,问他是不是小姑姑的电话。我听见他跟女儿开玩笑,好像很开心的样子。

一只香蕉

佚名

这是发生在11年前的事了。这些天来,那个片段总是浮现在我的眼前,让我心里如压着一块石头般难受。我想,我得赶快把那段文字写下来,让心灵能有所解脱。

母亲生养了三个女儿,我是家中的老大。父母经常在外边干活儿,家里的事情多半就交代给我了。大妹比我小两岁,我俩经常一起到河里抬水,然后一起生火做饭,洗衣服、喂猪什么的也都是分配着干。小妹比我小五岁,印象中,我和大妹忙来忙去的时候,她总是拖着鼻涕在门口坐着,看着我们,要不就在地上一趴好几个钟头。

虽然是姐妹,我跟小妹之间却很少有交流,甚至因为她的小,她的安静,我都没有认真看过她一眼。

在我15岁那年的秋天,我到宜昌上学了。一个周六,因为有事我要回家一趟。在宜昌长途车站等车的时候,我买了一些香蕉,想带回去和家里的人一起分享。那时,我们家日子过得很艰难,从来没有买过水果。买的香蕉不多,我数了一下,才十二个。我在车上吃掉了两个。剩下十个,我们家有五口人,正好每个人可以分到两只香蕉。

回到家,我把香蕉分了下去。吃香蕉的时候,我发现母亲只吃了一只,剩下的一只放进了抽屉。没过多久,我生火做饭。米放在一间又黑又潮湿的屋子里。说起那间屋子,我就有点儿害怕,因为它紧靠着后面的水沟,夏天的时候,偶尔有蛇爬进去。我去拿米的时候,在门边摸索了好久,才摸到了电灯开关。打开灯,跨进屋子,我看见小妹蜷在地上。她的手中拿着半只正在吃着的香蕉。

她的两只香蕉早已吃完了,现在吃的,就是母亲没舍得吃的那只。看到这一幕,我立即发火了。虽然我也很贪吃,但是我从来都不会去偷吃母亲的那一份食物。我站在门口骂她:"你这个贪吃鬼,谁叫你偷吃妈的香蕉?"她用一双惊恐的眼睛望了望我,小声说:"不是我偷吃,是妈拿给我吃的。"听了她的话,我更气了,接着骂她:"妈给你的也不能吃,这半只香蕉你不能吃,要给妈留下来。"小妹拿着香蕉的手僵在面前,动也不敢动一下。我继续问她:"听见了没有?"好久,都没有听见她再说话。我朝她望了一眼,发现她的头已经低了下去。我朝她的脸上看过去,才知道她的脸上早已挂满了泪水。她在无声地哭泣着,而拿香蕉的手,仍然僵着,动也不敢动一下。

这时,母亲走了进来。看到这一幕,她立即知道发生了什么事情。母亲告诉我,香蕉是她要小妹吃掉的,小妹这几天总是不舒服,不爱吃饭。母亲同我说完话,走到小妹面前蹲下来,对小妹说:"你大姐不知道我把香蕉给你了,才骂你。现在她知道你没有偷吃,别哭了,快点吃完香蕉,明天你还要送大姐去坐车呢!"说着,用衣角替小妹擦净了脸上的泪水。

小妹只是拿着那半只香蕉,并未送进嘴里,而她的眼睛却看着我的脸。我走过去哄她。这时,我看清楚了我的小妹。已经是冬天了,她还穿着多年前我穿过的外套。那件外套已经洗得发白了,衣袖磨破了,露出了小洞洞。外套正中的一颗纽扣松掉了,露出了穿在里面的、同外套一样破破烂烂的衣服。衣服穿在她的身上显得很小。最明显的是衣袖短了好多,她的手腕露在外面的地方全冻红了。她脚上穿着一双很旧的解放鞋,没有系鞋带,鞋耳朵耷拉着,鞋子前面的橡胶破掉了,大拇趾隐约可见。她的脸色是苍白的,还有一些发肿。在我的记忆中,她的脸总是经常发肿的,过几天会自动消肿。可能是营养不良的缘故吧,家里没有带她去看过医生。她此刻蜷在墙角边上,像一只小甲虫一样渺小而可怜。每看她一眼,我的心里就觉得难过。

那一年她才十岁。她长到十岁还没有照过一张照片。她蜷在地上的样子,就一直留在我的脑海中,成为我脑海中永不褪色的老照片。那是一幅与贫穷有关的照片,更是一幅让我心灵震撼、揪起我姐妹亲情的照片。我那十岁的小妹为什么那么怕我?我相信,我是在15岁的时候才忽然发觉自己有个可怜的小妹,自己是一个小女孩的大姐。

小妹一天天长大了,现在,她已经踏入了社会。儿时的贫穷,成了她今天工作的动力。她的付出也得到了回报。每次打电话给我的时候,她总会告诉我,发了工资,准备给家里的父母寄钱回去。

小妹有钱了,她想过买香蕉吗?我想,如果有一天,她在我面前提起过这件事,骂我几句,或许我的心里会好受一些吧,而她从来也没有在我面前提起过那件事。我一直想找个机会弥补她。而现在想起来,我对她所有的帮助,都不能来弥补那个罪过啊!

与姐姐永别

佚名

姐姐今年44岁,本来身体康健,气色红润,精力充沛,可癌症在转眼间就夺去了她的生命,像春花的凋零,像气球的破碎,像晨露的蒸发,像难收的覆水,像成灰的蜡烛。对此,我毫无心理准备,仿佛五脏六腑一下子被掏空了,在悲伤、痛苦和绝望中,我甚至有随姐姐同去的念头。以往,与姐姐同在尘世,生活再苦再难也充实饱满,光芒闪烁;而今,姐姐不在了,我人生的意义突然黯淡无光。

姐姐只长我三岁,但因母亲去世早,所以,对我和弟弟,她身兼姐姐与母亲双重角色。母亲生病时姐姐只有10岁,六年后母亲弃她的六个孩子而去,于是一副沉重的生活重担落在还未成人的16岁的姐姐肩上。记得母亲临终交给姐姐一件事:大哥二哥虽未结婚,但都已成人;母亲最放不下的是伤残的三哥,还有我和弟弟。母亲让姐姐无论如何照顾好我们。当年,我13岁,弟弟10岁,我们拉着妈的手,妈妈的眼神表示她多么不愿离开我们,又多么担心!直到姐姐做了保证,妈妈才合上眼睛。此后,在姐姐的心里,三哥和两个弟弟就成了她最珍爱的东西。

一年冬天,我与弟弟将菜园的护围收拾起来回家,当我将一根木桩扔给弟弟时,他没有接住,尖锐的一端竟向弟弟双眼飞去,弟弟大哭起来,双手捂住脸,血从他手缝里涌流而出。闻声赶来的姐姐见此情景，立即背起弟弟跑去找医生，万幸的是木尖不偏不倚扎在双眼间的鼻梁上，没有伤着眼睛。直到今天，想起此事，我还后怕得周身发抖，而姐姐的惊恐万状与果敢有力以及背着弟弟疯跑的身影仍在眼前。我感谢天地厚爱我，也庇护着弟弟。

这件事发生后，姐姐对我和弟弟处处小心，生怕有何闪失，就像大鸟看护着巢中的小鸟。于是，她不许我到村边的池塘洗澡，也不准我夜里到邻村看电影，更不让我晚上在村中乱跑，甚至我放学后或星期天找同学玩她都不同意。当时我怎能理解姐姐，只当她不近人情，太过专横武断。因此我常与姐姐作对，有时与弟弟联手对付她。姐姐恨极了就动手打我们，我们也还手打她，最后每每是姐姐让步，一个人伤心地跑到自己房间哭个不停。听到姐姐伤心地哭泣，我与弟弟只得跑去求她谅解，于是姐姐就与我和弟弟抱头痛哭，那伤心的样子我一辈子都忘不掉。因为年幼无知我还无法理解姐姐，随着年岁的增长，我才明白姐姐多不容易！而成心与姐姐作对的我哪会想到她心中有多么苦，多么孤立无依？

后来成家立业，我与妻子孩子一起从北京回到老家，夜里别人都睡着了，我与姐姐对坐炕头聊天，她总提起这些往事，还总反复向我道歉，说她那时对不住我，没有让我像别的孩子一样，吃好、穿好、玩好，而总是让我做活、学习，有时还动手打我。说着说着，姐姐就会流下热泪，我也跟她流泪。这样的谈话常进行到深夜，我们姐弟俩不停地回忆往事，心中既忧伤又甜蜜。每当此时，我都会感到乡村的夜晚宁静安详，经过艰难后的人生多么幸福！

少年时光因为姐姐不让我随便乱跑，闲来无事就开始读书，久而久之我就爱上了书，学习成绩也一直不错。尽管家里条件相当差，但姐姐却一直鼓励我读书上学，她曾这样对我说："力强（我的乳名），我想念书但条件不许，所以小学四年级就下学了，其实我读书一直很好。你愿意读书，一定刻苦努力，姐姐再累再苦也供你，一个识字的人才明理，才受人敬重。"从姐姐的话和眼神里，我获得了鼓舞和力量，于是暗下决心，好好读书学习。

高考制度恢复后，我的愿望有望变成现实，因为我以名列前茅的成绩考入镇里唯一的中学，高二时又考入县重点班。那时，县里只有一中、二中两所重点中学，能考上也就意味着离大学只有一步之遥。当时姐姐多高兴！她青春、圆满、红润、美丽的脸上如花朵一样绽放，她甚至为我上大学做着准备。可是，1979年高考我名落孙山，接着，1980年和1981年我又连考不中。春去秋来，花开花落，别的同学一个个都像中彩一样考中，然后远走高飞，再就是他们寒暑假时衣锦还乡，我却总像被抛入天空的小球，一颗心忽起忽落，那是多么无味的人生！那些年月家里穷得不能想象，学费都是东挪西借，在学校里，每天只吃三个玉米窝头，喝三碗玉米面粥，外加姐姐为我炒的咸菜要吃一周时间，所以常常饿得头昏眼花，而每天又要学习十几小时。今天想来，农民的孩子要考上大学真不容易！而每当周末回家，姐姐总千方百计为我改善生活，做我爱吃的饺子。她这样为我忙碌了多少次都无从计算！每当想起姐姐为我读书吃的苦受的累，怀揣了那么多期望与梦想，而我又连考不中，真是羞愧得无地自容。可是，每年落榜她不仅不责备反而总安慰我。看我愁眉不展、伤心痛苦的样子，姐姐总这样说："力强啊，考不上就考不上，难道人家不上大学就没法活？多少辈子了，咱村还不是只出了两个大学生？"我知道，姐姐指的是60年代的老大学生和1977年的新大学生。姐姐又为我宽心道："我也矛盾，既希望你考上又不希望。如果你真考上就得离开，姐姐还真不放心，在身边姐姐还能护着你，不在身边，饿了、冷了、受人欺负，谁管？"姐姐还补充说："力强，你现在瘦得只剩下两只眼睛了，是不是特别难？不行就算了，好不好？"看着我不服输的样子，她也只好叹了口气。不过，姐姐怜惜地嘱咐我："考不上不要紧，姐姐绝不怪你，但千万不能做傻事，听见没有？"姐姐这话是担心我"自杀"，因为农村每年高考都有落榜自杀的。

1982年高考，因发挥不佳回家后我仍郁郁不乐，姐姐看在眼里，以为我又像往年一样没有希望，于是，她一边让我吃饭一边说："力强，相信命吧，考不上就考不上，咱努力了，不后悔。好了，从今往后，咱姐弟俩都在农村不分开，也挺好的。"当我说考得还可以，只是不理想，上大学应该没有问题时,姐姐嫣然一笑。她立即身体轻盈起来,眉开眼笑的样子,嘴里流水似的说:"那就行,那就行,能考上就行。"以后,我考上硕士、博士,姐姐简直心花怒放。在她眼里,我们家真是苦尽甘来,时来运转,是鸡窝里飞出了金凤凰,但外表上姐姐却从不张扬。

我读大学后这20多年,姐姐虽不像以前那样挂记我,但还是常放心不下,我出差在外她不放心,直到返回北京为止;一有机会她就嘱咐我晚上不要出门,平心静气待人,工作不要太累,要舍得吃,不要挂念家里,尤其是老父亲,一切她都会照顾好的。还有,手上没钱就跟她说,毕竟城里花钱如流水……对于姐姐,弟弟已深入到她的内心,甚至灵魂中。听外甥女讲,晚上她看书到深夜,隔壁她妈妈经常一觉醒来就情不自禁朝她喊:"力强,你怎么还不睡,天都快亮了。"当外甥女告诉妈妈说她不是"力强",姐姐就会说:"哎,我做梦梦见你舅舅还在看书呢!"这是以前经常发生的事:隔壁的姐姐睡了一觉,见我还没睡,灯还亮着,就这样喊过来。

有一次回家,姐姐又与我夜谈,她坦然说已不为我操心了,因为我各方面越来越好,她一颗心落实了,但她却说起自己的烦恼:家里兄弟的大小事,难以解决的都找她,她管也不是不管又不行;看着哪个兄弟没钱,她都心痛,但又无能为力。她还说起姐夫心粗和对她的不理解,许多事情她夹在中间不好处理。还有三哥一家的事情让她焦心,因为残疾的三哥与一个曾患有麻痹症的矮小女子结婚,后又生有一个什么都不懂的"傻儿子",这个儿子至今快18岁了,还不会说话,个子又像儿童一样长不大。说着说着姐姐就禁不住泪流满面,非常伤心的样子。我知道姐姐的压力很大,长期以来她管惯了,弟弟哥哥他都担心,加上老父亲,还有残疾的三哥一家。

姐姐如母亲一样待我,只"给"不"取",她以美好的言行与聪慧影响我、启示着我,这是许多姐姐做不到的。姐姐为我做得太多太多,但我为姐姐做得却很少,因为忙平时信写得也少。比如,姐姐向我诉苦,我当时劝她,她心里轻松一点,很快我就离开家乡的"麻烦之地",沉如泰山的担子又要她自己去挑。记得上大学时,姐姐生孩子,我寄去几十元钱,后来就不记得给姐姐买过什么。以往没有想过此事,现在想来唯一的解释是:或许觉得她还年轻,以后的日子像树叶一样多,等手头宽裕再报她的恩情。可如今,我想给她买点什么已不可能。另外,因为兄弟多,我每次回家都长途跋涉,所以带东西极为不便,加之自己的经济一直紧张,所以回家时带点礼物往往打点不过来。每及此时,姐姐总说:"给他们就行了,我们不要,难道姐姐还会挑理? 你回来姐姐就高兴。"这是真心话,母爱就是这样:它只是付出不求回报。还有时,我走得匆忙,空手回家,姐姐就让姐夫自己花钱去买些东西,以便让我去哥哥家带上,我给姐夫钱,姐姐总说:"我们条件比你好些,别争了。"前几年我买房需要几万元钱,姐姐就将自己的钱全寄来让我用,因为不够她与姐夫还贷了款。

正当姐姐与我的日子逐渐好起来时,灾难也随之降临。先是去年我两个哥哥突然故去,他们都未过50岁,其中就有残疾的三哥。这一下可苦了姐姐,她先是成天成夜地哭,后来病倒了。经检查是胃癌,已是晚期。听到这一消息,我的脚直往下陷,身体软软的站不住。当我从数千里外赶回老家医院见到姐姐时,她刚做完手术,此时她还像以前那样胖胖的,红光满面。当看到我,姐姐吃惊地问:"你怎么来了?"我告诉她出差顺路回家看看。姐姐知道我说了谎,但显然很高兴,我看到从姐姐那双会说话的大眼睛里流出泪水,像两条小河一般。我在姐姐床边陪她几天几夜,直到过了危险期。姐姐逼我回京,一说怕耽误了工作,二说我老在身边,她着急上火,不得已我只好离开。临走那天,姐姐的眼泪又流了出来。

医生说姐姐的病少则数月,多则几年,我那时只望姐姐是误诊,希望有奇迹出现,所以每次打电话心里都惴惴的。去年春节前,姐姐感到不好,后来也猜出了病因,就打电话让我回去看她。这一次见到姐姐,大出我的意料,原来光彩照人的姐姐突然失了神采:病前150斤只剩下95斤;病前像红苹果的大脸如今布满皱纹;病前白净有力的脖颈现在黄而皱;病前充满自信与聪慧的眼睛而今透出悲凄与绝望;还有,肿瘤的扩散使姐姐坐立卧都很难受,包括吃饭喝水都相当困难。看着姐姐难受的样子,我的心如刀绞。母亲去世时我痛苦过,但那时年幼无知,对人生的滋味没有品尝;而这一次，自己已是不惑之年，心知姐姐在我生命中的分量，而我又不能将姐姐救回来。姐姐似乎看懂了我的心思，她让我坐在她身边，拉着我的手宽慰我。姐姐一边流泪一边说："力强，我轻易不会叫你回来，因为你工作忙路又远，可我知道不行了，如果不叫你回来，我担心再见不到你了，有些话也没法跟你讲。趁我还清醒，我把该说的话说出来，就可以安心了。"姐姐除了让我照顾她的儿女，还说："力强你记住，我不在了，你千万不要哭坏了身子，我的身体就是哭三哥哭坏的，人死了哭有什么用？你自己千万保重！"姐姐还自言自语道："如果能让我再活一次多好，我一定好好珍惜，哪怕没有钱都行。"当天晚上，姐姐吃得不少，有半碗饭。姐姐要吃排骨，我说那不好下咽，也不好消化。姐姐笑着说，她有点馋，就是吃不下。又说，身体好的时候，她能吃好几碗饭，怎么现在就吃不下了呢？我看了看姐姐，发现她的眼里光亮一闪，那是对生充满的无限渴求。

嘱咐完了，姐姐就催我早些回京，她说自己还不知道会怎么样，看我一眼就心满意足了。姐姐当家惯了，她决定的事就不好改变，在我的再三坚持下，她同意我在家里再待三天，这是我上大学以来少有的——靠着她那么近，对她的一举一动都看在眼中，为她理理难受的腰部，将自己带来的水果一点点送到她的嘴里，与她轻声细语说话，还能感到她生命的呼吸……当我掏出钱放在姐姐手里，姐姐坚持不要，她还在为我着想，担心我入不敷出。在我的坚持下姐姐就留下了。不过我知道，现在钱对姐姐又有何用？

返京的那天早晨，姐姐拉住我的手，又抱着我的头怎么也不舍得放开，于是我们姐弟俩痛哭起来。姐姐和我都知道这是永别，所以哭得那么伤心。此时，我和姐姐都说不出话来，因为很可能这是我们姐弟最后一面。回来的路上，我一直泡在泪水里，怎么都抑制不住；又像漂在空中，身体绵软无力。我不知道前面还有什么奔头？作为弟弟，我不能在姐姐身边伴她走到生命的尽头，因为作为公家人我是不自由的。此时，我想起英国作家吉辛与姐姐相依相伴的人生，如果当时我能陪姐姐度过一生，她会不会有这样的结局？20多年前，我离开了生我养我的农村，离开了母亲一样的姐姐，以一个农民之子的一无所有开始新的人生探求，这其间的艰难困苦与孤独寂寞不能对外人道。每当此时，想起姐姐，暗冷的心中就会充满光明和温暖。如今，姐姐已离我而去，剩下的人生道路我会很寂寞的。

跟我在北京读书的外甥女寒假回到她妈妈身边，这样我姐姐得女儿伺候了40多天，回来时，姐姐让女儿给我带来她的一张照片，是年轻时照的，大约在20岁，我以前从未见过。这张照片上姐姐那样年轻漂亮，充满青春活力，我明白这是姐姐将她短暂的人生与生命行程浓缩在这张照片上，留给我。姐姐的意思是："力强弟弟，姐姐走了，这个世界一定很寂寞，这张照片会给你坚强，会让姐姐活在你心里。"是的，姐姐像一阵风如一股烟般地从这个世界上消失了，只留下我对她的记忆，还有这张照片。

每当悲痛欲绝，我就想起姐姐的临别嘱咐：不要过于悲痛，更不要整天哭泣，那样毫无用处，要坚强地活下去。姐姐虽是农村妇女，识字有限，但她明理聪慧，有胆有识，而我读了几十年书，难道还不能参透生死？天地以"气"化形生人，当"气"消尽，形神俱亡，再度化为"气"，任何人都逃不脱此循环之理。所以，姐姐只是过早烟消云散罢了！但是，姐姐虽去，但她给我的爱护、温暖和智慧，将永留我的心间。我会更好地活着，以更大的成绩报答她。

姐姐属猪，生于1959年1月7日（阴历），死于2003年3月29日（阳历），我将永远记住这两个日子。每年这两个时间，我都会在内心焚起素香，遥祝姐姐的在天之灵平静安息。

红樱桃白樱桃

佚名

我家院子前面有一棵樱桃树，是爷爷亲手栽的。

以往在家的时候,到了樱桃成熟的时节,爷爷总会幽幽叹口气:"樱桃,都快熟了哟。"一听到樱桃,我的心总是颤抖一下,赶紧走到屋旁,眼泪却刷地流下来了。

我想到了妹妹。我的妹妹今年该十八岁了,我是说,如果她还活着的话。

我十一岁那年,妹妹四岁,她叫蔻蔻,是我最忠实的跟屁虫。四岁的妹妹长得很漂亮,很可爱。胖乎乎的脸蛋有两个小酒窝,皮肤白皙透明,跟我相反,她的眼睛是大大的,眸子纯净无邪,圆圆的脑瓜上扎着一个蝴蝶结。

那年春天,记得是一个周末。我放学回来,妹妹在院门口等我,看见我便乐颠颠跑过来,要翻我的书包玩。妹妹很孤独,在我上学的时候她总是一个人玩,但她从来不哭闹,总是安静地在大门口候着,等我放学回家。

我抱起了妹妹,她很开心地笑着,用小手指着樱桃树说:"哥哥,樱桃红了,你给我摘樱桃吃,好不好?"

我抬头看了看树上,樱桃大多还是青的、黄的,稀稀拉拉几个红的还是挂在树梢的,就对妹妹说:"明天好吗?也许明天红的会更多了。"妹妹嘟着嘴,有些不高兴。于是我说:"哥哥给你讲故事好不好?"妹妹非常喜欢读书,我就是妹妹的启蒙老师。她还不认识多少字,她了解的所有故事都来自我肤浅而随心所欲的讲述。于是妹妹勉强同意了明天再给她摘樱桃吃的要求。

夜里下起了淅淅沥沥的小雨,春夜总是美好的,我睡得很香甜。天亮的时候我隐约听见妹妹在叫:"哥哥,哥哥,快起床!"没有搭理她,翻身又沉沉睡去。不知过了多久,忽然听到院子外嘈杂的人声,有人大声喊妹妹的名字,我忽然感到慌乱,心跳得厉害,一下子跳了起来冲了出去。妹妹安静地伏在二叔的怀里,一动不动,地上全是血。妹妹!我冲了过去,爸爸扭身打了我一巴掌。我大脑一片空白,呆呆地看着他们抱着妹妹往卫生室方向跑去。好一会儿,我才跟着爷爷奶奶跑到村口,卫生室没有人,有人告诉我们他们已经送妹妹去了镇医院。

妹妹离开了。那个早上,阳光很美好,照在滴着水珠的一颗颗樱桃上显得很美,一种晶莹的澄澈的美。

妹妹起床后来到树下,痴痴地看了一会儿,回到房间叫我起床,见我不理她,便来到树下,想自己爬到树上。一个四岁的小姑娘竟然爬到第一根枝丫处,当她伸着小胳膊去够一颗樱桃时,雨后树干太滑她掉了下来。镇医院太远,等找到车送到医院的时候,妹妹已经停止了呼吸,带着对这个世界无限的留恋。她的眼睛睁得大大的,是在等待哥哥吗?我号啕大哭——是我害死了妹妹,我永远失去了妹妹!

我在妹妹的坟茔旁种下一棵樱桃树。小小的樱桃树每年都开花,但从来都没有挂果。有一年,我忽然发现樱桃树结满了白色的樱桃,一颗一颗,像圆润的珠子,在阳光下泛着奇异的光泽,忽然每一颗都变成妹妹的脸,她静静地看着我,忽然咧嘴嘻嘻地笑了起来。妹妹轻轻飞了下来,乐颠颠地跑了过来,拉着我的衣襟:"哥哥,我想吃樱桃!"

哦,妹妹。我弯下腰轻轻呼喊着她。只听"扑棱"一声,我睁开眼睛,一只美丽的小鸟从草丛里飞出来,越过樱桃树梢,消失在山谷的丛林中,遥遥只闻见哀婉的鸣叫。

妹妹,总有一天,哥哥会到你那里看你。我要请求你原谅我,我想要听你甜甜地叫我一声"哥哥",我还要对你说:"妹妹,我爱你!"

姐姐

佚名

中秋佳节,我想起了姐姐——那个美丽、善良、聪慧,却无法与我举杯邀明月的姐姐,那个总是把一半月饼分给我,托着腮帮看着我吃的傻姐姐。她悄悄地走了,那年,她才29岁。

姐出生于上世纪60年代。在我们兄弟姐妹6人中,她排行老二,长我8岁。

那时的生产队,养家糊口全靠家庭劳力挣工分,一个工分有时才二三毛钱,一年的工分钱,除了供平时家用,还要买口粮,供孩子上学。再加上,爹娘身体又不是很好,粮食不够吃是常有的事,后来,学费也成了问题。无奈之下,姐没能上完小学一年级就辍学在家了。

回家后的姐,除了要帮爹娘干活,还要哄弟妹长大,直到自己也成了真正的家庭劳力。

打我记事起,姐就是村里的名人了——鞋底纳得平整,花绣得精致,编织东西麻利,裁剪衣服合体。我也常常以姐为荣,时不时地把她给我绣的漂亮的虎头鞋炫耀给伙伴们;更希望有一天,自己也能像姐一样聪慧灵巧,被大家赞不绝口。

然而,我再也用不着点灯熬夜,苦学这些本领了。因为我比姐幸运,我靠上学,靠姐和家人的鼎力协助,终于跳跃了农门,走出了大山,容身于精彩繁华的世界,过起了真正吃穿不愁、享乐无限的城市人生活。

我不知道,这于情、于人、于理,是应该高兴,还是遗憾。我只知道,姐比我聪明,只是命运爱跟她开玩笑。

记得,那是1976年10月中旬的一天下午,天刚刚有点寒意,我正在村口玩,村里的一位知青哥哥突然走到我的跟前,把一双崭新的漂亮的小手套戴在了我手上。我愣愣地看着他,他却笑眯眯地摸摸我的头说:"帮大哥哥一个忙,再把这双手套带给你姐。"就这样我不知不觉被他"俘虏",并心甘情愿地给他们俩当起了联络员。开始,姐还在犹豫,可随着两人在劳动、生活中接触多了,处得久了,姐慢慢了解他,接受了他,直到脸上写满了幸福。

看着姐灿烂的笑容,我也曾萌生过想叫一声那位知青哥哥姐夫的冲动。

可爹不同意。他说,城里娃和农村娃的婚事,常因门不当户不对,黄的多,成的少,还是农村人找农村人踏实顺理。就这样,任由那位知青大哥百般恳求、万般保证——他会对姐好,但最终还是没能成为我的亲人。

此后,姐的婚姻就由爹一手包办了。

听爹说,他之所以让姐嫁给姐夫,主要是姐夫当时的家境不错——三间瓦房,父子二人,特别是粮食,不但够吃,还有剩余。姐只要嫁过去,吃住就不用再发愁了,这样,他和娘也好放心。

这理由听起来俗了许多,但在那个人人向往温饱的年代,谁又能说那不是父亲对女儿的另一种爱呢?

正是这实实在在的父爱,姐不再把婚姻只看成自己一个人的事。

姐对姐夫没有过多过高的要求,她只求姐夫婚后在粮食和吃方面尽量不要亏待了她娘家弟妹。她说,只要姐夫答应这一条,就嫁给他。善良、忠厚的姐夫二话没说地答应了下来。

转眼就到了姐要出嫁的时候了,她再也不可能与我朝夕相处了。当我明白这一条不可更改的现实时,我死抱着姐不撒手,可她还是在吹吹打打中被姐夫娶走了。

我一路狂奔着,任由盈眶的泪水顺着脸颊模糊了我的双眼。我绊倒了,爬起来,爬起来,又绊倒,但这能拉回姐姐吗?我只能一遍又一遍地冲着爹娘哭喊:"姐走了,她不要我了,姐走了,她不要我了……"

爹娘说:"瓜女子,你姐享福去了,她会回来看我们的,到时候还会蒸许多馍给你吃呢!"

爱的礼物

佚名

现在是圣诞节凌晨4点。姐姐叫醒了我,我们用最快的速度轻手轻脚走过大厅。屋子的最里面,爸爸、妈妈正安静地睡着。这一天我等了整整一年,一天一天地在日历上做记号、数日子。我简直控制不住自己,我最想做的就是拆开我的圣诞礼物。

当我们走进小房间的时候,我的第一感觉就是冲向那些堆成一圈的礼物,但有某种东西让我犹豫了。我带着一种不可思议的心情欣赏着房间,希望这一刻能够永远留存。姐姐在我旁边静静地站着,我们盯着那棵美丽的圣诞树,树上灯光闪烁,装饰品闪闪发光,而我们的金色小星星正轻盈地挂在树尖上。这是我见过的最美妙的景象了。

在旁边的桌子上,我们留给圣诞老人的小甜饼已经不见了,那里只留下了一张小纸条,上面写着:"谢谢你们,祝圣诞快乐。"我吃惊得瞪大了眼睛,我终于找到了圣诞老人存在的证据。就在这时,姐姐递给我一个小包裹。"这是我送你的礼物。"她轻声地说,腼腆地笑着。

我用颤抖的手指慢慢地打开包裹,里面放着姐姐最喜欢的项链。那是一条带着心形吊坠的金链子,是两年前爷爷送给姐姐的礼物。在我眼前,顿时浮现起当时的情景,而圣诞老人的纸条则暂时被遗忘在一边了。

姐姐用手臂揽过我,说:"他原先是打算今年也送你一条的,但是……"她顿了一下,轻轻擦了擦眼睛,继续说:"可惜,他没有这个机会了。"爷爷是在复活节早晨去世的——突发的心脏病夺去了他的生命,这是对我们全家的巨大打击。那几天妈妈总是躲在人后,偷偷地掉眼泪。姐姐故作轻松地耸了耸肩膀,说:"所以,你应该接受我的礼物。"

我小心地捧着项链,仿佛它是用世界上最纯的黄金做成的。它看起来比圣诞树上的灯光还要闪亮。"让我帮你戴上它吧。"姐姐一边说,一边把项链戴在我的脖子上。

那颗心形吊坠紧贴着我的皮肤,感觉很温暖,就好像它有生命一样。爷爷仍然活在我的心里。"你就把这当作爷爷带给你惊喜吧。"姐姐对我说,她仿佛看透了我的心思。我抓住她的手,用尽力气紧紧拥抱着她。

两小时后,爸爸、妈妈走进小房间,他们看到了一棵美丽的圣诞树、一打未拆封的礼物,还有两个紧紧相拥的姐妹。

爱要了解

佚名

现在,我面临着一个决定。当我把洗好的衣服分别放进各个卧室的时候,无意中发现了我那13岁妹妹的日记本。它像一个现代的潘多拉盒子,充满了诱惑。我该怎么办呢?我一直都很嫉妒妹妹。她拥有迷人的微笑、可爱的个性,并且多才多艺,这些都威胁着我在家中的地位。我暗暗地和她较劲,越发憎恨她的才能。因此,我总是找机会批评她,并且急切地想超过她。现在,她的日记就放在我的脚边,我没有细想打开的后果。我考虑的既不是她的隐私权或我的行为的道德性,也不是可能会带给她的伤害。我只不过想知道是否有这样一种可能性——从日记中查到一些罪证,来打破我的竞争者一贯优秀的记录。我给自己找了个借口,把自己的坏念头定义为姐姐的职责——检查她的一言一行,是我作为姐姐的责任。如果不这么做,才是错误的。

我有点迟疑,几次碰了碰地板上的日记本,但最终还是打开了它。我飞快地翻着书页,寻找我的名字,确信一定能找到一些蛛丝马迹。可是当我往下看时,血液一下子冲上了我的头,因为我看到的比我想象的还要坏。我感到一阵晕眩,瘫坐在地板上。日记里既没有阴谋,也没有诽谤,只有她对自己的简单陈述、她的人生目标和梦想,其中还描述了一个对她影响和鼓励至深的英雄。我开始哭了。

我就是她所描述的那个英雄。她崇拜我的个性、我的成就,让我觉得有点讽刺意味的是,她还崇拜我的正直。她的理想是成为像我这样的人。这些年来，她一直在悄悄地观察我的一言一行。我没有勇气继续读下去了。由于对她的误解，我花了太多的精力和她作对了。

我浪费了这么多年的时间来憎恨一个有魅力的人，而现在还践踏了她对我的信任。于是我暗下决心，再也不犯这样的错误。

妹妹日记中真诚的话语融化了裹在我心上的坚冰，我认为我应该重新去了解她。在那个意义不一般的下午，我把洗好的衣服放在一边，站起来准备主动去找她。这一次，我是去感受而不是审判，是去拥抱而不是争斗。毕竟，她是我的亲妹妹啊。

车门上的痕迹

高振桥

约瑟经理事业有成，踌躇满志。

这一天，他开着新买的"美洲虎"轿车在大街上飞快地行驶着。到一个停车场附近的时候，他放慢了速度，因为他害怕有小孩子从停放的车辆中间突然跑出来而来不及刹车。

约瑟经理的车缓缓地开过停车场的时候，并没有小孩子跑出来，却有一块砖头飞了出来，"咣"的一声砸在了乌黑锃亮的车门上。

约瑟经理马上踩下了制动器，停下车，然后把车倒回到了砖头飞出来的地方。

他飞快地下了车，抓住了那个扔砖头的小男孩，并揪住他的衣领，把他按到一辆停放着的车的车身上。

他冲那个孩子喊道："你是怎么回事？你到底要干什么？"他火冒三丈，继续喊道，"那是我新买的车。知道吗？你那一砖头会让你爸爸掏很多钱！你为什么要用砖头砸它？"

"对不起，先生，实在对不起！可是，我没有别的办法。"小男孩用哀求的目光看着约瑟经理，接着说，"因为我不这样做，谁都不肯停下来。"

说到这里，小男孩流下了眼泪。他手指着停车场对面说："那是我哥哥，先生，他从轮椅上滑了下来，摔到路边了，可是我搬不动他。"

小男孩一边抽泣，一边恳求约瑟经理："请您帮帮忙，把他扶到轮椅上去好吗？他受伤了。"

听到这里，约瑟经理非常感动。

他放开小男孩，使劲咽下涌到喉咙上来的热乎乎的东西，然后一声不响地跟着小男孩来到他哥哥身边，把他抱到轮椅上，并掏出自己的手帕替他擦去划伤处的血迹。他把兄弟俩安置妥当，然后看着小男孩推着哥哥回家去了。

返回"美洲虎"轿车的那几十米路，对约瑟经理来说是那么漫长，因为他走得很慢。

后来，他没有修补车门上的那块砖砸出的痕迹。他要留着它，那是兄弟情谊的一段记忆。

疯姐

陈永林

姐比我大 12 岁。我是姐一手带大的。

姐的疯病不是很重，没发作时同好人一样。姐的病大都在变天的时候发作。姐的病即使发作了，也只是自言自语，不像别的患病者会追打小孩。

我 7 岁那年上了小学，姐总送我上学，然后送我回家。

小时候的我总为有一个这么疼爱我的姐感到自豪。但懂事后,我为有这么一个疯姐感到羞耻,感到自卑。

那是6月的一天,快放学时,刚才好端端的太阳忽然不见了踪影。阴云却是越聚越厚,片刻就电闪雷鸣,下起倾盆大雨。放学了,同学们都站在走廊里等家里人送伞来。

没多久,姐送伞来了。姐浑身湿透了,姐冷得不停地哆嗦。那时我在教室里写作业。姐站在走廊里,也不叫我。目光呆滞的姐嘴里叽里咕噜地说些谁也听不懂的话。走廊里所有人的目光都落在姐的身上。

全班的人都知道我有一个疯姐了。

此时有人喊:"林子,你姐给你送伞来了。"我见了姐的疯样,真恨不得地底下有条缝,我好钻进去,永远在同学们面前消失。极度羞愧的我不理姐,也没从她手里拿伞,而是光着头冲进雨中。

姐在我身后喊:"林子,带伞。"姐跑着追我。姐摔了一跤,马上爬起来,又追。我跑得更快了。

跑到家,我浑身湿透了。姐也一身泥水。妈又骂姐:"你是怎么送伞的?"我说:"不关她的事。我今后再不要她送伞了。送了伞我也不要,省得同学们都笑我。"但一下雨,姐仍给我送伞。我对妈说:"姐若给我送伞,那我就不上学了。"妈说:"她硬要给你送伞,拦也拦不住。"

我不再理姐。姐同我说话,我也装作没听见。姐说:"我做错了什么? 你怎么不理姐? 你不理姐,姐心里好难过。小时候你多亲姐,半个上午没见到姐,就哭着找姐。什么话也喜欢跟姐说。"姐的泪水一滴又一滴地掉下来了,"要是你不长大那多好!"我的牙一咬,狠狠心说:"我没有你这个丢人现眼的疯姐。你让我在同学们面前抬不起头。"姐的身子激烈地抖了一下,姐的手不住地抖。我忙出了门。

此后,我再没同姐说过一句话,姐也没找我说过一句话。只是我上学时,走了很远,总能看见姐站在村口目送我。我到学校了,她才走。

放学时,姐也总站在村口迎我。她看见了我,便加快了步子,我知道她是担心我的安全。

小时候,我极贪玩,也极喜欢玩水,而我上学的路上有两口池塘。姐以前也总不让我玩水。但是那天上学的路上,我见池塘里有许多蝌蚪,忍不住蹲下来捉蝌蚪。捉了一只蝌蚪,我就放进矿泉水瓶。当我想捉第二只时,听到姐喊:"林子,不能玩水。"我不听,仍捉蝌蚪。蝌蚪游得很快,我的身子不停地往前挪,终于失去重心,一头栽进池塘里。我手脚乱扑腾,"姐,救我。"但我的嘴里灌进了几口水,后来的事我就不知道了。

当我醒来时,在场所有的人都一脸的泪水。原来姐为救我死了。

"姐,姐……"我扑到姐的身上,有好多话要同姐说,但一句话也说不出来,只是一个劲地哭着。

妈一脸的泪水:"你姐最喜欢的人就是你,她心甘情愿地为你疯,心甘情愿地为你死……"

"姐,姐,我最好最好的姐……"

伏天的罪孽

[美]L·海沃德

"大热天,真是没事找事。"商场侦探亨利嘀咕着,他的制服已被汗水湿得精透。一位窄脸妇女正在他面前尖声诉说着什么。真是,丢掉的钱既然已经找到了就算了呗,可她却不善罢甘休,仿佛站在桌前的这个小男孩真是一个危险的罪犯。亨利思忖着:是的,10块钱对大人也是不小的诱惑,何况对这个穿得破破烂烂的小男孩?

"是的,我没亲眼看到他偷钱。"那位太太唠叨着,"我买了一样东西,又要去看另一件货,就把10块钱放到柜台上,刚离开几分钟,钱就跑到这个小贼骨头的手上了。"

亨利这才发现,桌角那边还有个小女孩,她正用蓝蓝的大眼睛静静地在看着他。"是你拿走钱的吗?"亨利问小男孩。小男孩紧闭着嘴唇,点了点头。"你几岁了?""8岁了。""你妹妹呢?"男孩低头望了望他的小伙伴:"3岁。"

在这大伏天里,孩子也许只是为了拿它去换点冰激凌。可这位太太却咬定孩子是窃贼,非要惩罚他们不可。亨利不由得心疼起这两个孩子来了。"让我们去看看现场吧。"男孩紧紧拉着小女孩的手,跟着大人们向前走去。

柜台后面一台风扇吹来的风使亨利觉得凉爽些了。他问:"钱在哪放着?""就在这。"太太把10块钱放在柜台上售货记账本的旁边。

亨利打量了一下小女孩,掏出几块糖来:"爱吃糖吗?"女孩扑闪了一下大眼睛,点了点头。亨利把糖放在钱上面:"来,够着了就给你吃。"小女孩踮起脚尖,竭力伸长小手,可还是够不着。亨利把糖拿给小女孩。太太在一边嚷起来:"我不跟你争辩。难道他们可以逃脱罪责吗?领我去见你的老板……"亨利没理会,他正注视着那10块钱,柜台后面的风扇吹着它,它开始滑动,滑动,终于从柜台上飘落下来。

钱落在离两个孩子几尺远的地方。女孩看到钱,便弯腰捡起来递给哥哥,男孩毫不踌躇地把钱交给了亨利。"原先那钱也是你妹妹给你的,对吗?"男孩点了点头,眼里涌出委屈的泪水。

"你知道钱是从哪来的吗?"男孩使劲摇着头,终于大声哭了出来。"那你为什么要承认是你偷的呢?"男孩泪眼模糊地说:"她……她是我妹妹,她从不会偷东西……"

亨利瞟了一眼那位太太,他看到她的头低了下来。

哥哥的心愿

[美]丹·克拉克

圣诞节快到了,保罗的哥哥送给保罗一辆新车。圣诞节当天,保罗离开办公室时,一个男孩绕着那辆闪闪发亮的新车,十分赞叹地问道:

"先生,这是你的车吗?"

保罗点点头,说:"这是我哥哥送给我的圣诞节礼物。"

男孩满脸惊讶,支支吾吾地说:"你是说这是你哥哥送的礼物,没花你一分钱?天哪,我真希望也能……"

保罗当然知道那个男孩希望什么——他希望能有一个这样的哥哥。但是,小男孩接下来说的话却完全出乎保罗的意料。

"我希望自己能成为送车给弟弟的哥哥。"男孩继续说。

保罗惊愕地看着那个男孩,冲口而出地说:"你要不要坐我的车去兜风?"

"哦,当然好了,我太想坐了!"

车开了一小段路后,那个男孩转过头来,眼睛闪闪发亮,对保罗说:"先生,你能不能把车子开到我家门前呢?"

保罗微笑了,他知道男孩想干什么。那个男孩必定是要向邻居炫耀,让大家知道他坐了一部大轿车回家。但是,这次保罗又猜错了。

"你能不能把车子停在那两个台阶前?"男孩请求道。

保罗同意了。

男孩跑上了阶梯,过了一会儿保罗听到他回来了,但动作似乎有些缓慢。原来,男孩把自己那跛脚的弟弟带出来了,将他安置在第一个台阶上,紧紧地抱着他,并指着那辆新车。

只听那个男孩告诉弟弟："你看,这就是我刚才在楼上对你说的那辆新车,这是保罗他哥哥送给他的。将来我也会送给你一辆像这样的车,到那时候你就能自己去看那些在圣诞节时挂在窗口上的漂亮饰品了,就像我告诉过你的那样。"

保罗走下车子,把跛脚男孩抱到车子的前座。哥哥兴奋得满眼放光,也爬上车子,坐在弟弟的身旁。就这样,他们三人开始了一次令人难忘的假日兜风。

购买奇迹

佚名

一个8岁的小女孩听到她的父母正在谈论她的小弟弟。她只知道他病得非常厉害,但父母没有钱为他医治。现在,只有一个费用昂贵的手术才能救她的弟弟的命了。但是,他们没有钱,也借不到钱。

小女孩听到爸爸绝望地对默默流泪的妈妈说:"现在,只有奇迹才能救他了。"于是,她回到自己的卧室里,把藏在壁橱里的猪形储蓄罐拿出来,把里面的零钱全部倒在地板上,仔细地数了数。

然后,小女孩把这个宝贵的储蓄罐紧紧地抱在怀里,从后门溜了出去。她走过6个街区,来到当地的一家药店里。她从储蓄罐里拿出一个25美分的硬币,放在了玻璃柜台上。

"你想要什么?"药剂师问。"我是来为我的弟弟买药的,"小女孩说,"他病得很厉害,我想为他买一个奇迹。""你说什么?"药剂师问。"他叫安德鲁,他的脑子里长了一个东西,我爸爸说只有奇迹才能救他。那么,一个奇迹需要多少钱?""我们这里不卖奇迹,孩子。我很抱歉。"药剂师无奈地说。"听着,我有钱买它。如果这些钱不够,我可以想办法再多弄些钱,只要你告诉我它需要多少钱。"

此时,药店里还有一位衣着考究的顾客。他俯下身,问这个小女孩:"你的弟弟需要什么样的奇迹呢?""我不知道,"小女孩抬起泪水模糊的双眼看着他,"他病得很重,妈妈说他需要做手术,但我们付不起手术费,所以我把攒下来的钱全都拿来买奇迹了。""你有多少钱?"那人问。"1美元11美分,不过我还可以想办法多弄到一些钱。"她的声音轻得几乎听不见。"哦,真是巧极了,"那人微笑着说,"1美元11美分——这正好是为你的弟弟购买奇迹的钱。"

原来,那位衣着考究的绅士就是专攻神经外科的著名医生卡尔顿·阿姆斯特朗。这次手术完全是免费的。手术后没多久,安德鲁就回家了,很快恢复了健康。

这真是一个奇迹,它的价值为:1美元11美分,加上一个小孩子的坚定信念。是的,坚定的信念能够创造奇迹!

归去来兮

[美]苏珊娜·帕利

纽约时间凌晨1点,我在网上碰到了弟弟,那正是巴格达的早上9点。弟弟并不是一个士兵,所以我还可以时不时在网上跟他聊聊。

"你在哪儿?"我在键盘上打出了一行字。"还是不说的好。"他回答。我知道,他害怕网络上的恐怖分子。谢天谢地,他还好,不过我还是忍不住训导他:"我们有3天没有你的消息了。"他马上回复:"行了行了,打住吧,我挺好的。"他打字的速度真快。

照弟弟自己的想法,他只不过是在那边工作而已。他是一个私营咨询公司的成员,为伊拉克人提供工作机会,帮助他们重建基础设施。他说父母整天在煽情的电视新闻产生的肥皂泡里过日子,父母却说他在制造平安无事的肥皂泡——既然他自己总说任何时候都能回家,可现在美国人在巴格达越来越危险,他为什么要冒险呢?

弟弟比我小 12 岁,今年也 35 岁了。可是只要他不在我眼前,我总是想起那个蹒跚学步的小男孩,长着一头柔软的金发。母亲是苏格兰人,我们兄弟俩的皮肤却有点橄榄色,这是继承了父亲的波斯血统。因此,我们都对东方着迷。

在伊拉克战争开始前的很长时间,弟弟就去了中东。他跟当地人一起学习、生活、工作。去巴格达参加重建,对他来说是再自然不过的事了。我虽然理解他,但也很生气,因为他实在让父母太担惊受怕了。

父亲 80 岁了,在癌症恢复期,母亲患着肺气肿。两个人都是面色苍白、神思恍惚,只要新闻里有什么特别报道,他们就吓得瞪大了眼睛。

现在,家里人团结得像衣服上的针脚那么紧密。我们都小心翼翼不让对方知道任何坏消息。父母不愿让我告诉弟弟,他们病得多么厉害,弟弟也不愿我跟父母说真话——比如他有时会突然从网上消失,回来后打上一行字:"抱歉,刚才附近发生爆炸;现在我回来了。"我真是要辜负父母的信任了。

弟弟又打出了一行字:"爸爸好吗?"我回答:"好些了。"我的手指在键盘上游移着,趁着还没后悔,我又打上了一行字:"现在是妈妈身体不大好,我有点害怕。"聊天停顿了一下。我知道这次他不会无所谓的。果然,他回答道:"我明天乘飞机飞往阿曼,然后回纽约。"我很高兴大功告成,弟弟要回家了。

我告诉父母说,弟弟觉得自己需要休息一段时间了。母亲第一次喘匀了气,而父亲的眉头也舒展了些,他们看起来已经和以前差不多了。

弟弟刚回来的两天,大部分时间都在睡觉。有时候,母亲在他旁边的床上打个盹儿。有一天打雷,他一下子弹起来,猫着腰从屋里跑出去。后来,他"嘿嘿"地笑着跑回来又睡。他从未说过母亲的病情看起来不像我说得那么严重,我想他肯定很高兴找到个回家的理由。

弟弟回家的第三天,就有消息说他在巴格达住过的房子被炸了,他卧室的窗玻璃全碎了。我们看见他脸上很震惊,父母因此大受鼓舞:没准弟弟能待在家里了。父亲说:"你在那边能干成什么呢?"母亲说:"在这儿你也一样能帮助他们(伊拉克人),是不是?"

待在家里的日子一长,弟弟的事业被禁锢了。父母采取了各种"手段",试图让他放弃工作。

弟弟偷偷地问我,该怎么办。我很矛盾。母亲一再跟我嘟囔"你能让他留下",父亲在夜里睡不着觉,常常起来为弟弟祷告,我能扛得住吗? 最后,我还是下了决心。3 个星期已经比任何一个士兵的探亲假都长了。现在弟弟回到巴格达,我至少可以在网上点一下他的名字,然后打上一行字:"你在哪儿?"我感到一点安慰。

姐姐

[美]詹·赫莱

我很小的时候一直以为,姐姐就是为弟弟操心的人。我有三个姐姐,她们对我很凶,认为我是个惹是生非的捣蛋鬼。妈妈成天忙于洗衣烧饭,算计着怎么合理地花每一分钱,所以就让我的三个姐姐来照顾我。

我长到十一二岁的时候,大姐和二姐就开始和男孩子约会了。这时,每到星期六我就会进行噩梦行动。我会把她们用来臭美的那些鞋子、腰带、裙子、丝巾藏在不同的地方。当她们大喊大叫、歇斯底里的时候,我会和她们谈价钱,让她们答应:她们每找到一样东西,就要给我 2 角钱的酬劳。她们恨死我了,但也拿我没办法。每个星期六,我都能从她们手上挣到 1 元多钱。

有姐姐还是挺有趣的,当然这不只因为我每星期六可以从她们那儿得到一笔零用钱,而且我还能从她们那儿得到快乐。自从她们开始谈男朋友,就常有电话打进家来找她们,而我就成了捎口信的。我的大姐回到家就会问我:"有我的电话吗?"我会说:"一个叫逗什么的先生给你打了个电话。"她很容易就会上当,问我:"逗什么?"我会大笑着说:"逗你玩!"

我还会从糖果店往家里打一个电话,叫我的三姐接电话。那时,她最崇拜影星琼·克劳福德了,就连走路、说话都模仿偶像的样子,发式也不例外。当她拿起话筒的时候,我就说我是好莱坞的电影导演。我说,有一次在糖果店看到过她,被她走路的姿态和发式吸引住了,所以想请她到好莱坞当一个替身演员。她立即就用琼·克劳福德的声音问道:"为谁当替身?"见她这么轻易上当,我差点笑出来,但还是装出一本正经地回答她:"金·多朗(著名的男丑星)。"

不过,我们之间的小小战争很快就停止了,我发现我的姐姐们漂亮、善良,充满人情味。仿佛在一瞬间,我由一个爱捉弄她们的人变成了她们的忠诚卫士:我允许那些开着雪佛兰牌汽车的油头粉面的小伙子走进我们的家门,还热情地招待他们。

我还发现,姐姐们对我慷慨大方。在圣诞节或我过生日时,我总能收到她们为我精心准备的礼物。我入伍离家时,她们都流了许多眼泪。在部队,我常收到她们那一封封情真意切的信,这些信总能带给我温暖。

在我回忆这些恶作剧时,我对她们给予我的宽容和爱心表示敬意。同时,我也感谢缪斯女神将她们带进了我的生活。

姐姐的呵护

佚名

我有两个女儿——凯瑟琳和劳拉,她们一个上五年级,另一个上二年级。

一天上学前,姐妹俩恳求我给她们梳一个新发型。我把劳拉的头发收拢在后脑勺,成为一束;把凯瑟琳的头发盘绕到头顶,挽成一个大髻。她们都面露喜悦,显然对自己的新发型非常满意。

劳拉高兴地上学去了,那束辫子神气地随着她的身体甩动着。然而,学校里一个女生走到劳拉身边,用轻蔑的语调说:"你扎着一根猪尾巴干吗?"

那天,我开车去接姐妹俩放学回家时,劳拉哭了,跟我讲了她的伤心事。我也很难过,我担心这件事会给她带来打击。劳拉向我哭诉时,凯瑟琳一言不发,仿佛不屑于这些小事。这天晚上,凯瑟琳不时地打电话与朋友们联络,她的电话比平时更多了。

第二天下午,我再次去接姐妹俩放学回家时,惊讶地发现:一群漂亮的五年级女生站在劳拉的身旁,唧唧喳喳地说个不停。劳拉惊喜地看着她们,眼睛发亮——她们每一个人的后脑勺都扎了一根"猪尾巴"!

劳拉上车后激动地喊道:"不知怎么回事,我一抬头,所有女生都扎了一根和我昨天一样的辫子!"一路上,她抱着双膝,一直沉浸在幸福中。

我从汽车的后视镜中看了看凯瑟琳,她冲我眨了一下眼睛。

平分生命

佚名

父母早逝,男孩与妹妹相依为命。妹妹是男孩唯一的亲人,所以他爱妹妹胜过爱自己。然而,灾难再次降临在这两个不幸的孩子身上。妹妹染上重病,需要输血。作为妹妹唯一的亲人,男孩的血型和妹妹相符。医生问男孩是否勇敢,男孩开始犹豫,10岁的大脑经过一番思考,终于点了点头。

抽血时,男孩没有发出一丝声响,只是向着邻床的妹妹微笑。抽血完毕,男孩声音颤抖地问:

"医生,我还能活多久?"

医生正想笑男孩的无知,但转念间又被男孩的勇敢震撼了:在男孩10岁的大脑中,他认为输血会失去生命,但他仍然肯输血给妹妹。

于是,他紧握男孩的手说:"放心吧,孩子,你不会死,输血不会丢掉生命。"

男孩的目光中放出了光彩:"真的? 那我还能活多少年?"

医生微笑了,充满爱心地说:"你能活到100岁,小伙子,你很健康!"男孩高兴得又蹦又跳。

男孩确认自己真的没事时,就又挽起刚才被抽血的胳膊,昂起头,郑重地对医生说:"那就把我的血抽一半给妹妹吧,我们每个人都可以活50年!"

所有人都震惊了,这不是孩子无心的承诺,而是人类最无私、最纯真的诺言。

兄弟

梅子

弟在电话的那一头问:"报上有你的名字,是你的文章吗?"异乡的冬天很冷,立于喧嚣的人流里,拨响家里的电话。弟的声音就随旧事一起浮到了眼前。

小时候是常和弟打架的。因为两个人年纪相差不大,便时常觉得亏。母亲总说,做姐姐的该让着弟弟,他小。"他长到100岁也比我小呀!"我愤愤不平地同母亲叫嚷,随即瞪着眼睛看弟。

弟和我在同一个幼儿园,幼儿园的老师说,彬儿真护着他姐。那回不知为什么事老师说了我几句,弟死活不依,哭着闹着同老师讲理,弄得老师只好让步。老师私下里说,这丑小子挺倔。真的,弟小时候长得一点儿也不好看,黑黑的,又倔,远没有我那副伶牙俐齿的模样招人爱。

到底是大弟两岁的,所以在很长一段时间里,高出他很多,能够声色俱厉地教育他。弟想看电视,却够不着插头,便来找我。我于是得意扬扬地发布命令:"叫姐。"弟很乖地叫。"大点声。"弟又叫。这才心满意足地插上插头,两人看电视。若是为看什么节目同弟争吵了,便一把扯下插头,看着弟一遍遍地踮起脚尖够插头。

两人一直打打闹闹的,一晃就是十几年。那些年里,我丝毫没有做姐姐的样子,倒是弟时常让着我。

离家去另一座城市读书,走时,弟送我,看着站在眼前的弟,猛然觉得当年那个丑小子一下子长大了,不知何时高出我许多,大包大揽地拎着我的包,走在我的前头。这就是那个老是同我打架的小男孩吗? 车要开了,弟将包递到我的手上,笑着说:"姐,好好念书,读个研究生出来。"那神情,仿佛是在教育小妹。我站在车里,看着弟的影子缓缓后移,一点也找不到儿时的影子。

弟一直在父母身边读书,大学毕业后留在父母身边工作。我常说弟没出息,恋家。弟听了,也不反驳。一年里,两人见面的时间,也就是我回家过春节的那几天。在家的时候,和弟一起出去,弟总叮嘱我"天冷,戴着手套",一副保护弱女子的派头。

我离家后,弟从来没写过信来,只是每年过年寄张卡片来。

家里装了电话,打电话回去。电话里,弟的声音很近,仿佛隔着一扇门。小时候,隔着一扇门,我和弟吵架,弟要进屋,我在屋里堵着门。如今隔远了,却想伸手推开那扇门。

已经很好

莫小米

他的儿子生下来就有智力障碍,看上去,样子也有点儿怪。

他却不像有些父母,将这样的孩子寄养到乡下,或关在家里不让出门。他到哪里去,总是尽量地带着孩子,迎着别人怜悯的、轻蔑的或是大惊小怪的目光。一路上,他对儿子讲了许多话,指着让儿子看这看那,不厌其烦地教他、夸他、启发他。

儿子后来就迷上了画画,一路上所见,回家都能描摹下来。儿子画的那些人物和景物,与别人眼中的完全两样,但出奇的准确,是本质的准确。

尽管如此,智障仍是智障。儿子无法独自在家,因为生活不能自理;也不能单独外出,因为找不到回家的路。这个儿子,现在已经二十多岁了。

他也过了知天命之年,老了。好在下面还有个女儿,女儿是健全的,15岁,在大洋洲读书。

多年以来,他从未停止过为儿子寻医问药,希望治疗或改善儿子的状况。亲人、友人、同事也都对此抱以关注,时常给他提供一些信息、偏方。忽一日,他获知一个好消息,说是有一种新的手术治疗方法,效果明显。

但手术是有风险的,任何手术都有风险。他十分慎重,咨询了许多专家。专家说:"成功的把握还是大的,术后,你儿子智商将明显提高,起码生活能够自理;失败呢,失败的话,他连目前的智力也要丧失殆尽。"

他与夫人商量了又商量,权衡了又权衡,倾向于做。他们想,等自己也需要人照料的时候,这个傻儿子,谁来照料他呢?

正犹豫,这件事让远方的女儿得知了,女儿就在越洋电话里哭了,又写来一封长长的信。

女孩这样责问父母:"为什么要给哥哥动手术,哥哥现在不是很好嘛!"

做父母的震惊了。他们从未想到,自己这么努力、亲友那么热心地为儿子治疗,都是基于一个缘由:这孩子不行,要竭力让他更好一些。

而在15岁女孩的眼里,哥哥——很好。从小到大,她对这一点没有疑义。原本真正接受了他的,唯有她。

难怪在哥哥画的所有人物中,妹妹最美。

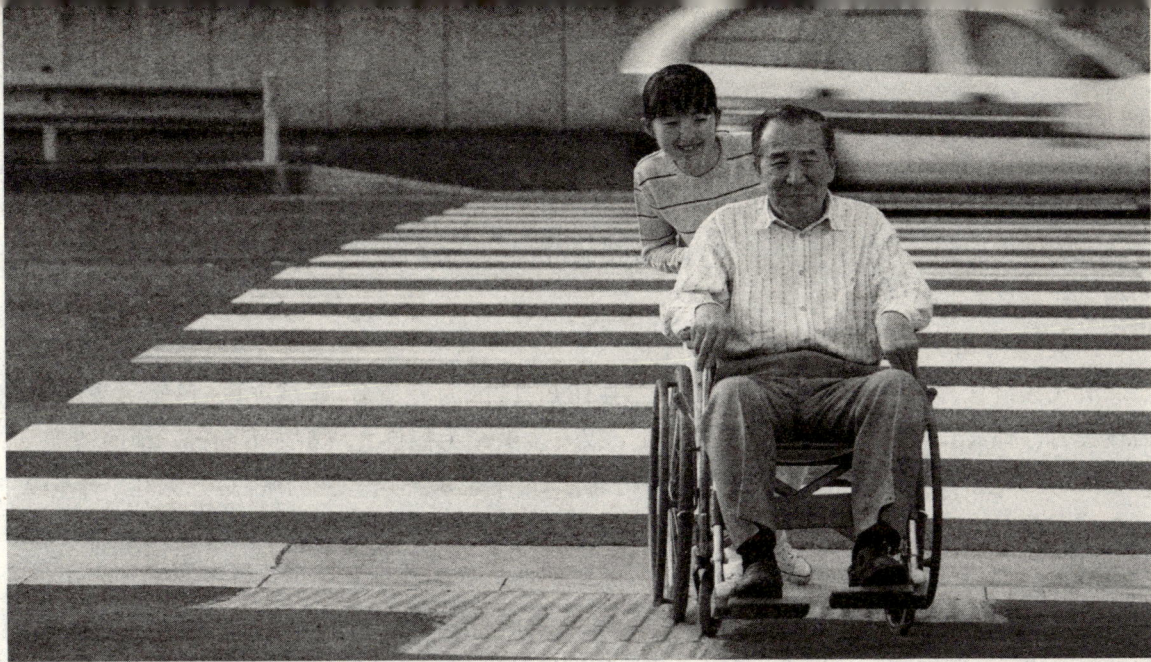

第四章
乌鸦知反哺，百善孝为先

爱父如子

赵铁

有人说，人的一生是一个轮回往复的过程。两三岁的孩子努力的方向是不要尿床，而对于80岁的老人而言，生活自理恐怕也是主要的努力方向；五六岁的孩子常以能够独立完成生活中的"某项任务"而引以为荣，而90多岁的老人的成就感也往往来自于能做好一些生活小事。童年和老年是人生的两个端点，有着相似的生理特征。俗话说，老小，老小，人老了便越来越孩子气。他们会变得思想天真、单一、主观，对别人的言语非常敏感，特别爱听奉承话，稍不如意就感到委屈，感情脆弱，容易激动等。

就拿我的父亲来说吧。年轻时，很绅士气，潇洒，沉稳。年过古稀后，便变得越来越孩子气了，常常和孙儿们玩得乐不可支，他常和孙儿们一起上山放风筝、捉蝈蝈，和孙儿们"疯"得尽兴；笨手笨脚地和孙儿们"藏猫猫"，一会儿躲进门角落，一会儿爬到桌子底下；有一天，他不知从何处找到了一个被我丢弃的手机，竟把它别在腰上，四处炫耀……

对儿女们的言辞举动，他十分在意。有时他会为我们的一句话、一个眼神或一个手势而产生许多想法，从中品味儿女们的心思，对他是否尊重，心中有没有他，从而，或感动不已，或长吁短叹。

现在，父亲已没有了当年的风度翩翩，完全似个"老小孩"。为了顺应父亲变"小"的心态，我们做儿女的也就换用了一种新的孝顺方式——"爱父如子"。

生活中，我们细心体察父亲的感情，顺着他的心意，想办法化解他的不快，变着法子让他心情舒畅。有时也免不了把对待孩子们的那一套用上，逗着、哄着老人高兴。

老人的心理与孩子颇为相似，很容易满足。我抓住这一特点，常给父亲戴"高帽"，夸夸他洞明世事,夸夸他人情练达,夸夸他菜做得好,饭煮得香,甚至把许多功劳都记在他的"功劳簿"上,使他"得意忘形",乐在其中。

老人大多都有恋旧情结,常爱追忆过去光荣的"历史"。我们做儿女的就常提父亲的"当年勇",与他一起分享逝去的快乐时光。

其实,爱父如子自古以来就是一种大孝道。

清代大清官、大孝子郑板桥,曾在山东潍县任知县,因为民请命,赈济灾民,得罪了豪绅权贵而被罢官。他离开时,"一肩明月,两袖清风",仅一个书童为他挑着两箱子书同行。他的清廉、他的孝悌,深深地感动了潍县百姓。百姓倾城出动,绵延十余里哭送。走到城门,只见几个年轻人,跪在他面前,他立即上前,一一扶起,问他们有什么冤要申。其中的一个年轻人说:"大老爷,您要走了,请给我们留句话吧!"郑板桥略加思索,随口说道:"你们要把父母当儿待。"说完便走了。

年轻人一愣,觉得这句话初听起来有些不顺耳,进而思索才慢慢悟出,这是希望他们孝顺父母的一句精辟独到的告诫,一句经验之谈,是教育他们怎样做孝子。从此,潍县人听从这一教诲,十分孝敬父母,全县孝风盛行,成为有名的孝子县。尊老敬老之风流传至今。

若问何为孝顺,其实很简单:满足老人孩童般的需求,理解老人充满童趣的世界,把老人当儿善待,爱父如子,这,便是最好的孝顺!

打错电话的"妈妈"

黄斌

大年初一,我早早地起了床,煮好汤圆,等待妻子和孩子一起吃新年的第一餐。

"丁零零——"一阵电话铃声,我拿起话筒,电话里传来一位老年妇女的声音:"孩子……"

是妈妈打来的电话?我在想。但声音不太像,可电话那头却开始说个不停:"你说年三十回来的,害得你爸昨天整个下午都心神不定,好几趟到村口接你们,直到天黑透了,也没有见到你们的影子,只有我和你爸两人大眼瞪小眼,冷冷清清地守着一桌菜,吃得无滋无味。昨儿一夜,你爸总是一个劲地叹气……"

电话里的声音有些哽咽。我看了一下显示屏,知道这是一个打错了的电话。挂断后,我记下了显示屏上的电话号码,心里沉甸甸的。

我的父母也七十多岁了,退休后一直住在乡下老家。平时,我们在城里忙这忙那,也难得回家。回去一次,老人高兴得像过节似的。每次走时,都送我们到村口,直到看不见我们的背影才依依不舍地回去。老人们为子女含辛茹苦一辈子,即使子女们成家立业,一个个"离巢"而去,仍割不断他们对儿女的爱和情思。可是,子女的心中又能有多少老人的位置?在千家万户欢喜团圆的除夕之夜,我的父母一定也会像电话里那位望眼欲穿盼儿归的老人一样,正等着我们回家呢!我突然做出决定,对儿子说:"今天我们不去逛街、看电影了,现在就买车票回乡下看你爷爷奶奶。"

半个月过去了。那天,我又想起那位打错电话的"母亲",她惦记的儿子不知回家了没有。

于是,按照那天的号码,我拨了个电话过去。接电话的是一位男子,他听明白了我的意思后,沉默了好一会儿,突然抽泣起来。原来他就是那位母亲的儿子,他的母亲因心脏病发作去世了,他是赶回家办理丧事的。

电话里,他难过地告诉我,他母亲临死前,不断地呼唤着他的名字。待他匆忙地赶回家,没有能和母亲说上一句话,老人就带着无尽的遗憾走了。

"你春节为什么不回去看看他们?"我问。

"我在城里经营着一家超市，原本打算回家过节的，可是那几天生意特别好，因为忙，就没回来。谁知道母亲就这样地走了……想起来，我好悔恨呀！"

这位儿子，悲怆地自责，使我唏嘘不已。

人的一生中，事总忙不完，但报答亲情的机会却是有限的。一旦失去这种机会，那岂不是一辈子的痛苦和遗憾？

让我们多创造一些团聚的机会，多给老人一些亲情的抚慰吧！过节时，还是应该多回家看看！

我们常常听到的就是："等我有了钱，我给父母买……""等我工作了，我带父母去……""等我成家了，我要孝敬父母。"浮躁和疲惫的子女们，似乎忘记了，孝敬只有现在进行时，不需要你未来的保证，也不需要你过后的懊悔。好好把握当下的每一刻，你能够做到的，就是最好的，也是最让父母欣慰的。

第一百个顾客

黄岳

中午高峰时间过去了，原本拥挤的小吃店，客人都已散去，老板正要喘口气翻阅报纸的时候，有人走了进来。那是一位老奶奶和一个小男孩。

"牛肉汤饭一碗要多少钱呢？"奶奶坐下来拿出钱袋数了数钱，叫了一碗热气腾腾的汤饭。奶奶将碗推向孙子面前，小男孩吞了吞口水望着奶奶说：

"奶奶，您真的吃过午饭了吗？""当然了。"奶奶含着一块萝卜泡菜慢慢咀嚼。一眨眼工夫，小男孩就把一碗饭吃个精光。

老板看到这幅景象，走到两个人面前说："老太太，恭喜您，您今天运气真好，是我们的第一百个客人，所以免费。"之后过了一个多月的某一天，小男孩蹲在小吃店对面像在数着什么东西，使得无意间望向窗外的老板吓了一大跳。

原来小男孩每看到一个客人走进店里，就把小石子放进他画的圈圈里，但是午餐时间都快过去了，小石子却连五十个都不到。

心急如焚的老板打电话给所有的老顾客："很忙吗？没什么事，我要你来吃碗汤饭，今天我请客。"像这样打电话给很多人之后，客人开始一个接一个到来。"八十一，八十二，八十三……"小男孩数得越来越快了。终于当第九十九个小石子被放进圈圈的那一刻，小男孩匆忙拉着奶奶的手进了小吃店。

"奶奶，这一次换我请客了。"小男孩有些得意地说。真正成为第一百个客人的奶奶，让孙子招待了一碗热腾腾的牛肉汤饭。而小男孩就像之前奶奶一样，含了块萝卜泡菜在口中咀嚼着。

"也送一碗给那男孩吧。"老板娘不忍心地说。

"那小男孩现在正在学习不吃东西也会饱的道理哩！"老板回答。

呼噜……吃得津津有味的奶奶问小孙子："要不要留一些给你？"

没想到小男孩却拍拍他的小肚子，对奶奶说："不用了，我很饱，奶奶您看……"

父亲的节日

金鑫

那一天，参加一个集体的宴会。一个长得很帅气的小男孩，转到我面前，扬着手中的一束花花草草,很兴奋的样子。这个调皮的小家伙,在一排花篮上抽抽取取,制作了一束鲜花。我逗他:"给我吧。"他立刻紧张起来,将花别到身后,一口回绝:"不行,这是给我爸爸的。""为什么要给你爸爸呢?"我问。他扬起小脸:"明天是父亲节呀!"

哦,是父亲节。我当着众人的面夸奖他:"真是个懂事的孩子。"不料,他又扬起小脸,很认真地问我:"你给你爸爸准备礼物了吗?"这一问竟让我无法回答。

因为,我还未曾想到过给我的父亲准备礼物。

孩子看出了我的窘相,抽出一枝康乃馨,放在我的手里,"喏,你把这花带给你的爸爸吧,他一定会很高兴的。"我接过花,看着他那张天真的笑脸,觉得这孩子是个有心人。

第二天早晨,是星期天,父亲来看我们了。父亲来,事先没有告诉我。他敲门的时候,我们还在梦乡中。看到父亲,我突然想起昨晚小男孩给我的花儿。那一枝花儿,我压根儿没有考虑带回来,顺手放在了饭桌上。我猜想,父亲知道今天是父亲节吗?

敲门声也唤醒了女儿,她揉揉眼睛,跳下床,来到我的跟前:"爸爸,把眼睛闭上。"我以为她要跟我撒娇,或者做捉迷藏的游戏,便佯装闭眼。她从枕头旁边拿出一个手工做的桃子,放到我的手上。待我睁开眼,她在房间里欢呼雀跃:"父亲节快乐,请爸爸吃桃子!"

父亲看着女儿,女儿看着我,我看着父亲,场面有些尴尬。父亲嘀咕了一句:"父亲节?"随即像明白了什么似的,一个劲儿地夸着女儿,说她真是个懂事的乖孩子,将她引到阳台上玩。父亲的举动,很明显是在帮我解围。这一天,毕竟是父亲节,可我连一件礼物都没有准备。想到这儿,我的表情有些不自然。

过了一会儿,父亲又走过来,在裤兜里摸了半天,摸出一个鼓鼓的信封来,摆在桌上:"听你母亲说,你们买房子缺钱,我们想办法凑了点,你收好了。"我坚持不要,父亲显得有点不高兴:"咱们父子之间谁跟谁呀。等你们日子过好后,再孝敬我们也是一样的嘛!"见我接下钱,父亲又开了口:"老家的杉木已成材,还有一些槐树楝树,都伐倒了,放在河里浸泡,等秋凉时,就能动手打几件家具了,我们也帮不上你们什么大忙,能帮多少算多少。"

没说几句话,父亲就要走。留他吃饭,他说:"家里正忙着插秧,你母亲叫我早去早回。"母亲前几天刚从我这儿返乡,一定是她与父亲商量好了的。父亲说走就走,临行前,他到我的书房里,试探着问:"能不能把你写的书给我几本,带回去给庄上的人翻翻?"

拿书的时候,我突然发现书橱上有两张票,便递到父亲手里。父亲很开心:"是戏票吗?等秧插完了,陪你母亲来,她喜欢看戏哩。"

父亲拿着书,又带着戏票,欢欢喜喜地走了。我手里捏着父亲送来的厚厚一沓钱,沉默了好一阵子。

寄钱

白旭初

回乡办完父亲的丧事,成刚要母亲随他去长沙生活,母亲执意不肯。临走时,成刚对母亲说,今后我每月给您200元生活费。母亲说,乡下开销不大,寄100元就够了。

母亲住的村子很偏僻,乡邮员一个月才来一两次。如今,外出打工的人多了,留在家里的老人时时盼望远方亲人的信息,乡邮员在村子里出现的日子,便成了他们的节日。每回乡邮员一进村,就被一大群人围住,然后,传递自己的喜悦或分享他人的快乐。

这天,乡邮员又来了。母亲正在菜园里割菜,张大妈一连喊了几声,她才明白是叫自己,慌忙出门从乡邮员的手里接过一张纸片,是汇款单。母亲脸上洋溢着喜悦:是我儿子成刚寄过来的。邻居张大妈夺过母亲手里的汇款单看了又看,羡慕得不得了:乖乖,2400 元哩!

母亲第一次收到这么多钱,高兴得睡不着觉,半夜起床给儿子写信,问成刚怎么寄这么多钱?说好一个月 100 元,一年 1200 元啊。成刚回信说,乡邮员一个月才去村里一两次,怕母亲不能及时收到生活费而着急;还说他的工资不低,钱用不完就放着,也好应付急用啊。

看了成刚的信,母亲甜甜地笑了。

过了几个月,成刚收到了母亲的信,信只有短短几句话:成刚,你不该把一年的生活费一次寄回来;明年寄钱一定要按月寄,一个月寄一次。

一年过去了,成刚因工作忙,回家看望母亲的愿望不能实现了。他本想按照母亲的嘱咐,每月给寄一次生活费,又担心因工作忙而误事,只好又到邮局一次给母亲汇去 2400 元。

20 天过后,成刚收到母亲一张 2200 元的汇款单,是母亲退回来的。成刚百思不得其解,正要写信问问,又收到了母亲的来信。她说,要寄钱就按月给我寄,要不我一分钱也不要。

一天,遇到一位来长沙打工的老乡,成刚在招待他吃饭时,顺便问起了母亲的情况。老乡说,你母亲虽然孤单一人,但很快乐。尤其是收到你的汇款,她会高兴好几天哩。

听着听着,成刚泪流满面。成刚明白了,母亲坚持要他每月寄一次钱,是为了一年能享受 12 次快乐。母亲心不在钱上,而在儿子身上。

拍拍我的脸

方冠晴

正月初六,市郊的公路上发生了一起车祸,一辆满载乘客的长途客车与一辆急驰而来的货车迎面相撞。客车被撞得严重变形,翻进路边的田沟里。28 名乘客中,2 人当场死亡,其余 26 人不同程度受伤。

这辆客车是由市长途汽车站发出的开往深圳的长途车,车内乘坐的都是刚刚在家过完春节,打算去深圳打工的农民工。想不到车子刚刚离开市区,就发生了这样的惨祸。

120 急救车很快赶到,在现场对受伤的乘客进行救助。市电视台的记者也得到消息,扛着摄像机赶到了现场。

现场惨不忍睹。客车躺在田沟里,地面上到处是车窗玻璃的碎片。

因为车翻进了田沟,所以乘客们爬出来时,身上都沾满了污泥,一个个狼狈不堪,许多人的身上都有血迹。他们的脸上无一例外地流露出痛苦、愤懑乃至绝望的表情。

记者理解他们的心情,这些农民工是怀揣着希望外出打工的,哪知道刚刚走出家门,就遭遇了这样的不测。身体的伤让他们痛苦,出师不利的阴霾让他们绝望。

记者在拍摄事故现场的同时,还拍下了每个乘客脸上的表情,他要用这样的镜头来提醒司机们要珍视别人和自己的生命。

他就这样一路拍过去,很快来到了 120 急救车旁。几个医护人员正在将一名受伤的乘客往担架上抬。

这是一位 20 岁刚出头的小伙子,咧着嘴皱着眉,扭曲的表情显示出他身体的痛苦。记者看到,他的裤腿上鲜血淋漓,左腿的小腿耷拉着,显然已经断了。记者立即将摄像机镜头对准了小伙子的伤腿。

就在这时,小伙子发现了记者,发现了记者肩上的摄像机,他立即挣扎着从担架上爬了起来。医护人员想上前制止他,却被他挥手挡开了。

他用一只右脚站在地上,身体颤巍巍的,但他不要任何人扶他,而是迅速地抬起袖子抹了一把脸,揩净了沾在脸上的泥,并用手指梳理了一下头发,然后面对着镜头,露出了开心的微笑。

小伙子一整套古怪的动作和表情,让记者惊呆了。断了一条腿,是何等的痛苦,突然发现了摄像机镜头,他居然忘记了痛苦,注重起自己的仪表来,又是揩脸,又是梳理头发,又是摆出笑容。是他的脑子在车祸中受伤出了毛病,还是他难得上一回电视才一反常态?记者只将镜头对着小伙子的脸扫了一下,然后一点点地向下,拍摄起小伙子的伤腿来。小伙子立即拉过身边的一只行李包,挡在自己受伤的左腿前。

"拍拍我的脸吧,拍拍我的脸。"他低声下气地请求。

记者惊愕地抬起镜头,镜头里的小伙子立即又露出了满脸的笑容。

他笑得那么开心,似乎忘记了刚刚经历的生死之劫,忘记了自己的伤,反而庆幸自己成了能在电视上露脸的明星似的。

所有人都被他弄得稀里糊涂,只有他,还对着镜头笑着,笑着……终于,他站立不住,倒了下去。医护人员七手八脚地将他往担架上抬,他却面对着镜头的方向,冲记者叫了起来:"求求你,这个节目播出的时候,别播我倒下的镜头,别播我受伤的腿,就播我的脸吧。我妈妈知道我是坐这趟车去深圳的,她要是知道这趟车出了事还不急死!如果她在电视上看到我这么轻松地笑,就知道我还活着,我没受伤。我不想让她担心……"

这是前些日子我的一个当记者的朋友给我讲的故事,他就是那位摄像记者。讲完这个故事,他很动容地说:"直到听了小伙子的话,我才明白他的动机,那时候我的心里说不出是什么滋味。那么一个普普通通的农村小伙子,让我一下子明白了什么是爱,什么是安慰,什么是善意的欺骗。我当时甚至鄙视起自己来,鄙视自己心里对他曾有的猜度。后来,我主动掏出手机,让他给家里打个电话,我想这样报平安会更直接些。他却说,他家在山区,家里没安电话。他说,他妈妈没有别的途径知道车祸的消息,如果知道,只可能从电视里看到,如果我们只播出他那轻松的笑容,他妈妈就会相信他是这起车祸中的幸运者,毫发无伤。"

后来我在电视上看到了市电视台对这起车祸的报道,在屏幕上众多痛苦的表情中,有一张笑脸那么醒目。这是一张很普通的农民工的脸,但他的笑使他的表情那么生动、亲切、爱意融融。看到这样的笑容,你真的会相信他是这起车祸的局外人,或者是车祸中唯一的幸运儿!

我不知道他的母亲会不会看到电视中的报道,更不敢确定她看到电视中的镜头后能否真的放心,但我相信,拥有这样的笑容的人,一定会成为生活的幸运儿。因为,爱能使人幸福,能使人坚强,能让人化解生活中的所有苦难。

送母亲一束康乃馨

枝上柳绵

曾买过几次花,都是为了送女孩,但这次却不同。

在母亲眼里,现在的我若谈恋爱则是大逆不道的,但我依然背着母亲去找女友。

今天,当我走进花店时,一眼就发现那束红玫瑰,很美、很美,美得让人痴迷,美得让人心动,何不买下来送给她呢。可是女友的生日还在下个月9日,早着呢。

我翻开日历,5月28日,距6月9日还有12天。

5月28日!记得无意间发现母亲的身份证,才晓得母亲的生日就是今天,5月28日。

母亲已40多岁了,从我记事起就没见过母亲为自己过生日,甚至连自己生日那一天都没提醒过。而我也不曾关心过、询问过,反而将女友的生日记得那么牢,看得那么重,竟然会忘记母亲也是有生日的。

我走进了那家花店，"先生，买花吗？看这束红玫瑰，多鲜、多艳，这是本店最好的一束，最适合你送女友了。"

年轻的女店主指着那束红玫瑰对我说。我看了一眼那束红玫瑰。

的确，多鲜、多艳，但我还是摇了摇头。"那你送给谁呢？"女店主又问。当我告诉他是送母亲的，她有些惊异地说："啊！母亲节不是早已过了，我店的康乃馨也早已卖完了。"

顿时，我的脸红了起来，赶紧勉强地解释道，"今天，是我母亲的生日。"说了声谢谢，匆匆逃了出去。

这时我开始责问自己，为什么没在母亲节那天送束康乃馨给母亲？甚至连个电话都没打，连句问候都没说呢？

虽然，从书上得知，母亲节要送康乃馨给母亲，可是我却一直都不知康乃馨是种什么样的花。深深的歉意占据了我整个心灵，今天也许是该补偿了吧。

我连走了几家花店，都没有买到康乃馨，我的心情开始浮躁，汗水也渐渐地从我的额头流出。

算了吧，回去就当不知道今天是母亲的生日，反正母亲又不会说什么。但是，我已经知道了，又怎么能再去欺骗自己，再去承受心灵的责备呢？

我又一次踏进了一家花店，有一个小女孩起身迎我，当我问有康乃馨没，小女孩摇头了，我也再一次失望了。

然而，当我正要走时，内室走出了一位老太太，她叫住了我，问我是不是送给母亲，我点了点头，并说："今天是她的生日，我走了许多花店都没买到。"老太太又说："今天也是我的生日，我女儿特意从外地托人带来了一束康乃馨，看你着急的样子，就知道你也是个孝子，那我就送给你吧。""在里屋放着，还包扎的好着呢，我叫孙女给你拿去。"小女孩不情愿地叫了声姥姥，但还是被老太太劝进去了。

我拿着花，望着老太太那双慈祥的眼睛，就仿佛看见了为人之母的伟大。当我要付钱时却被老太太拒绝了，她告诉我："孝心是宝贵的，母爱是伟大的，这两样都是不能用钱来衡量的。"我硬是给了她10元钱，跑出了花店。

我静静地望着这束康乃馨，它蕴藏着一颗祝福的心，同时也流露着一双慈爱的笑脸。

当我把这束康乃馨恭恭敬敬地送到母亲面前，并平生第一次对母亲说生日快乐时，母亲只轻轻地说了我一句："乱花钱。"但我还是看见了母亲那双湿润的双眼。

我比别人更在乎

马德

15岁那年，他参加了全市组织的乒乓球比赛。不大的体育馆座无虚席。然而，他发挥得并不好。许多很有把握的球，他都没有打好。比赛结束后，观众散去了，其他队员也散去了，只有他坐在长凳上黯然神伤。

他开始怀疑，自己是不是本无打球的天分，却错走到了这条路上。

他不知道一个人在体育馆呆坐了多长时间。他觉得有些饿了，开始收拾东西准备回去，就在这时候，他一回头，看到不远的看台上，还有另一个人静静地在那里坐着。他抬头的一刹，正好与她的微笑相对。是母亲。

他扔下所有的东西，疯一样跑上看台，一头扑进母亲的怀里，放声大哭起来。他一边哭，一边大声责问妈妈，为什么近在咫尺而不管他？

妈妈笑了，抚摸着他的头说："儿子啊，人生最难的路需要自己去走，妈妈不能帮你。"

他反问妈妈:"那你为什么不和其他观众一起走,还要留在这里?"

妈妈说:"孩子,无论你多难,妈妈都会站在你的身后,永远看着你……"

第二年,还是在这个体育馆,还是一样的比赛,他战胜了对手,也战胜了自己。后来的岁月中,他取得过许多不同级别的乒乓球赛冠军。

有一个记者采访他,问他取得人生辉煌的原因,他说:"我能有现在,是因为这些年来母亲一直站在我的身后,不计成败地关注着我。她的眼神温和,慈祥,充满着鼓励、信任、欣赏以及期待……"

记者不解地问:"天底下每一个子女的身后,都有着母亲温暖的关注。甚至有的人远在异域他乡,依旧被母亲牵挂着,可为什么却不能取得像你一样的成功呢?"

他的回答很简单:"那是因为我比别人更在乎母亲。"

是啊,一个人,只有懂得珍惜别人给予的爱,在乎别人给予的爱,才会让爱生出不绝的力量,从而引领自己创造出人生一个又一个的奇迹。

孝心就是美德

[美]乔·科比

我外婆已经94岁了,耳朵也快聋啦。我们大声嚷嚷地对她说话,她也无动于衷。有时候,她孩子似的要求我们干这干那,干我们办不到的事情;有时候,她没头没脑地弄得我们无法安慰她。她可真难相处!

在外婆生活显然不能自理的时候,她被搬到我父母宽敞的房子里来了。他们照顾了她多年。但外婆总惦记着她从前的那个小屋和清闲的日子,尽管她在那儿非常寂寞。现在,只要高兴,她就会回去看看。

外婆的视力、听力和脚力都明显开始衰退了。我们召开了多次家庭会议来讨论如何处置。不言而喻,谁也不想跟她一块过。我们谈到把她安置到养老院,可这种想法行不通。尽管外婆在那儿可以跟许多与她同年龄的人在一起,可一想到跟她的家人少见面,她就心碎了。而且像样的养老院花费很大,便宜的养老院又没人想去。

妈妈直截了当地说不能让外婆在养老院时过世。到了那个时刻,外婆可以住在她家里。外婆18岁时就不得不辍学来侍候她年迈的父母。她尽心竭力地照顾他们,直到他们过世。妈妈是不容她自己的母亲在一个陌生的环境里谢世的。我对母亲这种决定极为欣赏。对她来说,这不是一件好办的事,然而却是一件明智的事。在许许多多人冷漠地摆脱对他们上了年纪的父母的责任时,我妈妈却是带着极大的勇气站出来的。

在许多国家,从所谓原始文化到高度发达的文化,家中最老的人是被奉为一家之尊的。他不当家后,家庭的其他成员就会照料他的余生。我听说,若干年前,在一些文化落后的社会中,老人是被送到荒野,让他们死在自然手中的。虽然这听起来既残酷又没心肝,我有时却想:这种办法是否比我们今天把老人安置在陌生的环境中,让他们在寂寞与困惑的心情下度其残年更为无情呢?

许多在养老院住的老人都是体弱多病的,他们挣扎着求生。想想吧!如果你的儿女把你交给完全陌生的人去照顾你的起居,你对生活会感到多么诚惶诚恐!而更使人不堪忍受的是,你的自尊心将受到极大的损伤。

我妈妈精力充沛,又很能干。她展望未来,曾做了很多长远计划。可总有一天她又会变得衰弱,也会有这么一天,她五个孩子之一,或许就是我,会意识到照顾年老父母的日子来了。我们常常谈起这些事情,我开玩笑地对妈妈说,我会把她带到山上,就扔在那儿。这时,妈妈就讲了下面的故事回答我："有一天，一个年轻人看见自己的父亲用力拖着一个大篮子，步履蹒跚地在街上走着。当他走近父亲时才看出：篮子里是他老祖父。

"'爸爸，你把爷爷带到哪儿去呀？'年轻人问。

"'我把他带到山谷去，'父亲答道，'他老朽啦，一点用处都没有了。我准备把他扔到峭壁底下去。''行，爸爸，你只管往前走吧！'年轻人又加了一句，'不过你可别把篮子也一块扔掉，将来我还要拿它来装你哩。'"

总有一天，我们都会老弱起来。我们希望，所有幸福的家庭都不要忘记——孝心就是美德！

有一种欺骗叫真爱

刘平

有个男人下岗后，每天靠蹬三轮车养家糊口，在热闹的路旁等客，他总是用鹰一样的眼神搜寻着顾客，起初，同行们还以为他在积极地抢生意，后来才知，他只是因为怕遇到乡下的熟人而难为情。

逢到过年过节，这个男人整天不出车，而是溜达大小农贸市场，跟摊贩讨价还价，最终用三轮车驮回米呀油的、粉丝、花生米……第一次男人买这些农产品回家，他的妻子很不解地训斥他："家中乡下老人刚送来这些，你又买回，放着不怕坏呀！"男人没有理睬妻的唠叨，只是用以前单位发福利的大米袋装米，尔后缝口，油也用10斤的油壶装满，花生米也是6斤称秤，粉丝也不例外。他的妻子见他这样的傻举，更是气急败坏，脱口而出："你有时间在家闲着发神经，还不如出去拉几个客！"面对妻这样咄咄逼人的话语，他欲怒无言，眼中蓄满了浑浊的泪水。妻一时感觉到自己有点过分，心生怜爱，想想男人本来有不错的单位，突然下岗了，还能吃这样的苦，没日没夜蹬车挣钱，鼻子一酸，泪下来了，从后背抱住男人，请他原谅刚才过激的话语。男人转身，拥着妻，吞吞吐吐说出他"傻举"的目的。

原来，男人曾经有工作时，每年过节，单位总发放大米、油、粉丝和花生米，他总跟妻子商量送一半给乡下父母。尽管父母在乡下不稀罕这些，但老人因儿子在城里工作有东西发，自然乐意接收，缘因儿子有个好单位自豪。如今，男人下岗了，他不想告诉父母，只是怕他们担心，所以才……

男人的妻子被他的细腻感动了。以后再过节，她总帮着男人做着同样"傻举"欺骗乡下的两位老人。

这个男人，就是我的大哥。

有个女人和丈夫外出打工，日子过得很清苦。她每天早晨三四点钟去农贸市场买一些蔬菜，而后在天亮躲着城管人员在僻背的小巷里卖。丈夫则在一家建筑工地做苦力。然而，逢到过年过节，他们总是穿戴一新，拎着大小礼品回家看望父母，口口声声说自己在外工作清闲，钱比种田好挣多了……可父母从她清瘦的面容上早已洞察一切，因而，一次次拒绝了她的礼品和钱。

一次，她偶然发现母亲要去城里走一家亲戚，连续去了几个邻居家，才借回一双皮鞋。她看在眼里，疼在心里。临去打工的路上，她跟丈夫说："再回家，一定得给妈买双新皮鞋！她这辈子，没穿过皮鞋！"丈夫欣然同意。

临到再回家，皮鞋买到手她犯难了——新皮鞋，母亲肯定拒收，因为她的脸上依然清瘦憔悴，若是母亲真拒要新皮鞋，这鞋怎么处理呢？突然，她眼前恍惚起城里有人拾垃圾的场景。顿时，她脸上露出了幸福的笑容。

她连忙吩咐丈夫，把新皮鞋折折皱皱，自己又捧着尘土往新皮鞋上洒。丈夫一时满脸狐疑。

当他们再去看望父母时，她除了那双满是灰尘的皮鞋，两手空空。

一见父母,她满脸难色,怯生生地说:"妈,这次看你们,我依着你们的意思,真没带什么礼品!不过,我在城里的垃圾堆里捡到一双还不算太旧的皮鞋,正合您脚,就给你带回来了!"

当母亲接过皮鞋,一吹皮鞋上的尘土,一边试穿皮鞋,一边惋惜道:"这城里人真够浪费的,好端端的一双鞋就扔了。这下可好了,以后再走城里的亲戚再不用借皮鞋了!"正当她和丈夫会意地对笑时,母亲又来了一句:"以后再进城,留意给你爸也捡一双,他长这么大也没穿过皮鞋呢!"

以后,她又如法炮制带给父亲一双"旧皮鞋"。

这个女人,就是我的姐姐。

有一个小青年,他高中一毕业,就被亲戚介绍到上海的一家船厂打工,船厂开给他的工资有一千多。然而他仍省吃俭用,每月定时给父母汇钱,原因是想早日帮父母盖上三间瓦房,让他们脱离低矮阴涩的茅草房。

谁知,工作不足半年,他被上海光怪陆离的生活一时熏昏了头,变得财迷心窍。一日,他偷拿了几个同事的工资卡,取不出来,被人当场擒拿。

一下子,他懵了。接着他被拘留,亲戚一脸失望去看他。他低着头,一脸悔恨的泪水,突然,他"扑通"一声跪倒在亲戚面前,哭着请求不要把这件事告诉他父母。亲戚看他还是个孩子,产生怜悯之心。临别,他又请求亲戚,给家人捎口信,就说他被船厂安排到国外学习技术,三年后才能回家。因为此时,他已得知自己被判三年有期徒刑。亲戚答应了他,且还说帮他汇款回家修建瓦房,了却他的孝心,只是望他积极改造,争取早日重新做人。

望着亲戚远去的背景,他哭喊一声:"我将来定会加倍偿还你的汇款!"

入狱后,他果真积极改造,提前一年释放。当然,他那年犯事已被船厂解雇了。那一年,他没日没夜在搬运站工作,搬运东西简直拼命。

他的汗水为自己赢得了一笔钱,可当他还亲戚钱时,亲戚拒绝了,说是早点回家看看父母吧。都整整三年了,他何尝不想父母双亲。

当他回到家,往日的茅草屋早被眼前的青砖瓦房代替了,他的心中顿时涌动起一股不知名状的酸楚。父母见他满脸憔悴的面容,止不住关切地问:"在国外是不是太苦?"他哽咽一句:"只是水土不服!"尔后避着父母,任凭泪水外溢。

这个青年,是我的堂弟。

当我写完这三则故事,我心抑制不住颤抖起来。欺骗,曾是人们最最憎恶的,不论欺骗的大与小,人们都难以容忍。然而,当欺骗夹藏着善心和亲情,又怎能不让人泪流满面呢?!因为这一种欺骗,叫真爱……

撑开幸福

包利民

她来自极遥远的一个农村,在这所大学里,也应该是最贫困的学生了。她的家乡极偏僻,离最近的县城也有一百多公里,因为土地贫瘠而稀少,那里的人们都相当穷。而她家却比别人家更为困难,因为要供一个孩子上学,所有的经济来源就是那几亩薄地和院子里的十几只鸡了。

上大学后,她的家更为窘迫,可即便如此,父母还是极力地支持她上学。她在高考之前从没去过城市,高中是在镇里读的,在县城参加高考时,她便被城市的一切所震惊了。而来到省城上大学,在这现代化大都市中的所见,让她觉得县城就像农村一样。说实话,虽然父母每日为了她而辛勤劳作,可她却并没有多少感恩之情,甚至还有一丝埋怨,更谈不上什么幸福了。对贫穷的憎恶,使得她对自己的父母和家庭也有了浅浅的厌倦。

有一天和同学在街上闲逛,当时正是盛夏,太阳毒毒地在头顶悬着。忽然她就惊奇地发现,许多人都撑着伞在行走。她从没见过现实中的雨伞,只在村长家的电视中看见过。于是她问同学:"没下雨她们打着伞干什么?"同学惊奇地看着她说:"遮挡阳光啊!"她的脸立刻红了。从那以后,再遇见自己感到奇怪的事,她绝不再问别人。

只是,那些伞一直在心里飘啊飘的,挥之不去。她想到了自己的家乡,那里的人连一件塑料雨衣都没有,而那里的夏天总是大雨滂沱,晴天时更是炎热无比。父母总是在大雨中去田里干活,把那些秧苗及时地扶正,更多的时候,是在烈日下劳作。她想起了父亲肩上晒脱的一层又一层的皮和母亲红肿的后背。要是有把伞就好了,父母就可以不怕日晒雨淋了。第一次,她的心中涌起了对父母的心痛之情。

她去商店看过,一把最普通的伞也要十元钱。十元钱,对于她来说是近一个月的生活费,对父母来说,是在暴雨烈日下劳动不知多少时日才能换得的。她开始攒钱,在暑假来临之前,终于拥有了一把淡蓝色的伞。

放假了,坐了一夜的火车,她回到了县城,又转乘去镇上的客车。从镇上到自己的村子,还有三十里的土路。她在太阳底下,紧紧地攥着那把伞,却舍不得把它撑开,尽管阳光晒得身上火辣辣地疼。离村子还有十里路的时候,天色突变,一会儿工夫便下起大雨来,她一下便被淋透了。可她依然没有撑开伞,她要把这把伞的第一次让父母去体验。

快到村子时,她没有回家,直接向自家的田里走去,她知道父母此刻一定在田里干活。当父母的身影隔着雨幕映入眼帘时,她喊了一声,跑过去,浑然不顾泥水溅在身上。父母见到她,很惊喜的表情,说:"这么大的雨,咋不直接回家?"她把伞撑开,举到父母的头顶,伞下立刻出现了一个无雨的空间。父母高兴地说:"这玩意儿真好,雨浇不着了!"她看着父母满足的神情,心底柔柔地痛了。

回去的路上,雨过天晴,太阳的威力再度显现出来。她仍把伞举在父母的头顶,阳光便一下子被赶跑了。父母的惊喜更增了一层,没想到这样一把伞,居然有这么大的作用。

生长了近二十年,她第一次有了幸福的感觉,而这份幸福,是在父母沧桑的笑纹中找到的。她忽然明白,幸福一直都在,只是她没有像撑伞一样把它撑开,而是一直都收敛在心底。

是啊,只要撑开心中那把幸福的伞,那么生命便会有一片无雨的天地,便会有一个清凉的世界。

爸爸的田鸡腿

何立伟

那其实是一件很小的事情。当时"文化大革命"开始不久,父亲被红卫兵们打成了"走资派"。又过些日子,批斗便开始了。

那年夏末的一个中午,如往常一样,我去机关食堂里买了饭菜回家,就等着父亲。很久了,那熟悉的慢而沉重的声音仍未在门外过道上响起。

饭菜摆在桌上都已凉了。我们三兄妹围着桌子坐着,馋馋地望定那两碟菜。其中的一碟,是我们全家都爱吃的田鸡。又过了一会儿,我的小妹三毛实在熬不住了,伸出手来欲拿一只田鸡的肥腿。我止住了她。

日影在桌上移动,邻居们早已吃过饭睡午觉了,四下里很静谧,但父亲还没有回来。我只好对两个妹妹说:"爸爸看样子中午不会回来了,吃吧。"两个妹妹就吃起来,我也吃着,但都吃得很慢,也不似平素吵吵闹闹,仿佛知道父亲会回来,只是边吃边等。

都知道父亲喜欢吃田鸡,于是只夹炒在田鸡里的大红椒或无肉的背脊,把大腿都剩着。平素最贪馋的三毛,这时也一副懂事的模样。她夹着一块田鸡腿,看了一看又放回到碟子里。结果是一餐饭吃完,那一碟田鸡还剩下大半,全是大腿。

刚吃过,父亲却忽然回来了。父亲的脸色非常难看,而且他的额角隆起了一个馒头样的包。我一见之下仿佛明白发生了什么事,冲过去扑到父亲身上。

大妹望见父亲额角的包,惊问是怎么搞的。父亲勉强一笑,说是走路不小心碰在了电线杆上。父亲本是近视,这么一说还真是诓住了我的两个妹妹。我却忍不住,仰头说:"爸爸,今天又开你的批斗会了!"父亲急忙对我丢眼色,又趁妹妹们没明白过来,故意轻松地问:"你们都吃过啦? 我还没吃中饭呢!"

父亲把桌上的竹纱罩揭开,看到那一碟田鸡,都是大腿,他的脸立即抽搐了一下。我看见父亲的眼睛分明潮红了。我朦朦胧胧地感觉到,在外边受尽凌辱的父亲,带着肉体与心灵的伤痕回到家中,从一碟他的儿女舍不得吃而为他留着的田鸡里体味到的是什么。

就是从这天中午起,父亲说他的儿女长大了,懂事了。

"文化大革命"中,父亲经历了更多的摧残和更大的事件,但是早些天他对我说,有许多旧事,他都能记起,就是回想不到当时的情绪,只有那年夏天的那餐田鸡,他能清清楚楚回忆起当时的感动。

楼梯上的扶手

[美]爱德华·齐格勒　任晓林　译

我的腿跛得厉害起来,上下楼梯拉扶手使的劲越来越大,走楼梯、跨台阶、去溪边也越来越不利落。从我三岁那年得了病留下后遗症后,我这两条病弱的腿就成了我的伙伴。如今我 45 岁。

我的儿子麦修具备所有我所缺乏的自信。他今年 17 岁,有一头金黄色的头发,体格健壮。我不在场时他常常口若悬河地显示他的口才,但我们在一起时,他却有点像粗犷而口讷的运动员。他是个活跃的曲棍球运动员,还是个抓鱼能手。

我们有过几次不快,但除了火头上的交锋,我们之间相处得很好。

他一天天长大,而我却一天天衰弱。看着晃晃荡荡的楼梯扶手,我的担心与日俱增,修扶手已不能再等了。我去请过几个木工,可谁也不想来干这点活。我走楼梯更小心谨慎了。

我虽然跛,不过在晴朗的夜晚我还能搬着我那老式的望远镜爬上松林边的小山,把望远镜放在三脚架上,寻找新的球状星云和双星。

麦特(麦修的爱称)常来帮我架望远镜,有时他会留下来。也是在这样一个夜晚,他又要我讲他和天狼星——那颗天空中最亮的星之间的故事。

西瑞依斯(天狼星)是麦特的中间名字,是为纪念他出生在蓝白的天狼星和壮观的猎户座星光下而起的。麦特就是在这座小山下面的小松林里出生的。

那天他母亲沙莉是半夜以后醒过来的。因为是第二胎(当时两岁的安德鲁正睡在他的童床上),她很冷静地按经验估计新生命大约还得过几个小时才会降生。

那时我还没醒,对于将要在我身边发生的戏剧性事件毫不知晓,是她用变调的尖声叫醒了我:"快起来,孩子就要降生了!"

那时我的腿比现在灵便,我跳起来穿上衣服,抓了车钥匙就冲下楼去。沙莉已经给医生打了电话,又叫了一个邻居来照看安德鲁。

等那邻居来了以后,沙莉和我就去开车。我们那辆月白色的老福特停在 50 英尺外的松林旁边。我坐在方向盘后面,"上车吧,沙莉,我们走。"我说。她还在犹豫。

"我……我不能坐了。"

"你怎么了?"

"婴儿的头就要生出来了……你最好还是过来接着吧!"

这时沙莉已经爬上了前座。

"你快过来呀!"

我从来没有听到过这种充满了惊恐和紧张的声音。

在这秋夜的星光下,我过去接住了婴儿。这个小小的且有着体温的小东西还没有完全生出来,就发出响亮的哭声。我右手托着他脑袋,左手托着他的后背,惊奇地看着沙莉那个圆润光滑的肚子一会儿就变成了一个能哭会喊的婴儿。

我小心翼翼地提着婴儿的脚后跟,托着婴儿的头,借着星光我看到小身体上那个小雀雀正对着我。"是个男孩!"我喊了起来,热血涌遍了全身。

接着我把他递给了他母亲,给他们披上了大衣。一会儿救护车到了,医护人员接替了我。忙乱之中我的汽车钥匙丢了——失落在这个夜晚,这片松林,这腔兴奋之中。

这就是婴儿在洗礼时被命名为麦修·西瑞依斯的缘由——因为他降生到我的双手中时,天狼星正在我的头顶上照耀着。

麦特为他的中间名苦恼了好多年。当他长到能忍受别人的取笑时,他已经为他取了天上最亮的星星的名字而高兴了。

有天晚上,我工作完后正准备攀扶着楼梯上楼去休息时,发现扶手不晃了。"沙莉,"我喊道,"你知道这扶手修好了吗?"

"对,你去问问麦特。"

麦特回来后,说扶手是他修的。

"我该为你做什么呢?"

"不用,你已经为我做过了。"

"做过了,怎么会呢?"

"你知道,我降生在你的双手里,使我没落在地上。所以我想我该报答你。"

接着是一阵沉默。在沉默中有一种强烈的感情在我们之间流动,这种流动虽然看不见又听不见,但却能被我的心,我的骨髓所知觉,所感动。

今天离这故事发生的时间已经过去了 10 年。楼梯扶手依然牢固。天狼星也仍然在松林上升起——秋天里晚些,冬天里早些,春天里更早。而我每次看到它,心里就充满谢意。

母亲的需要

落花无声

罗德是旧金山最成功的商人之一。他唯一苦恼的事情,就是母亲纽卡夫人不肯从淘金小镇上的简陋的家里搬到自己在旧金山的别墅来。纽卡夫人七十多岁,头发花白,因为早年劳累过度,所以现在走路直不起身子。她穿最便宜的衣服,吃简单的面包和几片生菜叶子。陌生人谁都不相信,他的儿子是富豪罗德。

这是她年轻时养成的习惯。罗德三岁的时候,父亲因为结核病无钱医治死去。她带着罗德为了生存,不得不像个壮男人一样,加入到了开山挖石的队伍当中。

每块被崩下来的石头,至少有三四百斤的重量。在漫天的尘土中,纽卡夫人和那些赤裸着上身,满身沁出汗珠的男人们争夺着这些石头。因为每搬运一块石头,就能够得到 50 美分的工钱。而从事这个行业的人很多,竞争激烈。

纽卡夫人的工具,是一辆自己用铁皮做的小车。小车虽然看上去单薄,但是却很坚固。放上两块石头，会咯吱咯吱作响，但是却没有因此出过任何问题。

罗德记得最清楚的就是母亲干活时候的样子——没有平日里的温柔，显得格外地彪悍。石头被崩下来之后，她会高声指责着企图跟自己抢夺的男人，让他们"滚"一边去，一边快速地弯腰去挪动石头。用力过度让她脸色通红，脖子上的青筋绽了出来，看上去非常吓人。

就算这样，抢夺依旧非常激烈。纽卡夫人不得不在崩落的石头没有落地前，就大概选择好位置，保证自己可以抢到这块石头。可是这样做的危险性太大，被崩落得零落的、漫天飞舞的小石头打到身上火辣辣地疼，而且大块的石头也极其容易给人带来危险。

有一次，纽卡夫人抬起石头的边缘去挪动那块石头的时候，另外一块石头滚落下来，巨大的冲击力使她刚抬起的石头狠狠地落在了地上，一阵钻心的剧痛，纽卡夫人的头上挂满了豆大的汗珠，她坚持咬紧牙关，尝试着把手指抽出来，可是根本感觉不到手指在哪里。

就这样，她失去了10个手指的指尖。但是生活逼迫她必须一直坚持做下去。

罗德成功后，有人说纽卡夫人终于可以享福，住别墅，出入都有最好的汽车了。可是纽卡夫人的生活却没有任何的改变。除了她不再工作，性格也没有以前那样暴躁和冲动。她大喊的时候越来越少，脸上总是带着和蔼的笑容。

可是纽卡夫人很快就病了，而且很严重。医生说，纽卡夫人是因为年轻时候过度的劳累，透支了自己的生命。她的各个器官老化严重，很可能支撑不过一年的时间。

伤心欲绝的罗德给母亲买来了最好的营养品，他要去请全世界最好的医生来给母亲治疗，却被母亲拒绝了。纽卡夫人用粗糙的手抚摸着他的脸说："亲爱的罗德，我知道自己没有多少时间了，所以你不要再为我费心。我现在感觉很好。"罗德强忍着眼泪，从母亲的眼里，他看到的是面对死亡的坦然。

就在纽卡夫人一天比一天变得虚弱，一天比一天老态龙钟的时候，无心生意的罗德先生生意上也出了些事情，一个合伙人席卷了他的钱财和契约逃之夭夭。一下子，罗德先生似乎老了10岁，以前那个意气风发的他显得苍老憔悴，嘴边总挂着一丝苦涩。

豪华的奔驰换成了一辆老得不能再老的二手福特。罗德先生把车停在离家很远的地方，然后步行回了自己在小镇上的家里。纽卡夫人很奇怪，儿子怎么突然回来过夜，可是还是很欣喜地收拾出了罗德以前的小房间。

消息很快就通过镇子上的邻居们传到了纽卡夫人的耳朵里。罗德的生意失败了，没了存款，欠了一大笔债务，他卖了别墅、汽车和旧金山的一切，而且现在在一家小公司为别人打工。看样子，罗德是没有东山再起的机会了。

惊讶的纽卡夫人一一登门，向邻居们央求，不要再说与儿子相关的一切事情。她怕他伤心，她像个勇敢的狮子一样，对不愿配合的人喊着："别去招惹罗德！否则会对你不客气！"

纽卡夫人的病似乎被自己遗忘，她吃了一些药后，很快生龙活虎起来，她在镇子上摆了个摊子，贩卖一些自己做的糕点。也许是因为味道好的缘故，总是会卖个精光。

纽卡夫人每天晚上在给罗德做好饭菜后，就会回到屋子里，把卖糕点的钱一张张地存放到一个盒子里，然后在一张白纸上写下数目。

罗德先生早出晚归地忙碌着，纽卡夫人不知道儿子在做些什么，虽然她想问，可是最后还是把这个疑问埋在了心里。

这样一闪，就是20年。纽卡夫人的糕点成了远近闻名的美食。92岁的时候，纽卡夫人因为风寒去世，罗德先生伤心地为母亲办了一个盛大的葬礼。

镇子上所有的人都惊呆了，罗德先生的生意已经更上一层楼。而旧金山的一些政要也出席了纽卡夫人的葬礼，他们都是罗德的朋友。

罗德先生今年60岁，在旧金山，我和他有过一些交往。我问过罗德先生，为什么要伪装得那么落魄地回到镇子上去。她告诉我，因为他觉得母亲只有自己先有了活下去的信念和配合治疗的想法，母亲才能活下去。

"让妈妈坚持活下去的理由，没有什么比儿子需要她更加有力。因为那始终是世界上所有母亲最为牵挂的事情！"

罗德先生纪念母亲纽卡夫人的餐馆，开遍了整个美国甚至欧洲。纽卡餐厅的甜点，为很多喜欢美食的人所称道。

生年
闫文盛

从什么时候起，我回故乡的次数是越来越少了。当我在这城市里过活着，看着皱纹随着笑意从嘴角裂开来，我就想着生我养我的父亲母亲已是一天天老了。

前几日，我因为事情回乡，中间在家里有过短暂的停留。我连十分钟都未坐满便急着要走，因为时间已是午后，我要赶着回省城。故乡于我，异地的成分更浓一些了。母亲诧异于我的匆匆往返，表情里有一种让我不忍直视的成分。她对我的返家尚未来得及惊喜，等到这种感觉变得重起来，我已经出了院门，一步步地，离家远了。母亲却突然想起什么似的，在我的身后追赶过来。等到在我的面前站定了，她却只是抬手，整理了一下我的衣襟，然后眼睛故意不看我，转向别处。

我却在这次回省城后时时想念母亲。她声音哽咽，似乎不堪其重。因为她尚且没有明言希望我多回去之类的话，反倒是要我安心于工作及生活，好好待自己所喜爱的人，且要我无事莫回乡。母亲节俭，来回一百八十块钱的路费，她也觉得多。她又说我身体弱，在路上颠簸多了会觉得累。但母亲却不知，每天，我都要坐多远的车到单位。她这样说时，兀自使自己强行忍耐了多少惦念的苦楚。但她屡次三番言说，事后又屡次三番告知我，当我不在家时，她又是怎么觉得日子的空旷和荒疏。我拈指一数，这样的日子已经是十年。三千余个昼夜，她说自己像个孤老婆子一样，在偌大的院落里走来走去，累了的话，到炕上躺一会儿，不累的时候，便忙活那永远也忙不完的家务活儿。母亲说到这些时强自镇定，而我心内哽咽，却不能将自己的感情在母亲面前流露丝毫。我不知道什么时候起，离开母亲便远了，此后，这间距再也难以缩短。

后来我才明白，人生历历如水流，生年不满百。

生命的衔接传递，转眼间，竟成了这样一种让人欷歔的岁月蹉跎。

暖脚
吴培利

南方的小城。将军退居二线，门前冷落鞍马稀，日影陡然增长许多。

哥从老家打来电话，说娘近些日子，拿东西使筷子都不方便了。于是，对娘的思念越来越执拗地浮上来，如丝如缕，扯不断理还乱，好多个梦也压向他，几乎每个梦里都有娘的影子、老家的风景。

娘在梦里还是年轻时俏生生的模样，斜襟棉袄蓝底白色碎花，头发用水拭过，梳得光溜溜的，在脑后面绾了髻，团上黑色的发网，一根银簪一把簪住。娘站在满山满坡的杏树底下，笑盈盈的。那山他认得，就在老家的村子后面，儿时他没少往山上跑。他还在梦里看到了自己，五六岁的样子，捡柴割草，在娘身边跑前跑后。

他小时候很踢腾，像只调皮狗，只有娘能降住他。娘不打他也不骂他，只在他乖的时候，给他讲故事。娘认识字。娘的爹是一位私塾先生，她跟着她爹识了不少字，《三字经》《龙纹鞭影》都溜溜熟，知晓不少故事。娘说："有孝才有德，有德才无敌。"他被那些故事吸引着。60年后仍然记得一个叫黄香的男孩，冬天的夜晚，给他爹爹暖冰凉的被窝。那时，他听了这个故事，就坚持着天天给娘暖被窝。五六岁的他，把光溜溜的身子蜷在冷硬的被子底下，像搁在石板上一样，冻得上下牙齿打战，身子好半天伸展不开。娘说："俺孩儿懂事理，将来一定干大事！"

果然被娘说中！十三岁那年，他悄悄离开家，跟着征兵的队伍走了。一走就是二十多年。等他再见到娘时，娘鬓发已苍，岁纹丛生，他则成了中华人民共和国的军官，英姿飒爽，在南方的一个城市娶妻生子，呼风唤雨，落地生根。娘看他的眼神，客客气气小心翼翼，像看一个大人物，跟他隔着十万八千里的距离。后来，他又回过老家两三次，电话打了无数遍，想把娘带出去，可是，娘都婉言拒绝了。做了将军以后，他身不由己，再也没回过老家。娘已经进入耄耋之年。他南征北战几十载，保家卫国，暮年真该回去行点孝啊！寒冷的冬天已经来临，不知娘跟前的儿孙们，会不会有谁给娘暖一回被窝？

如今的将军少了许多的顾忌，说走就走。他急急火火下了飞机，风尘仆仆，回到山村。整个村子都轰动了，好多干部、乡亲簇拥着他，众星捧月一般。娘眼巴巴地站在村口站在寒冷的风中迎接，不知道站了多少时辰！娘扎着黑色的绑腿，深蓝的棉衣棉裤，身子又瘦又小，看上去很轻飘，不经风吹。再近，看清娘黑瘦的脸，如一枚干巴巴的红枣，满嘴的牙齿掉得光光，微张着，像老屋的破窗户洞开。那梦里的乌发银簪，俏生生的容颜，全部遗失在岁月深处！他泪花闪闪，腿一软，大老远跪下："娘！儿子回来孝顺您了！"娘早已泪涌如泉。

晚上，他说什么也要跟娘睡在一床，给娘暖一回脚。娘把电热毯开上，他又不声不响地关上。哥嫂孝顺，给娘盖的被子很柔软，可他的身子触到时，还是禁不住哆嗦了一下。

娘的气息蕴上来，是陌生的。他蒙上头，抽动着鼻孔，使劲儿嗅，搜索童年时的记忆，末了，无声地哭了，像一只倦怠的鹰，穿越五六十年光阴的山川河流，他又回到生命的起始地。他心里说，娘，儿子再不离开您了！

直到他把被窝暖得没有一片凉的地方，才服侍娘在床的另一头脱衣睡下。娘腿脚冰凉，碰到了他，被他一把搂住，焐在腋窝底下，暖。

不知不觉，他睡着了。

他又梦到了娘，娘依然俏生生的，站在满山满坡的杏树底下。这次，娘是向他告别。娘说："娘该走了！"他急，追着娘跑，又追不上。撒泼，哭号，顿时惊醒。娘的身子像一块冰，抱在怀里凉飕飕的。再看娘，鼻息全无，驾鹤西去。

将军大恸。

为爱种一片森林

沉石

在法国南部马尔蒂夫的小镇上，有一位名叫希克力的男孩。在他16岁那年，父亲患上了一种罕见的肺病。医生们束手无策，只是建议说："如果病人能生活在空气新鲜的大森林里，改善呼吸环境，或许有一线生机。"

看着父亲的病越来越重，希克力心急如焚。突然他灵机一动："我为什么不自己种一些树呢？等这些树长大了，也许父亲的病就好起来了。"父亲苦笑着对希克力说："我们这里缺少水源，土壤贫瘠，让一棵树存活谈何容易？还是算了吧！"但希克力还是暗下决心，一定要在自己家门前种出一片茂密的树林来。

从此,希克力把每一分零花钱都攒起来,周末还要打工。攒了一些钱后,希克力就到200多英里外去买树苗。由于当地干旱少雨,大部分树苗种下后就枯死了,侥幸活下来的几株也显得营养不良。镇上的很多人都劝希克力放弃这个"愚蠢"的想法,但他总是一笑了之。一年下来,他最初栽下的100多株树苗成活了43株。为了照顾父亲,他放弃了上大学的机会。一年又一年过去了,希克力种的树苗越来越多。希克力经常搀扶着父亲,去树林中散步,老人的脸上也渐渐有了红润,咳嗽比以前少多了,体质也大为增强。

希克力种树拯救父亲生命的故事在巴黎国际电视台第六频道播出后,许多人被希克力的孝顺、爱心、挑战自然的勇气,以及不屈不挠的精神感动得热泪盈眶。2004年,39岁的希克力被巴黎《时尚之都》杂志评为法国最健康、最孝顺的男人。令希克力欣喜的不只这些,2005年初,医学专家对希克力父亲再次诊治时发现:老人身上的肺部病状已经不可思议地消失了。医生感慨地说:"在这个世界上,爱是最神奇的力量,有时它比任何先进的医疗手段都有效!"

青青的三蛇酒

陶诗秀

青青娘生病了,风湿性关节炎,吃了很多药都没见效。不久,青青娘就再也走不动了。她得依靠一根拐杖。青青就娘一个亲人了,那时,她正上小学五年级,看到娘痛苦的样子,她哭了,哭得很伤心。

一天,白胡子的阿三公对青青说:"可怜的孩子去泡制一瓶三蛇酒吧,用三种不同的毒蛇泡酒,可让你娘重新站起来。"青青的眼里放出了亮亮的光。

青青在草丛里捉到了第一条蛇。那是一条寸白蛇,40厘米长,青青壮着胆子,用铁钳将它钳住,那蛇便在青青的手中不停地挣扎。青青将寸白蛇抓得很紧,她准备将它处以极刑。在水中,青青用左手不停地擦着它冰凉的躯体,一遍又一遍,直到自以为干净了才罢休,然后回到家,将它挂在墙上,看它"翩翩起舞"。

寸白蛇是毒蛇的一种。青青拿过一瓶烈酒,取下那活生生的幼小生命,轻轻地将它投入酒中。

酒瓶是玻璃的,能清楚地看见里面的一切。蛇在水中一样具有旺盛的生命力,有着劈波斩浪的功夫。可它不知道这回却是身处绝境。一样是清澈的液体,不过不是水,是酒。

一会儿,蛇不动了,青青不甘心地用小棍敲打着酒瓶,但蛇还是不动。

突然,蛇一跃而起,又活了,但未及瓶口,它又软绵绵地往下沉。快到瓶底时,它将口张开,吐出一串气泡,很长的一串。青青久久等待的就是这串气泡。那气泡便是蛇毒。青青笑了,眼下,她已成功了三分之一。

青青将要抓第二种毒蛇。可她不知道第二种蛇叫什么。青青想要碰碰运气。

阿三公告诉青青,蛇的头号天敌是黄鼠狼,它一旦闻到黄鼠狼身上散发出的那股臊味,便会浑身软,任凭对方宰割。青青的眼睛,又亮亮的。

终于,青青在鸡窝旁用铁钳抓住一只黄鼠狼,按照阿三公的吩咐,双手抓住它的双腿,用力一折。随着黄鼠狼的一声尖叫,它的肚皮底下便喷出一股清清的液体——尿。青青屏不住呼吸,张口吸进一口臊气,那臊气熏得她直发呕,青青忍住了,又凑过尿瓶。

带上黄鼠狼的尿液,青青又去屋后的草丛,她用两个小棉球在那黄鼠狼尿里浸透,然后放在鞋里、口袋中,她手拿一把小叉,仔细地寻找,可是一连三天,草丛中都没有毒蛇出没。

第四天,草丛中出现了一条棋盘蛇,它全身盘成一个圈,周长约30厘米,正舒服地晒着温暖的太阳。棋盘蛇明显地发现了青青,它细小的眼睛狠狠地盯着她。

青青努力使自己平静下来,将手中的叉头对准蛇的颈部猛地叉去。好准,又中了!蛇头再也不能抬起,只能左右摆动!青青握叉的手几乎用尽全力,左手慢慢往下靠,准确地一把掐住蛇的颈部。不料这时,棋盘蛇尾猛地一殷,缠住了青青的小腿,而且一圈又一圈地越来越紧。

青青的脸白了。她努力地闻了闻,没有闻出任何黄鼠狼的臊味。糟了,那臊气已经挥发尽了,对于棋盘蛇,再也不起作用了!

这时,青青的手不由自主地伸向腰间,那里有一把小刀。只要青青将那蛇拦腰割断,她就会转危为安。可是,青青放弃了,只有完好无损的活蛇对她才会有价值,她怎能轻易放弃呢。

蛇在做垂死挣扎。强烈的求生欲望使它的气力更大。青青的小腿疼得几乎撕裂。也就那么一会儿,青青的小腿疼痛突然止住,她抬头一看,蛇尾已经散开,在地上扭动。她赶紧将它套住,挂在一旁的小树上。

看着抓住的棋盘蛇,青青笑了。她活动了一下筋骨,拖着疲惫的身体慢慢站起来,去取那条毒蛇,猛然感觉脚踝处像被针深深地扎了一下。一低头,一条同样大的棋盘蛇正从脚边滑过,瞬间消失在草丛中。青青急忙从衣服上撕下一条布带,死死地扎在伤口的上部,再从腰间取下小刀,在伤口处纵划数刀。然后双手用力往外挤压,毒血便从伤口流出,但伤口还是迅速肿胀起来,数分钟后,伤口不再流血,但开始剧烈疼痛。青青从口袋中取出雄黄,敷住伤口。阿三公告诉她,被毒蛇咬了,雄黄就是解药。

夜色朦胧时,青青试着站了起来,用小叉撑着,忍着痛,艰难地回到家。棋盘蛇又在酒中挣扎。

青青的第三种蛇抓得很顺利。那是一种青竹蛇,常年活动在竹林中,但它的皮肤与翠竹同一个颜色,很难被人发现。青青倒出黄鼠狼的尿液,臊味四处弥漫,那蛇就从竹上摔下来了。青青用铁钳按住,眼泪却哗哗地流了下来。她的三蛇酒终于要配成了!

一个月后,青青盯着她的三蛇酒,笑容中挂着泪水。她要亲自品尝她的三蛇酒,为了娘,青青倒出一杯酒,怯怯地喝下去。然后,她坐在床头,一动不敢动,静静地听着自己的心跳。不一会儿,她感到肚里发热,头有些晕,接着心跳加快,呼吸也粗重起来,胸口开始发闷。糟了,中毒了!青青想喊,但喊不出来,喉咙里像有什么东西堵着。

症状愈来愈明显,青青浑身发懒,眼泪簌簌地下落。青青在心中不停地呼喊,娘,娘!娘在屋里听到了青青的声音。娘问,青青,你怎么了?青青醒了,艰难地爬起来,将娘扶起,端起一碗熬好的药给她。然后,青青轻轻地替娘揉着关节,而且尽力低下头,怕娘看出她的恐惧。娘始终在呻吟中跟青青说话,幸好是晚上,灯光昏暗,娘没发觉女儿额头上的汗水。整整一夜,青青躺在床上,惶恐地恭候着死神。天亮了,青青移动一下双腿,居然还能动,又活动了一下其他部位,都正常,青青大声喊了一声,娘,我没有死!

阿三公来了。阿三公呵呵地笑了:傻闺女,你不是中毒了,你是喝醉了呀!直笑得青青低下了头,脸颊红得像桃花。

端着三蛇酒,青青说,娘,这是风湿酒,西藏那边的医生叔叔来乡里卖的。娘笑了,皱纹里挤满了笑。

半年后,娘果然能下地走动了。娘康复了。青青悄悄地将那三条毒蛇提到了竹林,挖个坑,埋了。青青流着泪说,小蛇儿,谢谢了。

孝顺的关门声

陶诗秀

搬进新居不久,每天凌晨时分,楼上都会想起很大的关门声,接着,便是一阵"噔噔噔"的脚步声。

几天下来,关门声每天准时响起,我受不了,要上楼理论。先生劝我说:"我们刚刚搬来,你这样贸然上去,会伤了和气。"我想了想,就征求先生意见:"要不,我们去找找居委会主任,请她去帮忙说说。"先生同意了。

居委会主任听了投诉后劝慰我们说:"你们还是先忍忍吧,那是一户不幸的人家,半年前,爸爸出了一场车祸,妈妈又患了癌症,卧床不起。我猜关门的准是那个毛小子,想来也怪可怜的,大家就宽容宽容吧!"

是的,准是那个男孩,十六七岁的样子,很是清秀。我想,就再忍忍吧。

又是几天,关门声依然如故,我终于敲响了楼上的门。是那个男孩开的门,他很是惶恐,一个劲儿地道歉:阿姨,对不起,下次我一定小心……

但第二天晚上,那关门声又响了起来。我刚要动身,先生却说:"再忍忍吧,也许他是习惯了,慢慢就会改过来的。"

几天后,果如先生所料,关门声消失了。我躺在床上,屏住呼吸,侧耳细听,楼上的脚步声也跟先前大不一样了,很轻很轻,极小心的样子。"老公,你算得真准啊!"我话一出,却发现老公的眼中含着泪水。

他哽咽着说:"楼上那个妈妈死了,这些天来,男孩白天上学,晚上去一家酒楼打工。他想治好妈妈的病,但妈妈还是死了……"

又是一个晚上,在楼道口,我碰上了那个男孩。他垂头丧气地向我走来,"阿姨,您一定又是失眠了。前些日子,影响您睡觉了,真是对不起。"过了一会儿,他又颤声说:"其实,那关门声我是特意的。妈妈就快不行了,不能说话,听觉也一天不如一天。我大声关门,就是想让她听到儿子回来了,好放心地睡去。以后再也不会了……"

男孩还说了些什么,我已听不下去了。泪水涌上我的眼眶……

回报父爱那滋味

岩石

27年前,在父亲卧床不起、病情最为严重的时候,我恰好在家等待毕业分配,有幸和父亲度过了难忘难舍的最后日子。

父亲退休前是一名维修工,平时不爱说话。小时候,我就记得他总是蹬着一辆三轮车,风里来雨里去的,刷油哇,镶玻璃呀,干得又快又好。那两道三轮车的车辙,好像是两道时间的轨迹,慢慢地,我们就长大了。父亲对自己的晚年很满意,说自己三代同堂,儿女也孝顺。遗憾的是,父亲不到70岁就得了癌症。

父亲得的是食道癌,到了晚期,吃东西很困难,只能吃豆浆泡油条。上世纪70年代末,连豆浆、油条这样的小吃也很缺少,买时要起早排队,还限量供应。那时,每天天不亮,我做的第一件事就是顶着凛冽的寒风去三马路火烧铺给父亲买早点。看到父亲吃力地将油条掐成一小段一小段,再在豆浆里长时间地浸泡,我的心就如刀剜一样难受。

有时候我去晚了,排了一早的队,轮到我时却已篮空桶净。为了父亲的早餐,我只好去鸭绿江饭店对过的冷食宫二楼买鲜奶、油条。因为牛奶价钱贵一点儿,许多人不买,所以反倒容易买到。可每当这时,父亲会不高兴,说:"没有就不吃,怎么买这么贵的奶回来呢?"我知道父亲是怕多花钱,是惦记着家里。

随着父亲病情的加重,他连豆浆、油条也咽不下去了,而且经常是吃一半吐一半。同时,父亲体质急剧下降，终于卧床不起了。后来，父亲连排便的力气都没有了，即便是咬着牙、鼓着肚子也无济于事。不忍看到父亲的痛苦，我就用手帮他抠。从此，我又承担了给父亲清洗粪便的任务。父亲很不安，我安慰他说："小时候，我们不也是父亲屎一把、尿一把地拉扯大的吗？尽孝的机会也不是人人都有的。"我对父亲说："爸爸，我很荣幸。"爸爸听了，眼泪就流出来了。

那天，报到的通知来了。我高高兴兴地拿着人事局签发的派遣证，第一个要告诉的就是父亲。他听了，脸上露出少有的笑容。得病以来，父亲几乎再也没笑过。当晚，父亲还在我的搀扶下坐了起来，将我工作的消息告诉了来我家玩的同学。尽管父亲说话很吃力，但脸上的笑容仍是少有的灿烂。他的笑，一直印在我的心底，成为一道永远的记忆。

那天，父亲说了不少话。我很惊奇，以为是父亲吃的中药见效了。那时，我还在内心里为他祈祷，我相信世界上没有比那更纯真、更虔诚的祈祷了。

第二天早上，父亲病情突然恶化，母亲说要给他穿衣服时，他点了点头，同意了。他好像还想说什么，但只是嘴张了几下，没说出来。很快，父亲就去世了。

那年是 1979 年腊月十八，上午 9 点，父亲走了。是在得知我——他最小的儿子有了工作的消息后走的。那一年，他刚刚 70 岁。

回家

楚横声

一大早，鲍威尔接到父亲汉默的电话，汉默的声音显得很疲惫："孩子，你在忙些什么？"

汉默是一个乐天的老头，鲍威尔的母亲去世以后，他独自住在四十里外小镇上的一间大房子里，每天种花剪草，或者带着他的狗散步，生活得闲散自在。

这个电话不同寻常。鲍威尔有些担心，他说："爸爸，您好吗？您的声音听起来不大对头。"

"是的，"汉默说，"你多久没有给我打电话了？"

鲍威尔有些羞愧，他已经很久没有问候爸爸了。"我太忙了，"他用夸张的语调说，"您知道我正竭尽全力让我的公司壮大起来，这需要时间。不过，以后我会时常给您打电话的。告诉我，您那儿出了什么问题？"

"我的狗——但愿你还记得它……"

"记得，我当然记得。"鲍威尔急忙说，"它叫老虎，跟您七年了。它怎么了？"

"它死了。"汉默的声音愈加有气无力。

鲍威尔很惊讶，这条狗之所以叫老虎是因为它十分凶猛强壮，怎么会突然就死了呢？

"在生命的最后几天，它不吃任何东西，被活活饿死了。它无法吃东西，它被人用棍子打断了牙齿，用刀子刺破了肚子。"

"为什么会这样？"鲍威尔叫了起来。

"因为它咬伤了三个人。"

"老虎为什么咬人？"

"因为，"汉默的声音很迟疑，"……因为有人打了我一记耳光。"他哽咽了，"老虎，它是为了救我才咬人的。"

"谁打了您？"鲍威尔咆哮起来，不能容忍有人欺侮他的父亲。

"打手，他们是打手。"

"打手？"鲍威尔迷惑了，汉默是一个本本分分的老头，跟打手能扯上什么关系？他问："爸爸，他们为什么打你？"

"我欠了他们的钱。"汉默压低了声音，"是高利贷。"

"什么？"鲍威尔简直不敢相信，汉默，这个一生正直快乐的老头会欠人家的钱，而且还是高利贷。"您缺钱吗？爸爸。"

"当然。"

"您每个月都有退休金，在银行还有一笔不小的存款，怎么还会缺钱呢？"

"存款？它早就不在了，我只用一天的时间就把它们输光了。"汉默听起来无比沮丧。

"输光了？"鲍威尔大叫起来，"爸爸，您在赌钱吗？"

"是的，我的孩子。"汉默说，"输光了我的存款，还有……还有我的房子和车子。"

"噢，我的上帝。"鲍威尔喊道，"怎么会这样？"

"可是，已经这样了。"汉默平静下来，"我的儿子，我得和你商量一下，你现在有多少钱？"

"噢，爸爸。"鲍威尔说，"您欠了多少钱？"

"三十万，如果今天还的话只有三十万。"

"只有三十万？"鲍威尔绝望地说，"好吧，我有这笔钱，卖掉我的公司我还可以剩两三万呢。"

"我可怜的儿子。"汉默怜惜地说，"那你这些年的努力不是都白费了？"

"那有什么办法呢？"鲍威尔说，"如果我不还这笔钱，您就没有了安乐的晚年，或许，"他顿了顿说，"我也就没有了爸爸。"

"谢谢你，我的儿子，"汉默说，"那么，你什么时候来替我还上这笔钱呢？"

"下午，三点以前。"鲍威尔难过地说，"那个时候我想我已经卖出我的公司了。"

这时，他听到话筒里传来两声狗叫的声音，听起来很是耳熟，他疑惑地问："爸爸，我好像听到了老虎的叫声——是它吗？"

"就是它。"汉默的声音又恢复了他熟悉的戏谑和快乐，"我的儿子，它没有死，我也没有欠别人的高利贷。我只是想提醒你，如果你连你的财产都可以为我放弃的话，那么至少现在，你该回来看看我了。"

背着硬币回家

苏霁虹

同事小江酷爱收藏硬币，他只收集最普通的一元钱。大家都劝他不如收藏古币，一元钱人民币发行量这么大，将来就是成了文物，也没多少升值潜力。小江不置可否地笑笑，依旧每天早晨拿10元、20元去买早餐，换回一把硬币；下班，又借口坐公交车到处找人换硬币。难道这普普通通的硬币有什么玄机？

公司负责烧菜的李阿姨每天要去菜场，零钱自然不少，小江常常和她换硬币。看着他们在一起嘀嘀咕咕的样子，我们决定从李阿姨入手，挖掘小江的秘密。李阿姨禁不住我们的"威逼利诱"，终于说出了实情。

小江家住湖南山区，中专毕业出来打工。第一次回家过年时，他为了给家人备礼物，费劲了心思。看到城里老年人都穿的花花绿绿的，小江决定给母亲买件新衣服。李阿姨自告奋勇陪他去买，挑了一件宝蓝色的中式棉衣，绸缎面料的，一只金色的凤凰从下而上飞在胸前。小江高高兴兴背着那件新衣和一大包礼物回家了。

母亲一辈子只穿过家织的土布衣服，几乎所有的衣服新的时候都是靛蓝色，逐渐掉色成灰蓝色，最后变得看不出颜色。如此鲜艳华丽的衣服，或许在她的梦里都没有出现过吧？果然，母亲见到那件棉衣,惊叹了一声,就不言语了。她小心翼翼地抚摸着刺绣的凤凰,无论小江怎么劝,她都不肯试穿一下,仿佛那衣服一碰即碎似的。后来,母亲把棉衣送给了新过门的嫂子,嫂子也舍不得穿,又送给了她妹妹。

第二年,提前三个月,小江就开始向大家咨询春节回家要带的东西。有人提议,带海货。谁都知道,平时下馆子,遇到可口的菜,小江总要念叨,父母这么大年纪了,还从没吃过这样的美味呢。于是,小江主动给李阿姨打下手,努力学习烹饪技术。过年的时候,他给家人带回去几大包对虾、黄鱼鲞、鳗鱼干等干海鲜,还有10多只原本活蹦乱跳、到家已奄奄一息的毛蟹。

小江做了一桌海鲜,父母没吃几口,只是憨憨地、满足地笑着。小江有点难过,他不知道应该怎样表达对父母的深情。他给母亲一千元钱,一再嘱咐她想买啥就买,城里女人都爱吃零食,瓜子、花生什么的,母亲一定也喜欢。然而,节俭惯了的母亲舍不得花钱,都存下来,说是留着给他买房子娶媳妇。小江无法告诉父母,一千元在城里只能买一只脚那么大地方。

小江是个有心的孩子,他觉得母亲舍不得花钱,主要是舍不得破开一张百元大钞。钱是让人享受用的,不是当画看的。如果他给母亲一千元硬币,母亲每天花两、三块就不会心疼了。于是,他打算积攒1000枚硬币,准备春节的时候送给母亲。

听到这里,我们几个女同事眼圈都红了。以前,总以为给父母几张大钞就很孝敬了,完全没考虑他们有没有享受到这种"孝顺"。"孝顺"不应该仅仅是让父母亲"感受"一下的美好词语,应该是能让他们真真切切享受到的实际行动啊。

于是,大家都开始收集硬币,集体的力量大,临近过年,1000枚硬币终于找齐了。上称一称,足有6.5公斤。李阿姨帮小江把硬币包裹好,免得哗哗响引来贼偷。如果贼知道这是一份沉甸甸的孝心,估计不会对小江下手的。小江背着那一大包硬币上路了。

那年南方大雪,火车滞留在半途中。为了能早点回家,小江提前两站下了火车,抄近路步行30多公里到了县城,再换乘乡下的农用三轮车到山边,最后一段山路只能手脚并用了。山路又滑又陡,小江几乎是连滚带爬地回到家。

那1000枚硬币出现在父母面前时,他们都流泪了。

背着妈妈上大学

佚名

2006年9月5日清晨,荆门职业技术学院,薄雾轻笼着校园,清寒袭人。

秋风瑟瑟吹过,树上的一片落叶随风飘舞,在空中划过一道弧线后,静静地落在路边一位正捧书晨读的女孩肩上。

女孩站起身,合上书,走回寝室,轻轻地推开门。"芳艳!"母亲杜桂兰醒来了,用一口浓重的宁夏方言轻声呼唤着,摸索着,从枕边摸出自己的衣服。"妈,早上挺凉的,您还是多穿点。"刘芳艳从上铺的纸袋里翻出一件外套,帮母亲披上。

梳头、洗漱、煮土豆面,刘芳艳麻利地为母亲做完这些后,抱起书本,匆匆向教室赶去。

这是新学期的第一天,刘芳艳轻快地走着,脸上挂着一抹淡淡的微笑。曾经的沧桑与苦难,夹杂着轻轻寒意扑面而来,却从她的笑容里一闪而过。

刘芳艳,荆门职业技术学院计算机绘图系的学生。谁能想到,这样一个清瘦、个头不高、面容清秀的女孩,背着盲母上大学,用稚嫩单薄的双肩把一个破碎的家高高撑起,为年迈失明的母亲撑起一片晴空!

为了病重的父亲，14岁的小芳艳叩开县长的家门

1985年，刘芳艳出生于宁夏固原市隆德县下冲村。那里是名副其实的黄土高坡，恶劣的环境锻造了芳艳的坚强，可每说起父亲，她总止不住泪水涟涟。

14岁那年，芳艳的父亲患上食道癌，给这个一贫如洗的家一道晴天霹雳。双目失明的母亲整日以泪洗面，老实憨厚的哥哥不知所措，年幼的芳艳感到前所未有的无助与绝望。北方的冬天冷得可怕。那天下着大雪，气温零下10多摄氏度，滴水成冰。芳艳顶着漫天飞舞的雪花，翻山越岭来到县政府。这一天，是她读书以来第一次旷课。

芳艳从没见过县长，但为了救父亲，她鼓足勇气敲响了县长办公室的门。可是，县长不在。中午，县长还没回来，芳艳从书包里掏出冰冷的馒头，慢慢啃着，心里只有一个念头：要救父亲，我一定要等到县长！

下午下班了，县长还没来。芳艳急了，拉住一个叔叔一问，才知道王学宽县长办完事后直接回家了。

雪下得更大了，凛冽的北风刮在脸上如刀割一般，芳艳按热心人的指点，踏着积雪，深一脚浅一脚走向县长的家。

晚上9点，她敲开县长家的门。或许是这个弱不禁风的小女孩的拳拳孝心感动了王县长，他二话没说，安排民政局批了1000元钱。

钱很快花光了，芳艳和哥哥只好含泪把父亲从医院拖回家。看着父亲食不下咽，枯瘦如柴，芳艳知道，父亲的日子不多了。

刘芳艳揣着借来的200元钱，请人给父亲做了口棺材。看到棺材，父亲的眼泪汹涌而出："娃，我死了，用两块木板一夹就行了，你们留点钱过日子！"芳艳哭着抓住父亲的手："爸，您没吃过一顿好饭，没穿过一件新衣，连住的房子也破破烂烂。女儿治不好您的病，只能把这个做厚实点，您到那边，就不会再挨冻受淋了。"

几个月后，父亲带着牵挂，撒手人寰。

为了失明的母亲，她携母辗转千里打工求学

父亲去世后，生活的重担压到了刘芳艳和哥哥身上。2003年9月，刘芳艳历经千难万苦，如愿考取了荆门职业技术学院。同年11月，哥哥外出打工，失去了联系。

在千里之外求学的芳艳，放心不下家中年迈失明的母亲：妈妈烧火做饭时有没有烫着？山路坎坷，会不会摔着？摸不到回家的路，是不是又在外忍饿挨冻……去年5月，芳艳从邻居的电话中得知，母亲上山拾柴时，摔得浑身是伤。放下电话，芳艳再也忍不住，号啕大哭。"我已经失去父亲，再也不能失去母亲了。"辗转了一夜，芳艳做出一个艰难的决定：休学。

从此，芳艳背着行囊，牵着母亲，闯到天津，在一家火锅店安顿下来。打工的日子，芳艳一边悉心照顾母亲，一边省吃俭用赚学费，一晃8个月过去了。

今年2月，芳艳携母重返她日思夜想的荆门职院。学校领导得知芳艳的经历后，十分感动，为她们母女提供了一间宿舍和每月100元生活费，同时，还为芳艳安排了两份勤工俭学的工作：在校食堂端菜和清扫9间教室。

每天傍晚，是芳艳和妈妈最快乐的时光。妈妈听着芳艳洗衣服、整理房间；芳艳读书读报给妈妈听，或讲学校里发生的趣闻趣事。有时，母女俩手牵着手，在校园里散步、晒太阳……

母亲的牙齿掉光了，芳艳毫不犹豫拿出辛苦攒下的200元钱，为母亲装上一副假牙。从医院出来，芳艳买来一个苹果，递到母亲嘴边。母亲慢慢嚼着、品着从未吃过的苹果，开心地笑了。"是我拖累了芳艳啊！"采访时，杜桂兰抚摸着芳艳的手，叹了口气。"妈，您看看别人，上大学都难得见到

妈妈,我天天可以看见您,比他们好多了!再说,您是我妈,孝顺您是天经地义的呀,我就乐意做您的'眼睛'和'拐杖'!"刘芳艳偎着妈妈,脸上盛满幸福。

鸦鹊反哺,羔羊跪乳;刘芳艳的回答亦如此简单:生我是娘!

孝无声,爱无休。刘芳艳背负的不仅仅是年迈的亲娘,而是一座感恩的大山,更是恪守人伦的孝道。她用无私的孝心舞出人间的善与美,绽放出了生命的奇迹。

争夺倒数第一

佚名

这是发生在劳教所的一个故事。

重刑犯及其家属要参加一场跑步比赛,由儿子背上自己的父母,绕着运动场跑一圈,最先到达终点者为胜。

在等待发令枪响时,原本热闹的会场突然变得肃穆起来。犯人们身着深蓝色的囚衣,蹲下并向前微倾着探出身子,背上自己的父亲或母亲。

"啪"的一声枪响后,参赛者们开始前进,却没有一个人大步向前。相反,他们不约而同地放慢了脚步,唯恐比别人快一步,唯恐惊吓了背上的亲人。

担心儿子受累的母亲老泪纵横;满头白发的父亲轻轻地拭去儿子的泪水,却放任自己泪流满面;小心翼翼、缓慢前行的儿子们的脚步越来越沉重,越来越迟缓……

赛场变成了泪的海洋,哭声阵阵。他们多么想让时间停留在这一刻,他们能再细心地感受父母羸弱瘦小的身体。轻巧的体重令他们倍感沉重,就这样慢慢地背着,就像儿时父母背着他们一样。童年里,父母的脊背上承载了他们无数的快乐与幸福。在父母的后背上,他们眺望着远方的世界,拨弄着手中的玩具,吃着自己喜爱的食物,玩累了,就静静地趴着美美地睡一觉。就这样玩着闹着,他们长大了。而这时,父母却已经老了,白发多了,背也驼了,可他们始终无怨无悔,为的只是孩子今天好、未来好。可为人子女的他们,有谁曾真正关心过老人?本以为自己的孩子会在人生的道路上,实现自己的理想和抱负,不承想,他们却意外地走进了监狱的大门。悔恨、自责、痛苦纠缠和噬咬着父母早已伤痕累累的心,直至他们肝肠寸断。

孩子坐牢,父母的心又何尝不是在"坐牢"?他们望眼欲穿,身心俱疲;他们头发花白,形容枯槁,一心盼着儿女能早日归来。家还是原来的家,温馨幸福;父母依旧是原来的父母,爱意永在,一如从前。

争夺倒数第一,慢慢地行走,每一步小小的挪移,都是心灵的震撼。爱意、悔意、恨意在犯人们的心头缠绕,他们静静地回忆,一点点,一段段,如电影影像一般在脑海中一帧一帧地播放。成长、成熟、成就,这一刻,似乎穿越了千年;这一刻,又让人心碎不已。它凝聚了父母太多的心血与付出,可是他们却真的没有在意,他们伤了父母。

争夺倒数第一,背上的世界需要用心去感受。它让犯人们找回了迷失多年的心灵,也终于了解到,父母为他们,付出了多么辛苦的一生。

手心里的温暖

佚名

周末下午,已经两个月没去探望母亲的我携妻儿回家。年近花甲的母亲笑得脸上开了花,一定要上街买点好菜招待我们。她说:"你们回来,妈给你们煮饭,不是受累,是高兴呀!"

我便说:"我陪你去吧!"

母亲乐呵呵地说:"好啊,一起去,你说买啥妈就买啥。"

到菜市需要走一段人行道,再横穿一条马路,此刻正是下班时间,大街上车来车往,川流不息的人群匆匆而过。母亲年龄大了,双腿显得很不灵便,她提着菜篮子,挨着我边走边谈些家长里短的生活琐事。我耐心地听着她的诉说。人老话多,树老根多,母亲这把年纪,自然絮絮叨叨,别人不愿听,做儿子的还能不听?

穿过马路就是菜市了,母亲突然停了下来,她把菜篮挎在臂弯,腾出右手,向我伸来……

一刹那间,我的心灵震颤起来——这是多么熟悉的动作呀!

上小学时,我每天都要穿过一条马路才能到学校。母亲那时在包装厂上班,学校在城东,工厂在城西,母亲担心我出事,每天都要送我,一直把我送过马路才返身回去上班。有一次,幼小的我和母亲赌气,自己一个人跑在前面,就想冲过马路。刚跑到路中心的时候,远方一辆大货车呼啸而来,我顿时吓得呆了,竟然傻傻地站在那里一动不动。直到后面有人猛地将我推出,随我一同扑倒在地上。我抬头时,迎上的是母亲那又气又急的脸,她眼里的那种惶恐和委屈在以后的日子里时时从我脑海里闪现出来。从那以后,在过马路时,我再也不敢和母亲赌气了,她也更加小心,总是向我伸出右手,把我的小手握在她的掌心,牵着我走到公路对面,然后低下身子,一遍遍叮嘱:"一定要小心……"

这么多年过去了,昔日的小手已长成一双男子汉的大手,昔日的泥石公路已改造成混凝土公路,昔日年轻的母亲已经皱纹满面,手指枯瘦,但她牵手的动作依然如此娴熟。她一生吃了许多苦受了许多罪,这些都被她掠头发一样——掠散,但永远也抹不去爱子的情怀。

我没有把手递过去,而是伸出一只手从母亲臂弯上取下篮子,提在手上,另一只手轻轻握住她的手,对她说:"小时候,每逢过马路都是你牵我,今天过马路,让我牵你吧!"

母亲的眼里闪过一丝喜悦,笑容荡漾开来,像我小时候一样,紧紧地攥着我的手。望着两鬓斑白的母亲,我忽然一阵心酸,眼看着泪水就要喷涌而出,赶忙转过头,提高声音说:"妈,就到了,咱们买菜去!"

一个鱼头七种味

佚名

在朋友家吃晚饭,一盘色香味俱全的红烧鱼刚端上桌,朋友便不声不响地伸出筷子,把鱼头夹到了自己碗里。

回去的路上,我不禁疑惑地问道:"一起吃过那么多次饭,我怎么都不知道你爱吃鱼头呢?"

他答:"我从来不爱吃鱼头。从小到大,鱼头一直归我妈。她总说,一个鱼头七种味。于是,我和爸就心安理得地吃光鱼肉。直到有一天我看到一本书上说,所有的女人在做了母亲之后,就会喜欢吃鱼头。原来,妈骗了我二十年。"朋友微笑着说,语气平静地如远方的灯火。

"现在,也该换我骗骗她了吧,不然,她要我这儿子干什么?"他又说。

我一下子怔住了。夜色里,这个平日里再熟悉不过的男人,竟然让我刮目相看。

不久后的一天,我去朋友母亲的单位办事。时值中午,我请她跟我一起吃个午饭。没想到她上来点的第一个菜,就是沙锅鱼头。

朋友的话,在我心中如林中飞鸟般惊起。我不禁向她转述了朋友那天说的话。

"是吗?"朋友的母亲笑了起来,嘴角有着小小的酒窝。"我是真的喜欢吃鱼头,一直都喜欢。是我儿子弄错了。"

"那您为什么不告诉他呢?"我问。

她慌忙摆手,说:"不,千万不要。孩子大了后,跟父母的关系也像隔着一层东西,像玻璃杯里的水,满满的,看得见,可是流不出来,体会不到。对彼此的爱,都搁在了心里。"她的声音低了下去,"要不是他每天跟我抢鱼头,我怎么会知道,他已经长这么大了,已经懂得体贴妈妈、心疼妈妈了呢?"

沙锅鱼头来了,在四溢的香气里,我看见她眼中有泪光在闪烁。

她微笑着,夹了一个鱼头放在我碗里,招呼我说:"尝一尝,一个鱼头七种味呢。"

父母不会在原地等你

佚名

电视节目主持人杨澜,有一次采访了1998年的诺贝尔化学奖获得者——美籍华人崔琦。

崔琦出生在河南农村,父母都是大字不识一个的农民,但是他妈妈颇有远见,咬紧牙关省吃俭用,在崔琦12岁那年将他送出村读书。这一走,便成了崔琦与父母的永别——后来他到中国香港、美国,成了世界名人。谈到这里,杨澜问崔琦:"如果你12岁那年不外出读书,结果会怎么样?"

观众都以为崔琦肯定会回答,结果当然就是他不会有今天的成就,也许现在还在河南农村种地。可是崔琦的答案却大大出乎大家的意料,他说:"如果我不出来,三年困难时期,我的父母就不会死。"说到这,崔琦后悔得流下了眼泪。在他拼搏奋斗的过程中,他肯定不止一次想过他的父母,也想过有一天终于和父母相守在一起。但世事不尽如人意,蓦然回首时,父母已经离他而去。从此,他的人生无论怎样辉煌,终究无法弥补父母已经不在的遗憾。

我想起了前不久从美国归来的一位朋友,接到他的电话时,我颇感意外,因为这位朋友远在美国工作,想在国外定居,父母也很支持,工作学习都很顺利。我们都以为,他在美国定居是理所当然的事情。现在有好多人不是都想方设法跑到国外去吗?

可这事到了决定的关头,他犹豫了。他们常年生活在国外,看着朋友们来回奔波于中、美两国之间,这回有朋友的母亲病重了,要回去探望。下回又有朋友的父亲去世了,要回去奔丧。回来后,朋友们都长吁短叹,后悔不已,言语中出现了很多很多的"早知道……早知道……"。这种情况让他战栗不已,跟着也有了电话恐惧症。他害怕听到来自国内的电话,特别是家里的电话。恐惧一直围绕着他。虽然父母也很支持他在美国定居,但是父母单独留在国内,的确也是很令人担心的事情。思前想后,他下了个大决定——回国!美国的朋友们都出乎意料地支持他,希望他别重蹈覆辙,好好地陪父母走完最后的人生道路!于是,他回国了。

回国后,他在城里上班,父母在离城不远的郊外居住,过着田园般悠闲的生活。他每天都回家吃饭,周末没什么活动的时候,也待在家里,陪父母聊天、下棋。某一周末,朋友们约他出去玩,说:"你天天回家陪父母,和朋友们都聚会少了,一直待在郊外多闷啊。走,去好好地玩个天翻地覆,少陪父母两天没事的。"他拒绝了朋友的邀请,淡定地说:"父母老了一辈子在等你,等你出生,等你长大,等你上学回家……现在,父母老了,他们还有多少时间可以等呢?他们不会一直在原地等你的!"说完后,他就回家了。他所不知道的是,那天的聚会没办成,朋友们都马上赶回家了……因为,父母不会一直在原地等你的!

看完后,我感慨万千,以前的辅导员曾对我说,她的很多同学博士毕业后离开香港去了美国。尽管有一些人在学术领域发展得相当不错,但是,他们的内心始终充满了矛盾。随着年龄的增长,大部分同学的父母年龄已经六十有余,但美国这边的事业又放不下,很多人都会感到有些不知所措,左右为难,就像头顶悬着什么东西,时刻会砸下来一样。

很多人背井离乡,甚至远至海外,为了追求他们的梦想,追求事业有成,追求前途无量。他们总是想着等着自己有了钱,一定好好孝敬父母;想着买了大房子就一定接父母来住;想着忙过了这一阵子一定回家看望父母……然而,父母是不会一直在原地等你的。也许,等你有一天飞黄腾达时,父母却已经离你而去了,让你留下一辈子"子欲养而亲不在"的悔恨和遗憾。

子曰:"父母在,不远游,游必有方。"

年少时不懂这句古语的含义,曾私下耻笑:为什么总要留在父母身边呢? 曾经我坚信"好男儿志在四方",有梦想,就要去云游四方。

带着这个梦想,我们迫不及待地离开了家乡,也真正离开了父母的身旁,曾经为自己能实现这一愿望而自豪,曾经为自己能走出家门而庆幸。殊不知,世事艰辛,唯有离开家乡的人能深刻体会。

少年不识愁滋味,爱上层楼,爱上层楼,为赋新词强说愁。

而今识尽愁滋味,欲说还休,欲说还休,却道天凉好个秋。

一次次远走,一次次离别,归期却不可知。回头再望,家乡是如此美丽,父母身边是何等温馨。再仔细读"父母在,不远游,游必有方"这句话,方觉其中的奥秘。

这句话出自《论语》中的《里仁》这一篇。意思是,父母在世,不出远门。如果要出远门,必须要有一定的去处。方,在这里是指方向、地方、处所。不过,这句话要辩证地理解:孔子既强调子女应赡养并孝顺父母(远游就做不到了),但又不反对一个人在有了正当明确的目标时外出奋斗。

不知道,我们是否算是"游必有方"呢?

每一次回家,都是来去匆匆。放一次大假,总是很晚才回去,又很早就返归了。即使在家里待了一段时间,也是整天对着电脑,忙这忙那,忙东忙西,连和父母聊天的时间都没有。也许是真的忙碌,也许是习惯了漂泊,也许唯有父母不会挑剔我们的所作所为……

每一次长时间的分别后,父母给我第一眼的感触便是,父母又苍老了许多,额头上的皱纹又增加了许多,身体状况已经大不如从前……而逝去的光阴,却无法再找寻。

子游问孝。子曰:"今之孝者,是谓能养。至于犬马,皆能有养;不敬,何以别乎?"《论语》中对"孝"的强调,一直是从情感意义上进行说教。"孝"注重的是情感与精神的慰藉,而非物质的满足。等到"树欲静而风不止,子欲孝而亲不待"时,一切都已经晚了。

夜已深了,不知远在家乡的父母,是否此刻依旧在忙碌,或者正在牵挂着远方的游子?

让儿子背您一次

佚名

我和妻子今年接母亲到城里来过年,从下车到回家路上,母亲都很高兴,但当到了我住的那栋旧式楼下时,她一听我说我们住在顶楼七层,就再也不肯上去了。

母亲说:"那么高啊,看着就头晕,怎么能住人啊?"

我跟她解释说上去住下后就不显得高了,要是怕头晕就不要往下看,和家里的平房一样感觉,但母亲就是不挪步。

母亲患有时轻时重的老年痴呆症,这次我回老家,看见母亲手里拿着梳子,却急得团团转,四处找她的梳子。走时我怕她老人家一个人在家出意外,就决意把她接到城里和自己一起住,但她不肯,说一辈子在这个家没出过门,也不想出门,家里鸡鸭猪狗热闹,也离不开。好说歹说,最后约定过了年就把她送回老家去,母亲这才勉强跟着我进城来。现在好不容易把她连哄带骗接到城里,她却不肯上楼。我知道不能着急,母亲有病,惹恼了,她返身就走,那就前功尽弃了。

我心生一计,忙趴在母亲耳朵边说:"还记得小时候你背我上山吗?"

母亲说:"我咋会不记得,那时候你是个懒小子,缠着要和我一起上山摘柿子,走几步就耍赖不走要我背。"

我说:"那时候您总是说我还没有一捆柴火重,一心要我吃得胖一点。现在你看看,你儿子都快要150斤了,妈你再背背我试试,看你还能不能背得动我?"

母亲憨笑一声说:"傻孩子,都长成大人了还和我顽皮。"

我说:"那你让我背背您,看我能不能背得动。我背着您在这小花园里转一圈,试试我的力气。"

母亲说我胡闹,累趴下不是玩的。我说没事,小时候都是你背我,现在儿子背您一回,就当还账。也是想叫你看看,儿子膘肥体壮,你就是回老家住不是也放心?

母亲呵呵笑了,老老实实趴在我的背上。我说妈您闭上眼睛一会儿,再睁开的时候一定会看见一样好东西。

母亲听话地闭上了眼睛,于是我背起她就顺着楼梯往上蹿。她虽然体重不足100斤,但连续两层楼梯背上去,我还是禁不住气喘如牛。母亲警觉地问:"好像是在上楼啊?"

我说不是,是儿子背着您模仿上山,感觉就像爬楼梯。就这样我又爬了两层,等母亲睁开眼睛时我已经背她上到四楼了。这下母亲发现我是在往楼上背她,挣扎着要下来。我说不行,儿子要一个劲儿背你到家才放手。母亲急了,揪着我的耳朵求告说:"放我下来,我自己往家走。"

母亲是怕把我累坏,我却怕一松手她又跑到楼下去。靠着楼梯栏杆喘息的时候,母亲一把抓住栏杆再也不撒手,我只好无奈地放母亲下来,但却不松开她。我对母亲说:"知道儿子为什么要背您上楼吗?背着妈妈,就是背着幸福上楼,再累也不怕。让儿子每天都看见您,能多少报答一点您的养育之恩,对儿子来说是莫大的幸福,真的!"

母亲听了我的话后不再挣扎,却掉了泪,落在我的脖颈上。她又说:"放开我,我自己走上去。既然儿子都说我是幸福不是累赘,那我就住下了。妈妈知道你是趁过年把我诓到城里,不会再让我回去的。妈妈其实不是怕高,多高的山都上去了,这才有多高?妈妈是怕给你添麻烦。"

我两眼一热,赶紧扭过脸去,深深吸了一口气,然后搀扶着母亲一步一步地朝楼上走去。

把爱搂进怀里

张兰允

小时候,我们喜欢躺在父母怀里撒娇使性子,那是我们对父母感情上的依赖、眷恋。成年后,特别是自己也做了父母后,才会切身体验到被孩子依赖、眷恋是一件多么幸福而满足的事情!

深秋时节,年逾古稀的父亲突然高烧不退,开始以为是感冒,但所有抗感冒的药物轮流上阵,还是无法阻挡高烧的嚣张气焰。到第七天,本来就因胃病多年瘦骨嶙峋的父亲几乎形容枯槁。做CT时,父亲的两腿一直在颤抖,我上前一把抱起他。瞬间,温柔的心疼、深深的怜爱如潮水一样漫过我的心。我的鼻子一阵阵酸疼,泪水情不自禁夺眶而出。

确诊肺结核后,父亲开始了住院治疗。

那是一段和父亲朝夕相守的日子:每天输液、吃药、喂饭。夜幕降临,依偎在床角给父亲边捶腿边聊天。父亲患病后,一直是我替他剪手指甲和脚指甲,每次把他干枯得像树枝一样的手脚抱在怀里,复杂的情愫让我感慨万千。认真、仔细地把他的指甲一点一点剪短、磨平……那一刻,我感觉他不仅是我的父亲,更像是我的孩子,非常需要我的百般呵护、疼爱。而每当那时候,父亲的表情真的很乖——眯着眼,一幅安详恬静的陶醉模样,甚至不知不觉睡去,发出轻微的鼾声……

父亲还没出院,哥哥就打来电话:母亲突然口吐白沫儿,不省人事。我一阵眼黑,在医院走廊里腾云驾雾，把查房的医生撞了个趔趄。安顿好父亲，我就往家赶。原来母亲牵挂父亲，着急上火感冒发高烧，氯丙嗪吃多了导致昏厥，尽管脱离了危险期，但还是神志不清。那一夜，母亲迷迷糊糊出现幻觉，翻来覆去无法入睡，听着她嘴里胡乱叨念着，我的心一下像被针扎一样疼，泪水不听使唤地流着。我抱着母亲，轻轻地抚摸着她的头发，不断地安慰着她！渐渐地，母亲安静下来，在我怀里睡着了。她的睡姿像极了一个孩子，我把脸贴在她满头的白发上，它们仿佛一条条岁月的河流，带我穿越时空隧道回到了从前：当年那个年轻美丽的母亲回来了；当年那个背着我小跑十多里夜路，送我看诊的母亲回来了……

抱着母亲一直到黎明。当初冬的阳光透过窗户照到母亲脸上的时候，母亲醒了，她怔了一会儿，有些不好意思起来："你这丫头，抱着我做什么？"我故意撒娇地碰碰她的额头："妈，你不是老说我小时候您不抱着我，我就睡不踏实吗？现在我不抱着您，您就睡不香啊！"我看到，母亲脸上荡漾出孩子般纯真满足的笑容。

近半年的精心治疗，父亲的肺结核治愈，母亲的身体恢复得也不错。父亲消瘦的脸上渐渐有了些红晕，母亲眉宇间的皱纹似乎也舒展了许多。

哥哥刚给父亲理过发，他穿着驼色羊绒衫，白衬衣翻出领子，灰色西裤的裤线笔直挺拔，闲适地坐在阳光灿烂的阳台上，显得那么清俊儒雅。我伸出手，悄悄地从背后搂住父亲："老爸真酷，参加老年模特队完全可以倾倒老太太一大片。"母亲瞪了我一眼："去，死丫头，没大没小的。"我马上吊住母亲的肩膀："老妈更靓，像夕阳玫瑰黄宗英。"父母都被我逗得眉开眼笑了。那一刻，我突然有点儿为自己感动，能给父母带来欢乐感觉的人，才是真正的好孩子啊。哪怕父母已白发苍苍，我们已人近中年，照样可以在他们面前撒娇耍赖皮——亲情需要表达，更需要用独特的身体语言去表达。

我是父母最小的孩子，自小备受宠爱。我12岁读寄宿中学，每次周末回家，父亲都会亲昵地抚摸我的头，亲吻我的脸，母亲干脆搂着我睡。那时候，每当看到外国电影里父母与子女热烈相拥和张口闭口"dear""love"，动辄"kiss"的镜头，我总是激动得跃跃欲试，恨不得马上回家和父母拥抱，并反复策划想象着那令人神往的一幕。后来，随着年龄的增长，我也不知不觉受环境的影响变得不善于表达了，也不喜欢把"爱""想念"说出口了。看着父母一天天增多的白发和一道道深深的皱纹，心里的疼爱和感慨一波一波涌过来又一次一次退下去，但就是说不出口。常常是积攒了好多体贴关爱的话，甚至都溜到嘴边了，可一面对父母，就变成了简单的问候和干巴巴的安慰。

父母的接连生病，让我终于在长大后用身体温馨的拥抱淋漓尽致地表达了那份积蓄多年的柔软深情，并拾回了小时候与父母无限亲昵的习惯。和母亲一起躺着唠嗑，给母亲梳头，帮父亲掏耳朵，浓浓的亲情在发际指间无声无息地流淌着……

是的，我们长大了，觉得自己那么大人了，还和父母拥抱亲热，多做作！但是，在父母眼里，我们永远都是孩子，他们的爱与呵护也不会因为我们同样也有胡子和皱纹了而减少一丝一毫的。小时候，我们喜欢躺在父母怀里撒娇使性子，那是我们对父母感情上的依赖、眷恋；成年后，特别是自己也做了父母后，才会切身体验到被孩子依赖、眷恋是一件多么幸福而满足的事情！

小时候，父母总在盼望孩子长大成人。像小鸟一样的我们羽毛丰满了，却都飞出了父母的羽翼，剩下父母相依为命，共守孤单清寂的人生岁月。想一想，压弯父母腰板，压颤父母步履的，岂止是无情的岁月？是儿女们长大的过程啊！

有一句话让我终生难忘：爱一个人，就把这个人搂进怀里。当我们无法用语言表达心中的热爱、牵挂、感动、心疼、依恋等强烈而微妙的情绪时，那就学会拥抱吧，不张扬，却情深意长，不做作，却自然而然。

把爱搂进怀里吧,让最温暖深沉的亲情在心中幸福地涌动!

娘过生日那一天

凤仙草

去年冬天,哥打来电话说:"妹,咱回家给娘过个生日吧,都出来快一年了,还没有回过家,咱得回家看看。"

我没有反对,说:"我尽量在那天回去。"哥说:"一定啊!"我说:"一定。"

得到肯定的回答后,哥才放下电话。娘的生日在下周,而我这段时间非常忙,脱不开身。但为了能回去见爹娘,我还是把各种急办的事情往前赶,并且把一些可以缓办的事情暂时搁起来。

到了娘的生日那天,我跟公司领导请假,领导说:"今天有客户要来,能不能先陪陪客户,这个客户很重要。"我考虑了一下,我离家近,天黑能赶回家的。于是我给哥打了个电话,就没有提前回去。

等我把手头上的事情都忙完的时候,已经是下午四点多了,我赶紧换了身衣服,拦了一辆出租车就往家里赶。我说:"师傅,能不能开快点,我急着回家。"司机回头看了一眼焦急的我,说:"已经够快了,你看这路能跑多快?"我理解地点了点头,说:"我急着回家,今天是我娘的生日,我想尽量早点赶回家。"司机又回头看了我一下,没有说话,只是用脚猛踩油门。

快到村庄的时候,天已经快黑了,但我依稀看见路旁站着两个人,很熟悉的身影。车即将从他们身边经过的时候,他们弯着腰直朝车里瞅。"停车!"我大声地冲司机喊。司机被我吓了一跳,猛地把车刹住。我把钱塞给他,顾不上解释便跳下车。

那是我的爹娘,他们在路口等我。看见是我,他们想笑一笑,可是冷风已经把他们的脸吹得僵硬了,他们只是咧了咧嘴。我想哭,一刹那的工夫,我真的想哭。

爹娘把我拥在中间,慢慢地朝家走去。他们没有问我怎么现在才回来,只是替我拉了拉衣服领子,拍了拍身上的灰尘。回到家,哥和嫂子、侄女在百无聊赖地看电视。看见我回来了,哥狠狠地瞪了我一眼,说:"爹和娘中午就做好饭菜等你,你可好,现在才来,爹和娘都在村口站了一个下午了。"爹摆手不让哥再说,娘拉我入席。

菜凉了,娘说去热一热,我和嫂子去帮忙,娘不让,娘让我们陪爹说话。娘在厨房里大声地咳嗽,爹说:"我去看看。"我和哥也站了起来,爹说:"没事,你们坐着,你娘的老毛病又犯了。"停了一会儿,听见厨房里爹在训斥娘:"你也真是的,孩子们今天都来了,你还咳嗽个啥,净让孩子们担心,你不会忍一忍?"之后,爹在厨房里帮娘热饭菜,我们再也没有听到娘的咳嗽声。

吃过饭我们要去洗碗,爹和娘拦不住,便一起进了厨房。娘从缸里舀水,爹又大声训斥娘:"大冬天的,你让孩子们用凉水洗碗,冻着咋办?"娘赶快烧水。

哥想得比我周到,他给娘带来了药,还带了几件衣服,嫂子也给爹娘买了许多吃的。爹和娘只说:"你看你看,让你们破费了。"我把前几天发的工资拿了出来,爹和娘死活不要,我说:"拿着吧,要不女儿心里不是个滋味儿。"娘这才拿了。

晚上,我睡在东屋,哥一家睡在爹娘的隔壁。我睡不着,想起来走走,刚想推门,就听见爹和娘在外面低声耳语。

娘说:"这丫头还是那毛病,睡觉不踏实,你听她在屋子里乱动。"爹说:"小声点,一个闺女家,在外面跑来跑去的,不容易,今天咱们给她把门,让她睡个安稳觉。"娘说:"老大也不容易,房子还没买,啥时候才能熬出头呢?"

我重新回到床上,尽量不弄出声响。

第二天早上,公司来电话,问我能不能尽量早点回去。哥那边也在接公司的电话,小侄女不习惯睡乡下的旧木床，吵闹着要回去。

爹和娘对望了一眼，娘脸上的皱纹轻轻地耸动了一下，偷偷背过脸哭了起来。爹拉了一下娘，娘的哭声更大了，但是很压抑，怕被我们听见。

我们还是听见了娘的哭泣声。我把手机关掉，撒谎说："我没事，公司说再给我放几天假。"哥也说："是一个朋友来的电话，假期还长着哩。"小侄女还是哭，说："爸爸骗人，他只请了一天假。"哥抢起巴掌，"啪"的一声打在小侄女的身上，小侄女的哭声更大了。娘走过来，想哄哄小侄女，小侄女却躲到嫂子背后，不让娘哄。

爹说："都走吧。"爹说完就大步回到屋子里。我听见爹在屋子里抽着鼻子，声音很响。

嫂子拖出小侄女，说："孩子小，不懂事，我们真的还有假，我们都请了好长的假。"娘说："回去吧。"

爹和娘送我们走，爹在走出家门的那一刻，低声吼道："谁也别哭，擦擦泪，别让邻居们笑话咱。"于是，我们都扬着脸，强装着笑，和邻居们打着招呼走出了村子。

到了村口，娘还是哭了，爹就用眼瞪娘："哭啥哭？有啥好哭的？咱过得好好的。孩子们又孝顺，还知道给你过生日，你这模样咋让孩子们安心走呢？孩子们在外面工作不容易，你还让他们担心咱？"

我们是徒步走的，爹和娘就一直站在村口看着我们，爹拉着娘的手，娘直直地看着我们，不时地擦着眼泪……

把妈妈画在眼睛里

章子

儿子七岁那年，我在前夫三番五次的吵闹中，签下了离婚协议书。他在外面有了别的女人，而他的画也刚刚在全国获奖，正是他人生最辉煌的时刻。从他的眼神中，我常常看到那种娶了平凡女人做妻子的落寞。的确，除了服侍丈夫和儿子外，我还真的没有其他长处，而且年近四十岁，已是"豆腐渣"的阶段。

我只得夜夜咬着被角吞咽泪水。每次儿子从梦中惊醒，他都会缩在我的臂弯里，小嘴一抽一抽地说："妈妈，别哭，爸爸不要你，我要你。"看着灯光下儿子的小脸，我笑了，笑出满腔的辛酸和凄楚。

那时，儿子已能替我洗衣、做饭。我在一家超市上班，每天早出晚归，没多少闲空照顾他，心中常感愧疚。

我发现儿子郁郁寡欢，是在他上小学三年级的时候。有几天他回家后闷声不响，默默地写完作业后，非常懂事地帮我做一些力所能及的家务。

看着他像大人似的沉思，我忍住心头的悲酸，问他："你是不是哪里不舒服？是不是在班上挨了老师的骂，或者受了别的同学的欺负？"他都摇头说："妈妈，你别担心，真的没事。"

但是有一天，他还是说出了他的心事："妈妈，我想学画画。"

"为什么？你不是一向都很讨厌画画吗？"我很惊讶，印象中，他真的讨厌画画，没想到这次他的态度却十分坚决："妈妈，我真的想学画画，长大后要当一名画家。"说完，他竟哭了起来。

从小到大，儿子只在五岁以前为玩具和糖果哭过，最近三年来，我从未见他再掉过眼泪。哪怕他爸爸跟了另一个"妈"，离开家那会儿，也未见他因骨肉分离而号啕大哭。他爸一直在外写生作画，父子俩的感情一向淡薄。看着他委屈的样子，我也不禁泪流满面。我说："阿木，我的好儿子，不论你想做什么，妈妈都支持你！"他抹干眼泪笑了，重重地点了点头。

那时我便想，这或许只是儿子一时的心血来潮，或者是他继承了他爸爸的绘画天赋也未可知。我给他买回一些画册，供他临摹。没想到他每次放学回来，一做完作业就沉浸在他的习画中。只是他的表情依然不快乐，常常对着画册发呆，我更惊奇的是他老是对着画册上的一幅《眼睛》临摹。

"眼睛不好画。特别是眼神，必须有功夫，你还是先画别的吧，比如电视机、书、茶杯等静物。"我开导他。

儿子点了点头，表面答应了，回过头又画起眼睛来。我没有阻止他，如果他真的对绘画感兴趣，那么，让他从难做起也未尝不是一件好事。显然，儿子画眼睛很吃力，他往往画了又撕，撕了再画，一副痛苦的表情。

一天夜里，见他又撕下好多张纸，我忍不住问他："阿木，那么多好画的你不画，为什么偏要画眼睛呢？"

"因为……"他欲言又止，末了才吞吞吐吐地问我，"妈妈，眼睛是人体最重要的部位，你说是不是？"

"所以，你就专画这人体上最重要的眼睛？"我不禁又好气又好笑地问他。他红着脸没吭声，望着我难为情地笑了笑。

期末考试的时候，儿子的成绩依然是全班第一名，学校奖励了他一支钢笔和一个笔记本。我则送了他一本很精致的绘画本，还答应带他去郊游。

但儿子没有丝毫的高兴，他说："妈妈，我们不去郊游好不好？我想求你一件事。"

"好吧，只要你说出来，妈妈什么都答应你。"我笑着对他说。

"这个假期，我想请你天天陪我，给我当模特儿。"他说。

儿子取出他最近的习作，我惊诧地发现，几天不见，他的画大有长进，那满纸的眼睛逼真而传神。儿子说："我不想画眼睛了，我要画真实的人物，妈妈就是我最理想的模特儿。"

我微笑着问他："阿木，长大后，难道你真的想成为一名画家？"

他点点头，静静地注视着我，似有满腹心事的样子。

我坐了下来，面对他，让他一笔一笔地画下我的眼、鼻、口及全身。我想，这就是做妈妈的责任。只是，在这次作画中，我发现儿子的眼睛距画纸太近，有时脸几乎贴在画纸上，好像看不清笔墨的样子。

"距画纸远一点，太近了对眼睛不好。"我多次纠正他，只是短暂的一会儿，他又伏下身去。我想，以后得多多提醒他，要不，小小年纪眼睛近视就麻烦了。

整个假期，儿子都一直待在家中，每天在我下班前做好饭菜。吃过饭他就说："妈妈，坐下吧，我们开始画画。"每次作画他都很投入，不满意就撕掉重画。只不过他每次看我的表情都很忧郁，而且老是改不了距画纸太近的毛病，气得我直摇头。

有一天晚上，他在灯光下又莫名其妙地问我："妈妈，如果一个人没有了眼睛，他会不会死？"

我笑他老是拿一些惹人发笑的问题缠我，但又不想因盲人的形象在他心目中留下不好的印象，就模棱两可地回答："怎么会呢？一个人怎么会无缘无故就没了眼睛呢？"

儿子点点头，似乎揣摩着我的心思，一会儿又问："如果要想医好一个瞎子，是不是要花好多好多的钱呢？"

这时，我就想起了他老是不爱惜眼睛伏在画纸上的情景，于是灵机一动说："是的，医治眼睛是很贵的，而有的眼病搞不好就会成为瞎子，所以保护眼睛十分重要。"

儿子沉默了。

新学期开学后，儿子的班主任来家访时告诉我，儿子近来总是神思恍惚，老喜欢对着窗外发呆。儿子明显有了心事，我为自己的粗心深深自责。

儿子回到家,我问他:"阿木,你到底有什么事儿瞒着妈妈? 说出来让妈妈帮你。"

"妈妈,给我当最后一次模特儿吧,然后我再告诉你。"他顽皮地对我一笑,自顾自地摸出了画笔。

我坐了下来,看小家伙的葫芦里到底卖的是什么药。这次,他没有直接对我描摹,而是画了一双眼睛。那双眼睛好大好大,几乎占满了整张画纸。看得出,那是一双孩子的眼睛,天真并充满稚气。儿子说:"这是我的眼睛,妈妈别动,现在我把妈妈画在我的眼睛里。"

在"儿子的眼睛"里画上"妈妈",真是别具一格的创意啊,我禁不住暗暗喝彩。在那双"眼睛"里,留下了一个"妈妈"慈祥的面容,一只"眼睛"一个"妈妈",神态和面容几乎一模一样。在作画时,他的神情一如以前那样专注,只是画着画着,他的表情越来越凝重,那眼神中充满了无尽的依恋。渐渐地,他把两个"妈妈"都画完了,并用画笔歪歪扭扭地写上标题——《妈妈永远在我眼中》。写着写着,儿子的双眼渐渐湿润,突然间,他伏在桌上号啕大哭起来。

我吃惊地望着儿子,他将那幅画捂在胸口,声泪俱下地说:"妈妈,阿木就快成为瞎子了,阿木就快看不见妈妈了,阿木只能把妈妈画在自己的眼睛里……"

看着他反常的表情,我拍着他的肩,呵斥他:"阿木,别胡闹,到底出了什么事?"

"妈妈,我看东西真的很模糊。同学们说,我将很快变成瞎子!"

这时,我才想起儿子这些天来的点点滴滴,想到他老是伏在桌上这个改不掉的习惯。难道他的视力真的出了问题? 我找了一本书,放在距他很近的地方,他说勉强看得见。我又让他看不远处的一幢高楼,他说只能看见一团黑影。

天哪! 儿子的眼睛果真出了毛病。第二天,我带他去看了医生。医生说:"他是先天性的弱视,很特殊,早先并不明显,一旦接触书本,弱视就会显露出来,如果不及早医治,将来可能会导致失明。医治起来其实也挺简单,只需动个小手术,医疗费用也不多。"

回家的路上,看到儿子可怜兮兮的样子,我哽咽着问他:"你这个小傻瓜,眼睛有了问题,为啥不跟妈妈说? 妈妈早说过,妈妈将永远和你在一起……"

"妈妈每天那么辛苦,家里又没钱……我怕告诉妈妈,妈妈会很伤心……我不想看到妈妈伤心的样子……"他的小肩又开始一下一下地抽动,委屈的泪水盈满眼眶。

想着儿子那幅《妈妈永远在我眼中》的画,虽然我眼中仍然有泪,但笑容已写在我心中。我庆幸命运真的待我不薄,它夺走了我的老公,却给我留下足以让我欣慰一生的儿子。有这样一个儿子,我还有什么理由埋怨命运的不幸,还有什么理由不快乐地生活呢?

我要陪您去西藏

王一民 俞贤民

77 岁的农村老人王一民用一辆破旧三轮车,载着 99 岁的老母亲,"吱吱呀呀"在路上颠簸了将近三年,走遍了大半个中国。下面是王一民老人讲述的不为人知的故事和他的心路历程——

"与母亲上路,当你踌躇不前的时候,时间会一去不复返。"这是我过了 70 岁以后悟出来的道理。一天,我提出用三轮车载着母亲出去看看外面的世界,母亲说:"儿啊,咱们能走到西藏吗?"我急忙把地图铺在她面前,告诉她,要说蹬三轮去西藏,所有的人都会嘲笑我的。母亲说:"再远,我也想去看看……"就这样,2010 年,74 岁的我用三轮车驮着将近 100 岁的母亲踏上了前往西藏的旅程。我们旅行了近三年的时光,走遍了大半个中国,途经河北、山东、江苏、福建等 14 个省。

一直生活在东北地区的母亲,越往南走越觉得有趣,甚至取消了午睡专心致志地欣赏风景。让人难以置信的是,在如此艰苦的情况下,母亲竟然没有一丝疲倦的感觉,在车里激动得动来动去。

在东北老家塔河时，她经常把"早点死了算了，活的时间太长了"这句话挂在嘴边，现在她却一再说："怎么能丢下这么好的世界啊！"特别是在我们进入了广西以后，母亲更赞赏不已。在海底公园的海底世界里，母亲紧紧握着我的手说："儿啊，要不是你，我到死也想不到会有这么漂亮的世界啊，真得谢谢你。"在桂林，我们把所有的景点游览了两遍，可是母亲离开的时候，还是带着不愿离去的惋惜表情。

面对记者的镜头、路人好奇的目光、无数好心人的援手，我慌张、无措、惊恐，常常在一瞬间失去了所有的坦然和淡定。人们把母亲和我的旅行称为"世界上最美好的同行"，也有人称之为"夕阳中的微笑"，这种赞美一下子洒落在我这个不需要任何修饰的肩膀上。尽管我总是挑选乡间小道前进，躲避人们的目光，但是记者们、各种团体们总能找到我，把麦克风和照相机放在我们的面前，经他们这么一折腾，我们不但不能自由地旅行，反而积累了一身的疲惫。2002年夏天，母亲在青岛病倒了，看到母亲衰弱的情形，电视台的记者劝我结束旅行，乘坐飞机回到哈尔滨。没能走到西藏，我感到非常惋惜，可一想到母亲能平安回到家中，我还是觉得非常幸运。

与母亲旅行，无处住宿的难题和道路的崎岖并不要紧，最让我困惑和难受的是母亲的闹脾气。有时候，母亲清醒得让你不敢相信她的年纪；有时候，却比五岁的孩子还要磨人。听她唠叨，安慰她，迁就她，这是一路上最让我吃力的事情。

一个夏日，我疲惫地蹬着三轮车，突然觉得不知从什么地方飘来一阵阵臊味儿，好像是膀胱功能退化的母亲不自觉地在三轮车里遇到了尴尬，又因为没法说出口而挺了好长时间。

"妈，尿尿了吧。"我把三轮车停在路边，转到车后发现母亲正在吃力地换着尿湿的裤子。我并没有责怪母亲的意思，对母亲这么大年纪的人来讲，这是很平常的事，没想到母亲勃然大怒："我不是说了吗，我没尿尿！"我没想到母亲尴尬，连忙看看周围，幸好我们在深山里，好几个小时都没有看见一个人了。我一把抱起母亲朝河沟走去，母亲胡乱拍着我的脸，往我身上撩水，可我硬是坚持给母亲洗了一个澡。"没关系，妈，你都多大岁数了？"洗完澡，我又把母亲抱回车上。"坏小子！"母亲为这事一整天都没有再跟我说话。

有一天，母亲沉默了好半天，在我的百般追问下，她才说了一句："整天净买那些不好吃的。"原来，我出发的时候，并没有准备炊具，为了省钱，买的都是一些便宜饭菜，看来母亲为此很不痛快。

后来，我准备了一些炊具，路上要是遇到饭店还好，可更多的时候是找不到饭店的。不管是谁，岁数越大，想不开的事情和眼泪就越多。我努力去满足母亲的需求，我不想留下遗憾。母亲想吃刀切面，我很为难，没有地方擀面，又没有那么多调料。我拿出白面和起面来。"妈，做刀切面就得费点时间，您知道吧？"我怕时间长了母亲发火，先递了一句。母亲说："儿啊，多加点水！"我装出一副加水的样子，虽说面和得正好，可只有装出加水的样子才能避免母亲的唠叨。"在哪里擀啊？""就是啊，妈，我躺在那儿，你在我肚皮上擀啊？""后背比肚皮强。"母亲也幽默地回了一句。"那我就趴下，你就在我的后背擀吧。""坏小子，敢逗你妈。"我找出报纸铺在地上，用酒瓶子当擀面杖。我本想擀得薄一点，没想到报纸破了，面上沾上了土。可是母亲真的想吃刀切面，她继续注视着我手中的面团。我拿出刀笨拙地切起来。母亲唠叨说："我还以为你什么都行啊，真笨。"我为了扭转母亲的情绪，故意往锅里少倒了一点水，递到母亲面前，问："倒多少水啊？"母亲就像期待已久似的瞧了一眼，说："再倒点。"就这样折腾半天。我终于将刀切面做成了，母亲慢吞吞地吃得那么香，情绪也好了许多。

在回程的时候，我已经能每天给母亲做一顿饭菜了。母亲称赞："这世界上，只有我儿子做的饭菜最好吃了。"年迈的母亲没有牙齿，吃东西很吃力，速度非常慢。我常放下空碗呆呆地看着母亲用餐的样子，这种等待的时间真是幸福，任何不安的心情也会自动舒缓下来。在与母亲同行的长长的旅途中，既有各种各样的快乐，也有冲突。每当母亲闹脾气的时候，我总是努力地露出微笑：为了能把热乎乎的饭菜端给母亲，我总是加快脚步；如果母亲气得举起手，我就会把宽阔的后背给她。

2003年12月30日，母亲留下要把自己的骨灰撒到西藏去的遗言，永远地离开了我们。就像我们去旅行的那天早晨那样，母亲是带着满脸的微笑离去的。

2004年，我带着母亲的骨灰再度出发了，尽管弟弟希望我坐火车去，可我仍然坚持蹬三轮车。在路上休息的时候，总会有人围过来说："母亲去世了，你多痛苦啊，你能走到西藏吗？那多远啊……"他们好像在看一个怪物，遇到这种情况，我总是马上默默地离开。最让我感到困难的是，面对那些好心人，我不能把母亲的骨灰带到他们屋里，只能露宿在车上。当我绕过北京、经过石家庄、走进山西境内时，已到了疲惫不堪的境地。酷暑来临，我只好凌晨启程，到下午休息一会儿，傍晚再上路，一直骑到深夜，每隔三四天就得去医院打一次吊瓶。一天，我终于在崎岖的山路上失去知觉，是好心的司机把我送到医院。一位好心的医生劝我骑三轮车先到西安，到那里去找他在交通局工作的朋友，他的朋友一定会想办法。

半个月后，我到达西安，找到医生的朋友，他一见到我便高兴地握着我的手，带着我走到院子里，一辆像卡车又像大篷车的东西正等着我，车身上贴着我和母亲放大的照片，写着"特别慢车夕阳号"，还给了我一张加油卡。我在众人的注视下，发动了汽车，送行的人们表情中再也看不到担忧的神色。我想起，当年母亲和我在上海的时候，我拒绝有人要给我的三轮车安装动力装置。当时，我只顾自己的心情，不顾母亲路途的感受，想起这些心里就会一阵阵难受。

回首往事才能真正理解人生，我驾驶着篷车，回想着以往的日日夜夜，止不住的泪水打湿我的衣裳。高原反应让我头昏脑涨，如果母亲生前来这里，真有像人们所说的那样危险。我一口气走过甘肃省的兰州市和青海省的西宁市，带着母亲的骨灰走进拉萨市的布达拉宫，这是我和母亲旅行的最后目的地。

到了送别母亲的时刻，我抱着母亲的骨灰走上山冈，一边撒着母亲的骨灰，一边祈祷："妈，把你这一辈子的辛酸全都抛掉吧。"我望着时而躺在泥土之中、时而飘入风中的母亲的骨灰，道出我最后的心声："再见了，妈妈！"

和母亲一起旅行，让我变成一个不能在任何地方久留的人。无论走到哪里，人们都能认出我，总是提起母亲的话题，搅起我对母亲的思念。直到2007年我结识了西林禅寺的法师和干女儿满丽，他们让我重新感受到人间的温情。我愿把我的余生交给大自然，自由地体验人间的美丽。

逾越一盆水的距离

永心

婚后，明辉把婆婆接到了城里。

我一直很礼貌地和婆婆相处，觉得自己很像旅馆的服务员，婆婆是我的客人。我从心里想把婆婆当作母亲，想像明辉那样孩子气地对她说想吃手擀面了，下班后撒娇似的躺在沙发上让她捶背，可无论如何也逾越不了厚厚的生分。

一次，我想喝酸辣的鲫鱼汤，话到嘴边就是说不出口，最终还是自己下厨，在灶台前忙来忙去。婆婆想帮我，我礼貌地推辞，她只好拘谨地退出了厨房。

几个月过去了，我和婆婆仍然生分，我礼貌，她拘谨，好在明辉一直在中间调节，用傻乎乎的笑缩短着我们的距离。可是那天，明辉出差了，晚上，他从遥远的城市打来电话，傻乎乎地笑着，跟我说悄悄话，要我注意有了身孕的身子，最后，他郑重地请求："我拜托你帮我做一件事：后天是母亲的生日，我回不去，你能帮她洗洗脚吗？"我的心猛地一沉，沉默了一会儿，还是答应道："可以！"

几个月来，每天晚上，明辉都要端一盆水走进婆婆的房间，帮婆婆洗完脚后，再端出来倒掉。明辉端水进又端水出的身影，让我一直感动，可现在要我亲自给婆婆洗脚，我心里有一万个不愿意。

婆婆的生日那天，我给她买了精致的蛋糕和毛衣外套。

婆婆夸我想得周到，又责备我花钱太多，我却在想端不端洗脚水的事。婆婆见我心不在焉，赶紧缄了口，回房去了。

明辉每晚轻松完成的"功课"，在我是那么艰难。挨到十点，我才兑好一盆温水，端到婆婆房里。婆婆站起来，一副受宠若惊的模样，我把水盆放在婆婆脚前，偷偷抬眼，看到了她的两行热泪。我的心顿时濡湿了，一盆洗脚水，竟让婆婆如此感动。

我帮婆婆脱掉袜子，把她的脚放进水盆里，我摸到了她右脚底上有一块长长的疤，我惊愕。抬头看婆婆，她的脸上洋溢着慈祥，给我讲了疤的来历："你公公病逝时，明辉刚考上初中。他说什么也不上了，我硬把他拽到了学校。为了供明辉上学，我跟人学会了泡豆芽，每天天不亮就挑着担子吆喝。有一天天还没亮，我踩到了碎玻璃瓶上，缝了十来针，就留下了这块疤。从那以后，明辉只要在家里，就给我洗脚，他还说：'要娶一个会给妈洗脚的媳妇。'"

我的泪扑簌簌地流下来，透过疤痕，我感受到了婆婆的含辛茹苦，目睹到了一位母亲的心。我悉心地搓揉着婆婆的脚，心里充满了无限的爱意，原来的生分荡然无存。想不到心与心的距离这样近，只隔着一盆水的距离。我逾越了一盆水的距离，带着儿女心走近了她，她也由陌生的客人变成了亲亲的母亲。

从此，我和明辉每晚都一起给母亲洗脚。

最美丽的烟花

徐连祥

那年她 18 岁，在离家千里之外的一所大学就读。放了寒假，她迫不及待地准备回家，但下了一场大雪，等她赶回家时，已经是农历腊月二十八了。

家里冷冷清清的，母亲因病住院已三个月时间，几乎花光了家里所有的积蓄，可病情仍不见好转。弟弟一直瞒着她，直到她放假前才告诉她。她放下行李，马上赶去医院。

推开病房门，消瘦的母亲正在昏睡，弟弟一筹莫展地流着眼泪。停留了片刻之后，她叮嘱弟弟照看母亲，就依依不舍地转身离去——她身上只有 50 元钱了，想找份短工挣点钱，买份新年礼物送给母亲……

街上张灯结彩，到处洋溢着喜庆热闹的年味儿，唯独她行色匆匆，神色抑郁。饭店、小卖铺、电子游戏室……她一个店铺接一个店铺地问："你们这里需要人手吗？我什么都能做的……"她努力挤出笑容，可是屡屡遭到拒绝："快过年了，不招人，明年再来！"

她的锲而不舍最终赢得了回报，一家饺子馆收留了她，让她洗菜。数九寒天，水异常冰凉，不一会儿她的两手就冻得通红，手指僵硬得不听使唤，可她硬是干到了晚上十一点。

第二天她又忙乎了一天，直起腰来时，差点儿晕倒。

明天就是大年三十了，老板给了她 80 元工钱。

一共一百三十元钱，她思忖着买点儿什么。吃的？母亲现在什么都吃不下。穿的？她天天都要穿病号服。路过一家烟花专卖店时，她忽然想起去年和母亲一起看春节联欢晚会时，午夜燃起的烟花让母亲好一番感叹："五颜六色，光灿灿的，真漂亮啊！"那就买烟花吧。130 元钱，平日节省的她一分钱也没有留，全部买了烟花。她抱着一箱沉甸甸的烟花回医院，路上很冷，可是她的心里很暖，感到生活多了点儿希望。

大年三十，他们一家三口在医院吃完了简单的年夜饭，天已经黑透。母亲心情不好，含着泪说："我这病怕是好不了了，你爸又走得早，你们怎么办啊？"她笑着说："我们打个赌，如果今天楼下后院里有人放烟花，就是个好征兆，你肯定会好的！"

母亲说："这里都是病人，谁会有心情放烟花？"

她把母亲搀扶到病房的窗户前，说："生活总有奇迹啊。"

烟花已经在燃放了，直入云霄的、一树银花的、星星点点的……各式各样，在黑夜里格外璀璨。放烟花的弟弟也欢呼跳跃着，不时在火光的映照中抬起头来，冲着她们的窗户幸福地笑。母亲看着烟花，表情复杂，终于也慢慢笑了，感慨地说："真好看，比往年的都好看！"

不多时，整座楼平日紧闭的窗户全都打开了，和母亲一样的重症病人由家人搀扶着，入神地欣赏着这黑夜里烟花的舞蹈。他们苍白的面容重现微笑，忧郁的眼神重现欢快，就怕错过了每一朵烟花燃放的精彩瞬间。

那是他们一家人幸福的一夜，也是整座楼幸福的一夜。窗外绽放的不仅仅是烟花，也不仅仅是新年的喜庆，而是一种足以撕破黑暗的光明，一种催人新生的美丽。

她拥抱着母亲，说："明年你还要陪我们看烟花！"

母亲郑重地点了点头。

此后，母亲开始配合每项治疗，积极参加锻炼，乐观开朗了许多。半年后，母亲竟然慢慢康复了！医生感慨地说："医学上创造奇迹的，往往是病人本身的激情和潜能！"

又是新年燃放烟花的时节了，母亲对她说："那时家里缺钱，你买了那么多烟花，我还怨你奢侈呢。但那确实是我一辈子看过的最美丽的烟花……"

母亲，请让我再帮您洗一次澡

佚名

母亲从不去澡堂洗澡，说是闻不惯澡堂里的那股子怪味。所以从小到大我从未和母亲一同洗过澡，更别说帮母亲洗澡了。

已病入膏肓的母亲，虚弱得已无力自己活动了。那天吃过晌午饭，突然发现母亲头发那么蓬松凌乱，我看着母亲那双深陷的已失去往日光泽的大眼睛，说："妈，我想帮您洗洗澡。"母亲盯着我看了一会儿，摇了摇头。我知道母亲心里在想什么，她是怕我看见她骨瘦如柴的躯体伤心难过。我执意要帮她洗，母亲没有再坚持，就点了点头。

做好帮母亲洗澡的准备工作后，我轻轻地走到母亲的床前，左手揽着母亲的脖子，右手揽住母亲的腿弯，使劲一抱，没想到母亲轻轻的，我用力过猛，往后趔趄了一下。我的心也随之抖动了一下，母亲竟然这么轻，轻得像一个四五岁的孩子，我心里难过极了。

和母亲一起生活了几十年，在我的记忆中，母亲虽然瘦却好像总有使不完的劲似的，家里的重活、累活母亲总是自己包干，从不让我插手。等我有了孩子，与母亲一同出来，孩子总是被母亲抱在怀里，母亲总说我没劲，抱久了怕我累着。我紧紧地盯着母亲深陷的双眼，突兀地说了声："妈，对不起！"母亲不解地看了看我，轻轻地说："孩子，你说什么呢？"我不再说话，我托着母亲的身体，把母亲轻轻地放在了躺椅上，我感觉泪水顺着自己的脸颊流了下来，我赶紧地背过脸去。

默默地帮母亲脱去衣服，天哪！我被眼前的景象惊呆了，这就是我的母亲吗？病魔不知何时已残酷地吸食了她身上所有的血肉，除了肿胀的双脚之外，身体其他部位不见一丝血色，蜡黄的皮肤包裹着凸显的骨头，像一株干枯的树干。

我颤抖着双手把水轻轻地浇在母亲的身上，水顺着母亲的皮肤缓缓地流下，母亲凸露的锁骨和脖子之间形成了两个凹陷的水坑，水聚在那里，在灯光的映照下发着阴冷的寒光，我再也抑制不住自己的情感抱着母亲大哭了起来："妈，对不起！妈，对不起！女儿不孝，妈，对不起！对不起！"母亲抬眼看了看我，轻轻地对我说："孩子，你说什么呢？我知道的，我女儿是天底下最孝顺的女儿了，妈妈是世上最有福气的妈妈！"

洗完澡，我轻轻地将母亲抱回床上，我坐在床沿上，揽着母亲的上体，就像小时候母亲揽着我哄我睡觉一样，久久地揽着。

兴许是累了，母亲终于闭上了眼睛。我以为母亲睡着了，就轻轻地托着她的上身。准备让她平躺下去，可是，我看见有两行泪水，从母亲的眼角流了出来！

第五章
只愿君心似我心，定不负相思意

爱到地老天荒

施立松

　　柔风细雨的江南，是滋生爱情的温床。18岁的姑苏才子周瘦鹃暗恋了。他爱上上海务本中学"校花"周吟萍——一位活泼秀美、风姿绰约的富家千金。周吟萍豆蔻年华，善唱昆曲，牡丹亭游园惊梦诸折，均能朗朗上口。在务本中学一次联欢演出上，台上的周吟萍，生动俏丽，风华绝代，周瘦鹃一见倾心。

　　少年情事，总是怯怯。周瘦鹃幼年丧父，家道贫困，虽在文坛小有名气，但他的内心是自卑的，"记得城南花巷里，疾心日日伺秋波。"伊人放学回家的小巷，徘徊着他守候的身影，她家门前、学校门口，也闪动着他羞怯的眼神。三月后，被爱的风帆鼓胀得发疼的心，促使他鼓起勇气提笔给周吟萍写信，信里措辞谦和，却难掩殷殷情意。寄出后，他坐立不安，辗转反侧，夜难成眠，怕唐突了佳人，又怕石沉大海，三日后，她回信了！拿着粉红色的信笺，他的心像春风吹绿的林地，蓬蓬勃勃开了遍地的紫罗兰——紫罗兰，那是她的最爱，她的英文名（Violet）——这些盛开的紫罗兰，直到他生命终结，都不曾在他心中凋谢。

　　两人开始长达六年的书信往来，他们谈《礼拜六》周刊，谈昆曲评弹，谈周瘦鹃翻译的高尔基小说。他写动人的诗词、美文、情笺，他亲手种植紫罗兰，把她的窗户和阳台装点得花团锦簇。爱情的种子在她回第一封信时，就深潜在她心灵的土壤里，六年的风花雪月浇灌，已长成参天大树，他们山盟海誓，私订终身。他们以为，他们用青春和爱排列的方程式，只有一个解，那就是，有情人成眷属。可是，天不遂人愿。她的家人发现了他们的恋情。

　　她家数代经商，家道殷实，而他，只是个穷书生。这样的恋情，怎为世道所容？她父母坚决反对，不由分说地把她嫁给指腹为婚、不学无术的富家子。

　　周吟萍饮泣过，挣扎过，反抗过，哀求过，可无济于事。最后，她同意结婚的条件是允许周瘦鹃参加她的婚礼。她偷偷托人带信给周瘦鹃:坚贞共矢百年心。她以为,他会懂。

　　周瘦鹃参加了她的婚礼,婚礼在教堂举行,新式婚礼,在当时是摩登的。周吟萍身着洁白婚纱,却面无喜色,眼神飘忽,似在找寻什么,她的双手不停地轻抚浅色丝手套,无比爱怜。只有周瘦鹃知道,那是他送她的。那一刻,他珠泪滚滚,他痛恨自己无能,眼睁睁看着心爱的人成为别人的新娘。悲愤忧伤憔悴损,他恹恹而病了。

　　之后,他们又开始书信往来,也互赠寄托相思的礼物,周吟萍的姊妹们自告奋勇充当"青鸟使",每得片纸只字,他们都视为瑰宝。

　　在中国式的爱情里,女方已嫁,男方未婚,这样的爱情是无解的方程式。一年后,"大龄"青年周瘦鹃也奉母命成亲了。结婚那天,周吟萍前来观礼,从不沾酒的她那天喝了满满三杯。第二天,周瘦鹃收到她的信:昨晚我去了剧院看"黛玉葬花",为林妹妹狠狠掬了一把同情泪。那种心酸和苦痛,他不难揣度。他的心,也是苦涩的。

　　两年后,她怀孕了,却没有初为人母的喜悦。她在写给周瘦鹃的信里说:想当初家里逼婚,我也曾几次三番抵抗,然总没有效果,后来退一步想,我譬如寄居此间,保持清白,以后慢慢再作道理,一年工夫,居然被我捱过了!而你却与人结婚了,这也不能怪你,我深悔不曾向你明示。

　　原来,婚后周吟萍并不曾放弃爱情,"记得葳蕤经岁守,灯前仍是女儿身",结婚一年,她竟然还是女儿身!这一年里,她身上始终揣着一把锋利的剪刀,她就用这一把剪刀,捍卫自己的贞洁,守护自己的爱情。她希望不久的将来,夫家一纸休书,赐回她的爱情。周瘦鹃的结婚,粉碎了她对爱的信心,绝望中,她坚守的防线,土崩瓦解。生下孩子后,她不愿与富家子同居,只身到南京去谋职。

　　劳燕分飞,爱情却没有熄灭。

　　希腊神话中,爱与美之女神维纳斯因爱人远行,分别时晶莹的泪珠滴落到泥土中,来春开了一片紫色的花,这就是代表永恒的爱和美的紫罗兰。从此,紫罗兰成为周瘦鹃爱情生活的物化和象征,他不顾妻子的感受,一生低首紫罗兰。他建紫罗兰庵,供紫罗兰花盆于案头,办《紫罗兰》刊物,用紫罗兰色墨水写文章。每当春秋佳日,紫罗兰盛开,香气逼人,他便痴坐花前,在花香花影中回味他们的缠绵往事。他还写大量的悲情小说,如《此恨绵绵无绝期》《遥指红楼是妾家》《恨不相逢未嫁时》等等,主人公都是他的紫罗兰——周吟萍。朋友抱怨,说:"弥天际地只情字,如此钟情世所稀。我怪周郎一支笔,如何只会写相思。"他们哪知,他的胸中尽是断肠辞,他和她的爱情,只合那四个字:刻骨铭心。

　　恰当的时间遇到恰当的人,那是天作之合,可造化却喜弄人。多年后,他的夫人去世,而她已守寡多年,他以为,上天终于眷顾他们了,让他们再续前缘。佳人迟暮,才子白发,再牵手,也是一段美景。万万没想到,周吟萍一口回绝,她说:年华迟暮,不想重堕绮障。真正爱花的人爱一切美。她知道,他是一个爱美成嗜的人。年轻时不能在一起,人老珠黄,老朽对坐,彼此像一堆熬干煎尽的药渣,那是何等煞风景,今生不能在最美好的年华与你相守,就等来世吧。

　　晚年的周瘦鹃常戴顶鸭舌帽,墨镜遮面,在"紫兰小筑",莳花撰文,却没能逃过那一场劫难,他被批为"玩物丧志","紫兰小筑"夷为废墟,紫罗兰践踏遍地,他的心碎了,一天深夜,紫罗兰庵里一口幽深的古井,收容了他孤寂的心。

爱情的频率对了

吴淡如

　　那是一家小巧的画廊,前一阵子,进口了越南画家的作品,不贵,色彩缤纷,很适合居家摆饰。

　　她在画廊看画的时候遇到他,两个人都在同一张画前驻足良久,最后,两人几乎在同一秒钟内,决定买同一张画。

"你们是一起来的吗？"

"不是。"几乎是异口同声的回答。

对着同一个展售人员，两人对看了很久。他笑了，她也笑了。

"好吧，让给你。"他说："算是英雄所见略同。"

她买了那张画。因为她没开车，他帮她把画送回家，和她交换了名片。这是友谊的开始。然后，他开始约她吃饭。

爱情就是这样开始的。他有一个贤妻良母似的女友，她也有论及婚嫁、对她很好的男友，可是两个人都感觉，在对方出现之前，自己的爱情世界黯然无光，只要两个人都在，即使是开着车漫无目的地闲晃，也不觉得无聊，随便一餐饭，都有好滋味。彼此之间说的每一句话，好像都卡得好好的。于是，各自费了一番工夫，和自己的男女朋友分手，走入了结婚礼堂。

"那样的感觉很奇妙，只能说爱情的频率对了吧。"喜帖上，他们这样说。

频率？真是爱情中最神秘的东西。对不对，自己知道。

频率对了，在一起就能相互体贴，如沐春风；说话时可以无拘束地分享心情，不说话时也能共享静谧时光，就算连小小争吵，也都朝着"我要更爱你"的路上走。

能够找到频率对的人，是人生中最幸福的事。

白开水和糖水

尤今

白开水

上广州酒楼吃点心。

这里人气极旺，座无虚席，必须与陌生人共桌。

一张可容纳十二人的大圆桌，坐了四堆互不认识的人。左手边，是四个都市女子，叽里呱啦，谈的尽是吃喝玩乐的休闲事；右手边，是一家三口，小孩是王，特香的、特好的，爸妈都往他碗里夹，偶尔不惬意，他还会尖声锐气地使性子。

吸引我注意的，是坐在正对面那一对看起来年过七旬的老夫妻。他们头发如霜，腹中有诗，没有说话，都在读报。不是囫囵吞枣地读，而是细嚼慢咽地读，狭长的眸子，淡淡地荡着若有若无的笑意。点心，只要了虾饺和叉烧包。一笼叉烧包有三个，你一个我一个，蒸笼里还剩下一个。妻子居中剖开，将一半慎重地放在老先生的碟子里。一人吃一半，就像是婚姻里所有的甜和蜜都一起分享，所有的风与浪都一起承担。无声的关怀，就是他们说了一辈子的语言。

这样的婚姻像白开水，它淡然无味，但是，在最淡最淡的那个地方，却蕴藏着最深最深的甜意。执子之手，与子偕老。

糖水

由广州搭乘长途公共汽车到珠海。起身迟了，气喘吁吁地赶到车站，才一坐下，车子便开动了。

座位后面传来了洋汉子以美式英语发出的提问："甜心，到珠海，要多长时间啊？"那个被他唤作"甜心"的女子以英语回答："两个小时。"接着，她体贴地说："你座位的靠背太高了，我替你调调吧，这样，你会比较舒服。"洋汉子以低沉、迷人的嗓音说道："甜心，你真会照顾我，我就是喜欢你这样的女子。"女子说道："你对你以前的女朋友也说一样的话吧？"洋汉子立刻指天发誓般地说："哪里，是她自己缠上我的。"女子嗲嗲地问:"她漂亮吗?"洋汉子说:"漂亮极了,身材也很好。不过,我不爱她,我只爱你,你是我的唯一。"女子心满意足地发出了银铃般的笑声,又说:"照片,你给我看看她的照片。"洋汉子说:"我又不爱她,怎么可能保存她的照片呢?"女子不放心地问道:"你回广州之后,如果她又来缠你,你怎么办呢?"洋汉子几乎要拍胸膛保证了:"我心中只有你,只有你才是最适合我的女子,谁来缠我也没有用!"

这一男一女,大约以为周遭的人都听不懂英语,所以,旁若无人地打情骂俏。车程两个小时,他们说足两个小时,声声直透耳膜。

让我印象最深刻的是以下这一大段话。洋汉子说:"我的家在檀香山。甜心,你知道檀香山在哪里吗?在夏威夷。夏威夷有美丽的沙滩和蔚蓝的海洋,是人间仙境。我在檀香山有幢很大的别墅,有花园、游泳池、电影放映室,连浴室里都装了电视。甜心,我要带你去檀香山享受这一切。"女子娇声娇气地说:"真的呀,你一定要带我去哦!"洋汉子说:"一定一定。"接着,话锋一转,又说:"不过呢,我们必须先在广州租个房子,住在一起,等彼此适应了,我再带你去檀香山……"

轻柔的海风夹带着沁心花香的夏威夷当然浪漫,当然美丽,可惜,它只是一个幌子,仅仅只是一个用麦芽糖铸成的钩子。这样的爱情,犹如以白糖冲泡的水,有着化不开的甜意,但是,瞬间的甜意散尽后,残留的,是永远的苦涩。

在日益开放而又日渐繁华的社会,到底有多少人还能品出白开水当中那隽永的甜意,又有多少人会被白糖泡成的水冲昏了头呢?

半个世纪的爱

王国民

1943 年,他才 16 岁,父母被突如其来的炮弹炸死了。他身上除了父母留下的 10 个馒头,别无他物。

拿着简单的行李,他踏上了去远方投奔亲戚的路途。一路上,到处都是落难的人,不少人不是被冻死就是被饿死了。他小心地揣着那 10 个馒头,那可是他半个月的口粮,就是再饿,也舍不得吃。

路过一个村子的时候,他去取水,发现有一个和自己年龄相仿的女子饿昏在水井旁。于是,他从怀里拿出一个馒头。

女子苏醒后,他问:"你也是去投奔亲戚的吗?"

女子点了点头,他又拿出一个袋子,把剩下的馒头分了 5 个给她。他说:"我们凑合着把这一段艰难的行程走完吧。"分道扬镳时,女子拉着他的手说:"如果战争结束后你还活着,请来找我,我愿意嫁给你。"

好不容易等到抗战结束,他却被国民党抓了壮丁,兵败后退到了台湾。

50 年里,他几次去寻她,但都杳无音信,原本想放弃,但终究心有不甘。在几名大学生义工的帮助下,他再次踏上了寻找她的路途。

从湖南到贵州,他一个地方一个地方地找,终于在一间挂满剪纸的老房子前面停了下来。

从里面走出一个满头银发的老人,手里还拿着一堆剪纸。他只望了一眼,就泪眼婆娑了——因为那剪纸上的头像,不是别人,正是他自己。

她说:"我等了你整整 50 年。"

他说:"我找了你整整 50 年。"

她拉着他的手说:"日本人投降后,你没来找我,我以为你死了;从那天起,我就把你的头像剪成纸,然后再烧给你。你知道吗?你那 6 个馒头让我得以重生,更让我勇敢去爱、去等待。"

6 个馒头,50 年的情缘,让这对情侣坚守承诺、永生不变,因为那 6 个馒头的情,本就价值连城。

半生守望,一世情缘

邓琼　马志丹

缘分

李丹妮的父亲李树化,是祖籍广东梅县的泰国华侨。童蒙时期,李树化就返回祖国接受教育,在梅州中学读书期间,与同校学习的林风眠先生结为好友。辛亥革命之后,林风眠组织了130位梅州青年出去看世界,李树化瞒着家人偷偷跑出来,随着同乡结伴远渡重洋到法国勤工俭学。

1926年,李树化娶了一位法国女子为妻,同年一起回到北京,李树化任北京国立艺术专科学校音乐系主任,与林风眠共事。1927年5月24日,李树化的独女在北京出生,起名李尘生,法国名字叫丹妮。后来,李树化又带上全家随林风眠搬到杭州,继续在西湖艺专音乐系任教。

1953年9月,福建上杭人袁迪宝进入浙江医学院学习,成为新中国成立后首批公共卫生学科的大学生。他的俄文老师,就是1950年毕业于浙江大学外文系精通英、法、俄、德和中文的李丹妮。这位漂亮的混血儿,比袁迪宝大一岁。两人都有一双明亮聪颖的大眼睛,一见面,彼此就印上了友善和默契。李丹妮记得很清楚:"那是我这辈子当老师人数最多的一个班,120人!"身为班长和俄文课代表的袁迪宝,每次俄语考试都是满分。他的勤奋和优秀给丹妮印象深刻,而丹妮老师的专业精神也令他感佩不已。

李丹妮说:"我们接触得很多了,无意中我常找他,我想当时是我比较主动吧。"迪宝则回忆:"我们宗教信仰相同。再加上她经常给我拿字典、借参考书给我,甚至还有生活用品……毛衣之类,她也织过给我,白色的羊毛衣。我是很感动啊,那个时候我们可是穷孩子。"

不过她还是承认:"当时我们已经有一个什么感觉呢? 我们两个很像,我们是一个人。"

命运

李丹妮身材娇小,可个性很倔强,认准了理就不会轻易屈服。有个例子:1953年3月5日,斯大林逝世,中国各地都隆重悼念。在浙江医学院举行的纪念活动,大家也都自觉戴上了黑纱,可是丹妮说:"我为什么要戴? 我家里没有死人。"活动过程中,要多次举起手来喊口号,她感觉烦了,有同学怕她惹祸,拽着她的手举起来。

1955年8月初,因为中国高等院校院系调整,袁迪宝所在的浙江医学院卫生系要并入成都华西医学院。临走前,丹妮隐约看出了袁迪宝有心事。

李丹妮说:"那时我已经有一点预感,他有事不敢跟我说,也怕我难过,肯定是这样的。"花港观鱼的池塘里浮沉着七彩鱼群,坐在芙蓉花树下,迪宝忧郁地讲出了心事:原来在上大学离开家之前不到两个星期,迫于姐姐的压力,迪宝已经与匆匆相识的姐姐同事黄秀雪结婚。也就在同一时刻,丹妮还知道了迪宝马上要去成都。

李丹妮的第一反应,是自己没有权利把幸福建筑在另外一个女人的不幸上,"去抢别人的幸福,这个结果我不能接受"。

在袁迪宝快要离开杭州前往成都的时候,1955年8月5日,以三潭印月为背景,他俩在苏堤上拍了一张合影,这是青春容颜留下的最后相聚。

等待

然而,不论是言语上的"分手",还是真正的分别,其实都没有冷却两个人的感情。

他们每天都给对方写信,每封至少两千字,为了省钱,攒足一周的信才一起寄出。

"我正在热烈地爱着你,我正在热烈地爱着你,日夜思念正像你也爱我一般,假如我在为你郁闷,祈求得到你的爱怜,为了得到你的爱怜,我宁愿粉身碎骨……我祈求上天赋予我们,赋予我们,赋予我们。"这是 1955 年 9 月 17 日晚,袁迪宝在公园柱灯下写的信。

都说爱情是自私的,但即使他们深爱对方,即使袁迪宝的婚姻更多是出于对姐姐的顺从,但他从来都没有离婚再娶的念头,李丹妮也从未想过要他离婚。

1956 年 3 月末,李丹妮决定去找浙江医学院领导谈一谈,此时她已经在学校当了 6 年助教,60 元工资也一动不动领了 6 年。李丹妮是生活在新中国的青年,在一个热爱国家的氛围中长大,她也渴望进步。她想问问,自己的前途在哪里? 但是领导一句"我们总觉得你这么一个人,真是没有一点儿政治觉悟",让她明白了自己的处境。天主教信仰的背景,以及坚持自我的个性,使她与那个环境显得格格不入。原本是为了求一个期许和希冀;结果是,李丹妮带着一个突发的决定离去。回到家,她跟妈妈说,想离开这里回法国。只是她自己绝没有想到,这一走,55 年后才能再见袁迪宝。

李丹妮回到法国后一直没有恋爱也没有结婚。她说自己知道:"他一直没有忘记过我,就像我也从来没有忘记过他。写《混血儿》那本书时,人家经常问我,你这么一个女孩,我们不能相信,好像一辈子都没有人爱过你。我说,只有一个人住在我心里,只有一个男孩真正地爱过我,那就是袁迪宝。"

坚守

1956 年 7 月 12 日,李丹妮和母亲到达法国马赛港口,她一心想着能见到从 7 岁开始心里就爱着的表妹了,没想到亲戚们却嫌弃从中国回来的她们。在上海离境时每人限带 10 美元,因此母女俩生活非常窘迫,而李丹妮的浙江大学学历,在里昂找工作也派不上用场。李丹妮为此一度常想自杀! 她专门去一家药房穿了耳洞,借着皮肉的痛大哭一场,纾解悲伤。后来,远在泰国的祖母寄来了活命钱。此外,李丹妮用 1 年时间取得了速记打字的毕业证书,1957 年 7 月 1 日应聘进一家公司,并在那里连续工作了 17 年。1960 年,李丹妮获准入籍法国。

扶助

在中国,1957 年 7 月,袁迪宝从成都华西医学院毕业,被分配到厦门市卫生防疫站工作。

李丹妮到了法国以后,还密切地与袁迪宝保持通信,她的信一开始是寄到防疫站。"哎呀,大家都来看我的东西,在 50 年代还比较开放,到 60 年代的话,就牵扯着意识形态,说你里通外国,不得了!"于是袁迪宝就让李丹妮把信寄到姐姐家。

1959~1961 年,中国经历了 3 年经济困难时期。恰恰在这 3 年里,袁迪宝的 3 个男孩子一个接一个呱呱坠地。李丹妮在与袁迪宝的书信来往中,知道了袁家的生活状况。虽然袁迪宝不肯,但李丹妮还是以法国公司寄商品的名义,不断地买奶粉、饼干、衣服、玩具等,寄到厦门。

"我不能告诉他们这是谁。有时我爱人看到我拼命看信,看英文信,会奇怪,我才稍微透露一些消息:说这个是我的俄文老师,对我非常好,给我的羊毛背心还在那里。就是这样子,也没有说很热恋的关系。我也告诉她,李丹妮写信来,问孩子需要什么东西。她说,不要不要,不要麻烦人家!"

对此,李丹妮很坦然:"他后来还是很幸福的。几个孩子,你们看,都很好,是个很幸福的家庭。所以我有时候也有想,如果当时我跟他结了婚,几个孩子会不会比现在更好。"

波折

1966 年夏天,李丹妮和几个女伴相约登上阿尔卑斯山脉。她冒险从悬崖缝隙中摘了一棵火绒草,看起来像羊毛绒的白色小花,打算寄给袁迪宝。就在准备寄信时,收到一封从香港发出的匿名信。"信上说:'不要再写信了,你害人。'"李丹妮一看就明白,这指的就是厦门的袁迪宝。她很害怕真的造成不幸后果,于是马上停止了通信。

直到 1976 年，李丹妮按捺不住焦虑和牵挂，再次往防疫站的旧址寄出了一封信。此时，防疫站已经搬走，信很快就因"查无此人"而被退回。这是李丹妮保留的唯一一封自己写给袁迪宝的信："……展开在我眼前的是你一九六五年五月十二日的信，那似乎是我们的最后一次通信，将近十年的沉默，你还在厦禾路住吗？迟疑了很久，终于决定给你写这封短短的信，但愿你能读到它……"

李丹妮也曾经在 1980 年、1986 年、2000 年 3 次回到中国，但均未找到袁迪宝。此后，李丹妮也就放弃了："当时我想也算了，他的生活一定很好，孩子也大了。如果我突然又出现，他会怎么想呢？"

重逢

袁迪宝在 70 年代也写了七八封信给李丹妮，都被退了回来。"我就以为她会不会到马赛、巴黎去工作了，地址变化了。我不相信她是短命鬼，她一定还在，一定会写信给我"。

1994 年 3 月，黄秀雪患上了牙床癌，8 个月后去世。从此，袁迪宝在厦门市兴华路卫生局宿舍的小房子独自生活了 13 年，自嘲已经成了"三等公民"——等吃、等睡、等死。"我那个时候身体还很健康，游泳、走路都好，同事、姐姐、嫂嫂都劝我再找一个老伴。但是我坚决拒绝了，我还有一个亲人在法国。"

2010 年春节，袁迪宝姐姐的儿子无意中提起袁迪宝年轻时与俄文女教师的一段情缘，这是儿媳欧阳鹭英第一次听说这件事。"我问爸爸，你为什么没有再和她写过信啊？他说，80 多岁了，不知道还在不在，而且之前寄的信都被退回来了。我说，你再试试看吧。他没有说要不要写，就上楼去睡觉了。"其实，袁维群看到，父亲的房间整晚都亮着灯。

2010 年 3 月 31 日和 4 月 1 日，袁迪宝寄出了试探性的两封信，写着同一内容，寄给了不知道还在不在世上的李丹妮。里面有 4 句话："亲爱的丹妮，愿上帝祝福你健康长寿，愿上帝保佑你健康长寿，就是要你健康长寿，请给我一封信。永远思念你的袁迪宝。"这一回李丹妮收到了！

李丹妮的笑发自内心："在机场，老远就看到他，捧着 55 朵玫瑰。我心里面开始紧张，后来自己说，向前走吧。他也走向我，当时我们一句话也没说，就抱在一起……"

这是一次相隔 55 年之后的再度牵手：1953 年 9 月，李丹妮与袁迪宝相知相恋，当时风华正茂；1955 年 8 月，劳燕分飞从此隔洋相望相思。2010 年的春天，袁迪宝从厦门接连寄出同一内容的两封信，只有四句话，让一直独身的李丹妮从法国里昂飞到爱人身边，重续前缘。这份穿越半个多世纪，流连欧亚大陆的深情，直到晚霞满天，终于驶进了家的港湾。

黑白爱

丁立梅

这是几十年前的旧事了。

那时候，他二十六七岁，是老街上唯一一家电影院的放映员。也送电影下乡，一辆破旧的自行车，载着放映的全部家当——放映机、喇叭、白幕布、胶片。当他的身影离村庄还隔着老远，眼尖的孩子率先看见了，他们一路欢叫："放电影的来喽——放电影的来喽——"是的，他们称他——放电影的。原先安静如水的村庄，像谁在池心里投了一把石子，一下子水花四溅。很快，他的周围围满了人，男的，女的，老的，少的。一张张脸上，都蓄着笑，满满地朝向他。仿佛他会变魔术，哪里的口袋一经打开，他们的幸福和快乐，全都跑出来了。

她也是盼他来的。村庄偏僻，土地贫瘠。四季的风瘦瘦的，甚至连黄昏，也是瘦瘦的。有什么可盼可等的呢？一场黑白电影，无疑是心头最充盈的欢乐。那个时候，她二十一二岁，村里的一枝花。媒人不停地在她家门前穿梭,却没有她看上的人。

直到遇见他。他干净明亮的脸,与乡下那些黝黑的人,是多么不同。他还有好听的嗓音,如溪水叮咚。白幕布升起来,他对着喇叭调试音响,四野里回荡着他亲切的声音:"观众朋友们,今晚放映故事片《地道战》。"黄昏的金粉,把他的声音染得金光灿烂。她把那声音裹裹好,放在心的深处。

星光下,黑压压的人群。屏幕上,黑白的人,黑白的景,随着南来北往的风,晃动着。片子翻来覆去就那几部,可村人们看不厌,这个村看了,还要跟到别村去看。一部片子,往往会看上十来遍,看得每句台词都会背了,还意犹未尽地围住他问:"什么时候再来呀?"

她也到处跟在他后面去看电影,从这个村,到那个村。几十里的坑洼小路走下来,不觉苦。一天夜深,电影散场了,月光如练,她等在月光下。人群渐渐散去,她听见自己的心,敲起了小鼓。终于等来他,他好奇地问:"电影结束了,你怎么还不回家?"她什么话也不说,塞给他一双绣花鞋垫。鞋垫上有双开并蒂莲,是她一针一线,就着白月光绣的。她转身跑开,听到他在身后追着问:"哎,你哪个村的?叫什么名字?"她回头,速速地答:"榆树村的,我叫菊香。"

第二天,榆树村的孩子意外地发现他到了村口。他们欢呼雀跃着一路奔去:"放电影的又来喽!放电影的又来喽!"她正在地里割猪草,听到孩子们的欢呼,整个人过了电似的,呆掉了,只管站着傻傻地笑。他找个借口,让村人领着来找她。田间地头边,他轻轻唤她:"菊香。"掏出一方新买的手绢,塞给她。她咬着嘴唇笑,轻轻叫他:"卫华。"那是她捂在胸口的名字。其时,满田的油菜花,噼里啪啦地开着,如同他们一颗爱的心。整个世界,流金溢彩。

他们偷偷约会过几次。他问她:"为什么喜欢我呢?"她低头浅笑:"我喜欢看你放的电影。"他执了她的手,热切地说:"那我放一辈子的电影给你看。"这便是承诺了。她的幸福,像撒落的满天星斗,颗颗都是璀璨。

他被卷入一场政治运动中,是一段日子后的事。他的外公在国外。那个年代,只要一沾上国外,命运就要被改写。因外公的牵连,他丢了工作,被押送到一家劳改农场去。他与她,音信隔绝。

她等不来他。到乡下放电影的,已换了他人,是一满脸络腮胡子的中年男人。她好不容易找到机会,拖住那人问,他呢?那人严肃地告诉她,他犯事了,最好离他远点儿。她不信,那么干净明亮的一个人,怎么会犯事呢?她跑去找他,跋涉数百里,也没能见上一面。这个时候,说媒的又上门来,对方是邻村书记的儿子。父母欢喜得很,以为高攀了,赶紧张罗着给她订婚。过些日子,又张罗着结婚,强逼她嫁过去。

新婚前夜,她用一根绳子拴住脖子,被人发现时,胸口只剩一口余气。她的世界,从此一片混沌。她的灵动不再,整天蓬头垢面地站在村口拍手唱歌。村里的孩子,和着声一齐叫:"呆子!呆子!"她不知道恼,反而笑嘻嘻地看着那些孩子,跟着他们一起叫:"呆子!呆子!"一派天真。

几年后,他被释放出来,回来找她。村口遇见,她的样子,让他泪落。他唤:"菊香。"她傻笑地望着他,继续拍手唱她的歌。她已不认识他了。

他提出要带她走。她的家人满口答应,他们早已厌倦了她。走时,以为她会哭闹的,却没有,她很听话地任他牵着手,离开了生她养她的村庄。

他守着她,再没离开过。她在日子里渐渐白胖,虽还混沌着,但眉梢间,却多了安稳与安详。又几年,电影院改制,他作为老职工,可以争取到一些补贴。但那些补贴他没要,提出的唯一要求是,放映机归他。谁会稀罕那台老掉牙的放映机呢?他如愿以偿。

他搬回放映机,找回一些老片子,天天放给她看。家里的白水泥墙上,晃动着黑白的人,黑白的景。她安静地看着,眼光渐渐变得柔和。一天,她看着看着,突然喃喃一声:"卫华。"他听到了,喜极而泣。这么多年,他等的,就是她一句唤。如当初相遇在田间地头上,她咬着嘴唇笑,轻轻叫:"卫华。"一旁的油菜花,开得噼里啪啦,满世界的流金溢彩。

护岛恋人

波波

2009年1月中旬,澳大利亚昆士兰旅游局在全球18个国家刊登广告,为风光独一无二的哈密尔顿岛在全球招聘"护岛人",每周工作3小时,6个月后即可获得7万英镑的高薪。在工作期间,"护岛人"可免费居住岛上一套三居室的"无敌海景别墅"。

广告刊登后不久,这个工作便被媒体称之为"世界最好工作"。它吸引了全球200多个国家和地区的近3.5万名应聘者。经过近四个月的角逐,一个叫本·索萨尔的英国小伙奇迹般地脱颖而出。他是为了心爱的人来应聘这份工作的,浪漫的异地恋情让他在如林强手中摘下桂冠……

哈密尔顿岛位于凯恩斯和黄金海岸的中间,属于降灵群岛的一部分,被称为世界上风景最美丽的岛屿之一。2009年5月6日,岛上的所有人都绷紧了神经,"世界最好工作"的终极面试马上就要开始了。受金融危机的影响,这次面试被全世界媒体无限放大。面试是按照每个竞聘者名字的首字母排列的,来自英国的本·索萨尔被排在非常靠前的位置。他一脸阳光自信地坐在了评委们的正前方……

今年34岁的索萨尔出生于英国汉普郡的彼德斯菲尔德。从汉普郡大学毕业后,索萨尔放弃了繁华都市待遇优厚的工作,只身远走非洲,在非洲当导游兼司机,2009年1月中旬,索萨尔在看到报时发现澳大利亚昆士兰旅游局向全球招聘哈密尔顿岛"护岛人"的广告,这牢牢地吸引了他。他赶紧照着广告的要求制作了一分钟的视频简历。在视频简历里,他播放了自己玩蹦极、骑鸵鸟、跑马拉松,以及带着呼吸器跳水的画面,显得极为动感自信。

2009年2月中旬,应聘者递交视频简历结束后,索萨尔的视频简历从来自200多个国家的35000份视频简历中脱颖而出,他成为首批入围的50名候选人之一。昆士兰旅游局将入围的50人的视频简历挂到了网络上。通过网民投票再选出16名候选人。索萨尔充分发挥自己当导游时的优势,在全球各地拉票。在随后公布的候选人名单中,索萨尔成功晋级16强,但票数远远落后于来自中国台湾的王秀毓。

面对评委们的发问,索萨尔展开了他那招牌式的灿烂笑容:"各位先生,在阐述我对哈密尔顿岛的营销理念时,请允许我先讲一个故事,好吗?这是一个有关爱情的故事,正是因为故事中的女孩,我才来到了这里。"

那是在2004年10月一个晴朗的午后,还在非洲做导游的索萨尔接待了一批来自加拿大的游客。在众多游客中,他的目光被一个有着深蓝色海水一样的眼睛的女孩深深地吸引了。这个女孩叫布蕾,是一名服装设计师,身材高挑,步履轻盈,像踏着音乐的节奏在跳舞。"上帝啊,她就是我一直等待的那个人!"索萨尔感觉一阵晕眩,喧嚣的机场里只有活泼俏丽的布蕾最生动,他就这样被突如其来的丘比特之箭射中了。旅途中,索萨尔千方百计地和布蕾套近乎,希望引起她的注意。然而,布蕾总是礼貌地和他保持距离。一向口齿伶俐的索萨尔,一时竟不知如何表白,只有在每天导游工作结束后为她写诗,把爱慕之情凝注在笔端。

过了几天,索萨尔带着这批加拿大旅游团队前往南非布须曼人部落。在这里,他上演了"英雄救美"的惊险一幕。布须曼人喜欢养殖鸵鸟,并用其来驮运重物。在当地的旅游业被开发后,布须曼人又用其来驮人。布蕾被鸵鸟驮人所吸引,兴高采烈地坐在了一只高大的鸵鸟身上。看着鸵鸟背上英姿飒爽的布蕾,索萨尔无比心动,越来越喜欢这个美丽的女孩。他一脸担心地说:"布蕾小姐,请注意安全。"布蕾轻轻地点了点头。

突然,不知从哪里发出了一声巨响,原本驯服的鸵鸟顿时受到了惊吓,挣开养鸟人的控制,向前跑去。从未骑过鸵鸟的布蕾吓得连连尖叫,并紧紧地抱住了鸵鸟脖子。眼前这一幕,让在场的所有人愣住了,鸵鸟时速最快能达到60多公里,如果从上面摔下来会危及生命。索萨尔来不及多想,脱下身上的T恤,向受惊的鸵鸟冲去。由于受惊的鸵鸟承受着一个人的重量,再加上刚开始跑,速度还不是很快。索萨尔拼尽全力终于追上了奔跑的鸵鸟,并迅速地用T恤蒙住了它的头部,被蒙住头的鸵鸟慢慢停下了脚步。鸵鸟止步后,头晕目眩的布蕾摇摇晃晃地就要从鸵鸟背上摔下来。千钧一发之际,索萨尔一步跨上前去,伸手抱住了她。尽管如此,布蕾还是摔了下来,扭伤了脚踝。

索萨尔心疼不已,赶紧回到住处找到药水,轻轻地为布蕾涂抹。看着忙得满头大汗的索萨尔,布蕾心里涌动了一股前所未有的感动。不经意间,她侧头看见书桌上摆放的几张纸上写着诗,于是问:"你还写诗吗?"索萨尔见情诗被女主角发现,感到脸颊一阵发烧,他既希望她看到,又害怕她看到。

半晌,见索萨尔毫无反应,布蕾笑着说:"不方便的话,我就不看了!"索萨尔心里一急,脱口而出:"你看吧,那些诗本来就是写给你的!"他在心里对自己说:"如果布蕾结束旅程,我又没有表白,她可能再没有机会看到这些情诗了。现在,既然上帝要给我这样一个机会,我为什么要错过呢?"

从窗外斜射进来的阳光,落在了专注读诗的布蕾身上,让她显得更加明艳动人。索萨尔再也无法控制心中涌动的激情,"布蕾,你愿意让我陪伴你走完余生吗?"布蕾被索萨尔诗中火一样燃烧的深情打动了,但是这些天来,她除了知道他来自英国,是一个导游,喜欢探险外,其他一无所知。因此,她犹豫了,无法立即回应索萨尔的求爱。

这段浪漫的英雄美人之恋,没有及时上演。索萨尔还未等到布蕾给出的答案便离开了。他所在的导游团队临时承接了一批美国游客,一个紧急电话让他都来不及和布蕾告别。十多天后,索萨尔从卡拉哈迪荒漠回来时,布蕾早已回国了。幸好布蕾留下了她的电子邮箱,索萨尔赶紧给她发去了一封热情洋溢的求爱信。一周后,索萨尔收到了回信,她俏皮地称他"鸵鸟侠",说她从鸵鸟背上被救下来那一刻起,就已经和他联系在了一起,回加拿大后,她总是想起他。索萨尔欣喜若狂:"让我做你一辈子的'鸵鸟侠'吧!"于是,两人开始了一段柏拉图式的爱情。

"两个月后,我的一个朋友在印度大海啸中失去了生命。我决定回到英国,并参与一个叫Char's Fund组织的筹款活动。由于工作非常认真,很快便被晋升为所在慈善季后的项目经理。我在英国,布蕾却在加拿大,之间横隔着浩瀚的大西洋,这让相恋的我们感到非常无助。"

评委们开始疑惑了:"你讲的你和布蕾的故事,这和我们今天的主题有关吗?索萨尔先生,你的时间只有20分钟。"索萨尔眼神十分坚定:"我所做的一切都是为了她,这和我拟定的有关哈密尔顿岛的营销方案密切相关。"评委见状,示意索萨尔继续……

三年过去了,布蕾的家人开始反对他们这段几乎不可能实现的爱情。这时,一个英俊的富家公子也开始对布蕾展开了猛烈的攻势。2007年12月,为了宽慰女友,索萨尔请假前往加拿大温哥华。见到男友的布蕾泪流满面,索萨尔轻轻抱着哭泣的她说:"亲爱的'鸵鸟侠'会一生一世保护你!"这次索萨尔在加拿大待的时间比较长,两人相约前往落基山游玩。布蕾被大雪覆盖的落基山迷醉了,在林地间欢快地奔跑着,像天使一般。赶在身后的索萨尔提醒她雪地太滑,要小心一点。但话未落音,只听"扑通"一声,布蕾掉进了偷猎者挖的陷阱里。"快抓住我的手,我拉你出来。"然而,脚受伤的布蕾怎么也够不着他的手。

看着在冰冷的洞穴里冷得牙齿打战的女友,索萨尔不假思索地跳进了偷猎者挖的洞穴里。布蕾惊呆了,"你怎么跳下来了,这不是让我们两人都出不去吗?"索萨尔紧紧地抱着她说:"我怎么能让你一个人在下面呢?放心好了,'鸵鸟侠'一定会把你救出去的。"看着高高的洞口和漫天飞舞的大雪,索萨尔知道,必须想办法赶紧出去,否则两人会被大雪埋葬在这个洞穴里。

索萨尔发现,两个人加在一起的高度远远超过了这个洞穴。因此,他让布蕾双手按在他的肩膀上。布蕾知道了爱人的意图,焦虑地说:"我出去了,你怎么办?"索萨尔轻轻吻了一下她的额头说:"亲爱的,你可以出去叫人啊!"布蕾不愿意,索萨尔生气了:"不然我们都会死在里面的。"布蕾拗不过他,只有踩在索萨尔的肩膀上,在他的全力帮助下爬到了洞外。

几个小时后,布蕾带人回到了洞穴口。此时,索萨尔已经被冰雪冻得意识模糊了。救护人员将索萨尔救出洞穴后,布蕾不顾一切地紧紧抱住他,希望用自己的体温带走他身上的寒冷,她在心底呐喊:"无论发生什么,都不能让我离开你!"

直到这时,评委们终于明白这个活跃的大男孩怎么突然深沉起来,但是每个人只有20分钟时间,难道他就是为了来讲一个故事吗?索萨尔也意识到时间并不充裕了,不过他依然不紧不慢地说:"鸵鸟事故和洞穴事故,让我和布蕾的感情非常牢固。相爱的人不能长久分离,作为男人,我应该给布蕾一个家了。我希望自己在获得这份'护岛人'的工作后,将之作为献给心上人的求婚礼物。哈密尔顿岛是一个让人觉得无比浪漫的地方,我的女友将在这里为它注入浪漫的活力,也希望哈密尔顿岛成为追求唯美浪漫、渴求忠贞不渝的情侣们的首选之地。"

听着索萨尔的娓娓讲述,评委们被他对女友的这份爱深深感动了,开始欣赏这个相貌普通却十分坦荡的男孩,但是,作为专业的面试官,评委们必须全方位地了解竞聘者,"你的女友知道你来这里吗?"

"当然知道,但是她不知道我的计划。这是世界上最好的工作,也是我能献给她最好的求婚礼物,如果可以的话,这里将是我们的蜜月之地。"索萨尔真诚地微笑着说。

"你凭借什么获取这个求婚礼物呢?不能因为你的爱人我们就拱手相送啊!你认为以前在非洲做导游在英国做义工和现在在哈密尔顿岛上做'护岛人'有什么不同?"评委们继续刁难。

索萨尔不假思索地说:"去非洲是我的梦想,我几乎踏遍了非洲的每一寸土地,完成了我的探险之旅;在那里,我还认识了布蕾,让爱情找到了归宿;在英国当义工,是为了给予每一个遇到困难的人帮助,这是爱与责任。但是,哈密尔顿岛的'护岛人',是把人类的爱与自然的美传递给世界上的每一个人。"

面试完毕后,评委团一致认为他拟定的和女友一起在岛上工作的打算,正好迎合了昆士兰旅游局把哈密尔顿岛打造成最浪漫的旅游胜地的计划,同时,长期对户外活动的热情,以及多年慈善募捐和媒体打交道的经验,索萨尔对宣传大堡礁更是有一套自己完整的理念。再加上之前的游泳、徒手潜水、在海滨烧烤、浸矿泉、写博客比拼中,索萨尔的表现也相当出色。"索萨尔也许不是最好的,但的确是最适合哈密尔顿岛的'护岛人'。"他和女友布蕾将一起成为哈密尔顿岛的"护岛人"。

录用结果出来的第一时间,索萨尔拨通了女友电话:"亲爱的,我成功了。现在我正式邀请你到哈密尔顿岛来,和我一起做'护岛人'。"他给女友打电话时灿烂的笑容,被众多媒体的记者捕捉了下来,媒体在刊登他邀请女友一起护岛的消息时认为,索萨尔献给女友的这份礼物,是世界上最浪漫的礼物。远在加拿大的布蕾成了世界上最幸福的女人,全世界都见证了他们的爱情。而且他们可以在世界上最美丽的岛屿共度半年时光。这么多年来,两人只有在电话、电子邮箱、MSN中互诉衷肠。他们柏拉图式的爱情没有得到朋友们的祝福,而现在,他们得到了全世界的祝福。

2009年7月1日,索萨尔和女友布蕾一起,在大堡礁哈密尔顿岛正式开始为期6个月的"护岛人"工作。在这个时间上最大的珊瑚礁群岛上,在1500多种鱼类和各种彩色的活珊瑚交相呼应而成的神奇海底世界里,索萨尔一定会和女友布蕾一起度过一段最美好浪漫的时光。

人生若只如初见

梁阁亭

1914年,22岁的他到日本留学,初赴异邦,有感于祖国多难、人地生疏,再加上家庭包办婚姻带来的人生创伤,他一度埋头书堆,拼命读书,结果患上了"极度的神经衰弱症",他忽而想自杀,忽而想出家当和尚,精神濒于崩溃。就是在那时,一位女护士的身影适时出现了,拯救了他那濒临枯涸的心灵。他写信向她表白自己的心迹:"我在医院大门口第一眼看见您的时候,我立刻产生了就好像是看到圣母玛丽亚那样的心情,您的脸放出佛光,您的眼睛会说话,您的口像樱桃一样。您到现在一定救助过无数的病人,我爱上了您。我忘不了同您的那次谈话……"读着他的信,21岁的她的心里有一种未曾体验过的异样的感觉,白嫩的脸颊渐渐地潮红了。

之后,他们身隔两地,一个在东京,一个在冈山,万水千山,割不断一个情字,最多的时候一周竟通了五次信。她给他寄去了自己做的"羽知"(和服袍子):"你能领受我的心的时候,我真不知道是怎样地幸福哟!"爱就像一坛发酵中的美酒,让人迷恋和陶醉。1916年年底,这个妙龄日本女子,终于做出了一个惊世骇俗的决定:她要和这个在中国有妻子有家庭的华人男子同居。可以想象的是,她的这一决定遭到家人激烈的反对,她遭受了家族最为严厉的处罚。她被永远地逐出了家门,走出家门那一刻,她依然高抬着头,为所爱的那个男人绽放笑容。有你的爱,纵然被这个世界抛弃,那又如何?

他用自己的姓为她起了一个中国名字:郭安娜。她接受了这个名字,并激动地说:"我的心、我的灵魂已经入了中国籍!"自此,她一直沿用这个名字,终生未改。从1917年起到1937年抗日战争爆发前,她和他相濡以沫,从日本到中国,从中国再到日本,他们一起颠沛流离,度过了艰难的20年,并育有5个子女。在日本,她遭到了日本政府和军方的不公正待遇。她忍辱负重,独自挑起生活重担,种稻种菜、打短工、做小生意、替人洗衣服、在糊糊工场做工……把儿女培育成人、成才。

1948年,在经历了长达11年的分离后,她历经千难万苦,来到中国寻找自己的爱人,但此时竟已是物是人非:他已经再次结婚,和另一位女人。她不言语,流着泪,选择了默默离开。人都说爱是自私的,但她选择了宽恕,不会抱怨,不去仇恨:"爱过就好了。"1994年,101岁的她在上海病逝,安详淡定,满脸皱纹的脸上依旧开出一朵芬芳的樱花。爱到陌路心有君,她的枕边,是一扎整整齐齐的信——80年前的信。

人生若只如初见,何事秋风悲画扇。他的名字叫郭沫若,她的名字叫佐藤富子。

如果爱情记得青海湖

素猫

并不浪漫的相逢

苏一凡不是属于曲麻河的人,林亚茹不用抬头看他就已经知道。

他的手指太过纤细苍白,他的嘴唇太过紫绀,他的表情太过丰富,他的怜悯太过赤裸露骨。事实证明没错,不到一块冰煮成水的工夫,她就知道他来自江南,来这儿还不到一个月。

他们就是这样相遇的。像所有烂俗的爱情片里惯有的情节,天一定是最蔚蓝的,海一定是最缄默深情的。可是林亚茹却没好气地努努嘴,示意让这个肩不能扛手不能提的男人坐到一边休息去,然后她抱起一包看上去沉甸甸的书籍,大跨步往里走,像一个熟练的苦力。她在这海拔5000多米的地方行动自如,没半点儿女人的样子。她算女人吗?她在心里忍不住自嘲地想,其实自己都25岁了,连场正经恋爱都没谈过,全耗在这草原上了。

喏,他在背后犹犹豫豫地叫住她,指指她的鞋带。

她低下头去看,已经看不出颜色的鞋带拖在一摊泥水里。她又看了看手上的东西,犹豫了那么一下下,他已经疾步走过来蹲下,帮她挑起鞋带细心地系好。只是,他又一次头晕目眩,仿佛第一天站在这个高原上的感觉。

林亚茹停滞了一下,然后没有任何表情地走进了这座石头垒起来的小院子。房子里坐着几个表情真挚带着一抹高原红的孩子,对着墙上那块简陋的黑板。外面防水毛毡搭起的屋顶一角,积住下坠的一汪水,欲滴未滴,风刚一吹,就轻轻地抖动。

院子外却是另一番场景,狭长的山谷上开着无穷无尽的格桑花,翻过这座山,再过一条河,就能看见草原。

苏一凡来到这里的第一天,就被壮阔的场景击中了,但是头痛、呕吐等高原反应也同样袭击了他。

事实上,他也没想到自己能走这么远,远到天边,只为逃离家人给他安排好的工作和生活。也是到了草原这所最简陋的小学里,他才发现,比起这里的天、这里的水,这些孩子们渴望步入到他所抽身逃离的世界里的眼神,自己之前的事情简直如沧海一粟。

"苏老师。"一个孩子羞涩地扯了扯他的衣角,他微微一怔——以前从来没想过自己居然可以成为老师。老师,真是一个美好的词汇。苏一凡心里再度升腾起对这片土地、对孩子们的责任感。

林亚茹冷冷地看着他说:"这里不适合伤感,不需要怜悯。"石打的教室流水的老师,来支教的小年轻,来时都很理想主义,走时都很现实主义,唯一留下的,就是林亚茹。

林亚茹俯身挑着教室门口的那团火,她的语气太像这个傍晚,又冷又冰。他看着火光里她的侧脸,那是一张几乎没有表情的脸。苏一凡的心脏猛地乱跳了几下。

在林亚茹面前,他保持了沉默,他想,他迟早会证明她对于自己的定义是错的,从一开始就是错的。

那些细微的美好

苏一凡留了下来,在这个漫长的不见头的冬季里。

那天他破例放自己一天假,搭上林亚茹的皮卡一起到县里去"化缘"——这里的冬天太冷了,教室和宿舍里都没有取暖设备,孩子们只能一边追着跑圈圈,一边背单词。

林亚茹一跺脚,对他说,走!跟我出去一趟。他想也没多想,就跳上了林亚茹的车。他其实想和林亚茹多待那么一下下,一分钟也是好的。

他坐在她身边,小皮卡在草原上开得像是跳藏族舞,跌宕起伏,和他的心一样。

那个冬天还没开始就很漫长。县上所有单位的人都对他们摊摊手说,没有。他相信对方一脸真挚的为难绝对不是伪装,学校取暖一年需要 20 吨煤,这不是个随便什么单位都能拿出来的小数字。

"煤不能支持,别的也可以,现金和各种衣物,不管多少都可以。"林亚茹用身体横在对方办公室的门口继续讨价还价。总能有点收获,一二百的现金。"积少成多,也能解决点问题。"林亚茹点着薄薄的一沓钱对他说。

苏一凡觉得有那么点难堪,手脚别扭地挤在那里,没地方放一样。

接下来的三天,他一改羞涩,总是疾步走在林亚茹的前面。每次开口问那些企事业单位捐助的时候,语速非常快,他不想停下来,好不让林亚茹的声音像刀子一样插进来。

从艰难羞涩开始,到理直气壮,到低眉顺眼。他总算也能要到点钱或者什么了。

几天下来收获不错,不过,她的小皮卡总是闹脾气,走到曲麻县的时候,索性罢工。她连踹了好几脚都不能发动,脸上的汗珠,有一点点太阳的反光。他正看得微微入神,突然听见她问起,你见过青海湖没?

数过一朵一朵的格桑花

车修好后,她破例带他去了青海湖。

青海湖远远超过了他的想象。就像林亚茹,是他无法用想象来仔细勾勒的一种存在。

她来到这个鬼地方只是因为小时候参加学校组织的一对一帮扶行动,她帮助了一位青海地区的同龄儿童。长大后的她,想来这里看看她的朋友,这一看,就再也走不掉了。

后来,苏一凡在无数个夜晚回想起第一次看见青海湖的模样,蓝成宝石一样的湖,静静地躺在那里。湖边,林亚茹的倒影和云朵的倒影一起,在湖面轻轻漾着。

第二天,林亚茹说去西宁为孩子们买点东西,她是一个人开着小皮卡离开的,可是却再也没有回来。电话打不通,后来林亚茹回过一次短信,让他好好照顾孩子,他问她怎么了,她却只回了个很好,便再也没了音信。

他开始和所有的前任支教一样,收集大块的石块。这很容易,走到通天河,下了河床俯拾即是,用背篓一次一块背过来。把院子扩大了,把教室垒得更坚固了,又托人带了一块大黑板死死地卡在石头缝里。这样,就能同时兼顾高低年级的孩子们了。

他以为这就是一生一世了,时间在这里变成了无足轻重的东西。可是他还是在一天天的日落星升中盼望着,盼望着能再见到一次林亚茹。

离开,头也不回地离开

再见到林亚茹的时候,苏一凡已经在这个鬼地方待了三年。三年了,他的手指已经黝黑得可以媲美一个正宗的藏北汉子,他已经可以仰躺在马背上驰骋草原。他以为自己粗犷得可以放下一切,可是,当他的目光落在林亚茹身上时,心脏又一次狠狠地揪在了一起,像那个烧着炭火的夜晚。

只是这一次的揪心,是因为她左手无名指上的那枚戒指,花纹很简单,可是足够说明一切了。他再一次觉得胸口发闷,他看了看她的眼睛,没有说一个字,转身就走回了教室。

她一直笑吟吟的嘴角,像打着弯的河水,停留在那个走不过去的角度里。苏一凡后来刻意不再想起这个场景,心脏也就能保持正常的速度跳动。

苏一凡在三天后离开了这里。在最后一站西宁停留时,买完车票,他把多余的钱全部买了文具和书寄往曲麻滩小学,然后他头也不回地上了火车。

后来,苏一凡成为一个没有故事的男人。没有人知道他曾经去山高海远的地方支教过,连一天到晚骑在他背上吆喝的儿子也不知道他曾经是个真正的骑马好手。

他和寻常男子一样,上班下班,在琐碎和雷同的工作夹缝中寻找一点微薄的快乐。擦肩而过的每个人的笑容都那么模糊,每当这时,他就开始发疯一般想念青海湖,想念曲麻滩上那些四处漏雨的石头房子,想念那些孩子们真挚的笑容,想念一个映着火光的女子和她回头注视他的微笑。

后来,他控制不住自己的手指,开始在网上搜寻关于曲麻滩的消息。在一个青海救助网络组织——格桑花救助小组论坛上,他终于找到了林亚茹。义工发的照片上,一队孩子在火堆边跳舞,远远的,一个女孩在刚搭建好的新校房前默默工作,他一眼就认出了那个背影。

她是谁?他装作陌生人似的,在电脑这端询问发照片的义工。

义工回答得飞快,这个女孩,去那里支教好多年,可惜啊,几年前,她得了混合型高原病,肺动脉出了问题,治疗了好一段时间。所有人以为她再也不会回去了,可是稍微康复后,她再次开着她的小皮卡去了高原。可惜,汽车半路抛锚,她修理时千斤顶没顶住,车盘砸下来把整个左手无名指都压断了。做了断指恢复手术,这姑娘要强,谁都没说,戴了个戒指掩饰着,好久以后我们才发现。

苏一凡的心跳得像是在擂鼓。他想起他要走时,林亚茹问他为什么突然要走,他说家里给安排好了,他得回去结婚。他的语气淡淡的、冷冷的。他转过身一路走一路流泪,他始终没有勇气回过头,再看一眼那枚该死的戒指,所以,他最终也没有看到同样流泪的那张脸。

如果爱情记得青海湖

爱情是这样匆忙来去的一件东西,我们都以为它要刻骨铭心地镌刻在心里最深的地方,像风之于沙石,像水剖开岩壁,像海啸覆盖过沙滩。它所到之地一定面目全非、改头换面。其实,它只是一场暴风雨,在所有的人生里留下一地水渍而已。

这些年,我走过那么多地方,从大理到敦煌,从喀什到漠河。我在东极岛上的龙卷风里喊过你的名字，我在青海湖的水边想起过你的样子。但是，那都是过去了。我最后一次想起你的样子，那就是青海湖的夏天了。你见过吗，青海湖边成千上万亩摇曳着的油菜花，青海湖里结满厚厚冰层的模样。青海湖像一颗永恒的眼泪。

那一定是爱情最后被遗忘的地方。

这是他写给林亚茹最后的，也是唯一的一封信。他本来想亲手递给她的，却再也没有机会了。

那封信，在林亚茹的墓前，和大风在一起，一起沉默着。

2009年9月3日，一辆进草原的小皮卡翻倒在寂静的路边，远处的格桑花正在风中摇曳。一朵一朵地，连到天边一般。

车上，有送往学校的用品和一对据说林亚茹走到什么地方都带着的，洗得泛白的鞋带。

如果你曾奋不顾身，爱过一个人

王夕

我上小学那年，你在我隔壁教室，我知道你是老师眼里最头疼的孩子，被老师关在柜子里，你一下子蹦了出来，结果老师就早产了。从那时候我就被告诫不要和你说话。

上初中的时候，你又在我的隔壁教室，那时候你已经高出我一个头，总是能把白色的校服穿得很好看，干净的脸上有很好看的眼睛，那时我能想到的形容词也只有这样了。那时候的我没有飘逸的长发，瘦到在风里站不稳一样，一个夏天穿着单调的棉布裙，这样毫不起眼的我让你看在眼里。那是我收到的第一封情书，你的字迹并不像人那样好看，很简单的几句话。于是在那个懵懂的年纪，我们开始了大人们口中的早恋。

春天的时候，乡下的路上有一片大大的油菜田，花开的时候一片金黄。你会经常跑到那里，摘一束湿漉漉的油菜花插在玻璃瓶里，放在我的桌子一角，后来也会有牡丹、桂花、菊花，或者叫不上名字的野花。那个玻璃瓶摆在桌子上两年，我保护得小心翼翼，毕业典礼那天班里乱成一团，前面的一个女生只轻轻地一挥手，就听到刺耳的一声，我还记得你最后一次放进的是白色的牡丹。矫情一点地说就是我还记得，那是我第一次趴在你的肩膀，明明很瘦弱，那时却觉得宽厚，是因为这样吧，我哭了很久。你笑着拍了拍我的肩膀说，这个瓶子早就该换了，又怕你说我喜新厌旧，这下可以名正言顺地换掉它。其实我想说，我只是突然想到再不会有这样的日子在我们的生命里。

我们认识的第三年，你搬到了另一个城市。你写来的第一封信，被我用相框裱了起来放在桌子的最底层，天蓝色的信纸上你写了一句话。你说，无论如何，我要将爱情进行到底。我几乎每天都能收到你的信，因为怕影响你学习，所以我假装生气。你说学校门口有个邮箱，很方便所以才会每天都寄信的。结果高中毕业，在那一摞厚厚的书本里，有一半会是发黄的信封。高二暑假，我去你在的城市找你，你带我去了你的学校，是郊区一个有些偏远的地方，学校门口是条小胡同，我并没有看到邮箱。你有些不自然地把手放在后脑勺上说，因为这样才能觉得还像之前那样每天都能和你说话。

高三那年，成绩开始莫名地下滑。本来和妈妈说好要复读的，你却坚持让我不要放弃，最后我报了一所很喜欢的北方大学，我知道你喜欢南方，那个暑假我们谁都没有提起关于升学的问题。收到录取通知书的那天我并没有太大的感觉，你是在下午三点出现在我家楼下的，像个孩子一样笑容明亮，用力挥了挥手里的东西，我隐约看到"通知书"几个大字。你说，我觉得北方其实更适合我。我狗血地抱住你，趴在你的肩膀哭了。我以为这是结局，那时我们都以为。

这是我们认识的第六年，我们一起坐火车去另一座城市上学，我想起看到过的一句话，所谓爱情就是愿意陪你坐火车的人。其实是多么庸俗的爱情句子，我却因为这句话兴奋了很久，更新成了个性签名。那所大学有漂亮的图书馆,你会在星期一的早上帮我占靠窗的位子,放上两杯咖啡然后等睡眼惺忪的我出现。阳光经常照进来,我抱着书靠在你身上能睡一个上午。

我们的第七年,你在学校操场上点了心形蜡烛,我记得抱着十一朵玫瑰的你,那么恶俗的情节,我还是在周围女生羡慕的声音和男生起哄的欢呼里,走到你的身边,那时你把我抱得那么紧。七年之痒,像是爱情里一场施了魔的劫难,在我们的感情里,她不起一丝波澜。大三下学期,因为想找工作,所以忙着各种考试。我是没有任何野心的人,安于现状,最大的野心就是和你结婚。你说想要考研。其实高三暑假,每个人都以为你报了南方的那所重点大学,可是报名表当天被你压在了抽屉底部。这些,在很久后被你当笑话一样说了出来。虽然你总会说,是金子总会发亮,我还是愧疚了这么久,所以在你说打算考研时我从宿舍床上一下跳起来说绝对举双手支持,末了还加了句,好啊好啊,咱们把硕士博士之类的证都搬回家吧。你揉了揉我的头发,一脸宠爱。

大四开始没多长时间,我就开始四处找工作,而你则埋头于考研的事。有时深夜回到宿舍,太累的原因翻来覆去睡不着,拿起手机对着你的号码发呆,怕影响到你休息,每次又把手机塞到枕头下。找到第一份工作,我兴奋地第一个想要告诉你,你关机,我才想到已经很久没有接到你的电话了。我去你学习的教室看到你和她在讨论什么,我把水果放在教室的后头写上了你的名字,悄悄地退了出来。你打电话的时候我对着电脑发呆,你说最近忙,所以可能忽略了我。我笑笑说让你好好照顾自己。末了你说她是你导师的女儿,也要考研才一起上课。很久以后总是会想,如果没有她,我们是不是可以走得再远一点。还是我哪里出了问题,让你突然不想要继续牵起我的手。

我们在第九年分开。我一直以为在经历了时间、距离、变迁后依然握紧的手是放不开的,那么是不是九年的时间只是巧合,只是碰巧在那些年里你没有爱上别的人?那些天我因为实习工作忙得不可开交,还是坚持每天去你的教室送饭,我知道你认真起来是顾不上照顾自己的。后来你说心疼我跑来跑去,说什么也不让我继续送饭。我才发现原来你连谎言都说得没有一点瑕疵,所以我宁愿相信你是真的心疼我。入冬那天下起了雪,我在你宿舍楼下等你,怀里揣着的灰色围巾是立秋那天开始织的。我看到从楼上下来的你牵着另一个人的手,我不记得那天你说了什么,可能是天太冷,沿着大街哭到后来觉得眼睛快要结冰了,然后就怎么也哭不出来了。在公司楼下的大大的反光玻璃里,我看到被淋成雪人的自己,异常狼狈。

听说你们一起考上了南方那所你曾为我所放弃的大学的研究生,听说你也经常给她送花,听说你陪她逛街吃饭看电影,听说你在学校广播室对她说生日快乐,总是听到你有多爱她。我在想,是不是对每一场恋爱,你都投入那么多?我留在这座城市,我以为我能留住你给的记忆也是好的,因为我总是以为我其实比想象中还要爱你。街角是家老音像店,我总是猜测老板是个怎样的人,才会每个清晨反复很多遍地放着陈奕迅的《十年》。那时候是我们认识的第十一个年头。

同学聚会上,我看到你,还有你身边贤惠的妻子,大家都争抢着罚你酒,埋怨你结婚竟然不通知大家,我也跟着大伙笑得没心没肺。谁会愿意相信,我留在这座城市朝九晚五地生活只是为了留住你给的记忆,连我自己都开始怀疑那些想法的真实性了。你还在忙着轮番敬酒,到我面前的时候,在吵闹的包间里,我听到你说,我想你了。你的声音很快被湮没,我恍惚是那杯酒醉了你的回忆还是醉了我的耳,怎会如此不真实。我难过的是竟然没有了一丝动容,只是不知道从哪一天开始,我就忘了提醒自己,我是真的爱着你。

在每个睡眼惺忪的清晨,我依旧能听到陈奕迅的声音。偶尔路过一家熟悉的咖啡店,要想很久才能记起那是我们从前爱去的。我从少年开始的美好时光,一年一度的油菜花,我们跟着时间的流逝,呼呼地奔,一去不返了。我在我身边,三年、七年还是九年又有什么关系,如果不是一辈子,我又怎么守着一座城市以为那是你。所以,亲爱的,时间那么漫长,我终于忘记我还爱着你。

我依然感激你陪我走过的那些年,至少成全了我的近乎偏执的爱情,我爱得,奋不顾身。

无夏之年

夏初澈

A

"看到了吗？那个就是陆然。"夏扯着唐倩云的袖子，指着篮球场上的某个方向。

唐倩云扶着栏杆，顺着夏所指的方向，费劲地眯起眼睛，"哪一个啊？"

"当然是最帅的那个。"

"可是隔这么远，什么都看不清哎。"

第一次遇见夏，也是在这个天台。

当时唐倩云一个人趴在栏杆上吃着自己从家里带来的便当。唐倩云不喜欢吃胡萝卜，机械地咀嚼让她不由自主地皱起了眉头。

"难吃的话，就不要吃呀。干吗要强迫自己做不喜欢的事情呢？"

唐倩云惊讶地转过头，发现一个短发女生不知什么时候趴在自己旁边，用手撑着脸颊，笑盈盈地看着自己。

"请问……你是在和我说话吗？"

"嗯？这里还有别人吗？"

当光线向带有温度的谷色过渡，梧桐树逐渐变得茂盛的时候，唐倩云和夏已经成了好朋友。

至于夏完整的名字叫什么，唐倩云也不太清楚。甚至，夏在哪个年级、她具体的班级，这些唐倩云也完全不知道。即便这样，唐倩云依然觉得自己认识夏是理所当然的事情。就像某天当自己被窗外的蝉声吵醒，睁开眼，季节已经悄然到了夏天。

B

球场、走廊、体育馆，都能看到他的身影，双肩包只背一根肩带，嬉笑追打，张扬肆意。

"不知道，我都没有近距离接触过陆然，他长什么样子我也不是很清楚，但我就是喜欢。"在问到夏为什么会喜欢陆然的时候，得到这样无法再回应的答案。

只是唐倩云一直不明白，为什么像夏这种古灵精怪的女孩在恋情上执迷却又胆小匆忙？

"做什么哦，我等了好久。"唐倩云看着朝自己跑来的夏，撇撇嘴。

"小云，你看看这个。"夏没有回应她，而是像炫耀一般摊开手心。

"什么啊，纸条而已嘛。"一张皱巴巴的纸条平静地躺在夏的手掌上。

"是他的准考证！我们在同一个考场考试，考完他就走了。交卷后我偷偷撕下来的。"

"你连这个都保留着哦。"

"没办法啊，我都没和他讲过话。"夏把纸条小心翼翼地折好，放进口袋里，"小云，要不你帮我问问？"

"啊……问什么？"

"当然是陆然啊，哎，你帮我问问他有没有女朋友。"

"不要，你干吗不自己去啊？"

"因为我只认识你一个人啊。"夏摇着唐倩云的胳膊，露出俏皮的笑容，"帮帮忙啦。"

C

夏天的某节体育课。做完体育老师规定的练习之后，男生们都跑去打球，女生们都回了教室。

唐倩云则照例拿了一本书,塞着耳机躲到操场旁边的树阴下。

感觉有双手在自己眼前晃了晃,唐倩云抬起头来。

陆然站在阳光能触及的边缘,光与影的交界处。他身后是逐渐变得隐约的蝉声,以及整个明晃晃的夏天。

"同学,这里有人吗?"陆然指了指唐倩云旁边的矿泉水瓶。

"没有啊。"唐倩云慌忙拿起水瓶。

"噢。"他走到旁边坐下来,扯着领口来回扇动。唐倩云微微往右挪了一点儿。

"嗯……我这里有水,给你。"唐倩云迟疑地拿起旁边的矿泉水伸到他面前,然后舔舔嘴唇,半天才咬出几个字,"没喝过的,你喜欢的薄荷味。"

"嗯? 你怎么知道我喜欢薄荷味?"

"啊……我只是随便说说啦,呵呵。"

"是不是哦,这么准。"陆然朝她做了一个夸张的表情,然后拧开瓶盖像小牛犊一样咕嘟咕嘟灌下去。

陆然,高二年级六班。篮球队,水瓶座,恋白癖,喜欢薄荷味矿泉水……

唐倩云看着面前的这个男生寻思,这些关于他的零星琐碎,自己是从什么时候开始记得那么清楚的呢? 是夏告诉自己的吗? 又好像不是,它们仿佛很久以前就一直存在于自己的脑海里。

"陆然,快点儿。"那边一个看不清楚样子的男生朝这边招手。

"知道啦!"他用手背抹了下嘴巴,站起身有点儿无奈地耸了耸肩膀,"那我先走啦。"

"嗯……啊,请等一等。"唐倩云像是想起了什么,抬起头,"你……有没有女朋友?"

"嗯?"男生惊讶地挑起眉毛。

"夏让我问你有没有女朋友。"尽管把身子挺得笔直,语气里依然能够觉察出一丝颤音。

<h2 style="text-align:center">D</h2>

"唐倩云?"

昏昏沉沉的地铁里,唐倩云把书包抱在胸前垂头打着瞌睡,突然冒出陌生的声音让她不由得猛地直起身子。

睁开眼睛,不知道什么时候陆然坐在自己旁边。

"你、你知道我的名字?"

陆然指了指唐倩云胸前的走读证,狭长的笑眼往上形成一个轻微的弧度。

"啊,差点儿忘记了。"唐倩云像是想起了什么,抬起头慌慌忙忙地打开书包翻找着,"在哪里呢?明明是放在这里面的呀。怎么会找不到!"

"是在找这个吗?"陆然低下头看见一个棕色的笔记本,翻开确认了一下,然后递给唐倩云。

"是的是的。"

"呵,估计你打瞌睡的时候从你包里滑出来的。"

"噢,谢谢。"唐倩云从笔记本的封皮里拿出一封叠得四四方方的信,"夏让我转交给你。"

"嗯? 又是夏? 你还没告诉我那个夏到底是谁呢。"

"一个女生啊。"

"……我肯定知道她是女生。"陆然脸上冒出几条黑线。

"还有……她跟我一样是短头发,发型、身高,也和我差不多。"唐倩云抬起头来,皱着眉头似乎在回想,"好像只有这些了。"

看到唐倩云一脸无辜的样子,旁边的陆然早已瘫软成一堆线条。

<h2 style="text-align:center">E</h2>

唐倩云趴在课桌上皱着眉头,脸上犯着牙疼的表情唉声叹气。

今天早上在楼梯口被陆然拦住，一本正经地说他想跟夏单独说一些事情。但是自己当时却不争气地红了脸颊，大脑空白，莫名其妙结结巴巴地答应帮陆然转告给夏。

可是，明明自己一连几天都没有遇见夏了。仔细回想，最后一次与夏见面好像还是上个星期自己把信转交给陆然的那天。

所以至于后来唐倩云怎样厚着脸皮在陆然面前说出"不好意思啊，那个……我这几天联系不到夏"这样明显会让人怀疑的理由时，比起脸上缓缓画下粗粗的黑线条外加汗滴的唐倩云，陆然却表现出一副"早就料到会这样"的气定神闲的表情，这无疑更加让唐倩云难堪到面部抽搐。

"果然是这样啊，那算了。"陆然转过身准备离开。

"请等一下。我们可以去天台那里，我就是在那里认识夏的。"

"噢。原来如此。"无声的光线衬托着他，那一瞬间唐倩云好像看到陆然嘴角泛起一丝笑意，仿佛一切都在掌握之中的意味。

F

日落以后，天黑以前。仰望此时的天空，玫瑰色的霞光一直变换到天和地相接的地方。

"小云，我们还是不要再等下去了。"在天台上等了一下午的陆然起身活动活动酸疼的关节。

"请再等一下，夏应该快来了啊。"唐倩云焦急地看着通向天台的走廊。

"其实根本没有夏这个人，对不对？"

"什么？"唐倩云不解地抬起头。

"有时候我在球场上不经意抬头，会看到这个天台，每次看到的只有你一个人，并没有其他女生。"陆然脸上露出一丝狡黠，"还有，为什么夏写给我的信会和那天我捡到你的笔记本里的字迹是一样的呢？"

"那个……那是因为……因为……"因为后面就再也说不出什么来了，像是被当场拆穿的杂耍艺人，即将面临被观众嘲笑的窘迫。

"自信""开朗""温和"，这些熠熠生辉的词语都可以妥帖地用在陆然身上，而唐倩云自己呢？想来想去也只有"默默无闻"这个词最贴切。这样的自己怎么配得上陆然呢？

于是在那天，唐倩云幻想出一个只有姓没有名的女孩——夏。假装喜欢陆然的是夏。而作为夏唯一朋友的自己只是在帮夏认识陆然。这样就可以毫无顾忌地接近他，默默地待在他身边。

"你说得对，根本就没有夏这个女孩，这一切都是我骗你的。"眼泪吧嗒吧嗒地掉下来，唐倩云用力抹了一下，"对不起，以后不会了。"

G

从早上刷牙开始到睡觉前摘掉隐形眼镜结束，每天不过是晨会、集训、上课下课、早自习晚自习。

日子变得好像平静了许多。

下了一场不算太长的雨，气温也开始有下降的趋势。天气预报说最炎热的夏季就快要结束了。

晚上准备睡觉前，唐倩云又坐到写字台前，拿出纸笔，就着夜色写一封信。

第二天清晨，唐倩云还在极浅极浅的睡梦中。前一晚迷迷糊糊写下的字句依旧散乱在写字台上。光线在纸上均匀铺开，一点儿一点儿渗透到那些深深浅浅的笔画中。

"亲爱的夏，认识你的这个夏天是从什么时候开始的，我不记得了。就像同样不知道你会在哪天同我完完全全告别一样。书上说，人都是在一瞬间长大的。闭上眼，再睁开，这个过程中，我们被风吹开刘海儿，挺拔了腰肢，抬起了越来越骄傲的下巴。也许有一天你发现你面对喜欢的人再也不会胆小匆忙，而我也不会再去稀罕学姐的校服裙的时候，青春却早已飞过换日线。谢谢你在这个夏天陪着我。很久以后，当我们逆着河流去追溯那已经渐行渐远的年岁，会发现那个夏天我们一起走过的路,脚印不分彼此。夏天就这样过完了,却什么都没留下。"唐倩云蜷坐在天台的角落,把头深深地埋进臂弯里,缩成小小的一团。

自上次被陆然拆穿,从天台上狼狈地逃走后,唐倩云好像就再也没有上来过了。从今以后再也不会有一个叫作"夏"的女孩陪自己站在这个天台迎风眺望了。

"但是,留下了我呀。"

熟悉的男声在耳边响起,唐倩云抬起头,笑了起来。微微有些温热的视线里,是自己曾经无数次闭上眼睛就看到的画面。

限量版爱情

流嘉

（壹）

我趴在阳台上,看着张明辉走出小区门口,一点一点地走进沉沉暮色中。他背上有一只硕大的双肩包,里面装满他的衣服鞋子,鼓鼓囊囊,远远看过去,像极了一只离家出走的海龟。

被赶出我租住的公寓那一刻,张明辉恶狠狠地对我说,你就是一只无药可救的土鳖!

这只土鳖是个年方25的小导游,唯一的爱好是存钱,最大的美德是抠门儿。当张明辉花了半个月薪水给自己换最新款iphone时,小导游手里还是2006年款的诺基亚。张明辉嚷嚷要去吃昂贵的日本怀石料理,小导游已经端着做好的紫菜包饭往嘴里塞了。

张明辉看着我,有一种恨铁不成钢的沮丧,仿佛希望从未认识过眼前这个女生。他说了一句话,很官方,但我相信他在这一刻,绝对是真诚的。

他说,你严重拖累了我的生活质量。

嘴里的紫菜包饭来不及咀嚼,呛鼻的芥末油已经直冲脑顶。我被堵住了嘴,冲昏了头,吼了一句,滚,带着你的臭钱滚。张明辉没有多少钱。他只是一个在外企上班的小白领,工资不算高,但是在对待生活品位的追求上,绝不是一般地高。

和我在一起之后,张明辉一度对我的生活方式很困惑,为什么当年他看到的那个拖着限量版名牌旅行箱的女生,现在竟变得如此低俗吝啬。

张明辉怪叫一声跳了起来,像一个被骗失贞的无知少女,难得的是他仍然心存疑虑,我想,有朝一日揭穿我的老底,应该是他坚持和我在一起的最大动力。

但是他在这场遥遥无期的马拉松比赛中,终于失去了信心。他害怕二十年后,灰姑娘还是灰姑娘,变不成多情多金的白雪公主。

这个场面一直在酝酿,两个人心里都有预演,但是真正爆发的那一刻还是像被某个陌生人赏了个耳光,兀辣辣地生疼。我退回到客厅,碟子上的芥末油像凝固住的眼泪。

（贰）

张明辉回来收拾东西的时候,身后跟了一个女人,短头发,细长的四肢,裹在黑色的大衣里面,看上去优雅极了。但她比张明辉更可恶,她直接称呼我为——张明辉的土鳖前女友。

我顺手抓起桌上那管廉价的芥末油,泼在她高贵的脸上。

她在惨叫的同时,没有忘记报警,我被警察带进警车。临走的时候我看了一眼张明辉,后悔没有顺带把这个自始至终没有说过一句话的懦弱男人一起泼了。

我手里有一瓶快意恩仇的芥末油,天下无敌,它比我的男人更能保护我。

关进警车的那一刻,我终于号啕大哭,仿佛被欺负的那个人是我。开车的那个小警察一直憋不住笑意,整件事情在他看来就是一场闹剧。在一个红灯前面,他递过一张面巾纸,说,别哭了,又没把你怎样,不就是回去做个笔录嘛。

辖区派出所布置得很像海岩的电视剧。平房、水泥地,院子里有一棵茂盛的月季,花开得热闹纷繁。办公室门口卧着一只脏兮兮的小黄狗,带我回来的小警察过去摸摸它,抬起头来对我笑着说,这是我捡来的。

小警察笑起来有两颗小虎牙,白白的,在阳光下像含着晶莹的白玉。我喜欢牙齿好看的男生,张明辉也有一口好牙,但是他伤害了我,他的白牙齿狠狠地咬在我的心上。我没有省略掉张明辉对奢侈生活的迷恋,同时夸大了他的喜新厌旧。我的控诉让面前朴素的小警察心软了,他放了我一马。

有时你认识了某个人后,你才会发现他出现在你生活中的频率如此之高。作为辖区片警,小警察帮楼下大爷修理过漏水的马桶,帮邻居们调解过噪音纠纷。当然,在我深夜出来倒垃圾把自己反锁在门外时,我想到的,也只能是小警察。

小警察一头大汗地折腾了一个多小时,最终还是无可奈何地把整个门锁卸了下来完事。他满脸通红地对我说,虽然技术不怎么样,但以后不论有什么事,随叫随到。

打开房门,满屋子的芥末油味混合着夜晚的静谧,辛辣中有温暖的馨香,竟有一丝振奋人心的清爽。在和张明辉分手后的第 65 天,小警察成为我的新男友。

(叁)

拯救爱情的,不应该是另一段爱情。

可是我迷恋上了小警察的小虎牙,那么纯洁和动人。更重要的是,我们都是热爱朴素生活的小青年。闲暇的时候,我们会搭公交车去很远的花卉市场买盆栽的茉莉、栀子,去布料市场买布头做拼布床单,我们把那只流浪狗带回家收养,我们过得节俭却快乐。

小警察有时会告诉我他小时候的事情,我听得津津有味,却被他的一句"你小时候呢",彻底打消了兴致。我能说什么呢,难道我能告诉他,我父亲因贪污在服刑,身为警察的他会怎么看我和我的家庭。

我把那只像定时炸弹一样的限量版旅行箱,藏在家里最隐蔽的床底下。这只旅行箱,在父亲出事的前一天,被我藏在高中宿舍天台的角落里,逃过一劫。可是我身为国土局局长的父亲,没有这么幸运。

我永远记得父亲被带走的那一刻,反剪双手,戴着一顶灰色松垮垮的毛线帽,我伸出手想帮他拉一拉帽檐,却被拥挤的人群冲倒。

父亲被判了二十年。母亲和他离婚了,只剩我们父女两个,在高墙内外相依为命。他给我写了很多信,中心思想只有一个,不要迷恋物质享受,要做一个朴素的人。

我带着那只旅行箱,四处流浪。我不能丢掉它。你看,我的过去就是这样满载着甜蜜的罪证。如果没有这只箱子,半夜哭醒的时候,我会觉得心里空空荡荡,一切未曾拥有过。

它是长在我心头的一颗肿瘤,无时无刻不彰显着将近十年的流离与孤苦,可它已经长成我的心头肉,若割舍掉它,我的心也将停止跳动。

2008 年夏天,我拖着它准备搬到新的公寓。酷暑毒日下,年轻的张明辉将停在面前的出租车让给了我,他说,小姐,这只箱子很稀有呐,是限量版吧?!

张明辉是识货的,但最终还没来得及猜透我的身世,我们就结束了。

而现在呢,我又该如何对小警察解释我这限量版的人生?

(肆)

每个月的 25、26 号,我固定消失。我说要带团出去。小警察没说什么,我宁愿他相信我。

那两天是探监的日子。恨父亲吗？很难说不恨。我多么希望时光可以倒流，父亲还是那个平凡的小职员，我们住在拥挤嘈杂的筒子楼，父母只是普通的世俗夫妻，柴米油盐，锅碗瓢盆，一地鸡毛。我会有正常女孩的生活，带着男朋友回家吃饭，父亲会牵着我的手走过红毯，微笑着把我交给另一个男人。可是这一切本该属于我的琐碎淡定的幸福，尚未见得一丝萌芽，就被他无意中扼杀了。

现在的我，赎罪一样活得那么辛苦，我学着原谅父亲和母亲，但是，我怎样才能学会张开嘴告诉我的男友，我支离破碎羞愧难当的家庭。谁能给予我足够的谅解，以及足够长久的、以命相抵的信任？

虽然没有信心，可是我多么希望小警察是我的容身之地。因为我早已经习惯了他的朴实与简单，烟火人生，那么长，但是又那么短，荣华富贵，也抵不过一粥一饭的相伴。

爱情虽然美好，但它的致命伤，叫作怀疑。其实小警察早就发现我的行程有纰漏，他不止一次地追问，你到底去了哪里？我小心翼翼地隐瞒，以爱的名义用尽力气把谎言自说自话地编织下去。他定定地看着我的眼睛。他说，你的眼睛，他比划了一下，比你要诚实。

我紧紧地抱住他，终究没有勇气开口。他愣了一下，轻轻地推开了我。

我站在渐昏渐暗的街头无比地感伤，无意中摸到自己的面孔，竟是满脸的泪。

（伍）

后来我知道，那天在我去探望父亲的时候，我的母亲敲开了我的家门。收拾东西的小警察看见站在门外的是一个憔悴的中年妇女，她问，我女儿在家吗？

我母亲每个月底都会来找我要一笔钱，数目不大不小，可能是欠下的麻将债，可能是一个新上市的包包。我们总是约好在某个地方见面，她拿上钱然后回归她的生活。

这次她急着还钱，打不通我的手机，同事说我请假没来上班，他们告诉了她我住的地方。开门的小警察告诉她我不在，她说，哦，我忘记了，每个月的这两天她要去看她爸爸。

小警察追问下去。一切零碎的片段全部归位，这张陈年往事的拼图沉默完整地替我说出了隐藏了近十年的秘密。

回程的站台意外地飘起雪花，有列车呼啸而过，巨大的铁轨声响仿佛很远很远。我看到小警察远远地站在对面站台上对我招手，他大声地叫我的名字，我脑子里一片空白。他跑过地下通道，跑得热忱而急切，他站在我面前的那一刻，我通体冰冷，但指尖有热度，是小警察紧握我的手带来的温暖。他说，我都知道了。

我把头埋在他胸前，他的大衣里有踏实的味道。他说，我所赚的不多，也只能是那么多，但是我愿意陪你去看望你的父亲。

我想，也许幸福不是那么艰难，爱人的心，包容得下我的全部。只要相信，就会有可能。

有关青春的演奏

［蒙古］策·图门巴雅尔　照日格图　译

脸色苍白的她带着深深的鱼尾纹站在镜子前，她叫诺日吉玛。此刻她想起了充满朝气的年轻时代。她发出了轻轻的叹息，转眼之间韶光已不在。撩开裙子她看到自己皱巴巴的大腿，皮肤上静脉血管呈深蓝色如大地上的河流般纵横交错着。

她戴了昂贵的项链，用刚刚染过的黑发遮住了额头上滋生的皱纹。她似乎在等待着什么人。她不明白他给她打电话的原因。如果是日常联系，打个电话自然是很平常的事。可是刚刚打来电话的这个男人曾经点燃了她少女的纯纯爱恋，也让她在做母亲的快乐和名誉面前动摇过。她想起了曾经的雷鸣般的掌声与频频送来的鲜花。那时她的粉丝如浩瀚的大海。为了这样的荣誉能够延续下去她做出了让他无法接受的决定——一个人悄悄跑去医院打掉了腹中的胎儿。她隐约想起了从医院回来时看到的一切：她深爱的恋人脸色苍白，眼神黯淡，似乎失去了生活的希望。她的倔脾气使她不再依赖任何男人。自始至终陪伴她的只有一样东西——钢琴。

或许他今天是来讨回发生在四十年前的债吧，是为了未出世就离开人间的孩子吗？如果是一般的电话不会让人想到这一切，可是她听见他有些兴奋、期待地说："我想去看看你。"他不会说要娶我吧？不，不，不会的。他有自己的妻儿，况且我们都到了风烛残年。

在那个让人羡慕的年轻时代诺日吉玛爱上过不少让她心仪的男子。现在想来她都无法叫出他们的名字，能叫出名字的又想不起来他们的长相。总之，一切都过去了，那些为了不寂寞走到一起的人她再也想不起来了。当所有的繁华都褪尽后，一些情感的真迹还是显露了出来，比如那个第一次让她懂得爱的男子。在他面前我永远是青春美丽的，她想。她又走到镜子前精心打扮了一下。到时她会跟他炫耀说，我还很年轻。其实她自己很清楚，青春，早就从胭脂和化妆品下面溜走了。

时针指向了十五时二十五分，他们约好十五时三十分见面。门铃响起，她优雅地走过去开门。她怕门外站着的人依然年轻，依然风度翩翩。她错了。开门后见到的那个男人佝偻着背，依靠拐杖才能缓慢地行走。他真的老了。

喝茶时，他的手一直颤抖着。他说："你现在依然很年轻。"

"你不会说我和四十年前一样漂亮吧？"她显然不是很高兴。

"对。"他缓缓地说。他的眼神曾经是多么炯炯有神啊，现在没有了，一双眼睛没有任何神色可言。

"你有什么事吗？"她俨然一个检察官。

"我们都疲惫了。"

"谁不疲惫呢？"她更不高兴了。

"你曾经辉煌过啊，你的双手在黑白琴键上优雅地舞动时我都会觉得那是奇迹。"

"高调的赞美对我来说没有任何用处。那些在我年轻时视我为生命中唯一偶像的人们现在不是都有了新偶像了吗？没有人知道我是怎样的孤独。"说完她的眼角湿润了。

"这两天耳畔总萦绕着你的琴声，那些熟悉的旋律一遍又一遍地响起，所以我给你打了电话。"老人平静地说。

"你不是希望枯枝能开出鲜艳的花朵吧？"她的双唇微微上翘。

"我曾经恨过你。待我成家后我慢慢知道了你的美貌和才华应该获得更高的荣誉。当我听过你演奏的曲子时那种记恨就消失了，现在我只希望再一次听到那天籁般的声音。"他的语调很缓慢。

她坐到了钢琴前。"听什么曲子？"

"莫扎特，亲爱的，来个莫扎特。"老人像孩子一样兴奋起来。几十年的风雨中几乎被忘怀的"亲爱的"在诺日吉玛听来是那么温暖。她再也无法控制自己的情绪。她像年轻时那样端坐在钢琴前，双手找准了位置。

这时她似乎看到了一个华丽的舞台，看到幕布为她缓缓打开，台下坐满了观众，投给她羡慕、期盼的目光。她想到了《安魂曲》，手触碰到琴键的一刹那声音开始在屋内流淌。曲子带着他们进入了另一个安详的世界。

没有谢幕的爱，曾经的酸甜苦辣在琴声响的刹那向她涌来。她的手在琴键上舞动着。她的全身跟着曲子的节奏抖动，头部也有节奏地配合着这完美的琴声。

乘着音乐的翅膀她似乎回到了那个淡蓝色的青春时代。那时她穿着洁白的裙子，身材迷人，如空中自由飞翔的鸟儿。她的心中曾经的阴霾，没有爱过的遗憾，一直寂寞着的内心被这琴声涤荡着。刹那间，她感到自己的身心是通明的。

一滴泪落在了琴键上。

当心中的曲谱翻过最后一页时她如释重负般长长叹了口气。

她最后的粉丝则微闭双眼很陶醉地坐在钢琴对面的沙发上。她带着感恩的心情靠近他。他犹如得到最大满足的孩子,在柔软的沙发上安静地睡了,永久地。

再一次的遇见

一江春水

一对日本中年夫妇,生活无趣,丈夫每天对妻子呼来喝去。妻子实在忍受不了,拿烟灰缸砸破了丈夫的脑袋。昏迷的丈夫被送到医院,检查后发现,他脑子里已经有了一个很大的瘤。

医生给出两种治疗方案:一、选择开颅手术,彻底切除,但是因为脑瘤和大脑已经相互渗透,可能会失忆。二、选择放射线治疗,不会有后遗症,但是脑瘤可能会再次复发。

他们最终还是选择了手术。手术前一晚,妻子和护士聊起来:"他对我是一见钟情的。见面后的第二天他就向我求婚了——'你能和我在一起吗?'膝盖都在抖呢……"

手术之前,丈夫请求护士帮忙给妻子带话:"请告诉我老婆,我嘴笨,一直没告诉她……告诉她,我这辈子只要她一个,就算是重来一次,我也要和她过。"

结果,他还是失忆了。

医生指着妻子问醒来的丈夫:"你认识她吗?"

丈夫回答:"不认识。"

妻子照顾失忆的丈夫,而失忆的丈夫总说:"对我这么亲切,谢谢您了。"

第二天,失忆的丈夫坐在轮椅上,被推出来。正和护士聊天的妻子与丈夫相见了,他们彼此点头致意,然后,失忆的丈夫被继续推着往前走去。

"不好意思,等一下。"失忆的丈夫转过头,望向妻子。

于是,在白色基调的医院,在阳光四溢的清晨,依然打着吊瓶的丈夫,依然需要呼吸管辅助的男人,嘴角不自然地抽搐着,膝盖不停地颤抖,说:"那个,虽然昨天才见面,请和我……请和我一起生活吧。"

妻子趴在丈夫的腿上,哭得不能自已。两人的手叠在一起,上面有结婚时的对戒。

也许会像故事里一样,某一天,某人会对你一见钟情,他会用颤抖的声音表达爱意,你汹涌的泪水却不仅是感激他,还有命运。有人会对你一见钟情,当你第二次遇见你时,你要记得。

永远的爱情玫瑰

陈善浒

那年,我18岁。一场突来的疾病粉碎了我的大学梦。不得已,我收起那颗失落的心,来到了这座位于祖国西北的高原小城——新疆克拉玛依市。

那段日子我整个人都觉得十分压抑,一直没能从高考失败的阴影中走出来。一天,表叔突然兴奋地告诉我,本市郊区有一所学校招聘教师,考试范围也只是高中课程,他已通过在教委工作的一位朋友替我报了名。我不禁高兴万分,赶忙找书复习,准备考试。

这一次,命运没有再捉弄我,在近千人的竞争中,我有幸被录取了。

接下来就是短暂的强化培训。就在培训期间,我认识了一位当地女孩——蝶。记得报到那天,她穿一件白色上衣,配着蓝色背带裤,清纯活泼,一头飘逸的长发随意披在肩后,还有那张带着淡淡微笑的面容,让人感觉到一股青春的气息扑面而来。

刚巧,我们安排在一起听课。蝶拥有维吾尔族少女特有的开朗性格。当她得知我来自江南时,显得十分的欣喜。她说她从小就希望去看看那美丽的江南水乡风光,特别是春天里那红红的花,蓝蓝的水。她说这些话的时候,兴奋得像个孩子。

此后,她便缠着要我讲南方的风俗人情,美丽如画的水乡风光。我们就这样慢慢熟悉起来。她因为生在新疆,长在新疆,自然也成了我的向导,她给我介绍他们特色的民族节日和民族风情,领我去看宽广的草原和无边无际的沙漠。她的快乐,她的欢笑,把我心中的忧郁驱赶得一干二净。

随着交往时间的日益增多,我发现蝶在不经意间已经占据了我的内心世界。每天上完课,我总找一大堆的理由和她待在一起。于是,我就知道了关于蝶的许多故事。她是新疆巴里坤县人,6岁时,她家里遭受变故,被一对无子女的夫妇抚养长大。在学校后面的草地上,蝶娓娓地向我诉说她的故事,讲述她们民族的烤全羊、手抓饭、"麦西来甫"歌舞和民族花帽。我也兴致勃勃地向蝶讲述我幼时的趣事,讲述故乡的荔枝、柑橘和甘蔗。很快,在这异地他乡,我就这样和一位异族少女牵起了缘分之手,失意的痛苦也渐渐地从我的脑海中散去。

在这一段为人师表的日子里,当自己的生存问题得到解决时,那一块压在心口永远的痛又开始浮现。上大学,始终是我心中不变的情结!我想等我考上大学后,把蝶接到家乡去,相守一生。有了这种想法,我便开始积攒一些钱留作自己重返校园的费用。

每到节假日,蝶都拉上我在这个小城中乱跑,找最好的新疆风味小吃店,吃烤羊肉、羊肉泡馍。春天来临的日子里,我们相依着坐在辽阔的草地上,她听我讲江南美丽的风光。"江南好,风景旧曾谙,日出江花红胜火,春来江水绿如蓝。"蝶往往听得着迷。每当这个时候,我就轻轻地刮一下她的鼻梁,说:"我的傻丫头,看把你美的。别急,明年我带你回江南去,咱们一辈子都将生活在那里,相厮相守,直到永远……"听了我的话,蝶的神色竟有些黯然,这令我大为不解。

一次,在游览了一处人工石窟之后,我和蝶坐在高台上休息,蝶紧偎着我,盯着我愣愣地出神。我紧揽着蝶,心中充满了无限甜蜜。突然,蝶哭了,眼泪不住地往下掉。我不知所措,连忙问她怎么了,她没有回答,反而哭得更厉害。我只是紧紧抱着她,轻声安慰。良久,蝶才说:"龙,我爱你,我爱你……我多么希望能与你长相厮守,永远,永远……"我的心猛地一沉,急忙说:"怎么了,蝶,我们不都好好的吗,为什么说出这种话?""龙,昨天我看了你的日记,你真的打算回去上大学?""当然了,到时候我们一起去。""那你还会回来吗?"她轻轻地问我。

"蝶,跟我到江南去,我会好好待你的,相信我!"

"我一直想告诉你,龙,我不想离开这里,虽然我向往江南,但我的根在这里。你也看到了,我们家乡还很落后,教育质量远远不如你们那里,所以我才选择了师范。虽然我一个人没有能力来改变这一切,但我还是要尽力去做。毕竟,多一个人就多一分希望。况且,我阿爸阿妈也希望我能留在他们身边。他们虽然是我的养父母,可这些年来,为了我,他们吃了很多苦,我欠他们的太多了……"蝶说着说着,泪水又夺眶而出。我似被人割了一刀,一时懵了。我紧紧抱住蝶,一边吻着她脸上的泪花,一边语无伦次地说:"不会的,蝶,不会的,我们不会分开……"

"龙,留下来,好吗?"

我只有默默无语。因为我心里知道,虽然这里给了我快乐和甜蜜的爱情,但毕竟这只是我短暂停留的人生驿站,不久我就会选择离开。可是我和蝶这一份恋情又怎么割舍?在这异地他乡是她给了我无尽的关怀和照顾,是她在我人生失意的时候,给了我鼓励和信心。看到蝶那一副恬静的模样,一份怜惜的感觉从心头涌起。可我却不敢给她任何承诺。我们毕竟太年轻,前方的路实在太难预料。我们幼稚的双肩是无法承担起沉重的爱的承诺的。

当蝶得知我决定要回家乡,她心里十分伤感。她说她能理解我,可是却无法接受。我知道她不能接受才相恋就分开的事实,而且再相聚是那样的遥遥无期。

剩下的日子,我们更加珍惜共处的时光。她带着我回了一趟老家,用他们民族最隆重的礼节招待我,并带我游览了她家乡所有的名胜。那西北明丽的阳光,牛羊遍地的草场,蓝天碧野,天高云淡,简直把我迷住了。只是,再深的祝福再美的景色也没能挽留住我回乡的行程。

当我背上行囊踏上归途的那一天，蝶执意要到车站送我。蝶大部分时间都在哭，泪水浸湿了我的双肩。连日来的哭泣，使得蝶眼皮水肿，两眼通红。每看一眼，我的心就刀割一般的疼。在候车厅，蝶伏在我的怀里，无声地啜泣。

火车就要开了，蝶却紧紧地拉住我，不让我上车。蝶秀发散乱，两眼红肿，满脸凄苦。我的心也碎了，泪如泉涌。

火车慢慢地启动了，我探出头来，朝着正跟在列车后面跑着的蝶高声喊道："蝶，等我！等我来接你！等我来接你……"瞬间，我的双眼被泪水朦胧了视线，也无情地隔离了我和蝶的那一份情缘。

我又回到了阔别一年的校园，把浓浓的思念埋在心底，重新钻进了书山题海中。这一年，我把满腔的热血都投入到了学习之中，一刻也不敢松懈，直到高考结束那一刻。

我本想报新疆的大学，多少次面对父母，我都想说：爸，妈，如果我去了遥远的地方，你们怎么想？但看到父母满头的银发，看到他们满脸的皱纹，话涌到嘴边又咽了回去。

我最终还是被省内一所重点大学录取了。

接到录取通知书的那天，我正要去邮局给蝶发喜报，却在半路上碰到了邮递员。"给，你的电报。""电报？"我疑惑地接过一看：蝶病危，请速来疆。叔。

病危？我的头一下子就大了。我甚至来不及细想，便连忙登上了开往兰州的列车。

经过几次转车，等我七天后赶到时，蝶再也听不到我的呼唤了。望着黑色相框里那张亲切的笑脸，我扑倒在地板上，泪水汹涌地冲出了眼眶。

表叔和蝶的养父来了。他们静静地站了一会儿，说："是蝶在临终前叫我们给你发的电报。没见着你，她死不瞑目啊！"

表叔接着告诉我，为了救一个得急病的住校学生，蝶连夜背着那个学生赶往医院。由于天太黑，加上突来的风沙淹没了道路，蝶失足滑下了悬崖……当人们发现时，蝶已奄奄一息。在医院的那几天，蝶总是叫着你的名字……蝶，我的蝶，你那鲜活而蓬勃的生命，怎么可能在这个世界消失了呢？我的视线再一次被泪水模糊了……

几天后，我怀着沉痛的心情又回到了家乡，走进了象牙塔。四年当中，我像呆子一样地把自己埋在书堆里发奋学习。在我独处的时候，总是不自觉地想起那难忘的第一次牵手之情，想起那曾经伴我度过难忘青春岁月的纯情维吾尔族女孩……

在今年的毕业人才交流会上，我以全优的学业成绩赢得了好几家知名企业的热情邀请，可我都一一谢绝了。在别人奇怪的目光下，我把就业意向书投到了遥远的新疆。

我要来了，美丽的新疆，我仿佛看见了蝶露出甜美的笑容，兴奋地朝我挥舞着双手，欢迎我的到来。

蝶，不管时光如何流逝，在我心中，你是一朵永不凋谢的玫瑰！

最新一碗羊汤面

丁立梅

她其实是个顶怕吃羊肉的人。她不喜欢羊肉的那种羊膻味，每次闻到，都有要呕吐的欲望。小时候家里人曾把羊肉包在饺子里，哄她说那是猪肉馅饺子，但她还是隔了一层饺子皮把它闻出来了。

可傅文喜欢吃。傅文说，羊肉肉质最为细腻，暖胃，对皮肤也好。傅文还喜欢吃羊汤泡面，一大碗羊汤泡面，他能吃得精光，连汤也喝了。

她喜欢听傅文说话，喜欢看傅文说话的样子。傅文其实也就一个普通的男人，但在她眼里，就是与别的男人不一样，特别是他说到羊肉时，眼里流露出的温暖光芒让她着迷。她认为，他是一个对生活充满热爱的男人。

女人一旦爱上，便变得痴情。她也是。为了傅文，她第一次买了羊肉回来吃。第一次吃，她呕吐得恨不得连胆汁都要吐出来。比她小一岁的妹妹在一旁看不过了，气得把羊肉全倒进了垃圾桶，说，姐，你这是自虐嘛！她却强打精神，又去买了羊肉回来，笑着对妹妹说，傻丫头，你不懂。

她苦练的结果，是使自己的味蕾完全丧失了对羊肉的抵抗。傅文再来，她可以亲自下厨，为他煎羊排和做羊肉泡面了。每当她坐到傅文对面，看着自己爱着的那个男人，一口一口吃掉她为他做的羊汤泡面，内心里就充满幸福。

这样的爱情，很温暖，像一碗羊汤泡面，冒着暖暖的气息。她以为可以为他做一辈子羊汤泡面的。但是一个冬天过去后，傅文却提出了分手。分手的理由是，他受不了她身上永远不散的羊膻味。你除了会做羊汤泡面外，你还会做什么？这是傅文最后扔给她的话。

她愣在春天的阳光下。春天的阳光，散发出花朵一样的光芒，暖暖的，像羊汤泡面上冒出的热气。但爱情，却走了。

再认识一个男孩，她的心，已裹在一层茧子里面了。男孩却很喜欢她，请她看电影，请她吃饭，请她去唱歌。她的态度不冷不热，每次男孩说什么，她都微笑着点头说好。只是在吃饭时，却固执地只点一种主食——羊汤泡面。男孩见她点羊汤泡面，也跟在后面点，但她分明看到，当他把第一筷子面条送进嘴里时，他的眉头轻轻皱了皱，随即却恢复常态，很开心地对她说，味道不错。

她生日那天，男孩亲自去菜市场买菜，挽着袖子，在租住的小屋内做菜给她吃。她应约而至的时候，十几平方米的小屋内，满满当当飘着的，全是羊膻味。男孩正挥舞着铲子在煎羊排。看到她，男孩欢欢喜喜地说，我今天给你烧了羊肉，烤了羊肉串，还烧了一锅羊汤，留着给你做羊汤泡面。

她倚着门静静地看着他，就想起那年冬天，她在锅上为傅文做这些。那个时候，支撑她的是爱情。眼泪，不知不觉地流下来。

男孩慌了，以为是油烟呛着她了，忙关了煤气灶，拿毛巾给她擦泪。可那泪却越擦越涌，终于，她说，我不喜欢吃羊汤泡面，真的，一点也不喜欢。男孩立即怔住，半天才讷讷道，天，我也是。为了你，我苦练了两个月。

心，破茧而出。一个肯为她迁就着吃羊汤泡面的男孩，是值得托付终身的。她看见，爱情插着翅膀飞来了……

转身的深爱

羽毛

17岁时，她恋爱了，在大学校园挎着那个男孩的手，笑靥如花。同学们碰见，当面就表示羡慕："你男友真帅啊，真是天生一对！"男孩的脸微微红了一下，腼腆地低下头。

男孩的确眉清目秀，玉树临风，但是她更喜欢他的这份青涩，透着一股纯纯的少年心事，和纯纯的爱。

四年后，她即将毕业，带着男孩回到县城的老家，面见父母。谁知道，父母听完男孩情况，面色立刻变得阴冷。男孩临走时，她的父亲说："请把你提的东西带走，我们不需要。"男孩面红耳赤地说："伯父，您放心，我会好好照顾您的女儿的！"父亲冷笑着反问："你只是个做点心的，我女儿是大学生，你能给她幸福吗？"平生第一次，她居然大声呵斥父亲："爸爸怎么这么说话！"还没反应过来，她已经挨了重重一个耳光，脸上肿起老高。父亲瞪着她："这是我第一次打你，如果你不听话……在他和我们之间，只能做一个选择。"母亲则眼泪涟涟，苦苦相劝。

最后，女孩哭着送男孩回了旅馆。

回到家后，她明确表示不愿意放弃这段恋情，甚至绝食反抗。父母把房子锁了，她就从窗户里爬到隔壁阿姨家,偷跑出来去小旅馆找他。他仔细看她,轻轻抚摸着她脸上红肿的指印,忍不住落下泪来,半天说不出话。

当初,他们是在校园附近的饼屋认识的。她爱吃巧克力棒和草莓蛋糕,爱穿白裙子,爱笑,和店里的人很快就熟了。他是店里有名的点心师,看见她就会脸红。有一天,店里人很少,他现场制作了蛋挞,在上面放上一颗葡萄干,特意推荐给她,轻声地说:"这是公主蛋挞,我觉得很适合你。"她瞟一眼他,他脸红得像水蜜桃。她吃了一口蛋挞,香甜可口,温暖四溢,一直甜到心扉——这就是初恋的滋味吗?

镶有葡萄干的公主蛋挞一直是她四年的专属,甜蜜了她整整四年。现在,痛苦也来得惊天动地。一向孝顺的她实在不忍心看着父母以泪洗面,日渐憔悴,每每说起就抽噎个不停,却仍握住他的手:"没关系的,我们还是要在一起!"

当她第六次偷跑出来去旅馆,服务员却交给她一个小小纸叠千纸鹤,说那个男生已经退房走了。

她心慌意乱,不知所措。那段日子,她几乎天天失眠。当她终于拿到路费去省城的饼屋找他,他已经辞职走了。她几乎夜夜哭泣。

再后来,她终于消退了对他怯懦的痛恨与强烈的思念,和公司里收入丰厚的部门经理谈恋爱了;再后来,她嫁人生子,周末坐在自家的 POLO 小车里和一家人去郊游赏花。

岁月明媚,生活圆满。初恋,只剩下一道淡淡的痕,唯有那只千纸鹤,她仍夹在自己的日记本里,已过 6 年,她倒腾旧物时,忽然看见千纸鹤,有点怅惘,竟不自觉地拆开,犹如拆开自己一度无解的心事。

里面却是有字的,密密麻麻,写得缓慢细致:"希望一辈子让你做我幸福的蛋挞公主,但带给你的却是痛苦。你每次来都会更瘦更苍白,我心疼死了。那三个月我私自找过你的父母很多次,苦苦哀求,毫无结果。不忍让你如此挣扎矛盾,我只有先行退出,让你彻底忘了我,才有空白填补新的幸福……"

钢笔字迹是模糊的,有他的眼泪。

她想起父母当年说,他从不争取,临事就一走了之,算什么男人?

现在谈这些再没有用,可是,她还是忍不住给母亲打了电话:"他当初找过你们很多次吗,到底谁在说谎?"母亲沉默了很久,愤然叹了口气,悠悠地说:"他还真是痴情的孩子。"

他的确无数次地找过她的父母。最后一次的情形,她的母亲记得一清二楚。

他当时黑着眼圈,衬衫晃晃荡荡的,有点魂不守舍地说:"我准备离开她了,再不联系她,让她彻底忘了我,但是——伯母,今后我会给您打电话,请您告诉我她的近况好不好?要不然,我担心自己忍不住找她……"

"头一年,他一周打一次电话。他慢慢知道你谈恋爱了,结婚生子了,就半年打一次电话。他特意叮嘱我,别让你知道,省得挂念。他的电话是从天南地北打来的,没有固定在一个城市。前 3 个月,他最后一次打来电话,说他也想成家了,说他遗忘的速度远远没有你快,但是,心里终于有一点空白了。"

她在这边听着,泪水流了满脸。原来,遗忘也是一种祝福,转身也是一种深爱。他孤独一人在不同的城市辗转流浪,拿出最珍贵的青春岁月,只为延续这段只剩下一个人的初恋……

有一种幸福叫守候

晓黄

20 世纪 60 年代,一个上海的中学生插队来到北大荒。

那年他才满17岁,还没有读懂这个世界,就被无情的命运从繁华都市抛到这个冰天雪地的异乡。

他五光十色的生活瞬间被苍凉的大荒湮没,他曾痴痴望着南方,每晚在梦里哭泣,但醒来眼前还是天苍苍、野茫茫。寂寞与思乡让这个还没长大的孩子陷入了人生的低谷。

就在这时,一个北方女孩走进了他的视线。那个年代的北大荒,爱情这个字眼还没有流行吧,一个不到17岁的小伙子,一个刚刚15岁的姑娘,更不会说"我爱你,你爱我"的,说到底,他们连手都没敢拉过,他们就那样远远地、默默地被彼此懵懂的情愫牵系着。

爱情让他适应了荒原,除了野草,他还看到了美丽的花朵。几年的相恋后,他们准备结婚了,准备死心塌地在那里过一辈子。那些日子,他们沉浸在喜悦与兴奋中,相约着执子之手,与子偕老。这对被时代抛在一起的患难情侣,用汗与泪浇灌的爱情之花终于要绽放了。就在这时,一纸造化弄人的文件把他们从喜悦中惊醒了——所有知青大返城。他的家庭政策被落实了,他可以回上海上大学了。他不知所措,她鼓励他回去,而自己会在北方等着他回来娶她。

分别的前一天晚上,荒原上的月亮特别圆,她说不知道人今后能不能圆。他就发誓,一定会回来娶她。她幸福地笑了。他终于踏上了南下的列车。

从此,她最幸福的事,就是守候,漫长的守候。每天,她都要看看他临走时没有带走的换洗衣服,回忆他每一句话,每一个笑容。他大学毕业那年,她每天都兴冲冲跑到县城的火车站,直到人群散尽。那些天,车站的工作人员都知道她的事了。就劝她,别等了,因为从没见过走了后又回来的,她对此置之一笑,然后回家去等他。

春去春又回,雁去雁又归,她一直守候着他,用一个女人一生中最美好的时光。其实,回到了他久违的都市后,他的父母就每天劝他忘记她,忘记北大荒的生活和一切,他说他做不到,母亲就每天看着他,父亲还模仿他的笔迹,向北大荒寄了一封信给她:我不会跟你结婚的,我们分手吧。

收到信,她晴天霹雳一样的感觉,眼睛一黑,一下子靠到门上什么也不知道了。醒来,村子里的人都来劝她,不要再等他了。趁年龄还不大,嫁了算了。但她无动于衷,她把那些人赶出家门,坐在家里守候,她相信,有一天,他会随候鸟一同飞回来。

他终于被逼着跟父亲老战友的女儿结了婚,她的影子,在他的印象中渐渐淡了。婚后两口子去了美国,几年后离了婚,他一个人回到上海。就在那一年,与他一起插队的同伴儿回了趟北大荒,那个同伴儿见到了憔悴不堪、一直独身的她。她对那个同伴儿说,不要找他,不要打扰他的生活,这是我自己的选择。其实这个同伴儿好几年前就调到青岛工作了,早就跟他失去了联系。可事情就这样凑巧,有一次他去上海出差,临走前去一家商场买东西,他下班回家也碰巧路过这家商场,于是,这两个20年没见面的老朋友巧遇了。同伴儿问他,你知不知道有个人一直在等着你。他说谁呀,同伴说是她。他差点没摔倒。他丢掉了手里的东西,发疯一般踏上了北去的列车,这个冬天,距离他和她最后一次见面已经整整18年。

那天,当她在屋子里整理他当年留下的衣物时,房门被推开了,她抬头,刚好看到他含泪的眼睛。

18年,18年的风刀霜剑,能沧桑多少心灵,荒芜多少爱情,削平多少誓言。

18年的苦苦守候,如果说最开始那是望穿秋水的等待,到了后来等待对于她来说已经变成了一种习惯。她像一个勇士一样守候着自己的幸福。

幸福,除了现实中我们拥有的一切,有时,它还是深藏在每个人内心的守候,为人生的约定,为事业的梦想,为一个擦肩而过的爱情。

有一颗时刻守候的心灵,就永远会有即将到来的幸福。

爱她,所以离开她

李菁

从初中起,安冬就是我的同桌,他爱玩爱闹,成绩却很好。中考时,安冬的分数大大超过了他所报考的那所中专,然而最终却被拒之门外,原因是他有先天性心脏病。

但在我们眼里,他骑车、游泳、爱唱爱笑,比"健康人"还健康。

高中时我和安冬竟然又分在同一班,这令我们高兴不已,自作主张搬到一起又做起了同桌。平时,我的话不多,可是跟安冬在一起却滔滔不绝,又笑又闹。他常常约我们几个好友去米江边散步,走在暖洋洋、白茫茫的河滩上看芦苇随风轻舞,碧水依山低唱,安冬会无比兴奋高歌几曲。

那时我是个爱做梦的小姑娘,在我心里,安冬不知什么时候已经成了我想象中的白马王子。他英俊、活泼、聪明,尤其是他经常阳光灿烂的笑脸让我心动,有时他也会偶尔掠过一丝别人不易察觉的忧郁,他如此望我一眼时,我居然会有种凄美而心痛的感觉。当然,这是心里最深最深的秘密。

高二时的一天,我无意中翻安冬的笔记本,最后一面居然写着:"爱她,所以离开她。"我一听,莫非安冬对哪个女孩倾心了?我装作好奇、活泼的样子对他嚷:"快快从实招来,是哪位!"不料安冬却沉下脸很烦躁地说:"你干吗乱翻我的东西!我抄的一句歌词,关你什么事!"同学们都诧异地望着我们,我第一次被安冬如此冷落,又恼又气,不再理他。第二天一早到学校,发现安冬已自作主张和别人换了位子。少女的矜持与自尊,使我装作对他的举动无动于衷,跟我的新同桌很快打得火热,其实我心里很难过。我有时想,那句话是不是对我而言呢?可很快就骂自己自作多情。

我们也慢慢疏远了。

不久,一向成绩优异的安冬却突然宣布退学了,他说:"我早就想赚钱了。赚钱,是一种责任,懂不懂?我要接管我哥的小百货店,以后各位读大学缺钱,找我就是!"

安冬经营那家小百货商店后,还真的赚了不少钱,他出资把家里,尤其是父母的房间装修得很豪华,被我们县许多人称为有出息的孝子。

后来我考上大学,偶尔想起以前的那个白马王子的梦想,感到十分可笑。安冬偶尔会给我打次电话,我庆幸从没提起过曾暗恋他,要不多尴尬!

大学三年级的一个雨天,安冬的姐姐居然出现在我眼前,显得很憔悴。她告诉我:"你知道吗?我弟弟有种先天性心脏病,治愈率只有千分之二,医生曾说他很难活过二十岁,这一点弟弟十三四岁便知道,但他一直很坚强,一直是最合格的好儿子、好弟弟。他曾经告诉我他非常喜欢同桌的一个好女孩,当然这不能告诉她,她是一个那么脆弱的女孩。"

我无比惊讶地望着她。她却开始流泪:"弟弟两个月前已经去世了,他曾经记过一本日记,扉页上写满你的名字。弟弟独自忍受了太多的痛苦,我希望当他在另一个世界时,他的内心能让他的好朋友知道并理解一点点,所以我想把这本日记送给你。"

我接过那本日记,下意识地一翻,突然我看见了大大的我的名字,后面是一句话:"爱她,所以离开她。"

假如右耳听见爱

南山剑士

那时,烟暖云疏,天如碧瓦。校园的木槿长势正好。枝叶在明澈的天空下交错叠加,被阳光熏烤出淡淡的暖香。

他在木槿树下寻找合适的角度,想要用相机拍摄完美的相片参加校园摄影大赛。她恰好出现在他的镜头里,穿着洁白的纱纱公主裙,微风吹起轻纱,曼妙飞舞。她轻踮足尖去嗅那洁白的木槿,阳光为她洒上炫目的金色,唇边旋起柔美的涡。

一瞬,他恍了眼。竟痴傻地问自己,这是真实的影像吗?他仿佛看见女孩背上生出一对轻灵抖动的翼,像天使般高贵又美好。

手中的相机适时地记录下这美丽瞬间。闪光灯亮起,女孩侧首看过来,他就像做错了事的孩子,慌忙躲到树后面怕被发现。不知为何,心中有狂热的欢喜。

大赛结果揭晓的时候,一幅名为《花的嫁纱》的摄影照获得特等奖。他在布告栏前,看着自己的杰作,笑得张扬。

前排有女生喊:"小若,快看,那真的是你耶! 好美呀! 而且是杜俊一那个大才子拍的呢! 对喔,听说他多才人又一级帅。哇! 简直就是我梦中的白马王子。"

对于这些女生的赞美与爱慕,他却一点也不在乎,反倒急切地想知道她会作何感想。

未想,她只是轻描淡写地说:"这没有什么嘛。干吗要大惊小怪?"说完拨开人群就跑开了。经过他身边,他闻到一丝清幽的香气。清淡,若即若离。就像他的心已随她而去。

他开始经常去上她的辅导班。按捺住自己体内激狂的分子,静坐几小时画一幅画。只是不画景,不画物,单画一个人,关于她的一颦一笑,生气时微蹙的眉心,全神贯注的样子。上面郑重其事地写一句,杜俊一爱林小若。在画的时候心中溢满欢喜。

终于,那一天,他的画夹被冒失鬼撞翻,画在空中飞扬,最后落到地上。张张都是她。

同学惊呼:"哇! 原来,他一直喜欢她呢。你看那真和画中仙一样美呢。"

她的脸迅速通红,拨开人群,跑了出去。他忽然心痛,自己的爱竟给她这么大的伤悲。那么,就不要说了吧! 那三个字就当是自己心里的一个小秘密,藏在心底也有朦胧、隐讳的美。

可是,他却不知道,她哭并非受伤流泪。她只是开心,有他这样优秀的男孩子喜欢她,又爱得如此的深沉。只因喜极而泣。

之后,他与她只保持朋友关系,最多只是最铁的那一种。仅此而已。

时常也会一起去操场散步,去公园里玩耍。也曾挽过手,只是,他觉得这离暧昧十万八千里。而不知,她望着他,眼波激滟,心思百转千回。

S·H·E这三个音乐小精灵在《恋人未满》中唱道"再靠近一点点,我就跟你走。再冲动一点点,我就不闪躲。"她想,只要他再主动一点,对她说出那三个字,温柔地牵起她的手,自己的心就会停靠在他的胸膛。

他未曾料到她的欢欣。只想到那日,她眼角的泪水。

他不愿她再流眼泪。于是,闭口不言。

离别伤感的时候,校园里仿佛都是苦涩的味道。她约了他去"海豚湾咖啡厅"。相邻而坐,一起谈将来的理想。只是,两人似乎都在刻意回避感情的话题,竟有些微的尴尬。

谁也说不清灾难是怎样发生的。震耳欲聋的巨响。还未等人反应过来,烈烈火舌已在身后蔓延。他义无反顾地将她按在自己身下,她恍惚中看到,有什么重物朝着他的脑袋砸了下来。

所幸,他们伤得都不是很重。只是,她康复得早,去找他时,发现所有的老师、同学都是眼眶通红。她追问他们究竟发生了什么事,终究无果。

她便每日每夜在他身边细心照顾他。月华如水的夜里,她望着他熟睡的脸庞,终于决定要向他表白。因为她想,能在生死关头都会护着你的人,一定就是最爱自己的人。

他出院的那晚,她婉拒了所有人的接送。陪着他走回学校。

身边车辆飞快穿梭,他让她走在自己的右边,永远把安全留给她。而他一直侧着左耳。

她的心中涌出莫大的感动。她附在他的右耳边,轻语:我爱你。

可他却仍是一脸的淡然表情,毫无表示。一瞬,她像溃败的士兵,泪眼朦胧。或许,自己从一开始就是自作多情,一厢情愿而已。当初那个在画中对自己表明爱意的少年已经不在了。想着想着,她泪如雨下,别过脸去,不让他看到自己的脆弱。

回校以后,彼此竟变得陌生。如同并列的两簇木槿,在风中若即若离地摇摆,偶尔稍微碰触一下。曾经的一切,都成为心里不可提及的部分,那是一种自揭伤疤的疼痛。

然后,在火车站匆匆告别。一个南下,一个北上。像两条平行线,今后怕再也没有交集了。

汽笛长鸣。他的火车已然远去,她朝着他离去的方向,轻轻地说一句,我爱你。泪水瞬间迷了眼。

那些过往好像木槿花的一个花期,只经一夏,便倏忽而逝。

就这样过去了。

她结婚生子,在北方扎根。他漂泊在南方,努力打拼。

几年后,同学聚会,当年的同学几乎都到场,唯独缺他。有人插话,那小子,太花心,到现在才找到老婆,忙结婚不能过来。她的唇角泛起一丝苦笑,可心里仍在祈祷,请你,我曾经爱过的你,一定幸福地生活下去。

杯停人醉的时候,好友阿眉问她,你知道当年,在那场事故后,杜俊一他瞒了你什么吗?她意乱神迷地摇头。

阿眉说,他那次为了救你,被重物砸中耳部,他的右耳就聋了。

猛地,她的心怃然生疼。往事携着岁月的风尘呼啸而至。记起那个夜晚,她在他右耳边说的话,原来,并非他无意,而是他根本不曾听到。他为了救自己变成了半个聋子!假如她能坚定地吻上他的唇,投入他温暖的怀抱,假如他的右耳可以听见爱,那么,时至今日,她和他又将是多么的幸福啊!

可是,一切只是假如。如水流年,韶华流逝,一切不是都已经过去了吗?

谁也不知,在那个白衣飘飘的年代里,我们究竟错过了什么。而生命流转中的未知,未知,如盲!

今生就是这样结束的

叶倾城

她的大学生涯要是一出四幕剧,那么前三幕他不过是群众演员同学甲同学乙,到他正式出场,已是第四幕的下半场,太仓促了,来不及发生任何剧情了。

开始毕业设计那天,她最后一个领了绘图板出来,气喘吁吁地爬上六楼的设计室,早已一屋子坐得满满的水泼不入。她抱了用具站在门口不知所措,犹是早春天气,她却不知不觉,背心渐渐濡湿。角落里有个平淡的声音:"我这边还有个空位。"

拨开人群挤过去,仿佛是人世吵嚷,在命运的大潮里泅渡前来,一路分波逐浪,终于到达他面前,蓦然觉得,是千人万人里选中了这一个。抬头遇上他宽厚的笑,霎时间,天地震动,五心不定。

她的座位正对窗,她喜欢风无遮无拦地吹进来,有种轰轰烈烈的气势,却没有一次记得关窗,再来时,图纸上一层拂也拂不去的灰,像一夜之间老了少年心。中午下楼吃饭,下到一半,忽然记起,折身就往楼上冲。经过他身边,他侧身让路,静静,只说一句话:"窗子我已经关了。"

大概就是从那天起,他们中午一起吃饭。其实并不熟谙,却自然而然地,有种安定。她是爱说话的人,周围人来人往,说些什么都已经忘了,陡地惊觉,才发现食堂里早已空无一人。

空落的大厅里只剩了他们两人,不约而同都静了下来,却仿佛每一呼吸都有呼应,暗潮一般在他们之间流动。不知何时,他抽身而起:"上楼画图吧。"

工科女生,像她这么粗心的不多吧,所有的东西都会消失,小到铅笔橡皮,大到三角板、曲线板,她每次上天入地找得鸡飞狗跳地,总是他在一旁平平一句:"先用我的吧。"后来成了惯例,她只要发现什么不见,一折身,他早已随手掣起工具递过来,眼里盛满笑意,顶多说一句:"都不知你这四年是怎么学过来的。"

画得顺手,她无端地哼起歌来,没头没脑地:"丢一个炸弹跑跑跑,丢两个炸弹跑跑跑……"他吓一跳:"你那什么歌,恐怖分子的队歌?"这才提醒她。她想一想:"咦,不知道啊。我玩电子游戏时不知怎么就唱出来的……不好听?"他失笑,"那也不能只唱这一句啊,像,像,"还是说出来,"洒水车。"

她多少有点恼,一转身,人重重往案上一伏,嘴紧成一颗果。过半晌,听见口哨声,由低而高,自他的方向响起,悠扬地,曲折地,明明是她刚刚哼的那一首歌。她心想:"他还不是洒水车。"那笑,再忍不住。

日子一天天过去,风吹得像有些娇慵的瞌睡,窗外一整幅晴蓝的天空,让人的心都不由得摇曳起来,是应该去放风筝的天气啊。午后的窗前她站痴了。

只是想想而已。有一天他却突然说:"放学后,我们去滨江公园放风筝吧?"她一怔,她说出声了吗?抑或没有?那是下午,设计室里走得半空,空气中莫名地,便有一种屏息的寂静。她侧对着他,分明感觉他的目光,如雨斜斜披来,温柔淋漓。她的短发,遮不住她染红的面颊。她说:"好。"

江上春潮初升,风势急劲,而天上的风筝像一座海的浪花那么多。夜色徐徐逼来,沙滩上的人群渐渐走空,他们的风筝越飞越高,成了孤独的一只鹰。他忽然握住她的肩,呼吸近在耳畔:"我想告诉你……"

线,突然断了。那只风筝迅速扶摇直上,消失在黑暗里。下意识地,他们拔腿就追,追进灯下的人群,灯光灿烂,她睁不开眼,转身,夜色如此深浓。他默默地站在她身边,说:"回去吧。"

她等着他说完未了的话,却只听见沙滩上的碎石在他脚下细碎地响,或轻或重——失了把握的,是他的脚还是他的心?

不知什么缘故,他们随后便很少见到。求职的压力水落石出,沉沉地压在每个人肩上,都忙,时间渐渐接不上,她在的时候他总不在,不甘地翻一翻他的图纸,铅痕仍新——也许,隔的不过是一个早晨半个下午。

所谓怅然或者必然,有时,也没有很大的区别吧。她想。

那年的夏季来得让人措手不及。工作百般不顺,她还心念着迟迟没有完工的图纸,抽了时间到设计室来,掀开报纸,她第一个念头便是找错了桌子:有待加深的线条全已铁划银钩般深浓,所有的标注都已完就,右下角的明细表里,填了她的名字。她用眼睛一遍遍抚摸着那陌生的字迹:当他为她绘完整幅图纸,当他这样工整地,一笔一画,填写她的名字,所经历,所思虑,所遇,她全都明了。

桌子一角放了他的留言本,她想起那只乍然飞走的风筝,想填"相见恨晚",还他的,却只是一纸空白。——没有发生的感情,不是空白又是什么?

毕业那天,大礼堂里毕业生乱哄哄地办手续,她遇到他,满腹的话,想问他的去向,却好像无端,也无暇。他迟迟疑疑地叫住她:"我要走了。"只是一句寻常的话,她心里却"咚"一下,问:"去哪里?"许久他才抬起头,"日本,神户大学。"忽然之间,她不明白胸中的怨气从何而来:关她什么事?为什么要告诉她?早说晚说有什么区别?她急急转身就走,他在背后喊:"我打电话给你。"

她走在校园里,心事重重,风起风落,路旁的槐花纷纷飘落,连绵不绝,穿行在落花里,就好像走过一条伤心的落雨街。从此,在她生命中,那些沉默的、不断凋零的白色花朵,就成了离别的象征。

那个夏天格外的闷热让她提不起精神做任何事,每天她躺在竹床上看书,在睡与醒之间的灰色里,翻身接触到滑凉的竹板,她会无端心中一沉,记起,在那个初夏的黄昏,他曾握在她肩头的,清凉宽大的手。

懒懒散散地过了一个月,一天下午单位通知她去报到,才回家,母亲就告诉她:半小时前,他来过电话。她换鞋换了一半,赤了脚就扑向电话机,接电话的是他的家人:"他?去日本了,四点半的飞机。"墙上的挂钟正指着四点四十五。

蝉声轰的一声在她脑子里炸开。周围热浪翻滚,可是她真的觉得正一点一点冷到心里去。此刻,她终于承认,这一个月来的足不出户,其实就是为了等他的电话,他的电话,真的来了,可是到底是错过了。

她抬起自己干涩的眼睛,望向窗外八月浑蓝灼热的天空,仿佛听见飞机隐约的声音。

那个时间她是永远不会忘了:一九九五年一月十七日。凌晨四点多钟,她从噩梦惊醒,撕裂与倒塌,还有他抬起头来面目模糊的脸,血污一朵朵绽开……电话铃响得惊天动地,她从床上扑过去:

"喂喂。"黑暗里她的声音如此凄厉,但是那端已经断了。忙音,急促得像她的心跳和喘息。

上班。扫地、打开水、喝茶、聊天、翻报纸,忽然,一行大标题跃入她的眼帘。"日本神户发生强烈地震。"她的双手不由自主地用力,越来越紧,报纸"嘶啦"一声被扯裂,她却恍若未觉。世界陡然沉寂下来,只有一个声音在她心底撕心裂肺地尖叫:他死了他死了他死了。

他曾是她全部的心事和等待,却没有提起,不曾说过,无人知晓。她想要酒、烟、浓茶,甚至毒药,一切苦的、辣的、涩的,从喉咙里灌下去,然后大哭、狂叫、摔东西……然而,没有发生过的感情,只是空白呀。

那年不曾落雪,却仿佛春天永远不会来了,直到那个下午,她经过广场,怔住了。广场的天上,蝴蝶在飞、蜈蚣在飞、金鱼在飞,那么多那么多的风筝在飞。阳光锐利地射下来,他的名字像小片玻璃一样飞快地闪烁着,她默默地看着,知道,那只飞走的风筝是再也不会回来了。

毕业四年后,她第一次参加同学聚会,大酒店的喧嚣里,到处的身影都似曾相识却又不敢乍认。她忽然站住,是谁的声音谁的笑容,在她面前:"你还记得我吗?"

千余个日子的过往在顷刻间雪崩,铺天盖地而来,将她压在最下面。她却只是平静,微笑:"当然记得。"握手,三言两语寒暄,他旋即被人群簇拥。

觥筹里,他酒到杯干,历练周到,言词里却掺杂了大量的日文。他抱歉地笑:"好多词,在中文里她都找不到说法了。"连笑容亦是日式的礼貌与谦恭。他周身不经意间淡淡的异国气息,如此陌生,记录着她所不曾参与的,他生命中的四年时光。

她生命中的四年时光,他又何尝触及。是否,他们都已如浴火的凤凰,在彼此的世界里重生,生命中的某些遇离,早已不再重要?

同学们热络地追问日本生活,他说起:逢年底,老板会请员工大餐一次,命名为"忘年会",即为:过去一年的事,全忘了吧。禁不住心中锋利一割,她倏然抬头,正遇上他远远,自邻桌投来,越过无数人头的眼光。她微笑举杯,向他遥敬,然后贴近自己的唇——要多少次忘年会,才能将旧日全数忘却?

她信口问起地震种种,他笑。

"我?我做梦梦见自己在大海上,海水晃呀晃呀,把我给晃醒了,刚坐起来,突然房子一阵大摇,我坐不稳又倒下去,大概几十秒钟吧,就停了。然后,轰的一声,外面突然特别吵,好像大家都出来了,在外面跑来跑去,有人喊我的名字:'你没事吧?'我说,'没事啊。'心想:'我能有什么事。'——都不知道是地震了。然后,唰,一下子,就安静了,一点声音都没有了。本来还想接着睡。一看表五点多了,也差不多了。在洗手间洗脸,我心里还一个劲奇怪,怎么一个人都看不见。一出门,吓一跳,电车轨道在半空,就算是施工,也不至于吧……"

所有的人都笑得前俯后仰,她笑得最大声。

出了酒店大门,已是更深人静,寒气一拥而上,她不自觉打了个寒噤,一只手轻轻环过她的肩头,他声音沉哑:"我帮你叫的士。"

在为她拉开车门的刹那,他突然说:"我上飞机前,给你打过电话,你没接到。"

她只低头钻进车内,说:"我知道。"

然后他的声音,断断续续,"……地震以后,我给国内打了两个电话,一个给家里,一个……给你……你也没有接到。"车门用力关上了,出租车迅即向前开去。

她不肯回头,不肯去追他在夜色里渐渐消失的身影。路灯的光,在窗外。她终于不出声地说:"我也知道。"有泪,溅落。只一滴。

然而他不会知道,每一个春日,当她看见风筝漫天飞起,都会想起曾经属于他们的,那支孤独的鹰。

出租车静静地行驶在夜色里,路灯在窗外悠忽来去,一段明又一段暗,流离成一带星光,像许多守候在道路两旁的岁月,在无声地流走。

——他们爱的今生，便是这样结束的。

失去的不只是戒指

张福龙

五年前他们就认识了，后来他要去日本留学。在他走之前的一天，他们一起在解放路上散步。街头有个小女孩在卖戒指，她一眼就看中了。他抢着付了钱，并把它戴在她的手指上。那是一枚 8 元钱的戒指，但她觉得那一刻神圣无比。

3 月，他走了。临别他说，明年春节他会回来看她，如果她愿意见他，就在 2 月 14 日那天，等在新建路的那棵树下。他说，别弄丢了戒指。

秋天的时候，她失去了他送的戒指。她答应过他会一直戴着它，可是转眼之间……她是个崇尚完美的女孩，丢了戒指后，她的心没有变，但除此之外，什么都变了。

他果然回来了。2 月 14 日，她爽约了。一生中最重要的约会，她却没有勇气赴约。但她忍不住，让好友去看看他。好友没见过他，回来后说，看见一个穿风衣的男孩站在树下，手里拿着一枝红玫瑰。那天晚上，她哭湿了枕巾。

第二个情人节，她一个人漫无目的地在大街上走着，傍晚的时候竟不知不觉走到了新建路。

那棵树下，斜斜地倚着一个男孩。她的心狂跳起来，脚不由自主地朝那个男孩迈去。是他！

他把手中的玫瑰递到她面前，他说："我知道今年一定可以等到你。"她问："如果我不来呢？"他微笑着回答："那我明年再来。"

她始终没有接过玫瑰。她转身离开时听到他在背后问："那枚戒指，你还留着吗？"

"对不起，我把它丢了。"她不敢看他的表情。

自那以后，她就再没有见过他。一转眼，几年过去了，她听到他要结婚的消息。

"我爱你。"这句话已在她心头搁置了好几年，但她没法亲口告诉他。也许他只是偶尔地想起她，但她真的有自己的苦衷。几年前，在实习的那台车床前，她失去的不只是他送的戒指，还有整只左手。

给咖啡里加盐

刘名远

他和她的相识是在一个晚会上，那时的她年轻美丽，身边有很多的追求者，而他却是一个很普通的人。因此，当晚会结束，他邀请她一块去喝咖啡的时候，她很吃惊，然而，出于礼貌，她还是答应了。

坐在咖啡馆里，两个人之间的气氛很是尴尬，没有什么话题，她只想尽快结束。但是当小姐把咖啡端上来的时候，他却突然说："麻烦你拿点盐过来，我喝咖啡习惯放点盐。"当时，她愣了，小姐也愣了，大家的目光都集中到了他身上，以至于他的脸都红了。

小姐把盐拿过来了，他放了点进去，慢慢地喝着。她是好奇心很重的女子，于是很好奇地问他："你为什么要加盐呢？"他沉默了一会儿，很慢的几乎是一字一顿地说："小时候，我家住在海边，我老是在海里泡着，海浪打过来，海水涌进嘴里，又苦又咸。现在，很久没回家了，咖啡里加盐，就算是想家的一种表现吧。"她突然被打动了，因为，这是她第一次听到男人在她面前说想家，想家的男人必定是顾家的男人，而顾家的男人必定是爱家的男人。她忽然有一种倾诉的欲望，跟他说起了远在千里之外的故乡，气氛渐渐地变得融洽起来，两个人聊了很久，并且她没有拒绝他送她回家。

再以后，两个人频繁地约会，她发现他实际上是一个很好的男人，大度、细心、体贴，符合她所欣赏的所有的优秀男人应该具有的特性。她暗自庆幸，幸亏当时的礼貌，才没有和他擦肩而过。她带他去遍了城里的每家咖啡馆，每次都是她说："请拿些盐来好吗？我的朋友喜欢咖啡里加盐。"再后来，就像童话书里所写的一样，"王子和公主结婚了，从此过着幸福的生活。"他们确实过得很幸福，而且一就是四十多年，直到他前不久得病去世。

故事似乎要结束了，如果没有那封信的话。

那封信是他临终前写的，是写给她的："原谅我一直都欺骗了你，还记得第一次请你喝咖啡吗？当时气氛差极了，我很难受，也很紧张，不知怎么想的，竟然对小姐说拿些盐来，其实我不加盐的，当时既然说出来了，只好将错就错。没想到竟然引起了你的好奇心，这一下，让我喝了半辈子的加盐的咖啡。有好多次，我都想告诉你，可我怕你会生气，更怕你会因此离开我。现在我终于不怕了，死人总是很容易被原谅的，对不对？今生得到你是我最大的幸福，如果有来生，我还希望能娶到你，只是，我可不想再喝加盐的咖啡了，咖啡里加盐，你不知道，那味道，有多难喝！"信的内容让她吃惊，也让她有种被欺骗的感觉。然而，他不知道，她多想告诉他："她是多么高兴，有人为了她，能够做出这样的一生一世的欺骗。"

爱，现在进行时

张兰允

他是从大都市转到这个小城市的重点中学读高一的。在一群男生中，他显得那么鹤立鸡群：皮肤白皙，头发微黄，修长的身材玉树临风般潇洒。

她对他一见钟情，几乎是不由自主地爱上了他。

十五岁生日刚过，她的少女情怀开始苏醒。老师安排他坐在她前排。

走进教室，她第一眼便寻找他，然后才去看黑板和老师。

走出教室，她第一眼先捉住他，然后才去和同学们玩乐。

每到周末，她都怅然得无法看书、写作业。教室里没有他、餐厅里没有他、三三两两的同学堆里没有他。她觉得自己像被迫跃上岸的鱼儿，因为没有水，大口大口地喘着气，痛苦而又艰难。

像走火入魔，稚气而又疯狂的初恋让她的世界一下子天昏地暗，迷失了方向。

每晚她都趴在床头写日记，写她的兴奋、企盼、惆怅以及剪不断理还乱的单相思。

她的成绩直线下降着，由班级前三名滑到三十多名。

终于有一天，她忍受到了极点。下课后，她看教室无人，飞快把一张纸条塞进了他的书桌。

她写道：一个人在一个人心中已长成树，树上结满甜蜜的深愁和幸福的痛苦。这是她写的第一封情书。

他回信：谢谢你让我读到这么深情的诗句，但我知道作者肯定不是你。

她哭了，第一次流下了为爱呼唤却难以回应的泪水。她的心充满了仇恨，她发誓再也不去想他。

但是，誓言在爱的面前就像一阵风，吹过之后，爱之草长得更高更密更浓，很快覆盖了理智的大堤。

没几天，她又写了第二封情书。她用十种彩色画笔画了十个很大很大的阿拉伯数字：521，584,1314！

他回信：对不起，我看不懂。

她提醒：一个字母代表一个汉字，动动脑筋。

他表示为：字母就是字母，汉字就是汉字，没有关系。

她失望、沮丧至极。一个人在宿舍蒙头大哭，哭湿了枕巾，又跑到校外的小树林呆坐了半天。

接下来，她失眠、旷课，成绩一落千丈。

母亲和老师都看出了她的失态，两个人联合配了一把钥匙，慢慢打开了她的心锁，陪她一起走出了泥泞的雨季。

她逐渐恢复了正常的心态，成绩逐步上升，到高三上半年，她又跃到了班级前三名。

后来，她考上了北京一所著名大学。

他考上了南京一所军事学院。

入学不久，她突然收到一封信，打开，是一幅画，画面上有两棵树，等距离中保持着等距离，每棵树上都有两枚果实，一棵树的两枚果实分别是：甜蜜的深愁，幸福的痛苦；另一棵树上的两枚果实分别是：深深的珍惜，静静的等待。四枚果实都圈成浪漫的心形图案。一根长长的红丝带把两棵树紧紧地系在一起，红丝带上写着十个很大很大的字：我爱你，我发誓，一生一世。

他注解了两句话：其实那几个阿拉伯数字我早就猜出来了，只是现在才敢告诉你，同时也送给你，不晚吧？对了，这幅画的名字叫——爱，现在进行时。

"流氓"爱情

南在南方

21 岁之前，从来没有一个人说过我像流氓。

那个秋天的下午，森林公园门口，一个男人拍了下我的肩膀说，像个流氓。那时公园的门口聚了好多人，大家都哈哈地笑。笑得我红了脸，像是我真的做了什么流氓事儿。

那人说，哥们儿，我们在公园里拍一场戏，差一个演流氓的群众演员，我看你挺合适。我这才缓过劲儿来，我当然不同意，我凭什么要演流氓？那人说，两三个镜头，报酬是 100 元，外加一瓶矿泉水和价值 10 块钱的盒饭。

我的心就动了一下，我说，可是，我不会演流氓呀。那人说，挺简单的，到时候导演给你说一说，你就明白了。

随着那个人进了公园，剧组的人已经摆好了道具。等太阳落下去，落到树梢上，这时会有一片一片树叶落下来，落在干净的林荫道上。镜头随着林荫道移动，然后定格在一个穿白裙子的女孩身上，她在看书。四周很安静，美好得让人不忍心破坏。导演说到这里停了下来，看着我说，可是这个流氓要破坏！导演笑了笑，指着远处一个女孩说，你要做的就是像饿狼一样扑倒她，然后撕她的衣服，导演俯在我耳边说，能撕多烂就撕多烂。我问导演女孩会不会咬我抓我，导演笑笑说，她也是个群众演员，没有安排这个内容。

我对导演说了我真实的想法，我不会演流氓。导演说，就算是没有开过荤的也会演。难道你就没有想过女人吗？我老实地点点头。导演很满意，说他拍的是一部公安题材电视剧，这一场是补拍的，在整个剧情里面只是扰乱一下公安的视线而已。说着就让化妆师给我上妆。

太阳落了下去，导演说了一声干活儿，我们就开始了。我出现在镜头里，长发披肩。一件 T 恤围在腰上，不时跳起来抓一把树叶，一副精力过剩的样子。突然发现那个看书的女孩，就像小偷一样看了下四周，然后轻轻地朝她走去。应该说，我的表演还可以，因为导演在后面说贼头贼脑。我走到那女孩面前了，她看书看得很认真，没有发现我，当然她是在演戏。看得出来她很紧张，因为我听见了她的呼吸。

按照导演的要求，我此刻唯一要做的事情就是向她正面扑去，然后撕扯她的裙子，可是我突然没了勇气。我心里只有一个想法，人家好好的一个姑娘我为什么要对她耍流氓？导演喊停，问我怎么了。我说没有感觉。导演说，扑上去就完事了，要什么感觉？导演让我再来一次。和第一次一样,我站在她面前,久久没有扑上去。也许那女孩等急了,她抬头看了我一眼,眼神安详得像一只羔羊。她低头继续看书,我的心跳得很厉害,还是呆呆地站在那里,梦里千百次想象的女孩就是这个样子的纯净。导演又喊了一声停,然后就骂我,大意是说我是自己不能快乐同时也不能给女人快乐的那种男人。然后导演说再给我一次机会,如果还不行,让场记上。场记一副跃跃欲试的样子,让我感觉到流氓心理的可怕,怜香惜玉的感觉一下涌上心头。第三次我还是没有扑向女孩,而是抓住她的手说,跟我走!我牵着她飞奔而去。一直跑出了公园,我们才缓过气,相互看着,直到呼吸均匀。她笑着说,简直像私奔的速度!

女孩说,我叫丹麦。我说,那是个盛产童话的国家。丹麦说,每个人心里都有童话的,就像刚才的那一幕。你叫什么?我说了。她说,徐徐,请你去喝咖啡。

我们坐在咖啡店里秋千一般的椅子上,如水的音乐响起来。人一下就有点怀旧,我们几乎同时说起了童年。丹麦说,她小时候和外婆住在一起,时常站在码头上想着爸妈,天真地想有一天会有一个水手带着她去远方。她沉浸在往事里。突然耳边就响起了一首《天黑黑》的歌,老是重复着唱天黑黑,听起来像是 TOO。

喝完咖啡,夜已深。我们走在夜里,手就这么牵着了。丹麦突然笑了起来,说从前有过英雄救美的故事,还没有流氓救美,你算是填补了空白。

她停下脚步看着我说,你为什么没有按导演说的做,为什么霸道地拉着我就跑?我说,我不想撕扯女孩的衣服,也不想让别人去撕,就算是演戏。丹麦的眼里一下就有泪光,她把头靠在我肩上。喃喃地说,从来没有人这样,从来没有。

我把丹麦送回家。分手的时候,丹麦给了我她家里的电话。

相思就是从那一刻学会的,我决定向丹麦表白,虽然我一无所有,可是我有的是勇气。

两天后的夜里,我在丹麦家楼下的电话亭里,用 IC 卡拨通了她的电话,把随身听的话筒贴在耳朵上,一首《天黑黑》……

在丹麦听歌的那 4 分钟时间里,我终于想好我该如何表白了。歌曲一完,我说,你就是我一直以来所期待的美好。

丹麦没有说话,许久传来她的哭泣。片刻她飞奔下楼,扑进我的怀里,像个孩子捶打着我。丹麦抬起头,她的外婆出现在窗口。外婆没有说话,慢慢地关上了窗户。

丹麦告诉我,她刚大学毕业,在一家外资企业上班。谁知道碰到了我,让她少了上电视的机会。说完叹了一口气说,你让我体会了做女主角的快乐,只是来得太快了,让我都不敢相信这是真的。

我沉浸在幸福之中,成了一个哑巴。

一个星期天,我们去陶吧玩泥巴。我先把手印在泥上,丹麦看着我的手印,把她的手印在我的手印上,一只大手里有一只小手,她为这个创意乐不可支。然后我们等待烧制。丹麦给"作品"起名《相约星期天》。两小时之后,我们的手印成了陶片,我们的爱情线竟然清晰地重合在一起。那一刻,我们相视一笑。

丹麦说,我要告诉外婆,我真的恋爱了,爱上一个穷光蛋,一个乡下人,一个流氓。

一个星期后,我见到了丹麦的外婆,一个慈祥的老人。她给我们讲了两个故事,她说,有种虫子叫蜣螂,就是我们平常说的屎壳郎,它一辈子最大的理想就是滚一个大大的粪球。你知道为啥?我摇了摇头,她说,它靠这个娶妻。她笑了,然后她看着丹麦说,有一家人很穷,妻子老是埋怨丈夫没本事,有一天家里只有一个南瓜了,丈夫说这个南瓜很珍贵。妻子不信,丈夫就抱着南瓜去市场,他妻子也去了,丈夫给这个南瓜开价 100 块,100 块可以买这样的 10 个南瓜;最后真的有人出 100 块要买这个南瓜。丹麦说,为什么?外婆说,不管是东西还是人,只要你懂得珍惜,它就是宝贝。所以你别说徐徐是个乡下人。

我们都笑了,外婆是智慧的。丹麦从此除了叫我流氓之外,还叫我蜣螂和南瓜。当然,是我们两个人在一起的时候。

谁说真爱不在下一个路口

陈麒凌

认识燕妮的那天,程禹记得,其实并没有多冷。

他只穿了一件薄毛衣,袖子还卷得老高,上上下下搬了几趟书,鼻头上都沁出了汗。表哥开的这间书吧叫"达人",颇受本城知识男女青睐,一年到头搞活动,一年到头那么多人。这次也是,主题是"图书漂流",国外很流行的阅读理念,就是把自己念过的书附上字条,"丢"在公共场所,期待有人拾起它共享阅读的欢愉,并且继续传递下去。

屋里人太多,程禹热了,独自溜到门廊透气,于是他看到了那个女孩,她正仰着头站在海报前,一字一字地读着:"不求回归起点,唯愿永久漂流。"

她的背影有点厚重,那是穿了太多衣服的原因。……

程禹热情地笑着:"进去吧,快开始了。"果然听到一片掌声后主持人的声音,女孩还站着不动,程禹干脆一把抓住她的袖子跑进去。

他们站在人群里。他们站得很近。程禹低下头,就能看清她的睫毛,长长的,有点卷。

……

然后就是会员签到,程禹紧张地听着。"卢燕妮——""来了。"那女孩轻轻应道,程禹这才松了口气,心里忙紧紧记住。

满屋子的书,燕妮只选了《心的漂流哪有尽头》,程禹探过头问:"这是什么书啊,书名悲悲切切的。"

"我只喜欢这个书名。"燕妮道,要走的样子。在门口,她重新把围巾围上,门角的挂钩牵了她围巾的流苏,程禹上前细心地帮她解下,又笑着说句:"没有这么冷吧,我一点都不冷。"

燕妮停下,道:"因为你的心是热的。"转身就出去了。

程禹愣在那里,他哪里知道燕妮那时的心境。她的冬天早就开始了,早到那年夏天,满树的蝉声里,细碎的阳光从榕树叶子间掉在地上,都是连不成线的点儿。贺韬约她出来……

"不是玩笑,我的爱不多,而且早给了别人……"

燕妮苍白着脸,一句话也说不出。

……

却说程禹,那次之后就一直忘不了这个女孩,没有原因,反正一静下来,脑子里自然就是她的样子。

他查到燕妮的地址、电话,又不敢明着找上去,就装作顺便经过的样子。倒是有几次真的遇见了她,他高兴地大叫燕妮,她只是淡淡地应,好像对一切都提不起兴致。

但两个人总算是熟了,偶尔也在一块儿散步、喝茶。……

这天,燕妮的书总算看完了,打算找个地方"丢"下,让它永久漂流。

程禹陪她坐地铁,起点站,车厢里空荡荡的,灯光雪亮,列车飞速行驶,燕妮低头翻着书,她看书的样子真好看。

……

程禹心头一热,大着胆子问:"燕妮,我……能不能做你男朋友?"

燕妮脸色一白,心里猛地痛了一下,当初贺韬也这么说过的:"燕妮,你真可爱,我能不能做你男朋友?"

她眯起眼睛,努力地把痛抹下去,勉强挤出一丝笑意:"程禹,我们做朋友好了,别谈爱情。"

程禹红了脸:"为什么?我是真心喜欢你。"

又是这句话,难道男人只用这两句就足以俘获一个女孩子的心?那么容易地骗了来,然后又那么容易地弃之不顾。她的心头浪涛奔涌,眼泪几乎要冲出来。

……

燕妮站起来,把手里的书留在座位上,下车。程禹紧跟出去,燕妮回过头,戏谑地说:"好,我给你机会,但我要和你打个赌,如果刚才丢下的那本书能再回到我手里,我就答应你!"

程禹来不及应,眼睁睁见车门关闭,车厢里,栗色短发的女生好奇地拾起那本书。列车疾驰如风,瞬间不见踪影。

"事实上,那是不可能的,对吧? 只有永久漂流,哪能回归起点?"燕妮笑笑,转身。

程禹在她身后忽然喊道:"好,我和你赌,我一定把这本书追回来,让你知道,我是认真的!"

……

那次之后,很久不见程禹,有时燕妮会想起他,不知他在忙些什么,大概是有了新的目标,把她的难题忘干净了。燕妮笑笑,有些自嘲。

……

她去海大图书馆借书,路过布告墙,广告招贴满墙飞。有想租房的人上去掀了一张最新的海报,露出底下那张旧的,红底黄字,有点褪色了,但还是那么醒目。燕妮随便瞄一眼去,"找一本书,为我所爱的人,只要她不再寒冷,我愿倾注所有的热情",下面是所找书的书名、记号、遗放的日期、地点,还特别指明当时捡到书的女生是海大站上车的,背着画夹,应该是艺术系的等等,最后是联系电话和大大的两个字——"重酬",时间是……哦,十多天前了——原来程禹努力过的,定是没有结果,所以不敢见她。

燕妮想了想,拨了程禹的电话:"程禹,我看见你贴在海大的寻书广告了,很不容易吧!"

那边程禹的声音却很惊喜:"燕妮,听到你的声音太好了! 我真想你,但是我对自己说,不找到那本书,就不见你,我不要你的心永久漂流。"

燕妮道:"算了,不过是个玩笑,你何必当真。"

"当真,我非常当真,我必须证明给你看,就算以前走了不少冤枉路,都不要紧,谁说真爱不在下一个路口?"程禹大声说道,"而且,我都快成功了,怎么可以放弃?"

"啊?"

"是啊,我先在海大打广告,找到那个艺术系的女孩子。她那天是拿了书,但她看完就放在博雅画廊的陈列架上了。……我去怡兰,怡兰的店员说,附近公司的女孩子都喜欢来喝咖啡,喝完咖啡就去下面的广场晒太阳,不过喜欢看书的不多,好像有一个,平时总拎着一个桃红色有加菲猫图案的手袋……"

燕妮的鼻子有点酸,她把电话换到左耳边,认真地听着。

"周末下午总算等到那个女孩,果然是她拿走了书,而且非常欣赏这个点子,为了让书漂流得更远,她让弟弟把这本书带到了上海。"

"上海!"燕妮惊呼。

"是啊,你以为我现在在哪里,我来上海两天了。……"

燕妮挂了电话,耳朵热热的,脸也热热的,她长长地舒了口气。透过长了嫩芽的树枝看看天,有雨丝,细细的,又温柔又清凉。她不觉跑了起来,雨丝落在她的头发上,亮晶晶的。她越跑越快,越跑越有劲儿,到家的时候,已经出了一身的汗。

在门廊上,燕妮脱掉厚厚的外套,轻快地对妈妈喊着:"妈,今天真热,春天真的来了啊!"

我怕伤害你

魏剑美

朝九晚五的写字楼生活过久了,不免使人感到郁闷,幸好有个愚人节可以放松一下。因此,琴的同伴们早早就琢磨用什么损招来捉弄隔壁艺馨公司的几个男孩子——谁叫坏小子们每天都对着刚从电梯里出来的她们吹口哨呢!

同伴们商量的结果是弄一份他们公司的通讯录,给每人发了一条短消息:"还记得那次在公交车上认识的女孩儿吗?其实她一直牵挂着陌生的你。只是因为没有勇气,才没有向你表白。今天,她决定不再沉默。信不信由你,反正下午1点我会在烈士公园门口等你,不见不散。"

短消息是用琴刚买的手机发的,一个神秘的号码对男人总是更有诱惑力和欺骗性。

那天,她们抑制不住地莫名兴奋。好不容易挨到下班,她们便急急地要去公园门口的快餐店里等着看笑话。在下楼的电梯里正碰上艺馨公司的人,他们全都一脸坏笑,笑得她们一个个心里直发毛:糟糕,难道他们相互之间通气了?但她们转念一想,不会,男人一般来说都死要面子,在没有把握的约会之前都不会声张的。

果然,不到1点钟,艺馨公司新来的一个戴眼镜的男孩儿出现了。他虽然没有手捧鲜花,但看得出也经过了一番精心修饰。琴知道那男孩儿叫峰,刚刚研究生毕业。那男孩儿非常老实地守在公园门口,向四处张望着。琴和同伴躲在店子里开心得不行:这个书呆子!

时间过去了有半个小时,峰却没有显出不耐烦的样子。这时,天空开始下起了小雨。公园门口没有避雨的地方,很快,雨就打湿了男孩儿的头发和衬衣。4月的长沙,仍然春寒料峭。琴注意到,男孩儿不自觉地打了个寒噤。最后,男孩儿似乎动摇了,他掏出手机拨打发短信的号码,琴的同伴得意地说:"你打吧,傻子,我们早关机了。"不知为什么,琴一下子没有了笑的心情,她感觉心里怪怪的,有点儿酸,也有点儿涩。

峰终于往回走了。琴的同伴也看够了把戏,大伙儿一路上有说有笑,比过什么节都开心。但她们万万没有想到,半路上她们竟然又碰上了峰,原来他是折回去拿雨伞。这下子,她们笑得更开心了。只有琴觉得心被刺了一下,整个下午都没吱声。

琴后来才听说,峰那天不但下午上班迟到了,而且晚上还发起了高烧。这还不算,他成了整幢写字楼里出了名的"愚人",大伙儿都拿他的"自作多情"和迂腐呆板寻开心。

琴终于按捺不住,给他发了一条短消息:"非常抱歉,我伤害了你。"

他很快回话:"我知道你是开玩笑。那天是愚人节。"

她问:"那你怎么还去?"

他说:"我怕万一是真的,那就会伤害一个纯洁的女孩儿。我宁愿被伤害的是自己。"寥寥数语,一下子深深打动了她。

"那你后来怎么还返回去?"

"我怕你来时没带雨伞。我不能因为它可能是个玩笑而怠慢了真诚。"

短短的几天中,通过短消息来来回回,琴感觉到手机那头是颗诚挚的心。琴开始有些神魂不宁,每天总留心着隔壁的一举一动。有时一天没看到那个书生气十足的峰,心里竟莫名其妙地失落起来。

一天,碰巧电梯里只有他们俩,峰冲她友好地笑了笑,露出一口洁白的牙齿。琴不由得脸红了。

终于,她不能再沉默了,鼓足勇气发了个短消息问他是否有女朋友。他很快回话:有。她的心顿时凉到了冰点。好在他立马又补了一句:"不过一次玩笑让我失去了她。"他告诉琴,从那以后,他就决心认真对待感情问题,哪怕是个玩笑,因为一句话、一次行动的不慎都有可能伤害一颗满怀真诚的心。

琴问:"今晚我再约你,你会去吗?烈士公园门口。"

他毫不犹豫地回答:"会去。不过我会事先准备一把雨伞。"

"你不怕我又在骗你?"

"不怕!因为今天不是愚人节。呵呵!"

他的"呵呵"让琴仿佛又看到了他笑起来的样子:一口洁白的牙齿,脸上是浅浅的酒窝,荡漾着真诚与自信。

傍晚时,琴正在精心打扮,准备出门,这时短消息来了,是他:"其实我猜到你是谁了,电梯里脸红的漂亮女孩儿。我在公园门口等你。"

琴有些羞涩地笑了。她在心里说:"谁说他是愚人,这家伙才是真正的偷心高手呢!"

高三之恋

至尊红颜

我喜欢杨小邪,不可抑制地喜欢。

杨小邪是在高三转学到我们学校的,他很酷,短短的头发,时髦的运动服,笑起来小眼睛就成了一条线。杨小邪,是一个受人追捧的男生,他的书法得过奖,他的画出国交流过。他身边常有女孩逗留,那些女孩都是"校花"。可我不妒忌,杨小邪那么受人欢迎,我高兴,真心话,他在我眼里是无与伦比的。

我晃荡在校园里,即使是星期天,我也不想离开,因为杨小邪也很少回去,他会在教室或者老师的办公室画画。我常拿着衣服去一长排的水龙头清洗,没有人会跟我抢水龙头,真好。杨小邪偶尔也会来洗,他看见我在,有时会把衣服拿过来,放到我面前。我没有说话,接过他的脸盆一件一件开始清洗。杨小邪也不走开,站在我边上,我洗得很慢,他也会等很长久,两个人都不说话,只有水声哗哗。

心里有了杨小邪,一切都变得唯美起来,即使手指被水冻得通红,也不觉得寒冷。曾经我有一双每到冬天就必须戴上手套防止生冻疮的手。

下雪了,那一年的冬天特别寒冷,雪也下得特别厚。水龙头冻住了,不能洗衣服,只能到校园的池塘里去清洗。池塘也有一层薄薄的冰,台阶上也有冻雪。我来洗衣时,已有些晚,台阶上雪已被踩烂,结成了冰,打滑。我想小心地走下去,却又胆怯地退了回来。正巧,杨小邪穿着一件白色的羽绒服走了过来,站在我面前,"给我。"他拿过我的盆子,"我去帮你洗,你就站在上面。"我的脸红了,很不好意思地抢过盆子,那怎么可以。

杨小邪的手是写字的,怎么可以在这么冷的天洗衣服,而我更不好意思让他帮洗我的内衣。我的内衣你也洗过。杨小邪眉头攒了起来。我红着脸站在雪地里,这个可爱的男生要让我不喜欢他都难。

春天来了,他已经不需要我帮他洗衣服,我的星期天变得荒凉而漫长,心情无比沮丧,却又无能为力。

我不能太多去想杨小邪,想他我会有流泪的冲动。杨小邪的出色无形间成了我致命的哀伤。我不知道怎样才能追上他的出色,一直在角落里暗暗喜欢他,让我越来越伤悲。我甚至期望有一种药,让我吃了以后也能写出一手好字,或者也能画出美丽的画。

天色已晚,我没想过我可以流那么多眼泪,也许我是在哭泣自己无法飞翔的青春岁月。哭累了,我又想笑,我觉得这样哭很傻。拉了拉衣服转身坐起来,却看见杨小邪躺在离我不远的草地上,嘴里叼着一根草,月光下他显得那样自在而从容。被他蓦然地出现,我吓了一跳,直直地愣在那里无法动弹。

他走过来把我拉起,一起走走吧,今天月色不错。他的眼睛如星星在闪烁,我忽然觉得无法面对他,此刻我的眼睛一定很红。我低着头不敢看他,他拉着我的手朝山坡走去,我跟着。原来你的手这么纤细柔软,早知道就不该让你洗衣服了。他握紧我的手,语气很轻柔。我不知道该说什么,就让他牵着走,我希望时间停止,他永远这样牵着我的手。可是,能吗?

月朗星稀的夜晚,周围很寂静,可以听见草丛里的虫鸣。走到山坡顶上,在一棵白楝树下,他停下了脚步。转过身把我紧紧地拥进他怀里,我傻了一样,安静地靠在他怀里,心里有欣喜,原来他也喜欢我。

我跟杨小邪恋爱了，没有告诉任何人。他还是同学眼中的明星，而我还是安静的女生。可是一切都似乎不一样了，我的脸上有了微笑，脚步也变得轻盈。即便即将高考，我还是觉得五月的天，特别的蓝，特别的高远。

以为没有人知道我们相爱，我却在那个傍晚被班主任叫去了谈话。他说，杨小邪是一个很有前途的学生，你不适合他。

我不知道怎样回到宿舍的，杨小邪，我也曾是老师眼里的好学生，现在我却成了阻碍他发展的坏女孩。我答应了老师，以后离他远远的。

我被班主任换到最后一排。我不再住校，每天一下课就骑着自行车回家。杨小邪追出来问我，为什么总是回家。我微笑说，想家里的饭菜了。他拍了拍我的自行车，傻姑娘，路上小心。

我笑着离开，到家却哭成了泪人。终于我在一次回去的路上，出了点小车祸，只好又回了宿舍。我不再去教室参加晚自习，我总是一个人躲在宿舍里发呆。

杨小邪出现在我宿舍门口时，我傻了眼。我不知道他怎么通过舍监的视线，也不知道他走进女生宿舍要花多大的勇气。我开门，他走进来，眼睛一眨也不眨地看着我，你怎么了？为什么躲我？

我没有。我低着头，不敢看他。我怕多看他一眼，我所有的决心都会顷刻瓦解。

这个星期六晚上，我在公园老地方等你，你一定要来。杨小邪握着我的手。我让他快走，被舍监发现就惨了。他不肯离去，我知道他在等我点头。我只好点了点头。

星期六，我早早地躺在了宿舍里，杨小邪，对不起对不起，心里我已经说了一万个对不起，可我不能出现在他面前，不能。

第二天，再见到杨小邪，他的眼里写着忧郁。我的心碎了。

当杨小邪再次见到我，我的身边已经多了一个男生。他叫阿武，我的同桌。反正我已经是老师眼里的坏女孩，就索性坏到底好了。杨小邪脸色冰冷，越过我扬长而去。我的世界瞬间荒凉，荒凉到六月都可以听见雪落的声音。

操场边，我告诉阿武，我可以和他做好朋友。他有些恨得牙痒痒的，问为何只是朋友？我说，你有杨小邪那样的才气吗？他挠挠头，不过我帮你拿饭盒你不会反感吧。我笑，很辛酸。

阿武成了跟班后，我渐渐发现，他其实除了学习差一点，其他方面还是不错的，比如他口才不错，有过目不忘的本领。有一次我开玩笑说，阿武你可以去考政法类的学校，可以成为一个法官。

他惊喜地看我，你是第一个表扬我的人。我笑笑没说话，我从没看错过任何人，包括杨小邪，我只是看不清我自己而已。

杨小邪已经通过了专业科的考试，他已经全力开始复习文化课。他还是那样的自信和洒脱，而我们之间似乎什么也不曾发生过。他越来越好，我越来越坏。

也许是因为我的一句话，阿武像变了一个人，他也开始努力学习，还拉着我做陪读。一天自习课，当我灵魂出壳时，他狠狠给我一个爆栗子。

黑色七月冲刺，杨小邪梦想成真，考上鲁迅美术学院。阿武去了西安政法大学，而我留在了本城的三流大学。阿武在我留言本上写着，等我戴着法官帽来找你时，希望你还没有嫁人。我笑他，却觉得很温暖，他那么聪明的人，什么都知道，却还是陪我度过一个不怎么开心的高三。

月落星沉里，时光的长河会让一些回忆褪色，却总有一些人是难以忘记的。杨小邪，我想你了。你呢？也许还在恨我。

牛奶里的爱情秘密

戴西洲

姜家宁喜欢安静的女生，就像沉默的班花程雅君，他不能像校痞一样买PSP送给女生；不能凑齐几周的生活费就买得起蔡依林的演唱会门票;他甚至都没有一个像样的笑话来逗乐女生。但爱一个人总是会有属于自己的好办法——聪明的姜家宁总是照顾程雅君家的生意。

姜家宁家离雅君家开的小卖店不远,每天姜家宁都会从那里过,然后站小卖店门口,问问这多少钱那多少钱。他那点零花钱,估计早就用完了,他只不过是想看看程雅君在不在,更多的时候都是雅君妈妈在里面。有时候,雅君也会帮家里看店,姜家宁就装作去买东西,在那里挑啊挑,问这个酱油多少钱,问那个灯泡多少钱,然后找机会跟雅君搭讪,聊东聊西的。更乐的一次,雅君看店的时候,姜家宁又逛到了那里,刚起床的雅君一身睡衣守着店,家宁神经兮兮地瞎指空心砖机,傻里傻气地指着卫生棉说:这个多少钱? 一下子红了脸的雅君,不知所措,赶紧逃到了里屋,换了妈妈出来:臭小子,你要买这个? 一大清早你要买这个? 姜家宁不知哪来的勇气,直接从口袋里掏出五十块钱,就买这个,你给我来一大包。雅君妈妈也没阻拦,也就真的把那一大包东西给了姜家宁,姜家宁倒也侠气,直接就塞进了书包里。带着一大包卫生棉上下学的姜家宁,总觉得有些别扭,毕竟那个年纪谈点稍微成人的事情都会遮遮掩掩,更何况是一包自己都还没弄明白是做什么用的东西。

可是那包东西怎么也不适合姜家宁,他想退还给雅君,钱也不要了,当为自己喜欢的女生做点什么吧。那天中午放学,姜家宁装病趴在桌子上睡觉,等所有同学都不在教室时,他把那一大包东西塞进了雅君的课桌里。下午是高考动员讲座,雅君也没有动书包,大家听完讲座准备整理书包回家时,程雅君把书包一抽,啪的一声,那么大一包东西掉了出来,好事者、校痞们、平日里嫉妒雅君美貌的,纷纷围了过来:程雅君你买了这么多这个啊? 还有人问,这是什么啊? 一包一包的? 从脚底尴尬到头顶的程雅君已经不知道如何处理了,"这不是我的……这不是我的……"说完,就趴在课桌上委屈地哭了起来。班长找来了班主任,大家都不让放学,调查清楚了再走。

班主任脸一黑,除了程雅君以外的同学全部站起来,今天不搞清楚这件事是谁做的,所有人都不能放学。班里安静得只听到雅君委屈的哭声,每个人都在等待那个"肇事者"走出来。这时,班主任走了出去,几分钟后,拿了厚厚的几摞作业本放在讲台上,在那里批改,一副奉陪到底的架势。作业本改到一半时,姜家宁站了出来:"老师,是我做的……我……"

姜家宁被带到了办公室,一五一十通通招了,然后是写检讨、罚站。招什么都无所谓,写什么也无所谓,漫长的罚站也无所谓,姜家宁觉得自己都可以应付,只是程雅君,那么伤心的程雅君,是不是恨极了自己,是不是从此就失去了彼此。

当晚,雅君早早睡了,家宁一见雅君妈妈忙赔不是,雅君妈妈知道东西是从自己手上出去的,也不想多责备家宁。两个人说着说着,就拉起了家常,把雅君在学校受委屈的事抛到九霄云外了,聪明的家宁,走的时候给雅君妈妈鞠了满满一躬,错认得彻底极了。

卫生棉风波后,雅君变得沉默了许多,有事没事家宁还是会去照顾生意,每天早早地在雅君家店里买一盒牛奶,在盒子上写"对不起",悄悄地放在雅君的抽屉里。家宁知道那天的事情让雅君在班上受了委屈,他不敢去道歉,他害怕雅君说出讨厌他之类的话,这会让他心中的梦一下子碎掉。年少的时候,喜欢一个人,悄悄地放在心里是最妥帖的,你若惊动了那个人,也许从此就消失不见了。

就这样,姜家宁每天早早起来,到雅君家的商店买一盒牛奶,然后边走边在牛奶盒上写"对不起",久了,他也会把空闲时读到的美丽的句子顺带写上去——"思念有时像绵长海岸线,怎么走还是那么长"。小小的牛奶盒,像一方无限思念的天空,把姜家宁的歉意带给他思念的人。雅君倒也不拒绝姜家宁的牛奶,每天收每天喝,这种谨慎如走钢丝的情感,就一直这样来往着。

姜家宁不敢肯定雅君是不是原谅了自己的,至少也是有些原谅的吧,因为有时去小卖店买东西,还是会偶尔碰到帮妈妈守店的雅君,她不会躲开他,面带微笑地看着他,帮他把买的东西擦得干干净净,找最新最新的零钞给他。但姜家宁不明白,为什么雅君的世界一直都如此安静,她也不主动找自己,也不拒绝自己送去的牛奶,就这样任凭岁月在自己的小心翼翼的试探中前行,就这样一直持续到毕业,家宁稳稳当当地过了重本线,而雅君也上了市里的二本。

已经毕业了了,可能就是各自天涯。年轻并不知道做什么或不做什么才是所谓的珍惜了,只知道爱一个人,就为她做一些爱她的事,这一刻他鼓起勇气向雅君说了,"对不起,我喜欢你",雅君看着家宁笑了笑,带着他来到自己的房间。

从雅君房间推门出去,阳台的窗户上,大片的白色映入眼帘,那里整整齐齐摆满了一阳台的牛奶盒子。家宁走过去,盒子都是空的,盒子上依稀可见自己的字,字的下面,多了一行字——"没关系",更下面是用彩色笔注明的日期,姜家宁随意拿起几个盒子,只要写有"对不起"的盒子,下面都有"没关系"的回复。整整一百多个牛奶盒,全部都有雅君写的字。雅君拿过家宁手中的牛奶盒摆到原处说,其实一开始我就没有怪你,但我不能跟你说。你基础好,你家里对你期望很高,让你到这个学校来寄读也是为了让你考上好大学。我每天乖乖地收下牛奶,这样就不会影响到你了。我也学你的,把心里想说的话都写在牛奶盒上。你看这些牛奶盒子多么壮观,它们可是有属于我和你的牛奶盒秘密呢!

那天家宁和同学一起在雅君家玩得很晚才回家,雅君把大家送到巷子口,回头说再见的家宁抬头看了看雅君家的窗台,窗台上堆积的白色牛奶盒,像爱一样往外蔓延,那一盒一盒的,是两个人合写的甜美日记,是用爱的力量堆积起的朴素情感!

带你去听演唱会

苏恨歌

一

于孟楠发来短信时苏梦刚刚睡醒,有阳光穿过窗帘的缝隙照在她的侧脸上,暖暖的,像极了Elroy大大手掌的温度。苏梦抬起头,揉了揉酸痛的眼睛,朦胧的视线里看见财政学老师依然还在滔滔不绝。苏梦的财政学老师姓姜,本科时代曾是个美女,热衷于流眼泪和在日记本里写满纳兰性德的婉约词,追她的男生多得可以组成一个排拉去抗美援朝。后来姜老师因为学习太好,被一路保送到了博士,学习和岁月渐渐夺去了她的美丽,身边的男生也如潮水般一波波地退去,1000度的近视使得她学会了用心审视这个世界的虚伪,常在讲课的时候神情激昂地说,同学们,爱情里充满了谎言,唯有财政学是真实的!

一语既出,四座愕然。

苏梦看了看时间,距离于孟楠举办的庆功会开始还有不到一个小时。于孟楠在经济系主修国民经济管理,这是经济系最吓人的一个专业,学得好的话有希望成为"相关部门的有关专家",光靠一张嘴就可以生活富足,衣食无忧。但于孟楠的马政经和西方经济学已经连考三次而不过,前途十分堪忧。苏梦常笑着说他属于肉的理想,白菜的命。不过于孟楠十分不以为然,他信誓旦旦地说,你知道搞经济最重要的是什么?是实践,你们都是纸上谈兵,有种跟我一起炒股,我给你讲,国民经济的支柱非股票与地产莫属,趁他老人家市盈率不到30倍冲进去,等大盘拉升狠吃它几个涨停,一眨眼的工夫就能大赚一笔,哈哈哈。

于孟楠说完第三天,大盘跳水,他差点连内裤都给赔进去。

苏梦赶到酒吧的时候庆功会已经开始,于孟楠正抱着话筒在舞台上唱歌,张学友的《你好毒》,被他唱得杀机四伏。苏梦皱了皱头,在Elroy身边坐下。Elroy今天穿了粉色的衬衣,浓浓的眉毛闪烁在暗黄色的灯光下,充满了无限的诱惑。Elroy将一颗糖偷偷塞到苏梦的手里,嘴角挂着浅浅的微笑,小声说,解酒的,先吃了,今天这个庆功会是替你开的,酒就不能替你挡了。

苏梦接过解酒糖,手心不小心触碰到了Elroy的指尖。她不由自主地将头低了下去,灯光很暗,因此Elroy未能看到她羞涩脸红的样子。

　　这个庆功会苏梦本来是不让举办的，不过只是在 CSSCI 发了一篇论文而已，没有什么可值得大惊小怪的，系领导、同班同学、同寝室，加上同系的朋友，苏梦已经请了四次，吃得她几乎要山穷水尽，比于孟楠大盘跳水的处境还要悲惨。但于孟楠先斩后奏，以苏梦的名义请了一大群的人，最后一个知道自己要请客的竟然是苏梦本人。她被于孟楠的短信惊出一身冷汗，她揉揉酸痛的眼睛，看着讲台上滔滔不绝的姜老师，咬牙切齿地回了于孟楠的短信，滚，我恨你。

　　于孟楠很快就回了短信：如果你不曾爱过我，如何有恨我的资格？

　　苏梦懒得跟他理论，低着头，看着于孟楠发过来的名单。真好，苏梦又看见了 Elroy 的名字。虽然只有短短的一面之缘，苏梦还是能清晰地记得 Elroy 浓浓的眉毛，细长的手指和深邃的眸子，清晰地记得他大大的手掌暖暖的温度。

　　彼时，苏梦参加于孟楠举办的聚会，Elroy 作为于孟楠最好的朋友，也在现场。苏梦看见 Elroy 的那一眼，魂魄仿佛清朝人遇见了西洋镜，咔嚓一下，便被勾引了过去。她特别花痴地喝了很多，豪气干云地将于孟楠都放倒了。最后她跑到卫生间狂吐不止，满脸通红地出来时却看见站在门口的 Elroy，他声音十分好听地说，苏梦，你没事吧。

　　然后他抓着苏梦的手腕，将她扶到座位上。他大大的手掌暖暖的温度，一下便使得苏梦酒醒了一大半。她想自己的脸一定羞得很红很红，还好有酒精的帮忙，否则自己的花痴还不彻底穿帮啊？

二

　　C 大经济系的大楼是全校的最高建筑，17 层的高楼骄傲地矗立在数学系和哲学系之间，完美地衬托出自己的财大气粗和其他楼的穷困潦倒。以至于哲学系的老师上课讲到"人生追求"一词，总忍不住伸手指着窗外经济系的大楼语气高亢地说，精神的富有才是真正的富有——据说这句话后来传到了经济系主任的耳朵里，这位身兼数职，擅长将简单的理论搞得复杂到谁也听不懂的经济学专家，十分轻蔑地笑着说——哼。

　　然后他觉得尚不足以表达他的不屑，于是接着说了一句——哼。

　　苏梦的系主任姓王，有人叫他王主任，也有人叫他王顾问，还有人叫他王理事王经理或者王董事长。此君本科时代系中文科班出身，研究生时代不慎读了经济学，没想到中文功底带来的"胡说八道"能力对于学经济的推动力如此之大，阴差阳错，竟成了行业翘楚。此君喜欢在课堂上对我国乃至世界的现行经济制度表示不满，义愤填膺的样子远远要超过郎咸平。仔细听下来就会发现，他每次所讲的内容，跟课本根本没有一丁点的关系——由于他讲课的内容苏梦从来没有认真听过，没想到，一学期下来，她的成绩竟然因此是全班最好的。

　　苏梦小时候一心梦想自己将来能成为舞蹈家，实在不行就当歌唱家，画家或者散文家也能勉强接受，但事与愿违，她失去了追求"精神富足"的机会，进了经济系，不得不很庸俗了。苏梦生性腼腆，喜欢脸红和心跳加速，严重的时候还会晕倒——她第一次去听吴克群的演唱会，听到吴哥哥唱到"我什么都能忘记，但唯一不忘是你的名字"时，差点窒息而亡。她拉着于孟楠的衣袖扯着嗓子拼命地尖叫，叫得于孟楠浑身打战，他眨着眼睛一脸迷茫地看着苏梦小声嘀咕道，都说你腼腆，我咋压根就没看出来？这爆发力多强的，我的胃都要给你喊痉挛了。

　　那是苏梦第一次跟男生约会，虽然她从来没有把于孟楠当成过男生。

　　于孟楠是苏梦的老乡，祖籍山东日照，但此君生就喜欢颠覆传统，并没有很庸俗地长得五大三粗，而是选择了枯瘦如柴，瘦得如同《堂吉诃德》里堂吉诃德的瘦马洛稷南提。因此他名字隐喻的"猛男"二字，只能是其父母作为朴素劳动人民的美好愿望。跟生性腼腆的苏梦不同，于孟楠在情感方面无师自通，很早的时候就情窦初开了。他来到 C 大的第二天便对校花展开了猛烈的攻势，甚至还写了一封异常意识流的情书，内容大致如下：如果爱不曾来过，如果梦不曾碎过，如果心不曾疼过，那么我，是否还是你认识的我？

　　校花很快就回信了，只有三个字：不认识。

但这次失恋并没有给于孟楠带来太大的打击,他大言不惭地对苏梦说,丫头,你要知道,每一个成功的奥特曼背后,都有一只默默挨打的小怪兽。因此在成为奥特曼之前,挨打是必经之路,爱情的道理,亦然如此啊,懂不懂?

苏梦很呆滞地点了点头,说,不懂。

于孟楠懒得跟她解释,将本打算用来请校花的演唱会门票塞到苏梦的手里,朝她翻了个白眼,说,走,哥带你去看吴克群。

然后于孟楠神奇地推出来一辆锈成红色的自行车,苏梦跳上车座的时候听到了轮胎爆炸的声音,苏梦晃着腿说于孟楠车爆胎了我下来吧。没想到于孟楠一边继续拼命地蹬他的轮子,一边轻描淡写地说,安心地坐你的,这车的轮胎爆不爆,骑起来的效果都是一样的!

三

于孟楠唱完《你好毒》,已经唱得满脸通红,从台上下来看见苏梦,连忙敬酒。他拍着苏梦的肩膀说,丫头,你是我们老家的骄傲,CSSCI,你就是弄死我我也上不了。

于孟楠说完,端起酒杯一饮而尽。四座的很多人都开始轮着给苏梦敬酒,由于多半都只有一面之缘,陌生人敬的酒苏梦反倒不好拒绝。对于此,于孟楠还有一个心得,就是卖东西一定卖给熟人,越是关系铁越是骗得瓷实,但喝酒就千万不要跟陌生人一桌,越是关系淡越是喝得惨烈。苏梦的酒量不好,喝到第三杯的时候就不行了,于孟楠这时候的表现却真的异常"猛男",他挡在苏梦的前面,抱着一个啤酒瓶子,像个黑社会大哥一般信誓旦旦地说,有种的,跟我喝。

很快,于孟楠便喝得不省人事。

散场的时候苏梦想送于孟楠回去,但却被他拒绝,他抱着屋外的垃圾桶狂吐不止,吐完了用手摸了摸脸,朝 Elroy 挥挥手说,Elroy,苏梦喝得有点多,你能帮忙送她回去吗?

于孟楠说完,便又抱着垃圾桶开始吐了。苏梦看他身边还有不少同学,也就安心地跟 Elroy 一起回学校。Elroy 的交通工具是一辆崭新的单车,他指着单车笑笑说,我新买的,没想到它第一次载的人,会是你这样漂亮的女生。

苏梦果然很擅长害羞,她的脸,刷的一下便红了。

苏梦坐在 Elroy 的车座后面,有点胆怯,一路紧张得一句话也没说。Elroy 也没说,他只是专注地骑着他的车,夜风温柔,街灯明亮,苏梦的脸贴着 Elroy 被风鼓起的衬衣,仿佛听到了路边木槿花开裂的声音。

噼噼啪啪,直抵心扉。

她想起于孟楠曾说,花朵的开放是有声音的,如果你听不到,说明你不够用心。如同爱情的到来一样,如果你不曾察觉,那么你就会错过。所以哥一定要宁滥勿缺,一有风吹草动,立马出击,反出手必有斩获,懂不懂?

苏梦依然很呆滞地摇摇头,说,不懂。

到学校的时候 Elroy 按了一下车铃,清脆的声音打断了苏梦的思绪。苏梦从车上跳下,抬头刚好看见转过身来的 Elroy 的脸。Elroy 的侧脸被路灯柔和的光线涂上了一层朦胧的油彩,充满了神秘和诱惑。苏梦有点羞涩地低下了头,听见 Elroy 在自己耳边声音很好听地说,苏梦,明晚可以请你吃饭吗?

苏梦轻轻地点了点头。

回到寝室的时候正好接到于孟楠打来的电话,电话里有卡车呼啸而过的声音,轰轰烈烈的。苏梦说,大哥,拜托你在哪啊,怎么有卡车的声音?

于孟楠说,我现在在三环外了,我骑车骑错方向了,而且,我迷路了。

四

经济学其实是个无聊的专业,最近市场的猪肉涨价了,就要去研究猪肉为什么涨价,不过一般也研究不出什么结论,有了结论一般也用不上。至于如何成为一个经济学专业人才,苏梦是迷茫的,和她对爱情的态度一样,有些稀里糊涂。不过马政经老师似乎说过,在事实面前,我们的想象力越发达,后果就越不堪设想。所以苏梦一直没有想过活得更明白点,在她眼里,于孟楠或许是爱情里最明白的人了,但这些年,他却依然一直深陷失恋的汪洋大海,无力自拔。

苏梦在马政经课上又睡着了,前一晚她打车跑到三环外接于孟楠,折腾到凌晨三点才睡觉。于孟楠还在凌晨四点和凌晨六点的时候分两次给她打来骚扰电话,第一次,他说,丫头,你睡没? 苏梦说,你丫神经病。第二次,他说,丫头,我睡不着啊! 苏梦终于忍无可忍,发了句她常常发给于孟楠的字:滚。

于孟楠看到这个字,终于心安理得地睡着了。

苏梦睡醒的时候发现早已下课,整个教室里只剩下她一个人。苏梦抬起头,揉揉酸痛的眼睛,却看见了坐在正前方的 Elroy。Elroy 听到她醒来的动静,站起身,转过脸看着她,无比温暖地笑,说,你醒啦。

苏梦眨眨眼,说,你怎么会在这里。

Elroy 说,下课我来找你,发现你睡着了,看你睡得香,就没叫你。怎么样,现在可以陪我吃饭了吗? 我饿了。

苏梦有点不好意思地点点头,跟着 Elroy 走出了教室。

这是苏梦第一次跟男生单独一起吃饭,当然,要把于孟楠排除在外。

于孟楠一觉醒来,发现天都黑了。他翻身下床,给苏梦发短信,说,丫头,我饿了,哥带你去德克士吧。但等了很久,苏梦都没有回来短信,于孟楠打她的电话,发现已经关机。没办法,只好和寝室的同学一起去食堂打饭。走到经济系大楼旁边的那个小餐厅时,同行的宋浩拉了拉于孟楠的衣袖,指着二楼玻璃窗处的女生说,那个,不是你妹妹苏梦吗?

于孟楠抬起头,看见了穿着白色连衣裙,亭亭玉立的苏梦,和坐在她对面,谈笑风生的 Elroy。

于孟楠的心突然莫名其妙地沉了下去,他呆呆地站在原地良久说不出话。宋浩拍了拍他的肩,说,你喜欢她?

于孟楠勉强地笑了一下,说,滚,不要乱讲,她是我妹妹。

宋浩有点鄙夷地笑笑说,她真是你妹妹吗? 昨晚你喝醉,不听地叫苏梦的名字,你当我是白痴看不出来啊。

于孟楠沉默了一下,小声说,你说他们是不是在恋爱?

宋浩说,马政经老师不是说过吗,在事实面前,我们的想象力越发达,后果就越不堪设想。这种事你何须用猜的,直接问她不是更好吗?

于孟楠没有问,他像什么事都没有发生般地打饭,吃饭,上晚自习,突破性地用三个小时看完了整本的马政经,相信第四次补考的时候一定可以一雪前耻。夜间 11 点的时候他收到了苏梦回的短信,说,手机没电了,信息刚看到,你还没吃饭?

于孟楠回短信说,我吃了,在上自习。

苏梦没有再回。她倒在床上抱着于孟楠送她的流氓兔,心跳依然未能从一小时前平静下来。那时候 Elroy 刚刚陪她走到经济系的楼下,月色朦胧,星光熹微,Elroy 突然伸出手,拉住了苏梦的手,他说,苏梦,做我女朋友可以吗?

苏梦还记得于孟楠教自己的,要时刻防火防盗防色狼,纵然是帅气逼人的 Elroy,这么突然地抓住了自己的手,加上这么突然的表白,按照于孟楠传授的防色狼手册,苏梦都应该迅速做出反抗。

她没有犹豫,一脚踩在了 Elroy 的脚上。

8 厘米的细高跟,还是于孟楠省吃俭用两个月买给她的生日礼物,果然威力无比,Elroy 的脸一下便黑了。

苏梦一转身,像一只脱逃的小兔,迅速消失在茫茫夜色里。

五

七夕节转眼便到了。

对于经济系的人来说,七夕是个大好的时机,把握得好便可大捞一笔,比投资基金和股票都来得保险。于孟楠的股票虽然被套住,伤了不小的元气,但他还是把压箱底的钱都拿了出来,狠批了两千多支玫瑰。宋浩看着满寝室含苞待放的玫瑰花就很替于孟楠担心,他说,丫你把棺材本的钱都拿出来了,万一赔了你岂不是尸骨无存。

于孟楠眯着眼睛说,你懂什么,管理经济学老师不是说过么,风险越大,收益越大。成功人士,那个不是大风大浪里闯过来的。

于孟楠将玫瑰花整理好,怀着一颗必定发财的心兴高采烈地去找苏梦。认识苏梦这么多年,他还没有陪她过过七夕节。大一的那个七夕苏梦想要逛街,结果于孟楠遇到了马政经的补考;大二的那个七夕苏梦想要吃德克士,结果于孟楠又遇到了马政经的补考……今年的七夕终于没有补考的阴影,于孟楠想他一定要好好地补偿一下苏梦,和她一起摆摊卖完玫瑰就去狠吃一顿大餐,好好庆祝一下。但他没想到会在苏梦的寝室楼下遇见 Elroy,Elroy 的手里还抱着一大束的玫瑰,他站在夕阳的残存的流光里,面容宁静,嘴角的笑容显得异常灿烂。

于孟楠眨眨眼睛说,Elroy,明天才七夕,你怎么现在就开始卖玫瑰了?

Elroy 说,不是,我等苏梦,把花送给她。

于孟楠的眼前突然莫名其妙地黑了一下。他想起自己曾经也送过无数的玫瑰花给苏梦,每次他摆地摊卖剩下的残枝败柳都被苏梦收走,而且苏梦从来没有嫌那些花已经开败,她捧着很多甚至只剩下一个花瓣的玫瑰跟着于孟楠满校园地跑,那些时光是苏梦曾经最为单纯的快乐,虽然她从未跟于孟楠提起过,但她还是多么希望有一天,他可以送自己一束真正的玫瑰,一朵接一朵,开得绚烂。

所以看到捧着玫瑰花的是 Elroy 时,苏梦还是呆住了。

她穿着粉色的连衣裙,站在寝室楼下的大厅里,手扶着栏杆,静静地看着前面站着的于孟楠和 Elroy。Elroy 手里的玫瑰花挡住了自己的脸,所以苏梦的视线里,其实只有于孟楠和一大束玫瑰花。苏梦一开始差点恍惚以为是于孟楠枯木逢春懂得浪漫了,却听到 Elroy 暖暖的声音喊自己的名字,他说,嗨,苏梦。

于孟楠小声嘀咕道,你喊名字就喊名字,带个"嗨"干什么。

然后于孟楠突然意识到了自己处境的尴尬,他竟然不知不觉充当了苏梦和 Elroy 之间的电灯泡。于孟楠皱皱眉头,看了看苏梦,然后转身头也不回地消失在夕阳里。

苏梦看见他似乎想要说什么,但他终于没能说出口。苏梦接过 Elroy 花的时候又碰到了他大大手掌温暖的手心,有点烫,她似乎触摸到了爱情的温度。

苏梦抱着一大束的玫瑰,浓密的香气让她有窒息的感觉,她发短信给于孟楠,说,我收到玫瑰花了,很多很多。

于孟楠一直没有回,直到凌晨四点的时候他才打来电话,电话里于孟楠稀里哗啦地说了很多话,但苏梦一句也没有听清,她皱着眉头迷迷糊糊地说,于孟楠,你是不是又喝酒了?

于孟楠突然就哭了,哭声很大,遮盖了窗外淅淅沥沥的雨声,他哭着说,苏梦,怎么办,哥的马政经又挂了……

六

七夕节,偏北风 3 到 4 级,从早到晚,一直倾盆暴雨。

于孟楠坐在寝室的床上,听着窗外的瓢泼大雨,眼前满屋的玫瑰花让他伤心欲绝。于孟楠其实早应该知道,现今最不能相信的就是广告和天气预报。他想给苏梦打电话倾诉自己的悲痛,按完号码的时候手却迟疑了,最终他什么也没有做,将手机扔到一边,躺在床上浑浑噩噩地睡去了。

　　Elroy 陪苏梦过了一个丰盛的七夕,虽然一直在下雨,但 Elroy 还是带着她去了很多地方,买了很多的小礼物。在中心广场大大的许愿池前,她还许了一个愿望:希望于孟楠能够一直很快乐。

　　她没有告诉 Elroy 自己的愿望是什么,Elroy 也一直没有问起。

　　小小的雨伞下 Elroy 伸出胳膊环住了苏梦的腰,她想起于孟楠教自己的《防狼手册》,但最终什么也没有做。她把脸贴在 Elroy 的胸口,听到他有力的心跳声,一下接一下,直抵心扉。

　　苏梦忍不住想,这就是于孟楠所说的,爱情到来时的声音吗?

　　苏梦不知道,她的心里突然变得毫无方向,有点稀里糊涂,她似乎就这样接受了 Elroy。苏梦想起和于孟楠在一起的点点滴滴,想起他送自己的一朵又一朵开败了的玫瑰花,想起他用那辆破得不能再破的自行车一次又一次地载着自己的样子,想起他常常喜欢跟自己讲他爱情哲理的样子,想起他告诉自己爱情到来的时候是有声音时认真的样子。

　　雨中的风有点凉,苏梦突然感到有一点点的冷。

七

　　于孟楠一觉醒来,发现天果然又黑了。

　　一觉睡到天黑的本领他已经发扬光大了很多年。于孟楠从床上爬起来,洗脸,穿衣,然后叫了一辆车,将所有的玫瑰花都搬了上去。他做这些事情的时候脸上是以从未有过的平静,从头到尾水一般地沉默着,一句话也不说。

　　宋浩小声安慰他说,没关系,不就赔了一点,你要想开点啊。

　　于孟楠没有理他,径直走到屋外。天空依然在下雨,淅淅沥沥的,于孟楠想起他带苏梦去听吴克群演唱会的那天,天空也在下雨,苏梦在自己的伞下欢呼雀跃,像一只开心的小兔子。

　　他的眼眶突然有点潮湿。

　　苏梦没想到,还会收到 Elroy 写给自己的情书。

　　信很长,苏梦坐在台灯下整整看了一个小时。Elroy 的语句娓娓道来,循序渐进,情感异常饱满,洋洋洒洒的,都可以当成言情小说来读。

　　Elroy 在信里说,想和你一起去看一次大海;想给你做一块安德鲁森的蛋糕;想和你一起拥有一个大大的房子,四周是粉色的墙壁;想给你讲很多很多童话故事,故事里有善良的公主和王子……

　　苏梦合上信,闭上眼,脑海里都是 Elroy 的样子。Elroy 的信让她非常的感动,这么多年以来,Elroy 是唯一一个如此关心和了解自己的男生,他用了最短的时间,知道了自己的所有梦想,所有喜好,所有憧憬,所有对幸福的指望。

　　她给于孟楠发了一条短信,但良久都没有人回。

　　苏梦有点失落地眨了眨眼,拨通了 Elroy 的电话,雨声越来越大的时候,窗外的木槿花开始一瓣接一瓣地落下,苏梦终于听到了爱情到来的声音,噼噼啪啪,直抵心扉。

　　她说,Elroy,我答应做你女朋友。

　　Elroy 在电话那头很温暖地笑,声线柔软,充满疼溺。

八

　　夜间 11 点的时候,苏梦已经连续打了 7 个电话给于孟楠,依然是无人接听。

　　她跑到于孟楠寝室的时候却发现他人根本不在,寝室里只有宋浩一个人,于孟楠的手机遗落在床上,不停地响着吴克群的歌声。

　　我什么都能忘记,但唯一不忘是你的名字……

　　从什么时候起,苏梦甚至都不曾在意,于孟楠的手机铃声,被他换成了他们曾一起听过的这支歌。

宋浩说,我看到是你的电话,不知道该不该替他接。

苏梦挂掉了电话,于孟楠的手机声响随之停止。她鬼使神差地拿起他的手机,看到有一条 Elroy 刚刚发来的未读短信。

Elroy 说,孟楠,谢谢你帮我写的情书,苏梦我已追到,我会好好爱她,找个时间,请你大吃一顿啊……

苏梦的眼泪突然便掉了下来,她感到内心出现了巨大的空洞,让她无力自拔地向下沉没。她忽然明白 Elroy 所说的那些理想,原来都是于孟楠的憧憬,Elroy 对自己的那些了解,原来都是于孟楠记录下的关于自己的点点滴滴。

这个世界上,最了解自己的那个男孩,原来真的是于孟楠。

屋外的雨依然下得很大,苏梦找遍了所有于孟楠可能出现的地方,依然没有发现他的踪迹。最后她想起吴克群当初开演唱会的地方,苏梦没有在那里找到于孟楠,但却看到了他留在那里,铺天盖地的玫瑰花,一朵朵骄傲地开在雨水中,面容娇艳,姿态优雅。

两千支玫瑰花错落有致地摆出了两个大大的字:苏梦。

有咸咸的眼泪,粹不及防地滑落到了苏梦的嘴边……

把秘密说成是玩笑

林大雪

我不记得上一次见到沈形若是哪一年的事情。时间过得太快,有一些事,你以为早忘了,像滚到床底下的毛线团,有一天突然冒出个小线头,似在撩拨你,你轻轻一扯,就连血带肉扯出了过往。

小型同学会的 KTV 包厢,沈形若推门进来的时候他们叫,嗨,你迟到了罚酒三杯,我也挥舞着一只手叫。他在我身边坐下,摇着骰子笑嘻嘻地说,来玩一把。我努力辨别他的神色,眼睛很深,似藏爱意。

我在大四那年喜欢上沈形若。据说他大一就进了帅哥榜,我对男生的面孔很迟钝,直到大四那年,寝室里的小桢过五关斩六将终于擒获了沈形若,他出现在我们的寝室聚会里。当我发现我只及他的肩膀,需要仰头才能望见他又深又黑的眼睛时——我想约小桢出去单挑。当时我就挽着小桢的手臂靠在她的肩头,哇哇叫着私藏帅哥该当何罪。姐妹们全来敲我的头,说是你太迟钝,小桢是以一敌百泡到沈形若的,一夫当关万夫莫开,你来得太晚。我趴在桌上咯咯笑,冲着沈形若说留点神,咱们这儿可是盘丝洞。

我一直这样,大声地把秘密说成玩笑话,连自己都辨不清真假。

那时我们临近毕业,沈形若进入考研的冲刺阶段,小桢日日在图书馆陪读。我读一本又一本小说,借书的时候经过阅览室。沈形若穿深绿的 T 恤,沈形若笑起来露出洁白的牙齿,沈形若理了短发,沈形若穿了一双三叶草。喜欢上姐妹的男朋友很可耻,我不知道是不是因为沈形若才爱上图书馆,他藏在一个又一个故事间,愈加丰满。小桢在每晚的卧谈会里说着他们的事,甜蜜地笑。我缩在被子里,没有声响地叹息。直到某天,小桢美目圆睁,说沈形若独自买了去广西的火车票,在车上才打电话来知会。三天后沈形若又拨来电话,说龙胜很美,央室友寄去复习书籍,打算把家暂时安在那儿。我说小桢你也去,给他一个惊喜。她皱着眉头说,山里太闷。我不嫌。我的心扑通直跳,两天后我跟寝室的姑娘们交代回老家面试,就踏上了开往广西的火车。

我知道龙胜很美,大一那年已去过,曾站在山顶望着层层叠叠的梯田心潮澎湃地立誓会再来一次。我在第三天遇见沈形若。他瞪大眼睛看我,我微笑着说这么巧。剧情并没有可圈可点之处。我们爬山,交谈,他抱着一叠复习资料坐在树下,我捧着小说看到天色渐暗,笔记本电脑放着音乐。

我说寝室的姑娘们以为我回老家找工作了,他答结果你对该单位环境不满。他在太阳底下眯着眼睛说,林凉语,毕业后你会不会留在杭州?我说会的,杭州太美,没有哪座城市比它更好。他说我考本校,在西湖边念书是最好的福利。

这时电脑里唱出那首《灰姑娘》,"也许你不曾想到我的心会疼,如果这是梦,我愿长醉不愿醒。"一片叶子飘下来落在他头发上,我终究没有伸出手。

整整12天时间,我们各自占据一座山头。夜里我站在窗前望过去,只有繁星持续精神抖擞地眨着眼睛。收到他的短信,说繁星像一个梦境,而我愿长醉不愿醒。恍惚间我真以为是个梦。我们走过同一片田野,看到同一朵花,听同一首歌,喝同一个牌子的矿泉水。而从头到尾,我们连手也没有牵。

回杭州的火车上,我们并肩坐着谈生活,小心翼翼地不在话语中将对方安插其间。甚至没有伤感,我们在校门口挥手告别,一切恢复原状。像从不曾经历那12天,哪怕是在卧谈会上听小桢讲他们的故事时会偷偷落泪。后来我工作,谈恋爱,渐渐断了联系。听说他们分手的时候,自己情绪低落的时候,也会想起那段在山中的日子,心就会一紧。

时间一年年过去,我好像做了很多与沈形若有关的梦:他为我摘下发梢上的一枚叶子;我曾在校园里遇见他,掉落了一叠书,他经过捡起来递到我手上,我撇撇嘴巴说微积分一定是我的噩梦。

聚会上,我们喝酒,大声笑,像多年老友。沈形若往沙发上一靠撞到了头,我哈哈笑着揉他的后脑勺说你傻不傻。他望了我一眼,让我想起那年他头发上的一枚叶子,有微微的疼。

沈形若带着一点点醉,拖我到角落,他笑着说你知不知道,我整整一个大一都在暗恋你。他说每次上大课我都坐在你后面,你却从不曾回一次头。他说我终于鼓起勇气打电话到你的寝室,她们说你去了龙胜。我想我们的时间真的不对。等你频繁地出现在我的视野里时,我却有了别的人。他说这就是为什么我要去龙胜。

他说我在大一入学时就知道你,你穿着浅绿色的连衣裙,费力地抱着一叠教科书,东张西望差点摔了一跤,我走过去帮你捡起那些书,你对着一本微积分扁扁嘴说这是你的噩梦,让它掉了一定是天意。

我笑着溅出了泪,多想跟他说,我一直以为这是一个梦。我什么也没有说,只是点了一首《灰姑娘》,拿着话筒笑着对大家喊这是我最爱的一首歌,因为听到它的时候是我最好的时光。

我还是这样,大声把秘密说成是玩笑,让它不够慎重,让自己看起来没那么伤感。

这一年,沈形若单身,我亦单身,可是时间已经过去了。我们错过了那个时间,我只能饱含笑意,唱一首歌给他听。

爱情钥匙

佚名

在生活方面,玲最大的缺点就是有些丢三落四。当然,这主要是就钥匙而言。

这天下班,走到家门口,她才发觉钥匙不见了。崭新的防盗门,牢不可破,玲一筹莫展。邻居走过来说,找110试试看。于是她拨通了110,一个柔和的声音回答说:"对不起,我们太忙,不能出警,你最好去找街头急开锁的师傅。"

天已经黑下来了。到哪里找开锁的师傅呢?邻居宽慰她说:"姑娘别急,会有办法的。你要不找你男朋友看看,说不定……"玲连连摇头说:"他也没有钥匙。"玲同兵恋爱两年了,她一直对兵的感情把握不准,因此,一直没有给他房门钥匙。邻居说:"或许,他有办法的。"玲说:"他住得太远。"

最后,她还是给兵打了电话。兵一点也不着急,温和地说:"你摸摸背包底部的夹层,看看有什么。"玲疑惑地伸手探进夹层,竟摸到了一把钥匙!"好你个兵!"玲惊喜地叫了起来。兵说:"我怕你哪一天丢了钥匙,开不了门,就给你藏了一把备用的。我知道,你背包是不离身的。"玲打开了厚重的铁门。她坐在沙发上,捧着这把钥匙,端详了好半天。然后,她又拨通了兵的电话,轻轻地说:"我想好了,我们元旦结婚吧!"兵的欢呼声,甜蜜地敲击着玲的心房。

爱情的钥匙是用心打造的。一个微小的细节,或许就是一把真情的钥匙,它能打开神圣的婚姻大门。

刹那的爱情

佚名

那天他跟人吵架,心情极坏,想找个人喝酒,却不知找谁。于是上了本地的一个论坛,加了一个女子的 QQ,她的资料里写着她的职业是写手。

他说可不可以陪我喝酒,她当时刚好有几个朋友将电话打过来,说一起吃饭,马上就得出去了。她沉默了一会儿,便说,要不你也一起吧,反正都是一般朋友。

于是他来接她,一起赴朋友的约。她跨上他的车,说的第一句话,就是:你心情不好。说这话的时候,她的目光投向窗外,看得很远,并没有看他。他沉默了。其实她想说,这种心情我也曾有过,但她没说。然后彼此都没说话,一起去餐馆。

六七个人一起吃喝。她怕他会有生疏感,有意无意地跟他说话,眼神交会的刹那,她有点恍惚,那种默契令她有相识很久的感觉。她的几个朋友也是豪爽之人,一起猜拳、喝酒。看起来倒是很融洽,他有点放松。

餐后,众人散去,他说我们再去哪里坐坐吧。她婉言拒绝。但他并没有听她的,把车直接开到了一个茶馆。她无奈,只好进去。

他喜欢铁观音,滤过一次水,然后一口一口地小品。她不喝茶,怕失眠。她点上一根烟,听他谈自己的工作。他搞的是建筑,他说他不喜欢自己的工作,太忙,只有晚上才有空。若不是早半个小时联系上你,可能你已经出门了,再也无缘碰上。她笑笑,很淡然。对于"缘"字,她早已经看得很淡,因为她最终得到的都是分离的结局。他说他早年生活很困难,当过兵,现在喜欢登山,喜欢户外运动。他曾登过浙江最高的山。常常一个人在深山里,看天上的星星。而她只是站在窗口看外面的世界,并没有说话。

凌晨一点,她说困了,回去吧。他点了点头,然后他们回到车上。他翻着车窗前的一张地图,边找什么边说,你知道四海山吗?她疑惑地看着他,听过,你不是现在要去吧?他丢下地图,然后开车。

她叫了起来,你开错方向了。没有,我只想让你陪我去四海山。她有点生气,现在几点啊,你是不是疯了。他说我是疯了。

在她的坚持之下,他只得扭回了方向。他说我晚上只能一个人在山上过夜了。他把车开得很慢,比走路还慢。她有点哭笑不得,不用慢得如此夸张吧。

他说我只想跟你多待一会儿,你不会讨厌我了吧。

是很讨厌。

那也好,至少对我会有记忆。

如此的男人。她叹了口气。

他说他后天下午有时间,可不可以请你品茶,上好的茶叶,朋友送的。她说后天的事后天再说吧。终于还是到了门口。她一进去,就关上门,她不能跟认识只几个小时的男人待在一个房间。在生活上,她从来就不是一个放得开的女人。

她进了自己的房间,隐隐感觉他还在楼下,但她没理会。然后进卫生间洗漱。手机响起,果然还是那个男人:你在四楼,却看不到外面的星星。她笑,你是不是要我探出脑袋,跟你说 Bye Bye?她打开了窗,他站在楼下对她笑,她扬了扬手,她清晰地听到了他说了声晚安。然后是车子发动的声音。她关上窗。

夜很静,却不能眠,她发现自己除了回忆着这几个小时里发生的事,什么都做不了。她在想,他现在是不是在山里,身上沾着满山的雾气。她在想,爱上一个人是不是只需几个小时。

第二天,她没有接到他的电话。第三天,他也没有请她喝茶。她的内心被痛苦的思念所牵扯着。但她却不能冒失地找他。她对他的私生活一无所知。是不是有着自己的家,是不是有着自己爱的人。

这样,日子一天一天过去了,一个月,两个月,思念开始慢慢变淡。她依旧写字,心情郁闷的时候,站在窗口看外面的世界。只是楼下,再也不会有一个跟她道晚安的男人。

当她快要把这个带给她一天爱情的男人忘掉时,他却出现了,坐在轮椅上,很艰难地朝她前行。

他笑着说,对不起,原谅我后来的失约。那天,我往山上开,雾很大,酒也没完全醒,车子从山上翻了下来……我不能走路了。现在,我可不可以履行自己的承诺,请你喝茶?

她呆呆地看着他,曾经高大的男人,现在只在她的胸部以下。她拼命地点头,想微笑,眼泪却掉了下来。他却说,不要哭,我很开心,真的,如果那天你跟我一起去山上,我会一辈子都不能原谅自己。至少,我没带给你伤害。

她轻轻地推着轮椅,阳光轻轻地拍打在身上,她感觉今天的天气一片晴好。她想有些爱情就是如此不经而遇,刹那的相逢,便可天长地久。

她想,这一次。她不会再让他离开。

因为爱你

佚名

警校毕业的那天,他们几个好朋友相约去了一家小饭馆。点酒水时,女同学说女的喝饮料吧。他说不行,怎么能喝饮料呢?今日一别不知何时再见了,三杯过后你们再喝饮料。倒酒时,他察觉到她的目光在轻轻地瞄着他,于是,他把目光从酒杯上移过来,大胆地望着她。她的脸一红,头一低,同学们便起哄,说她酒没喝已醉三分了。

算起来,这已经是一年前的事情了,但对于他来说,仿佛是昨日。他和她虽没有分在同一个城市,但也说不上远,三四百公里的路程,大巴车一上午差不多就到了,只是忙,说不上忙什么,每天睁开眼就像打仗一般,所以难得见面。当然他和她也打电话,由于她打给他的多一些,所以往往是放下电话他就后悔,明明自己想她想得不得了,怎么会连给她打电话的工夫也没有呢?可他嘴上不这样说,他说,你够休闲的,分到局机关是不是挺无聊的?那边听到后,也不恼,只是笑笑,笑声从话筒里传过来,显得有些凄凉的味道。上面千条线,下面一根针。他就在这根针上,分到这基层派出所他是打算好好磨炼一番的。所长对他说:"你年轻,多向老同志学习,有工作多承担。"他就点头,兴奋得有些结巴,说:"没问题,一定好好干。"他住在所里的单身宿舍,同屋的还有两个民警,比他大几岁,只是都没结婚。

住在所里方便,但也有不便,时间一长他就感觉出来了——只要有事情,他就要出来救急。同屋的两位有时懒得出去,就让他去。说:"你去吧,你去吧,你年轻哩。"

他就去了。他想自己真的是年轻哩,有一次两天两夜没合眼,他躺了两个来小时,精神又上来了。

有一次,她又来电话,聊了一会儿,所里的教导员表情就有些烦躁的模样,他也不好意思了,就对她说:"先说到这儿吧,所里就这一部电话,还是报警电话,不敢说长了,以后我给你写信吧,那样多好!"

其实他是想说,那样可以回味。果然,一个星期后,他就接到了她的信,四五张纸。他躺在床上抽出信纸时,就笑起来,自言自语道:她还真是有闲哩。

他是趴在床上给她写回信的,字有些歪歪扭扭,但意思说明白了,那就是:想她。

顺便到邮局去寄信时,他把刚买到的三盘 CD 给她寄去了。她喜欢听音乐,喜欢小资情调,喜欢尖尖的绿茶在玻璃杯中浮动。想到此,他便有种心疼的感觉了。

在信中,她往往把自己工作中遇到的事情讲给他听,有时还让他拿拿主意。他也喜欢给她拿主意,这让他觉得她离不开他。

好长时间没接到她的来信了,一个月? 两个月? 当他察觉到时,心里才一惊,正在这时,邮递员送来报纸,还有她写来的一封信哩,信里讲到前不久她那里发生的一起爆炸案,案子挺大,死了四五个人。她在信里说,真是让她怕极了。

他回信嘲笑她,说你还是个警察哩,有啥可怕的? 他还问,寄去的 CD 好听吗?

她回信说:好听,每天都在听。

从那以后,她的信骤然少了下来,一个月一封的样子。新年一过,全省统一行动搞"严打",这天晚上,他琢磨着她可能会在局里值班,很久没听到她的声音了,就摸起电话来。电话那端响了很长时间,就在他想放下时,话筒传来"喂"的一声,是个男的。他问,她在吗? 对方沉默半晌,好像在问有叫这个名字的吗? 接着又是"喂"的一声,又换了个女的,问他是哪里的? 他说是她的同学。对方说她已经调走了,不在公安局工作了。他的脑袋就轰轰作响,问为什么?

对方说,去年她参加一起爆炸案的侦破工作,为救一个孩子,出了点事,耳膜被震碎了,因为听不到声音,不再适合公安工作,所以调走了。

他的心被扯成一团乱麻。急忙问,她调到哪里? 如何跟她联系? 对方说,不知道,她没留下电话。

他放下话筒,眼泪就"哗"地流了下来,他想起了去年她写给他的那封信,在信里她说她怕极了,应该是在那个时候出的事吧!

他在报纸上登了"寻人启事"找她,并附言:为什么不给我写信? 我爱你!

不久,他收到一封信。笔迹是她的,没有地址,没留电话,只有四个字:因为爱你!

那一年,我在你的橱窗里

佚名

每天从学校门口到教室的路上,总能遇到强。那一年的冬天很冷,好像每天都在下雪,于是我喜欢围上一条大围巾,包起头和脸,只露两只眼睛。红色的围巾,淡紫色的棉衣,几乎成了我不变的装束。我喜欢这样把自己包裹起来到学校,那样当我遇到强的时候,他是不会看出我由于异样的心情或许会在脸上表现出来的异样表情。我经过他身边的时候,只需垂下眼帘或者假装向远处张望,而不用担心他能看出来我见到他时心跳加快的羞涩和惊慌。我们每天都这样擦肩而过,不是他低头就是我向远处看,有一次我终于鼓足勇气,遇到他时把仅露在围巾外面的眼睛从远方收回到他的脸上,却发现他也在看我,而且马上低下了头。我觉得好可笑——也许,他也像我一样。

强是高一的时候转到我们学校来的,从很远的地方。我从未和他一班过,但是他是学校的名人,源于他的特长——绘画,西洋画技法,油画和素描,得过很多奖,学校的橱窗里每期都有他的作品,很成熟的技法。学校里还有几个有此特长的同学,学校为他们提供了专门的画室,每星期都有美术老师为他们专门辅导几天,而我们到高三时就已经不上美术课了。他们几个人是专门挑出来考美院的。我的同桌敏就在美术老师的指导下为他们做过模特。

我和敏是同桌,但我们说不上是好朋友,多半是由于性格的迥异。高三时的我内向羞涩,沉默寡言,是那种典型的好学生或书呆子形象。我的成绩名列前茅,其中英语试卷被作为模范试卷存档,是学校用来应付上面检查时用的;我的作文多次在校刊上发表,而这是一个文学性的校刊,撰稿的多是文史老师。听敏说我有一篇作文还被作为范文,贴到了强他们班的后黑板上。事实上,我的朋友也很少,因为我不喜欢在人多的地方滔滔不绝,也不喜欢和某一个人窃窃私语。更不会去早恋,我是一个老师和家长都很放心的好孩子。只有隔行的华和我是好朋友,她说:"在咱们班女生里,你最有味儿。"我开玩笑地问她:"什么味儿啊?"华告诉我:"味儿,就是气质。"

那时的我们已经没有什么课外时间去玩去发展个人兴趣了,所有人都明白自己的使命,把头埋在堆积如山的各科课本、参考书、做不完的试卷中,不闻窗外事,甚至没日没夜。我们有时也会羡慕高一高二的同学丰富多彩的课余生活,男生们会互相调侃几句"高一太小,高二正好,高三太老"的话开开心,但一想到"千军万马争过独木桥",就又把头扎在了纸堆中。

而敏则是一个例外。敏很漂亮。在那个还不太开放的年代,不能放开的年龄,敏结识了很多男同学,很多都是外班的,而且还学会了跳交谊舞。只是学习成绩不好。而我们这些女生,却几乎和同班的男生都很少说话,因为如果不是真的早恋,很怕被人称为谈恋爱的。而被称之为早恋的同学通常都被大家用异样的目光看着。如果被老师找去谈话,那就更如同外星人一样了。那个纯真似水、禁闭如笼的岁月和年华啊!

我不知道强和敏是不是在恋爱,强总是来找敏,总是默默地站在我们教室的门口,不说话,看着敏,等着敏发现他。每当强那高大的身影出现时,敏就飞快地收拾好东西,像只快乐的小鸟一样跑出去,和强一起到画室。每当这个时候,我都把脸转向窗外,看着天上淡淡飘飞的云。我很羡慕敏,她能和强在一起。

一天,强没有来找敏。敏看着我,对我说:"欣。强他们让我在咱们班找几个女孩给他们当模特,我想到了你,也许你愿意去。"

我看了看敏,把目光又停在了我的书上。如果是强邀请我,我会考虑的,我很希望能和强在一起,认识他,而这是敏的邀请,我有一种被施舍的感觉,孤傲的我是无法接受的。

"我不想去,你找别人吧。"我淡淡地对敏说。

"我早就知道你是不会去的,我去告诉他……"又像一只快乐的小鸟一样飞了出去。我看着她的背影,似乎明白了点什么。

还是像每天早晨那样在必经的路上遇到强。还是像往次相遇一样,不是他低着头,就是我向远方看着。擦肩而过,每次。

终于有一次,我和强有了不是在每天早晨必经路上的相遇。

放学后,我在教学楼后等着华,思索着我无法求证的几何图形。

只有我自己。不是,因为当我抬起头来时发现了强在不远的地方站着,默默地看着我,似乎要说什么。当我们的目光相遇时,他又马上低下了头。没有别的同学,只有我和他。我的心跳得厉害,因为莫名的惊慌。我想,他一定能看出我的窘态,一副不知所措的样子,于是,我飞快地又走进了教室,逃避我有可能在他眼中出现的难堪。

然后好几天没有在必经的路上遇到强。我没有理由期待能和他天天相遇的,他是住校生,从宿舍到教室的路上原本不必经过我走的那条路。我感到有些怅然若失。一天,敏告诉我,强要走了,回到他原来的地方去。"他告诉我又有新画了,有可能是最后的一幅了,一起去看看吧。"于是,我和敏一起到了展示强作品的橱窗。

于是,我看到了那幅画——那幅铭刻在我心中多年的画。

那是一幅人物半身肖像的油画,用了一种朦胧抽象的手法处理,仿佛离得很远,又好像很近:暗灰色的天空,飘着淡淡的雪,一个少女,脸微微侧着,淡紫的衣服,蒙着红色的围巾,只看到一双眼睛,迷惘地看着远处,正如我每天遇到他时那样。"咦?怎么好像是你啊……"我听不见敏在说什么了。我感觉身后一双眼睛的凝视。那是强的眼睛。他在不远的地方站着,高高大大的身影,默默无言地站着,就像他每次出现在我们教室门口一样。默默地看着他的橱窗……不知道是我还是画。而我所能做的,就是逃离这双眼睛。强终于走了,那幅画也不再看到了。随后的日子,我和所有的同学一样，头埋在纸堆中，做不完的模拟试卷和训练，看不完的参考书和课本。我感觉世界已无色彩可言，正如那幅画的背景：暗灰色的天空，飘着淡淡的雪……

多年以后，老同学相聚，偶尔有人提起强，说他已经上了美院。我无法得知更多的音信，因为他不和我们在一起。事实上，每当有人在我的面前提起他，我总是言不由衷地顾左右而言他，转移开了话题，尽管我很想听到他的名字。

所有的日子开始慢慢地淡漠了。只记得，那一年，我在你的橱窗里……

你查字典了吗

佚名

一个男孩深恋一个女孩多年，但他一直不敢向女孩坦言求爱，女孩对他也颇有情意，却也是始终难开玉口，两人试探着，退缩着，亲近着，疏远着——不要嘲笑他们的怯懦，也许初恋的人都是如此拒绝和畏惧失败吧！

一天晚上，男孩精心制作了一张卡片，在卡片上精心抒写了多年来藏在心里的话，但他思前想后，就是不敢把卡片亲手交给女孩。他握着这张卡片，愁闷至极，到饭店里喝了一些酒，竟然微微壮起了胆子，去找女孩。

女孩一开门，便闻见扑鼻的酒气。男孩虽然不像喝醉了的样子，但是微醺着脸，心中便有一丝隐隐的不快。"怎么这时候才来？有什么事吗？""来看看你。""我有什么好看的！"女孩没好气地把他领进屋。男孩把卡片在口袋里揣摸了许久，硬硬的卡片竟然有些温热和湿润了，可他还是不敢拿出来。面对女孩娇嗔的脸，他的心充溢着春水般的柔波，那柔波在明媚的阳光下，一漾一漾的，一颤一颤的。他们漫长地沉默着。也许是因为情绪的缘故，女孩的话极少。桌上的小钟表指向了 11 点钟。"我累了。"女孩慵懒地伸伸腰，慢条斯理地整理着案上的书本，不经意的神态中流露出辞客的意思。

男孩突然灵机一动。他假装百无聊赖地翻着一本大字典，又百无聊赖地把字典合上，放到一边。过了一会儿，他在纸上写下一个"罂"字问女孩："哎，你说这个字念什么？"

"YING。"女孩奇怪地看着他，"怎么了？"

"是读 YAO 吧。"他说。

"是 YING。"

"我记得就是 YAO。我自打认识这个字起就这么读它。"

"你一定错了。"女孩冷淡地说。他真是醉了，她想。

男孩有点无所适从。过了片刻，他涨红着脸说："我想一定是念 YAO。不信，我们可以查查，呃，查查字典。"

他的话语竟然有些结巴了。

"没必要，明天再说吧。你现在可以回去休息了。"女孩站起来。

男孩坐着没动。他怔怔地看着女孩。

"查查字典好吗？"他轻声说，口气中含着一丝恳求的味道。

女孩心中一动，但转念一想：他真是醉得不浅呢。于是，她柔声哄劝道："是念 YAO，不用查字典，你是对的。回去休息，好吗？"

"我，我不对，我不对！"男孩着急得几乎要流下泪来，"我求求你，查查字典，好吗？"

看着他胡闹的样子，女孩想：他真是醉得不可收拾。她绷起了小脸："你再不走我就生气了，今后也不会理你！"

"好，我走，我走。"男孩急忙站起来，向门外缓缓走去，"我走后，你查查字典，好吗？"

"好的。"女孩答应道,她简直想笑出声来。

男孩走出了门。女孩关灯睡了。然而女孩还没有睡着,就听见有人在敲她的窗户。轻轻地、有节奏地叩击着。

"谁?"女孩在黑暗中坐起身。"你查字典了吗?"窗外是男孩的声音。"神经病!"女孩喃喃骂道,而后她沉默着。"你查字典了吗?"男孩又问。

"你走吧,你怎么这么顽固!"

"你查字典了吗?"男孩依旧不停地问。

"我查了!"女孩高声说,"你当然错了,你从始至终都是错的!"

"你没骗我吗?"

"没有。鬼才骗你呢。"

"保重。"这是女孩听见男孩说的最后一句话。

当男孩的脚步声渐渐消失之后,女孩仍旧围着被子坐着,她睡不着。"你查字典了吗?"她忽然想起男孩这句话,便打开灯,翻开字典。

在"罂"字的那一页,睡卧着那张可爱的卡片。上面是再熟悉不过的字体:"我愿意用整个生命去爱你,你允许吗?"她什么都明白了。

"第二天我就去找他。"她想。那一夜,她辗转未眠。

第二天,她一早出门,但是她没有见到男孩。男孩躺在太平间里——他死了。他以为她拒绝了他,离开女孩后又喝了很多酒。结果真的喝醉了,因车祸而死。

女孩无泪。她打开字典,找到"罂"字。里面的注释是:罂粟,果实球形,未成熟时,果实中有白浆,是制鸦片的原料。罂粟是一种极美的花,且是一种极好的药。但用之不当时,竟然也可以是致命的毒品。

你查字典了吗?如果有人这样询问你,你一定要查一查字典,或许你会发现:你一直以为自己对的某个字,其实是错误的,或者还有另一种读法。

第六章
结发为夫妻，恩爱两不疑

爱到最后一分钟

尹玉生 译

这年的春天，28 岁的麦金莱终于迎娶了美丽的新娘艾达·萨可斯顿。

他们的相识极具戏剧性。10 年前，麦金莱随家人一起到坎顿度假，在一个风和日丽的下午，他陪父亲前去拜访多年未见的老朋友——银行家萨可斯顿，在他的家中，见到了银行家的女儿艾达。艾达身材窈窕，有着深褐色的头发，紫蓝色眼睛，秀美可爱。麦金莱一下子就被这位楚楚动人的姑娘迷住了。艾达虽说已有许多年轻英俊的追求者，但从举止端庄、精明干练、身高只有 1.69 的小个子麦金莱深邃、睿智的眼神中，艾达读到了善良和深情。她断定，这位年轻人就是值得她托付一生的男人。

婚后的日子是幸福的。艾达以她特有的聪明和善良精心打点着温馨、浪漫的小家。宝贝女儿凯瑟琳的到来，更为他们的生活增添了乐趣。两年后，又一位小天使埃达来到他们中间。被幸福紧紧包围的麦金莱事业上也取得了长足进步，他在大资本家马库斯·金·汉纳的扶植下，开始在政界崭露头角。

天有不测风云，可爱的小女儿埃达因体弱多病，在半岁时不治夭折。小女儿的早逝，给这个原本幸福的家罩上了一层浓浓的阴云。柔弱的艾达无法承受巨大的痛苦，终日以泪洗面。看着艾达痛苦不堪的面容，麦金莱强忍心中的悲伤，想尽办法宽慰、疼爱着她，努力减轻艾达的痛苦。他们逐渐从往日的哀伤中走了出来，将他们的全部心血倾注在抚养、培育大女儿凯瑟琳身上。

可不幸又一次降临到这个家庭，天真活泼的凯瑟琳因伤寒在三岁半时，离他们而去。两次痛失爱女，这人世间最残酷的事情，终于将脆弱的艾达击垮了。她的精神几乎失常，患上了偶发性癫痫病。这段时间,是麦金莱一生中最难捱的日子,再次失去爱女,使他悲痛欲绝;政治对手对他的有意压制和恶意攻击,使他烦躁不安,更让他揪心的是,妻子艾达日益变坏的脾气和病态的精神,眼前憔悴、萎靡、失去光泽的女人与之前美丽、开朗的艾达相比,简直判若两人。麦金莱心如刀割。他发誓要加倍疼爱艾达,使她尽快好起来。

也是在这时候,麦金莱的政治生涯开始一帆风顺:先是当选俄亥俄州选区的国会众议员,接着,又当选众议院拨款委员会主席,因这个委员会发挥着财政立法的作用,麦金莱成了一个闻名全国的人物。他愈加发奋地工作,高效率地处理繁忙的事务,以便腾出更多时间来照顾妻子。

他默默地忍受着艾达变化无常的坏脾气,像对待孩子一样地宠着她,哄着她,他的身上经常会留下艾达失去理智时咬下的齿痕和手掐的紫斑。他没有抱怨,总是不离不弃,一遍又一遍地劝慰哭闹中的妻子,直到她疲倦地在他的怀中睡去。他还学会了做许多家务事,亲手为妻子做饭、洗澡、换衣服。从刚开始的笨手笨脚到后来竟能将妻子深褐色的长发梳理成非常漂亮的发型。在他们家的花园中,人们常常可以看到麦金莱搀扶爱妻散步的身影。可是有谁知道,这个坚强的小个子男人,也会在无人的时候悄然落泪。

这天,麦金莱在国会上就关税问题同民主党进行了激烈的辩论,由于会上发生了争执,会议结束很晚。当时,天色剧变,电闪雷鸣,顷刻间,大雨倾盆而下。会务组为每位议员提供了精美的消夜食品,他没有留下来,不顾饥肠辘辘,一头钻进茫茫大雨中。道路泥泞不堪,他一步一趔趄,艰难地往家赶,他要回到妻子艾达的身边。他没忘记,今天是他和艾达的结婚纪念日。他要亲手为艾达穿上几日前就精心挑选好的宝石蓝衣裙。

经过麦金莱多年悉心照顾,艾达的病略有好转。他的事业也如日中天。1891年,麦金莱当选为俄亥俄州州长;1897年,威廉·麦金莱就任美国第二十五任总统。

在他任州长和总统期间,他一直保持着一种习惯,始终尽自己做丈夫的本分,去关心体贴妻子。为了能让有病的妻子参加社交活动,自己又能随时照顾她,他竟打破传统,坚决要求在宴会上让爱妻坐在自己的身边,而不是坐在餐桌的另一端。每当艾达在社交场合癫痫病突然发作时,麦金莱总是连忙用手绢或餐巾盖在她脸上,不让别人看到妻子扭曲的脸,待稍微稳定后,就马上把妻子抱进就近的房间,温言抚慰,过后又带回来,继续做刚才正在做的事情,好像什么事都没有发生过一样。恢复正常的艾达总是会在不经意间流露出幸福平和的笑容。

1901年9月6日,麦金莱吻别妻子,前去参加布法罗泛美博览会,在欢迎队列中,他看到一位美丽可爱的小女孩,不禁想起他的两个天使般的女儿,瞬间,总统的眼中有泪花闪动。他很快调整了一下情绪,弯下腰,将别在自己扣眼上的红色康乃馨送给了小女孩,就在这个时候,令世人震惊的事情发生了。随着两声枪响,麦金莱总统倒在血泊之中。在送往医院的路上,麦金莱喘着气,以微弱的声音留下了他在这个世界的最后一句话:"我的妻子,你们告诉她的时候,要谨慎婉转——啊,一定要谨慎婉转!"

在生命的最后一刻,依然满心满怀地牵念着他的艾达,对爱妻充满无限关爱的这句话,感动了所有在场的人,感动了他的政敌,也感动了所有知道这个故事的人。

爱的谎言

钟南　王进良

2007年春天,如同潘多拉的盒子被打开一样,不幸接踵而来。中国科学院武汉物理与数学研究所高级工程师原学军的妻子郑静峡被确诊为中晚期胃癌,儿子原野因抑郁症在武汉家中自缢身亡。此后的1000多个日夜里,年近花甲的原学军,捂住濒临破碎的心,用儿子生前留下的手机,对病中的爱妻编织了一个个谎言,2010年1月19日23时40分,被病魔折磨到最后一息的妻子与母亲,心脏停止跳动,这个美丽的谎言也被带往天国。

天降噩耗

2007 年的春天,26 岁的原野,还是天津大学一名即将毕业的研究生。毕业论文的不顺、求职的挫折,使得原本性格就比较内向的他愈发沉默,终日在家一言不发,偶尔外出,也很少与人交流。

与此同时,妻子郑静峡由于身体不适,去医院检查,不久,医院的确诊结果让全家人的心一下子降到了冰点:时年 54 岁的郑静峡身患中晚期胃癌,且癌细胞已经扩散,必须尽快实施手术治疗。

忙于事业的原学军逐步放下手头的事务,全心照顾妻子。而忙于照料妻子的原学军没有发现,精神压力很大的儿子,已患上了重度抑郁症……

2007 年 3 月 26 日,这一天让原学军刻骨铭心:中午回家时,他还看到儿子正在给住院的母亲熬排骨汤;傍晚时分再推开家门时,儿子已缢亡在客厅的吊扇上……

儿子是妻子最大的精神寄托和支柱。思量再三,原学军做出了一个决定:对妻子隐瞒儿子的噩耗,并嘱托所有亲属保守秘密。

秘密短信

瞒着住院的妻子,原学军悄悄处理完了儿子的后事。儿子火化后,骨灰寄存在了武昌殡仪馆。原学军谎称儿子已突然返回天津,忙于毕业和求职。他还叮嘱妻子:儿子心情不好,压力很大,不要过多地干扰他,有空儿子会发信息回来的。

多年来,原学军和妻子对儿子一直管教严格。尽管家庭条件不错,但总教育孩子要节约,能发信息说清楚的事情,就尽量不要打电话。

原学军在处理儿子后事的时候,将儿子在天津使用的手机悄悄保留。不久,他向妻子发出了第一条短信:"妈妈,儿子在天津一切安好……"

从那时起,原学军就活在了谎言和欺骗之中。儿子的手机成了他最为担心的东西,上班、出差,他随身携带;一到家中就调成无声状态,放在最隐蔽的地方,并随时删除每一条收发的短信。

日子一天天过去。本就熟悉高校的原学军根据时间的推移,四季的变化,一步步地构思短信内容。通过这些短信,郑静峡知道:儿子上班了,转正了,加工资了,准备攻读博士,恋爱了,又失恋了……

原学军所做的一切,都是为了妻子。只要能守住心中的秘密,他愿意承担一切后果。尽管如此,"不能说的秘密"还是很快在同事、朋友中传开了,不少人都认为他太残忍。

郑静峡的一位多年好友一直知道她孩子的事,在郑静峡生病期间,好友前往家中看望,两人坐在客厅的沙发上,言谈之中郑静峡向她讲述"儿子"工作很不错,而且马上要出国了。郑静峡兴冲冲地说着,丝毫没有注意到好友面向电视屏幕的脸上,早已是满脸的泪水。此后,这位好友再也不敢面对郑静峡,只是常在电话中问候。

生活在继续,谎言也不断编织。很多时候原学军劝慰妻子:儿子不愿意通电话,可能有自己的考虑和心事,现在年轻人压力都很大,他总有一天会理解,会走出阴影,你安心治病就好。

在原学军的悉心照料下,曾有很长一段时间,郑静峡的病情得到了有效控制,对于生活,她充满了向往和期盼。病中的郑静峡已习惯收到"儿子"的短信,也习惯了短信交流。对于性格内向的"儿子"而言,她认为这是一个不错的沟通渠道。

按图索骥

原学军坦言,自己多年忙于事业,对妻儿关心不够。妻子温柔贤惠,做一手好菜,在家最爱看美食节目,总是变着花样做出各种好菜,是朋友圈子里闻名的美食家。

品尝鉴赏各类美食是郑静峡最大的享受和爱好。尽管治病花掉了大量积蓄,但看着妻子日益消瘦虚弱的身体,原学军总想让妻子在有生之年能够更好地享受生活,尝遍武汉的各种美食。

一次,他无意中发现杂志上每期都会推荐武汉各处餐馆的招牌菜式,这本杂志上的美食地图于是成了夫妻两人闲暇时的出行图,一月两期,每期必买。每逢周末,年近六旬的原学军就会骑上自己的摩托车,载着妻子,按图索骥,穿街走巷,今天汉口,明天汉阳……"妻子爱吃台北路武汉小城故事餐厅的鱼,看到有餐馆擅长葱烧海参,想起对治疗癌症有帮助,我就拖着她去多吃几次……"

最后告别

2010年1月19日晚11时40分,原学军眼看着妻子的监护器屏幕上出现一条直线。他抚摸着妻子的脸庞,喃喃自语:"你们都走了,就剩我一个人了……"

妻子过世后,原学军在武汉九峰公墓买了两个紧邻的墓位,将儿子的骨灰取出,于1月21日一同下葬。

原学军小心翼翼地在碑前摆上水果,撒下一片片黄白色的菊花瓣。"静峡、原野,希望你们母子俩能理解我的苦心。这三年来,想着儿子,看着爱人,我没有一天不是过着心如刀绞的生活……"刚说两句,原学军又哽咽着说不出话来。

原学军说,妻子离开后,他的心一下子空了。与妻子结婚的前27年,我从未向她撒过一次谎,我也没有想到,我会从一个诚实的丈夫,最后成为一个'世界上最大的骗子',如此残忍,如此无情,三年,漫长煎熬的三年啊……

爱的浴衣

[美]佩吉·文森特　汪新华　编译

牵手走过了近50多个春秋,爸爸和妈妈却像是昨日刚结婚的一对新人,充满了柔情蜜意。他俩从高中起就在一块了。厮守了这么漫长的岁月,爱情似乎历久弥新。要命的是,他俩表达爱意的方式一点儿也不含蓄,有时令我们这些晚辈都有些难为情。

看电视时,妈妈给爸爸按摩脚丫子。坐车一道外出,她就大声读书给他听。每天晚上她都会将枕头弄松软,好让他睡得踏实。从未坐过船的妈妈有一次竟然出海了,因为爸爸热爱大海。

有时候,妈妈会一边哼着"街这面阳光明媚",一边把爸爸拽到身边,"比尔,过来,咱们跳个舞"。爸爸欣然从命。不懂事的达奇(我家的小狗)闻声跑来,冲着他俩叫着,并一个劲地跟着他俩的舞步直打转。随后,妈妈一个优雅的转身,爸爸将她揽入怀中。

冬天,每当妈妈要外出,爸爸总是先去车库将车启动。每到星期天早晨,爸爸就会早早地起床,为妈妈奉上自制的饼干。他不会错过一个机会,告诉她"你今天非常漂亮"。可是,爸爸至今还没学会给自己的妻子买一份不俗的圣诞礼物。

他通常在圣诞节前一天的晚上溜出家门,一个人到附近的大超市转悠。个把小时后,他神秘兮兮地回到家,拎着那些沙沙作响的塑料袋子,随后独自与那些五颜六色的包装纸、盒子、带子一直周旋到深夜。可年复一年,藏在圣诞树下给妻子的礼物总是那不变的两样:一盒包装精美的巧克力和一大瓶香水。

妈妈打开礼物盒的时候,总是做出惊喜的样子,然后特意穿过整个房间,在爸爸脸颊上深深地一吻。

有一年感恩节刚过,爸爸忽然向大家暗示:他要为妈妈买一份不同寻常的礼物。我将信将疑:我的爸爸,一个与妈妈相伴50个年头的人,一个笨拙得从来没有太多花样的人,这会儿要给妻子送一件特殊的圣诞礼物?看得出他早就计划好了,并且对自己的点子相当满意。

12月25日的早晨,我在圣诞树下翻寻到一个大纸盒,上面是爸爸潦草的字迹:"送给我的爱妻。"我使劲晃了晃,没一点儿响声。这回肯定不是盒装的巧克力或大瓶的香水。

我将礼物拿给了妈妈,她满脸疑惑地看看我。我耸了耸肩,我们俩一起瞅着爸爸。他则冲妈妈挥着手,催她:"快打开啊!"

妈妈小心翼翼地用指甲在纸盒边缘挑了挑,她不想把精美的包装纸弄破了。爸爸在一旁有些不耐烦。"快点呀! 快点呀!"他几乎要从椅子上跳起来了。

"亲爱的,这可是一大张纸。来年说不定能派上用场。"

"你要多少包装纸,我统统给你买,现在把盒子打开得了,别在乎一张纸。"爸爸几乎在恳求她了。

终于,妈妈揭开了盒子外面的包装纸,她把纸折成了原来的 1/4 大小,放在一边,然后开始解盒子上的丝带。

爸爸再也按捺不住了。他从座椅上跳起来,冲上去不管三七二十一就把丝带给扯断了,还差点儿把盒盖撕破。随后他停住不动,想了想,又将盒子交还给妈妈,坐回了原来的座位,口里还不停地念叨:"别磨磨蹭蹭的,快点呀!"

妈妈掀开盒盖,轻轻揭去一层绵纸,然后从衣盒内抖出一团粉红色的衣物。这是件棉制浴衣,领口边和衣兜上方绣着白色的雏菊。妈妈嘴角含着笑,不住地低声细语:"啊,比尔,亲爱的……"

但她故意避开了我的目光。

我只得低头瞧着自己的膝盖,咬着嘴唇,竭力克制着不让自己当场笑出声来。

"玛丽,在商场第一眼看到那件浴衣时,我就知道它是专门为你做的。我看了又看,心想:'这样的款式,这样的颜色,简直太适合我的玛丽穿了。'所以,我连价钱都没问,只找了个跟你身材相仿的店员,定下了尺寸,接着就买回来了。"爸爸眉飞色舞地叙述着挑选礼物的经过。

我对妈妈的缄默不语大为惊讶:她至今都没告诉爸爸,他送给她的那件浴衣跟她五年来每天早晨穿的那件是一模一样的。

她只是偷偷将那件旧浴衣捐给了一家慈善机构,然后穿上这件新浴衣。

因为,那是爱的浴衣。

爱你,才走在你左边

游泳的鱼

和所有恋爱的人一样,经历了一番轰轰烈烈的爱情以后,她和他终于走进了婚姻的殿堂。可是和他结婚了以后,她就觉得自己婚后的生活和想象的相去甚远。婚姻不像爱情,往往是多了琐碎和枯燥,少了激情与浪漫。当她不得不每天都面对这样单调而又乏味的生活时,她感觉自己的心在一点点磨平,生活如同白开水一样索然无味。婚后他们彼此还算恩爱,但也经常吵架,常常是因为一点鸡毛蒜皮的小事就吵起来了。而且他也不像过去那样处处迁就她让着她了,她觉得男人真是虚伪,一结婚就变了一个人,根本就不像恋爱的时候那样宽容忍让,如今她对他使小性子,丈夫一般是置之不理或沉默,甚至有的时候还和她争执一番,再也不像从前那样宠着她了。虽然有许多情感她始终无法释怀,可是毕竟她对这种死气沉沉的婚姻的忍耐是有限的。终于有一天,两人大吵了一架后,她忍无可忍地说出了那两个字:"离婚。"他立即就说:"可以,现在就去。"

那天外面下着雨,他和她各撑一把伞。两个人并排走在路上,都默默不语,都有各自的心事。雨下得挺大,路也很滑,但谁都不肯表示放弃。忽然前面的路边上有个地方停了一辆车,窄得只能通过一个人,于是他就走在了前面。过去以后,她又和他走在并排,他忽然拽住她,生气地说:"怎么又走我左边了呢?"与此同时,一辆大卡车与他擦身呼啸而过,他侧过身挡住了她,车虽然没撞到他,可是溅起的泥水却弄脏了他的衣服。她一下子愣在了那里。就是这么一个简单的动作,让她感受到了他细微而又平实的爱:一直以来,他始终习惯地走在她的左边,用自己的身体为她挡住汹涌的车流,为她挡住风雨和危险。其实这才是真爱,虽然没有绚丽的光环,却拙朴而厚重。不加任何修饰,于不经意间就流露出来。

她不由得泪流满面,分不清她脸上汹涌而下的是雨水还是泪水。他为她拭去泪水,对她说:"回家吧。"她用力点点头,紧紧地抓住了他的手,她感觉似乎同时也抓住了一份沉甸甸的爱。只因为爱你,才会走在你的左边。

背影

晏屏

埃里克斯是《华尔街日报》的摄影记者,他的妻子茱琳知道,到非洲草原或者亚马孙丛林探险,拍摄能上"探索"频道(美国著名的纪录片频道)的纪录片是埃里克斯最大的愿望。

而作为有三个孩子的主妇,茱琳则把更多的时间放在家里,照顾孩子、操持家务、默默地支持着丈夫。

在他们结婚十周年纪念日即将到来时,埃里克斯筹备已久的摄影作品展开幕了。令人惊讶的是,这些照片全是关于背影的——形形色色的背影,或蹲、或站、或劳作、或休息,仿佛一场后现代的行为艺术。照片的主人公都是茱琳,这些是相识12年来埃里克斯拍摄的所有关于茱琳的背影。

他们初识时,茱琳有一头金色的长发,她站在古巴海边的落日余晖里,背影散发着迷人的朝气。

恋爱第二年,埃里克斯因为采访忘记了茱琳的生日,争吵过后,她气冲冲地从咖啡馆离去。刚出门,就因为穿着高跟鞋而闪了腰,就在她出门的瞬间,埃里克斯按下了快门。爱情中的骄傲与肆无忌惮,刻画在一个弯曲的、气急败坏的背影里。

怀第一个孩子时,茱琳剪短了头发,很认真地站在育婴店里挑选衣服。身穿宽大孕妇装的她胖得像个水桶,但那个水桶般的背影却恬静美好。

孩子降生后,茱琳的背影多了一份初为人母的温柔;分娩后,她抱起儿子深情地注视,低头俯身,认真地给孩子喂奶……

孩子上学后,夕阳下,茱琳站在门口等孩子回来,孩子从校车上下来时,她张开双臂,给孩子一个温暖的拥抱。

花园里的茱琳,绾着发髻,穿着碎花衣服,身边有盛开的白色蔷薇,依稀可以看到她前额垂下的一缕头发——这是她修剪花枝的背影。

黄昏,茱琳围着围裙,身边是刚出炉的面包——这是她在厨房里准备晚餐的背影。

有一张背影被埃里克斯放在最醒目的位置:一个下雨的日子,孩子们出门了,茱琳难得清闲,拿着一本书坐在窗口发呆,她用手托着腮,出神地看着窗外。这张背影呈灰色的调子,她的脖子显得特别颀长,有一种雅致的美。

走近这个丈夫的镜头,也走近了一个女人的成长史。妻子在丈夫的背后默默付出,丈夫在妻子的背后默默注视,用自己的镜头,记录着妻子每一个细节的变化,记录着妻子每一个最美的瞬间。直到埃里克斯开个人摄影展,茱琳才知道,这么多年,他给了她一份多么厚重的爱。

茱琳问丈夫:"你为什么要拍我的背影?"埃里克斯说:"开始只是基于一种摄影技巧,觉得拍摄背影非常有美感。结婚后,有一天你在灶台边做晚餐,头发随意绾在脑后,露出光洁修长的脖子,极像某个希腊女神。那天,你在厨房里忙碌了一个多小时。从没想到,你在婚姻生活的琐事里会如此投入,这种安静打动了我。或许正是这种对婚姻生活的淡定,才让一个女孩儿成长为一个女人。"

岁月能把女人的青春带走,却带不走她在凡尘琐事里沉淀下的爱与美。这种爱与美不但能打动丈夫、打动孩子,也足以打动每一个人。

独自爱

莫小米

阿婆103岁了,活得比一个世纪还长。

像生命那样长久的,是她的爱情。我这么一说,你会以为她的爱情很顺遂、很幸福,其实很坎坷。

她16岁就嫁了他。21岁参军,就是著名的红色娘子军。

娘子军的故事,连带着琼岛的热带风光、女战士的英姿,当年被拍成电影、编成芭蕾舞剧,一度深入人心。80多年过去了,在世的娘子军没几个了,她还健在。

男人也是革命队伍里的人,小夫妻感情很好。不料风云突变,男人为躲避抓捕,搭船远走南洋。分离时,她仅26岁。

男人刚去时,也曾写信让她出去团聚。她很贤惠,他留下的孩子要抚养,两家的老人要照顾,怎么丢得下?她当时以为,男人过一阵就会回来吧。

日本人打到海南后,他们彻底断了音讯。后来男人有了新家,5个孩子,一大家子。

这不等于男人忘了发妻。20多年前,恰好邻村有人从南洋回来探亲,男人让人捎回一卷录音带并帮忙找找他的妻子,还说若是她还活着,就让她讲一段话录下来。他80多岁了,人回不来了,想听听她的声音。

都离开50多年了,还能说啥?千言万语,还是无语?

她把其他人统统赶出房间,小辈以为她要讲悄悄话。

大门一关,阿婆就喊着名字开骂:你个没良心的,走了几十年都不回来,你不管我就算了,孩子不要了,娘也不要了,家也不要了……骂啊骂啊,把自己骂哭了,声音也嘶哑了。

过了一个月,她收到了回信,是孙女念的,开头就是一句:对不起,我的妻……

她一下释然了,原谅他了。这么多年,他还认我这个妻,她心里很安慰。

书信来往五年后,戛然而止。阿婆心里明白,他这次是真的走了,不会回来了。

心里踏实后,阿婆又独自活了很久、爱了很久。

和你一起心痛

蒋平

此刻,他正躺在外地一家医院里输点滴。

已经三天没跟家里联络了,手机里塞满了问候短信,一条是太太的,另一条是她的。他是在与太太怄气的那段时间认识她的。她青春、靓丽,如一只网络精灵,恰到好处地填补了他精神世界的空白。为此,他深深感谢上苍,给了他婚姻之外的精彩与浪漫。

而现在,他是那样迫切地需要来自两个女人的关心,相对而言,她的更为重要。

太太的第一个念头是来看他,被他阻止了。她也流露出来看他的意思,同样,也被他阻止了。在他看来,这病不过小菜一碟,不出24小时,他就会离开病床,变得生龙活虎充满阳光。

出人意料的是,太太在他阻止后的当晚便赶到了他所在的医院,为他带来了好吃的。尽管此刻的他没一点胃口,他还是心存感激。

她也不断地给他发短信,尽是逗他开心的。当着太太的面,他无法开心起来。但是,他总觉得较之于太太的不远千里,她的短信内容里还缺了点什么。

"开心吗?"她在那头问。"还可以,谢谢你。"他回复。"你还是不开心,算了,我一天的心血全白费了。"她有些生气。"难道,你就不祝我早日康复?"他不明白。"我早已祝过你了,难道你忘了?"她似乎也不明白。

他没忘,当然没忘她的短信。问题是,此刻他多么希望她再一次说出关怀的话。他不需要那些多余的搞笑,而她却不能给他,这很朴实也很现实的一条。

太太端着一碗豆浆进来，很快，他又被一种家的温暖所包围。

太太一直看着他将豆浆喝完，像一位母亲盯着孩子。喝着最后一口，他情不自禁地对着太太发出天真的笑。从结婚以来，他第一次感觉很美好，他感觉太太也是。

两个都是牵挂着他的女人。所不同的是，太太的牵挂，是用自己的心牵着他的心在走，他心疼的时候，疼的是两个人。而她，是用任性的目光扫着他。他终于明白：这个世界上，只有一个人，是用自己的心和你一起心痛。而这个人才是你最应珍惜的人。

静默地守候

曾晓文

有一对美国老夫妇是月明餐馆的常客，他们一周大概来三四次，认识在这里做工的每一个人。每次他们进门，总是老头挽着老太太。老太太双手紧紧地搂着老头的左臂，似乎把全身的重量都吊到了他的胳膊上。她的头有些无力地贴着老头的肩膀，艰难地迈着每一步，但她的神情却是平静的。老头一向都是笑微微的。他也已老态龙钟了，又因为挽着不能独立走动的老太太，他的背驼得更深了。两人小心翼翼地挪动着，从餐馆门口到座位短短的一段路，他们要汗淋淋地走上十分钟。

他们在自己的座位上休息了一会儿，老头又挽起老太太，到自助餐餐台前拿食物。老太太用手指一一点着自己喜欢的食物，老头就一一替她夹到盘子里，然后再挽着她慢慢走回座位。

两人的晚餐就这样无声地开始了。老头总是用餐刀细心地帮老太太把肉切成小块，然后看着她吃下去。老太太在先生的注视下，吃得津津有味，脸上出现了因为受宠爱受怜惜而满足的神情。

后来餐馆里添了龙虾，老头就常常点上一只给老太太吃。橙红鲜亮的龙虾被装在一个乳白的长盘里，再配上碧绿的生菜，使满桌生辉。老太太的脸上立刻出现了孩子般活跃的表情。老头用蟹钳小心地夹碎龙虾壳，然后用叉子把雪白的龙虾肉挑出来递给老太太。两人并没有很多交谈，只是在每一个细小的动作中流露出一种难以言传的默契。

虽然他们是相貌平常、衣着朴素的人，但是在这间灯光柔和，装饰得颇有几分东方色彩的餐馆里，在傍晚的一段因客人稀少而难得的清静中，在背景音乐丝丝缕缕的笼罩下，他们相对坐在离餐台最近的那张小小的餐桌两边，老头对老太太的无微不至，和老太太对老头无处不在的深深依赖，却在不经意中构成了一幅温馨的图画。

每当这个时刻，我都会注视这幅图画，反复叩问自己，在我的生活中是否有一个人，能在我容颜枯萎的时候，给予我这样的注视，这样的关怀？

每当这个时刻，英国诗人叶芝的诗句又会涌到唇边："多少人爱你青春欢畅的时辰，爱慕你的美貌，假意和真心，只有一个人爱你衰老的脸上痛苦的皱纹，爱你那朝圣者的灵魂。"

两位老人吃过了饭，老头总是扶着老太太去洗手间。老太太一个人进了洗手间，只好扶着墙壁慢慢挪动。老头就等在门旁，万一老太太摔倒了，他能听得见她的叫喊。

这时候餐馆里的客人就多了起来，他们吵吵嚷嚷，往来如梭地到餐台前拿食物。许多人都用奇怪的眼光盯一下这个谦恭地站在女洗手间门前的老头。他低着头，看着自己脚前的一小片地面，垂下手，用一只手握着另一只的手腕。男女洗手间的门之间有一个很小的角落，当客人要进洗手间时，老头就退到那个角落去，而且尽量地把自己的身子缩得更小。有时要过半个多小时，老太太才会从洗手间出来，老头就这样几乎姿势不变地耐心地等着，等着。

老头在人声的喧闹中，在肤色各异、胖瘦不一的客人的冲撞中，垂手站立的姿态在我的记忆深处站成了永远。由此我感激生活，因为生活在劳我筋骨的同时，又在许多个瞬间赐予我感动，使我发现自己内心深处真正的渴望:渴望这样一个人,能在漫长的岁月里,在每一个我的身体病弱无力我的灵魂无处托付的时刻,无怨地静默地守候着我。

两枚针穿起两个枣

杨锁亮

奶奶生于民国五年,在我大学毕业的第二年无疾而终,享年八十四岁。奶奶和我们共同生活了几十年,却和爷爷在一起不过 15 年,俩人真正在一起生活的日子更少。

奶奶嫁给爷爷的时候刚刚十四岁,爷爷十五岁,花朵般的年纪,两个小娃娃从此开始了自己的小家日子。爷爷家世代经商,奶奶过门不久他就远赴南京接手祖公留给他的烟坊摊子,奶奶则一个人留在家里遵守孝道。爷爷在他 29 岁的时候永远地离开了奶奶,那时的奶奶,已经是 5 个孩子的母亲,其间的艰辛不敢想象。

我原先总认为爷爷奶奶的结合是一种悲剧,纯粹成了媒妁之言和讲究门当户对的旧俗牺牲品,他们那么小的年纪懂什么爱情,甚至有时候还抱怨奶奶为什么不英勇地冲破封建世俗的理念,像许多知名烈女一样,勇敢地另外找寻自己的幸福和爱情呢?

直到有一次,我和父亲谈起此事,说到动情处,父亲给我讲了一个埋藏心底多年的故事。

当年爷爷要接管南京的生意,蜜月没有度完就离开新婚的媳妇。那时奶奶整日以泪洗面,孤独无助。我们家是个几十号人的大家庭,白天劳累忙碌没时间,到了晚上在一粒豆油灯下,奶奶才偷空想念爷爷。思念久了,奶奶决定给爷爷写信。虽然是大家闺秀,但奶奶仅在自家书房院里待过半年,基本不识字。可按捺不住心底汹涌的思念,她思考了几天,终于用原始的简单物件"写"好了一封信,让信客捎给爷爷。

信客接到那封"信"的时候满脸惊诧和疑虑,这么远的路,就捎这些? 奶奶却很平静,就这些,带给他吧,别丢了!

就在"信"发后半个月,爷爷逃回了家。那种"语言"也只有爷爷才能读懂,才能深切理会到奶奶涌自心底的深深思念和真挚的爱。

父亲告诉我,奶奶托付的"信"其实是用两枚缝衣针穿连着两个红枣。

这是奶奶一生唯一的一封信。

奶奶在对爷爷说:真真(针针)想你,早早(枣枣)回家!

美妙的私奔

[美]海云

在南希不大却充满艺术氛围的家里,我暗自揣摩,南希和她逝去的先生鲍勃曾经共同经历的那些岁月,该是多么美妙!

七十多岁的南希仍然睡在鲍勃四十年前亲手制作的木雕大床上,床头柜和木制橱柜都是那个曾任职纽约女装公司执行长的鲍勃的手工制品,卧室和客厅的墙上挂着一幅幅水墨画、炭笔画和油画,每一幅都是鲍勃的杰作。后花园里,一个个石雕也都是鲍勃亲手所刻。这个如今只在墙上的照片中微笑的男人四年前因病去世了,可是他瘦小的遗孀却每天生活在他留下的这一切组成的小世界里,继续着她的人生。

南希是我的美国邻居,因为她曾经做过美国高中和大学的文学老师,所以我请她帮我看看我的小说译文是否通顺。每次,我们都是在她家书房的电脑前进行我们的翻译工作。她不懂中文,却对中国文化喜爱至极。她给我看她逝去的先生去中国时画的苏州的小桥流水,还有从中国带回来的刺绣手工艺品。她不止一次地感叹:要是鲍勃活着就好了,他一定会非常喜欢跟你聊天,跟你聊有关中国的一切。

我的小说里有很多涉及中国文化的内容,有的时候,光按字面翻译并不准确,我就给她讲故事、打比方,一个故事讲完,她才恍然大悟:"噢,原来是这个意思!"

一次,我给她说了有关中国父母包办婚姻的事情,还有中国式的抗婚和私奔,那竟然引起她对自身的联想。于是,她给我讲述了她和鲍勃当年那段"美国式的私奔"。

二战结束后,许多美国大兵到美国中学里演讲,进行类似我们中国的爱国主义教育。二十八岁的英俊大兵鲍勃是第二代比利时裔移民,他的父母都是非常虔诚的天主教教徒,来自比利时的乡间,到美国这个新大陆寻找梦想。

鲍勃站在纽约曼哈顿一所高中的舞台上,给台下的中学生们讲述战场上的种种……

台下,十八岁的美丽少女南希是来自瑞典的第三代移民,她的基督徒家庭富裕宽松,并早已融入这个新大陆。她的父亲非常富有,是曼哈顿金融区小有名气的金融投资商。一头金发的南希喜欢舞蹈、音乐、文学和幻想,她一直在心里刻画形象的白马王子,这天竟然出现在了学校的舞台上,那个刚从战场上归来的年轻男子一下子占领了她心中的处女地。

南希拿着笔记本走向鲍勃,想让他在上面签名,可看着这个被众多女孩子包围的男人,她只好站在一边耐心地等待……鲍勃注意到了这个美丽的女孩子,看见她欲说还休的害羞神情,这个大男人被那种娇羞的少女神态深深打动,便向她走过去,伸出手说:"我们认识一下,我是鲍勃,你叫什么名字?"

就这样,南希和鲍勃恋爱了。

他满足了她对爱情的所有憧憬:他高大、英俊、强壮却有着细腻的感情,他是个喜爱艺术的男人,他爱美术、雕塑和东方的古老艺术;她满足了他作为男人的所有愿望:她娇小、美丽、温柔、多情,是一个童话世界里的小公主。他要保护她,用他的一生给她最美好的幸福。

可是,南希的家人首先掀起了反对的浪潮。南希的父亲对女儿说:"这个小伙子不能给你提供优越的物质生活!他供不起,他的家庭也供不起!"接着,鲍勃的家人也是一边倒地不赞成。他的母亲说:"那样一个娇小姐,你难道要娶回来供着吗?她还不是天主教教徒,从那样的学堂里出来的,有几个是守规矩的女孩子?"经济条件的悬殊,信仰上的差别,家庭间的差异,使这一对相爱的男女身处旋涡之中,他俩痛苦万分,最后决定出逃!

私奔就这样发生了,他带上所有的积蓄,携着心爱的女孩乘船去了欧洲。在那里,两个人过了永生难忘的两个月,日夜相随、如胶似漆。然后,钱用完了,他们只好回家。

幸运的是,这对神仙眷侣没有从虚幻跌回到现实,然后分道扬镳,他们从甜蜜无比的天堂回到了真实的相亲相爱的人间,一起努力,共同奋斗。他一路高升,从一个普通职员升到纽约一家连锁女装店的执行长。他带着可爱的娇妻周游世界,欣赏人类创作的艺术奇观,眼里所见、心里所悟,都化成了他笔下和手中的艺术作品,他更用自己的宠爱和真情为妻子亲手制作了木制的高架床,妻子把手工绣制的美丽布帘挂在床架上,那就是他们俩的爱情王国,他们自己的童话世界。

南希说,她的老父亲到了晚年已是女婿最好的朋友,两个深爱着同一个女人的男人,相互欣赏和珍惜。老人家说他这辈子最大的错误就是当年阻碍女儿和女婿相爱,所幸没有得逞,成就了一段千古佳缘。

南希一生都生活在丈夫的宠爱里,他们育有两个孩子,一儿一女,一家人生活在纽约郊外一个美丽宁静的小镇上。妻子读书写作,教孩子文学、文字,多么完美的一个爱情故事!然而,任何故事都有结束的时候,人的生命是有限的,鲍勃四年前病逝了。

我问南希,那么相爱的丈夫离开四年了,这四年她是怎样度过的。作为新邻居的我,根本看不出她的生命中那么重要的一部分消逝了!她是如此快乐和充满活力!每个周末她回到我们居住的小镇,教孩子英文,平常她自己开车去纽约城,在丈夫为她买的小公寓里住三四天,逛博物馆、跳芭蕾舞、去健身房,她还是联合国的义工,还能帮我润色译文……

她指着家里到处摆放的鲍勃的艺术作品,对我说:"鲍勃天天陪着我呢!他一刻都没有离开过!我知道他愿意我生活得开心幸福,我知道他一直和我在一起!"

如果真的爱过,就永远不会失去!如果真心相爱过,就永远也不会感到孤独!

我拥抱了南希,眼泪却情不自禁地流了下来,不是因为难过,而是因为感动、触动和领悟。

那一天我种完了所有的树

戚振国

霍维斯寄给妻子一封橡树情书,让她在天上也看得见……

在谷歌卫星地图中输入一个坐标,就可以看到英国南部格洛斯特郡那颗被橡树林包围的清晰的"心"了。

17年前,英国农夫温斯顿·霍维斯先生结发33年的妻子珍妮特突发心脏病离世。为纪念亡妻,霍维斯在自家农场种下6000棵橡树,并在树林中央留下一片心形空地。近日,热气球爱好者安迪·科莱特乘热气球偶然飘过树林上空,第一次"偷看"到了霍维斯写给天堂的妻子的情书。

这封由6000棵橡树组成的最复杂的情书里,只有一个最简单的图案——心。

被"偷看"之前,这颗"橡树之心"已经默默地在英国南部乡村"跳动"了17年。

1962年,在英格兰斯特劳德附近,霍维斯迎娶了长着一头褐发和一双蓝色眼睛的珍妮特。33年后,珍妮特离开人世,他想找个持久而有意义的方式纪念她。

霍维斯是一个互联网时代的"山顶洞人",在谷歌里,你"人肉"不出他的邮箱、博客或者亚马逊购物清单。与多媒体情书相比,土地显然是这位农夫更熟悉、更信任的伙伴。

"有一天我灵光一闪,"霍维斯说,"可以在田地里种一颗心啊!我觉得这点子太棒了。"

浪漫的"灵光一闪"并不稀罕,稀罕的是闪完之后,他真的开始种树了。

霍维斯在英国南部的乡村拥有一片45.33公顷的农场,他精心选取了其中的2.45公顷,花一周的时间种上了橡树苗,用树苗做"画笔",勾勒出一个完美的心形。在接下来的17年里,他和儿子一起把心形以外的地方用树苗填满。时间慢慢流逝,如今树苗已长大成林,霍维斯又在空白的"心"中种上了黄水仙。

"那一天我种完了所有的树,放了一把椅子在树林的中间,刚好能看见她曾住过的那个小山坡。有时候我走过去,也不干什么,就是坐坐。一想到我送给她的礼物大概能放在这儿很多很多年,我就觉得高兴。"

想要走进这颗"心",唯一的办法是沿着心尖方向穿过一条极窄的林荫小路,这条小路指向沃顿山,那里是妻子的故乡。

霍维斯和儿子种的黄水仙被称为"春之使者",一到3月,"春之使者"就把他送给妻子的"心"染成金色。到了其他季节,又转回翠绿。霍维斯爷俩在"心"的外面种上了大橡树,然后打算在周围弄一圈篱笆,以让这份爱意能够更长久地保存下去。

五年前,霍维斯也曾乘热气球俯瞰过自己的作品,但更多的时候,他还是愿意沿着心尖小路走进水仙丛,在椅子上坐一会儿。

如果那个热气球没有恰巧路过,这也许将成为永恒的秘密。科莱特感叹:"这样的爱情故事,只存在于想象中。"

男人爱女人的最好方式

后来

他们初次相遇时,他只是一个字幕设计师,尽管读完剧本后他的脑海中便会出现整部电影,但没有人重视他。而成绩优秀的她因为患上舞蹈症被迫放弃学业,成了电影公司的剪辑师。他只比她大一天,而她在拍电影方面的知识比他多得多。

她第一次引起他的注意,是因为她咯咯的笑声和别致的红头发。

那时的她漂亮热情,是一个善于交际、特别有吸引力的女孩。尽管他对她一见钟情,可是,他觉得马上就向她示爱并不合适,他自卑而害羞。一个男人在长相上不如意,就只能靠事业来弥补自己的不足,他决定等自己成为副导演后再去追求她。

他和她交往的方式非常不浪漫,她认识他后不久就失业了,他是以提供工作机会的方式接近她并向她求爱的。

婚后,他们有永远说不完的话题,他觉得他们的婚姻本身就像一部电影。

他一次次把自己的作品推向成功的巅峰,但她知道,无论他在事业上取得多么大的成就,在内心深处,他始终是一个不安的害怕黑暗的孩子。

对黑暗的恐惧来自童年时期。他是一个蔬果商家里最小的孩子,父亲经营的那类商品容易腐烂的特质经常令他感到不安。在他很小的时候,有一天晚上,他一个人在黑暗中醒来,整间屋子一片漆黑,他找不到父母,他们出去散步了。此后,对黑暗的厌恶伴随了他一生。

他觉得黑暗代表的是一个未知的世界,而他一直喜欢熟悉的事物。他说:"人永远都不可能知道黑暗中有什么东西潜伏着,也不希望知道,看不见的东西才会让你感到害怕。"

他不喜欢改变,尤其不喜欢搬家,他觉得那就像在承受一种病痛。她便陪着他,不搬到更大的房子里。

他热衷于减肥,为了让他觉得好受一些,她便陪着他一起减肥。他吃什么,她也吃什么,结果他没瘦下来,她却瘦了下来。他曾笑着告诉朋友,他不敢减肥太久,否则他那尊敬的夫人很可能会瘦到完全消失。

他们相伴了一生,他最感激最心爱的女人只有她一个。有人说,导演的创作激情缘于对女演员的爱,可她从不怀疑他,也不嫉妒那些金发佳人。她知道,电影一结束,他最想回的地方就是他们的家。当年迈的他们被病痛折磨时,他最难过的是,让她感兴趣的事越来越少,她的虚荣心已经消失了,他很怀念它。他无法想象没有她的生活,他从没想过他会比她后死,这太可怕了。

他们最后一次出席公开场合的活动是那次美国电影研究院颁给他终身成就奖的大会。

在大会上,他提到四个人:"四个人中的第一位是电影剪辑师,第二位是编剧,第三位是我女儿帕特的母亲,第四位是一直在厨房中展现奇迹的优秀厨师——她们的名字都是阿尔玛·雷维尔。"

他伤感地说,这可能是他和她最后一次出席这种场合,可能是他在公众面前向她表示敬意的最后一次机会。

所有的人都站了起来,除了他的妻子阿尔玛——多次中风的她,身体早已很虚弱了,这天能来到这儿,完全是依靠她对丈夫的爱。

回顾这一生,她说:"在一起那么多年,我的丈夫从未让我觉得无聊,我相信不会有很多女人这么说。"

是的,男人爱女人的最好方式,就是不让自己的女人觉得无聊。

七年四个月十二天

谢沁立

每天清晨，病房里都会传出"哎……哎……"的呼唤，通常要持续两三个小时。声音是从一位93岁老人的喉咙深处发出的，沙哑难听。老人因脑中风瘫痪多年，现在又患上了老年痴呆症。

几年来，老人不停地住院、出院、再住院，医院成了他实际意义上的家。他头发稀疏，满脸褶皱，表情淡漠，外表已衰老得不会再有任何变化。在医生眼里，他的变化只是病历夹中不断增加的页码，体温单、查房记录、会诊单、血液检验单、X光检查单……一张张，经年累月，很快就成为厚厚的一沓，需要护士定期整理。

陪伴在老人身边的，除了护工，就是他的老伴儿。每天，他在床上躺着，夜里不睡觉，白天却睡得迷迷糊糊，接连把几位护工折腾得选择离开。老伴儿从不在医院过夜，总是上午9点到病房，下午3点离开，雷打不动。9点来，是因为科室主任总是在这个时间查到老人的病房。医生查房时，她虔诚地望着可以做她孙辈的医生，屏气聆听医生说的每一句话。

每天她都和医生、护士打交道，只言片语中，大家知道了她和他的往事。

他是研究所的技术人员，和工程图纸打了一辈子交道；她是中学老师，和孩子打了一辈子交道。退休后，老两口平静而规律地生活着，在他86岁、她80岁之前，他们的身体相对健康，生活能够自理。但一场脑中风改变了他们生活的程序。他先是半身瘫痪，然后脑子变得迟钝，最后只能卧床。他如果知道自己大小便失禁，一定羞于见人，但幸好这一切他都不知道，所以他的心里也许还是快乐的。她笑着这样嗔怪他。

他们有两个孩子，都在国外生活，也已到花甲之年。最初老人生病住院时，孩子们回来照顾过一阵，但不久就返回定居国。她说，孩子们有自己的生活，只要自己活着，她就会陪他走完人生最后的岁月，能陪多久就陪多久，这是他们60多年前结婚时的约定。

他每天都在等待。病中的岁月是如此漫长，他似乎每一天都在等待那个永久的归宿。在等待中，他的目光是呆滞的、空洞的。而每当临近早上9点钟，她的脚步走近了，他的眼神立即有了光彩，那是瞬间就闪亮的光彩。等她走到身边，他会随着她的身影转动着眼球，此刻，那眼神不再空泛和呆滞。似乎她来了，病房里就有了阳光，就有了鲜亮的色彩。

他还没有失语时，还会撒娇似的向她告状："疼，疼啊！他们打我。"那求助的眼神竟与幼儿无异。她笑吟吟地拉着他的手，用哄孩子的口吻说："不疼，不疼。他们为你拍背呢，是舒服，不是疼，对吧？"他"嘿嘿"笑了："对。"

他失去了吞咽功能后，吃饭时，护工把牛奶或是打成稀糊糊的食物用针管打进胃管。她在一旁调侃他："你倒省事啊，连奶都懒得喝了。"他听懂了，"哎、哎"地发出声音，嘴角扬一扬，像是微笑。

午饭过后，护工为他翻身，让他侧身躺着。他下意识地弓着身子，肢体僵硬地动着，一只手紧紧攥着盖在身上被单的一角，躁动着，脸上露出恐惧的神情。她坐在床头的椅子上，先是将他穿的衣服捋平，然后，自然地将自己的手掌握成空心的拳头，为他轻轻地有规律地拍着背。他不再躁动，面部肌肉舒展开来，享受着她的拍打，继而闭上眼睛，微张着嘴巴，沉沉地睡了。她低着头，弓着背，神态专注地拍着。她的手也是一双衰老的手，上面布满了深褐色的老年斑，但这丝毫没有影响她通过手传递给他的温情。她拍着拍着，会打一个很短的小瞌睡，只片刻，就一个激灵把自己惊醒，再欠身去看他的表情。阳光透过窗户照在他们的身上，金黄色的身影凝成一幅美丽的图画。

他睡熟了，她会到护理部去和护士们说话。在这些"80后"的护士眼里，她的穿着有些另类。她一进病房就戴上一顶白色布帽，把花白稀疏的头发遮住，一根都不露在外面。她的上身穿着深色衣服,下身总是一条式样老气的褶裙,而脚上则是一双与年龄不太相符的半高跟黑色船鞋,走起路来一歪一歪的,有几分滑稽,更让人有几分担心。她对护士说,那是她女儿要扔掉的鞋,被她去掉半个跟儿接着穿了,因为"穿裙子,要穿有一点跟儿的鞋才好看"。看着她的打扮,护士们掩着嘴偷偷地笑。

一位护士说:"奶奶,您一会儿走了,爷爷又该'哎、哎'地喊了。""呵呵,他是在喊我呢!"见护士们惊讶的样子,她笑呵呵地说:"是啊,你们别看他现在这个样子,他年轻时可是个浪漫的人呢。我们年轻时约定,等老了,谁先躺下了,另一个一定要漂漂亮亮的,不能哭哭啼啼的。他说,他先走的时候,如果什么都不记得,也一定会记得我的名字。"护士们恍然记起,她的名字有一个"艾"字,那是她在病历本的家属栏里留下的。护士们笑了,说:"爷爷真是每天喊您呢。"

她接着说:"我们刚认识的时候,和你们现在一样大。我年轻时很漂亮呢,他追求我,我不答应,他就每天到我工作的学校门口等我。一天,他在门口拦住我,给了我几个还没成熟的青玉米。那时候,他单位的后院有一块地,长了几棵玉米。他知道我爱吃玉米,就偷偷地去摘了几个。就是因为这几个青玉米,让我跟了他一辈子。我60岁时血压高,听人说玉米须煮水喝能降压,他就去菜市场帮我捡回好多玉米须晾在阳台上,给我煮了一冬天的水。"

在护士们的羡慕声中,她继续说:"年轻时,他照顾我,现在是我照顾他了。只是我也老了,头发白了,也快掉光了,戴上帽子,老头就会认为我还是乌黑的头发。我的膝盖伸不直,腿弯曲了,穿上裙子,老头就看不见我的腿了。我在固定的时间来去,是因为我自己也是80多岁的人了,如果不能好好休息,怕不能陪他坚持到最后呀。"

一天又一天过去,他依旧"哎、哎"地喊着,她依旧一歪一歪地来去。无论是明白的,还是糊涂的,他们都在坚持,能多久就多久。

他走的那天是个下雪的冬日。之前,他一直处于弥留状态,再没有力气去"哎"了。他在生命的边缘徘徊,还能记得她的名字吗?还能看到她穿着裙子姗姗走来吗?还能回忆起那青涩的玉米吗?

那天下午1点多钟,她坐在浑身插满管子的他的身旁,一遍遍抚摸着他的额头、脸庞、手掌……两点整,他的喉咙里"哎"了一声,她伏在他的耳边轻声答应着。之后,他安静地走了。她却笑了,流着泪。

护士为他做最后的护理时,随口问了一声:"也不知道老爷子在咱们病房住了多久?"

"七年,四个月,零十二天。"她在旁边毫不犹豫地说。

妻子的最后一条短信

菲你不可

妻子是个小尾巴,我走到哪里她都要问到哪里。我厌烦,她却乐此不疲。可是,这个小尾巴却在那个下着大雨的深夜永远消失了……

我的心情非常难过,内心充满了内疚和痛楚,我无法原谅自己的过错。

结婚那天,老婆用买戒指的钱给我买了一款手机。那天夜里,我们两人在被窝里一遍遍地调试着手机的响铃。我们觉得,生活就像这铃声,响亮、悦耳,充满着憧憬和希望。从那天开始,我常常接到她的电话:"老公,下班了买点菜回家。""老公,我想你,我爱你。""老公,晚上一起去妈妈家吃饭。"我的心里十分温暖。有一次,我忘了给手机充电,又恰好陪领导到基层,应酬到半夜才回到家,推开房门一看,我发现老婆早已哭红了眼睛。

原来从我下班时间开始,她每隔一刻钟就打一次电话,我都不在服务区。老婆更加着急,总以为发生了什么意外,后来每隔十分钟打一次,直到我推开家门,她刚把话筒放下。我对老婆的小题大做不以为然:"我又不是小孩子,还能出什么事情?"老婆却说有一种预感,觉得我不接电话就不会回来了,我拍拍老婆的脑袋,笑了:"傻瓜!"不过,从此以后我一直没有忘记及时给手机充电。

后来我升了职,有了钱,手机换了好几个。突然有一天,我想起欠着老婆的那枚戒指,便兴冲冲地拉她去商厦。可是她又犹豫了,说:"白金钻戒套在手指上有什么用啊?给我买个手机好吗?我可以经常跟你联系。"于是我就给她买了一部手机。

那天,我们一个在卧室,一个在客厅,互相发着短信息,玩得高兴极了。

一天夜里,我和同事到朋友家玩牌,正玩在兴头上,老婆打来了电话:"你在哪里?怎么还不回家?""我在同事家里玩牌。""你什么时候回来?""待会儿吧。"输了赢,赢了输,老婆的电话打了一次又一次。外面下起了大雨,老婆的电话又响了:"你究竟在哪里?在干什么?快回来!""没告诉你吗?我在同事家玩,下这么大的雨我怎么回去!""那你告诉我你在什么地方,我来接你!""不用了!"一起打牌的朋友都嘲笑我"妻管严",一气之下,我把手机关了。

天亮了,我输得两手空空,朋友用车子把我送回家,不料家门紧锁,老婆不在家。就在这时,电话响了,是岳母打来的,电话那头哭着说:她深夜冒着雨出来,骑着自行车,带着雨伞去我同事家找,找了一家又一家,路上出了车祸,再也没有醒来。

我打开手机,只见上面有一条未读留言:"你忘记了吗?今天是我们的结婚周年纪念日呀!我去找你了,别乱跑,我带着伞!"

她走在找我的路上,永远不会再醒来了。我泪流满面,一遍遍看着这条短信息,我觉得那一个晚上我输了整个世界。

让我为你解鞋带

邓博文

每天下班的时候,女人就推着轮椅,准时出现在门口,听着皮鞋咚咚的声音,女人的笑容便像海浪般舒展开来,回来了啊。男人点头,轻轻在她额头上吻了一下,然后推着女人进去。

到门口,女人说,我来给你解鞋带吧。女人弯下腰,缓缓地解着,男人的眼睛湿润了,十年了,自从妻子瘫痪后,她已经重复这样的动作7000多次了。其实这样的小事,他完全可以自己做的。但是女人不肯,女人还一度收了他的钥匙,女人说,我能做的,也就这么多了。

可是最近小区闹起了抢劫,男人都不敢在办公室耽搁,他怕他不在的时候,会有不法之徒冲进他的家里。

从公司到家也才几站的路程,男人会坚持每天回来做中饭和晚饭,当然,他每天晚上经过一家鲜花店的时候,都会顺带买上一朵,就一朵,男人其实可以多买一点的,但他没这样做,他喜欢把快乐一点一滴地送给他最疼爱的女人,他喜欢把这些平凡的浪漫扩展得更细致和温馨,每天都不间断。

可是今天堵车了,看着几公里的车流,男人果断地把车寄存了,然后快步跑回家。女人就在楼下,女人说,回来了啊。男人擦了把汗,说,堵车了,就耽搁了下,你怎么下来了。

女人的脸笑成了一朵花,我担心着你,就下来了。

男人的房子在八楼。虽有电梯,但对一个瘫痪的女人来说,那是多么艰难的旅程。

男人没有责怪,因为那是他们十年来的约定,他为她做饭,而她为他解鞋带。男人抚着她的额头,说,我们回家吧,男人推着轮椅,进电梯,开门,然后女人弯下腰,给他解鞋带。对于他们来说,生活就是轮椅,就是楼梯,就是一朵鲜花和两颗心之间的呵护,就是一个十年来的约定,他为她做饭,而她为他开门、解鞋带,就是那天他推着她上楼,然后一起走向那个小小的温暖的家。

我想,这种爱的约定,对你我也都是适应的吧。

生长在心中的向日葵

杨立平

1969 年,16 岁的上海知青刘行军去北大荒插队,与当地女孩二丫相爱。几年后,刘行军回上海读大学,临行前向二丫承诺——毕业后与她成婚。二丫苦等三年,等到的却是一封分手信。二丫放不下心中的这份感情,没再谈恋爱。18 年后,刘行军惊闻二丫仍然单身,并且身患重病,他毅然重返北大荒,将二丫背到上海治病、成婚。1996 年,二丫的肺大泡破裂,做手术切掉了左肺;2004 年,刘行军又因肝癌需要做肝脏整体移植手术……

刘行军

18 年后,我又回到了北大荒。二丫的妈妈颤巍巍地站在屋中间迎候我,只说了一句"孩子,你回来了",就把我拥入怀中。我善良温厚的北大荒妈妈啊,自始至终没有一句责怪的话。小弟愤怒地把头扭到一边,拒绝跟我打招呼,这个憨直的汉子,忘不了我害得他的姐姐差点丧命。二丫的舅舅只说了一句:"18 年了!"不胜感慨。

二丫还没起床,听说我来了,立时抖成一团,抖得一件棉袄穿了好半天,才勉强穿到身上。她迟迟不敢出来,她没有勇气出来,怕自己失态控制不住。

好像一个世纪那么漫长,二丫终于从房间里出来了。这时大队书记听说我来了,也过来看我。屋子里坐满了人。

二丫的头始终低着,声音沙哑:"你来了……"

这就是我的二丫吗?她脸色苍白,穿着厚厚的棉袄棉裤,瘦削、虚弱得好像随时都会摔倒。"来了。"我的喉头有点哽咽,好似有一把利剑在搅动着心脏。二丫的衰弱病态让我的心中充满了内疚。说完这一句,她转身回了自己的小屋。

吃过早饭,一屋子人悄然散去,二丫的妈妈也没了踪影。我来到二丫的小屋,对坐在炕边的她说:"你怎么这么傻啊。真想不到你会这么傻!"我把她揽进怀里,两人放声大哭,诉说着离别后的这18 年,边说边哭。二丫18 年的委屈和悲伤化作泪水的长河,不停地流啊流。我俩一直说到日上三竿,又说到日落西山。

我说:"一切都是我造成的,这一次你得跟我走。"怀里的她瘦成了一把骨头,不把她带走,做最好的治疗,我担心她熬不过这个冬天。

二丫哭了:"不了。见到你,我就没什么遗憾了。你看我现在这个样子,不可能跟你走了,我走不动了。"

"我背你。背也要把你背回上海。后半生,我们再也不分开。"我坚定地说。

第三天早晨四点多钟,我带着二丫离开了合心屯。二丫的身体太差了,严重的支气管哮喘让她的呼吸声粗得像拉风箱。她 1.65 米的身高,体重却只有 38 公斤,眼见油尽灯干了。我都担心她撑不到上海。

火车上,我们俩舍不得合眼,不停地说着话,实在困了才打个盹儿。

二丫说:"到了上海,我怕我不习惯呢。"

"怕啥?有我呢。"

"我不懂上海话,唧唧哝哝的,一句也听不懂。"

"我教你,一句一句地教,总能学会的。"

"我想家怎么办?从来没离家这么远。"

"想家了咱们就回去。一年回一次北大荒,总行了吧?"

二丫的眼珠转了转问:"你一个人住吗?"我说:"是的。"单位给我分了一套30多平方米的房子,我很少住,平时都住在单位值班室。这18年,除了跟前妻结婚的三年,我过的基本是集体生活。

"房子还没装修,随便你怎么弄吧。"是的,我们的家,连同我的人,都交给她了。

我凝视着眼前这个女人,我的骨中骨肉中肉,在忍受了18年分离的痛苦之后,我们终于团聚了。

我俯下身,在她的耳边轻声说:"我将从17岁开始补偿你。"

但造化弄人,厄运对我们的考验一直没有停止。继1996年二丫的肺大泡破裂,手术切掉了左肺后,2004年2月,我又出现了腹痛、乏力、食欲不振、皮肤瘙痒等症状。上海一家医院诊断为甲肝。在住院治疗的43天里,我的体重急剧减了10几公斤。病情不断恶化,高烧不退,还出现了肝腹水。4月9日,已为我妻的二丫见情势不妙,把我转到上海中山医院,经全面检查,结果出来了。二丫被医生叫去办公室,回来时两眼通红。

她强作笑颜:"肝炎,有点儿肝腹水,得住院治疗,没啥大事。"

她的目光躲闪着。在她11岁时,我们就认识了,我熟悉她就像熟悉自己的掌纹。她的故作轻松,对紧张和悲伤的掩饰是瞒不过我的。

病房里有4张床,其他3张床住的都是肝癌患者!突然的醒悟,好似呼啸而来的铁锤砸在我的胸口。我知道肝癌是死亡率极高的一种疾病,那么我还有多长时间?我才51岁,死亡就这么在我毫无准备的情况下悄然而至?

病情来势汹汹,我极度虚弱,时而昏迷,时而清醒。连日忙于护理又陷于焦虑之中的二丫终于撑不住了,坐着小板凳,趴在床边打起了瞌睡,手却紧握着我的手。深夜,微弱的光线透过玻璃窗落在她的脸上,她的眼角依稀有泪。我想给她拭泪,却虚弱得抬不起手。10年前,我将这个女人背到上海,向她发誓:"我背弃你、伤害你18年,我要从17岁开始补偿你,让你幸福……"

她刚刚幸福了10年,难道我要再次背弃自己的誓言弃她而去……

二丫

2004年4月9日,医生把我叫进办公室,告诉我:"你的丈夫是肝癌晚期,唯一的希望就是进行肝脏移植手术。"

仿佛大地在脚下裂开,我坠向无底的深渊,空白、绝望、恐惧像拍天的巨浪一样涌来,仿佛要把我拍烂扯碎。在我的生命中有过一次类似的经历,那是1980年,我接到他的分手信时。微笑的生活突然面目狰狞地挥起大棒,砸在我的头上,我的爱情、幸福和未来都碎了。

第二天,医生下了病危通知书,并告诉我,他的肝功能已衰竭,随时会出现肝昏迷和吐血的现象。医生还说,必须马上做整体肝脏移植手术,不过风险大,费用很高,至少要35万元。

我们仅有一万元的存款。10年前,刘行军把我从北大荒背到上海后,我一直在养病,没有工作。刘行军的收入也不多,仅够维持我们的生活。1996年,我又做了一次手术,花去了四五万元。我们家最值钱的就是单位分的30多平方米的住房,那是一房一厅,老式结构,厅是晒不到阳光的。当时上海的房价还没太涨,卖不了几个钱。

死神扇动着黑色的羽翼,要把他从我的身边夺走。我要是能凑到35万元,也许能从死神手里夺回他。可是,我上哪儿去筹这笔巨款呢?

我守在他的身边,紧紧地抓着他的手,死神随时随地会把他带走,可是我不甘,不甘我们就这样被命运再次分开……

刘行军很快就出现了间歇性肝昏迷。医生告诉我,肝昏迷是肝癌患者最主要的死亡原因,必须马上进行手术。马上凑齐35万元医疗费,才能救他的命!

我哭了,除了哭,我还能怎样?

傍晚，他再一次陷入昏迷。我肝肠寸断地把他的头抱进怀里："哥，你醒醒，跟我回北大荒吧。那里有漫山遍野的向日葵，你说过，金灿灿的向日葵是世界上最美的花。"不，我决不轻易将我的丈夫交给死神，决不！就像当年我死死抱定爱情，决不肯放弃一样。刘行军总说我："你这个女人啊，又傻又犟。"

可是，怎样才能凑到这35万元的救命钱？

我急得在上海的大街小巷乱转，在家里四处乱翻，哪怕一分一角都不放过。也想过向亲戚求助，可刘行军的父亲1984年患肺癌病故。他们家兄弟7个，生活都不宽裕。我的父亲也去世了。2000年，刘行军将我母亲和我的小弟一家接到上海，母亲在小区看车棚，弟弟做保安，弟媳在饭店洗碗，他们将积攒下的1000多元钱，一分不少地都给了我。

最后我在家里翻出了刘行军的电话本，逐一打电话求救："求求你，救救我们……"

2004年4月14日，医院专家组决定，派人紧急寻找匹配的肝源，在此之前，先给刘行军换上人工肝脏，以血液透析来维持他的生命。

手术定于2004年4月15日。上午9时，医生让我在术前风险告知书上签字，我的手抖得不行。当时肝脏整体移植手术在我国刚刚起步，手术风险极大，很多病人死在了手术台上。我签完字，想到即将到来的生离死别，泪水止不住地流了下来。

9时30分，刘行军在要被推进手术室时，突然拉住我的手："对不起，丫妹，这些年难为你了。如果我出不来，你一定得挺住。"我俯下身，在他的耳边轻声说："记住，你得活着回来。我等着你。你知道我傻，一根筋，认定的东西死也不放开。你不回来，我也就没命了。"说着，我的泪珠滴到了他的脸上。他抬手轻抚了一下我的头发："傻丫头，我不会再坑你一次！"

他被推进了手术室，我站在门外，双手合十向上天祈祷，保佑我的丈夫平安出来。我在这里等着，哪怕是地老天荒我也等……

刘行军

上苍也许听到了二丫的祷告，也许是因为目睹了我们18年的离别及团聚后的种种苦难，终于动了慈悲之心。

2004年4月15日下午3点多，当手术进行了一半、坏死的肝脏被摘除时，传来一个天大的喜讯，匹配的肝源提前空运到了上海！医生马上放弃了植入人工肝脏的计划，新的肝脏被移入……肝脏移植手术进行了6个多小时，当我醒来时，发现自己躺在重症监护室里，身上插满了管子。医生笑着告诉我，手术非常成功，坏死的肝脏被摘除了，新的肝脏已经开始在我体内工作。但这并不意味着我逃出了死神的魔掌，接下来的几天，是极其危险的排异期。

我用目光寻找着，看到了站在重症监护室玻璃墙外的二丫，她含泪带笑地望着我，向我摆手。我知道她的意思，她在说："哥，你得坚强，你得活着走出来。"我示意她去休息，别在那里傻站着。她是只有半边肺的人，我担心她的身体撑不住。二丫摇头，倔强地站在外面，从手术开始，她就寸步不离地守着，生怕一不小心，死神就会带走我。

我知道二丫心中的恐惧。1996年，二丫被推进手术室时，我的心里也曾这么恐惧过。我们不能再失去彼此了，我们跟别人不一样，因为我的愚蠢，我们曾失去了宝贵的18年。

2009年10月，我到上海重访刘行军和二丫这对多灾多难的夫妻。刘行军换肝后奇迹般地恢复了健康，重返上海少年劳教所上班，但手术欠下的巨款还没有还清。

坐在他们简陋的"蜗居"里，我问二丫："如果人生能够重新来过，你还会选择刘行军吗？"

"会的。"没有半点迟疑，二丫平静地回答中有不容置疑的坚决。

突然，他们养的鹩哥发出了一声响亮的叫声："丫妹啊！"那声音酷似刘行军，在声声呼唤自己的爱人。

生命的礼物

李愚

约翰看了一眼仪表盘,离切里兰机场只剩 7 分钟的航程了。家越来越近了,想着可以在家过复活节了,约翰难掩心中的兴奋。

突然,他感觉呼吸有些困难,两腿从上到下渐渐没了力气,失去意识前他把妻子海伦叫到了驾驶舱。

他用尽最后一丝力气解开安全带,然后就瘫坐在了座椅上。海伦试图重新给他系上安全带,这才发现丈夫已经昏迷。

她想尽办法,也没能唤醒丈夫。这位 80 岁的老太没有恐慌,而是平静地从丈夫手中接过飞机操纵杆,自己驾驶飞机飞行。

时间是 2012 年 4 月 1 日,81 岁的美国人约翰·柯林斯驾驶一架"塞斯纳"414A 型 8 座双螺旋桨飞机从佛罗里达州的马尔科岛起飞,打算和妻子海伦飞回位于威斯康星州密尔沃基市附近的家中过复活节。

在距离目的地切里兰机场仅 7 分钟航程时,约翰突发心脏病去世。当时是傍晚时分,飞机燃料即将耗尽。情况万分危急,海伦呼叫了警方调度员,众人开始协力帮助她。

儿子詹姆斯也是飞行员,他通过无线电与母亲取得联系,提供帮助;居住在距离切里兰机场 1.6 公里的飞行员罗伯特·武克桑诺维奇接到电话,立即驾驶约翰家的另一架飞机升空,接近海伦驾驶的"塞斯纳",通过无线电指挥她。

海伦三次尝试降落,均未能成功。第四次降落时过猛,飞机前起落架损坏。她把住方向舵,保持飞机正直,飞机在跑道上滑行约 300 米后终于停了下来。

当地面指挥人员得知飞机上唯一的飞行员已经昏迷,只剩下一位 80 岁的老太太时,惊得目瞪口呆。反倒是海伦保持了异常的冷静,独自一人操控着这个大家伙飞了一个小时。

詹姆斯认为母亲对飞机的操纵"简直难以置信",回答问题时仿佛"一生都在干这个"。"令人惊异的是,她最后仅凭一个发动机降落。我不知道,许多经过专业训练的飞行员是否能做到这一点。"

詹姆斯还提到母亲接受帮助时的自信。"她甚至不希望僚机飞行员(武克桑诺维奇)升空。她说:'你们不认为我能自己做这个吗? 你们对我没信心吗?'她比地面上的任何人都冷静。"武克桑诺维奇在新闻发布会上也提到海伦了的自信:"她想知道,我是否信任她的自信。我说,如果你有信心,我就有信心,我想我们能完成(降落)。"

当然,海伦的自信并非全是匹夫之勇。30 年前,在约翰的敦促下,海伦学习过驾驶飞机起飞和降落,但她没有飞行执照,只是陪丈夫飞行过数百个小时。

也许,约翰早在几十年前就预见自己会有瘫倒在驾驶舱里的一天,他把生存的机会提前留给了坐在身旁的妻子。这是他预先送给妻子的最后一份礼物,一份至珍至贵的礼物——生命的礼物。

世上最完美的妻子

祁连月

这是一场并不浪漫的包办婚姻。启功本以为,为了不违母命而娶章宝琛,是人生的不完美,却不料,她竟成了他难得的知己,并在那段艰辛的岁月里,给了他无尽的幸福。

　　启功是雍正皇帝的九世孙。一周岁时，父亲不幸去世，母亲和姑姑艰难地拉扯他长大。20岁时，母亲为他提了一门亲事，对方是一个名叫章宝琛的姑娘，比他大两岁。此时的启功全身心地扑在事业上，并没有成家的念头。但望着母亲被生活打磨得粗糙的双手，他点了头。

　　当年3月，母亲将章宝琛请来帮忙准备祭祖的用品。那一天下着绵绵细雨，等在胡同口的启功看到一个娇小的女子撑着一把花伞娉婷走来，他的心一下子柔软起来。几个月后，她成了他的新娘。他称她为"姐姐"，她淡淡地笑着，低下了头。

　　婚后，她操持家务，侍候婆婆，把一切都打理得井井有条，他原本不平的心，慢慢地静了下来。

　　启功的家很小，朋友却极多，时常来家聚会，彻夜不眠。她站在炕边端茶倒水，整晚不插一言。

　　他的母亲和姑姑都已年迈多病，她日夜侍奉不离左右。病中的老人心情不好，时常朝她发脾气，她也从来没有一句怨言。

　　北京沦陷后，启功的日子日益拮据。有一天，他看见她在细心地缝补一只满是破洞的袜子，禁不住满心酸楚。他想卖画赚钱，却拉不下脸来上街叫卖。她说："你只管画吧，我去。"那天傍晚天降大雪，他便去集市上接她。他远远地看见她坐在马扎上，全身是雪。她挥着双手兴奋地说："只剩下两幅没卖了。"他的眼泪夺眶而出。

　　这样的日子整整过了20年。

　　在困苦的生活中，她拿出珍藏多年的首饰出去换钱，给他做好吃的东西，不论日子有多困窘，她每个月都会给他留下一些钱，供他买书。他被禁止公开写作，她就让他藏在家里写，自己坐在门口望风。她偷偷地将他的藏书、字画和文稿收起来，用纸包了一层又一层深埋起来。那些凝聚着他心血的收藏，一件也没有丢失，一点也没有损坏。

　　她总是遗憾自己没有孩子，而且一直都执着地认为是自己的错，不止一次地叹息："如果哪个女子能给他留下一男半女，也就了却了我的心愿。"在她病重之时，对他千叮万嘱："我死后，你一定要再找一个人来照顾你。"他说："哪里还会有人再跟我？"她笑了："我们可以打赌。我自信必赢！"

　　疾病将她的生命一丝一丝地偷走了。在最后的时刻，她伤感地说："我们结婚已经43年了，一直寄人篱下。若能在自己家里住上一天该有多好。"他的一位好友听说后，立即把房子让给他，第二天，他便开始打扫。傍晚，他打点好了一切赶到了她的病床前，她却已经永远地闭上了眼睛……

　　两个月后，他终于有了自己的房子。他怕她找不到回家的路，便来到了她的坟前告诉她："我们有自己的房子了，你跟我回家吧。"那一晚，他炒了几个她最喜欢的菜，一筷子、一筷子地夹到她的碗里，直到菜满得从碗里掉出来。那一刻，他趴在桌上失声痛哭……

　　为他做媒的人接踵而来，他一一谢绝。媒人笑言："你的卧室里还摆着双人床，证明你还有续娶之意。"他听后，立刻将双人床换成了单人床。望着她凝固在相框里的笑容，他也笑了："当初打的赌，是我赢了。"

　　三年后，他平反了。面对回归的头衔和待遇，他视若浮云，甚至卖掉了自己珍藏的字画，将所得的200万元人民币悉数捐给了北京师范大学，自己却住在一所简陋的房子里。他说："我的老伴儿已经不在了。我们曾经有难同当，现在有福却不能同享，我的条件越好，心里越难过。"言语之中，满是苍凉。

　　在章宝琛去世后的20多年里，启功一直沉浸在无尽的哀思中无法自拔。他无儿无女，无人可诉，只能将泪与思恋凝成文字，任心与笔尖一起颤抖："白头老夫妻，相爱如年少。相依四十年，半贫半多病。虽然两个人，只有一条命。我饭美且粗，你衣缝又补。我剩钱买书，你甘心吃苦。为我亲缝缎袄新，尚嫌丝絮不周身。备他小殓搜箱箧，惊见衷心补绽匀……"

　　2005年，93岁的启功带着他对章宝琛的思恋溘然长逝。在这73年看似不协调的爱情里，他却得到了最坚定的支持和最满足的幸福。

戏比天大情比海深

梅寒

2000 年 7 月的一天,河南郑州某医院,一位已经进入弥留状态的老人,把自己的四个孩子齐齐叫到自己的病床前,挣扎着给他们做最后的交代:"你妈累了一辈子了,爸爸是要走了快不行了,你妈我可是交给你们了,我走之后,你要给你们老娘保护起来,不要叫她生气,不要叫她受罪,这就算你们疼你们爸爸了……"

病床边,头发已花白的常香玉轻轻摩挲着老伴那双瘦弱的手,泣不成声:"你为我操了大半辈子的心了,都成这样了,你还操我的心……"

"我就是要操你的心啊……我这一生,有你足矣!"

那年 7 月 9 日,这位叫陈宪章的老人带着对人世的无限留恋和对老伴常香玉的无限牵挂静静离去。

陈宪章的离去,给常香玉带来的痛苦与打击,常人无法想象。坐在他们曾经共同住过的老屋,对着桌子上老伴的照片低声絮语,她对他说自己心里的思念,也对他说自己心里于他的亏欠与愧疚。心中痛苦最是难忍的时候,她曾对自己的子女说:"你爸这么聪明的人,为什么不能发明一种药,让我们吃了一同死去。"

其言之切,其情之深,让闻者听后无不泪湿双眼。

常香玉,中国一代戏剧大师,9 岁跟随父亲学戏,10 岁登台演出,13 岁就已名满开封,此后,风风雨雨大半生,戏成了她的生命,她成了中国戏剧舞台上一颗耀眼夺目的星。谈起豫剧,无人不晓常香玉,谈起她背后的陈宪章,却鲜有人知。

"19 岁之前,是我的父亲在管着我,19 岁之后,就是他在管我了。没有他,就没有我常香玉的今天,也没有今天的常派豫剧。"这位一生特立独行的梨园大师,把自己的爱人推到一个无人可及的高度。她所说,并非言过其实。陈宪章的出现,改变了常香玉的一生。

19 岁,已经在舞台上唱得大红大紫的常香玉,第一次遇上温文尔雅的陈宪章。彼时,陈宪章是宝鸡三青团分部书记兼任中州小学校长。因了对戏剧的喜爱,常香玉的每一场演出他几乎都要前往。不只看戏,他还懂戏,别人对常香玉满面堆笑满嘴恭维时,他会淡淡地提出自己的不同意见:"'我看他眉清目秀人忠厚',你怎么就知'眉清目秀'人就'忠厚'?"只那一句,就将常香玉的目光吸引了去。"我看着宪章温文尔雅的模样,心想,这个人有学问又懂戏,可真不简单!一颗'自由花'的种子,已悄悄埋在我的心里。"——多年后,常香玉在《戏比天大——常香玉回忆录》里这样深情地回忆。

初见面,陈宪章的影子就深深地印在了常香玉的心里,睁开眼睛,闭了眼睛,他就那样含笑站在自己的面前。那个年代,女子追男,在人们看来简直不能想象。常香玉却不愿意错过这个让自己一见钟情的男子。一次次门外翘首张望,一颗心如戏文里所唱已经"意马难拴"了。然而,那个颀长俊逸的身影,却没有再出现。

再见面,是在医院的病床前。为拒绝给一地方恶霸唱堂会,性情刚烈的常香玉吞金自杀。病床上,她只委屈地一个劲儿流眼泪,拒绝医生为她做任何治疗。父母姊妹来劝,不听,师父师兄来劝,摇头。被人拿枪顶着脑袋去唱她不爱唱的戏,常香玉觉得自己受了奇耻大辱,她再不想活下去。陈宪章就是那时急匆匆跑到她跟前来的。没有高谈阔论的大道理,只是轻轻地握了她的手,温柔又充满期待地看着她的眼睛:"他羞辱了你,你也羞辱了他。谁胜利了?你胜利了。现在一街的人都在骂他,都说常香玉是好样的。你为这个事死了不值得,你有没有考虑考虑还有我呢……""你有没有考虑考虑还有我呢……"这,算不算是一种隐晦又深情的告白？眼泪,再度流下来,心里却已泛起丝丝的甜意。她终于点头,答应配合医生,将那枚吞下去的金戒指想办法取出来。

渭河,这条黄河最大的支流,蜿蜒流过宝鸡。每天清晨,常香玉都要到渭水边上练嗓子。吞金事件之后,再到渭河边上来,常香玉的身边就多了一个高大年轻的身影,是陈宪章。他专门陪着常香玉来。静静的渭河水,少了黄河的涛涛气势,却因为爱情的柔光而倍显妩媚多情。金色的阳光洒下来,常香玉咿咿呀呀的戏腔扬起来,身边陈宪章充满柔情与赞赏的目光投过来。那一段日子,是常香玉生命中最是温柔静美的一段。一直在台上台下苦拼苦练的常香玉,第一次品尝到爱情的甘甜。

然而,好事多磨,常香玉与陈宪章的爱情并不能一帆风顺。常香玉在爱上陈宪章之后才得知,他原是有妻室的人。尽管,那段婚姻实非他所要,也已到了名存实亡的地步。她还是伤心愤怒了。她对他说,她不愿意破坏他们的婚姻,如果他愿意留着那个原配他们可以不谈。

"没有你,我们照样儿是要离婚的。"陈宪章的表白,让常香玉心中的悲愤稍散,但她还是向陈宪章摆出了三个条件,三个条件做到,他们结婚,做不到,分手。

"第一,不给人当小老婆。第二,不嫁当官的。第三,结完婚还得继续唱戏。"一个旧时唱戏的女子,在那个年代,向所爱的男子提出这样响当当的三个条件,对她的这三个条件,陈宪章竟然全部爽快应答下来。

相思与猜测,等待与煎熬,此后的八个月里,常香玉时喜时愁,在焦灼地盼望着陈宪章的归来。她不知,那时候,她的父母在悄悄地着手做着另一件事。

一个穷知识分子,还拖家带口娶过妻生过子,挣的钱连自己都养不好,要来娶走自己已经唱得大红大紫的女儿,对那桩婚事,常香玉的父母从一开始就持反对态度。那时,有多少有钱有势的达官贵胄都眼巴巴地想攀上那门亲事。他们私下里商量,如何断掉那一对年轻人的联系,却被常香玉在无意中听到。这一边父母收拾行装要再度远行,那一边,回家去办理离婚手续的陈宪章还没有半点消息,常香玉又气又急又有满腹说不出的怨与委屈。她再度病倒了,身上的旧伤口感染复发,任是什么样的药都不管用。

陈宪章又是在那个紧要关口回到她身边的。在老家西安,听到常香玉生病的消息,他跑遍了整个西安城,终于为她买到一瓶进口的特效药——安福止痛膏,急急火火携药赶到她的身边。数月相思折磨,一对有情人终再相见。见面,常香玉的眼泪就止不住地流下来。不知是药效真的奇特还是爱情的力量巨大,服下那瓶药,常香玉奇迹般康复。

陈宪章实现了自己的诺言,他携一颗完整的心,一个自由的人,前来给常香玉一个交代。家人依旧不从,常香玉却不愿意再等,挑一个星光满天的夜,带几件随身替换的衣,随自己的一个师兄,头也不回向东奔去——去寻她爱的男子。

淡淡的月光下,静静的渭河边,陈宪章与常香玉在月下水湄再度相遇。执手相看,两个人眼里都已泪光婆娑,他为她抛弃家庭事业,她为他几乎与整个世界决裂。那一份爱,来得到底还是太不容易。

订婚,结婚,一切尘埃落定,才前去与父母讲和。木已成舟,常香玉的父母,也只好无奈地承认女儿的那一段婚事。

此后,风雨相伴几十载,陈宪章完全依照当初的约定,常香玉只管一心一意在台上唱戏,他在幕后,做她坚强有力的支持者。他为她写戏编戏,他像寻常观众一样坐在她的台下听戏,却细心地替她收集身边观众的感受、意见。常香玉的文化水平浅,他教她读书看报替她写戏评。常香玉为公益事业募捐义演,他一场不落地跟着她,照顾她的饮食起居。家里家外,事无巨细,陈宪章全部承担过去。他不让常香玉分心,他说,她天生就属于戏剧,属于舞台。

与众多的旧时舞台名伶相比,常香玉是何等幸运的一个。

"宪章是帮我帮惯了，所以我什么都不会，除了唱戏，别的都不会，他不仅给我教词还要解释，里头每句词的意思他都要解说。我们家里头的大大小小，所有的一切事情都不跟我讲，天塌下来的事情也不能跟我讲。"从常香玉晚年这段谈话里，我们可以想象，这些年，那个一直站在常香玉星光背后的男子，为她付出了多少。

常香玉晚年回忆录，定名为《戏比天大》。戏，在常香玉的生命里，真的比天大。为了戏，流血流泪不怕，为了戏，她与不愿学戏的女儿十八年不来往，为了戏，就在她临终前她还痛心地留下遗嘱，决定收回她曾经赐予爱徒小香玉的艺名，只因为小香玉没有很好地传承她苦心经营的戏剧艺术……为了戏，她得到很多也失去很多，幸运的是，身在纷繁的梨园舞台，她却一直活得清清白白坦坦荡荡。她说，这一切的得来，皆因那个男子，那个爱了她一世，宠了她一世，对她，用情比海还深的陈宪章。

2004年6月1日，陈宪章离世四年后，常香玉也走完了她81年的人生历程，追随而去。

"比翼双飞江湖游，无悔无恨不知愁。"陈宪章生前曾用这样的诗句来描绘他们之间的深情。人生如戏，戏如人生，这一世，她把自己献给戏，他把自己献给她。偌大的一片人生江湖里，他们相携相伴恩爱白头，这样的爱情，可叹，可敬，可羡，却不可求。

幸福的底子是一碗白粥

岳明萱

米是糯米，锅是砂锅，火是煤火。每天凌晨，4点20分，男人准时点着火，锅中放水，米淘好了在水里浸泡着，待水开，放米，大火煮10分钟后，改文火慢熬。米在锅里扑突突地跳着，男人在炉火旁弯着腰，用勺子一下一下缓缓搅动……半小时后，男人一手端一碗热气腾腾的白粥，一手端一碟淋了香油的咸菜丝，进卧室，喊女人起床。女人翻个身，嘟囔一句什么，又睡过去。男人听着女人香甜的鼾声，不忍再叫。坐在床前，看看表，再看看女人，再看看表。女人却突然从床上弹起来，看表，慌忙穿衣起床，嘴里不住地埋怨，要迟到了，你怎么不叫醒我？他把白粥和咸菜递过去：不着急，还有时间，先把粥喝了。

粥是白粥，不加莲子不加红枣不加桂圆，这样的粥，女人喝了五年。男人和女人结婚的时候，家里没钱摆喜酒，两个人只是把铺盖放在一起，便成了一个家。新婚之夜，男人端过来一碗白粥，白莹莹的米粥，在灯下泛着亮晶晶的光。男人说，你胃不好，多喝白粥，养胃。女人便喝了，清香淡雅的粥，温暖熨帖的不仅是胃，还有心。

他们在同一个厂里上班，女人常年早班，男人常年夜班。男人凌晨4点下班，女人早上5点半上班。他们在一起的时间，不过短短一个多小时。男人下班后的第一件事，就是点火，添锅。男人只会熬白粥，他们的经济状况，也只允许他煮一碗白粥。

就是这样一碗白粥，居然把女人滋养得面色红润，娇美如花。

后来，厂子效益不好，男人下了岗，可是日子还得过下去。男人拿出微薄的积蓄，女人卖掉了母亲留给她的金戒指，凑了钱，开了一家杂货店。一只碗、一把拖把、一个水壶，利润不过几毛钱，男人却做得很用心。女人下班了，也来帮着打理店铺。没人的时候，男人和女人，坐在一堆锅碗瓢盆中间，幸福地憧憬。男人说，等有钱了，咱把连锁店开得哪儿都是。女人说，那时候，我就不上班了，天天在家变着花样给你做好吃的。男人说，哪儿还用你做啊，想吃什么，咱直接上饭店去吃。女人撒娇，不，我就想吃你煮的白粥……男人便揽了女人的肩，眼睛热热的。男人仍然每天早上4点20分准时起床，点火熬粥。一边熬，一边盘算着店里缺的货。有时候会分神儿，粥便煳了锅底；有时候太困打个盹儿，粥便溢了锅。有一天早上女人起了床，炉子上的粥正咕嘟嘟翻着浪花，男人的头伏在膝上,睡得正香。女人轻轻抱住男人的头,心,牵牵扯扯地疼。

从那以后,女人坚决拒绝男人给她熬粥。她的男人,实在是太累了。

男人的生意越来越顺,到了第七个年头,他的连锁超市果然开得到处都是。

女人辞了工作,做了专职太太。他们买了错层的大房子,厨房装修得漂亮别致,缺少的,只是烟火的味道。因为,男人回家吃饭的时候越来越少。他总是忙,应酬繁多,有时候,一个晚上要赶三四个饭局。开始的时候,女人也埋怨,可是男人说,还不都是为了这个家?还不是想让你生活得更好一些?后来女人也累了,渐渐的,也就习以为常。

女人很久都没有再喝过白粥。

一天,男人突然被通知去参加一个朋友的葬礼。他纳闷,怎么前几天还好好的,今天人就没了?殡仪馆里,他看到朋友的遗孀,那个优雅漂亮的女人,一夜之间憔悴衰老。她哭得死去活来,嘴里絮絮叨叨地说:"以后谁送我上班接我下班?谁给我系鞋带紧围巾……"他窒息。不由得就想到了她,想到那些为她熬白粥的早晨,想到每天她接过那一碗白粥时,眼里的幸福和满足。

男人几乎是一路飞奔地往家赶,打开门,却看见女人蜷缩在沙发上,人睡着了,电视还开着,家庭影院也开着,茶几上扔满了各种时尚杂志……男人跪在沙发前,手轻轻地拂过女人的头发。女人面色暗淡,细细的皱纹里写满了深深的落寞。

他拿了毛毯去给女人盖,女人却突然醒了,看见他,女人揉了揉眼睛,确定是他后,脸上泛起可爱的红晕。女人慌忙起身,你还没吃饭吧,我去做。男人从背后拥住她,不,我去做,煮白粥。女人半天没有说话,有温热的泪,一滴一滴,落在男人的手上。

那天,男人一边煮着粥,一边想:其实千变万化的粥品,都离不了白米粥做底子。而所有的幸福,不过白粥做底,锦上添花。

幸福是一种明白

罗西

20多岁的她,失恋,他陪她逛街、散心,然后在一家菜馆里一起吃面,一人一碗,她只吃一半,就搁着,看窗外的树在掉叶子,发呆。他吃完了自己的面,怜惜地看着落寞的她,张开双臂,隆重地把她没有吃完的那碗面端过去,几乎是呼啸着就把它吃完,那气势之豪迈,不亚于草原英雄策马飞奔!然后心满意足地擦了擦嘴:"失恋也要吃饭的!"她则张大嘴巴惊叫:"你怎么可以吃我吃剩的?"然后泪水夺眶而下,他温厚地笑了,伸手轻轻拭去她脸上的泪珠:"因为喜欢,没有剩的,只有你特地为我留着的。"后来,他们成了恋人。

30多岁的她说,丈夫追求她很辛苦,从北京追到厦门,他最初向她要电话号码,她刁难,故意把最后两个数字给省略了……想不到,最后,他百般试验,居然打通了她的手机。后来恋爱结婚,她还是喜欢给他难题,他都一一攻破。最难的一个题目是:什么是爱?他正在为她削苹果,分成两半,一块大的,一块小的,他把大的那块给她说:"这就是爱。"如果是朋友,两块分一样大。

40多岁的她说,一天,办公室里的女人都在用同一套问题,现场打电话问她们的男人,她有些担心,认定自己会自取其辱,因为她太了解丈夫的死脑筋与不解风情。结果,她丈夫的答案却让所有的女同事感动,他们的往返通话内容如下:"老公,是不是我想要什么你都会给我啊?""那当然。""我要星星。""你养仙人球都死,还养猩猩?一头猩猩多少钱?""不是,我要天上的星星!""这个啊……晚上回家带你看。"为什么这样朴实的答案却可以赢得冠军?因为其他女人的丈夫最后基本上都这样回:"神经病!"

50岁的阿冰姐说,那天,她和190(她先生的身高)乘电梯上楼,准备回家,电梯突然在中途抖了一下,把他们从 8 楼"抖"到 7 楼,190 第一个举动是转身紧紧地抱着她说"不要怕"……这时,电梯门自动弹开了,两人携扶着出去了,一场虚惊。阿冰说,她非常感动,"感动的原因不是他抱我,而是他本身就是个胆小鬼,很多时候都是我抱他,给他安全感。"他们是姐弟恋,二婚。阿冰调侃说,190 怕黑,平常他连到楼梯口扔垃圾袋都会怕的,因为那里黑!

满天星星是浪费的,为你换一盏灯才是浪漫的;我即使只有 100 元,但是全花在你身上,这就是真实的爱;他有多强,不重要,而是他对我有多好。明白了这些,我们会幸福很多。

雪地里的迎春花

一路开花

我十岁那年,父亲终于决定外出谋生。他说,村里的男人大都出去了,他也得出去挣点钱,以后让我进城念好学校。

他说这些话的时候,母亲正倚在门上,用破旧的头巾扑打着灰尘。

其实母亲知道,父亲出去的目的,并不仅仅是为了我以后的前程,更多的是为了慰藉一个男人的梦想。村里几乎所有的男人都已经出去了,看过了外面的世界,也为家人带来了城市里的商品。唯独我的父亲没有。他整日守着我与母亲,还有那片黄土地。

父亲走的那天,母亲没有出门送他。我以为母亲并不在乎父亲的走与留。殊不知,我却在午后的玩耍中,偶然看到了蹲坐在玉米地埂上的母亲。她独自在那里默默流泪。

面前的母亲和一个时辰前与父亲笑着告别的母亲,俨然判若两人。

父亲回来的那天,隔壁邻居都过来了。母亲死活不说话,直到父亲从兜里掏出一枚精致的黄色发卡,才笑了。

我认识,那是一朵多么漂亮的迎春花啊!黄色的蕊,黄色的瓣,如同一只翩翩起舞的蝴蝶。父亲将它插入母亲的发际,用手指一按,咔嗒一声,它便定住了身形。母亲欢喜地进了厨房。

没过几天,父亲又回到城里去了。这次,他要去更长时间,春节才回来。其间,他给家里写过两封无关痛痒的信。他说自己在一家公司里帮忙搬运,货物虽不重,可都是高档货。按提成来算,很能赚些钱,叫我和母亲不要担心,照顾好自己。那两封简短的信,不识字的母亲硬是让我念了许多遍。

春节前,母亲收到了父亲的汇款。经过一夜的深思,母亲最终决定,带我坐上书记的车,去城里添置些东西,好给父亲一个惊喜。母亲买了一条男式羊毛围巾,两张年画,和一个很大的二手衣柜。母亲说,这种衣柜放在家里够气派。

衣柜有了,可搬运成了问题。母亲干不了重活,而我又尚年幼。因此,只能花一点工钱,去桥头雇个工人,帮忙把衣柜搬上回程的汽车。

桥头的工人可是真多啊,躺的躺,坐的坐,密密麻麻的。前头几个老练的小工一看到我和母亲,便迅速起身围了过来。

寻思间,一个声音粗犷的男人对着密集的小工打趣:"嘿,是不是又来老板了?找我啊,我力气可大呢,庄稼人,不偷懒儿!"

母亲迅速拨开人群,朝发声的位置看去。不远处的空地上,赫然坐着一个头发蓬乱、衣衫褴褛的男人。我看不清那张黑黝黝的脸,只是他手臂上特有的疤痕让我辨认出,那便是我的父亲。他在见到我与母亲的一瞬间,惊慌失措地捂着肚子往里跑,似乎是急着上厕所。

母亲没有叫他,只目不转睛地看着那个熟悉的背影消失。然后她随便指了一个在旁的男人,拉着我飞也似的离开了。我气喘吁吁地抬头,看到母亲簌簌滴落的热泪打湿了那条新买的羊毛围巾。

父亲出事的那天，母亲正在门前扫雪，一个神色惊慌的男人从马车上跳下来说："不好啦，不好啦，虎子他爹出事了！"

父亲是在搬运家具的时候出事的。楼梯上的水结了冰，太滑，父亲一时没有站稳，摔了下去。那张一百多斤重的八仙桌，便毫不留情地砸在了他身上。

父亲终于还是没能被救活。抬棺那天，母亲盘起了头发，然后将那朵柔黄的迎春花缓缓地插入了发际。

亲朋散去之后，我和母亲默默地收拾家里的残局。洗碗时，她捋着蓬乱的头发惊呼："我的发卡呢？我的发卡呢？"

当夜，母亲硬拉着我，在漫天的大雪中，寻找父亲送她的那枚黄色发卡。我从来没有见她如此疯狂过。

大雪呼啸着席卷了山野。我和母亲趴跪在冰冷刺骨的雪地上，一步一步顺着掩埋父亲的方向找寻而去。

母亲的发卡真的丢了。父亲下葬时，她不曾哭泣，如今却在惨白的雪夜里，为一枚发卡哭得没了声息。

当雪花再度悄然覆盖了村庄时，我已不觉寒冷。因为我知道，在这个白雪皑皑的世界里，一定有一枚温热的发卡，在寒冬的深处默默地守护着一朵柔黄的迎春花。

一根油条的爱情

蔡成

那一年，她病了，他用板车拉着她去镇里找诊所看病。说了一箩筐的好话，掏空口袋里每一个硬币，郎中终于给她打了针，再塞给他两服黄竹纸包着的中药。

他拉着板车往回走，她依旧坐在板车上。穿过一条小巷，向右拐，再穿过一条街，好香好香的气味儿飘过来，飘过去。他狠狠咽了口唾沫，迟疑几秒，止了步，回头："你想吃油条不？"

板车上的她本来也在偷偷咽唾沫，忽然听到他的问话，愣了愣，摇头："不吃，不想吃。"她摁摁布包里那几个煮熟的红薯，说："这有红薯呢，我要是饿了，会吃红薯的。"她清楚，他的兜里连一个碎角子都没了，哪来钱去买油条。

他静静地看着她，就像一下子看到她的心底里去了。她不好意思了，低下了头。该死的，那好香好香的气味儿又扑过来了，她情不自禁地又吞了吞唾沫。

将板车轻轻拉到路边，泊稳，他大踏步朝街角那个炸油条的小摊走去。她的目光追着他那肩宽背阔的身影，看着他站在摊主前戳戳点点。她脸红了，羞愧地闭上眼。天啊，我们不是乞丐呀，他怎么好意思向人家乞讨！再睁开眼睛，她便看到他笑吟吟举着一根油条朝她跑过来。

她生气，扭头："我不吃。我不是乞丐，我不吃乞讨来的东西。"

他大声说："谁说这油条是乞讨来的，我是拿烟丝换的。"

她诧异："拿烟丝换的？那你想抽烟时咋办？"他抽烟好多年了，人家说"人是铁，饭是钢"，他却说"人是铁，烟是钢"。在他眼里，烟比饭重要。累了，他点支烟一吸，就来劲了；饿了，他点支烟一吸，就饱了。他抽的烟都是自家种植的旱烟，晒干后，烟叶切成丝装进小塑料袋再掖在兜里，想吸时，拿小纸片滚成"喇叭筒"。

他笑："一天半天不抽烟，死不了的。再不济，烟瘾来了忍不了的话，就捡几片路边的干树叶碎了滚成喇叭筒，不也照样能抽能应应急。"他将油条递给她，"快吃，趁热，香香软软的。"

她说："我们分着吃，你一半，我一半。"他摇了摇头："不，我不爱吃油腻的东西，你快吃。"

她咬了一口,眼睛就雾蒙蒙了,想擦擦,没擦。他还在高兴着,问"香不香,甜不甜?"她脱口而出:"苦,好苦。"

他差点蹦起来,"苦?怎么会是苦的,我要师傅给选一根最甜最香的哦。"她抬起头,皱眉头:"你不信,你自己尝尝。"她用劲掐下大半截,狠狠塞进他的口里。他嚼了一下,再嚼一下,咦,奇了怪了,不苦,好甜好香,还暖和和的呀。

看他一脸摸不着头脑的疑惑样子,突然的,她扑哧一声笑出声来了。他,顷刻间,就明白怎么回事了。她只是"骗"他分享那一根油条呀,"骗"他吃一下一根油条的大半截呀!

这个故事里的他,是我二十几年前的父亲。这个故事中的她,是我二十几年前的母亲,这个故事,他们对我讲过上百次。父亲和母亲讲述的"版本"有些出入。父亲总是忽略掉他用自己热爱的烟丝换油条的情节,却一再重申母亲"骗"他吃油条的细节。母亲总是强调父亲用烟丝换油条的细节,却省了她"骗"父亲吃油条的情节。

有一种感动叫守口如瓶

周海亮

男人失业了,他没有告诉女人,仍然按时出门和回家。他不忘编造一些故事欺骗女人。他说新来的主任挺和蔼的,新来的女大学生挺清纯的……女人掐他的耳朵,笑着说:你小心点。那时他正往外走,女人拉住他帮他整理衬衣的领口。男人夹了公文包,挤上公交车,三站后下来,他在公园的长椅上坐定,愁容满面地看广场上成群的鸽子,到了傍晚,男人换一副笑脸回家。他敲敲门,大声喊,我回来啦!

男人这样待了5天。5天后,他在一家很小的水泥厂,找到一份短工。

那里环境恶劣,飘扬的粉尘让他的喉咙总是干的;劳动强度很大,这让他身上总是湿的。组长说你别干了,你这身子骨……男人说我可以。他紧咬了牙关,两腿轻轻地抖。男人全身沾满厚厚的粉尘,他像一尊活动的疲劳的泥塑。

下了班,男人在工厂匆匆洗一个澡,换上笔挺的西装,扮一身轻盈回家。他敲敲门,大声喊,我回来啦!女人就奔过来开门。满屋葱花的香味,让男人心安。

饭桌上女人问他工作顺心吗?他说顺心,新来的女大学生挺清纯……女人诈一个怒眉,却给男人夹一筷子木耳……

女人说水开了,要洗澡吗?男人说洗过了。女人说洗过了?男人说洗过了……和同事洗完桑拿回来的。女人说好享受啊你。她轻哼着歌,开始收拾碗碟。男人想好险,差一点被识破。疲惫的男人匆匆洗脸刷牙,然后倒头就睡。

男人在那个水泥厂干了二十多天。快到月底了,他不知道那可怜的一点工资,能不能骗过女人?

那天晚饭后,女人突然说,你别在那个公司上班了吧?我知道有个公司在招聘,帮你打听了,所有要求你都符合,明天去试试?男人一阵狂喜,却说,为什么要换呢?女人说换个环境不很好吗?再说这家待遇很不错呢。于是第二天,男人去应聘,结果被顺利录取。那天男人烧了很多菜,喝了很多酒。

男人知道,他其实瞒不过女人的。或许从去水泥厂上班那天,或许从他丢掉工作那天,女人就知道了。是他躲闪的眼神出卖了他吗?是他疲惫的身体出卖了他吗?是女人从窗口看到他坐上了相反方向的公共汽车吗?还是他故作轻松的神态太过拙劣和夸张?他可以编造故事骗他的女人,但却无法让心细的女人相信。其实,当一个人深爱着对方,有什么事,能瞒过去呢?

男人回想这二十多天的日子。每一天,饭桌上都有一盘木耳炒蛋。男人知道木耳可以清肺。粉尘飞扬中的男人,需要一盘木耳炒蛋;有时女人会逼他吃掉两勺梨膏,现在男人想,那也是女人精心的策划;还有这些日子,女人不再缠着他陪她看电视连续剧,因为他是那样疲惫。现在男人完全相信女人早就知道了他的秘密,她默默地为他做着事,却从来不揭开它。事业如日中天的男人突然失业,变得一文不名,这是一个秘密。是男人的,也是她的。她必须咬着痛,守口如瓶。她不能让任何人知道,包括制造秘密的男人。

男人站在阳台上看城市的夜景,终有一滴眼泪落下。

婚姻生活中,有一种感动叫相亲相爱,有一种感动就相濡以沫。其实还有一种感动,叫守口如瓶。

找一个能理解死的人

陈美春

美国名将乔治·巴顿不仅一生骁勇善战,而且也风趣乐观。从找对象的角度看,巴顿个人的条件不错,不过,他的择偶标准比较特别,就是"要找一个能理解死的人"!因为他的想法如此怪异可怕,所以一直没遇到能和他谈得来的姑娘。

在和妙龄女郎接触的时候,巴顿爱跟她们谈论死亡,可姑娘们都很避讳。对此,巴顿居然出言不逊地说:"他妈的,连死都不敢谈,还要嫁给将军?"

家人见巴顿已经老大不小了,都在为他的婚事犯愁。他自己却风趣地安慰说:"别着急,我的老婆可能刚出生,还小呢!"

巴顿35岁那年,在圣卡塔利娜岛遇上了意中人阿特丽丝。在谈情说爱的日子里,巴顿一如既往地表述了自己对战争和死亡的看法。阿特丽丝没有被吓跑,反而饶有兴致地问道:"乔治,你认为自己怎么个死法才光荣有趣呢?"巴顿津津乐道地回答说:"我想最美好的死法是,让结束战争的最后一发子弹打在我的脑门上。"阿特丽丝会心一笑说:"那么我希望战争永不结束。"说到这里,这对绝配情侣都开怀大笑起来。

1909年,巴顿从西点军校毕业,打算与阿特丽丝结婚,然而未来的岳丈艾尔却不同意,他不愿女儿嫁给军人。于是,这对情侣向固执的老头发起了轮番轰炸。女儿向父亲撒娇、恳求,软磨硬泡;巴顿则登门向老头说:"我之所以当一名军人,就像呼吸那么自然……实际上公民的最高义务和权利就是拿起武器保卫祖国。"坚冰终于被融化了,老头最后的疑问是巴顿是否同其他军人一样穷。孰料巴顿的家里竟然拥有百万财产。于是一对富有的新人在谢里登堡的军营中举行了婚礼。

婚后,阿特丽丝随巴顿来到军营,她放下大家闺秀的架子,在艰苦而单调的军营内成为巴顿的贤内助。她帮助丈夫把粗鲁的言辞变得温和顺耳,提醒他如何待人接物,还帮助他克服自卑感。她献身于他的事业,控制他的脾气,安慰他受伤的感情,培养他的外交手腕和敏锐的眼光。她还带巴顿出席上流人士的酒会,结交了不少军界高官,使巴顿在军界获得了很好的人脉。

为支持巴顿的事业,阿特丽丝支持丈夫研发新式坦克,还说服陆军部的7位将军前来观看。为引起他们的注意,阿特丽丝特意穿着时髦的衣服,驾驶坦克绕场一周。尽管这种坦克被将军们否定了,但她仍支持巴顿,甚至为缺经费的巴顿部队自掏腰包购买坦克零配件。

在阿特丽丝的支持下,巴顿在战场上建功立业,扬名世界。然而,二战结束不久,在1945年12月9日,巴顿乘车与一辆卡车相撞,颈部受重伤。阿特丽丝以最快的速度从美国赶来,昼夜守候在病房里。同年12月21日下午,巴顿心满意足地长眠在妻子的怀中。

最后一次爱你

舒庸

他原本是一家油漆店的小老板,与妻子结婚三年了,有可爱的女儿,日子过得很幸福。

没想到,在一次意外中他的油漆店着火了,顷刻之间,店内价值 10 万元的油漆和近万元的现金化为灰烬。当他和妻子挣扎着从火海中跑出来后,均以被严重烧伤。幸运的是,他们一岁多的女儿在店铺着火前被邻居抱去玩了,无意中躲过了一劫。他全身烧伤面积达 90%,只有两只脚上的皮肤是完好的,妻子浑身的烧伤面积也达 60%。

躺在医院烧伤科的病房里,他心如刀绞。住院才 5 天,就花去了 6 万元。而这些钱,都是家人向亲戚朋友借遍了,才筹到的。尽管社会上一些知情的好心人也多多少少捐了一些钱,可这与夫妇俩治疗烧伤所需的几万元相比,无异于杯水车薪。

他的家在农村,家里最值钱的那个小店也被大火吞没了,而他疗伤的金额实在太大了,是任何一个农村家庭都无法承受的。

他意识到,是该自己做出抉择的时候了,与其两个人一起死,不如集中钱救一个。他想,女儿还小,不能没有妈。

于是,他开始请求医生,停止对他用药,让他回家,而且事情的真相不能让他的妻子知道。家人在一次次的努力筹钱失败后,不得不含泪答应了,医生也流下了无奈的眼泪。

就这样,年轻的他突然要面对死亡,要永远离开他深爱的妻子和女儿,他感到于心不忍,但又毫无办法!他觉得自己被烧伤的不是肌肤而是心脏。但他又为用这样的方式换回妻子的生命而感到欣慰,毕竟这是自己唯一能为她做的事情,

临走之前,他向家人和医院提了最后一个要求,再见自己心爱的妻子一面,再触摸她一下,就一下。

重伤的他躺在担架上,颤抖着伸出手——那只烧伤的手,仿佛穿越了几个世纪,终于放到妻子同样伤痛的手上。咫尺天涯,这感人而揪心的一幕让在场的人不忍看下去。

在他事先的安排下,妻子以为他只是需要转院治疗,而这只是一个短暂的分别。尽管如此,他还是止不住失声痛哭起来,在场的人全都掩面而泣。只有他异常的平静的安慰妻子:"不要哭,我会好的,再去开店,过日子。"

他的哭泣是他离开医院的那一刻开始的,一路上,泪水就着血水,淋湿了整个枕头。

四天后,他匆匆而去,年仅 28 岁。

他的妻子目前正在医院接受治疗。她现在仍然不知道丈夫已经去世,而以为他"正在好转之中",她仍然期待着与他的重新开始新生活的那一天。

最深沉的爱情

伊哲

约翰·克劳斯顿是英国的一位牧师,他的妻子比尔·玛丽亚是一名护士。1854 年,38 岁的约翰·克劳斯顿患了食道癌,生命即将走到尽头。

在一个微风吹拂的黄昏,克劳斯顿对陪伴自己散步的妻子说:"我曾经对你承诺要陪你白头到老,请你原谅,我不能履行自己的诺言了。我有一个最后的心愿,就是希望在告别尘世前找到一位

善良的男人,让他来替我完成爱的使命。"玛丽亚紧紧抓住克劳斯顿的手说:"我也对你承诺过,今生我的爱只献给你一个人,我宁愿一个人孤独,也不能背叛对你许下的诺言。""不,亲爱的。我不能撇下你一个人在尘世上孤苦伶仃,我会很内疚的,只有你在这个美丽的世界上幸福地活着,我在另一个世界里才会开心啊,你不记得了吗? 我们说过:爱就是让对方更幸福。这才是我们遵守的诺言啊。"

当死神向克劳斯顿逼近时,他并不为自己的生命担忧,而是为妻子今后的幸福着急。知道自己时日不多的克劳斯顿,抓紧时间为实现自己人生中最后一个心愿而努力。他印发了大量的传单,传单上写着:我,约翰·克劳斯顿,将不得不向这个我依恋的世界说再见。我知道对于我的妻子而言,这是不公平的。我说过要陪她白头到老,可是我不能完成这个爱的使命了。希望有一位善良、懂得爱的男人来替我完成这个使命。因为我的妻子——36岁的玛丽亚是一位善良、美丽的女护士,她是一个值得爱的女人。她的住址是亚马雷思镇教堂9号街。

无论玛丽亚怎么劝说,克劳斯顿都不为所动。他站在亚马雷思镇最繁华的街道上,将为妻子征婚的传单一张张散发到路人手中……

然而,病魔并不给克劳斯顿实现他人生最后一个心愿的时间,弥留之际,他叮嘱自己的妻子:"请人将传单上的征婚内容刻在我的墓碑上,生前我不能找到一个接替我的人,死后我也要去找……"

克劳斯顿走了,玛丽亚按照克劳斯顿的遗言,在他的墓碑上刻上:我,约翰·克劳斯顿,将不得不向这个我依恋的世界说再见。我知道对于我的妻子而言,这是不公平的。我说过要陪她白头到老,可是我不能完成这个爱的使命了。希望有一位善良、懂得爱的男人来替我完成这个使命。

在克劳斯顿去世不久,玛丽亚就嫁给了一个教师。因为丈夫使她对爱情有了更深地理解,爱情不仅是两个人在活着的时候能够幸福地在一起生活,更是在对方走了之后自己能够更快乐更幸福地生活着,她知道,只有她找到新的归宿,才能让克劳斯顿在另一个世界安息,虽然玛丽亚实现了心愿,但她没有把墓碑上的征婚启事抹去,她要让更多的人知道她拥有一份最深沉的爱。

100多年过去了,那块刻着"征婚启事"的墓碑依然伫立在克劳斯顿的坟前,凡是见过那块墓碑的人都会对克劳斯顿充满敬意——为他那份对妻子最无私、最深沉的爱情。

你在天堂快乐吗

赵德斌

尽管,小曼离开我已经六年了,但是每年清明时节,我都会回到上海,去墓地陪陪她……

上海是我爱的城市,有一种由来已久的精致的气氛。街道两旁粗壮的法国梧桐,在初春遮住阳光,从梧桐叶间的缝隙里散落下来的点点光斑,正好落在路边锚链一样的栅栏上。小曼最喜欢梧桐树,我们总是在这样的梧桐树下散步,闻着从各个街角散发出的咖啡香。

我太熟悉这里的环境了,这是属于我和小曼的。

那是在八年前。我、小曼和我的死党胡刚同在上海上学。胡刚是我大学时代最好的朋友,我们不仅一个宿舍,而且上下铺,彼此之间的感情非常好,好到根本没有任何秘密。我们一起吃饭,一起踢球,一起看电影,甚至一起追女朋友! 就这样我们无忧无虑地度过了大学的前两年。

大三刚开学,一个偶然的联谊郊游,让我们同时认识了艺术系的小曼。那天的小曼一身橘黄色运动装,高高扎起的马尾上缀着两颗小小的雏菊,一双很大很大的眼睛像一潭看不见底的池水,带着俏皮来回地转个不停,还有一张小巧的嘴,两个迷人的小酒窝。最重要的是小曼的活泼感染了那天的每一位郊游者,我想当时几个男生都被小曼迷住了。

我不知道那次郊游最后是怎样结束的。只知道回到学校后，我和胡刚都闷不作声。那天晚上，我们都整夜未眠。以后，表面上我和胡刚还是最好的朋友，广播站里最好的播音员，赛场上最好的球手，女生眼中最帅的男生。但我能闻到我们之间的火药味，我们都开始对小曼展开了攻势。

大三结束时，小曼成了我的女朋友。虽然这并没有影响我和胡刚的感情，但我仍然觉得胡刚是很爱小曼的。每当想到这儿，我的心里就会涌起一阵愧疚。我常跟小曼开玩笑，说她差点儿害得我们好朋友都反目成仇。

小曼是那种善解人意的女孩，很可爱，有时候还会带着几分孩子气，调皮、活泼。这一切都只能让我更爱她，更珍惜她，更宠她。

转眼大学毕业了，我被分配到一家德国公司做销售工作。工作不算理想，但我还是跟小曼在上海的老街区里租了带着一间斜窗的阁楼，这是小曼最喜欢的旧上海特色。胡刚则自己开了一家咖啡吧，其实我知道他没有忘记小曼。因为小曼的愿望就是能有一家属于自己的咖啡吧，亲手烧制醇香的咖啡让客人品尝。胡刚的咖啡吧坐落在南京路路口，在那里可以看见外滩和远处的东方明珠塔，而且取名叫"幔"，据说生意非常好。

第二年情人节，我和小曼结婚了，她成了我幸福的小妻子。

结婚那天晚上，我对小曼说："你后不后悔嫁给我？你看，我什么都没有，不能给你想要的东西，而胡刚已经开起了你喜欢的咖啡吧，快成大款了……"没等我说完，小曼轻轻蒙上了我的嘴，告诉我说："傻瓜，就算以后和你一起去乞讨，我也愿意，只要能和你在一起我永远都不会后悔！"

我当时紧紧地把她拥入怀里，轻轻地在她耳边说："小曼，我愿意用我的生命来照顾你一生一世！"小曼缩在我的怀里孩子气地笑了……

婚后的一切都是那么甜蜜。每天早晨四点多，弄堂就已传出倒马桶的声音和小贩的吆喝声。在这时我就拥着小曼，听着充满上海方言的吆喝，看着窗外淅淅沥沥的雨。这些似乎只在电影里才能听见看见的一切，就呈现在我和小曼的生活中，充实着我们的小幸福。我喜欢叫小曼乖乖，或是小笨笨，因为她有时很傻，傻得可爱！

婚后，我不愿让小曼每天忙忙碌碌地上班，我想自己多忙点也足以让我们生活得很不错了。小曼就听话地每天乖乖待在家里，做饭、打扫屋子、看书、布置房间。每天回到家中，闻到可口的饭香和雏菊的香交织在一起，我都有种说不出的幸福和放松。每天我都会和小曼去外滩散步，夜里的外滩格外迷人。小曼喜欢欣赏外滩西面风格各异的大楼，她说每次观看都会有不同的感觉。小曼也经常沿着外滩狂奔着去找卖臭干子的，吹着海风，看着夜景，她说这是最幸福的生活。

这就是我的娇妻，这就是让我疯狂的婚姻生活。我是那么迷恋小曼，迷恋我们的日子。这种幸福一直持续到第二年八月。

那年八月，天格外的热。我被派到外地参加一个展示活动，一去就是两个月。展示活动非常忙碌和紧凑。我几乎很少和小曼联系。活动一结束，我就迫不及待地飞回家，想马上见到我的小曼，可一进家门，我迎面感到的却是一种冷清。我迟疑了一会儿，走上阁楼，小曼正坐在那里看着窗外，我走过去，她竟然没反应。

"小曼！"我叫她。

猛地她转过头来，我这才发现她满脸泪痕，人也瘦了一圈。我紧紧地把她抱住。

"怎么了？"我急切地问。

"没什么，我就是太想你了。"她哽咽着。

我心里猛地一抽，更用力地拥紧她。"对不起，对不起。我以后再出去一定会天天给你打电话，好吗？"她这才笑了。到底哪儿做得不好？小曼总是喜欢自己待在阁楼上，对着外面的天空发呆，有时候一坐就是一个下午。常常我都下班回家了，她还在发呆。我常常心痛得把她拥住，可她只是泪流满面，什么也不说。

那天下午天气非常好,而我也因出色地完成销售任务,成为了华东区销售主管。我兴奋极了,一下班就冲向南京路 NAKEYA 店,那里有小曼看中的一条手链。走到店口时,不经意地一抬头,笑容冻结在我的脸上。我看到了小曼,她穿着一件粉白色的长裙,笑容灿烂地站在不远处,而她手里挽着的竟然是我最好的朋友胡刚!

轰的一声,我两眼冒着金星,明媚的阳光突然让我觉得特别刺眼。我感觉到自己像被挖空一样,愣在那里好久,才机械地走到我的好朋友和我最爱的妻子面前。小曼在毫无准备的情况下看到了我,脸色惨白地站在那里,一瞬间泪水就流了下来。透过她无辜和求恕的目光,我咬了咬嘴唇,无力地对她说:"回家吧。"她颤抖地点了点头,顺从地跟我回到了家里。

到了家里,我跌坐在沙发上,开始抽烟。小曼看着我点烟的双手不停地抖,泪水止不住地流了下来,她趴在我的肩膀上不住地道歉:"对不起,对不起,对不起……"我的心已经掉到谷底,我抱着小曼:"你的承诺呢?你要跟我一辈子,就算是一起去乞讨都不会离开我的承诺呢?"

她崩溃了,坐在地上,"真的对不起,阿辉,你原谅我吧。"

"他对你好吗?"我问。

她点点头。

"和他在一起你快不快乐?"

她又点了点头。

两行苦涩的泪水从我脸上流下。"够了,别说了!"我把头习惯性地埋在她的长发里。"只要你快乐就够了,我们离婚吧。"她抬起头来泪眼朦胧地看着我。

那天我坐在客厅里抽了一夜的烟……

一个月以后,我们离婚了。在法院门口我看到了胡刚,我走过去对他说:"如果她不快乐或是不幸福的话,我不会放过你的!"然后,我头也不回地走了。

回到了家里,看着屋里的一切,小曼带走了所有东西,只留下已经橘黄的雏菊和一屋子的寂寞,还有一屋子她的味道……

小曼离开我之后,我还是每晚去我们经常散步的外滩边吹着海风,想象小曼依旧在我旁边,她的长发常被风吹到我的脸上,轻轻搔着我的脸颊……然后到对面的 SUZAM 酒吧喝酒。酒吧歌手还在唱着:"十年前,我不认识你,你不属于我……"

伤心了很久之后,我退掉了弄堂里的房子,决定离开上海。我以为离开到处都是小曼影子的城市,我就会忘记她。可是,我错了,每次在忙碌过后,我的脑子里都是小曼的影子,多少个夜里,我都没办法让自己平静地入睡。我的小曼,你快乐吗?

无法抑制的冲动让我想再看看小曼。哪怕在一个街角,哪怕在南京路、在淮海路、在外滩……也许我们会偶然相遇!于是,我带着这份期待又回到了上海。刚下飞机,迎面而来的还是那熟悉的味道,空气里都充满着小曼的气息,我的眼睛就这样湿润着。

当天晚上,我来到了外滩,在夜色阑珊的江边走着,这令人迷恋的灯火,似乎能照彻心底的角落。旁边就是和平饭店,我花了 70 块钱去听爵士乐。非常怀旧的音乐,周围多数是衣饰讲究的老人。我一个人,一杯酒,单簧管在淡黄色的烛火里呜咽。我给自己找了无数的理由,还是决定第二天去看我的小曼。

清晨一早,我来到胡刚家里,胡刚看到我,愣了一下,让我进了屋。我们寒暄了一会儿之后,我故作轻松地问:"小曼不在?"他低着头,过了好一会儿,才慢慢地说:"她去世了……"我愣了,说:"你说什么?"他看着我,苦笑着说:"真的,你走的第二个月她就去世了。"我一下懵了,半天都搞不清胡刚到底在说什么。

好久,我终于问:"她怎么死的?""癌症……"看着胡刚支支吾吾地说,我后背开始发凉,喃喃地说:"不可能……"我让他带我去看小曼的坟墓。

小曼被葬在归园墓地——这是上海唯一一处允许棺木下葬的公墓，墓地两侧种了两棵小曼喜欢的梧桐树。树还很小，但小小的梧桐叶已经铺满了小曼的墓地。我看着眼前的这一切，心底的悲伤慢慢升腾，我疯了一样扑过去，抓住胡刚猛打几拳，向他怒吼着："你说过你会好好照顾她的，你说你会让她快乐，给她幸福的……"胡刚嘴里流出了血，可我还没停手。胡刚也火了，他一把推开我："我是说过要给她幸福，让她快乐，可你知不知道她的幸福一直掌握在你的手里？"我不解地看着他。他喘着气："你知不知道她得了血癌，要治好必须要换骨髓？你知不知道她这一生唯一爱着的就是你？如果当初她不离开你，以你的实力你根本不可能治好她，而且你也会被她拖死的！哈，她真傻，为了不连累你，她甚至可以让你误会她。你又知不知道她直到临死的时候都在念着你的名字？"胡刚痛苦地蹲在地上，我睁大了眼睛看着这一切。天阴阴的……

那天晚上，我和胡刚来到外滩边的 SUZAM 酒吧，酒吧里还唱着歌："你知不知道思念一个人的滋味，就像喝了一杯冰冷的水，然后用很长很长的时间，一滴一滴串成热泪，你知不知道寂寞的滋味，寂寞是因为思念谁……"那晚，我们喝了很多酒，都醉了，都哭了。我们想起了很多事，我们的大学，我们的生活，我的小曼……

第二天一早，我又去了小曼的坟墓。带着小曼喜欢的雏菊，给小曼讲着我的工作、我的生活，告诉我的乖乖小曼，她永远是我的唯一……

小曼，告诉我，你在天堂快乐吗？

最后一个魔术的秘密

王小艾

魔术师汤尼和简是在一个酒会上一见钟情的。他们爱得热烈，都认定了对方是彼此的终身依托。

简是个对生活一无所知、连路都分不清楚的小女人。可汤尼像宠女儿一样爱着简。无论她走到哪里，他都会陪伴在她身边，要是他有事，就会给她找到地图，标好路线，帮她把手机充好电，甚至坐车的零钱都为她准备好，对她照顾得无微不至。

就这样十年过去了，他们相继有了儿子和女儿，一家人过得很幸福。简总是很幸福地对朋友说，自己的生活真像一场梦，甜蜜而温馨。她爱汤尼和孩子们。

有一天，邻居却告诉她，看见汤尼和一个女人很亲密地进了酒吧。她不信。但当晚汤尼果然很晚才回家，简躲在窗帘后面，看到汤尼坐在一个妙龄女郎的车里，分手时他们拥抱在一起。

简怔住了，感觉像挨了当头一棒。如果失去汤尼，生活又有什么意义呢？

回忆这么多年来，自己真的是什么都不懂得，生活中的一点一滴都必须依靠汤尼。天啊，原来汤尼为自己付出了这么多，他一定是觉得累了，想从别人那里找到慰藉。难怪他最近总说安吉拉太太做的饭好吃，说凯瑟琳小姐变得成熟懂事，原来都是在变相地指责自己啊。

她黯然神伤地看着穿衣镜中的自己，陷入沉思，但最终她什么也没有问汤尼。在大哭一场后，简开始改变自己，学会生活和关心、照顾汤尼，她要把他从别人手中抢回来。

她开始跟着电视或菜谱学做菜，汤尼和孩子们都很惊喜。尽管她刚开始做的比较难吃，而且笨手笨脚，还经常烫到手。但她对做饭极有天赋，不久就能做出味道挺好的饭菜了。她成了一个出色的主妇，不再依赖汤尼。

出人意料的是，此时汤尼却越来越依赖她了，甚至连打什么颜色的领带都要她来安排。与此同时，他也越来越喜欢待在家里，晚回家的现象越来越少了。

有意思的是，简的好强心一旦被激发出来，她就停不下来。她不再满足待在家里做家务，她想出去工作。虽然汤尼挣的钱足够养活整个家庭,但是她也要自己去挣钱,这样让汤尼觉得自己也是个出色的女人。终于,她找到了一份做翻译的工作。她变得越来越自信,越来越有魅力了。她不仅深深吸引住了汤尼,甚至连很多别的男人都被她吸引住了。

外遇风波就这样销声匿迹,汤尼依然是个好男人,简在心里原谅他了。他们依然继续着热恋般美好的生活。

厄运降临得非常突然,半年后,汤尼因为肝癌不幸去世了。简在极度的伤心后,按汤尼的遗嘱,打开了保险柜。里面有他全部的财产,都已经转到她的名下了。在一个精美的大信封里,简意外地发现了一封汤尼半年前写的信:

"亲爱的简,当我知道自己得了癌症的第一个反应是你和孩子怎么办,你的生活能力太差了,以前有我的照顾,没有我之后怎么办? 我怎么能放心?"

"为了锻炼你独立生活的能力,我才出此下策,故意找人来冒充第三者刺激你。而这也验证了你对我的爱。你爱我,所以没有说破,所以愿意去改变。"

"我很高兴在这半年的时间里,你已经迅速地成长起来,这样我就放心你一个人去面对生活的种种了。这是我为你变的最后一个魔术,你从一个生活白痴变成了一个独立自信的人,我为你感到高兴和自豪……"

泪水霎时从简的眼眶中滚滚而下。

一个男人该用多深的情,才会在面对死亡的时候,只想怎么样好好安排妻子以后的生活,甚至不惜遭到她的误解。汤尼做到了。

汤尼的最后一个魔术,不是一场光与影的幻觉;而是他们真爱的缩影。

爱的字笺

吉文·罗梅罗

就爱而言,再多都是不够的……

飘舞的雪花被冬风吹卷着扑向窗棂,我和丈夫依偎在熊熊的炉火前,一边啜饮着香浓的苹果汁,一边用鼻尖逗弄着对方,诉说着绵绵情话。

我可以把这情景描述得煞有介事,然而,这并不是生活的现实。

十一月初的暴风雪已经融化,露出满目灰秃秃的树木和泥泞的绿地。这景色正合我们的心境。由于儿子刚刚降生两个月,我和丈夫正处于极度喜悦和烦躁交织的状态。我只休了6周的假就上班了,身体还没有从产后不适中恢复过来。我感到自己臃肿不堪,工作也显得力不从心,丈夫则因此心怀歉疚。我们的睡眠严重不足,除了早晨简短的交谈和晚上匆忙的一吻外,夫妻间很少有交流的机会。两人的心不觉疏远了。其实,我们都非常渴望彼此的关爱。

那晚,特别疲乏的一天结束后,我躺在小宝宝的旁边,迷迷糊糊地抚摸他的小脸蛋,光洁如缎的脖子,他的小胳膊,轻软的手指……后来我就睡着了。恍惚之中,我好像感觉到丈夫来了,站在门口,他是想和我谈两天前中断的话题,但是我很快就沉沉睡去了。

几小时后我被孩子饥饿的呜咽声吵醒,我看到丈夫在近旁睡得正酣。等到儿子心满意足地填饱了肚子,我起身想去喝杯水。我摇摇晃晃地走进客厅,按下电灯开关——我意外地发现在全家福的镜框上挂着一张字条,仔细看去,上面写着:"我爱你,因为我们是一家人。"

一时间,我的呼吸停顿了。我试探着沿过道向前走去,居然又发现了一张字条:"我爱你,因为你善解人意。"

在接下来的半小时里,我在房间里到处搜集着这些爱的字笺,字字句句,深情款款,暖人心田。

在浴室的镜子上："我爱你，因为你美丽动人。"在我的备课夹上："我爱你，因为你为人师表。"在冰箱上："我爱你，因为你秀色可餐。"在电视上、书架上、柜橱里、前门外："我爱你，因为你风趣幽默……你聪明可爱……你才思敏捷……你让我感到自己无所不能……你是我儿子的妈妈。"最后，在我们卧室的门上："我爱你，因为你说愿意。"

这一切真令人陶醉。我的心仿佛穿越了无数不眠之夜，重新找回了平凡生活的欢乐之光。我悄悄回到床上，蜷曲在我亲爱的丈夫身边，把他轻轻地搂在怀里……

一生一世的等待

王新龙

鱼浦县，北方一小镇。

淅淅沥沥的雨一直没有停，一个小小院子里也亮了一晚上的灯火，桌上忽明忽暗的烛火似乎也在倾诉着它的焦躁不安。

那是男人走的前一天晚上，女人也流了一整晚的泪。

"中举，你不要去，好吗？"女人抱着最后一线希望。

"不行啊，听张将军说敌人已经逼近城南县境了，国事要紧，再说张将军的大恩大德，我无以为报，这次实在是无法推脱。"男人叹了一口气。

"那，中举，打完仗马上回来。"女人泪眼迷蒙，央求男人。

"只要是一有空我就赶回来。很遗憾，我不能照顾你们了。我最放不下心的，就是你和孩子。或许等局势平稳一点，我会把你们接去。"烛光摇曳中，男人的话语竟有一丝呜咽，他望着对面泣不成声的女人，内心终有一丝不忍。

"我们等着你，死都要等着你。"女人望着男人，目光坚定。

男人赶紧封住她的嘴，示意她别再说。男人无奈地看着妻子和熟睡的一双儿女，依依不舍，唯有一看再看。

天开始有些亮了，两人一夜无眠，千言万语总也没说完。雨竟住了，院外传来几声马蹄声，那是张将军派来接人的队伍已经准时到达。事不宜迟，中举俯下身，一吻再吻还在熟睡中的孩子，咬咬牙一扭头走出小小院子。

一骑人马绝尘而去，留下女人在村口痴痴的身影，泪水早已沾湿衣衫。

两个月后，张将军部队战败，大部分将士被俘虏，死伤惨重。敌人长驱直入，鱼浦县被战乱祸及，百姓开始流离失所。

两小儿在院中玩耍，女人独自一人在屋内暗自神伤。当听说张将军兵败城南，男人不知道下落的消息，女人竟有些把持不住，一阵晕眩，差点从座位栽倒下来。男人自走后，经常有口信回来，报告最近的时局战况。而这次是许久都杳无音讯后得到这一骇人消息，女人柔弱的心里早已是千疮百孔。如何面对将来的生活，女人一筹莫展，有些无所适从。邻居王叔、赵婶等几家早已携儿带女远远逃离，唯恐敌人来后烧杀掳掠无恶不作。

女人不想走，她决定留下来。男人现在一点消息都没有。万一她走了，人海茫茫，男人到哪儿来找她呢？留下一线希望总比没有希望好。她要守在这儿，等着丈夫回来。

"嫂子，我们一起快逃吧。敌人快打进来了。"村东头的马成仁三天两头过来劝女人。"听说我林哥已经不在了。"

"呸！你滚！我丈夫没有死！他不会有事的！"女人平日里温柔娴静，此时却暴跳如雷。

马成仁是村里的一个二流子，经常打些单身女子的坏主意，见讨不着半点便宜，脸涨得血红，有些愤愤地离开了。

月夜,一轮圆月有如玉盘,冰清玉洁,月光映衬着女人的脸,美丽但相当苍白。

"中举啊中举,要你还在的话,把我们娘仨都接走吧。"女人望着满天星斗,自言自语道。自男人走后,女人内心的凄苦,只有对着天诉说了。

在这兵荒马乱的动荡时节,女人坚定的心反而使自己更加刚强起来。最初,院子里一阵风吹草动,都会让她心惊肉跳,死死搂住两个小孩子。后来,她安之若素,坦然面对即将来到的所有遭遇。她心中有一个信念,她丈夫没有死,所以她要等丈夫平安归来。

不死心的马成仁有两个晚上竟偷偷跑来敲门:"嫂子,快开门啊,我是成仁,嫂子一个人在家害怕吧,我来陪陪嫂子。"

女人又羞又怕,并不答理他,又返身到厨房拿了一把刀藏在身边,只等万一这歹徒破门而入后与之抵抗到底。那厮到底没多少耐心,几次没有得逞,见女人如此坚决,没有更多造次,最后怏怏而去。

小小的村落到后来,几乎是空无一人了,只留下女人孤儿寡母三人。

战争没有平息,战火依然炽盛。

数年后,隆冬时节的柳林县,茫茫一片雪白。

"林副官,我们准备明日启程南下。"

林副官就是当年的林中举。在城南战役中,敌众我寡,在与敌人殊死搏斗三天三夜后,城南失守,林中举身负重伤,与几人突围成功,后藏匿在一名老百姓家中养伤,数月后找到张将军残余部队,伺机行动。此次南下准备与张将军大部队会合,力图东山再起。

这晚,他正在帐内掩卷沉思,忽然看见女人摇摇而来,牵着两个小孩子,几年不见,女人依然美丽,两个孩子明显长高长壮了。他喜出望外,忙招手迎接。女人却不答,牵着小孩一言不发,绕过他继续前行,他急得大声呼喊,女人却不回头,他又急又气,想追上前去,脚步却如灌铅一般一步也迈不了,忽然头一沉,撞到桌上发出一声闷响,却发现是南柯一梦。听说鱼浦县亦沦陷,家中妻儿不知身居何方,心系妻儿生死存亡,中举心内自是万分挂念,却苦于不得一见。他亦曾派人到故居接妻儿,来人却告之,当年的家园被焚烧一空,早已经是人去房毁。

前尘似梦,一行清泪,慢慢从中举脸庞上滑落。帐外,片片白雪悄然飘落。

第二天,队伍继续起程南下。

一骑人马穿林而出,被眼前一奇异景象所惊呆,只见一座庭院的残垣断壁的前院竟开出了一片火红的花,在白雪的映衬下分外耀眼!林中举甚为惊奇,立即差人询问,少时,请来附近村内一六旬老妪。

老妪告之:"此院曾住着一位寡妇和一双儿女,在战乱中,听说寡妇的男人出去打仗,后来战死在战场上。

"后来寡妇逃难到这里,住在这破屋里,死心塌地地等着据说是早已不在人世的夫君,后来死后葬在这院子里。两个孩子亦不知去向。

"第二年,这院子里竟长出一种从没见过的花,这花长得奇,也开得奇,枝繁叶茂,无论寒冬腊月,还是三伏天,每个月十五总是会开出红艳艳的花,月末凋谢,曾有人疑为妖孽,欲除之,而路人皆远远避之。

"我与那寡妇打过几回交道,是一温柔贤惠但性情刚烈的女子,重情重义,她说她不想逃,死都要等着她丈夫归来。只是不想一场大火将他们的房子烧毁,她和孩子死里逃生,一路要饭要到这里,吃了不少苦,受了多少难,我劝她就在这破屋里定居下来,无依无靠,过着苦不堪言的日子,命苦啊——那孩子……"

老妪已是老泪纵横,竟说不下去了。

"那女人姓什么?"中举急着打断老姬,声音竟有些颤抖。

"她姓什么我也不知道。据说她死去的丈夫姓林……"

"月红!月红——"中举突然发疯似的跌落下马,滚在雪地里,爬起来朝那边狂奔过去,猛地一下跪倒在那片红花前,"月红!我对不起你们啊!我明白了,这花,竟是你等我的信物啊!"

"你该等着我啊,我是中举啊。我来了啊!我来了啊!我们同处一县却无缘相见,老天啊老天,你为何如此待我!"中举扑倒在雪地,泪水雪水混成一块,其声凄厉,远处觅食的几只小鸟被吓得扑翅扑翅飞上云霄。

过了许久,中举才起身摘下一朵红花,护在胸前,久久地不忍离去……

茫茫一片雪地,还是那么雪白雪白。太阳要出来了,一行人马,踏着雪地,继续缓缓向前向前。

十五步光

周海亮

十五步光,流动着,只有十五步。那光是手电筒射出来的,橘黄色,淡淡的,光圈调得很小,从洗手间开始,轻轻地,牵着男人的脚步,嚓,嚓嚓,到卧室了,慢慢带上房门,光便熄灭了。小巧的手电筒,使用的空间,只有客厅;使用的距离,只有十五步。

男人经常在书房工作到很晚。那时女人已经熟睡。男人在洗手间洗漱完毕,关上客厅大灯,蹑手蹑脚走向卧室。客厅漆黑一片,男人走得小心。他得凭着感觉,绕过花盆,绕过电视柜,绕过皮墩,绕过茶几,然后轻轻推开卧室的门。男人摸上床,却不敢碰触女人的身体。他的手脚都有些凉,他怕将女人扰醒。那天男人被花盆绊了一下,小腿磕上茶几一角。很响的声音,伴着男人低低的惨叫,将女人惊醒。女人开了灯,看男人腿上渗出血珠。女人说你怎么不开灯?男人说我刚关上灯。女人说你怎么不先打开卧室的灯,敞着门,再关上大厅的灯?……你怎么摸着黑?男人说不用开……也不能天天磕着腿……再说怕扰醒你呢。女人说,傻人,醒了怕什么呢?再睡呗。

以后逢男人在书房熬夜,女人便会开着卧室的灯,敞着卧室的门,将一抹光线,洒进客厅。男人说不是开着灯睡不着吗?女人说没事,习惯就好了。

有一天男人工作到很晚,他想这时候,女人肯定睡着了。他关了客厅的大灯,轻轻走进卧室,轻轻关上房门。他看到女人闭着眼,眼皮却快速地眨动,然后,翻一下身。男人轻声说,你还没睡吗?女人仍然闭着眼,却是微笑的表情。她说,没事,关灯吧!再翻一下身。第二天,整整一个上午,男人在大厅和卧室间不停穿梭。他盯着墙上的开关,翻出家里装修时的电路图,愁眉不展。他甚至找出了改锥、钳子、锤子和绝缘胶布,可最终,他又将这些东西,放回原处。

下午男人去趟了超市。吃晚饭的时候,他掏出一个小手电筒。比一支钢笔大不了多少的手电筒。他把它握在手里,像握着一束鲜花。他把手电筒展示给女人,他说看,开,关,开,关,还不错吧。女人瞅瞅男人,再瞅瞅手电筒,再瞅瞅男人。她有些感动,却没有说话。

那个手电筒,只使用十五步。从洗手间亮起,到卧室熄灭。不过十五步光,却牵着男人,奔向每一个好梦。

父亲的那件衣服

刘墉

父亲的东西从来不锁,除了那一个抽屉。

他不准人看，大家也不敢看。每个人都知道那里装的是什么，都希望父亲能把那东西遗忘。

直到有一天，父亲咳嗽得厉害，孩子们冲进卧室，扶起坐在地上满面泪痕的父亲，才看见开着的抽屉和那件整整齐齐的衬衫。

三十多年前，父亲常出差，每次出门前，母亲都会为他熨平衬衫，再一件件折好，放进旅行箱。母亲折衣服很小心，不但沿着衣服的缝线折，而且把每个扣子都扣上。

"不要那么马马虎虎，乱拿乱塞。脏了的放一边，没穿的放一边。穿的时候别急，慢慢把每一个扣子解开来，轻轻抖一下再穿，跟刚熨好的一样。"母亲总是一边为父亲装箱，一边唠叨，"别让外人以为你家里没老婆。"末了又嘟囔一句："碰到年轻小姐，别太近了，小心口红弄到衣服上。不好洗，又惹我生气。"

"你少啰唆几句好不好？"父亲常笑道，"你是天底下最体贴又最多心的老婆。你呀！连折衣服都有阴谋。"

"不错！你要是不小心弄脏了，偷偷洗干净，再让别的女人为你折，我啊，一眼就看得出来。"

不过，母亲总会算着父亲出差的日子，多装一件衬衫，说："多一件，备用，不是叫你晚一天回来！"

那一天，父亲没晚回来，冲进家门，却晚了一步。父亲抱着母亲哭了一夜，又呆呆地坐了一天。然后起身，打开手提箱，捧出母亲多装的那件衬衫，放进抽屉，缓缓地、一个字一个字地说："不准开，不准动！"

当然，他自己除外。尤其最近，父亲常打开抽屉，抚摸那件衣服。长满黑斑的手颤抖着，从衬衫领口的第一个纽扣向下摸，摸到折起的地方说："瞧，你妈熨得多平，折得多好！"

有一次小孙子伸手过去抓，老先生突然大吼一声，把孩子吓哭了。为这事，儿子还跟媳妇吵了一架："爸爸当然疼孙子，但是那件衣服不一样，谁都不准碰！"

可是，今天父亲居然指指那个抽屉，又看看儿子，点了点头。儿子小心地把衣服捧出来，放在床边，把扣子一个个解开。

三十多年，白衬衫已经黄了，尤其折在下面的那一段。

儿子迟疑了一下。父亲突然吹出一口气："打开！穿上！"衣服打开了，儿子把父亲抱起来，坐直，由女儿撑起一只袖子，给老人套上。

"等等！"女儿的手停了一下，低头细看，小心地拈起一根乌黑乌黑的长发，"妈妈的！"

老人的眼睛睁大了，发出少有的光芒，居然举起已经紫黑的手，把头发接过。当衬衫的扣子扣好时，儿子低声说："爸已经去了！"

女儿把老人的两只手放到胸前，那手里紧握着的，是一根乌溜溜的长发。

绽放如花的谎言

端木子

我是一名妇产科医生。那天早晨，我刚上班，一对年轻的夫妇走了进来，男人个子很高，眉宇间流露出一股气定神闲的表情；女人有些清瘦，脸上洋溢着一丝温暖而满足的幸福，两个人手挽着手，不时地窃窃私语，给人的感觉像是一对很恩爱的小夫妻。

他们五年前结的婚，两年前开始计划要孩子，可不知为何却总也怀不上。我问了问他们的身体状况以及日常的生活规律，开了张单子让男人去做化验，同时给那女人简单地检查了一下，然后给她开了张 B 超单，并告诉他们明天来看结果。

第二天下午快到下班的时候，我正收拾着桌上的东西，那男人来了，他先是礼貌地道了歉，解释说因为接待客户来晚了。

"医生，我们还能有孩子吗？"他一脸虔诚地望着我。

"化验的结果显示，你是正常的，你爱人属于幼稚型卵巢而且伴有先天性子宫畸形。"我平静地说。

"您说得这么专业我不太懂，我只想知道，我们还有怀上孩子的可能吗？"那男人探起上身，惶恐地望着我。

我努力笑了笑，说："虽然现代医学的发展使一些疾病不再是不治之症，但由于你爱人的病症是先天性的，因此怀孕的可能性很小，你要有思想准备。"

我的话还没说完，那男人就跌回到椅子上，脸上的痛苦清晰可见。

我正搜肠刮肚地想安慰他几句，他又一次探起身，猛地抓住我的手："大姐，求您点事儿，帮帮我好吗？"我本能地想抽回手，惊恐地望着他。

"对不起，大姐，我有点激动。"那男人松开了我的手，两手在口袋里翻找着，像是在找烟。

我看了他一眼，他意识到了什么，抱歉地笑了笑，双手又搅到了一起。

"大姐，不瞒您说，我和爱人是大学同学，五年前她放弃了城市的生活随我来到这里，那时我们是真正意义上的一无所有……"

那男人喃喃地说着，像是对我，又像在自言自语。我冲他点了点头，同样是白手起家的我，对从农村走出来寄居城市屋檐下的学生的艰辛深有感触。

"大姐，请您在诊断书上写上是由于我的原因怀不上孩子，行吗？我求您了！"那男人一脸期待地望着我。

我愕然，愣愣地看着他。

"我爱人跟了我九年，她把一生中最美好的时光都给了我，我不希望她的下半生在自责中度过……"

男人哽咽了，他把头扭向一边，我清楚地看到他的眼里浸满了泪。我默默无语，开出了一张虚假诊断书。

当我在那男人的名字后面写下"精索静脉曲张"几个字时，眼里涌出泪来。

3600 秒的守候

佚名

与老公相识，缘于列车。同在一个系统工作，我是铁路中学的教师，而他是机务段的列车司机。直到去领结婚证的路上，他还不放心地一再问我："嫁给我，你真的不后悔吗？"我清楚地知道，作为列车司机，他们一年四季没年节、没假日，常常半夜三更还被叫班、出乘，有时又半夜回家，完全没有正常的生活规律，但恋爱三年，我知道他人虽长得傻乎乎的，但心肠好，是个顶天立地的男子汉，于是轻轻地捂住他的嘴说："傻瓜，只要你的傻劲儿永不变，我无怨无悔。"

婚后，老公疼我、爱我，让我觉得当初的选择没有错。邻里们纷纷称赞我们是模范夫妻，让我的心里更感到无比的甜蜜。

再有半个月就该高考了。这段时间，也正是老师们最忙的日子。为学生批改作业、出模拟试题，我常常忙到深夜才能睡觉，而每天早晨 6 点半又必须起床，我的两颊很快便瘦了下去，两只眼圈也红红的。老公见了心疼不已，为我捎回很多营养药。但繁重的工作，不良的睡眠，仍然让我神情萎靡。老公时常惶惶地问我："我怎么样才能帮你？"好像妻子的睡眠不好，都是他的过错。我点着他的鼻头说："傻瓜，你的工作也不容易，要想帮我，睡好你自己的觉就行了。"

最近几天，老公开夜班列车，常常很晚才回家。这天深夜，我批改完作业，已接近凌晨两点了，刚刚朦胧入睡，老公出车回来了。显然，他怕吵醒我，开门、开灯都是轻手轻脚的，但我还是醒了。我睁开惺忪的眼睛说："你回来了？"他吓了一跳，没想到这样小心还是弄醒了我，于是抱歉地笑笑说："呵呵，又要让你少睡一会儿了。"说着，他还走过来，看了看我的眼睛说："那么重的黑晕，你一定刚刚入睡吧？"我点点头，他却皱起了眉头，陷入了沉思，好大一会儿，才慢慢舒展开眉头。

就在高考的前三天，老公的时间表有了变化，与我的作息时间刚好错过。连续三天，每当我早上6点半起床，也正是他下班回家的时候。他会在我开门的那一瞬，破门而入，一分不差。于是我问他："这三天，你怎么都这个点回来？"他笑了笑说："开火车嘛，碰到这个点到达，自然就这个点回家啦！"然后又关切地问我："明天就要高考了，作为班主任，事情会更多，你睡得还好吗？"我点点头，他放心地笑了。

高考那天早上，我端了茶缸去门外刷牙，蓦地看到门口的地上有一小堆烟灰和几根烟头。我从门后拿了笤帚，正要去扫，才蓦然想起，昨天晚上下班回来我才扫过的啊，一夜之间，怎么又来了那么多的烟灰和烟头呢？我回到房里，他已斜靠在简易的沙发上酣然入睡了，看来疲倦已极。我轻轻地从他的左前胸的衣兜里掏出了"司机手账"——那上面准确地记载着他驾驶的每一趟列车在每一个车站上的运行时分。一看，我的泪水蓦然涌出：原来连着几天，他都是凌晨4点半到达终点站的。就算交接班用去多时，他也不可能6点半才到家啊！那么，唯一的可能，是他在冰凉的夜里，在妻子熟睡的当口，默默地抽着香烟，在门口蹲了一个小时！

我没有叫醒他。他睡得那样香甜，我实在于心不忍。我踮起两只脚，双手从床上托起一条提花毛毯，轻轻地盖到他的身上。这时，在我眼中的他已不是一条五大三粗的汉子，而是一个未满周岁急需照顾的婴儿啊！

第二天晚上，我调好了闹钟。又是凌晨了，老公还没有回来。刚好5点半，小闹钟把我从香甜的睡梦中叫醒了，我起身下床，开门，早有预见性地冲门口那叼着一支烟、堵住门口的铁塔般的身躯说："傻瓜，进屋睡吧。外面冻病了，还不是我这个当妻子的过错？"明显地，他吃了一惊，过后难为情地笑了："原来你都知道了？我……我只是想多给你一个小时的睡眠呀！高考期间，很是难熬……"

拥老公进屋，我已没半句言语。多给你一个小时的睡眠！一个小时，60分，3600秒的守候，分分秒秒都是情啊！做夫妻如此，我还苛求什么？我想，如果有缘，下辈子还做他的妻子。

不系扣的爱

佚名

那时他们刚刚结婚，日子并不宽裕，一台彩电是家中最值钱的东西。他在工厂上班，她没有工作，天天在家洗衣做饭。

二月里春寒料峭，她为下班回家的他端上一杯热茶，突然发现他白衬衫领口的扣子居然没有系上，脖子生生露在外面的冷风中，再一瞧，袖口也是大开着的。不冷吗？她想，也许是他干活身上发热了吧。

第二天早上，他准备出门，领口袖口还是大敞着，她按捺不住，走上前要给他系好，他竟然阻拦："扣上好难受！"她温柔地劝说："外面风大，还是系上吧！"他于是乖乖听话，像个孩子似的，任由她摆布。

她目送他走出家门，忽然，她看见他的手伸向领子，然后是袖子。她明白了，他是在解开扣子！她自然生气：都要当爸爸了，还任性得像个毛头孩子！

晚上他回来，扣子系得整整齐齐。她假装生气："到家门口才系扣子，不冷吗？"他倒老实，惊讶地问:"你都看见了?"她大笑,又批评他:"你连自己的身体都不顾惜,怎么来顾惜这个家?"他急了,涨红了脸分辩说:"还不都是为了你!"

他们小小的家里没有洗衣机,所以不管有多冷,换下的脏衣服都要由她亲手清洗。看着她被冻得通红的小手,他心疼,为了让白衬衫脏得不那么快,让她少洗几次衣服,他就在刺骨的寒风里,敞着自己的领口袖口,微笑地走来回回。

他说完这些话的时候,他们的手已经紧紧握在了一起,让彼此更温暖。她想:能把他的衣服、我的衣服放在一个盆子里清洗,是我一生的幸福。其实,这份不系扣子的爱,是她的幸福,也是他的幸福。

我是你的手啊

佚名

多年未见的大学同学,在班长的组织下办了一个聚餐会,他和她一同赴宴。席间,有一道大闸蟹,是她最爱吃的东西。不一会儿,她就拣了几只放在盘里。

她看着他,没有自己动手,那意思很明显:你帮我剥壳剔肉。他看见了她的眼神示意,却附在她耳边说:"自己动手,丰衣足食。"

周围的同学看了,纷纷叫嚷:"打住打住! 当着这么多人还窃窃私语,有什么见不得人的啊? 快老实交代。"她起身尴尬地逃往洗手间。回来时,听见他的声音,很大很响亮。他说:"十年前,我老婆还是我女朋友的时候,她要5只,我就给她剥10只! 现在,我连帮她脱衣服都没兴趣了,还剥壳呢!"而多年前,正是这个举动坚定了她嫁人的心。她的失落在哄笑里湮没了。

回想起当初他追求她时的殷勤关怀,她愈发感觉到他现在的疏忽冷淡。难道,十年的时间已经让他们的爱情褪色? 她甚至猜测着更坏的结果。一天,她一不留神摔了一跤,右手骨折了。她心情不好乱发脾气,他始终笑脸相向,还耐心地讲笑话逗她开心。这天,他学着烹调书,煲出一锅"花生猪脚汤",说是可以让她的手尽快复原。她喝着香浓滑润的汤,由衷地说了一声:"谢谢你。"

"傻瓜,谢什么。"他轻刮一下她的鼻子,说,"我给你讲一则古老的传说:很久很久以前,每个人都有两个头,四只手,四只脚,而且不分男女。人类非常聪明,幸福地生活在地球上,后来遭到天神嫉妒,天神就把人类劈成两半。从此以后,每个人穷其一生,都在寻找着自己的另一半。我找到你,我们就完整了。你的手可以做事的时候,你自己做;你的手不能做的时候,我就是你的手啊。难道你会因为手做了事,而向自己的手道谢吗?"她不禁听得呆住了,耳边回荡着一句:"我就是你的手啊。"

既然他的手就是她的手,她又何必计较是自己剥蟹壳还是他来剥呢? 那些浓浓的关爱,已经注入需要时的一杯清茶一碗热汤之中。

用牙咬住的生命

佚名

这是发生在旅游景点里的一个真实故事。故事中的主人公是两位老人。

一天,两位老人离开旅游团,相携着到山崖上看夕阳。夕阳无限好。西天燃烧着橘红的霞光,犹如一场缤纷而下的太阳雨,溅落在山石草上,跳动着灿烂无比的阳光。

两位老人如醉如痴地欣赏着这美景,突然,她感到身边有一个东西往下坠落,她下意识地伸手一拽,拽住的正是她失足的丈夫。她拽住他的衣领,拼命往上提拉,但无论怎么努力,都无济于事。他悬在山崖上也不敢随意动弹,否则两人都会同时摔落谷底,粉身碎骨。她拽着他实在有些支撑不住。她的手麻木了,胳膊又肿又胀,仿佛随时都会和身子断裂。她意识到瘦弱的胳膊根本拉不住他太沉的身体,她只能用牙齿死死咬住他的衣领,坚持到最后一刻。她企望有人突然出现使他绝处逢生!

他悬挂在山崖上,就等于把生命钉在鬼门关上,在这日薄西山的傍晚,有谁还会来到山崖上?意识到这一点之后,他说:"放下吧,亲爱的……"

她紧紧咬住牙关无法开口,只能用眼神示意他不要吱声。

1分钟过去了。

2分钟过去了。

10分钟过去了。

冥冥中,他感到有热热的黏黏的液体滴落在他的脸上。他敏感地意识到是从她的嘴巴里流出来的血,还带着一种咸咸腥腥的味道。他又一次央求她道:"求你了,亲爱的,放下我吧!有你这片心意就足够了,面对死亡,我不会埋怨你的……"

她仍死死咬住他的衣领,无法开口说话,她只能用眼神再次阻止他不要挣扎。

1小时过去了。

2小时过去了。

他感到有大颗大颗热热的液体滴落在他脸上,他知道她七窍在出血了,他肝肠寸断却无可奈何。他知道她在用一颗坚强的心和死神相抗争。他幡然感悟到生命的分量此时此地显得无比沉重,死神如鹰鹫般拍打着有力的翅膀,时刻向他俯冲、袭击,一不小心生命就会被包埋在蚕茧里终止了……

不知过了多长时间,旅游团的人们举着火炬找到了山崖边,终于救下了他俩。她在不远的一家医院里住了好长时间。

那件事发生后,她的整个牙齿都脱落了,并从此再没有站起来。

他每天用轮椅推着她,走在街上,看夕阳。

他说:"当初你干吗拼命救下我这个糟老头子呢?亲爱的,你看你,牙齿……"

她喃喃道:"亲爱的,我知道我当时一松口,失去的不仅是你,也是我后半生的幸福……"

他推着她向夕阳走去。

人们都看着他俩融在太阳里,成为一道最美丽的风景。

第七章
海内存知己,天涯若比邻

重修旧好

[美]爱德华·齐格勒

与旧友之交淡了下来。本来大家来往密切,却为一桩误会而心存芥蒂,由于自尊心作祟,我始终没有打电话给他。

多年来我目睹了不少友谊褪色——有些出于误会,有些因为志趣各异,还有些是由于阻隔。随着人的逐渐成长,这显然是不可避免的。

常言道:你把旧衣服扔掉,把旧家具丢掉,也与旧朋友疏远。话虽如此,可我这段友谊似乎是不应该就此不了了之的。

有一天,我去看另一个老朋友,他是牧师,长期为人解决疑难问题。我们坐在他那间有上千本藏书的书房里,海阔天空地从掌上电脑谈到贝多芬饱受折磨的一生。最后,我们谈到友谊,谈到今天的友谊看来多么脆弱。

"人与人之间的关系非常微妙,"他说,两眼凝视窗外青葱的山岭,"有些历久不衰,有些缘尽而散。"

他指着临近的农场慢慢说着:

"那里本来是个大谷仓,就在那座红色木框的房子旁边,是一座原本相当大的建筑物的地基。那座建筑物本来很坚固,大概是 1870 年建造的。但是像这一带的其他地方一样,人们都去了中西部寻找较肥沃的土地,这里就荒芜了。没有人定期整理谷仓。屋顶要修补,雨水沿着屋檐而下滴进柱和梁内。

"有一天刮大风,整座谷仓都被吹得颤动起来。开始时嘎嘎作响,像艘旧帆船的船骨似的,然后是一阵爆裂的声音。最后是一声震天的轰隆巨响,刹那间,它变成了一堆废墟。

"风暴过后,我走过去一看,那些美丽的旧橡木仍然非常结实。我问那里的主人是怎么一回事。

他说大概是雨水渗进连接榫头的钉孔里,木钉腐烂了,就无法把巨梁连起来。"

我们凝视山下。谷仓只剩下原是地窖的地洞和围着它的紫丁香花丛。

我的朋友说他不断想着这件事,最后终于悟出一个道理:不论你多么坚强,多么有成就,仍然要靠你和别人的关系,才能够保持你的重要性。

"要有健全的身体,既能为别人服务,又能发挥你的潜力。"他说,"就要记着,无论多大力量,都要靠与别人互相扶持,才能持久。自行其道只会垮下来。"

"友情是需要照顾的,"他又说,"像谷仓的顶一样。想写而没有写的信,想说而没有说的感谢,背弃别人的信任,没有和解的争执——这些都像是渗进木钉里的雨水,削弱了木梁之间的联系。"

我的朋友摇摇头不无深情地说:

"这座本来好好的谷仓,只需花很少工夫就能修好,现在也许永不会重建了。"

黄昏的时候,我准备告辞。

"你不想借用我的电话吗?"他问。

"当然,"我说,"我正想开口。"

打弹珠的朋友

谢无双

1987年,是我生命中的第十个秋天。那一年,父亲被派往郑州筹备单位的办事处,我们的家也从北京迁往郑州。

那一年,也是我生命里至关重要的一年。

我们居住的大院里,都是和我们一样的家庭。即使是年龄相仿的孩子,我们也很少讲话,老老实实地上学、放学、回家、写作业、劳动、睡觉。我们接受的是同样的教育,我们都是孤独而承受着太多期望的一群。

直到1987年的那个秋天,我认识了青福。

青福是我的同桌,一个很喜欢说话的男生。用现代的医学观点来看,他可能属于"儿童多动症"哪一类型。他很喜欢问我关于北京的事情,问我那里的路、那里的车和那里的人,其实我什么也不知道,但是他脸上的羡慕表情还是让我无比受用。他层出不穷的游戏花样,同样令我觉得新奇。很快的,我们成了非常要好的朋友。

我们最喜欢的游戏是打弹珠。在北京的时候,我也曾见过别的孩子在路边玩这个,可是总有人把我拉开,告诉我说这是坏孩子玩的游戏。我从未想到这是一个这么有趣的东西,更不曾料到我会被它完全迷住。我们面对面地蹲在地上,或者跪在地上,全神贯注地盯着某一个彩色的玻璃球,然后,将手中的弹珠轻轻一弹,"呼"的一声,击中了!我的内心充满了无比的自豪。

我们每个人都有一个最优秀的弹珠,它会有一个战无不胜的名字。我的叫"美洲豹",他的叫"东北虎"。

当然,我们常常都会争吵,因为他总是能赢更多的弹珠,而我认为他一定有什么不为人知的技巧没有告诉我,于是每一场游戏结束,我们几乎都会厮打一番,结果通常以两败俱伤而告终。但是,这并不妨碍我们下一次的游戏。

在青福的带领下,我还学会了扒拖拉机。在放学的路上,经常会有拖拉机"突突"地冒着黑烟从身边开过。青福总是很轻松地一跃,就能扒上拖拉机的后厢栏杆,然后回头冲我得意地笑,或者挥手示意我一块儿上。我起先有些犹豫,可是他意气风发的样子实在令人嫉妒,于是,我也模仿着一跃而上。青福发黄的汗衫和我雪白的衬衣,就这样在拖拉机的背后迎风飘扬。

记得一次考试,我只得了92分,经过父亲严厉的斥责,我也觉得无比羞愧。在北京的日子,我从来没有低于 95 分。

讲到这里,我一定要说说青福的家。青福是老四,上面有个哥哥、两个姐姐,下面还有一个弟弟、一个妹妹。

我一直很羡慕青福的父亲总是不催促他们洗澡,尽管他们兄弟几个的体臭远近闻名。但是青福家里的三个女孩却总是散发着淡淡的清香,尤其是青福的小妹妹,刚刚上一年级,那么清澈的一双眼睛,我甚至想过长大以后要娶她回家。

是的,就在我垂头丧气的时候,迎面走来了青福的爸爸。"小双,怎么了?被老师批评了?"

"是被爸爸批评了。我没有考好,才 92 分。"

"哈哈哈哈……92 分?这么高的分数?我家里的 6 个孩子,最多也才得过 86 分。你已经做得很好了,过来和青福一起玩吧,青福这回考了 86 分,我刚刚奖励了他一个新的弹珠。怎样?要不要来试试?"

那一刻,我真的希望能住进青福的家。

然而,好景终究是不长久的。父母的工作在刚刚迁入郑州的时候是紧张的,所以,我才有了那么多的机会和青福在一起,尝试种种新鲜的游戏。但是,当他们的工作逐渐走上正轨,而我的学习成绩又逐渐下降时,我的厄运也终于来临了。

"小双,从今以后不许再和青福往来,也不要再去青福的家!"

他们毫不怀疑地认为,这一切都是因为我交往了青福这样一个"坏孩子"类型的朋友。

我只能偷偷地继续着我和青福之间的友谊,但是蹲在地上被磨破的裤子和被拖拉机弄黑的衬衣,泄露了我所有的秘密。但是 1987 年的那个秋天,我是那么快乐,那么快乐。

后来,父亲终于痛下决心,舍弃在郑州已经打点好的一切,将工作移交之后,又调回了北京。我和青福也就此告别。

我又回到了 1987 年之前的生活,孤独的,沉默的。只有在和青福通信的时候,我才感到一些快乐和自由。直到高三毕业,我都和青福保持着信件的来往。真的感谢他写了那么多的信,很难想象,那样一个粗糙的男孩,文字会那么优美。从 1987 年以来的整个童年、少年时期,他一直是我唯一的朋友。

后来,我被送往国外念书,突然就与青福失去了联系。

再回到北京,是 1998 年的事了。一天,我在晚报上意外发现了一篇追忆童年往事的文章,那里面有如此的情节:弹珠、小双、拖拉机——温暖的情节使我想落泪——不用怀疑,一定是青福。随后与报社联系,终于与青福重聚,当年的顽皮少年,现在已经是北京一所大学的研究生了。

多年以后,我的父母也意识到当年的错误。因为当年同我一样住在那个大院子里的孩子,大多都养成了一种孤僻、清高的性格,而我幸而拥有青福这样的朋友。

假如没有青福,我的记忆中会不会有过童年般的快乐,我的人生是不是完完整整?

球约

佚名

六月中旬的一个傍晚,夕阳还未褪尽最后的余晖。

操场上,一个 10 岁的男孩在打篮球。由于个头矮小,他拼了命地投篮,努力了大半天,还是挨不着篮圈的边儿……

夕阳把一切都镀上了金黄色,包括他那发红的小脸。慢慢地,操场上聚集了几个男孩,一个、两个、三个……一共来了五个,他们谁也不认识谁,不知是对球迷恋,还是冥冥之中有什么东西牵引他们,六个男孩成了好朋友。那年,他们只有 10 岁,才读四年级。

时间过得真快,男孩们已经升上初一。在过去的几年里,他们成了铁哥们儿。他们常常一起打球,但球都是借来的。他们做梦都渴望拥有自己的球。他们知道球一定要买,但他们的家境都不好。于是,6个男孩利用所有的假日去捡破烂、打工。两个星期后,每人手中有一张五元面额的钞票,便一起浩浩荡荡地去了商店。

当售货员告诉他们一个球只要28元时,他们互相望了望,谁也没吱声。一个男孩猛地抬起头来,用响亮的声音说:"阿姨,我们用30元钱买你的球,我们每个5块刚好30块。"

其他男孩也用力地点头,很郑重很严肃。

多用几块钱不算什么。这只是对彼此的友谊、赚钱的辛苦的一种纪念。

售货员呆住了,她从来没遇上这样的顾客——竟要求将物品提价。她被小家伙们的真诚感动了,干脆折价成24元将球卖给他们。每人四块钱。

从此,课余时间,他们都要在这里打球。每每练完球,他们总要小心地拭去球上面的污迹,同时也将友谊的污点一一拭去。

初中毕业前的最后一夜,男孩们来到操场,第二天他们就要各奔前程了。有人将上高中,有人将上中专。大家议论好久,约定8年之中不见面,不联络。8年之后再在这里相聚,打一场球。然后,他们在球场边挖了个坑,把篮球放进去,也将几年相聚的快乐时光放进去,再郑重铺平了地面。

然后,6个少年对着万里无云的天空发了誓,洒泪分别。

8年,可以改变很多事,可以把一个满心憧憬的人变得老练、成熟。

8年,不长不短,但如果要一个人忘却过去的约定也是非常容易的。

8年过去了,操场还是那个操场,依旧用它宽厚的胸怀迎接一个个篮球和篮球迷们特别的友谊。

8年过去了,6个杳无音讯的少年没来相聚。哦,他们是成年人了,他们都失约了吗?一切深情厚谊也随之不见了?没有人懂得回答。

但就在这一天,一群小孩在操场边儿玩,无意中挖开了那个埋着篮球的坑,发现一个球瘪了,霉了,烂了。他们吓了一跳。

这时,男孩们看见一个叔叔在一旁兴奋地流泪。流完泪,他又上球场打了一阵球……最后,坐在地上,独自微笑,笑得很神秘,像回忆着什么。男孩们感到奇怪,跑过去问他。

叔叔笑了笑,说:"我在这里等我的伙伴,小时候的伙伴,我们有个约会,今天见面,可惜他们都来不成了,他们失约了。叔叔们很忙,都在外省工作,有一个还在国外,但我们每个星期都要通电话,谈球,谈我们的10岁,我们以前一起买过一个球。现在我们想赚钱建一个篮球场……"

叔叔的话,男孩们不懂,不懂他们怎么会失约,却要建一个篮球场。

但叔叔懂,叔叔们隔着千山万水,心灵已经约定了,真正的友谊无须誓约。

那个等你穿鞋的朋友

从容

那一年高考落榜,我和好友阿静、子露同时考入本市一所大型企业。这所国家重点扶植的企业在市里颇有名气,我们三人能同时被录用,那份高兴劲儿就甭提了。

进去头三个月是培训阶段,每天集中在大会议室上课。那些枯燥的集成电路技术将我们弄得七荤八素,不胜厌烦。但听说培训结束将要进行一次严格的考试,并将按考试成绩分配工种,大家又不敢等闲视之。于是不管刮风下雨,我和阿静、子露都从不缺课。

三个人中,我和阿静的性格比较相近,子露则显然太有个性,有时甚至让我受不了。记得有一回下大雨,我进教室后很自然地把湿雨衣搁在旁边的座位上,子露马上来敲我背了,"嗨,你把雨衣挂到门口去嘛。"

我懒得动身,说:"没关系,空座位那么多呢。"

子露却坚持道:"你的雨衣这么湿,弄得满椅子满地都是,你让下一堂课的人怎么坐啊?"

一旁的阿静赶紧打圆场:"算了,又不只有她这样。"

"都像你们这么想,大家都没椅子坐了,自私!"子露毫不留情地说,一把抓起我的雨衣,就硬给挂到门口去了。当着众多新同事的面,我觉得脸上很下不来,火烧火燎的。于是接下来的一整天我硬是没去理子露,只管和阿静说话。子露却毫不在意,一下课就将自己的笔记本扔到我桌上。因为我眼睛近视,黑板上的线路图总看不清,子露便每天抄了先借给我看。这倒大大出乎我的意料,原本我已打算再不向子露借笔记了,当然也不再主动答理她。

类似的事情后来又发生了好几回,每一回子露都用她那张不饶人的嘴,弄得我或阿静在众人面前不胜难堪。我几次忍无可忍,下定决心再不理她,都是阿静劝我打消这个念头,她说:"跟子露这样的人交朋友,没大好处,但也绝对没坏处,她心无城府,决不会坑你,关键时刻,说不定还能利用利用她的炮筒子脾气呢。"

阿静的这番理论,我说不上是对是错,但想想子露毕竟也没太对不起我的地方,去年我母亲住院,还是她主动来帮我一起陪夜,端屎倒尿,买饭打水,就连母亲都被她感动了。或许阿静说得对,她就这脾气这张嘴,心眼儿却不坏。

我和阿静也有分歧,但那通常只发生在对某些问题的看法上。比如有一回子露问过我们俩一个问题:假设现在洪水来了,所有的人都在逃命,而你的朋友还在找她的鞋,你会等她吗?

"笑话,这种时候还找鞋,傻瓜才会等她穿鞋呢,拽上就跑呗。"阿静毫不犹豫地说。

"可是,不穿鞋或许逃不快,一样得被洪水追上。"我说。

子露笑笑,又转向阿静:"如果外面满地都是玻璃碴,你总得等她穿鞋吧?"

"哪怕满地刀刃啊,是脚重要还是命重要?"阿静不屑地说。

"可是,我认为还是得等她穿上鞋,我一定得等她。"我固执地说。

阿静气急了,大声冲我说:"阿容,改改你这种老好人的迂腐吧!那种时候,能够等朋友一起走已经相当不容易了,你居然还会傻到等她穿鞋。事实上啊,我敢保证这种时候都老早各自逃命了,谁还等来等去,这是一种求生的本能!"她涨红了脸,好似眼前真的来了洪水。

不过争执归争执,并不因此影响我和阿静的友情,毕竟那只是一项假设,这样的假设在我们的生活中永远都不会变成现实,我想。

三个月眼看就要到了,考试已迫在眉睫,几十个朝夕相处了近三个月,谈不上朋友但也算是伙伴的人们忽然都有些相互提防起来,上课的笔记不再随时借得到,考试的讲义更是各自严加看管,最莫名其妙的是,班里好几个女孩子都一天比一天打扮得光鲜,成天叽叽喳喳地围在几个技术员身边,大有不掏出些"独家新闻"誓不罢休的苗头。

面对此状,阿静显然很沉得住气。她告诉我说,"在一切成为定局之前,任何一个小小的努力都不可等闲视之。但我还是相信凭实力才能获得最后的胜利,否则,再怎么也是瞎折腾。"

阿静说这番话的时候,眼睛有意无意地瞥着子露。我心里一惊,不由也暗暗放眼望去。子露这两天确实有些不同寻常,不光每天化淡妆,而且格外的活跃,每次人事部的主任来会议室例行公事地巡视,她都会找得到机会跟他打趣。那老头显然是个以貌取人的家伙,看到漂亮女孩子,再一被她们吹捧,就乐得嘴都合不拢。每当此时,我总是看见一旁的阿静阴郁的脸色,显然她和我一样看不惯这种场面。

考试如期进行了。从试场出来,我和阿静紧张地对着试题,我发现自己错了很多,而阿静却几乎题题答对。我惭愧而惶恐了,已看到自己前途不妙。阿静赶紧安慰我道:"塞翁失马,焉知非福。听说这回分配工种,机关里有两个名额,你虽然没考好,但你笔头好,天生就是坐办公室的料。我考得好,也未必是件好事,你想这种考试考的都是技术,你技术越好,就越适合下车间。"下车间是我们这些待命的人最害怕的一件事,四班三运转,大夜班翻小夜班,不光体力上吃不消,说出去也不好听,恐怕将来找对象都麻烦。

　　这时子露从考场出来,正好听到了阿静这一番话,她漂亮的脸上露出嘲讽的微笑:"是吗?阿静,看来你是注定要下车间啰。你怎么知道机关里有两个名额?你怎么知道考得好的人就反而要下车间?这样我们干脆考个鸭蛋得了,哈哈哈!"她大笑起来。阿静脸上一阵红一阵白,困窘不堪。我赶紧挽过她,气愤地对子露说:"子露,你这是什么意思?我们是不能跟你比,既没有一张漂亮的脸,又不会跟掌权派攀亲攀故,当然只能用我们这点可怜的资本去比拼一个差强人意的未来。"

　　子露的脸一下子刷白了,她怔怔地立于原处,惊讶地望着我。我有些后悔,但想到身边的阿静,只能维持强硬。子露望着我,忽然幽幽地说:"阿容,你最好看清你的周围,不要让你的天真和善良蒙蔽了眼睛。"说完,她就傲然地扬长而去。

　　在紧张而忐忑的等待中,分配工种的日子终于到了。阿静的猜测还真灵验,人事部主任宣布将从我们这批人中挑选两个人去机关工作,剩下的一部分分散到各个职能部门,其余全部下车间。当阿静以考试总分第一的成绩被宣布分配到机关时,我真为她高兴。但出乎我意料的是,紧跟着的第二个名字竟然是我。我太惊讶了,以至于半天没有反应,一旁的阿静也呆呆地看着我,她似乎显得比我还要吃惊。

　　子露却被分配到了车间,她当着众人的面红了眼圈。我想起了她的好处,忍不住也鼻子发酸。散了会,我走到她面前,真诚地握着她的手说:"子露,对不起,我上次不是故意要伤害你的。希望我们以后还能是好朋友。"

　　子露抹了抹眼泪,笑了。她用力捏了捏我的手,说:"没事,我早就忘了! 你自己可得多长根筋,我以后可帮不了你了。"

　　我和阿静同时进了机关,但阿静是文秘,我只做了一个打字员。这之间的差别,我以为只是因为那一场决定胜负的考试,于是也只能认命。更何况,阿静是我最好的朋友。阿静很忙,每天忙着写报告、陪领导视察,穿着职业套装风头十足。我也很忙,每天忙着打字复印油印装订。我和阿静同在一幢办公楼一个部门,却通常只局限于相遇时互相点点头。

　　倒是子露却常常来我的打字室。她三班倒空闲的时间多,一有空就跑了来,和我聊天,帮我一起油印装订,还偷偷带了好吃的东西来跟我分享。子露的开朗、风趣和对我的关怀使我在透不过气的忙碌中,感觉到一丝如浴春风的快乐,同时我常常会突发奇想,如果当初命运不是这样安排,和我同进机关的是子露,或者我和子露同下车间,是否对我会更适合一些? 但我很快就为自己的念头惭愧了,因为这样的假设等于否定了阿静,虽然我们彼此都很忙,但阿静毕竟是我最亲密的朋友。

　　如果没有已退职的人事部主任的那一番话,或许我的生活会一如既往的平静,然而那天这位曾经是主任的主任来请我打印一份材料。或许是因为有求于我,他显得格外平易近人,主动和我攀谈。

　　"小丁,你和陈子露很要好吧?"不知为什么他主动提到了子露。

　　"是啊,我和子露、徐静都是从小长大的好朋友。"

　　"子露这女孩子真够义气,我现在想想,当初可真委屈她了。"主任忽然叹了口气。我一愣,本能地感觉到了什么。

　　"你还记得那次分配工种吗?原定进机关的名额里根本没有你,是徐静和另一个人。徐静的父亲来头大着呢,托了人找到总经理,总经理反正也乐得做个顺水人情,一个电话打到人事部,就让我们定员定岗。可没想到子露不知从哪里得到的消息,晚上找上了我的家。"

　　我心里又一咯噔,看来当初还真没错责子露,她竟然会背着我们做出这种事来,真是丢人!

　　"子露拿来了厚厚的一本剪贴本,上面全都是你在报刊上发表的文章,她当时又气又急,慷慨陈词,只差没把我和总经理一起都归列到贪官污吏中去。我承认我当时的确很生气,平时跟她嘻嘻哈哈惯了，哪想她就这样目无尊长。我便故意激将她道，如果我给小丁调进机关，让你下车间，你干不干？子露原本定的是去总务部，也是个好单位呀！但没想这小丫头嘴硬，梗着脖子说，去就去，如果你说话算话！更不可思议的是，她还去找了总经理，总经理居然被她说动，同意让你进了机关。但徐静来头太大了，虽然大家都知道徐静的笔头远不如你，但谁让她后台足呢？听说当初定岗前，她父亲连出卷的老师都给买通了，让女儿考了个第一！唉，只委屈了子露这小丫头啊！"主任一番唏嘘，不胜内疚的样子。

我脑子里轰然一声，忽然间全部思想都消失了。主任接着又说了些什么，什么时候走的，我一点都不知道，只是呆呆地坐在窗前，直到下班铃响。我所有的思绪只化成了两个名字，那就是：子露，阿静。

我几乎没有丝毫犹豫地当晚就去找了子露。门一开，望着子露这两年因为上夜班明显消瘦的脸，我的眼泪就控制不住地往下掉。

"子露，我值得你那么做吗？"那晚，我翻来覆去只说着这么一句话。

子露笑了，她温柔地看着我的眼睛，说："值得。因为你是一个会等我穿鞋的朋友。"

生死跳伞

苏景义

汤姆有一架自己的小型飞机。一天，汤姆和好友库尔及另外五个人乘飞机飞过一个人迹罕至的海峡。飞机已经飞行了两个半小时，再有半个小时，就可以到达目的地。

忽然，汤姆发现飞机上的油料不多了，估计是油箱漏油了。因为起飞前，他给油箱加满了油。

汤姆将这个消息传达后，飞机上的人一阵惊慌，汤姆安慰他们："没关系的，我们有降落伞！"说着，他将操纵杆交给也会开飞机的库尔，走向机尾拿来了降落伞。汤姆给每个人发了一个降落伞后，在库尔的身边也放了一个降落伞袋，他说："库尔，我的好兄弟，我带着五个人先跳，你开好飞机，在适当的时候再跳吧！"说完，他带领五个人跳了下去。

飞机上就剩库尔一个人了。这时，仪表显示油料已尽，飞机在靠滑翔无力地向前飞。库尔决定也跳下去，于是，他一手握紧操纵杆，一手抓过降落伞包。他一掏，大惊，包里没有降落伞，是一包汤姆的旧衣服！库尔咬牙大骂汤姆！没伞就不能跳，没油料，靠滑翔飞机是飞不长久的！库尔急得浑身冒汗，只好使劲浑身解数，往前能多开多远算多远。

飞机无力地朝前飞着，往下降着，与海面距离越来越近……就在库尔彻底绝望时，奇迹出现了——一片海岸出现在眼前。他大喜，用力猛拉操纵杆，飞机贴着海面冲过去，"嗵"的一声撞落在松软的海滩上，库尔晕了过去。

半个月后，库尔回到他和汤姆居住的小镇。

他拎着那个装着旧衣服的伞包来到汤姆家的门外，发出狮子般的怒吼："汤姆，你这个出卖朋友的家伙，给我滚出来！"

汤姆的妻子和三个孩子跑了出来，一齐问他发生了什么事情。库尔很生气地讲了事情的经过，并抖动着那个包，大声地说："看，他就是用这东西骗我的！他没想到我没死，真是老天保佑！"

汤姆的妻子说了声"他一直没有回来"，就认真翻看那个包。旧衣服被倒出来后，她从包底拿出一张纸片。但她只看了一眼，就大哭起来。

库尔一愣，拿过纸片来看。纸上有两行极潦草的字，是汤姆的笔迹，写的是："库尔，我的好兄弟，机下是鲨鱼区，跳下去必死无疑。不跳，没油的飞机不堪重负，会很快坠海。我带他们跳下后，飞机减轻了重量，肯定能滑翔过去……你就大胆地向前开吧，祝你成功！"

谁是朋友

侠名

　　温友庆下岗后,一时找不到工作,闲着无事,打算回小县城暂居一段时间,但又怕信息不灵,误了找工作的机会。因此临走前,便请十几个特铁的哥们儿吃了一餐。

　　酒酣饭足脸红耳热之时,温友庆趁机要哥们儿帮忙留意一下招工信息。

　　王东涨红着脸嘟囔道,这算个鸟事,我们兄弟多活动活动,帮大哥找份轻松活。"对!"朋友们神情激昂,拍胸脯拍大腿保证,一有什么信息立刻通知大哥。

　　温友庆看到哥们儿如此群情激昂,含着泪说:"谢谢!谢谢!小弟找到工作后,再请大家喝酒。"这时,一直在喝闷酒的张强站起来,歪着脸向温友庆劝酒。建议他回县城开一店面,弄些钱解决温饱,静心发挥特长,自由自在的,比找什么鸟工作强多了。此话一出,热闹的场面突然安静下来了,大伙全瞪着张强。

　　温友庆不高兴了,心想:这人真不够朋友。于是只将联系电话告诉其他几个,便黯然离开。

　　温友庆回到县城,整天待在家里无事干,人也没了精神。妻子劝他在家看看书,写点东西什么的,别让事憋死人了。可他老惦记城里的工作,惦记哥们儿帮他找到工作后打电话来。他往往写一会儿东西瞧一下电话机。如果有事外出,一回来就慌忙去翻看电话的来电显示,然而半点音讯也没等到,温友庆觉得日子挺难捱。

　　半年后的一天晚上,温友庆看完央视的新闻联播,折进房间里看书,烦躁地东翻翻西翻翻。

　　这时,张强裹着寒气闪身进来。温友庆给他温了酒,责怪他不预先打个电话,好去接他。张强说:"你又不给我留个电话,害得我急火火跑来。江中市晚报招记者,报名截止是明天中午,我是专程来通知你的。"

　　温友庆应聘当上了记者,在友谊酒楼请朋友们喝庆祝酒。喝着喝着,王东大声说:"晚报招聘广告一登出来,我就打电话过去了,嫂子接的。我知道大哥准成,嘿……来,喝酒。"温友庆心里掠过一丝不快。

　　接下来,一哥们儿说广告公司招人,打了好几次电话却找不到大哥。

　　另一个说IT通讯公司招业务主管我还帮大哥报了名,打了几次电话也联系不上。

　　一个比一个说得动听,温友庆的脸却越来越沉。这时,一言不发的张强站了起来,举起酒杯说:"大家都为大哥的再就业操碎了心,都出了不少力。现在我们不说这些,大家都来喝酒,干!""对,干!"声音嘈杂而高亢。温友庆暗地里用力捏捏张强的手说:"好朋友,干!"泪水在眼里直打转,他嘴巴动了动,好似想说些什么,但他望望喝得满脸通红的众人,什么也没说。

朋友应该做的事

[美]T·苏珊·艾尔

　　杰克把建议书扔到我的书桌上——当他瞪着眼睛看着我的时候,他的眉毛蹙成了一条直线。

　　"怎么了?"我问。

　　他用一根手指戳着建议书,"下一次,你想要做某些改动的时候,得先问问我。"说完就掉转身走了,把我独自留在那里生闷气。

　　他怎么敢这样对待我?我想。我不过是改动了一个长句子,纠正了语法上的错误——这些都是我认为我有责任去做的。

　　并不是没有人警告过我会发生这样的事情。我的前任——那些在我之前在这个职位上工作的女人们，称呼他的字眼都是我无法张口重复的。在我上班的第一天，一位同事就把我拉到一边，低声告诉我："他本人要对另两位秘书离开公司的事情负责。"

　　几个星期过去了，我越来越轻视杰克。我一向信奉这样一个原则：当敌人打你的左脸时，把你的右脸也凑上去，并且爱你的敌人。可是，这个原则根本不适用于杰克。他很快会把侮辱人的话掷在转向他的任何一张脸上。我为他的行为祈祷，可是说心里话，我真想随他去，不理他。

　　一天，他又做了一件令我十分难堪的事后，我独自流了很多眼泪，然后，我像一阵风似的冲进他的办公室。我准备如果需要的话就立即辞职，但必须得让这个男人知道我的想法。我推开门，杰克抬起眼睛匆匆地扫视了我一眼。"什么事？"他生硬地问。我突然知道我必须得做什么了。毕竟，他是应该知道原因的。

　　我在他对面的一把椅子里坐下来，"杰克，你对待我的态度是错误的。从来没有人用那种态度对我说话。作为一名专业人员，这是错误的，而我允许这种情况继续下去也是错误的。"我说。

　　杰克不安地、有些僵硬地笑了笑，同时把身体向后斜靠在椅背上。我把眼睛闭上一秒钟，上帝保佑我，我在心里默默地祈祷着。"我想向你做出承诺：我将会是你的朋友。"我说，"我将会用尊重和友善来对待你，因为这是你应该受到的待遇。你应该得到那样的对待，而每个人都应该得到同样的对待。"我轻轻地从椅子里站起来，然后轻轻地把门在身后关上。

　　那个星期余下的时间里，杰克一直都避免见到我。建议书、说明书和信件都在我吃午餐的时候出现在我的书桌上，而我修改过的文件都被取走了。一天，我买了一些饼干带到办公室里，留了一些放在杰克的书桌上。另一天，我在杰克的书桌上留下了一张字条，上面写着，"希望你今天愉快。"

　　接下来的几个星期里，杰克又重新在我面前出现了。他的态度依然冷淡，但却不再随意发脾气了。在休息室里，同事们把我逼至一隅。

　　"看看你对杰克的影响。"他们说，"你一定狠狠责备了他一通。"

　　我摇了摇头。"杰克和我现在成为朋友了。"我真诚地说，我拒绝谈论他。其后，每一次在大厅里看见杰克时，我都会先向他露出微笑。

　　因为，那是朋友应该做的事情。

　　在我们之间的那次"谈话"过去一年之后，我被查出患了乳腺癌。当时我只有32岁，有着三个漂亮聪明的孩子，我很害怕。癌细胞很快转移到了我的淋巴腺，有统计数字表明，患病到这种程度的病人不会活很长时间了。手术之后，我与那些一心想找到合适的话来说的朋友们聊天。没有人知道应该说什么，许多人说话语无伦次、颠三倒四，还有一些人忍不住地哭泣。我尽量鼓励他们。我固守着希望。

　　住院的最后一天，门口出现了一个身影，原来是杰克。他正笨拙地站在那里，我微笑着朝他招了招手。他走到我的床边，没有说话，只是把一个小包裹放在我身边，里面是一些植物的球茎。"郁金香。"他说。我微笑着，一时之间没有明白他的意思。

　　他清了清喉咙，"你回到家里之后，把它们种到泥土里，到明年春天，它们就会发芽了。"他的脚在地上蹭来蹭去。"我只是想让你知道，当它们发芽的时候，你会看到它们。"

　　我的眼睛里升起一团泪雾，我向他伸出手去。"谢谢你！"我轻声说。

　　杰克握住我的手，粗声粗气地回答："不用谢。你现在还看不出来，不过，到明年春天，你将会看到我为你选择的颜色。"他转过身，没说再见就离开了病房。

　　现在，那些每年春天都能看到的红色和白色的郁金香已经让我看了10多年。今年9月，医生就要宣布我的病已经被治愈了。我也已经看到了我的孩子们从中学里毕了业，走进了大学的校门。

　　在我最希望听到鼓励的话的时候，一个沉默寡言的男人说出了它们。

　　毕竟，那是朋友应该做的事情。

有一种友情叫永恒

紫陌香尘

第一次注意水儿，是因为她的马马虎虎。那时是冬天，我们刚成为同学不久，女儿国一样的班级里，她并不引人注意。一天，晚自习上，她来晚了，光着脚丫穿着拖鞋，进了教室就哀号："402 的战友们哪，谁把寝室门锁上了，我还没换鞋呢。"我看着她举起的脚丫扎眼地出现在这个寒冷的冬天，失声狂笑，从来没见过这么大意的女孩，傻得可爱。冲她招招手唤她坐我身边，整个晚自习我们聊了个天昏地暗以闪电般的速度成为好朋友，没有在意我来自城市她来自乡村，没有在意我们不住在同一个寝室，更没有在意各自的数不清的缺点与脾气。友情就这样轻易地建立起来。那一年，我们十七岁。

三年的卫校生活过去，我们的感情根深蒂固，我甚至觉得，三年的学校生活，唯一值得我庆幸与留恋的就是和水儿的友情。这个小小的集可爱与可恨于一身的女孩是我的牵挂，我只知道自己喜欢看她快乐，尽我所能地带给她惊喜；喜欢让她感动，时常写一些感人的东西骗取她的眼泪；喜欢她振作，在她没来由地每周痛哭而置同学们的好言相劝不顾时，我会软硬兼施地痛斥她直到她破涕为笑。我曾经绞尽脑汁地给了她一个生日礼物，一个月三十六块钱的助学金是我们唯一的经济来源，除去吃饭的费用几乎所剩无几。于是我没花一分钱地根据她的梦想为她画了四幅我这辈子画过的最经典的漫画并附带文字说明，以及一封牺牲睡眠写给她的信，估计是辞藻精美用意准确，她先是笑得岔气，而后又趴在课桌上整整哭了一堂课，以至于下课后她的同桌径直走到我面前问我对她施了什么魔法。她也曾经为了给我做冷面早早地起床，尽管后来因为我忘记了吃而被她罚在我已经吃过早饭后又将一大碗冷面全部消灭以至于那以后再也不想吃冷面了，但我仍然无法言喻地感激她的关怀。实习的时候，我们分别在两个距离很远的医院，她仍然住学校，我理所当然地回到离医院只两分钟路程的家里。通信成为我们的乐趣，我也会在没班的时候去学校看她，拿一支新鲜的玫瑰给这个和我一样没有人陪的家伙，赶上她不在，我就趴在她的床上看她写的东西，分享她的喜怒哀乐。毕业了，她回家乡，我分到家附近的一所医院。面对分离，我们并没有抱头痛哭，因为我们知道，一切都不会结束。我们的友谊，会一直延续下去。时间与距离对于我们的友谊来说都微不足道。那一年，我们二十岁。

水儿恋爱了，介绍了她男友的表哥于我，我也恋爱了。互相诉说倾诉爱情的种种，分享爱情的幸福成了我们的习惯。那一年，我们二十二岁。

我结婚了，一个月以后，水儿也成为新娘，我为她化妆，那是她最美丽的一天。我们的关系又近一层，我们是亲戚。可是，她从不叫我嫂子只叫我哥们儿，我在她心里，永远是她哥们儿。那一年，我们二十三岁。

生了儿子，我成为一个完整的女人。四个月后，水儿的儿子来到人世。初为人母，疲劳战胜了喜悦，最初的欣喜在孩子的啼哭中踪影皆无。没有做好心理准备的我们，面对突如其来的小第三者，除了互相鼓励还是互相鼓励。那一年，我们二十四岁。

水儿随丈夫去了南方。我和她再没了心情在高额的电话费中闲聊。我不知道她在陌生的城市里经历了怎样的孤独与失落。我以为她过得很好，以为她终于拥有她想要的生活，繁华的城市，身边是她至爱的人，我以为，我淡出了她的生活，如同书上写的，结了婚的女人都会疏远曾经的朋友。我甚至以为，她终于长大了，不再像她说的那样依赖我了。后来，丈夫去外地工作，我成为单身妈妈。那一年，我们二十七岁。

再见到她时，几乎找不到印象中水儿的影子———一脸的疲惫与无奈，没有了往日纯真的笑，精神状态亦不像正常人，思维也有些混乱，两年的南方生活没有使她快乐反而带给她无法承受的压力,于是她暂时离开了她深爱的丈夫,怀里抱着那个随时会在未来无法预知的某一天在她眼前倒下而不再站起的儿子,独自返回我们的城市调整心境。我们仍然没有抱头痛哭。我只记得我说,回来吧,和我住在一起,互相照顾。于是,城市里多了一个由两个女人、两个孩子组成的特殊的家庭。白天,我们各自上班,她会时常发短信给我,傍晚的时候,我们带孩子一起下楼玩,夜里,孩子们睡了,我们就在黑暗中聊天,她述说她在南方的一切,陌生的城市,远离亲人朋友,痛苦,磨难,儿子的病,公婆的难以相处,工作的艰辛,人际的复杂。我听着她流泪的声音,心里像有利刃轻轻划过。我忍住泪水说,都过去了,回来了就好了,日子会好起来的。那一年,我们二十九岁。

水儿同我一起住了半年,逐渐找回了曾经一度失去的快乐与自信,她又是那个爱幻想爱做梦爱哭又爱笑的女孩了。因为想念她的丈夫,她决定重新回到那个她不喜欢甚至有些憎恨的城市。没想到她千里迢迢回去面对的,是人生的又一场无法预料的变故——她的丈夫爱上了别人。电话里传来她抑制不住的哭声,我不知道自己该做什么,愤怒让我几乎失去理智,我反复地问自己,怎么办,怎么办,怎样才能把她的伤害减到最低。那之后的十几天里,我们每天不停地发短信,我的手机为了收到她的短信彻夜不关,我怕她有任何的意外,怕她做出过激的事情,更怕她对生命失去信心。我要她坚强,要她勇敢,要她面对现实。经历了容忍,劝说,阻止,绝望,心碎,她终于带着儿子再次离开,以全然不同的另一种心情同那个给了她太多伤害的城市说永别。我在漫天风雪中迎接她回来,依旧没有与她抱头痛哭,我说,重新开始吧,没什么大不了。这一年,我们三十岁。

十三年过去了,我们十三年的友情,于这个充满爱情的年代来说,微不足道,但是,于我们经历的岁月来说,弥足珍贵。这许多年来,我看着她成长,看着她经历,看着她欢笑,看着她痛哭,所有她感受到的,我都能够体会,她却没有如我希望的那样成熟起来。我看到的,仍然是当年的那个纯真的女孩,那个相信世间仍然有真情,那个苛求一份简单纯粹的爱的女孩。那个小小的身躯里仍然能够承受打击与磨难的勇敢女孩。

如今,一年过去了,我们在城市的两端各自生活,偶尔她会与我小聚,儿子一天天地在长,尽管孩子的病治愈的希望仍然很渺茫,但每一天,她都在为延长儿子的生命努力着。我们会时常憧憬着,将来的某一天,我们会去我们喜欢的地方,一同坐在暖暖的阳光下,低吟浅唱,说我们最美丽的心事……

跟在你身后的朋友

佚名

在瑞恩七岁时,有一个非常亲密的朋友,名叫迈克。瑞恩和迈克上了同一所男校,并且在同一个班。

迈克和瑞恩就是人们所说的那种"最要好的朋友"。因为那时他们还小,他们从不谈论关于金钱、女孩、人际关系或生活中其他复杂的事情。他们住得很近,一同上学、放学,上学的时候待在一起,放了学还常常到彼此家里去玩。

一次,瑞恩在学校因为学习上受了打击,情绪十分低落。他绕着操场一圈一圈地走着,而迈克就一直跟在他后面。他远远地跟着,以免打扰到瑞恩,但又不会远到让瑞恩离开他的视线。而瑞恩却对此很恼火,他只想一个人待着。一时间,他变得非常激动,甚至还朝迈克喊道:"不用你管我!"但迈克只是静静地跟在他后面,自始至终都没有说一句话。

直到多年以后,差不多二十年过去了,瑞恩才开始懂得友谊的真正含义,而那天迈克为他做的一切正是友谊的佐证。瑞恩和迈克的生活都漂泊不定,每年难得见上几次面,即使见面,也是和一大群朋友在一起。但瑞恩仍然记得那段场景,仍然心存感激,每每忆及,总感觉心里暖暖的,鼻子酸酸的。

迈克让瑞恩懂得，真正的友谊不仅仅是在对方希望或者需要它出现时才出现。真正的朋友是，在他认为你会需要他的时候，他就总会在你身边，不论你肯不肯接受，愿不愿承认。就算你要把他赶走，他也总会待在你身边，只要他觉得他陪在你身边会对你有所帮助。但只要你不愿交谈，他就会一言不发，他会给你你想要的宁静，他也绝不会把他的想法强加于你。

真正的朋友会像迈克那样，远远地跟在你身后，给你你想要的空间和宁静，但他永远离你很近，默默地注视着你以确定你很好，确定你不会做傻事，确定只要你需要他时，他就一直在你左右，在你摔倒时向你伸出手臂，在你流泪时帮你抹去泪水。

直到今天，瑞恩依然对迈克心存感激，而且，他会永远保存着这份感激之情。

悔恨的泪水

佚名

山姆和杰森是一对形影不离的好朋友。一天，他们在前往波士顿的途中发生了车祸。第二天早晨，杰森苏醒过来，但他失明了。

伯克利医生站在山姆的床边查看病历和用药情况，一副若有所思的样子。这时山姆醒了过来，医生微笑着问他："你今天感觉怎么样？"山姆竭力让自己表现得勇敢，也微笑着回答："好极了，医生。我很感谢你为我做的一切。"伯克利医生深受感动，他只能对山姆说："你是个很勇敢的人。上帝会用某种方式补偿你的。"

伯克利正要去诊视下一个病人，山姆叫住了他。他以近乎乞求的语气说："答应我，你什么也不会告诉杰森。""你知道我不会告诉他的。相信我。"医生说完便离开了。

"谢谢。"山姆轻声说。他微笑着，仰望上方，开始祈祷……

几个月后，杰森差不多康复了，他却疏远了山姆。因为他不想和一个残疾人在一起，这让他感到沮丧和难堪。

山姆在孤独寂寞中失去了勇气，除了杰森，他没有任何可以信赖、依靠的人。山姆的生活每况愈下，直到有一天，他在绝望中死去。杰森受邀去参加葬礼。在葬礼上，伯克利医生交给他一封信。医生面无表情地说："这是给你的，杰森。山姆曾经叫我在他死后把信交给你。"

山姆在信中写道："亲爱的杰森，我曾经承诺过，如果我发生了什么事，就把自己的眼睛捐给你。我终于实现了自己的诺言。如今，你能够通过我的眼睛来感受世界，我也没有什么要向上帝乞求的了。你永远是我最好的朋友……山姆。"

见杰森看完了信，伯克利医生说："山姆为你做出了牺牲，我曾经答应过为他保守这个秘密。但是现在我希望我没有遵守承诺，因为我觉得他的牺牲不值得。"

杰森呆立在原地。他的余生只剩悔恨的泪水和过去与山姆在一起的回忆。

无论世事如何变幻，我们要自始至终坚守在朋友身边。没有了朋友，生命毫无意义。

朋友:结伴而行的鱼

孙文达

我和张君是高中同学，大学毕业后，他分到银行，而我则进了检察院。

我们是很要好的朋友。

要好的朋友是不在乎谁付出多少的。那时候，我们相互帮助，相互鼓励，在一个陌生的城市里快乐地生活着。后来，我们都结婚了，更巧的是，我们的爱人都是白衣天使。他打趣说，你和我的心是相连的,不成朋友都难。

要不是他一时的冲动,这种友情会持续下去,我想一定会天荒地老。

他为了买处上等的房子,挪用公款 8 万元……

反贪局调查他的时候,他说的第一句就是,我的朋友在检察院。这个朋友就是我,可我无能为力。法律对于朋友是无情的。

他的爱人多次找到我。看她那痛哭流涕的样子,我很伤心,毕竟他们结婚还不到三年,刚有了个小男孩。我只好反复做她的工作。最后她说,这是我们第一次求你,你给个明白话儿吧。我坚决地说,这事我帮不上忙。她擦干眼泪,冷冷地说,朋友有什么用! 那语调里是对"朋友"这个字眼的绝望。那以后,她没来过我们家。

我偶尔去监狱看他,他拒绝了我的探视。他只是传话说,朋友有什么用。

我希望通过时间来填补法律的无情。每年的节日,我都会和爱人去探监,去看望他的爱人,尽管要遭受冷落。终于有一天,他无奈地说,算了,朋友本来就没有什么用的。其实,我从骨子里了解他,在他内心深处是不愿失去我这个朋友的,正像我不愿失去他一样。

等他出狱那天,我和爱人都去接他。他的爱人一路上都在偷偷流泪。我说,上我家吧。他没有拒绝,也没有答应,随我上了回家的的士。那天,他喝得大醉。他问我,朋友有什么用呢? 我笑着说,没有什么用,朋友本来就是没用的。他说,我不怨你。我笑了,笑里面掺杂着泪水。

不久,他和他的爱人离开了这个本来就陌生的城市去了另一个陌生的城市。我们很少再见面,偶尔有书信往来,都是些客套话。他说,他和爱人都找到了一份还算可以的工作,孩子上了一所不错的小学,我们不必牵挂。那以后,我们彼此为了各自的工作不停地忙碌着,但那份情感是无法忘却的,有时候反而更浓。

前年,我生日那天,他寄来一封信,祝我生日快乐。信中夹着一朵风干了的牵牛花。他在信中说,你还记得吗? 在校外的田野里,我们常常去摘牵牛花的,它象征平淡无奇的感情,早上花开,很快就凋谢了,可我们的友情虽然平淡可是无法凋谢。我和妻子在烛光中读着这封信,泪流满面。

去年的国庆节,我们相约去爬泰山。在一个偌大的水库前驻足。那清澈的水里,一条条自由自在的鱼结伴而游。我们相视一笑,我们多像那一条条游着的鱼,只要能够结伴就行了,这也许就是朋友的要义了。

300 美元的价值

[美]贝蒂·扬斯

阿伦是我的一个好朋友。但是,说实在的,我并不喜欢与他待在一起太长的时间,因为此公是一个郁闷的人,如果每次与他在一起的时间超过一个小时,我也会变得闷闷不乐。

阿伦过日子精打细算,就像他现在或在不久的将来就要面临财政崩溃一样。他从来不随便扔东西,在闲暇时也从未放松过。他不送礼,不消费,似乎不知道生活有"享受"这回事。

他生日那天,我同往年一样,给他打了一个电话。

"生日快乐,阿伦。"我说。

"人到 50 岁还有什么可快乐的?"他冷冷地答道,"如果花在人寿保险上的钱又要涨了,我可能更快乐一些。"

我习惯了他的性格,所以仍然兴致勃勃地与他说了些话,最后提出请他出去吃饭。他虽然不太情愿,但还算给我面子,答应前往。

吃饭的地点在一家环境幽雅的意大利餐厅。我点了蛋糕,在上面插上蜡烛,又请餐厅安排了几个人给他唱《生日快乐》。

"哦,上帝!"他坐立不安,"他们什么时候才能唱完?"

演唱组唱完生日歌离开后,我送给他一个礼物。

"你在布卢明黛尔店买的?"他看到了包装上的店名,"那里的东西太贵了!你最好把它退回去。你是知道的,那里的东西是骗富人钱的,比实际价格要高出 20 倍!"

"如果你不喜欢,可以到那个店调换其他东西。"我看着他的眼睛说,"不过,你千万不要像上次那样,把我送你的生日礼物退给商店,然后将钱还给我。"

"其实你只要给我买一件运动衫就行了,"他说,"既实惠又便宜,最多不会超过 15 美元。"

阿伦就是阿伦。3 天后,他给我打了一个电话,告诉我他将生日礼物退了,马上将把退款 300 美元寄还给我。

"阿伦,"我一时气愤,言辞激烈地说,"你知道,我是你的朋友,我可以为你做任何事情,但是我要不客气地告诉你,你这种生活态度与其说是节俭,不如说是自私自利。我有个建议,那对你来说是个艰巨的任务,但是我还是想说出来。明天,你带着这三张百元钞票到你家附近的几个商店转一转,如果你看到一个面容憔悴、衣着简朴、领着几个孩子的妇女,你就对她说'你今天交了好运',然后把一张百元钞票塞进她的手里。

"接着,你继续在商店里走,当你看到一个老人显然是由于生活困窘而在为几毛钱与店主讨价还价或者仔细研究价格以便买到最便宜的商品时,你就把第二张百元钞票塞进他的手里并对他说'祝贺你交了好运'。

"最后一张百元钞票希望你自己把它花掉。不要苦苦想着或许花更长时间、更多精力就能买到更便宜的东西。给自己买点儿真正喜欢的东西,或者去做一次全身按摩、面部护理和足疗。我想,如果你照我的建议做了,你会发现生活是一件很开心的事情。"

大约两个月后的一天,我家的门铃响了,我打开门,看见阿伦笑嘻嘻地站在我面前。他大声说:"我做到了。我按照你的意思花了那 300 元。你想听一听吗?""当然。"我邀请他进屋。

"这真是一次有趣的经历。"他说,急切地想与我分享他的故事。"我不知怎么形容那位母亲的表情!太不简单了,要抚养 5 个孩子,最大的不会超过 10 岁。还有那位老人,哈,他拿到 100 美元时的反应就像看到了圣诞老人!"

"最后一张百元钞票你是怎么处理的?"我问。

他举起手,我看到他的手腕上戴了一只新手表。

"我为你感到自豪,阿伦。"我说。他神采奕奕,高兴地说:"我知道你的用意。我长期以来总也快乐不起来,因为我从未真正喜欢过自己。"

"阿伦,"回想起上次我们谈话的情景,我说道,"我让你这样做的时候,可能是有些过分了,但我当时对你实在是很恼火。你想,你拥有的机会和经历的人生,是许多人宁愿忍受痛苦和挫折也换不到的。我只觉得如果你更多地关心别人珍爱自己,你就会找到快乐。"

我发现,阿伦真的从 300 美元的价值中认识到了人生的真谛。因为从此以后,他不但享受生活,而且给动物收容所捐过款,还资助了一位贫困的盲人做了白内障手术。我们在一起的时候,有说有笑,常常忘了时间。

忘记邀请的朋友

[美]朱迪思·伯奈特·施耐德

事情发生在我 10 岁生日那天。因为这是我的第一个两位数的生日,所以家里为我举办了一个前所未有的大型生日晚会。我夹在家庭作业本里的客人名单,开始的时候只有几个亲密朋友的名字,但是在那个特殊的星期五晚上到来之前的两个星期里,它已经由 7 个女孩迅速增加到 17 个了,几乎囊括了我们班里的所有女生。当看到每一位客人都兴奋地接受了邀请时，我甭提有多高兴了。可以想象，那天晚上，一定会有很多的恐怖故事、比萨饼和礼物。但是，后来我才意识到，在那天晚上所收到的所有礼物中，真正宝贵的只有一份。

房间里充满了嬉闹声，我们刚刚做完一个游戏，正在排队准备跳林勃舞的时候，门铃响了。我几乎没有费心去注意这个时候谁会到我家来，这有什么关系呢？我所喜欢的每一个人都在这儿，在我家里。

"朱蒂，到这儿来一会儿。"妈妈在门口喊我。

我扫了朋友们一眼，耸了耸肩，意思似乎是说这样的时候，谁会这么讨厌，竟然来打扰我？其实我真正想说的是，做一个受欢迎的人真麻烦啊！

我从朋友们身后绕过去，来到大厅里，走向前门。突然，我停下脚步，吃惊地张开嘴。我甚至能够感觉到自己的脸在变红，因为在前廊上正站着萨拉·威斯特利——那个在音乐课上坐在我邻座的文静女孩——她的手里拿着一份礼物。

我想起夹在我的家庭作业本里的那份客人名单。我怎么能够忘记邀请萨拉了呢？

我记得我只是把那些向我表示了兴趣的人（像孩子们通常会做的那样，他们知道某个人要举办聚会，他们不想被落下不被邀请）的名字加到了名单的后面。但是萨拉没有这样做。她从来没有问过我有关我的生日聚会的事情，她从来没有在吃午餐的时间里加入到包围在我身边的同学们中间。同时，我也记起那次当我拖着沉重的自然课模型往三楼爬的时候，她帮我背过书包。

我想我忘记邀请她只是因为她没有表现出想要被邀请的意思。我接受了萨拉的礼物，请她一起进屋参加聚会。

"我不能留下来，"她垂下眼睛说，"我爸爸在汽车里等我呢。"

"你能进来待一小会儿吗？"我几乎是恳求似的说。直到那时，我才觉得忘记邀请她是一件多么糟糕的事情，我真的希望她能够留下来。

"谢谢你，但是我必须得走了，"她说完就转身向门口走去，"星期一见。"

我拿着萨拉的礼物站在客厅里，心里空落落的。

我没有立刻拆开萨拉的礼物。几个小时后，聚会结束了。游戏、美食、鬼故事、枕头大战，还有对那些先睡着和打鼾的人的恶作剧结束后几个小时，我才拆开萨拉的礼物。

放在这个小盒子里的是一只陶瓷虎斑猫，大约有3英寸高，它的尾巴高高地翘起在空中。我认为这是我收到的最可爱的礼物，即使我从来没有真正喜欢过猫。我后来发现这个小瓷雕像酷似萨拉的小猫西摩。

虽然，那时候我还没有意识到，但是，现在我知道萨拉是我的一个真正的童年挚友。当其他女孩子们逐渐散去，萨拉仍然一如既往地在那里支持我。她一直忠诚的、无条件地站在我的身边，鼓励我、理解我。

虽然，我一直为忘记邀请她来参加我的生日聚会而耿耿于怀，但是，我同时还意识到如果我没有忘记邀请她来参加生日聚会的话，可能我永远也不会发现萨拉是我最亲密的朋友这一事实。

需要资金吗，今天？

木同

我是一个特别喜欢浪漫的人，所以手机里少不了存着许多风花雪月的短信。但我存得最久、直到现在都舍不得删的一条短信却与风花雪月完全无关，那是一句如果不明前因后果甚至会让人觉得莫名其妙的话："需要资金吗，今天？我去给你送钱，三千够吗？"

发送短信的日期是2003年4月15日。离现在，已是一年多了。

2003 年 1 月,我得了一场重病,停掉手里一切工作,做手术,住院。世人都羡慕白领时尚自由的生活,只有身在其中,才知什么叫"手停口停"。那时我才换了工作不久,又刚交了半年的房租,住院押金加治疗所花杂费,几乎立时捉襟见肘。我又骄傲惯了,从不在朋友们面前诉苦,自以为也没人看得出来。

就在用钱最紧张的时候,一个平时交往很好的朋友来看我,"缺钱不?"我只当他是普通的客气,所以很随意地答:"还好啦。"他又叮嘱说:"如果真缺钱就告诉我啊!"

我笑着点头,却并没有认真地去记着他的话。

过了几天,忽然收到他发来的短信:"需要资金吗,今天?我去给你送钱,三千够吗?"心里没来由地一震,眼泪都快出来了。他是认真的啊!认认真真的,实实在在的,想要帮助我。他知道我不会主动开口,所以特别再发短信来问——所谓患难之交,这就是了吧?

住院期间,时时收到朋友们的短信,多是殷勤问候、祝愿早日康复。知道自己并没有被人遗忘,心里也是觉得温馨的,但无论如何都不如那条短信让我感动感动至今。

一年能有多少天?在这个以短信说话的时代,365 天可以收过多少条短信?可是这条短信一直安安静静地躺在我的手机里,我无数次地去翻看,甚至不去翻看也可以把它的每一个标点倒背如流,却始终舍不得删除它。

那么一种患难情谊,是这辈子也删除不了的吧?

一根负重的稻草

石竹

一个异地好友兰可谓祸不单行。先是母亲患了严重的胃病,有癌变的危险;后是男友让三十多岁的她留在了婚姻的门外;再是慈爱的父亲辞世;接下来是律师资格考试第二次败下阵来,职业方向出了问题。

能够感受到她心中的疼痛和悲凉,能够理解她的无奈与艰难,路途遥遥,除了专程去看望一次,只能常在电话中传递着关切和鼓励。

可近一个月了,没有了她的消息。她换了手机,没有告诉我。

昨晚,手机未接来电中有她那个将她留在婚姻门外的男友,我便坐不住了。直觉告诉我,她肯定有事了。曾经,她那个男友给我打过电话,都是在他们感情出现问题的时候。

从另一个好友梅那里找到了她的新号码。拨通她的电话,我们一如既往地谈了许多,只是不谈她的那个男友,也没告诉她那个未接电话的事。她顺便解释了为何没有告诉我新号码。她曾多次写好了给我的短信,但都没有发,她说她现在的状况太糟糕,已不是原来的她了,不想让我等真心关心她的朋友们失望。但,因为梅虽然关心她可从来不问她,所以她将新号码告诉了她。

因为"关心而不问",所以告诉了她!

我突然明白了,原来我对她的关心太多,问她的也太多,一定是让她觉得太累了。

每个人都有自尊,有些事情不愿让别人知道,哪怕是好朋友。况且,我知道了她的事情,除了深切痛心的同情与苍白无力的鼓励外,却不能给她任何实质性的帮助,不能为她解决任何实际的问题。相反,因为知道了她的秘密,让她觉得难堪,因而在她疲惫的肩上又增加了一根负重的稻草。

想起了一个故事。一群豪猪在外过夜,睡觉时,为了御寒,便挤在一起。可挨得太近了,就被对方身上长针状的毛扎得疼,但离得远了又太冷,经过反复地调整,最后找到了一个合理的距离,让彼此既能御寒,又不相互扎疼。

朋友之间,也需要合理的距离,心灵上的所谓"亲密有间",既不能失了关爱的温暖,也不能走得太近了将对方扎痛。

决定将祝福放在心中,不去打扰朋友兰,让她安静地疗伤,让她安静地重新站起来。因为,她和我一样,希望我看到的是一个全新的她。

与上帝互换的礼物

[美]迪亚娜·瑞讷

那年,我和孩子们把家安在了一个温暖舒适的拖车房里,就在华盛顿湖边的一片林间空地上。随着感恩节的临近,一家人的心情也轻快起来。

整个12月,最小的孩子马蒂是情绪最高、忙得最欢的一个。这个乐天顽皮的金发小家伙有个古怪而有趣的习惯——听你说话的时候,他总是像小狗似的歪着脑袋仰视着你。他歪着头的原因其实很简单,因为他的左耳听不见声音,但他从未对此抱怨过什么。

几周来,我一直在观察马蒂,他好像在秘密策划着什么。我看到他热心地叠被子、倒垃圾、摆放桌椅、帮哥哥姐姐准备晚餐。我还看见他默默地积攒少得可怜的零用钱,把它们小心翼翼的保管起来,一分钱也舍不得花。我猜想这十有八九和肯尼有关。

肯尼是马蒂的朋友,他们在春天认识之后便形影不离。要是你叫其中的一个,两人准会同时出现。肯尼家和我家隔着一小片牧场,中间有道电篱。他们在牧场捉青蛙;逗小松鼠;还试图寻找箭头标记,发现宝藏。

我们的日子总是紧巴巴的,但我变着法儿地把生活过得精致一点。而肯尼家就不一样了,两个孩子能吃饱穿暖已属不易。只是肯尼的母亲是个骄傲的女人,相当骄傲,她的家规很严。

感恩节前几天的晚上,我正在做坚果状的小曲奇饼。马蒂走过来,愉快而自豪地说:"妈妈,我给肯尼买了件节日礼物,想看看吗?"原来他一直在策划的就是这个啊,我暗想。

"他想要这件东西很久了,妈妈。"他把双手在擦碗巾上仔细揩干,从口袋里掏出一个小盒。我惊讶地看到了一只袖珍罗盘,这可是儿子节省了所有的零用钱买下来的! 有了这支罗盘,8岁的小冒险家就能穿越树林了。

"真是件可爱的礼物,马蒂。"我赞道。不过话虽如此,我心中却浮上了一个不安的念头。我知道肯尼的妈妈是怎样看待自己的贫穷的。他们几乎没有钱来互赠礼物,更不用说送礼物给别人了。我敢肯定这位骄傲的母亲不会允许儿子接受一份他无力回赠的礼品。

我小心的措辞,向马蒂解释这个问题。他立刻明白了我在说什么。"我懂,妈妈,我懂……可假如这是个秘密呢? 假如他们永远不知道是谁送的呢?"我不知道该怎么回答他。

感恩节前夕是个阴冷的雨天。我从窗户望出去,感到莫名的忧伤。这样一个下雨的节日夜晚是多么乏味啊。

我收回目光,转身检查烤炉时,看见马蒂溜出了房门。他在睡衣外披了件外套,手里紧握着一个精美的小盒子。他走过湿漉漉的草场,敏捷地钻过电篱,穿过肯尼家的院子,然后踮着脚尖走上房子的台阶,轻轻地把纱门拉开一点点,把礼物放了进去。然后他深吸一口气,伸手用力按了一下门铃,接着转身拔腿就跑,生怕别人发现。他狂奔出院子,突然,他猛地撞上了电篱! 马蒂被电击倒在湿地上,他浑身刺痛,大口喘着气。稍后,他慢慢地爬起来,拖着瘫软的身体迷迷糊糊地走回了家。

"马蒂!"当他跌跌撞撞地进门时,我们都叫了起来。他嘴唇颤抖,泪眼盈盈,"我忘了那道电篱,被电击倒了!"

我把浑身泥水的小家伙搂进怀里。他的脸上有一道红印从嘴角直通到左耳。我赶紧为他处理了烫伤。小家伙舒服多了,又有了精神。我安顿他上床,给他掖被子时,他抬头看着我说:"妈妈,肯尼没看见我,我肯定他没看见我。"

那个节日前夜,我是带着不快与困惑的心情上床休息的。我不明白为什么一个小男孩在履行感恩节最纯洁的使命时,却发生了这样残酷的事。他在做上帝希望所有人都能做的事——给予他人,而且是默默给予。

然而,我错了。

早上,雨过天晴,阳光灿烂。马蒂脸上的印痕很红,但看得出灼伤并不严重。不出所料,肯尼来敲门了。他急切地把指南针拿给马蒂看,激动地讲述着礼物从天而降的经过。马蒂只是一边听,一边不住地笑着。显然,肯尼一点也没有怀疑马蒂。当两个孩子比画着说话时,我注意到马蒂没有像往常那样歪着脑袋,他似乎在用两只耳朵听。几周后,医生的检验报告出来了,证明了我们已经知晓的事实——马蒂的左耳恢复了正常的听力!

马蒂是如何恢复听力的,从医学的角度来看仍然是一个谜。当然,医生猜测和电击有关。不管怎样,在那个下雨的感恩夜发生了一个不折不扣的生命的奇迹,而我会永远感谢那个感恩节上帝与孩子交换的礼物……

真正的友谊

佚名

克里斯汀是个忧郁、孤独的女孩。她从不向任何人倾诉她的秘密和烦恼,甚至是她的家人。只有和她最好的朋友杰西在一起的时候,她才会感到快乐。

她什么都跟杰西说,她的想法、秘密和所有的烦恼。和杰西在一起的时候,她感觉像是换了一个人。她的眼神充满欢乐,她的心像只快乐的小鸟一样自由翱翔。

有一天,杰西兴冲冲地来找克里斯汀,告诉她发生了件不可思议的事情。原来,杰西爱上了马特——他们学校新来的一个男孩。克里斯汀为她的朋友高兴,可同时她也感到不安,因为她想有可能会失去这个朋友。她若有所思地问杰西:"这会不会毁掉我们的友谊呢?"

"当然不会!傻瓜!我爱你胜过一切,你是我最好的朋友。我怎么会让你失望呢?"杰西答道。

"你有了男朋友,可能不需要我陪伴了。"

"不会的,别担心。你是我最好的朋友,我会一直在你身边。"

杰西的话听起来那么真实,那么甜蜜,那么诚恳。克里斯汀相信了她,不再担心会失去她唯一的好友。

后来的一段时间,一切如常。可渐渐地,杰西越来越多地跟马特在一起,不再经常见克里斯汀了。克里斯汀愈发感到忧伤和不快乐。她不停回想杰西的话,感觉杰西欺骗了她。最终,她对杰西由爱生恨。因为杰西的做法说明朋友并不总能相守。她痛苦得难以自拔。

几个星期后,杰西去看克里斯汀。克里斯汀对她十分冷淡。杰西对此感到十分诧异,问道:"出什么事了吗?"

"问问你自己的心吧,杰西。你就知道答案了。"

杰西愤然离去,为自己的行为辩护,怪克里斯汀嫉妒她。因为她有了男朋友,而克里斯汀从来没交过男朋友。即便如此,后来她不断地给克里斯汀打电话,可后来也就不打了。她们的友谊留给彼此的,只有她们在一起的快乐回忆。

一年后,克里斯汀读完高中,考入大学。她各门功课都很出色,可是,在内心深处,她仍然感到孤独和悲伤。有时候,她会抱着她那个破旧的泰迪熊布偶,坐在房间里,回想她和杰西一起度过的快乐的孩提时光。那只泰迪熊是她过八岁生日的时候,杰西送她的生日礼物。

新学期开始了,克里斯汀发现宿舍只有她一个人住,从前的室友转学去了另一个大学。有个女孩下周到校，将成为她的新室友。这让克里斯汀十分担心，因为她不能很快跟陌生人熟络起来。

一天下午，她打开宿舍的门，猛然看见对面床上有个半开的手提箱，最上面是一个破旧的布娃娃。一时间，克里斯汀恍然觉得回到了自己九岁的时候，把同样的布娃娃作为生日礼物送给杰西。她还没来得及回过神来，浴室的门开了，杰西就站在她面前。好一会儿，两个女孩就那样互相看着，一动不动，默默无语，眼含热泪。她们什么也没说，跑向对方，拥抱在一起。她们笑着、哭着，互相道歉。好像她们这些年从未分离过，她们坐在一起聊到深夜。杰西告诉克里斯汀，她还和马特在一起，可她很怀念她们的友谊。

克里斯汀很高兴能和老朋友重逢。她们常常在一起学习、购物，直到克里斯汀也有了男朋友。这下子，轮到杰西问她："这会毁了我们的友谊吗？"

"不，杰西，我们永远是好朋友。"

朋友是碗阳春面

陈文芬

那时我算是一名文学爱好者吧，喜欢看看书报杂志，喜欢读三毛的书、席慕蓉的诗，兴趣来时，就信手涂几句风花雪月的诗自我陶醉一下。很多青年类杂志都刊有征友启事，我找了几个志趣相投的结交了笔友，衡阳的路丛就是其中的一个。

在热情友好的鸿雁往来中，我们以年轻人特有的坦诚畅所欲言，纯洁的友情如潺潺的溪水，在我们的笔下轻轻流淌。我们还互赠了各自最靓的生活照片，彼此都感到平淡的人生因有了这样的朋友而变得如此快乐和美好。

这样你来我往地通信大约持续了半年。一天，路丛来信说："阿芬，你们永州离我们衡阳只有4个小时，我好想去看你那里的永州八景，好想看看你，好不好？"

"没问题！我随时都恭候你的大驾光临。"我满心欢喜地答应了。

一个星期后，可爱的路丛就真的从衡阳风尘仆仆地赶来了。有朋自远方来不亦乐乎。我抽空陪路丛兴致勃勃地观赏了永州八景。

到了中午吃饭的时候，我带路丛进了一个饭店，很热情地问他："哎，你喜欢吃什么？别客气！"路丛歪头看了我一下，微笑道："你喜欢吃什么？你先说。""还是你先说吧。"我有点不好意思。"女士优先嘛，还是你先说。"路丛依然是一脸的笑嘻嘻。我想到自己为数不多的几张钞票，违心地说："我，我喜欢吃阳春面。""太巧了，我也一样！"路丛居然很兴奋的样子，还反客为主地大叫："店家，来两碗阳春面。"我颇难为情地低下头，唉，谁让我囊中羞涩呢。

路丛看起来是心满意足地走了，而我心里却总有些过意不去。

又通了几年的信，我们渐渐走进了一个崭新的时代，我们的工作和生活受到了时代大潮前所未有的冲击，我们都下海了，拖家带口地为生活而紧张地忙碌着，信写得渐渐稀少了。

有一天，我写信告诉路丛："我做了点小生意，我近日会到衡阳去进货。"

路丛热情回信："一定要来我处，我娶了一个东北婆娘，会做正宗的北方拉面。"

由于各种原因，衡阳之行我拖了大半年才去成，路丛仍是一脸灿烂地迎接了我。我对着他大呼小叫："快快快，去你家，我要好好尝尝我嫂子给我做的东北拉面！"

"还是去饭店吧，我请你吃点好的。""不，你说过去你家的。""哦，忘了告诉你，我离婚了，就在这个月，谁叫你不早点来的，你真是没口福。"路丛假装不在意的样子让我有些心酸。"对不起，对不起。"我望着路丛小心地说着，像是道歉。"没关系，我们去吃饭吧。"

"哎，你喜欢吃什么？别客气呀。"这鬼家伙，还记得我当初的话。我低头正沉思，"你不要又说你喜欢吃阳春面吧？"路丛还是坏笑着看我。"我知道你可能是不喜欢吃阳春面的。""路丛，我……"

我欲言又止。"不要说了,朋友,可以理解的,心照不宣嘛,所以那时我也喜欢吃阳春面。"

我含泪又含笑地频频点头。

有时想想,朋友就是那碗阳春面。虽然平淡,但吃下去,让你贴心贴肝,有种真实的满足感。

生命的药方

胡建国

德诺十岁那年因为输血不幸染上了艾滋病,伙伴们全都躲着他,只有大他四岁的艾迪依旧像从前一样跟他玩耍。离德诺家的后院不远,有一条通往大海的小河,河边开满了五颜六色的花朵,艾迪告诉德诺,把这些花草熬成汤,说不定能治他的病。

德诺喝了艾迪煮的汤身体并不见好转,谁也不知道他还能活多久。艾迪的妈妈再也不让艾迪去找德诺了,她怕一家人都染上这可怕的病毒。但这并不能阻止两个孩子的友情。一个偶然的机会,艾迪在杂志上看见一则消息,说新奥尔良的费医生找到了能治疗艾滋病的植物,这让他兴奋不已。于是,在一个月明星亮的夜晚,他带着德诺,悄悄地踏上了去新奥尔良的路。

他们是沿着那条小河出发的。艾迪用木板和轮胎做了一个很结实的船。他们躺在小船上,听见流水哗哗的声响,看见满眼闪烁的星星,艾迪告诉德诺,到了新奥尔良,找到费医生,他就可以像别人一样快乐地生活了。

不知走了多远的路,船破进水了。孩子们不得不改搭顺路汽车。为了省钱,他们晚上就睡在随身带的帐篷里。德诺的咳嗽多起来,从家里带的药也快吃完了。这天夜里,德诺冷得直发颤,他用微弱的声音告诉艾迪,他梦见二百亿年前的宇宙了,星星的光是那么暗那么黑,他一个人待在那里,找不到回来的路。艾迪把自己的球鞋塞到德诺的手上,"以后睡觉,就抱着我的鞋,想想艾迪的臭鞋还在你手上,艾迪肯定就在附近。"

孩子们身上的钱差不多用完了,可离新奥尔良还有三天三夜的路。德诺的身体越来越弱,艾迪不得不放弃了计划,带着德诺又回到家乡。不久,德诺就住进了医院。艾迪依旧常常去病房看他。两个好朋友在一起时病房便充满了快乐。他们有时还会合伙玩装死游戏吓医院的护士,看见护士们上当的样子,两个人都会忍不住地大笑。艾迪给那家杂志写了信,希望他们能帮忙找到费医生,结果却杳无音讯。

秋天的一个下午,德诺的妈妈上街去买东西了,艾迪在病房陪着德诺,夕阳照着德诺瘦弱苍白的脸,艾迪问他想不想再玩装死的游戏,德诺点点头。然而这回,德诺却没有在医生为他摸脉时忽然睁眼笑起来,他真的死了。

那天,艾迪陪着德诺的妈妈回家,两人一路无语,直到分手的时候,艾迪才抽泣着说:"我很难过,没能为德诺找到治病的药。"

德诺的妈妈泪如泉涌:"不,艾迪,你找到了,"她紧紧地搂着艾迪,"德诺一生最大的病其实是孤独,而你给了他快乐,给了他友情,他一直为有你这个朋友而满足……"

三天后,德诺静静地躺在了长满青草的地下,双手抱着艾迪穿过的那只球鞋。

杰克的圣诞柚子

[美]劳拉·马丁布罗

9岁的杰克长着一头乱七八糟的褐色的头发和一双天使般明亮的蓝眼睛。杰克从记事开始就一直住在一所孤儿院里。那里只有十个孩子,杰克是其中之一。孤儿院的资源非常的匮乏,唯一的经济来源就是艰难地、持续不断地向这个城市里的居民们发起募捐活动。

　　孤儿院里的食物很少，不过，虽然孩子们平时总是饥一顿饱一顿的，但是每到圣诞节来临的时候，那里总是有比平时多一点儿的食物可以吃，孤儿们也比平常要居住得暖和些。而且，这时候，孤儿院里总是笼罩着一种喜气洋洋的节日气氛。当然，最重要的是，这时候，那里有圣诞节的柚子！

　　圣诞节是一年中唯一一个提供精美食品的时候，每一个孩子都把圣诞节的柚子当作珍宝一样看待，好像在这个世界上，再也没有什么食物比它更好吃。他们用手抚摸着它，感觉着它那又凉爽又光滑的表面，一边赞美它，一边慢慢地享受着它那酸甜的汁水。真的，这是每个孤儿的圣诞之光和他们所能得到的圣诞礼物。因此，可以想象得出，当杰克收到他的礼物时，他将会感到多么巨大的喜悦啊！

　　可是，在圣诞节的前一天，杰克不慎在哪里踩了一靴子的湿泥，而他自己一点儿也不知道。他从孤儿院的前门走进去，在新铺的地毯上留下了一长串带着湿泥痕迹的脚印。更糟糕的是，他甚至没有注意到这一点。等到他发现的时候，这一切都太晚了。惩罚是不可避免的，而惩罚的内容是出人意料而无情的，杰克将得不到他的圣诞柚子！这是他从他所居住的这个冷酷的世界里能够得到的唯一一份礼物。但是，在盼望他的圣诞柚子整整一年后，他却得不到。

　　杰克含着眼泪恳求原谅，并且许诺以后再也不会把泥土带进孤儿院里来，但是没有用。他感到一种无助的、被抛弃的感觉。那天夜里，杰克趴在他的枕头上哭了整整一夜。在圣诞节那天，他感觉内心空虚且孤独。他觉得别的孩子不希望和一个被处以这样一种残酷的惩罚的孩子在一起。也许，他们担心他会毁掉他们唯一一个快乐的日子。也许，他在心里猜想，之所以有一道鸿沟横在他和他的朋友之间，是因为他们害怕他会请求他们把他们的柚子分给他一点儿。那一整天，杰克一直待在楼上那冰凉的卧室里。他像一只受冻的小狗一样蜷缩在他的唯一的一条毯子底下，可怜兮兮地读着一本关于一个家庭被放逐到荒岛上的故事。只要杰克拥有一个真正关心他的家庭，他并不介意他的余生在一个与世隔绝的荒岛上度过。

　　最糟的是，睡觉的时间到了，杰克却怎么也睡不着。他怎么说他的祈祷词呢？他在又凉又硬的地板上跪下来，轻轻地呜咽着，祈求上帝为他和像他一样的人们结束世间的一切苦难。

　　当杰克从地板上站起来，爬回到他的床上时，一只柔软的手摸了摸他的肩膀。他吃了一惊。接着，一个东西被轻轻地放在了他的手上。然后，给他东西的那个人什么也没说，就悄无声息地离开了房间，把不知所措的杰克留在了黑暗里，杰克把手里的东西举到眼前，就着昏暗的灯光，他看到它好像是只柚子！不过，它不是一只又光滑又亮，形状规则的普通柚子，而是一只特殊的柚子，一只非常特殊的柚子。在一个用柚皮碎片拼接在一起的柚壳里，有九片大小不一的柚子瓣儿。那是为杰克做成的一只完整的柚子！是孤儿院里的其他九个孩子从他们自己珍贵的几瓣柚子中每人捐出了一瓣，组成的一只完整的、送给杰克做圣诞礼物的柚子！那一刻，杰克泪如雨下。那是他收到的最美丽、最美味的一只圣诞柚子。

用一生注释友谊

侠名

一

　　在一所美术学院，三十多年前有两位教作品欣赏课的中年教师。一位教西洋画欣赏课，姓吕，本人修饰得也很有"西方风度"，整日里西装笔挺，皮鞋锃亮，头发也总是油光闪闪；另一位是教国画欣赏课的，姓唐，本人的风度也颇国粹，穿的是长衫、布鞋，头发不多而胡子颇长。

学生在背后戏称两个人为"西洋吕""国粹唐"。

两个人都对自己的专攻很痴情,很虔诚,因之对"异学"就格外地不能"容忍",拒绝同化。于是,两个人的互相攻击现象也就从不间断。

例如西洋吕在讲课时特别强调西洋画的造型真实度,随后就将自己及妻子画的一张油画素描挂在黑板上。他的夫人(一位西方式的大美人),学生都见过;再看这张画,简直和真人一样,当即就爆发出一阵喝彩声。西洋吕很得意,下面的话就开始带刺儿:"连造型真实都达不到的艺术,是否可以称之为艺术,总是让人怀疑。"下一节课,国粹唐将自己用国画手法画的自己的老父(一位老年美髯公)挂在黑板上,学生又感受到了另一种特殊神韵,又是一片喝彩声。下面,国粹唐的话也开始带刺儿:"专追求造型真实,不追求真实以上的神韵,不叫艺术。学这一套,不如去学照相!"

但也就是在这种"对攻"而谁也不妥协的过程中,双方都发现了对方的可贵人格——对本职本业的忠诚,不媚俗。西洋吕已是教授,国粹唐没有职称。西洋吕在做评委的时候,力排众议,力主将国粹唐定为教授。别人不解,提及了他们往日的不合,西洋吕说:"我同意的是定他为国画教授,并没有说他可以做西洋画教授!"

学校分房子,此时两个人还都住在学校一座废园中的平房内,作为分房委员会副主任的国粹唐,断然把他也有资格分到的一套楼房分给西洋吕,理由是:"搞西洋画的,生活环境也应该洋一点嘛!我搞国画,面对竹篱茅舍才有创作冲动嘛!"

这种时候,他们并没有意识到他们的友谊已经形成,并可以接受重大的考验。

"文革"来了。

二

国粹唐出身贫苦,"文革"一来就被推举为"革委会"副主任。

西洋吕出身资本家,又有留学史,平日在课堂上又有崇洋之嫌,当然在劫难逃。

这一天,西洋吕夫妇经历了第一场批斗会,国粹唐主持的,会上宣布了处理决定:"将反动学术权威吕曼林强制押送农村进行劳动改造!接受贫下中农监督!"

他们夫妇被押送到一个只有六七十户人家的小山村之后,几乎就在第二天,国粹唐的两个儿子来了,见了面就亲热地叫了声"吕叔""吕婶",并告诉他们:这个小山村的大队书记兼村长,是唐家的外甥,父亲国粹唐已经提前来过并打了招呼,要这里的人好好照顾吕先生夫妇。

西洋吕在这个小山村住了多年,每到过年过节,国粹唐都派儿子送来礼物。

就在这段时间内,西洋吕的女儿出嫁,正在改造的父母不能来参加她的婚礼,而男方的亲友一大群。就在这悲凉婚礼的前一小时,国粹唐的一家人都来了。两位老人对这女孩子说:"不要叫大伯、大娘,就叫爹、娘!我们的孩子,就是你亲兄弟、亲姐妹!"男方不仅同意,而且感动得落了泪。

唐氏夫妇及其子女出现在"娘家人"的席位上,并陪送了在当时看来显得规格颇高的一台黑白电视机、几件家具,引起了很多不知内情的来宾的羡慕。

三

"文革"结束的前一年,吕氏夫妇回了校,享受了平反、补发工资的待遇。

就在这一年,唐氏的老伴患了重病。她本人是家庭妇女,不享受公费医疗,而所需的住院费又十分昂贵。

巧就巧在唐氏本人正去外地给一个刚出生的外孙贺喜,只留下一个小女儿陪着老伴。吕氏夫妇闻讯赶来了,将唐妻送入医院,一打听住院费、医疗费,粗估需要四千元。这在当时,可是天文数字。

吕妻将唐家的小女儿搂在怀里很严肃地说:"孩子,你得答应,今天的事,永远不要告诉你父亲。你要做不到,我家就不代付住院费了。因为你父亲知道了,将来他是一定要偿还的。而他,又绝对没有偿还能力，这样就等于救了你母亲，却又折磨了你父亲。因此，你必须答应我们！"

一心想救母亲的女儿，点了点头。

吕家将这事做得很周全，他们不但拿出了自己一大半补发的工资，付了全部全部住院费，还"买通"了医院，要他们开一张三四百元的收据，以便将来取信于国粹唐。

然而，手术很不成功，这女人死去了。

国粹唐匆忙赶回的时候，离妻子咽气只有十几分钟。

丧事办完之后，唐氏来谢吕氏夫妇，并说所欠的"那几百元钱"将每月从工资中省一些，半年付足。吕氏夫妇没有做任何说明，此后他们每月从唐氏手中接过几十元钱的时候，也没有什么表示。

四

"文革"结束，两位教授尚不足离休年龄，又来上课了。

课上，虽然彼此之间不再"有意地"进行"攻击"，难免在一不留神之中说些带刺儿的话。对方了解到了，只是一笑，亲昵地说一声"这老东西"也就作罢。

两个人在校内分别办过画展，规格很高，参观者中不乏名人。但两个人都不看重这些，而看中的是对方的态度。西洋吕办画展时，国粹唐做了展委会主任，他每日都穿着一件崭新的长衫，胸前佩戴着"展委会成员"的红布条，毕恭毕敬地站在展厅门口接待参观者。国粹唐办画展，西洋吕也如此。

在这期间，国粹唐的儿女结婚，由西洋吕主持。西洋吕的小儿子结婚，也是由国粹唐操办的。

两个家庭的假日旅游，更是形影不离。遇到爬山时，搀扶西洋吕夫妇的常常是唐家的儿子、儿媳、女儿、女婿；而吕家的晚辈人，都去抢着搀扶国粹唐。面对一个好景致，两个人都说可以入画，西洋吕当然又把西洋画的表现力标榜一番，国粹唐则大大强调国画的特殊神韵，于是两个人又小吵一番，最终又以互相嘟哝一句"你这老东西就是改不掉偏见"作罢。

又一件不幸的事发生了。

五

几乎就在西洋吕离休后的第一年，他被检查出肺癌，住了小半年医院，由于手术后发现严重扩散，他知道自己的死期近了。

弥留之际，他吃力地伸出手，一手拉起妻子的手，一手拉起国粹唐的手，对国粹唐说："我这个家，往后缺了个一家之主，你来代我当吧……"

国粹唐跺着脚说："这还用你嘱咐！?"

西洋吕微笑着闭上眼睛。

此后，国粹唐每下了班（因为他是系主任，到 65 岁才离休），总是先到吕夫人那里坐一坐，闲谈半个小时，再回到自己的家。每年中秋、元旦、春节，他一家人都和吕家人一起度过，他和吕夫人被混坐的两家子女围在中间。

他第一次卖画得了较高的酬金，就用之于出版西洋吕的画册。每年清明扫墓，无论是给唐氏的老伴扫墓，还是给西洋吕扫墓，两家的晚辈一个不能缺。

两家的晚辈很现代，又由于友谊很深，他们把这两位老人的感情也看在眼里，于是商量把两位老人"归在一起"。校领导也愿意促成。

双方子女先是来到唐氏面前，恳求了这件事。唐氏当即就沉默了。

双方子女又来到吕夫人面前，做了同样的恳求，吕夫人也没有说话，只是落了泪。

中秋赏月的这天，两家人又聚到吕家。在这种场合，照例先把西洋吕和唐氏老伴的遗像挂在墙上。

但是这一次，唐老头沉下脸，一拍桌子说："都给我向你们的爹娘跪下！"晚辈们不解，都看吕夫人。吕夫人也沉下脸说："你们的父亲、伯伯要你们跪，你们就跪吧。"

晚辈们都跪下了。

唐氏老头很生气地说："你们这些混账东西，说的是人话吗？我是谁？不错，我是你们的爹、大伯，是眼下的两家之主，但我首先是吕老弟的莫逆之交！生死朋友！你们让我跟吕老弟的夫人成两口子，睡到一个房里去，你们这样想比骂我是老混账、老畜生还刺我的心！我做这一切，都是代吕老弟撑起这个家，你们让我生二心，你们抬起头来看看我吕老弟的眼睛，他能不寒心吗？"

吕夫人也对晚辈说："我真不理解你们年轻人，怎么一想就想到那样的事情上头去了呢？你们抬头看看唐伯母的像，她能满意你们的做法吗？现在，无论是我和你们唐伯父亲坐在一起闲谈，还是我们两个人出门散步，都不是两个人，而是四个人，包括我家老吕和唐家的大嫂。你们要把他们俩赶开，我们能不伤心吗？"

这场风波总算过去了。

此后，两家人还是那样亲密。

现在，两位老人都已年近八旬，好在身体还好。每到黄昏时刻，在操场的四周，都可看到两位挂杖的老人在并肩散步，有时还互相搀扶着……

起死回生的友情

方冠晴

这栋楼房是20世纪50年代建造的，楼高四层，式样陈旧，设施简陋。

半个世纪的风吹雨打，加上年久失修，墙体已经裂了缝，给人摇摇欲坠的感觉。

市政府已经将这栋楼列为拆迁的对象，但楼里的居民迟迟不肯搬出去。因为这栋楼里的居民都是穷人，家里都没有什么积蓄，光靠政府发的拆迁费买不起新的房子。

张星和侯晓就是在这栋楼里长大的。张星家住在一楼，侯晓家住在二楼。两个人在同一所小学读书，都读四年级。

张星和侯晓都是男生，两个人在学校里是要好的同学，回到家里是要好的伙伴。两个人经常在一起学习，在一块儿玩耍，上学放学，同进同出，友谊深厚。但是，夏天发生的一件事情改变了这一切。

张星和侯晓的父母都在菜市场以摆摊卖菜为生。那天，两家的大人为了争夺摊位发生了口角，到最后，竟大打出手，侯晓爸爸的头被张星的爸爸打破了，到医院缝了三针。张星妈妈的脸也被侯晓的妈妈抓破了一大片，进医院住了好几天。虽然经过居委会的调解，但两家大人的心里都积了怨气，从此成了仇人，即使是在楼道里碰着了，谁都不看对方一眼。

大人间的恩怨起初并没有改变张星和侯晓之间的关系，两个人放了学还是一块儿玩耍。但是，张星的妈妈出院那天，看到张星与侯晓在一块儿就气不打一处来，扇了张星一个耳光，骂张星不知好歹，要他今后不准答理侯晓。侯晓的父母也是粗鲁的人，听到张星的妈妈在骂孩子，也跑出来，将自己的孩子揍了一顿，不准侯晓再与张星往来。

两家的大人都以打自己的孩子来出气，指桑骂槐，险些又发生纠纷。这样一来，张星和侯晓虽然在学校仍是好朋友，但回到家里便不敢相互串门，更不敢在一起玩耍了。

不久，暑假到了，两个人虽然住在同一栋楼内，但迫于父母的压力，仍是不敢待在一起。可是，两个人毕竟有着深厚的友谊，不能待在一起，两个人都觉得别扭。特别是张星，他的学习成绩不够好，平时做课外作业时遇到难题都是找侯晓帮助。现在，他不敢去找侯晓，有些作业就不能完成。

两个人都很伤脑筋。后来，还是侯晓想出了一个办法：两个人虽然不能串门说话，但同一栋楼内的水管是相通的，两个人可以利用敲自来水管来传递信息。他俩约定了暗号，一次敲两下，表示需要帮助，一次敲三下，表示想约对方出去玩儿。

这办法还真行，两个人试了好几次，一个人在自己家里用铁条敲击自己家的自来水管，声音就可以通过水管传过去，另一个人就能在自己家里隐隐听到"当当"的敲击声。于是，两个人按照约定的暗号，或者躲到一起做作业，或者避开父母到一起玩耍。就这样，两个人都好开心，自来水管成了他俩的联络媒介，他俩又能在一起了。

然而，就在暑假快要结束的时候，发生了一件极为可怕的事情。那天傍晚，侯晓和父母一起推着板车正准备去郊外运菜。几个人刚走出家门不远，就听身后"轰"的一声巨响，他们惊恐地回过头来，发现他们居住的那栋楼房在一瞬间倒塌了，灰尘弥漫，直扬到了半空中。

所有的人都惊呆了。可他们突然醒过神来，知道发生了什么，知道还有许多居民待在家里没能出来。人们立即冲过去，一边呼唤着他们认识的人的名字，一边搬运着那些残砖碎瓦，希望能将埋在里面的人救出来。

警察来了，消防队来了，周围的居民也来了。但空间的限制，容不下太多的人，人们只能轮流上去搬动砖块寻找废墟下面的人。周围不时传来一阵阵痛苦的呼喊和哭泣声。

整整忙碌了一夜，才清理了不到五分之一的部分，挖出了两个人，但早已是血肉模糊，死了多时了。侯晓一直在救援的队伍里面，他心急如焚，拼命地翻动砖块——因为，直到现在，他还没有见到好朋友张星。他知道，张星一家被埋在了最底层，生死未卜。

第二天，人们又整整忙碌了一天一夜，又找到了两个人的尸体。这时，楼房倒塌的原因也有了一些眉目。原来是住在三楼的一家住户，想在受力墙上开一扇门。结果，砸墙开门时，上面的重量失去支撑，再加上这栋楼年久失修，哪经得起这一折腾，结果上面的重量压了下来，又砸坏了下面的墙体，整座楼房就坍塌了。

到了第三天，还没有救出一个活着的人，救援人员也失去了信心。按照常规分析，这样的楼房塌下来，楼内的居民是不会有生还的希望的，救援人员停止了人工清理，他们决定改用机械来清理废墟。

侯晓伤心极了，因为，张星和张星的家人还没有被找到。但是，看到一个个被找到的都是血肉模糊的尸体，他也绝望了。他不得不相信事实：他，不可能再与张星在一起玩耍了。

当推土机开进现场时，已是第三天的下午。许多人围着废墟哭泣，侯晓也一样。

一想到永远失去了张星这个最要好的朋友，他就抑制不住自己的悲伤，他伏在一堆残砖碎瓦上号啕大哭。然后，他捡起了一根铁条，一下又一下地敲击着露在废墟外面的自来水管。这是他与张星的传递友谊的媒介，他俩以前就是利用这种敲击传递自己要说的话，度过了许多美好的日子。

侯晓明明知道张星已不可能再听到他想要表达的意思。但是，他还是"当当当"地敲着，那是他与张星的暗号，意思是"我想同你玩儿"。敲完水管，他又像过去一样，将耳朵贴在水管上，聆听对方的动静。他知道对方永远不会有动静了，但他仍忍不住要这样做，他只是想以这种熟悉的动作来怀念他与张星之间的深厚的友谊。

然而，让他意想不到的是，当他将耳朵贴上水管的时候，他分明听到水管的回音："当当""当当"……那是他与张星之间的暗号，那意思分明是"我需要帮助"。

巨大的欣喜让侯晓一下子跳了起来。他拼命冲着开推土机的司机大嚷大叫："停下来！停下来！下面还有人活着！你开过去会轧死他们的。"

推土机停了下来，救援的人们也围了过来。大家对这个孩子的话将信将疑，难道真的还会有人活着？如果有，那简直是奇迹。

奇迹真的出现了。当侯晓再次敲击水管时，一个警察将耳朵贴近了水管，他也隐隐约约听到了回应："当当""当当"……下面真的还有人活着！

人工救援重新开始，大家又去搬运砖瓦，寻找活着的人。这天夜间，大家终于在废墟的最底层找到了张星和他的爸爸妈妈，三个人都还活着。倒塌的房屋在他们的身边形成了一个大三角空间，张星的爸爸受了轻伤,张星的妈妈伤势较重,而张星居然没有受伤。

三个人被救上来时,身体虚弱,嗓子都喊哑了。人们赶紧把他们送往医院。后来张星才说,被埋在废墟里面,他和爸爸一直在喊救命,但因为埋得太深,再加上外面的人们一直在吵吵嚷嚷地进行救援,没人能听到他们的声音。渐渐地,他们的嗓子喊哑了,再也喊不出声音了。他们绝望了,以为不可能活着出来了。但是,就在他们悲痛绝望的时候,他听到了"当当当"敲击水管的声音,他心中又惊又喜,他知道这是侯晓和他之间的联络信号。于是,他马上用砖块敲响了头上的水管。

"当当当""当当当",这敲击水管的声音,竟然挽救了一家三口人的生命;"当当当……当当当",这敲击水管的声音,就是他们纯真深厚的友谊和爱心的象征。当张星和侯晓的故事在这座城市的大街小巷传开时,所有的人们都为之动容,感慨不已。侯晓的父母还主动到医院去看望张星一家人,两家人激动得热泪盈眶,重新和好了。自此之后,这座城市的人们见了面最爱说的一句话就是:"我家的水管与你家是连着的,一敲就知道了……"

尘封的友谊

谢云鹏

1945年冬,波恩市的街头,两个月前这里还到处悬挂着纳粹党旗,人们见面都习惯地举起右手高呼着元首的名字。而现在,枪声已不远了,整个城市沉浸在一片深深的恐惧之中。

奎诺,作为一名小小的士官,根本没有对战争的知情权。他很不满部队安排他参加突袭波恩,然而,更糟糕的是,这次行动的指挥官是巴黎调来的法国军官希尔顿,他对美国人的敌视与对士兵的暴戾几乎已是人尽皆知。接下来两个星期的集训。简直是一场噩梦,唯一值得庆幸的是,奎诺在这里认识了托尼——一个健硕的黑人士兵,由于惺惺相惜,这对难兄难弟很快成了要好的朋友。

希特勒的焦土政策使波恩俨然成为一座无险可守的空城,占领波恩,也将比较容易。而突袭队的任务除了打开波恩的大门外,还必须攻下一个位于市郊的陆军军官学校。而希尔顿的要求更加残忍,他要求每个突袭队员都必须缴获一个铁十字勋章——每个德国军官胸前佩戴的标志。否则将被处以鞭刑,也就是说突袭队员们要为了那该死的铁十字而浴血奋战。

突袭开始了,法西斯的机枪在不远处叫嚣着——不过是苟延残喘罢了,在盟军战机的掩护下,突袭队顺利地攻入了波恩。然而他们没有喘息的机会,全是因为那枚铁十字。在陆军学院,战斗方式已经转变成了巷战,两小时的激烈交火,德军的军官们渐渐体力不支,无法继续抵挡突袭队的猛烈进攻,他们举起了代表投降的白旗。突袭队攻占了学院之后迅速地搜出每个军官身上的铁十字。手里攥着铁十字的奎诺来到学院的花园,抓了一把泥土装进了一个铁盒,那是他的一种特殊爱好,收集土壤。他的行囊中有挪威的、捷克的、巴黎的,还有带血的诺曼底沙。他正沉浸在悠悠的回忆中,托尼的呼唤使他回到了现实,托尼神秘地笑了笑:"伙计,我找到了一个好地方。"

他们的休息时间少得可怜,奎诺跟着托尼来到了二楼的一间办公室。从豪华的装饰来看,这个办公室的主人至少是一位少校。满身泥土和硝黄气息的奎诺惊奇地发现了淋浴设备,他边嘲笑着托尼,边放下枪支和存放着铁十字的行囊,走进浴室舒舒服服地洗了个澡。当他出来时,托尼告诉他说希尔顿要来了,他要了解伤亡人数,当然,还要检查每个士兵手中的铁十字。他马上穿好衣服背上枪支、行囊,与托尼下楼去了。

大厅里,每个人都在谈论手里的铁十字,奎诺也自然伸手去掏铁十字,然而囊中除了土壤外竟无别物。奎诺陷入了希尔顿制造的恐怖之中,他没想到会有人为了免受皮肉之苦而背叛战友。奎诺首先怀疑到托尼,并向其他战友讲了此事,当下大家断定是托尼所为。

所有士兵此时看托尼的眼光已不是战友的亲昵,而只是对盗窃者的鄙夷与敌视。他们高叫着、推搡着托尼,而此时托尼的眼中并不是愤怒,而是恐惧、慌张,甚至是祈求,他颤颤地走到奎诺的面前,满眼含着泪花地问道:"伙计,你也认为是我偷的吗?"此时的奎诺狐疑代替了理智,严肃地点了一下头,托尼掏出兜里的铁十字递给了奎诺。

当那只黑色的手触到白色的手时,托尼眼中的泪水终于决堤,他高声地朝天花板叫道:"上帝啊,你的慈惠为什么照不到我?"

"因为你他妈是个黑人。"从那蹩脚的发言中,人人都听得出来是希尔顿来了。他腆着大肚子,浑身酒气,随之,一个沉沉的巴掌甩在托尼的脸上。而后检查铁十字,不难想到,只有托尼没有他要的那东西。

再之后,盟军营地的操场上,托尼整整挨了三十鞭。

两个星期过去了,托尼浑身如鳞的鞭伤基本痊愈,但在这两个星期里,无人问津他的伤情,没有人关心他,奎诺也不例外。

又是一个星期六,奎诺负责看守军火库,他在黄昏的灯光下昏昏欲睡,忽然,一声巨响,接着他被砸晕了。

等他醒来,发现自己躺在病榻上。战友告诉他,哪天是托尼的巡查哨,纳粹残余分子企图炸毁联军的军火库,托尼知道库中的人是奎诺,他用身体抱住了炸药,减小了爆炸力,使军火毫发无伤,托尼自己却被炸得四分五裂。然而,他是可以逃开的。

五十年过去了,奎诺生活在幸福的晚年之中,对于托尼的死,他觉得那是对愧疚的一种弥补。直到有一天,他平静的生活破碎了,因为他的曾孙,在一个盖子上写有波恩的铁盒中,发现了一枚写着"纳粹"的铁十字。

年近九旬的奎诺像孩子一样的哭了起来,那眼泪,是因为悲哀而痛苦,不是为自己年轻时的愚鲁,而是为托尼年轻的生命;是因富有而喜悦,不是因为那锈迹斑斑的铁十字,而是为了那段尘封了大半个世纪的友谊。

真正的朋友

佚名

只有经历人生低谷的人才明白什么是真正的朋友,在我四十岁那年,我的工厂遭遇了一场大火,庆幸的是没有造成人员伤亡,但我的财产一夜之间化为乌有。那段时间,工人们催要工资,债主上门逼债,我把房子和车子全部卖掉都无法还债,只能租了一间地下室,一家三口人挤在一间房子里,可以说除了爱人和孩子,我失去了一切。

在此之前,我每天都忙于应酬,无论在酒桌上还是在歌厅里,谁见了我都会喊我一声:"田大哥来了,快里边请!"我所谓的朋友们个个表示对我真心实意,很多人曾对我说过:"田哥,有什么用得着兄弟的地方尽管开口,兄弟我一定给你办。"

我曾以为这些人是真正的朋友,但出事以后,我联系这些朋友,他们的答复是:"田哥,不好意思,我在外地出差,我回去以后就和你联系。""田老板,最近我的日子也不好过呀!外面的债要不回来,欠别人的钱还没还上,真的没办法帮你。""田大哥,我知道你的事情后我也很难过,可我也有难处,实在帮不了你什么,你可别见怪。"等等吧,甚至有的人躲着我,连电话都不敢接。

我不断地翻手机上的电话簿,把认识的人几乎联系完,没有一个人能够帮我渡过难关,我几乎绝望了,这时我才觉得这些人都是酒肉朋友,没有一个人能靠得住,这时我在手机上翻到刘志松的电话,我正要给他打电话时,心里转念一想:"算了吧!多少年没有联系的同学了,再说他的家庭也不富裕,帮不了我什么。"

可我心里也不想放弃最后一丝希望,反正好长时间没联系了,打个电话联系一下也没什么,我拨通了他的电话,电话另一头传来熟悉的声音:"喂,哪位?"

"是我,田坤。"我说道。

"田坤呀!好久没有联系了,我在电视看报道说你的厂子着火了,怎么样严重吗?我本想和你联系的,可没找到你的电话。"刘志松说。这么长时间以来,除了要债的人之外,我第一次听到有人愿意主动与我联系,我说:"情况很糟糕,我十几年的心血全部被烧,房子和车都卖了,现在每天都发愁今后的日子应该怎么过。"

"你也别太着急,树挪死人挪活,不管再难的事咬牙坚持住总能挺过去的。你现在在哪里?我们好久没见面,见面聊吧!"刘志松说。我们两个人在一家小餐馆会面,聊了一会儿,刘志松从包里拿出五万块钱,他对我说:"我知道你现在有难处,我只能帮你这么多了。"说完他把钱交给我。

"志松,你家也不富裕,你拿这么多钱给我,不怕你媳妇找你算账呀,不行这钱我不能拿,我现在是很困难,但我不能拉你下水。"我拒绝拿他这些钱。

"这是我和媳妇商量好的!其实你打电话时我就知道,你想求助于我,只不过张不开嘴,我媳妇是个明白事理的人,她说朋友遇到难处应该帮一帮,现在我虽然不是富人,可家里的条件比以前好多了,这些钱你先拿去用吧!"刘志松说。

虽然五万元对我来说并不能解决太多的困难,但这五万元拿在手里,我感觉沉甸甸的,刘志松问我今后怎么打算,我说:"一时也没有好的办法,走一步算一步吧。"

这时刘志松给我出了一个好主意,这个好主意帮我渡过了难关。他对我说:"不如你联系一下以前的客户,让他们先付一部分订货款,当然价格必须低,甚至赔本也行,先搞一部分资金恢复正常生产,我想只要能生产,就可以从银行贷款,你有客户资源,东山再起不是没有可能,千万不能放弃呀!"

听到刘志松的话,我兴奋得差点跳起来,这真是一个绝妙的主意,那天晚上我们喝了很多酒,谈到以前同学时发生的那些事,一直聊天晚上十二点,在餐馆老板的催促下,我们才依依不舍地分别。

我按照刘志松的办法,跟以前的客户联系,我将真实的情况告诉了客户,令人高兴的是,大部分客户都愿意预付一部分货款,我拿这些钱重新购买设备,修复厂房,刘志松这段时间也没少帮我忙。

几个月后,我的厂子又重新恢复生产,经过几年努力,我的生活又恢复到原来的样子。

有一天,我准备了五十万元现金,将刘志松约到办公室,我把五十万元给他,然后说:"志松,这些钱你一定要收下,在我最困难的时候只有你愿意帮我,并给我出主意让我渡过难关,这些钱只是还你的钱和利息,另外我还准备给你20%的股份,希望你收下。"

"五万块钱我拿走,其余的钱你拿回去,我更不会要20%的股份,我们是朋友,帮助你并不是为了这些钱,如果我有难了,你帮助了我,我是不是也要拿很多钱还你呀!我可没那么多钱。"刘志松笑着说。

经过我多次地劝说,刘志松仍然不接受这些钱,这时我心里终于明白,什么才是真正的朋友,我拉着志松的手说:"对,咱俩是一辈子的交情,不能只谈钱,走,喝酒去,不醉不归。"

意外中奖

佚名

某个假日,闲来无事去看望一位朋友。两人畅谈了两个多小时,仍意犹未尽。这时天色已晚,我起身告辞。刚要走,朋友拍了一下脑门,似乎想起什么事,摆手拦住我:"你先等一下,刚才光顾着闲聊了,忘了一件事。"朋友转身进了屋子,一会儿拿了一个包装精致的盒子,"你拿去吧,知道你平时喜欢喝两杯激发灵感,这瓶酒不错,但愿对你的创作有点小用。"

原来是瓶酒,我仔细一看,还是20年陈酿。以我对白酒的研究,这瓶精装白酒至少得七八百。我立刻喜欢上这瓶酒,摸出钱包掏出一叠钱递给朋友:"君子之交淡如水,我不能占你便宜,那,算我买你的。"

朋友急了，将钱推了过来："你这是干吗？我又不是卖酒的。这酒是我送你的，你可以不要，但不能收了还付钱。再说这酒放在家里也是浪费，不如送与老友做个顺水人情。"

"这么好的酒，干吗就送我了？"

"她，不让我以后饮酒了，医生说酒精肝。"朋友指了指正在厨房做饭的妻子，煞有介事地说。

我一笑，不再谦让，提起酒盒告辞。

过了三天，一个阴雨的晚上，心情有点郁闷，忽然想喝两盅。于是让妻子弄了两个小菜，拆开朋友送的酒。包装盒里有一个中奖卡，还是个二等奖。我有点意外，看看说明，二等奖居然是一台价值500元的微波炉，凭借中奖卡可以在酒水门市兑奖。我有点怀疑，拿起电话咨询，还真有其事，这瓶酒中了一个微波炉。

我第一时间就想到了这个微波炉应该是朋友的！虽然他家电器齐全，不缺这玩意儿，但我还是第二天一早开车将微波炉送到朋友家。朋友不在家，我将经过简单说明，把微波炉放在朋友家。朋友的妻子很意外，感慨地说："我先生能有你这样坦诚无私的朋友，真是他的福气。"

当天晚上，我正在家看电视，朋友来了，气喘吁吁地抱着个微波炉。我赶紧让他放下，递了杯水。朋友一边大口地喝水一边埋怨我："你看你办的这叫什么事，这微波炉已经成你的了，还送到我那儿，害得我大老远地为你送来。"

"老伙计，怕是你弄错了吧，这微波炉是你送我那瓶酒中的奖，该归你。"我笑着向朋友解释。

朋友不干，和我理论："是的，原来那瓶酒是我的，但我送你了，连同中奖都成你的了，我怎么能将之据为己有呢？"我刚要反驳，朋友着急："我这次是来还你微波炉，不是送给你的。你可以不要，或转赠他人，但不能拒收，否则对朋友不尊重。"听着朋友的"歪理邪说"我无奈地摇摇头，由得他，只得将微波炉收下。朋友看我服气，收下了奖品，等于认同他的道理，这才转怒为喜，高兴告辞而去。

银行劫案

佚名

金赛尔和约克里在西雅图市花旗银行上班，两人在一起工作十几年了，他们是好朋友，可最近约克里看上去精神恍惚，工作中也常常失误，经理已经批评过约克里多次，经理对约克里说："你是老员工了，怎么最近老犯低级错误？就连新员工也不会犯这样的错误，如果你再犯同样的错误，可别怪我不讲情面。"

没想到约克里第二天竟然没有来上班，金塞尔担心约克里是不是出了什么事，他打了一上午的电话，约克里的手机一直关机，金赛尔决定下午下班后到约克里的家里去看看。中午时，银行工作人员有半个小时的休息时间，就在这时，一群劫匪冲进了银行，劫匪非常嚣张，他们拿着AK47朝房顶开枪，有一个劫匪劫持了一名妇女，用枪指着妇女的头对银行的工作人员说："快点把钱都装到这个袋子里，否则我就开枪了！"

经理这时按下了报警按钮，劫匪朝经理开枪，经理的腿部中弹，他趴在地上喊救命，金赛尔和其他工作人员别无选择，只能将钱装在袋子里。警察赶到这里需要十五分钟，但劫匪好像事先都计算好了，十分钟内他们带着钱，冲出银行，开车逃跑。

警察赶过来以后将经理送入医院，并着手调查此事，下午银行没有营业，金赛尔和其他工作人员被带到警察局协助警察调查银行劫案。沃尔特警官接手此案，他对金赛尔说："我们怀疑你们银行内部人员有问题，从劫匪作案的时间和作案方法上看，他们对银行非常熟悉，我听说有一名叫约克里的员工，最近的行为很异常，而且他今天没有来上班，是吗？"

"是的，先生，他最近是有些不正常，今天也没有来上班。警官，你是在怀疑约克里吗？"

　　"人人都有嫌疑,不过他的嫌疑最大,你们的经理在医院告诉我们,他昨天批评过约克里,这也许是他抢劫银行的动机。"沃尔特警官说。

　　"不会的!我和他认识这么多年了,他一向老实本分,从来没有做过出格的事,最近不正常的事情可能是他家里出了什么事,这只是个巧合,与银行劫案没有关系。再说这是一群劫匪作案,短时间内约克里从哪儿找到这么多人?"金赛尔说。

　　"等我们调取银行的监控录像后,你看一下里面是否有约克里的身影,先生,请你记住,现在可不是讲情面的时候,如果你包庇约克里,你也将面对法律的处罚。"沃尔特警官说。

　　"我可以协助你看监控录像,但请你不要随便诬陷好人,我绝对相信约克里不会做这样的事。"金赛尔说。

　　"我们现在也只是怀疑,他的疑点太多了,电话打不通、今天没有上班、案发之前经理曾批评过他,这使他成为焦点。"沃尔特警官说。一名警察将金赛尔带到了电脑工作室让他观看劫匪抢劫银行时的画面,一个蒙面的劫匪站在银行的门口处,他的背影和身高那么像约克里,连金赛尔都感觉那太像了,这时他一句话也说不出来,沃尔特警官问他:"金赛尔先生,你看这个人像约克里吗?"金赛尔沉默了一会儿说:"是的,他看上去很像约克里,但世界上相似的人太多了,我认为这也只是一个巧合。"

　　"世界上不会有那么多的巧合。好了,谢谢你的帮助。如果约克里和你联系请你一定要告诉我,如果你不说,后果你明白。"沃尔特警官说。金赛尔回到家后,坐在沙发上,他仍然不相信约克里会做出抢银行的蠢事,他决定第二天再到警察局找沃尔特警官说明此事。第二天一大早,金赛尔来到沃尔特警官的办公室,此时沃尔特正在准备将约克里的照片交给局长,让局长签发通缉令,金赛尔说:"警官先生,请你先别这样做,我相信约克里的为人,我愿意为他担保,他不会这么做的。"

　　"对不起,作为警察我们只讲证据,我必须那样做,如果抓到他问清楚一切,就知道他是清白的还是罪魁祸首。"沃尔特警官说。

　　"求你先不要这么做,如果签发通缉令,他将永远无法在银行工作,即使他是无辜的,银行也不会再聘用他,我信任我的朋友,求你再等一天,如果一天内他不回来,你们再签发通缉令。这一天我会想尽办法找到他。"金赛尔说。沃尔特警官想了想,同意了他的要求.金赛尔走出警察局以后就开始寻找约克里,他的脑子里想着约克里常去的地方,他一个地方一个地方地找,仍然没有找到他,一天他连一口饭也没有吃。晚上他没有找到约克里,失落的金赛尔想:"天哪!明天约克里就被通缉了,不管他有没有犯罪,他都不能来银行工作了。"令他没有想到的是,约克里竟然打来了电话,金赛尔激动地问他:"你在哪里?为什么今天没有上班?知道吗昨天银行发生劫案,你几乎被通缉。"

　　"天哪!怎么会出这样的事,金赛尔你明白我不会干那种蠢事,我儿子在纽约因为吸毒被警察抓了,我知道后立即赶往纽约,连手机也没有拿,这不晚上才和你联系一下说明情况。"

　　"你现在马上回来,到警察局以后把事情说清楚。否则你将永远无法回到银行工作。"金赛尔说。接到约克里的电话,金赛尔终于放心了,与此同时,警察也抓到了一名受伤的银行抢劫案的劫匪,劫匪们因为分赃不均,起了内讧,在他们自相残杀时警察赶到,有几名劫匪逃跑,但还是抓到一名受伤的劫匪,劫匪交代了行动的全部过程,并证明此事跟银行内部人员一点关系也没有。约克尔在警察局抱着金赛尔激动地说:"要不是你,我的后半生都毁了!"

一美元的友谊

侠名

　　弗兰克是个正直善良的小伙子,尽管他十分贫困,但依然很乐观,对生活、对未来充满了激情。

　　在一次意外中,弗兰克救了一名郊游的姑娘吉娜。吉娜立刻喜欢上了这个英俊善良的青年,两人很快陷入了热恋。但吉娜向父亲——拉斯维加斯一位娱乐大亨——表明时，这位固执而势利的商人立刻表示了强烈的反对。他警告吉娜，她若要和弗兰克在一起，就再也不要回到这个家，他要和吉娜断绝父女关系。

吉娜的母亲是位善良仁慈的女人，她不忍看女儿受此折磨，恳求父亲为了孩子的幸福，答应女儿的婚事。

"你个女人家，知道什么？他是个穷小子，我是娱乐大亨，我的女儿要嫁给一个穷小子，我的脸往哪里搁？哼，他想娶我女儿，先准备十万美元，我倒不是稀罕这十万美元，而是看他有没有挣到十万美元的能力。"父亲丢下一句狠话，只要弗兰克拿到十万美元，就可以和他的女儿结婚。

自从弗兰克接到吉娜父亲的最后通牒，整日里闷闷不乐。一天，他来到了老朋友格瑞的工作室。格瑞是位前卫艺术家，他正在为一个衣衫褴褛、形容憔悴的乞丐画像。

"嗨，伙计，看来你不怎么高兴。"格瑞没有停下手里的活儿。

"别提了，吉娜的父亲让我拿出十万美元，否则别想娶她女儿。你知道的，我手头只有几个美元而已，今天兜里的钱只够买一个热狗面包。"弗兰克停顿了一下，问格瑞，"这位可怜的先生为你当半天模特，你付人家多少薪水？"

"哦，一顿饱饭和50美分。"

"那你这幅画能卖多少钱？"

"5000美元！我很确信，因为它已经有了买主。"格瑞微微一笑，对他的画作十分自信。

"真是不公平，这位老先生所得是你的万分之一，他得一直摆个固定姿势，看起来比你更累。真是万恶的商品社会。"弗兰克同情起模特老先生，低声抱怨了一句。

电话响了，格瑞出去接电话。弗兰克走到老乞丐面前，从兜里摸出那唯一的一美元，放到乞丐帽子里。乞丐抬头看了一下弗兰克，点头致谢："谢谢你先生，你是位善良的人。"

弗兰克并没高兴起来，反而为老乞丐的落魄感到伤感。

第二天，弗兰克正要去上班，格瑞早早过来。"弗兰克，我的朋友，昨天你对那个老先生干什么了，他临走时直夸你是个好青年，他很喜欢你。"格瑞迫不及待地问道。

"没什么，我看他很可怜，把兜里唯一的一个美元给他了。"弗兰克淡淡地说。

"哦，原来如此。"格瑞微笑着说，"他让我向你再次表示感谢，还顺便让我代为问一下，你对他的公司有兴趣么？他很想雇用你。"

"他的公司？想雇用我？对不起，格瑞，我不觉得这是好笑的话题，我得赶紧上班。"弗兰克认为格瑞在取笑他，他可顾不上和朋友闲聊，有好多事要做呢。

"弗兰克，我把你的烦心事告诉豪森先生了，他觉得你完全有能力也有资格娶到吉娜小姐，他很想帮你，因为在你把一美元放进他帽子里时，他就认定你是他的朋友了。"

"格瑞，我不喜欢你把我的隐私到处说，虽然你是我的朋友，但以后请不要再说了。"弗兰克有点生气，责怪朋友。

"对不起，弗兰克，但我若不告诉豪森先生，他怎么会决定帮你？决定聘用你？"

"等等，你说那位乞丐是豪森先生，哪位豪森先生？"弗兰克知道豪森先生，他可是拉斯维加斯最大的地产公司的老板，是这个城市最富有的老头。

"还有哪个？当然是'沙洲地产'的大老板豪森先生了。"格瑞戏谑地笑道，他知道他的朋友会吃惊的。

"格瑞，这到底怎么回事？"弗兰克有些不敢相信，他居然向富豪，向这个城市最富有的老头的帽子里施舍了一美元。

"是这样的弗兰克，豪森先生非常喜欢前卫艺术和行为艺术，经常热衷于扮成各种行业的从业者，让我把他画下来，然后高价购买我的画作，把它珍藏起来。这么多年，一直是豪森先生在资助我的创作室。你那天来到，我不知道豪森先生是否乐意想让你知道他的身份，你知道的，他扮成任何人都不希望别人认出来，更不想让人知道他的身份。"

"我的上帝，看我对豪森先生做什么了。"弗兰克有点懊悔，为自己无礼行为遗憾。

"我倒没觉得你多么无礼，反而是你的善良和真挚让豪森先生十分感动。他说很高兴认识你这位'一美元的朋友'，并决定聘用你，并先支付一年的薪水，让你解决燃眉之急，毕竟你那老岳父可是食古不化的老家伙。"

一个星期后，弗兰克和吉娜在豪森先生的庄园举行了盛大的婚礼，而他们的证婚人正是豪森先生。

分享

俟名

哈妮和凯特是很要好的朋友，她们两个一起去幼儿园，一起在树林里玩，分享彼此的玩具和漂亮的衣服。甚至哈妮若得到一个美味的奶油芝士蛋糕也会拿着剩下的一半送给好朋友凯特，同样凯特也会这么做，她们以彼此无间的关系感到自豪。

这几天凯特没有来幼儿园，哈妮有些失望。从幼儿园回到家，哈妮独自待在房间闷闷不乐。妈妈看见了，微笑着问哈妮："我的小公主，有什么事不高兴？可以告诉妈妈吗？"

"妈妈，白血病是什么？是血液就变成白色了吗？"哈妮天真地昂着头，两只大眼睛充满好奇地盯着母亲。

"虽然血液不会变成白色，不过白血病很可怕。告诉我，宝贝，谁得了白血病？"妈妈紧张起来。

"是凯特，妈妈，今天幼儿园的老师说凯特得了白血病，正在圣劳伦斯医院接受化疗，她很快会回来和我们一起的，老师还说让我们一起为凯特祈祷。"哈妮泪眼汪汪。

"我的上帝，可怜的孩子。哈妮，接受化疗后，人的头发会逐渐掉完。"妈妈也有些伤感，没想到这种可怕的病会降临在不到6岁的孩子身上，太让人悲痛了。

"妈妈，凯特会死吗？她会永远离开我们吗？"哈妮望着母亲，害怕最好的朋友会永远离开自己。

"不会的，宝贝。上帝会保佑凯特的，她会和我们永远在一起的。只不过头发会掉完，不过很快就会长出来。"妈妈尽量将可怕的事情淡化，否则会在哈妮幼小的心灵留下阴影。

哈妮似懂非懂地点点头，心里默默地为好朋友凯特祈祷，祝她早日康复。

第二天一早，哈妮戴着帽子，手里捧着精心准备的礼物，跑向凯特家。

"冈萨雷斯先生，凯特在家吗？她在休息吗？"哈妮按响了凯特家的门铃，她的父亲出来开门。

"是可爱的小哈妮，凯特刚才在念叨你呢。请进吧。"冈萨雷斯先生让哈妮进到凯特的房间。

"凯特，你好点了吗？我和所有的小朋友们都在为你祈祷，包括桃瑞斯小姐，虽然她平常看起来有点凶。"

"谢谢你，哈妮。请转告小朋友们，也谢谢他们，有你们在身边我很高兴。"凯特脸色苍白，说话声音很轻。

"凯特，这是我给你的礼物，但愿你能喜欢。不过，答应我，我走后你才能打开。"哈妮调皮地说，转身就告辞而去。

冈萨雷斯先生和凯特一起打开精致的礼品盒，是一束金色的头发和一张卡片。卡片上写着哈妮幼稚的留言：

亲爱的凯特：

这是我剪下的一半头发。虽然你不幸没有头发，但我很乐意和你一起分享，因为我们是最好的朋友。

远去的歌

素玉

电视里、报纸上,那双深邃而饱含忧郁的眼睛早已为大家所熟悉,他是谁? 25 岁的莫雷尔面对世界各地众多的来访者,再也抑制不住自己的感情了,当滚滚热泪在那张英俊的面颊上纵情驰骋时,透过朦胧泪眼,奥斯塔河谷悲壮的一幕又重新浮现在他面前……

亚平宁半岛的春天是世界上最美的春天,到处春光明媚,鸟语花香,台伯河水欢畅地流着,一如热情豪放的意大利人。

随着春天的到来,两个来自瑞士的青年——莫雷尔和他 26 岁的朋友丹尼尔·萨特——一个英俊、刚毅的弗里堡的金发小伙子也一同踏上了这片洋溢着罗曼蒂克情调的土地。

能身临其境地瞻仰意大利旖旎的风光是两个年轻人梦寐以求的愿望。记得远在五年前,当他们还在哈佛读书时,两人就对前往意大利旅游表现出了极大的热情,并从那时开始就为这次旅游做了长达五年的漫长而精心的准备。今天如愿以偿,两个年轻人怎能按捺得住激动的心情。

性情豪放的莫雷尔对着萨特大叫:"伙计,这里是意大利,有何感想?"深沉的萨特沉吟片刻,微微一笑:"毫无疑问,我的心情和你一样,太激动了,莫雷尔。"是的,此时此刻,他们的心理绝对是百分之百的相同。

幸福喷泉让他们流连忘返,比萨斜塔让他们"为之倾倒",从米兰到都灵,从罗马到热那亚,这个有着灿烂文化的古老国度让两个来自异邦的年轻人陶醉了。

按照计划,他们将在意大利北部、阿尔卑斯山南麓的奥斯塔河谷登山,然后再于晚些时候前往"威尼斯商人的故乡"领略"文艺复兴"时期的古韵遗风。美丽的水城威尼斯是萨特心驰神往的圣地。他曾不止一次地对莫雷尔说:"来意大利,就要去威尼斯,如果不能成行,将是我最大的遗憾。"作为亲密无间的好友,莫雷尔知道,萨特说这样的话并非偶然,莎翁脍炙人口的名作《威尼斯商人》对萨特影响极大,威尼斯商人安东尼奥为了朋友,九死不悔,甘愿让放印子钱的犹太商人夺去生命的侠肠义胆使萨特深受感动。他说:"我理解安东尼奥,也崇尚他的价值观,然而在世风日下的今天,在我们西方,有多少人的所作所为与安东尼奥舍己救人的精神格格不入。"他是这样说的,更是这样做的。为人着想,救人于危难之中,这样的事他究竟做过多少,他不知道,莫雷尔也记不清。难怪哈佛学友都叫他"安东尼奥"。

莫雷尔永远不会忘记在奥斯塔河谷那难忘的五天,永远不会忘记萨特在料峭的寒风中捋一下金色的长发,然后掏出匕首将他与自己维系着的唯一的一根绳索,也是他借以生存的一线希望毅然斩断的悲壮一幕。

"这是怎样的一幕,它如同一张永不褪色的底片,已深深地珍藏在我记忆的深处,将成为我生命的重要组成部分。"莫雷尔如是说。

当暴风雪下到第四天时,他们迷路了,接着又与外界失去了联系,很快食物也将告罄,此时河谷中两个饥肠辘辘的登山者赖以充饥的食品,只剩下不足 17 磅的牛肉了。入夜,在温暖的帐篷中,在熊熊篝火旁,萨特望着这"最后的晚餐",若有所思地对莫雷尔说:"吃下去!"莫雷尔无言,萨特又重复一遍,几番推让,莫雷尔终将这少得可怜的食物吃了下去。

在这样恶劣的环境下,如果不能尽快找到出路,尽快与外界取得联系,对于饥寒交迫的登山者来说意味着什么? 他们都很清楚。当莫雷尔吃下最后一口食物时,萨特已将所有的登山器械背到自己身上,并将维系两人的一条绳索做了最后一次检查。

一阵强劲的寒风卷着鹅毛大雪呼啸而过,萨特一失足,身体摔向谷底……一条绳子维系着他年轻的生命。

悬空的萨特在身体失衡后的下坠过程中重重地撞在了岩石上,致使手臂粉碎性骨折,更可怕的是随身携带的许多攀岩器械也在这沉重的一击中遗落了,而这一切不幸也正是莫雷尔在营救过程中显得束手无策的重要原因。

几个小时过去了,莫雷尔尝试着各种手段,以期挽救萨特,无奈两人身边都没有得力的救援器械,加之萨特的手臂严重受伤,所以两人的努力一再付之东流,处境也在一步步恶化。

时间一分一秒地在寂静的河谷中流逝。"再不割断绳子,莫雷尔也在劫难逃。"身体悬在岩壁中间的萨特想道。此时,头顶又传来莫雷尔的声音:"萨特,坚持。上帝与我们同在,我们会走出困境!"眼看夜幕又将降临,这样的喊声在萨特的耳畔几乎回荡了 24 小时。

"朋友,不要做无谓的努力了,你应该活着……"萨特喃喃道。此时,他想到了死,为了不连累莫雷尔,他决心长眠在异国的土地上。蓦然,在幽幽的河谷,萨特看到了自己美丽的妻子,他仿佛回到了自己的祖国,仿佛又一次与妻子荡舟于风景如画的日内瓦湖……不能再犹豫了。终于,他做出了最后的决定,这是一个让莫雷尔五内俱焚、让世人为之汗颜的决定,在生死之间,他接受了死神,他要以"死"去实现他生命的意义。"莫雷尔,听着,只有牺牲我,你才可以脱险,我要割断绳子。祝你好运,永别了!"说着他拔出了随身携带的登山匕首……雪光下,萨特的脸庞如阿尔卑斯山的岩石般坚毅,蓝色的眼睛熠熠生辉,仿佛熊熊火炬照亮了幽暗的河谷,尽管头顶又传来了莫雷尔近乎愤怒的劝阻声,但他还是义无反顾地割断了绳索,任由自己的躯体向深谷下坠,下坠……悲痛欲绝的莫雷尔在两天后获救了,而英勇的萨特却殒命了。在出事地点,救援了人员看到了积雪中的萨特,他静静地躺着,在他的腰间,人们看到了人间的大勇、世间的挚爱,那是一条被斩断的绳子,这是他的生命线,是他亲手割断的。

奥斯塔河谷悲壮的一幕,在莫雷尔看来,似一首远去的歌,一首远去的悲歌……

毕业之后想单独聚首 / 你这短暂的老朋友 / 年少轻狂多么荒谬 / 那时候你追着我在走 / 可是我们一步步在成熟 / 再不会牵手 / 好光阴过去不回来 / 时间过得那么快 / 我们的过去 / 输给了现在 / 关系生疏了 / 有默契却赢了未来 / 只有你肯听我哀与愁 / 听到哭出来感同身受 / 那是最要好的时候 / 你有空随时欢迎你来……

第八章
校园情深，同窗情重

毕业的礼物

吴跃明

四年同窗，就要分别，不少人都在准备毕业的礼物送给同学。我发现只有林志默默地坐在一边。我知道他来自边远的山区，家里穷，没有钱买什么礼物送给同学。

看到他这样，我们就停止谈礼物的事。他见我们沉默了，就笑笑，说："我也要给大家一份礼的。"我们劝他："没必要啊，有这份心意就行了。"

他说："我是真心的。"

林志和我是一个寝室的。四年来，我们朝夕相处。因此，他的情况我比较清楚。

每次开学的时候，他都会从家里带两罐子腌萝卜、腌咸菜来，不为别的，就为下饭。每天吃饭时，他只打饭，然后就回寝室吃他的腌咸菜。

尽管如此，他还是节省着吃，尽量让腌咸菜吃得久一点。可再怎么节省也吃不了一学期呀。看到他学期末吃白饭的时候，同学们都会自觉地资助一点饭菜票给他。我呢，因住在市内，时不时地会从家里带点鱼呀肉呀什么的，让他开开荤。星期天，我们住市内的同学也会轮流邀他到家里玩，其实也有让他改善伙食的意思。

冬天的时候，他穿着单薄，同学们会把自己家的衣服送给他，虽然都是旧的了，可大家知道，林志需要。可以说，四年来，班里的 35 名同学，就有 34 名帮助过他。

虽然家境贫寒，可林志学习很用功，在我们打牌、聊天、听音乐会或者谈恋爱的时间里，他不是在教室就是在图书馆。而且，他还会把自己点点滴滴的感受写成文字，寄到报社发表。他用得到的稿费来交学费或买书，我们也曾戏言要他请客，但我们一次也没真要他请过。我们知道，每一笔稿费对他来说都很重要。

毕业典礼就在我们的教室里举行，同学们互写赠言、互送礼物。四年里，虽然也有恩怨，也有辛酸,可想到马上就要天各一方,再也没有这样相聚一起的时光了,心头都不免有些酸楚。

这时候,我发现林志不见了。林志呢?正当我们要寻找他时,他却抱着一摞笔记本进来了。怎么这么俗呀?都毕业了,还给大家送笔记本?

他没理会大家,往每人手里塞了一本。然后,走上讲台,打开笔记本并举着说:"这是我四年来发表的作品,我精选了35篇出来,我发现,每个同学都给过我帮助,每个同学的关怀我都用笔记录了下来。我把它们复印并贴成了35个笔记本。大家给我的帮助我无以回报,但这些真挚的情感会一辈子留在我心里!"他深深地鞠躬,久久没抬起头来。等他抬起头时,我发现他已热泪盈眶。

静,静得可以听到心跳的声音。我们都被感动了。我们当初的付出真的是微不足道,但我知道,因为有了这个特殊的礼物,我们之间的友情,变得更加珍贵了。

女孩子的花期

四夕羽

16岁,对于一个女孩子而言,正像一幅慢慢展开的画卷,开始有了无限的色彩缤纷。看着班上越来越多的女孩换下年幼时不分性别的大T恤,穿上镶有蕾丝花边的衣裙,骄傲地露出自己优雅的脖子和修长的腿,我的心里有了深深的落寞。纤细的女儿心,终于敏感地明白,为什么女生聚在一堆会笑我,为什么没有男孩子愿意与我同桌,为什么我就算考第一也不能被老师记住名字。在我也应该开花的年龄,却被人遗忘在了角落。

没有人愿意与我同桌,于是我独坐在教室的最前方,也是在角落,突兀而多余的样子。座位前面就是垃圾篓,常有调皮的男生远远地往里扔纸团。他们叫我:"肉丸子,低头!"然后纸团就嗖嗖地擦耳而过,有时我反应慢点儿,又躲闪不及,纸团就雨点般砸在我头上,不重,却足以引起全班的大笑。他们笑我:"肉丸子打狗,哦,不,狗打肉丸子,哈哈。"我不说话,慢慢地低下头,泪水湿润了我的眼。

在泛滥的自卑面前,我愈发地孤僻和沉默,直到杨帆的出现。

杨帆是高二留级下来的学生,有挑染过的棕黄色的头发,细长而漫不经心的眼睛,双手插在裤袋里,书包斜斜地挎在肩上,很惹人注目的样子。而他居然被安排坐我的同桌。我怦然心跳。激动、紧张、惶恐,还有深深的自卑,在女孩们羡慕嫉妒或许还有看笑话的眼光里,我心不在焉地度过了一节课,下课时,张开握笔的手,手心里全是汗水。

或许因为杨帆是留级的学生,老师并不重视他。大部分的时候,他兀自做自己的事情,似乎眼睛都没有向我的方向转动过。时间久了,偶尔他也会和我说话,简单且不带感情,借笔、问题之类。可即便如此,我心里也会充满巨大的快乐。每天晚上,我总是匆匆地做完作业,为的是可以有更多的时间去仔细回味白天和他有关的一切。他说话时的眼神,他微微扯起的嘴角,甚至他转笔的姿势,甚至他听得心不在焉时"嗯嗯"敷衍我的样子。

杨帆在班上没有要好的朋友,而我,虽然对他也所知甚少,但至少我知道他上课时不像老师表扬的那样在认真地做笔记,而是在认真地画漫画;下了课趴在桌上时,不是在睡觉而是在哼歌;他手指细长,耳上穿了很多耳洞;他喜欢写日记喜欢用老板牌的黑墨水。在别人看来,我也许算是最了解他的人了。于是,开始有女孩向我打听他的消息,她们的态度变得友好,也许是因为有所求,也许是因为杨帆对我的平和扭转了她们的判断。我觉得自己不再像以往般的孤僻和沉默——至少,在谈起杨帆的时候,没有人知道我喜欢唱歌,吐音很准,声音清婉,包括朋友和父母。在被自卑笼罩的心里,不敢对外袒露自己的一点点优点,怕那最后的尊严也成为别人的笑柄。

我不敢去想,要是同学看到我挺立了肥胖的身体,却陶醉而深情地唱王菲的情歌时,会有怎样的吃惊和嘲笑。亦不敢去想,在这样的嘲笑声中,我又该用怎样的勇气和眼泪去应对。不想一次下课，受杨帆哼歌的影响，我也禁不住轻轻地唱起来，是王菲的《红豆》，我唱得很投入，待上课铃响，才发现杨帆用一种奇怪的眼神望着我，我羞红了脸，不知怎么解释才好。杨帆挑起眉毛，嘿，想不到你唱得这么好。我翻书，装作什么都没有听到的样子，心却是"怦怦"地跳得厉害。他补充一句，为什么不去参加校园文化艺术节呢！这时老师叫上课，他拿起书，不再多说。

那一堂课，老师讲的话，我竟是一个字都没有听进去。那些突如其来的快乐，连心都盛不下。我已经忘记，自己有多久没有得到别人的肯定了。甚至在我努力了一个月，天天学习到深夜才考到了第一名的时候，老师也只是轻描淡写地提了一提，她的眼神和语气里写着"不相信"几个字。而现在，只是几句无意且自己不敢张扬的歌声，却得到了这样的肯定和赞美。而且他是那么与众不同，那么不轻易表扬别人，而且，他是那么备受其他同学的关注。终于，我似乎也能闻到一点点花季飘来的馨香了。

那时我已经高二，高考的压力日渐显露，我已经没有时间和心情去参加任何课外活动了。然而从那以后，自信却是一点一点地被我积攒起来，终于偶尔我也可以在女生堆里放肆而张扬地大笑。一个人的时候，我也会穿那些有蕾丝花边的衣裙，似乎也没有我想象中的那般难看，虽然那时我仍然是130斤，像个肉丸子。

杨帆的离开和他的到来一样悄无声息。暑假补课时，我还能很清晰地听到他用铅笔画漫画时"沙沙"的声音，20天后假期结束他却走了。我望着自己身边那空空的地方，感到了片刻的惶恐和窒息，一如一年前他来时的心情。在我刚走出自卑的阴影，在我刚想享受花季的绚烂时，杨帆，却走了。

高三毕业时的告别会上，我给全班唱《大大世界》，大家在下面疯狂地拍掌。有男生吼：肉丸子，唱得这么好，高一怎么不去参加校园文化艺术节啊，肯定得第一的。我只是笑。那时的我，如一匹黑马，出人意料地考上了人人羡慕的大学，亦因为高考的用功而身形瘦了一圈。我穿淑女屋的裙子在台上唱歌，虽然也不是很好看，却终于可以坦然地接受众人的掌声和鲜花。

只是，他们不知道我的花季来得多么的晚，不知道我的花儿绽放得多么的艰难，更不知道我的成长和一个叫杨帆的男孩子多么的有关。

错过

争平

现在我仍然记得起那个得肺病的孩子，那个苍白瘦弱的初一同学他坐在我座位后面，那个位置使他的脚经常踩到我。上课的时候，我听到最多的不是老师讲课的声音，而是他咳嗽的声音、吐痰的声音，因为他的肺病，班里的同学都拒绝跟他玩，拒绝和他讲话，所以我总记得他一个人坐在那个角落里，目光散漫而空洞。

但是他每天都要和我一起上学。他把我看成朋友。我们居住的地方实际上相距很远，但他总是绕道去我家喊我上学。他背着一个蓝花布制的书包，里面装着几本书，并不重，但他总是弯腰，不住地咳嗽，显出力不能支的样子。

人多的时候我就有点不喜欢他了，因为很多人都不喜欢他。我顺势而为，也故意和他拉开一段距离，他却没有察觉，依然热情地靠近我，执着地说着什么，但那时我已觉得烦躁了。大家都觉得他脏，厌恶地对待他，很少有人愿意接近他，他总是处于很孤独的境地。一个群体对一个个体的疏远孤立是可怕的，它让人丧失正常的认知力和判断力。那时我很清楚地看到一个群体对个体拥有的那种权威优势和主宰力量，看到个体在这种群体力量的威压之下的胆怯、软弱、自卑和无助。在学校，他像一只幼鼠一样惶惶不可终日。但他的功课却极好，各科均在前列，几何这门被我们认为是最头痛的课程他学习起来却如鱼得水。数学老师每次发问，他总是率先举手，答案总是能令老师满意。他是试图以此建立自信,以此赢得他人的善意和友爱。但这样做的结果却使更多的同学敌视他,他发言完要坐下时,凳子就被人从后边抽去,结果他跌在地上,引来满堂的哄笑,笑声中充满报复的快感和阴谋得逞时的狂欢。

人很容易受到环境的制约和影响。实际上我并不怎么反感他,但在人群中我对他的态度就变得暧昧不清。我虽然知道一个人在艰难时刻对友谊的渴盼,一份友谊对他是一种怎样的支持和温暖啊,但我就是不能当众给他这一份友谊,我甚至当众也参与对他的起哄、攻击和伤害,参与拍手和哄笑。我冷漠甚至残忍看着他受伤以后那种绝望的目光。

他是班里缺课最多的同学,有时上午的课还没结束,他就背上书包走了,下午就不来了,有时则是好几天不来。老师也很不满意,他来了就当着全班同学的面刻薄地指责他,对于这些他也不解释,垂着头发稀黄、脸色苍白的脑袋,那细弱的脖子如同秋天枯萎的瓜秧。

那时候没有一个人能站出来帮助他。我们依附和顺从在一个群体的意志中,我们被训练得没有个人意志,没有个人的情感,没有个人的立场,甚至没有爱,没有真诚。老师指责他最凶的那一天,下午他没有再找我上学。我一个人去学校,上课铃响过后他也没来,然后一连好几天也没见到他。大家都习以为常,没有人关心他的缺席,甚至没有人过问。第二天,他的姐姐送来了请假条,说他住院了。

几天后就听到他病逝的消息,他死了,彻底地远离了我们。大家这才懂得流泪,在去他家看望他母亲的时候,面对他的遗像,面对那沉浸在丧子之痛中的母亲,许多孩子都禁不住哭了。

后来,我渐渐地明白,我们对人的麻木和冷漠一向是通过死才得以清醒的,仿佛只有死才能换来良心的发现。

八年的承诺

侠名

沿着一条弯弯曲曲的泥泞路走了一两公里,记者一行来到山东省莱阳市谭格庄镇小于家村。一个小小的院落,几间普通的平房,这里就是张芹的家。

也许,上天在赋予张芹灵魂的一刹那,忘记了赐予她行走能力。张芹出生后即患了重度的"小儿麻痹症"不能正常行走。求医过程中的一次次失望,让张芹的父母彻底绝望了,他们默默地流泪,能做到的就是好好照顾孩子,不再让她经受苦难。在旷野中自由奔跑,是每个好动孩子的梦想。但是窗户却成为张芹最喜欢的地方,只有透过明亮的玻璃,她才能认识自己生活的世界。

每天看着这位坐在窗口前的姐姐,孙园娜感觉到了那双眼睛中对自由的渴望。就在开学的时候,孙园娜跑到张芹的母亲面前,稚嫩的声音震撼了所有人:"让张芹上学吧,我来背她!"

望着女儿渴求的目光,看着面前恳切的孩子,张芹的母亲哭了。从那天起,孙园娜再也没有离开张芹,两人一起出村,一同回家。八年前的"誓言"一直持续到今天。

张芹上学了,她见到了梦中的校园和同学。

从小于家村到小韩家完小有一两公里的山路。第一天上学,张芹是在母亲的陪伴下走出来,一路上,小伙伴们轮流背着她,个个满头大汗,但一路欢声笑语。此时的张芹也绽开了笑容。

了解到张芹的情况,学校老师特意安排同学分成小组,轮流负责护送张芹回家,而孙园娜却没有忘掉自己的承诺,坚持每天陪着张芹。她与同学比了比个头,说:"我长得比你们高,当然我来背,累了就换你们。"

每天早晨上学、傍晚放学,背着张芹走在山路上的大多是孙园娜。其余同学簇拥在两人身边,不时替换,但每当孙园娜恢复体力后,便抢着接过张芹。弯曲的山路虽然没有陡坡峭壁,张芹的体重虽然很轻,但对一个未满十岁的孩童来说,这段路需要付出数倍的汗水。有时,一段路,几个人要走一个多小时，休息十几次……

转眼间，两年过去了，张芹的父母看着孩子们每天背着女儿上学放学，非常辛苦，特地找人做了一个轮椅车。从此，孙园娜和小伙伴们有了"新助手"。

虽然推着轮椅车比背在肩上轻松，但山路的崎岖还是让孙园娜和小伙伴们大吃苦头。赶上大风天气，一路上飞沙走石，她们在风中寸步难行，如果碰到雪天，出门时，天色尚暗，路况难辨，轮椅车常常陷进沟里。几个人不得不前引后推，将车拉出。这样的情况一路上会发生很多次。日复一日，年复一年，张芹与孙园娜及小伙伴们的身影成为山路上独特的风景。

随着年龄的增长，张芹越来越感觉愧疚，特别是上厕所，令她颇为头疼，但孙园娜从来不嫌脏和累，将一些琐事安排得非常妥当。日子久了，两个人的心灵已经达成默契，张芹的一个眼神，孙园娜就能够读懂她需要什么。

小学一晃就过去了，转眼就要上初中，而学校离家很远，需要住宿。孙园娜主动上门。她对张芹的母亲说："只要张芹想读书，我就会和张芹在一起，永远不会不管她。"于是，领饭、打水、上课、回宿舍……孙园娜俨然成为张芹的义务护理员，两人的真诚行为在整个校园流传开来。

从八岁背着不能行走的伙伴上学，一直坚持了八年。孙园娜的真诚感动了周围所有的人，也让社会上更多的人加入到了关爱社会弱势群体的行列。

我很快乐，因为有你

红高粱

有时候，连我自己都有点不敢相信，一个简单的谎言，居然可以改变一个人的生活态度。

在高三的毕业晚会上，我担任晚会的主持人。晚会上，我们出了一个很浪漫和诗意的节目：每个同学都在纸条上写下自己最喜欢的一个同学的名字，并写出喜欢他的理由。当然是不用署名的，否则会让彼此感觉尴尬，然后由我当众宣读。这个提议让大家格外兴奋，这也许是最后一个说出埋藏在心底秘密的机会了。同时，大家也很想知道，自己是否也被人悄悄地关注并喜欢着。我看到，在五彩的灯光下，同学们的脸上都洋溢着青春的激情和焦灼的期待。很快地纸条便收集到了我手中。当我开始读出它们时，全场顿时沉静下来，大家的眼睛都紧盯着我，眼里写满了紧张与不安。随着我念出那些名字和那些与之有关的温情脉脉的文字，全场人的目光都会聚焦到被念到名字的同学身上。而那个幸运的同学，则会略带羞涩地，不自然地微笑着，有点不知所措，但我们都可以看到，他脸上掩饰不住的骄傲和喜悦。随着纸条一张张念下去，教室里荡漾着一种温馨又明媚的气息。

在我即将念完最后几张纸条时，我发现，几乎班上所有同学的名字都被提及了，但没有我的同桌——那个模样平常、学习平平、性格孤僻的女孩——程雯的名字。她这样的女孩是很容易被人淡忘的。此时，我看见她正把头埋得低低的，或许这个节目使她感到非常难堪。我突然涌起一种怜惜的感觉。就在那一刻，我做出了一个决定，我要帮帮她！我拿出一张纸条——上面当然不是程雯的名字，但我却一本正经地念出了她的名字，并编了一个关于喜欢她的理由：我喜欢程雯，也许，你不知你的美，其实，你沉默和文静的样子，是女孩另一种味道的美。这非常出乎大家的意料，大家的目光一下子就移到程雯身子。程雯更是没想到我会念出她的名字，她慌张地抬起头，惊讶地望着我，像是在问，这是真的吗？我微笑着向她点点头。我的可爱的同学们，居然一起为她鼓起了掌，掌声真挚而深情。在这突如其来的幸福面前，程雯面色绯红，眼里闪着泪花，手足无措。

从那以后，程雯像换了个人似的，在高三的最后几天里，她终于第一次和那些漂亮的女生肩并肩有说有笑走在一起了，她也开始和男生大大方方地交谈，教室里第一次有了她爽朗的笑声。

在同学们的毕业留言簿上，程雯为每一个同学都写了一句相同的话，能与你们同学，是我今生最快乐的事。在我们最后告别校园时,程雯在那群流泪的女生中,哭得最凶。

室友和睦的公式

邓笛

我总是邋遢。我并不觉得这样有什么不好。我常说,天才,尤其是创造性的天才都是不拘小节的。因此,我认为,大大咧咧的性格非但不是我的缺点,而恰恰说明我将来是一个干大事成大器的人。然而,进了大学以后,我的室友可不这样认为。

我不知道我怎么会和凯英住到一起的。我们是完全不同的两个人。她做事井井有条,她的每样东西在她心中都有一个标签,用过之后总是会回到某个固定的地方;而我的抽屉里面经常是乱七八糟,杂乱无章。

我和凯英格格不入。她越来越整洁,我越来越邋遢。她抱怨我脏衣服老是不洗,我反感她把宿舍弄得到处都是消毒水的气味。她会把我的脏衣服推得离她远远的,我则会在她收拾整齐的桌子上乱摆上几本书。

有一天,我们俩终于爆发了一场大战。那是10月的一天晚上,我已经躺在床上睡觉了,凯英回到宿舍发现我的一只运动鞋(那天刚运动过,气味确实不小)居然在她的床下面(我也不知道怎么会这样)。她勃然大怒(我不理解她何苦为一只鞋子生气),捡起我的鞋子朝对面我的床扔了过去。结果鞋子将我的台灯砸倒,掉落到地上,灯泡碎了,碎玻璃溅到我脱下来的衣服里(我脱下来的衣服随手扔在地上)。我跳下床,冲她大喊大叫,对她无礼的行为表示强烈不满。她也不甘示弱,同样冲着我大喊大叫。我们相互什么绝情的话都说了。

我相信,要不是一个电话,我们同宿舍的日子绝对不会超过一天。我们各自躺在床上互不理睬的时候,电话铃响了,凯英接的电话。我听得出这不是一个好消息。我知道凯英有男友,从凯英的话中我听出男友要与她分手了。虽然她的失恋不是我造成的,但是由于我刚刚与她吵了架,我总觉得心里有些愧疚。我对她产生了同情。毕竟,对于任何女孩子,失恋都是一个难以独自一人跨过去的坎儿。

我坐直身子,关注地看着凯英。只见她放下电话,钻进了被窝,用被子蒙住头。随着一声低沉的呜咽,那被子就抖动起来。压抑的哭声从蒙得严严实实的被子里传出来,把整个屋子灌得满满的,也触动了我心中柔软的地方。我不能无动于衷了。可是我该怎么办呢?我不想走到她身边去安慰她,一来怕她不接受,二来我也有小脾气——我心中对她的气还没有消呢。

我有了一个主意。我起身下床,悄悄地收拾宿舍。我把散乱在桌上的书插进了书架,将她丢在地上的衣服挂进了衣橱,还洗了几双已经放了若干天的臭袜子,接着我拿起了扫帚,认认真真地扫起地来。忽然,我看到凯英正看着我。不知什么时候,她把头从被窝里探了出来。我估计她看着我好久了,只是我非常投入地做事,没有注意到她。她的眼泪已经干了,眼神里透出了惊奇。我打扫完宿舍,走过去,坐在她的床边,拉住了她的手。她的手是温暖的,而过去我一直认为她这样过于理性的人都是冷血动物。我看着她的眼睛。她对我笑了,说:"谢谢。"

凯英和我后来一直都是室友。我们相处得很好。因为通过这件事情,我们得出了一个公式:克己 + 恕人 + 保洁 = 和睦相处。

螺蛳——见证我们的友情

佚名

记得冬日的每天晚上,我和好友秋吟总喜欢手牵着手,有说有笑地从宿舍的八楼慢悠悠地走到对面宿舍底楼的一个小吃店吃螺蛳。感觉螺蛳在手中的温度,看着螺蛳的烟氲和口中呼出的白气融为一体,感觉幸福就是这么简单。友情也就在这种暖暖的温情中升华了……

秋吟是我大学里最好的朋友。刚见到她时总觉得她一副高傲得看不起人的样子,尤其觉得她好像看我不顺眼的样子。而我自己向来也有一个怪癖,也不答理瞧不起我的人。因为两个人的相抵触,我们的话不多,虽然我们同一个宿舍同一个班。

来到大学,没有一个以前认识的好朋友,所以一直都觉得很孤单,很想找个朋友依赖一下。本来一个在同一个班同一个宿舍的人是最好的选择,可是偏偏她这样……而我,又那样……一切都没进展,一切还是无言以对……

一天,很偶然的,我们几乎同时发现我们用的东西有很大的相似之处,尤其是洗刷用品,从牌子到款式都是一样的。我们很惊讶,然后相视而笑,觉得这似乎就是缘分,也许真的是物以类聚,我们的心在慢慢靠近……

之后,我们每天都是一起骑车上学,一起骑车回来。一路上,我们的话题也由大众性的转到私密性的。

八月十五日,中秋月圆之夜,也是我们友谊圆满之夜。当天晚上 12 点,赏月的好时间,我们买了很多好吃的东西,来到宿舍底楼的石桌上边吃东西边聊天,聊了很多很多,说家事谈理想,似乎我们之间总有说不完的话题。后来聊到了螺蛳,说它好好吃哦,可惜今天晚上没买到。

好吃的东西总是魅力无穷,而贪吃的人总是难抵诱惑。第二天,口水都要流到脚底了,我们决定去吃螺蛳,一碗不解馋,再来一碗。之后冬日的每一天我们都准时与螺蛳相约,吃出了螺蛳的好味道,也吃出了我们的好友谊。

放假了,我们回到了家,常常短信联系,当然也不忘说说螺蛳的好吃。我们家的螺蛳煮的味道挺不错的,而她却说她们家的不够辣,没什么味道。我就说你来啊,你来我这我就请你吃,呵呵。每次她总是呵呵地说好啊好啊,然后就盼望开学……

开学后,我们依然不忘常常奔向我们那熟悉的地方,和熟悉的人品尝着熟悉的味道。那时,我们说,以后我们如果有什么矛盾,送一碗螺蛳就要明白哦!

又一学期开学了,没有了往日的激情和兴奋,虽然很高兴与好友见面,但是因为身体状况比较差,所以没有太多的精力。我这样的状态经常影响到她的心情,她还是很关心我,有时候觉得很对不起她,想要买碗螺蛳表达一下歉意,虽然只是一元钱,但我们友谊无价。她也经常陪我去熟悉的地方去散步,希望我快点恢复,真心朋友的关心总会让人感动得想哭。我也希望自己能快快恢复,恢复好身体,恢复往日的快乐。

因为胃不怎么好,不能吃太辣的东西,所以也就不能吃太多的螺蛳,但是我相信,我们的友谊从吃螺蛳时稳固地建起,却不会因吃螺蛳的减少而减少。因为我相信有一种情永不改变,那就是用真诚的心去经营的情。

螺蛳,我们友谊的见证。我们不需要太多的承诺,也不需要太多的誓言,我们需要的是实实在在的关心和爱。这个我们大家都明白,不知道是不是螺蛳帮忙传达的?

我们相信血浓于水的亲情,相信至死不渝的爱情,我们也相信亘古不变的友情。

朋友,愿我们的友情永不变。

汤姆的午餐

李荷卿

加利福尼某中学,有一个班的学生顽劣异常。刚从大学毕业的露茜主动请缨担任班主任。校长问她:"你知道你正在要求的是什么吗? 还没有一位老师能够管得住这个班的学生呢!"露茜坚定地说:"如果你同意的话,请给我一个经受考验的机会。"

于是,第二天早上,露茜就站在了这个班的学生面前。她说:"我知道,想要你们每个人都很优秀,仅靠我一个人的力量是办不到的,必须依靠你们的帮助! 不过,我将允许你们自己制定班规,并将你们的创意写在黑板上。"学生们很兴奋,不一会儿,就列出了十条班规。露茜老师又就"若违反这些班规该如何处治"的问题向学生们征询意见。大个子汤姆站起来说:"如果谁违反了班规,他就应该脱掉衣服,让您在他的后背上打十板!"早已习惯了恶作剧的学生们自然是一呼百应。

接下来的两三天,一切都很平静。但到了第四天中午,大个子汤姆却暴怒了,他的午餐竟被人偷吃了! 露茜老师立刻展开了调查。很快事情水落石出:是小个子汤米偷吃了大个子汤姆的午餐。于是,露茜老师就问他:"你知道会受到什么惩罚吗?"小个子汤米眼含泪花,点了点头。

"你必须脱掉你的外套!"大个子汤姆气势汹汹地命令道。小个子汤米乞求说:"我有错,我愿接受惩罚,但是请不要让我脱掉外套。"没等露茜老师开口,同学们便嚷道,这是班规中规定的,并且异口同声地命令他脱掉外套。没办法,小家伙开始动手解扣子。当他脱下外套的时候,露茜老师看见他没有穿衬衫。更糟糕的是,她看见在那件外套的里面隐藏着的竟然是一个极其虚弱和干瘦的身体!

露茜老师站在讲台上,看着这个脊骨和肋骨都从皮肤底下突出来的后背,她实在不忍心将那根硬硬的木板打在那样一个瘦弱的、而且连一件衬衫也没有穿的后背上。但是,她知道她必须执行对他的惩罚,否则,孩子们今后将不再去遵守那些班规。因此,她狠了狠心,扬起了手中的木板。

就在这时,原本气急败坏的大个子汤姆再次从座位上站了起来,他问老师:"班规里有没有说别人不能替犯错者挨打?"露茜老师想了一想,说:"没有。"

大个子汤姆说:"那好,我愿意替汤米接受惩罚。"说着,他脱掉了外衣,冲老师弯下腰来。

露茜老师心里百味杂陈,但她还是将木板打在了那个结实的后背上。一下,一下……教室里寂静得只能听到木板发出的"叭叭"声。尽管露茜老师竭力控制着自己打下去的力气,但打到第五下的时候,那根旧木板突然从中间断成了两截。

露茜老师再也忍不住了,把脸埋进她的手掌心里,开始哭泣。哭着哭着,她听到教室里一阵骚乱,就抬起头去看,发现她的所有学生都在用手抹眼泪,而且她的面前竟然多了几个脱掉了上衣的后背!

这时候,小个子汤米已经从讲台上转过身来了。他伸手搂住了大个子汤姆的脖子,正在为他偷他的午餐向他道歉,恳求大个子汤姆原谅他。他告诉大个子汤姆,他会永远爱他,爱班级里的每一个人……

"你们都是好样的!"露茜老师显然被眼前一幕感动了,"从今天这件事上我发现,我们的每个同学都是优秀的,我们的班级也很快会跻入优秀之列。因为我从你们的眼睛里捕捉到了爱的光芒,发现你们每个人的心底都埋藏着一块用关爱与善良铸造的金子!"

全班同学都含着热泪鼓起掌来,露茜老师欣慰地笑了。

凯尔的故事

[阿根廷]何塞·罗德里格斯

我还是一名中学生的时候,发生了一件难忘的小事。

那是一个星期五,我在放学回家的路上看到了一个名叫凯尔的同学,凯尔刚转到我们班上。他手中抱着一摞厚厚的书。我想:"为什么要把所有的书都带回家呢? 他一定是个书呆子。"我周末可要玩个痛快——参加聚会,然后和几个朋友去踢球。

我耸耸肩继续往前走。这时,我突然看到,一大帮孩子故意把凯尔手中的书打翻在地,还有人在他脚下使了个绊儿。他随即倒地。

凯尔的眼镜飞了出去，他抬起头看了看，我从他眼中读出了痛苦的神情，我的心随之一紧，然后朝他跑去。他趴在地上摸索着找眼镜。我把眼镜递到他手中。他向我道谢，脸上浮现出了笑容，那是发自肺腑的感激的笑容。

我得知，原来我们住的地方相距不远。于是，我们结伴回了家。我觉得他这个人不错，就问他是否有兴趣周六一起去踢球，他欣然同意了。

整个周末我们都混在一起，他给我和朋友们留下了非常好的印象。

周一又到了，上学的路上，我又看到了怀抱一摞书的凯尔。

此后，我和凯尔成了最好的朋友。

多年后，凯尔特别邀请我去参加他的大学毕业典礼。他在致辞中说："毕业典礼是对帮助过我们的人表达谢意的最好时刻。我要借这个机会，感谢我最好的朋友。"

接着，他开始讲我们认识的故事，我惊讶得睁大了眼睛。直到那天我才知道：多年前的那个周末，他原本是打算自杀的！他说自己已整理好了学校的柜子，并把所有的书都抱回了家，这样，妈妈在他死后就不必特意到学校去整理他的遗物。说到这里，他看着坐在台下的我，脸上展现出笑容。他接着说："然而，我很幸运，是我的朋友把我从死亡的边缘拉了回来。"

那一刻，我才真正理解了他的话："永远不要低估你的行为能够产生的力量，你一个小小的举动就可能改变另一个人的命运。上天让我们每个人都要面对另一个生命，让我们以某种方式去影响另一个生命。"

有人乐于用自己的快乐和爱心去照亮他人的生命，这样做永远都是值得的。当我们的翅膀折断、无力飞翔时，身边的朋友就是把我们拥入怀中的天使。

我们每个人的一生，都有过这样的时刻：受惠于身边的天使，或自己在充当着天使施惠于他人。无论充当什么样的角色，都不要忘记——永远心存感激之心。

曾经同桌的你

三六

猫眼是我新转学的同桌，至于为什么叫他猫眼，说实在的，我也不大清楚。或许他眼睛像猫眼，但看他长得敦敦实实的样子，我不觉又为自己的瞎想可笑。

猫眼很会关心人，我不会算的题，他总主动给我讲；跟他一组劳动，他几乎每次都把活独揽了。交猫眼这样的朋友，我还真有种幸福感。

最让我感动的是我生日的那天早晨，猫眼竟送我一个"大花猫"，当然不是真的，是布做的玩偶。顿时一份感动涌上心头，从此，我把猫眼当成了最要好的异性朋友。

但一件小事，却改变了我的看法。一天，我和猫眼放学回家，正遇一匹惊马奔来，猫眼吓得抱头就跑，全然不管吓呆的我。若不是一位老大爷把我拽到道旁，保不准会发生什么。猫眼过来找我时，我还未从惊骇中醒来。一甩袖子，掉头就走。

回到家，我一屁股坐到床沿，头趴在了桌边，直到妈妈叫我吃饭，我依然转不过那股劲来。抬头时，"大花猫"正坐在冰箱上瞅我。瞬间我冲动地一把抓起它，扔出窗外……

从此，我不再理猫眼。

再有不会的题，我宁愿问后面的王梅，也不愿理他。几次，我看出他的尴尬，但面对他的搭讪，我回以沉默。暑假前，猫眼轻轻地推过一张字条：能原谅我吗？我一直非常珍视我们的友谊！

一股酸酸的感觉涌上心头，但倔强的我，却装着满不在乎的样子，把字条顺窗扔出。后面传来王梅的呼唤，回头的一刻，我发现猫眼双眼晶亮晶亮的。瞬间，我有一种想哭的感觉。

假期，我没见到猫眼，感觉怪怪的……

开学了,我的同桌换了新同学,原来猫眼转学了。至于转到哪儿,没人知道。直到这时我才感到其实猫眼在我心中一直是一个忘不掉的名字。

于是我问王梅,他为什么叫猫眼。王梅说:一次,他被一个坏孩子打了个乌眼青,他竟没还一下手。同学们就开始叫他猫眼。

原来这样,但现在我却找不到猫眼了。或许每个人都有自身的缺点和不足,但面对猫眼,我却再没给他机会。那天,我流泪了。

于是我把猫眼的本名告诉读者,如果有一天你们碰见一个叫许桓才的男孩,别忘了替我道声歉,其实在内心深处,我一直很在乎他——曾经同桌的你!

沉默是金

秦文君

他念初三,隔着窄窄的过道,同排坐着一个女生,她的名字非常特别,叫冷月。冷月是个任性的女孩,白衣素裙,下巴抬得高高的,有点拒人千里。

冷月轻易不同人交往,有一次他将书包甩上肩时动作过火了,把她漂亮的铅笔盒打落在地,她拧起眉毛望着不知所措的他,但终于抿着嘴没说一句不中听的话。

他对她的沉默心存感激。

不久,冷月住院了,据说她患了肺炎。男生看着过道那边的空座位上的纸屑,便悄悄地捡去扔了。

男生的父亲是肿瘤医院的主治医生,有一天回来就问儿子认不认识一个叫冷月的女孩,还说她得了不治之症,连手术都无法做了,唯有等待,等待那最可怕的结局。

以后,男生每天都把冷月的空座位擦拭一遍,但他没有对任何人吐露这件事。

三个月后,冷月来上学了,仍是白衣素裙,又是脸色苍白。班里没有人知道真相,连冷月本人也以为诊断书上仅仅写着肺炎。她患的是绝症,而她又是一个忧郁脆弱的女孩,她的父母把她送回学校,是为了让她安然度过最后的日子。

男生变了,她常常主动与冷月说话,在她脸色格外苍白时为她打来热水;在她偶尔唱一支歌时为她热烈鼓掌;还有一次,听说她生日,她买来贺卡动员全班同学在卡上签名。

大家纷纷议论,相互挤眉弄眼说他是冷月最忠实的骑士,冷月得知后躲着他。可他一如既往,缄口为贵,没有向任何人吐露一点风声,因为那消息若是传到冷月耳里,准是杀伤力很大的一把利刃。

这期间,冷月高烧过几次,忽而住院,忽而来学校,但她的座位始终被擦拭得一尘不染,大家渐渐已习惯了他对冷月异乎寻常的关切以及温情。

直到有一天,奇迹发生了。冷月体内的癌细胞突然找不到了,医生给他新开了痊愈的诊断,说是高烧在非常偶然的情况下会杀伤癌细胞,这种概率也许是十万分之一,纯属奇迹。这时,冷月才知道发生的一切,才知道邻桌的他竟是她主治医生的儿子。

冷月给男生写了一张纸条,只有六个字:谢谢你的沉默。男生没有回条子,他想起了以前那件小事上她的沉默……

美丽的谎言

王伶俐

高三那年,好友相聚话别。草草杯盘共笑语,昏昏灯火话平生。说不完的豪言壮语,道不尽的离愁别绪。曾年少轻狂的我们,那一刻笑得好开心,竟掉下了泪……

我们约定了种种联系和相聚的方式,其间好友恒建议元旦时不互寄贺卡,以示我们的清高,以表我们不媚俗从众。我听后便把头埋得很深,沉默不语。这一直是我最不愿谈的话题。

自从爸爸因车祸花去了大笔的药费,我和妹妹的学费便成了父母每日劳作但有时仍入不敷出的负担。此后,每逢元旦前夕的那些日子我就似度日如年般的难捱。纵是我节衣缩食,单买贺卡的那笔不大也不小的开支,也足令我愁肠百结,焦虑万分。何况又身置一个重视"礼尚往来"的社会,那些日子,我简直是谈"卡"色变。而今,贺卡的档次也是突飞猛进,更是令人"可远观而不可玩焉"。

大家纷纷发言,各抒己见。慧更是慷慨陈词:"我赞同恒的意见,我们就要成为大学生了,应有自己最独特的方式,这些天真、幼稚甚至是俗气的形式主义,将会被我们所摒弃。"……

每个人都发表了意见,最后一致通过元旦不寄贺卡。我如释重负般地松了口气,暗自庆幸我的这些朋友居然无意这是替我解决了一大难题。那天,我们洒泪分别后便天各一方。

时间在静如流水的生活中飞逝。转眼佳节将至,想起当初的约定,看着街上形状各异的贺卡,心中没有负担,倒显得轻松自如。圣诞节前,大学的室友们便开始收到朋友寄来的贺卡,看着她们兴高采烈的样子,一种不平衡的感觉在我心中油然而生。难道在这个热闹的季节里,单把我一人留在这个被人遗忘的清冷角落吗?我面无表情地坐在一边,心中有种怅然若失的感觉。

今天便是元旦了,室友们都出去玩了。我独坐在阳台上,呆呆地望着远方,心乱如麻。猛然间,我的第六感觉告诉我有人在叫我,回过头,生活委员把一摞厚厚的信放到我的手中:"新年快乐!"我愣住了,一脸的茫然,继而是一阵狂喜。看着上面熟悉的字体,幽默的话语,亲切的问候,我说不出话来。每拆开一封信,就有一股温馨的气息扑面而来,眼前就会浮现出一张张熟悉的笑脸,就会再一次加重我眼角的润湿……我的手颤抖着,竟无语凝噎。仔细看着信封上的邮戳竟都是同一天,她们计算着刚好在元旦这天收到,让我身处"绝境",不留丝毫礼尚往来的回旋余地,霎时间,我明白了,当初的约定……

我泪流满面地笑了。其实从约定的那一刻起,我就应明白这本是一个美丽的谎言。而那时人实在是太"聪明"了。忽然我想起了那句诗:"眼中有泪,心中才有彩虹……"

睡在我下铺的兄弟

阿湘

这是一个令我难以启齿的故事,故事里面有一个令人难以忘怀的人。

小时候,我有尿床的毛病。为此,没少挨父母的打骂,有时甚至被罚站在屋中央熬过隆冬的漫漫长夜。苦恼而又羞愧的是,这毛病一直持续到我读高中的那一年。

1979年的秋天,我考上县一中。入学时,同村先一年进校的伙伴为我占了一张靠窗的上铺。当时,对一个山里孩子来说,县城里好奇又新鲜的东西很多,就连学校里上下双层床铺都觉得有趣,睡起来特别香,自己尿床的毛病早已置之脑后。

记得第一个学期冬天的一个晚上,天气十分寒冷,北风呜呜地吹打着窗户。午夜时分,梦中的我,径直走入厕所放肆地排泄起来,不待尿完,便猛地惊醒了,伸手一摸,我的天!床铺湿了一大片,仔细倾听,尿液还一滴滴地往下铺滴。睡下铺的尹成同学却毫无感觉。黑暗中,我羞愧难当,想到明天早上被同学们知道当作新闻传播时的情景,我心里又急又恨,真想这个耻辱的夜晚永远不再迎来黎明。

辗转反侧、焦虑不安中,曙光还是来临了。学校起床的铃声骤然响起,沉寂的寝室一下子变得热闹起来。"哎唷!"下铺的尹成同学一声惊叫。"怎么啦!"几位邻床同学不禁问道。此时,我惭愧极了,将头深深埋进被窝里,心里暗暗叫苦:"完了,等着两个班几十位同学的耻笑和奚落吧!"

　　然而,事情却出乎意料。只听尹成同学回答:"没什么,老鼠将我的袜子叼到床底下去了。"几句笑话过后,同学们便各自忙着穿衣、洗漱、整理床铺去了。

　　此时,我如释重负,心里对尹成的感激无以名状,但我仍然不好意思起床。直到早操铃声再次响起,尹成问我:"还不起床? 要做操了。"我用被子蒙着头瓮声瓮气地回答:"不舒服。"

　　待寝室的同学都出去以后,我趁机探头朝下铺一望,只见尹成的被单早已拆下泡在桶里。就在我犹犹豫豫坐起来准备起床时,同学们已下了早操,我只得赶紧又躺下。这时,只见班主任和尹成从门口走了进来。

　　糟了,难道说尹成向班主任汇报啦? 好吧,干脆闭上眼等着难堪吧!

　　"阿湘,好点了吗?"班主任伸手摸着我的额头温和地问。我一阵惊异,只得"嗯嗯"地点点头。接着,班主任又对尹成说:"等会儿你陪阿湘到校医务室看看,有什么情况报告我。"此时,不知为什么,我的鼻腔一酸,眼泪不争气地涌出来,是羞愧,是难过,也是感激。

　　事后我才得知,做早操时班主任清点人数,是尹成为我请了假,说我生病了。肖东同学也在一旁证实了。

　　从那天起,我和尹成调换了床位。说来也怪,此后,尿床的事再也没有发生过,而且,我和尹成同学成了非常好的朋友。高中三年我们没有闹过任何别扭。我尿床的丑事也没有第三人知道。我在同学们面前始终以一个健康、优秀的面貌出现,保持了做人的自尊和自信。

　　转眼十多年过去了,我早已和尹成同学失去了联系。然而每当想起那件尴尬的往事,一股温暖和感动之情便油然而生。我真想再次见到这位善良宽厚的同学,尽管说声谢谢已经显得有些多余,但我知道,今生今世我会把这份情谊深深地藏在心中……

迟到的还款

佚名

　　我读师范的时候,同宿舍有一位同学姓赖,因为有人说他经常向同学借钱不还,所以被同学们称作"赖皮"。

　　我是读二年级的时候,分到和赖皮同一个宿舍的。赖皮在我的印象里学习还不错,为人也很热心,遇到我头疼的数学题,他总会出现在我的身边,耐心地帮我讲解,直到我听懂为止。所以同学们虽然不太喜欢他,但我还是爱和他待在一起。

　　一个月后,有一天,我和赖皮在一块做数学题。做完后,赖皮叹了口气。我问:"赖皮,你叹什么气啊? 有什么困难可以和我说说。"他看了看我,欲言又止,我看他的表情觉得很怪,就说他:"赖皮,你这样可不对。我不管别人怎么看你,但我是你的好兄弟。咱是好哥们儿。"

　　赖皮看了看我,说:"算了,没有事,真没有事!"我看得出赖皮肯定是遇上什么麻烦了,试探地问他:"没钱用了吗?"他不好意思地点点头。我虽然听到同学们对赖皮不好的议论,但凭着我对他的了解,我觉得赖皮不是那种欠钱不还的人。

　　我爽快地问:"你要多少钱? 我可以先借给你,但两个月后,你必须还我。"赖皮不好意思地说:"三百有吗?"我说:"行,我借你。"赖皮信誓旦旦地说:"好,两个月后,我一定还你。"就这样,第一次我借了三百元给赖皮。

　　时间过得很快,转眼两个月就要过去了,而赖皮丝毫没有半点要还钱的样子。我可等不住了,因为我只剩下一百元,也就是说不久我也要断粮了。于是,我和赖皮在一起玩的时候,我就故意说:"唉,赖皮,我恨不得能早点毕业,不然要天天盼老爹给寄生活费。你看,我现在只剩一百了,我都不知怎么活!"言下之意是催他还钱,可是赖皮听后却没有一点反应,他只是淡淡地说:"是呀,我也巴不得早点毕业,早点拿工资,给家里减轻点负担。"他根本就不提还钱的事情。现在,我才真的是后悔，看来同学们说的事并非子虚乌有。

我这个人好面子，不会直接开口向他要，况且借钱的时候，我就声明我俩是好兄弟、好朋友，在学习上，赖皮也帮了我不少的忙，总不至于为了这区区三百元，和他翻脸吧。所以我忍气吞声，只好对父母撒了个谎，说学校要求买套西装，叫家里再寄三百生活费给我。

虽然我俩之间出现了这样不愉快的事情，但我和赖皮还是继续交往着，因为我需要他教我做数学作业。

一年后，我们马上就要面临毕业。有一天，赖皮找到我，他低声吞吞吐吐地对我说："你……能不能……借点钱给我？"我很鄙视地看了他一眼，没有回答。只听他说："你要相信我，这一次我一定会还你的，包括上回的钱。"我淡淡地问了句："你要多少？""两百吧？就两百，行吗？"在那个年代，两百对我来说是笔大数目，况且我对上回的事一直耿耿于怀。

我冷冷地说："我真没有那么多，只能借你五十，要吗？"他显得有些失望，但马上又恢复了表情："好吧，五十就五十，够我照相了。"其实我掏出五十元钱的时候，很心疼，因为我知道这五十元钱是肉包子打狗——有去无回了。

我想得没有错，直到师范毕业，赖皮也没有还我那三百五十元钱，不仅没有还，提都没有提过。开始时我曾心痛过，但后来也就将这事慢慢淡忘了。光阴荏苒，流年似水，不知不觉间我参加工作已经有八个年头了，赖皮和我渐渐失去了联系，听人说他辞职去了广东。

赖皮的模样差不多要从我的记忆中彻底地抹去的时候，他却再一次出现在我的生活中。那是个周末，小区里停了辆黑色小车。赖皮从车上下来，他找到我家，虽然他变胖了，打扮成一副老板的模样，但我一眼就认出他来。看样子，他在广东是发了财。

进屋后，他和我热情地攀谈起来，他说："我今天是来还钱的。""还钱？"我吃惊地瞪大了眼睛。他微笑着从黑色公文包里掏出一本日记，他翻开日记，我惊呆了，里面竟然详细地记录着他向别人借的一笔笔钱，包括时间、地点、名字、数目，记得密密麻麻，清清楚楚。

赖皮翻到其中的一页，对我说："当年，我向你一共借了两笔钱，一笔是三百，第二笔是五十元，没错吧？"我笑着说："不就三百来块钱吗？再说都这么多年了，谁还会在乎这个？""不！欠债还钱，天经地义，当年，我说过一定会还的！"赖皮认真地说。接着，他从皮包中点了七张百元大钞给我，他说："我是按两倍的利息支付的。你一定要收下，不然我完不成自己的心愿。"

后来，赖皮给我讲了他的故事：他父亲为了供他念师范，跟着工人去山上打石头，结果不小心被石头砸断了双腿，从此家里没有了经济来源。为了读书，赖皮和母亲一次次向别人借钱，但借的多了，根本还不起，但他不想半途而废，厚着脸皮到处借钱，到处遭受人家的白眼。

暑假时，他就到处去打工，给自己攒学费、生活费。那些年，他没少吃苦，因为向别人借钱，总要忍受别人的羞辱和鄙视。毕业后，本以为日子会好过点，可父亲实在不愿拖累这个家，服毒自杀了。这件事给他的打击很大，所以他发誓要活出个人样来，索性辞职去了广东。无论生活如何辛苦，他心中都有一个信念：要把欠别人的钱还上。

我被赖皮的故事深深感动了，震撼了。

难忘的同桌

佚名

刘芯是我高中的一个同桌，也是我最难忘的一个同桌。

刘芯并不是和大家一样在新生报到时一起来学校的，她是开学过了差不多一周才来。那天天气很好，有大片阳光照进教室里。班主任带着她走进教室，在讲台边上老师向大家介绍她，说："同学们，这是我们的新同学，刘芯。大家欢迎她。"

教室里响起一阵雷鸣般的掌声，我抬头望过去，那是一个个子不算高大的女孩子，梳着马尾，穿一件颜色并不鲜艳的衬衫。她的皮肤不白，准确来说是有些黑的，是健康的小麦色，没有城市里孩子们的那种白。我看得出她眼神里的闪躲，我想此刻的她是紧张的。

班主任往下看看，就指着我身边的空位对她说："就先坐那吧。"就这样，她提着自己的书包，做到了我的旁边，成了我的同桌。

刘芯很安静，是个典型的书呆子，大部分的时间都趴在书桌上写写画画。同桌一个月时，我们之间最多的对话仅仅停留在"我出去下""好"这样的对白。一天，我把一支不大好写的笔扔在一边，不打算用了。那支笔不小心掉在了地上，我没有注意，刘芯捡起来，说："给你的笔。"我随口说："这个我不要了，不好写。"她看着我皱着眉说："还可以写，里面的笔芯水还多着呢。"我看着她，不知道怎么解释，就又收进了笔袋里。

每天的吃饭时间是大家最期待的时光，我也不例外。每天的最后一节课快要下课时，就在想今天要吃什么。因为打饭的人很多，要排在前面才能吃到自己想吃的，所以大家都是一下课就冲出教室。

可是，刘芯每次都不紧不慢，似乎没有什么是她想吃的。有一次，我发现她在吃馒头，菜只是家里带来的咸菜。后来，我开始注意她，原来她每顿都是一个馒头一碗白粥，再配着自己的咸菜。那时候，一个馒头两毛，一碗白粥一毛，一天三顿，一个月就按三十天算，她一个月的生活费就只用九十元，还不到一百。我当时就想，生活费不知拿去干什么了，让自己伙食这么差，何必呢？

有一天，我去老师办公室拿东西。偶然和班主任聊起来，老师说，刘芯家在乡下，很困难。本来家里不打算让她读书了，可是她坚持要继续读书。家里没有那么多的钱，她就说自己可以负担自己的生活费。家里也没有办法，就把她送来了，所以她来得比较晚。她的学费是她弟弟当学徒的工资，生活费是她暑假打工自己挣的。她妈妈有病，长年躺在床上，家里只有爸爸一个人外出打工维持全家的生计，她挺不容易的。

听了老师的话，我心里惭愧极了，自己还那么看不起刘芯，误会她把钱花到了不该花的地方。后来，我终于看不过去她每天都是那样的饭菜，就打菜给她吃，"你每天都吃这些不行啊，正是长身体的时候，要补充营养。"

她笑着摇摇头，说："不用了，我习惯这样吃。吃好的，反而不习惯。谢谢你。你看，我不是壮得很！"说完，她挥起自己的胳膊示意我看。

看着这个倔犟的女孩子，我突然觉得心疼。

刘芯是个十分要强的女孩子。她的大部分时间都用在学习上。她第一次月考就考了全班第一，可是她对自己并不满意，她说下次一定要考到年级第一。她并不是说大话的孩子，接下来的日子她更加刻苦地学习。在下一次的考试中果然考了年级第一，在后来的各种考试中，她也是一直名列前茅。

我是那种对学习不在乎的孩子，成绩的好与坏对我并没有什么影响。她常常教育我要好好学习，要对自己负责任。我成绩不如她好，但也说得过去。可是由于我这种无所谓的态度导致我在一次考试中成绩大幅度下降，老师找我谈话，父母也为我着急。我难过得不知道怎么办。那天在上自习课，她小声对我说："你哪些题目不会？我们可以一起讨论一下。"她说的讨论，最后变成她给我补课。惜时如金的她，每天都会抽出一个小时的时间给我补习。我地理尤其薄弱，对于那些地方时、黄赤交角的问题总是搞不通。每次她给我讲时都好吃力，有的题目甚至都要讲好几遍。为了让我更好地理解，她还用废弃的纸做了一个地球的模型，这样就能很直观地看问题。虽然我有时候反应很慢，但她从来没有烦躁过，一直都耐心地帮助我。没过多久，我明显感到自己学习轻松了许多。我向她道谢，她说都是我努力的结果。是她让我明白了学习的重要性，让我清楚了自己的责任，她让我开始去思考自己的方向和梦想。就这样，我们慢慢成为了很好的朋友，我一直很珍惜这段友情。

书架下的书

佚名

韩坤是我的小学同学，他憨厚老实，上课也不怎么爱发言，成绩中等，是个很淳朴很善良的男孩。我活泼机灵，脑子好使，上课爱发言，很受老师喜欢，成绩一直很不错。

从一年级到三年级，我和韩坤像两个陌生人，很少交流，很少玩耍，直到四年级第一学期开学那天。

那天，学校为每个班级配备了一个书架，上面放了好多故事书，听老师说是市里好多好心人捐助的。乡村孩子们第一次见到书架，第一次见到这么多好看的书，别提多兴奋了。我们每天课余时间可以每人捧一本故事书津津有味地阅读，徜徉在知识的海洋里。

在书架的最上面，有一本厚厚的故事书《鲁西西奇思妙想世界》。当我看第一页的时候就深深地被吸引了。正当我如饥似渴地看着书时，放学铃声响了，我只好不舍地把书放到书架上。同学们也陆续将书放回，三五成群高兴地离开教室。

那天我值日，留在最后把黑板擦了，收拾好书包刚要回家，我抬头看见书架上那本鲜红的书。顿时，一个大胆的想法涌上心头，我紧张地踮起脚，做贼似的将那本书藏在书包里。教室里安静得只能听到我"怦怦"的心跳声，来不及多想，赶紧逃也似的离开教室，快速回家。

那时的我绝没有占有此书的想法，只是想带回家仔细地看。因为学校有规定，书架上的书必须放在教室里阅读，都不能带出校园，否则视为偷窃。

我逃也似的跑出校园，在校门口一跃，跳过一个台阶。乐极生悲，那本书从书包里蹦了出来，"啪"的一声掉在地上。这时韩坤刚走出校门口，看见掉在地上的书。那本书很厚，封皮鲜艳，他一眼就看出是书架上的书。

我赶紧去拾起，自欺欺人地想，时间这么短，他一定没看见刚才这一幕。我怀里像揣着七八只小兔子，心"突突"地跳个不停。

晚上，躲在被窝里，我将那厚厚的一本书看了一多半。实在困极了，才迷迷糊糊睡去，连灯也没有关。第二天我睡过了头，等母亲将我叫醒，已经迟到了。我赶紧跑向学校，匆忙间没有拿那本书。

到了学校，教室里静悄悄的，老师正在来回踱步，眼神犀利地盯着每一位同学，不知道发生什么事了。我歉意地喊了声："报告！"

老师让我进来，并没有责问我为何迟到，而是继续在教室里来回走。

"书刚到咱们班两三天，就少了一本。你们也太胆大了。"老师正在生气，是书架上少了一本书。我脑袋"嗡"地大了，忽然想起自己把它放在家了，而学校是不容许带到家的。看着老师威严的双眼，我低下头，不敢承认，和同学们一起沉默着。

忽然，我想起来昨天韩坤看见了，他会不会向老师……那我岂不是成了人人唾骂的贼？一上午我没听进去老师一句话，满脑子都是事情败露后的可怕后果。

下午上课，我将那本书塞进书包，却没有机会将它放进书架。我急得像热锅上的蚂蚁，不知道该怎么办。第二节是体育课，同学们在室外集合，我悄悄回到教室，想他书放回原处。刚要出门，韩坤进来了，他看见那本书后，轻轻摇摇头，将书取下，从后面塞到书架底下。

下午放学，韩坤和几个同学值日扫地，当他打扫到书架旁边时，"意外"地发现了书架底下的书。他和伙伴们立刻将消息告诉了班主任。

第二天，班主任首先向同学们道歉，说自己昨天不该怀疑大家，原来书掉在书架底下的夹缝里了。

我偷偷瞥了一眼韩坤，他调皮地朝我做了个鬼脸……

同桌情

佚名

刚进初中的时候我的成绩很好,尽管个子很高,还是被安排在了第三排的位置。

可是后来成绩下降,老师就按个子的大小把我安排在最后一排的位置上。这样我就和所谓的差生郭成坐在一起,成了同桌。虽说我的成绩下降了,但还在中上游,所以对这种倒数第几的差生还是有偏见的。新同桌郭成很幽默,经常在课间会把周围同学逗得哈哈大笑。他人缘很好,有很多朋友,好多同学都喜欢和他一起玩。可是,我觉得他除了会讲俏皮话,说一些虚伪的故意讨好别人,没什么了不起的,真不明白为什么那么多同学喜欢他。和他做同桌,他平时也总爱说那些让人听了很舒服的话,但是我就只是听听,从没放在心上。其实那时候是有点看不起他的,觉得他是一个太过肤浅的人。接下来的日子,大多数日子是平平淡淡的。但也有吵架的时候。有一次,我们吵得很凶,原因忘记了,只记得我把他的书全部扔到地上,他也照做,结果我们整整一个星期都没有讲话。但,毕竟是同桌,渐渐我们对彼此有了了解,我对他也有了新的认识。

他很聪明,只是平时贪玩。考试快到的时候他会叫我帮他补课,我当时就觉得奇怪——他也开始学习了?他学习很快,就算平时没有认真听课,我讲一下他就明白了。从他对待学习的态度,我看出其实他是有学好知识的想法的,不想成绩一直在最后面。

他很义气,这就是他有很多朋友的原因,不只因为他会逗别人笑。幽默确实成了他的一张名片,班上有谁哭了,都会找他去帮忙找笑声。不过说来也怪,不管什么类型难过的人,听了他的话都会破涕为笑。我一直问他是不是有什么特殊功能,他总是自恋地说:"也不看看我是谁!"接着就是我声声鄙夷的"哼",然后两个人就相互大笑起来。

能做他的同桌,也是一件挺幸运的事儿。他乐于助人,经常帮同学们做一些自己能做到的事情。记得有一次上晚自习,数学老师来给我们补课,她写了很多题目要我们抄下来做。这时,我发现自己的眼镜找不到了,忽然想起来是刚才吃晚饭的时候放在饭桌上,忘记带回来了。我看着黑板上模糊的字,困难地抄着。郭成见我这样子,就问:"你的眼镜呢?怎么不戴?这样多费劲。"

我白了他一眼,没好气地说:"你以为我愿意啊,要不是放到食堂忘记拿了,我才不会受这份罪呢!"

他看着黑板,突然拿出一张作业纸,抄起了题目。他转过头来说:"我先写,你抄我的吧。"

他的口气淡淡的,算起来他好久都没有写作业了,今天为了我居然主动写作业,心里顿时就暖暖的。他的字挺丑的,可是为了让我看得清,他一笔一画地写,字虽然算不上好看,却很工整。我就抄着他写的题目准时完成了作业。

一下课,他就很快冲出了教室。我刚开始以为他着急去厕所,还在笑他像个小孩子。课间十分钟很短,他到上课还没有回来。上课时间过了五分钟他才出现在教室门口,老师问:"你去哪儿了?怎么迟到了?"他捂着肚子说:"老师,我肚子疼,拉肚子。"他那表情和话逗得全班都笑了,老师没办法只好让他回到了座位。我的笑还没停,"你上节课不是还好好的,怎么就拉肚子了?"

他没有马上应我,从衣兜里拿出了一副眼镜。我定睛一看,就是我的眼镜。我好奇地问:"怎么我的眼镜在你那儿啊?!"

"你傻了吗?当然是我去拿的了。"他无奈地说。

"也就是说你下课不是去厕所了,是去食堂帮我拿眼镜了,你也没有肚子疼。"我一口气说。

"对的,你终于明白过来了。真笨!"他小声笑我。

"可是食堂那么远,你怎么这么快就回来了呀。"我还是不依不饶。

"我用跑的呀。你不看看我是谁!"他又说出这句自恋的话。

看着他涨红的脸和额头上的汗珠，我这一刻觉得，有这么一个同桌真好。因为食堂太远，我本来是想放学去拿的，没想到他却提前帮我拿回来了。

很快就要中考了，初三下学期，他因为学习成绩差被老师劝退了。从此后我就再也没有见过他，但是他的那些品质一直都被我记在心里。

补考

佚名

大一那年寒假，临近春节的时候，我接到了辅导员的通知，说我有一门专业课计算机 VB 在期末考试中没有及格，只有五十几分，需要提前几天返校参加学校举行的补考。挂掉了辅导员的电话，我苦恼极了。要提前回学校去考试，重要的是这多丢脸啊。我不敢跟爸爸妈妈说，他们为我付出了这么多，希望我好好学习，我居然还考试不及格，他们知道一定要气坏了。

这个年是没有过好，我一直担心着补考的事。而且我也没有带课本回家，没有复习，还得在补考前几天回学校复习。这样算下来，我假期也没剩几天了。过了初六，离开学还有一个星期我就返校了。我要好好地复习一下，要不补考再不过，挂科了，不但要交重修费，更丢人。

到了学校，顿时就觉得很冷清，没有平时的热闹。我把行李放到宿舍，收拾好了就开始复习。但是看着学校里这稀稀落落的几个人，想到大家还在家里舒舒服服地过年，心里就不是滋味，自然也就没有心情读书。

晚上，用手机上 QQ，看到舍友在线，就和他抱怨起学校的情况和我焦躁的心情。他也是很无奈，只能尽力安慰我。

在校的第二天，心情好了一些，也正式开始复习了，到晚上天刚黑的时候，宿舍的门突然被推开了，我刚开始以为是别的同学来借东西呢。可是一转身，就看到了舍友，而且是三个舍友在一起。我惊喜又奇怪，迫不及待地问："你们怎么来了？！"

其中两个说也是来补考，另外一个说："我看你们都来补考，自己一个人在家不大厚道，就过来陪你们奋战了！"说着，他们都把行李拎进屋子。宿舍里一下子热闹了，不再是我一个人，我别提多开心了。

这下终于有人有人做伴儿了，我以为就我一个人有补考呢。白天，我们马上开始投入到复习之中。虽然我们考的不是同样的科目，但都是理科生。我不会的也可以和他们交流，就这样大家互相学习，互相帮助，愉快得复习着。我很高兴能有三个舍友的陪伴，不然我肯定不能静下心来认真复习。

补考的日子终于来了。前一天的晚上我们没有再学习，很早就睡了，为明早的考试保存精力和体力。早上八点考试，我们 7 点就起床了，一起吃了饭，就奔赴各自的考场。他们为我鼓劲加油，我也要他们好好发挥。考场上很安静，补考的人并不多。我翻开老师发的试卷，看到题目，我兴奋极了。那些题目我几乎都复习到了，这次一定不会不及格了。我在试卷上飞快地写着，想着这几天的努力终究没有白费。只用了半个多小时，我就答完了试卷，在检查了一遍确认没有失误后，我自信地交了考卷。

从考场走出来，我看到三个舍友在门外等我。我看见那两个也补考的舍友问："你们也这么早就答完了，考得怎么样？"

他们两个看着另外一个舍友，三个人都笑了，其中一个舍友说："其实他们两个根本没有补考。你哪天不是发 QQ 消息跟我说状态不好吗？我们几个后来商量了一下，就决定也过来帮你一起复习，反正在家也没什么事儿，就都来了。你这也不热闹嘛？！哎，对了，考得怎么样？"

听了他的话，我有些发愣。他们急了，说："我们没有说实话，你不该是生气了吧？！"

我的眼睛那时就潮湿了,但我控制了自己的情绪,打趣道:"那题目太简单了,要不这么早就能出来啊。我一大男生,哪那么容易生气? 走了,哥我今天心情好,去吃饭!"

他们三个,我亲爱的舍友放弃在家和家人一起过年,来学校陪我学习,真的出乎我的意料。在我难过无助的时候,是他们伸出了友情的手,温暖了我的心。

毕业很多年了,我和舍友们都没有在同一个城市,但是我们会经常相互联系,每一年都会聚会一次。我们的友情并没有随着毕业就流逝。我想,这就是真正的友谊吧,不会败给时间这个杀手。

我亲爱的亲人

佚名

那年夏天,我到离家很远的城市去读高中,和我一起去的还有同一个县城的吴可可。虽说我们是一个地方来的,可是在此之前彼此都不认识。我们被分配到了同一个宿舍,那天我们用了好长时间才收拾好行李。看着对方红扑扑的脸和额头的汗水,我们相视一笑,新生活就这样开始了。

"走吧,我们去吃饭!"她伸出手牵着我往外走。

我们同宿舍、同班,又是老乡,很自然地就成了亲密的朋友,一起上学放学,一起吃饭,一起玩乐。也许是经常在一起,居然有人问我们是不是双胞胎。刚开始我们以为是大家的一个玩笑,谁知道后来问的人越来越多。

我们都觉得奇怪又搞笑,一个瘦一个胖,一个长头发、一个短头发,怎么会像呢? 回到宿舍拿出镜子照,比较了老半天,脸上哪哪都不像,接着两个人又是大笑。我想,也许是我们都爱笑吧,所以大家觉得我们相似。不过,这感觉挺棒的,这个世界上有另一个我的存在。

我是个大大咧咧的女孩子,自己的东西总是到处乱放,经常找不到。可可为这个不知道提醒我多少次了,可我就是不放在心上。这天我急着回宿舍洗头发就匆匆离开教室,洗完头发从水房出来习惯性地摸摸口袋,呀! 手机没在,赶紧到宿舍把书包里的东西都通通倒在床上,结果还是没有。我真的受不了自己,一定又落在教室里了。

这时,可可回来了,她看着我说:"你这么急躁,什么又找不着了?"我急急地说:"手机。"说着换了鞋就往教室冲。

"你去哪儿?"可可在我背后叫住我,"就知道你会丢东西,走的时候特意去你那看了看。喏,给你。下次,我就不管了! 你要长记性!"

看着手机我呵呵地笑着:"我真是好福气。还说我,都是被你惯的。"

可可被我气得佯装生气,使劲打我,可是落在我身上的拳头几乎没有什么力度。

三年说长也长说短也短,很快就要高考了,我们一眨眼就在一起生活学习了三年。在这最后的高中时光,我们彼此鼓励,彼此进步。

那年的高考题目复杂还是简单,我已经没有了记忆。记得很清楚的是,我第一场考试,数学考试失误了。整整六十分的选择题,我居然忘记涂在卡上。难过? 愤怒? 我不知道自己的感情,脑子里空白一片。在回学校的车上,我沉默不语,也没有哭,就那样木木地站着。可可就在我身边,她也不语,陪着我。

我一个人回到宿舍,狠狠地大哭了一场。等我觉得哭够了,就洗把脸,带着笑走回教室,我不想别人看见我哭。大家都来安慰我,我感谢并说自己很好。可可就在一旁看着我,我们像往常一样吃饭,聊天。也许我并未听她在讲什么吧,因为那天吃着吃着眼泪就毫无预兆地大颗大颗落下来,落在甜饼上,那天的甜饼好咸。

虽说高考,自习课还是照上。刚上课没多久,后面就有人戳我,我回头看,后面的同学传给我一张纸条。我打开纸条,是可可的字迹,我认得。

她说:"不知道该怎么安慰你,你那么开朗乐观。我知道你心里很难过,可还是硬装出很好的样子。当看到你的眼泪时,我心也很疼。你知道吗? 你很棒,很勇敢。告诉你一个小秘密,我羡慕你哦。你是一个如此特别的女孩子,为了自己的梦想坚持、努力。这三年里我看到了你的改变,尤其是高三这一年,你为了自己梦想的学校努力学习着。大家都看在眼里,都以你为榜样。你要振作起来,后面还有考试,不要让自己有遗憾。过去的都过去了,要记得教训。对我来说,你不只是我的同学、朋友,在我心里你已经是我的亲人。我一直在你身边,支持着你,加油!"

看完这段话的时候,我已经哭得不成样子,谢谢我亲爱的可可,感谢命运让我们相遇。擦干眼泪,我回头看她,她给我一个大大的微笑。此刻,我想与她相拥,说出我的难过,告诉她我的感谢。

第二天的考试,一切顺利。三年终于走到了时光的边上,宿舍里我们收拾着自己的行李,就像刚来这里一样。

看着空荡荡的宿舍,我想起了好多好多关于我们的事情。高一时,我被班里一个男生欺负,可可出头帮我教训她;我成绩下降时,她用自己的学习时间帮我补课;我生病,她跑上跑下给我买饭打水照顾我;还有不厌其烦地给我收东西,避免了我的各种损失。在我的记忆里,全都是可可为我做的,我在想,如果高中没有她,我会是什么样。

我笑着对可可说:"都是你,以后没有你我不知道要丢多少东西呢?!"

"你还好意思说,再不改改你这臭毛病,哪天没准把自己都丢了!"说完,我们两个大笑起来。

珍贵的笔记

佚名

任华是我高中时最好的朋友,她善良开朗,学习成绩也异常优秀。我们从一进入高中就玩在一起,快两年了,我们从没有因为什么事情红过脸,吵过架。同学们都说我们两个是模范朋友。

高二那年,我的生日是在学校过的,那是我在学校里过的第一个生日。生日前,我一直想找任华讨论一下该怎么过这个生日最有意义。可是,她那段时间很忙。一下课,就埋头抄些东西,问她是什么她也不说,神神秘秘的。看她这么忙,也不好意思打扰她。

到了生日的前一天晚上正好是周五,自习课突然不上了,于是我就想请一些朋友去吃些小吃庆祝生日。大家都表示很高兴,只有任华说她没空。那天我好生气,我想也许只有我比较看重这段友谊,对她来说我可能连朋友都不算,要不怎么我庆祝生日都不来呢?! 还是学习对她比较重要,我这个同桌在她心里连学习都比不上? 我心里愤愤地想着,头也不回地带着同学们出去了。

第二天,我决定不再跟她讲话了。一整天,她居然也没有主动跟我讲话。我想,原来她真的不当我是朋友。放学的时候,我背起书包刚要从座位上站起来,她突然拉住了我,说:"这个给你!"我疑惑,拿着那个本子并没有打开,呆在一旁。

"怎么? 昨天没有去帮你庆祝生日,生气了? 这个是我总结的政治的知识点,你不是一直说书店没有关于这方面的书籍吗,我就按你的要求自己做了一本。因为时间比较赶,所以这几天都在忙,没有那么多时间陪你。不要生气了,生日快乐哈! 要考试了,希望对你有帮助。加油!"她扯着衣角,不好意思地说着。

听着她的话,眼睛开始模糊,我又一次误会了她,我是多么笨啊。跟她前后桌,居然没有发现。我翻开本子,里面密密麻麻全是她一笔一画写上去的,厚厚一本,她写得一定很累吧。上面的笔迹工整而清秀,她的时间都用来给我整理笔记了,怪不得都没有空理我。

我看着她,说:"我生气了! 你居然花这么多时间去做这个,多累啊,自己的学习不要搞啊。""这个真的没什么,你不是生日嘛……"她断断续续地还说着什么,我被这个傻傻的女孩打动了,一下子抱住了她。我说:"我们是一辈子的好朋友。"她也回抱我,重重地点头。

在高考冲刺阶段，我们一起学习，相互帮助。我的成绩有了很大的进步，而她的成绩则更加稳定，每次模拟考，在全年级不是第一就是第二。老师都对她寄予深切的希望。

时间总是比想象过得快，无比难熬的高中生活就要结束了。高考前，我和任华聊天，我问她想考什么样的大学。她思索了一会儿说想考师范类的大学，首都师范大学。我说，你成绩这么好清华北大都不成问题，干吗要念师大呢?! 她说，听说师范类的学校学生每年都会有补贴，我想如果可以拿奖学金，再加上兼职的话，学费和生活费就都有着落了，没准还能每个月省点儿，寄到家里呢。她边说边笑着，还有，家里那边很缺老师，村子里的孩子好多都没人教，当老师也可以以后回去教他们。这个单纯善良的女孩子心里想的永远是别人，我拉着她的手，坚定地说，你一定可以!

高考结束以后，任华要回家了。她的车是早上的，那天的天灰蒙蒙的，快要下雨的样子。我送她去车站，把她的行李放到车上，我就站在车窗外，一直等车开走。车开了，我隔着玻璃向她挥手，她也把头伸出来，笑着叫我回去。我分明看到了她眼里的泪水，就这样我们告别了。

高考成绩出来后，我回过一次学校。问起班主任关于她的消息，老师说，她考进了首都师范大学，但是没有去。

我惊奇:"为什么，她那么想当老师! 那是她的梦想!"

班主任顿了顿，说:"他父亲在工地工作时不幸摔伤了腿，需要她来担起照顾父母的担子。为了不让家人觉得愧疚，她把自己的录取通知书撕了，跟家人说自己失误，落榜了。"

任华最终还是没有完成自己的梦想，她撕自己录取通知书的时候一定心痛死了。我回到家，看着那年她写给我的笔记，眼泪无声息地流了下来。

友情经过的时候

千小若

西西是个古灵精怪的奇女子。

传说中她性情豪爽，义薄云天。我一向是孱弱的笨丫头，听了有关她的传言，心生倾慕，只恨无缘得识。

那时候，我刚过完十六岁生日，是心无城府的年纪。

学校举行的"畅想明天"演讲比赛，林西西在众多招摇的选手中脱颖而出，以清新洒脱的风格一夺桂冠。

那天，是我第一次看到林西西。娇俏玲珑的女孩子，笑起来睫毛一颤一颤，似乎天空都要明亮起来。

我一直是喜欢她的。有时候，在人群里远远看着她眉飞色舞神采飞扬，我亦会觉得欢喜，微笑。

高三，年级里重新分班。我惊喜地发现，林西西和我分到了一班。

我搬着课桌进教室，在门口看到林西西，她歪着头微笑了一下，接过我手里摇摇欲坠的桌子。

我愣在那里，不知所措。

林西西回头，眉毛飞起来，辛小想，跟我来呀。

天哪，林西西居然知道我的名字。

按照老师排好的座位表，我在林西西后面第二排。

林西西抱着我庞大的桌子，放好，喘了口气，辛小想，我很早就认识你了，我叫林西西。

嗯，我知道。

我笑，心里暖暖的。

就这样成了很好的朋友，没有繁文缛节，没有相互的试探。仅仅是一个微笑，便自心底觉得温暖，相识许久。

那时候，总是有说不完的话。一下课，便手牵手奔到外面，或是倚在教室西侧的梧桐树下，或是信步走到前面的实验楼，或是穿过回廊拐到学校的后花园。

边走边说话，开心得不亦乐乎。往往是还没到想去的目的地，上课铃声一响，两个人便相视一笑，开始往回飞奔。林西西总是比我跑得快，然后在教室门口等我一会儿，一起进教室。

时间久了，连老师都常常开我们的玩笑，逢着我们中的一个，会惊讶地说，咦，怎么不见你的莫逆之交啊？

当时，我和林西西都爱极了《萌芽》，每到新刊发行的那天，我们就跑到邮局去买。有时候下雨，林西西便脱了外套，把《萌芽》抱在怀里，在雨中拉着我一路飞奔，笑声若银铃，弥漫在空旷街道的雨林中。

回去之后，晚自习第一节我看，下了课我会把书给林西西，告诉她哪一篇最好看。再逢下课，便凑在一起争论哪段写得精彩，哪个人物最讨人喜欢……

现在想来，那是一段多么美好的岁月。两个人在一起，谈论的话题亦不是很有趣，但是因为有友情在，故觉得周围的一切都是美丽的，聊起天来无限欢喜，常常笑得前仰后合。

我从小就挑食，却偏偏对素包子情有独钟。从我们学校向南穿过一条街，有一个"2000年早餐店"，那里的素包子很对我的口味。每天下午放学后，林西西便骑了自行车驮着我，奔向2000年早餐店。两个人笑闹着，坐在长长的落地窗前，叫一碗甜甜的玉米羹，吃一个粉条豆腐馅的素包子。

林西西常常不无得意地说，以后呀，我就在车站附近开一家素包子店，让你一回家就闻着香味跑过来。

那时候，我们还约定，以后一定要考到同一个城市读大学，然后在同一个城市工作，租同一所房子，林西西做饭，辛小想洗衣服，一替一天洗碗。

有时候林西西的淘气劲上来，非要跟我换衣服，然后拉着我在大街上大摇大摆地走。有一次遇着林西西的妈妈，她骑车从后面过来，抓住我的衣服直喊西西，林西西在一旁乐得拍手哈哈大笑。

林西西喜欢西瓜，我喜欢香蕉。因此每次有香蕉，林西西总借故不爱吃，都推给我。

很久以后我才知道，原来林西西亦非常喜欢香蕉，因了知道我喜欢，自己舍不得吃，全部让给我。

那时候，林西西经常唱徐怀钰的《水晶》，只是把歌词中的爱情改成了友情。那样好听的声音，优美的旋律：你给我的友情，好像水晶，没有秘密，彼此干净又透明……

那个黑色的高三，因了林西西和我们透明的友情，而美丽非凡。

然而，就是这样一份干净又透明的友情，亦遭遇了淡去的那一天。

逢老师再调座位，我和林西西绞尽脑汁罗列了一大堆理由，请求老师让我们俩坐同桌。拗不过我们的苦苦哀求，古板的班主任最终同意了。

把桌子搬到一起的那天，我们高兴坏了。然而让人始料未及的是，距离近了，心却渐渐远了。

两个人天天在一起，久而久之，难免会起些摩擦。而林西西和我又是太相似的人，太重感情，容易受伤。由于对这份友情寄予的期望很大，如此这样，便免不了有些失望。

每次吵架之后，林西西会悄悄放一颗哈密瓜味的水果糖在我桌上，以示和好。我嚼着水果糖，心中那种即将失去的预感却愈加汹涌。

如此反复，就有了疲惫的感觉，不想再靠近。终于有一天，林西西不辞而别，搬着桌子移到了别的位置。

再遇见，便只是微笑着擦肩。

已进入三轮备考阶段，每个人都忙得似陀螺一样。我亦已无暇再去2000年早餐店买素包子，也很久没有吃香蕉。有时候在路上看到林西西，心还是痛的。

高考之后，我和林西西分别去了不同的城市。在陌生城市的街头，熙来攘往的人群里，我还是经常想念林西西。

冬天来临的时候,林西西寄了几米的《向左走向右走》给我,精致的图画,唯美的文字,述说着城市丛林里的温暖寓言。

我回信:林西西,小想一直都很想念你。春暖花开的时候,来这里看我吧,咱们去郊外爬山,这一次,我不会再输给你了。

柳树刚刚吐露新芽,冬天的尾巴还未完全消失的时候,林西西就从繁花盛开的江南风风火火地赶来了,她穿着浅紫色的棉布长裙,罩着纯白的小风衣,一边翻箱倒柜地找我的羽绒服,一边哆嗦着说,虽然北方的阳光很明媚,覆雪的山很壮观,但是真的冻得受不了啦。

林西西带了"谭木匠"的小梳子和小镜子给我,小巧而精美,我一直带在身边,每次梳头发的时候,都会想起她歪着头微笑的样子。

林西西不无得意地说,这样比在车站旁开素包子店更能拴住你小丫头的心。

果真如这古灵精怪的奇女子所言,我,辛小想,每次梳头发,都会想念她。即使不常联系,亦时时惦记。

这,便是真正的友情吧,或许一生一世?

第九章
桃李满天下,恩情似海深

你一点也不笨

张玉庭

有个塌鼻子的小男孩,因为两岁时得过脑炎,智力受损,学习起来很吃力。打个比方,别人写作文能写二三百字,他却只能写三五行。但即使这样的作文,他同样能写得美丽如花。

那是一次作文课,题目是《愿望》。他极认真地想了半天,然后极认真地写,那作文极短,只有三句话:我有两个愿望,第一个是,妈妈天天笑眯眯地看着我说:"你真聪明。"第二个愿望是,老师天天笑眯眯地看着我说:"你一点也不笨。"

就是这篇作文,深深地打动了老师,那位妈妈式的老师不仅给了他最高分,在班上感情饱满地朗读了这篇作文,还一笔一画地批道:"你真聪明,你的作文写得非常感人,请放心,妈妈肯定会格外喜欢你的,老师肯定会格外喜欢你的,大家肯定会格外喜欢你的。"

捧着作文本,他笑了,蹦蹦跳跳地回家了,像只喜鹊。但他并没有把作文本拿给妈妈看,他是在等待,等待一个美好的时刻。

那个时刻终于到了,是妈妈的生日———一个阳光灿烂的星期天。那天,他起得特别早,把作文本装在一个亲手做的美丽的大信封里,信封上画着一个塌鼻子的男孩儿,那小男孩咧着嘴笑得正甜。他静静地看着妈妈,等着妈妈醒来。妈妈刚睁眼醒来,他就甜甜地喊了声:"妈妈。"然后笑眯眯地走到妈妈眼前说:"妈妈,今天是您的生日,我要送您件礼物。"

妈妈笑了:"什么?"

他笑了:"我的作文。"说着双手递过来那个大信封。接过信封,妈妈的心在怦怦地跳。

果然,看着这篇作文,妈妈甜甜地涌出了两行热泪,然后一把搂过小男孩,搂得很紧,仿佛他会突然间飞了。

是的,智力可以受损,但爱永远不会,她朝气勃勃,永远垂着绿阴,开着明媚的花,结着芳香的果。

女教师的 47 个吻

高兴

查文红,这个上海女人,自愿来到安徽省砀山县曹庄镇魏庙小学,当一名不拿一分钱工资的"编外教师"。1998 年 9 月初,当她兴致勃勃地拿着教材和精心准备的讲稿走进教室时,家长和孩子一看老师是个上海人,都用一种不信任的眼光看她。有的家长竟带着孩子离去,转到另外的班,教室里一下子就空出好多个位子。这当头一棒把查文红打得摸不着头脑。她找到校长,问是怎么回事。校长道:"我们这里上课都是用土话,家长和孩子担心听不懂你的普通话,所以跑了。"

查文红感到委屈,但她还是硬撑着上完了第一节课。下课时,一名学生用土话问她:"老师,狠狠还来吗?"查文红没听懂,便问道:"'狠狠'是什么意思?"学生们哄地笑了,一个小男孩不客气地说:"'狠狠'就是'狠狠',你连'狠狠'都不知道,还来教我们吗?"教室里再次爆发哄堂大笑。查文红有些恼火,但她不便对刚进校门的一年级孩子说什么,便又去问校长:"'狠狠'是什么意思?"校长笑着说:"这是我们的土话,'狠狠'就是下午的意思。"

第一节课的遭遇引起了查文红的深思。她看到了农村的落后与闭塞,如果这些孩子长大后还是只晓得"狠狠",他们将永远走不出这贫瘠的土地,也将永远不能与外界对话沟通。她决定倡导用普通话教学。为了让学生首先能听懂讲课的语言,然后学会讲普通话,她开始刻苦学习当地土话,一有机会便向村民们学习。此后上课,她总先用普通话讲,然后再"翻译"成学生能听懂的土话。在她的推动下,普通话渐渐成了校园里的"时髦"语言。

查文红为了让启蒙阶段的孩子在愉快的氛围中接受知识,就通过讲故事与编顺口溜的方式进行教学,深受学生欢迎,孩子们的学习热情高涨,期末考试时,全班的语文成绩平均达到 91.87 分,名列全镇第一。家长们闻讯,纷纷买来鞭炮,来到学校放了起来。一位家长激动地说:"这么好的成绩,我们多年没见过了。感谢查老师!"

面对此情此景,查文红激动得哭了。她庆幸自己的努力终于有了回报。那天晚上,她正在哭的时候,突然停电了。她只好躺在床上,一边想着远在上海的丈夫和女儿,一边等待来电。这时,窗外传来一阵碎乱的脚步声,她有点害怕,便壮着胆子喊了一声:"谁呀?"脚步声消失了,外面一片寂静,静得让人心慌。就在她再次准备躺下时,又传来了敲门声,她担心是小偷,便提着棍子,走到门边猛地将门一拉,这时她惊讶地发现,住在附近的三个学生举着一支点亮的红蜡烛站在门口。其中一个孩子说:"刚才停电了,我们担心老师一个人害怕,便把家中过年用的红蜡烛拿来给你壮胆。因为不知道你睡了没有,所以我们在你窗子下面听了一会儿。"一支燃烧的红烛映着三张纯朴而稚气的脸庞,查文红十分感动,她一边接过红烛,一边将孩子们拥在怀里说:"谢谢你们,老师谢谢你们了。"

当时春节已经临近,学校照顾她想让她早点回上海过年,便让查文红把剩下的课集中讲完,孩子们听说老师要走,心里都很难过,竟不能集中注意力听课。查文红有些生气,正准备批评他们时,一个名叫丁丽的小女孩站了起来,很失落地说:"老师,你不走行不行?"

"不行啊,老师要回家过年。"

"那你到我家过年行吗?"

"不行,因为上海的家里还有一个姐姐正等着老师回去呢。"

听到这里,小丁丽哭着说:"那你亲我一下好吗?"

查文红心里感动了,走过去亲了亲小丁丽,一边止不住流下泪来。这时全班同学不约而同地站起来,都说:"老师,你也亲亲我吧。"于是她一路亲过去,班上 47 个学生,她一一亲到。亲完最后一个学生,全班同学放声大哭起来,孩子们觉得,查老师这一去就再也不会回来了。

47 个孩子一齐大哭,那该是一种什么样的情景。哭声传出,全校师生以为发生了什么事情,纷纷跑了过来,附近的村民也闻声从家里赶来了。哭声是如此具有感染力,一时间全校学生都哭了,面对如此感伤的场面,一些老师和村民也不知不觉地流下泪来。

"那惊天动地的哭声,我从未听到过,至今还在我心中回荡,这一辈子我忘不了那感人的哭声。"查文红每忆及此,还是感动得双眼湿润。

大年三十晚上,查文红上海家中的电话响个不停。她知道那是她的学生打来的。临行前,孩子们纷纷表示,春节期间给她打电话,她怕家长们付不起电话费,所以没同意。最后班长出了个主意说:"我们打电话时,你别接,不就省钱了? 我们约好,如果电话铃响两下就停了,那一定是我们打的。"此时听着那不断响两下的电话,查文红的心又回到了魏庙小学,回到了孩子们的身边……

温暖一生的棉鞋

马国福

我中学时有个同学,家里很穷,缴学费是他心里最难受的时候。他是班上缴学费最晚的一个,且不足百元的学费大部分都是借的。寒冷的冬季,班上30多个同学都穿着棉鞋,只有他一个人穿着单鞋。由于家庭困难,他的一双单布鞋穿了整整三年,并且鞋尖破了洞,连大脚趾都露出来了。整个冬天他的手脚冻得发肿,像茄子一样。这让他一直很自卑,心里总是渴望有一双属于自己的棉鞋。

初三那年冬天缴学费时他家还是借钱缴的。有天中午当他在教室门外晒太阳,脱掉破了洞的单鞋,挠肿得发痒的脚趾头时被班主任发现了。

班主任悄悄把他叫到办公室,告诉他由于自己工作失误这次多收了他30元学费,并要把多收的钱退给他。老师拿起他破了洞的鞋在地上磕了磕说:"再厚再好的鞋也有破的时候,再长的路也有被脚走完的时候。你家困难并不是你的过错,这反而是你勤奋学习的资本和动力。只要你好好学习,你家迟早会好起来的。"

后来,老师让他用这30元钱买一双棉鞋,不要有什么想法和顾虑。

班主任老师再三叮嘱他,为了维护老师的面子请他不要告诉任何同学,一定替老师保守这个秘密,他郑重应诺。

为人老实敦厚的他回家后告诉母亲说老师退了30元学费,他母亲高兴地跑到邻居家问是否给他们的孩子也退了学费,邻居都说没有这回事。

邻居们认为班主任老师欺骗了他们,赶到学校添油加醋地质问校长并汇报这位班主任老师多收费,不公平,有的学生收得多,有的学生收得少。学校调查后发现他的班主任不但没有多收一分钱的学费,反而给一个同学补缴了部分学费。

最后他用老师退的钱买了一双棉鞋,穿上棉鞋后他脚上的冻疮也好了。老师并没有因为他违反了彼此的约定而责怪他一个字。

后来他考上了大学,毕业后到深圳的一家外资公司工作。

有一年春节他回家探亲,我和他聊起各自求学之路的艰辛。他语重心长地说:"幼稚的我那时根本想不到老师退学费的真正用意,现在才终于明白了老师的良苦用心,他不是在给我退学费,而是在用他慈父般的心,小心地捍卫我的自尊,勉励我不向贫穷低头啊! 尽管那双鞋我只穿了几年,尽管现在我穿着价格不菲的名牌皮鞋,但总感觉没有那双棉鞋温暖。"

最后他说:"老师其实不是在给我买棉鞋,而是在给我指引一条不断向上进取的路啊,在我事业陷入困境的时候,我就会想起那个寒冬的中午,想起那双棉鞋,那双鞋必将温暖我一生。其实一双鞋可以改变一个人的命运。现在每逢节假日我都会给老师送去问候和礼物。老师对学费的事只字不提,他总是重复那句话——再厚再好的鞋也有破的时候,再长的路也有被脚走完的时候。"

听着他的讲述,我的眼眶不由得热了起来。

温柔的征服

张丽钧

那天,她去新接的一个班里上语文课,结果发现一个男生没有带书。

她问他,为什么不带书?是不是不知道今天有语文课?男生说忘了带了。

同学们笑起来,七嘴八舌地说:"老师,他一贯这样,快别在他身上浪费时间了!"她笑笑,没再说什么。第二天,她照样到班里来上课,扫了一眼课堂,发现那个男生桌上依然空空如也。她没有发作,平静地宣布"上课"。同学们喊"教师好",她回礼说"同学们好"。要讲课了,她突然发现眼镜没有带。衣兜里没有,教案夹里没有,到处都翻遍了,还是没有。

她十分不好意思地说:"同学们,真抱歉呀,我忘了拿眼镜了。我眼花,离了眼镜什么也看不清。"她很自责,在全班同学的注视下甚至有点不知所措。这时候,她走到那个没有带书的男生面前,说:"请你帮我去办公室取一下眼镜好吗?"那个男生受宠若惊,很快就顺利完成了老师交给他的光荣任务。老师接过眼镜,真诚地向男生致了谢,然后说道:"一个人如果经常马马虎虎,丢三落四,多么耽误事啊。从今天开始,我和你们大家相约,我们一起来消灭马虎,你们说好不好?"

后来,老师送走了一届又一届学生,在她80岁诞辰的时候,崇敬她的人们为她立了一尊汉白玉雕像。在塑像落成的仪式上,当年那个被同学讥笑为患有"健忘症"的男生激动万分地讲述了上面这个故事。他说,那时候,他不知道教师是在用请他帮助的方式来巧妙地帮助他。但是,自打那次给老师拿了眼镜之后,他就彻底告别了丢三落四的毛病,如今,他已经成为了一名出色的金领人士。

我多么崇敬这位老师!这个揣着一颗圣心在小学的课桌间穿行了一生的人。

一束鲜花

陈永林

李老师走进教室时,我们的眼睛不由得一亮,目光都落在李老师手里的一束鲜花上。我们都感到奇怪,李老师拿鲜花干什么?

但一万个想不到的是这束鲜花竟是送给我的。

两天前,李老师喊:"上课。"我在班长喊起立的同时,拿块尖石头迅速放在前排杨小凤的凳子上。谁叫杨小凤在同学面前说我没教养?李老师说:"坐下。"杨小凤一坐,"唉哟"一声尖叫。杨小凤拿起尖石头向老师告状:"老师,这石头是陈勇放的。"李老师说:"陈勇放学后去我办公室一趟。"去办公室就去办公室,大不了留堂,再大不了挨我父亲两个耳光。我是留堂留惯了,挨打挨惯了,挨打没啥可怕,牙一咬就熬过去了,就像教数学的刘老师说的那样,我是死猪不怕开水烫。让我愤怒的是杨小凤竟敢告我的状,看我怎么报复她,得罪了我绝对没好果子吃。

许多同学都扭头看我,我把眼一瞪,他们都不敢看我。我心里很得意,同学们都怕我。

李老师说:"我在这里要表扬我们班的一位同学。昨天上午一位一年级的学生突然肚子痛,并且痛得在地上打滚,是我们班里的一位同学背着他上了医院,并且打电话叫来了他的父母。他得的是急性阑尾炎。昨天上午我们班那位同学迟到了,我还批评了他,我在这里向他道歉。刚才那位小同学的家长给他送来了鲜花,我才知道了真相。同学们,你们猜这位同学是谁?"

同学们的目光"刷"地一下子一齐望着我,因为只有我昨天上午迟到了。我的脸像着了火一样烫,我可从来没受到过表扬,我不好意思地低下头。

李老师接着说:"他就是——陈勇。"李老师说完鼓起掌来,同学们都跟着鼓掌。

"陈勇,上来领鲜花。"

我接过李老师手里的鲜花时,同学们又热情地鼓起掌来,噼里啪啦的掌声响了很久。

"尽管陈勇同学身上有不少缺点,但我们同时也要看到陈勇身上的优点。总的来说,陈勇是位好同学,我希望同学们多关心他,多帮助他,让他改掉缺点。"

我的泪水再也忍不住了,一滴滴掉在手里的鲜花上。

放学后,我捧着鲜花去了李老师的办公室。李老师的门虚掩着,李老师正同刘老师谈话,他们谈的正是我。刘老师说:"陈勇这么调皮捣蛋的人,我们应该向校长建议开除他,别让一粒老鼠屎坏了一锅汤。"

李老师说:"我相信陈勇会成为好学生的,他的本质是好的,只是我们的教育方法不得当。他母亲去世得早,他缺少爱,我们要把他当成自己的孩子来爱。我们不能为了升学率和奖金而只要那些成绩好、认真听课的学生,而不管那些更需要我们帮助的学生。世上没有最差的学生,只有最差的老师。"

李老师说:"陈勇,进来呀!"

我哭着对李老师说:"李老师,我一定不会让你失望!"

李老师欣慰地笑了,她抚着我的头说:"老师今天很高兴。"

此后,我就像变了一个人,不再调皮捣蛋了,而是认真念书。我的学习成绩齐刷刷地往上蹿。期末考试时,我竟考了全年级第二名。

五年后,我考上了清华大学。

我去北京的前一天,去向李老师告别。走进李老师的办公室时,我见老师的桌子上摆着一束鲜花。李老师笑着说:"我班里又有一位像你当初那样调皮捣乱的学生,我又买了一束鲜花送他。"

我说:"当年您送我的那束鲜花也是您买的?"

"你说呢?"

我的眼睛一涩,泪水又涌出眼眶。李老师说:"大学生还哭鼻子,也不害臊。上课铃响了,我得上课了。"

看着李老师佝偻着的背影,我大声说:"李老师,我爱您! 永远爱您!"

一位差生的老师

一路开花

她当班主任的第一天,他带领一帮最为调皮的孩子送了她一个终生难忘的礼物——十只鲜活的蛐蛐。那是他们几人奔忙半日的结果。

她满怀欣喜,小心翼翼地打开密封的盒子时,鲜活的蛐蛐顿时"吱吱"叫蹿起来。她还未看清楚,几只黑糊糊的虫子便跃上了她的肩头,她一瞬间吓傻了,竟然丝毫不顾场合与个人形象,在教室里乱跳乱蹦,惊慌失措,惹得众人捧腹。

事后,她气极了,委屈的泪顺着洁净的脸庞簌簌而落。她不远千里,不辞劳苦地从北国之都前往这片荒村支教,却万万不曾想到,这些在贫困中成长起来的孩子,竟然会如此淘气。

她一个人,肩负三个年级的课程。偶尔哪位同学病了,她还得充当临时医生。一日下来,筋疲力尽。她时常会想念她曾经所在的城市。直到此刻她才明白,之前那座生自己养自己又让自己怨声载道的城市,其实,是多么美丽与诱人。她不止一次想要回去,可总觉得对不住那些村民。她刚来的第一天,还未当上班主任,便已向那些前来热情迎接的村民许诺,要在这穷乡僻壤待足三年,教会这帮孩子读书写字。

　　他不喜欢读书，即便他真切地知道，知识可以改变他的命运，可以带他离开这片贫瘠的土地。若按"调皮孩子多聪明"的常理来说，他该是班上最聪明的孩子。一无所有的荒村里，他总能找到让大家开心娱乐的法子，他总能让每一个老师哭笑不得，他总能让班上的那几个男同学都听他发号施令。

　　为了让他有责任心，发现自己的不足，她让他当了班长。原本以为，颇有威信的他会管理好班上的课堂纪律，殊不知，他却带着全班同学提前早退，逃到后山腰上采野果。

　　他的学习成绩每次都很稳定，保持倒数第一。所有的老师都对他绝望了，劝她不要再在他身上花半点心思，他天生就不是读书的料。她不信，说要证明给他们看，他只要努力，就一定能成为一名品学兼优的学生。

　　他逃课游泳，碰上大雨，浑身湿透，不敢回家，怔怔地坐在教室里等待衣服被身体烘干。殊不知，却发起了高烧。她背着他，来不及换鞋，踏着高跟皮鞋，"噌噌"地迈上山路。他伏在她的背上，勉强地撑着雨伞。

　　躺在诊所的病床上，他看着她因崴倒而水肿的右脚，断脱的鞋跟，一言不发地流泪。她以为他怕自己回家后会被父亲责打，于是就轻抚着他的肩膀，安慰地说："别怕，别怕，待会儿到家了，我就跟你爸爸说，你在我家里补习功课。这样，你就不会挨打了。"

　　他哭得更凶了，"呜呜"地喘不过气。她不知道，他根本没有父母。他的父母在他很小的时候，一同南下打工，结果，一去不复返。这些年，他与奶奶相依为命。他之所以不敢回家，只是怕年迈的奶奶伤心罢了。

　　第二日，所有人都不明白，为何他听课忽然认真起来了。可与那些故事里的结局不同，现实中，没有奇迹发生。他之所以这么做，完全是在做表面工作，他实在不想读书，可又不想让她伤心，只好这么做了。

　　毕业之时，尽管他的学习成绩仍旧保持"第一"，可性格却有了翻天覆地的变化。他不再恶作剧，不再喜欢让他人难堪，不再内向、孤僻、乖张。短短三年，他变得高大、强壮、开朗、活泼、乐于助人，如换了一人。

　　离去的当天，所有孩子依依不舍地将她送上了山路。绿树滚滚，模糊了她的视野。她再三驱逐，都无法将他们撵去。她说："送君千里，终须一别。"孩子们站在松涛呼啸的山间，哭了。

　　他隐在人群中，几次欲上前告别，都未能鼓足勇气。他多想上前亲口说声"谢谢"，抑或说声"对不起"，可最终上前时，却如鲠在喉，只得奋力地挥了挥手。

　　很多年后，在黄土地上徘徊过后的他和当年的父母一样，踏上了南下的列车。一笔工资，他用来买了一双崭新的高跟鞋。

　　她收到这双高跟鞋时，几乎忘了他的名字。在城市中，她已经送走了很多届优秀的学生，他的名字，已在这些记忆中模糊。直到目及盒中的相片，她才恍然记起，那个在很多年前，让她难堪落泪的大眼眼的调皮男孩儿。

　　照片背后，是一段让她落泪的拙劣笔迹："感谢您，老师，直到我们别离的最后一刻，您都未曾将我这位最差的学生放弃！"

因为我是老师

万安峰

　　那时，教我们文科班语文的王老师每次上作文课都有个特点，就是喜欢在全班点评一篇他认为写得最好的学生习作，而每次点评的总是沈君的作文。

　　50多岁的王老师清清嗓子，摇着满是花白头发的脑袋，用他特有的带点赣南口音的普通话，抑扬顿挫地读着沈君的作文。每当这时，沈君总会不由自主地低下头，他的旁边便会响起一些不合时宜的嬉笑声。

"老师，他的作文是抄来的，我在作文书上看过！"有一次，一个学生举手提出异议。

这时，王老师的目光静静地拂过全班每一个人。他是一个慈善的人，也是学识颇为渊博的一位老师，据说他写的书和发表的文章有一大摞。

他的目光总是那样深邃，让人想起沧桑的岁月。

他庄重地说："我们应该相信沈君同学的实力，他应该写得出这样的好作文。"说完，他意味深长地看了沈君一眼。

沈君乱蓬蓬的头埋得更低了，仿佛要藏进课桌底下。

下课时，王老师叫沈君去办公室一趟，有人便幸灾乐祸地向沈君挤眉弄眼。沈君红着脸，低着头，慢腾腾地随着枯瘦如柴的王老师走进了办公室。

当沈君出来时，他的脸上依旧红扑扑的。有同学问他，老师是不是骂了你？他什么也没说，只是背过身去，用衣袖拭了拭眼角。

以后，王老师依旧会念沈君的作文，只是班上的嬉笑声少了，沈君的头也渐渐地抬了起来。

后来的高考，沈君超水平发挥，考上了北京一所名牌大学的中文系，这对我们那所普通的学校来说是破天荒的，甚至连整个县城也轰动了。

许多人都觉得有些不可思议，因为沈君以前只是个默默无闻、极其普通的学生，有的人便酸溜溜地说："这小子运气好。"

只有王老师说："我们应该相信他的实力。"

在大学毕业前的最后一个寒假，我们一些曾经要好的中学校友，冒着风雪来到母校专程看望教过自己的恩师。沈君也来了，他说虽然一直忙着写论文，这次说什么也要见到已经退休的王老师。我们急匆匆地赶到王老师家，王老师的家人却凄然地告诉我们，积劳成疾的王老师因为肝癌，退休不久后便逝世了，他临走时还翻阅着以前学生的作文……

沈君的泪当时就流下来了。

离开王老师家时，沈君迎着寒风说："我永远记得那次作文抄袭事件，在办公室里，王老师拿出一本刊物，里面的一篇文章与我的作文一模一样，而那篇文章竟是老师发表的作品。老师用的是笔名。我竟然抄袭的是老师的作品。那一刻，我愕然了。我问老师，您为什么不当众揭穿我？他只说了一句话：因为我是老师。"

那一刻，我们都默立许久，任由雪花飞舞，披满一身。

后来，毕业的我们各奔东西，沈君放弃了读研究生的机会，回到母校工作，成了一位像王老师一样的普通语文教师。整个县城再次轰动了，亲戚朋友都说他疯了，放着大好前程不要，回老家做甘坐冷板凳的教书匠、孩子王。

只有我们知道，其实沈君比谁都清醒。

老师无法拒绝美

李树彬

熊老师是我的中学语文教师。由于他手脚特大，又爱戴副大黑框眼镜，常使人想起憨厚的狗熊，于是背地里同学们都叫他"熊哥"。

那时，同学们都喜欢恶作剧。上课时，常悄悄往老师背上甩墨水，同学们称之为"梅花铭"。有一次"熊哥"穿了件雪白的衬衫来上课，我暗地心喜，心想表现自己天才技艺的机会来了。整节课，我都在找机会，终于在他讲得得意之际，我把钢笔轻轻一晃，一排清晰的墨色梅花便在他雪白的衬衫上傲然开放。不知是同桌暗示,还是他背上长有眼睛,快下课的时候,他终于发现了梅花。我心里一乐,想:这下可好了,看戏的机会又到了。

我假装若无其事地注视着他,想看他如何大发雷霆,如何苦口婆心地教训我们。谁知他却脱下了衬衫,只穿件背心,指着"梅花",笑着说:"同学们,看来我和你们的感情还没有你们班主任和你们的感情深。你们甩在我身上的墨水还没有你们班主任身上的多。看来,我还要努力……""哄……"他的话还没说完,同学们就大笑起来。从那以后,再没有人从事"梅花铭"的工作了。

还有一次作文,为了交差,我便抄了一篇交上去。没想到下次作文课,我的作文居然成为当众宣读的范文。我既受宠若惊又忐忑不安,心想要出事了。果然没读几句,我的反对派便站起来指责道:"老师,李树彬的作文是抄的。"我的脸一下子便红到了脖子根儿。"熊哥"看了看窘迫中的我,又看了看趾高气扬的"告密者"。他顿了顿道:"孩子们,这篇文章太美了,老师无法拒绝美,所以让我们一起用心欣赏。在此之前,我们要感谢李树彬同学,谢谢他给我们推荐了一篇这么美的文章。我也相信总有一天,李树彬同学也会写出同样美的文章来。我想他不会令我失望的。"说完,静悄悄的教室,又回荡起熊老师特有的那种抑扬顿挫的朗诵声。

我脸上的烧退了。"老师无法拒绝美"这句话一直在我脑海中萦绕。坐在座位上,我深受感动,觉得非要把书读好不可,否则对不起熊老师的宽容和赏识,同时也使我见识到作为一名教师的人格美和平凡中的伟大。

去年9月,我特地去拜访赋闲在家的熊老师。一见面,他便笑着说:"当年的捣蛋鬼果然没令我失望,如今都成作家了。"

惩罚

江继峰

我是在一所县城念的小学。五年级时,学校成立了许多课外兴趣小组,有美术小组、音乐小组,还有生物小组。每个同学都可以根据自己的兴趣和爱好选报一个小组。

当时,我对音乐和美术都没有多大兴趣,于是便选报了生物兴趣小组。

生物兴趣小组共有21位同学,给我们上课的是我的班主任李老师。李老师三十刚出头,鼻子上架着副眼镜,略微有点儿胖的脸上总是带着浅浅的笑容,看上去一点儿也不严厉,同学们都很喜欢她。

兴趣小组开班的第一天,李老师便给我们布置了一道作业题——利用课余时间观察一种动物的生活习性,并每周写一篇观察日记。

生物兴趣小组的同学大致可以分为两类,一类是家住县城的城里孩子;另一类就是像我这样家住城郊的农村娃。由于城里孩子家中的经济条件普遍较好,因此,他们平时在我们面前总会有意无意地显露出一种优越感,好像高人一等似的。对此,我心里一直都不服气,总想找个机会挫挫他们的锐气,灭灭他们的威风。这次,我觉得机会来了。因为这些住在钢筋水泥"丛林"中的城里孩子,平时除了猫和狗之外,很少见到其他动物,因此,他们选择的观察对象大多是猫、狗、鸽子之类的小动物。我决定选择一种他们城里孩子没有,而且非常难得一见的大家伙来观察。于是,我大声地告诉老师,我将把我家饲养的一头大黄牛作为观察对象。果然不出所料,我的话音刚落,便有几个城里孩子向我投来既羡慕又略带妒忌的目光。他们的这种眼神让我暗自得意了好几天。

其实,我家并没有养黄牛。当时报这个观察课题,完全是出于一时的冲动。为了完成观察日记,我翻箱倒柜地从家中找出几本有关家畜饲养的科普书,然后将上面描写生活习性的文字摘抄下来,再凭着自己对黄牛的一些了解,添枝加叶地修改一番,便作为观察日记交给老师。

转眼三个多月过去了,一个学期马上就要结束了。在我们生物兴趣小组的最后一堂课上,李老师对我们说："在兴趣小组开班的时候，我曾给大家布置了一道观察题。同学们做得都很认真，每周都按时交来了观察日记。其中，尤其以汪继峰和吴军两位同学的观察日民写得最为详细生动。今天，我就组织大家一起去这两位同学的家里，亲眼看一下他们饲养的黄牛和山羊。我已经从外单位借来了一辆面包车，现在我们就出发吧！"

听完老师的话，我的脑袋顿时"嗡"的一声乱作一团。老师和同学们要去看我家养的黄牛，这可怎么办？当他们发现我家并没有养牛时，老师会怎么批评我，同学们又会怎样嘲笑我……

我昏头昏脑地跟随大家上了车，坐在最后一排。随着车轮的转动，我的心跳得越来越快。当汽车驶离县城，快要开到村口时，我紧张得都快要晕过去了。在一个岔路口，李老师突然让司机把车停下来，看了一下手表说："哎呀，时间不够了。这样吧，我们还是去看看吴军同学家养的老山羊吧。对不起，汪继峰同学，我想我们没有时间去看你家的大黄牛了。"

老师的这番话，让我那颗已经提到嗓子眼儿的心，终于又放了回去。当时那种如释重负的感觉，我至今都忘不了。从老师看我的眼神中，我清楚地感觉到老师其实早已知道我在撒谎。老师之所以没有揭穿我的谎言，是怕伤害我的自尊心。她巧妙地用这种"道而不破"的方式，既给了我惩罚，让我认识到错误，又没有伤害我的自尊。

这件事虽然已经过去二十多年了，但我至今依然记忆犹新。正是从那一天开始，我发誓今生今世永不撒谎。在以后的岁月里，尽管因为拒绝撒谎，我曾失去一些只要撒一句谎便可轻松到手的利益，但我毫不后悔。没有谎言的日子，我活得很轻松，很有尊严。撒谎也许能够谋得一些不正当的利益，但这是要付出代价的，因为谎言终有被揭穿的一天。当谎言即将被揭穿的那一刻，后悔、自责、恐惧、难为情等诸多情感一起涌上心头，那种感觉会非常难受。

嵌在心灵深处的一课

胡子宏

自从两岁那年一场重病夺去了我健康的左腿后，小儿麻痹症就开始成为我生活的羁绊。等终于能够靠拐杖支撑起自己的身体走路时，我又发现，我一斜一歪的姿势常常引起同学们对我有意无意的歧视。

我一天天地成长起来，我的皮肤白皙，我的双眸清澈明亮，我的笑容妩媚动人。这些都是同学们说的，可对于一个女孩子来说，有什么比缺乏健全的双腿更让人痛苦的呢？我不敢穿裙子，不敢大步地走，甚至在雨天路滑时，我还要重拾早在上小学时就扔掉的拐杖。我怎么能比得上那些四肢健全的同学们呢？

好在我是一个勤奋的女孩，我的成绩在班里乃至全年级都是第一名。但这并不能消除我的自卑和别人对我的歧视。我心灵深处常常沮丧到极点，直到初三时，一节英语课改变了我几乎一生的心情——

那节课其实是很普通的一课，当时我任班里的学习委员，每篇课文我都要预习，凭自己的勤奋，我早已将老师即将讲解的新课熟读许多遍了。可是那篇课文是讲一匹骆驼——偏偏是一匹瘸骆驼，那个 Lame（瘸子）的单词使我的心狂跳不已。我仿佛感到：自己高高的身躯偏偏摊上一条瘸瘸的左腿，就像瘸骆驼。我不敢想象：王老师带领全班同学读那个英语单词时，定会有许多同学把目光投向我这个"瘸骆驼"。我的心惊跳着，晚上睡觉前淌出了痛苦的泪水……

令我胆战心惊的英语课终于来临了。预备铃刚刚响过，王老师就来到教室，镇定地站在讲台上，未等班长喊"起立"，王老师就说："同学们，今天要讲新课。糟了，我忘记带备课本了，还有五分钟，来得及。学习委员和课代表，麻烦你们到我宿舍好吗？把我的备课本拿来……"

我和课代表王颖出了教室，去王老师的宿舍，王老师的宿舍很乱，我们找了好大一会儿，才在一堆书本中找到了他的备课本。

在回教室的路上，我的心怦怦地跳起来。"Lame（瘸子）"，等会儿王老师肯定要读这个单词了，那么多的同学肯定得嘲笑我。王颖拿着备课本，一言不发，我们又回到教室。

王老师说了句谢谢，我们就回到座位上。我的脸火辣辣的，心狂跳不已。我记不起王老师讲了些什么，我的心在念叨着："Lame（瘸子），我是瘸子。"

王老师开始领读单词了，同学们很安静，读得很整齐，王老师的皮鞋踏在砖地上清脆地在响。单词一个个地读下去，王老师和同学们的声音很洪亮。我闭上眼睛心里在想，到 Lame 了，到 Lame 了……

王老师和同学们一遍遍地读单词，除此，教室里没有其他的声音，没有我事先想象的哄笑。我慢慢地抬起头，打量着周围的同学，大家都在专心致志地跟王老师读单词，其他什么都没发生。慢慢地，我也张开口跟王老师朗读单词了。

终于我发现，王老师没有读"Lame"，每一次他都跳过这个单词，似有意又似无意……

终于，难挨的一课结束了。王老师布置了作业，像平常一样，叮嘱我和课代表及时把同学们的作业送到他的办公室。

第二天晨读课时，我的心又开始忐忑不安，晨读课上同学们都要说英语，还会有"Lame"。可是，那天晨读课，教室里静悄悄的，同学们没有一个人读英语单词和课文，没有一个人读"Lame"……

再上英语课的时候，我常常偷偷凝视王老师，他那么英俊、高大，他还那么善良，尤其是他没有读"Lame"。从此，我的英语成绩牢牢地在年级中排在第一名，我又开始穿裙子、跳猴皮筋了。不仅如此，我每科成绩都更加出色，甚至，在一节体育课上，我的掷铅球成绩排到了女生的第七位……

五年后，我考上了北京那所众所周知的大学。

又过了五年，在一次同学聚会上，我和丈夫遇到了也是夫妻成双的王颖。王颖说："你知道吗？那节课是王老师事先安排好的，他对我讲过，你的肢体残疾了，但关键是你的心灵也受到了打击，那个单词肯定会影响你的情绪。在我们去宿舍取备课本的 10 分钟里，王老师领着同学们学了'Lame'，而且共同约定领读单词时不再读'Lame'，第二天晨读时也不要读英语课文……"

啊，原来如此，我的泪水哗哗地淌出来。"Lame—Lame—"，那节课的情景在我头脑中过了个遍。命运这厮，曾一度扼杀了我的活泼，我的健康，尤其是，它也一度扼杀了我健康的奋斗精神，折断我理想的翅膀。是王老师，是那节课，那节使我终生难忘的英语课，使我在征服命运时没有跌倒，使我寻回了自信心。远离了歧视和自卑的阴影。

那节课，嵌在生命深处，王老师教给我的不仅仅是知识，也赐给了我战胜不幸命运的人格力量。

理解的幸福

叶尹荼

那是 1956 年，我七岁。

七岁的我感到家里发生了什么大事。

我从外面回来，母亲见到我，哭了。母亲说："你父亲死了。"

我一下懵了。我已记不清当时的自己是什么反应，没有哭是肯定的。从那时我才知道，悲痛至极的人是哭不出来的。

父亲突发心脏病，倒在彭城陶瓷研究所他的工作岗位上。

母亲那年 47 岁。

母亲是个没有主意的家庭妇女，她不识字，她最大的活动范围就是从娘家到婆家，从婆家到娘家。临此大事，她只知道哭。当时母亲身边 4 个孩子，最大的 15 岁，最小的 3 岁。弱息孤儿唯指父亲,今生机已绝,待哺何来!

我怕母亲一时想不开,走绝路,就时刻跟着她,为此甚至夜里不敢熟睡,半夜母亲只要稍有动静,我便哗地一下坐起来。这些,我从没对母亲说起过,母亲至死也不知道,她那些无数凄凉的不眠之夜,有多少是她的女儿暗中和她一起度过的。

人的长大是突然间的事。

经此变故,我稚嫩的肩开始分担家庭的忧愁。

就在这一年,我着一身重孝走进了北京方家胡同小学。

这是一所老学校,在有名的国子监南边,著名文学家老舍先生曾经担任过校长。我进学校时,绝不知道什么老舍,我连当时的校长是谁也不知道,我只知道我的班主任马玉琴,是一个梳着短发的美丽女人。在课堂上,她常常给我们讲她的家,讲她的孩子大光、二光,这使她和我们一下拉得很近。

在学校,我整天也不讲一句话,也不跟同学们玩,课间休息的时候就一个人或在教室里默默地坐着,或站在操场旁边望着天边发呆。同学们也不理我,开学两个月了,大家还叫不上我的名字。我最怕同学们谈论有关父亲的话题,只要谁一提到他爸爸如何如何,我的眼圈马上就会红。我的忧郁、孤独、敏感很快引起了马老师的注意。有一天课间操以后,她向我走来,我的不合群在这个班里可能是太明显了。

马老师靠在我的旁边低声问我:"你在给谁戴孝?"

我说:"父亲。"

马老师什么也没说,她把我搂进她的怀里。

我的脸紧紧贴着我的老师,我感觉到了由她身上散发出来的温热和那好闻的气息。我想掉眼泪,但是我不想让别人看见我的泪,我就强忍着,喉咙像堵了一大块棉花,只是抽搐,发哽。

老师什么也没问,老师很体谅我。

一年级期末,我被评上了三好学生。

为了生活,母亲不得不进了家街道小厂糊纸盒,每月可以挣18块钱,这就为我增添了一个任务,即每天下午放学后将3岁的妹妹从幼儿园接回家。有一天临到我做值日,扫完教室天已经很晚了,我匆匆赶到幼儿园,小班教室里已经没人了,我以为是母亲将她接走了,就心安理得地回家了。到家一看,门锁着,母亲加班,我才感觉到了不妙,赶紧转身朝幼儿园跑。从我们家到幼儿园足有公共汽车4站的路程,直跑得我两眼发黑,进了幼儿园差点没一头栽倒在地上。进了小班的门,我才看见坐在门背后的妹妹,她一个人一声不吭地坐在那儿等我,阿姨把她交给了看门的老头,自己下班了,那个老头又把这事忘了。看到孤单的小妹一个人害怕地缩在墙角,我为自己的粗心感到内疚,我说:"你为什么不使劲哭哇?"妹妹噙着眼泪说:"你会来接我的。"

那天我蹲下来,让妹妹趴到我的背上,我要背着她回家,我发誓不让她走一步路,以补偿我的过失。我背着她走过一条又一条胡同,妹妹几次要下来我都不允,这使她感到了较我更甚的不安,她开始讨好我,在我的背上为我唱她那天新学的儿歌,我还记得那儿歌:

洋娃娃和小熊跳舞,

跳呀跳呀一二一。

小熊小熊点点头呀,

小洋娃娃笑嘻嘻。

路灯亮了,天上有寒星在闪烁,胡同里没有一个人,有葱花炝锅的香味飘出。我背着妹妹一步一步地走,我们的影子映在路上,一会儿变长,一会儿变短。两行清冷的泪顺着我的脸颊流下,淌进嘴里,那味道又苦又涩。

妹妹还在奶声奶气地唱:

洋娃娃和小熊跳舞,

跳呀跳呀一二一……

是第几遍的重复了,不知道。

那是为我而唱的,送给我的歌。

这首歌或许现在还在为孩子们所传唱,但我已听不得它,那欢快的旋律让我有种强装欢笑的误解,一听见它,我的心就会缩紧,就会发颤。

以后,到我值日的日子,我都感到紧张和恐惧,生怕把妹妹一个人又留在那空旷的教室。每每还没到下午下课,我就把笤帚抢在手里,拢在脚底下,以便一下课就能及时进入清理工作。有好几次,老师刚说完"下课",班长的"起立"还没有出口,我的笤帚就已经挥动起来。

这天,做完值日马老师留下了我,问我为什么要这么匆忙。当时我急得直发抖,要哭了,只会说:"晚了,晚了!"老师问什么晚了,我说:"接我妹妹晚了。"马老师说:"是这么回事呀?别着急,我用自行车把你带过去。"

那天,我是坐在马老师的车后座上去幼儿园的。

马老师免去了我放学后的值日,改为负责课间教室的地面清洁。

我真想对老师从心底说一声谢谢!

是平平淡淡的生活,是太一般的小事,但于我却是一种心的感动,是一曲纯洁的生命乐章,是一片珍贵的温馨。忘不了,怎么能忘呢?

如今,我也到了老师当年的年龄,多少童年的往事都已淡化得如烟如缕,唯有零星碎片在记忆中闪光……

宽厚的师爱

王佳佳

上午,语文课上,王老师抱着9月份月考的卷子走上讲台,说,第二卷主观题满分70分,全班60分以上的同学只有12个。我忐忑不安地等待着"生死未卜"的试卷。终于,卷子传过来了。经手的同学都用特别的目光看着我。我想,不至于考的这么差吧?完了,没脸见人了。这有没有地洞呀?拿过来一看66分,只减了4分!我不是在做梦吧?又仔细看了看还是66分,太好了!看到这个成绩,心里的不安、紧张烟消云散。原来刚才同学们投来的是羡慕的目光。我松了一口气,心情像欢快的小鸟,飘飘然像是飞上了蓝天。

这时,王老师捻起一根粉笔,大刀阔斧地在黑板上写下了第一卷客观题的答案。我拿出一直带在身边的第一卷,满怀信心地开始对答案。一个,两个……五个?什么?二十道选择题只对了五个!搞什么呀?不可能!再对一遍还是15分!小鸟重重地摔到地下。我好像从温室一步跌进了冰窖。倒霉的一卷,把二卷的胜利彻底毁灭了!

下课了,王老师走到我旁边,问:"王佳佳,你的第二卷成绩非常高,可见你的能力很强。第一卷考基础知识,怎么成绩单上分数不高?没有涂错机读卡吧?"看着王老师那赞赏又疑惑的目光,我又怎能告诉王老师,一个"能力很强"的学生,基础知识薄弱呢?于是,我撒谎说,答得还行,可能是机读卡出了问题。我躲闪着王老师的目光,不敢实话实说,也怕老师失望。

下午,王老师急匆匆跑来找我,说:"王佳佳,我去微机室找过你的答题卡了。一个中午也没找着,卡太多,顺序又乱。"王老师脸上满是焦急和歉意。他多想重新给我一个公正的"高分"啊!他那疲惫的双眼带着血丝,手指上沾染的钢笔的黑渍还没有洗去。原来王老师这么重视我。我是多么后悔上午那虚荣的谎言!我怯生生地说:"卡没涂错,就是15分。老师,对不起,我……我怕您,生气。"

王老师不再说话,目光很复杂。这复杂很快就变成了单一:恨铁不成钢。

他说他不生气,只对我的成绩表示遗憾。王老师让我拿出第一卷,一道一道地给我讲解。他先给我讲了一道古文语法题,考的是宾语前置。他讲得绘声绘色,讲到关键的地方打着手势帮助我理解。宾语似乎是被王老师"拿"过去从而"前置"的。王老师说,做所有的古文语法题,都要先翻译句子,把译文作为参照物,用原文与译文比较,答案就会浮出水面。

王老师甚至举了英语例子。What do you have? (你有什么) What 是不定代词,是不是"不定代词做宾语,宾语前置"?

关于宾语前置的规律,王老师讲过不止一遍。这次我才真正理解。

王老师又说:"你看,今天的英语语法还停留在我们汉语两千年前的水平上。我们读《左传》吟《诗经》的时候,他们还在石头上刻楔形文字呢!只可惜,现在的学生重视语文不如重视外语!"

听了王老师的话,我深深地低下头,暗下决心要学好语文,学好我们民族的语言!

润物无声,无微不至,老师的爱像一阵细雨洒在我的心田。不仅是我,班里 60 位同学谁不是沐浴在这平凡、朴实又沉重的师爱之中!

今天的日历即将翻过,今天的故事却永远留在我心里。室友都睡了,我望着窗外,总想哭。溶溶的月光洒满校园,温柔地抚摸着校园里的一花一草。

给美丽做道加法

高汉武

就像平静的湖面落下一枚银币,突然的声响,惹得满教室的花朵晃起来。

靠窗那排坐在最后的同学,弄碎了一块小镜子。

这是上午的第二节课,老师的讲述已停下来,同学们正进行课堂练习。有初冬的阳光从窗外涌进来,流淌在摊开着的课本上的字里行间。在教室的课桌间来回踱步,看长长短短的七排秀发及秀发下亮晶晶的 112 粒黑葡萄,捕捉沙沙的写字声合成的音乐,男老师感觉到自己好像一位农民在田间小憩,擦汗的同时聆听着庄稼的拔节之声。

一个小姑娘心爱的小镜子摔坏了。

教室里低低地有了议论:

"臭美! 扮啥酷呀!"

"上课怎么能照镜子?"

"活该受批评了。"

"看老师怎么办?"

老师没有言语,他有意无意地听着同学们的每一句议论。这些女孩子呀,全十五六岁年龄,作为旅游职中的新生,脸蛋身材口齿当初都曾经过精心挑选,一笑甜爽爽的,开了口也如一巢出窝的小鸟,三五分钟是静不下来的。男老师的心里笑着,他知道他们在等讲台上的反应。

其实,开始练习后不久,老师就看见那位同学悄悄摸出了小镜子。他看到她将镜片偷偷压在作业下,写几笔作业就照一照。借着阳光,一只蝴蝶的淡黄色的发夹舞动在她的前额,花季的脸真是漂亮。

男老师想提醒她,但一时没有想好合适的话。现在经同学一催化,他忽然有了一种灵感。

他微笑着先开口问了一个物理问题。

"请说说平面镜的作用。"

"有反射作用。"这很简单,全班 56 个同学几乎异口同声地回答。

"是啊。"老师说,"同学们,几分钟前,我们教室里 56 位同学变了 57 朵花,有一个同学借镜子反射出一朵。但是,镜中的花是虚的,镜片只能反射美丽,并不能增加美丽。要增加美丽或者让美丽面对岁月雨雪风霜的一笔笔减数,还是保持总数不变,我们唯一的办法是从另一方面给它再一笔笔添上加数。这加数是指,我们一次次做进步的努力,一次次为自己的目标不轻言放弃,或者,一次次向我们的周围伸出自己的手……而此刻,对坐在教室里的你来说,帮助你增加美丽的是你桌上的书本。"

再也没有任何声音,一池吹皱的春水再度平静。

当天晚自习时,照镜的小女孩在日记中写下了这么一句话——给美丽做道加法。

我们来了,蚊子就走

葛闪

那年夏天,我去重庆的一个山区小学支教。

那里和很多故事里描写的一样,贫穷,落后。破旧得随时欲倒的教室,支离破碎的桌凳,犹如受了车裂之刑,散了一地。唯一算得上好点的,是一块颜色脱落很厉害的黑板。

校长给了我最好的待遇,把自己的房间腾出来让我住,尽管房子还很破败,我还是对他发自内心地说了声谢谢。我记得,那个晚上,根本就没有睡好觉。山里的蚊子格外的多,直冲着我身上狠狠地叮咬。尽管我来的时候有准备,但还是没想到这个地方居然连蚊香都没有。我为来的时候没有带上几盒蚊香而懊悔不已,被蚊子折腾得翻来覆去!

这样的夜晚,又继续了好多天。

有一次在课堂上,我忍不住为这个破地方连盒蚊香都买不到而发起牢骚,抱怨这个地方的贫穷。学生们只是静静地坐在下面,小脸蛋上红红的,天真的底色上镀上了一层尴尬,明亮的眼睛紧紧地盯着我的脸庞。那上面,有好几个被蚊子叮咬的包。我看着孩子们大大的眼睛,不禁用手抚摩着脸庞上的疙瘩,对孩子们说,老师实在是受不了蚊子的折磨了,过几天就要回到自己的家乡了。说归说,我又怎么能就此离开呢?我知道,孩子们挺喜欢我的,我是在故意吓唬吓唬他们哩。

当天晚上,我找了些破旧的被单,简单地做成了个蚊帐,固定在床的上面,以此来抵御蚊子的"进攻"。我想,这样多少也会发挥些作用。

结果表明,我的做法是对的,那晚的睡眠质量确实比前几个晚上好多了。翌日,清晨的阳光透过窗户慵懒地洒落在屋里。我醒来的时候,一个懒腰还没伸完,突然看到床下高低不平的地上,居然坐着一大群孩子,一群红着眼睛的孩子!

我很奇怪,问他们是什么时候来的?

他们异口同声地告诉我,说是在我昨晚睡着时就到了。一个小女孩还补充一句,我们一夜没睡呢。

怪不得他们一个个眼睛都熬得通红!我真是搞不懂这些孩子要干什么,忙问他们到这里的原因。

他们并没有正面回答我。还是那个小女孩,跑到我面前,牵着我的手说,老师,你先回答我们,今夜睡得还好吗?

我这才想起,昨晚到现在的睡眠确实很好,没像头一个晚上那样遭到蚊子的侵略。我点了点头,说好。

小女孩顿时笑靥如花,拍着手说,我说得没错吧,我们来了,蚊子就走了。

你们来了,蚊子就走?我不禁为我昨晚亲手做的蚊帐叫屈。但,为他们的童心,我笑点着她的小鼻子问,那你给我说说,为什么你们来了,蚊子就走了?

小女孩低下头,嗫嚅着说,老师,对不起,我们这里穷,害你受了蚊子的苦。所以,我们趁您睡着了,就偷偷跑到您这里来了。我们人多,蚊子就会冲着我们来,再也不会去找您了。说到这里,她突然转头向距离床最近的两个小男孩看去,只是,小胖和狗子说话不算数,说好了要为您看好蚊帐上的两个洞,不让一个蚊子进去的。可,谁知道,这么多蚊子,他们居然也能睡着,说完,竟呜呜哭了起来。

这时,我才蓦然看到,面前的孩子们裸露在外的皮肤上,竟全都是蚊子咬的疙瘩,大大的,刺眼的红。我做梦也没想到，自己无心的一个玩笑，竟然让孩子们深记在心。我为自己的玩笑顿感后悔，紧紧地抱住小女孩，使劲吻着她脸上的泪水。

小女孩在我怀里轻声哀求我，老师，不要走，好吗？

我搂得她更紧了，一个劲儿地点着头说，老师不走，不走！

那一刻，我的眼泪汹涌而出。我知道，在一个闷热难熬的夏夜，有这样一群孩子，因为他们的老师一个无心的玩笑，用自己幼小娇嫩的身躯筑成了一道谁也逾越不了的墙——而筑墙用的砖，全都是爱！

有种水果叫香蕉

杨国华

"香——蕉。"老史在课堂上读，学生们就跟着念，满屋子的"香蕉"声就这样划破了山村晨雾。学校是沂蒙山深处的一个破庙，老史是学校里唯一的教师，学生只有十四个，却分属四个年级。

"老师，什么是香蕉？"一个孩子从石板叠起的"课桌"后面站起来，他举了手问这个问题。他的脸蛋儿冻得通红，猴子屁股似的。他还穿着开裆的棉裤，屁股蛋儿被板凳冰得生疼。

"香蕉是一种水果，可以吃。"老史回答。

"像咱村的山楂一样吗？是圆的吗？有山楂大吗？"孩子继续发问。山楂是山里唯一能够吃到的水果。

"大概是吧！"老史挠了挠头，头发上马上沾了些许白白的粉笔屑。

"老师吃过香蕉吗？"孩子不依不饶地问，另外十三个孩子也瞪大眼睛看着老史。

"没……我也没吃过……"老史不光没吃过香蕉，也没见过香蕉。"连老师都没吃过。"孩子长叹一口气，很失望地坐到板凳上。

老史回到家中，问自己的媳妇，家里还有多少钱。媳妇刚卖了鸡蛋，有十块钱，准备到集上打油吃。"拿来给我，吃过饭，我进一趟城。"

媳妇噘起嘴从裤腰里掏出了手绢儿，一层层打开，把一卷儿毛票不情愿地递给老史。

到城里有六十多里路。老史步行到镇上坐汽车，要两块钱，老史心里很疼：媳妇得攒多少鸡蛋呢？但还是坐了。

到了城里，一下车，老史就在车站上打听，有卖香蕉的吗？正好旁边有卖水果的小贩，一听便乐了，真是土老帽，连摊上黄灿灿的香蕉都不认识！他忙把老史叫过来，问老史买不？老史这才认得啥玩意儿叫香蕉：黄黄的，月牙般的，十几个像孩子一样挤着，真像学校里自己教的十四个娃儿。老史想着想着便笑了。老史问多少钱一斤，小贩要一块五，少一分不卖。老史讲了半天价，也讲不下来。只好称了四斤。

老史看天还早，掏出怀里的玉米饼子，向小贩讨了一碗开水，蹲在车站里吃了。老史兜里还剩下两块钱，他舍不得花了，心想又不是不识路，干吗还要瞎花钱坐车？走着回去吧！省两块钱给媳妇买个头巾。他就去市场给媳妇买了头巾，便走着回家了。

冬天天黑得早，走到四十里地的时候，天就渐渐黑了。还有十多里山路呢，老史很着急，不觉紧跑起来。等村里人掌灯吃饭的时候，老史才瞧见村里的灯火。山路曲曲折折，天又黑，老史一脚踩空，跌了一跤，头正磕在石头上，眼前一黑，就什么都不知道了。

老史醒来的时候，觉得头疼，睁开眼一看，媳妇正在油灯下哭，见他醒了，忙给他盖了盖被子。"香蕉呢？"老史忙问。"在这儿呢！你连命都不要啦？"媳妇心疼他。见香蕉好好的，老史就放心了，忙从怀里掏出头巾给媳妇。媳妇破涕为笑，把头巾蒙在头上对着镜子照，不一会儿又哭了……

第二天早上，老史还没起，一睁开眼吓了一跳，十四个学生都站在床前，手里提着鸡蛋、红糖之类的东西。那个孩子哭着揉眼,"都怪我,老师。"老史把孩子叫到身边,用手给他把泪擦干,然后,从床头上把香蕉拿出来,一支一支地掰给学生,自己也拿了一支,笑着对孩子说:"老师不知道怎么教好学生,今天,你们都知道什么是香蕉了吧!来,一人一支,咱们一块儿吃。"

说完,老史便把香蕉塞进嘴里,学生们都打量手里那黄黄的、胖胖的、月牙儿一样的香蕉,学着老史的样子,把香蕉塞进嘴里。每个人嘴里都涩涩的,不好吃。老史对学生说大概香蕉就这味儿吧!你看,城里小贩多坑人!虽然不好吃,学生们都吃下了。孩子们眼里盈着泪,不知是不是涩的……

后来,那个提问的孩子走出了大山,考进了城里的学校;再后来,他又考进了更大的城市的一所大学。他早已知道香蕉是热带植物,是一种剥了皮才能吃的水果。他去了南方,在香蕉树下照了一张照片,咧着嘴笑,头顶一串硕大的香蕉。他把照片寄给了老史。

那个孩子就是我。

报复与报答

冯玥

已经是晚上 10 点多了,报社的编辑部大厅里,只剩下我和三个孩子。从下午 5 点开始,他们就一直滔滔不绝地讲述着他们的两个老师,讲两个老师给予他们的影响。

小 A 是这三人中的主角。

两年前,他是一个逃学、旷课、身背处分、带领同学和老师捣乱,让妈妈绝望、让学校老师头疼至极的孩子;初二结束时,他 7 门功课只考了 260 分。

一年后,他的中考成绩翻了一番,上升到 528 分。如今,他是北京市一所重点中学的高一学生,在班上成绩不断上升,已经接近前 10 名。

同一个人,为什么转眼之间就有这样惊人的变化?

坐在我面前的小 A,安安静静,眉清目秀,略微有一点拘谨。

"从初一到初二,别人是没上课的时间数得出来,我是上课的时间数得出来,经常是一两个星期不上课,有被老师赶出去的,有自己不去的。

"初二期末考试,除了语文,其他都不及格。还带着一个记大过的处分。我妈那时候讲,只要不进公安局,不进派出所,不打架斗殴……分数对她来说已经无所谓了。

"也没什么具体原因,开始就是贪玩,不完成作业,上课讲话,总是被老师罚。

"初一的时候有次踢球,没做作业,老师罚写'说明书',就是检查。先写了一遍,老师说不深刻,再写。误了两节课,不知道讲了什么也不知道留的作业。第二天没法完成作业。教师说你记吃不记打,再写检查,又耽误课。每天第一节课总是数学,几次以后,就听不懂了,小测验只能得 10 多分。这样越来越不愿学。"

小 A 说,数学课还不是最难过的。

"班主任 G 是语文老师,语文背书背不出来,老师就罚抄课文,《白杨礼赞》《在烈日和暴风雨下》,都是几千字的文章,一罚就是 10 遍,抄不完第二天就乘 2,第三天就乘 3,永远也抄不完。

"后来老师说,想少抄一遍就去操场跑两圈。我们都宁愿去跑步,因为实在是抄不完。跑步都是在课间和中午,好多同学、老师都在看,心里特别不好受。可跑步也跑不完,跑 10 来圈还行,20 圈就跑不动了。第一天 30 圈,第二天就变成 50 圈了,跑到后来就觉得腿都不是自己的了。

"老师不让上课,我也不敢告诉我妈,不敢回家。

"从那以后,我们开始恨老师,开始故意不完成作业,和老师作对。老师让我们检讨,向教师鞠躬,必须是 90 度,我们不干,于是又被送思教处,又填表,又把我妈叫来,回家又挨打。我家专门有一根木尺子是打我用的，三菱形的，特硬，打起来特疼。

"第一次旷课是在初二。

"有一天要请家长，我不敢告诉我妈，可去学校又没法交代，干脆就不去上学了。我们一共3个人，在外面玩了两天，第三天说回去跟老师承认错误吧。结果一回学校老师根本没让我们进教室，直接送到思教处。思教处的老师拧着我们的耳朵，一边用手拍我们的脸，说：'好小子，会旷课了……'让我们到一边站着去，一站就站到下午放学，我妈也去了学校，晚上又打了我一顿。

"第二天到了学校，G老师说：'你以为这事就完了？你得在全班做检查。'那时候检查做得太多了，说的时候我忍不住笑了。G老师气得不得了，让我出去，又把我的书包扔出来，书包砸在走廊的柱子上，东西掉了一地。"

到后来，小A几乎天天都被赶出去。

"老师不让上课，我也不敢告诉我妈，不敢回家。我家住得远，我早上6点出门，晚上放学后回去。中间的时间不能上课，就到处乱逛。"

小A的妈妈对我说："后来我和孩子关系好了，他才告诉我这些。我就问他，一天一天不上课，你都上哪儿去了。他一边哭一边和我讲，学校不让上课，家又不敢回，只能在外面逛。一刮风下雨，没处躲没处藏的，有时候下大雨就在街上淋着……"说到这儿，她的声音哽咽起来。

"到后来，我们也不怕老师了，专跟她对着干。

"那会儿G老师骂我们是猪，说我们除了玩就知道吃，说家里养你们这些猪有什么用。其实G老师骂得对，我们那会儿过得真像是猪的生活。有时当着全班同学面，G老师就直呼我们是猪，说你们和猪有什么区别。但别人骂行，她骂就不行。老师还说家长不是东西，当着我和另一个同学的面，说我妈和他爸都不是什么好东西。我们当时就急了，说你凭什么骂我们家长。因为和老师顶嘴，处分从严重警告升到记过。

"我是学校足球队队长，学校参加市里的足球比赛，参加的人需要班主任签字。可G老师却不让我参加。几乎全班同学都去求她，可说什么都没用。同学们就故意去问问题，缠住她，好让我上场。后来老师察觉了，班上好多同学为此写了检查，说是包庇我。

"这件事后的第二天，老师在班上宣布，班上同学都不许理我们三个人，要孤立我们，如果谁和这三个同学说话，严惩不贷。刚开始大家都不在乎，照常和我们说话。后来班上两个学习好的同学为这事被叫到思教处写检查。我们说别给同学惹麻烦，就只好假装在老师面前谁也不理谁。"

小A的同学小Z对这件事印象也很深。她说："几乎全班同学都去求她，围在老师办公室外面。女生都哭了。其实我也不喜欢看球，但我们都希望我们班能踢得好一些。可老师说，你们谁再在这儿多留一分钟，我让你们吃不了兜着走。原话就这么说的。"

"到后来，我们也不怕她了，专跟她对着干。

"我们在课堂上故意捣乱，非气得她动怒。正儿八经的学生，哪儿有上课端着碗馄饨去的？我偏买碗馄饨在班里吃。上课有听随身听的，有泡方便面在课堂吃的，有三张椅子拼在一起躺着睡觉的。老师气得没办法，就骂我们是猪。我们也生气了，一定要老师道歉。我们说老师这么骂人，我们走到哪儿都有理。老师被弄得没办法道了歉，全班同学都鼓掌、拍桌子，特别高兴，觉得是一种胜利。

"那时候为了和老师作对，我们什么法子都想了。给她的水杯里放感冒药，让她吃了犯困。给她的大衣领子上涂胶水，把吃完的口香糖粘在她鞋里，把她挂在办公室的钥匙偷偷扔掉……"

小A说："现在毕业了，再回头去想，其实有时也觉得老师说的是对的，可就是老师的方法不能接受。"

又一个新学年开始了。

暑假里，小A听说要换班主任，兴奋得挨个儿给同学打电话。

"那时候也不知道换哪个老师，不过我想换谁都比G老师要好。"他说。

"开学报到的时候，一般都是班干部留下打扫卫生。新的班主任T老师特意问我，能不能也留下为班里做值日。"

小 A 说，当时就觉得这个 T 老师的说话态度比 G 老师好多了，所以同意了。

小 A 那天特别卖力，T 老师表扬了他，又让他介绍自己。

"我就说自己喜欢踢球，不爱学习，纪律也不好，爱花钱，还有旷课，上课吃泡泡糖，反正就是把原来 G 教师说我的话都说了，最后又加了一句，我说我是个坏孩子。我想老师还不都一样？"

"没想到 T 老师马上说：'你不是坏孩子。你只是原来不知道努力，成绩差了点，但不能代表你坏。我看你做值日挺卖力气的，我觉得你是个好孩子。'"

"然后她又说：'我请你办点事。'"

小 A 说，那是他第一次听老师对他说"请"。原来新班主任要"请"他做政治课代表。

回到班里，T 老师宣布这事的时候，同学都炸了窝了。小 A 的政治成绩从来没上过 10 分，居然能当课代表？ 老师说，成绩不好，可以努力。

几个孩子说，T 老师带他们一个星期以后，大家都喜欢上她了。

"T 老师和原来的老师都有什么不一样？"我真是好奇，这些昨天还"顽劣不堪"的孩子，居然在一个星期内就被"收服了"，这个老师该有怎样的魅力？

三个孩子七嘴八舌地说了起来：

"T 老师从来不在大庭广众批评人。你犯了天大的错误，她也不点名。她习惯的动作是走到你的座位上，用手指在桌上敲三下，提醒你。下课时，她会说谁谁到办公室来找她一下，她有点事找你。她批评你的时候都是讲道理，从来不会骂你，侮辱你。

"T 老师没有先入为主，而是一视同仁。G 老师就不这样，比如没完成作业，我们几个就被轰出去，换了成绩好的就是'下回注意。'T 老师就不这样。她对我们好，可如果不完成作业，一样要补。不过不占上课的时间，你可以在课间补，也不会把你赶出教室，也不罚你。

"原来 G 老师老让我们在楼道里补作业。我们只能蹲着、坐着或跪在地上，冬天的时候，楼道里特别冷，可 G 老师就是不让进教室。"

"T 老师上课大家都坐得端端正正，主要是因为 T 老师对我们那么好，我们怎么能在她的课上捣乱呢？ 其实 G 老师讲课也不差，大家为什么不听，就是因为我们关系不好。

"在课下，T 老师就像我们的姐姐，和我们一起打羽毛球，聊天，聊流行音乐，问我们喜欢听谁的歌。

"T 老师还经常表扬和鼓励同学。"

老师对我们好，就一定要报答她——孩子的逻辑往往是最简单的。

在学校里，T 老师的自行车最干净，不停地有学生去擦。"有时候早上看 T 老师车脏了，你中午去擦时没准儿就已经干净了，不知道谁擦的。"这些过去能把老师轮卸下来的学生说。下雨了，老师车棚里的车放不下，校工也知道，"把 T 老师的车抬出来，一会儿准有学生来擦干净。"

"我当时也特别感动，一下就哭了。"

小 A 曾经在 T 老师面前哭过两次。当时其他老师听说小 A 哭了，都不相信，小 A 还会哭？

"有次为了什么事，我和任课老师吵了起来。T 老师批评我，说你真让我失望。一想 T 老师对我那么好，我一下忍不住就哭了。我自己都特惊讶。"

后来一次是因为表现好了。具体什么事，小 A 说已经不记得了。当时 T 老师对他说："你有进步，老师也替你高兴。"

小 A 说："我当时特别感动，一下就哭了。其实不止我一个，还有几个被原来老师认为都没有眼泪的人，后来也都在 T 老师面前哭过。"

"有一次我跟 T 老师说：'我长大后一定会报答你的。'老师说：'我教你不是为了让你报答，这是老师的责任。如果你们不学好，是老师的失职。如果你们觉得我好，以后在马路上能喊我一声'老师'我就知足了。如果你们觉得我不好，你也不用喊我，我也不会怪你。'我觉得特别感动，回家我和妈说了她也特感动。"

在新的学校里,一切都有新的开始。

高一第一学期的家长会上,有3个老师表扬了小A。小A妈妈流着泪说,从儿子上学以来,每次家长会上都是挨批的,听到表扬,还真有点不好意思呢。

小A妈妈记得初一结束时,学校召开过一次"特殊"的家长会。

"我当时心里特别特别难过,好像孩子真的到了犯罪的边缘。但是有的时候我想想,自己的孩子究竟怎么坏了?他又不是打人、抢劫、流氓的那种坏,他就是淘气、爱玩、坐不住。这孩子确实个性特别强、任性,后来故意和老师捣乱,搅得课没法上。

"我曾经去找过G老师,和她说能不能换一种教育方法,别只是惩罚,给他一点表扬和鼓励。谁知G老师说,他有什么地方值得表扬。

"我当时特别绝望,辛辛苦苦把他养那么大,就没希望了吗?

"上初三后,有一天小A跑回家来,特别激动,一个劲儿跟妈妈说:'妈妈,你知道老师跟我说什么吗? 她说我不是坏孩子!'

"我没想到,老师的一句话,对孩子有那么大影响。"妈妈感叹道。

"后来我给T老师打电话,她跟我说,没有坏孩子,他有什么坏啊,不就是闹吗? 淘吗? 男孩子天性就是这样,如果你把这种东西当作一种品性的坏,他当然接受不了。她还一再和我说,千万不要打孩子,你越这样做,孩子离你越远。

"我后来也转变了,现在我和儿子的关系特别好。他一回家来妈妈长妈妈短,什么都和我说。给同学写贺年卡,写一份给我看一份。"

"小A现在像变了个人似的,张口闭口都是学习。"原来的同学说。

在小A心里,一直有个愿望,将来长大了,一定要报答T老师。

"你想怎么报答呢?"我问他。

"T老师说过,想办一所自己的学校。等我有了本事,一定要给T老师建她自己的学校。"

这个15岁的少年,一脸认真。

如果感到幸福你就跺跺脚

冯俊杰

那一年,青年德皮勒完成了全部学业从州立大学毕业了,他做了一个教文学的老师。所以,从那时开始,我们应该叫他德皮勒老师。

其实德皮勒非常想去做一个优秀的长跑运动员。四年前的他曾是那么单纯而痴迷的一个运动青年。但是,他的梦想却在生活中成了幻想。

揣摩着自己从最新的教育学书籍上学来的方法,德皮勒在自己的学生们身上试验着。书是麦尔教授推荐的,应该不会错。麦尔教授是他大学选修心理学的主课教授,是一个有着短短白胡子的小老头。

还是有点紧张,嗯,先平静一下,看了几眼墙上画的彩色人像和明丽风光。好了,开始了。

"如果感觉到幸福你就拍拍手。"德皮勒大声对所有人说,这种方法要激发他们的想象力和敏感性,让他们学会表达。

孩子们纷纷举手,跟着德皮勒拍。他们的面孔,从僵硬乏味立刻变为鲜活生动。德皮勒的情绪更加高涨,他的视线,如手提摄像机镜头一样摇晃着,从一个学生跳跃到另一个学生,最后,定格在一个男孩儿脸上——他是那样的面无表情!

德皮勒又重复了一次,男孩儿依旧没有表情。

"你叫什么名字?"德皮勒开始冒火。

男孩儿抿紧了嘴唇,一声不吭,表情甚至有些愤怒。德皮勒又问了一句,他还是不说话。不过学生们却显得很奇怪,按照一般的情况,他的举动应该可以勾起大家的好奇。但是,所有的孩子都没有去关注这样一个事件。只有一个学生轻轻地说:老师,他叫詹姆斯。德皮勒深深倒吸了一口气,终于克制下来继续上以下的课程。除去过去了的25分钟,下面的20分钟,仿佛几个小时一样漫长。德皮勒的情绪彻底败坏了,慢腾腾地布置了俄文题目:幸福。然后说,请课代表下午收了之后送到自己的办公室。

下课之后那个詹姆斯被德皮勒老师叫到了办公室。他亲切地嘱咐:"为什么不和大家合拍呢?下次不可以,知道吗?"

男孩在口袋里抄着手,低头,沉默地点头。一直到他晃回教室去了,他的右手始终放在口袋里没拿出来。

德皮勒老师心想,嘿,我遇到了一个脾气倔强的孩子。

詹姆斯又惹事了,他和另外一个男孩打架了。德皮勒老师好奇地赶过去的时候,争执似乎已经结束。詹姆斯全身都是乱糟糟的,唯一不变的是,仍把手抄在口袋里,站着不动,满脸通红。

"你又怎么了,詹姆斯?"

詹姆斯毫不理睬,转身跑掉了。德皮勒老师只好无可奈何地离开现场。

"詹姆斯的右手以前触过电,被切断啦!"有一个女生这么说,德皮勒老师的心猛然一缩。

晚上,德皮勒老师坐在房间里一本一本地看交上来的作文,把封皮上写着詹姆斯的本子,单独抽出来。

第二天,德皮勒老师仿佛什么都没发生过,平静地走上讲台,然后把前一天的作文本子发下去。直到最后的五分钟,他说,我们重复一下昨天的游戏好不好?

好!但是我们要稍微修改一下,如果感到幸福,你就跺跺脚。来,老师先带头!

真的,德皮勒老师带头跺起来,非常地用力,左右两只脚一起动着,虽然看上去非常滑稽,因为他跺起脚来,像是罗圈腿。

他们都是聪明而细心的孩子。在一分钟后,教室里响起剧烈如暴风雨的跺脚声。其中,德皮勒老师听到最特别的一个声音,那是詹姆斯发出的。因为,詹姆斯那天跺脚的声音是最大的,并且眼睛里含着泪。

德皮勒老师在他的作文上打了有史以来第一个99分,后面还附加上了一段话:"为什么没有给你满分?是因为你为了身体的不幸福,而拒绝了让自己的心感到幸福。如果你注意到,你的德皮勒老师其实是一个截去左脚的人,那背后,也有老师的不幸故事。但是,他没有拒绝让心去感受不幸之外的幸福。所以,他虽然选择了平凡的文学老师,却仍然认真地、快乐地生活。"

是的,德皮勒老师是幸福的,他曾经治愈了自己心里的伤痕,现在,又治愈了一个小小的心灵。

雨伞超市

顾婉艳

同往常一样,我踏着上课的铃声,轻快地走进一(5)班教室。

一进教室,就有学生举手告状:"顾老师,虞凯上课了还在玩他的雨伞。"我定睛一看,果然,别的小朋友都已经坐得很端正,只有虞凯的两只小手还在课桌下乱动。"虞凯,把你的雨伞拿上来!"

可是只见他眯缝着小眼,手捏一顶造型别致的雨伞,向全班同学看着,犹豫着,不肯把伞拿上来,大概是担心我收起来吧?

怎么办呢?批评他吗?没收他的雨伞吗?这个孩子脾气倔强,直接批评他,估计不会服气,但是现在矛头已经对准他了,我总要想办法把这件事情解决了才能开始上课呀。

突然,我灵机一动,既然现在大家都把注意力都集中这把雨伞上了,那今天的语文课,何不就从这把伞开始呢?于是,我临时改变了课堂计划。

"虞凯,好东西要让大家一起分享呀,老师看你的雨伞真的很新颖,你能拿上来展示给大家看看吗?"

听我这么一说,他放心了,连忙跑上来,把雨伞放到我手里。我撑开雨伞,哦,是一只小狗熊头的造型,在伞顶,还有两只圆圆的耳朵呢!怪不得今天曹锦涛要爱不释手了。

"小朋友,你们猜猜为虞凯什么会这么喜欢这把雨伞呢?"

一只只小手犹如雨后的春笋……

"老师,我觉得他有可能是喜欢伞的颜色,因为它很鲜艳。"

"老师,我觉得他有可能觉得这把雨伞很新颖,和一般的雨伞不一样……"

小朋友你一言我一语地评说这把伞的特色,欣赏着这伞的形状和花纹,以及颜色的搭配。再看此时的虞凯,得意和喜悦写满了他的脸。于是我话题一转:"同学们一定很羡慕他,老师有个办法,我们自己动手设计一把伞,然后我们来举办一个雨伞超市,大家都来介绍一下自己画的雨伞,看看谁的设计最新颖最漂亮,看看谁的伞比虞凯的伞还好看,好吗?""好啊,我画的伞一定比虞凯的伞要更好看。"教室里开始安静下来,同学们托着腮帮子,静静地想着,悄悄地画着……

不一会儿,小朋友们就画好了。我看他们跃跃欲试的样子,先让他们在四人小组里试着介绍一下,做好汇报的准备。我们的雨伞超市开张啦!

首先出场的是张红,我把她画的雨伞贴在黑板上,台下传来啧啧称赞声。"我画的雨伞和虞凯的不一样,我的雨伞是完整的一只皮卡丘,下雨了我可以躲到它的肚子里,我设计的颜色是嫩黄色,这样的颜色很醒目,司机叔叔很远就可以看见我在路上走,很安全……"

小家伙们的童心被调动了,学习兴趣被激发了,思维的火花被点燃了。

"我的伞不光漂亮,还是全自动声控的,说声'开'就开,说声'关'就关,这个设计不错吧!"介绍的同学洋溢着成功的喜悦解说着。

"顾老师,我的伞还可以听音乐呢!我在伞柄上装了一个音乐播放器……"

黑板上的图画越贴越多,美丽的雨伞,像朵朵鲜花盛开在黑板上……

下课了,还没轮到介绍的小朋友,牵着我的衣角不让我走,非要我听完他们的介绍,帮他们把画好的雨伞贴进"雨伞超市"。

我想:如果当时,我粗暴地没收了虞凯的雨伞,狠狠批评了他,那今天这堂语文课,结果又会是怎样的呢?

掌声里的自信

杨洪芳

1984年,我在家乡联中读初一,那时的我沉默寡言,总是蜷缩在教室的一角,每天一句话不说。上课前,我早早地来到教室,下课后,我又是最后一个离开教室。因为我有残疾,走路一瘸一拐的。那是我在幼儿园时病魔带给我的恶果——小儿麻痹后遗症。我之所以忧郁地把自己封闭在寂寞的阴影里,是因为我不愿让同学看见我残疾的躯体。

一天,上口头作文课,轮到我上台时,全班60多双眼睛向我望来。我的脸红到脖子根,头埋得低低的。我艰难地站起来,一摇一晃地迈着沉重的步子走上讲台。在我艰难的行走中,教室里变得异常寂静,空气仿佛凝结了似的。我刚在台上站好,骤然发出一阵暴风雨般的掌声。那掌声热烈、长久,在掌声里,我脸上挂满了泪珠。掌声渐渐平息,我定了定情绪,开始口头作文。当我结束演讲的时候,班里又响起了一阵掌声。我在掌声里一摇一晃地走下讲台。

学期快要结束了,班费还节余300多元。班主任周老师提出了一个浪漫的设想:元旦晚会上,我们班抽奖产生一个新年幸运之星。具体方法是,先将全班每个同学的姓名分别写在纸条上放进木箱里,然后,主持人从木箱里任意抽取,抽到谁,谁就是新年幸运之星,那300块钱就当幸运奖金。班干部们听了,纷纷表示赞同,文娱委员李宏图兴奋地说:"老师,咱们就这么干吧。"

后来我才知道,班主任周老师想让幸运之星降临到我的头上,想通过这个活动使我开朗起来、自信起来。班干部们都赞成老师的提议。怎样才能把新年幸运之星的桂冠戴到我的头上?可让班主任和同学们大伤了脑筋。

新年到了,联欢晚会的序幕拉开了。在五彩的霓虹灯光里,闪着喜庆光泽的小木箱摆放在讲桌中央,木箱里装有60张写着名字的字条。谁将是今天的幸运之星呢?主持人李宏图的手伸进小木箱里,教室里安静得听得见心跳。只见李宏图缓缓地从木箱里抽出一张字条,慢慢地将字条展开,然后大声宣布:"新年幸运之星——杨洪芳!"李宏图拖长的尾音被同学们的掌声淹没,在大家的恭喜声里,满脸涨红的我站起来,迈着沉重的步子,一扭一拐地走向领奖台。

班主任老师把那用红纸包着的300块钱递给我,又给我戴上幸运之星的桂冠,那桂冠是用红花绿叶扎制的,在五彩的灯光下闪着欢快的光。我笑着回应同学们的祝贺,班主任周老师还特意强调,这300块钱不准用于请吃,要用在有意义的地方。我使劲地点着头。

那晚的演出非常成功,我的一首独唱把晚会推向了高潮。同学们很意外,原来我还有这么动人的歌喉呢!热烈的掌声再次使我的脸上挂满了泪水。

此后,我从阴影中走了出来,活泼得像一只百灵鸟,眼睛里少了忧郁,多了自信和快乐。学习成绩一直处于下游的我,逐渐成了班里成绩数一数二的人物。两年后,我顺利地考上省重点中学。

我去高中报到的前一天,来和班主任周老师道别。老师对我说:"洪芳,还记得你获得幸运之星的那场晚会吗?"我说:"我永远不会忘记那次晚会和那次掌声,是那次幸运给了我自信和快乐,是那次掌声给了我第二次生命……"老师微笑着说:"洪芳,你未必知道,那只木箱里的60张字条,写的都是同一个名字。"我一听,一下愣住了,泪水在我的脸颊上慢慢地滑落下来……

后来,我以优异的成绩被一所名牌师范大学破格录取,成了这个中学建校以来第一个考入北京名牌大学的残疾中学生。从此,我感到掌声和自信是多么重要,是掌声和自信救了我。我曾多次想:如果没有那次口头作文演讲,如果没有班主任周老师那次元旦晚会的巧妙安排,我今天会怎么样呢?

从那以后,我也学会了给人鼓掌,尤其是当别人身处困境的时候。其实,人人都需要掌声。在人生的舞台上,谁不希望自己的演出得到喝彩?掌声,是一种尊重,更是对一个生命的鼓励和肯定。

教育,是一种感动!

郑凌彬

夜里,我独自坐在灯前思索着,脑子里又浮现出他的影子——阮建凤。阮建凤是我三年前刚来这所学校时一位一年级的学生。没想到三年之后,我再次教一年级时,在给新学生入学注册时,他又站在我的面前。他还是老样子,身体瘦弱,面黄肌瘦,两眼无神,呆头傻脑。我惊诧地说:"你怎么还念一年级啊?""没办法,这么个傻儿子,没有一个老师愿意教他,已经读了三年一年级了,"母亲一脸悲容,哭着说,"老师,教教他吧,求求你了。"我同情这位无奈的母亲,就决定收下这个多次留级的学生。同事与我调侃时说:"阮建凤可真跟你有缘,不过像他这样弱智的学生,谁教谁倒霉。"

的确,他可是全校出了名的差生,不但学习成绩不好,还经常在课堂上捣乱,与同学打架、偷东西……很令我头疼。我决定试着去改变他。在安排学生座位时,我把他编在我面前的座位,予以更多的关照。第一天上课时,我教"a"的拼音,全班其余的同学都学会了,可就是他一个人学不会。下课后,我就给他补课,不知教了多少遍,他终于能正确地读出第一个拼音"a"!这零的突破使我有了短暂的喜悦。可第二天,提问时,他又什么都不会。我只得重新再教,直到他学会为止。这样他学习的进度比别人慢了许多。万万没想到,当所有的拼音都学完之后,他竟把"a"读成"i",把"i"读成

"s"……我想阮建凤难道真的是"朽木不可雕"？失望之余,我也曾想到了放弃。

有一天,我提前来到教室,只见他低着头,手背不时地擦拭着眼睛。旁边的同学告诉我:"他被人打了!""怎么？又打架了。"我压抑已久的怒火燃烧了。"不是的,每天上、下学的路上,很多同学都围着打他、欺负他、讥笑他是个大傻子。"

天哪！我的心像是被什么东西狠狠地刺了一下。那节课,我改变了上课计划。我选出思品课中《帮助有困难的同学》这一课来教育学生对有困难的同学应如何关心与帮助,并要求每位同学从身边小事做起,帮助阮建凤同学。经过一段时间,我发觉同学们在生活上、学习上给予了阮建凤更多的关心与帮助。渐渐地,他对学习感兴趣了,他那枯黄的脸上露出灿烂的笑容。

有一天,正当我在宿舍准备就寝时,突然听见几声急促的敲门声。我打开门,只见阮建凤气喘吁吁地站在门口,羞涩地低着头,手里提着一小袋东西。我奇怪地问:"发生了什么事？""没,没……我妈妈叫我把这些花生送给您。""谢谢你,老师不能收你的东西,只要你听话,认真学习,老师就很高兴啦!"

"不,您得收下,我家还有好多呢！……从前每个老师都不喜欢我,只有您对我最好,我真的很想感谢您。"说完把花生塞到我手里,转身跑了。

对此,我心里感到特别的欣慰和由衷的高兴,因为阮建凤已经学会了如何去感激别人(当然不是为了他给我送东西)。之后,我信心倍增,虽然他的进步与常人相比是微不足道的,但也会令我欣喜若狂、手舞足蹈。

就这样,我破例让他在我执教的班里顺利地升到二年级、三年级。闲聊时,同事笑道:"你跟阮建凤真有缘。只有你升级了,他才能升级,否则他永远还是一年级的大学生。"虽然他现在也只能写些简单的句子而已,但是这对他来说是一个大大的突破。

让我们一同珍惜与"差生"的缘分吧！相信他们吧！朽木可雕。不,对学生而言,本无所谓"朽"木与"好"木,重要的是为师者如何去"雕"。教育是一灵的雕塑,是一种生命的感动——平实而亲切的感动!

一包润喉糖

王磊

最近在一篇文章中看到"教育有悔"这几个字,就像在水中丢了颗小石子,我的心情变得不平静起来……

好多年前的一天早晨我来到办公室,发现办公桌上有一个纸包,上面赫然写着几个幼稚但很端正的字:"老师,您辛苦了！"我心头一热,小心翼翼地打开纸包,里面是一包金嗓子喉宝。是哪个孩子这么有心呢？作为一名英语老师,从事的是语言教学,用嗓子的时候比较多,所以每一学期总有那么几天喉咙嘶哑,发不出声音。最近,这个老毛病又犯了,喉咙生疼,只能发出耳语般的声音,眼看着要影响正常的教学,心里正干着急呢！看到这包润喉糖,我心中涌出了股股暖流,喉咙的疼痛也仿佛减轻了不少。到底是哪位学生这么懂得体贴人呢？带着这个疑问,我踏进了教室,环视一下四周,几十双小眼睛齐刷刷地盯着我,一样的天真,一样的可爱,哎呀,到底是谁呢？无奈的我只能在黑板上写了一行字:谢谢你的润喉糖,老师的喉咙好多了。

这个谜一直没有揭开。在以后的两年里,每当喉咙不适时,我总会发现一包润喉糖静静地躺在我的办公桌上。直到两年后的某一天我收到一封信,这个秘密才被揭开。信是这样写的:老师,您还记得我吗？我是小惠,我现在已经是一名中学生了,这一学期期末考试我的英语考了 78 分,我知道这个成绩对于别人来说根本算不了什么,但我却为此感到很骄傲！但如果没有您当年对我的精心辅导,我是不会取得这么好的成绩的,是您树立了我对学习的信心,我永远感谢您！对了,您现在喉咙还疼吗？别忘了买包润喉糖润润嗓子呀。

我只觉得自己的脸一下子红了,那不是知道秘密后的惊喜和激动,而是一种深深的忏悔。要不是这封信，这个孩子早就从我的记忆里消失了。小惠由于刚出生时生了一场大病，吃药不慎造成听力下降，只能借助助听器和别人造行交流，即便如此，也不能很清楚地听清别人说些什么。她刚到我班的时候，我非常懊恼，心想又来个拖后腿的，话都听不清还要学什么英语。至于后来我为什么每天中午给他补习，并没有她想的那么单纯，那么美好。我并不是她心目中的那个充满爱心，乐于助人的好老师。我仅仅只是为了不让她影响全班的成绩，为了保证所谓的及格率，才不得不为她补课。我这种出于功利而为之的行为又自私又狭隘，但在她那稚嫩而纯洁的幼小心灵中却误以为是无私的饱含着爱的举动，我的虚情假意换取的是一颗真挚的心。在两年的时间里，她默默地以她特有的方式回报老师给她时"关心"，而我也心安理得地享受着学生给我的爱的礼物，心中还自鸣得意，真以为自己是一位受学生爱戴的好老师了。现在我觉得自己仿佛是个骗子，用廉价的感情换来了无价的真情。我知道如果我把实情告诉她，无疑会使她幼小的心灵受到深深的伤害，考虑再三，我隐瞒了事情的真相，就让她心中永远保留着对老师的美好印象，拥有一段美好的回忆吧。

人的一生可能会犯很多错误，随着岁月的流逝，有些错误会淡忘，有些根本会从记忆里消失，但有些错误是不能遗忘的。这件事深深地触动了我的心，孩子的心是最纯洁的，千万不要用我们的功利心、虚荣心去伤害他们，一定要用真心去对待孩子。孩子，不要怪老师又一次"欺骗"了你，请相信这次的"欺骗"换来的是老师的一颗真心。

她改了自己的分数

赵芬梅

李佳最近学习一直很努力，像变了一个人似的，作业不再拖延了，上周还来办公室问我数学题，这在以前是我想也不敢想的。

期中考试成绩下来了，李佳的成绩虽然只有 75 分，但已经不错了，记得上一次测试，她只得了63 分。

"老师……"声音很小，怯怯的，但明显是在叫我。

"啊，李佳，有什么事吗？"

"我想……我想……"声音越来越小。

因为有事着急要走，我说："李佳，这次成绩不错，值得表扬，下次再多努力点。"看她没有言语，我转身走了。

晚上准备睡觉时，电话铃响了，是李佳妈妈打来的。

"老师，太谢谢您了，孩子进步太大了，老师您费心了……"声音又快又响，根本没有我插嘴的机会。李佳爸爸的话才使我弄清了原因，"95 分呢！我想都不敢想，试卷我都看了，第一页全对了，第二页李佳说下周一给我看，老师，我们打搅您了，只想向您表达个谢意。"

周一课间，李佳满脸通红地找到了我。

"老师，我改了自己的分数，就多出了 20 分。另一张试卷我没敢给爸妈看。"

怎么会这样？在我看来，这比考场作弊的后果更严重。

"因为，爸爸经常这样说我，数学成绩哪怕只有一次超过 80 分，就是他的好女儿，还要给我买最想要的 MP3。老师上周我找您，就是想让您多给我 5 分的。"

怎么办呢？把这件事作为典型予以公告，以教育班里的其他学生，还是只把李佳的过错告诉他的爸爸妈妈？

理智使我做出了另外的决定："李佳同学，欺骗家长是不对的，但确实应该为你的进步打95 分。"

我在李佳的试卷上注了这样的一个证明：

"李佳同学近一段格外努力,进步出人意料,95 分是他应该得的分数。"

"老师……"声音又越来越小,我看到了李佳的眼泪。

期末考试成绩出来了,更使我想不到的是,李佳的数学成绩是 96 分。

我听到了"你真棒"

覃玲

想起刚才学生们一句句由衷的"你真棒",看到座位上那张涨红的脸,我感受到了她内心的激动。

记得第一节课上,我给每个学生布置了一个任务:自己用一周时间准备、设计一本"综合实践活动本"。一周过去了,当我再次出现在学生面前,要求检查他们的本子时,不少学生让我很失望,他们没有准备;不少学生却给了我惊喜,我真的不能想象那是他们做出来的。于是,我在班上点名表扬了那些学生。当我说出"何仙花同学做得也很不错"时,我听到了一片嘘声,还夹着些议论:"啊,她也要表扬呀?!""哟,是不是呀?!"座位上的何仙花脸涨得通红,埋下头。我很不解,带着疑惑上完了课,而何仙花的头就一直没有再抬起过。

下课后,我马上找到了王斌老师,终于解开了心中的谜团:何仙花是班上成绩较差,接受能力最慢的一名学生,性格内向,不爱说话。"但她确实做得很好呀。"我在心里说。

又到了我的"综合实践活动"课。一上课,我还是先检查上节课布置的作业——根据上节课我的讲解,画出河南新村社区的地图。和我预料的一样,又有一部分学生没有完成。何仙花完成了,还画得相当不错,用上各种颜色标明社区的各个部分,看得出来她花了不少心思。我对学生说:"下面请画了地图的同学把他们的作品给我们展示一下。"几个学生拿着自己的本子,得意地在班上走了一圈。"何仙花同学,也请你把你的本子展示一下吧!"何仙花抬头看着我,脸又涨得通红了。她迟疑着,久久没有起身。班上又议论开了:"哟,又是她,她真的那么好呀?!""老师,不要叫她了,她平时都不说话的!"……"做不做是态度问题,做得好不好是能力问题。何仙花同学做了,首先做的态度我很满意,至于好不好,你们自己看吧。来吧,何仙花!"何仙花终于从座位上站起来,拿着本子,低着头,脸红红的。班上安静了,所有同学都看着她。她走出座位,我为她鼓掌,她抬起头看了我一眼,我向她点点头。我的掌声在安静的教室里格外地响亮。几秒钟后,又加入了一些,不一会儿,在一片掌声中,她走到了第一组,打开了自己的本子。她的同学们半信半疑地看着她的作品。"哇,真的!"听到第一个欣赏者的评价,后面的同学忍不住了,"让我看看!""你走快点呀!"心急的学生干脆跑到她身边,抢过本子,动手翻看起来。"哟,真的很好看。""这真的是你自己画的呀?!""你真棒!"……我看到她的脸还是红红的,但她的头抬起来了,带着笑回答她的同学。

我请学生们回到座位上,谈谈自己的感受。"她画得比我的好,我要向她学习。""我觉得她很认真!""何仙花,你真棒!"……

榜样的力量是无穷的。现在,班上没有学生再拖我的作业。他们还暗地里较着劲,希望自己是下节课上能展示作品的人。何仙花也不再低着头听我的课,每次我们的眼光相遇时,她总会对我笑。

欣赏孩子的"发现"

钱莉

星期一上午第一节下课后,我班一位胖乎乎的小男孩兴冲冲地跑过来,带着一脸的笑容对我说:"武老师,我发现了退位减法的简便算法,我想告诉你!"

"武老师正在忙,你下节课下课后再告诉我,好吗?"我随便搪塞地说了一句。

"好的,那我去上课啦!"小男孩还是带着一脸的笑容跑了。

我继续埋着头批改作业。

第二节下课后,我捧着孩子们的作业本准时踏进教室,还没来得及把作业本放在讲台上,只见他急匆匆地又向我跑来,手不停地挠着头,支吾着说:"武老师,你跟我说的,这节课下课让我来告诉来的。"

啊!我心里一惊。是啊,我确实说过,可我却早已忘得一干二净了。看着他急着想说,又有些不敢说的表情,我带着微笑说:"好的,你说说吧!"

"是这样子的。比如说 15 – 7 吧,可以把 7 分成 5 和 2,那么 15 – 5 = 10,所以只要算 10 – 2 = 8 就可以啦!"说完之后,他又开始挠头了!

天哪!我心里又失望,又伤心,一个三年级的小朋友,竟然告诉我这样一个他自认为很重大的发现,要知道,这其实是一年级时,我早就和孩子们探讨过的呀!我不相信他只告诉我这样一个发现,于是,我继续说道:"你还有其他发现吗?"

"没有啦!"他不好意思地笑笑,同时又在不停地挠头。

唉!我心里真是说不出的难受,难道这个我看着一年级读到三年级的小男孩,真是如此的可爱吗?

我真的不想对他说一句表扬的话。可是当我看到他充满童真的眼神,看到他可爱的笑容时,我觉得我应该保护他的这种发现,给他继续探索的力量,不管他发现的是什么……

"嗯,不错!真是个不小的发现!老师想一直听到你的发现,好吗?"

"嗯。"除此之外,他什么都没说,只是笑了笑,并且还在挠着头!呵呵,这个小家伙……

"近来你的进步很大,老师希望你能继续保持下去,好吗?"

只见他腼腆地点点头,这小家伙算是答应了。然后笑着跑开了。

看着他跑去的背影,我心里不免多了些触动,并思考着。

如果我当时给他泼冷水后,不知他会是什么表情……

如果我当时狠狠批评他一通,不知他心里会怎么想……

如果我当时不再耐心听完他把话说完,又不知他会怎样看待我呢……

但我知道,如果我这样做,那么今后他再也不会告诉我任何发现了!

有些时候,我们会以成人的眼光,把孩子的发现抛在一边,认为没什么大不了,可也许就是你不经意的一句话,你不重视的一个眼神,就会毁灭一个孩子的探索精神……

第十章
多一份爱心，多一份温暖

爱的节制

王新

有一位著名的慈善家在家里设宴招待客人，忽然闯进一个乞丐。那乞丐很年轻，却一副慵懒的样子。乞丐怪腔怪调地唱道："当官的，有钱的，可怜可怜我这个要饭的。"慈善家站起身看了乞丐一眼说："你去后院帮忙做些活儿吧，我会付给你工钱。"那年轻的乞丐十分不满地冲慈善家说："从没见过像你这样吝啬的人，不愿施舍就算了，给你干活儿？没门儿。"说完扭头就走了。

慈善家也不理睬乞丐，接着招呼客人继续用餐。客人中有一位记者说："对不起，我想提一个问题。"慈善家点点头示意记者提问。

记者说："第一，您是一位社会慈善家，刚才那样面对一个身无分文的乞丐，是否有损您的名声呢？第二，如果让您把您所有的钱财全部分给那些需要帮助的弱小者，或只给一个人，你会愿意吗？"

慈善家严肃地回答说："我先给大家讲一个故事：有一个小女孩，看见一只蛾正奋力破茧而出，看那蛾吃力挣扎的样子，小女孩顿生同情之心，便拿出剪刀将茧划破让蛾免去挣扎破茧之苦。蛾出来后鼓着翅膀却飞不起来，最后蛾终于垂下翅膀死了。其实蛾在破茧时的奋斗可以磨炼它的翅膀，让它的翅膀变得更加有力。但小女孩人为地将茧划破，剥夺了蛾自我磨炼的机会，才使它无法飞翔。小女孩付出的爱心最终却将蛾害死了。"见大家似有所悟地看着自己，慈善家解释说，"第一，我并不认为那样做会对我的名声产生什么不好的影响，我给了那个乞丐用劳动挣钱的机会，他那么年轻，四肢健全，完全可以用双手养活自己。如果我和所有的人都献出爱心无条件地施舍，那么他就会逐渐丧失劳动的意识和劳动能力，结果我们付出的爱心反而害了他。第二，我不会把我所有钱财都分给弱小者，社会上的弱小者太多了，我的钱财对他们来说不过是杯水车薪，起不了任何作用。如果只给一个人，因为这些钱财不是他劳动所得，他没有付出必然不会珍惜。最最重要的是，所有的人必须懂得：用自己的劳动去换取自已需要的东西才是最幸福的。作为一名慈善家，并不是要无条件地付出爱心，还要懂得爱的节制。"

人们往往赞美那些有爱心并付出爱心的人，可是有时爱心的付出却有可能变成一种伤害。比如对待自己的子女，有些父母正是因为不懂爱的节制，为孩子包办一切，结果子女在生活中得不到磨炼，一旦离开了父母的庇护走上社会却会吃更多的苦。很多时候，我们怀着好心给予过多的爱，结果却和我们最初的愿望背道而驰。

面对需要帮助的人，我们既要奉献爱心，又应有所节制。要让他们在爱的激励下，迎接生活的挑战，鼓起勇气在生活中磨砺自己，让自己成为一名强者，让自己由一个需要爱的人成为一个可以付出爱的人。

恩重如山

鲁先圣

我的好友林就要应加州大学的邀请前往做访问学者了。他是我们这些朋友中间唯一获得博士学位的。我去给他送行。在他宽大的客厅里，我们依依惜别，还认真地听了他的一段叙述。没想到，林这些年来奋发努力的源泉，原来是从一个偶然发生的故事开始的。

他的家乡在偏僻的乡村，那里很穷，能吃饱饭的人家就算是殷实之家了。他家里4口人，奶奶、父母和他。奶奶常年有病，父亲身体也不好，家里只靠母亲一人。在他8岁那一年，父亲的身体稍稍好一些了，就跟着村里人到一个小煤窑去挖煤。不料正赶上了小煤窑坍塌，被砸死了。

没有挣到钱，为了埋葬又借了很多钱，家里的饥荒就更大了。

临近春节了，奶奶躺在床上有气无力，母亲出去一整天卖家里仅有的一垛谷草，没有人买，又拉了回来。这个时候，不要说买肉过年，第二天吃的也没有着落。8岁的他已经懂事了，看着母亲悲苦的神情，他想到自己养了一年的两只白兔。那是父亲活着的时候花一元钱给他买的。父亲说，你要天天割草喂它，它就会生很多很多小白兔，然后把小白兔卖了当学费，就有钱读书了。这一年多，他天天割草，风雨无阻，小白兔已长成了大白兔，过了年就能够生小白兔了。他经常对奶奶和母亲说，我要让它生一院子的小白兔，卖很多的钱，除了上学够用，还要给奶奶治病，买好东西给母亲吃。

他实在是舍不得卖啊。可是，看着病床上的奶奶和无奈的母亲，他咬了咬牙说，把我的白兔卖了吧，好买肉给奶奶包饺子。

母亲的泪水刷刷地落下来。她知道那是儿子的全部希望和寄托，可是家里实在没有任何东西可以换钱了，总得让婆婆和儿子吃一顿水饺呀。

第二天，他把两只白兔装进背篓就到集市上去了。他蹲在街口，两只手抓着小白兔的两只耳朵，向过往的行人喊：谁买兔子？喊了多少遍，过了多少时间，他记不清了。到了中午时，一个穿制服的人在他面前停了下来。他问他为什么卖兔子，家里的大人为什么让他一个小孩子来卖。

他一五一十地全说了，从父亲给他买小白兔，到他养小白兔，还有他的希望和憧憬。

他记得那人听后沉思了很久，而后掏出5元钱，又从上衣口袋里拿出一支钢笔给他，说：兔子不要卖了，还要养着将来上学用，这支钢笔送给你写字。而后那人帮他把兔子装进背篓，让他赶快回家去。

5元钱对当时的他家来说是笔大钱，他们过了一个很富裕的年，买了肉，买了白面，还有鱼。

第二年春天，他的大白兔一次生了6只小白兔，兔子的规模一下子到了8只，后来最多的时候到了30多只。他一年当中卖小白兔能有几十元的收益，足够他上学用的，还能贴补家用。

博士告诉我,他之所以能读大学,正是这些小白兔的功劳。几十年来,他一直都在寻找那位帮助过他的人,却一直没有找到。他说,他一生受过很多帮助,但只有那一次最令他刻骨铭心。他说,也许那个好心人早就忘记了那样一件小事,他也许永远都不知他的那一次举手之劳,对于当时的那个孩子却是恩重如山。

我对林说,我们永远也不可能找到那个人了,但我们有更好的办法可以了却心愿,让我们在自己的生活中,经常做这样5元钱和一支钢笔的事情。

林已经远赴加州。我相信林早已把这个美好的故事讲给了他来自世界各地的学生,而我也一直为这个故事感动着。

那年那温暖的灯光

陈志宏

那一年,我才8岁,懵懵懂懂的年纪。

一个赶集的日子,我怀着喜悦的心情,跟着父亲去卖黄豆。父亲把百来斤黄豆系在自行车后座,一把提起我来,让我斜坐在横杠上,丁零零,飞也似的骑出村庄。

黄豆并不好卖,后响,父亲才卖出十几斤。来买豆的人都只问一个价:"这黄豆4毛卖不卖?"父亲坚持着:"4毛5,少一分也不卖。"来人说:"还是4毛5?人家都卖4毛啦,看你豆好,给你4毛,卖不卖?"父亲坚决拒绝:"不卖!"因为就在头一集,母亲卖的豆就是4毛5,高的卖到5毛呢,他不能贱卖自家这么饱满黄澄的好豆。

开始下集了,人越来越稀,天边的云却越来越浓,间或炸响一记惊雷,吓得我直往父亲身边挤。我扯着父亲的衣角,催促道:"爸,快要下雨了,我们赶紧回去吧!"

父亲沉默不语,焦急地盯着来来往往的路人,谄笑着问每一个看过我们这边的人:"看看吧,我这豆是好豆!"终究没迎来一个买主。

雨落下来,一如我们身旁蛇皮袋里的黄豆,颗颗粒粒,砸得人头上酥麻。父亲把蛇皮袋扎好,架上自行车,推到一个屋檐下避雨。我们父子俩眼巴巴地看着风吹雨落,不知如何才能回家。

集上没有可供留宿的饭店,即便有,父亲也舍不得那住店的钱,附近也没有我们家的亲戚。离家有20多里地,可怎么办呢?

夜幕降临,风停雨歇,空气里都是湿透的烂泥味。一脚踩在地上,软绵绵的泥水直往裤脚里倒灌。父亲坚定地喊了一声:"回家!"

父亲把我放在自行车横杠上,骑着自行车,摸黑往家赶。路上,我几次被震跌下来,右脚被车踏板别得生疼。父亲摸摸我的脚,心疼不已,在黑暗中对我说:"你坐到黄豆上面,我推着走!"走了大约10里,路两旁已难见灯光,耳朵里除了夜鸟的叫声,就只剩风声了,再也听不到狗叫。

我想,我们开始进入山道了。

山道经雨淋,红土变成黏泥,把自行车车轮黏塞得结结实实。父亲累得气喘吁吁,再怎么使力也慢如蜗牛。父亲把我从车后座抱下了车,让我走到车后边帮着推。我下车后,抓住后座,在后面使劲地推,但作用并不大!

一路跌跌撞撞,我们父子俩终于来到了三岔路——一个让人闻之胆战心惊的地方。这儿遍地坟场,夏天,能看见跳动的"鬼火"。偏偏这时林间猫头鹰像孩子哭似的鸣叫,吓得我魂儿都丢了。我赶紧抓牢父亲的衣襟,半哭似的喊:"爸,我怕——"

"别怕,跟着我来!那只是鸟叫,有什么可怕的!"父亲抓住我的手,安慰我。

不知什么时候,我们前方亮起一盏马灯,亮亮的暖暖的,像是落在林间泥地的一轮明月。"你们去哪里呀?"光亮后面的人影问。

"陈坊。"父亲应声答道。

"你儿子多大了?"那人又问。

"8 岁。"父亲答。

俩人一问一答,把寂静的夜衬得更加沉静了。

"我送送你们吧!"那人说。

我非常纳闷儿,这么一个鬼地方怎么会冒出一个打马灯的人来呢?

他是不是鬼呀?越想越怕,躲在父亲身边,不敢看他!

一路上,那人和我们讲他儿子的故事。

那年,他儿子 8 岁,突然高烧不退,他和孩子他妈急得不行,连夜将儿子送到山下的医疗站去打针。因为走得紧急,忘了带马灯。

摸黑走的时候,他摔了一跤,从土路上跌倒在沟边的一块红岩石上。

他自己摔昏了过去,这倒没啥事,关键是他儿子的脑子跌坏了。那时,也是下了一场雨,道路泥泞难行。

停了一会儿,他说:"后来,我老是骂老天不长眼,为什么跌傻的不是我,而是我那可爱的孩子呢?"

父亲劝他:"过去的事,就不要再折磨自己了。人啊,有时真是命中注定啊!"

他说:"是啊。所以,我不希望再有人在这条山道上摔倒,雨夜里,没什么事就打马灯出来看一看,帮走黑路的人照一照,好看清前面的路。这儿路上是泥巴,路边沟沟坎坎尽是硬硬的红岩石,要是摔倒了,可真是危险啊!"

我乐了,他不是鬼,是个好人呢!

他问父亲:"为什么这么晚才回家呢?"

父亲说:"我带儿子去集市卖黄豆。不好卖啊,所以拖得太晚了!"

他叹了一口气,说:"是啊,田里地里出的东西,都不好卖,卖不出价啊!哎,你也真是,儿子这么小,怎么能拖着他一起走夜路呢?就少卖几个钱,早点儿回呗。"

父亲长叹一口气,低低说:"想多卖几个钱,开学时,好给他交学费呢!"

他说:"幸好,今天下了一场透雨,让你骑不成车。要是下了一场不大不小的雨,不粘车轮,你还能骑,一旦滑倒,那可真危险啊!"

这是他第二次提到危险二字,想起他那个我未曾谋面的儿子,让我感觉不寒而栗。

一路走,一路话,尽管不曾相识,父亲和他却有那么多的共同话题,那么亲密地聊着,像生活多年的兄弟。走了大约 5 里山路,我的双脚实在酸痛得不行,向父亲直嚷嚷:"爸,我脚很痛,走不动啊!"

那人二话没说,半蹲着,让我趴到他背上,然后,一路背着我走。他直起腰的时候,对我说:"我儿子,当时也是你这么大啊!"黑夜里,我定定地看着马灯前面那一寸寸温暖的灯光,把淡红的软泥照得亮亮堂堂,而他一脚踩下去,温暖的灯光里,便吧嗒吧嗒地飞溅起一串红泥来。

夜风吹起,顿感一阵凉意,不由得紧紧地趴在他背上,我感到他后背的温热,心里热乎乎的。

走出山林,父亲向打马灯的男人道谢,并邀请他有空来我们家做客。

这时,我才看清了他的脸,黑黑的眉,浓浓的须,一双深邃的眼睛,仿佛流尽了泪。他嘿嘿地笑了笑,说:"不用谢。有机会我一定去你家看看!"

下面的路,因为是沙泥,不会塞车轮,而且,父亲对路也十分熟悉,知晓每一个坑洼,骑上车,一会儿就到家了。

多少年过去,那一路的灯光,总让我感到温暖。

平凡的震颤

佚名

在我家的旁边有一处建筑工地,经常能在黄昏时听到从那里传来的碗筷交响曲和深夜时民工唱的一些老掉牙的情歌,除此之外,偶尔也有口琴声传来悠扬而悦耳,我知道那些民工都来自遥远而贫困的山区。

经验和世故提醒我们应该提防他们。那时只要出门,大家都会相互叮嘱:记住把门窗关牢。只因为他们是民工,而且是外来的,我们的眼中流露着对他们的不屑和冷漠。

但不谙世事的孩子如何能窥知大人心灵上的樊篱?邻居六岁的儿子牛牛就经常跑到工地那边玩耍,久而久之,那些民工喜欢上了这个虎头虎脑的小家伙,他们会在空闲时用芦苇折成小船,用树叶吹"嘶嘶"的蝉鸣。这一切,对生活优越但孤独的城市孩子来说,无异于找到了童趣的天堂。

那些肤色黝黑的民工在牛牛看来简直就是魔术大师,不仅能变出新奇有趣的东西,还能使那座大房子一天天长高,他小小的心里充满着敬佩。他才不相信这些叔叔是大灰狼变的,他想肯定是妈妈弄错了。我的这位邻居开始担心,每次看到牛牛在工地上玩,骂一些牛牛不太懂的话,弄的那些民工一愣一愣的。

如果没有那个黑色的星期五,时间也许就不留痕迹地从人们身边匆匆而过。一切都来得那么猝然,时间老人似乎只是略略地停顿了一下,就改变了一个人的生命轨迹。

那是个晚霞灿烂的黄昏,牛牛准备回家吃晚饭。他没有像往常一样穿过那块空地回家,也许他想找根木棍什么的,于是就沿着正在施工的建筑物边沿寻找。一位在楼上作业的民工碰巧失手,一块预制板被脚手架抵挡了几次后,正朝牛牛头上砸了下来。一位提水路过的民工经过牛牛身边,纵身将牛牛推开,随着一声闷响,民工的一条腿被压在了下面,而牛牛安然无恙。

那位民工是一个不满十八岁的大男孩,因家境贫困第一次随父亲出门挣钱。他攒钱是为了读书还是娶媳妇,我不知道;我只知道他把一条腿连同青春的梦想,永远留在了这个不属于他的城市。他救牛牛是因为"我蛮喜欢这孩子",多么简单的理由,多么单纯而宽厚的灵魂!

不要看轻某一种生命,生活有时就是这样,那些被我们鄙视和冷落的,恰恰是我们最需要的。他们看起来很平凡,然而却悄悄地感动着我们的心灵,湿润着我们的眼睛。

我们都愿意爱他

张翔

走川藏路的时候,我曾路过丹巴境内一个不知名的村落,在连接那个村落的碎石公路旁,有一家叫"散客之家"的客栈,我在那里度过了一个晚上。

客栈的老板就是村里人,远远的,他就微笑着迎上来,帮我卸下肩上的背包。那一脸藏民特有的憨实笑容,让他并不似一个做生意的人,让我感觉扑面而来的是久识至交的温暖气息。

坐下来后,我知道了他的名字叫"尼玛次仁",一个藏民中很普通的名字,人也如其名,平凡、谦逊、热情,和任何一个藏民没有两样。

安排好住宿之后,尼玛请我到大厅里烤火。烤火时,他家有个漂亮的小孩子不停地闹,像只小鸟一样一下扑到这个人的怀里,一下又扑到另一个人的怀里,每到一处便引得笑声一阵,扑来扑去,把笑声连成了圈。

在他又一次扑到我怀里的时候,我一把抱住了他,随口问他一声:"你阿爸呢?"

他有些茫然地转头望着尼玛,尼玛对我说:"这孩子的爸妈四年前就去世了,修公路时翻了车。这几年是我一直带着他。"

我有些惊讶,很直白地说:"这么可怜的孩子啊,我还以为是你的孙子呢……"

"不,他不是我的家人,也不是我的亲戚,是村里开大会交给我带的,现在就是一家人了。"

我疑惑起来,继续问:"你们这里领养一个小孩子,还要开大会啊?"

尼玛笑着说:"是啊,一个小孩子,这么小就没了父母,以后的生活问题就是很严肃的,而大家都很想领养他,所以大家得开会决定让他跟着谁。"

"他没有亲戚了吗?亲戚应该带他才是啊!"

"大家都很同情他、喜欢他,都想领养他,包括他的亲戚。但他的亲戚家中都很穷,家中子女也多,怕养不好他,而我这几年因为这个小客栈挣了点钱,所以大家就将他让给我了。"

"难道他愿意不跟亲戚而跟你吗?"

"有什么不愿意的呢?大家都一样这么爱他,大家都为着他好,跟谁不也一样亲吗?"

我猛然无语,因为这里的人情温暖已经让我有了一种身在梦幻的迷惑、惊诧与错愕。我终于明白这样一个可怜的孤儿,为什么还会那么欢欣地投身于每一个人的怀抱,因为他从来没有感觉自己是孤独的,他仿佛并没有失去亲人,失去滋润他成长的爱。而这一切的一切,都来自这古老而偏僻的小村落里弥散着的、那朴实的藏民心中充盈着的——爱,以及那种将爱当成一种义务的责任。这种爱与责任,在这湛蓝的天空之下,雪白的大地之上凝结成了一股神圣的精神——一种世界上最为博大最为纯洁的爱的精神。

一杯温开水

赵彬

我到菜市场买菜,每次都固定在一个摊位,摊主是位中年妇女,我认识她,她却不认识我。

有一天,她和一位顾客在争执。我赶过去,原来是那位顾客认为她卖的猪肉不新鲜,要求退货。

我拿过来闻了一下,有一点点异味。我说:"这肉卖给我吧。"我拿出钱,交给那位顾客,顾客欢天喜地地走了。

她对我很感谢,说:"你这人真好。"

我说:"其实啊,还是因为你好。"

她有些诧异。

我说:"你原先在一家工厂的人事科工作。"她说:"对呀,我是在那个工厂待过,后来工厂倒闭了,我就租了这个菜摊卖菜。"

我说:"五年前,我到你们工厂应聘面试,那天早上我不知吃了什么,胃疼难忍。你是人事科的办事员,见我脸色苍白,过来问我哪里不舒服。你知道我的胃病后,赶紧给我倒了一杯温开水,并说你也有胃病,痛起来时,只要喝点温开水就能缓解。我照你的话做了,果然,胃痛减轻了。我去面试的时候,你还关照我,让我跟老总说明一下,我现在身体不舒服。"

我说完这一切,她一脸茫然。显然,她早已记不起来了。

但我却清清楚楚地记得,她当年对我的关照。虽然我没有应聘成功,但对于她,我一直心怀感激。

一篮子金黄的感恩

古保祥

曾经在很长的时间内,我和父亲都在为生计发愁。

在犹豫了一段时间后,我和父亲决定做客运生意,我们贷了款,买了一辆半旧的中巴车。

每天,我们都往来于郑州与焦作之间。因为我们的车况不好、路途也不熟悉,所以生意很是惨淡,每每到手的客人总是被别的车抢走。但我们从不误钟点,也不讹诈客人,因此,很多人都还愿意坐我们的车。

六月,正是麦收的季节,路两旁铺满了金黄色的麦穗,那些黄,是充满希望的黄,是带着激情的黄。父亲一路小心慢行,因为路上有许多农民在收获他们的希望,我们不能因为自己而无视别人的血汗。

就在这时,后面一辆大客车赶了上来,冲我们直摁喇叭,催我们赶快走,我们尽量向路边靠靠,大客车就风驰电掣般擦着我们的车身冲了过去。

我们不紧不慢地在公路上行驶,突然我看见前面有人在拼命地挥手,一个妇女正抱着一个浑身是血的孩子,拦截过往的车辆,我们立即意识到可能发生了车祸。我们最忌讳的就是车祸,遇到这种事,开车的人一般都是躲开。我示意父亲从旁边开过去,但父亲没有犹豫,他紧急刹车,然后很快地跳下车,跑到妇女面前。

原来,刚才那辆疯狂行驶的大客车,在超车时,带倒了正在路边玩耍的孩子。孩子的情况十分危急。父亲二话没说就让那个妇女上了车,并就近送进了县人民医院。

一个星期以后的一个下午,我们如往常一样行驶在路上,路边仍是满地的金黄,一些农民仍在抢收。

一个妇人正在向我们招手,她的手里是一篮子金黄的麦穗,我们停下时,她把一篮子的麦穗郑重地交给了父亲,对我们说:"这些天我一直在等你们,谢谢你们救了我的孩子,我家没有别的值钱的东西,我就装了一篮子长得最饱满的麦穗送给你们,愿你们每天都满车满员,顺顺当当。"

父亲接过那篮子麦穗,眼睛潮潮的,他把麦穗交给了我,嘱咐我收好。我知道,这不只是一篮子饱满的麦穗,更是一篮子满满的祝福,一篮子真心的回报。

很多时候,我们无意中种下一枚善意的种子,往往会收获一篮子金黄的感恩。

最人性的关怀

江浸月

她在给学生们上课,突然发现校长和一名刑警已站在了门口,她心里不由得慌乱,一种不祥的预感涌上心头。

果不其然,她的当刑警队长的丈夫在执行公务时出事了。

赶到医院时,丈夫像植物人一样酣睡着,眼泪和呼喊也不能让他醒来。

一夜无眠的守候,她守来希望的第一缕曙光,丈夫终于醒过来了,而且神志清醒,黑夜瞬间从她心里淡了出去,她拥着丈夫喜极而泣。

然而,令她始料不及的是,忧虑才下眉头,不安又上心头。因为她听到了来看望丈夫的公安领导和丈夫的谈话,领导说罪犯最疼爱他的女儿,下一步准备用"亲情做诱饵",攻破罪犯的心理防线,让他自己现身,速战速决。罪犯的女儿叫解莉,关键要做好她的思想工作。

解——莉,她在心里尖叫起来,那个丁香一样结着惆怅和忧伤的女孩子,才十三岁,就在她的班里。她脑海里马上浮现出这样的场景:一个泪水涟涟、面容憔悴的女孩,被警察带领着,面对着深不可测的大山,用颤抖的声音泣血般的呼喊:爸爸,你在哪儿?快出来吧。面对女儿撕心裂肺的哭喊,罪犯脆弱的心灵不堪一击,轻易地现了身,神武的警察猛虎一般扑了过去,当着女儿的面把是罪犯的父亲带走,接着风中传来女儿更凄惨的哭喊……

她知道自己没有能力去制止"亲情诱捕"计划的实施,但她却可以从中"干扰"。她匆匆地赶回学校,悄悄地告诉女孩将要发生的事情,让女孩自己做出决定,她还暗示女孩,如果不愿面对,就选择逃避,可以住到医院里,让病痛当作挡箭牌。

没过几天,罪犯终于被抓获,一个罪恶的灵魂消亡了,尘埃落定,人们把掌声给了那些追捕罪犯的英雄。没有人知道,她曾使一个渴望温情的脆弱心灵免于破碎,把她当作英雄的,只有那个女孩。多年后,女孩在给她的信中写道:很多个午夜梦回的夜晚,当我和挚爱的父亲相遇,当我可以坦然面对父亲的目光和爱抚时,都让早上醒来的我含泪地想起,您曾给予我的那些最亲切的关怀和爱护。在孤苦无依的日子,在漂泊无助的岁月,能使我沉静地忍受痛苦和劫难而不至于沉沦,使我固执地相信,这世上有生生不息的爱和绵绵不尽的温暖,缘于您身上熠熠闪耀的人性光辉……

幸福已经满满的

郭霞

中专毕业后我当了一名护士,和大多数人一样,我的生活平凡而平淡。我不太留意这个忙碌的世界,这个世界也以它的现实漠视着我。随着时间的推移,我发现我曾经不太留意的这个世界对我有着越来越多的诱惑。于是平静被打破了,总想得到更多。

我不是彻底的物质主义者,但我愿意享受生活。我希望可以过上一种足以称之为"幸福"的生活,却不能为"幸福"下一个准确的定义。上小学时有一篇课文《幸福是什么》,我想现在没有人愿意相信小学课本的东西,包括我。

去年夏天一个极普通的下午,我百无聊赖地在街上走着。街上人多车多,一辆摩托车撞到了一个农村小女孩。小女孩跟着她的父亲,那父亲苍老而贫寒。车主是城里所谓的"痞子",撞了人后扬长而去。看着街头相依的父女俩我默默叹息,走上去看了小女孩的伤口,说算了,我带她上医院包扎一下。老农感激地带着女儿跟我上医院。路上他说没法子,乡下人穷,进城来卖点水果,没想到遇上这样的事。对我,他谢了又谢。我帮小女孩包扎好,说不碍事,过几天就好了。老农从口袋里掏出一卷零钞,战战兢兢不知要付多少医药费,我说不用了。父女俩千恩万谢地走了。

这件小事我很快就忘了,我策划着一种又一种的生活方式,然而一次又一次地碰了钉子,我在一个夜班时悲哀地想,幸福离我是越来越远了。那一个夜班我心乱如麻。清晨七点,我伏在窗口看外面忙碌的世界,不知道自己的位置在哪里。

有人叫我:"医生,医生!"我回头,叫我的不是病人或家属,但似曾见过。想起来了,不久前我帮助的农村父女。

小女孩拉拉她父亲的衣角:"是那天的阿姨。"老农放下负着的大口袋,口袋很沉,他这么大岁数还背得动,还得背,我竟有些感慨,在这灯红酒绿的城市之外,他们简单而沉重地活着。老农笑着说他女儿头上的伤全好了,多亏好心的我,这次进城,他们是专程来谢谢我的。说着把沉沉的大口袋解开,天哪,里面是满满一口袋桃子!又红又大,多得让我吃惊。老农说那是他们全家细细挑的,乡下人没什么好送，就送些桃子表表谢意吧！我惊讶得说不出话来。真的，那一刻我竟有点眼睛湿润的感觉，为父女俩简单而质朴的谢意。我请他们坐下，突然想起现在才七点，哪儿有这么早的车？对我的询问老农说，他们早上五点就出门了，走了两个小时才到这。我说怎么不晚点好乘车来呢？老农憨然地笑了，说乡下人不比城里人，走惯了……

送走父女俩，我看着那足有三十多斤重的桃子，想到他们一家人走了二十几公里的路把桃子送给我，想到他们简单而纯朴的心愿：希望小女儿上城里的高中，希望成绩好的小女儿像我一样，有好的工作和生活……

我从不知道我是如此的幸福——年轻，能干，有学问，有一份好工作，有一颗好心。看着那满满一口袋鲜艳的桃子，我知道我拥有满满的幸福。那幸福就像这又大又红的桃子，一个一个地真实可触，是那么满满的、满满的。

我想我可以为幸福下一个定义了——珍惜你所拥有的每一样东西，你会发现，幸福简单得让人无法置信。

破鳝鱼片的姑娘

蒋平

几年前，我与表叔开了一家鱼店，生意挺火。

大师傅炒得一手好鳝鱼，店里每日鳝鱼片的需求量很大，从采购到洗、切、煮一条龙，三名师傅忙不过来。我在店门前贴了一个小广告，想招聘两名新员工。也许是给的福利待遇不错，前来应聘的人还真不少。

一天傍晚，我与表叔正准备打烊，进来一个小姑娘，年纪约十五六岁。进门打量了半天，不说一句话。一见她那样子，我心里就猜出了个八九分："是来应聘的吧，我这里需要的不是你这样的人手，对不起啊。"

小姑娘脸上闪过一丝失望的神色，但似乎有些不甘心："如果我在这里做小工，不要你们的工资呢？收不收下我？"

我仔细地打量她，生得眉清目秀，就是个头矮小、体质偏瘦，显然不是做工的料。"你是来长见识的吗？"我知道现在有很多年轻人找不到工作，就采取零薪水的方式去长见识，但我这家小小的鱼店，能有多少见识可言？于是我问："看你长得挺标致的，可以去站柜台啊，但做这种小工很累，你身体可能也吃不消。"小姑娘摇摇头说："我还在念书，不能站柜台的。再说，就是做小工，也只能每天晚上来做一个钟头。所以，我不能要你们的工资。"

我疑惑了："不要工资的勤工俭学，还要占用你的学习时间，事情不会这么简单吧？"我这一问，她的眼圈红了，我马上说："是不是家里遇上难处了？"小姑娘说："难处是有，不过不会让您为难的。我只要……只要你们每天能到我妈那儿买鳝鱼就可以了……因为我妈……她是残疾人……"我明白了，原来是这样！

第二天一大早，在小姑娘的指引下，我找到了她的母亲。这是一位破鳝鱼片的大婶，"我妈以前的生意是这儿最好的，去年出了车祸，左手失去了三根指头，破鳝鱼片的速度变慢了，现在卖出去的鱼还不到以前的一半。"小姑娘解释说，"除了卖鳝鱼，妈妈没有别的赚钱路子。卖不出鳝鱼，一家人就没有经济来源，我就得辍学……"

就在那一瞬间，我做出一个决定：今后店里的所有的鳝鱼一律从这里进货。这样一来，店里还得增加破鳝鱼的成本。虽然小姑娘每天主动来帮着破鳝鱼，但速度还是跟不上。高峰的时候，还得请"外援"。这时候小姑娘就很着急，有两回还划伤了手指，但每次没等伤好，她就在店里忙来忙去。

日子一晃过了两年,小姑娘也为我破了两年鳝鱼。破鱼的速度由慢到快,到后来,基本上不用请"外援"了。两年后,小姑娘成了大学生,开学那天,我和表叔商定,将她两年来应得的工钱封了一个大礼包给她。小姑娘先是一愣,说什么也不肯收下。后来,收是收了,但前提是作为预支的工资,每年的寒暑两假,她还会来店里帮着破鳝鱼。

有一件事,直到很久以后我才知道:其实小姑娘破鳝鱼的速度并不是很快,只不过在她划伤手指的那些日子里,鱼店里的几名员工,都学会了破鳝鱼,大家知道她的家境不好,都想帮她。

当空难发生时

管小敏

我正在飞机尾部的盥洗室,突然感到猛烈的摇晃。我被甩到了门上,脑子里闪出一个念头:死神来临了!

我拼命打开门冲出来。乘务员已经系好安全带,招手示意我坐下。"我想我们遭到雷击了。"邻座的女孩说。她来自得克萨斯东部的小镇,这是她有生以来第二次乘飞机。

她旁边是一位年轻的商人,登机后一直专心工作。此时,他的脸上写满恐慌,笔记本电脑被慌乱地搁到一旁。"一定出了问题!"他不停唠叨。

扩音器中传来驾驶员的声音,惊慌中隐约听到"第二发动机……紧急降落……"接着传来乘务员的声音,提醒我们遇到紧急情况的操作程序。

飞机在雷雨云中穿梭翻转躲避闪电。我简直要晕过去了,但当瞥到邻座女孩的脸时,不知怎地一下子来了精神。我费力够过去抓着她的手,一遍一遍安慰她:"我们会渡过难关的。回到家时,这个故事够你对别人炫耀的!"

这时,我的另一只手被一只戴着戒指的手紧紧攥住了,是过道那边一位迷人的年轻女士,她一定是看到了我的慌乱和恐惧。

她轻声说,"现在这点问题真的不严重。"我好喜欢她不紧不慢的南方口音,她身上散发出的香水味,还有她充满热情紧紧攥着我的手的感觉。"你还好吗?"她不停地问我。

那折磨人的20分钟里,自始至终没有一个人惊慌失措,没有一个人大喊大叫,我能听到四处传来的轻柔的相互宽慰的话语。

结局是完满的,我们平安地降落了。

外面的停机坪上,乘务员和官员等候在那里准备安排我们转机。同患难的乘客们相拥在一起,感恩地谈论着我们的重生。那位年轻的商人哀叹着没能为两个小女儿买礼物。一位女士马上拿出一盒巧克力,"把它给你的女儿吧。"那位给了我慰藉的迷人女士正把自己的手机递给每一位想给心爱的人报平安的乘客。

当叫到我的名字让我转乘新的航班时,我再也控制不住自己,哭出来了。想到就要与患难与共的同伴们分别了,尽管相处那么短暂,但他们火一样热情的生命却深深触动了我。

现在,每当听到飞机的引擎声,我都会仰起头默默注视那闪着金属光泽的飞机,我会想起那场灾难性的而又幸运的航行,那些患难与共的乘客相互的善举,尤其是那只从过道伸过来紧握着我的手及与此同时我紧抓住的那位中学生的手。

每到此时,我仿佛被闪电击中:由衷感谢同伴们对我的慰藉和心灵启迪,真心地希望自己能回报他们,并要将这些善意不断传递下去。

敲响生命

张丽钧

郭老师高烧不退。透视发现他胸部有一个拳头大小的阴影,怀疑是肿瘤。

同事们纷纷去医院探视。回来的人说,有一个女的,叫王瑞,特地从北京赶到唐山来看郭老师,不知是郭老师的什么人。又有人说,那个叫王瑞的可真够意思,一天到晚守在郭老师的病床前,喂水喂药端便盆,看样子跟郭老师可不是一般的关系呀。就这样,去医院探视的人几乎每天都能带来一些关于王瑞的花絮,不是说她头碰头给郭老师试体温,就是说她背着人默默流泪。更有人讲了一件令人不可思议的奇事,说郭老师和王瑞一个人拿着一根筷子敲饭盒玩,王瑞敲几下,郭老师就敲几下,敲着敲着,两个人就神经兮兮地又哭又笑。心细的人还发现,对于王瑞和郭老师之间所发生的一切,郭老师的爱人居然没有表现出一丝一毫的醋意。于是,就有人毫不掩饰地羡慕起郭老师的"齐人之福"来。

十几天后,郭老师的病得到了确诊,肿瘤的说法被排除。不久,郭老师就喜气洋洋地回来上班了。

有人问起了王瑞的事。

郭老师说:"王瑞是我以前的邻居。大地震的时候,王瑞被埋在废墟下面,大块的楼板在上面一层层压着,王瑞在下面哭。邻居们找来木棒铁棍撬那楼板,可说什么也撬不动,邻居们说等着用吊车吧。王瑞在下面哭得嗓子都哑了——她怕呀,她父亲的尸体就在她的身边。天黑了,人们纷纷谣传大地要塌陷,于是就都抢着去占铁轨。只有我没动。我家就活着出来我一个人,我把王瑞看成了可依靠的人,就像王瑞依靠我一样。我对着楼板的空隙冲下面喊:'王瑞,天黑了,我在上面跟你做个游戏,你不要怕呀。现在,咱俩一人找一块砖头,你在下面敲,我在上面敲,你敲几下,我就敲几下——好,开始吧。'她敲当当,我便也敲当当,她敲当当当,我便也敲当当当当……渐渐地,下面的声音弱了,断了,我慌忙捡起一块砖头,回应着那求救般的声音,王瑞颤颤地喊着我的名字,激动得哭起来。第二天,吊车来了,王瑞得救了——那一年,王瑞11岁,我19岁。"

女同事们鼻子有些酸,男同事们一声不吭地抽烟。在这一份纯洁无瑕的生死情谊面前,大家倏然明了:生活本身比所有挖空心思的浪漫推想都更迷人。

小男孩的爸爸

李家同

林教授是我们电机系的教授,从小就一切顺利,别人考高中送掉半条命,林教授在全无补习之下,轻松地考进了明星高中,然后就一帆风顺,硕士后三年就拿到了博士学位。

可是林教授却有一件事不太顺利。他虽然有了未婚妻,却好久没有结婚,似乎他的未婚妻老是拖三拖四的,不论他如何努力,他的未婚妻始终不给他确定的结婚时间。

有一天,我在研究室里忽然接到了林教授的电话,他说他在埔里的麦当劳遭遇到了大麻烦,叫我赶快去救他一命。我赶到了麦当劳,发现他在照顾一个小男孩吃冰激凌。

这个小孩黑黑的,大眼睛,可爱极了。林教授看到我以后,安抚了一下小男孩,叫他继续一个人吃,然后走过来,轻轻地告诉我一个好滑稽的故事。

林教授说他今天来麦当劳吃汉堡,在排队的时候,忽然有一个小鬼拉他的裤子,叫他"爸爸"。

他被这个小鬼叫了爸爸,只好请他不要再叫了,没有想到这个小鬼一点儿都不为所动,反而越叫越大声,令林教授窘不堪言。有一位胖女人,一听到林教授否认他是小鬼的爸爸,气得不得了,她带了一把伞,就拿起伞来打林教授的头。林教授发现情势不妙,赶紧替小鬼点吃的东西,陪他吃饭。现在饭已经吃完了,他又点了冰激凌给他吃。

林教授问我该怎么办,我首先问他究竟是不是这个小男孩的爸爸,林教授一再地否认,他说他也不是任何小孩的爸爸。他还说,实在迫不得已,他可以利用DNA检验来证明他完全是被小男孩栽赃的。

我说我们唯一该做的事情就是将小男孩送给派出所,林教授同意了。他将小孩抱起来,因为这个小孩已经睡着了。到了警察局,林教授一字不提这个小孩叫他爸爸的事,只说他发现这个孩子走丢了。警察说已经有人报了案,这个孩子的妈妈病重,爸爸已经去世,孩子是由阿姨看着的,但是妈妈在埔里基督教医院的加护病房,阿姨一不小心,孩子就溜到街上了。现在总算被我们找到了,警察也很高兴。

警察认得我,叫我签了字,答应尽快将小孩送回埔里去,我们到了埔里基督教医院。孩子的阿姨看到孩子回来了,松了一口气。她一再感谢林教授,也告诉我们孩子的妈妈已经昏迷,去世大概仅仅是时间的问题了。孩子呢,他不太懂这是怎么一回事,他只是紧紧地抱住林教授不放,林教授打了个电话给他的研究生,说他有事,无法和他们见面,然后又给了我一个工作,要我到公车站去将他的未婚妻接到医院来。

林教授的未婚妻听了这个故事,觉得很好玩,她认为这事简直有点儿不可思议,怎会有小孩子无缘无故地叫陌生人爸爸?我说也许他们有缘,这一点林教授的未婚妻很快就发现了,她亲眼看到孩子和林教授难分难舍的景象。

不久以后,小男孩的妈妈去世了。林教授决定正式收养这个小孩子,小孩子现在的监护人是他的阿姨,她毫无意见地答应了。南投县社会局原则上同意林教授正式收养那个男孩子,唯一的条件是他必须在三个月内结婚,如果他在三个月内仍是单身汉,他们就要考虑别人了。我们都替林教授捏了一把冷汗,试想他的未婚妻一直不肯确定结婚的日期,这次又如何会答应呢?没有想到林教授的未婚妻立刻就答应了。

婚礼很快就举办了。我们都替林氏夫妇高兴,因为他们平白无故地有了一个四岁的儿子。一年以后,他们的小孩也诞生了,是个白白胖胖的小女娃。现在,林教授的小女儿也会走路了,我们常常看到林教授夫妇在黄昏时带着他们的两个顽皮小孩在暨大的草地上玩,他们还养了一只狗,看孩子们在草地上跑来跑去,有时在追蝴蝶,有时在追校园里到处都有的白鹭鸶,任人都会打从心灵深处感到温暖。

我呢,总觉得这个故事发展得太过完满,世界上不可能有这样完满的故事的。有一天,我闲来无事,将整个故事从头到尾想了一遍,然后我发了一封电子邮件给林教授。这封电子邮件只有一句话:"林大教授,孩子究竟有没有叫你爸爸?"

不久,电话铃就响了,林教授说他要到我的研究室来看我,我知道为什么他要来,他是来招认了。

我准备了一壶咖啡,林教授喝了一杯咖啡以后,坦白地承认孩子当初没有叫他爸爸,孩子走失了,在哭。林教授问他爸爸在哪里,孩子说:"爸爸走了。"然后又告诉林教授他的妈妈在加护病房。我们的林教授灵机一动,一面买东西给小孩吃,一面编了一个感人的故事来骗我这个糊涂老头。

林教授问我是如何知道他乱编故事的。我告诉他,他的故事自始至终没有人证,他和我讲孩子叫他爸爸的时候,声音极小,旁边的人都听不见,那个小男孩正全神贯注地吃冰激凌,所以也听不见他未来的爸爸在说什么。最严重的是:他说有一位胖女人用伞打他,那时是冬天,天气非常好,没有雨,太阳也不毒,没有人会带伞的,这是他故事的一大漏洞。

林教授表示他不在意我拆穿了他美丽而充满爱心的谎言,却不知不觉地又倒了一杯咖啡喝,其实他是多多少少有些紧张的。至于林太太呢,她说她早就知道林教授在乱编故事,她之所以好久没有和林教授结婚,也就是因为林教授特别会乱编故事,有的时候,她简直弄不清楚林教授讲的是故事,还是事实。那个事件以后,她发现林教授心肠非常好,只是有时有点儿狡猾,可是狡猾都是为了开玩笑,没有任何恶意,她的想法是一个如此有慈悲心的人,将来一定会是个好丈夫,于是就结婚了。果真,林教授不仅是个好丈夫,也是个好爸爸。

所以,我错了。世界上的确可能有完美的事情。林教授自以为聪明过人,以为只要能编出一个将未婚妻骗得团团转的故事,一切就很美满。其实不然,他的故事发展得如此之好,是因为他是个好人,好人常会有美满家庭的。以后我要常常将林教授的故事告诉我的学生,告诉他们一定要先做一个好人,然后自然会有一个美满家庭。

不期而遇的温暖

初雪

我怎么会忘记,在那个寒流汹涌的早春,我曾经靠在一个女人的怀里,放心地落泪,放心地伸出手去,拥抱那些不期而遇的温暖。

一

2005 年,我们的春天比冬天冷,老公最信任的那个副总携巨款逃走,公司最终没有了退路,清理完所有的债务之后,我们悄悄搬到了城外一处简陋的出租屋,并且把女儿转到了附近的学校。

搬家第一天,就领教了隔壁女人的凶恶,女儿的小狗三三刚跑过她的门前,她就尖叫着喝骂追打,女儿要去拼命,被我拉住了。

女儿放学回来后直叹晦气,说恶女人就在她们学校做清洁工,恶女人的儿子成了她的同桌,我让女儿小心些,别招惹他们。

墙壁薄得什么也隔不住,我常常听见她在骂人,骂小狗,骂儿子,门前废弃的花池子里,全是她泼的污水,我说了两句,她的脸色比以前更难看了,不过从家中债主蜂拥的那日起,我就见惯了冷脸,听惯了恶言,也不在乎多忍一个恶人了。

可是忍让并没有换来安宁,只要看见三三的影子,她都会发飙,几次三番地来找我,要我把狗卖了,我忍无可忍,把她赶了出去。难道世上的恶人都容不下弱小者吗?

一天下午,恶女人下班时脸带伤痕,一见我就转过身去,可喉咙里却带出粗重的抽噎,那么蛮横的女人也会吃亏? 我心里有隐隐的快意,你恶,世上比你恶的人多着呢!

女儿晚自习回来,居然和恶女人的儿子有说有笑,我更加惊奇,她已经很久没笑过了,而且因为恶女人的缘故,她从不答理这个同桌,今天是怎么了? 男孩哼着歌进了屋,到底是孩子,跟着这样坏脾气的妈还能唱出来,我叹了口气。老公敏感地抬起头,我看见了他眼睛里藏不住的难过。

二

看到老公,我才知道一夜白头是真的,每天他都将自己泡在酒里,面对我和女儿的劝解他总是沉默,我们的日子从头至脚都浸在冷湿的灰色里。

终于在一天夜里,他说不想活了,我和女儿大哭,他决绝地推开我们冲出去,"咣当"一声隔壁的门开了,恶女人凶凶地挡在老公面前,劈面就是两耳光,唾沫星子四溅地骂开了:"你这个死男人,我早就想打你了,整天只会喝酒发牢骚,这会子又想出作践人的新招了,你死后要是老婆孩子受罪,你从骨灰盒里爬出来救她们？呸！"灯光照在她黑胖的脸上，她的目光刀子一样凌厉。

老公在院子里待到很晚，恶女人也虎视眈眈地在门口坐了半夜，好像随时准备打架。第二天老公悄悄出去应聘，心平气和地接受了一个底薪很低的工作，说心里话，我对那个恶女人是心存感激的。

半个月后，老公要去出差，他叫我轻易不要出门，还叮嘱我别忘了大后天是女儿的生日，女儿说要请同学来吃蛋糕，老公宽慰地笑了，孩子终于不自卑了。帮他收拾东西时，我发现了一叠债务清单，原来老公骗了我，我们仍然负债累累！

不露声色地送走了老公，我开始四处寻找工作，在街头遇见了丈夫的一位朋友丁总，他劝我不要着急，找工作的事交给他，他愿意尽全力帮助我，尝尽冷眼之后，他的热心让我几乎流泪，我把住址和电话都给了他。

第二天丁总就来了，看着正往花池倒脏水的恶女人，看着我们寒酸的小屋，他满脸的惋惜，说我受这样的委屈太不值，说他一直喜欢我。看着这张趁火打劫的脸，我气得手脚冰凉，拉开门下了逐客令，三三也对他大叫。他一脚踢开小狗，微笑着靠过来："只要我一句话，那些债主会来活活把你分吃掉。"

忽然，恶女人男人般怒吼着冲进来，用那双还带着大团肥皂沫的手，把瘦小的丁总抱了起来，轻松地扔进了污水池。遍身污水淋漓的丁总，连滚带爬地进了奔驰，迅速消失了。我放声大笑，自公司倒闭后，我还是第一次如此开怀大笑。

恶女人依然坐在大盆前，用力搓着一条被罩，太阳暖暖的，仿佛什么也没发生过。

丁总没有放过我，第二天一早债主们纷纷拥来，原先他们还稍存客气，现在见我孤身一人，越发放肆地威胁谩骂。我再三解释债我们一定会还，只是请宽限一些时间，可是他们哪里肯听，有的人甚至开始动手了，看着被摔在地上的蛋糕，想到女儿和她的同学马上就要到了，我几乎想跪下来哀告，此时忽然理解了老公那晚的脆弱，太难了，太难了，真的不想活了，我的心绝望地哭泣着。

粗重的脚步声响起，恶女人来了！她挥舞着一把菜刀，袖子卷得老高，头发乱蓬蓬地炸开着："你们这群恶狗，人家说了不会赖账就不会，现在没钱拿什么还你们，你们要逼死这女人，先来跟我拼一拼！"她忽地扯住一个秃顶男人，作势要砍，我急急拉住。这一幕惊呆了众债主，他们一窝蜂地散了。

忽然女儿冲过来，抱住恶女人大哭。女儿边哭边断断续续说了前些天的事，她在放学时被这个秃顶挡住，当着那么多同学的面，拉着她的胳膊不放，说她爸爸欠他很多钱逃跑了，现在要拿她去抵债。当时恶女人正在清理校门口的垃圾，便挥舞着扫帚扑过去，同那个男人打了起来，男人被打跑了。女儿怕我们担心，央求她保密，可是她却因这事被解聘了，后来又去了一家工厂做搬运工。怪不得那日我看见她表情怪异，她的哽咽，她的受伤，原来都是为保护我被欺侮的女儿！

我藏了多少天的泪，在这一瞬间放心地落了下来。她慌了，忙低下头，张开胳膊抱紧我们，那满头的乱发硬硬地，仿佛每一根都不服输，那结实的身体带着汗味，暖烘烘地烤着我们，我和女儿在她怀里，痛痛快快地哭了一场。

三

后来我才知道，她的丈夫是个煤矿工人，在一次透水事故中没有生还，她和儿子相依为命，心里很苦，经常会无缘无故地发火。女儿说，怪不得你经常骂三三呢，她粗声粗气地笑了，我的名字就叫许三三，你们弄条小破狗也叫三三，我怎么会不生气。小狗围着她直撒欢儿，她无奈地把它抱起来。女儿大笑着，当即给小狗改名为春天。

一个月后，公安局通知我们，那个副总落网了，钱被全部追回。我们一家三口相拥而泣，房东热乎乎地赶上来，说平时对我们关照不够，还命令儿子跑步去小商店，替我们买来一挂鞭炮，噼里啪啦地放起来。隔壁的门紧锁，许三三还没有下班。

我们就要搬家了，女儿红着眼圈说，她舍不得这个小院，舍不得凶凶的许三三阿姨，她想和这位女侠做一辈子的邻居。许三三笑呵呵地骂女儿好傻，其实我心里又何尝没有这傻气的想法呢？我怎么会忘记，在那个寒流汹涌的早春，我曾经靠在一个女人的怀里，放心地落泪，放心地伸出手去，拥抱那些不期而遇的温暖。

不要轻视信任的力量

札吉娜

隔着金店的玻璃橱窗，我注意到马路对面那个"乞丐"，虽然他已经在地上跪了足足有一个上午，但据我观察，直到现在他还没有赢得一个路人的施舍。

这都怪他自己，首先他太年轻了，而且不残不缺；其次，他的打扮太不"专业"了，身上的衣裤虽然不新，但却太过整洁干净，一点都呈现不出陷入绝处的落魄感。中午出去买饭时，我从他身边路过，看到地面上一串漂亮的粉笔字写着："身在异乡，母亲患病入院，急需1000元钱为母治病，望过往路人慷慨解囊，他日一定奉还！"

我看后心里不禁冷笑，这台词也太老套了，有人信才怪！正想转身离开之际，却见一人走到"乞丐"跟前，将一卷钞票塞到他手中，说："拿着这五百块钱，快去给你妈治病吧。人命耽搁不得！"

仔细一看，那人竟是我工作金店的保洁工赵姐。赵姐是纺织厂的下岗女工，家境不富裕的她，在金店苦干一个月，也不过600元的收入。我于是一把拉过她说："赵姐，你疯了，这些乞丐都是骗人的！"可赵姐却一脸认真地说："人命要紧，哪儿能见死不救啊！再说，我相信这小伙子不会骗人的。"

此时，只见那个小伙子攥着手里的一卷钞票，感激地说："大姐，实在太感激了，你把地址告诉我，将来我一定把钱还你。"

"不客气，人命要紧！我就在对面的金店工作，你要是有钱了就早点还我，我家也不富裕！"说最后一句时，赵姐搓着长满老茧的双手，竟然有些不好意思。接着，小伙子就行色匆匆地消失在了人群中。

回来的路上，我不断地埋怨说赵姐傻。店里的同事知道了这事，也都认定赵姐的钱肯定打水漂了，有的还偷偷地笑话赵姐是新世纪的二百五。可赵姐却坚持自己的那句话："人命要紧，我相信这小伙子不会骗人的。"这件事情很快便被大家淡忘了，只有赵姐在每天打扫店里卫生时，总会有意无意地向店外张望。大家都知道她在期待着那个男的能够早日还钱。看着她信心饱满的样子，大家都不忍心再打击她。

大概过了两个月之后，那天上晚班的我中午才来到店里。一进门便看到，包括赵姐在内，每个人的脸上都是喜气洋洋的。进门后还没等我询问，赵姐边拿出一沓面额不等、新旧不一的纸币跑到我面前，边兴高采烈地说："丫头，他还我钱了。我就说他不会骗我的！"

原来，那个"乞丐"是北方人。两个多月前，他带着母亲来到南方打工。那天，母亲得了急性阑尾炎住进医院，医生说交齐1000块钱才能手术。当时他们的所有财产只有200块钱，男子到自己打工的地方找老板借，老板见他是外地人不肯借给他。情急之下，他只好跪街乞讨。当时他已经想好了，如果晚上还筹不到钱，为了母亲的生命安全，他只好去打劫了，而我们的金店便是他最近的目标。

如今，小伙子的母亲已经做完了手术，一切都好，男子也赚够了还给赵姐的钱。赵姐不但救了一条人命，还阻止了一个年轻人的犯罪念头。想起那天赵姐口中所说的那句话"我相信这小伙子不会骗人的!"我不禁感到惭愧。

强烈的自我保护意识,已经让我们习惯不去相信任何人和事。为了不受伤害,我们拒绝帮助别人,也拒绝别人的帮助,却忽略了人与人之间最宝贵的情感之一,那就是信任。有时候,给别人一点信任,得到的也许远非一句简单的感谢。面对真挚的情感,没有人能够估量,在它的背后蕴藏着多少的可能和力量。

请帮助别人吧

金铃子

　　这是发生在德国的一个真实感人的故事。2003 年母亲节,节日的温馨气氛点燃了伊特洛孤儿院孤儿德比对母亲的思念。电视机里一个 6 岁的小男孩在帮父母修剪草坪,德比对修女说:"我也想帮我父母干活! 你知道他们在哪里吗?"修女沉默。德比伤心地跑到街上,街上有那么多母亲,可没有一个母亲是他的。

　　几个月后,9 岁的德比到附近一所小学读书。一次课上,老师给学生们讲了一个故事:"从前有个皇帝,他爱上围棋游戏,决定嘉奖游戏的发明者。结果发明者的愿望是让皇帝赏他几粒米,发明者要求在棋盘上的第一格放上一粒米,在第二格放上两粒米,在第三格上加倍至四粒……依此类推,直到放满棋盘。结果皇帝总共应赏给发明者 1800 亿万粒米,总数相当于全世界年产米粒总数的 10 倍。"

　　这个故事让德比的眼睛顿时亮了。他想,如果他帮助一个人,然后请这个人帮助另外 10 个人,以这样递加的方式传递爱心,也许终有一天受帮助的那个人就会是自己的妈妈。这个念头令德比兴奋异常,此后他每帮别人做一件好事,别人感谢他时,他总会说:"请帮助另外 10 个人吧,那就是对我最大的感谢!"

　　那些受到德比帮助的人对这个善良的孩子充满感激,更对德比这种特殊的传递爱心的方式感到震撼。他们像实现自己的诺言似的,帮助另外 10 个人,同时也拜托那些受到帮助的人去帮助 10 个人。就这样,一个爱心的无形之网在该市悄悄地展开了……

　　德比想不到自己竟然帮助了德国著名的节目主持人瑞克,并成了德国的名人。瑞克是德国电视台的资深脱口秀主持人。也许是因为激烈的竞争和工作的压力,2003 年瑞克患上了忧郁症,于是他向电视台请了长假。不久,瑞克旅游到了德比所在的城市。傍晚时分他独自沿着河边散步,突然他心脏病发作昏倒在地,多亏在河边钓鱼的德比及时把他送到诊所急救。瑞克苏醒了,他万分感激地说:"孩子,我该怎么感谢你,如果你需要钱,我可以给你很多钱。"德比摇摇头说:"如果你能帮助10 个需要帮助的人,就是对我最大的感谢!"瑞克不解地问:"可是你真的什么都不要吗?"德比笑着摇头拒绝了。

　　瑞克此后认真履行诺言,帮助了 10 个人。每次帮助别人,他都觉得心里非常快乐,尤其是当别人对他真诚地说一声"谢谢"时,他觉得自己的生命特别有价值。他结束了本来还有大半年的假期,提前回到了工作岗位。所有的同事都惊讶地发现瑞克变了,他变得乐观豁达,乐于助人了。10 件好事产生的魔力改变了瑞克,他的忧郁症就这样好了。2003 年 12 月 1 日是瑞克的脱口秀节目重新开播的第一个晚上,瑞克对观众讲述了 10 件好事的魔力。最后他说:"请你也去帮助 10 个人,你的生命将会产生一种奇妙的感觉。"

　　人们被这个故事深深触动。2004 年 1 月,德比被请到了演播室。有观众问他:"你为什么会有这种想法呢?"德比道出了自己的想法,很多现场观众都热泪盈眶,所有人都被小男孩那种对母亲最深沉的爱震撼了! 整个德国掀起了一股"做 10 件好事"的热潮,昔日冷漠的人们变得有人情味了,人们都盼望自己所帮助的那个人正是德比的母亲。电视台加紧了对德比母亲的寻找,然而德比的妈妈却迟迟没有出现。

2004 年 2 月,一件不幸的事发生在这个少年身上。德比在回学校的路上被一群小流氓围住,他们在德比的身上没有找到钱,于是恼羞成怒地用匕首将德比刺伤。在医院里,昏迷中的德比一直在喃喃呼唤:"妈妈,妈妈……"电视台 24 小时转播德比的病情,所有关心德比的人都在祈祷他能苏醒。德国的几十个大学生来到亚历山大广场,手挽手连成一颗心形,大声呼唤:"妈妈,妈妈!"这呼喊声感动了路人,后来有更多的人加入,这颗心越来越大。更为动人的是,德比被刺后两小时内电视台接到几百个女人的电话,她们纷纷表示愿意当德比的妈妈。可是德比只能有一个母亲,电视台同意让朱迪做德比的母亲,因为她就住在德比所在的城市,而且口音和德比相同,会更有亲切感。

2004 年 2 月 17 日早晨,昏迷多时的德比睁开了眼睛,朱迪捧着一束美丽的百合花出现在德比的床边,握着他的小手说:"亲爱的德比,我就是你的母亲。"德比的眼睛突然亮了,他惊讶地说:"您真的是我的母亲吗?"朱迪含着泪用力地点点头,在场所有的人也都朝德比微笑着点头。两行热泪从德比的眼睛里滚落:"妈妈,我找了你好久啊,请你再也不要离开我,好吗?"

朱迪点点头,哽咽道:"放心吧,妈妈再也不会离开了。"德比苍白的小脸上露出了笑容,他还想说更多的话,可是已经没有力气。2004 年 2 月 18 日凌晨 2 点,德比闭上了眼睛,永远离开了人间,他那只握着"母亲"的手的手一直没有松开。

搓搓你的手

孙道荣

一家医院,请病人为医生打分,看看谁是病人心目中的好医生。

这家医院的医生力量很雄厚,仅副主任医师以上的专家就有一百多位,不少医生都是学科带头人、某方面的专家,有响当当的名声,很多病人就是冲着某个医生,才慕名赶到这家医院就诊的。有的病人,为了能让某个医生为自己看病,宁愿忍着病痛,耐心等待,直到挂上他的号。

大家都认为,这将是一场专家之间的角逐,虽然医院设计了若干个小项目,请病人逐一打分,但是,谁是医学权威,谁最值得信赖,显而易见。治病,特别是重症病人,那可是攸关性命的大事,还有什么比医到病除更重要的吗?

评选结果却出乎人们的意料,一位名不见经传的普通外科医生,竟然得分最高,成为人们心目中最好的医生。我不奇怪。

我看过他的门诊。

那是去年冬天,因为颈椎病,我去医院诊治。专家门诊的号早已经挂完了,我挂了个普通门诊。

很多病人在排队。

好不容易排到我了。是个中年医生,问我哪里不舒服,我告诉他,颈椎难受,可能是颈椎病犯了吧。他站起来,说,我先按按,检查一下。他走到我身后。我伸长脖子,等待一只冰凉的手。每次到医院检查,都不得不被医生冰凉的手伸到脖子里乱按一气,虽然这令我紧张,感觉不舒服,但和所有的病人一样,我已习惯了。奇怪,怎么没有动静?回头一看,中年医生正在搓手,两只手合在一起,不停地来回搓动。见我回头看他,医生笑着解释说,我的手凉,先搓一下,这样热乎一点。

为了我这个颈椎,我看过很多医生,找过不少专家,他是第一个在检查前搓手的医生。他的这个细小的动作让我感动。他的双手按在我的脖子上,暖暖的。他也让我的心感到一股暖流。我记下了他的名字。

据说,很多投他票的病人,都提到了另一个细节,每次为病人听诊前,他都会用双手捂住听筒,直到将听筒捂热,才将听筒伸到病人的胸前进行检查。

搓搓手、捂捂听筒,这些细微的动作,温暖了一个个病人。这些细节,似乎与治病无关,与医术无关,甚至与一名医生的职业道德无关。但是,它却是一股暖流,使我们原本虚弱的身体和心灵,得到呵护、抚慰。

给婴儿喂食时,一个再粗心的妈妈,也会先将勺子送到自己的唇边,感受一下温度,适宜了,才会喂孩子,不让自己的孩子凉着,也不让自己的孩子烫着,这就是母爱。

搓搓你的手吧,当你用你的手去握别人的手时,当你用你的手去抚摩爱人的脸时,当你用你的手为病人检查身体时……将手搓热,你伸出去的,就是一股涓涓暖流。

圣诞夜的皇后玫瑰

金名

弗兰西斯是个资质普通的孩子,相貌平常,身体也不娇俏动人,属于那种搁在人堆里就找不着的平常孩子。

这种情况如果出现在一个平常家庭里或许没有什么,可弗兰西斯却生长在一个高智商的显赫之家。她的祖父是一个庞大财团的创始人,她的父母都是成就斐然的科学家。她的父母时不时也会无奈地叹息说:"弗兰西斯是我们家的丑小鸭,一只无法变成天鹅的丑小鸭。"这样的评价有意无意地让弗兰西斯幼小的心灵有了深深的自卑感。

弗兰西斯永远是班里最孤单的女生。这种凄凉的境况一直延续到中学的最后一年。

这一年,年级里新来了一位教生物的罗兰小姐。这位年轻漂亮的女教师很快就注意到了形单影只的弗兰西斯,她经常主动接近这个沉默寡言的女生,并从一些细小的事情上发现了她身上温柔谦和的个性,只是这种美好的品质暂时湮没在她外在的平庸里。

冬天来临的时候,罗兰小姐摔断了腿。弗兰西斯每天下午下课后都会到医院来探望她,跟她讲一些学校的事情。圣诞节的前一天,罗兰小姐问弗兰西斯:"我知道,圣诞之夜学校里一定安排了好多聚会,告诉我,明天晚上你打算参加哪一个?"弗兰西斯顿了一下,然后笑笑说:"哦,我本来要去参加年级舞会来着,可不巧有户人家非得让我帮忙看小孩。"罗兰小姐点点头,没有再问什么。

第二天下午,学校里的孩子们开始欢天喜地地做着圣诞夜的最后准备,唯有弗兰西斯沉默地坐在一旁,黯然盘算如何躲到一个不为人知的地方度过这个晚上。

黄昏时分,也不知是谁在宿舍里突然惊叫一声:"看呀!那是安德鲁斯,他手里的红玫瑰是送给谁的?"立刻,女孩子们一齐拥到窗口朝外看——安德鲁斯是学校里出名的帅男生,现在正捧着一大把红玫瑰向女生宿舍走来。

令人想不到的是,安德鲁斯叩开门,在众目睽睽之下将一大捧红玫瑰送到了弗兰西斯面前。这个意外的举动不仅让其他女孩大吃一惊,更让弗兰西斯瞠目结舌,她根本就没奢望过会有人送花给自己,何况还是学校大多数女孩子心目中的白马王子。"是……是给我……我的?"弗兰西斯结巴着问,两手慌张地背到后面,生怕这是个恶意的玩笑。安德鲁斯肯定地说:"就是给你的呀!"

弗兰西斯稀里糊涂地接过花。"嗨,弗兰西斯,给我们念念卡片上的留言好吗?"弗兰西斯抽出花束里的卡片,看了一眼上面的花体字。天哪!一切竟像是做梦!她不觉又瞥了一眼身旁的女同学,她们的脸上流露着或好奇,或不信,或羡慕,甚至还有嫉妒的表情。她很懂得那样的心情,她拿着卡片慢慢念道:"22朵皇后玫瑰,祝全体女生好运。"说完,她把卡片放进衣袋,将花束大方地捧到同伴们面前。

在一片喧哗声里,只有安德鲁斯没有说话,因为他非常清楚,卡片上写的是:22朵皇后玫瑰,祝我心爱的姑娘好运! 他靠近弗兰西斯低声问:"这可是从英国空运来的皇后玫瑰,是送你一个人的玫瑰。"弗兰西斯笑了,她温和地反问道:"现在不好吗? 每个人都很开心,每个人都能度过一个没有遗憾的圣诞夜。"

生活随着这个圣诞夜起了变化:一个帅男孩透过 22 朵盛开的皇后玫瑰发现了一个平常女孩的美丽心灵。而那个平常的女孩呢? 从此放开自我,快乐地融入集体,并赢得了大家的友谊和尊重——丑小鸭终于变成了美丽温柔的天鹅。

很多年以后,已成为著名建筑师的弗兰西斯在一个领奖晚会上谈起了那个圣诞夜的皇后玫瑰,言语间无不流露着对安德鲁斯的感激。但是当她走下颁奖台,丈夫安德鲁斯却惊讶地对她说:"原来你一直以为那皇后玫瑰……其实那并不是我送你的。记得那天我去医院看望罗兰小姐,她让我把未婚夫送的圣诞礼物转送给你——22 朵寓意好运的皇后玫瑰,她是希望花儿能带给你好运……"

"是吗? 真的吗? 原来是这样啊!"弗兰西斯幸福地叹了一口气。

一个日耳曼男人的眼泪

佚名

莱勒镇是一个典型的德国北方小城镇,我在镇里小住期间几乎每天都要去镇南街散步,不是别的原因,主要是想看看坐落在小街丁字路口北侧的那间堪称小镇一景的修鞋店。

这间修鞋店门面不大却与众不同,在该店临街的正方形大窗户下有一个用红色和白色大理石修建的专为非洲捐鞋的"捐鞋台"。台子四周有一圈精美秀丽的白石栏杆,每个栏柱顶端都有一颗心形石雕,台上四个柱子擎起一个呈穹隆形的涂金石顶棚,看上去很像一个小巧玲珑的凉亭。捐鞋台两侧各有一个小小的花坛,里面种植了几株玫瑰、紫罗兰和三色堇等鲜花,散发着阵阵清香。

几乎每天捐鞋台上都摆放着各种尺码、质地和样式的鞋,这些鞋从外表看非常干净,不但没有泥土甚至连灰尘都没有,同新鞋没有什么两样。

一次,我同一位德国朋友谈起这件事,他向我解释道:"大部分鞋是七八成新的,只是样式过时或是过了季节的,还有些人将坏了一点儿的鞋先拿到修鞋店去修整,然后做些技术处理如打鞋油、喷香水、换条新鞋带等。"我又好奇地问:"这么多漂亮的鞋为什么捐到这家修鞋店了? 能保证捐到非洲吗?"这位朋友似乎听出了我话中的弦外之音,他忙笑着说:"可以向上帝保证,店主弗里茨先生既不会把这些鞋挪作他用,也不会用它们拆东墙补西墙,那是一个充满爱心的好老头。"

一天我又到小街散步,转悠转悠终于抑制不住好奇之心便走进了修鞋店,就在我推门而入的一瞬间,对面墙上悬挂的一幅黑白大照片豁然映入眼帘,我竟呆呆地站在那里凝视着这张照片。这是一个瘦骨嶙峋的黑人躺在杂草丛生的公路旁,两手抱着流着血的双脚,他那痛苦万状的表情震撼人心。"请坐吧!"满头白发的弗里茨老人诧异地看着我。我正为自己既不是来修鞋也不是来捐鞋而感到尴尬时,老人连忙说:"没关系,没关系! 请坐,来我这参观的人远比修鞋的人多。"我这才坐在一张洁净的沙发上,仔细地打量着这间十七八平方米的修鞋店,室内窗明几净,非常现代化,绝不是我印象中的那种修鞋店。

窗户前摆着一张大工作台,上面装有几台小型精密仪器。工作台后面靠墙立着一排可升降可调节的金属架子,架上放有一卷卷各种颜色和质地的皮革料子、一盘盘粗细不等的染色腊线。工作台旁放着一个塑料转盘式架子,十几个格子里放满各种型号的"钉子",其实这种"钉子"都是一些没有尖头的金属屑,要用专用机器依靠挤压力量"钉"鞋。靠门这一侧摆了一排套有雪白罩子的沙发,每个沙发前还放有一个三阶梯的小台子,以供顾客脱鞋穿鞋。

我先从这张照片谈起,慢慢地同老人聊起来。这张照片是弗里茨于 60 年代在汉诺威参观一个图片展览会时看到的,当时他有生以来第一次在众人面前流下了眼泪。"那是一个日耳曼男人的眼泪,绝不是轻易流淌的。"弗里茨反复强调。后来他设法从拍摄该照片的德国通讯社记者那里索取了这张照片,并从记者那里了解到许多背景情况。当时记者采访的这个非洲国家约有70%以上的人没鞋穿,长年打赤脚,一次他们开车外出,途中遇到一位不慎刺破双脚的黑人,他抓拍了这张照片。

"这是一张获金奖的照片,我并不懂艺术,对我这个同鞋打了一辈子交道的人来说,我想的是另外一方面的事。"说到这儿,老人慈善的双眼噙着泪花。老人向我讲了他的经历,弗里茨十几岁就在耶拿的一家鞋厂当学徒,几十年的制鞋生涯使他练就了一手绝活。60年代中期的这张照片改变了他的人生,他萌发了向非洲捐鞋的想法,于是他辞去了鞋厂主管的职务,办了修鞋店并修建了捐鞋台。弗里茨除修鞋外,还为畸形脚和特型脚定做鞋子,每天都要亲手缝制十几双鞋捐给非洲。

弗里茨的行为感动了许多人,本镇和附近城镇的人们纷纷前来捐鞋,后来莱勒镇修鞋店名声大振,人们从德国四面八方专程到莱勒镇捐鞋,还有不少外国游客也闻讯前来捐鞋。当地市政厅专门指定民政署抽专人协助弗里茨处理捐鞋事务。

我刚走出修鞋店,迎面碰见一对前来捐鞋的中年夫妇,只见他们打开一个大包,将五双大小不等的鞋子整齐地摆在台上,原来他们还代表三个因上学不能前来的孩子捐鞋。我看着他们那真诚友善的面孔深受感动,这哪里仅仅是捐鞋啊,这分明是在奉献一颗颗爱心!

在即将离开莱勒镇的一天傍晚,我又一次来到镇南小街,夕阳把它绚丽多彩的余晖洒落在小小的修鞋店和捐鞋台上,远远望去竟显得那般金碧辉煌、华丽富足。一会儿,弗里茨老人怀抱一摞纸盒从店里出来,他躬身台前用颤抖的手将一双双鞋分别装入不同型号的盒里。老人就是这样30年风雨不误。望着老人的背影,我脑海中浮现出照片中非洲黑人那张痛苦的脸和弗里茨老人慈祥的面容,我眼前的一切变得模糊了……